Salman Rushdie
Der Boden unter ihren Füßen

Salman Rushdie

Der Boden
unter ihren Füßen

Roman

Aus dem Englischen von
Gisela Stege

verlegt bei Kindler

Originaltitel: The Ground Beneath Her Feet
Originalverlag: Jonathan Cape, London

Die Folie des Schutzumschlags sowie die Einschweißfolie sind
PE-Folien und biologisch abbaubar.
Dieses Buch wurde auf chlor- und säurefreiem Papier gedruckt.

Copyright © 1999 by Salman Rushdie
Copyright © 1999 der deutschsprachigen Ausgabe bei
Kindler Verlag GmbH, München
Alle Rechte vorbehalten. Das Werk darf – auch teilweise – nur mit
Genehmigung des Verlags wiedergegeben werden.
Umschlaggestaltung: Büro Jorge Schmidt, München, unter Verwendung
einer Illustration von Raquel Jaramillo
Satz: Ventura Publisher im Verlag
Druck und Bindung: Franz Spiegel Buch GmbH, Ulm
Printed in Germany
ISBN 3-463-40302-1

2 4 5 3 1

Für Milan

Errichtet keinen Denkstein. Laßt die Rose
nur jedes Jahr zu seinen Gunsten blühn.
Denn Orpheus ists. Seine Metamorphose
in dem und dem. Wir sollen uns nicht mühn
um andre Namen. Ein für alle Male
ists Orpheus, wenn es singt.

R. M. Rilke, Die Sonette an Orpheus

Der Bienenhalter

Am Valentinstag 1989, dem letzten Tag ihres Lebens, erwachte die legendäre und beliebte Sängerin Vina Apsara schluchzend aus einem Traum – dem Traum von einer Menschenopferung, bei der sie selbst das Opfer sein sollte. Männer mit entblößtem Oberkörper, die dem Schauspieler Christopher Plummer ähnelten, packten sie bei den Hand- und Fußgelenken. Ausgebreitet lag sie nackt auf einem polierten Stein, in den das Bild des Schlangenvogels Quetzalcoatl geschnitten war, und wand sind qualvoll. Das weit aufgesperrte Maul der gefiederten Schlange umfing ein finsteres Loch, das man aus dem Stein geschlagen hatte, und obwohl ihr eigener Mund von ihrem Schreien weit aufgerissen war, bestand das einzige Geräusch, das sie vernahm, im Plop der Blitzlichter; doch bevor sie ihr die Kehle aufschlitzen konnten, bevor ihr Lebensblut in dieses gräßliche Gefäß strömen konnte, erwachte sie um zwölf Uhr mittags in der Stadt Guadalajara, Mexiko, in einem fremden Bett, neben sich einen halbtoten Fremden, einen nackten Mestizen Anfang Zwanzig, der aufgrund der endlosen Presseberichte, welche die Katastrophe nach sich zog, als Raúl Páramo identifiziert wurde, Playboy und Erbe eines bekannten Baulöwen, dem unter anderem das Unternehmen gehörte, das als Eigentümer dieses Hotels zeichnete. Sie hatte sehr stark geschwitzt, und die durchnäßte Bettwäsche stank nach dem sinnlosen Elend dieser nächtlichen Begegnung. Raúl Páramo war bewußtlos; seine Lippen waren schneeweiß, sein Körper wurde, wie Vina bemerkte, alle paar Sekunden von ganz ähnlichen Krämpfen geschüttelt wie sie in ihrem Traum. Nach einer Weile kamen erschreckende Geräusche aus seiner Luftröhre, fast so, als schlitze ihm jemand die Kehle auf, als fließe sein Blut durch das scharlachrote Grinsen einer unsichtbaren Wunde in ein Phantomgefäß. Von Panik gepackt, sprang Vina aus dem Bett und riß ihre Kleider an sich, die Lederhose und das goldbestickte Oberteil, die sie am Abend zuvor bei ihrem letzten Auftritt auf der Bühne im Tagungszentrum der Stadt getragen hatte. Voller Verachtung, verzweifelt, hatte sie sich diesem Niemand hingegeben, diesem Knaben, kaum halb so alt wie sie, hatte ihn mehr oder weniger willkürlich aus der Menge am Bühnenausgang herausgegriffen, den *Lounge Lizards*, den aalglatten, blumenbewehrten Verehrern, den Industriemagnaten, dem Aristomüll, den Drogen-Underlords, den Tequila-Fürsten, allesamt mit Limousinen, Champagner, Kokain und womöglich sogar Brillanten bewehrt, um den Star des Abends damit zu überschütten.

Der Mann hatte damit begonnen, daß er sich vorstellte, hatte geprahlt und ihr geschmeichelt, aber sie wollte weder seinen Namen wissen noch die Höhe seines Bankkontos. Sie hatte ihn gepflückt wie eine Blume, und jetzt wollte sie die Zähne in ihn schlagen, sie hatte ihn sich bestellt wie ein Schnellgericht, das man nach Hause mitnimmt, und jetzt beunruhigte sie ihn mit der Zügellosigkeit ihrer Gier, weil sie sich auf ihn stürzte, kaum daß sich die Tür der Limousine hinter ihnen geschlossen hatte und bevor dem Chauffeur Zeit blieb, die Glastrennwand zu schließen, die den Fahrgästen Zurückgezogenheit verschaffte. Später berichtete der Chauffeur ehrfürchtig von ihrem nackten Körper; während die Zeitungsleute ihm Tequila aufnötigten, sprach er flüsternd von ihrer überwältigenden, raubgierigen Nacktheit, als handle es sich um ein Wunder; wer hätte gedacht, daß sie sich schon weit auf der falschen Seite der Vierzig befand, ich glaube, irgend jemand da oben wollte sie genauso erhalten, wie sie war. Für eine solche Frau hätte ich alles getan, seufzte der Chauffeur, für sie wäre ich zweihundert Stundenkilometer schnell gefahren, wenn sie es von mir verlangt hätte, für sie wäre ich gegen eine Betonmauer gerast, wenn es ihr Wunsch gewesen wäre zu sterben.

Erst als sie, halb bekleidet und völlig verwirrt, in den zehnten Stock des Hotels hinauswankte und dabei über die unbeachteten Tageszeitungen stolperte, deren Schlagzeilen über französische Atombombentests im Pazifik und politische Unruhen in der südlichen Provinz

Chiapas ihr mit ihrer dicken Druckfarbe die nackten Fußsohlen beschmutzten – erst da begriff sie, daß die Hotelsuite, die sie verlassen hatte, ihre eigene war; sie hatte die Tür hinter sich zugeschlagen und stand ohne Schlüssel da, aber zu ihrem Glück war derjenige, mit dem sie in diesem Augenblick der Schwäche zusammenstieß, Mr. Umeed Merchant, Fotograf, a. b. a. ›Rai‹: ich selbst, seit der alten Zeit in Bombay sozusagen ihr Kumpel und der einzige Fotograf im Umkreis von tausend Meilen, der nicht im Traum daran denken würde, sie in diesem köstlichen und skandalösen Aufzug, da sie vorübergehend aus der Fasson geraten war und – viel schlimmer noch – so alt aussah, wie sie wirklich war, ablichten würde, der einzige Imagedieb, der ihr niemals diesen entsetzten, gejagten Gesichtsausdruck stehlen würde, diese verquollene und eindeutig tränensackgeschwollene Hilflosigkeit mit der zerzausten Fontäne drahtig-rotgefärbter Haare, die in einem spechtartigen Knoten auf dem Kopf aufgetürmt waren, mit dem bezaubernden Mund, der unsicher zitterte, mit den winzigen Fjorden gnadenloser Jahre, die sich am Saum der Lippen vertieften, der Archetypus einer wilden Rockgöttin, die sich auf dem besten Weg in den Abgrund der Trostlosigkeit und des Ruins befand. Sie hatte beschlossen, für diese Tour rothaarig zu werden, weil sie im Alter von vierundvierzig Jahren einen Neuanfang machte, eine Solokarriere ohne IHN; zum erstenmal seit Jahren war sie ohne Ormus unterwegs, daher war es wirklich nicht überraschend, daß sie fast ständig desorientiert und aus dem Gleichgewicht geraten war. Und einsam. Das muß man zugeben. Leben in der Öffentlichkeit oder Privatleben, das spielt keine Rolle, ehrlich: Wenn sie nicht bei ihm sein konnte, war es gleichgültig, mit wem sie zusammen war – sie war allein.

Desorientierung: Verlust des Ostens. Und des Ormus Cama, ihrer Sonne.

Und es war kein reiner Zufall, daß sie auf mich stieß. Denn ich war immer für sie da. Ständig hielt ich Ausschau nach ihr, ständig wartete ich auf ihren Anruf. Hätte sie es gewollt, so wären Dutzende von uns dagewesen, Hunderte, Tausende. Aber ich glaube, es gab nur mich. Doch als sie mich das letzte Mal um Hilfe bat, konnte ich sie ihr nicht geben, und sie starb. Mitten in der Geschichte ihres Lebens kam das Ende, sie war ein unfertiges Lied, zurückgelassen vor der Brücke, des Rechts beraubt, den Versen ihres Lebens bis zum letzten, vollendenden Reim zu folgen.

Zwei Stunden nachdem ich sie aus dem bodenlosen Abgrund ihres Hotelkorridors gerettet hatte, flog uns ein Hubschrauber nach Tequila, wo Don Ángel Cruz, Eigentümer der größten Agavenplantage und der namhaften Ángel-Brennerei, berühmt für die liebliche Fülle seiner Countertenorstimme, die mächtige Rotunde seines Bauches und die verschwenderische Großzügigkeit seiner Gastfreundschaft, zu ihren Ehren ein Bankett geben wollte. Vinas Playboy-Liebhaber war inzwischen ins Krankenhaus gebracht worden, aber die drogeninduzierten Krämpfe waren dann so extrem geworden, daß sie sich letzten Endes als tödlich erwiesen, und so wurde die Welt wegen dem, was Vina zustieß, noch tagelang mit den detaillierten Analysen dessen eingedeckt, was das Blut des Toten, sein Magen, seine Därme, sein Skrotum, seine Augenhöhlen, sein Blinddarm, seine Haare, ja einfach alles enthalten hatten, bis auf sein Gehirn, von dem man annahm, daß es nur wenig von Interesse enthalte. Es war von den Narkotika so gründlich verwüstet worden, daß niemand seine letzten Worte verstand, gesprochen im letzten, komatösen Delirium. Einige Tage später jedoch, als die Information ihren Weg ins Internet gefunden hatte, erklärte ein Fantasy-fiction-Spinner mit dem Net-Namen elrond@rivendel.com aus dem Castro-Viertel von San Francisco, Raúl habe Orkisch gesprochen, die infernalische Sprache, die der Autor Tolkien für die Diener des Dunklen Lord Sauron erfunden hatte: *Ash nazg durbatulûk, ash nazg gimbatul, ash nazg thrakatulûk agh burzum-ishi krimpatul.* Von da an verbreiteten sich unaufhaltsam Gerüchte über satanische – oder vielleicht sauronische – Praktiken über das Web. Die Idee kam auf, der Mestizenliebhaber sei ein Teufelsanbeter gewesen, ein Blutsdiener der Unterwelt, und habe Vina Apsara einen kostbaren, aber unheilbringenden Ring geschenkt, der die nachfolgende Katastrophe herbeigeführt und sie in die Hölle hinabgezogen habe. Mittlerweile wurde Vina jedoch bereits zum Mythos, zu einem Gefäß, das jeder Schwachsinnige mit seinen Idiotien füllen konnte, oder sagen wir lieber, zum Spiegel der Kultur, und wir vermögen das Wesen dieser Kultur am besten zu begreifen, wenn wir sagen, daß es seinen wahrhaftigsten Spiegel in einem Leichnam fand.

Ein Ring, sie zu knechten – sie alle zu finden, / Ins Dunkel zu treiben und ewig zu binden. Im Hubschrauber saß ich direkt neben Vina Apsara, aber ich sah keinen Ring an ihrem Finger, bis auf den Mondsteintalisman, den sie immer trug, ihre Verbindung zu Ormus Cama, ihre Erinnerung an seine Liebe.

Sie hatte ihre Entourage per Auto vorausgeschickt und mich als ihren einzigen Flugbegleiter gewählt; »von euch Bastarden ist er der einzige, dem ich vertrauen kann«, hatte sie die anderen angefaucht. Sie waren eine Stunde vor uns aufgebrochen, der ganze verdammte Zoo, ihr Tourmanager, die Schlange, ihre persönliche Assistentin, die Hyäne, die Sicherheitsgorillas, der Friseur, dieser Pfau, der PR-Drachen, aber jetzt, als der Hubschrauber über der Autokolonne dahinknatterte, schien sich die Dunkelheit, die sie seit unserem Abflug gefangenhielt, aufzuhellen, und sie befahl dem Piloten, ein paarmal tief über die Autos unten hinwegzufliegen, tiefer und immer tiefer; ich sah, wie er die Augen vor Angst aufriß, mit Pupillen, die schwarzen Stecknadelköpfen glichen, aber genau wie wir alle stand er in ihrem Bann und tat, was sie von ihm verlangte. Ich war der einzige, der *höher, geh endlich höher!* in das Mikrofon schrie, das an unsere Ohrenschützer angeschlossen war, während ihr Lachen in meinen Ohren dröhnte wie eine Tür, die im Wind schlägt, und als ich zu ihr hinübersah, um ihr zu sagen, daß ich Angst hatte, entdeckte ich, daß sie weinte. Die Polizisten waren überraschend behutsam mit ihr umgegangen, als sie am Schauplatz von Raúl Páramos Überdosis auftauchten, und hatten sich damit begnügt, ihr warnend mitzuteilen, daß sie selbst ebenfalls Gegenstand einer Untersuchung werden könnte. An diesem Punkt hatten ihre Anwälte das Gespräch unterbrochen, anschließend jedoch hatte sie überfordert, instabil gewirkt, viel zu aufgedreht, fast so, als stehe sie kurz davor, zu explodieren wie eine zerplatzende Glühbirne, wie eine Supernova, wie das Universum.

Dann ließen wir die Wagenkolonne hinter uns und flogen über Täler und Hügel dahin, die von den Agavenpflanzungen rauchgrau wirkten, und wieder veränderte sich ihre Stimmung, sie kicherte ins Mikrofon und behauptete, daß wir sie an einen Ort bringen wollten, den es nicht gebe, einen Ort der Phantasie, ein Wunderland, denn wie konnte es sein, daß es einen Ort gab, der Tequila hieß. »Das ist doch genauso, als würde man sagen, der Whisky kommt aus Whisky, oder Gin wird in Gin hergestellt«, rief sie. »Ist der Wodka ein Fluß in Rußland? Wird Rum in Rúm produziert?« Und dann, während ihre Stimme leiser wurde, fast unverständlich beim Lärm der Rotoren: »Und Heroin kommt von den Heroen, und Crack vom Crack, dem Blitzschlag der Verdammnis.« Es ist möglich, daß ich Zeuge der Geburt eines Songs wurde. Später, als der Pilot und der Copilot über ihren Hubschrauberflug befragt wurden, weigerten sie sich sehr loyal, irgendwelche Einzelheiten über den Monolog preiszugeben, bei dem sie ständig zwischen Hochstimmung und Verzweiflung schwankte. »Sie war bester Laune«, sagten sie, »aber sie hat Englisch gesprochen. Deswegen konnten wir nichts verstehen.«

Nicht nur Englisch. Denn einzig mit mir konnte sie im *Mumbai ki kachrapati baat-cheet*, dem Gossenargot von Bombay, drauflosschwatzen, in dem ein Satz etwa in einer Sprache begann, durch eine zweite und sogar eine dritte lief und dann wieder zur ersten zurückschwang. Unser Akronym dafür lautete *Hug-me*. Hindi Urdu Gujarati Marathi Englisch. Bombayaner wie ich waren Menschen, die fünf Sprachen schlecht und keine einzige gut beherrschten.

Auf dieser Reise ohne Ormus Cama, hatte Vina die musikalischen und verbalen Grenzen ihrer eigenen Fähigkeiten erkannt. Um ihre gefeierte Stimme vorzuführen, diese oktavenreiche Yma-Sumac-Himmelsleiter von einem Instrument, das, wie sie nunmehr behauptete, von Ormus' Kompositionen niemals wirklich gefordert worden war, hatte sie neue Songs geschrieben. In Buenos Aires jedoch, in São Paulo, Mexico City und Guadalajara vernahm sie selbst die lauwarme Reaktion des Publikums auf diese Songs, und zwar trotz ihrer

drei wahnsinnigen brasilianischen Schlagzeuger und ihrer zwei konkurrierenden argentinischen Gitarristen, die jeden Auftritt mit einer
Messerstecherei zu beenden drohten. Sogar der Gastauftritt des mexikanischen Superstar-Veterans Chico Estefan vermochte ihr Publikum nicht zu begeistern; statt dessen lenkte sein geliftet-glattes
Gesicht mit dem Mund voll falscher Zähne die Aufmerksamkeit nur
auf ihre eigene dahinwelkende Jugend, die sich im Durchschnittsalter
der Zuhörer spiegelte. Die Kids waren nicht gekommen, jedenfalls
nicht genug von ihnen, bei weitem nicht genug.
Doch jeder einzelne der alten Hits aus der VTO-Backlist wurde von
frenetischem Beifall gefolgt, und die unwiderlegbare Wahrheit war,
daß der Wahnsinn der Schlagzeuger bei diesen Nummern der Vollkommenheit am nächsten kam, die konkurrierenden Gitarren sich zu
sublimen Höhen emporschraubten und selbst der alte Roué Estefan
von den grünen Weiden hinter dem Hügel zurückzukehren schien.
Wenn Vina Apsara Texte und Musik von Ormus Camas sang, begann
die Minderheit der Jugendlichen im Publikum sofort aufzumerken und
aus dem Häuschen zu geraten, während Tausende von Händen sich
gemeinsam bewegten, um in Zeichensprache den Namen der großen
Band nachzuformen, genau im Takt ihrer donnernden Jubelrufe:
V!T!O!
V!T!O!
Kehr zu ihm zurück, sagten sie. Wir wollen euch beide zusammen.
Werft eure Liebe nicht einfach weg. Statt euch zu trennen, wünschen
wir uns, daß ihr euch wieder versöhnt.
Vertical Take-Off. Oder Vina To Ormus. Oder ›We two‹, auf *Hug-
me* als V-to übersetzt. Oder als Hinweis auf die V2-Rakete. Oder V
für Frieden, nach dem sie sich sehnten, und T für two, die zwei, und
O für Liebe, ihre Liebe. Oder eine Hommage für eines der großen
Gebäude in Ormus' Heimatstadt: Victoria Terminus Orchestra.
Oder ein Name, vor langer Zeit erfunden, als Vina eine Neonreklame
für den alten Soft Drink Vimto sah, bei der nur noch drei Buchstaben
leuchteten, Vimto ohne das *im*.
V... T... Ohh.
V... T... Ohh.

Zwei Aufschreie und ein Seufzer. Der Orgasmus der Vergangenheit, dessen Klang sie an ihrem Finger trug. Zu dem sie, wie sie vielleicht wußte, mir zum Trotz zurückkehren mußte.

Die Nachmittagshitze war trocken und glühend, wie Vina es liebte. Bevor wir landeten, hatte der Pilot Informationen über leichte Erdbeben in der Region erhalten, aber die seien vorüber, versicherte er uns, es gebe also keinen Grund, die Landung abzubrechen. Dann schimpfte er auf die Franzosen. »Nach jedem dieser Tests kann man genau fünf Tage abzählen, eins, zwei, drei, vier, fünf, und die Erde bebt.« Er setzte den Hubschrauber auf einem staubigen Fußballfeld mitten in der kleinen Ortschaft Tequila auf. Das, was vermutlich die gesamte Polizeitruppe des Ortes war, hielt die einheimische Bevölkerung zurück. Als Vina Apsara in majestätischer Haltung die Maschine verließ (schon immer eine Prinzessin, wirkte sie jetzt eher königinnenhaft), stieg ein Schrei empor, nur ihr Name, *Viinaaa*, die Vokale voll Sehnsucht langgezogen, und ich erkannte – nicht zum erstenmal –, daß man trotz all der hyperbolischen Ausschweifungen und der öffentlichen Zurschaustellung ihres Lebens, trotz all ihrer Starallüren, ihrer *nakhras*, ihr niemals grollen würde, daß irgend etwas an ihrer Art die Menschen entwaffnete und daß das, was die Leute von sich gaben, statt Gift und Galle eine wunderbare, vorbehaltlose Zuneigung war, als sei sie das neugeborene Kind der ganzen Welt.

Man könnte es Liebe nennen.

Kleine Jungen durchbrachen den Kordon, gejagt von schwitzenden Cops, und dann kam Don Ángel Cruz mit seinen beiden Silber-Bentleys, die genau zu seiner Haarfarbe paßten. Er entschuldigte sich dafür, daß er uns nicht mit einer Arie begrüße, aber der Staub, dieser unglückselige Staub, er ist immer ein Problem, doch jetzt, bei diesem Erdbeben, ist die ganze Luft davon voll, bitte, Señora, Señor – mit einem kleinen Huster gegen seinen Handrücken geleitete er uns in den vorderen Bentley –, wir werden sofort abfahren, bitte sehr, und mit dem Programm beginnen. Mit riesigen Taschentüchern tupfte er sich den Schweiß von der Stirn und nahm mit einem breiten Lächeln auf dem Gesicht, das er mit großer Willenskraft dort festhielt, im zweiten Wagen Platz. Unter der Oberfläche des perfekten Gastgebers konnte man fast die schweratmende Erregung sehen. »Dies ist ein Mann, der Sorgen hat«, sagte ich zu Vina, als unser Wagen den Weg zur Plantage nahm. Sie zuckte die Achseln. Im Oktober 1984 hatte sie für eine Werbekampagne in *Vanity Fair* mit einem Luxuswagen die Oakland Bay Bridge in westlicher Richtung überquert; auf der anderen Seite hielt sie an einer Tankstelle, stieg aus dem Wagen und sah, wie er mit allen vier Rädern vom Boden abhob und in der Luft hing wie ein Ding aus der Zukunft oder *Zurück in die Zukunft*. In diesem Moment brach die Bay Bridge wie ein Kinderspielzeug in sich zusammen. Deswegen sagte sie: »Komm mir bloß nicht mit Erdbeben«, sagte es mit ihrer hart-breiten, katastrophenerfahrenen Stimme, als wir auf der Plantage eintrafen, wo Don Ángels Angestellte uns mit Sombreros aus Stroh empfingen, um uns vor der Sonne zu schützen, und Machete-Maestros nur darauf warteten, zu demonstrieren, wie man eine Agavenpflanze zu einer großen, blauen ›Ananas‹ zurechthackte, die in den Pulper paßte. »Komm mir bloß nicht mit Richter, Rai, Liebling. Ich bin früher schon gemessen worden.« Die Tiere waren unruhig. Scheckige Straßenköter rannten kläffend im Kreis, Pferde wieherten. Orakelhaft erscheinende Vögel kreisten lärmend am Himmel. Unter der immer krasser werdenden Leutseligkeit von Don Ángel Cruz nahm auch die subkutane seismische Aktivität allmählich zu, während er uns durch die Brennerei schleppte, das sind unsere traditionellen Holzfässer, und dies sind unsere glänzenden, neuen technologischen Wunder, unsere Kapitalanlage für die Zukunft, unsere enorme Investition, ein unbezahlbares Investment. Die Angst begann ihm in dicken, stinkenden Schweißtropfen zu entströmen. Geistesabwesend tupfte er mit seinen nassen Taschentüchern an dieser anrüchigen Flut herum, doch in der Abfüllabteilung wurden seine Augen vor Kummer noch größer, als er die Zerbrechlichkeit seines Glücks betrachtete, Flüssigkeit, in Glas gebettet, und die Angst vor einem Erdbeben begann ihm feucht aus den Augenwinkeln zu rinnen.

»Der Absatz französischer Weine und Spirituosen hat seit dem Beginn der Tests stark nachgelassen, vermutlich um etwa zwanzig Prozent«, murmelte er kopfschüttelnd. »Die chilenischen Weinkellereien wie auch unsere Leute hier in Tequila haben davon profitiert. Die Exportnachfrage ist so sehr in die Höhe geschossen, daß Sie es nicht glauben würden.« Mit dem Rücken seiner zitternden Hand wischte er sich die Augen. »Warum sollte Gott uns ein solches Geschenk machen, nur um es uns wieder zu nehmen? Warum muß ER unseren Glauben auf die Probe stellen?« Er musterte uns, als seien wir tatsächlich in der Lage, mit einer Antwort aufzuwarten. Als er begriff, daß keine präsent war, umklammerte er plötzlich Vina Apsaras Hände und verwandelte sich in einen Bittsteller an ihrem Hof, von schierer Not zu dieser Geste überschwenglicher Intimität getrieben. Sie machte keinen Versuch, sich aus seinem Griff zu befreien. »Ich bin kein schlechter Mensch«, beschwor Don Ángel Vina flehenden Tones, als spreche er ein Gebet. »Ich war immer gerecht zu meinen Angestellten und liebenswürdig zu meinen Kindern, und sogar meiner Frau war ich treu, allerdings bis auf ein paar kleinere Zwischenfälle, ehrlich gesagt, aber das ist bestimmt schon zwanzig Jahre her, Señora, Sie sind eine erfahrene Lady, Sie verstehen die Schwächen des mittleren Alters. Warum sollte ich also von einem solchen Tag heimgesucht werden?« Demütig neigte er den Kopf vor ihr und ließ ihre Hände los, um gleich darauf die seinen zu falten und sie angstvoll an seine Zähne zu heben.

Sie war daran gewöhnt, Absolution zu erteilen. Also legte sie ihm ihre befreiten Hände auf die Schultern und begann mit ›Der Stimme‹ auf ihn einzureden, leise murmelnd, als seien sie Liebende, tat das gefürchtete Erdbeben ab wie ein ungezogenes Kind, das zur Strafe in der Ecke stehen muß, und verbot ihm, dem großartigen Don Ángel Kummer zu machen; und so wundervoll war ihre Sprachgewalt, der Klang ihrer Stimme weit mehr als das, was sie sagte, daß der verzweifelte Mann tatsächlich aufhörte zu schwitzen, mit einem zögernden, unsicheren Wiederauftauchen seiner Zuversicht den kindlichen Kopf hob und lächelte. »Gut«, sagte Vina Apsara. »Und jetzt gehen wir zum Lunch.«

Auf der alten Hazienda der Familie, die heutzutage nur noch für große Dinners wie dieses benutzt wurde, fanden wir unter den Arkaden, mit Blick auf einen Innenhof mit Springbrunnen, eine langgestreckte Festtafel, und als Vina eintrat, begann eine Mariachi-Band zu spielen. Dann tauchte die Fahrzeugkolonne auf, der kreischend und hektisch die gesamte, schreckliche Menagerie der Rockwelt entstieg, um den alten Tequila des Gastgebers in sich hineinzuschütten, als wäre es Bier aus einem Partyfaß oder Wein-in-der-Schachtel, und mit ihrer Fahrt durch die Erdstöße zu prahlen, wobei der persönliche Assistent seinen Haß auf die unsichere Erde hinauszischte, als habe er vor, sie zu verklagen, der Tourmanager mit einer Schadenfreude lachte, die er gewöhnlich nur an den Tag legte, wenn er wieder mal einen Vertrag zu schändlich ausbeuterischen Bedingungen unterzeichnete, der Pfau eitel und geräuschvoll schillerte, die Gorillas monosyllabisch grunzten, die argentinischen Gitarristen einander, wie immer, an die Gurgel gingen und die Drummer – ach, die Drummer! – die Erinnerung an ihre Panik abblockten, indem sie sich in eine Tequila-geölte Serie lautstarker Kritiken an der Mariachi-Band stürzten, deren Leader, prächtig in schwarzsilberner Tracht, den Sombrero zu Boden schleuderte und gerade nach dem silbernen Sechsschüssigen greifen wollte, den er an der Hüfte trug, als Don Ángel eingriff und, um eine gesellige Atmosphäre herzustellen, freundlich erklärte: »Bitte, wenn Sie erlauben, möchte ich zu Ihrer Zerstreuung etwas zum besten geben.«

Ein echter Countertenor bringt alle Diskussionen zum Schweigen, beschämt mit seiner siderischen Süße wie Sphärenmusik all unsere Kleinlichkeiten. Don Ángel Cruz schenkte uns Gluck, *Trionfi Amore,* und die Mariachis machten ihre Sache als Chor zu seinem Orfeo recht gut.

Trionfi Amore!
E il mondo intiero
Serva all'impero
Della beltà.

Das unglückliche Ende der Orpheus-Geschichte – Eurydice auf ewig verloren, weil Orfeo sich umblickt – war von jeher ein Problem für Komponisten wie auch für Librettisten. – He, Calzabigi, was soll dieser Schluß, den du mir da geliefert hast? So ein Downer, soll ich die Leute mit ellenlangen Gesichtern nach Hause schicken? *Hallo?* Mach's mir 'n bißchen fröhlicher, ja? – Aber klar doch, Herr Gluck, seien Sie nicht so *agitato*. Kein Problem! Liebe ist mächtiger als der Hades. Liebe stimmt die Götter gnädig. Wie wär's, wenn die sie ohnehin zurückschicken würden? »Verschwinde, Kleine, der Kerl ist verrückt nach dir! Was ist schon ein kurzer Blick?« Dann schmeißen die Liebenden eine Party, und was für eine! Tanz, Wein, alles, was drin ist. So kriegen Sie Ihr großes Finale, alle Welt geht fröhlich summend nach Haus. – Find ich gut. Bravo, Raniero. – Aber gern doch, Willibald. Keine Ursache.

Und da war es, das Showstopper-Finale. Triumph der Liebe über den Tod. *Die ganze Welt gehorcht dem Befehl der Schönheit.* Zur allgemeinen Überraschung, auch der meinen, erhob sich Vina Apsara, der Rockstar, und sang beide Sopranstimmen, Amore sowohl als Eurydice, und obwohl ich kein Experte bin, klang sie wort- und notenperfekt, stieg ihre Stimme schließlich zu einer Ekstase der Vollendung empor, als wolle sie sagen, jetzt hast du herausgefunden, wozu ich da bin.

> *... E quel sospetto*
> *Che il cor tormenta*
> *Al fin diventa*
> *Felicità.*

Das gequälte Herz findet nicht nur das Glück, es *wird das Glück.* So heißt es jedenfalls in der Story. So heißt es im Lied.

Gerade, als sie endete, begann die Erde zu beben, applaudierte ihrer Leistung. Das große Stilleben des Banketts, die Platten mit Fleisch, die Schalen mit Obst, die Flaschen voll bestem Cruz-Tequila und sogar die Bankettafel selbst begannen auf Disney-Art zu tanzen und zu springen, leblose Objekte, belebt vom kleinen Zauberlehrling, dieser anmaßenden Maus; oder als seien sie durch die schiere Macht ihres Gesangs dazu bewegt, sich der letzten *chaconne* anzuschließen. Wenn ich versuche, mir die genaue Folge der Ereignisse ins Gedächtnis zu rufen, muß ich feststellen, daß meine Erinnerung zum Stummfilm geworden ist. Es muß Geräusche gegeben haben. Das Pandaimonion, die Stadt der Teufel und ihrer Qualen, kann kaum lärmender gewesen sein als diese mexikanische Stadt, als Sprünge an den Mauern der Gebäude entlanghuschten wie Eidechsen, mit ihren langen Spinnenfingern die Mauern von Don Ángels Hazienda aufrissen, bis sie einfach in sich zusammenfiel wie eine Illusion, eine Filmfassade, und die aufsteigende Staubwolke dieses Zusammenbruchs uns auf die buckelnden, schwankenden Straßen hinaustrieb, wo wir um unser Leben liefen, ohne zu wissen, wohin, und doch immer weiter davonliefen, während es Ziegel von den Dächern regnete, Bäume in die Luft geschleudert wurden, Müll von den Straßen emporschoß, Häuser explodierten und Koffer, seit Ewigkeiten auf Dachböden versteckt, vom Himmel herabprasselten.

Ich aber erinnere mich nur an Stille, die Stille tiefsten Entsetzens. Um genau zu sein, die Stille der Fotografie, denn das war mein Beruf, und so griff ich in dem Moment, in dem das Erdbeben begann, natürlich darauf zurück. Meine Gedanken galten nur noch den kleinen Filmquadraten, die durch meine alten Kameras liefen, Voigtländer Leica Pentax, den Formen und Farben, die durch die Zufälle von Bewegung und Ereignis darauf festgehalten wurden, und natürlich durch die Gewandtheit oder den Mangel daran, mit der es mir gelang, das Objektiv zur richtigen oder falschen Zeit in die richtige oder falsche Richtung zu halten. Hier wurde das ewige Schweigen von Gesichtern, Körpern und Tieren, ja, der Natur selbst eingefangen – jawohl, von meiner Kamera –, eingefangen aber auch vom Griff der Angst vor dem Unvorhersehbaren und der Verzweiflung des Verlustes, vor den Fängen dieser verhaßten Metamorphose, dieser entsetzlichen Stille einer Lebensart im Augenblick ihrer Vernichtung, ihrer Verwandlung in eine goldene Vergangenheit, die nie wieder gänzlich aufgebaut werden kann, denn wenn man ein Erdbeben miterlebt hat, weiß man, auch wenn man keinen Kratzer davonträgt, daß es, genau wie ein Herzschlag, in der Brust der Erde bestehenbleibt, eine entsetzliche Möglichkeit, die ständig wiederzukehren droht, um mit noch weit verheerenderer Gewalt abermals zuzuschlagen.

Eine Fotografie ist eine moralische Entscheidung, getroffen in einer Achtelsekunde, oder sechzehntel, oder einhundertachtundzwanzigstel. Einmal mit den Fingern schnippen: Ein Schnappschuß ist schneller. Auf der Mitte zwischen Voyeur und Augenzeuge, großem Künstler und miesem Abschaum – so habe ich mein Leben verbracht, habe ich in Sekundenbruchteilen Entscheidungen getroffen. Das ist okay, das ist cool. Ich lebe noch, ich bin bloß ein paar hundertmal angespuckt und beschimpft worden. Mit den Schimpfwörtern kann ich leben. Es sind die Männer mit der schweren Artillerie, die mich beunruhigen. (Und es sind Männer, fast immer – all diese Arnolds, die Terminatoren tragen, all diese selbstmörderischen Eiferer mit ihren Klobürstenbärten und keinem Haar auf der babynackten Oberlippe; aber wenn Frauen diese Arbeit verrichten, sind sie oft schlimmer.)

Ich war immer ein Event-Junkie, ich. Action war das Stimulans meiner Wahl. Ich habe meine Nase immer gern in die heiße, schweißnasse, aufgebrochene Oberfläche dessen gesteckt, was sich abspielte, mit offenen Augen, saufend, alle anderen Sinne abgeschaltet. Es war mir immer egal, wenn es stank, wenn ich bei dem schleimigen Gefühl der Berührung kotzen mußte, wenn ich nicht wußte, was es meinen Geschmacksknospen antun würde, wenn ich daran leckte, ja sogar, wie laut es schrie. Wichtig war nur, wie es aussah. Darin habe ich eine sehr lange Zeit Gefühl und Wahrheit gesucht.

Was Wirklich Geschieht: Es gibt nichts Aufregenderes, als wenn man direkt mit der Nase draufgestoßen wird, solange man dabei nicht die Nase verliert. Kein größerer Kick auf Erden.

Vor langer Zeit habe ich für mich eine Art Unsichtbarkeit entwickelt. Sie macht es mir möglich, direkt an die Akteure im Drama der Welt heranzugelangen, die Kranken, die Sterbenden, die Wahnsinnigen, die Trauernden, die Reichen, die Gierigen, die Ekstatischen, die Waisen, die Zornigen, die Mörderischen, die Heimlichen, die Bösen, die Kinder, die Guten, die Berichtenswerten; mich in ihre verbotenen Zonen einzuschleichen, mitten ins Zentrum ihrer Wut, ihres Kummers oder ihrer transzendenten Erregung, um genau den Moment ihres Auf-der-Welt-Seins definieren und mein verdammtes Foto schießen zu können. Viele Male hat mir diese Gabe der Dematerialisierung das Leben gerettet. Wenn die Leute zu mir sagten, fahren Sie nicht diese von Heckenschützen beherrschte Straße entlang, betreten Sie bloß nicht die Festung dieses Kriegsherrn, um das Areal dieser Miliz sollten Sie lieber einen Bogen machen, fühlte ich mich sofort unwiderstehlich davon angezogen. Da ist noch niemand je mit einer Kamera hineingegangen und lebend wieder herausgekommen, warnte mich irgend jemand, und schon war ich auf und davon, über den Checkpoint ohne Wiederkehr hinaus. Wenn ich zurückkehrte, musterten die Leute mich so seltsam, als sei ich ein Geist, und fragten mich, wie ich das geschafft hätte. Ich schüttelte den Kopf. Ehrlich gesagt, oft genug wußte ich es selbst nicht. Wenn ich es gewußt hätte, so hätte ich es vielleicht nie wieder tun können, und dann wäre ich in irgendeiner unausgegorenen Kampfzone umgebracht worden. Möglich, daß es eines Tages noch dazu kommt.

Am besten kann ich es beschreiben, wenn ich sage, daß ich mich klein machen kann. Nicht körperlich klein, denn ich bin eher hochgewachsen und kräftig, sondern psychisch. Ich setze einfach mein unterwürfiges Lächeln auf und schrumpfe bis zur *quantité négligeable*. Durch mein Verhalten überzeuge ich den Heckenschützen, daß ich seine Kugel nicht verdiene, meine Haltung überzeugt den Kriegsherrn, daß er seine schwere Axt nicht beschmutzen muß. Ich lasse sie wissen, daß ich ihrer Gewalttätigkeit nicht würdig bin. Vielleicht funktioniert das, weil ich aufrichtig bin, denn ich bemühe mich tatsächlich, unterwürfig zu sein. Es gibt Erlebnisse, die ich mit mir herumtrage, Erinnerungen, auf die ich zurückgreifen kann, wenn ich mir meinen minderen Wert ins Gedächtnis rufen will. So ist es mir dank einer Art angelernter Bescheidenheit, Ergebnis meines frühen Lebens und früherer Missetaten, gelungen, mich selbst am Leben zu erhalten.

»Schwachsinn«, fand Vina Apsara. »Nur eine weitere Variante deiner alten Methode, Mädchen aufzureißen.«

Bescheidenheit wirkt auf Frauen, das stimmt. Doch bei den Frauen spiele ich sie nur. Mein nettes, schüchternes Lächeln, meine zurückhaltende Körpersprache. Je mehr ich mich in meiner Wildlederjacke und den Kampfstiefeln zurückziehe und unter meinem Kahlkopf (wie oft habe ich mir sagen lassen, welch schönen Kopf ich habe!) schüchtern lächle, desto heftiger werden ihre Avancen. In der Liebe kommt man voran, indem man sich zurückzieht. Aber was ich unter Liebe verstehe und was – zum Beispiel – Ormus Cama unter demselben Wort verstand, waren zwei völlig verschiedene Dinge. Für mich war sie immer eine Kunst, die *ars amatoria*: die erste Annäherung, das Zerstreuen von Befürchtungen, das Erregen von Interesse, das Vortäuschen von Abkehr, die zögernde, doch unabwendbare Wiederkehr. Die gemächliche, einwärtsgekehrte Spirale des Begehrens. *Kama.* Die Kunst der Liebe.

Während sie für Ormus Cama nichts anderes war als eine Frage von Leben und Tod. Liebe dauerte ein Leben lang und währte über den Tod hinaus. Liebe war Vina, und nach Vina gab es nichts als die absolute Leere.

Für die winzigen Lebewesen dieser Welt war ich jedoch nie unsichtbar. Diese sechsbeinigen Zwergterroristen hatten sich auf mich eingeschossen, soviel steht fest. Zeigen Sie mir (oder tun Sie es lieber nicht) eine Ameise, führen Sie mich (lieber nicht) zu einer Wespe, einer Biene, einem Mosquito, einem Floh. Sie werden mich alle zum Frühstück verspeisen; und zu anderen, weitaus kräftigeren Mahlzeiten. Alles, was klein ist und beißt, beißt mich. So wurde ich in einem bestimmten Moment mitten im Zentrum des Erdbebens, als ich gerade ein verlassenes Kind fotografierte, das nach seinen Eltern schrie, einmal so schmerzhaft, als sei es beabsichtigt, in die Wange gestochen, und als ich mein Gesicht von der Kamera losriß, geschah das gerade rechtzeitig (dafür muß ich mich wohl bei diesem gräßlichen *aguijón*-bewehrten Ding bedanken; nicht aus Gewissensgründen, sondern der sechste Sinn eines Schnappers), um den Beginn der Tequila-Flut mitzukriegen. Die vielen, riesigen Vorratsfässer der Stadt waren geborsten.

Die Straßen wirkten wie Peitschen, schlängelten sich und knallten. Die Ángel-Brennerei war eine der ersten, die unter den Schlägen zusammenbrach. Altes Holz splitterte, neues Metall buckelte und platzte. Der urinöse Tequila-Strom schäumte seinen Lauf in die Gassen der Stadt, die erste Woge der Sturzflut überholte die fliehenden Bewohner und riß sie kopfüber von den Füßen, und so stark war das Gebräu, daß jene, die einige Mundvoll von dieser himmlischen Brandung schluckten, nicht nur naß und keuchend daraus auftauchten, sondern auch betrunken. Als ich Don Ángel Cruz das letzte Mal sah, hastete er, eine Kasserolle in der Hand und um den Hals zwei Kessel an Schnüren, auf den in Tequila ertrinkenden Plätzen umher und machte den jämmerlichen Versuch, zu retten, was er retten konnte.

So verhalten sich die Menschen, wenn ihre Alltäglichkeit zerstört wird, wenn sie für wenige Momente klar und deutlich eine der großen formenden Gewalten des Lebens erfahren. Das Unheil fixiert sie mit wie hypnotisiertem Blick, derweil sie in den Trümmern ihrer Tage wühlen und graben und versuchen, aus den Müllbergen des Unwiederbringlichen, ihres überwältigenden Verlustes die Erinnerung an das Alltägliche zu bergen – ein Spielzeug, ein Buch, ein Gewand, sogar ein Foto. Don Ángel Cruz als Mann mit den Bettelschalen war das kindliche, sagenhafte Bild, das ich brauchte, eine Gestalt, die auf unheimliche Weise an den surrealen Saucepan Man aus einigen von Vina Apsaras Lieblingsbüchern erinnerte, der Faraway-Tree-Serie von Enid Blyton, die sie überallhin begleitete. Ich hüllte mich in meine Unsichtbarkeit und begann zu schießen.

Ich weiß nicht, wie lange das alles dauerte. Der hüpfende Tisch, die kollabierende Hazienda, die Achterbahnstraßen, die keuchenden, umhergeschleuderten Menschen im Tequila-Strom, die Hysterie, das tödliche Gelächter der Obdachlosen, der Heruntergekommenen, der Arbeitslosen, der Verwaisten, der Toten … Wenn man mich bäte, den Zeitraum zu schätzen, ich könnte es nicht. Zwanzig Sekunden?

Eine halbe Stunde? Fragt mich was anderes. Die Tarnkappe sowie mein zweiter Trick, sämtliche Sinne auszuschalten und meine gesamte Wahrnehmungsfähigkeit durch meine mechanischen Augen zu lenken – derartige Dinge haben, wie man so sagt, eine Kehrseite. Wenn ich vor der Ungeheuerlichkeit des Aktuellen stehe, wenn dieses gigantische Monster in meine Linse brüllt, verliere ich die Kontrolle über andere Dinge. Wieviel Uhr ist es? Wo ist Vina? Wer ist tot? Wer ist am Leben? Öffnet sich da ein Abgrund unter meinen Kampfstiefeln? Was hast du gesagt? Da drüben versucht ein Ärzteteam eine Sterbende zu erreichen? Was redest du da? Warum bist du mir im Weg, was zum Teufel bildest du dir ein, mich rumzustoßen? *Kannst du nicht sehen, daß ich arbeite?*

Wer lebte noch? Wer war tot? Wo war Vina? Wo war Vina? Wo war Vina?

Ich kam wieder zu mir. Insekten stachen mich in den Hals. Der Tequila-Sturzbach versiegte, der kostbare Strom versickerte in der zerrissenen Erde. Die Stadt sah aus wie eine Ansichtskarte, die von einem zornigen Kind zerrissen und von der Mutter gewissenhaft wieder zusammengeklebt wurde. Sie hatte ein Fluidum der Zerbrochenheit angenommen, sich zu der großen Familie der Zer- und Gebrochenen gesellt: zerbrochene Teller, zerbrochene Puppen, gebrochenes Englisch, gebrochene Versprechungen, gebrochene Herzen. Durch den Staub kam Vina Apsara auf mich zugetaumelt. »Rai, Gott sei Dank!« Trotz ihres Herumtändelns mit buddhistischen Weisen (Rinpoche Hollywood und der Ginsberg Lama), Krishna-bewußten Zymbalisten und tantrischen Gurus (diesen Kundalini-Vorzeigern), TM-Rishis und Meistern dieser oder jener verrückten Weisheit, Zen und der Kunst des Dealens, des Taos des promiskuitiven Sex, Eigenliebe und Erleuchtung, trotz all ihrer spirituellen Marotten fiel es mir in meiner eigenen Gottlosigkeit immer wieder schwer, zu glauben, daß sie wahrhaftig an einen existierenden Gott glaubte. Aber genau das tat sie offenbar; in dieser Hinsicht lag ich vermutlich ebenfalls falsch; und überhaupt, welches andere Wort gibt es denn? Wenn man Dankbarkeit für das blinde Glück des Lebens empfindet, wenn niemand da ist, dem man danken kann, aber irgend jemandem danken *muß*, was sagt man da? Gott, sagte Vina. Für mich klang das Wort wie eine Möglichkeit, ein Gefühl loszuwerden: ein Ort, an den man etwas tut, das man sonst nirgendwo hintun kann.

Vom Himmel herab kam ein größeres Insekt zu uns herunter und attackierte uns mit dem starken Fallstrom seiner lärmenden Flügel. Der Hubschrauber hatte gerade noch so rechtzeitig abgehoben, daß er nicht beschädigt wurde. Jetzt brachte ihn der Pilot fast ganz bis auf den Boden, hielt ihn in der Schwebe und winkte uns. »Nichts wie raus hier!« rief Vina mir zu. Ich schüttelte den Kopf. »Geh du nur«, rief ich zurück. Arbeit geht vor Spiel. Ich mußte meine Fotos auf den Weg bringen. »Bis später«, rief ich.

»Was?«

»Später!«

»Was?«

Eigentlich war vorgesehen, daß uns der Hubschrauber für ein erholsames Wochenende zu einer entlegenen Villa an der Pazifikküste bringen sollte, der Villa Huracán, Miteigentum des Präsidenten der Colchis-Schallplattengesellschaft und nördlich von Puerto Vallarta in privilegierter Abgeschiedenheit wie ein Zauberreich zwischen dem Dschungel und dem Meer gelegen. Jetzt wußte niemand, ob die Villa noch stand. Die Welt hatte sich verändert. Dennoch klammerte sich Vina Apsara wie die Stadtbewohner an ihre gerahmten Fotos, wie Don Ángel an seine Kasserollen, an die Idee der Kontinuität, des vorbestimmten Zeitablaufs. Sie hielt sich eisern ans Programm. Doch bis meine gekidnappten Fotos an die Nachrichtenschreibtische der Weltpresse gelangten, um ausgelöst zu werden, konnte es für mich kein tropisches Shangri-La geben.

»Ich haue dann ab«, rief sie mir laut zu.

»Ich kann nicht mitkommen.«

»Was?«

»Geh!«

»Scheiß auf dich!«

»Was?«

Dann saß sie im Hubschrauber, der emporstieg, und ich war nicht mit ihr gegangen und sollte sie auch nie wiedersehen, keiner von uns sah sie je wieder, und die letzten Worte, die sie zu mir herunterschrie, brechen mir jedesmal, wenn ich daran denke, das Herz, und ich denke ein paar hundertmal am Tag daran, Tag für Tag, und dann sind da noch die endlosen schlaflosen Nächte.

»*Goodbye, Hope.*«

Den Arbeitsnamen ›Rai‹ legte ich mir zu, als ich bei der berühmten Agentur Nebuchadnezzar angenommen wurde. Pseudonyme, Künstlernamen, Arbeitsnamen: Für Schriftsteller, für Schauspieler, für Spione sind das nützliche Masken, durch welche die eigene, die wahre Identität verborgen oder verändert wird. Doch als ich mich *Rai* zu nennen begann, Fürst, hatte ich das Gefühl, eine Tarnung abzulegen, weil ich der Welt mein kostbarstes Geheimnis kundtat, und zwar, daß dies seit meiner Kindheit Vinas ganz persönlicher Kosename für mich gewesen war, das Kennzeichen einer Jugendliebe. »Weil du dich wie ein kleiner Rajah verhältst«, erklärte sie mir liebevoll, als ich erst neun war und noch Zahnspangen trug. »Deswegen sind es nur deine engsten Freunde, die wissen können, daß du eigentlich nur ein unwichtiger Lümmel bist.«

Das war Rai: ein Fürstenknabe. Aber die Kindheit endet, und im Erwachsenenleben war es dann Ormus Cama, der Vinas Märchenprinz wurde, nicht ich. Immerhin, der Kosename blieb mir erhalten. Und Ormus war so freundlich, ihn ebenfalls zu benutzen, oder sagen wir, er übernahm ihn von Vina wie eine Infektion, oder sagen wir, er konnte sich nicht vorstellen, daß ich zu seinem Rivalen, zu einer Gefahr für ihn werden könnte, deswegen konnte er mich als Freund betrachten … Aber lassen wir das jetzt. *Rai.* Das bedeutete auch Begierde: die persönliche Neigung eines Menschen, die Richtung, die einzuschlagen er sich entschied; und Wille, die Charakterstärke eines Menschen. All das gefiel mir. Es gefiel mir, daß es sich um einen Namen handelte, mit dem leicht zu reisen war, jedermann konnte ihn aussprechen, er klang in jeder Sprache gut. Und wenn ich in dieser mächtigen Demokratie der falschen Aussprache, den Vereinigten Staaten, gelegentlich zu »Hey, Ray« wurde, hatte ich keine Lust, mich zu streiten, sondern pickte mir einfach die Rosinen unter den Aufträgen heraus und verließ die Stadt. In einem anderen Teil der Welt war Rai Musik. In der Heimat dieser Musik jedoch haben religiöse Fanatiker in letzter Zeit begonnen, die Musiker zu töten. Sie sehen in der Musik eine Beleidigung Gottes, der uns Stimmen gab, aber nicht wünscht, daß wir singen, der uns den freien Willen gab, *rai*, dem es aber lieber ist, wenn wir unfrei sind.

Wie dem auch sei, jetzt sagen es alle: Rai. Nur dieser eine Name, es ist ganz leicht, es ist ein Stil. Die meisten Menschen kennen meinen richtigen Namen nicht einmal. Umeed Merchant, hatte ich das schon erwähnt? Umeed Merchant, aufgewachsen in einem anderen Universum, in einer anderen Dimension der Zeit, in einem Bungalow an der Cuffe Parade in Bombay, der vor langer Zeit schon abgebrannt ist. Der Name ›Merchant‹ bedeutet, wie ich vielleicht erklären sollte, ›Kaufmann‹. In Bombay tragen die Familien oft Namen, die vom Beruf irgendeines verstorbenen Vorfahren abgeleitet wurden. Ingenieure, Bauunternehmer, Ärzte. Und vergessen wir nicht die Readymoneys, die Cashondeliveris, die Fishwalas. Ein Mistry ist ein Maurer, ein Wadia ist ein Schiffsbauer, ein Vakil ist ein Anwalt und ein Bankier ist ein Shroff. Und der langen Liebschaft der durstigen Stadt mit Mineralwasserdrinks entsprangen nicht nur die Batliwalas, sondern auch die Sodawaterbatliwalas, und nicht nur die Sodawaterbatliwalas, sondern auch die Sodawaterbatli*opener*walas.

Ungelogen!

»Goodbye, Hope«, rief Vina, dann zog der Hubschrauber in einer steilen Kurve nach oben und verschwand.

Umeed, verstehen Sie? Substantiv, weiblich. Und heißt *hope*, Hoffnung.

Warum interessieren wir uns für Sänger? Worin liegt die Macht der Lieder? Vielleicht in der höchst erstaunlichen Tatsache, daß es auf dieser Welt überhaupt Gesang gibt. Die Note, die Tonleiter, der Akkord; Melodien, Harmonien, Arrangements; Symphonien, Ragas, Chinesische Opern, Jazz, der Blues: daß derartige Dinge existieren,

daß wir die magischen Intervalle und Distanzen entdeckt haben, die
das kümmerliche Bündel Noten ergeben, alles innerhalb einer
menschlichen Handspanne, aus der heraus wir uns Kathedralen der
Klänge erbauen, ist genauso ein Geheimnis der Alchimie wie Mathe-
matik oder Wein oder Liebe. Vielleicht haben die Vögel es uns gelehrt. Vielleicht auch nicht. Vielleicht sind wir ganz einfach Kreaturen auf der Suche nach Trost. Denn davon bekommen wir nicht
sehr viel. Unser Leben ist nicht das, was wir verdienen, es ist, einigen
wir uns darauf, auf vielerlei schmerzliche Art mangelhaft. Der Gesang verwandelt es in etwas anderes. Der Gesang zeigt uns eine Welt,
die unseres Sehnens würdig ist, zeigt uns unser eigenes Ich, wie es
sein könnte, wenn wir dieser Welt würdig wären.

Fünf Mysterien bergen den Schlüssel zum Unsichtbaren: der Liebesakt, die Geburt eines Kindes, die Betrachtung großer Kunst-
werke, die Gegenwart des Todes oder Unglücks und zu hören, wie
sich die menschliche Stimme im Gesang erhebt. Das sind die Ereignisse, bei denen die Riegel des Universums aufbrechen und uns einen
kurzen Blick auf das Verborgene schenken; auf einen Zipfel des Unnennbaren. In solchen Stunden kommt Glanz auf uns herab: der
dunkle Glanz der Erdbeben, das glitschige Wunder des neuen Lebens, der strahlende Klang von Vinas Gesang.

Vina, zu der sogar völlig Fremde kamen, um ihrem Stern zu folgen,
weil sie sich von ihrer Stimme Erlösung erhofften, von ihren großen,
feuchten Augen, von ihrer Berührung. Wie kommt es, daß eine so
explosive, ja sogar amoralische Frau von mehr als der Hälfte der
Weltbevölkerung als Symbol, als Ideal betrachtet wurde? Denn sie
war keineswegs ein Engel, glauben Sie mir, aber versuchen Sie das
mal Don Ángel zu sagen. Vielleicht war es ja gut, daß sie nicht als
Christin geboren war, sonst hätten die noch versucht, sie zur Heiligen erklären zu lassen. Unsere Liebe Frau von den Stadien, unsere
Arena-Madonna, die den Massen wie Alexander der Große, als er
seine Soldaten für den Krieg begeistern wollte, ihre Narben zeigte;
unsere gipserne Nichtjungfrau, die blutige Tränen aus ihren Augen
und heiße Musik aus ihrer Kehle rinnen läßt. Wenn wir uns von
der Religion lösen, unserem uralten Opiat, gibt es unweigerlich Ent-

zugserscheinungen, wird diese Apsara-Version zahlreiche Nebenwirkungen haben. Die Gewohnheit des Anbetens ist niemals leicht zu brechen. In den Museen sind die Räume mit Heiligenbildern vollgestopft. Es war uns schon immer lieber, wenn unsere Heiligen gemartert dargestellt wurden, mit Pfeilen gespickt, kopfüber gekreuzigt, wir brauchen sie gegeißelt und nackt, wir wollen sehen, wie ihre Schönheit langsam zerbricht, wollen ihre narzißtische Qual betrachten. Nicht trotz ihrer Fehler, sondern *wegen* ihrer Fehler verehren wir sie, bewundern wir ihre Schwächen, ihre Petitessen, ihre schlechten Ehen, ihren Drogenmißbrauch, ihre Gehässigkeit. Wenn wir uns in Vinas Spiegel betrachtet und ihr vergeben haben, haben wir auch uns selbst vergeben. Sie hat uns durch ihre Sünden erlöst.

Mir ging es nicht anders. Ich habe sie immer gebraucht, um alles geradezubiegen: einen verhauenen Job, einen Zacken aus meiner Krone, eine davongelaufene Frau, die es geschafft hatte, mir mit ihren grausamen Worten unter die Haut zu dringen. Aber erst gegen das Ende ihres Lebens fand ich den Mut, sie um ihre Liebe zu bitten, um sie zu werben, und einen himmlischen Augenblick lang glaubte ich tatsächlich, sie Ormus' Fängen entreißen zu können. Dann starb sie und ließ mich mit einem Schmerz zurück, den nur sie mit ihrer magischen Berührung hätte lindern können. Aber sie war nicht mehr da, um mir die Stirn zu küssen und mir zu sagen, ist schon okay, Rai, du kleiner Lümmel, es geht vorbei, ich streiche meinen Hexenbalsam auf diese schlimmen, bösen Stiche, komm her zu Mama, und du wirst sehen, alles wird gut.

Dies ist es, was ich jetzt empfinde, wenn ich an Don Ángel Cruz denke, wie er in seiner zerbrechlichen Brennerei weinend vor ihr kniete: Neid. Und Eifersucht. *Ich wünschte, ich hätte das getan, hätte mein Herz geöffnet und um sie gebettelt, bevor es zu spät war*, und auch *Ich wünschte, ich hätte dich nicht berührt, du wimmernder, bankrotter Kapitalistenwurm mit deiner Piepsstimme.*

Wir alle wandten uns an sie, um Frieden zu finden, dabei hatte sie selbst keinen Frieden. Also habe ich mich entschlossen, hier in aller Öffentlichkeit aufzuschreiben, was ich ihr nicht mehr vertraulich ins Ohr flüstern kann: das heißt alles. Ich habe mich entschlossen, unsere

Geschichte zu erzählen, ihre und meine und Ormus Camas, alles, bis ins letzte Detail; dann kann sie vielleicht hier, auf dieser Seite, in dieser Unterwelt der Tinte und der Lügen, eine Art Frieden finden, die Ruhe, die ihr das Leben versagt hat. Und nun stehe ich am Tor des Infernos der Sprache, vor mir einen bellenden Hund, einen wartenden Fährmann und unter der Zunge eine Münze für die Überfahrt.

»Ich war kein schlechter Mensch«, wimmerte Don Ángel Cruz. Okay, jetzt werde ich auch mal wimmern. Hör zu, Vina: Ich bin auch kein schlechter Mensch. Obwohl ich, wie ich offen gestehe, ein Verräter an der Liebe war und als einziges Kind bisher noch kein Kind gezeugt habe, aber im Namen der Kunst die Bilder der Geschlagenen und der Toten gestohlen, getändelt und die Achseln gezuckt (um die Engel von meinen Schultern zu vertreiben, die über mich wachten) und noch weit schlimmere Dinge getan habe; dennoch sehe ich mich als Mann unter Männern, als einen Mann, wie Männer sind, nicht besser und nicht schlechter. Obwohl ich dazu verurteilt bin, von Insekten gestochen zu werden, habe ich nicht das verruchte Leben eines Bösewichts geführt. Verlaß dich drauf: wirklich nicht.

Kennen Sie den vierten Gesang der *Georgica* des Barden von Mantua, P. Vergilius Maro? Ormus Camas Vater, der gestrenge Sir Darius Xerxes Cama, Klassizist und Honigfreund, kannte seinen Vergil, und durch ihn lernte auch ich etwas davon kennen. Sir Darius war natürlich ein Bewunderer des Aristaeus; Aristaeus, der erste Bienenzüchter der Weltliteratur, dessen unwillkommene Avancen die Dryade Eurydike dazu brachten, auf eine Schlange zu treten, woraufhin die Waldnymphe den Tod erlitt und die Berge weinten. Vergils Version der Orpheus-Geschichte ist außergewöhnlich: Er berichtet sie in sechsundsiebzig flammenden Zeilen, schreibt mit überwältigender Kraft, und dann läßt er Aristaeus in beiläufigen dreißig weiteren Zeilen sein rituelles Sühneopfer bringen, und damit hat sich's, Ende des Gesangs, kein Grund, noch länger über diese törichten, todgeweihten Liebenden zu trauern. Der eigentliche Held des Gesangs ist der Bienenzüchter, der ›arkadische Meister‹, Bewirker eines Wunders, weit größer als die Kunst des unglücklichen thrakischen Sängers, die nicht einmal seine Geliebte von den Toten zu erwecken vermochte. Das ist es, was Aristaeus vermochte: *Er konnte aus dem faulenden Kadaver einer Kuh spontan neue Bienen entstehen lassen.* Er war »die himmlische Gabe des Honigs aus der Luft«.

Nun gut. Don Ángel konnte aus blauen Agaven Tequila machen. Und ich, Umeed Merchant, Fotograf, konnte spontan neue Bedeutungen aus den verwesenden Kadavern dessen schaffen, was sich tatsächlich abspielte. Ich besitze die teuflische Gabe, in gleichgültigen Augen Reaktionen auszulösen, Gefühle, vielleicht sogar Verständnis, indem ich die schweigenden Gesichter der Realität vor ihnen ausbreite. Auch ich bin korrumpiert, kein Mensch weiß besser als ich, wie unwiderruflich. Auch gibt es keine Opfer, die ich bringen, oder Götter, die ich versöhnlich stimmen könnte. Und dennoch bedeuten meine Namen ›Hoffnung‹ und ›Wille‹, und das zählt doch auch etwas, nicht wahr? Stimmt's, Vina?

Aber sicher, Baby. Sicher, Rai, mein Liebling. Es zählt.

Musik, Liebe, Tod. Irgendwie ein Dreieck; vielleicht sogar ein ewiges. Doch Aristaeus, der den Tod brachte, brachte auch Leben, ein bißchen wie der Gott Shiva damals, zu Hause. Nicht nur Tänzer, sondern sowohl Schöpfer als auch Zerstörer. Nicht nur von Bienen gestochen, sondern auch Schöpfer des Stiches der Bienen. So also Musik, Liebe und Leben-Tod: diese drei. Wie wir es früher ebenfalls waren. Ormus, Vina und ich. Wir ersparten einander nichts. Daher wird auch in dieser Geschichte nichts ausgelassen werden. Vina, ich muß dich verraten, damit ich dich endlich loslassen kann.

Laßt uns beginnen.

Melodien und Stille

Ormus Cama wurde in den frühen Stunden des 27. Mai 1937 in Bombay, Indien, geboren und begann nur wenige Minuten nach seiner Geburt mit beiden Händen seltsame, sehr schnelle Fingerbewegungen zu machen, die jeder Gitarrist als Akkordfolgen identifiziert hätte. Da nun aber zu jenen, die zu der von Gurrlauten begleiteten Bewunderung des Neugeborenen in der Privatklinik der Sisters of Maria Gratiaplena in der Altamount Road oder auch später in der Familienwohnung in Apollo Bunder geladen waren, kein Gitarrenspieler gehörte, wäre das Wunder möglicherweise niemals bemerkt worden, hätte es nicht eine einzelne Rolle 18-mm-Film gegeben, die am 17. Juni mit einer Paillard Bolex aufgenommen wurde, Eigentum meines Vaters, Mr. V. V. Merchant, eines begeisterten Schmalfilmamateurs. Der ›Vivvy-Film‹, als der er später bekannt wurde, überlebte glücklicherweise in akzeptablem Zustand, bis die neuen Computertechnologien es viele Jahre später ermöglichten, in digital vergrößerten Nahaufnahmen die Patschhändchen von Baby Ormus zu bewundern, wie sie in der leeren Luft Gitarre spielten und tonlos eine komplizierte Reihe von Monster-Riffs und Dizzy Licks mit einem Tempo und einem Gefühl hinlegten, auf welche die größten Routiniers des Instruments stolz gewesen wären.

Damals, am Anfang, war die Musik jedoch das letzte, an das man dachte. Lady Spenta Cama, Ormus' Mutter, hatte in der fünfunddreißigsten Schwangerschaftswoche erfahren müssen, daß das Kind, das sie trug, im Mutterleib gestorben war. Zu diesem späten Zeitpunkt hatte sie keine andere Wahl, als die ganze Qual der Wehen durchzustehen, und als sie den totgeborenen Körper von Ormus' älterem Bruder Gayo sah, seinen nichtidentischen, zweieiigen Zwillingsbruder war sie so niedergeschlagen, daß sie fest daran glaubte, die unveränderte Bewegung in ihrem Leib sei ihr eigener Tod, der zur Welt gebracht werden wolle, damit sie sofort mit ihrem leblosen Kind wiedervereint werden konnte.

Bis zu diesem unglückseligen Moment war sie ein sanftmütiger Mensch gewesen, astigmatisch und endomorph, der zu einer gewissen kuhähnlichen Rotation des Unterkiefers neigte, die Sir Darius Xerxes Cama, ihr redegewandter, jähzorniger, launenhafter Ehemann, hochgewachsen, ektomorph und unter dem roten Fez mit der Goldquaste überdimensional schnauzbärtig und mit stechenden Augen ausgestattet, häufig durchaus absichtlich für Dummheit hielt. Es war nicht Dummheit. Es war die Flügelschwere einer Seele, die ganz mit der geistigen Ebene beschäftigt ist, oder, genauer, einer Seele, die in ihrer alltäglichen Routine eine Möglichkeit fand, mit dem Göttlichen zu kommunizieren.

Lady Spenta Cama unterhielt sich mit den zwei Parsi-Engeln, den Amesha Spentas, von denen sie ihren Namen hatte: dem Engel Gute Gedanken, mit dem sie täglich morgens eine Stunde lang stumme Gespräche führte (sie weigerte sich hartnäckig, ihrem Ehemann oder einem anderen den Inhalt dieser Plaudereien mitzuteilen); und dem Engel Geordnete Redlichkeit, unter dessen Führung sie gewissenhaft und aufmerksam die Angelegenheiten des Haushalts erledigte, dessen Beaufsichtigung sie den größten Teil des Nachmittags kostete. Von den zahlreichen übernatürlichen Spentas waren es diese beiden, denen sie sich besonders wahlverwandt fühlte. Der Engel Vortrefflichkeit und der Engel Unsterblichkeit gingen weit über ihre Möglichkeiten hinaus, räumte sie bescheiden ein, und was den Engel Perfekte Souveränität und den Engel Göttliche Frömmigkeit betraf, so wäre es unbescheiden gewesen, eine allzu enge Verbindung mit ihnen zu behaupten.

Das christliche und muslimische Konzept der Engel, pflegte sie zu prahlen, sei von diesen zoroastrischen Originalen ›abgeleitet‹ worden, genau wie die Teufel von ›unseren Daevas‹ abstammten; und so besitzergreifend war ihr Gefühl für, ihr Stolz auf den Parsi-Primat, daß sie von diesen bösen Mächten sprach, als seien sie ihre persönlichen Lieblinge oder eines aus der Vielzahl der Porzellannippsachen,

35

die sie überall in der vollgestopften Apollo-Bunder-Wohnung der Camas verteilt hatte, jenes vielbegehrten Bombay-Viertels mit den fünf hohen Fenstern, die weit auf das Meer hinausblickten. Immerhin war es verwunderlich, daß ein Mensch, dem die Tugend so nahestand, sich so hemmungslos den Daevas Elend, Falscher Eindruck und Böse Gedanken hingab und lauthals Weh und Leid klagte.

»Arré, komm schon, holt mich, warum denn nicht, o Tod, dein Reich komme zu mir«, jammerte Lady Spenta. Die beiden imposanten Walküren an ihrem Bett krausten mißbilligend die Stirn. Ute Schaapsteker, die Chefgynäkologin der Maria-Gratiaplena-Privatklinik (in den höheren Kreisen der Stadt als »Snooty Utie« oder auch »Sister Adolf« bekannt), machte eine Anzahl scharfer, warnender Bemerkungen über die Ungehörigkeit einer so frühen Sehnsucht nach dem Tod, der zu gegebener Zeit mit Sicherheit schon noch kommen werde, aber dann eben ungebeten. Ihre Gehilfin, die Hebamme Sister John, war zu jener Zeit noch jung, aber bereits auf dem besten Wege, zu jener dunklen Galeone der Wochenbettpflege zu werden, deren einschüchternde Strenge und deren Oberlippenmuttermal im Verlauf der folgenden fünfzig Jahre so manche Bombay-Entbindung überschatten sollten. »Frohe Botschaft von Glück und Freude!« dröhnte sie sauertöpfisch. »Denn IHM, dem Allmächtigen, hat es gefallen, die Seele dieses glücklichen Kindes zu ernten, als wäre es ein gesegnetes Reiskorn.« Dieses Duo hätte vermutlich noch eine ganze Weile so weitergemacht, hätte Lady Spenta nicht plötzlich in einem völlig veränderten, ja weitgehend verblüfften Ton ergänzt: »Starker Druck auf die Rückseite meines Geburtskanals, entweder muß ich gleich Stuhl ausscheiden, oder irgend ein anderer *chokra* versucht ans Licht zu gelangen.«

Es war natürlich nicht der Tod gewesen, der sich in ihr regte. Auch drohten sich ihre Eingeweide nicht zu entleeren. Sondern sie gebar sehr schnell einen kleinen, aber gesunden Säugling, ein kleines, viereinhalb Pfund schweres Würmchen von einem Jungen, dessen Existenz bei Dr. Schaapstekers Untersuchungen sowohl während der Schwangerschaft als auch während der Wehen hinter dem größeren Körper seines Zwillingsbruders verborgen geblieben war. Seltsamerweise hatten die Camas schon einmal zweieiige männliche Zwillinge bekommen, Khusro und Ardaviraf, überall nur als »Cyrus und Virus« bekannt, und inzwischen fünf Jahre alt. Sir Darius Xerxes Cama, der seine griechische Mythologie kannte, war mit der Neigung der Götter des Olymp vertraut, einen Säugling (Idas, Polydeuces) halbgöttlicher Abstammung in einen Mutterleib zu senken, der sich gerade zur Geburt eines vollmenschlichen Kindes bereitmachte (Lynceus, Castor). Im Fall des frühreifen, vielfältig begabten Khusro – eines Knaben mit der unverfälschten Rücksichtslosigkeit eines wahren Helden – und des geistig schwerfälligen, sanften Ardaviraf hätten die alten Griechen keine Schwierigkeiten gehabt, das Kind mit dem göttlichen Vater zu identifizieren. In diesem zweiten Fall war vermutlich der tote Gayo das menschliche und der lebende Ormus das Kind mit dem Stammbaum und den Sehnsüchten der Unsterblichen. Also war es Sir Darius bestimmt, Vater eines Wechselbalgs und eines Leichnams zu sein, ein eher wenig rühmliches Schicksal. Aber Gelehrsamkeit ist eines, Vaterschaft etwas anderes, und Sir Darius Xerxes Cama, der »Apollonier von Apollo Bunder«, war ein standhafter cantabrigianischer Rationalist und ein hervorragender Barrister, der im Middle Temple »seine Dinners eingenommen« und sein Leben infolgedessen dem geweiht hatte, was er, in einem absichtlich oxymoronischem Geistesblitz, »das Wunder der Vernunft« bezeichnete. Er dachte nicht daran, seine Vaterschaftsrechte an irgendeinen Gott, woher dieser auch kommen mochte, abzutreten, sondern ergriff die Zügel der Vaterpflichten und unterdrückte, streng, aber gerecht, all seine Kinder gleichermaßen.

Der lebende Säugling wurde von der stirnrunzelnden Sister John, der es schwerer fiel, eine Geburt zu feiern als eine ›Ernte‹, in den Inkubator gebracht. Der tote Säugling wurde entfernt (es gibt Anblicke, die zuviel für die Augen der Männer sind), und dann endlich wurde Sir Darius Xerxes Cama Zutritt zum Entbindungszimmer gewährt. Spenta hatte ein schlechtes Gewissen. »Im Augenblick seiner Geburt habe ich den Dienern der Lüge gestattet, Besitz von meiner Zunge zu ergreifen«, gestand sie. Sir Darius fand es schon lange schwierig, die diversen Manifestationen der buchstabengläubigen Religiosität seiner Frau zu bewältigen. Er tat sein Bestes, sein Unbehagen zu kaschieren, vermochte sich aber der Vorstellung nicht zu erwehren, wie die Zunge der Lady Spenta von kleinen, fledermausbeflügelten Kreaturen bearbeitet wurde, die von Angra Mainyu, auch bekannt als Ahriman, persönlich, geschickt worden waren. Er schloß die Augen und erschauerte.

Lady Spenta sammelte neue Kraft. »Wessen Idee war es denn, den armen Jungen Gayo zu nennen?« fragte sie und vergaß in der Hitze und der emotionalen Zwiespältigkeit des Augenblicks, daß es ihre eigene gewesen war. Ihr Ehemann, zu höflich, um sie daran zu erinnern, senkte das Haupt und nahm die Schuld auf sich. Gayomart, der Erstgeschaffene, war in der Tat vor langer Zeit von Angra Mainyu getötet worden. »Eine *schlechte* Namenswahl!« rief Lady Spenta und brach abermals in Tränen aus. Da Sir Darius Xerxes Cama das Haupt noch tiefer senkte, mußte Lady Spenta das Wort schließlich an die Quaste auf dem Deckel seines Fez richten. Sie versetzte ihr einen Faustschlag. Der ein hohles Geräusch erzeugte. »Die einzige Möglichkeit zur Wiedergutmachung«, erklärte sie schluchzend, »besteht darin, daß der überlebende Knabe auf der Stelle den Namen Gottes erhält.«

Hormuz oder Ormazd, örtliche Versionen von Ahura Mazda, lauteten ihre Optionen, welche Sir Darius Xerxes Cama, der Klassizist, sofort zu Ormus latinisierte. Damit gab sich seine Frau zufrieden. Sie trocknete sich die Augen, und dann besuchte das Paar gemeinsam den Inkubatorraum, wo Ute Schaapsteker ihnen bestätigte, daß das Kind überleben werde. »Mein kleiner Ormie«, flötete Lady Spenta dem Winzling durch das Inkubatorglas zu. »Mein Zwergelchen. Jetzt bist du vor der Hölle sicher. Jetzt kann sich der Boden nicht mehr auftun und dich verschlingen.«

Nachdem Sir Darius von Snooty Utie im Hinblick auf die Überlebenschancen des kleinen Ormus beruhigt worden war, entschuldigte er sich, ging sogar so weit, seiner Frau einen Kuß zu geben, und eilte – für Lady Spentas Geschmack ein wenig zu hastig – davon, um

Kricket zu spielen. Es war ein großes Match. In jenem Jahr war das alljährliche Viererturnier zwischen den Teams der Briten, Hindus, Muslims und Parsen zum Fünferturnier erweitert worden, und Sir Darius wurde auserwählt, für die Parsen gegen die Neuen anzutreten, die sich The Rest nannten, eine Elf aus den Reihen von Bombays Christen, Anglo-Indern und Juden. Mit dreiundvierzig Jahren verfügte Sir Darius Xerxes Cama noch immer über die körperliche Kraft und göttergleiche Muskulatur eines Allroundsporthelden, Bodybuilders und ehemaligen Champions der Amateurringer. Seine eleganten linkshändigen Schläge waren immer noch sehr begehrt; sein ganz persönlicher Trick jedoch war ein bedächtig ausgeführter und deswegen beunruhigender, aber dennoch höchst wirkungsvoller, verzögert geschnittener Schlag. Und beim Bowling vermochte er immer noch ein gefährliches Tempo zu erreichen: Die »Donnerschläge des Darius« wurden die Würfe genannt. Als er nach den angstvollen Nachtstunden auf der Entbindungsstation den langen Mantel und hohen Fez des Parsi-Gentleman ablegte und in den weißen Dreß schlüpfte, spürte er, wie sich seiner eine stolze Erleichterung bemächtigte. Jetzt war er endlich nicht mehr gezwungen, um die Zone weiblicher Geschäftigkeit herumzuschleichen! Jetzt war er ein entfesselter Tiger, und sein geradezu platzender Stolz darauf, Vater eines dritten Sohnes geworden zu sein, würde die Gegner sogleich in Form von tüchtigen Taten heimsuchen. Diese Verwandlung vom Bürger zum Sportler in der Zurückgezogenheit des Umkleidezeltes am Rand des großen Maidan war es, die Sir Darius von allen Ritualen des Lebens am meisten genoß. (Wenn er nach einem anstrengenden Tag der Juristerei Robe und Perücke des Anwalts ablegte und sein Schlagholz zur Hand nahm, fühlte er sich, als schlüpfe er in seine bessere Natur, in ein weit positiveres Ich von olympischer Kraft und Grazie.) Der Schlagmann, der mit ihm zusammen das Spiel eröffnete, ein schneidiger junger Draufgänger namens Homi Catrack, fragte ihn, ob er nach einer durchwachten Nacht noch spielen könne. »Pffft!« machte Sir Darius und trat vor, um sich für seine Rasse zu schlagen. Auf dem Maidan wartete eine große, lärmende Menschenmenge auf ihn. Das Verhalten der Zuschauer in Bombay hatte Sir Darius schon

39

immer mißfallen. Für ihn war es der einzige Makel an diesen sonst so wundervollen Tagen. Das Gejohle, das Gekreische, das Trompetengeschmetter, das Schlagen der Dhols, das ansteigende Skandieren, als ein Schrittmacher auf den Platz lief, die ohrenbetäubenden Sprechchöre, die Rufe der Imbißverkäufer, das brüllende Gelächter, kurz gesagt, der ununterbrochene Lärm schuf nach Sir Darius' Meinung eine recht unpassende Umgebung für die Ausübung der noblen Kunst dieses Spiels. Wenn die imperialen Oberherren des Landes dieses obszöne Verhalten der Bevölkerung sahen, konnten sie nur Enttäuschung über die fortgesetzte Rückständigkeit jener empfinden, über die sie seit so langer Zeit so weise geherrscht hatten. Als Sir Darius Xerxes Cama zum Schlagen hinaustrat, hätte er am liebsten laut gerufen: »Reißt euch zusammen! Zeigt, was ihr könnt! Die Briten beobachten uns.«

Es war ein ›schöner Tag‹, der Tag von Ormus Camas Geburt. Mit diesem alten Bombay-Ausdruck, längst schon aus der Mode gekommen, meinte man früher einen Tag, an dem eine unerwartete Wolkendecke erleichternde Abkühlung der Hitze brachte. Schulkinder bekamen ›schöner-Tag-frei‹, wie es in jenen fernen Tagen gelegentlich üblich war. Dieser spezielle schöne Tag jedoch stand unter einem schlechten Stern. Daevas, Dämonen, waren beschworen worden, und Mißbilligung lag in der Luft. Bei den Schwestern der Maria-Gratiaplena-Privatklinik hatte Snooty Utie Schaapstekers Mißbilligung von Lady Spentas Selbstmitleid zusammen mit Sir Darius' Mißbilligung dessen, was er bei anderer Gelegenheit als »Aberglauben« seiner Gemahlin bezeichnet hätte, alles andere als eine festliche Stimmung erzeugt. Und auch hier, auf dem Kricketplatz, gab es unerwartete Äußerungen des Unmuts. Eine Schar aus Sympathisanten der Nationalisten war mit den verschiedensten ohrenbetäubenden Musikinstrumenten aufgetaucht und ließ es sich vom Beginn des Spiels an nicht nehmen, die Konzentration der Spieler durch eine – in Sir Darius' Augen – besonders geschmacklose Art musikalischer Zwischenrufe zu stören.

»Seid nicht *wicket*«, skandierten die Zwischenrufer zum Schlagen der Trommeln und Schmettern der Trompeten, »verbietet kommunales Kricket!« Sir Darius Xerxes Cama wußte natürlich, daß Mahatma Gandhi und seine Anhänger das Fünferturnier als kommunalentzweienden Rückschritt gebrandmarkt hatten, bei dem Männer von kolonialisierter Mentalität wie kleine Affen zur Belustigung der Briten Kunststücke vollführten und die Politik des Teile-und-Herrsche auf wenig hilfreiche Art und Weise förderten. Sir Darius war kein Unabhängigkeitsverfechter. Nationalisten! Er bezweifelte sehr, daß es klug wäre, die Regierung in Indien Männern mit so begrenztem Musikverständnis zu überlassen. Vor Mr. Gandhi persönlich hegte er zähneknirschenden Respekt, fand allerdings, wenn er den großen Mann in feinen Flanell stecken und ihm die Grundregeln des Spiels beibringen könnte, würde der Mahatma den Wert des Turniers für die Förderung des Wettbewerbsdenkens erkennen müssen, ohne das kein Volk seinen Platz in der vordersten Front der Weltgemeinschaft einnehmen konnte.

Als er die Aufstellungslinie erreichte, brüllte einer der Zwischenrufer: »Lady Daria ist am Spiel!« Sofort nahm ein beunruhigend großer Teil der Menge – vermutlich Christen, Anglos oder Juden, schnaubte Sir Darius mißvergnügt – den beleidigenden Singsang auf. »Lady Cama, zeig uns ein Drama! Zeig uns einen Catch und sei ein Charmer!« Tuut, rassel, klirr. »Zeig uns ein Drama, Lady Cama!« Jetzt erst entdeckte Sir Darius, daß seine eigenen Söhne, die fünfjährigen Zwillinge Cyrus und Virus, mit ihrer Aja ganz in der Nähe der nationalistischen Störenfriede auf dem Rasen saßen, fröhlich grinsten und rundherum so aussahen, als hätten sie Spaß an den Kapriolen der Spielverderber. Den Schläger schwingend, ging er ein paar Schritte weit auf sie zu. »Khusro! Ardaviraf! Verschwindet!« rief er. Die Knaben und ihre Aja konnten ihn bei dem Klamauk jedoch nicht verstehen und nahmen an, daß er ihnen zuwinkte. Alle zusammen winkten zurück. Die Störenfriede dagegen glaubten, er schwenke den Schläger gegen sie, und begannen vor Freude darüber, daß sie ihn so sehr provoziert hatten, ihre Anstrengungen zu verdoppeln. Die Musik ihrer vergnügten Feindseligkeit dröhnte ihm in den Ohren. Als Sir Darius Xerxes Cama sich dann zum Wurf bereitmachte, befand er sich in einem keineswegs perfekten Gemütszustand.

Mr. Aaron Abraham, der als erster für The Rest werfen sollte, gelang es, dem neuen Ball unter den wolkenverhangenen Wetterbedingungen einen beunruhigenden Schwung zu verleihen. Sir Darius konnte von Glück sagen, daß er die ersten drei Würfe überstand. Als sie sahen, wie er sich abmühte, wurde die nationalistische Claque sogar noch lauter. Klirr, rassel, tuut. Die Trommler und Trompeter improvisierten eine Melodie, und dann sangen seine Quälgeister immer wieder: »Lady Daria, hau in den Sack, spiel einfach *duck* und mach quak, quak.« Und gleich darauf kam eine leicht abgeänderte, aber offenbar äußerst beliebte Variation: »Lady Donald, make a duck.«
Sir Darius schritt über das Feld, um mit seinem Partner zu sprechen. »Quak haben die gesagt?« schäumte er und ließ seinen Schläger sausen. »Ich werd' ihnen quak geben, aber wer ist dieser Donald?« Noch während er die Frage stellte, fiel ihm jedoch ein, daß er erst kürzlich mit den Zwillingen im Filmtheater gewesen war, um Chaplins *Modern Times* zu sehen, einen Film, den Sir Darius bewunderte – unter anderem dafür, daß er ›stumm‹ war. Im Beiprogramm hatten sie einen kurzen Zeichentrickfilm gesehen, *Orphan's Benefit*, mit einem neuen, anarchisch gewalttätigen, gräßlich lautstarken Antihelden mit Schwimmfüßen. Sir Darius faßte Mut. »Donald – ach ja?« brüllte er. »Ha! Ha! Ha! Ich werd' sie schon zur Ente machen, diese verdammten Kerle da!«
Homi Catrack versuchte vergebens, ihn zu beruhigen. »Hören Sie doch nicht auf diese Proleten! Spielen Sie sich ein; dann werden wir's ihnen schon zeigen.« Aber Sir Darius hatte den Kopf verloren. Der vierte Wurf von Aaron Abraham war sehr locker, sehr leicht zu treffen, und Sir Darius nutzte die Chance. Mit aller Kraft holte er aus, und es kann keinerlei Zweifel daran bestehen, daß er versuchte, mit dem Ball direkt auf die Gruppe der störenden nationalistischen Musikanten zu zielen. Später, in den Klauen einer unstillbaren Zerknirschung, räumte er ein, daß seine verletzte Eitelkeit schlichtweg die Oberhand über die väterliche Vorsicht gewonnen hatte, die doch für ihn das allererste Gebot hätte sein müssen, aber da war es zu spät: Der Kricketball sauste mit Höchstgeschwindigkeit auf die Feldgrenze zu und konnte nicht mehr zurückgeholt werden.

Der Ball würde die Störer nicht treffen, und es gab keine Möglichkeit, seine Bahn zu verändern, doch zahlreiche Zuschauer warfen sich zur Seite, denn er flog mit einer wahrhaft beängstigenden Geschwindigkeit, und dort, mitten in seiner Bahn, sprangen Sir Darius Xerxes Camas nichtidentische Zwillingssöhne auf, um dem großartigen Schlag ihres Vaters Beifall zu spenden – furchtlos, denn wie könnte ihr geliebter Vater einem von ihnen auch nur den geringsten Schaden zufügen wollen?

Ganz zweifellos war die verzögerte Reaktion der Aja zum Teil für den Unfall verantwortlich, doch von dem Augenblick an, da er sah, was gleich geschehen mußte, gab Sir Darius nie einem anderen die Schuld daran als sich selbst. So laut er konnte, brüllte er eine Warnung hinaus, aber die Trommeln und Trompeten waren lauter als seine Stimme, die Musik hinderte ihn daran, Alarm zu schlagen, und einen Augenblick später wurde der süße, träge Ardaviraf Cama von dem sausenden Kricketball mitten zwischen die Augen getroffen und fiel um, als wäre er aus Holz, ein Klotz.

Vermutlich im selben Moment, als die Geschichte der Familie Cama durch diese grausame, zusätzliche Zeile, die Flugbahn eines roten Kricketballs vom Schläger des Vaters zur Stirn seines Sohnes, eine ganz neue Wende nahm, begegneten sich in der Privatklinik der Sisters of Maria Gratiaplena zum erstenmal meine Eltern.

Wenn es um die Liebe geht, dann ist nicht vorauszusehen, was sich die Menschen einbilden. Trotz aller Beweise dafür, daß das Leben nicht ewig währt, daß es ein Tal voller Risse ist und daß der Zufall eine Hauptrolle in unserem Schicksal spielt, glauben wir weiterhin fest an die Kontinuität der Dinge, an Ursache und Bedeutung. Aber wir leben auf einem zersprungenen Spiegel, auf dem tagtäglich neue Risse entstehen. Manche Menschen (wie Virus Cama) fallen durch diese Risse und gehen verloren. Oder sie werden, wie meine Eltern, einander vom Zufall in die Arme geworfen und verlieben sich. In direktem Gegensatz zu ihrer vorherrschend rationalen Lebensphilosophie jedoch haben meine Eltern immer daran geglaubt, vom Schicksal zusammengebracht worden zu sein, das so fest entschlossen war, sie zu vereinen, daß es sich in nicht weniger als viererlei Gestalt manifestierte, das heißt: in gesellschaftlicher, genealogischer, gastronomischer und jener der Sister John.

Sie waren beide gekommen, Lady Spenta Cama zu besuchen, und hatten sich beide in unpassende Trauerfarben gekleidet, denn sie hatten noch nichts von der Geburt des kleinen Ormus gehört und wollten aus reiner Freundschaft versuchen, Lady Spenta zu trösten, welche schließlich das furchtbare Erlebnis einer Totgeburt hinter sich hatte. Meine Eltern waren um eine Generation jünger als Sir Darius und Lady Spenta und beide relativ neue Freunde der Familie. Zwischen den beiden Herren hatte sich eine seltsame Freundschaft entwickelt, weil sie in der Stadt Bombay als solche ein gemeinsames Thema entdeckt hatten; Bombay, diese große Schöpfung einer Metropole durch die Briten, deren erster Chronist im Laufe der Zeit mein Vater werden sollte, der aus England zurückgekehrte und begeisterte Heimatgeschichtler V. V. Merchant (und bald schon schüchterne *auteur* eines später gefeierten Home-Movies). Sir Darius Xerxes Cama, für seine Verdienste um die ›Indische Bar‹, die Anwaltschaft, mit dem Titel eines Baronets geehrt, pflegte oft laut lachend zu behaupten, auch er sei eine große hauptstädtische Schöpfung der Briten und stolz darauf. »Wenn Sie die Geschichte dieser Stadt schreiben, Merchant«, dröhnte er eines Abends im Clubhaus bei einem Abendessen aus Mulligatawny und Butterfisch, »werden Sie möglicherweise feststellen, daß es meine persönliche Autobiographie ist, die Sie da niedergeschrieben haben.« Was dagegen meine Mutter betrifft, so hatte sie Lady Spenta Cama bei den Zusammenkünften der Literaturgesellschaft von Bombay kennengelernt. Lady Spenta war zwar die unbelesenste aller Frauen, doch ihre freundlichgelassene Unbekümmertheit angesichts ihrer nahezu himalayahohen Ignoranz weckte in der jüngeren (und unendlich intelligenteren) Ameer eine Art belustigter Ehrfurcht, die sich – hätten die Ereignisse einen anderen Lauf genommen – vielleicht zu einer Freundschaft entwickelt hätte.

Im Wartezimmer der Privatklinik, umgeben von den strahlenden

Verwandten der männlichen Säuglinge und den entschlossen glücklichen Verwandten der weiblichen Neugeborenen, waren meine zukünftigen Eltern ein seltsames Paar: er mit dunklem Anzug und
Trauermiene, sie in einem schlichten weißen Sari, ohne jeden
Schmuck und mit nur wenig Make-up. (Viele Jahre später vertraute
sie mir an: »Ich war der Liebe deines Vaters immer sicher, denn als er
sich in mich verliebte, sah ich weniger anziehend aus als ein Wasserbüffel.«) Da sie die einzigen Trauernden an einem Ort der Freude
waren, konnte es nur natürlich sein, daß sie aufeinander zugingen
und sich gegenseitig vorstellten.

Beide fühlten sich vermutlich nicht besonders wohl bei dem Gedanken, Lady Spenta und Sir Darius in einem Moment gegenüberzutreten, von dem sie glaubten, daß es ein Augenblick tiefer Trauer sei.
Aufgrund einer würgenden emotionalen Sprachlosigkeit, die es ihm
schwermachte, der Außenwelt die großen, tiefen Gefühle in seiner
Brust mitzuteilen, und einem weltfremden Temperament, das ihn
veranlaßte, die muffige Atmosphäre von Archiven dem unergründlichen Chaos des Lebens in Bombay vorzuziehen, hätte mein weichherziger Vater vermutlich von einem Fuß auf den anderen getreten
und sein schiefzahniges Lächeln aufgesetzt. Ameer, meine Mutter –
nach ihrer späteren ironischen Selbsteinschätzung »reich durch Namen und richtiges Geld in der Familie« –, fühlte sich vermutlich auch
nicht recht wohl, denn ihr kamen weder Beileidsworte noch Gratulationen leicht über die Lippen. Ich will nicht etwa sagen, daß sie gefühlskalt war; ganz im Gegenteil. Meine Mutter war eine enttäuschte
Altruistin, eine zornige Frau, die auf die Erde herabkam, weil sie
dort einen besseren Ort erwartete, im Schoß des Luxus landete und
sich nie von der desillusionierenden Entdeckung erholte, daß nicht
angenehme Freude, sondern elendes Leiden das normale Los der
Menschen war. Weder ihre Philanthropie noch ihre Temperamentsausbrüche waren geeignet – obwohl sie beide beeindruckend
waren –, ihre Enttäuschung von diesem Planeten und ihrer eigenen
Spezies zu besänftigen. Ihre Reaktionen auf Geburt und Tod, geformt von dem Gefühl, vom ganzen Kosmos im Stich gelassen
worden zu sein, mochten für das ungeübte Ohr, nun ja, ein wenig

zynisch klingen. Oder auch, um ehrlich zu sein, herzlos, brutal und tödlich offensiv. *Totes Baby? Was soll man sonst schon erwarten? Jedenfalls ist er dem Schlimmsten entgangen. Lebendes Baby? Armes Kerlchen. Was wird der bloß alles durchmachen müssen!* Das war so ihre Art.

Bevor sie jedoch eine derartige Äußerung tun und sich damit die Liebe meines zukünftigen Vaters für immer verscherzen konnte, wurde sie durch eine verblüffende Entdeckung daran gehindert, und von da an lief die Geschichte wie ein Eisenbahnzug, der durch eine unvermittelte Weichenstellung auf ein anderes Gleis geführt wird, auf einer ganz neuen Spur weiter.

»Ich bin Merchant«, stellte sich mein Vater vor. »Wie Vijay, aber nicht verwandt, obwohl ich ebenfalls V. bin. Ja, sogar V. V.« Ameer krauste die Stirn – nicht, weil sie nicht wußte, daß Vijay Merchant ein aufsteigender Stern des indischen Krickets war, sondern ...

»Wie können Sie ›Merchant‹ sein?« entgegnete sie. »Sie können nicht ›Merchant‹ sein. Ich ...«, nachdrücklich tippte sie sich auf die Brust, »*ich* bin Merchant. Ameer.«

»Sie?« (Verwirrt.)

»Ich.« (Nachdrücklich.)

»Sind Merchant?« (Kopfschüttelnd.)

»*A.* Merchant. Miss.« (Achselzuckend.)

»Dann sind wir beide Merchants«, stellte V. V. verwundert fest.

»Seien Sie nicht albern«, gab Ameer zurück.

Jetzt ließ V. V. Merchant einen langen Redestrom los. »Bis zur Zeit meines Großvaters waren wir Shettys oder Shetias oder Sheths. Er anglisierte den Namen, standardisierte ihn. Außerdem konvertierte er. Wurde so eine Art schlechter Moslem. Streng nichtpraktizierend, wie wir es alle geblieben sind. Warum dann die Mühe? werden Sie fragen. Worauf ich antworte: Warum nicht?«

»Sheths, sagen Sie?« sinnierte Ameer, beim Thema bleibend.

»Und jetzt Merchant.«

»Dann *sind* Sie tatsächlich ein Merchant«, räumte sie ein.

»Zu Ihren Diensten.«

»Aber nicht verwandt.«

»Unglücklicherweise nicht.«

Im Verlauf des oben geschilderten Gesprächs war meine Mutter zu einer wichtigen, wenn auch noch provisorischen Entscheidung gelangt. Unter V. V. Merchants Schüchternheit und hinter seinen schiefen Zähnen hatte sie das Vorhandensein einer großen Seele erspäht, einer Seele von tiefster Beständigkeit, einen Felsen, auf den sie, wie sie später blasphemisch zu verkünden beliebte, ihre Kirche bauen konnte. Daher erklärte sie tollkühn und in einem Ton, der keinen Widerspruch zuließ: »Zwischen einem Merchant und einem anderen Merchant gibt es keinen Mittelweg. Entweder müssen wir eingeschworene Rivalen sein, oder wir müssen uns als Partner zusammentun.«

Mein Vater errötete – so tief, daß seine zerzausten und jetzt schon schütter werdenden Haare vor Wonne zu beben begannen.

Was gesellschaftliche Umstände in Gang setzten und nomenklatorische Zufälle förderten, wurde durch die tröstlichen Geschenke, die sie beide für Lady Spenta mitgebracht hatten, weiter konsolidiert. Voll Überraschung sah Mr. V. V. Merchant die kleine Tragetasche in Miss Ameer Merchants Hand; nicht weniger überrascht bemerkte Miss Ameer Merchant, daß Mr. V. V. Merchant eine absolut identische Tragetasche hielt. Auf beiden Taschen stand deutlich lesbar der Name eines gewissen hochgeachteten Lebensmittelgeschäfts in der Nähe der Kemp's Corner, und beide Tragetaschen bargen identische Glasbehälter.

»Honig«, erklärte V. V. Merchant, »Honig aus dem Kaschmirtal. Um sie an die Süße des Lebens zu erinnern.«

»Wie kann es Kaschmir-Honig sein?« rief Ameer aus. »*Das hier* ist Kaschmir-Honig.«

Sie zeigte ihm ihr Glas; er zeigte ihr das seine. Sie wollte ihm zürnen, statt dessen brach sie in Lachen aus. Mein Vater lachte ebenfalls.

Die fleißige Arbeit der fernen Bienen hatte den Pfad der Liebe bereitet.

Schließlich – und krampfhaft – zeigte sich die Inkarnation ihres Schicksals als eine zornige Nonne, denn in diesem Moment sahen sie sich mit der gestrengen, voluminösen Gegenwart einer Frau mit einer

Penumbra wie eine teilweise Sonnenfinsternis konfrontiert. »Ja?«
blaffte Sister John so schroff, daß sie die ohnehin schon belustigten
Merchants damit in einen heftigen Kicheranfall stürzte. »Wir«, er-
klärte V. V. Merchant, der sich die Seiten hielt, »sind gekommen, um
Lady Spenta Cama bei ihrem tragischen Verlust beizustehen.«
»Eine furchtbare Geschichte«, klagte meine Mutter, während sie sich
die Lachtränen wegwischte. »Die Geburt eines toten Kindes.«
»Hütet euch!« warnte Sister John mit einer Stimme wie das Letzte
Gericht. »Sonst könntet ihr für eure Sünden in der Hölle brennen!«
Im Wartezimmer wurde es totenstill. Die beiden Merchants, von der
Warnung der Hebamme tief getroffen, rückten instinktiv dichter zusammen: schlossen die Reihen. Eine Hand (seine, ihre) streifte eine
andere Hand (ihre, seine). In den darauffolgenden Jahren stritten sie
sich immer wieder wonnevoll darüber, wer den ersten Schritt getan
hatte, wessen Finger nach denen des anderen gegriffen, wer der Grei-
fer und wer der Gegriffene gewesen war. Was allerdings unbestritten
war – ›dreist‹ und ›locker‹ müßte man dieses Vorgehen wohl beschreiben –, ist die Tatsache, daß Sister John ihre Hände zusammen-
gab, die von da an kaum mehr getrennt wurden. Bis sie, viele Jahre
später, von einer dritten Partei entflochten wurden. Von einer Art
Liebhaberin, jawohl, oder wenigstens Geliebter. Einer alten Dame,
die nicht mal ein menschliches Wesen war. Ich meine damit die Stadt
Bombay selbst.
»Wie dem auch sei«, setzte Sister John achselzuckend hinzu, »es gibt
immerhin auch eine Geburt.«

Durch Sister John erhielten die beiden Merchants nunmehr die
Nachricht von der unerwarteten Ankunft eines lebenden Kindes, die
niemand so recht zu feiern wußte, weil diese Geburt so eng mit der
Tragödie von Gayomart Cama verbunden war, dessen Leben been-
det war, bevor es begann. In Abwesenheit von Sir Darius hatte die
Nonne zu bestimmen und stellte sich meinen Eltern in den Weg.
»Lady Spenta ruht. Kommen Sie später.« Nach langen Überredungs-
versuchen erklärte sich diese kämpferische Fregatte von Hebamme

48

endlich bereit, Vivvy und Ameer den winzigen, jedoch unzweifelhaft mit den Fingern zuckenden Säugling Ormus in seinem beleuchteten Glasinkubator zu zeigen, wo er, ein Knie angezogen, auf dem Rücken lag, ganz und gar nicht wie ein Gott, sondern mit einem kleinen dunkelroten Bluterguß auf dem linken Augenlid, der aussah wie der Schatten eines Augapfels. Als meine Mutter ihn in diesem hellen Kasten sah, sagte sie unwillkürlich: »Der kleine Däumling sieht in diesem Glassarg viel eher aus wie Schneewittchen.«

Woraufhin ein zweifaches, hörbares Atemanhalten ihr sagte, daß dieser unglücklich gewählte Vergleich nicht nur Sister John, sondern auch Lady Spenta Cama selbst schockiert hatte – Lady Spenta, die sich erhoben hatte, um ihre Besucher zu begrüßen, und hinter sie getreten war, um von diesem eiskalten verbalen Wasserstrahl direkt zwischen die Augen getroffen zu werden. »Oh«, rief Lady Spenta, die vor Schreck blinzelte, wie angewurzelt stehenblieb und ihre lockere Kinnlade rotieren ließ. »Ein Sarg, haben Sie gesagt? O weh, o weh! Eine böse Fee ist gekommen, um mein armes Kind zu verfluchen!«

Unbeholfen versuchte mein Vater sie zu beruhigen, aber es war zu spät. Zu spät, diesen gar nicht so schönen Tag zu retten.

Ich wiederhole: Bis zum Tag von Ormus' Geburt war Lady Spenta Cama von einem fast übernatürlich sanften Gemüt gewesen. Die neue Heftigkeit ihrer Formulierungen war daher ein Hinweis auf die unglückselige, transformatorische Natur dieses Moments. Von jener Zeit an veränderte sich ihre Persönlichkeit; sie wurde nervös, unruhig, leicht erregbar. Außerdem vermochte Spenta, nachdem sie den sogenannten Fluch meiner Mutter mitangehört hatte, ihren verfluchten Sohn nicht mehr so sehr zu lieben, wie er es verdiente. Statt dessen scheute sie vor ihm zurück, als trage er eine ansteckende Krankheit.

Dank der Ratty-and-Mole-Zuneigung zwischen Sir Darius Cama und V. V. Merchant – der Ältere ein auffallender Bonvivant und Sportsmann im eleganten Blazer, der Jüngere eine der dunkleren Wühlmäuse des Lebens – gab es drei Wochen später die Chance zur Wiedergutmachung, die auch sofort ergriffen wurde. Ameer und

Vivvy waren inzwischen unzertrennlich geworden. Arm in Arm begaben sie sich zur Apollo-Bunder-Wohnung. V. V. Merchant nahm seine Paillard Bolex mit, filmte den Säugling Ormus in seiner Wiege und brachte Lady Spenta den Film als Friedensangebot, das sie, äußerlich wieder zu ihrem gewohnten Gleichmut zurückgekehrt, bereitwillig akzeptierte. Dennoch kamen sich meine und Ormus' Mutter nie wirklich nahe.

Aber ich darf meiner Geschichte nicht zu weit vorgreifen.

Nach Miss Ameer Merchants unbeabsichtigtem Fauxpas führte mein Vater meine gereizte, jedoch keineswegs verlegene Mutter davon. Während Lady Spenta Cama, rasend vor Aberglauben, ins Bett zurückkehrte. Der Geburtstag ihres Sohnes Ormus, ohnehin schon ein zwiespältiges Ereignis, war mit einem weiteren Makel behaftet worden, als Ameer das Bild des Todes im Glassarg heraufbeschwor. Und als Sister John ihr kurz darauf bekümmert die Nachricht brachte, daß Sir Darius Xerxes Cama den ganzen Weg vom Kricketmatch auf dem Oval Maidan bis zur Notaufnahme der Parsi-Entbindungsanstalt, den leblosen Körper seines Sohnes Virus auf den Armen, im Laufschritt zurückgelegt hatte, geriet Lady Spentas Geisteszustand für eine Weile außer Kontrolle.

Ardaviraf Cama kam wenige Stunden später auf der Intensivstation wieder zu Bewußtsein und schien keinen schlimmeren Schaden davongetragen zu haben als eine Gehirnerschütterung und eine vorübergehende Doppelsichtigkeit. Daß er nur höchst ungern sprach, wurde von den Ärzten dem Schock zugeschrieben. Bald schon wurde es jedoch deutlich, daß sein Verstand gelitten hatte. Er hörte gänzlich auf zu sprechen und antwortete auf Fragen mit einem langsamen, traurigen Nicken oder einem melancholischen Kopfschütteln. (Nach und nach hörten jedoch selbst diese Gesten auf, und Virus zog sich in ein teilnahmsloses Schweigen zurück, aus dem er nie wieder auftauchen sollte. Als wäre er zur Fotografie seiner selbst geworden. Als wäre er ein Film, ein *talkie*, dem unerklärlicherweise der Soundtrack abhanden gekommen war, zurückgekehrt in die Zeit vor dem Tonfilm, doch ohne Hinzufügen von Untertiteln oder Klavierbegleitung. Als hätte der irregeleitete Schlag des Vaters seinen Glauben an alle Väter, sein Vertrauen in das Vertrauen selbst so schwer erschüttert, daß nur noch ein endgültiges In-sich-Gekehrt-Sein half.)

Obwohl er nicht sprechen wollte, reagierte er auf einfache Bitten und Befehle. Wenn man ihm sagte, das Essen stehe auf dem Tisch, setzte er sich schweigend hin und aß. Wenn man erklärte, es sei jetzt Schlafenszeit, ging er wortlos auf sein Zimmer und legte sich mit dem Gesicht zur Wand ins Bett. Es dauerte nicht lange, bis die besten Mediziner der Stadt erklärten, daß sie ihm nicht mehr helfen könnten. Er kehrte an seine alte Cathedral School zurück, wo er während des Unterrichts genauso an seinem Pult saß wie zuvor, doch ohne sich jemals zum Sprechen zu melden und ohne die Lehrer einer Antwort auf ihre Fragen zu würdigen. Nach einer anfänglichen Phase der Gewöhnung akzeptierte die Schule den neuen Stand der Dinge. Virus war immer ein langsames Kind gewesen; jetzt war er sogar noch langsamer geworden, aber die Lehrer waren bereit, ihn bleiben und zuhören zu lassen, weil sie hofften, sein Zustand werde sich im Laufe der Zeit bessern.

Außerdem wurde deutlich, daß Virus nicht mehr an irgendwelchen Spielen teilnehmen wollte. In der Schule saß er während der Pausen mit gekreuzten Beinen in einer Ecke des Schulhofgeviers – mit dem Ausdruck perfekter, meditativer Gelassenheit auf dem Gesicht, ohne sich um den Radau rings um ihn herum zu kümmern. Als er heranwuchs, hielt er sich wortlos von jeder sportlichen Aktivität fern, von Rasenhockey ebenso wie von Kricket und Leichtathletik. Das war das Jahr, in dem der Maharaja von Patiala Zeit fand, zwischen seinen verschiedenen außerehelichen Liaisons das große Brabourne Stadium zu eröffnen, und gleich danach wurde der Schulsporttag an dieser erhabenen Stätte abgehalten. Am Sporttag blieb Virus jedoch mit seiner gewohnten stillen, geistesabwesenden Miene einfach im Bett, und niemand hatte das Herz, ihn zum Verlassen des Hauses zu zwingen. Wenn die Schule aus war, versuchte sein Zwillingsbruder Cyrus mit seinen Freunden oft, aber erfolglos, ihn in ihre Straßen-

spiele Seven-Tiles oder Gilli-Danda hineinzuziehen. Sogar Brett-
und Kartenspiele wurden aus Virus' Leben verbannt: Karambolage
und Rommé, Totopoly und Happy Families, Chinesisch Dame und
Snap. Er lebte in den Mysterien des inneren Raums und hatte keine
Zeit zum Spielen.

Angesichts eines Kindes, das im Alter von fünf Jahren beschlossen
hatte, auf alle kindlichen Dinge zu verzichten, bestrafte sich Sir Darius
Xerxes Cama selbst, indem er endgültig sein geliebtes Kricket aufgab;
sowie seine etwas geringeren Lieben Ringen, Fechten, Schwimmen
und Squash. Und weil er außer sich selbst der Musik die Schuld an
diesem Unfall gab, wurde ab sofort Musik jeglicher Art aus der Wohnung der Camas verbannt, und zwar ohne Hoffnung auf Wiederkehr.
Sir Darius verkaufte die Musiktruhe, zerbrach alle Schallplatten seiner
Sammlung, und wenn während der Heiratssaison lärmende Festzüge
auf dem Weg zum Empfang im Taj durch Apollo Bunder marschier-
ten, hastete er hektisch in den Zimmern umher und knallte alle Fenster zu, als wolle er die Gesänge der Hochzeitsgäste aussperren. Cyrus
und Virus hatten begonnen, Unterricht am Klavier und der indischen
Flöte zu nehmen: Er wurde eingestellt. Der Lehrer wurde entlassen,
der Stutzflügel im Salon verschlossen. Auf Bitten ihres Ehemanns
legte Lady Spenta Cama den Schlüssel in ein Silbermedaillon, das sie
viele Jahre lang um den Hals trug.

Virus' Schweigen wurde vertraut, ja angenehm. Wie Sir Darius feststellte, war er sogar erleichtert, daß sein leidender Sohn die Ruhe am
Frühstückstisch niemals durch Gott weiß welche sinnlosen, kindlichen Bemerkungen störte. Sein Schweigen besaß *gravitas*. Es war,
entschied Sir Darius, beredt. Die Geschichte nahm den falschen Weg.
Virus' Schweigen begann wie eine große Verweigerung auszusehen.
Inzwischen war der Wagen der Unabhängigkeit in Bewegung geraten – der Unabhängigkeit, deren Horde von Hooligan-Anhängern
Sir Darius dazu gebracht hatte, sein eigenes Kind zu verletzen! –,
und der *Pax Britannica* würde binnen kurzem ein Ende gemacht
werden.»Schlimme Zeiten stehen uns bevor«, pflegte Sir Darius nun
zu sagen. »Zu viele Leute schleudern zu viele Worte, und am Ende
werden sich diese Worte in Kugeln und Steine verwandeln. Ardavi-

rafs Schweigen spricht für uns alle, die wir die Macht dieser metamorphen Worte fürchten.«

So kam es, daß Sir Darius Xerxes Cama sich selbst nahezu überzeugte, die Stummheit seines Sohnes Virus sei in Wirklichkeit eine Art sublimierte Sprache. Das bewirkte, daß er sich ein wenig wohler fühlte, seltsamerweise jedoch gebar seine gegen die Musik gerichtete Rhetorik, während er sich von wenigstens einem Teil der Schuld freisprach, weitere Extreme. Er begann, der Musik die Verantwortung für alle Übel der Welt zuzuschreiben, und behauptete, angetrunken, sogar, daß alle Musiker ausgelöscht, wie eine Seuche ausgerottet werden müßten. Die Musik sei ein Virus, eine Infektion, und Musikliebhaber seien jenen globetrottenden, sexuell unmoralischen Personen vergleichbar, deren unaussprechliche Aktivitäten Ursache der weltweiten Verbreitung der Syphilis gewesen seien. Sie seien krank, und es sei Virus Cama mit seinem würdevollen Schweigen, der hier der Gesunde sei.

Nach Virus' Rückzug in tiefes Schweigen vollzog Lady Spenta ihrerseits auch einen Rückzug, und zwar in jene spirituelle Welt, die ihr jetzt mehr denn je ein besserer Ort zu sein schien als unsere eigene. »Ich weiß, wohin mein Sohn gegangen ist«, verkündete sie ihrem Gatten in einem Ton, der keinen Widerspruch zuließ. »Er hat auf der Reise seiner Seele die Chinvat-Brücke überquert. Und wir müssen seinen Körper schützen, bis seine Seele wiederkehrt.« Mit Hilfe ihres Verbündeten, des Engels Geordnete Rechtschaffenheit, widmete sie sich von nun an dieser Aufgabe, badete Virus' Körper in der Wanne, als sei er ein Baby, und fütterte ihn bei den Mahlzeiten mit dem Löffel, als wisse er die eigenen Hände nicht zu benutzen. »Er braucht all seine Kräfte für seine Reise durch die Anderwelt«, erklärte sie. »Deswegen müssen wir ihm jede weltliche Anstrengung ersparen.« Virus Cama unterwarf sich all ihren Anwendungen mit passiver Ruhe und zeigte weder Vergnügen noch Mißvergnügen. Und auch Sir Darius brachte es, angesichts der schweren Bürde seiner Schuld, nicht über sich, Einspruch zu erheben.

Das Baden und Füttern von Baby Ormus jedoch wurde den Hausangestellten überlassen.

Virus Cama war nach einem zoroastrischen Mystiker genannt worden, der irgendwann zwischen dem dritten und dem siebten Jahrhundert christlicher Zeitrechnung gelebt und einen detaillierten Bericht der Reise hinterlassen hatte, auf die nach Lady Spentas Überzeugung auch ihr Sohn gegangen war. Wenn sie recht hatte, dann wurde Virus Cama auf der Chinvat-Brücke in die Welt der Geister zunächst Zeuge der Begegnung einer toten Seele mit der Inkarnation seiner eigenen guten Taten, einem wunderschönen Mädchen, dessen riesige Brüste sich »abwärts wölbten, welches für Herz und Seele bezaubernd ist«, und wurde dann vom Engel Göttliche Ergebenheit und dem Engel Flammendes Feuer der Gedanken durch den Limbus der Ewigen Stille, diese grandiose Region, geleitet, in der jene, die gleich gut und gleich sündig waren, in Statuen verwandelt wurden, den Ort der Sterne und des Mondes, wo jene landeten, die unfromm, ansonsten aber gut waren, und an höheren Ebenen der Tugend und des Strahlens vorbei bis in das reine Licht des Ahura Mazda selbst; von dort aus hatte er – denn dies war eine Reise in die entgegengesetzte Richtung derjenigen des Dante – einen guten Blick auf die Hölle, wo Schlangen in die Arschlöcher der Menschen eindrangen, um aus dem Mund wieder hervorzukriechen, etc. Ihm würde die außergewöhnliche Konzentration auf die weibliche Brust aufgefallen sein sowie auf die Exkremente und die wilde Lust, mit der die Legionen der Sünder von abstoßenden Untieren benagt wurden. Ehebrecherinnen wurden an ihren Brüsten aufgehängt oder gezwungen, ihre Brüste mit eisernen Kämmen aufzureißen; Frauen, die ihre Kinder nicht gestillt hatten, mußten sich mit ihren Brüsten in felsige Hügel hineingraben. Urinieren im Stehen wurde besonders hart bestraft, und Frauen, die sich während der Menstruation in der Nähe von Feuer oder Wasser bewegten, wurden gezwungen, eine Schale nach der anderen voll männlicher Pisse und Scheiße zu essen.

So ist es kaum zu verwundern, daß Lady Spenta, die ihren Ardaviraf auf den Spuren seines Namensgebers wähnte, von der Aufgabe besessen war, ihn sauberzuhalten und ihn aus weniger widerlich gefüllten Schalen zu füttern.

Je länger Virus Camas Schweigen währte, desto verzweifelter wurde Lady Spenta. So fest glaubte sie inzwischen an die Phantasie von der Reise ihres Sohnes, von der er unbedingt zurückkehren mußte, daß dieser Glaube sie zu verschlingen begann, als sei sie selbst die Seele, welche die Chinvat-Brücke überquerte, um große und gräßliche Dinge zu sehen, dem hängebusigen Beweis für ihre guten Taten zu begegnen und die schwärenden Manifestationen ihrer Sünden zu entdecken. Wenn sie nicht mit Virus und seinen Bedürfnissen beschäftigt war, zeigte sie eine geistesabwesende, doch keineswegs gelassene Miene, und ihr Verhalten war zugleich erregt und vage. (Ormus gegenüber verhielt sie sich weiterhin distanziert und war niemals zärtlich zu ihm. Die Ereignisse hatten ihre Muttergefühle für ihn neutralisiert. Aufgezogen von Dienstboten, blieb es ihm überlassen, Liebe zu suchen, wo er sie fand.)

Das, was mit einem Kricketball begonnen hatte, konnte nicht mehr aufgehalten werden. Ein Mitglied der Familie Cama nach dem anderen zog sich aus der Realität in eine ganz persönliche Welt zurück. Sir Darius Xerxes Cama selbst war das nächste Mitglied seiner Familie, das dem Alltagsleben entsagte. Das Recht, während seines gesamten Erwachsenenlebens ein so großer moralischer Halt für ihn, hatte sich, wie viele seiner Kollegen mit der Zeit offen erklärten, »zum Narren« gemacht. In dieser Zeit hatte die imperiale Verwaltung begonnen, die ganze Macht des Rechtssystems gegen die Nationalisten einzusetzen, und obwohl Sir Darius einer der führenden Advokaten der britischen Zivilisation und eingeschworener Gegner der Kongreßpartei war, verspürte er allmählich ein tiefes Unbehagen über das, was sich da überall tat. Viele seiner geachteten Kollegen hatten sich den Unabhängigkeits-Johnnies angeschlossen, deren Anführer, Mr. Gandhi, schließlich selbst ein ziemlich gewiefter Rechtskundler war. Völlig überrascht von dem Sturm, der in ihm tobte, gab Sir Darius Xerxes Cama seine Kanzlei auf, zog sich in seine prächtige Bibliothek klassischer Texte zurück, das Prunkstück der Apollo-Bunder-Wohnung, und suchte in den Tiefen der Gelehrsamkeit den

Seelenfrieden, der von der persönlichen und öffentlichen Geschichte seiner Zeit so gründlich zerstört worden war. Zusammen mit seinem Freimaurerbruder William Methwold machte sich Sir Darius an eine Untersuchung der indoeuropäischen Mythen. Methwold war ein wohlhabender Engländer aus einer Familie von Grundbesitzern und Diplomaten und hatte als Bauunternehmer an der Entstehung zahlreicher neuer Villen und Wohnblocks auf dem Malabar Hill und an der Warden Road mitgewirkt. Durch Alopezie kahlköpfig geworden – ein Zustand, den er unter einer Perücke verbarg –, war er überdies ein brillanter Kenner der alten Griechen und stürzte sich auf Sir Darius' Bibliothek wie ein ausgedörrter Wanderer, der auf einen kristallklaren Bergbach trifft. In seinen jüngeren Jahren hatte Sir Darius Xerxes Cama unter dem Einfluß eines deutschstämmigen Gelehrten namens Max Müller gestanden, dessen Arbeiten in vergleichender Mythologie ihn zu dem Schluß gebracht hatten, daß alle antiken Mythen der protoindoeuropäischen oder arischen Kulturen – Zoroastrier, Inder, Griechen – im wesentlichen Geschichten über die Sonne seien. Diese Auslegung gefiel einem säkularisierten Parsen wie Sir Darius. Er sah darin die rationale Quelle des spirituellen Humbugs, der seine geliebte Gattin inzwischen fast ganz beherrschte. (Ahura Mazda, Ormazd, Hormus waren schließlich alle nichts anderes als das Licht; und auch Apollo war die Sonne.) Nachdem Müllers Anhänger jedoch zu beweisen versucht hatten, daß Jesus Christus und seine Jünger nichts anderes waren als die Märchenversion der Sonne mit ihren zwölf Tierkreiszeichen, hatte sich William Methwold gegen die ›Sonnenmythologie‹ gewandt und brachte Sir Darius bei Zusammenkünften der Malabar-Hill-Loge, zu der sie beide gehörten, durch eine Reihe brillanter Humbugmonologe in Zorn, in denen er erstens bewies, daß Kaiser Napoleon und seine zwölf Generäle, genau wie Christus und seine Anhänger nichts weiter seien als Tierkreiszeichenfiktionen; und zweitens, daß sowohl die Oxford University als auch Professor Müller selbst eigentlich gar nicht existieren könnten. Methwold attackierte Müllers Philosophie mit Argumenten, die von dem schottischen Journalisten Andrew Lang formuliert worden waren, der behauptete, es gebe keinen

Grund für diese unbeweisbaren arischen Theorien; die Götter der Griechen seien einfach der großen Anzahl barbarischer Religionen auf der ganzen Welt entsprungen. »Barbarische Religionen?« hatte Sir Darius gebrüllt, während er, ein Brandyglas in der Hand, aufsprang und mit seiner Stimme die Loge zum Schweigen brachte. »Meinen Sie damit auch unsere?« William Methwold blieb fest. »Mein lieber Freund«, erwiderte er gelassen, »es gibt auf der ganzen Welt Barbaren. Anwesende natürlich ausgeschlossen.«

Eine Zeitlang sahen die beiden Freunde einander nur selten. Sie versöhnten sich, als William Methwold wenige Monate vor Ormus' Geburtstag und Virus' Unfall auftauchte, um Sir Darius zum Sieg in einem örtlichen Badmintonturnier zu beglückwünschen. Bei einem Scotch gab Methwold zu, von der Arbeit des Franzosen Georges Dumézil ins arische Lager zurückgeholt worden zu sein, der ›gezeigt‹ hatte, daß der griechische Gott Uranos kein anderer als Indiens Varuna war, und so das gemeinsame Erbe aller arischen Kultur bewiesen hatte. »Gut gemacht«, rief Sir Darius glücklich. »Also hat sich herausgestellt, daß wir beide Barbaren sind.«

Während der nun folgenden paar Jahre kamen Sir Darius und Methwold von Zeit zu Zeit zusammen, um das Verhältnis der homerischen zu den indischen mythologischen Traditionen zu untersuchen. Die Entführung Helenas von Troja durch Paris und jene der Sita von Ayodhya durch den Dämonenkönig Ravana; die Beziehung zwischen Hanuman, dem arglistigen Affengott, und dem verschlagenen Odysseus; die Parallelen zwischen der Tragödie im Haus des Atreus und jener des Rama-Clans; als Gentlemen-Gelehrte, die sie waren, machten ihnen diese und viele andere Dinge, mit denen sie sich beschäftigten, große Freude. Besonders interessant war für Sir Darius Dumézils sogenannte ›Dreiertheorie‹. Konnte es sein, daß alle arischen Kulturen auf dem Dreierkonzept religiöser Souveränität, körperlicher Macht und Fruchtbarkeit beruhten – daß dies die wahre Dreieinigkeit war, die sowohl die östliche als auch die westliche Kultur kennzeichneten, und ihre gemeinsame Verbindung war? In der Zeit, nachdem er die Juristerei aufgegeben hatte, wurde dies die große Frage im Leben des Sir Darius Xerxes Cama. Mit William

Methwold an seiner Seite stürzte er sich immer tiefer in die technischen Aspekte des Problems, und je weiter sie sich von der Oberfläche des Lebens entfernten, desto glücklicher wurden sie. Draußen vor der Bibliothek nahmen die letzten Phasen der Kolonialgeschichte Englands und Indiens ihren wohlbekannten Lauf, und ein großer Krieg kündigte sich an, größer als die Kriege um Helena und Sita. Sir Darius und William Methwold hatten sich jedoch von allem Zeitgenössischen distanziert und in der Ewigkeit Zuflucht gesucht. In der Cama-Bibliothek wurde Odysseus zum Affengott und Paris zum Dämonenkönig, während der Parsi-Ritter und der englische Immobilien-Wallah sich so nahe kamen, daß es schwerfiel, sie zu unterscheiden. Sir Darius verlor einen großen Teil seiner Haare; William Methwold entledigte sich seiner schwarzen Perücke und hängte sie über die Lehne seines Stuhls. In der Zurückgezogenheit dieser Bücherwelt, an einem Tisch, der vor uraltem Wissen ächzte, arbeiteten sie in erfreulicher Einsamkeit, immer allein, bis auf das Phantom der stummen Gestalt des Virus Cama, der ernst auf einem Tritthocker in einer Ecke saß.

Eines Tages jedoch nahm Sir Darius seine Halbbrille ab, schlug mit der Faust auf den Tisch und rief: »Es ist nicht genug!«

Erschrocken blickte William Methwold von seinen Büchern auf. Was war nicht genug? War es vorstellbar, daß Sir Darius genug von diesem idyllischen Leben hatte, das ihnen beiden soviel Freude bereitete? »V-vielleicht könnten Sie Ihren selbstverleugnenden Verzicht ja zurücknehmen«, stammelte er, »und wir könnten eine Partie Squash spielen. *Mens sana*, Sie wissen schon, *in*, verdammt noch mal, *corpore sano*.« Sir Darius stieß einen verächtlichen Laut aus. Er stand zitternd kurz vor einer neuen Entdeckung; dies war nicht der richtige Zeitpunkt für Squash.

»Drei Funktionen sind nicht genug«, erklärte er erregt. »Es muß noch eine vierte geben.«

»Unmöglich«, antwortete Methwold. »Diese drei Konzepte, die der alte Georges ausgetüftelt hat, bilden die innere Struktur des gesamten Sozialgebäudes.«

»Ja«, sagte Sir Darius. »Aber was ist mit der *äußeren*? Was ist mit allem, was sich außerhalb der Mauern, über dem Gewimmel, unterhalb des Wahrnehmungsfeldes befindet? Was ist mit den Ausgestoßenen, Aussätzigen, Parias, Exilierten, Feinden, Gespenstern, Paradoxien? Was ist mit denen, die anders sind? Verdammt!« Hier wandte er sich dem stummen Kind zu, das im Schatten des Raumes saß. »*Was ist mit Virus?*«

»Ich weiß nicht, was Sie meinen.« William Methwold verstand gar nichts mehr.

»Was ist mit den Menschen, die nicht dazugehören?«

»Wo? Wo dazugehören?«

»Nirgendwo. Zu gar nichts, zu niemandem. Die keine seelische Bindung haben. Kometen, die durch den Weltraum reisen, frei von jeglichem Schwerkraftfeld.«

»Wenn es derartige Menschen gibt«, gab Methwold zurück, »sind die dann nicht, nun ja, *rarae aves*? Äußerst selten? Brauchen wir wirklich ein viertes Konzept, um sie zu erklären? Sind sie nicht, nun ja, so etwas wie Makulatur und all der andere Müll, den wir in den Abfalleimer werfen? Sind sie nicht schlicht und einfach überflüssig? Unerwünschte Trittbrettfahrer? Streichen wir sie nicht einfach von der Liste? Schneiden sie? Werfen sie aus dem Club?«

Aber Sir Darius Xerxes Cama hörte nicht zu. Er stand am großen Fenster seiner Bibliothek und blickte auf das Arabische Meer hinaus. »Die einzigen Menschen, die das gesamte Bild sehen«, sagte er leise, »sind jene, die aus dem Rahmen treten.«

Versuchen Sie sich die Szene vorzustellen: der Parsi-Grande im Sanktum seiner Bibliothek, zusammen mit dem lebenden Gespenst seines Kindes und seinem englischen Freund, ein Mann, vom Leben zu den Büchern getrieben, steht an einem offenen Fenster. Also ist er nicht vollkommen abgeschlossen, ist die Bibliothek kein versiegeltes Grab, und durchs Fenster dringen all die turbulenten Sinneseindrücke der City herein, der Duft nach Channa und Bhel, nach Tamarinde und Jasmin; das Rufen von Stimmen, weil in diesen Regionen niemand etwas sagt, ohne die Stimme zu heben; und die wirren Geräusche des Verkehrs, die Hufe, die knatternden Auspuffe, die Fahrradklingeln; das grelle Sonnenlicht auf dem Hafen, das Tuten der Kriegsschiffe und die elektrische Spannung einer Gesellschaft kurz vor einer Transformation.

Und nun stellen Sie sich einen Windstoß vor, der eine zerknitterte Zeitungsseite von der dreckigen Straße aufnimmt, in trägen Spiralen wie einen schmutzigen Schmetterling nach oben trägt, um sie schließlich durch ein Fenster zu wehen: die Außenwelt dringt in die Innenwelt ein und landet, Aufmerksamkeit verlangend, unmittelbar neben Sir Darius' hochglanzpolierten Oxford-Halbschuhen. Dies ist ein Bild, das ich immer wieder vor Augen habe, obwohl es sich eigentlich nicht so abgespielt haben kann, nicht wahr? Vielleicht schrieb jemand einen Brief an Sir Darius, oder er stieß zufällig auf ein wissenschaftliches Journal, das genau jene Information enthielt, die ihm das Herz brach. Halten Sie sich an eine dieser prosaischeren Versionen, wenn Sie wollen, ich aber bleibe lieber bei der meinen. Die Zeitungsseite kam durchs Fenster gesegelt, und Sir Darius, der sie angewidert aufhob, wollte sie gerade wegwerfen, als ihm vier Wörter ins Auge sprangen. *Arisch, Nazi, Müller, Dumézil.*

Weder Sir Darius Xerxes Cama noch William Methwold glaubten auch nur eine Sekunde daran, daß einer der beiden großen verteufelten Gelehrten, der tote Max oder der lebende Georges, eine einzige herrenrassistische Zelle im Körper hatte. Doch wenn die Sprache gestohlen und vergiftet wird, frißt sich dieses Gift rückwärts durch die Zeit und seitwärts in den Ruf unschuldiger Menschen. Das Wort ›arisch‹, das für Max Müller und seine Generation eine rein linguistische Bedeutung hatte, befand sich jetzt in den Fängen weniger akademischer Personen, von Vergiftern, die über die Rassen der Menschen sprachen, Rassen von Herren und Rassen von Dienern, aber auch andere Rassen – Rassen, deren grundlegende Unreinheit drastische Maßnahmen erforderte, Rassen, die auf der Reise nicht erwünscht, die überflüssig waren, Rassen, die geschnitten, ausgeschlossen und im Mülleimer der Geschichte entsorgt werden mußten. Durch eine der wilden Unwahrscheinlichkeiten, die, insgesamt gesehen, die Geschichte der menschlichen Rasse ausmachen, war das my-

thische Forschungsgebiet, das sich Sir Darius und William Methwold
ausgesucht hatten, um sich von allem anderen zurückzuziehen, verzerrt und in den Dienst eines der großen Übel dieses Zeitalters gepreßt worden. Die Geschichte hatte sich ihres Themas bemächtigt,
und ihre Liebe dazu befand sich plötzlich auf der falschen Seite, der
Seite der Vergifter, der Unaussprechlichen, für deren Verbrechen es
keine Worte gab.

In dem Moment, da sich die Dinge für sie änderten, hatten Sir Darius
und Methwold mit großer Freude die Parallelen zwischen dem Blick
von den Wällen in der *Ilias* (als die Trojaner die Belagerungstruppen
beobachteten, während Helena für sie Agamemnon, Odysseus, Ido-
meneus und den großen Ajax identifizierte) und der ganz ähnlichen
Szene im *Ramayana* gezogen (in dem zwei Spione, die mit dem Entführer Ravana auf den Wällen seiner Festung standen, die Helden
Rama, Lakshmana, Vibhishana und Hanuman identifizierten). Sir
Darius las das Stück Zeitungspapier, das durchs Fenster hereinge-
weht worden war, und gab es wortlos an Methwold weiter. Als der
Engländer den Bericht gelesen hatte, schüttelte er sich, als erwache er
aus einem langen Schlaf, und sagte: »Machen wir Schluß.« Sir Darius
neigte den Kopf und begann seine geliebten Bücher zu schließen.
Das war im September 1939. Rip van Cama und William Winkle tra-
ten stolpernd und zwinkernd in das Licht, den Lärm, den Gestank
der realen Welt hinaus.

»Eines Tages«, murmelte Sir Darius, während Methwold sich die Perücke auf den Kopf stülpte und sich von ihm verabschiedete, »müssen wir unbedingt mal Squash spielen.«

Nachdem er das Studium der vergleichenden Mythologie aufgegeben
hatte, begann sich Sir Darius Xerxes Cama zu verändern. William
Methwold, der, wie es hieß, eine Vorliebe für indische Frauen auf der
untersten Stufe der gesellschaftlichen Leiter entwickelt hatte, sah er
nur noch selten. Er brach den Schwur, den er nach der Verletzung
seines Sohnes Ardaviraf geleistet hatte, und widmete sich wieder dem
Versuch, auf sportlichem Gebiet zu glänzen: zugegeben, nicht beim

Kricket, aber bei Ringen, Badminton, Squash. Sein Gegner war dabei fast immer der weitaus jüngere Homi Catrack, und obwohl Sir Darius der begabtere Sportler von beiden war und überdies eine zermarterte Seele, für welche die Erleichterung durch körperliche Anstrengung eine Notwendigkeit darstellte, hatten die Jahre doch ihren Tribut gefordert, und er verlor mehr Kämpfe, als er gewann. Die beiden Menschen, die am meisten unter dem Niedergang von Sir Darius litten, waren seine Söhne Cyrus und Ormus, die er beide regelmäßig beschimpfte, wenn es um den Niedergang der Parsi-Jugend ging, deren angebliche Verweichlichung Sir Darius für verächtlich hielt. Je schlechter er spielte, desto lautstärker beschuldigte er die nächste Generation der Dekadenz, des Defätismus, der Schwäche, der Homosexualität. Er zwang die Knaben dazu, sich mit ihm im Armdrücken zu messen, und lachte ihnen ins Gesicht, wenn er gewann. In derselben Wohnung, die schon soviel tragisches Schweigen aus unterschiedlichen Gründen kannte, jenes gesammelte Schweigen, das Freunde, Kollegen und sogar meine Eltern vertrieben hatte, wirkte dieser neue, einschüchternde Lärm um so erschreckender.

Drei Jahre vergingen. Sir Darius Xerxes Cama wandte sich dem Alkohol zu. (Es war die Zeit der absoluten Prohibition, aber für Männer von Sir Darius' Abstammung und mit seinen Verbindungen fand sich immer noch eine Flasche.) Er wandte sich dem Hanf und dem Opium zu. Homi Catrack führte ihn auf die dunkle Seite der Stadt und zeigte ihm eine Welt, von deren Existenz er nie etwas geahnt hatte. Je tiefer er sank, desto lauter wurden seine Schimpfkanonaden. Bei der Rückkehr aus den Käfigen von Kamathipura, aus den Räumen der tanzenden Huren, schüttelte er häufig seine Söhne aus dem Schlaf, um ihnen moralische Verderbtheit vorzuwerfen, behauptete, sie gingen zum Teufel, vor die Hunde, zugrunde. Der zehnjährige Cyrus und der fünfjährige Ormus hörten ihn an, äußerten aber niemals ein Wort. Da sie Camas waren, wußten sie, wie man sich mit Schweigen wappnet. Was immer sie gesagt hätten, hätte das Feuer seiner heuchlerischen Empörung nur noch mehr angefacht; das ältere und das jüngere Kind wußten genug, um zu schweigen.

Während seiner frühen Jahre war Ormus Cama von einer so bedrückenden emotionalen Isolation eingeschlossen, daß er vorübergehend nicht mehr singen konnte. Vom Augenblick seiner Geburt an hatte es zahlreiche außergewöhnliche Hinweise auf die Tiefe seines frühreifen Talents gegeben – nicht nur die Griffolgen seiner Fingerbewegungen, sondern auch das synkopische Trommeln der winzigen Füße gegen sein Kinderbett und die stimmsicheren Gurgellaute, welche die Tonleiter auf und ab gingen, *saregama padanisa, sanidapa magaresa*. Doch seine Mutter hatte sich in der Mystik verloren, sein Bruder Virus sich in Schweigen gehüllt, und sein Vater hörte ihm nicht zu. Nur Cyrus Cama, sein älterer Bruder, schenkte ihm Beachtung, und Cyrus' Herz war von Haß erfüllt.

Entnervt von der Verwandlung seines Zwillingsbruders Ardaviraf in einen Zombie mit versiegelten Lippen und weil er weder seinen Vater noch den armen Virus selbst für dieses Unglück verantwortlich machen wollte, hatte Cyrus beschlossen, seinem kleinen Bruder die Schuld zu geben. »Wenn Daddy nicht die ganze Nacht aufgeblieben wäre, um zu warten, bis Ormus sich endlich zur Welt bringen ließ«, schrieb er in das Tagebuch, das er unter seiner Matratze versteckte, »dann wäre sein Schlag bestimmt einem dieser dämlichen Störenfriede direkt in den Hals geraten.« Zu jener Zeit verehrte Cyrus seinen Vater und gab sich große Mühe, ihm zu gefallen. Doch als er Klassenbester wurde und mit dem Zeugnis in der Hand nach Hause zurückkehrte, bekam er ein Lamento über das Nachlassen des Intellekts bei den Parsi-Kindern zu hören; als er am Elterntag beim Juniorwettbewerb im Brabourne Stadium Starruhm erntete, weigerte sich der Vater, zu kommen und ihm zuzusehen. Als Cyrus später, schwer beladen mit kleinen Silberpokalen, nach Hause kam, äußerte sich Sir Darius verächtlich über seine Konkurrenten. »Wenn du gegen so butterweiche Schwächlinge wie die laufen und springen mußt, ist es kein Wunder, daß du sie alle besiegst.« Cyrus, der nicht fähig war, dem Vater für diese Grausamkeiten Vorwürfe zu machen, richtete seinen ganzen Zorn statt dessen gegen seinen Bruder Ormus. Eines Tages im Jahre 1942 wurde Cyrus Cama mitten in der Nacht geweckt, als der kleine Ormus, mit dem er immer noch das Zimmer teilte, im Schlaf mit so süßer Stimme sang, daß die Vögel erwachten, weil sie glaubten, der Tag breche an, und sich auf der Fensterbank versammelten, um ihm zu lauschen. Die Melodie des schlafenden Kindes sprach von einer so großen Freude am Leben, einem so großen Optimismus und einer so großen Hoffnung, daß Cyrus Cama fast wahnsinnig wurde und, das Kopfkissen in einer Hand, zu Ormus' Bett hinüberging, um ihn zu ermorden. Roxana, die Aja der Familie, lag auf dem Fußboden des Zimmers auf einer Matte und schlief. Es war dieselbe schwerfällig reagierende Aja, die neben Virus Cama gestanden hatte, als er vom Kricketball getroffen wurde, was sie bei dieser Gelegenheit jedoch mehr als nur wiedergutmachte, denn auch sie war von Ormus' Gesang erwacht; sie hatte im mondbeleuchteten Schlafzimmer friedlich auf ihrer Matte gelegen und den Gesang des schlafenden Knaben genossen, als sie sah, wie Cyrus dem Bruder das Kopfkissen aufs Gesicht drückte und dort festhielt. Der Gesang brach ab, die Vögel kreischten, der kleine Ormus begann mit Armen und Beinen um sich zu schlagen, und Roxana warf sich auf Cyrus Cama, um ihn weinend wegzuziehen.

»Ich konnte es nicht ertragen«, lautete Cyrus' einzige Erklärung für seine Eltern, Lady Spenta mit aufgelösten Haaren und wildem Blick und Sir Darius, der sich, in seinen Schlafrock gekleidet, den kahlen Kopf rieb. »Ich konnte den Lärm nicht länger ertragen.«

Klang und Stille, Stille und Klang. Dies ist eine Geschichte von Lebensläufen, die durch das, was in (und zwischen) unseren Ohren geschieht, zusammengeführt und auseinandergerissen wurden. Cyrus Cama wurde, immer noch mit Mord im Blick, aufs Internat geschickt, ein erstklassiges Hill-Station-Institut, das seine Methoden auf die probaten, echt britischen Grundsätze der kalten Bäder, des schlechten Essens, der regelmäßigen Prügel und des hochqualifizierten akademischen Unterrichts stützte, die dazu beitrugen, daß er sich später zu einem hundertprozentigen Psychopathen entwickelte.

Und Ormus? Ormus Cama sang nicht wieder – vierzehn lange Jahre nicht. Keinen Piepser, keinen Triller, keinen Ton. Bis Vina Apsara seine Musik befreite.

Sir Darius Xerxes Camas allmählicher Niedergang entfernte ganz langsam den harten Lack des Dekorums, unter dem seine wahre Natur fast sein ganzes Leben lang verborgen gewesen war; er legte die gewaltige Eitelkeit unter seiner äußerlichen Förmlichkeit bloß und löste die Bremsen von der Liebe zur Angeberei, die seine Achillesferse war. In der reichen Freimaurerloge vom Malabar Hill, wo er einen großen Teil seiner Freizeit mit den führenden Beamten der streitbaren Raj und ihrer einheimischen Freunde verbrachte, gab es reichlich Gelegenheit zur Selbstdarstellung. Im Jahre 1942 legte Sir Darius Xerxes Cama, angetrunken, bei einem der grandiosen, zweimal im Monat stattfindenden Herrendinners der Loge einen Auftritt hin, den niemand, der ihn gesehen hatte, je wieder vergaß. Nachdem alle herzhaft und auf eine Art und Weise üppig gespeist hatten, die der herrschenden Lebensmittelknappheit und den geltenden Zuteilungsgesetzen extrem widersprach, zogen die Mitglieder sich in ein vornehmes Rauchzimmer mit Humidor und Streichquartett zurück, in dem die Verdunkelungsvorhänge vor den Fenstern die einzige Konzession an die Realitäten der Zeit darstellten; zum Ausgleich dafür stand den Mitgliedern jedoch den Prohibitionsgesetzen zum Trotz ein ausgezeichnetes Angebot von importierten Brandys und Whiskys zur Verfügung. In dieser kongenialen Umgebung entspannten sich die großen Männer, erzählten Herrenwitze, gaben Kartenkunststücke zum besten, ölten das Getriebe von Geschäft und Empire und vollführten Partytricks. Sir Darius – betrunken, vom Opium benebelt, von Selbsthaß besessen – befahl den befrackten Musikern, sich an einer Filmmusik »zu versuchen«, nämlich der Nummer We're Off to See the Wizard (The Wonderful Wizard of Oz). Sir Darius! Der Musikhasser! Sir Darius, der endlose Tiraden gegen alles lieferte, das eine Melodie besaß – und eine Bitte um Musik? Also, *damit* hatte er die Aufmerksamkeit aller Anwesenden erregt.

Als das Quartett die Melodie anstimmte, entledigte sich Sir Darius Xerxes Cama seines Frackhemds und beglückte die Creme des britisch-indischen Bombay – des Kriegs-Bombay, in dem die nationalistische Bewegung an Stoßkraft zunahm und jede einzelne dieser kolonialen Nächte ein bißchen mehr an den letzten Walzer erinnerte als die zuvor – mit der exzentrischen Kunst der Musikalischen Muskelkontrolle. Während seine Pektoral- und Bauchmuskeln sich im Takt der Musik wie Tangotänzer mit einer Rose zwischen den Zähnen oder röckewirbelnde, gleitende und schwingende Königinnen von Jitterbug und Lindy-Hop bewegten, rief er laut: »Das haben wir in unserer Jugend gekonnt! Sehen Sie, wie Körper und Geist eins werden? Sehen Sie, wie Intellekt und Physis zu einer perfekten Harmonie gelangen?« Nach seinem Auftritt knöpfte er sich das Hemd wieder zu, verneigte sich und erklärte wie ein Bänkelsänger, der die Moral der Geschichte verkündet: »*Mens sana in corpore sano.*« Seine Logenbrüder reagierten mit einer zurückhaltenden Höflichkeit, die ihre leichte Empire-Endzeit-Langeweile kaschierte.

Ich kann mir nur vorstellen, daß Sir Darius diese unfeine Kunst in einer Spelunke an der Falkland Road bei irgendeinem zweifelhaften Kumpel seines Logenbruders Homi Catrack gesehen hatte. Daß er sich nicht mit einem überheblichen Lachen von dem Auftritt distanzierte, sondern tatsächlich Woche um Woche zurückgekehrt war, um den Trick zu lernen, ist Zeichen dafür, wie tief er gesunken war, für die Vulgarität, die sich in seiner einstmals edlen Seele breitgemacht hatte. Oder, um es anders auszudrücken: Es bewies, daß er trotz all seiner Großmäuligkeit tatsächlich der Vater seines Sohnes war. Seines Sohnes Ormus, meine ich, des zukünftigen Megastars.

Zu stabileren Empirezeiten hätte ein so *outré* Exhibitionismus – sogar nach Freimaurermaß allzu extrem – Sir Darius' Ruf ganz zweifellos beeinträchtigt, ja, vielleicht sogar seiner Anwaltskanzlei geschadet, aber er hatte sich schließlich zur Ruhe gesetzt und war daher unangreifbar; außerdem waren dies entmutigende, steuerlose Zeiten für die feinen Leute, die sich im Dunstkreis der britischen Präsenz in Indien bewegten. Selbstmord und Zusammenbrüche waren nicht selten. Ein zigarrenrauchender Parsi-Grande, der sich das Hemd auszog und im Takt der Musik mit den Muskeln zuckte, wirkte im Vergleich dazu relativ harmlos. Alle Anwesenden hatten Verständnis für seine Qual und konnten seine Zukunft voraussehen: seine Zukunft, ihre Zukunft. Anglophilie, seit so langer Zeit Vorbedingung für den Aufstieg dieser Leute, würde von nun an ein Kainsmal sein, der dunkle Stern, der über ihrem zeitlich unabsehbaren und dennoch irreversiblen Abstieg stand.

Eines Tages im Jahre 1942, kurz nachdem die Quit India Resolution auf dem Maidan in Gowalia Tank verkündet wurde, die nach Mr. Gandhis sofortiger Festnahme in der ganzen Stadt zum Ausbruch gewalttätiger Demonstrationen, Plünderungen und Brandstiftungen führte, äußerte sich Sir Darius Xerxes Cama hitzig zu dem Thema »Unterwerfung des Landes unter die Herrschaft des Mobs und der Brandstifter« und fügte zum erstenmal einen Gedanken hinzu, der für ihn zur Besessenheit werden sollte. »Wie dem auch sei, Bombay ist nicht Indien. Die Briten haben es erbaut, die Parsi haben ihm Charakter verliehen. Sollen sie anderswo ihre Unabhängigkeit haben, wenn sie unbedingt wollen, aber uns sollen sie unser Bombay unter der wohltätigen Herrschaft der Parsi und Briten lassen.«

Homi Catrack, an den er diesen *cri de cœur* gerichtet hatte, überredete Sir Darius, aus seinem schrumpfenden anglozentrischen Milieu auszubrechen und »sich der Zukunft zu stellen«. Homi war ein Karten- und Pferdewetter sowie ein Filmproduzent mit – trotz seines aufgerollten Hosenbeins und seiner »ehrlichen« Aktivitäten – einer erstaunlichen Bindung an die nationalistische Bewegung, die sich unter seiner aalglatten Brylcrem-und-Krawatte-, Playboy-oder-Gigolo-Erscheinung verbarg. Sir Darius betrachtete ihn allmählich als eine Art Rassenverräter. (Denn waren die Parsi-Interessen nicht untrennbar mit jenen der Briten verbunden, deren Präsenz sie so tatkräftig unterstützten, deren Kultur sie so erfolgreich in die ihre integriert hatten?) Aber der Charme dieses Burschen war unwiderstehlich, und seine Meisterschaft im Badminton, beim Squash und sogar beim Golf war der von Sir Darius ebenbürtig, ja, ärgerlicherweise oft genug mehr als ebenbürtig! »Rackets und Clubs«, keuchte Homi Catrack, als sie munter in der nackten Demokratie des Umkleideraums im Wellesley Club schwitzten. »Das sind die Leute, mit denen man's hier zu tun hat. Ein Clubmann *par excellence*. Und hier, in seinem Element, ein Racketeer.« Um sein geschicktes Wortspiel zu unterstreichen, blinzelte er Sir Darius tatsächlich zu.

Blinzeln oder nicht, Homi sagte die schlichte Wahrheit, denn außer der Tatsache, daß er Miglied in jedem wichtigen Club der City war, vom (inzwischen nicht mehr existierenden) Wellesley bis zu den Governors des Mahalmaxmi Racecourse, hatte er sich in diesen Tagen der Knappheit ein Vermögen ergaunert, indem er erstens den Zementmarkt cornerte und zweitens eine Kette von Schwarzbrennereien und illegalen Speakeasies eröffnete. Es heißt, daß Homi Catrack der erste war, der den Ausdruck ›Parallelwirtschaft‹ benutzte, und daß seine Berge von schwarzem Geld, aufeinandergetürmt, höher sein würden als das Gateway of India. Es gehört zu den Paradoxien der menschlichen Natur, daß derselbe Homi, der so immens von den Unruhen der vierziger Jahre profitierte, einer der größten Bewunderer der »ehrlichen Männer« war, »die in Indien aufräumen würden«, wie er die Führung der Kongreßpartei nannte. Sein Zorn über Gandhis Verhaftung war aufrichtig und heftig.

Im Umkleideraum, nach einem harten Wettkampf, den er ausnahmsweise ganz knapp gewonnen hatte, war Sir Darius Xerxes Cama in großzügiger Stimmung und stellte sich vor, er befinde sich im antiken Griechenland oder Persien, schwitzend in Gesellschaft von Philosophen, Diskobolen, Wagenlenkern, Sprintern, Magiern und Königen. Im Bann eines solchen Traums war er geneigt, ein Augenzwinkern zu vergessen, und eine Einladung in die Zukunft schien durchaus erwägenswert. »Nun gut«, sagte er voll Toleranz mit funkelndem Blick, »sehn wir uns mal an, was für Abschaum heutzutage nach oben steigt.«

Wie sich herausstellte, war die Zukunft eine Gruppe von Bohemiens, Malern, Schriftstellern und Filmleuten, die in Homis luxuriöser Wohnung (mit teilweise versperrtem Blick aufs Meer) in einem Apartmentblock namens Côte d'Azur an der Warden Road zusammenkamen, um Whisky zu trinken und über bürgerlichen Ungehorsam zu diskutieren. Innerhalb weniger Minuten erkannte Sir Darius Xerxes Cama, daß es ein Fehler gewesen war herzukommen. Er fühlte sich wie ein Besucher vom Mond, ein außerhalb stehender

Außerirdischer, unfähig, in dieser berauschenden, gesetzwidrigen Luft zu atmen. Unsicher zog er sich in die Randzonen der Nacht zurück, weitgehend ignoriert trotz seiner auffallenden Erscheinung – dem Fez, dem Schnurrbart, dem langen Gehrock, der natürlichen Grazie seiner Bewegungen, dem hellen Glanz der Macht in seinem Blick: menschlicher Macht, der Kraft, die der Natur eines Menschen entspringt und weder erlernt noch erkauft oder übertragen werden kann.

Ganze Trauben von Intellektuellen hatten sich um gewisse schöne Frauen gebildet – das Starlet Pia Aziz, die Malerin Aurora Zogoiby –, während die meisten anderen Frauen im Raum zu den Füßen eines versoffenen, jedoch gefeierten Moslemautors von Unterschichtsgeschichten saßen, der sie schockierte, indem er ihnen in dem exquisitesten und blumigsten Urdu, das Sir Darius Xerxes Cama jemals gehört hatte, detaillierte und haarsträubende Schilderungen der schlimmsten Dinge auf der Welt lieferte, unkaschiert von Umschreibungen, unbehindert von gutem Geschmack. Er sprach ganz natürlich in seinem berühmten, funkelnden Stil, der zugleich sinnlich und präzise war, zugleich elegant und abstoßend, erzählte Geschichten von den heruntergekommenen Räumen des örtlichen Irrenhauses, den brutalen Morden und beiläufigen Vergewaltigungen – Nachrichten, welche von der Stadt zurückgehalten wurden –, von der Korruption jener, die Autorität besaßen, und der Gewalttätigkeit in den Herzen der Armen, von inzestuösen Liebesaffären der High-Society und dem Töten von Töchtern in den Slums, von den Huren in den Käfigen der Falkland Road und den Mafiosi, welche das organisierte Verbrechen der Stadt wie auch die Prostitution kontrollierten und so beiläufig befahlen, einem Mann den Penis abzuschlagen, wie sie sich im Basar ein Bündel rote Bananen bestellten. Der Widerspruch zwischen der geschliffenen Sprache des Autors und der pornographischen Natur seiner Themen bewirkte, daß sich Sir Darius weitaus schockierter und angewiderter fühlte, als er es zu zeigen vermochte. Außerdem war er mit einem Teil des Quellenmaterials, das der Autor benutzte, natürlich weitaus vertrauter, als er durchblicken lassen mochte.

Als er sich abwandte, wäre er fast mit dem einzigen Engländer dieser Gesellschaft zusammengestoßen: William Methwold, den er seit vielen Jahren nicht mehr gesehen hatte. »Und wie kommt es, daß *Sie* hier sind?« Sir Darius merkte, daß sein Ton in diesem entnervten Zustand unhöflicher klang als angebracht, und versuchte sich hastig zu entschuldigen. »Ich muß gestehen, daß ich mich irgendwie unwohl fühle«, begann er, aber Methwold unterbrach ihn sofort und begrüßte ihn mit unverhohlener Zuneigung.

»Ich bin selbst ein wenig verwirrt«, bekannte er. »Aber das ist schließlich unser Schicksal, wie die meisten hier Versammelten bereitwillig zugeben würden. Und um Ihre Frage zu beantworten, ich habe ein Haus, das Mr. Catrack kaufen möchte. Und es wird die Zeit kommen, da ich es verkaufen will.«

Dabei beließen sie es und machten sich daran, ernsthaft zu trinken. Die Menschheitsgeschichte klirrte vorbei, und oben kreisten die heißen, blinden Sterne. Sie erwähnten weder Homer noch Max Müller, weder das *Ramajana* noch Dumézil.

Es war eine Nacht für Whisky und Niederlagen. Sir Darius Xerxes vergaß, daß in der Apollo-Bunder-Wohnung seine Frau auf ihn wartete, vergaß seine schlafenden Söhne, vergaß, wo er sich befand, vergaß sich selbst, trank viel zuviel, und an einem bestimmten Punkt angelangt, riß er sich das Hemd auf, grölte den Text von *Let's Do it (Let's Fall in Love)* hinaus und machte die versammelte Gesellschaft mit der vornehmen Kunst der Musikalischen Muskelkontrolle bekannt. Die anderen Gäste verstummten; sogar die Erzählungen des obszönen Schriftstellers brachen ab; und als Sir Darius Xerxes Cama mit einem hervorgestoßenen »*Mens sana in corpore sano*« endete, begriff er trotz seiner benebelten Trunkenheit, daß das, was bei der brötchenwerfenden, wettpinkelnden, Eton-und-Oxford-, Nur-für-Männer-Freimaurerei der letzten Jahre von Britisch-Indien akzeptabel gewesen war, dieses Mal in einer radikaleren und gemischteren Gesellschaft dazu geführt hatte, daß er sich gründlich zum Narren machte. Ziemlich lange sprach keiner ein Wort, gab es nur unterdrücktes Kichern und ein paar laute, ununterdrückbare Lachausbrüche. Dann meldete sich Aurora Zogoiby, diese verdammte Malerin mit der scharfen Zunge, laut und deutlich zu Wort und traf ihn mitten ins Herz.

»Zitirifizieren Sie Ihre lateinischen Sprüche, wann immer Sie wollen, Daryoosh-Darling«, sagte sie träge, »aber hier herrscht die allgemeine Ansicht vor, daß dieser *corpore*, den Sie da zeigen, komplettemang *insano* ist. Genauso wie vermutlich auch Sie selbst, Sir Circus Camasaurus.«

Sir Darius Xerxes Cama sollte Aurora Zogoiby nie wiedersehen. Sie lebten in einer Großstadt, einer Metropole voller Geschichten, die sich flüchtig trafen und dann wieder auf ewig trennten, die in der Masse der Geschichten, durch die sich jeder von uns, der eigenen Bestimmung folgend, drängeln mußte, um hindurch- oder hinauszugelangen, ihr jeweils eigenes Schicksal zu entdecken versuchten. In Bombay wurde man auf der Straße von diesen Geschichten angerempelt, trat man auf den Bürgersteigen oder im Eingang von Apotheken über ihre schlafenden Gestalten hinweg, hingen sie an den Bummelzügen, fielen von den Türen der B.E.S.T.-Busse in den Tod oder – früher einmal, dann aber nie wieder – unter eine heranjagende Tram. Aurora, die Malerin, vergaß den angeheiterten Anwalt schon bald und widmete ihm nie wieder einen Gedanken, Sir Darius dagegen trug ihre Worte wie einen Speer bis ins Grab mit sich herum.

Er kam zu einem Entschluß: Homi Catrack und die Zukunft, mit der er so geprahlt hatte, vermochten ihm nichts zu geben. Er würde sich von beiden distanzieren. Schließlich war er ein Clown, ein Dinosaurier, eine Spezies, die es schon bald nicht mehr geben würde. Irgend etwas Überdimensionales war im Begriff, auf seiner Welt einzuschlagen, und die Wolke, die nach diesem Einschlag entstand, würde alle seinesgleichen vernichten. Nun gut. So sei es. Er selbst würde aus seinen letzten Tagen eine Klage über die Irrtümer des Fortschritts und das Unvermögen der jungen Menschen machen, aus den Fehlern der Vergangenheit zu lernen. Er würde Schrecken verbreiten, wie es die großen Echsen getan hatten, ein Schrecken der Erde sein, bis sich die lange Nacht herabsenkte.

Er war ein geborener Menschenführer, gefangen in einer Sackgasse der Geschichte und ohne Anhänger. Er führte rückwärts, und das war eine Richtung, die niemand einschlagen mochte. Er war ein Vater, der seine Söhne liebte und schließlich von allen gehaßt wurde – wegen der Mahnreden, die niemals endeten, der Kritik, die nie zu einem Fazit kam, sondern durch die Tage ihrer Jugend fortdauerte, während sie, wie Schwimmer, die von der mächtigen Woge seiner Enttäuschung mitgerissen wurden, um Atem kämpften und jeden Moment fürchteten, sie könnten ertrinken.

Ormus Cama, der am weitesten vor seinem Schatten floh, war das Kind, das am gründlichsten von ihm geformt wurde, der einzige in der gesamten Familie, der insgeheim stets die Verwandtschaft mit der exhibitionistischen Ader seines Vaters anerkannte und überdies natürlich die Empfänglichkeit seiner Muskeln für billige Musik, die bewirkte, daß sie zuckten und bebopten.

Meine Mutter, Mrs. Ameer Merchant, hatte treffend ein weiteres Problem für den jungen Ormus vorausgesagt. Während sich alle auf den Unfall konzentrierten, der Virus zugestoßen war, auf die mörderische Veranlagung von Cyrus, auf die mystische Abwesenheit der Lady Spenta und auf den Niedergang von Sir Darius, war es Ameer, die das Wesentliche im Auge behielt. »Nicht Cyrus oder Virus ist der Zwilling dieses Jungen«, gab sie zu bedenken. »Das Unglück, das sein Schicksal besiegelte, hat nicht auf einem Kricketplatz stattgefunden, sondern in seiner Mutter, bevor er überhaupt geboren war.« Viele Jahre lang, nachdem Ormus und ich trotz unseres Altersunterschieds von zehn Jahren höchst unerwartet Freunde wurden, kam meine Mutter immer wieder auf dieses Thema zurück. »Im Schatten seines Bruders geboren«, sagte sie, mit der Zunge schnalzend und den Kopf schüttelnd. »Und er ist nie davon freigekommen. Egal, wie weit er gelaufen ist – der Schatten des toten Jungen klebte immer an seinen Füßen. Egal, ob er hundertmal um die Welt gelaufen ist. Sein Schicksal war dort und dann besiegelt, bevor er auch nur einen Fuß auf seinen Verbrecherweg setzte.«

Das waren die Faktoren, die Ormus Cama aus den normalen Familienbanden befreiten. Jenen Banden, die uns ersticken, die wir aber Liebe nennen. Weil es ihm gelang, diese Bande zu lösen, wurde er – mit all den dazugehörigen Schmerzen – frei. Aber es ist Liebe, die wir uns wünschen, nicht Freiheit. Wer also ist der Unglücklichere? Derjenige, der geliebt wird, dem sein Herzenswunsch erfüllt wird und der daher auf ewig seinen Verlust fürchten muß, oder der Freie mit seiner unerwünschten Freiheit, nackt und auf sich gestellt zwischen den alles vereinnahmenden Heeren dieser Erde?

Die Intuition meiner Mutter erwies sich als zutreffend. Im Schatten seines toten Zwillings geboren, entpuppte sich Ormus Cama als das, was die Alten als Psychopompos bezeichneten, einer, der sich mit der Zurückführung verlorener Seelen befaßte, der Seelen der geliebten Toten. Als er älter wurde, erkrankte er an dem Familienleiden des Schweigens, des In-sich-gekehrt-Seins. Anfangs, bis das Wunder der Musik geschah, fürchtete er, vermochte sich aber nicht zu wehren gegen den Zauber dessen, was er als ›Cama obscura‹ bezeichnete. Während dieser ›Dunkelheiten‹ lag Ormus stundenlang mit geschlossenen Augen still da, während das Purpurmal auf seinem Augenlid die Reiche des Ungesehenen abzusuchen, die Tiefen der Welten zu erforschen schien, die unter der Oberfläche der scheinbaren Suche nach (und letztlich des Findens des) Gayomart verborgen lagen. Nach dem Tod durch den Speer des sterblichen Kastor verbrachte Polydeukes, der Sohn des Zeus, jeden zweiten Tag unter der Erde an einem Ort namens Therapne bei seinem toten Bruder; wogegen es dem toten Zwilling gestattet wurde, jeden zweiten Tag bei seinem Bruder auf der Erdoberfläche zu verbringen, wo der Boden unter seinen Füßen war statt über seinem Kopf. Gayomart Cama dagegen kehrte nicht zurück; es sei denn in der Form, die meine Mutter nannte als Ormus' Schatten, als etwas ähnliches wie diese schelmenhafte Silhouette, die einstmals Peter Pan entwischte, bis sie ihm von Wendy Darling wieder an die Fersen genäht wurde. Denn Ormus hatte tatsächlich Schatten-Ichs, zahlreiche Andere, die ihn quälten und sein Leben bestimmten. Es wäre vielleicht gar nicht so phantastisch (ich selbst habe eine Schwäche für Phantasien), zu sagen, daß sein toter Zwilling in der wandelbaren Form von Ormus' monochromem, proteischem Schatten noch immer lebte.

»Mein kleiner Ormie«, hatte Lady Spenta Cama ihren unerwarteten Sohn früher einmal begrüßt. »Mein Zwergelchen. Jetzt bist du vor der Hölle sicher. Jetzt kann sich der Boden nicht mehr auftun und dich verschlingen.« Doch was den Boden unter seinen Füße betraf, war Lady Spenta im Irrtum. Ich will nicht sagen, daß Ormus von Dämonen in irgendein antikes, übernatürliches Inferno hinabgezogen wurde. Nein, nein. Aber der Abgrund öffnete sich. Er kann, und er tat es. Er verschlang seine Liebe, stahl ihm seine Vina und weigerte sich, sie herauszugeben. Und schickte ihn, wie wir alle sehen werden, zur Hölle hinab und wieder zurück.

Der Boden, der Boden unter unseren Füßen. Mein Vater, der Maulwurf, hätte Lady Spenta ein oder zwei Dinge über die Unzuverlässigkeit des festen Bodens sagen können. Die Tunnel für Rohre und Kabel, die eingesunkenen Friedhöfe, die geschichtete Ungewißheit der Vergangenheit. Die Löcher in der Erde, durch die unsere Geschichte sickert und sofort verlorengeht und in verwandelter Form zurückgeholt wird. Die Unterwelten, über die wir nicht einmal zu rätseln wagen.

Wir finden Boden, auf dem wir festen Fuß fassen können. In Indien, dem Land, das von dem Begriff ›Platz‹ besessen ist, An-seinen-Platz-gehören, Wissen-wo-sein-Platz-ist, wird uns zumeist das Territorium zugewiesen, und damit hat sich's, keine Widerrede, und weiter damit. Aber Ormus und Vina und ich, wir konnten das nicht akzeptieren, wir lösten uns. Zu den größten Kämpfen des Menschen, gut/böse, Vernunft/Unvernunft etc., gehört auch dieser gewaltige Konflikt zwischen der Phantasie der Heimat und der Phantasie der Ferne, der Traum von den Wurzeln und der Fata Morgana der Reise. Und wenn man Ormus Cama ist, wenn man Vina Apsara ist, deren

Lieder alle Grenzen zu überwinden vermochten, sogar die Grenzen in den Herzen der Menschen, dann glaubt man vielleicht, daß jeder Boden übersprungen werden kann, daß sich alle Grenzen vor dem Zauber der Melodie auflösen können. Auf und davon, weg vom Alten, weg von Familie, Clan, Nation und Rasse, unerreichbar über die Minenfelder des Tabus hinweg, bis man schließlich vor jenem letzten Eingang, der verbotensten aller Türen steht. Wo das Blut in den Ohren singt, *denk nicht mal daran!* Und dennoch denkt man daran, überquert man jene letzte Grenze, und vielleicht, vielleicht – wir werden sehen, wie die Geschichte ausgeht – ist man letztlich zu weit gegangen und wird vernichtet.

At the frontier of the skin. Sie haben einen Song darüber geschrieben, genau wie über alles andere. Man erinnert sich daran. Man erinnert sich an seine nasalen, langgezogenen Phrasierungen, und darüber und dahinter die hohe Reinheit ihrer Stimme. Man erinnert sich an seine Worte, ihre Worte. Wenn man sich an die Musik erinnert, kann man den Text unmöglich vergessen. *At the frontier of the skin no dogs patrol.* Das war's. *At the frontier of the skin. Where I end and you begin. Where I cross from sin to sin. Abandon hope and enter in. And lose my soul. At the frontier of the skin no guards patrol.*

Ja, aber es gab eine zweiten Strophe. *At the frontier of the skin mad dogs patrol. At the frontier of the skin. Where they kill to keep you in. Where you must not slip your skin. Or change your rôle. You can't pass out I can't pass in. You must end as you begin. Or lose your soul. At the frontier of the skin armed guards patrol.*

Vina Apsara, die schöne, die tote. Allein ihr Name ist zu gut für diese Welt. Vina, die indische Lyra. Apsara, von *apsaras,* einer schwanengleichen Wassernymphe. (In westlichen Mythen eine Najade, nicht eine Dryade.) Aufgepaßt, Vina. Nymphe, gib acht. Fürchte den Boden unter deinen Füßen!

Legenden von Thrakien

Keiner in meiner Familie konnte einen richtigen Ton singen, geschweige denn Noten lesen oder eine Melodie halten. Und auch mit anderen Mitteln vermochte keiner von uns eine glaubwürdige Sequenz musikalischer Geräusche hervorzubringen. Kein Saiteninstrument wurde gespielt, keine Flöte geblasen, keine Klaviatur bearbeitet. Ja, nicht einmal pfeifen konnten wir. Wenn ich in der Truhe meiner Kindheit krame, gelingt es mir immer noch, aus ihren tiefsten Tiefen die Erinnerung an meine Mutter Ameer, als sie noch jung war, ans Licht zu fördern, Ameer auf unserer Cuffe-Parade-Veranda, wie sie, dem Meer zugewandt, auf einem niedrigen Hocker saß, eine altmodische Rührmaschine zwischen den Knien, Mangoeis drehte und dabei den – höchst unklugen – Versuch machte, zu pfeifen. Das Eisdrehen und das Pfeifen waren, jedes für sich, schweißtreibende Schwerarbeit, bei der sich ihre hochgewölbte Stirn furchte und mit Schweißtropfen bedeckte, doch wenn ich das Ergebnis ihrer Bemühungen probierte, würgte ich und spie alles aus: ihr falsch gepfiffenes *siti-bajana* hatte mir den Lieblingsnachtisch im Mund sauer werden lassen. Ich bat sie, sich in Zukunft zurückzuhalten, wußte aber, daß sie es nicht tun würde. »Mum, halt den Mund und bleib gesund.« »Stilles Eis ist gutes Eis.« »*Ice-cream not youce-cream*«, wie in dem Schlager. Und, den berühmten Slogan der Kwality-Marke parodierend: »*A Dream without Scream.*« So redeten wir miteinander, meine Mutter und ich: in Wortwitzen, -spielen und -reimen. In, wie man es ausdrücken könnte, Lyrik. Das war unsere Tragödie. Wir waren von Natur aus die Elstern der Sprache und stibitzten alles, was blitzend und blinkend klang. Wir waren streunende Katzen, aber die Gabe der Musik war uns versagt geblieben. Wir konnten niemals mitsingen, obwohl wir alle Texte kannten. Dennoch brüllten wir trotzig unser ton-

loses Brüllen hinaus, stürzten immer wieder von den hohen Tönen
ab und wurden von den tiefen niedergetrampelt. Und wenn bitteres
Eis die Folge war, nun gut, es gab Schlimmeres auf der Welt als das.
Die Villa Thracia, in der ich aufwuchs, gehörte zu einer Anzahl von
Zuckerguß-Phantasie-Bungalows, welche die elegante Promenade
früher wie stolze Höflinge säumten, die in einer Reihe vor ihrer Königin, dem Meer, strammstehen. Auf die Cuffe Parade kamen in der
Kühle des Abends von Bombay die Spaziergänger der City mitsamt
ihren Kindern und Haustieren, um zu flanieren, zu flirten und »Luft
zu schnappen«. Bei umherziehenden Händlern kauften sie Channa
für die Kinder, Gold-Flake-Zigaretten für die Herren und duftige
Girlanden aus Chambeli-Blumen, die sich die Damen ins Haar floch-
ten. Heute kommen mir die Erinnerungen an diese Kindheit wie
Träume vom Olymp vor, von einem Aufenthalt bei den Göttern in
den Tagen, bevor ich in die Welt hinausgestoßen wurde. Verzweifelt
greife ich nach dem, was mir von der Vergangenheit bleibt, und
vernehme unheimliches Gelächter, während sie mir entflieht. Ich
schnappe nach Zipfeln von Feengewändern, aber die Wesen von gestern kehren nicht mehr zurück. Ich muß mich, so gut es geht, mit
dem Echo behelfen.
Die Cuffe Parade existiert nicht mehr, und der Prozeß ihres Dahin-
scheidens wurde, wenn man gewissen unbewiesenen Hinweisen auf
eine Brandstiftung glauben will, von der jungen Vina Apsara gefördert; aber was Vina gefördert haben mag oder nicht, wurde von meiner Mutter vollendet, welche die Stadt liebte, für die die Zukunft
jedoch eine stärkere Macht war als die Liebe. Städte sind nicht
unsterblich; ebensowenig wie Erinnerungen; oder Götter. Von den
Göttern des Olymps meiner Kindheit ist kaum noch einer geblieben.
Für viele Inder sind die Eltern göttergleich. Vina, welche die besten
Gründe hatte, ihre Eltern zu verleugnen, pflegte auf der Höhe ihres
Ruhms und nach der Lektüre Erich von Dänikens zu behaupten, ihre
wahren Vorfahren seien göttergleiche Geschöpfe, die in silbernen
Streitwagen aus dem Weltraum gekommen seien, hochgewachsene,
strahlende, androgyne Wesen, unter anderem eines, das sie schmerz-
los aus »ihrem« Nabel geboren habe. »Sie halten ständig über mir

Wacht«, erklärte sie mehr als einem perplexen Reporter. »Ich stehe immer mit ihnen in Kontakt. Immer.« Zu jener Zeit präsentierte sie sich selbst auf der Bühne und überall als androgyne Außerirdische, und dieser Unsinn wirkte sich zweifellos positiv aufs Geschäft aus. Doch unter ihren luftigen Äußerungen vernahm ich ihre wilde Barbarei. Hörte den Bocksgesang ihrer Vergangenheit.

(Bocksgesang? – Entschuldigen Sie. Eine wörtliche Übersetzung des vertrauteren griechischen Wortes ›Tragödie‹. Und Vinas Geschichte mit ihren Echos aus den großen, alten Sagen von, ach, Helena, Eurydike, Sita, Rati und Persephone, der großen Vina große Sage, die ich mich auf meine umständliche Art und Weise durchaus beeilen werde zu erzählen, hatte wahrhaft tragische Dimensionen. Aber sie hatte auch eine Menge mit Böcken und Ziegen zu tun.)

Wenn wir unsere Eltern für Götter hielten – konnte es sein, daß die Götter unsere wirklichen Eltern waren? Geschichten von göttlicher Elternschaft haben, darin sind wir uns wohl einig, mit dem Anfang aller Dinge begonnen und werden erst mit dem Ende aller Zeiten enden. Wie ich in meiner Kindheit von meinem Vater erfuhr, stritten sich sogar die Götter selbst über die »putativen prokreativen Interventionen« anderer Gottheiten. Shiva, der argwöhnte, der neugeborene Ganesh sei möglicherweise gar nicht sein Sohn, schlug dem Säugling den Kopf ab; dann überkam ihn die Reue, und er ersetzte den Kopf in seiner Panik mit dem ersten, der ihm in die Finger kam, dem Rüsselschädel, den wir heutzutage kennen und lieben. Und wer war übrigens der Vater des Orpheus? Apollo, der glorreiche Sonnengott, oder nur Oiagros, Herrscher der abgelegenen, mehr als nur hinterwäldlerischen Provinz Thrakien? Und was das betrifft: Wer war der Vater von Jesus Christus?

Wenn wir heranwachsen, verlieren wir den Glauben an die übermenschliche Größe unserer Erzeuger. Immer weiter schrumpfen sie, bis sie mehr oder weniger kaum noch beeindruckende Männer und Frauen sind. Apollo entpuppte sich als Oiagros, Gott und Joseph sind, wie sich schließlich herausstellt, ein und derselbe. Die Götter, die wir anbeten, sind, wie wir entdecken, gar nicht viel anders als wir selbst.

Ich schlage mich mit diesen gottbefrachteten Gedanken herum, weil es Zeit wird, die zentralen Geheimnisse meines eigenen Familienlebens aufzudecken. Daher mache ich Sie ohne weitere Umstände mit einem Bild vertraut, das ich mir damals von meinem göttergleich wirkenden Vater, Mr. V. V. Merchant gemacht habe. Um 1956, am Juhu Beach, als er Mitte Vierzig war; mager wie eine Ausrede, feierlich wie ein Versprechen, freudig wie eine Geburt, mit seinem schüchternen, schiefzahnigen Grinsen; barfuß, haarlos barbrüstig, mit hochgerollten Hosenbeinen; Strohhut auf dem Kopf, schweißüberströmt das Gesicht, Schaufel in der Hand; und er grub.

Mit wieviel Begeisterung mein Vater grub! Andere Eltern standen gelangweilt daneben, wenn ihre eifrigen Sprößlige im Sand buddelten; oder sie überließen die Welt des Siliziums den lieben Kleinen und den Ajas und schlenderten davon, um frische Luft zu schnappen und zu plaudern. In meinem Fall ging es darum, jede Anstrengung zu machen, um mit meinem fieberhaft schaufelnden Erzeuger Schritt zu halten. Im Alter von neun Jahren sehnte ich mich, wie ich gestehen muß, nach Möglichkeiten des Strandlebens, die über Schaufel und Eimer hinausgingen. Juhu Beach war zu jener Zeit ein idyllisches Fleckchen und nicht das urbanisierte Bombay-Bondi von heute. Eine Fahrt dorthin war wie ein Ausflug über die Grenzen der Stadt hinaus ins Zauberland. Und allmählich, während ich älter wurde, den Blick vom Sand hob und über die konventionellen Wochenendfreuden der Imbißverkäufer, der Wildfänge, die auf Kokospalmen klettern, und der Rennkamele hinauswandern ließ, hörte ich, wie eine ganz neue Stimme mit mir sprach, nicht in einer Sprache, die ich jemals gelernt habe, sondern in der geheimen Sprache meines Herzens.

Es war das Meer. Sein Komm-zu-mir-Gemurmel, sein lockendes Brüllen. Das war die Musik, die mir die Seele reinwaschen konnte. Die Verlockung eines anderen Elements, seine Verheißung eines Anderswo, vermittelte mir die erste Ahnung von etwas, das in mir verborgen lag und mich übers Wasser zog, während meine Eltern gestrandet zurückblieben. Das Meer, das weindunkle, das fischreiche. Das Schlagen und Saugen der Wellen, die auf dem Sand sterben. Gerüchte von Seejungfrauen. Berührt man das Meer, ist man sofort mit seinen fernsten Küsten verbunden, mit Arabien (es war das Arabische Meer), Suez (es war das Jahr der Krise) und Europa noch weit dahinter. Vielleicht sogar – ich erinnere mich an das Erschauern, als meine jungen Lippen dieses Wort flüsterten – mit Amerika. Amerika, das Sesam-öffne-dich. Amerika, das sich die Briten vom Hals geschafft hatte, lange bevor wir das taten. Soll Sir Darius Xerxes Cama seinen kolonialistischen Traum von England träumen. Mein Traum-Ozean führte mich nach Amerika, zu meinem persönlichen, meinem Un-Found-Land.

(Gestatten Sie mir einen kleinen Zusatz: Im Wasser stechen die Mücken nicht.)

Ich war, ich bin immer noch, ein kraftvoller Schwimmer. Selbst mit neun Jahren kraulte ich wagemutig, ohne die Gefahr zu achten, ins Tiefe hinaus. Ängstlich kam meine Mutter mir nachgewatet, wobei sich ihr Sari im Wasser aufblähte wie eine Qualle. Wenn ich heil wieder am Strand ankam, versetzte sie mir eine Ohrfeige. »Weißt du nicht, daß der Alte Mann im Meer da draußen wartet, um dich runterzuziehen?« Ich weiß es, Mutter. Ich weiß.

Der Sandstrand, an dem mein barfüßiger Vater wie ein überarbeiteter Leichenbestatter schuftete, dieses geliebte Heimatland wirkte auf mich allmählich wie ein Gefängnis. Das Meer – über das Meer, unter dem Meer, es spielte einfach keine Rolle –, das Meer und einzig das Meer würde mich dorthin tragen, wo ich frei sein konnte.

V. V. Merchant dagegen träumte von der Vergangenheit. Das war sein Gelobtes Land. Die Vergangenheit war die Wahrheit und lag, wie alle Wahrheiten, verborgen. Man mußte sie ausgraben. Nicht etwa irgendeine Vergangenheit, nur die Vergangenheit der Stadt. V. V. war durch und durch ein Bombayaner. Und, jawohl, viele Bombayaner verbinden seine Initialen mit dem betrügerischen Milliardär-Finanzier V. V. ›Crocodile‹ Nandy, aber mit diesem mächtigen Schurken darf mein Vater unter gar keinen Umständen verwechselt werden. Von all den vielen Gaunereien, Schwindeleien und Diebstählen, deren sich Nandy schuldig gemacht hat, ist der Raub von Vivvy Merchants Initialen das, was mich am meisten schmerzt. Aber so ist das Leben, glaube ich. Ein großer Schurke zählt mehr in der Welt als ein kleiner, ehrlicher Mensch.

Der Vorname meines Vaters lautete Vasim Vaqar, und falls Sie das wundert – die unrichtigen W in der traditionellen Übertragung aus dem Urdu wurden durch die phonetisch korrekten V ersetzt. Trotz dieses Austauschs jedoch mochte mein sehr säkularistischer Vater die »inakzeptabel religiösen Jamben« seiner Namen nicht und hätte es auch nicht gutgeheißen, sie hier ans Licht zu bringen; das zwanglosere und ideologisch neutrale »Vivvy« war lange Zeit gut genug für ihn. Immerhin war er der Gräber von Bombay, und selbst wenn er seine Namen nicht selbst vergraben hätte, hätte er sich auf unsicherem Boden bewegt, wenn er sich darüber beschwert hätte, daß ich sie ausgrabe.

(Er ist tot. Er kann sich nicht wehren.)

Das übrige Indien war für Vivvy nicht von Interesse, während seine Heimatstadt – dieses eine Sandkorn, das durch die Weite des Weltalls segelte – für ihn sämtliche Geheimnisse des Universums enthielt. Und ich, als sein einziger Sohn, war natürlich der bevorzugte Empfänger für sein Wissen, war sein Depositenkonto, war sein Tresor. Jeder Vater wünscht, daß sein Sohn das Beste von ihm erbt, und das, was mein Vater mir vermachte, war Bombay. Statt Kinderbücher erhielt ich einheimische Legenden. Die *Chronik von Bimb* oder *Bimbakyan*.

Zuletzt lief ich meilenweit vor der Stadt davon. Hunderte von Meilen. Tausende.

Bombay? Fragen Sie nicht. Ich könnte jedes Examen bestehen, vor das Sie mich zu stellen belieben. Ich sehe die Geister alter Zeiten durch die Straßen wandeln. Gehen Sie mit mir nach Churchgate, und ich werde Ihnen zeigen, wo das Churchgate früher stand. Zeigen Sie mir die Rampart Row, und ich werde Ihnen den Ropewalk zeigen, wo die Seilmacher der britischen Navy ihrem drehenden und windenden Gewerbe nachgingen. Ich kann Ihnen auch zeigen, wo die Toten begraben liegen (F. W. Stevens, der größte Architekt der Stadt, gestorben am 5. März 1900, liegt auf dem Sewri-Friedhof), wo die Asche verstreut wird, wo die Geier fliegen. Gräberfelder, Verbrennungs-*ghats*, *doongerwadis*. Sogar die Leichen der Inseln, vor langer Zeit in die Downtown-Halbinsel integriert, kann ich orten. Old Woman's Island – gräbt man ein bißchen tiefer, in den Namen, erhält man *Al-Oman* – ist heute ein kleiner Erdbuckel auf der Ostseite des Colaba Bazaar. Mein Vater liebte es, sich in Ortsnamen hineinzugraben, also gestatten Sie mir, Ihnen ganz spontan mitzuteilen, daß Chinchpokli Tamarinden-Tal heißt, Cumballa Hill nach der Lotusblume benannt wurde und der Bhendi Bazaar dort liegt, wo einst der Lady's Finger, der Wundklee, blühte.

Von diesem Kindergarten-Gemüse, dieser urbanen ›Eatymology‹, wie Vivvy Merchant es nannte, ging es weiter auf ein etwas erwachseneres Territorium. Vivvy gräbt am Juhu Beach, aber was ist mit Chowpatty? Kein Problem. ›Vier Bäche‹, obwohl heute keiner mehr weiß, wo sie fließen … Und Foras Road? Wenn Sie sie kennen, wissen Sie, daß das eine Straße der Huren ist. Aber V. V. grub tief unter die Bordelle, grub sich, sowohl in der Zeit als auch in der Erde, durch eine Bedeutung nach der anderen und zeigte mir den Bau der Foras-Deiche, durch die dem Meer dieses alte Sumpfland abgerungen wurde. Wo heute ein moralischer Morast zu sehen ist, gab es früher ganz einfach einen Morast … und Apollo Bunder, wo Ormus Cama aufwuchs? Ursprünglich natürlich Palva Bunder. »Apollo«, verkündete mein Vater, »war ein nomenklaturischer Invasor.« So pflegte er sich auszudrücken. Nomenklaturischer Invasor, putative prokreative Interventionen, subterrane Kredibilität. »Von Zeit zu Zeit sind griechische Götter, genau wie alle anderen, in Indien eingedrungen.«

Apollo griff sich also den Bunder, den Vogel jedoch schoß Dionysos ab. Kam her, als er noch jung war, als Eroberer und Trinker und lehrte uns Inder, Wein zu keltern. (Leider haben wir seine Lektionen vergessen und mußten uns mit Arrak und Toddy begnügen, bis uns sehr viel später die Briten alles über Bier und Rum und Yo-ho-ho beibrachten.) Dionysos gewann all seine Schlachten, erledigte einiges an Gemetzel und Verwüstung und verschwand mit zahlreichen Elefanten; das Übliche. Diese Art von Angeberei beeindruckt uns einfach nicht mehr. Klingt in meinen Ohren wie das alte, koloniale Renommieren. Kein Platz mehr dafür in der heutigen Welt.

Dionysische Göttinnen: das kommt meinen persönlichen Erfahrungen näher. Worüber ich etwas weiß, das ist Vina. Vina, die aus weiter Fremde zu uns kam, die alles, worauf ihr Auge fiel, verwüstete, die jedes Herz eroberte, um es anschließend zu brechen. Vina als weiblicher Dionysos. Vina, die erste Bacchantin. Das könnte ich mir vorstellen.

Immer tiefer wühlte sich mein Vater unter der brennenden Juhu-Sonne in die Erde – vielleicht, weil er hoffte, portugiesische *moidores* zu finden (in diesen Namen grub er sich natürlich auch hinein. *Moedas de ouros*, falls Sie es wissen wollen; Goldmünzen), oder vielleicht nur die versteinerten Knochen eines urzeitlichen Fisches. Sehen Sie nur, wie er die Gegenwart wegschaufelt, beachten Sie, wie der Sand der Zeit um ihn herum in schroffen Dünen emporsteigt, in denen es von winzigen, durchsichtigen Krebsen wimmelt! Hören Sie nur seine gelehrtenhaften Ausrufe: »Aha! Oho!«, wenn er, hoppla! auf eine vergrabene Flasche, leer, zerbrochen und ohne Flaschenpost, stößt; er stürzt sich auf sie, als sei sie ein Relikt aus den antiken Reichen, Rom, Mohenjo-daro, Gondwana, vielleicht sogar Gondwanaland, dem Protokontinent, auf den kein Mensch je den Fuß gesetzt, geschweige denn Glas zu Flaschen geblasen oder dionysische Getränke in dieselben gegossen hat; aber Gondwanaland ist immer noch das, wo Indien begann; wenn man tief genug in die Zeit hineingräbt, ist Indien von ihm abgebrochen, über den Ozean geschwommen und gegen das gestoßen, was vom nördlichen Protokontinent noch übrig war, und hat so das Himalayagebirge geschaffen. (Mein Vater schockierte mich gern mit den Worten: »Die Kollision geht immer noch weiter, Indien erlebt weiterhin impaktuelle Konsequenzen, das heißt, die Berge werden immer noch höher.«) Inzwischen ist er von der Taille an unsichtbar, strahlt und ist glücklich; und jetzt kann man nur noch seinen Hut sehen; doch immer tiefer gräbt er sich hinab, bis zur Hölle oder zu den Antipoden, während ich in der Zukunft herumplansche, immer weiter ins Meer hinaus, bis meine Mutter, die Qualle, mich herausruft.

Zwanzig Jahre lang, durch eine der größten Umwälzungen in der Geschichte der Nationen, das Ende des britischen Empires, grub sich mein Vater, Architekt, Ausgräber und Heimatkundler, in die unterirdische Erinnerung der von den Briten erbauten Stadt und wurde zum unbestrittenen Meister eines Themas, an dem sonst niemand Interesse hatte; denn Bombay vergißt seine Geschichte bei jedem Sonnenuntergang und beginnt sie bei Tagesanbruch von neuem zu schreiben. Ist es möglich, daß seine Beschäftigung ihn für die folgenschwere Wirkung jener Jahre blind machte, für Navy Strike und Partition und alles, was darauf folgte? In jenen Tagen des Umsturzes schien sogar der Boden unsicher zu sein, das Land, das physikalische Land, schien nach Wiederaufbau zu schreien, und bevor man einen Schritt machte, mußte man den Boden abtasten, um zu sehen, ob er das Gewicht zu tragen vermochte. Eine ungeheure Veränderung hatte begonnen; und wenn die Unsicherheit für meinen Vater nicht erträglich war, wenn er sich in die Vergangenheit grub, Sicherheit im Wissen, unter den Wanderdünen des Zeitalters festen Grund suchte, nun, dafür braucht er sich nicht zu schämen.

Wir alle müssen mit der Ungewißheit der Moderne zurechtkommen. Der Boden erschauert, und wir zittern. Wenn ich einen Bürgersteig entlanggehe, vermeide ich bis heute die Ritzen. Denn träte ich auf eine davon, könnte sie sich plötzlich auftun und mich mit einem trägen Gähnen verschlingen. Und natürlich weiß ich, daß Aberglaube eine Flucht ist, eine Möglichkeit, der Realität nicht ins Gesicht sehen zu müssen. Aber die Realität, das war Vina, und es fällt mir immer noch schwer, ihr ins Gesicht zu sehen.

Ich werde es tun. Wenn die Zeit kommt, werde ich es tun.

Schließlich gab mein Vater das Graben auf. Eine Ewigkeit hatten wir ihn ignoriert, die träge Strandwelt hatte einfach den Blick von seiner absurden Hyperaktivität abgewandt. Völlig erschöpft, brauchte er Hilfe, um aus dem Loch herauszuklettern, das er gegraben hatte. Grinsende Kokosnußhändler reichten ihm die Hand, während sie ihre Körbe auf dem Kopf balancierten. Obwohl ich damals das Wort noch nicht gelernt hatte, erkannte ich voller Verlegenheit, wie kitschig dieser Anblick war. Meinem Vater war es in seiner Müdigkeit gleichgültig. Fröhlich klopfte er sich mit dem Hut den Sand vom Anzug, kaufte seinen Helfern Kokosnüsse für uns ab, wartete, bis sie mit ihren großen Messern die Spitze abgeschlagen hatten, und schluckte dann mit so laut gurgelnden Geräuschen wie eine Badewanne die Kokosmilch. Kurz darauf lag er schlafend im Schatten einer Kokospalme; woraufhin meine Mutter den Finger auf ihre Lippen legte, damit wir still waren, und sich lächelnd, heimlich an eine ihrer ganz persönlichen Verrücktheiten machte, die sie mit dem Sandaushub anstellte.

Genau wie Michelangelo, der glaubte, daß die Gestalten seiner Titanen in den Marmorblöcken aus Carrara gefangen seien, aus denen sie zu befreien seine Pflicht als Künstler sei, der den *David* schuf, indem er einfach alles aus dem Stein entfernte, das nicht David war, entdeckte Ameer Merchant in dem großen Sandberg, der aus V. V.s Strandarchäologie entstand, ebenfalls eine versteckte Form. Doch meine Mutter war keine Künstlerin. Sie war Unternehmerin, ein *developer*, um das neue Wort aus jenen Tagen zu benutzen. Sie sah in diesem Hügel aus feuchtigkeitsdunklem Sand keineswegs göttergleiche Figuren. »Ich werde«, erklärte sie, »Häuser wie für Götter bauen, aber in ihnen werden Menschen wohnen.« Während V. V. schnarchte, formte Ameer die Maquette eines solchen Hauses aus Sand. Während er von unbekannten Tiefen träumte, errichtete sie einen Traum von Höhen. Gewissenhaft arbeitete sie, wie die Baumeister des großen Kailash-Tempels von Ellora, dieses überwältigenden Monolithen, von aufeinanderfolgenden Generationen aus dem gewachsenen Fels herausgehauen, von oben nach unten. Und, jawohl, es war ein Bauwerk, das dann erschien, doch eines ohne jeden religiösen Zweck. Es stimmt, daß zunächst eine hohe Turmspitze zu sehen war, aber das war ein Sendemast. Und obwohl das Gebäude aus dem Sand emporzuwachsen schien wie ein Turm, ließ die Vielzahl leichter Vertiefungen, die an Fenster erinnerten, deutlich erkennen, daß es sich um einen Entwurf von weitaus größerem Format handelte als jedes Heiligtum. Kleine Zweige, von Ameer sorgfältig in ihren zerbrechlichen Traum gesteckt, dienten als Wasserspeier, und die Außenflächen des Gebäudes wurden verschönt, indem die Architektin auf den verschiedenen Ebenen reichlich geometrische Dekorationen anbrachte. Überschüssiger Sand fiel von ihrer Kreation wie ein nicht benötigtes Gewand herab, bis sie schließlich in glorreicher Nacktheit vor mir stand.

»Wolkenkratzer«, nannte sie es. »Wie würde dir ein Penthouse ganz obendrauf gefallen?« Wolken-was? Wo pennt ein Penthouse? Das waren Wörter, die ich nicht kannte. Ich merkte, daß sie mir nicht gefielen: die Wörter und das Gebäude, zu dem sie gehörten. Außerdem langweilte ich mich und wollte baden.

»Für mich sieht das wie 'ne Streichholzschachtel aus.« Ich zuckte die Achseln. »Da drin wohnen? Nein, danke.«

Ameer ärgerte sich über diese Attacke gegen das Werk ihrer Hände. Ich hielt dies für einen guten Zeitpunkt, ans Wasser zu gehen. »Du hast ja keine Ahnung!« fuhr sie mich an wie eine Achtjährige. »Warte nur ab! Eines Tages wirst du die Dinger überall sehen.« Dann merkte sie, wie kindisch sie sich benahm, und begann zu kichern. »Auch hier werden sie sein.« Fröhlich wedelte sie mit dem Arm. »Überall hier.«

Das brachte jetzt auch mich in Fahrt. »Strandkratzer«, sagte ich. »Sandkratzer«, stimmte sie mir zu. »Kamelkratzer, Kokoskratzer, Fischkratzer.« Jetzt lachten wir beide. »Und am Chowpatty Beach vermutlich Chowkratzer«, sinnierte ich. »Und auf dem Malabar Hill Hillkratzer. Und an der Cuffe Parade?«

»Cuffekratzer«, antwortete meine Mutter lachend. »Aber jetzt geh baden und hör auf, so *bad-tameez* zu sein.«

»Wohin wirst du sie überhaupt setzen?« Ermutigt durch ihre gute Laune, sprach ich ein unbeantwortbares letztes Wort zu diesem Thema. »Hier wird sie keiner wollen, und in der Stadt gibt es schon überall Häuser.«

»Also kein Platz mehr«, sagte sie nachdenklich.

»Genau«, bestätigte ich und wandte mich dem Wasser zu. »Kein Platz mehr.«

An jenem folgenschweren Tag am Strand sollte ich meinen unvergeßlichen ersten Blick auf Vina erhaschen. Es war der Tag meiner Liebe auf den ersten Blick, der Beginn einer lebenslangen Versklavung ... aber sofort halte ich inne. Es wäre möglich, daß ich den Wein mehrerer Wochenenden am Strand in die Flasche eines einzigen Tages fülle. Verdammt, es gibt Dinge, an die ich mich nicht mehr erinnern kann. War es an diesem Tag oder an einem anderen? Im November oder im darauffolgenden Januar? Während mein Vater schlief oder nachdem ich baden gegangen war? So vieles ist verloren. Kaum zu glauben, daß sich all dieser Sand angesammelt hat und die Jahre verdunkelt. Kaum zu glauben, daß es so lange her ist, daß das Fleisch sterblich ist, daß alles auf das Ende zugleitet. Einstmals glaubte ich an die Zukunft. Die geliebte Zukunft meiner geliebten Mutter; das war es, was zählte, die Gegenwart war ein Mittel zum Zweck und die Vergangenheit nicht mehr als ein glanzloser Töpferscherben, eine Flasche, von meinem Vater am Strand ausgegraben. Nun jedoch gehöre ich zum Gestern.

Now I belong to yesterday.

Ist das eine Textzeile aus einem Song? Ich hab's vergessen. Stimmt das?

Wie dem auch sei: An diesem goldenen Nachmittag oder einem anderen, bronzeneren, in diesem Augenblick oder jenem, kam der gefeierte Mr. Piloo Doodhwala mit seiner berühmten ›Magnificentourage‹ auf den Sand des Juhu Beach marschiert. Ich muß betonen, daß ich zu jener Zeit nicht das geringste über ihn wußte. Ich hatte keine Ahnung von seinem wachsenden, stadtbekannten Ruf als »Original« und »kommender Mann« sowie als staatsbekannter Milchlieferant; ich ahnte auch nicht, daß sein richtiger Name Shetty war – genau wie der Name unserer Familie, bis er vor Jahren anglisiert wurde –, aber kein Mensch nannte ihn noch so, weil er, wie er selbst zu erklären beliebte, »Als Milchmann bekannt, Milchmann genannt«; ich hatte noch nie von der Bezeichnung gehört, die er sich ausgedacht hatte, um den inneren Kreis seiner Familienmitglieder und Dienstboten zu definieren, mit denen er sich gern umgab – eine Bezeichnung, die von den einheimischen Schmierblättern mit Wonne aufgegriffen und auf vielerlei Art satirisch verändert wurde (›Magnificentestine‹, ›Arrogantourage‹, &c.); doch Piloo Shetty alias Doodhwala war unempfänglich für Satire. Ich sah nichts als einen kleinen, dicken, weißen, mit einem Kurta-Pyjama bekleideten Mann Mitte Zwanzig, einen jungen Mann mit einer so hohen Meinung von sich selbst, daß er jetzt schon wie ein Mann mittleren Alters wirkte, einen Mann mit einem so stolzen Schritt wie ein Pfau und einer Mähne dunkler Haare, die er mit Öl so fest an den Kopf kleisterte, daß er wie ein schlafender Mungo wirkte. Er hielt sich wie ein König, Caligula oder Akbar, Monarchen, die sich in Phantasien der Göttlichkeit ergingen. Hinter ihm schritt ein hochgewachsener Pathan-Träger in voller Pracht mit Schärpe und Turban, der einen großen, grellbunten Sonnenschirm, reich mit Ziermünzen und Spiegeln behängt, über den Kopf des kleinen Kaisers hielt.

Angeführt wurde Piloos Parade von Musikanten – einem Trommler, einem heiseren Flötisten, einem Hornbläser, so gellend aggressiv wie ein Automobilfahrer, und zwei sich windenden, kostümierten Sänger-/Tänzerinnen, die vermutlich gemietete *hijras*, Transsexuelle, waren –, deren entsetzlicher Lärm eine wilde Attacke auf das vornehme Spätnachmittagspublikum des Strands losließ. Neben seinem rechten und linken Ellbogen huschten Sekretäre einher, die sich hinüberbeugten, um die Worte des großen Mannes zu vernehmen und hastige Kurzschriftnotizen zu machen. Gefolgt wurde diese außergewöhnliche Gruppe von einer winzigen, nahezu kugelförmigen Lady, Piloos Gemahlin mit dem ungewöhnlichen, doch passenden Namen Golmatol, die ihre fleckige Haut unter einem schwarzen Schirm versteckte; zwei kleinen Mädchen, ungefähr sieben und acht, deren Namen, Halva und Rasgulla, Zeugnis vom süßen Gaumen ihrer Eltern ablegten; und einem weiteren, wesentlich größeren, dunkleren Mädchen von etwa zwölf oder dreizehn Jahren, dessen Gesicht ganz und gar unter einem riesigen, breitrandigen Strohhut verborgen war, so daß man nur ihren Stars-and-Stripes-Badeanzug und den weißen *lungi* zu sehen bekam, den sie, um die Hüfte geschlungen, darüber trug. Außerdem gab es eine Aja und zwei mit Picknickkörben beladene Domestiken. Ein Trio von Sicherheitswachen schwitzte in militaristischen Uniformen. Die Hauptaufgabe dieser Leibwachen – deren sie sich mit Begeisterung, Schwung und reichlichem Gebrauch langer Lathi-Stöcke entledigten – war es, die Trauben aufdringlicher Individuen zu vertreiben, die im Kielwasser der Magnificentourage einherschwärmten und -summten, denn ein großer Mann wird immer Bittsteller und Anhänger anlocken, vor denen er beschützt werden muß, wenn er mal einen schönen Tag draußen verbringen will. Wer war dieser Taschengigant, diese mächtige Maus? Was mochte der Grund für eine so protzige Zurschaustellung sein? Woher kam seine Macht, sein Reichtum? Ameer Merchant, deren gute Laune durch den lärmenden Einzug der Doodhwala-Gruppe verdorben wurde, war nicht in der Stimmung für Fragen. »Ziegen«, lautete ihre schnippische Antwort. Ich wußte nicht, was ich davon halten sollte. Er hatte sie auf die Palme gebracht, soviel stand fest. »Mummy? Wie bitte?« In ihrem Zorn begann sie tatsächlich zu meckern. »Du weißt nicht, was Ziegen sind? *Määähhh*? Hippen, Geißen und auch Böcke. Spiel nicht den Dummen. *Bakra-bakri*, das ist alles.« Mehr vermochte ich ihr an Erklärungen nicht abzuluchsen.

V. V. Merchant erwachte verwirrt aus seinem Schlummer, von dem Getöse aus tiefem Schlaf gerissen; woraufhin sich – zu seiner zusätzlichen Verwirrung – seine geliebte Gemahlin unvermittelt gegen ihn wandte. »Verdammte *tamasha*.« Sie schnaufte verächtlich. »Offenbar eine Seite dieser Familie, die nie richtig Benimm gelernt hat.«

Also, *das* war ein Hammer! »Wir sind verwandt? Wie denn? Wo?«

Die Piloo-Gang war kaum vierzig Fuß entfernt von uns zum Stehen gekommen, und nun breiteten die weniger erhabenen Mitglieder, dirigiert von Golmatols überlauten Befehlen, Decken und Süßigkeiten aus und errichteten über dem festlichen Angebot auf vier Stangen eine fröhlich-bunte *shamiana*-Marquise. Ein Kartenspiel wurde begonnen, und Piloo erwies sich sogleich als tollkühner Bieter und großer Gewinner, obwohl seine Bediensteten, die wußten, wo ihre Interessen zu liegen hatten, ihm die Erfolge zuschoben. Aus einer großen Thermosflasche schenkte ein Träger Piloo einen großen Aluminiumbecher voll dünner, blauweißer Ziegenmilch ein. Dieser trank mit offenem Mund und ohne auf überlaufende Tropfen zu achten. Halva und Rasgulla forderten quengelnd, ebenfalls etwas zu trinken, aber das Mädchen in Strohhut und Badeanzug war davongeschlendert und in einiger Entfernung mit dem Rücken zu den Doodhwalas stehengeblieben; sie hatte die Arme verschränkt und schüttelte langsam und desillusioniert den (immer noch weitgehend unsichtbaren) Kopf. Bei dem Lärm der Musikanten, dem Betteln der Bittsteller, dem Klatschen der Lathi-Stöcke, dem Kreischen der Verletzten, dem Gejammer der kleinen Mädchen und den geblafften Befehlen von Golmatol Doodhwala mußte ich selbst meine Stimme ebenfalls erheben, so daß meine Fragen über diese Familie von Hochdezibel-Mitgliedern mit voller Lautstärke gestellt wurden.

Ameer hielt sich die Stirn. »O Gott, Umeed, verschone meinen Kopf nur einen Moment«, flehte Ameer. »Sie haben nichts mit mir zu tun, das kann ich dir sagen. Frag deinen Vater nach seiner Verwandtschaft.«

»Entfernte Verwandte«, schrie V. V. Merchant, in die Verteidigung gedrängt.

»Arme Verwandte«, rief Ameer Merchant unhöflich zurück.

»Für mich sehen sie nicht arm aus«, warf ich aus vollem Halse ein.

»Reich an Ziegen«, brüllte Ameer in eine unerwartete Pause der Musik hinein, und ihre Worte hingen unwiderruflich in der Luft, so unentrinnbar, als wären sie in Neon ausgeleuchtet wie die Jeep-Reklame über dem Marine Drive, »aber arm an Qualität. Minderwertiges Volk.«

Eine furchtbare Stille senkte sich herab. Es war ein heißes Jahr, 1956, eines der heißesten, die verzeichnet wurden; der Nachmittag war schon fortgeschritten, aber die Hitze hatte nicht nachgelassen. Jetzt schien die Temperatur tatsächlich wieder zu steigen, begann es in der Luft zu summen, wie es angeblich geschieht, bevor der Blitz einschlägt, während Shri Piloo Doodhwala in der Hitze anzuschwellen, sich zu röten, aus jeder Pore Flüssigkeit auszuscheiden begann, als fülle er sich so schnell mit Worten, daß es in ihm keinen Platz für etwas anderes mehr gab. Seine jüngere Tochter Halva stieß ein nervöses Kichern aus, kassierte dafür zwei kräftige Ohrfeigen von ihrer

Mutter, brach in Tränen aus, entdeckte, daß Golmatol Doodhwala erneut die Hand hob, und hielt augenblicklich den Mund. Ein Krieg stand unmittelbar bevor. Der Sand zwischen dem Lager der Doodhwalas und dem unseren wurde zum Niemandsland. Schwere Artillerie bezog Stellung. In diesem Moment kam das hochgewachsene Mädchen, die Zwölf- oder Dreizehnjährige in ihrem Stars-and-Stripes-Badeanzug, lässig in die umkämpfte Zone geschlendert, blickte neugierig von den Doodhwalas zu den Merchants und wieder zurück und schob sich den riesigen Strohhut auf den Hinterkopf. Zu meiner Schande muß ich gestehen, daß ich mich nicht mehr beherrschen konnte, als ich ihr Gesicht zu sehen bekam. Dieses ägyptische Profil, das ich viele Jahre später bei einem Porträt der Pharaonin-Königin Hatschepsut wiedersah, der ersten Frau, die von der Geschichte verzeichnet wurde und die von Vina, von göttlichen Monarchen stets unbeeindruckt, obwohl später selbst eine Art Göttin-Königin, wegwerfend Hat Cheap Suit genannt wurde; dieser sardonische Blick in den Augen, dieser ironisch verzogene Mund veranlaßten mich zu einem hörbaren Luftholen. Nein, es war mehr als ein Luftholen. Es war ein lautes, ersticktes Geräusch, keuchend, unartikuliert, und endete in so etwas wie einem Schluchzen. Kurz gesagt, ich gab zum einzigen Mal in meinem Leben den Laut eines schwer getroffenen Mannes von mir, der sich auf den ersten Blick hoffnungslos und schmerzlich verliebt. Dabei war ich damals erst neun Jahre alt.

Gestatten Sie mir den Versuch, Ihnen diesen großen Augenblick mit äußerster Präzision zu schildern. Ich war, glaube ich, erst kurz zuvor dem Meer entstiegen, meine Zahnspange schmerzte, und ich war eindeutig ein wenig gereizt – oder ich hatte schwimmen gehen wollen, als ich von der Ankunft der Magnificentourage abgelenkt wurde –, wie dem auch sei, als Ameer Merchant jenen Satz äußerte, den Piloo Doodhwala als Kriegserklärung verstand, hatte ich gerade in eine Obsttüte gegriffen und mir einen saftigen Apfel herausgeholt. Mit dem Apfel in der Hand starrte ich das wunderschöne, dunkle Mädchen in dem Old-Glory-Badeanzug an und stieß diesen schrecklichen, verräterischen Laut der Bewunderung aus; und als meine

Füße sich aus eigenem Antrieb in Bewegung setzten und mich vor-
wärtstrugen, bis ich unmittelbar vor ihr stand und in das blendende
Licht ihrer Schönheit emporblickte, streckte ich ihr den Apfel entgegen – wie ein Opfer, wie eine Trophäe.

Sie lächelte belustigt. »Ist der für mich?« Aber bevor ich eine Antwort zu formulieren vermochte, kamen die beiden anderen Mädchen – verdammt noch mal, die beiden häßlichen Schwestern! – trotz
des Kommandos ihrer Aja, sofort zu ihr zurückzukehren, auf uns
zugelaufen. »Ap«, sagte Halva Doodhwala mit Babyaugen und
affektiertem Babygeplapper in dem vergeblichen Versuch, anziehend
zu wirken; und Rasgulla Doodhwala, älter, aber keineswegs weiser,
bestätigte mit Schmollmund: »fel.« Das hochgewachsene Mädchen
stieß ein eher grausames Lachen aus und posierte, den Kopf schräg
gelegt, die Hand in die Hüfte gestemmt. »Siehst du, junger Herr,
jetzt mußt du wählen. Welcher von uns wirst du dein hübsches Geschenk überreichen?«

Das ist einfach, wollte ich sagen, denn dieses Geschenk kommt von
Herzen. Aber Piloo und (vor allem) Golmatol starrten mich in finsterer Erwartung meiner Entscheidung an, und als ich, einen Augenblick zögernd, zu meinen Eltern hinüberblickte, erkannte ich, daß sie
nicht in der Lage waren, mir bei dieser Wahl zu helfen, die sowohl
ihr Leben als auch das meine beeinflussen sollte. Damals wußte ich
es noch nicht (obwohl es leicht zu erraten gewesen wäre), daß das
hochgewachsene Mädchen nicht die Schwester der jüngeren Mädchen, daß ihr Platz in der Entourage eher jener des Aschenputtels als
jener der Helena war; oder eine seltsame Mischung aus den beiden,
eine Art Aschenputtel von Troja. Wenn ich es jedoch gewußt hätte –
es wäre niemals anders gelaufen; denn obwohl meine Zunge nichts
sagte, sprach mein Herz dafür laut und deutlich. Ohne ein Wort
reichte ich meiner Geliebten den Apfel; die ihn mit einem kurzen
Nicken ohne besonderen Dank entgegennahm und ohne Zögern
herzhaft hineinbiß.

So kam es, daß meine demonstrative Ablehnung der Reize von Halva
und Rasgulla, der kleinen Meisterinnen des unschuldigen Augen-
aufschlags, von den Doodhwalas der unbeabsichtigten Beleidigung

meiner Mutter hinzugerechnet wurde, und das war's. Das Hindusta-ni-Wort *kutti* ist inadäquat für meinen Zweck, denn es läßt eher an einen schmollenden, fast kindischen Streit denken. Dies jedoch war nicht *kutti*. Dies war eine Vendetta. Und in Piloo Doodhwala – der mich jetzt zu meinem Entsetzen heranwinkte – hatte ich mir einen mächtigen Feind gemacht. Lebenslang.

»Junge!«

Nun, da der Punkt ohne Wiederkehr überschritten war, hatte sich Piloo wunderbarerweise entspannt. Er hatte das geschwollene Aussehen eines Mannes verloren, der vor wutschnaubenden Beleidigungen platzt, und sogar aufgehört zu schwitzen. Ich dagegen mußte feststellen, daß ich von Insekten gebissen wurde. Es war genau jener Moment des Spätnachmittags, da die mordlustigen Heere der Luft sich bemerkbar machen und wie kleine Wolken von irgendeiner hochgelegenen Schlafstätte herabstoßen. Während ich mich Piloo näherte, der unter seiner verspiegelten Markise auf prächtigen *gao-takia*-Polstern ruhte, war ich gezwungen, mir ständig auf Gesicht und Hals zu schlagen, so daß es aussah, als strafe ich mich selbst für meine Apfelwahl. Piloo schenkte mir ein tödlich glitzerndes Lächeln und fuhr fort, mich heranzuwinken.

»Und dein Vorname, bitte?« Ich nannte ihm meinen Namen. »Umeed«, wiederholte er. »Hoffnung. Hop. Das ist gut. Alle Menschen sollten Hop haben, selbst wenn ihre Lage hophnungslos ist.« Er versank in einer Phase der Kontemplation, während er auf einem Stück gedörrtem *bummelo* herumkaute; als er dann wieder das Wort ergriff, schwenkte er das Stück Fisch dabei in der Hand. »Bombay-Ente«, sagte er lächelnd. »Veißt du, vas das ist? Veißt du, daß dieser *bombil*-Phisch sich veigerte, Lord Rama beim Bau der Brücke über den Lanka zu helphen, durch die er Lady Sita retten vollte? Daß er ihn daphür immer phester und phester drückte, bis er ihm alle Knochen zerbrach, so daß er jetzt ein knochenloses Vunder ist? Nein, das kannst du nicht vissen, denn ihr seid ja Konpherter.« Dieses Wort löste ein mächtiges Kopfschütteln sowie mehrere Bissen Fisch bei ihm aus, bevor er mit seiner Tirade fortfuhr. »Konpherter«, wiederholte er. »Veißt du, vas das ist? Ich wird's dir sagen. Religiöse Kon-

phersion, das ist, vie venn man in einen Zug steigt. Phon da an ist es nur der Zug selbst, zu dem du gehörst. Nicht zum Abphartsbahnsteig, nicht zum Ankunphtsbahnsteig. An diesen beiden Orten virst du einphach pherabscheut. Das ist ein Konpherter. Und das ist der Phater deines Phaters.« Ich machte den Mund auf; er gab mir ein Zeichen, daß ich ihn schließen sollte. »Gesehen, aber nicht gehört verden«, erklärte er. »Klappe halten ist die beste Politik.« Er mampfte eine Mango. »Venn der Mensch konphertet«, philosophierte er, »ist das vie ein Stromausphall. Lastabwerphen. Er virpht ab, pherstehst du? Die Last der Bestimmung des Menschen, und zwar vie ein Pheigling. Auph eine im Grunde unseriöse Art und Veise. Damit löst er sich phon der Geschichte seiner Rasse, nicht vahr? Als zieht er einen Stecker, okay: Dann phunktioniert der Toaster nicht mehr. Vas ist das Leben, Junge? Ich verd's dir sagen. Das Leben ist nicht nur ein einziges Haar, das man Gott aus dem Koph reißt, ja? Das Leben ist ein Zyklus. In diesem unserem armseligen Leben verden vir die Sünden unserer phergangenen Existenzen büßen, und ebenso den Lohn phür phorangegangenes gutes Pherhalten emphangen. Der Konpherter ist vie ein Gast in einem Hotel, der seine Rechnung nicht bezahlen vill. Dagegen kann der Konpherter keine Phorteile ervarten, venn es einen Buchungsfehler zu seinem Phorteil gibt.«
Bei all den Zügen, Toastern, Zyklen und Hotels, die sich darin tummelten, war Piloos These nicht leicht zu verstehen, aber den wesentlichen Punkt hatte ich doch begriffen: Er beleidigte meinen Vater, meines Vaters Zweig der Familie (Muslims) und daher auch mich. Nun jedoch, wenn ich als Erwachsener die Szene mit meinen neun Jahre alten Augen betrachte, sehe und höre ich auch andere Dinge: den Standesunterschied, zum Beispiel, den Anflug von Snobismus in der Verachtung meiner Mutter für Piloos primitiveres Verhalten und seinen vulgären Akzent; und natürlich die Differenzen in der Gemeindezugehörigkeit. Der alte Hindu-Muslim-Streit. Meine Eltern legten mir die Gabe der Religionslosigkeit in die Wiege, des Aufwachsens, ohne die Leute zu fragen, welche Götter ihnen lieb seien – in der Annahme, daß sie sich, genau wie meine Eltern, nicht für die

Götter interessierten und daß dieses Desinteresse absolut ›normal‹ sei. Sie mögen einwenden, daß diese Gabe ein Schierlingsbecher gewesen sei, dennoch war es ein Becher, aus dem ich jederzeit wieder trinken würde. Der alte Riß in der Familie blieb aber trotz der Gottlosigkeit meiner Eltern bestehen. Er war so tief, daß die beiden Zweige der Familie, Konvertiten und Nichtkonvertiten, sich gegenseitig von der *tabula* gestrichen hatten. Im Alter von neun Jahren hatte ich noch nicht einmal Kenntnis von der Existenz der Doodhwalas, und ich bin sicher, daß Halva und Rasgulla ebensowenig von ihrem entfernten Cousin Umeed Merchant gewußt hatten. Was dieses hochgewachsene Mädchen betraf, die Badeanzugskönigin mit meinem Apfel im Mund, so hatte ich keine Ahnung, wie und wo sie in das Gesamtbild paßte.

»Umeed!« rief meine Mutter, und ihre Stimme klang ärgerlich. »Komm sofort hierher!«

»Geh nur, kleiner Hop.« Damit schickte Piloo mich weg. Er hatte begonnen, voll Langeweile ein paar Pokerwürfel auf seinem Teppich rollen zu lassen. »Aber ich phrage mich, vas aus dir verden vird, venn du ein großer Hop gevorden bist.«

Die Antwort darauf hatte ich parat. »Ji, ein Fotograf, ji.«

»So«, gab er zurück. »Dann mußt du erkennen lernen, daß ein Bild phalsch sein kann. Nimm zum Beispiel mein Photo jetzt, ja? Vas siehst du? Nur einen gevichtigen Sahib, der sich großtut. Aber das ist eine beschissene Lüge. Ich bin ein Mann des Pholkes, Hop. Ein schlichter Bursche, aus bescheidenem Haus, und veil ich an harte Arbeit gevöhnt bin, kann ich phon Herzen genießen. Heute genieße ich. Aber du, Hop, du und dein Daddy-Mummy, ihr seid Leute, die sich großtun. Zu groß phielleicht, phür eure Schuhe.« Er hielt inne. Die Pupillen seiner Augen hatten milchweiße Ränder. »Ich glaube, vir haben phielleicht schon phrüher gestritten, in einem anderen Leben. Heute verden vir nicht streiten. Doch eines Tages verden vir bestimmt vieder kämphen.«

»Umeed!«

»Und sag deiner Mutter«, murmelte Piloo Doodhwala, während das Lächeln von seinen Lippen vich, »daß dieses Sandgebäude da, das vie ein *Shiv-lingam* aussieht, eine schmutzige Blasphemie ist. Beleidigend und obszön phür jeden, der es sieht.«

Ich sehe mich noch immer als Neunjährigen, wie ich das feindliche Lager verließ, um ins heimatliche zurückzukehren. Aber ich sehe auch, was wirklich abläuft, den Prozeß, durch den die Macht, genau wie Wärme, allmählich von der Welt meiner zornigen Mutter auf die neue, coole von Piloo übergeht. Was keineswegs Einbildung ist, sondern späte Einsicht. Er haßte uns; und mit der Zeit würde er – wenn schon nicht *die* Welt – jedenfalls aber die *unsere* erben.

»Ich hasse Indien«, zischte meine Badeanzugkönigin wütend, als ich an ihr vorüberging. »Und da gibt es eine Menge zu hassen. Ich hasse die Hitze, und es ist immer heiß, selbst wenn es regnet, und ich hasse diesen Regen wirklich! Ich hasse das Essen, und man kann nicht mal das Wasser trinken. Ich hasse die Armen, und die sind überall. Ich hasse die Reichen, die so verdammt selbstzufrieden sind. Ich hasse die Massen, und man kommt nie aus ihnen heraus. Ich hasse die Art, wie die Leute viel zu laut reden, sich in Purpur kleiden, viel zu viele Fragen stellen und jeden herumkommandieren. Ich hasse den Dreck, und ich hasse den Geruch, und vor allem hasse ich es, mich hinhocken zu müssen, wenn ich scheißen will. Ich hasse das Geld, weil ich damit nichts kaufen kann, und ich hasse die Läden, weil es darin nichts gibt, was man kaufen könnte. Ich hasse die Filme, ich hasse den Tanz, ich hasse die Musik. Ich hasse die Sprachen, weil sie nicht schlichtes Englisch sind, und ich hasse Englisch, weil es auch kein schlichtes Englisch ist. Ich hasse Autos, bis auf die amerikanischen, aber die hasse ich auch, weil sie alle seit zehn Jahren aus der Mode sind. Ich hasse die Schulen, weil die in Wirklichkeit Gefängnisse sind, und ich hasse die Ferien, weil man auch dann nicht mal frei sein kann. Ich hasse die alten Leute, und ich hasse die Kinder. Ich hasse das Radio, und es gibt kein Fernsehen. Vor allem aber hasse ich die gottverdammten Götter!« Es war ein erstaunlicher Erguß, geäußert in beiläufigem Leierton, den Blick fest auf den Horizont gerichtet. Ich hatte keine Ahnung, wie ich darauf reagieren sollte, doch eine Reaktion schien nicht erwartet zu werden. Da ich ihren Zorn nicht verstand, erschreckte er mich zutiefst. War dies das Mädchen, in das ich mich so hoffnungslos verliebt hatte? »Und Äpfel hasse ich ebenfalls«, ergänzte sie und trieb mir damit ein Schwert ins Herz. (Aber meinen hatte sie, wie ich bemerkte, aufgegessen.) Von Liebeskummer gequält, von Mücken zerstochen, machte ich kehrt, um meiner problematischen Wege zu gehen. »Willst du wissen, was das einzige ist, das ich liebe?« rief sie mir nach. Ich machte halt und wandte mich zu ihr um.

»Ja, bitte«, antwortete ich demütig. Es ist sogar möglich, daß ich vor lauter Elend den Kopf vor ihr geneigt habe.

»Ich liebe das Meer«, sagte sie und lief davon, ins Wasser hinein. Mein Herz wollte vor Freude fast zerspringen.

Ich hörte, wie Piloos Würfel zu klappern und zu rollen begannen; und dann fingen auf Golmatol Doodhwalas Geheiß die Musikanten wieder an zu spielen, und ich vernahm nichts anderes mehr.

Sehr lange habe ich geglaubt – und dies ist vermutlich eine Version von Sir Darius Xerxes Camas Glauben an eine vierte Funktion des *Außenseins* –, daß es in jeder Generation ein paar Seelen gibt, ob man sie glücklich nennt oder verflucht, die einfach *dazu geboren sind, nicht dazuzugehören*, die, wenn man so will, schon halb distanziert zur Welt kommen, ohne ein starkes Gefühl der Zugehörigkeit zu einer Familie, einem Ort, einer Nation oder einer Rasse; ja, daß es vermutlich Millionen, Milliarden solcher Seelen gibt, möglicherweise ebenso viele Nichtzugehörige wie Zugehörige; daß summa summarum das Phänomen eine ebenso ›natürliche‹ Manifestation der menschlichen Natur sein könnte wie sein Gegenstück, nur eben eines, das während der gesamten Menschheitsgeschichte durch Mangel an Gelegenheit zumeist frustriert wurde. Und nicht nur dadurch: Denn jene, die Stabilität schätzen, die Vergänglichkeit, Ungewißheit, Wechsel fürchten, jene Menschen haben ein so mächtiges System von Stigmata und Tabus gegen die Wurzellosigkeit erstellt – diese brisante, antisoziale Macht –, daß wir uns nolens volens zumeist anpassen; wir geben vor, von Loyalitäten und Solidaritäten motiviert zu werden, die wir im Grunde gar nicht empfinden, wir verstecken unsere geheime Identität unter dem fremden Mantel jener Identitäten, der das Gütesiegel des eigentlichen Besitzers trägt. In unseren Träumen jedoch kommt die Wahrheit zum Vorschein; nur in unseren Betten (denn in der Nacht sind wir alle allein, selbst wenn wir nicht allein schlafen) schweben wir, fliegen wir, fliehen wir. Und in den Wachträumen, die unsere Gesellschaft gestattet, in unseren Mythen, unseren Künsten, unseren Liedern, feiern wir die Nichtzugehörigen, wir, die wir anders sind, die Gesetzlosen, die Freaks. Wir bezahlen viel Geld dafür, das, was wir uns selbst verbieten, im Theater oder im Kino betrachten oder zwischen den Deckeln eines Buches lesen zu können. Unsere Bibliotheken, unsere Unterhaltungspaläste sagen die Wahrheit. Der Tramp, der Meuchelmörder, der Rebell, der Dieb, der Mutant, der Ausgestoßene, der Delinquent, der Teufel, der Sünder, der Reisende, der Gangster, der Läufer, die Maske. Wenn wir in ihnen nicht unsere am wenigsten gestillten Bedürfnisse erkennen könnten, würden wir sie nicht immer wieder von neuem erfinden, an jedem Ort, in jeder Sprache, in jeder Zeit.

Kaum hatten wir Schiffe, da eilten wir ans Meer, um in Papyrusbooten über die Ozeane zu segeln. Kaum hatten wir Autos, da zog es uns auf die Straße. Kaum hatten wir Flugzeuge, da flogen wir bis in die entferntesten Winkel der Welt. Jetzt wollen wir unbedingt die dunkle Seite des Mondes sehen, die Steinwüsten des Mars, die Ringe des Saturns, die interstellaren Weiten. Wir schicken mechanische Fotografen in den Orbit oder auf Einwegreisen zu den Sternen und vergießen Tränen über die Wunder, die sie uns übermitteln; angesichts der gewaltigen Bilder von weit entfernten Galaxien, die wie Wolkentürme im Himmel stehen, werden wir demütig und geben außerirdischen Felsbrocken Namen, als handle es sich um Haustiere. Wir gieren nach der Krümmung des Raums, dem äußersten Rand der Zeit. Und das ist die Spezies, die sich selbst vormacht, sie bleibe gern zu Hause, lasse sich gern mit – wie heißen die noch? – *Familienbanden* zurückhalten.

Das ist meine Ansicht. Sie brauchen sie mir nicht abzukaufen. Vielleicht gibt es ja doch nicht so viele von uns. Sie haben ein Recht auf

Ihre eigene Meinung. Ich sage nur: Gute Nacht, Baby. Schlaf schön und träume süß.

Nach der Doodhwala-Version des Universums hat alles angefangen, weil mein Urgroßvater väterlicherseits ›den Islam umarmt‹ hat, wie man es ausdrückt; den Islam, den Glauben, der sich am allerwenigsten umarmen, d. h. annehmen läßt. Als Ergebnis dieser etwas scharfkantigen Umarmung verlor Vivvy Merchant (genau wie Ameer und jeder Muslim auf diesem Subkontinent, denn wir sind allesamt, ob wir es zugeben wollen oder nicht, jeder einzelne von uns, Kinder von Konvertiten) den Kontakt mit der Geschichte. So können wir die Tatsache, daß mein Vater so verzweifelt in der Vergangenheit der Stadt herumgrub, als Suche nach seiner verlorenen persönlichen Identität interpretieren; und auch Ameer Merchant, die von Cuffekratzern und so weiter träumte, suchte verlorene Sicherheiten, und zwar in Visionen von Wolkenkratzer-Apartmentblocks und Artdéco-Kinos, in Ziegeln und Mörtel und in mit Stahl armiertem Beton.

Kein Mangel an Erklärungen für die Geheimnisse des Lebens. Erklärungen sind heutzutage billig zu haben. Die Wahrheit dagegen ist weit schwerer zu finden.

Immer, von meinen allerersten Erinnerungen an, sehnte ich mich – um wieder einmal eine Phrase zu benutzen, die mir (vielleicht zu sehr) am Herzen liegt –, sehnte ich mich danach, mich der Welt würdig zu erweisen. Um dieses Ziel zu erreichen, war ich jederzeit bereit, mich testen zu lassen, Schwerarbeit zu verrichten. Durch Nathaniel Hawthornes *Tanglewood Tales* erfuhr ich alles über die griechischen und römischen Helden, Camelot lernte ich dank MGMs *Ritter der Tafelrunde* kennen, mit Robert Taylor als Lancelot, Mel Ferrer als Arthur und als Guinevere, falls mich mein Gedächtnis nicht täuscht, die unvergleichliche Ava, diese palindromische Göttin, die von hinten genauso wundervoll aussah wie von vorn. Ich verschlang die

Kinderausgabe der Altnordischen Sagen (vor allem erinnere ich mich an die epischen Reisen mit einem Schiff namens Skidbladnir, dem ›fliegenden Schiff‹), die Abenteuer von Hatim Tai, Haroun al-Rashid, Sindbad, dem Seefahrer, Marco Polo, Ibn Battuta, Ram, Lakshman, den Kurus und Pandavas und alles andere, was mir in die Finger geriet. Doch diese hochmoralische Formulierung ›mich der Welt würdig zu erweisen‹ war zu abstrakt, um im Alltagsleben leicht anwendbar zu sein. Ich sagte die Wahrheit und war ein leidlich aufrichtiges, wenn auch eher einzelgängerisches und in sich gekehrtes Kind; ein Held zu sein gelang mir nicht. Es gab sogar eine kurze Phase, ungefähr zu der Zeit, von der ich spreche, da kam ich zu der Überzeugung, die Welt sei meiner nicht würdig. Mit ihren falschen Tönen, ihren ständigen Unzulänglichkeiten. Vielleicht war es der enttäuschte Idealismus meiner Mutter, ihr ständig zunehmender Zynismus, der sich in mir zeigte. Jetzt, rückblickend, kann ich sagen, daß wir so etwa pari standen, die Welt und ich. Wir haben beide Situationen bewältigt, aber zuweilen auch versagt. Um aber nur für mich selbst zu sprechen (ich maße mir nicht an, für die Welt zu sprechen): Im schlimmsten Fall war ich eine Kakophonie, eine Masse menschlicher Geräusche, die sich nicht zur Symphonie eines integrierten Menschen fügen wollte. Im besten Fall jedoch sang diese Welt für mich und durch mich wie ein klingender Kristall.

Als ich am Strand Vina traf, wußte ich zum erstenmal, wie ich meinen Wert zu bemessen hatte. Ich würde die Antwort in ihren Augen suchen. Ich würde nur darum bitten, die Schleife meiner Lady am Helm zu tragen.

Ich muß gestehen, daß mir der bestmögliche Start ins Leben geschenkt wurde. Ich war ein Glückskind: einziger Sohn liebevoller Eltern, die sich, um ihrem geliebten Kind gerecht werden zu können, ohne ihre privaten und beruflichen Passionen aufzugeben, dazu entschlossen, nach mir keine weiteren Kinder mehr zu bekommen. Wenn ich den vorhergehenden Bericht über unseren Spaß am Strand durchlese, fällt mir auf, daß ich es versäumt habe, von den kleinen, liebevollen Gesten zu sprechen, durch die V. V. und Ameer Merchant sich ständig ihre Liebe bewiesen: ihr ironisches, doch nichtsdestoweniger bewunderndes Lächeln über ihren grabenden Ehemann, sein scheues, zähnezeigendes Antwortgrinsen, das flüchtige Streicheln seiner Wange mit ihrer Hand, ihres Nackens mit seiner Hand, die winzigen Fürsorglichkeiten einer glücklichen Ehe – setz dich hierher, hier ist mehr Schatten; trink dies, es ist kühl und süß –, das alles konnte, obwohl sie stets sehr leise sprachen, den Kamera-Augen und den Antennen-Ohren eines alles verzeichnenden Kindes nicht entgehen. Auch ich wurde sehr geliebt, war keinen einzigen Tag in der Obhut einer Aja zurückgelassen worden – eine Tatsache, die in unseren Gesellschaftskreisen Verwunderung und heftigste Kritik erregte. Lady Spenta Cama, die Ameer niemals ganz den Fauxpas am Tag von Ormus' Geburt verzieh, pflegte den Leuten zu erklären, eine Frau, die sich nicht mal die Mühe mache, nach einer guten Aja zu suchen, »muß ein bißchen zuviel von einem Dienstboten in der eigenen Familiengeschichte haben«. Diese Bemerkung gelangte natürlich mit Höchstgeschwindigkeit an Ameers Ohren, denn Bosheit ist der flinkste Briefträger, und so wurde das Verhältnis der beiden Frauen zueinander noch schlechter. Durch solche Äußerungen wurden meine Eltern in ihrer Entschlossenheit allerdings nur noch gestärkt. Während meiner Babyzeit und frühen Kindheit entwickelten sie auf einer strengen Fifty-fifty-Basis eine Wochenroutine von Pflichten und Freuden und richteten ihre Arbeits- und sogar Schlafenszeiten so ein, daß das Prinzip der elterlichen Gleichberechtigung gewahrt blieb. Ich wurde nicht gestillt; mein Vater wollte es nicht, denn dann wäre er nicht in der Lage gewesen, seinen Anteil an der Fütterung zu übernehmen. Ebenso bestand er auf seine sanfte Art darauf, die ihm zustehende Quote von Poputzen, Windelnkochen, Bauchwehstreicheln und Spielen zu erfüllen. Meine Mutter trällerte ihre unmelodischen Songs, mein Vater die seinen. So kam es, daß ich in der Annahme aufwuchs, auch dies sei ›normal‹. Die Welt hielt noch zahlreiche Schocks für mich bereit.

Sie verzichteten auf den größten Teil ihres Gesellschaftslebens, ohne auch nur zu bemerken, daß sie es taten. Die Ankunft eines Kindes (ich) hatte ihr Leben auf eine profunde Art vervollständigt, so daß sie keine anderen Menschen mehr brauchten. Anfangs protestierten ihre Freunde dagegen. Manche waren verletzt. Viele glaubten, wie Lady Spenta Cama, daß an dem ›obsessiven‹ Verhalten der Merchants etwas ›Ungesundes‹ sei. Zuletzt jedoch akzeptierten sie alle die neue Lebensweise als Tatsache, als nur eine Exzentrizität unter den zahlreichen Perplexitäten des Lebens. Nun konnten sich V. V. und Ameer ganz auf ihren Jungen (mich) konzentrieren, ohne sich um verletzte Gefühle oder spitze Zungen kümmern zu müssen.

Geschah es wegen ihrer erstickenden Liebe oder wegen etwas weniger Unerklärlichem in mir selbst, daß ich begann, aufs Meer hinauszublicken und von Amerika zu träumen? Geschah es, weil die beiden die Stadt so vollständig für sich vereinnahmt hatten – geschah es, weil ich spürte, daß das Land ihnen gehörte –, daß ich beschloß, mich dem Meer zu widmen? Mit anderen Worten, habe ich Bombay verlassen, weil mir die ganze, verdammte Stadt wie der Leib meiner Mutter vorkam und ich ins Ausland gehen mußte, um endlich geboren zu werden? So lauten die psychologischen Erklärungen, die es gab, feilgeboten wie Sauerbier.

Ich möchte sie allesamt zurückweisen. Meine Eltern – ich wiederhole es – haben mich geliebt und gaben mir das Beste mit, was sie sich leisten konnten. Keine Kindheit hätte erinnerungswürdiger sein, hätte sich liebevoller in mein Gedächtnis prägen können als die in der Villa Thracia an der Cuffe Parade; und außer diesem besten aller Elternhäuser hatte ich Freunde, besuchte eine gute Schule und hatte exzellente Aussichten. Wie undankbar also, die Eltern zu tadeln, weil sie mir genau das geboten haben, was alle Eltern hoffen, ihren Kindern bieten zu können! Wie abscheulich, ihnen genau jene liebevolle Aufmerksamkeit vorzuhalten, die das Ideal eines jeden Elternpaares ist!

Von mir werden Sie solche Worte nicht vernehmen, da können Sie sicher sein. Distanziertheit, ein schwach ausgeprägter Sinn für Zugehörigkeit lag mir ganz einfach im Blut. Schon damals, im Alter von neun Jahren, hatte ich nicht nur Geheimnisse, ich war auch noch stolz darauf. Meine heißen Sehnsüchte, meine Träume von antiken Rittern und Helden – ich behielt sie alle für mich; sie aufzudecken hätte bedeutet, mich schämen zu müssen, mich in die tiefe Kluft zwischen der Größe meiner Absichten und der banalen Natur meiner kärglichen Erfolge zu stürzen. Also pflegte ich das Schweigen, während ich träumte, eines Tages singen zu können.

Diese übertriebene Abwehrhaltung hatte gewisse Vorteile. Manchmal spielte ich abends mit Vivvy und Ameer Poker. Fast immer hatte ich letztlich das größte Häufchen Streichhölzer vor mir liegen. »Vielleicht solltest du Profispieler werden, wenn du erwachsen bist«, schlug meine Mutter – *shocking!* – vor. »Außerdem, mein Liebling, funktioniert dein kleines Pokerface schon jetzt hervorragend.« Ich nickte. Der Erfolg lockerte mir ein wenig die Zunge. »Kein Mensch weiß, was ich denke«, erklärte ich ihr. »Und genauso mag ich es.« Ich sah das Erschrecken in beiden Gesichtern und auch die Bestürzung. Sie hatten einfach keine Ahnung, was sie zu mir sagen sollten. »Es ist besser, sein Herz zu öffnen, Umeed«, brachte mein Vater schließlich heraus. »Besser, die Karten auf den Tisch zu legen, als sie zu verstecken, eh?« Mein Vater, Inbegriff des aufrechten Gentleman, ehrenwertester aller Menschen, ehrlichster, unbestechlichster, sanftester, aber auch grundsatzeisernster, tolerantester, kurz gesagt, bester aller Männer, ein gottloser Heiliger (wie hätte er diesen Ausdruck gehaßt!), dem man auf der Straße eine billige Talmiuhr verkaufen konnte und der sie für eine Omega halten würde, der beim Kartenspiel unweigerlich und tragischerweise auch später im Leben verlor. Und ich, sein gerissener, heuchelnder Sohn – ich grinste diesen überirdisch naiven Mann großäugig an, tat so, als sei ich ein Echo seiner Naivität, und setzte ihn sogleich schachmatt. »Wenn das so ist«, sagte ich leise, »warum liegen dann nicht alle Streichhölzer vor dir?«

Rückblickend scheint es eindeutig, daß das Meer schon immer eine Metapher für mich war. Gewiß, ich ging gern schwimmen, aber das tat ich, zum Beispiel, genauso gern im Swimmingpool des Willingdon Club, genauso gern in Süßwasser wie im Salzwasser. Auch Segeln habe ich niemals gelernt und niemals bedauert, es nicht zu können. Wasser war einfach das magische Element, das mich auf seinen Tiden davontrug; als ich heranwuchs und mir statt dessen die Luft geboten wurde, wechselte ich sofort die Seiten. Aber dem Wasser bleibe ich ewig dankbar, weil Vina es liebte und weil wir gemeinsam darin schwimmen konnten.

Luft und Wasser, Erde und Feuer: alle vier gestalteten unsere Geschichte (ich meine natürlich Ormus' Story, Vinas Geschichte und die meine). Die ersten beiden waren unser Anfang. Dann aber kamen die Mitte und das Ende.

Wenn Sie aufgewachsen wären wie ich, in einer Großstadt und in einer Zeit, die zufällig deren Goldenes Zeitalter war, dann würden Sie sie für ewig halten. War immer da, wird immer da sein. Die Grandeur einer Metropole schafft eine Illusion von Permanenz. Die Halbinsel Bombay, in die ich hineingeboren wurde, wirkte auf mich wahrhaft beständig. Der Colaba Causeway war meine Via Appia, die Hügel Malabar und Cumballa waren unser Capitol und Palatin, das Brabourne Stadium war unser Kolosseum, und was den glitzernden Art-déco-Bogen des Marine Drive betrifft, nun ja, der war etwas, mit dem nicht einmal Rom aufwarten konnte. Ich wuchs tatsächlich in dem Glauben heran, Art déco sei der ›Bombay-Stil‹, eine einheimische Erfindung, deren Name vermutlich vom Imperativ des Verbs *sehen* kommt. ›Art dekho‹. Siehe da, Kunst! (Als ich allmählich mit Ansichten aus New York vertraut wurde, empfand ich anfangs einen gewissen Zorn. Die Amerikaner hatten so vieles, mußten sie sich auch noch unseren ›Stil‹ aneignen? In einem anderen, geheimeren Teil meines Herzens jedoch wurde Amerikas Anziehungskraft durch die Art déco von Manhattan, in einem so viel grandioseren Stil erbaut als bei uns, nur noch verstärkt, machte sie sowohl vertraut als auch ehrfurchtgebietend: unser kleines Bombay ganz groß.)

In Wirklichkeit war Bombay, als ich es kannte, nagelneu; ja, Merchant & Merchant, das Bauunternehmen meiner Eltern, hatte einen großen Teil zu seinem Aufbau beigetragen. In den zehn Jahren zwischen Ormus Camas Geburt und meiner Ankunft auf dieser Welt war die Stadt eine gigantische Baustelle gewesen; als habe sie es eilig, fertig zu werden, als wüßte sie, daß sie sich bis zu dem Zeitpunkt, da ich fähig war, sie zu beachten, unbedingt in vollem Glanz dastehen mußte ... Nein, nein, derart solipsistische Gedanken hege ich wirklich nicht. Ich klammere mich nicht im Übermaß an die Geschichte oder an Bombay. Ich, der ich der eher distanzierte Typ bin. *Revenons à nous moutons.* Es stimmt – obwohl es nichts mit mir zu tun hat –, daß sich der Bauboom, der das Bombay meiner Kinderzeit schuf, in den Jahren vor meiner Geburt nahezu überschlug, um anschließend etwa zwanzig Jahre abzuflauen; und diese Zeit relativer Stabilität verführte mich zu dem Glauben an die Zeitlosigkeit der Stadt. Danach verwandelte sie sich natürlich in ein Monster, und ich floh. Lief um mein verdammtes Leben.

Ich? Ich war ein Bombay-*chokra* durch und durch. Aber ich muß gestehen, daß ich sogar als Kind schon wahnsinnig eifersüchtig auf die Stadt war, in der ich aufwuchs, weil sie die zweite Liebe meiner Eltern war, die Tochter, die sie nie bekommen hatten. Sie liebten einander (gut), sie liebten mich (sehr gut), und sie liebten sie (nicht ganz so gut). Daß sie diesen Wochenplan gemeinsamer elterlicher Verantwortung aufstellten, geschah aufgrund ihrer Romanze mit der Stadt. Wenn meine Mutter nicht bei mir war – wenn ich auf den Schultern meines Vaters ritt oder mit ihm zusammen die Fische im Taraporewala-Aquarium betrachtete –, war sie da draußen bei *ihr*, bei Bombay; war sie da draußen, um sie ins Leben zu rufen. (Denn Baustellenarbeiten hören natürlich niemals ganz auf, und bei der Beaufsichtigung dieser Arbeiten war Ameer ganz besonders genial. Meine Mutter, der Baumeister. Wie ihr verstorbener Vater vor ihr.) Und wenn mein Vater mich an sie weitergab – wenn wir ihre gräßlichen Liedchen sangen und unsere widerliche Eiskrem aßen –, ging er davon, mit seinem Heimatkundehut und einer Jacke voller Taschen bekleidet, um in den Baugruben nach den Geheimnissen der Stadt zu graben, oder saß hutlos und jackenlos an einem Zeichenbrett und träumte seine Siehe-da-Träume.

V. V. Merchants erste Liebe war und blieb die Vorgeschichte der Stadt; es war, als interessiere er sich mehr für die Zeugung der Kleinen als für ihr aktuelles Leben. Ließ man ihm die Zügel, plauderte er munter stundenlang über die Chalukya-Siedlungen auf den Inseln Elephanta und Salsette vor zweieinhalbtausend Jahren oder über Raja Bhimdevs legendäre Hauptstadt bei Mahim im elften oder zwölften Jahrhundert. Er konnte die Klauseln des Vertrags von Bassein aufsagen, unter dem der Mughal-Kaiser Bahadur Shah die Sieben Inseln den Portugiesen abgetreten hatte, und wies besonders gern darauf hin, daß Königin Catharina de Bragança, Gattin von Karl II., das heimliche Band zwischen den Großstädten Bombay und New York gewesen sei. Bombay gelangte als Mitgift für sie an England; sie aber war darüber hinaus die Queen des New Yorker Stadtteils Queens.

Alte Pläne der frühen Stadt bereiteten ihm große Freude, und seine Sammlung alter Fotos von Gebäuden und *objets* in der verschwundenen Stadt war unerreicht. In diesen verblaßten Bildern lebte die geschleifte Festung wieder auf, der slumähnliche ›Frühstücksbasar‹-Markt vor dem Teen Darvaza oder Bazaargate, die bescheidenen Hammelschlachtereien und Sonnenschirmkrankenhäuser für die Armen ebenso wie die zerfallenen Paläste der Großen. Die Relikte der alten Stadt füllten nicht nur seine Fotoalben, sondern auch seine Phantasien. Hüte waren von besonderem Interesse. »Früher einmal konnte man die Gemeindezugehörigkeit eines Mannes sofort an der Art seiner Kopfbedeckung erkennen«, klagte er. Sir Darius Xerxes Cama mit seinem Schornsteinfez war ein letztes Überbleibsel aus den Tagen, da die Parsen wegen ihres Kopfputzes auch Topazes genannt wurden. Banias dagegen trugen runde Hüte, während die Chow-Chow-Bohras, die ihre vielen verschiedenen Waren auf der Straße ausriefen, ihren Kopf mit Bällen schmückten … Durch meinen Vater hörte ich von Raja Deen Dayal und A. R. Haseler, Bombays ersten großen Fotografen, deren Porträts von der Stadt mich als erste künstlerisch beeinflußten, und sei es nur, indem sie mir zeigten, was ich nicht machen wollte. Um seine weiten Panoramen von der Geburt der Stadt kreieren zu können, erklomm Dayal den Rajabai-Turm; Haseler übertrumpfte ihn noch und ging in die Luft. Ihre Bilder waren ehrfurchtgebietend, unvergeßlich, doch sie erweckten in mir auch das verzweifelte Bedürfnis, auf den Boden zurückzukehren. Aus der Höhe sieht man nur Turmspitzen. Mich verlangte es nach den Straßen der Stadt, den Scherenschleifern, den Wasserträgern, den Chowpatty-Taschendieben, den Gehsteig-Geldverleihern, den gebieterischen Soldaten, den hurenden Tänzerinnen, den Pferdekutschen mit ihren futterdiebischen Kutschern, den Eisenbahnhorden, den Schachspielern in den Irani-Restaurants, den Schulkindern mit den Schlangenschnallen, den Bettlern, den Fischern, den Dienstboten, dem wilden Gedränge der Käufer auf dem Crawford Market, den eingeölten Ringern, den Filmemachern, den Dockarbeitern, den Buchbindern, den Straßenjungen, den Krüppeln, den Webern, den Schlägern, den Priestern, den Halsabschneidern, den Gaunern. Ich sehnte mich nach dem Leben.

Als ich das zu meinem Vater sagte, zeigte er mir Stilleben von Hüten, Ladenfronten und Piers und erklärte mir, ich sei zu jung, um zu verstehen. »Erkenntnis historischer Pertinenzien«, versicherte er mir, »gibt den menschlichen Faktor preis.« Das erforderte eine Interpretation. »Wenn man sieht, wie Menschen gelebt, gearbeitet und eingekauft haben«, erläuterte er mir mit einem seltenen Aufflackern von Reizbarkeit, »erfährt man auch, wie sie waren.« Trotz all seiner Graberei gab sich Vivvy Merchant jedoch mit den Oberflächen seiner Welt zufrieden. Ich, sein Sohn und Fotograf, nahm mir vor, ihn zu widerlegen, ihm zu zeigen, daß eine Kamera hinter die Oberfläche, hinter die Fassade des Tatsächlichen sehen und bis ins blutige Fleisch und Herz vordringen kann.

Das Bauunternehmen der Familie war von seinem verblichenen Schwiegervater Ishak Merchant gegründet worden, einem Mann, so unendlich cholerisch, daß seine inneren Organe im Alter von dreiundvierzig Jahren tatsächlich vor Wut zerplatzten und er an starken inneren Blutungen verstarb. Das geschah kurz nach der Eheschließung seiner Tochter. Als Tochter eines zornigen Mannes hatte sich meine Mutter einen Partner erwählt, der so etwas wie Zorn nicht kannte, vermochte aber selbst dessen sanfte – und seltene – Vorwürfe nicht zu ertragen; die leiseste Kritik löste einen verblüffenden Gefühlssturm in ihr aus, der eher tränenreich als explosiv verlief, was seine extreme und vernichtende Gewalt betraf, den Wutausbrüchen ihres dahingeschiedenen Vaters jedoch nicht unähnlich war. V. V. behandelte sie so behutsam wie ein sensibles Vollblut, was sie auch war. Es ging nicht anders, aber es ließ auch auf spätere Probleme schließen. Oder hätte darauf schließen lassen, hätte einer dieser beiden Glücklichen darauf geachtet. Sie aber waren für alle Warnungen blind und taub. Sie waren bis über beide Ohren verliebt; und das ist wirksamer als Ohrenstöpsel.

Vivvy und Ameer, die glücklichen Neuvermählten, wurden einfach ins tiefe Wasser geworfen. Zum Glück für sie brauchte die Stadt jeden Baumeister, den sie bekommen konnte. Zwei Jahrzehnte später vermochten sie auf mehrere der *Art dekho*-Villen auf der Westseite der Oval Maidan und am Marine Drive zu zeigen und mit berechtigtem Stolz zu sagen: »Das haben wir gebaut« oder: »Das gehört uns.« Inzwischen hatten sie weiter draußen zu tun, auf dem Worli und dem Pali Hill und so fort. Als wir vom Juhu Beach nach Hause fuhren, machten wir mehrere Umwege, um nach dieser oder jener Baustelle zu sehen, und zwar nicht nur nach denen, an deren Zäunen das Firmenschild von Merchant & Merchant prangte. Baustellen sind für eine Baumeisterfamilie, was Touristensehenswürdigkeiten für den Rest der Bevölkerung sind. Ich hatte mich an diese Marotte gewöhnt und war außerdem von der Begegnung mit meiner Badeanzuggöttin so fasziniert, daß ich mich mit keinem Wort beschwerte. Statt dessen jedoch stellte ich Fragen.

»Wie heißt sie?«

»Arré, wer? Woher soll ich das wissen? Frag deinen Vater.«

»Wie heißt sie?«

»Ich weiß nicht genau. Nissa oder so ähnlich.«

»Nissa – was? Nissa Doodhwala? Nissa Shetty? Wie?«

»Keine Ahnung. Sie ist weit weg von hier aufgewachsen, in Amerika.«

»Amerika? Wo in Amerika? New York?«

Mehr aber wußte mein Vater leider nicht; oder es gab Dinge, die er nicht preisgeben wollte. Ameer dagegen wußte alles.

»New York State«, sagte sie. »Irgendein dämliches *gaon* irgendwo im Hinterwald.«

»Was für ein *gaon*? Komm, Ammi, sag schon!«

»Glaubst du vielleicht, ich kenne jedes Dorf in den U.S.? Irgend so ein Chickaboom-Name.«

»Das ist doch kein Name – oder?«

Sie zuckte die Achseln. »Wer kann wissen, was für verrückte Namen die da drüben haben. Nicht nur Hiawatha-Minnehaha, sondern auch Susquehanna, Shenandoah, Sheboygan, Okefenokee, Onondaga, Oshkosh, Chittenango, Chikasha, Canandaigua, Chuinouga, Tomatosauga, Chickaboom.« Das waren ihre letzten Worte zu diesem Thema. Chickaboom, N.Y., das war es also.

»Wie dem auch sei«, ergänzte meine Mutter, »du willst bestimmt nichts mit ihr zu tun haben. Denn erstens ist jetzt Piloo ihr Vormund, und außerdem ist sie dafür bekannt, daß sie nichts als Probleme macht. Tausendundein Prozent schlimmer Finger. Na gut, ihr Leben ist bisher tragisch verlaufen, sie tut mir sehr leid, aber bitte, halt dich von ihr fern. Du hast gehört, wie sie redet. Keine Disziplin. Außerdem ist sie zu alt; such dir Freunde in deinem Alter. Und übrigens«, als sei das der springende Punkt, »ist sie Vegetarierin.«

»Ich mag sie«, entgegnete ich. Beide Eltern ignorierten mich.

»Weißt du«, sagte meine Mutter, das Thema wechselnd, »diese indianischen Namen klingen mir verdammt nach Südindien. Chattanooga, Ootacamund, Thekkady, Schenectady, Gitchee-Gummee, Ticklegummy, Chittoor, Chitaldroog, Chickaboom. Vielleicht sind ein paar von unseren drawidischen Mitbürgern in einem wunderschönen, erbsengrünen Boot vor Ewigkeiten nach Amerika gesegelt. Inder kommen überallhin, nicht wahr? Genau wie Sand.«

»Vielleicht haben sie Honig und eine Menge Geld mitgenommen«, warf mein Vater ein. Wie ich sah, waren wir wieder einmal in einen unserer traditionellen Familien-Spaß-Wettkämpfe hineingeschlittert, und jeder Versuch, wieder ernst zu werden, war sinnlos.

»Worin liegt überhaupt der Sinn, Honig in eine Fünfpfundnote zu wickeln?« fragte ich einlenkend. »Und PS«, setzte ich hinzu, weil meine Gedanken wieder zu meinem Badeanzuggirl zurückkehrten, »welche Katze, die Respekt vor sich selbst hat, würde sich mit einer dämlichen Eule vermählen?«

»Minnehaha, Lachendes Wasser.« Ameer folgte ihrem eigenen Gedankengang. »Also muß *haha* Lachen sein, und das bedeutet, daß *Minne* Wasser heißt. Was aber ist dann Mickey?«

»Mickey«, gab mein Vater ernst zurück, »ist eine Maus.«

Der Philosoph Aristoteles hielt nicht viel von Mythologie. Mythen seien nichts als phantasievolle Märchen, fand er, die keine wertvollen Wahrheiten über unsere Natur oder unsere Umgebung enthielten. Nur durch Vernunft, behauptete er, würden die Menschen sich selbst verstehen und die Welt beherrschen lernen, in der sie leben. Für diese Ansicht erhielt Aristoteles in meiner Kindheit lokale Unterstützung durch eine Minderheit. »Das wahre Wunder der Vernunft«, sagte Sir Darius Xerxes Cama einmal (oder vielmehr viel zu oft), »ist der Sieg der Vernunft über das Wunderbare.« Hier muß ich jedoch festhalten, daß ihm die meisten führenden Köpfe nicht zustimmten. Lady Spenta Cama zum Beispiel, für die das Wunderbare vor langer Zeit das Alltägliche als Norm ersetzt hatte und die im tragischen Dschungel des Tagtäglichen ohne ihre Engel und Teufel verloren gewesen wäre. Ebenfalls gegen Aristoteles und Sir Darius war Giovanni Battista Vico (1688–1744). Für Vico – wie für so viele heutige Kindheitstheoretiker – waren die frühen Jahre ausschlaggebend. Die Themen und Dramen jener ersten Momente legten das Muster für alle folgenden fest. Für Vico ist die Mythologie das Familienalbum oder der Speicher für die Kinderzeit einer Kultur und enthält die Zukunft dieser Gesellschaft, kodifiziert in Sagen, die zugleich Epos wie auch Orakel sind. Das private Drama der verschwundenen Villa Thracia beeinflußt und prophezeit unseren späteren Lebensweg in der Welt.

»Halt dich fern von ihr«, warnte Ameer Merchant, doch wenn die unvermeidbare Dynamik des Mystischen erst einmal in Gang gesetzt wird, kann man genausogut versuchen, Bienen vom Honig fernzuhalten, Gauner vom Geld, Politiker von Babys, Philosophen von Möglichkeiten. Vina hatte ihre Fänge in mich geschlagen, und die Folge davon war die Geschichte meines Lebens. »Ein schlimmer Finger«, hatte Ameer sie genannt, und einen »faulen Apfel«. Und dann stand sie eines Tages tropfnaß und zerschlagen mitten in der Nacht vor unserer Tür und bat um Einlaß.

Nur sieben Tage nach unserem Juhu-Erlebnis begann es um sechs Uhr abends aus heiterem Himmel zu regnen, dicke, heiße Tropfen. Ein schwerer Regen, dessen Wärme nicht dazu beitrug, die Maximum-Feuchtigkeits-Hitzewelle zu lindern. Und als der Regen an Stärke zunahm, stieg gleichzeitig, wie ein schlechter Scherz der Natur, die Temperatur, so daß das Wasser noch in der Luft verdampfte und sich in Nebel verwandelte. Naß und weiß, das seltenste aller meteorologischen Phänomene in Bombay, kam der Nebel über die Back Bay herangerollt. Die Bürger, die auf der Parade ihren gewohnten Spaziergang machten, um »Luft zu schnappen«, flohen auf der Suche nach Schutz. Der Nebel löschte die Stadt aus; die Welt war ein weißes Blatt, das darauf wartete, beschrieben zu werden. V. V., Ameer und ich blieben im Haus, umklammerten unsere Pokerkarten und wurden in dieser bizarren Weiße extrem tollkühn, als spürten wir, daß dieser Augenblick von uns allen extravagante Gesten verlangte. Mein Vater verlor noch mehr Streichhölzer als gewöhnlich und sehr viel schneller. Eine weiße Nacht sank herab.

Wir gingen zu Bett, doch keiner von uns vermochte zu schlafen. Als Ameer kam, um mir einen Gutenachtkuß zu geben, sagte ich zu ihr: »Ich warte ständig darauf, daß was passiert.« Ameer nickte. »Ich weiß.«

Später, nach Mitternacht, war es Ameer, die draußen die ersten Geräusche hörte, dieses Poltern und Klopfen, als habe sich ein Tier auf die Vorderveranda verirrt, und dann ein erschöpftes, schluchzendes Keuchen. Sie richtete sich im Bett kerzengerade auf und sagte: »Klingt so, als wäre das, worauf Umeed gewartet hat, jetzt passiert.« Bis wir die Veranda erreicht hatten, war das Mädchen ohnmächtig auf die Holzbohlen gesunken. Sie hatte ein blaues Auge und an den Unterarmen zahlreiche Schnitte, manche davon tief. Glänzende Haarschlangen breiteten sich über den hölzernen Verandaboden. Medusa. Der Gedanke schoß mir durch den Kopf, daß wir sie nur mit Hilfe eines polierten Schildes ansehen sollten, weil wir sonst zu Stein erstarren würden. Ihr weißes T-Shirt und die Jeans waren klatschnaß. Unwillkürlich betrachtete ich die Umrisse ihrer großen Brustwarzen. Ihr Atem ging viel zu schnell, zu schwer, und beim Atmen stöhnte sie. »Das ist sie«, stellte ich törichterweise fest.

»Und wir haben keine Wahl«, sagte meine Mutter. »Und was kommen soll, wird kommen.«

Trocken, warm, mit verbundenen Wunden, eine Schale mit heißem Porridge vor sich auf dem Tisch und die Haare unter einem Handtuch wie unter einer Pharaonenkrone verborgen, hielt das junge Mädchen im Bett meiner Eltern hof, und wir drei Merchants standen wie die Höflinge vor ihr; wie Bären. »Er hat versucht, mich umzubringen«, berichtete sie. »Piloo, der Mischling. Er hat mich angegriffen. Also bin ich weggelaufen.« Ihre Stimme versagte. »Na ja, er hat mich rausgeschmissen«, berichtigte sie. »Aber ich werde nicht wieder zu ihm zurückkehren, egal, was passiert.« Und Ameer, die mich vor ihr gewarnt hatte, erklärte heftig: »Zurückkehren? Ausgeschlossen. Nissa Doodhwala, du wirst freundlicherweise hier bei uns bleiben.« Worte, die mit einem vorsichtigen, doch immer noch argwöhnischen Lächeln quittiert wurden.

»Nennen Sie mich nicht mit dem Namen von diesem Schwein, okay?« sagte der junge Mädchen. »Ich habe alles zurückgelassen. Von nun an werde ich einen Namen tragen, der mir gefällt.«

Und kurz darauf: »Vina Apsara. So lautet mein Name.«

Meine Mutter tröstete sie, beruhigte sie. »Ja, Vina, okay, Baby, was immer du willst.« Dann fragte sie behutsam: Was wohl eine so heftige Attacke provoziert haben könne? Vinas Gesicht verschloß sich wie ein Buch, das man zuschlägt. Aber am folgenden Morgen stand die Antwort auf unserer Türschwelle und drückte unruhig auf unsere Klingel: Ormus Cama, schön und gefährlich in der zurückgekehrten Sonne, neunzehn Jahre alt und mit einem gewissen ›Ruf‹. Auf der Suche nach der verbotenen Frucht.

Es war der Anfang vom Ende der Tage meiner Freuden, verbracht in Gesellschaft der thrakischen Gottheiten, meiner Eltern, inmitten von Legenden der Vergangenheit unserer Stadt und von Visionen für ihre Zukunft. Nachdem ich eine ganze Kindheit hindurch geliebt worden war und an die Sicherheit unserer kleinen Welt geglaubt hatte, sollte allmählich alles für mich in sich zusammenfallen, meine Eltern sollten sich schrecklich streiten und vor der Zeit sterben. Auf der Flucht vor dieser erschreckenden Auflösung wandte ich mich meinem eigenen Leben zu und fand dort ebenfalls Liebe; aber auch diese Existenz gelangte zu einem vorzeitigen Ende. Dann gab es eine lange Zeit nur noch mich und meine schmerzlichen Erinnerungen. Nun endlich gibt es ein neues Aufblühen des Glücks in meinem Leben. (Auch davon werde ich zu gegebener Zeit berichten.) Vielleicht ist das der Grund, warum ich mich den Schrecken der Vergangenheit stellen kann. Es fällt schwer, von der Schönheit der Welt zu sprechen, wenn man die Sehfähigkeit verloren hat, es ist qualvoll, das Loblied der Musik zu singen, wenn die Ohrtrompete versagt. Genauso schwierig ist es, über die Liebe zu schreiben, ja, noch schwieriger, liebevoll zu schreiben, wenn einem das Herz gebrochen wurde. Das ist keine Ausrede; es geschieht jedem. Man muß einfach nur überleben, immer nur überleben. Schmerz und Verlust sind ebenfalls ›normal‹. Herzeleid ist überall.

Die Erfindung der Musik

Obwohl Ormus Cama, unser extrem gutaussehender und unwahrscheinlich begabter Held, soeben erst in die Mitte meiner Bühne zurückgekehrt ist – ein bißchen zu spät, um der jungen Dame ein schneller Trost zu sein, für deren Unglück er so weitgehend verantwortlich zu machen ist! –, muß ich meinen dahinsausenden Bus der Erzählung kurz anhalten, um dem Leser zu einem besseren Verständnis der Frage zu verhelfen, warum die Dinge einen so traurigen Verlauf nehmen konnten. Deshalb bringe ich Sie jetzt zu Sir Darius Xerxes Cama zurück, zu Ormus' Vater, inzwischen Mitte Sechzig, in seiner Bibliothek auf einem im britischen Stil knopfgepolsterten Chesterfield-Sofa aus Leder ausgestreckt; mit geschlossenen Augen, neben sich ein Whiskyglas und eine Karaffe aus geschliffenem Glas; träumend.

Immer wenn er träumte, träumte er von England: England als reine weiße Palladio-Villa, hoch oben auf einem Hügel über einem silbrig dahinmäandernden Fluß, mit einem Park aus leuchtendgrünen Rasenflächen, gesäumt von uralten Eichen und Ulmen und der klassischen Geometrie der Blumenbeete, von unsichtbaren Gärtnermeistern zu einer vierjahreszeitlichen Symphonie der Farben geordnet. An den offenen Terrassentüren des Orangerieflügels der weitläufigen Villa blähten sich schneeweiße Gardinen. In seinem Traum war Sir Darius wieder ein kleiner Junge in kurzer Hose, und die Villa war ein Magnet, der ihn quer über die perfekten Rasenflächen hinweg unwiderstehlich anzog, vorbei an kunstvoll gestutzten Hecken und dem Zierbrunnen, bestückt mit Figuren aus dem antiken Griechenland und Rom, den zottigen, geilen Göttern, den nackten Helden mit ihren hochgereckten Schwertern, den Schlangen, den geschändeten Frauen, den abgeschlagenen Köpfen, den Zentauren. Die Gardinen wickelten sich um ihn, aber er kämpfte sich frei, denn irgendwo in diesem Haus saß wartend, ihr langes Haar kämmend und dabei ein süßes Lied singend, seine Mutter, die er vor so langer Zeit verloren, die er jeden einzelnen Tag betrauert hatte und an deren Busen sein Traum-Ich zurückeilen wollte. Er konnte sie nicht finden. Vergebens durchsuchte er das ganze Haus, hastete durch die verbundene Grandeur anachronistischer Prunkzimmer – Boudoirs mordlustiger Restaurations-Myladies, die ihre Dolche und Gifte in den Geheimfächern der *Fleur-de-lys*-Täfelung verborgen hatten; barocke Machtkanzleien, wo Granden in Allongeperücken, bewehrt mit parfümierten Tüchlein, ihren übelriechenden, das Knie beugenden Protégés früher einmal Patronage und Großmut erwiesen hatten, und wo von großen Herren Staatsverschwörungspläne ins Ohr von Mördern und Dieben gezischelt wurden; breite, teppichbelegte Jugendstiltreppen, die sich betrogene Prinzessinnen in Anfällen einsamer Verzweiflung hinabgestürzt hatten; und mittelalterliche Kabinette, in denen unter künstlerischen Impressionen wirbelnder Galaxien und sterbender Sonnen früher einmal Star-Chamber-Justiz geübt wurde –, bis er in einen Innenhof des weißen Hauses stolperte, in dem am anderen Ende eines Swimmingpools voll kaltem schwarzem Wasser die nackte Figur einer schönen Frau mit einer Binde vor den Augen stand, die Arme weit ausgebreitet, als wolle sie ins Wasser springen. Aber sie sprang nicht. Ihre Handflächen kehrten sich ihm einladend zu, und er konnte nicht widerstehen, er war nicht mehr der Knabe in kurzer Hose, sondern ein Mann in voll erblühtem Begehren; obwohl er wußte, daß die Dame Scandal ihn erledigen würde, lief er auf sie zu. Träumend erahnte er, daß der Traum von etwas kündete, das in seiner Vergangenheit vergraben lag, so tief vergraben, daß er selbst vollkommen vergessen hatte, was es war.

»Ja, komm zu mir«, flüsterte Scandal und schloß ihn in die Arme, »mein Liebling, mein Favorit der Lüge.«

Wenn er erwachte, wenn die Erinnerung an die Nackte mit der Augenbinde am Swimmingpool im Limbus halb erinnerter, ungewisser Dinge verblaßt war und der Whisky ihm die Zunge gelöst hatte, monologisierte Sir Darius Xerxes Cama gern sehnsüchtig über die Landhäuser im alten England – Boot Magna, Castle Howard, Blandings, Chequers, Brideshead, Cliveden, Styles. Als er älter und vom Alkohol aufgeschwemmter wurde, verwischten sich gewisse Grenzen in seiner Erinnerung, und so machte er dann nur äußerst vage Unterschiede zwischen Toad Hall und Blenheim Palace, Longleat und Gormenghast. Seine Nostalgie erstreckte sich gleichermaßen auf die Traumhäuser von Romanen und die echten Landsitze der ›Blaublütigen‹, Premierminister und reichen Arrivierten wie dem Astorclan. Realität oder Fiktion, diese mächtigen Bauwerke, bedeuteten für Sir Darius die äußerste Annäherung an das Paradies auf Erden, das menschliche Vorstellungs- und Erfindungskraft jemals geschaffen hatten. Immer öfter sprach er davon, mit seiner Familie endgültig nach England umzuziehen. An Ormus Camas neunzehntem Geburtstag schenkte ihm der Vater den ersten Band von Sir Winston Churchills neuer *History of the English-Speaking Peoples.* »Nicht genug, daß er den Krieg gewonnen hatte«, sagte Sir Darius mit bewunderndem Kopfschütteln, »die alte Bulldogge ist auch noch hingegangen und hat den Nobelpreis für Literatur gewonnen. Kein Wunder, daß sie ihn Winnie nennen. Die britische Jugend blickt zu ihm auf, bemüht sich, in seine Fußstapfen zu treten. Daher sind von der jüngeren Generation große Dinge zu erwarten. Im traurigen Gegensatz dazu befindet sich unsere Jugend ...«, sagte er mit einem mißbilligenden Blick in Richtung Ormus, »...im Zustand fortgeschrittener Auflösung. Die alten Tugenden – Dienst an der Gemeinschaft, persönliche Disziplin, Auswendiglernen von Gedichten, Umgang mit Feuerwaffen, Freude an der Falknerei, formeller Tanz, Charakterbildung durch Sport –, all diese Dinge haben ihre Bedeutung verloren. Nur im Mutterland können sie noch wiedergefunden werden.«
»Auf dem Deckel dieses Buches steckt dem König von England ein Pfeil im Auge«, bemerkte Ormus. »Also scheint das Bogenschießen keine besondere Spezialität der Bulldoggen-Rasse zu sein.«

Sir Darius fühlte sich – vorhersehbar – provoziert und hätte eine
weitere Tirade geliefert, hätte Lady Spenta nicht ungerührt hinzu-
gesetzt: »Wenn du wieder einmal davon träumst, dich in London
niederzulassen – sei versichert, daß ich persönlich niemals zustimmen werde, unsere Zelte hier abzubrechen.« Was sich, wie alle Voraussagen, als falsch herausstellen sollte.

Ormus Cama zog sich zurück. Er überließ seine Eltern ihren uralten
Ritualen der Zwietracht und schlenderte durch die weitläufige Wohnung in Apollo Bunder. Solange er sich in Sichtweite von Sir Darius
befand, waren seine Bewegungen übertrieben pubertär, das heißt
träge und schwunglos, Inkarnation des dekadenten Parsi-Jünglings.
Kaum jedoch war er vor den Blicken des Vaters sicher, da ging eine
bemerkenswerte Verwandlung mit ihm vor. Man erinnere sich bitte
daran, daß Ormus, ein geborener Sänger, seit dem Tag, da er von seinem älteren Bruder Cyrus beinah im Bett erstickt worden war, den
Mund nicht mehr zum Gesang geöffnet hatte; und ein Fremder, der
ihn jetzt beobachtete, wäre sehr leicht zu dem Fazit gekommen, daß
all die ungesungene Musik seiner stummen Jahre sich in ihm aufgestaut und ihm ein starkes Unbehagen, ja sogar Schmerzen verursacht
haben müsse; und daß die zurückgehaltenen Melodien nun, als er da-
hinschritt, aus ihm hervorzubrechen versuchten.

Oh, wie er zuckte und das Becken schwang!

Wenn ich sage, daß Ormus Cama der größte populäre Sänger von allen war, ein Künstler, dessen Genie alle anderen überragte, der von
der Meute der Verfolger nie eingeholt wurde, dann bin ich überzeugt, daß selbst meine realistischsten Leser mir bereitwillig recht geben werden. Er war ein musikalischer Hexenmeister, dessen Melodien die Straßen der Stadt tanzen und die Wolkenkratzer zu seinem
Rhythmus swingen ließen, ein goldener Troubadour der schwungvollen Lyrik, dessen Verse sogar die Pforten der Hölle aufzustoßen
vermochten; er war die Inkarnation des Sängers und Liedschreibers
als Schamane und Sprachrohr und wurde zum un-heiligen Un-Nar-
ren seines Zeitalters. Seiner eigenen Meinung nach war er jedoch
mehr als das; denn er behauptete, nichts weniger als der geheime Ur-
heber, der ursprüngliche Erfinder jener Musik zu sein, die in unseren

Adern pulst, die von uns Besitz ergreift und uns motiviert, wo immer wir sein mögen, jener Musik, die die Geheimsprache der ganzen Menschheit spricht, unser gemeinsames Erbe, welche Muttersprache uns auch zu eigen sein mag, welche Tänze wir anfangs auch gelernt haben mögen.

Von Anfang an behauptete er, seiner Zeit buchstäblich Jahre voraus zu sein.

In dem Moment, von dem ich nun spreche, steckte der Schmetterling noch in der Puppe, hatte das Orakel seine Stimme noch nicht gefunden. Und wenn ich, wie ich das muß, das Kreisen der Hüften erwähne, während er sich durch die Wohnung in Apollo Bunder bewegte, sowie die zunehmende Deutlichkeit seiner Beckenstöße und das derwischgleiche Schwingen der Arme; wenn ich auf das babygrausame Kräuseln der Oberlippe hinweise, auf das dichte schwarze Haar, das sich in sinnlichen Locken um seine Stirn ringelte, oder auf die Koteletten, die direkt einem viktorianischen Melodram entsprungen zu sein schienen – wenn ich, vor allem, die seltsamen Laute zu wiederholen suche, die er hervorzustoßen vermochte, diese *unnhs, uhhhhhs,* diese *ohhs,* dann wäre es möglich, daß Sie, Fremder, ihn verständlicherweise als nichts denn ein Echo abschreiben würden, einen weiteren aus dem endlosen Heer der Imitatoren, die sich zunächst am Ruhm eines jungen Lastwagenfahrers aus Tupelo, Miss., erfreuten, geboren in einer elenden Hütte mit einem toten Zwilling neben sich, ihn aber später ins Groteske verzerrten.

Ich leugne nicht, daß eines Tages Anfang 1956 ein junges Mädchen namens Persis Kalamanja – die Lady Spenta Cama gern mit Ormus verheiratet hätte; ja, Lady Spenta verhandelte in jenen Tagen aktiv und energisch mit Kalamanja *père et mère* darüber – kam und Ormus Cama in den Rhythm Center Record Store in Fort, Bombay, mitnahm, diese Talmischatzkiste, vollgestopft mit antiquierten Trällerliedchen antiquierter Schnulzensänger und toupébewehrter Jodler und Dodler, die nur gelegentlich auf ein echtes Juwel stießen, vielleicht bei Seeleuten auf Landurlaub von einem amerikanischen Schiff im Hafen. Dort, in einer Hörkabine, spielte die übereifrige Persis in der Hoffnung, ihren putativen Ehemann in spe durch ihre kulturelle

Bildung beeindrucken zu können (denn Persis war hingerissen von der Aussicht auf diese Verbindung, weil Ormus, wie ich bereits erwähnt habe und zweifellos Gelegenheit haben werde, voller Neid abermals zu wiederholen, ein unwiderstehlicher junger Mann mit einem wunderschönen Gesicht war), spielte diese Persis Ormus eine neue und dennoch bereits zerkratzte 78er Schallplatte vor, wobei sich die Augen des jungen Mannes zu ihrer tiefen, wenn auch kurzlebigen Genugtuung vor einer Empfindung weiteten, die Erschrecken gewesen sein könnte, oder auch Liebe – genau wie bei jedem anderen Teenager, der die Stimme von Jesse Garon Parker hörte, wenn dieser *Heartbreak Hotel* sang, ein Ausdruck des eigenen, unartikulierten Elends, des eigenen Hungers, der eigenen Einsamkeit, der eigenen Träume.

Aber Ormus war kein normaler Teenager. Was Persis irrtümlich für Hingerissensein gehalten hatte, war in Wirklichkeit aufsteigender Zorn, eine ununterdrückbare Wut, die sich wie eine Seuche in ihm ausbreitete. Nach der Hälfte des Songs brach es aus ihm heraus. »Wer ist das?« schrie Ormus Cama. »Wie heißt dieser verdammte Dieb?« Wie ein Pfeil kam er aus der Kabine herausgeschossen, fast so, als könne er den Sänger beim Schlafittchen packen, wenn er nur einfach schnell genug wäre. Und stand einem hochgewachsenen, belustigten jungen Mädchen gegenüber, etwa zwölf oder dreizehn Jahre alt, aber so intellektuell, daß es für sie beide gereicht hätte, in einem schlampigen Sweatshirt, das seine Treue zu gewissen ungenannten Giants in New York proklamierte. »Dieb?« fragte sie. »Ich hab' schon gehört, daß man ihm manche Namen gegeben hat, aber der hier ist mir wirklich neu.«

Dank der Wolken von Mythologisierung und ewigen Wiederkäuens, von Fälschung und Verunglimpfung, mit denen ihre Story jahrelang umgeben war, sind von der ersten Begegnung zwischen Vina Apsara und Ormus Cama gegenwärtig zahlreiche verschiedene Versionen in Umlauf: Je nachdem, welche Zeitschrift Sie lesen, werden Sie vielleicht erfahren haben, daß er sich in einen weißen Stier verwandelt und sie auf seinem Rücken davongetragen hat, während sie sich, fröhlich trillernd, mit erotischer Wonne an seine zwei langen, gebogenen, glänzenden Hörner klammerte; oder sogar, daß sie eine Außerirdische aus einer weit entfernten Galaxis sei, die sich, nachdem sie in Ormus das perfekteste, begehrenswerteste männliche Exemplar auf diesem Planeten erkannt hatte, mit einer Weltraumblume in der Hand direkt vor ihm an das Gateway of India hat beamen lassen. Von vielen Kommentatoren wird die Begegnung im Rhythm Center als ›apokryph‹ abgetan; zu konstruiert, behaupten sie achselzuckend, zu banal, und was soll das Gerede davon, daß er den Song geschrieben habe. Außerdem, setzen diese Zyniker hinzu, wenn man noch mehr Beweise dafür verlange, daß die Story ein ausgemachter Schwindel sei, solle man's doch mal mit folgendem versuchen. Das Ganze ergibt einfach keinen Sinn, es sei denn, man akzeptiert, daß Ormus Cama, Ormus mit seiner Stirnlocke, den Koteletten und dem beweglichen Becken, niemals zuvor vom regierenden König des Rock 'n' Roll gehört hat. »Das soll 1956 gewesen sein«, höhnen die Kritiker. »Aber 1956 hatte sogar der Papst schon von Jesse Parker gehört. Sogar der Mann im Mond.«

Im Bombay jener Tage jedoch steckte die Kommunikationstechnologie noch in den Kinderschuhen. Es gab kein TV, und Radios waren dickbauchige Ungetüme, die sich unter strenger Kontrolle der Eltern befanden. Außerdem war es der staatlichen Rundfunkgesellschaft – All-India Radio – verboten, westliche Popmusik zu spielen, und die einzigen Westschallplatten, die in Indien in der Dumdum-Fabrik von Kalkutta gepreßt wurden, bestanden fast nur aus selektierten Nummern von Placido Lanza oder der Soundtrackmusik aus dem MGM-Film *Tom Thumb*. Die Printmedien waren nicht minder provinziell. Ich kann mich nicht erinnern, in irgendeinem einheimischen Showbiz-Magazin, geschweige denn in Tageszeitungen auch nur ein einziges Foto amerikanischer Gesangsstars gesehen zu haben. Aber natürlich gab es importierte amerikanische Zeitschriften, und Ormus hätte in *Photoplay* oder *Movie Screen* durchaus Fotos von Jesse Parker sehen können (vielleicht sogar neben der dräuenden Gestalt des ›Colonel‹ Tom Presley, seines Managers). Darüber hinaus war dies das Jahr von *Treat Me Tender*, Jesses erstem Kinofilm, der im New-Empire-Kino lief, zugelassen nur für Erwachsene. Doch Ormus

Cama bestand darauf, bis zu jenem Tag im Rhythm Center niemals etwas von ihm gehört, geschweige denn sein Foto gesehen zu haben; sein einziger Stilguru, behauptete er immer wieder, sei sein toter Zwillingsbruder Gayomart – Gayomart, der ihm offenbar im Traum erschien.

Also werde ich mich an meine Record-Store-Anekdote halten, und sei es nur, weil ich sie im Laufe der Jahre ihrer großen Liebe wohl an die hundertmal von Ormus und Vina gehört habe, die in Liebe entbrannt immer wieder hier oder dort verweilten, in der Kabine oder davor, einmal bei einem Teil der Schilderung, dann wieder bei einem anderen. Ein jedes Liebespaar hält die Geschichte der ersten Begegnung in Ehren, da bildeten Ormus und Vina keine Ausnahme. Da sie jedoch – es muß gesagt werden – vollendete Mythologisierer der eigenen Person waren, blieb die Geschichte, die sie erzählten, in einem wichtigen Punkt ungenau: Miss Persis Kalamanja wurde komplett aus ihren Erinnerungen gestrichen. Das ist eine Ungerechtigkeit, die ich nunmehr zum Glück richtigstellen kann. Indem ich die untröstliche Miss K. als meine Zeugin in den Zeugenstand rufe.

Die arme Persis, die schon ihr liebendes Herz an Ormus Cama verloren hatte, verlor an jenem Tag im Rhythm Center noch weit mehr. Sie verlor Ormus selbst und mit ihm ihre gesamte Zukunft. Sobald er Vina gegenüberstand, war es aus und vorbei mit Persis, das erkannte sie auf den ersten Blick. Vina und Ormus hatten sich noch nicht mal berührt, kannten noch nicht mal ihre Namen, und schon verschlangen sie einander mit den Blicken. Nachdem Ormus Persis fallengelassen hatte, lernte sie, daß der Mensch fähig ist, zwei gegensätzliche Dinge zugleich zu glauben. Sehr lange glaubte sie, daß er ganz zweifellos zu ihr zurückkehren werde, sobald er erkannte, welch eine treue Liebe er zurückgewiesen hatte, treuer als alles, was dieses aus Amerika zurückgekehrte Kind ihm jemals geben konnte; und zugleich wußte sie mit Sicherheit, daß er niemals zu ihr zurückkommen würde. Diese beiden Behauptungen, von gleicher und gegensätzlicher Macht, lähmten sie so sehr, daß sie niemals heiratete und auch nie aufhörte, ihn zu lieben – bis ganz zum Schluß, als ich, nachdem der Zyklus der Katastrophen seinen Lauf genommen hatte, einen Brief von ihr erhielt. Die arme Persis, immer noch von Ormus beherrscht, obwohl er schon längst nicht mehr lebte, schüttete mir ihr Herz aus, in einer eleganten, reifen Handschrift, die von ihrem starken Charakter zeugte. Doch sogar diese beeindruckende Frau war angesichts der schieren Macht des Ormus Cama, seiner Anziehungskraft, seiner Energie, seines Charmes, seiner lässigen Grausamkeit, seines Lebens schlicht und einfach wehrlos gewesen. Er zerbrach sie und vergaß sie. Das taten diese beiden häufig den Menschen an, auch Vina, fast so, als befreie die Unermeßlichkeit der eigenen Liebe sie von der Pflicht zu normaler Höflichkeit, Verantwortung, Zuwendung. Vina tat es mir an. Was mich aber auch nicht von ihr befreite.

›Das schlimmste‹, schrieb Persis, ›war für mich, daß er mich aus dem Bild löschte, als wäre ich nie da gewesen, als hätte ich niemals existiert, als sei es nicht ich gewesen, die ihn an jenem Tag dorthin und damit alles in Gang gebracht hätte!‹ In meiner Antwort versuchte ich ihr allen Trost zu vermitteln, den zu geben mir möglich war. Dabei war sie keineswegs der einzige Teil ihrer Geschichte, den Vina und Ormus auszulöschen versuchten. Während eines großen Teils ihres Lebens in der Öffentlichkeit waren sie bemüht, ihre Ursprünge zu vertuschen, die Haut der Vergangenheit abzustreifen, und so wurde Persis zusammen mit allem anderen abgelegt; es war, könnte man sagen, nicht persönlich gemeint. Jedenfalls schrieb ich das Persis, während ich insgeheim der Meinung war, daß es in ihrem Fall wohl doch etwas sehr Persönliches gewesen war. Manchmal sah ich in Ormus und Vina Anbetende vor dem Alter der eigenen Liebe, die von ihnen in den höchsten Tönen gepriesen wurde. Niemals hatte es je ein solches Liebespaar gegeben, niemand, kein anderer Sterblicher, hatte jemals so tiefe Gefühle gehegt, etwas so Erhebendes empfunden … Die Gegenwart einer anderen Frau bei der Begegnung so göttergleicher *amants* war ein Detail, das die Gottheiten, weil es ihnen so gefiel, einfach ausließen.

Aber Persis existierte; existiert noch. Ormus und Vina sind dahin, aber Persis ist, genau wie ich, ein Teil dessen, was bleibt.

Während sich Ormus und Vina in dem Schallplattengeschäft mit den Blicken liebten, versuchte Persis ihr Territorium zu verteidigen. »Hör zu, du komischer Vogel«, zischte sie, »solltest du nicht im KG sein?« »Kindergarten gibt's nicht mehr, Oma«, sagte Vina, kehrte der Kalamanja-Erbin den Rücken und badete Ormus Cama in der Kaskade ihrer klar-feuchten Blicke. Aus weiter Ferne, wie ein Schlafwandler, beantwortete er ihre Frage. »Ich nenne ihn einen Dieb, weil er genau das ist. Das ist mein Song. Ich habe ihn schon vor Jahren geschrieben. Vor zwei Jahren, neun Monaten und achtundzwanzig Tagen, wenn du's genau wissen willst.«

»Nun komm schon, Ormie«, mischte sich Persis Kalamanja ein. »Die Platte ist erst vor einem Monat rausgekommen, und zwar in Amerika. Die hier ist gerade geliefert worden.« Aber Vina hatte eine andere Melodie zu summen begonnen; und wieder flammten Ormus' Blicke auf. »Woher kennst du diesen Song?« wollte er wissen. »Wie kann dir irgend jemand etwas vorgesungen haben, das nur in meinem Kopf existiert?«

»Vermutlich hast du den auch geschrieben«, provozierte ihn Vina und sang ein paar Takte einer dritten Melodie. »Und dies hier, und dies.«

»Aber ja, alle zusammen«, antwortete er tiefernst. »Die Musik meine ich; und die Vokale. Diese verrückten Worte mögen meinetwegen von einem anderen stammen – ein Song über *blue shoes*? Was für *bakvaas*, also wirklich! –, aber die Vokale kommen von mir.«

»Wenn du mit mir verheiratet bist, Mr. Ormus Cama«, erklärte Persis Kalamanja mit lauter Stimme, während sie ihn energisch beim Arm packte, »wirst du dich wahrhaftig ein bißchen vernünftiger benehmen müssen als hier und jetzt.« Woraufhin der Gegenstand ihrer Zuneigung ganz einfach lachte: fröhlich und ihr mitten ins Gesicht. Derart abgefertigt, floh Persis weinend vom Ort ihrer Demütigung. Der Prozeß, sie aus dem Geschehen zu entfernen, hatte begonnen.

Von Anfang an hatte Vina Ormus' prophetische Gabe vorbehaltlos akzeptiert. Wenn er behauptete, der eigentliche Autor einiger der beliebtesten Songs jener Tage zu sein, und zwar mit einer so vehementen Intensität, dann fand sie, habe sie keine andere Wahl, als ihm zu glauben. »Entweder das«, erklärte sie mir Jahre später, »oder er war ein gefährlicher Irrer, und so, wie ich das Leben in Bombay empfand, so, wie ich mich in den Fängen des alten Onkel Piloo fühlte, wäre mir ein Irrer als Freund gerade recht gekommen.« Nachdem Persis geflohen war, entstand eine etwas unbehagliche Pause; dann jedoch fragte Vina, um das Interesse des Mannes zu halten, mit dessen Leben sie insgeheim schon ihr eigenes verknüpft hatte, ob er die Geschichte von der Erfindung der Musik kenne.

Es war einmal eine Zeit, da der geflügelte Schlangengott Quetzalcoatl die Luft und die Gewässer beherrschte, während der Gott des Krieges das Land regierte. Das waren großartige Zeiten für sie, ausgefüllt mit Schlachten und der Ausübung der Macht, aber es gab keine Musik, obwohl beide sich nach einer schönen Melodie sehnten. Der Kriegsgott konnte diese Lage nicht verändern, aber der geflügelte Schlangengott konnte es. Er flog dem Haus der Sonne entgegen, das die Heimat der Musik war. Dabei kam er an vielen Planeten vorbei und vernahm von jedem einzelnen musikalische Töne, ohne jedoch die Musikanten zu finden. Schließlich erreichte er das Haus der Sonne, wo die Musikanten wohnten. Der Zorn der Sonne über das Eindringen des Schlangengotts war schrecklich anzusehen, doch Quetzalcoatl fürchtete sich nicht, sondern entfesselte die mächtigen Stürme, die seine persönliche Spezialität waren. So furchtbar waren diese Stürme, daß selbst das Haus der Sonne zu wanken begann und die Musikanten Angst bekamen und in alle Himmelsrichtungen auseinanderstoben. Einige von ihnen fielen auf die Erde, und so bekamen wir dank des geflügelten Schlangengottes die Musik.

»Woher kommt diese Legende?« erkundigte sich Ormus. Er hing schon am Haken.

»Aus Mexiko«, antwortete Vina. Sie kam auf ihn zu, um ungezwungen seine Hand zu ergreifen. »Und ich bin der geflügelte Schlangengott, dies ist das Haus der Sonne, und du, du bist die Musik.«

Ormus Cama starrte auf seine Hand, die in der ihren lag; und spürte, wie etwas von ihm genommen wurde, vielleicht der Schatten eines Kopfkissens, mit dem sein Bruder vor langer Zeit seine Stimme erstickt hatte. »Möchtest du mich«, erkundigte er sich, verwundert über die eigene Frage, »vielleicht eines Tages – bald – singen hören?«

Was ist eine ›Kultur‹? Schlagen Sie's nach. ›Eine Gruppe von Mikroorganismen in einer Nährlösung unter kontrollierten Bedingungen.‹ Ein wuselndes Bündel von Keimen in einer Petrischale, mehr nicht, ein Laborexperiment, das sich als Gesellschaft bezeichnet. Die meisten von uns Wuslern begnügen sich mit dem Leben in dieser Petrischale; ja, wir sind sogar damit einverstanden, auf diese ›Kultur‹ stolz zu sein; wie Sklaven, die für die Sklaverei, oder Gehirne, die für die Lobotomie stimmen, knien wir vor dem Gott aller imbezilen Mikroorganismen nieder und beten darum, homogenisiert, getötet oder manipuliert zu werden; versprechen wir, gehorsam zu sein. Aber wenn Vina und Ormus ebenfalls Bakterien waren, dann waren sie zwei Bazillen, die nicht daran dachten, das Leben tatenlos hinzunehmen. Eine Möglichkeit, ihre Story zu verstehen, besteht darin, sie als Bericht über die Erschaffung zweier Sonderanfertigungen von Identität zu sehen, maßgeschneidert für die Träger von diesen selbst. Wir anderen erhalten unsere Persönlichkeiten von der Stange, unsere Religion, Sprache, Vorurteile, Verhaltensweisen, alles; Vina und Ormus aber bestanden auf dem, was man als Auto-Couture bezeichnen könnte.

Und die Musik, die populäre Musik, war der Schlüssel, der ihnen die Tür öffnete, das Tor zum Wunderland.

In Indien heißt es oft, daß die Musik, von der ich spreche, eines jener Viren ist, mit denen der allmächtige Westen den Osten infiziert hat, eine der schweren Waffen des kulturellen Imperialismus, die alle rechtschaffenen Menschen immer und immer wieder bekämpfen müssen. Warum dann aber Kulturverrätern wie Ormus Cama Lobgesänge darbringen, Ormus, der seine Wurzeln verraten und seinen armseligen Lebensweg damit verbracht hat, unseren Kindern die Ohren mit Müll aus Amerika vollzudröhnen? Warum die niedrige Kultur so hoch erheben und glorifizieren, was niedrig ist? Warum Unreinheit verteidigen, dieses Laster, als sei sie eine Tugend?

Das sind die schädlichen Rutschpartien der versklavten Mikroorganismen, die sich zischelnd winden, wenn sie die Unverletzlichkeit ihres geheiligten Heimatlandes, der gläsernen Laborschale, verteidigen.

Folgendes haben Ormus und Vina immer wieder behauptet, ohne jemals auch nur ein Jota davon abzuweichen: daß die Genialität Ormus Camas keineswegs als Reaktion auf oder in Nachahmung von Amerika zutage getreten ist; daß seine frühe Musik, die Musik, die er im Laufe seiner gesangslosen Kinderjahre im Kopf hörte, nicht aus dem Westen kam, es sei denn in dem Sinne, daß der Westen von Anfang an in Bombay war, im unreinen, alten Bombay, wo sich Westen, Osten, Norden und Süden so innig vermischt hatten wie Rühreier, so daß das Westliche ein legitimer Teil von Ormus war, ein Bombay-Teil, untrennbar von allem übrigen in ihm.

Es war eine erstaunliche Behauptung: daß die Musik zu Ormus kam, bevor sie jemals das Sun-Records-Studio, das Brill Building oder den Cavern Club mit ihrem Besuch beehrte. Daß er es war, der sie zuerst hörte. Rockmusik, die Musik der Großstadt, der Gegenwart, die alle Grenzen überschritt, die jedem gleichermaßen gehörte – aber vor allem meiner Generation, weil sie geboren wurde, als wir Kinder waren, die Pubertät in unserer Teenagerzeit verbrachte, mit uns zusammen erwachsen, gleichzeitig mit uns füllig und kahlköpfig wurde: Diese Musik war es, die angeblich zuerst einem indischen Parsi-Jungen namens Ormus Cama offenbart wurde, der alle Songs im voraus hörte, zwei Jahre, acht Monate und achtundzwanzig Tage vor allen anderen. So können wir Bombayaner also laut Ormus' und Vinas abweichender Version der Geschichte, ihrer Alternativrealität, mit Fug und Recht behaupten, daß es in Wahrheit unsere Musik sei, geboren wie Ormus und ich in Bombay, nicht ›ausländische Importware‹, sondern in Indien produziert, so daß es vielleicht die Ausländer waren, die sie von uns gestohlen haben.

Zwei Jahre, acht Monate und achtundzwanzig Tage ergeben (nur nicht im Schaltjahr) genau tausendundeine Nacht. Das Jahr 1956 war jedoch ein Schaltjahr. Rechnen Sie's sich aus. Diese Art von unheimlich anmutenden Parallelen funktioniert nicht immer.

Wie konnte so etwas geschehen?

Auf die Antwort müssen wir noch ein wenig warten, bis Ormus Cama aus dem Schallplattengeschäft nach Hause zurückgekehrt ist, benommen vor Glück (wegen seiner Begegnung mit dem unmündigen Nymphchen Vina Apsara) und Elend (wegen der Aufdeckung des ›Diebstahls‹ seiner geheimen Musik durch Jesse Parker, Jack Haleys Meteors und zahlreicher anderer stirnlockiger, fingerschnalzender Yanks). Die Antwort kann erst gegeben werden, wenn Ormus zunächst seiner inquisitorischen Kupplerin von Mutter über den Weg gelaufen ist, die unbedingt wissen will, wie es gegangen ist mit der »lieben Persis, ein so tüchtiges junges Mädchen, mit so vielen guten Eigenschaften, so pflichtbewußt, so gebildet, so gute Noten bei ihrer Zulassungsprüfung und Senior Cambridge, und auf ihre Art sehr hübsch, meinst du nicht auch, Ormus, Liebster«, ein eher nichtssagendes Loblied, auf das er nur mit einem Achselzucken reagiert. Dann muß er träge durchs Eßzimmer schlendern, an dem alten Domestiken vorbei, der so tut, als putze er den Silberleuchter auf dem Sideboard, Gieve, dem kleptomanen Faktotum mit der Leichenbittermiene, den sein Vater von dem nach England zurückgekehrten William Methwold übernommen hatte, der dank Sir Darius' Vorliebe für Lord Emsworths' unsterblichen Beach nunmehr den Titel ›Butler‹ trägt und der im Laufe der Jahre sehr, sehr vorsichtig das Familiensilber gestohlen hatte. (Das Entwenden dieser Gegenstände geschah so behutsam und selten, daß Lady Spenta, geleitet vom Engel der Guten Gedanken, ganz zu schweigen vom Engel der Blinden Schwachköpfigkeit, es ihrer eigenen Achtlosigkeit zuschrieb. Heute ist – bis auf diesen Leuchter – kaum noch etwas davon übrig, und obwohl Ormus die Identität des Diebes wohlbekannt ist, hat er aufgrund seiner überheblichen Verachtung für materiellen Besitz den Eltern gegenüber kein Wort davon erwähnt.) Und – endlich! – muß Ormus sein eigenes Zimmer betreten, betritt es, streckt sich auf dem

Bett aus, blickt zum träge rotierenden Deckenventilator empor und driftet – jetzt! – in Träumereien ab. Ein Schatten senkt sich herab. Das ist die berühmte ›Cama obscura‹, der Fluch des In-sich-gekehrt-Seins, mit dem seine Familie geschlagen ist, den jedoch er, und er allein, zu zügeln, in einen Segen zu verwandeln gelernt hat.

Es gibt da einen Trick, den er seinem Verstand spielen kann. Während er zum Ventilator emporstarrt, kann er ›machen‹, daß das Zimmer auf dem Kopf steht, so daß es scheint, als liege er auf der Decke und blicke auf den Ventilator hinab, der wie eine Metallblüte aus dem Fußboden emporwächst. Dann kann er auch die Maße der Dinge verändern, so daß der Ventilator gigantisch wirkt, und sich vorstellen, daß er gemütlich daruntersitzt. Wo ist das? (Er schließt die Augen. Das purpurne Muttermal auf seinem linken Augenlid scheint zu pulsieren und zu vibrieren.) Es ist eine Oase im Sand, und er liegt ausgestreckt im Schatten einer hohen Dattelpalme, deren Krone sich sanft in der lauen Brise wiegt. Nunmehr beginnt er mit Hilfe eines tieferen Traums die Wüstendecke zu bevölkern; große Flugzeuge landen auf der Rollbahn der Gardinenstange, und der ganze Lärm einer magischen Metropole quillt aus ihnen hervor, Straßen, Hochhäuser, Taxis, Polizisten mit Pistolen, Gangster, Gauner, Pianisten, die, Zigarette im Mundwinkel, Songs für die Ehefrauen anderer Männer spielen, Pokerspiele, große Säle, in denen Starentertainer auftreten, Glücksräder, Holzfäller, die ihr Geld zum Fenster hinauswerfen, Huren, die für ihre kleine Boutique zu Hause sparen.

Jetzt ist er nicht mehr in der Oase, sondern steht in einer Großstadt mit glitzernden Lichtern vor einem Gebäude, das ein Theater sein könnte, ein Spielkasino oder irgendein anderer Tempel weltlicher Lüste. Er tritt ein und weiß sofort, was er hier sucht. Er hört seinen Bruder, dessen Stimme zwar schwach ist, aber nicht sehr weit entfernt. Sein toter Zwillingsbruder singt ihm vor, aber er kann den Song nicht erkennen. »Gayomart, wohin willst du?« ruft Ormus. »Gayo, ich komme! Warte auf mich!«

Es wimmelt von Menschen, die alle viel zu sehr in Eile sind, viel zuviel Geld ausgeben, einander viel zu feuchte Küsse aufdrücken, viel zu schnell essen, so daß ihnen Fleischsaft und Ketchup übers Kinn rinnen, sich über Bagatellen streiten, viel zu laut lachen, viel zu heftig weinen. An einem Ende des Saals gibt es eine silbrige Leinwand, die den ganzen Raum in gleißendes Licht taucht. Von Zeit zu Zeit heben die Menschen den Blick sehnsüchtig zu dieser Leinwand empor, als sähen sie dort einen Gott; dann schütteln sie enttäuscht den Kopf und fahren mit ihrem Gelärme fort, das plötzlich merkwürdig melancholisch klingt. All diese Leute strahlen eine gewisse Unvollkommenheit aus, fast so, als wären sie nicht mit ihrem ganzen Körper anwesend. Da gibt es Soldaten, die vor ihren Bräuten mit ihren Heldentaten prahlen. Da gibt es eine Blondine mit phantastischem Dekolleté, die im Abendkleid durch einen Springbrunnen watet. In einer Ecke spielt der Tod Schach mit einem Ritter auf dem Heimweg von einem Kreuzzug, und in einer anderen Ecke kratzt sich ein japanischer Samurai verzweifelt an einer juckenden Stelle, die er nicht zu erreichen vermag. Draußen auf der Straße verkauft eine schöne Frau mit kurzgeschorenen Haaren Exemplare des *Herald Tribune*.

Sein undefinierbares Liedchen singend, schlüpft Gayomart Cama wie ein dunkler, von seinem Eigentümer getrennter Schatten durch diese Ansammlung hellerer Schatten. Ormus, der ihn verfolgt, wird von einem kahlköpfigen Polizisten behindert und beiseite gestoßen, der an einem Lollipop lutscht, von zwei absurden indischen Clowns, die in Versen sprechen, sowie einem Unterweltboß mit Wattepolster in den Wangen. Die Blicke fest auf ihn gerichtet, scheinen sie ihn etwas fragen zu wollen. *Bist du es?* scheint ihre Frage zu lauten. *Bist du es, der uns aus diesem gräßlichen Ort erlöst, diesem Vorzimmer, diesem Limbus, und uns den Schlüssel zur Silberleinwand gibt?* Aber sie erkennen sofort, daß er ihnen nicht helfen kann, daß er es nicht ist, und so kehren sie zu ihren Zombietänzen zurück.

Gayomart schlüpft durch eine Tür am anderen Ende dieses ersten Raumes, und Ormus bemüht sich, Schritt zu halten. Die Verfolgung führt eine Treppe immer weiter abnehmender Grandeur hinab, durch Räume zunehmender Düsternis. Weniger glanzvoll als der Saal mit den nicht erschaffenen Film- und Fernsehpersonen ist der Raum der unerschaffenen Bühnenrollen, und noch schäbiger ist das Parlament zukünftiger Verräter, der Saloon mit den ungeschriebenen

Büchern und die Hintergasse nichtbegangener Verbrechen, bis schließlich nur noch eine Reihe schmaler Eisentreppen in pechschwarze Finsternis hinunterführten; Ormus ahnt, daß dort unten sein Zwillingsbruder wartet, hat aber Angst davor, hinabzusteigen. Auf der obersten Stufe seiner Traumwelt sitzend, starrt Ormus Cama ins Dunkel hinab; der purpurne Fleck auf seinem Augenlid glüht von der Anstrengung, seinen verlorenen Bruder auszumachen, sein Schatten-Ich, das da unten irgendwo in der Schwärze ist. Ormus kann hören, wie Gayo singt. Gayo hat eine schöne, ja sogar großartige Singstimme: perfekte Tonhöhe, immenser Stimmumfang, mühelose Kontrolle, gekonnte Modulation. Aber er ist viel zu weit weg; Ormus kann den Text nicht verstehen. Nur die Vokale. Geräusche ohne Sinn. Absurd.

Eck-eck eye ay-ee ee, ack-eye-ack er ay oo eck, eye oock er aw ow oh-ee ee, oo ... ah-ay oh-eck ...

Zwei Jahre, acht Monate und achtundzwanzig Tage später stürzt er aus einer Hörkabine in Bombay, weil er die gleichen Klänge aus der Kehle eines neuen amerikanischen Phänomens gehört hat, des ersten strahlenden Stars der neuen Musik, und trotz seiner Verwirrung sah er vor seinem inneren Auge den Ausdruck auf den Gesichtern der Schatten, die er in seiner Traum-Unterwelt gesehen hatte, die Melancholie und die Verzweiflung der Protoentitäten, die sich danach sehnten, endlich zu werden, und gleichzeitig fürchteten, der Tag werde niemals anbrechen; und er wußte, daß sein eigenes Gesicht denselben Ausdruck trug, denn der gleiche Terror krallte sich in sein eigenes Herz, *jemand stahl ihm seinen Platz in der Geschichte*; auf diesen Ausdruck nackter Angst hatte Vina reagiert, als sie die Hand dieses zitternden Neunzehnjährigen ergriff und fest mit ihren eigenen, frühreifen Händen drückte.

Ich glaube das. Ich bin wohl der am wenigsten zum Übernatürlichen neigende Mann, den es gibt, aber mir bleibt keine Wahl, als diese schöne Geschichte zu glauben.

Drei Personen – zwei lebende, eine tote; damit meine ich seinen geisterhaften Bruder, Gayomart, seine Geliebte, Vina, und seinen Vater, Sir Darius Xerxes Cama – waren jeweils dafür verantwortlich, daß Ormus' Tag letzten Endes doch noch kam. Gayos verächtliches Lippenkräuseln imitierend, kreierte er seinen eigenen sensualistisch finsteren Ausdruck; und Gayomarts undefinierbare Gesänge, diese Teufelsweisen, die aus der satanischen Finsternis emporstiegen, wurden zu Ormus' eigenen. In Gayo hatte Ormus den anderen gefunden, in den zu verwandeln er sich erträumte, das dunkle Ich, das anfangs seine Kunst befeuerte. Von Vinas Anteil an dieser Story wird bald schon mehr zu berichten sein. Was nun Sir Darius betrifft, der seine Whiskyträume von England träumte, wenn er auf seinem Leder-Chesterfieldsofa lag und schlief, während er sich, wenn er wach war, nach fiktiven Herrenhäusern sehnte, so hatte sein Sohn wahrhaftig die Fähigkeit geerbt, ein recht lebhaftes Traumleben zu führen. Und mehr noch: Die Enttäuschung, die Sir Darius hinsichtlich seiner Heimatstadt empfand, ging gleichermaßen auf seinen Sohn Ormus über. Der Sohn erbte die Unzufriedenheit des Vaters. Aber das Land in Ormus' Träumen war niemals England. Für ihn gab es keine weißen Herrenhäuser, für ihn gab es nur das andere Haus, diesen Ort von Licht und Horror, von Spekulation, Gefahr, Macht und Staunen, den Ort, an dem die Zukunft darauf wartete, geboren zu werden. Amerika! Amerika! Mächtig zog es ihn an; es wollte ihn haben; wie es so viele von uns anzieht, und wie Pinocchio auf Pleasure Island, wie all die kleinen Esel, lachen wir (während es uns verschlingt) vor Freude. *Ha-ha!*

Amerika, die Unwiderstehliche, wisperte auch mir die Ohren voll. Doch über Bombay, die Stadt, die wir beide hinter uns lassen würden, wurden Ormus und ich uns niemals einig. In seinen Augen war Bombay so etwas wie ein Provinznest, ein Bauernkaff. Die größere Bühne, die wahre Metropole, fand man anderswo, in Shanghai, Tokio, Buenos Aires, Rio und vor allem in den berühmten Großstädten

Amerikas mit ihrer türmereichen Architektur, den überdimensionalen Mondraketen und gigantischen Injektionsspritzen, die über den abgrundtiefen Straßen aufragten. Es gehört sich nicht mehr, über Orte wie Bombay so zu sprechen, wie die Leute damals über sie sprachen: als *Randlagen*; oder Ormus' Sehnsüchte, die auch Vinas und die meinen waren, als eine Art *zentripetale Kraft* zu bezeichnen. Und doch war es der Wunsch, das Zentrum zu finden, der Ormus und Vina trieb.

Meine Gründe waren andere. Nicht Verachtung, sondern Überdrüssigkeit und Klaustrophobie veranlaßten mich, die Stadt zu verlassen. Bombay war allzu vollständig das Eigentum meiner Eltern V. V. und Ameer geworden. Es war eine Extension ihrer Körper und, nach ihrem Tod, ihrer Seelen. Mein Vater Vivvy, der sowohl meine Mutter als auch die Großstadt Bombay so sehr bewunderte, daß er sich manchmal – nur halb im Scherz – als Polygamist bezeichnete, war dazu übergegangen, von Ameer zu sprechen, als sei sie selbst eine Metropole: von ihren Befestigungen, ihren Glacis, ihrem Verkehrsfluß, ihren Neuentwicklungen, ihrer Verbrechensquote. Sir Darius Xerxes Cama hatte sich selbst, das erzanglophile Produkt jener Stadt, die von den Briten erbaut wurde, mit Bombay gleichgesetzt; Vivvys Herzensstadt jedoch würde nie und nimmer Darius sein. Sondern einzig seine eigene Ehefrau Ameer.

Viele junge Leute verlassen ihr Zuhause, um sich selbst zu finden; ich mußte Ozeane überqueren, nur um *Wombay*, dem Mutterleib, zu entkommen. Ich floh, um endlich geboren zu werden. Doch wie ein altgewohnter Zigarettenraucher, dem es gelingt auszusteigen, habe ich niemals den Geschmack und den Kick der alten, aufgegebenen Droge vergessen. Vergegenwärtigen Sie sich, wenn Sie wollen, die sorgfältig ritualisierte (und, jawohl, heiratsbesessene) formelle Gesellschaft der Jane Austen, übertragen auf das übelriechende, rasant wachsende London, das Dickens liebte, so voller Chaos und Überraschungen, wie ein verfaulender Fisch von sich windenden Würmern wimmelt; spülen und tränken Sie das Ganze mit einem Shandy-und-Arrak-Cocktail; färben Sie es mit Magenta, Zinnober, Scharlach, Limette; bestreuen Sie es mit Gaunern und Kupplern, und

Sie erhalten etwas Ähnliches wie meine fabelhafte Heimatstadt. Ich habe sie aufgegeben, das trifft zu; aber verlangen Sie nicht von mir, zu behaupten, es sei nicht eine wahrhaftige Mordsstadt. (Ehrlich gesagt, es gab noch andere Gründe. Zum Beispiel die Drohungen gegen mich. Wäre ich geblieben, so hätte es mich das Leben gekostet.)

Nunmehr beginnt sich meine Story in entgegengesetzten Richtungen weiterzuentwickeln, rückwärts, vorwärts. Der Drang nach vorn, den jeder Geschichtenerzähler auf eigene Gefahr ignoriert und dem auch ich im Augenblick nachgeben muß, ist nichts weniger als die Zugkraft verbotener Liebe. Denn wie der zwanzigjährige deutsche Dichter Novalis, der »neues Territorium betrat«, um einen einzigen Blick auf die zwölfjährige Sophie von Kühn zu werfen und im selben Moment für immer an eine unsinnige Liebe verloren zu sein, gefolgt von Tuberkulose und Romantik, genauso verfiel der neunzehnjährige Ormus Cama, der hübscheste junge Bursche von ganz Bombay (wenn auch, wegen des Schattens, der seit Ardavirafs Unfall über der Familie lag, nicht unbedingt der begehrenswerteste), der zwölfjährigen Vina, fiel ihr zu Füßen, als hätte ihn jemand von hinten gestoßen. Ihre Liebe war jedoch nicht sinnentleert. Niemals. Wir alle füllten sie mit Sinn, mit einem Übermaß an Sinn; genau wie wir es mit ihrer beider Tod machten.

»Er war ein wahrer Gentleman«, pflegte Vina als Erwachsene mit aufrichtigem Stolz im Ton zu sagen – Vina, deren Geschmack eher zu den rauhesten Typen der Unterschicht tendierte, den anrüchigsten Kerlen der Welt, ohne auch nur ein Spur von Gentleman! »Als wir uns zum zweitenmal trafen«, fuhr sie dann fort, »erklärte er mir seine Liebe und schwor außerdem einen heiligen Eid, mich bis zum Tag nach meinem sechzehnten Geburtstag nicht zu berühren. Mein Ormus und seine verdammten Schwüre!« Ich argwöhnte, daß sie die Vergangenheit schönredete, und sprach das auch mehr als einmal aus. Und schaffte es damit unweigerlich, sie zu verärgern. »Extreme Erfahrungen sind eines«, fauchte sie. »Du weißt, wie ich darüber denke:

Ich bin dafür. Bringt sie mir nur! Ich will sie selber machen, nicht nur auf dem Papier davon lesen. Aber Bombays Lolita war ich nicht.« Sie schüttelte den Kopf, zornig darüber, daß sie zornig geworden war.»Ich erzähl' dir was Schönes, du Bastard. Ich sage dir, daß es über drei Jahre gedauert hat, bis ich überhaupt noch mal seine Hand halten durfte! Alles, was wir getan haben, war singen. Und mit diesen gottverdammten Trambahnen fahren.« Dann lachte sie; dieser Erinnerung vermochte sie nie zu widerstehen, also gab sie ihren Ärger auf.»Klingeling!« trillerte sie.»Kling!«

Jeder, der den Texten von Ormus Cama zugehört hat, wird wissen, daß die Trambahnen Mittelpunkt seiner persönlichen Ikonographie waren. Immer wieder kommen sie darin vor, genauso wie Straßenunterhaltungskünstler, Kartenspieler, Taschendiebe, Hexenmeister, Teufel, Gewerkschafter, böse Priester, Fischersfrauen, Ringer, Harlekins, Vagabunden, Chamäleons, Huren, Sonnenfinsternisse, Motorräder und billiger, dunkler Rum; und alle führen unweigerlich zur Liebe. Deine Liebe drückt mich nieder, es gibt kein Entrinnen, singt er. Oh, durchschneide mein gefangenes Herz, oh, zerquetsche mich wie eine Weintraube. Nein, es kümmert mich nicht. So bin ich nun mal. Oh, du kannst mich mit der Tram überfahren, Baby, aber ich werde deine Tram zum Entgleisen bringen.

In den Trambahnen von Bombay, längst vergangen, tief betrauert von jenen, die sich erinnern, lebten Ormus und Vina die Zeit ihrer jungen Liebe: Sie schwänzte die Schule, er verließ die Apollo-Bunder-Wohnung ohne jede Erklärung. Da die jungen Leute damals an einer weit kürzeren Leine gehalten wurden, war es unvermeidlich, daß der Tag der Abrechnung kommen mußte; bis dahin aber ratterten sie Stunde um verzauberte Stunde in der Stadt umher und erzählten sich gegenseitig ihre Geschichte. Und so kann auch ich – endlich! – in die Vergangenheit zurückkehren. Vinas Vergangenheit. Der anderen Notwendigkeit meiner Erzählung folgend, schreibe ich hier zur allgemeinen Unterhaltung das nieder, was Vina ihrem zukünftigen Geliebten ins Ohr flüsterte.

Die Entstehung eines bösen Mädchens: Geboren als Nissa Shetty,
wuchs sie in einer Hütte auf, die mitten in einem Maisfeld bei Che-
ster, Virginia, stand, oberhalb von Hopewell, zwischen Screamers-
ville und Blanco Mount, am Ende eines ins Nichts führenden Feld-
wegs, der von der 295 Richtung Osten abzweigte. Mais zu beiden
Seiten und Ziegen im Rücken. Helen, ihre Mutter, eine Greco-Ame-
rikanerin von üppiger Gestalt, nervös, eine Buchleserin, eine Träu-
merin, eine Frau bescheidener Herkunft, die sich tapfer hielt und
große Hoffnungen hegte, verfiel während des Zweiten Weltkriegs
aufgrund des Männermangels einem Süßholz raspelnden indischen
Gentleman, einem Anwalt – wie der wohl in diesen gottverlassenen
Winkel gekommen war? *Inder kommen überallhin, nicht wahr? Wie
Sand –*, der sie heiratete, mit ihr in drei Jahren drei Töchter zeugte
(Nissa, während der Landung in der Normandie geboren, war die
mittlere), wegen standeswidrigen Verhaltens hinter Gitter kam, aus
dem Anwaltsregister gestrichen, nach Nagasaki aus dem Gefängnis
entlassen wurde, seiner Frau erklärte, er habe seine sexuellen Neigungen geändert, nach Newport News zog, um sich mit seinem mus-
kelbepackten Liebhaber »als Frau der Partnerschaft«, wie Vina es
ausdrückte, als Schlachter niederzulassen und sich nie wieder zu melden, geschweige denn Geld oder seinen Töchtern an ihren Geburts-
tagen oder zu Weihnachten Geschenke zu schicken. Während dieses
liebeleeren Friedens versackte Helen Shetty in einer abwärts führenden Spirale aus Alkohol, Pillen und Schulden, konnte keinen Job halten, so daß die Kinder mit Höchstgeschwindigkeit zum Teufel gingen, bis sie von einem Allround-Baumeister namens John Poe gerettet wurde, einem Witwer mit vier eigenen Kindern, der sie betrunken
und sinnlos lallend in einer Bar auflas, ihr zuhörte, sich sagte, sie
habe gute Gründe zu verzweifeln, sie als gutaussehende Frau bezeichnete, die eine Chance verdient habe, ihr schwor, sich um sie zu
kümmern und sie vom Schnaps zu befreien, sie und ihre drei Kinder
in sein einfaches Heim mitnahm und nie einen Unterschied zwischen
ihren und seinen Kindern machte, nie eine Bemerkung über ihre
dunkle Hautfarbe äußerte, den Mädchen seinen eigenen Namen gab
(so daß aus Nissa Shetty mit drei Jahren Nissy Poe wurde), schwer

arbeitete, um der Familie die hungrigen Mäuler zu stopfen und sie zu kleiden, von Helen nichts dafür verlangte als die übliche Hausfrauenarbeit sowie ihr Einverständnis, daß sie keine weiteren Kinder mehr haben wollten, und wenn sie sich vom Leben auch mehr erhofft hatte, so wußte sie doch, wie dicht davor sie gewesen war, in der Gosse zu landen, daß sie sich glücklich schätzen konnte, statt dessen dies alles gefunden zu haben, eine Art mürrische, einsilbige Durchschnittsliebe, einen großzügigen Mann, festen Boden unter den Füßen, und wenn er verlangte, daß die Dinge auf altmodische Art gehandhabt wurden, so war das ein Wunsch, den sie bereit war, klaglos zu erfüllen, daher wurde die Hütte blitzblank, wurden die Kleider sauber gehalten, die Kinder gefüttert und gebadet, stand John Poes Essen jeden Abend, wenn er nach Hause kam, heiß auf dem Tisch, und außerdem hatte er mit dieser Kindersache recht, deshalb fuhr sie in die Stadt und ließ sich operieren, und das war in Ordnung, das war wirklich in Ordnung, sie hatte alle Hände voll zu tun, und das machte es leicht, er war im Bett genauso altmodisch wie außerhalb, hielt nichts von Gummis und so, und nun war alles ganz einfach gut, war alles besser als gut, war es gut. Einmal pro Woche fuhren sie mit Johns Pickup ins Autokino, wo Helen Poe zu den Sternen am Himmel hinaufblickte anstatt zu denen auf der Leinwand und ihnen – mit gewissen Einschränkungen – für ihr Glück dankte.

Wenn John Poe einen Traum hatte, dann von Ziegen. In dem Pferch hinter dem Haus gab es eine weiße Saanen-Ziege, welche die Familie mit Milch versorgte, sowie eine kleine, wechselnde Herde von spanischen, myotonischen Ziegen, die zum Schlachten bestimmt waren. Nissy Poe wuchs auf, ohne den Geschmack von Kuhmilch zu kennen. John Poe erklärte ihr, daß Ziegenmilch leichter verdaulich sei, und ermunterte sie sogar, sie als Schönheitsmittel zu benutzen und sich wie Königin Kleopatra das Gesicht damit zu waschen. Da sie von ihrer Mutter gelernt hatte, diesem großen, freundlichen, doch sehr dominanten Mann niemals zu widersprechen, trank sie gehorsam die dünne, bläuliche, ranzig schmeckende Flüssigkeit, die sie allmählich hassen lernte. Nachdem die zum Tode verurteilten spanischen Ziegen zu gegebener Zeit zum Schlachthof gebracht worden waren, gab es wochenlang nichts anderes mehr zu essen als *chevon*, Ziegenfleisch. Da Helen Poe keine Frau von kulinarischer Begabung war, lernte die kleine Nissy vor allem die Mahlzeiten fürchten, und zwar wegen des Lächelns, das sie dabei ständig aufsetzen mußte. John Poe war ein Mann, dem man ständig für das Gute danken mußte, das er einem getan hatte.

Nach einem üppigen Ziegenmahl pflegte er den Stuhl zurückzuschieben und die Zukunft vorauszusagen. Diese paar Tiere da draußen im Hof, in dem von einem fünf Fuß hohen Zaun umgebenen Gehege mit Drähten von nur fünf Zoll Zwischenraum, seien nur der Anfang, erklärte Nissys Stiefvater. Er denke gar nicht daran, sein Lebtag für andere Menschen zu arbeiten – bestimmt nicht. Was ihm vorschwebte, war eine Ziegenfarm. Aber keine Fleischfarm; für Ziegenfleisch empfand er so etwas Ähnliches wie Verachtung, besonders für das der Myotoniker, die schon steifbeinig umkippten, wenn man sie nur erschreckte. An manchen Abenden freute sich John Poe auf den Tag, da er in Oregon, vielleicht auch in Florida mit Ziegenmilch ins Geschäft kommen würde. Er schwärmte von den Vorzügen der ›Schweizer‹ Alpinen und Toggenburger sowie von den ›Wüsten‹-Nubiern. Er sprach von der Köstlichkeit des Ziegenkäses und der Ziegenmilchseife. An anderen Abenden galt seine Traumvision den Angora- und Kaschmirziegen sowie einer Zukunft in der Faserproduktion in Texas oder Colorado. »Das wird euch gefallen, mit eurem orientalischen Blut, eh?« sagte er zu Helens Töchtern. »Kaschmir kommt ursprünglich aus Kaschmir in Indien, Angora kommt von Ankara in der Türkei, und der Name Mohair, wie wir den Stoff nennen, der aus den Haaren der Angoraziege hergestellt wird, ist arabisch oder so und bedeutet, was wir vorziehen.« In seinen Träumen tauchte auch immer wieder die schwarze usbekische Ziege auf, deren Wollfaser länger als die Deckhaare und von hoher, kaschmirähnlicher Qualität war. Es kam so weit, daß Nissy Poe trotz ihres östlichen Blutes und all dessen, die Wörter ›Mohair‹, ›Kaschmir‹ und ›usbekisch‹ nicht mehr hören konnte. Aber sie lächelte und sagte gehorsam danke. Und John Poe ließ sich, Bierdose in der Hand, ins Land seiner persönlichen orientalischen Phantasien hinübertreiben.

Ormus Cama und ich, die wir in Indien aufgewachsen waren, fühlten uns zum Westen hingezogen; wie seltsam dagegen mutet der Gedanke an, daß Vina ihre frühen Jahre unter der Ägide dieses guten, schlichten Mannes mit seinem Verlangen nach dem Osten, oder wenigstens nach dessen behaarten Tieren, verbracht hatte.

Manchmal erzählte John Poe Ziegenwitze. (Zwei Ziegen brechen in den Projektionsraum des Autokinos ein und fangen an zu kauen. »Gott, ist dieser Film gut«, sagt die erste, und die zweite antwortet: »Ja, aber das Buch war besser.«) Bei anderen duldete er eine derartige Leichtfertigkeit jedoch nicht. Einmal kam ein Nachbar vorbei und sagte: »Ziegen, ja? Na klar mögen wir Ziegen, wir wollten uns sogar eine Ziege als Haustier kaufen, aber der Mann hat gesagt: ›Das Dumme bei den Ziegen ist, daß nicht mal das Auto vor ihnen sicher ist.‹« Als er gegangen war, verhängte John Poe ein Kontaktverbot gegen ihn, seine Familie und sein Land. Der Mann wurde zu lebenslänglich verurteilt, ohne jemals zu erfahren, was er verbrochen hatte, und da John Poe der Mann war, der er nun einmal war, gab es keinen Einspruch gegen dieses Urteil.

Es war ein Heim ohne Intimsphäre; die Kinder waren zu dritt oder viert pro Zimmer übereinandergestapelt. Einige von ihnen wurden still, in sich gekehrt, abweisend. Nissy begann zu toben. Im Kindergarten wurde sie zur berüchtigten Beißerin, biß nicht nur die anderen Kinder, sondern auch die Lehrerinnen, bis sie aus der Klasse entfernt werden mußte. John Poe verabreichte ihr eine kräftige Tracht Prügel; dann kehrte sie zurück und biß nur noch mehr. Der Krieg eskalierte; dann hörte er plötzlich auf, weil beide Kombattanten erkannten, daß es, wenn es so weiterging, möglicherweise noch zur Katastrophe kommen konnte. John Poe versicherte Nissy, daß er sie liebe, legte den Ledergürtel beiseite, und Nissy Poe erklärte ihren eingeschüchterten Klassenkameraden: »Ist schon okay, ich werd' euch nicht umbringen.«

Was die Rassenfrage betraf, so war John Poe fast ein Liberaler. Mit Helen zusammen ging er zur Schulbehörde, um zu erklären, die Mädchen seien nicht etwa so dunkel, weil sie Neger seien, sondern Inderinnen aus Indien und brauchten daher nicht diskriminiert zu werden, sondern könnten mit den normalen Kindern im Bus mitfahren. Dieses Argument, das die Schule akzeptierte, brachte jedoch andere Probleme.

Als Nissy älter wurde, erfuhr sie, daß die anderen Kids, die weißen Kids, sie Blackfoot-Indianer nannten, und Ziegenmädchen. Dann gab es da diese drei Jungen aus der Nachbarschaft, die wie Neger aussahen und Spanisch sprachen – Mann, waren die verrückt – und die sich über Nissy Poe lustig machten, weil sie mit den Weißen im Bus zur Schule fahren durfte. Eines Tages, während die drei Jungen auf ihren Bus warteten, behaupteten sie immer wieder, es gäbe jetzt ein Gesetz, und sie würden ebenfalls in ihre Schule gehen, nur wollte der Fahrer sie nicht mit an Bord lassen, nicht in seinem Bus. Als sie einstieg, hörte sie, wie sie ihr Schimpfwörter nachriefen, irgend etwas über die *cabritos* ihrer Familie, und sie sei das *kid* eines *cabronitos*. Sie schlug es nach. *Cabrito* bedeutete Zicklein, und *cabronito* bedeutete kleiner Homosexueller. Am Tag darauf warteten sie wieder auf den Bus, diesmal mit ihrem Daddy, aber wen interessierte das, sie stürzte sich einfach auf sie alle. Der Vater zerrte sie von seinen Söhnen herunter, sie schlug und trat um sich, als er sie davonschleppte, aber sie war zufrieden, denn sie hatte ihren Verleumdern in dieser kurzen Zeit verblüffenderweise einen unproportional großen Schaden zugefügt. John Poe holte wieder den Gürtel hervor, aber er war nicht mit dem Herzen dabei, denn er wußte, daß ihr Wille stärker war als der seine. Also begann er sie zu ignorieren und begleitete Helen auch nicht, als diese in die Schule ging, um die Lehrer zu bitten, ihre Tochter bleiben zu lassen, damit sie eine Bildung erhielt und der Falle der Armut entrinnen konnte, wie auch sie selbst es sich einstmals erhofft hatte. »Es ist schwer für ein Kind«, erklärte Helen Poe der Klassenlehrerin ihrer Tochter, »ganz ohne Hoffnung leben zu müssen.«

Goatgirl – Ziegenmädchen. Nicht weit von der Hütte lag weiter oben, zum Redwater Creek hin, eine bewaldete Senke, die Jefferson Lick genannt wurde. Der örtlichen Sage nach lebte dort eine Art Faun, einem kanadischen Wanderzirkus entsprungen und durch die vielen Jahre, die er zum Vergnügen des Publikums im Käfig

hatte verbringen müssen, immer wieder ausgepeitscht und halb ver-
hungert, wahnsinnig und gefährlich. Dieses Ziegenbockmonster vom
Jefferson Lick war für die Einheimischen der ›Schwarze Mann‹, mit
dem die kleinen Kinder erschreckt wurden, damit sie artig waren,
und auf dem Kostümfest während des Jahrmarkts im Sommer gab es
immer ein oder zwei Lick Men, kam der große Gott Pan, in Lumpen
gekleidet, persönlich nach Virginia. Wenn die Kinder überzeugt waren, weit genug von Nissy Poe entfernt zu sein, um nichts von ihr
befürchten zu müssen, nannten sie sie die Tochter des Goat Man, um
dann sofort um ihr Leben zu laufen.

Helen versuchte ihre Tochter auf einen besseren Weg zu geleiten. Als
die Kleine fast zehn Jahre alt war, stellte sich die Mutter mit ihr vors
Haus (es war das Memorial-Day-Wochenende 1954) und blickte zu
der Galaxis von Sternen empor, die am Nachthimmel glitzerten.
»Folge immer nur deinem Stern, Liebling, laß dich durch nichts und
niemanden davon abhalten«, sagte Helen mit einem kleinen Beben in
der Stimme, welches bewirkte, daß Nissy ihr einen forschenden
Blick zuwarf. Die Mutter verzog das Gesicht zu einem flüchtigen,
dünnen, harten, kleinen Lächeln, das Nissy auch nicht eine Sekunde
lang irreführte. »Nicht so wie ich, eh?« Helen grinste wie ein Totenkopf. »Such dir einen von den schönsten aus und folge ihm, wohin
er dich führt.« Ein Meteor glühte auf. »Den nehme ich«, erklärte
Nissy Poe. »Sieht aus, als käme er ziemlich weit.« Bitte nicht den,
dachte die Mutter, eine Sternschnuppe bringt Unglück. Aber sie
sprach es nicht aus, und die Kleine nickte nachdrücklich. »Jawohl,
Ma'am. Der ist es, den ich will.«

Als Nissy Poe an jenem Wochenende mit ihren Pflichten fertig war,
ging sie allein und furchtlos zum Jefferson Lick hinunter. Sie erwartete nicht, auf Ungeheuer zu stoßen, sondern wollte einfach ganz
weit drinnen sein, so weit es eben ging. Das Wäldchen war wunderschön, dunkel und tief, und als sie sich durch das saftige Laub einen
Weg bis in die Tiefen der Senke bahnte, spürte sie, wie etwas Un-
bekanntes über sie kam, fast so etwas wie ein Segen. Es war die

Einsamkeit. Um die Vögel zu sehen, mußt du zum Teil der Stille werden. Wer hatte das gesagt? Irgendein Dummkopf. Hier drinnen war es wie *Schneewittchen*. Überall Vögel, wie Wolken von Schmetterlingen, und wenn man sang, begannen sie sofort mitzusingen. Gefiederte Waldsänger, gelbbrüstige Waldsänger bildeten die Backup-Stimmen; Spechte hämmerten den Takt. Nissy Poe ließ sich von nichts mehr zurückhalten und schmetterte los: *»Shake, rattle and roll!«*

Dies war ihr großes Geheimnis, diese Stimme wie ein Raketenstoß von Kraft. Manchmal, wenn John Poe bei der Arbeit war und John Poes Kinder alle außer Haus waren, so daß sie sie nicht verpetzen konnten – John Poe behandelte vielleicht alle gleich, aber die Kinder waren etwas ganz anderes –, stellte Helen das Radio an und suchte einen Sender, der dieses neue Zeug spielte, die Driftwoods, Jack Haley, Ronnie ›Man‹ Ray. Manchmal fand sie sogar einen der Rhythm-and-Blues-Negersender; dann schwang Helen die Hüften und bewegte sich zu dieser Musik, der rassengetrennten Musik, der Musik, die John Poe als Teufelsboogie bezeichnete. »Komm schon, Kleines«, drängte Helen, »sing doch mit«, aber Nissy Poe weigerte sich hartnäckig und verkniff den Mund zu einem weißen, blutleeren Strich. Helen schüttelte den Kopf. »Ich weiß nicht, was du brauchst, um dich zu amüsieren«, sagte sie dann, und wieder wurde sie von der Musik gepackt, rollte die Augen, wiegte sich und ließ unter den loyalen, unbeteiligten Blicken ihrer eigenen Töchter die Puppen tanzen. (Zwei von den dreien; die jüngste mußte gewöhnlich im Vorgarten Wache stehen – für den Fall, daß John Poe unerwartet früh nach Hause kam.) In solchen Momenten schien Helen selbst wieder ein Kind zu sein, auf eine Version ihrer selbst zurückzugreifen, die von der Erwachsenen, die zu werden sie von der Notwendigkeit gezwungen worden war, erdrückt wurde.

Nissy Poe sang niemals für ihre Mutter, sondern ging zum Jefferson Lick, um allein zu sein, und erst dort, fern der Welt, beschützt von einem apokryphen Monster, ließ sie jene Stimme erklingen, die das tiefste Sehnen ihres Herzens verriet. Musik! Das war alles, was sie vom Leben wollte: nicht Teil der Stille zu sein, sondern des Klangs.

Hätte es ein Lick Monster gegeben, es hätte ihr applaudiert. Vina hatte von Anfang an diese Stimme, diese gnadenlose Attacke. Sie sang sich ihr junges Herz aus dem Leib; dann legte sie sich, obwohl sie wußte, daß sie später für ihre schmutzige Kleidung bestraft werden würde, auf einen Erdwall, schlief ein, fuhr beim Erwachen erschrocken hoch, weil es dunkel geworden war, kroch aus dem Lick heraus und setzte sich in Trab, doch als sie nach Hause kam, stellte sie fest, daß sie sich ruhig Zeit hätte lassen können, denn zu Hause waren alle tot.

Die Kinder waren in ihren Betten ermordet worden, mit einem großen Küchenmesser durchs Herz gestochen. Sie starben, ohne aufzuwachen. John Poe aber war die Kehle aufgeschlitzt worden, und nach dem Chaos im Zimmer zu urteilen, war er noch relativ lange herumgestolpert, bevor er über dem alten Fernsehschrank zusammenbrach. Der Bildschirm war von oben bis unten mit Blut verschmiert, er selbst lag in einer großen, klebrigen Pfütze, dem Sumpf seines verlorenen Lebens, davor. Der Fernseher lief, und irgend jemand sagte etwas von einem Krieg, der gegen die Vietwas? begonnen worden sei. In Dienbienwo? In Indochina, na gut. Das lag doch zwischen Indien und China. Und hatte wirklich eine Menge mit einem Kind in einer Hütte bei Hopewell, Va., zu tun, das knietief im Blut seiner toten Familie stand.

Helen war nicht in der Hütte, doch Nissy fand sie ziemlich schnell, denn alle Ziegen waren ebenfalls tot und Helen hing an einem Dachbalken des dreiseitigen Unterstands, den John Poe eigenhändig gebaut hatte, damit die Tiere bei schlechtem Wetter irgendwo unterkriechen konnten. Im Dreck unter ihren baumelnden Füßen lag, mit einer dicken Schicht dunklem, gerinnendem Blut bedeckt, ein großes Küchenmesser.

Weil sie erst am folgenden Morgen Hilfe holte; weil sie eine Stehleiter holte, um ihre Mutter mit dem Mordmesser abzuschneiden; weil sie die ganze Nacht da draußen im Unterstand blieb, allein mit dem Messer, ihrer Mutter, den toten Ziegen und dem funkelnden Universum oben am Himmel, an dem die Sternschnuppen in alle Richtungen stoben, die Milchstraße ausgegossen wurde, vermutlich bestand sie ja aus der beschissenen Ziegenmilch und stank genauso beschissen wie Pisse; wegen ihres Rufs als böses Mädchen, des Beißens, des Raufens, stand sie ungefähr fünf Minuten unter Verdacht, fünf Minuten, in denen sie, das Ziegenmädchen, die Tochter des Ziegenmonsters vom Jefferson Lick, den Ausdruck in den Augen der Polizisten sah, der nur entsteht, wenn sie einen ganz großen Killer anstarren. Möglicherweise war es Respekt. Aber nach fünf Minuten war sogar Sheriff Henry darauf gekommen, daß es für die Kleine ziemlich schwierig gewesen wäre, das alles zu tun, ihre Mutter aufzuhängen, um Himmels willen, sie war doch erst zehn. Der Fall war wirklich nicht schwer zu lösen, eine Verrückte war Amok gelaufen, eine große, hübsche Frau, noch immer genug vorhanden, an dem sich ein Mann festhalten, von dem er sich trösten lassen konnte, wirklich schade, die Dinge waren ihr an die Nieren gegangen, und sie war übergeschnappt. Scheiße gibt es immer wieder.

Später war Schlachter Shetty, ihr Vater, mit seinem Liebhaber aufgetaucht, aber Newport News klang nicht besonders verlockend in ihren Ohren, vom Schlachten hatte sie endgültig genug, sie wollte bis an ihr Lebensende Vegetarierin sein. Schließlich erklärte sie sich bereit, bei Helens entfernten Verwandten, den Egiptusens, in Chickaboom zu leben, oben bei den Finger Lakes im westlichen New York State: Und auf der ganzen Fahrt dorthin, allein im Bus, fragte sie sich, warum die Mutter genau diesen Moment gewählt hatte, um überzuschnappen, jenen Memorial Day, an dem ihre mittlere Tochter im Jefferson Lick eingeschlafen war. Vielleicht war es gar nicht spontan gewesen. Vielleicht hatte Helen gewartet, bis sie außer Gefahr war. Sie war zum Überleben bestimmt worden, von ihrer Mutter ausgewählt als einzige in der Familie, die das Leben verdiente. Ihre Mutter hatte in ihr etwas gesehen oder gehört, irgend etwas anderes als Wildheit und Gewalttätigkeit, deswegen hatte sie ihr das Leben geschenkt. Nissa, die Sternschnuppe.

»Sie hat mich gehört.« Die Wucht dieser plötzlichen Erkenntnis bewirkte, daß sie die Worte laut hinausrief. Die Passagiere in ihrer Nähe sahen zu ihr hinüber und rutschten auf ihren Sitzen hin und her, sie selbst aber merkte nichts von dieser Unruhe. *Helen hat mich gehört. Sie muß mir eines Tages zum Lick gefolgt sein, ohne daß ich es bemerkte, deswegen hat sie gewartet, sie hat gewußt, daß ich lange wegbleiben würde. Ich bin am Leben, weil sie wollte, daß ich singe.* Willkommen in Chickaboom, stand auf einem Schild.

Von dem ungefähr einen Jahr, das sie in jenen nördlichen Gefilden verbrachte, in jenem egiptischen Exil, erzählte Vina Apsara niemandem sehr viel. Stellte man ihr eine Frage zuviel, schnellte sie wie eine zupackende Schlange auf den Fragenden los. Mir erzählte sie nur ein-, zweimal in ihrem Leben davon. In dem Moment, als sie ankam, trug sie die arme Nissy Poe zu Grabe, das weiß ich. Mr. Egiptus bot ihr an, seinen Familiennamen zu gebrauchen, und sagte, er habe sich immer eine Tochter namens Diana gewünscht. Also wurde sie ohne Zögern oder Bedauern Diana Egiptus. Aber der Name brachte ihr kein Glück. »Da war eine Frau, die nicht gut zu mir war«, berichtete sie. »Ich wurde in dieser Familie nicht gut behandelt.« Ich konnte sie kaum dazu bringen, ihre Namen auszusprechen. »Die Frau, bei der ich damals wohnte«, nannte sie ihre Hauptschikaniererin, Mrs. Marion Egiptus; die anderen Familienmitglieder waren »die Leute, bei denen ich nicht glücklich war«. Diese Leute führten, wie ich in Erfahrung brachte, das ›Egypt‹, ein kleines Tabakgeschäft, vor dem in halber Lebensgröße ein pharaonischer Streitwagenführer stand, der in der einen Hand die Zügel seines einzigen Pferdes und in der anderen eine Faustvoll Stumpen hielt. »Es war eine Einspännerstadt«, sagte Vina, »und das einzige Pferd war aus Holz.« Diese Kleinstadt war ihr erstes Troja. Bombay sollte ihr zweites, der Rest ihres Lebens ihr drittes werden; und wo immer sie hinkam, da gab es Krieg. Männer kämpften um sie. Und auf ihre Art war sie auch eine Helena. Was geschah in Chickaboom? Viel kann ich Ihnen nicht erzählen; Vina selbst erzählte mir nur sehr wenig, und jene, welche die Story seitdem recherchiert haben, lieferten widersprüchliche, häufig auch rein fiktive Berichte. Marion Egiptus war eine harte Frau, die ständig schimpfte und sich von der dunklen Haut der zukünftigen Vina abgestoßen fühlte. Andere Mitglieder der Egiptus-Familie betrachteten dieselbe dunkle Haut als Einladung zu sexuellen Beziehungen. Die kleine Nissy-Diana-Vina mußte sich ihrer Cousins erwehren. Das Egypt machte Pleite oder wurde aufgekauft. Es gab einen Brand, oder auch nicht. Es war Versicherungsbetrug oder Brandstiftung, oder es war gar nicht passiert. Marion Egiptus, »die Frau, bei der ich damals wohnte«, die »Frau, die nicht gut zu mir war«, weigerte sich – entweder aufgrund des schweren Schicksalsschlags, den die Familie hinnehmen mußte, oder (falls es in Wirklichkeit gar keinen solchen Schicksalsschlag gab) aufgrund ihrer tiefen Abneigung gegen das Mädchen –, Diana Egiptus weiter bei sich zu beherbergen. Es gibt Hinweise darauf, daß Vinas Missetaten weitergingen, das Schuleschwänzen, die Gewalttätigkeit, der übermäßige Gebrauch von Pillen.

Von Mrs. Egiptus zurückgewiesen, wurde sie, weil es keine amerikanischen Optionen mehr gab, nach Indien geschickt. Schlachter Shetty aus Newport News schickte seinen reichen Verwandten, den Doodhwalas aus Bandra, Bombay, einen Bettelbrief, in dem er jedoch nichts davon erwähnte, daß er kein Anwalt, kein fetter Kater mehr war, der durch die kalorienreichen Mahlzeiten aus amerikanischen Mäusen tagtäglich fetter wurde, doch diese Auslassung war eine Frage der Ehre, eine Möglichkeit, die Selbstachtung zu bewahren. Außerdem verschwieg er die zahlreichen Zusammenstöße seiner Tochter mit den Behörden und übertrieb dafür den mädchenhaften Charme der kleinen Nissa Shetty (denn in diesem Brief benutzte er wieder ihren ursprünglichen Namen). Wie dem auch sei, die reichen Doodwhalas, verführt von der wundervollen Aussicht, eine aus Amerika heimgekehrte Nichte in die Arme zu schließen, erklärten sich bereit, sie aufzunehmen. Nissa Shettys Vater holte sie im Port Authority Terminal vom Greyhound ab und verbrachte einen Abend mit ihr in Manhattan. Er führte sie zum Abendessen in den Rainbow Room, tanzte mit ihr auf der rotierenden Bühne und drückte sie dabei fest an sich, und sie begriff, was er ihr damit sagen wollte: nicht nur, daß seine Geschäfte gut gingen, sondern auch, daß er sich endgültig von ihr verabschiedete, daß sie von nun an nicht mehr mit ihm rechnen könne. Ruf mich nicht an, schreib mir nicht, ich wünsche dir ein schönes Leben, lebwohl. Am nächsten Morgen fuhr sie allein nach Idlewild, holte einmal tief Luft und flog gen Osten. Ostwärts, nach Bombay, wo Ormus und ich auf sie warteten.

Wenn wir die Wut begreifen wollen, die Vinas Kunst beflügelte und ihr Leben vernichtete, müssen wir uns vorzustellen versuchen, was sie uns nicht erzählen wollte, die endlosen kleinen Grausamkeiten der ungerechten Verwandten, das Fehlen einer guten Fee und der gläsernen Schuhe, die Unmöglichkeit von Prinzen. Als ich sie am Juhu Beach kennenlernte und sie jene verblüffende Tirade gegen ganz Indien, vergangen, gegenwärtig und zukünftig, lieferte, tarnte sie sich in Wirklichkeit mit einer Art Maske, versteckte sich vor mir hinter ihren bitteren Ironien. Im kosmopolitischen Bombay war sie es, die provinziell war; wenn sie auf unsere Kosten die amerikanische Fortschrittlichkeit pries, geschah das, weil Fortschrittlichkeit eine Eigenschaft war, die ihr ganz und gar fehlte. Nach ihrer lebenslangen Armut war es Indien – in der aufgeblasenen Gestalt Piloo Doodhwalas –, das ihr eine erste Kostprobe von Wohlhabenheit bot; deswegen füllte sie ihren Dialog umgekehrt mit der Verachtung reicher Amerikaner für die Armut des Orients. In Chickaboom waren die Winter beinhart gewesen (das war ein Detail, das ich ihr einmal entlocken konnte); und da sie die Kälte haßte, beklagte sie sich nicht im warmen Bombay über die Hitze.

Wenn wir Vinas Wut begreifen wollen, müssen wir schließlich und vor allem versuchen, ihre Lage zu verstehen, und bemüht sein, uns ihre Gefühle vorzustellen, als sie nach einer grausam anstrengenden Flugreise um die halbe Erdkugel auf Bombays Flughafen Santa Cruz von Bord der Pan American Douglas DC-6 ging, um festzustellen, daß ihr Vater – ach, die unverzeihliche Gedankenlosigkeit dieses Mannes! – sie wieder einmal, und zwar mit äußerst geringer Hoffnung auf Entkommen, in die verhaßte Gesellschaft von Ziegen geschickt hatte.

Klingeling! Kling!

Für eine Großstadt kann Bombay zuweilen auf bemerkenswerte Art und Weise wie ein Kuhdorf wirken; es dauert nicht lange, bis jeder alles weiß, vor allem über eine freche, zwölfjährige Schönheit, die mit einem erwachsenen, neunzehnjährigen Mann, so schön wie ein Filmstar und mit einer tuschelnd weitergetragenen Erfolgsquote bei den Mädchen, die sehr schnell legendäre Proportionen annimmt, mit der Trambahn fährt. Da Erinnerungen nun einmal das sind, was sie sind, konnten wir drei uns nicht darauf einigen, wie lange das dauerte: Tage, Wochen Monate. Außer Zweifel steht jedoch, daß Piloo Doodhwala ihr, als ihm die Nachricht zu Ohren kam, eine Tracht Prügel zu verabreichen suchte; woraufhin sie mit einer entfesselten Rage auf ihn losging, die Golmatol, Halva, Rasgulla und mehrere andere Mitglieder der ›Magnificentourage‹ veranlaßte, ihm zu Hilfe zu eilen, um sie zu überwältigen, ein Verfahren, bei dem sie eine ganze Anzahl von Verletzungen austeilte wie einsteckte. Der Regen kam; sie wurde vor die Tür gesetzt; sie landete vor unserer Tür; und Ormus, der sie liebte, der schwor, sie nicht berührt, geschweige denn entehrt zu haben, war nicht allzuweit hinter ihr.

Oh, diese weit zurückliegenden 1950er! Im ›unterentwickelten‹ Indien, wo die Begegnungen zwischen Junge und Mädchen so streng kontrolliert wurden! Ja, ja: Aber gestatten Sie mir, einzuwerfen, daß – ›unterentwickelt‹ oder nicht – eines unserer hervorragendsten kulturellen Artefakte ein hochentwickelter Apparat heuchlerischer Mißbilligung war, nicht nur aller drohenden Veränderungen der sozialen *mores*, sondern auch unserer eigenen, historisch bewiesenen und gegenwärtig hyperaktiven erotischen Natur. Was ist das Kamasutra? Ein Disney-Comic? Wer hat die Khajuraho-Tempel erbaut? Die Japaner? Und in den Neunzehn-fünfzigern gab es in Kamathipura natürlich keine Kinderhuren, die achtzehn Stunden am Tag arbeiten mußten, gab es keine Kinderhochzeiten, und die Verfolgung blutjunger Mädchen durch geile, alte Humberts – o ja, wir hatten auch schon von Nabokovs Schocker gehört – war absolut unbekannt. (Nicht.) Hörte man manche Leute reden, käme man zu der Schlußfolgerung, daß Sex in Indien nicht vor der Mitte des zwanzigsten Jahrhunderts entdeckt worden sei und daß die Bevölkerungsexplosion durch eine alternative Methode der Befruchtung ermöglicht worden sein müsse.

Also: Ormus Cama hatte, obwohl er Inder war, sozusagen einen Schlag bei den Mädchen; und Vina hatte, obwohl sie erst zwölf Jahre alt war, den Ruf extremer Gewalttätigkeit Männern gegenüber, die sich etwas herausnahmen. Daß sie einander begegneten, machte jedoch andere Menschen aus ihnen. Von dem Moment an verlor Ormus jegliches Interesse an anderen weiblichen Exemplaren der Spezies Mensch und gewann es auch nach Vinas Tod nicht zurück. Und Vina hatte zum ersten und einzigen Mal einen Mann gefunden, dessen Billigung sie ständig brauchte, an den sie sich bei allem, was sie sagte oder tat, um Bestätigung, Bekräftigung, Sinngebung wenden konnte. Er wurde der Sinn ihres Lebens und sie jener des seinen.

Außerdem besaß sie eine ramponierte alte Akustikgitarre und brachte ihm an diesen langen Nachmittagen in der Trambahn, auf den Felsen am Scandal Point, bei Spaziergängen in den Hanging Gardens oder beim Herumalbern am Old Woman's Shoe im Kamala-Nehru-Park das Gitarrespielen bei. Ja, mehr noch: Wenn sie seinen unzusammenhängenden, abgelauschten Songs zuhörte, den prophetischen Melodien des verstorbenen Gayomart Cama, gab sie ihm jenen Rat, der zu seiner zweiten, eigentlichen Geburt in die Musik hinein führte und das ganze erstaunliche Cama-Liederbuch ermöglichte, jenen endlosen Strom von Hits, durch die er uns ewig in Erinnerung bleibt. »Es ist gut, den Bruder zu lieben und ihm folgen zu wollen, wohin er dich führt. Aber vielleicht ist es der falsche Weg. Versuch's in einem anderen Raum deines Traumschlosses. Und einem weiteren, und einem weiteren, und einem weiteren. Vielleicht wirst du dann irgendwo dort deine eigene Musik finden. Und dann kannst du vielleicht eines Tages den Text verstehen.«

Am Ende eines Lebenszyklus, heißt es, erleben wir eine *kenosis*, eine Leere. Die Dinge verlieren an Bedeutung, erodieren. Genau das geschah, wie ich glaube, nicht nur mit Ormus Cama und Vina Apsara, sondern ebenso mit all jenen, deren Leben mit dem ihren in Berührung kam. Der Verfall der Zeit am Ende eines Zyklus führt zu allen möglichen Vergiftungen, Degradierungen, Besudelungen. Also ist eine Läuterung erforderlich. Die Liebe, die zwischen Ormus und Vina erblühte, die Liebe, die bereit war, jahrelang auf Erfüllung zu warten, bot diese neue Reinheit, und ein neuer Zeitzyklus begann. *Plerosis*, das Ausfüllen der Zeit mit neuen Anfängen, wird von einer Phase übergroßer Macht, wilder, fruchtbarer Exzesse gekennzeichnet. Leider genügen derart gefällige Theorien jedoch niemals ganz, um die Unordnung des realen Lebens zu erklären. Die Läuterung und Erneuerung der Zeit brachte in der Tat einige nützliche Resultate, doch nur im Hinblick auf das Leben der Liebenden selbst. Die neue Liebe erfüllte sie mit unendlicher Kraft, das stimmt; doch rings um sie her schritten die Katastrophen fort.

Er liebte sie wie ein Süchtiger: Je mehr er sie hatte, desto mehr brauchte er sie. Sie liebte ihn wie eine Schülerin, brauchte seine kompetente Meinung, schmeichelte ihm, um den Zauber seines Lächelns hervorzulocken. Aber von Anfang an war es für sie lebenswichtig, ihn zu verlassen, um anderswo ihre Spielchen zu treiben. Er war ihre Ernsthaftigkeit, er war die Tiefe ihres Seins, aber er konnte nicht zugleich auch ihre Frivolität sein. Diese leichte Entspannung, diese Schlange im Garten war, das muß ich gestehen, ich.

Bocksgesänge

Beginnen wir heute mit einem Tieropfer. (Oder wenigstens mit dem Bericht darüber.) Oh, zweifach geborener Dionysos, oh, wahnsinnsgetriebener Bock, unermüdliche Quelle der Lebensenergie, göttlicher Trinker, Eroberer Indiens, Gott der Weiber, Herr der schlangenwechselnden Mänaden, der Lorbeerfresserinnen! Akzeptiere von uns, bevor wir mit unserer bescheidenen Unterhaltung fortfahren, anstelle verbrannter Opfergaben eine blutige Mär hingeschlachteter Milchgeberinnen, und – falls du dich daran erfreust – belohne unsere armseligen Bemühungen mit dem Segen deines irren, tödlichen Grinsens!

War die Ziegenzucht in großem Stil für Vina Apsaras verstorbenen Stiefvater John Poe nicht mehr als eine ferne, utopische Phantasie gewesen, so war Shri Piloo Doodhwala, ihr jüngster »Loco parentis«, wie meine Mutter ihn nannte, »mehr loco als parentisch«, der Ziegenmilchkönig jenes Territoriums, das zum Staat Maharashtra wurde, in den ländlichen Bezirken, in denen die Pflege und Aufzucht seiner Herden den größten Teil aller lokalen Arbeitsplätze schuf, eine Persönlichkeit von immenser, ja sogar feudaler Bedeutung. Von seinen frühesten Tagen an bis zu seiner gegenwärtigen hervorragenden Stellung hatte Piloo, der Milchmann, dieses, sein ›kleines Geschäft‹, diese, seine ›Milchrunde‹ höchstens als eine Stufe auf der Leiter zu Höherem betrachtet: das heißt zu einem öffentlichen Amt und dem enormen Reichtum, den ein solches Amt einem Mann eintragen kann, der weiß, wie die Welt funktioniert. Die Gründung der Exwyzee Milk Colony und ihr Versprechen, die Bewohner von Bombay mit erstklassiger, fettreicher, pasteurisierter Kuhmilch zu versorgen, war daher ein Ereignis, das Piloo als persönliche Beleidigung empfand.

»Küüühe?« schrie er seine Frau Golmatol an. »Sollen sie doch ihre

Küüühe anbeten, aber die Euter dürphen sie nicht berühren! Kein Mensch sollte an den Titten einer Göttin rumzerren! Nicht wahr, Phrau? Vas meinst du?« Woraufhin Golmatol zögernd erwiderte: »Aber die Milch ist schließlich okay.« Piloo explodierte. »Okay? Das vagst du mir ins Gesicht zu sagen? *Arré*, vie soll ich überleben, venn ich phon Pherrätern umgeben bin? Venn ich nicht nur gegen diese geheiligten Muh-Muh-Götter kämphen muß, sondern auch noch gegen meine eigene Phrau!« Errötend gab Golmatol niedergeschlagenen Auges zurück:»Nein, Liebster. Ich sag' ja nur.« Aber Piloos Zorn richtete sich schon wieder gegen den ursprünglichen Feind.»Exwyzee«, schnaubte er verächtlich.»Wenn die so wyzee sind, dann ist ihnen sicher klar, daß sie auch bald ex sein werden.«

Piloo zog in den Krieg. Unterstützt von der trippelnden Magnificentourage, schritt er durch die Korridore der Macht im Sachivalaya von Bombay, verteilte Schmiergelder und Drohungen gleichermaßen, verlangte mit absolutem Vorrang Untersuchung, Verurteilung und Annullierung der»blasphemischen, Kühe mißbrauchenden Phabrikanlage, die nördlich der Stadt vor kurzem in Betrieb genommen worden ist«. Er suchte Bezirksinspektoren auf, Steuerinspektoren, Viehinspektoren, Hygieneinspektoren und natürlich Polizeiinspektoren. Er bezahlte gigantische Reklametafeln, auf denen in großen Sprechblasen, die aus seinem eigenen grinsenden Gesicht kamen, und unter der Überschrift *Ihr Milchmann sagt* folgender Text zu lesen war: *EX* – bedeutet *Extra teuer! WY* – bedeutet *Warum einkaufen?? ZEE* – bedeutet *Zero Erfreulichkeit existiert!!!* Und ganz unten, neben seinem Markenzeichen, einer Comic-Ziege, der Slogan: *Wählen Sie die Ziege – Kaufen Sie Piloo – den Mann mit der Milch im Namen.*

Es half alles nichts. In seinem ganzen Leben hatte er keine so gewaltige, so demütigende Abfuhr erlitten. Die Stadtbehörden weigerten sich sogar, die Angelegenheit zu untersuchen, geschweige denn die Milk Colony zu verurteilen oder ihr die Lizenz zu entziehen. Weil hier, wie alle Analytiker erklärten, weder Blasphemie noch Mißbrauch vorlag. Die Bezirksinspektoren weigerten sich, Genehmigungen zu annullieren, die Steuerinspektoren weigerten sich einzugreifen, die Vieh- und Hygieneinspektoren überhäuften Exwyzee mit Lob, die Polizeiinspektoren behaupteten, es gebe nichts zu inspizieren. Schlimmer noch, das Gelände der Exwyzee wurde zum beliebten Wochenend-Picknickplatz; und am allerschlimmsten, Piloos Verkaufszahlen sanken von einem Monat zum anderen, während jene der verhaßten Kühe von einem Gipfel zum anderen kletterten. In den Ziegendörfern, die Piloo für diese Krise verantwortlich machten, brodelte es vor potentieller Gewalttätigkeit. Angesichts der Erosion seiner Machtbasis gestand Piloo Doodhwala seiner Ehefrau ein, daß er keine Ahnung habe, was er tun sollte.

»Und meine arme Halva und Rasgulla?« fragte ihn Golmatol Doodhwala, in jedem Arm eine weinende Tochter. »Was hast du denen zu sagen? Glaubst du, sie hätten vielleicht eine Idee in ihren lieben Köpfchen? Sie sind nicht hübsch! Ihre Haut ist nicht weizenhell! Ihre Bildung läßt zu wünschen übrig! Dem Namen nach süß, ist ihr Wesen säuerlich! Sie hatten all ihre Hoffnungen auf dich gesetzt! Und jetzt entziehst du ihnen sogar noch ihr Vermögen – also was nun? Werden Ehemänner vom Himmel fallen? Die armen Mädchen haben keine Chance – keinen winzigen Hoffnungsstrahl!«

In diese Krisenzeit hinein kam den langen Weg von New York her das junge Mädchen, ein Halbblut. Wie sich herausstellte, war sie arm, hatte keine Verbindungen, dafür aber mehr Skandale in ihrer Vergangenheit als eine Pompadour: kurz gesagt, beschädigte Ware. Die Doodhwalas schlossen die Reihen gegen sie, akzeptierten kaum ihre Existenz. Sie boten ihr nur das Minimum: Essen (obwohl sich ihr Eßtisch unter den Speisen bog, wurde ihr gewöhnlich Reis mit Linsen in der Küche serviert, und zwar in unzureichenden Mengen, so daß sie sehr oft hungrig zu Bett gehen mußte); einfache Kleidung (den Badeanzug hatte sie aus Amerika mitgebracht, ein Geschenk ihres abwesenden Vaters) und eine gute Erziehung (das bekümmerte Piloo am meisten, denn die kostete gutes Geld, und die Göre schien einfach nichts lernen zu wollen). Von diesen dringenden Bedürfnis-

sen abgesehen, überließen sie sie ihrem Schicksal. Sehr schnell erkannte sie, daß ihr das reiche Bombay nichts als das Schlimmste aus
ihren beiden vorhergehenden, weitaus ärmeren Welten bot: die verhaßten Ziegen von John Poe und die herzlosen Grausamkeiten der
Familie Egiptus mit dem Tabakgeschäft.

Nun beginnt der Tag am Juhu Beach allmählich einen ganz anderen
Eindruck zu vermitteln. Es wird klar, daß Piloo und Vina seltsamerweise beide zur selben Schlußfolgerung gelangt waren: daß alles, was
ihnen im Leben noch blieb, Haltung war; aber das war ein Roß, mit
dem man weit kam, solange man sich auf seinem Rücken zu halten
wußte. Deswegen hatte Piloo mit seiner Magnificentourage begonnen, der Öffentlichkeit eine Maskerade der Macht vorzuführen, die
Lüge anhaltenden Erfolgs in der Hoffnung vorzuspiegeln, die schiere
Kraft der Inszenierung werde die Lüge Wahrheit werden lassen,
werde die allmähliche Niederlage, die Exwyzee mit seinen Kühen
den Ziegen des Doodh-Manns zufügte, aufheben. Und auch Vina
kämpfte ums Überleben: In Wirklichkeit war sie nicht Piloos ver-
wöhntes, reiches Gör aus Amerika, sondern ein armes Mädchen, das
sich durchzusetzen versuchte, während es sich den schwärzesten
Zukunfsaussichten stellen mußte.

Die Zukunft des Milchgeschäfts wurde zu Piloo Doodhwalas ein-
zigem Gesprächsthema, zu seinem Komplex. Zu Hause in seiner
Bandra-Villa marschierte er im Garten auf und ab, während er dabei
unaufhörlich kreischte und plapperte wie ein eingesperrter Langur.
Er war ein Mann seiner Generation, der letzte, für den das An-die-
Brust-Schlagen und Haareraufen noch akzeptabel war. Seine Familie
und die Magnificentourage, die beide auf unterschiedliche Art und
Weise um ihre Zukunft fürchteten, hörten sich alles schweigend an.
Seine Tränenausbrüche, sein Fäusteschütteln, seine an den leeren,
wolkenlosen Himmel gerichteten Tiraden. Seine Klagen über die
Ungerechtigkeiten des menschlichen Lebens. Vina dagegen, die in

ihrem kurzen Leben schon zu vieles gesehen hatte, war weniger beherrscht, und so kam der Tag, an dem sie es nicht mehr ertragen konnte.

»Zum Teufel mit deinen dämlichen Zicken!« brach es wütend aus ihr hervor. »Schlitz ihnen doch einfach die Kehle auf und verkauf sie als Gulasch und Lederflicken!« Durch das Timbre ihrer Stimme aufgeschreckt, stoben Papageien aus den Baumkronen auf und luden ihren Mist auf Piloos Kleidung und sogar auf seine gesträubten Haare ab. Trotz ihrer tiefsitzenden Wut begann sie, von ihrem Knittelreim erheitert, plötzlich zu kichern.

Die zuschauenden Doodhwala-Mädchen warteten mit freudig angehaltenem Atem auf den Tobsuchtsanfall, mit dem ihr Vater diesem Parvenu von armseliger Bettlerin abkanzeln würde. Trotz ihrer himmelschreienden Insubordination und dem, was Ameer Merchant wohl einen »Kicheranfall« genannt hätte; trotz des Regens von Papageienmist entlud sich ein derartiger Anfall jedoch nicht. Im Gegenteil: Fast wie ein unerwarteter Sonnenstrahl, während zuvor von Unwettern die Rede gewesen war, blühte Piloo Doodhwalas Lächeln auf – anfangs noch ein wenig zögernd, dann aber in seinem vollen, strahlenden Glanz. »Miss Amerika, ich danke dir«, sagte er. »Phleisch phür den inneren, Mäntel phür den äußeren Menschen. Die Idee ist gut, aber« – hier tippte er sich mit dem Finger an die Schläfe – »das hat eine veitere Idee ausgelöst, die sogar noch besser ist. Es könnte sein, daß du, *madamoozel*, venn auch unbeabsichtigt, das Phermögen dieser armen Phamilie gerettet hast.« Woraufhin Halva und Rasgulla nicht wußten, ob sie diese unerwarteten (und ihrer Ansicht nach absolut unangemessenen) Lobpreisungen für das Aschenputtel ihres Hauses als Beleidigung empfinden oder freudig begrüßen sollten.

Nach diesem höchst ungewöhnlichen Gespräch befahl Piloo Doodhwala, all seine Ziegenherden zu schlachten und das Fleisch gratis an verdienstvolle und nichtvegetarische Arme zu verteilen. Es war ein königliches Massaker; die Gossen in der Nähe der Schlachthöfe gurgelten von Blut und überfluteten die Straßen, die klebrig wurden und stanken. Fliegen sammelten sich so dicht, daß es stellenweise wegen behinderter Sicht nicht ratsam war, Auto zu fahren. Aber das Fleisch war gut und reichlich, und Piloos politische Aussichten begannen sich zu bessern. Eure Stimme für die Ziegen, o ja. Wenn Piloo in dieser Woche für das Amt des Gouverneurs kandidiert hätte – niemand hätte sich gegen ihn gestellt.

Seine besorgten Ziegenhirten, welche die ihnen drohende Armut so deutlich herannahen sahen, als sei es der Postzug aus dem Norden, verlangten dringend Sicherheiten. Piloo reiste auf dem Land umher und flüsterte ihnen Rätselhaftes ins Ohr. »Keine Angst«, sagte er. »Die Ziegen, die vir in der Zukunpht haben werden, können veder phon Exwyzee noch phon anderen Alphabeten besiegt verden. Es verden Spitzenqualitätsziegen sein, und ihr verdet alle phaul und phett werden, veil ihr euer Geld kriegen verdet, obvohl die Ziegen nicht gepflegt verden müssen und euch außerdem keine einzige Rupie an Phutter kosten verden. Phon nun an«, endete er geheimnisvoll, »verden vir nicht einphach Ziegen züchten, oder Geißen, sondern Geißten.«

Das Rätsel der ›Geißten‹ – oder Geisterziegen, was immer Sie wollen – muß zunächst noch ungelöst bleiben. Denn wir sind – durch Rezirkulation – wieder einmal bei dem Augenblick von Vinas Verbannung aus dem Haus der Piloos angelangt. Die Nachricht von ihrer skandalösen Liaison mit Ormus Cama ist schließlich ans Ohr ihres jüngsten Vormunds gelangt; ein Streit, der schon erwähnt wurde, hat bereits stattgefunden. Ich werde keine weiteren Einzelheiten berichten – weder über die beiderseitige Schimpfkanonade noch über die Kämpfe, die sich abspielten, bevor Vina im strömenden Regen gen Süden floh, von der Bandra-Villa der Doodhwalas bis zur Schwelle der Tür der Villa Thracia an der Cuffe Parade. Statt dessen werde ich die Story an ihrem letzten Haltepunkt wiederaufnehmen, als Ormus, besorgt um Vinas Wohlergehen, im Haus unserer Familie an der Cuffe Parade auftauchte; und als unmittelbar in Ormus' Kielwasser auch Shri Piloo Doodhwala erschien, begleitet von seiner Frau, seinen Töchtern und der ganzen Magnificentourage.

Kurz zuvor hatte ihn meine Mutter Ameer angerufen, um ihm mitzuteilen, daß Vina in Sicherheit sei und es ihr gutgehe, um anschließend ein paar energische Wahrheiten über die Behandlung loszulassen, die ihr von ihm zuteil geworden sei. »Sie wird niemals in Ihr Haus zurückkehren«, schloß Ameer. »Zurückkehren?« kreischte Piloo. »Madam, ich hab' sie phor die Tür gesetzt vie eine räudige Hündin. Phon Rückkehr kann überhaupt keine Rede sein.« Angesichts dieses telephonischen Reinwaschens der Hände war es eine Überraschung für uns, daß urplötzlich Piloo & Co. auftauchten. Vina sprang auf und floh eilends in das Zimmer, das meine Mutter ihr zugeteilt hatte. Ormus drängte sich vor, um dem Peiniger seiner Geliebten von Angesicht zu Angesicht entgegenzutreten. So blieb es meinem sanften Vater vorbehalten, Piloo nach seinem Begehr zu fragen. Der Milchmann zuckte die Achseln. »Vas dieses undankbare Mädchen betrietzt«, sagte er, »so ist phiel Geld ausgegeben vorden. Gebühren, Bargeld, Phorschüsse. Eine große Anzahl Pfunde sind ausgelegt vorden, inpholgedessen wäre eine beträchtliche Entschädigungssumme durchaus angebracht.«

»Sie verlangen, daß wir sie kaufen?« Es dauerte einen Moment, bis mein guter, hochherziger Vater die grausame Wahrheit begriff. Piloo verzog das Gesicht. »Nicht kauphen«, behauptete er. »Ich beharre nicht auph Prophit. Aber Sie sind ein Ehrenmann, nicht vahr? Sicherlich verden Sie nicht phon mir pherlangen, diesen Pherlust zu schlucken.«

»Wir sprechen hier nicht von beweglichem Eigentum ...«, begann V. V. Merchant wütend, wurde an dieser Stelle jedoch von Ormus Cama unterbrochen. Wir standen starr wie Statuen in unserem Wohnzimmer – der Schock dieses Zusammenstoßes hatte jeden Gedanken an Entspannung aus unseren Köpfen vertrieben –, daher fiel Ormus Camas Blick auf ein Spiel Karten und ein Häufchen Streichhölzer auf einem kleinen, niedrigen Tisch in einer Ecke: die Überreste eines fröhlichen Pokerspiels am Abend vor ein oder zwei Tagen, bevor die Welt sich zu verändern begann. Vor Piloos Nase begann er die Karten zu mischen. »He, Großmaul«, sagte er höhnisch. »Wir beiden werden um sie spielen! Was sagen Sie dazu, Hitzkopf? Alles

156

oder nichts. Werden Sie das wagen, oder haben Sie keinen Schneid dazu?«

Ameer begann zu protestieren, aber mein Vater – als dessen eigene fatale Schwäche sich später das Glücksspiel erweisen sollte – beschwichtigte sie. Piloos Augen glänzten, und die Mitglieder seiner Magnificentourage, die der Konfrontation von der Veranda draußen lauschten, begannen zu jubeln und zu johlen. Piloo nickte bedächtig. Seine Stimme wurde ganz sanft. »Also gut, alles oder nichts. Entveder muß ich meinen legitimen Anspruch auph eine Entschädigung auphgeben, oder... Aber vas ist ›oder‹? Vas ist ›nichts‹? Venn du verlierst, vas gevinne ich?«

»Sie gewinnen mich«, antwortete Ormus. »Ich werde für Sie arbeiten, jede Arbeit verrichten, die Sie verlangen, bis ich Vinas Schulden abgearbeitet habe.«

»Hör auf, Ormus!« warnte Ameer Merchant. »Das ist doch kindisch, völlig absurd!«

»Ich akzeptiere«, sagte Piloo Doodhwala seufzend und verneigte sich. Ormus verneigte sich ebenfalls.

»Jeweils einmal abheben«, sagte er. »Die höhere Karte gewinnt. Farbe unwichtig. As höchste Karte, Joker schlägt As. Bei gleich hohen Karten wird über ein weiteres Abheben entschieden.«

»Einpherstanden«, erklärte Piloo. »Aber vir spielen mit meinen Karten.« Er schnippte mit den Fingern. Sein afghanischer Diener kam zu uns ins Wohnzimmer; auf der weißbehandschuhten Fläche seiner ausgestreckten Rechten ein Silbertablett mit einem Päckchen roter Spielkarten, dessen Siegel noch nicht erbrochen war. »Tu's nicht«, flehte ich Ormus an. »Da ist irgendein Trick dabei.« Doch Ormus griff nach dem Kartenspiel, brach das Siegel und nickte. »Fangen wir an.«

»Nicht mischen«, wisperte Piloo. »Nur abheben.«

»Gut«, sagte Ormus. Er tat es und zog die Herz-Zwei.

Piloo lachte. Und hob ab. Und zog die Pik-Zwei. Das Lächeln erstarb ihm auf den Lippen, und der afghanische Diener zuckte vor der Grausamkeit im Blick seines Herrn zurück.

Abermals hob Ormus ab. Karo-Zehn. Piloo erstarrte. Seine Hand

157

schoß vor, auf das Silbertablett zu. Er zog die Kreuz-Zehn. Der Arm des Afghanen begann zu zittern. »Halt das Tablett mit beiden Händen!« fauchte Piloo ihn an. »Oder hol einen, dessen Scheiße noch nicht zu Vasser gevorden ist.« Beim dritten Abheben zogen sie beide Achten. Beim vierten waren es Buben, beim fünften Damen. Als bei der sechsten Runde beide Fünfen zogen, wurde die Stille im Raum so laut, daß sogar Vina aus ihrem Zimmer hervorkam, um nachzusehen, was sich da abspielte. Piloo Doodhwala schwitzte stark; die weiße *kurta* klebte ihm an der Rundung des Bauches ebenso wie am Rücken. Ormus Cama dagegen war völlig gelassen. In der siebten Runde zogen die beiden Kontrahenten Könige, in der achten Neunen. In der neunten waren es wieder Könige und in der zehnten Vieren.

»Das reicht«, brach Piloo das Schweigen. »Phon nun an ziehe ich zuerst.«

Beim elften Abheben zog Piloo Doodhwala das Pik-As und stieß einen langen, tiefen Seufzer aus. Bevor er jedoch ganz ausatmen konnte, hatte Ormus seine Karte abgehoben. Es war der Joker. Gleichmütig blickte Ormus auf den grinsenden Clown auf dem Silberteller hinab. Piloo Doodhwala sackte sichtlich in sich zusammen. Dann straffte er sich, schnippte vor Ormus' Nase mit den Fingern, fauchte: »Behalt die Schlampe!« und ging hinaus.

Ormus Cama ging zu Vina hinüber, die ausnahmsweise wie eine verängstigte Zwölfjährige aussah. »Du hast den Mann gehört«, sagte er grinsend. »Ich habe dich ehrlich und fair gewonnen. Von jetzt an gehörst du mir.«

Er irrte sich. Vina gehörte niemandem, nicht einmal ihm, obwohl sie ihn bis zum Tag ihres Todes liebte. Sie streckte die Hände nach ihm aus, um ihm mit einer zärtlichen Geste zu danken. Er wich mit ernster Miene zurück. »Nicht berühren«, erinnerte er sie. »Nicht, bevor du sechzehn Jahre und einen Tag alt bist.«

»Und auch dann erst, wenn ihr ordentlich verheiratet seid«, warf meine Mutter ein. »Falls ich dabei etwas zu sagen habe.«

Es wird Zeit, das Positive hervorzuheben. Denn gibt es gar keine edlen Eigenschaften, keine großen Errungenschaften, keine erhebenden Worte, um das Leben auf dem großen Subkontinent zu preisen? Muß es immer nur Gewalttätigkeit, Glücksspiel oder Gauner geben? Wir leben in sensiblen Zeiten. Nationale Gefühle sind ständig auf dem Quivive, und es wird mit jedem Moment schwieriger, pfui zu einer Gans zu sagen, aus Furcht, die in Frage stehende Gans könnte zur paranoiden Mehrheit gehören (Gansismus in Gefahr), zur dünnhäutigen Minderheit (Opfer der Gansophobie), den militanten Randgruppen (Gans Sena), zu den Separatisten (Gansistanische Befreiungsfront), den zunehmend gut organisierten Kohorten der historischen Ausgestoßenen der Gesellschaft (den Ungansbaren oder klassifizierten Gänsen) oder zu den gläubigen Gefolgsleuten der ultimativen Guru-Ente, der heiligen Mutter Gans. Warum also sollte ein vernünftiger Mensch überhaupt jemals pfui sagen? Indem sie ständig mit Dreck werfen, disqualifizieren sich diese Pfuisager selbst von jeglicher ernsthaften Erwägung (sie kochen ihre Gans selbst, d. h. sie schaufeln sich ihr eigenes Grab).

Daher verzeichne ich hier nun im allerkonstruktivsten Sinn die herzerwärmende Nachricht, daß Vina Apsara, die einstmals, als sie, in Old Glory gehüllt, an einem Strand stand und auf alles, was indisch war, herzhaft schimpfte, in der Villa Thracia begann, sich in das große Ursprungsland ihres biologischen Vater zu verlieben. Auf Ormus Cama mußte sie bis nach ihrem sechzehnten Geburtstag warten, für diese andere Liebe gab es jedoch keine Wartezeit. Also begann sie sofort damit, sie zu vollziehen.

Bis zu ihrem letzten Tag vermochte ich in ihr stets das sprunghafte, unangepaßte Wesen zu sehen, das sie war, als sie damals zu uns kam und den Eindruck machte, als wolle sie jeden Moment wieder davonlaufen. Ein richtiges Stück Treibgut war sie damals, ein Häufchen Unglück. Buchstäblich selbstlos, mit einer Persönlichkeit, die von der Faust des Lebens zerbrochen worden war wie ein Spiegel. Ihr Name, ihre Mutter und ihre Familie, ihr Gefühl für einen Ort, ein Heim, für Sicherheit, Zugehörigkeit und Zuwendung, ihr Glaube an die Zukunft – all diese Dinge waren ihr unter den Füßen weggezogen worden wie ein Teppich. Sie trieb im leeren Raum dahin; ohne Eigenschaften, ohne Vergangenheit, klammerte sie sich an die Formlosigkeit und versuchte irgendwie Eindruck zu machen. Eine Kuriosität. Sie erinnerte mich an einen der Seefahrer des Kolumbus, immer kurz vor der Meuterei, erfüllt von der Furcht, sie könnte jeden Moment vom Rand der Erde abstürzen, sehnsüchtig zum Ausguck im Mastkorb emporspähend, dessen Fernrohr die leere Wasserwüste durchforschte und vergebens nach Land suchte. Später, als sie berühmt war, erwähnte sogar sie selbst häufig Kolumbus. »Er wollte Inder suchen und fand Amerika. Ich hatte nicht vor, irgendwohin zu fahren, aber ich fand mehr Inder, als ich bewältigen konnte.« Vinas kesse Lippe, ihr vorlauter Mund. Die sie schon mit zwölf Jahren hatte.

Sie war ein Flickenbeutel von Ichs, angefüllt mit zerfetzten Fragmenten verschiedener Menschen, die sie vielleicht hätte werden können. An manchen Tagen saß sie zusammengesunken wie eine Marionette ohne Fäden in einer Ecke, und wenn sie zum Leben erwachte, wußte man nie sogleich, wer denn nun in ihrer Haut steckte. Liebenswürdig oder wütend, gelassen oder stürmisch, komisch oder traurig: Sie hatte so viele Stimmungen wie der Alte Mann vom Meer, der sich immer wieder verwandeln konnte, wenn man ihn zu fassen suchte, denn er wußte, daß er dem, der ihn einfing, einen Herzenswunsch erfüllen mußte. Zu ihrem Glück fand sie Ormus, der sie einfach festhielt, ihren Geist ganz in seine Liebe hüllte, ohne ihren Körper auch nur zu berühren, bis sie schließlich aufhörte, sich zu verwandeln, und nicht mehr jetzt Ozean, dann Feuer, dann Schneelawine, dann Wind war, sondern nur noch sie selbst – einen Tag nach ihrem sechzehnten Geburtstag, in seinen Armen. Von da an hielt sie ihren Teil des Handels ein und erfüllte ihm für eine Nacht seinen Herzenswunsch.

Daß sie in großen Schwierigkeiten steckte, war ihr schon bewußt. Ihre Frechheit, ihr mangelndes Pflichtbewußtsein, ihr Nihilismus und ihre Unberechenbarkeit ergaben insgesamt nicht die Person, die sie sich für sich selbst ausgedacht hatte. Auf ihre Art – und trotz all ihrer oberflächlichen Sorglosigkeit und Starrköpfigkeit – besaß sie einen schöpferischen Geist, und ich bin der Meinung, daß sie bei ihrer heroischen Aufgabe der Selbstkonstruktion angespornt wurde durch das Erlebnis, *chez nous* zu leben, wo schließlich ständig über das Bauen gesprochen wurde (es war die Zeit, da V. V. und Ameer mit ihrer Arbeit am großen Orpheum-Filmtheater begannen, jenem Projekt, das sie schließlich ruinieren sollte). Das, was sie zu konstruieren begann, wurde zusammengehalten von den Materialien, die für sie unmittelbar bei der Hand waren: das heißt indische Dinge. Was sie schuf, war ›Vina Apsara‹, die Göttin, die Galatea, in die sich die ganze Welt so sehr verliebte, wie sich Ormus in sie verliebte. Und ich.

Sie begann mit der Musik. ›Vina‹. Sie hatte einen der Musikanten aus Piloos Entourage ungeschickt und ohne Gefühl ein Instrument spielen hören, das trotz einer derartigen Vergewaltigung »einen göttlichen Klang von sich gab; und als ich herausfand, wie es genannt wurde, wußte ich, daß das der Name für mich war«. Die indische Musik, von den nördlichen Sitar-Ragas bis zu den südlichen carnaticischen Melodien, erzeugte in ihr stets ein unsagbares Sehnen. Stundenlang konnte sie sich Aufnahmen von Gaselen anhören, war aber genauso hingerissen von der komplexen religiösen Musik der führenden *gawwals*. Sehnen – wonach? Gewiß nicht nach einem ›authentischen‹ Indertum, das sie niemals erwerben konnte! Vielmehr muß ich annehmen – und das fließt einem lebenslangen Skeptiker wie mir sehr schwer aus der Feder –, daß das, was Vina wollte, ein schwacher Schimmer dessen war, was jenseits der menschlichen Erkenntnis liegt. Die Musik bot ihr die verlockende Möglichkeit, auf den Wogen der Klänge durch den Vorhang der Maja, die angeblich unser Wissen begrenzt, durch das Tor der Wahrnehmung zu der göttlichen Melodie getragen zu werden, die dahinter lag.

Das, was sie wollte, war, kurz gesagt, eine religiöse Erfahrung. In gewissem Sinne bedeutete das, daß sie die Musik weit besser verstand als ich, denn deren spirituelles Element ist für viele Menschen von zentraler Bedeutung, nicht zuletzt für die Musiker selbst. Ich dagegen bin das Kind meiner Eltern insofern, als ich für religiöse Botschaften aller Couleur immer ein taubes Ohr gehabt habe. Nicht in der Lage, sie ernst zu nehmen – wie bitte, glauben Sie *wirklich*, daß da ein Engel war? Reinkarnation, *ehrlich?* –, habe ich (von einer Kindheit bewogen, in der ich zu Hause kaum jemals den Namen irgendeiner Gottheit hörte) den Fehler begangen, vorauszusetzen, daß jeder andere ebenfalls meiner Meinung sei und derartige Sprüche metaphorisch verstehe und sonst nichts. Das hat sich nicht immer als eine sehr glückliche Voraussetzung erwiesen. Es verwickelt einen in Streitgespräche. Und dennoch – obwohl ich weiß, daß tote Mythen früher einmal lebendige Religionen waren, daß Quetzalcoatl und Dionysos heutzutage Sagen sein mögen, daß aber früher einmal Menschen, ganz zu schweigen von Ziegen, in großer Zahl für sie gestorben sind – kann ich noch immer keinem Religionssystem irgendwelchen Glauben schenken. Sie wirken wie schwache, nicht überzeugende Beispiele eines literarischen Genres, das man als ›unzuverlässige Darstellung‹ bezeichnet. Für mich ist der Glaube eine Ironie, weswegen wohl auch die einzigen Glaubensanfälle, deren ich fähig bin, jene sind, die von der kreativen Imagination verlangt werden, von Fiktionen, die nicht vorgeben, Fakten zu sein, und somit letztlich die Wahrheit sagen. Ich pflege gern zu sagen, daß alle Religionen eines gemeinsam haben, nämlich, daß ihre Antworten auf die große Frage nach unseren Ursprüngen allesamt ganz einfach falsch sind. Deswegen antwortete ich, wenn Vina, wie es oft geschah, wieder einmal verkündete, sie habe den Glauben gewechselt, nur noch: »O ja, natürlich«, und redete mir ein, daß sie es – in einem tieferen Sinn – wieder einmal nicht ernst meinte. Aber dem war nicht so. Sie meinte es ernst – jedesmal. Wenn Vina beschloß, den Großen Kürbis anzubeten, dann konnte man sich darauf verlassen, daß nicht der arme Linus, sondern sie selbst an Halloween das schönste Kürbisbeet von allen hatte.

Auch ›Apsara‹ war ein Hinweis – wäre ich nur nicht zu dumm gewesen, ihn zu erkennen. Der Name deutete auf reichlich ernsthafte Lektüre hin, und obwohl Vina gern behauptete, sie habe den Namen aus einer Zeitschriftenwerbung für Schönheitsseife oder Luxusseide oder ähnlichen Flitterkram in *Femina* oder *Filmfare*, erkannte ich rückblickend, daß das nur eine Vorspiegelung falscher Tatsachen war. Weil sie sich kopfüber in das weitgreifende Thema dieses selt-

samen, riesigen Landes gestürzt hatte, in das sie verbannt worden
war, weit entfernt von allem, was sie jemals gedacht hatte, gewesen
war oder gekannt hatte. Es war eine Verweigerung der üblichen,
marginalisierten Rolle des Exilanten, die – das erkenne ich jetzt – he-
roisch war.

›Vina Apsara‹ klang für ihre zwölfjährigen Ohren wie jemand, der
glaubhaft existieren konnte. Sie wollte sie ins Leben rufen, indem sie
ihre Liebe zu Ormus Cama, ihre unglaubliche Willenskraft, ihren
phantastischen Hunger nach Leben und ihre Stimme zu Hilfe nahm.
Eine Frau, die singen kann, ist niemals rettungslos verloren. Sie kann
den Mund öffnen und ihren Geist frei herauslassen. Und Vinas Gesang braucht keine Loblieder von meiner Seite. Legen Sie eine ihrer
Platten auf, lehnen Sie sich zurück, und lassen Sie sich stromabwärts
treiben. Sie war wie ein breiter Fluß, der uns alle davontragen kann.
Manchmal versuche ich mir vorzustellen, wie es gewesen wäre, hätte
sie *ghazals* gesungen. Denn obwohl sie ihr Leben einer ganz anderen
Musik widmete, wirkte die Anziehungskraft Indiens, seiner Lieder,
seiner Sprachen, seines Lebens wie immer auf sie wie der Mond.
Ich schmeichle mir nicht (oder nicht immer), zu glauben, daß sie
meinetwegen zurückkehrte.

Für meine Eltern war Vina die Tochter, die sie nie gehabt, das Kind,
auf das sie freiwillig verzichtet hatten, damit sie sich auf mich und
ihre Arbeit konzentrieren konnten; sie war das Leben, für das sie keinen Platz in ihrem Leben zu haben geglaubt hatten. Nun aber, da sie
gekommen war, war ihre Freude groß, und es gab, wie sich herausstellte, trotz allem genügend Zeit für sie. Sie eignete sich Sprachen genauso leicht an wie während ihres ganzen Lebens Liebhaber. Es geschah in jenen Jahren, daß sie ihren Gebrauch von *Hug-me* perfek-
tionierte, unseren polyglotten Gossenjargon.»Chinese khana ka big
mood hai«, lernte sie zu sagen, wenn sie einen Teller Nudeln
wünschte, oder – denn sie war ein großer Hobbit-Fan –:»Apun
J. R. R. Tolkiens *Angootiyan-ka-Seth* ko too-much admire karta
chhé.« Ameer Merchant, die große Wortspielerin der Familie, machte Vina das Kompliment, zahlreiche Ausdrücke des Mädchens in ihr

persönliches Lexikon aufzunehmen. Ameer und Vina waren, wenigstens linguistisch, aus demselben Holz geschnitzt. (Und meine Mutter sah in ihrem neuen Schützling ein paar ferne Echos ihres eigenen unkonventionellen Geistes.) Ameer war stets von der tieferen Bedeutung überzeugt, die in Euphonie und Reim verborgen lag: das heißt, sie war ein Popster *manqué*. Deswegen verschmolz Ameer in ihren immer intimeren Momenten des Vina-Neckens und der allgemeinen Familien-Hänselei Ormus Cama mit Vasco da Gama – »Ormie da Cama, dein großer Forscher, hat dich entdeckt wie eine neue Welt voller Gewürze« –, und von da aus war es nur noch ein kleiner Schritt von Gama zu *Gana*, Song, und der Abstand zwischen Cama und *Kama*, dem Gott der Liebe, war sogar noch geringer. Ormus Kama, Ormus Gana. Die Verkörperung der Liebe und ebenso des Gesanges selbst. Meine Mutter hatte recht. Ihre Wortspiele verrieten mehr, als sie wußte.

Da Vina inzwischen fast dieselbe Größe und Figur hatte wie meine Mutter, erlaubte Ameer, daß sie sich mit ihren Sachen aufputzte, nicht nur mit Saris aus kostbarer Seide, sondern auch den enganliegenden, paillettenbenähten Etuikleidern – extrem tief ausgeschnitten und so –, mit denen Ameer ihren Körper so gern dem Intellektuellenset der Stadt präsentierte. Vina ließ ihre Haare wachsen, während Ameer die immer länger werdenden Strähnen einmal pro Woche persönlich mit frischem Kokosnußöl behandelte und die Kopfhaut des jungen Mädchens massierte. Sie zeigte Vina auch die traditionelle Methode, sehr lange Haare zu trocknen, indem man sie über einen weidengeflochtenen Rahmen breitete, unter den ein Topf voll glühender, mit Weihrauch besprenkelter Kohlen gestellt wurde. Für ihre Haut lernte Vina Rosenwasser mit *multani mitti* zu mixen, einer Tonerde, die ihren Namen von Multan in Pakistan hatte, und sie als Gesichtsmaske aufzulegen. Ameer rieb Vinas Füße mit *ghee* ein, damit sie weich blieben und um während der heißen Jahreszeit »überschüssige Temperatur« aus dem Körper zu ziehen. Am wichtigsten aber: Sie klärte Vina über die Verbindung zwischen Juwelen und Lebensglück auf; die gottlose Ameer hatte durchaus ihre abergläubischen Schwächen. Vina gewöhnte sich an, eine Goldkette um die Taille zu tragen. (Nichts aber hätte sie dazu gebracht, Zehenringe anzulegen, weil sie erfahren hatte, daß sie die Fruchtbarkeit der Frauen steigerten.) Und ihr gesamtes Leben lang sollte die große Sängerin niemals einen Edelstein tragen, bevor sie ihn nicht einer ›Tauglichkeitsprüfung‹ unterzogen hatte, indem sie ihn eine Woche lang jede Nacht unter ihr Kopfkissen legte, um zu sehen, welche Auswirkungen er auf ihre Träume hatte. Dies strapazierte die Toleranz verschiedener berühmter internationaler Juweliergeschäfte, doch für eine gute Kundin und einen Star waren die Leute bereit, eine Ausnahme zu machen.

(Hätte sie gewußt, daß ihr letzter Bettgenosse, der Playboy Raúl Páramo, während ihrer gemeinsamen Nacht trunkener Liebe heimlich ein Geschenk in Gestalt einer Rubinhalskette unter ihr Kopfkissen geschoben hatte – Rubine waren ihr Jahre zuvor durch Ameers persönlichen Astrologen strengstens verboten worden –, hätte sie sofort gewußt, warum sie von blutigen Opfergaben geträumt hatte, und sich vielleicht vor ihrem unmittelbar bevorstehenden Schicksal warnen lassen. Aber sie hatte die Kette niemals gefunden. Sie wurde bei der polizeilichen Durchsuchung ihres Hotelzimmers entdeckt, und bevor man sie davon in Kenntnis setzen konnte, war alles vorbei. Außerdem ist dieses ganze Juwelenlesen absoluter Quatsch. Es ist ganz und gar nichts daran.)

Außer Hindi-Urdu und den Geheimnissen von Schönheit und Juwelen trank Vina die ganze Stadt Bombay in großen, durstigen Zügen in sich hinein – vor allem, zur Freude meines Vaters, die Sprache ihrer Gebäude. V. V. wurde ihr begeisterter Lehrer, und sie seine Starschülerin. Meine Eltern hatten gerade eine große Menge Geld in eine erstklassige Immobilie in der Nähe der Endstation der Bombay Central gesteckt, den Bauplatz für das geplante Orpheum-Filmtheater, das, wie mein Vater beschlossen hatte, in jenem Déco-Stil erbaut werden sollte, den Bombay sich angeeignet hatte, obwohl die anderen Déco-Kinos der Stadt inzwischen zwanzig Jahre alt waren und ›modernere‹ Theater gegenwärtig der große Renner waren. Vina wollte alles wissen. Nach einer Weile schenkte sie jedesmal, wenn wir in englischsprachige Filme gingen, den Kinos mehr Aufmerksamkeit als dem Geschehen auf der Leinwand. In dem großen Déco-Meisterwerk, dem Eros Cinema aus rotem und cremefarbenem Sandstein (Paramount Pictures, in VistaVision; Danny Kay, wie er in *Der Hofnarr* warnt, daß wegen der Pille mit dem Gift der Pokal mit dem Portal zu meiden sei, während der Kelch mit dem Elch den Wein gut und rein enthält), konnte sich Vina nicht an den Inhalt erinnern, vermochte aber beiläufig einzustreuen, daß das Gebäude zwar von dem einheimischen Sohrabji Bhedwar entworfen worden war, die wundervolle Einrichtung in Schwarz, Weiß, Gold und Chrom jedoch das Werk Fritz von Driebergs sei, der auch das New Empire renoviert hatte (20th Century-Fox, Todd-AO, Rodgers, Hammerstein, hellgoldener Dunst über den Wiesen, leichte Kutschwagen mit Fransen, Rod Steiger, wie er seine große, selbstbemitleidende Arie schmettert, nichts davon konnte sie dazu bewegen, sich an ein einziges Wort des berühmten *Ooooooo-klahoma!* zu erinnern). Im Metro mit seinen MGM-Ausstattungsfilmen – Stewart Granger in *Scaramouche*, in dem er den längsten Degenkampf der Filmgeschichte gewinnt – richtete sich ihre Aufmerksamkeit auf das Gestühl und die Teppichböden (amerikanisch, importiert) sowie die Wandgemälde (von Studenten der J. J. Kunstschule, die einstmals Rudyard Kiplings Vater geleitet hatte). Und im Regal – Maria Montez, unvergeßlich in Universal's *Cobra Woman* – bemerkte die architekturbesessene Vina nicht mal, daß La Montez Zwillinge spielte, sondern flüsterte, das auffallende Sonnenstrahlendesign des Zuschauerraums sei dem Tschechen Karl Schara zu verdanken. In den Hindi-Kinos benahm sie sich besser und schien interessierter zu sein, obwohl wir natürlich von den Meriten Angelo Molles (Innen, Broadway, Cinema, Dadar) erfuhren. Vina gestand, aus zweiter Hand in Raj Kapoor verliebt zu sein, und Ormus war rührend eifersüchtig. Ich dagegen hatte die Kinos gründlich satt. Zum Glück kam die heiße Jahreszeit der Ferien, und wir gingen nach Kaschmir.

Wie Vina in jenem gesegneten Tal der Fraulichkeit entgegenblühte, ist eine meiner kostbarsten Erinnerungen. Ich erinnere mich an die

Shalimar Gardens neben dem fließenden Gewässer, wo sie aus kindlichem Galopp unversehens in den Gang einer erwachsenen Frau zurückfiel und sich alle Köpfe nach ihr drehten. Ich erinnere mich an sie auf einem Palomino-Pony in den Bergwiesen von Baisaran, wie beim Reiten ihre Haare wehten. Ich erinnere mich an sie auf dem Bund in Srinagar, wo sie sich in die Namen der magisch verlockenden Märkte voller Papiermaché, geschnitzter Walnußmöbel und *numdah*-Satteldecken verliebte: Suffering Moses, Cheap John und Subhana the Worst. Ich erinnere mich an sie auf einem Ponytreck durch den Gebirgsweiler Aru, wo sie entsetzt feststellen mußte, daß die Dorfbewohner vorgaben, uns keine Lebensmittel verkaufen zu können, weil sie hörten, daß ich sie »Vina« nannte, und vermuteten, wir seien Hindus, und ich erinnere mich an den ebenso heftigen Abscheu auf ihrem Gesicht, als uns dieselben Dorfbewohner, nachdem sie gehört hatten, daß wir Moslems waren, ein Festmahl aus *shirmal* und Fleischklößchen brachten und nicht dulden wollten, daß wir dafür bezahlten.

Ich erinnere mich, wie gierig sie las, Bücher verschlang – alle auf englisch, denn sie lernte die indischen Sprachen niemals so fließend lesen, wie sie sprach. In einem Blumenfeld in Gulmarg las sie *On the Road* (sie und Ormus konnten ganze Passagen auswendig hersagen, und wenn sie den elegischen Schluß des Buches zitierte, *Ich denke an Dean, ich denke an Dean Moriarty*, standen ihr Tränen in den Augen). In einem Wald von hohen Bäumen bei Pahalgam wiederum fragte sie sich, ob eine dieser Koniferen womöglich Enid Blytons Faraway Tree sei, der – in einer interessanten Umkehrung der normalen Reiseregeln – immer wieder in seiner wolkenverhangenen Krone von phantastischen Ländern besucht wurde. Am herzbewegendsten jedoch erinnere ich mich an sie am Kolahoi-Gletscher, wo sie freudig erregt von Jules Vernes *Reise zum Mittelpunkt der Erde* sprach und von ihrem Traum, einmal zu einer anderen hochgelegenen Schneelandschaft zu reisen, dem Snæfellsjökull in Island, damit sie sich zur Sommersonnenwende genau zur richtigen Zeit auf den richtigen Platz stellen konnte, um zu sehen, wie der Schatten eines Felsens mit seinem wandernden Finger Punkt zwölf Uhr mittags auf den Eingang zur Unterwelt wies – ein arktisches Taenarus-Tor. Im Lichte dessen, was ihr zustieß, läuft mir, wie ich gestehen muß, bei dieser Erinnerung ein eisiger Schauer über den Rücken. (All diese Kinos zeigen heutzutage Hindi-Filme. Und Kaschmir ist ein Kampfschauplatz. Doch die Vergangenheit ist keineswegs weniger wert, weil sie nicht mehr die Gegenwart ist. Im Gegenteil, weil sie auf ewig unsichtbar bleibt, ist sie nur um so wichtiger. Man darf dies ruhig als meine Art Mystizismus bezeichnen, eine der wenigen spirituellen Behauptungen, die aufzustellen ich bereit bin.) Ormus Cama begleitete uns weder in die Ferien noch ins Kino. Bezüglich Vinas außergewöhnlicher Liaison hatte Ameer Merchant die Regeln bestimmt. Mit großer Toleranz – und trotz lautstarker Proteste Lady Spenta Camas, für die sie, wie Sie sich erinnern werden, nicht besonders viel übrig hatte – akzeptierte sie die Möglichkeit, daß dies der Beginn einer wahren großen Liebe war, »aber das Dekorum muß gewahrt werden«. Ormus durfte fünfmal in der Woche zum Tee kommen und genau eine Stunde bleiben. Meine Mutter erklärte sich bereit, Lady Spenta nicht von Ormus' Besuchen zu unterrichten – unter der Bedingung, daß sie selbst während dieser Besuche ständig anwesend war oder daß die Begegnung, falls Geschäftstermine es ihr unmöglich machten, dabei zu sein, draußen auf der Veranda stattfand. Vina stimmte ohne Widerrede zu. Dies war weder das rebellische In-sich-gekehrt-Sein der Nissy Poe noch die eingeschüchterte Nachgiebigkeit eines Mädchens ohne jede Zukunftsaussicht im Leben. Das Familienleben hatte begonnen, Vina zu heilen, sie gesunden zu lassen, und sie unterwarf sich freudig Ameers mütterlicher Disziplin, weil sie in ihren Ohren wie Liebe klang. Und es war tatsächlich Liebe; schwer zu sagen, wer von den beiden die andere mehr brauchte.

(Außerdem hatten Vina und Ormus, wie sich herausstellte, einen weiteren, unerwarteten Verbündeten, der ihnen eine Reihe intimerer Verabredungen ermöglichte.)

Für mich waren Ormus' Besuche die schlimmsten Stunden der Woche. Ich versuchte, so oft wie möglich abwesend zu sein. Wenn ich zu Hause war, schmollte ich in meinem Zimmer. Sobald er jedoch gegangen war, wurde die Welt wieder ein wenig freundlicher für mich. Denn dann kam Vina zu mir. »Nun komm schon, Rai«, sagte sie dann. »Du weißt doch, wie es ist. Ich schlage mit Ormie nur die Zeit tot, während ich darauf warte, daß du erwachsen bist und ein Mann wirst.« Anschließend streichelte sie mir die Wange und küßte mich sogar ganz leicht auf den Mund. Die Jahre vergingen, ich wurde dreizehn, ihr sechzehnter Geburtstag stand vor der Tür, und noch immer weigerte sich Ormus Cama, ob Anstandsdamen dabei waren oder nicht, sie zu berühren, und noch immer schmollte ich in meinem Zimmer, bis sie kam – »Nun komm schon, Rai« – und mich streichelte. In der leichten Berührung ihrer Finger und Lippen spürte ich das ganze Gewicht ihrer verbotenen Liebe zu Ormus, all dieses unaussprechliche Begehren. Ich war ebenfalls eine verbotene Frucht, verboten allerdings wegen meiner Jugend, weniger wegen der ihren. Und obwohl über uns keine Anstandsdame wachte, weil meine Eltern viel zu naiv waren, um auch nur die Möglichkeit zu erwägen, ich könnte ein Ersatz für Ormus sein, sozusagen sein Double, wäre ich bereit gewesen, diese geringere Rolle zu akzeptieren, sein Schatten zu sein, sein Echo, ja, ich sehnte mich sogar danach. Aber sie weigerte sich, mir entgegenzukommen, wenn sie ging, fühlte ich mich schlimmer als zuvor, sie ließ mich warten.

Ich mußte lange warten. Aber es lohnte sich, auf Vina zu warten.

Vinas Schwäche für Mentoren, für Führer und Lehrer, ihre Neigung zum Hokuspokus, mit der sie auf ihre Art die fundamentalen Unsicherheiten des Lebens aufzupolieren versuchte, bedeutete, daß Ormus sie jederzeit und anstandslos für sich beanspruchen konnte. Aber ich wiederhole: Sie war nie gänzlich sein Besitz. Trotz aller Kartenspielsiege und weltweiten Ruhms kehrte sie immer wieder zu mir zurück.

Vom Death Valley aus, dem tiefsten Punkt der kontinentalen Vereinigten Staaten, kann man den Mount Whitney sehen, den höchsten. Deswegen zeige ich Ihnen aus den Tiefen meines frustrierten Elends, das ich jedesmal empfand, wenn Ormus Cama zum Tee kam, die folgenden Ausblicke auf die gern erinnerten, wundervollen Tage, als sie und ich ein Liebespaar waren:

Viele Jahre später in New York, in meiner Wohnung, zweiter Stock ohne Lift, in einem Häuserblock ganz in der Nähe von St. Mark's, der bekannt ist für seine Bewohner, schwule Flüchtlinge aus Kuba, rollte sich Vina, unmittelbar nachdem wir uns geliebt hatten, von meinem schweißnassen Körper herunter und steckte sich eine Zigarette an. (Ich habe immer sehr stark geschwitzt, ein kleiner Nachteil im täglichen Leben, beim Sex dagegen, wenn Schlüpfrigkeit jeglicher Art, darunter auch moralische, überaus hilfreich sein kann, eindeutig ein Plus.) »Hab' ich dir das schon erzählt? Ich hab' ein Licht um ihn gesehen«, berichtete sie. »Ein Strahlen, eine Aura. An jenem ersten Tag im Schallplattengeschäft. Nicht grell, aber eindeutig von ihm ausgehend. Ungefähr so stark wie eine Hundert-Watt-Birne, das heißt, stark genug, um ein normales Zimmer zu beleuchten. Und das ist viel.«

Vina hatte nie viel für die Feinheiten sexuellen Betrugs übrig. Sie fand nichts dabei, mit einem Lieferanten über ihren *fidanzato* zu diskutieren – zwanzig Sekunden nachdem sie ihren Orgasmus erreicht hatte, den sie mühelos erreichte und der in der damaligen Zeit ihres Lebens geräuschvoll und ausgedehnt verlief. (Später, nach ihrer Heirat, kam sie immer noch mühelos, doch ihre Lust währte nur noch einen Moment, bevor sie sie abschaltete, klick, als reagiere sie auf den Stab eines unsichtbaren Dirigenten. Als spiele sie auf diesem wundervollen Instrument, ihrem eigenen Körper, und vernehme plötzlich einen erschreckenden falschen Ton.) Ich hatte gelernt, mich mit ihren verbalen Taktlosigkeiten abzufinden. Doch damals wie heute fehlte es mir an der Geduld für so primitive Dinge wie diese ›Aura‹ und dieses ›Licht‹.

»*Bushwah*«, gab ich zurück. »Ormus ist kein Gottmensch mit tragbaren Lichteffekten. Dein Fehler ist nur, daß du nach Indien gekommen bist und eine Dosis Weisheit-des-Ostensitis, a. b. a. Gurushita, erwischt hast, unserer unheilbaren Gehirntöterkrankheit. Ich hatte dich doch gewarnt, nicht abgekochtes Wasser zu trinken.«

»Und *dein* Fehler ist...«, sie blies mir den Rauch ins Gesicht, »...daß du *niemals* Wasser trinkst, bevor es ein ganzes, verdammtes *Jahr* lang gekocht wurde.«

Sie ließ sich von Indien anstecken und wäre fast daran gestorben. Sie holte sich Malaria, Typhus, Cholera und Hepatitis, aber das alles konnte ihr den Appetit auf das Land nicht verderben. Sie schlang es herunter wie einen billigen Imbiß an einem Stand am Straßenrand. Dann stieß es sie aus, nicht weniger grausam, als sie von Virginia und New York State ausgestoßen worden war. Inzwischen war sie jedoch stark genug geworden, um den Schlag einzustecken. Sie hatte Ormus, und die Zukunft war nicht länger das Geschenk eines anderen. Sie konnte zurückschlagen und überleben. In jenem Augenblick jedoch endeten die Jahre ihres Wohlverhaltens. Von da an akzeptierte sie die Instabilität, die eigene und die der Welt, und erfand mit der Zeit ihre ganz persönlichen Regeln. Nichts in ihrer Umgebung war mehr sicher, der Boden zitterte ununterbrochen, die Bruchlinien setzten sich natürlich in ihr von oben bis unten fort, und in menschlichen Wesen reißen die Bruchlinien zum Schluß ebenso unweigerlich auf wie die Risse in der ächzenden Erde.

The Swimmer, einer der letzten Songs, die Ormus Cama für sich und Vina schrieb, wurde auf der Insel Montserrat am Fuß eines grummelnden Vulkans aufgenommen. Den harten Rhythm-and-Blues-Gitarren-Riff, der den Song vorwärtstreibt, hatte er tagelang im Kopf gehabt. Als er ihm beim Erwachen in den Ohren dröhnte, hatte er nach einer Gitarre und einem Tape Deck gegriffen, um ihn aufzuzeichnen, bevor er wieder verschwunden war. Sie verstanden sich nicht gut in jenen Tagen, und die Studiosessions verliefen gereizt, unergiebig, verkrampft. Schließlich hängte er sich an die vergiftete Atmosphäre an, konzentrierte sich auf das, was den Fortgang blockierte, und spannte es ein, machte den Streit zu seinem Thema, und das Ergebnis war jener bittere, prophetische Song von einer zum Scheitern verurteilten Liebe. Für sich selbst schrieb er einige seiner finstersten Zeilen. *I swam across the Golden Horn, until my heart just burst. The best in her nature was drowning in the worst.* Dies, in nasalem, schleppendem Ton vorgetragen, der seine Bewunderer beunruhigte, wurde von einem notorisch bissigen Musikkritiker (der unbewußt den Vater des Sängers, Sir Darius Xerxes Cama, wiedergab) als an den Todeskampf einer alten Ziege erinnernd beschrieben, ein Beweis dafür, daß er noch vor der Tragödie zu sinken begonnen habe. Doch weil er sie immer noch liebte, selbst in ihrer beider schlimmsten Momenten, vermochte er das nicht zu leugnen, gab er ihr, im Gegensatz zu seiner eigenen, tiefen Verzweiflung, hohe, hoffnungsvolle Texte zu singen, Texte, so verführerisch wie der Gesang der Sirenen; als wäre er beide, John und Paul, beide bitter und süß.

There is a candle in my window, sang Vina, *but I don't have to tell you, you' re feeling it already, the memory of it, pulling at your emotion. Swim to me.* Ich selber kann das nicht mehr hören. Jetzt nicht mehr.

Das Beste an unserem Wesen ertrinkt im Schlimmsten. Das pflegte Ormus' Mutter zu sagen. Ende der 1950er Jahre fiel Lady Spenta Cama in eine tiefe Traurigkeit, unter deren Einfluß sie zu der blasphemischen Überzeugung kam, das Monster der Lüge, Ahriman oder Angra Mainyu, werde im Gegensatz zu dem, was in den großen Büchern, dem Awesta, der Yasna und dem Bundahish, geweissagt wurde, den Sieg über Ahura Mazda und das Licht davontragen. Immer öfter wurden Priester in weißen Gewändern in die Wohnung in Apollo Bunder eingeladen, die alle ihre Feuerchen mitbrachten und wunderschön sangen.

»Höret mit euren Ohren und sehet die hellen Flammen mit den Augen des reineren Herzens.« Ardaviraf Cama, Lady Spentas schweigsamer Sohn, saß mit dem freundlichen Ausdruck, der sein Markenzeichen war, neben ihr und nahm zögernd an den Feuerritualen teil; Ormus dagegen machte sich davon. Was ihren alternden, alkoholumnebelten Gatten betraf, so nahm seine Ungeduld mit ihren Gebeten im Laufe der Jahre nur noch zu. »Verdammte Priester! Lassen das Haus wie 'n verdammtes Krankenhaus aussehen!« knurrte er, wenn

er das Zimmer ihrer Andachten durchqueren mußte. »Verdammtes
Feuer! Wird noch das ganze verdammte Haus in Schutt und Asche
legen!« Dem Haus Cama drohte allerdings Gefahr, aber nicht von heiligem
Feuer. Am zehnten Jahrestag der Unabhängigkeit Indiens erhielt
Spenta ein Schreiben von William Methwold, der inzwischen Peer
des Königreichs war, ein Grande des Foreign Office, einen Brief, in
dem er seinen alten Freunden ›an einem so glücklichen Tag‹ alles
Gute wünschte. Leider war mit der Epistel auch ein anderer, weniger
glücklicher Zweck verbunden. ›Wenn ich diesen Brief an Sie, meine
liebe Spenta, statt an Bruder D. X. C. richte, so nur, weil ich Ihnen,
wie ich fürchte, heikle Dinge mitteilen muß.‹ Es folgte eine Reihe ge-
wundener, abschweifender und herabsetzender Bemerkungen über
Bänketts, an denen er vor kurzem teilgenommen hatte, im allgemeinen, über eines jedoch im besonderen, ein ›ziemlich fröhliches Gela-
ge‹, bei dem es unter anderem um eine Wiederaufführung von
Twelfth Night im Middle Temple in der Zwölften Nacht ging, weil
Twelfth Night dort im Middle Temple in einer anderen Zwölften
Nacht uraufgeführt worden war; wie dem auch sei – endlich näherte
sich Lord Methwold seinem unangenehmen Punkt –, er hatte durch
reinen Zufall neben dem bedeutenden Richter Henry ›Hang'em‹
Higham gesessen, wie sich herausstellte, ein ehemaliger Kommilitone
von ›Bruder D. X. C.‹, der ihm beim Brandy anvertraute, daß Sir
Darius Xerxes Cama zwar ein begeisterter Dinnergast gewesen, mit
seinem Jurastudium aber ›auf keinen grünen Zweig gekommen‹ sei.
Er sei bei den Examina durchgefallen und niemals als Anwalt zugelassen worden: ›in keinster Form‹.
Lord Methwold war es ›geradezu unmöglich erschienen, der Anschuldigung Beachtung zu schenken‹. In London hatte er jedoch veranlaßt, daß man Erkundigungen einziehen solle, und zu seinem Entsetzen herausgefunden, daß Henry Higham recht hatte. ›Ich kann
daraus nur schließen‹, schrieb er in seinem Brief, ›daß die Zulas-
sungspapiere Ihres Mannes Fälschungen sind, Fälschungen von
höchster Qualität, wenn ich das sagen darf. Er hat sich einfach dazu
entschlossen, sich mit größter Unverfrorenheit zu behaupten, in der

Annahme, daß niemand in Indien sich die Mühe machen werde, sie zu überprüfen; und falls man es doch tun würde, wäre es nicht unmöglich, wie Sie sicherlich wissen, sich die Verschwiegenheit einer Person in Ihrem riesigen Land zu erkaufen, einem Land, für das ich nie aufgehört habe, die größte Nostalgie zu empfinden.‹

Lady Spenta Cama liebte ihren Ehemann trotz allem, und er liebte sie. Ormus Cama war immer der Meinung gewesen, die Basis der gegenseitigen Zuneigung seiner Eltern sei eine sexuelle Kompatibilität, der das Alter nichts anhaben konnte. »Die Alten sind fast jede Nacht tätig geworden«, sagte er. »Wir mußten immer so tun, als hätten wir nichts gehört, das aber fiel uns wirklich nicht leicht, denn sie machten sehr viel Lärm, vor allem wenn mein angeheiterter Vater nach dem verlangte, was er die englische Position nannte und was meine Mutter, glaube ich, gar nicht mochte. Ihre Schreie waren im Grunde gar keine Lustschreie, aber sie war bereit, um der Liebe willen vieles zu erleiden.« Nachdem sie erfuhr, daß Sir Darius sein ganzes Berufsleben auf einer Unwahrheit aufgebaut hatte – daß er insgeheim ein Diener der Lüge war –, zog Lady Spenta in ein eigenes Schlafzimmer um, und die Wohnung war bei Nacht von der traurigen Stille dieses Endes erfüllt. Sie nannte Sir Darius niemals den Grund für ihren Auszug aus dem Ehebett und schrieb an Lord Methwold, flehte ihn im Namen ihrer langen Freundschaft an, das Geheimnis ihres Gatten zu bewahren. ›Er hat seit vielen Jahren nicht mehr praktiziert, und wenn doch, dann so, daß alle der Meinung waren, er habe erstklassige Arbeit geleistet, also ist doch kein Schaden entstanden, nicht wahr?‹ Methwold antwortete, er sei einverstanden, ›unter der einzigen Bedingung, meine sehr liebe Spenta, daß Sie mir weiterhin schreiben und mir stets das Neueste mitteilen, da ich mich nicht mehr wohl dabei fühle, wenn ich in Anbetracht dessen, was ich inzwischen weiß, persönlich an D. X. C. schreiben würde‹.

›Ich fürchte, einem Irrtum zu erliegen‹, gestand Spenta unglücklich in einem späteren Schreiben an Lord Methwold. ›Als Parsen glauben wir voll Stolz an einen fortschrittsorientierten Kosmos. Unsere Worte und Taten sind auf ihre unbedeutende Weise Teil der Schlacht, in der Ahura Mazda Ahriman vernichten wird. Aber wie kann ich an die Perfektionierung des Universums glauben, wenn es in meinem kleinen, rückständigen Eckchen schon so viele rutschige Hänge gibt?

Vielleicht haben unsere Hindu-Freunde recht, und es gibt gar keinen Fortschritt, sondern nur einen ewigen Zyklus, und jetzt herrscht gerade das lange Zeitalter der Dunkelheit, *kalyug*.‹

Um ihre Zweifel zu bekämpfen und das innovative Weltbild des Propheten Zarathustra zu rechtfertigen, stürzte sich Lady Spenta Cama in gute Werke. Vom Engel Gesundheit geführt und geleitet, wurden spätabendliche Krankenhausbesuche ihre Spezialität. Die kleine, rührige Spenta mit ihrer Hornbrille, wie sie, leicht vornübergebeugt, die Handtasche fest in beiden Händen, durch die Korridore huschte, wurde zu einem vertrauten Anblick im Lying-In Hospital wie in der Gratiaplena-Klinik, vor allem auf den traurigen Stationen, die den Schwerkranken, den Unheilbaren, den gräßlich Verkrüppelten und den Sterbenden vorbehalten waren. Das Pflegepersonal dieser Institutionen – selbst Gratiaplenas gestrenge Sister John – hatte schon bald eine hohe Meinung von der kleinen Lady. Sie schien instinktiv zu wissen, wann sie mit den Patienten schwatzen mußte – ein bißchen Klatsch über kleine Bombay-Nichtigkeiten, den beliebtesten Shop, den jüngsten Skandal – und wann absolutes Schweigen erwünscht war, das irgendwie auch Trost ausstrahlte. Was das Schweigen betraf, so schien sie einiges von ihrem Sohn Ardaviraf gelernt zu haben. Virus Cama begann die Mutter auf ihren Rundgängen zu begleiten, und auch seine gelassene Wortlosigkeit war den Kranken eine gewisse Hilfe. Zutiefst berührt von dem, was sie im Krankenhaus sah – die vielen Fälle von Unterernährung, Polio, Tuberkulose und anderen mit der Armut verbundenen Krankheiten, inklusive der selbstzugefügten Verletzungen durch erfolglose Selbstmordversuche –, wurde Lady Spenta zusammen mit Mrs. Dolly Kalamanja vom Malabar Hill zur treibenden Kraft einer Gruppe von Parsi-Damen wie sie selbst, die es sich zur Aufgabe machten, die Leiden in ihrer Gemeinde zu lindern, von der man weithin glaubte, daß sie ausschließlich aus wohlhabenden und mächtigen Bürgern bestand, die aber in Wirklichkeit in extremes Ungemach und, in einigen Fällen, sogar äußerste Armut abrutschte. Sir Darius Xerxes Cama, eine immer distanziertere Figur, mißbilligte die Vormittagstees, bei denen die Damen ihre Spendensammlungspläne besprachen. »Dämliche Bettler! Haben die sich doch selbst zuzuschreiben«, murmelte er, wenn er wie ein Geist durch den Salon schlurfte. »Kein Rückgrat. Schwächlinge. Weichlinge. Tut mir leid, aber so ist es nun mal.« Die Damen ignorierten ihn und fuhren mit ihrer Arbeit fort.

Es gab bösartige Gerüchte, die behaupteten, Lady Spenta Camas Krankenbesuchen hafte selbst etwas Krankhaftes an, sie hätten einen Beigeschmack von Besessenheit, sie sei geradezu süchtig danach, Sterbenden die Hand zu halten und dabei die Heilige, die mildtätige Grande Dame zu spielen. Ich kann dem nicht zustimmen. Wenn ich Lady Spentas energiegeladene Caritas-Offensive überhaupt kritisieren wollte, würde ich allerhöchstens sagen: Wohltätigkeit beginnt daheim.

Im Jahre 1947, als er fünfzehn war, hatte Cyrus Cama seine ganz persönliche Unabhängigkeitserklärung abgegeben. Inzwischen hatte er zur Strafe für den Versuch, seinen Bruder Ormus zu ersticken, fünf Jahre in der berühmten – und berühmt zuchtstrengen – Templars School in der südlichen Hill Station Kodaikanal verbracht. Während seiner ersten Zeit in der Templars School hatte er alle Anzeichen eines gestörten Kindes an den Tag gelegt, das zu Gewalttätigkeit gegen seine Mitschüler und sogar gegen die Mitglieder des Lehrkörpers neigt. Immer wieder einmal zeigte er sich jedoch als ein ganz anderes Kind, als liebenswert und mindestens so entwaffnend und gewinnend wie sein Bruder Ardaviraf. Dieses ›andere Ich‹ verschaffte ihm mehr Chancen, als man jedem anderen Kind seiner Art eingeräumt hätte.

Sir Darius und Lady Spenta hatten sich für die ganzjährige Unterbringung in der Templars School entschieden, so daß Cyrus während der Ferien wie auch während der Unterrichtszeit in der Schule bleiben konnte, eine Möglichkeit, die normalerweise nur von den Jungen in Anspruch genommen wurde, deren Eltern im Ausland oder verstorben waren. In der ersten Zeit hatte die Schule den Camas zweimal geschrieben und sie gebeten, ihre Entscheidung zu überdenken, weil der Junge Probleme zu haben scheine und von einer vertrauten Umgebung zweifellos profitieren werde; doch Lady Spenta – vor allem sie – war unerbittlich geblieben. ›Der Junge braucht eine eiserne Hand‹, antwortete sie, ›und Sie haben erklärt, über eine solche zu verfügen. Wollen Sie behaupten, die Schule werde ihrem Ruf nicht gerecht?‹ Auch Sir Darius war, wie die Briten zu sagen pflegten, der Meinung *board is best*, ein Internat ist die beste Erziehung. Man könnte die harte Linie der Camas der weitverbreiteten Abneigung der Inder gegen psychiatrische Probleme und Geisteskrankheiten zuschreiben, erklären bedeutet aber nicht gutheißen.

Wie dem auch sei, nach Lady Spentas provokativem Brief wurde Cyrus mit maximaler Strenge behandelt. Körperliche Züchtigungen waren häufig, ausgedehnt und intensiv. Er reagierte umgehend. Die Gewalttätigkeit ließ nach, seine schulischen Leistungen verbesserten sich drastisch, Cyrus, der Delinquent, verschwand, und Cyrus, der Charmeur, regierte. Überdies entwickelte er ein leidenschaftliches Interesse an Fitneß und Turnen und wurde der Turnerstar der Schule, ebenso gut am Reck wie am Barren, am Pferd wie an den Ringen. Seine Zeugnisse sprachen vom Stolz und von der Befriedigung seiner Lehrer, und Lady Spenta fühlte sich durch diese Berichte gerechtfertigt.

Im August 1947 machte die Templars School Ferien. Mit einem halben Dutzend anderer Jungen, zumeist Söhne von Diplomaten, deren Väter neue Botschafterposten rund um die Welt einnehmen mußten, blieb auch Cyrus Cama dort wohnen. Der Massenmord an diesen Kindern – alle im Schlaf in ihren Betten erstickt – war eine Greueltat, die zu jeder anderen Zeit die volle Aufmerksamkeit der Nation erregt hätte. Aber der Horror der Partition-Massaker und die kontrapunktische Ekstase der Unabhängigkeitsfeiern, verbunden mit der Tatsache, daß diese Morde nicht in Delhi, Kalkutta oder Bombay, sondern im fernen Kodaikanal verübt worden waren, bedeutete, daß sie, obwohl die Familien der toten Kinder sehr bekannt waren, von der nationalen Presse nicht beachtet wurden. Daß Cyrus Cama verschwunden war, bewirkte anfangs nicht, daß er der Tat verdächtigt

wurde. Der Mordversuch an dem kleinen Ormus war eine Familien-
angelegenheit, welche die Camas für sich behielten; und auch, als sie
von der Ungeheuerlichkeit erfuhren, waren sie nicht bereit, die Polizei zu informieren.

Alle glaubten, daß Cyrus dem Mörder entkommen sei, in welchem
Fall er sich irgendwo versteckt hielt, vielleicht sogar verletzt, mit
Sicherheit aber völlig verängstigt, und nach einiger Zeit wieder
hervorkommen würde (was er nicht tat); oder daß er von den Ver-
brechern als Geisel genommen worden war, in welchem Fall eine
Lösegeldforderung zu erwarten war oder sein Leichnam später ge-
funden werden würde (wurde er nicht). Niemand wußte, was der
Mörder wollte, aber es waren mörderische Zeiten, und es gelang dem
C.I.D. von Kodaikanal mit seinen begrenzten Möglichkeiten nicht,
ein Motiv herauszuarbeiten.

Der ›Pillowman‹, wie der psychopathische Serienmörder Cyrus
Cama später genannt wurde, war intellektuell so brillant und körperlich so stark, wie sein Vater es sich für alle jungen Parsenmänner
gewünscht hatte, und darüber hinaus im Verlauf der folgenden
Wochen für Morde in Mysore, Bangalore und Madras verantwortlich. Aufgrund der weit gestreuten Tatorte, des nicht vorhandenen
Kommunalfaktors und der überhitzten Stimmung jener Tage wurde
zunächst weder eine Verbindung zwischen den einzelnen Morden
entdeckt – obwohl die Anwendung derselben Methode, des Er-
stickens mit einem Kopfkissen, eine nicht zu übersehende Verbindung herstellte –, noch Cyrus darin verwickelt gesehen. (Inzwischen
bevorzugte die Polizei von Kodaikanal die Theorie der Geiselnahme
mit anschließendem Mord und wartete darauf, daß seine Leiche auftauchte.) Schließlich konnte Cyrus die Anonymität nicht mehr ertragen und sandte den prahlerischen Brief eines Fünfzehnjährigen an
alle zuständigen Polizeichefs, in dem er sich selbst beschuldigte,
während er darauf bestand, daß er von Stümpern wie sie niemals geschnappt worden wäre.

Als Lady Spenta mit diesen Tatsachen konfrontiert wurde, vergoß
sie Tränen des Schocks. »Unsere Welt wurde aus den Angeln gehoben«, erklärte sie ihrem Ehemann. »Nichts ist mehr gewiß. Gemein-

same Menschlichkeit – was ist das? Wie kann es so schreckliche Gewalt, soviel Verrat, so große Angst geben?« *Das Beste in unserem Wesen ertrinkt im Schlimmsten.* Dann zog sie sich, wie es in der Familie üblich war, für einige Zeit in dumpfes Schweigen zurück und verkündete, als sie wieder auftauchte, mit erstickter Stimme, daß sie keinen Sohn namens Khusro alias Cyrus Cama mehr habe und daß sein Name in ihrer Gegenwart nie wieder ausgesprochen werden dürfe; wozu Sir Darius Xerxes Cama grimmig sein Einverständnis gab. Cyrus Cama wurde offiziell verleugnet. Sir Darius änderte sein Testament und enterbte seinen mörderischen Sohn. Was Virus, sein Zwillingsbruder, wortlos hinnahm.

Cyrus Camas Technik bestand darin, die Menschen mit seinem Charme in den Tod zu locken. Er wirkte und handelte wie ein Mann, der etliche Jahre älter war als er, und freundete sich an ganz normalen Orten – in Kinos, Cafés, Restaurants – mit seinen Opfern an, gewöhnlich naiven jungen Leuten, die ihr Geld zum Fenster hinauswarfen und für die er ein außergewöhnlich attraktiver und origineller junger Mann mit einem außergewöhnlich großen Intellekt zu sein schien. Sie fragten ihn, warum ein junger Parsi-Bursche ganz allein in Südindien herumreiste (in jenen Tagen reisten nur wenige Inder aus reinem Vergnügen in ihrem eigenen Land, ja, nicht einmal nach Kaschmir); er antwortete mit einem wohllautenden, ausdrucksvollen Internatsakzent, indem er ein Loblied auf seine liberalen Eltern sang, C. B. und Hebe Jeebeebhoy aus Cusrow Baag, Bombay, die Verständnis dafür hatten, daß ein junger Mann auf eigene Faust erwachsen werden muß, und ihm den Wunsch erfüllt hatten, die Schönheiten des jüngst erst unabhängig gewordenen Indiens zu besichtigen und sich allein auf so etwas wie eine Pilger-*yatra* zu begeben, bevor er in ungefähr einem Jahr sein Jurastudium in Oxford, England, aufnahm. Er unterhielt seine Opfer mit Reiseberichten von dem großen Subkontinent, schilderte glitzernde Großstädte, Bergketten wie die Zähne des Teufels, Flußdeltas, in denen Tiger hausten, und verlorene Tempel in fernen Kornfeldern in so idiosynkratischen Details, daß es unmöglich schien, die Echtheit seiner frei erfundenen Berichte anzuzweifeln. Am Ende des ersten Abends hatte dieser furchtlose Reisende seine Opfer so gründlich eingeseift, daß sie ihn als Gast ins eigene Heim einluden.

Dann faszinierte er sie, indem er Abend um wortgewaltigen Abend voll Leidenschaft vom »moralischen Kurzschluß« dieses Zeitalters sprach, dem landesweiten »Verlust der Seelengröße«, den er auf seinen Reisen so schmerzlich empfunden hatte, sowie von seinem Traum, eine »Volksbewegung zur Rettung dieses armen, ausgebluteten Landes durch spirituelle Energie-Kraft« zu gründen. So stark wirkte sein Charisma, so geschickt war er darin, seine Gimpel auszusuchen, daß die Opfer ihn schon bald als eine Art großen, neuen Führer sahen, einen Guru oder sogar einen Propheten, und ihm bereitwillig beträchtliche Geldsummen für die Gründung dieser Bewegung und die Propagierung seiner Ideen aushändigten; woraufhin er sie lautlos in ihren idiotischen Schlafzimmern besuchte und die Kopfkissen, die aus eigenem Antrieb in seine Hände zu springen schienen, ihr Werk tun ließ, ein unverzichtbares Werk, denn sie verdienten es nicht, am Leben zu bleiben. Leicht zu töten sein hieß gleichzeitig, des Mordes würdig zu sein. (Auch in den persönlichen Tagebüchern der Jungen, die er in der Templars School getötet hatte und mit deren großzügigen Taschengeldspenden er seine erste Flucht finanziert hatte, wurden lobpreisende Schilderungen von Cyrus Cama gefunden.)

Cyrus neigte jedoch zu übertriebenen Stimmungsumschwüngen, stürzte zuweilen in eine lichtlose, höhlenartige Unterwelt der Selbstverachtung ab; und während einer dieser Phasen geschah es Anfang 1948, daß er nach Kodaikanal zurückkehrte, das städtische Polizeirevier betrat und sich dem erschrockenen Diensthabenden stellte, indem er nichts weiter sagte als: »Ich könnte ein bißchen Ruhe gebrauchen, *yaar*.« Eben erst sechzehn, übernahm er die volle Verantwortung für neunzehn Erstickungsmorde, wurde vom Gericht als ›schwer gestört, absolut amoralisch und äußerst gefährlich‹ eingestuft und nach Norden transportiert, wo er ›zum Schutz der Allgemeinheit‹ für den Rest seiner Tage ohne Kopfkissen in eine Zelle des Hochsicherheitsgefängnisses Tihar Jail in Delhi gesperrt wurde. Innerhalb weniger Wochen hatte er einen günstigen Eindruck auf seine

Gefängniswärter gemacht, die wortreich von seiner Klugheit, seiner Bildung, seinen ausgezeichneten Manieren und seinem immensen persönlichen Charme schwärmten.

Das war die lebende Leiche im Keller von Ormus' Familie und wieder etwas, das er mit Vina gemeinsam hatte: Auch in seiner Familie gab es einen Massenmörder.

Wenn ich an die drei Brüder Cama denke, sehe ich in ihnen Männer, die alle für einige Zeit gefangengesetzt, durch die Umstände ihres Lebens in ihrem eigenen Körper eingesperrt waren. Ein Kricketball schloß Virus in sein Schweigen ein; ein Kopfkissen brachte Ormus' Musik für vierzehn Jahre zum Schweigen; Verbannung und Strafe veranlaßten auch Cyrus, sich hinter einer Lüge zu verstecken, einem Ich, das er seinem liebenswerten Zwillingsbruder entlehnt hatte und das nicht wirklich sein eigenes war. Jeder von ihnen hatte im inneren Exil etwas anderes gefunden. Cyrus hatte den Weg zur Selbstverstümmelung erkundet, Virus das Wesen des Friedens entdeckt, und Ormus hatte, zunächst durch seine Träume und dann, indem er – Vinas Rat befolgend – lernte, auf seine inneren Stimmen zu hören, endlich zu seiner Kunst gefunden.

Und alle drei waren sie Männer, die Anhänger anlockten. Cyrus seine Opfer, Ormus seine Fans. Virus dagegen wirkte auf Kinder anziehend.

Nicht lange nach Ormus Camas epochaler Begegnung mit Vina Apsara im Rhythm Center Record Store schlenderte sein Bruder Ardaviraf, wie es seine Gewohnheit war, in der kühlen Stunde zwischen Hitze und Dunkelheit am Hafen entlang in Richtung Gateway of India. In letzter Zeit war es ihm aufgefallen, daß er ein Gefolge von Straßenkindern hinter sich herzog, die ihn weder um Geld anbettelten, noch sich erboten, ihm die Schuhe zu putzen, sondern ihn nur in der (normalerweise erfüllten) Hoffnung angrinsten, er werde ihr Lächeln erwidern. Virus Camas bezauberndes Lächeln war ansteckend geworden, es verbreitete sich mit Höchstgeschwindigkeit in der Gemeinschaft der Straßenkinder und steigerte ihre Einnahmen dramatisch. Nur wenige Besucher von außerhalb konnten seiner gewinnenden Unschuld widerstehen. Selbst langgediente Bombayaner, abgehärtet durch jahrelanges Nichtbeachten der bettelnden Kinder, schmolzen vor seiner Wärme dahin und verteilten ganze Händevoll silberne *Chavanni*-Münzen an die Kleinen.

Gewiß, es gab Zeiten, in denen Ardaviraf Cama nicht lächelte. In diesen Phasen wurde er von klaustrophobischen Gefühlen und einer so starken Feindseligkeit heimgesucht, daß er sich auf die Kaimauer setzen und um Luft ringen mußte. Schreckliche Gedanken drangen von irgendwoher in seinen Kopf ein. »Acht Jahre. Kannst du dir vorstellen, wieviel Bitterkeit sich während acht Jahren im Gefängnis ansammeln kann, eine wie große Flutwoge von Rache entfesselt werden muß, um soviel Schmerz hinwegzuwaschen?« Er konnte die Frage nicht beantworten. Er wollte die Antwort darauf nicht wissen. Aber er wußte, daß sein Zwillingsbruder noch lebte, daß er verrückt war und nur vom Tag seiner unvermeidlichen Flucht träumte. Virus schloß die Augen und atmete tief durch, bis die Transmission des Pillowboys – inzwischen ein Pillowman von vierundzwanzig Jahren – zu Ende war. Kinder drängten sich um ihn und schenkten ihm ihr Lächeln, das auch das seine war. Er erwiderte das Lächeln. Die Kinder jubelten.

Who dat man? Wer würde den unsterblichen Harpo mit seiner kindlichen Gefolgschaft in *A Day at the Races* vergessen? Obwohl Virus Camas gewohnter Modestil aus einem schmuck bedruckten Buschhemd und cremefarbener Hose bestand, erinnerten mich seine von den zerlumpten Gassenkindern begleiteten Spaziergänge stets an jenes geliebte (und freiwillig stumme) Genie im ramponierten Clownskostüm aus Hut und Gehrock. Virus' lockige Haarmähne verstärkte die Ähnlichkeit mit Mr. Adolph Marx nur noch ... und möglicherweise hatte einer von seinen kleinen Strolchen auch mal einen kurzen Blick auf den uralten Film erhascht, denn eines Tages trat dieses Bürschchen breit grinsend und völlig unbekümmert auf Virus zu und reichte ihm wortlos eine Holzflöte; die Virus staunend untersuchte; an die Lippen setzte; und blies.

Ruuty-tuut-tuut! Die Musik lag allen Cama-Söhnen im Blut, auch dem verstorbenen Gayomart, und die Freude und Mühelosigkeit, mit der Ardaviraf jetzt seine Flöte spielte – instinktiv, mit nur wenigen, unvermeidlichen Verzögerungen, insgesamt jedoch so flüssig, daß es an ein Wunder grenzte –, sagte eine Menge über den Schmerz aufgrund der langen Abwesenheit der Melodien in seinem Leben aus. Die quälenden, gespenstischen Töne der abendlichen *raga* ließen die Spaziergänger den Schritt verhalten. Kinder hockten sich ihm zu Füßen; die Vögel hörten auf zu singen. Der Klang der Flöte glich dem Weinen der Seele, der Seele an der Chinvat Bridge vielleicht, die ihr Urteil erwartete. Nach einiger Zeit, als sich die Dämmerung herabsenkte und die Straßenlaternen aufglommen, hielt Ardaviraf inne und blickte einfältig, dümmlich-zufrieden um sich. »Ach bitte, Mr. Virus«, bettelte der Junge, der ihm die Flöte gebracht hatte, »irgend etwas mit einem Lächeln.« Virus setzte die Flöte wieder an die Lippen; und spielte mit beträchtlichem Gusto die *Saints*. Und plötzlich war er nicht mehr nur Harpo, sondern dazu noch der Rattenfänger, der seine Kinder ins Nirgendwo führte; und gleich darauf Micky Maus als Zauberlehrling, umringt von Walt Disneys unkontrollierbarem Besen, weil die Kinder fröhlich tanzend außer Kontrolle gerieten, im Scheinwerferlicht von Autos und Motorrollern umherwirbelten und wild durcheinanderrannten, bis sie von den Pfiffen der Polizisten auseinandergetrieben wurden und bis nur noch Virus übrigblieb, der, die Flöte in der Hand, stumm und verlegen mit hängendem Kopf dastand, während der weißbehandschuhte Polizeibeamte ihm einen Vortrag darüber hielt, wie gefährlich es war, den Verkehr zu behindern.

Am nächsten Vormittag, einem Sonntag, übertrat Ardaviraf Cama das neunzehn Jahre alte Musikverbot seines Vaters und brachte die Melodien in die Wohnung in Apollo Bunder zurück. Während Sir Darius sich in seine Bibliothek zurückgezogen hatte und Lady Spenta bei Dolly Kalamanja zum ›Charitea‹ weilte, durchsuchte Virus das Boudoir seiner Mutter; fand, was er suchte, in einem kleinen Schmuckkästchen auf dem Toilettentisch; klopfte an Ormus' Tür und streckte seinem verblüfften Bruder ein silbernes Medaillon entgegen, das einen kleinen Schlüssel enthielt. Ormus Cama, der seinen Augen nicht trauen wollte, folgte dem plötzlich energischen Virus gehorsam in den Salon, wo sein schweigender Bruder den Schutzüberzug von dem lange verstummten Stutzflügel entfernte, die magischen Tasten mit seinem magischen Schlüssel freilegte, Platz nahm und sich in das stürzte, was inzwischen zu einem der gefeiertsten Motive der Popmusik geworden war. Ormus schüttelte sprachlos den Kopf. »Seit wann weißt *du* denn was von Bo Diddley?« wollte er wissen; erhielt keine Antwort; und fing an zu singen.

Auftritt Sir Darius Xerxes Cama, beide Hände über den Ohren, ein wenig nach Backbord gierend, gefolgt von Butler Gieve mit einem Whiskyglas auf dem Tablett. »Du klingst wie eine Ziege, der man die Kehle durchgeschnitten hat!« schrie er Ormus wütend an und imitierte unbewußt sämtliche Väter, die auf der ganze Welt in diesem Moment gegen diese Teufelsmusik wüteten. Dann aber sah Sir Darius Ardavirafs Blick und verstummte, aus der Fassung geraten. Virus begann zu lächeln.

»Es war deinetwegen«, sagte Sir Darius schwächlich. »Wegen deiner Verletzung. Aber gewiß, wenn du das willst – ich kann dich nicht hindern – wie könnte ich es dir abschlagen?«

Virus' Lächeln wurde breiter. In diesem ehrfürchtigen Moment, der das Ende seiner patriarchalischen Macht über das eigene Heim signalisierte, und trotz der eigenen, turbulenten Emotionen spürte Sir Darius, wie seine Gesichtsmuskeln zuckten, als versuche sich ein Lächeln auf sein Gesicht zu stehlen – krabbelnd wie eine Spinne, gegen seinen Willen. Er wandte sich um und floh. »Sagt Spenta, daß ich in den Club gegangen bin«, rief er über die Schulter zurück.

Virus stimmte eine neue Melodie an. »*Oh yes, I'm the Great Pretender*«, sang Ormus Cama, »*pretending that I'm over you.*«

Ormus Cama, dessen Zunge endlich von seinem stummen Bruder gelöst worden war, begann nunmehr seine wunderbare Begabung zu nutzen; denn er war von Anfang an ein Wunderkind, er brauchte nur ein Instrument zu berühren, um ein Virtuose darauf zu werden, sich nur an einem Gesangsstil zu versuchen, um ein Meister darin zu sein. Die Musik strömte nur so aus ihm heraus. Befreit saß er tagtäglich neben dem lächelnden Ardaviraf am Klavier und lehrte ihn ein Dutzend neue Melodien. Und als er Vina in der Villa Thracia besuchte, zupfte und klimperte und schlug er auf ihrer ramponierten Dreiviertel-Gitarre herum (Piloo Doodhwala hatte ihr am Tag, nachdem Ormus' Joker sein As übertrumpft hatte, ihre paar Habseligkeiten geschickt), und so füllte sich auch unser Haus mit der neuen Musik.

Anfangs spielte Ormus nur die Songs, die er in seinen Träumen halbwegs von Gayomart gelernt hatte, und sang seine seltsamen Vokalfolgen, die überhaupt keinen Sinn ergaben oder sich zu unsinnigen Wörtern fügten, welche die geheimnisvolle Macht der Traummusik ganz und gar unterminierten.

»The ganja, ma friend, is growing in the tin; the ganja is growing in the tin.«
(Und dann, diminuendo):
»The dancer is glowing with her sin. The gardener is mowing with a grin. The ganja is growin in the tin.«
»Himmel noch mal, Ormus!« protestierte Vina kichernd.
»Aber so klingt es«, behauptete er verlegen. »Es ist furchtbar schwer zu verstehen.«

Nach ein paar weiteren mißlungenen Versuchen versprach er, sich an die gegenwärtige Hitparade zu halten. Und siehe da, tausendundeine Nacht später gelangte *Blowin' in the Wind* in der authentischen Version in die Ätherwellen, und Ormus rief mir zu: »Siehst du? Siehst du jetzt, was ich meine?«

Es läßt sich nicht leugnen, solche Dinge geschahen immer wieder; und jedesmal, wenn Gayomart Camas Melodien aus der Traumwelt in die reale Welt durchbrachen, mußten wir, die wir sie zum erstenmal in einer Bombay-Villa an der alten Cuffe Parade in verstümmelter Form gehört hatten, widerwillig zugeben, daß Ormus' magische Gabe tatsächlich existierte.

Falls er jemals Gelegenheit hatte, Vina seine anderen Kompositionen vorzuspielen, jene, die zu suchen sie ihn ausgeschickt hatte – ich meine seine eigenen Songs, die Musik, die nur ihm allein gehörte –, dann wußte ich nichts davon. Doch es geschah während dieser Jahre des Wartens, als er unendlich viel schrieb, als es aus ihm herausfloß wie ein uneingedämmter Strom, daß er jene ersten, reinen Liebeslieder schrieb. *I didn't know how to be in love,* schrieb er, *until she came home from Rome. And I believed in God above until she came home from Rome.* (Nun ja, eigentlich war es nicht ganz so, aber die Wahrheit mußte der harten Notwendigkeit des Reimens *home-Rome* weichen.) *But now you fit me like a glove. You be my hawk, I'll be your dove. And we don't need a God above, now that you're home from Rome.* Aber noch andächtiger als das war der freudige Kniefall, jenes Teenager-Gebet, des hymnischen *Beneath Her Feet: What she touches, I will worship it. The clothes she wears, her classroom seat. Her evening meal, her driving wheel. The ground beneath her feet.* Dies ist die Geschichte von Ormus Cama, der die Musik als erster fand.

Lady Spenta Camas Gefühle für Ormus blieben, sagen wir mal, gedämpft. Doch da Ardaviraf ihr Liebling war, brachte sie es, obwohl sie die negativen Ansichten ihres Ehemannes über die Grunzer und Rülpser von Ormus' sogenanntem Gesang teilte, niemals fertig, die Brüder zum Aufhören aufzufordern. Die Rückkehr der Musik nach Apollo Bunder bestärkte sie nur in ihrem Entschluß, ihren Jüngsten so schnell wie möglich zu verheiraten. Seit er die Schule mit einem akademischen Ergebnis abgeschlossen hatte, das der Familie Schande und Unehre bereitete, hatte Ormus seine Zeit vertrödelt: träge, ziellos, außer im Hinblick auf Mädchen. In jüngster Zeit hatten die Eltern einiger Schülerinnen der Cathedral Girls' School sich bei Lady Spenta beschwert, ihr Sohn lungere vor dem Schuleingang an einer Hauswand herum, stochere in seinen Zähnen und lasse dabei die Hüften ganz langsam kreisen, und dieser Hüftschwung halte die Mädchen von ihren Hausaufgaben ab. Als Lady Spenta ihn zur Rede stellte, machte Ormus keinen Versuch, den Vorwurf zurückzuweisen. Von Anfang an war die extreme Sinnlichkeit seines Körpers ein Effekt gewesen, den er unbewußt produzierte; er fühlte sich nicht verantwortlich dafür und übernahm daher natürlich auch keine Verantwortung für die Folgen. Er habe Musik im Kopf gehabt, erklärte er achselzuckend, und das bewirke, daß sich sein Körper bewege, ohne daß er wisse, warum oder wie. Was die Mädchen davon hielten, war weder seine Sache noch seine Schuld. »Der Junge scheint nichts zu taugen«, beklagte sich Lady Spenta bei Sir Darius. »Kein Ehrgeiz, ständig Widerworte und zwischen seinen Ohren nichts als Musik. Ein Nichtsnutz, und wenn wir nicht bald eingreifen, wird er es bald zu gar nichts mehr bringen.«

Die perfekte Lösung dafür war Persis Kalamanja. Das Mädchen war schön, besaß das Wesen eines Engels und ließ unverständlicherweise erkennen, daß sie Ormus bewunderte. Außerdem waren ihre Eltern stinkreich. Da Sir Darius schon seit geraumer Zeit im Ruhestand lebte, war das Bankkonto der Camas schwer angegriffen, und Ormus schuldete es seinen Eltern – wenigstens nach Lady Spentas Meinung –, die finanzielle Gesundheit der Familie wiederherzustellen. Patangbaz »Pat« Kalamanja und seine Frau Dolly kamen aus Kenia, hatten ihr Vermögen jedoch im Nachkriegs-London erworben, indem sie unter dem Namen Dollytone™ billige Radios und Wecker herstellten, sich als ›Kalatours®‹ ins Reisebürogeschäft einschalteten und auf Flüge zwischen den Ländern der damals explodierenden indischen Diaspora spezialisierten. Das Geschäft blühte im England der Fünfziger, und Pat Kalamanja sah sich gezwungen, den größten Teil des Jahres in Wembley zu verbringen, aber Dolly hatte »voll und ganz ins Mutterland zurückgefunden«, dem alten Mr. Evans von der Bombay Company einen der schönsten alten Bungalows auf dem Malabar Hill abgekauft, ein Vermögen darauf verwendet, ihn zu ruinieren, den heißen Wunsch nach Ansehen entwickelt und wünschte sich ebenso leidenschaftlich einen Anteil an Sir Darius' Adel wie Lady Spenta Pat Kalamanjas Geld.

»Singen will er, eh?« sagte Lady Spenta verächtlich zu ihrem Mann. »Dollytone Radios werden für ihn singen. Einen Sturm will er mit seiner Tanzerei entfesseln? Das Tourismusgeschäft wird ihn in stillere Gewässer führen. Außerdem ist das die britische Verbindung«, ergänzte sie geschickt, weil sie wußte, welche Auswirkung das auf Sir Darius, den Erzanglophilen, haben würde.

Sir Darius' Augen glitzerten. Er war sofort mit dem Plan seiner Gattin einverstanden. »Ältere Familien haben unter den Fehlern von du weißt schon wem zu leiden«, erklärte sie (sie weigerte sich strikt,

Cyrus Camas neunzehn Morde näher zu bezeichnen),»also sind diese Kalamanjas vom Himmel gefallen wie ein wunderschöner Drachen.«

Das Problem war Vina. Nach ihrer Begegnung erklärte Ormus seiner Mutter feierlich, daß eine Verlobung mit der schönen Persis leider nicht mehr in Frage komme, da er sich unbeabsichtigt verliebt habe. Als er seiner Mutter – die geglaubt hatte, das neue Leuchten in Ormus' Augen, die neue Leichtigkeit in seinem Schritt, der neue Eifer, mit dem er jeden neuen Tag begrüßte, sei auf Persis zurückzuführen und daher das Ergebnis ihres guten mütterlichen Urteilsvermögens – dann das Objekt seiner unglaubwürdigen Gefühle nannte, bekam sie einen Tobsuchtsanfall.»Du Teufel! Diese zwölfjährige, bettelarme Göre von niemandem und nirgendwo?« kreischte sie.»Kommt nicht in Frage, schreib dir das hinter die Ohren, mein lieber Sohn!« Lady Spenta und Dolly Kalamanja beschlossen einstimmig, mit ihren Plänen fortzufahren, als sei nichts geschehen.»Es wird sich wieder legen«, versicherte Dolly der Freundin energisch.»Jungens sind nun mal Jungens, ob vor oder nach der Heirat, aber sie können trotzdem gute Ehemänner sein.« Diese Bemerkung schockierte Lady Spenta, aber sie hielt den Mund.

Einige Tage später wurden Persis Kalamanja und Ormus Cama von ihren jeweiligen Eltern zu einem gemeinsamen Familienpicknick in der Exwyzee Milk Colony geschleppt. Sie wurden ermuntert, allein einen Spaziergang durch die Grünanlagen mit den Kühen zu machen, und als sie außer Hörweite waren, erkundigte sich die hinreißende Persis, für welche die meisten jungen Männer freudig ihr Leben gegeben hätten, nach ihrer minderjährigen Rivalin.»Hör zu, du kannst es mir ruhig sagen, es ist okay, ich bin dir nicht böse«, sagte sie.»Ganz gleich, was unsere Mütter sich wünschen. Über die Liebe sollte man nicht lügen, dazu ist sie viel zu wichtig.« Ormus, der zum erstenmal in seinem anmutigen Leben unbeholfen wirkte, gestand, daß er keine Ahnung habe, wie es so kommen konnte, aber an jenem Tag im Schallplattengeschäft habe er das einzige Mädchen kennengelernt, das er jemals lieben werde. Persis steckte es tapfer ein, ließ all ihre Hoffnungen fahren, nickte ernst und versprach, den beiden zu helfen. Von diesem Augenblick an bis zu Vinas sechzehntem Geburtstag vereinte sich Persis mit Ormus und Vina zu einer Verschwörung der kleinen und großen Täuschungen. Zunächst verkündete sie ihrer Mutter, daß sie sich keineswegs sicher sei im Hinblick auf Ormus Cama, dieses sogenannte Gottesgeschenk, sie sei schließlich selbst ein ziemlich hochkalibriges weibliches Wesen und habe nicht die Absicht, das erstbeste, was ihre Mutter von der Stange nahm, unbesehen zu kaufen, und wenn es denn Ormus sein sollte, so brauche sie eine ziemlich lange Zeit, um sich zu vergewissern, daß er eine Wahl war, die sie, nachdem sie alle Pros und Kontras erwogen habe, zu treffen wünsche. »Diese jungen Mädchen heute – viel zu modern, ehrlich!« seufzte Dolly Kalamanja und hätte vielleicht versucht, die Heirat mit Gewalt durchzusetzen, doch Persis appellierte an ihren Vater Pat in England, und Patangbaz Kalamanja erklärte Dolly, daß seine geliebte Tochter an niemanden postfertig verschnürt versandt werde, wenn sie nicht an ihn versandt zu werden wünsche, und das war's: Dolly schmollte, richtete sich aber auf eine lange ›Vorverlobungszeit‹ ein. Jeden Monat einmal oder so beschwerte sich Dolly, daß ihre Tochter viel zu lange für die Entscheidung brauche, woraufhin Persis unweigerlich antwortete: »Aber Ehefrau ist man das ganze Leben, und das ist zu lange, um einen Irrtum zu begehen.« Persis in der Rolle des Great Pretender. Bei Nacht weinte sie sich in den Schlaf. Und Ormus und Vina waren so sehr mit sich selbst beschäftigt, daß sie dem schönen Mädchen, das für sie die eigenen Hoffnungen aufgegeben hatte, eigentlich niemals so richtig Beachtung schenkten. Und doch ist es Persis, die in vieler Hinsicht die wahre Heldin der Geschichte ihrer Liebe war.

Sie erzählte ihrer Mutter, sie habe sich mit Ormus zum Kaffee verabredet oder zu »Chips und Schwimmen im Willingdon«; oder er wolle sie zu einer der beliebten Jam Sessions am Sonntagvormittag mitnehmen, die damals in gewissen Colaba-Restaurants immer populärer wurden; oder es laufe gerade ein guter Film. »Ein Liebesfilm?« erkundigte sich Dolly eifrig; dann nickte Persis und ließ alle Anzeichen freudiger Erregung sehen. »*Love is a Many-Splendoured Thing*«, antwortete sie vielleicht, oder, später: »*An Affair to Remem-*

ber«, und Dolly nickte beifällig.»Ausgezeichnet! Bring ihn nur so richtig in Stimmung!« Und schon war Persis auf und davon, fuhr in ihrem Hindustan Ambassador den Malabar Hill hinab zu einem leeren Rendezvous. Denn da sie Ormus tatsächlich im Club oder in dem betreffenden Restaurant, Café oder Kino traf, hatte sie die Mutter nicht wirklich belogen; kurz darauf jedoch kam Vina, und Persis verschwand ohne ein Wort von der Bildfläche. Diese einsamen Stunden, wenn sie allein durch die Straßen der Stadt kurvte, bis sie nach Hause kommen konnte, ohne das Alibi der Liebenden auffliegen zu lassen, waren wie ein Loch in ihrem Leben, eine Wunde, durch die all ihre Hoffnungen und ein großer Teil ihrer Lebensfreude versickerten. ›Ich denke an die Zeit, in der ich Ormie decken mußte, als an die Liebesaffäre, die wir nie hatten‹, schrieb sie mir. ›Er war bei mir, sagte ich mir stets, er war direkt neben mir, aber das war er natürlich nicht, das war alles dummes Zeug. Nicht *many-splendoured*. Nicht *to be remembered*. Aber ich – ich konnte dennoch nicht vergessen.‹

Zwischen dem Ich und dem Anderen, zwischen dem Visionär und dem Psychopathen, zwischen dem Liebenden und der Geliebten, zwischen der Oberwelt und der Unterwelt fällt der Schatten.
Die Zeit vergeht. Jetzt jagt Ormus in seinen Träumen Gayomart zwar immer noch durch das Las Vegas der unterirdischen Welt nach, aber genausooft, vielleicht auch öfter, steht er Auge in Auge mit sich selbst auf den Straßen einer unbekannten und dennoch vertrauten Stadt und hört sich an, was sein eigenes Traumbild zu sagen hat. Er ist noch jung.
Die Welt ist nicht zyklisch, weder ewig noch unveränderlich, sondern gestaltet sich endlos um, kehrt niemals zurück, und wir können bei dieser Umgestaltung behilflich sein.
Weiterleben, überleben, denn die Erde bringt Wunder hervor. Sie mag dein Herz verschlingen, aber die Wunder hören nicht auf. Barhäuptig, winzig stehst du vor ihnen. Was von dir erwartet wird, ist Aufmerksamkeit.

Deine Songs sind deine Planeten. Lebe auf ihnen, aber schaff dir dort kein Zuhause. Das, worüber du schreibst, wirst du verlieren. Das, wovon du singst, verläßt dich auf den Flügeln des Gesangs. Singe an gegen den Tod. Beherrsche die Wildnis der Stadt. Die einzige Freiheit ist die Freiheit, abzulehnen. Die Freiheit, festzuhalten, ist gefährlich. Das Leben ist anderswo. Überschreite Grenzen. Flieg auf und davon.

Vina Apsara sucht jemanden, dem sie folgen kann, und Ormus entdeckt, wie man führt. Gemeinsam lesen sie Bücher, forschen nach Antworten. Am Anfang waren Wasser und Schleim, liest Vina vor. Daraus wurde die Zeit geboren, dreiköpfig, eine Schlange. Die Zeit schuf die schimmernde Luft und den gähnenden Abgrund, und in die Luft hängte sie ein silbernes Ei. Das Ei teilte sich und so fort. Der Teil, der Ormus interessiert, ist die zwiespältige Natur des Menschen. Der beides ist, titanisch und dionysisch, sowohl irdisch als auch göttlich. Durch Läuterung, Asketentum und Ritual können wir uns vielleicht vom titanischen Element befreien, können wir uns vielleicht von dem, was irdisch, physisch ist, reinigen. Das Fleisch ist schwach, böse, verseucht und verdorben. Wir müssen uns von ihm trennen. Müssen uns darauf vorbereiten, göttlich zu werden.

Nein, ruft Ormus. Sie sind in den Hanging Gardens, umgeben von Heckenscheren-Elefanten und abendlichen Hedonisten, und sein Aufschrei weckt Aufmerksamkeit. Er senkt die Stimme. Genau das Gegenteil trifft zu. Wir müssen uns vom Göttlichen befreien und bereit sein, vollständig ins Fleisch einzugehen. Wir müssen uns vom Natürlichen befreien und bereit sein, völlig in das einzugehen, was wir selbst gebaut haben, das von Menschen Geschaffene, das Künstliche, den Kunstgriff, das Konstrukt, den Trick, den Witz, den Song.

Ja, murmelt sie. Das Fleisch, das lebende Fleisch.

Was augenscheinlich ist, ist da. Die verborgene Welt ist eine Lüge. Hier gibt es Widersprüche. Selbst wenn sie ihm glaubt, mit der Kraft ihrer sehnenden Liebe, ihm mit der Kraft ihrer Sehnsucht nach ihm glaubt, ist sie sich halbwegs der anderen Seite nicht nur ihrer Natur, sondern auch der seinen bewußt. Denn sie ist dionysisch, göttlich, wird es sein – genauso wie er. Sie werden Menschen mit ihrer Musik vor Verlangen in den Wahnsinn treiben, werden lange Schneisen der Zerstörung und der Lust hinterlassen. Ist Freude ein Aspekt der Vernunft oder der Träume?

Warum suchst du deinen Bruder in diesem Traumhaus? fragt sie. Mein Bruder ist tot, ruft er, und wieder drehen sich die Köpfe. Laß ihn raus, aus diesem hier. Meinen Bruder Gayomart, der nicht einmal am Leben war.

Berühre mich, fleht sie. Halte mich, halt meine Hand.

Er will nicht. Er hat einen Eid geschworen.

Er darf sie nicht berühren. Sie ist kein Kind, bei weitem kein Kind, und dennoch ist sie ein Kind. In seinen Träumen, in seinen Wachvisionen sieht er ihren Körper wachsen, sieht er ihre Brüste knospen und blühen, sieht er die Körperhaare sprießen und das rote Blut auf ihren Schenkeln. Er spürt, wie sie sich unter seiner Hand bewegt, spürt, wie er selbst sich bei ihrer ungeschickten, zärtlichen Berührung spannt und wächst. In der Intimität seiner Gedanken ist er ein wollüstiger, wilder, krimineller Mensch, doch in der realen Welt, die für ihn tagtäglich irrealer wird, spielt er zum erstenmal in seinem Leben den perfekten Gentleman.

Sie, Vina, wird an seiner Stelle immer wieder damit prahlen. »Er hat auf mich gewartet.« Es macht sie stolz: auf ihn, aber auch auf sich selbst. Einer so tiefen Liebe würdig zu sein. (Ich habe auch auf sie gewartet, aber mit mir hat sie nicht geprahlt.)

Der Fleck auf seinem Augenlid ist entzündet. Seine Mutter und sein Vater kämpfen in ihm, Lady Spentas Engel und Mysterien, Sir Darius' prahlerischer, apollonischer Rationalismus. Obwohl man vielleicht auch sagen könnte, daß Lady Spenta mit ihren guten Werken gegen die reale Welt, ihre Krankheiten und ihre Grausamkeiten kämpft, während Sir Darius, versunken in der Irrealität seiner Bibliothek, mehr als nur eine Art von Lüge lebt.

Auch die lebenden Brüder kämpfen in ihm, gewalttätig und sanft. Sein toter Zwilling zieht sich zurück.

Vernunft und Phantasie, das Licht und das Licht, können nicht friedlich koexistieren.

Sie sind beide starke Lichter. Einzeln oder gemeinsam können sie dich blenden.

Manche Menschen können im Dunkeln gut sehen.

Vina, die ihn wachsen sah, die das Bemühen seiner Gedanken hörte, die den Schmerz seiner unterdrückten Wünsche spürte, sieht ihn von einem Licht umgeben. Vielleicht ist es die Zukunft. Er wird in Licht gebadet sein. Er wird ihr perfekter Geliebter sein. Er wird die Massen beherrschen.

Er ist auch schwach. Ohne ihre Liebe, vorübergehend zurückgewiesen, könnte er schrecklich in die Irre gehen. Die Vorstellung Familie, Gemeinschaft ist fast in ihm erstorben. Es gibt nur noch den schweigenden Virus und die Stunden am Klavier mit ihm. Davon abgesehen hat er sich losgelöst wie ein Astronaut, der von einer Raumkapsel im Weltall hinwegschwebt. Er ist ein Faulenzer, der nur die Vokale billiger Musik hört, der sinnlose Laute von sich gibt. Er könnte nur allzuleicht ein Nichts werden. Es könnte ihm mißlingen, zu einem Menschen zusammenzuwachsen.

(Als Kama, der Liebesgott, das Verbrechen beging, den mächtigen Shiva mit einem Liebespfeil treffen zu wollen, heißt es, verbrannte ihn der große Gott mit einem Donnerkeil zu Asche. Die Göttin Rati, Kamas Frau, bat um sein Leben und vermochte mit ihrer Bitte Shivas Herz zu erweichen. In Umkehrung der Orpheus-Sage war es die Frau, die sich an die Gottheit wandte und die Liebe – die Liebe selbst! – von den Toten zurückholte … So wird auch Ormus Cama, aus der Liebe seiner Eltern verstoßen, die er nicht mit einem Liebespfeil zu treffen vermochte, und durch ihren Mangel an Zuneigung innerlich geschrumpft, durch Vina in die Welt der Liebe zurückgeholt.)

Ohne sie zu berühren, klammert er sich an sie. Die beiden treffen sich, und flüstern, und rufen, und können so einander erschaffen. Jeder ist Pygmalion, beide sind Galatea. Sie sind eine Einheit in zwei Körpern: männlich und weiblich, selbst konstruiert. Du bist meine einzige Familie, sagt er zu ihr. Du bist meine einzige Erde. Das sind schwere Lasten, aber sie trägt sie bereitwillig, bittet um mehr, legt ihm umgekehrt ebenso schwere Lasten auf. Sie haben beide Schäden davongetragen, sind beide Heiler von Schäden. Später, wenn sie in die Welt der ruinierten Egos eintreten, die Welt der Musik, werden sie bereits gelernt haben, daß solche Schäden der Normalzustand im Leben sind, genau wie die Nähe des unsicheren Abgrunds und des spaltendurchzogenen Bodens. In diesem Inferno werden sie sich zu Hause fühlen.

Desorientierungen

Im Herbst 1960, als Vina Apsara unmittelbar davorstand, das magische Alter von sechzehn Jahren zu erreichen, unternahm Sir Darius Xerxes Cama endlich die Reise nach England, von der er so viele Jahre lang geträumt hatte. Jetzt, da er in die Jahre kam, hatte Sir Darius den Bitten seiner Gattin nachgegeben und seine Studien auf dem Gebiet der indoeuropäischen Mythen wiederaufgenommen. (Lady Spenta hoffte, die ruinöse Whiskyabhängigkeit ihres Gatten lasse sich durch eine frühere, weitaus wertvollere Sucht ersetzen.) Eine neue Generation europäischer Gelehrter, darunter zahlreiche brillante junge Engländer, befreiten das Thema von seinem ungerechtfertigten Nazimakel und setzten neue Maßstäbe der Differenzierung für das, was die ersten, unsicheren Schritte der Müller, Dumézil und anderer zu sein schien.

In seiner Bibliothek versuchte Darius, der freudig-erregtes Interesse für diese neue Denkweise empfand, die so vieles dafür getan hatte, ein kultivierteres und erweitertes Verständnis der Begriffe ›Souveränität‹, ›Körperkraft‹ und ›Fruchtbarkeit‹, der drei primären Konzepte des indoeuropäischen Weltbilds, zu fördern, in Lady Spenta ein ebenso freudig-erregtes Interesse daran zu wecken. Doch kaum hatte er begonnen, die aufregende neue Vorstellung zu erklären, daß jedes Glied der konzeptuellen Triade zugleich auch als Subkonzept jeder anderen Kategorie funktioniere, als Lady Spentas schwerer Körper zu zähflüssigem Gallert dahinzuschmelzen schien. Sir Darius fuhr dennoch fort und erklärte, daß ›Souveränität‹ nunmehr in ›Souveränität innerhalb der Souveränität‹, ›Kraft innerhalb der Souveränität‹ und ›Fruchtbarkeit innerhalb der Souveränität‹ unterteilt werde; während ›Körperkraft‹ und ›Fruchtbarkeit‹ gleichermaßen ›aus demselben Grunde‹, dreigeteilt werden müßten. »Ich habe Kopfschmerzen«, sagte das Gallert an dieser Stelle und wabbelte mit hoher Geschwindigkeit davon.

Sir Darius ließ tatsächlich vom Whisky ab. Seine Besorgnis über das, was in seinen Augen der allgemeine Verfall der Kultur zu sein schien, nahm jedoch keineswegs ab. Sich selbst überlassen, dachte Sir Darius darüber nach, wie seine eigenen familiären Umstände diesen Verfall reflektierten. Als Familienoberhaupt stand ihm Souveränität innerhalb der Souveränität rechtmäßig zu, sowohl in ihrem magischen, einschüchternden und distanzierten Aspekt wie in der eher legalistischen und familiären Bedeutung; doch während er sich von seinen Kindern in der Tat entfernt hatte, war es doch lange her, daß irgend jemand ihn auch nur ein winziges Bißchen magisch oder einschüchternd gefunden hatte. Was nun die Kraft innerhalb der Souveränität betraf, die er als Schutz für die Solidarität und Kontinuität der Familie verstand, vor allem durch die jüngeren Mitglieder, die ›Krieger‹, nun ja, die war allerdings ein Witz. »Wir sind«, sinnierte er laut, »bis auf den Punkt abgesunken, an dem wir im tiefsten Sumpf der Unterabteilung des dritten Konzepts stecken, Fruchtbarkeit innerhalb der Fruchtbarkeit, die in unserem Fall nichts weiter heißt als Indolenz, Träume und Musik.«

Auch Sir Darius' persönliche Forschungsarbeit wurde belohnt: Ein Aufsatz – »›Sent to Coventry‹, oder: Gibt es eine vierte Funktion?« – wurde zur Veröffentlichung in den hochgeschätzten *Proceedings of the Society of Euro-Asiatic Studies* akzeptiert, und er selbst wurde gebeten, ihn auf der allgemeinen Jahresversammlung im Burlington House in Form eines Vortrags vorzustellen. Sein Thema war das hypothetische ›vierte Konzept‹ des ›Außenseitertums‹, die Stellung des Aussätzigen, Parias, Ausgestoßenen oder Exilierten, dessen Unabdingbarkeit er vor langer Zeit schon erkannt hatte, und die Beweise für seine Argumente reichten von den kastenlosen Unberührbaren Indiens (Gandhis Harijans, Ambedkars Dalits) bis zum Urteil des Paris; denn verkörperte Paris selbst nicht den Außenseiter in diesem so wichtigen Mythos? Andererseits war aber Eris die Außenseiterin, die Göttin der Zwietracht, die ihm den goldenen Apfel reichte. Wie dem auch sei, das Beispiel hielt stand.

Nun, da er nüchtern war, hatte Sir Darius' schreckliches Geheimnis noch gieriger an ihm zu zehren begonnen, im Wachen sowohl als auch in seinen immer wiederkehrenden Träumen von der nackten Gestalt der Dame Scandal in jenem strahlendweißen Landhaus, und die wachsende Überzeugung, daß er selbst genauso ein Paria war wie jene, von denen er schrieb, oder es eigentlich sein müßte und möglicherweise auch noch werden könnte, wenn eine seiner großen Lügen bekannt wurde, verlieh seiner Arbeit eine Leidenschaft, die seine Sätze nur so auf den Seiten flammen ließ. Inzwischen war er ein einsamer, alter Gentleman. Selbst die Tröstungen der Freimaurerei waren für ihn nicht mehr erreichbar; mit dem Ende des Empire waren die indischen Mitglieder des Ordens allmählich ausgeschieden, und auch Sir Darius hatte schon lange aufgehört, an so fadenscheinigen Zusammenkünften teilzunehmen, wie sie in einer neuen Loge – ebenso schäbig, wie die alte vornehm gewesen war – weiterhin stattfanden. (In letzter Zeit hatte er an seinen ehemaligen Freund, Freimaurerbruder und früheren Squashpartner Homi Catrack denken müssen und seiner Frau sogar vorgeschlagen, ihn einzuladen, um die alte Verbindung wieder aufzunehmen; woraufhin Lady Spenta ihn sanft daran erinnern mußte, daß Catrack tot war, drei Jahre zuvor in aufsehenerregender Art und Weise zusammen mit seiner Geliebten in ihrem Liebesnest von einem gehörnten Marineoffizier niedergeschossen. Der Fall hatte monatelang die Presse beschäftigt, Sir Darius war es jedoch irgendwie entgangen.)

Die Einladung nach England schien seinem Schattendasein ein Ende bereiten zu können, diesem Leben, in dem er durch einen Background von Ereignissen flitzte, an denen er keinen Anteil mehr hatte. »Und außerdem ist da ja Methwold«, erklärte er Lady Spenta strahlend. »Was haben wir für schöne Zeiten erlebt! Die Moore mit den Moorhühnern! Das Athenaeum! Englischer Honig! Wie lustig das war!«

Lady Spenta biß sich auf die Lippe. Sir Darius' Anglophilie war im Laufe der Jahre stärker geworden. Immer wieder lobte er das »U. K.« dafür, daß es sich mit Anstand aus dem Empire zurückgezogen habe, und auch für den »Schneid«, mit dem sich die kriegsgeschädigte

Nation wiederaufgebaut hatte. (Von der Marshallhilfe wurde kein Wort erwähnt.) Indien hingegen wurde ständig für seine »Stasis«, seine »Rückständigkeit« gescholten. Er schrieb ungezählte Briefe an die Zeitungen, in denen er den Fünfjahresplan verhöhnte. ›Was nützen uns Stahlwerke, wenn wir in unserer eigenen Ignoranz versinken?‹ donnerte er dann. ›Die Größe Britanniens steht fest auf den Drei Konzepten …‹ Obwohl die Briefe nicht veröffentlicht wurden, fuhr er unermüdlich fort, sie zu schreiben. Letzten Endes machte sich Lady Spenta nicht mehr die Mühe, sie aufzugeben, sondern vernichtete sie insgeheim, ohne seine Gefühle zu verletzen.

Warum schrieb William Methwold ihm nicht mehr? Immer öfter stellte sich Sir Darius diese Frage, ohne zu ahnen, daß Lady Spenta ihm die Frage beantworten konnte, wenn sie es nur wollte. »Vielleicht ist es wegen meiner Forschungen«, rätselte Sir Darius. »Vielleicht ist er empfindlich wegen des alten Stigmas, das unserem Arbeitsgebiet aufgedrückt wurde. Er ist natürlich ein Beamter und muß äußerst vorsichtig sein. Spielt keine Rolle! Wenn wir zusammen dinieren, werde ich ihn ins rechte Bild setzen.«

»Geh nur, wenn du unbedingt mußt. Aber ich werde nicht mitgehen«, erklärte Lady Spenta ihrem Gatten. Da sie nicht wußte, wie sie ihn vor der Demütigung warnen sollte, die ihn in seinem geliebten England erwartete, zog sie es vor, seiner Vernichtung nicht beizuwohnen. Als er mit der BOAC Super Constellation flog, trug er ein Anwaltshemd aus ägyptischer Baumwolle mit gestärktem Kragen und Manschetten und einen dreiteiligen Anzug aus feinstem Kammgarn mit einer glänzenden Uhrkette auf dem Bauch. Auf seinem Gesicht entdeckte Lady Spenta den Ausdruck tragischer Naivität einer Ziege auf dem Weg zur Schlachtbank. Sie hatte Lord Methwold geschrieben und ihn gebeten, ›bitte möglichst freundlich zu sein‹. Methwold war nicht freundlich. Trotz der dringenden Briefe, die ihm Sir Darius schrieb, und trotz Lady Spentas persönlicher Bitte holte er seinen alten Freund weder am Heathrow Airport ab, noch schickte er jemanden, der ihn abholen sollte, lud ihn weder ein, bei ihm zu wohnen, noch bot er ihm an, ihn in seinem Club unterzubringen. Zur Vorsicht hatte Lady Spenta Dolly Kalamanja gebeten, ihren Ehemann Patangbaz zum Flughafen zu schicken, und so war es Pats freundliches, rundes Gesicht, das Sir Darius in dem einfachen Ankunftsschuppen (damals befand sich der Flughafen noch im Bau, und die Einrichtungen für die Passagiere waren weit primitiver als jene in Bombays Santa Cruz) in Empfang nahm. Sir Darius wirkte eingefallen und zerzaust nach dieser anstrengenden Flugreise und der ebenso anstrengenden Befragung durch die Einwanderungsbeamten, die sich bestürzend wenig von seinen Erklärungen, Ausweispapieren und selbst seiner Ritterwürde beeindrucken ließen und sie sogar mit einiger Skepsis betrachteten. Seine wiederholten Hinweise auf den berühmten Lord Methwold hatten nur hohles Gelächter zur Folge. Nach mehreren Stunden der Befragung ließ man Sir Darius endlich nach England einreisen – ein völlig verwirrter und irgendwie verletzter Mann.

Pat Kalamanjas Haus in Wembley war eine geräumige Vorortvilla aus rotem Backstein mit imitierten weißen Pilastern und Säulen, um ihr eine klassischere, eindrucksvollere Atmosphäre zu verleihen. Kalamanja selbst war umgänglich, gutmütig, darauf bedacht, dem Vater seines zukünftigen Schwiegersohnes möglichst alles recht zu machen, aber auch überaus beschäftigt, so daß Sir Darius, dem im ganzen Haus freie Bahn gegeben wurde, seinen Gastgeber höchstens bei ein paar hastig eingeschobenen Mahlzeiten sah. Während dieser kurzen Begegnungen war Sir Darius nervös und zerstreut. Beim Frühstück tat Pat Kalamanja, ein Geschäftstycoon bis zu den gepflegten Fingernägeln und ein Mann, der mit Small talk nichts anfangen konnte, sein Bestes, den Gast zu beruhigen. »Nawab von Pataudi! Was für ein Grünschnabel! Blanchflower's Hotspurs! Verdammt gutes Footballteam!« Beim Dinner offerierte er politische Kommentare. Bei den bevorstehenden amerikanischen Wahlen bevorzugte Mr. Kalamanja sehr stark Richard M. Nixon, weil dieser Gentleman beim Besuch einer Modellküche auf einer Moskauer Handelsmesse »ein paar offene Worte« mit dem Rußki-Führer Chruschtschow gesprochen hatte. »Kennedy? Viel zu hübsch; das heißt viel zu trickreich. Was meinen Sie?« Aber Sir Darius' Gedanken weilten anderswo.

Die leeren Tage verbrachte er damit, seinen Freund Methwold anzurufen, ohne ihn zu erreichen, und ihm Telegramme mit Rückantwort zu schicken, auf die nie eine Antwort kam, und einmal machte er sogar die lange Reise per Bus und Tube bis zur Methwold-Villa am Campden Hill Square, um einen langen, gekränkten und vorwurfsvollen Brief zu hinterlassen. Schließlich setzte Lord Methwold sich doch noch mit ihm in Verbindung. Eine knapp gehaltene Nachricht traf in Wembley ein, mit der Sir Darius zu einem Spaziergang am folgenden Vormittag auf dem Gelände des Middle Temple aufgefordert wurde, ›an den Sie zweifellos viele Erinnerungen haben, die Sie möglicherweise gern rekapitulieren möchten‹.

Das reichte. Sir Darius Xerxes Cama verstand. Die letzte Energie verließ ihn, und er fiel gänzlich in sich zusammen. Als Mr. Kalamanja an jenem Abend nach Hause zurückgekehrt war, fand er ein dunkles Wohnzimmer und seinen Gast zusammengesunken in einem Sessel am kalten Kamin, während zu seinen Füßen eine leere Flasche Johnnie Walker rollte. Er befürchtete das Schlimmste, bis Sir Darius im Schlaf laut stöhnte, das Stöhnen einer Seele in den feurigen Zangen eines Dämons. In seinem Traum ergab sich Sir Darius der Umarmung der Dame Scandal. Er spürte, wie sein Körper Feuer fing, als er von Demütigung und Scham zerfressen wurde, und schrie mit lauter Stimme auf. Patangbaz Kalamanja stürzte auf ihn zu und nahm ihn in beide Arme. Rotäugig und zitternd erwachte er, stieß den gutherzigen Pat von sich und lief aus dem Zimmer. Am folgenden Morgen fragte er – eine zerknitterte, gequälte Gestalt – seinen Wohltäter Kalamanja, ob ihn sein Reisebüro auf einem früheren Rückflug unterbringen könne. Er gab keinerlei Erklärung ab, und sein Gastgeber kannte ihn nicht gut genug, um ihn danach zu fragen.

So flog Sir Darius nach Bombay zurück – ohne William Methwold gesehen zu haben, ohne seinen Vortrag über die Vierte Funktion gehalten zu haben und ohne jegliche Ambition im Leben außer der einen: in Frieden zu sterben; die ihm aber auch nicht gegönnt sein sollte. Bei seiner Rückkehr holte er seine stolzesten Besitztümer aus dem Godrej-Stahlaktenschrank, wo sie ein halbes Leben lang hinter Schloß und Riegel gelegen hatten – die kostbaren Patenturkunden über seine Ritterwürde –, und schickte sie dem britischen Konsulat in Bombay zurück. Seine Geschichte war beendet. Mit einer Flasche schloß er sich in seiner Bibliothek ein und wartete auf das Ende.

Wir verlassen unser Zuhause nicht nur, damit wir mehr Raum zum Leben haben, sondern auch, um nicht mit ansehen zu müssen, wie unsere Eltern an Lebenskraft verlieren. Wir wollen nicht dabeisein, wenn die Folgen ihres Wesens und Vorlebens sie einholen und zerschlagen, wie die Falle ihres Lebens zuschnappt. Auch uns werden mit der Zeit die Füße schwer werden. Die Wunden des Lebens demythologisieren uns alle. Die Erde klafft. Sie kann warten. Es ist noch genug Zeit.

Zwei Visionen zerbrachen meine Familie: die Vision meiner Mutter Ameer von den ›Kratzern‹, den gigantischen Ausrufezeichen aus Beton und Stahl, welche die ruhigere Syntax der Altstadt von Bombay für immer zerstörten; und die Phantasievorstellung meines Vaters von einem Kino. Es war Vina Apsaras Unglück, daß sie sich bei uns niederließ und meine Eltern als gemeinsame Architekten eines bilderbuchglücklichen Heims idealisierte, als unser kleiner Clan gerade begann auseinanderzufallen. »Rai«, sagte sie einmal zu mir, »du bist ein glücklicher Mistkerl, aber auch ein Schatz, weil es dir nichts ausmacht, dein Glück zu teilen.«

Das Glück ist nicht treu. Meine Eltern waren von ihren Sockeln gestürzt – lange vor ihrem frühen Dahinscheiden. Ihre Fehler aufzuzählen ist leicht. Die große Schwäche meines Vaters war das Glücksspiel, bei dem er schwere Verluste hinnehmen mußte. Im Jahre 1960 waren diese über den Verlust kleiner Häufchen von Streichhölzern hinausgewachsen und zu richtigen ebenso hohen, jedoch weniger leicht einzulösenden Schuldenbergen geworden. Er verlor beim Kartenspiel, er verlor bei Pferdewetten, er verlor beim Würfeln, und außerdem war er in die Fänge eines ›privaten Buchmachers‹ geraten, der sich Raja Jua nannte, »denn der Zufall beherrscht sie alle, von den

Besseren bis zu den Besten«, und der ernstzunehmenden Bombay-Glücksspielern Gelegenheit gab, auf alles zu wetten, was sie wollten, den Ausgang eines Mordprozesses, die Wahrscheinlichkeit einer indischen Invasion in Goa, die Zahl der Wolken, die an einem Tag über den westlichen Himmel ziehen würden, den Bruttoerlös eines neuen Films, die Größe der Brüste einer Tänzerin. Sogar das uralte Regenspiel, das *barsaat-ka-satta*, bei dem man darauf wettet, wann der Regen kommen und wieviel Regen fallen wird, war eine Wette, auf die man bei Raja Jua, dem Fürst der Buchmacher, setzen konnte. Bombay war schon immer eine Stadt der starken Wetter gewesen, der ›High Roller‹. Mein naiver Vater jedoch, V. V. Merchant, war nicht so sehr ein ›Roller‹ als der Gerollte, das Opfer.

Und meine Mutter: Ihr Zynismus, früher einmal eine Pose, die Rüstung einer Idealistin, ihre Verteidigung gegen die Korruption, von der sie auf allen Seiten umgeben war, hatte ihre jugendlichen Prinzipien verdorben. Ich beschuldige sie, zugunsten dessen, was profitabel sein würde, freiwillig das zu zerstören, was einfach schön war, und diesen Kategorien die Bezeichnungen ›gestern‹ und ›morgen‹ zu geben. Sie war die Vorkämpferin der Bauherren-Lobby, die unverhohlen darauf hinarbeitete, das Projekt ›Zweite Stadt‹ für ein Neues Bombay auf der anderen Seite des Hafens zugunsten eines unmittelbar lukrativen Landgewinnungsplans am Nariman Point und – jawohl! – an der Cuffe Parade in Grund und Boden zu reiten. Diese beantragte Cuffe-Parade-Neugestaltung war es, die Vivvy Merchant so sehr entsetzte. Sein Leben lang hatte mein Vater den inneren Kampf zwischen seiner Liebe zur Geschichte und dem Glanz des alten Bombay und seiner beruflichen Beteiligung an der Gestaltung der Zukunft der Stadt ausfechten müssen. Die Vorstellung, den schönsten Teil der Wasserseite der Stadt zu zerstören, zwang ihn in eine permanente, unglücklicherweise jedoch stumme Opposition gegen seine Frau. Stumm, weil Ameer immer noch eine Frau war, die keine Kritik vertrug. Denn schon die kleinste Andeutung, sie könne möglicherweise nicht richtig handeln, genügte, um ein Ungewitter von Weinkrämpfen und einen Streit heraufzubeschwören, die nicht enden würden, bis er sich erniedrigte und eingestand, er habe ihr auf grausame Weise ganz und gar Unrecht getan und ihre gekränkte Unschuld rechtfertige sowohl ihre Wut als auch die endlosen Tränenströme. V. V. Merchant, der es nicht fertigbrachte, mit ihr über seine tiefe Beunruhigung zu sprechen, war statt dessen gezwungen, dem Diktat seiner Natur zu folgen und zu graben.

In Menschen konnte er genauso gut graben wie in Sand. Als er, während ich heranwuchs, in mir grub, entdeckte er eines meiner Geheimnisse.»Dieses Foto von dir«, sagte er und sprach ausnahmsweise in kurzen, klaren Worten,»wird zweifellos sehr von jungen, hübschen Mädchen geschätzt, nicht wahr?« Ich war damals zu verklemmt, um ihm einfach zu antworten, ja, Vater, aber das ist nicht der springende Punkt. Deine Paillard Bolex, deine Rolleiflex und Leica, deine Sammlung der Arbeiten von Dayal und Haseler: die sind meine Inspiration und mein Antrieb. Übrigens ist die Fotografie auch so eine Art Graben. Von alldem sagte ich kein Wort, obwohl es ihn sehr stolz gemacht hätte. Statt dessen witzelte ich:»Yeah, na klar, Daddy-o.« Er zuckte ganz leicht zusammen, zeigte ein unbestimmtes Lächeln und wandte sich ab.

Als er jedoch in meiner Mutter grub, wandte er sich nicht ab. Er grub so lange, bis er das ausgegraben hatte, was sie vernichten sollte; und vernichtete dadurch sich selbst.

Und dieser weißeste aller Elefanten, das Orpheum-Kino, in das er mit einem verschwenderischen Eifer sein Geschäftskapital hineinsteckte, dem selbst Ameer Merchant nicht Einhalt zu gebieten vermochte – war das, auf seine selbstmörderische Art, nicht eine Antwort auf seine Frau und ihr Kartell futuristischer Vandalen? In seiner Vorstellung sah er das Theater als einen Déco-Tempel für die sechziger Jahre, zugleich Tribut an die goldene Periode der Stadt und glückbringendes Mekka für Bombays filmverrückte Masse von ›Fillum‹-Fans. Aber auch das war ein Vabanquespiel, das gründlich danebenging. Die Baukosten schraubten sich in die Höhe, die Kreditbedingungen gerieten außer Kontrolle, und die Unehrlichkeit der Subunternehmer lief darauf hinaus, daß sowohl Material als auch Zubehör verwendet wurden, die weit unter den Spezifikationen lagen. Rivalisierende Kinobosse bestachen städtische Inspektoren, damit sie um Genehmigungen feilschten und das Projekt durch Amtsschimmelreiterei verzögerten. Ameer, deren Aufmerksamkeit sich auf andere Dinge richtete, überließ das Orpheum Vivvy – unklugerweise, wie sich herausstellen sollte. Zum Schluß zwangen die Spielschulden Vivvy, die Verträge für das neue Kino Raja Jua als Sicherheit zu überschreiben. Zu jenem Zeitpunkt war ihm der Name des Mannes, für den dieser Raja Jua arbeitete, noch nicht bekannt.

Zu meinem dreizehnten Geburtstag schenkte mir mein Vater eine recht professionelle deutsche Kamera, eine Voigtländer Vito CL mit eingebautem Lichtmesser und Schuh für ein Elektronenblitzgerät, und die ersten Fotos, die ich schoß, zeigten Vina Apsara, singend. Sie war besser als Radio Ceylon. An den Abenden setzten wir uns meistens zusammen, und sie legte mit dieser perfekten Stimme los, die Woche um Woche größer und voller wurde, abwechselnd dreckigerfahren und engelsrein. Mit dieser Stimme, die sie auf den Weg zur Unsterblichkeit führte. Wenn man Carly Simon *Bridge Over Troubled Water* singen hört, begreift man, wieviel Guinevere Garfunkel in diese Partnerschaft einbrachte. So war es in der großen Zeit von VTO. Es gibt Bands, die Hitmaschinen sind, Bands, die den Respekt der Musikwelt verdienen, Bands, die ganze Stadien füllen, Bands, die von Sex nur so triefen; transzendente Bands und ephemerische, Boy Bands und Girl Bands, Trickbands und unfähige Bands, Strand- und Autofahrbands, Sommer- und Winterbands, Bands, bei denen man sich lieben kann, und Bands, die bewirken, daß man sich den Text aller Songs einprägt, die sie spielen. Die meisten Bands sind grauenhaft, und wenn es Außerirdische gibt, die von anderen Galaxien aus unsere Rundfunk- und Fernsehwellen anzapfen, treibt der Lärm sie vermutlich in den Wahnsinn. Und doch gibt es in der ganzen, ein halbes Jahrhundert während Geschichte der Rockmusik eine kleine Anzahl von Bands, eine so kleine Anzahl, daß man sie an den Fingern abzählen kann, die einem das Herz stehlen und zum Bestandteil dessen werden, wie man die Welt sieht, wie man die Wahrheit sagt und versteht, selbst wenn man alt und taub und töricht wird. Noch auf dem Sterbebett wird man sie singen hören, wenn man durch den dunklen Tunnel auf das helle Licht zuschwebt. Shh ... Sha-sha ... Sha-la-la-la-la ... Shang-a-lang, shang-a-lang ... Sh-boom ... Shoop ... Shoop ... Shh. – Jetzt ist alles vorbei. Zu diesen Bands gehörte VTO. Und Ormus hatte die Vision, aber Vina hatte die Stimme, und es war die Stimme, die den Ausschlag gab, es ist immer die Stimme, der Beat erregt deine Aufmerksamkeit, die Melodie bleibt in der Erinnerung, aber es ist die Stimme, gegen die du wehrlos bist, der gottlose Kantor, der profane Muezzin, der Sirenengesang, der sich den Weg direkt zum Zentrum des Rhythmus sucht, zur Seele. Ganz egal, welche Art von Musik. Ganz egal, welche Art von Stimme. Wenn Sie es hören, das einzig Wahre und Echte, sind Sie erledigt, glauben Sie mir. Finito, solange Sie sich nicht mit Stöpseln in den Ohren an den Mast Ihres Schiffs fesseln lassen wie Odysseus. Ist das Ihre Gans? Sie ist längst gebraten.

Inzwischen glaube ich, daß es Vinas Gesang war, der uns in jenen Tagen zusammenhielt. Sie war unser Fels, nicht umgekehrt. Während sich V. V. Merchant in Schulden stürzte, überdies insgeheim seiner Frau nachspionierte und dicke Dossiers über ihre illegalen Manipulationen der Entscheidungsträger unserer Stadt anlegte; während, kurz gesagt, eine Zeitbombe unter unserem Leben tickte, sang Vina für uns und erinnerte uns an die Liebe.
Oh, hitzige Intensität der Kindheitsblicke! Als Kinder waren wir alle Fotografen, brauchten keine Kamera, prägten sich die Bilder in unser Gedächtnis. Ich erinnere mich an unsere Nachbarn an der Cuffe Parade, an ihre Ambitionen, ihre glücklichen und unglücklichen Ehen, ihre Auseinandersetzungen, ihre Automobile, ihre Sonnenbrillen, ihre Handtaschen, ihr blasses Lächeln, ihre Freundlichkeit, ihre Hunde. Ich erinnere mich an die Wochenenden mit ihren seltsamen, importierten Freizeitbeschäftigungen. Meine Eltern spielten Golf im Willingdon, mein Vater gab sich große Mühe, zu verlieren, damit meine Mutter nicht die gute Laune verlor. Ich erinnere mich an ein paar *Navjotes*, die damit verbracht wurden, Speisen in uns hineinzu-

stopfen, die auf Platanenblättern serviert wurden, an mehrere *Holis* voller Farben und an mindestens einen Besuch des riesigen Gebets-Maidan auf Big Eid, der mir im Gedächtnis blieb, weil er eine Seltenheit war. Ich glaube, mein Vater wollte nur, daß ich schätzen lernte, was mir im Leben fehlte, und warum. Ich erinnere mich an meine Freundin, die süße Neelam Nath, die nur heranwuchs, um mit ihren Kindern zusammen beim Absturz der Air-India vor der irischen Küste zu sterben. Ich erinnere mich an Jimmy King mit seiner teigigen Haut und den widerspenstigen schwarzen Stirnfransen; er starb sehr jung, unerwartet, in der Schule. Alle Klassentüren und -fenster wurden geschlossen, damit wir nicht sehen konnten, wie sein Vater auf den Schulhof gefahren kam, um den Leichnam seines Sohnes nach Hause zu holen. Ich erinnere mich an einen langen, hageren Knaben, der am Scandal Point mit seinen Freunden über die Felsen kletterte. Er sah durch mich hindurch, als sei ich gar nicht da. Gold-Flake-Poster, der Royal Barber Shop, die stechenden, vielfältigen Gerüche nach Fäulnis und Hoffnung. Vergeßt Mumbai. Ich erinnere mich an Bombay.

Dann schenkten sie mir eine Kamera, ein mechanisches Auge, welches das innere Auge ersetzen sollte, und von da an ist das, woran ich mich erinnere, vor allem das, was die Kamera aus dem Ablauf der Zeit herausgeschnappt hat. Kein Memorist mehr, sondern ein Voyeur, erinnere ich mich an Fotografien.

Hier ist eine. Es ist Vinas sechzehnter Geburtstag, und wir sind im Restaurant Gaylord an der Vir Nariman Road, wo wir Chicken Kiew essen. Meine Mutter und mein Vater zeigen einen nicht vertrauten Gesichtsausdruck. Er sieht zornig aus, sie wirkt zerstreut, vage. Vina dagegen strahlt. Das ganze Licht auf der Fotografie scheint einzig ihr zuzuströmen. Wir sind Schattenkörper, die sich um ihre Sonne drehen. Ormus sitzt neben ihr wie ein Hund, der um etwas zu fressen bettelt. Auch eine Hälfte von mir ist auf dem Bild. Ich hatte einen Kellner gebeten, das Foto zu schießen, aber er hatte nicht richtig gezielt. Spielt keine Rolle. Ich weiß noch, wie ich aussah. Ich sah so aus, wie man aussieht, wenn man drauf und dran ist, das zu verlieren, was einem im Leben am allerwichtigsten ist.

Am Ringfinger von Vinas rechter Hand schimmerte ein Mondstein, ihr Geburtstagsgeschenk von Ormus. Sie hatte inzwischen eine Woche lang mit dem Ring unter dem Kopfkissen geschlafen, um ihn zu testen, bevor sie ihn akzeptierte, und ihre Träume waren so erotisch gewesen, daß sie jede Nacht in den frühen Morgenstunden zitternd vor Glück und in gelbem Schweiß gebadet erwachte.

Ormus bittet um Erlaubnis, Vina in ein ›Konzert‹ mitzunehmen. V. V. und Ameer meiden jeder den Blick des anderen, bewegen sich am Rand eines Streits. »The Five Pennies«, erklärt Ormus. »Nehmt Umeed auch mit«, sagt Ameer mit einem Wink ihrer Hand. Vinas Auge schleudern Dolche. Sie durchbohren meine dreizehnjährige Brust.

Nach dem Erfolg des Danny-Kaye-Films *Fünf Pennies* war sein Gegenstand, der echte Bandleader Red Nichols, mit einer neuen Fünfergruppe auf Tournee nach Bombay gekommen. Durch die Vormittags-Jam-Session-Brunches an den Wochenenden angeregt, war Jazz in der Stadt noch immer beliebt und lockte große Menschenmengen an. Ich habe die Fotos als Beweis, aber ich kann mich nicht mehr erinnern, wo das Konzert stattfand. Auf dem Azad Maidan, dem Cross Maidan, der Cooperage oder sonst irgendwo. Auf jeden Fall im Freien. Ich erinnere mich an eine erhöhte Bühne unter freiem Himmel. Weil meine Mutter mich mitgeschickt hatte, brachte Ormus auch Virus mit. Wir vier trafen zeitig ein und standen ziemlich weit vorn. Als die Pennies auftraten, war ich enttäuscht, denn Red Nichols war ein kleiner Kerl mit kurzen weißen Haaren, ganz und gar nicht wie Danny Kayes wallende, karottenrote Lockenpracht. Dann griff er zur Klarinette und blies. Trad Jazz. Es gefiel mir, gelegentlich, muß ich gestehen. Aber Vina hatte schon immer gesagt, daß ich einen schlechten Geschmack habe.

Das Konzert der Five Pennies ist berühmt wegen dem, was ganz am Ende eines recht durchschnittlichen Programms geschah, das bei niemandem den Puls schneller schlagen ließ. Nachdem der alles andere als heftige Beifall verklungen war, machte sich das knallrot befrackte Quintett für seine Zugabe bereit. Die *Saints*, was sonst, doch kaum hatte Red Nichols die Nummer angekündigt, da schwang sich jemand aus dem Publikum auf die Bühne, schwenkte eine indische Holzflöte und zeigte sein einfältiges, aber auch ansteckendes Grinsen.

»Großer Gott!« rief Ormus Cama und sprang seinem Bruder auf die Bühne nach.

»Wartet auf mich!« schrie Vina, die ihr Strahlen verströmte, als sie den Cama-Boys zu ihrem eigenen, unausweichlichen Schicksal folgte; das machte drei Invasoren. Ich selbst – ich bin ein Feigling. Ich blieb in der Menge und machte Fotos. *Klick.* Red Nichols entsetztes Gesicht. Er war vor Indien gewarnt worden, vor den riesigen Menschenmengen, die sich im Handumdrehen in einen mordlustigen Mob verwandeln können. War er von Danny Kaye nur wiedererweckt worden, um in Bombay niedergetrampelt zu werden? *Klick.* Virus Camas Lächeln zeigt seinen Zauber, und das Entsetzen des alten Bandleaders weicht einem Ausdruck belustigter Nachsicht. *Klick.* Zum Teufel, was soll's. Laßt den dummen Jungen spielen. Und ihr, ihr beiden? Was wollt ihr? *Klick.* Vina Apsara tritt ans Mikrofon. »Wir singen.«

Oh when the sun (oh when the sun)
begin to shine (begin to shine).

Ardaviraf Camas Spiel war zweifellos gekonnt, aber die Musik, die aus seiner Flöte kam, war unangemessen; es war ein Klang in einer anderen Währung, ein Anna, der ein Penny sein wollte, aber das spielte keine Rolle, zum Teil, weil es ihm genügte, so vor sich hinzududeln, und zum Teil, weil der gewitzte Nichols sein Mikro abgeschaltet hatte, so daß man ihn nur in den ersten zwei Reihen hören konnte; vor allem aber, weil in dem Moment, als Ormus und Vina den Mund öffneten und zu singen begannen, jedermann aufhörte, an etwas anderes zu denken. Als sie endeten, jubelten die Zuhörer wie wild, und Nichols machte ihnen ein Kompliment, indem er erklärte, sie seien so gut, daß er es ihnen nicht übelnähme, verdrängt worden zu sein.

Das Konzert war aus, die Menschen zerstreuten sich, ich aber stand wie angewurzelt und schoß Fotos. Die Welt bekam Risse, Ormus und Vina waren ins Gespräch mit den Musikern vertieft, die ihre Instrumente einpackten und den einheimischen Bühnenarbeitern zuriefen, sie sollten vorsichtig sein. Mir brach das Herz. Während Ormus und Vina mit den Jazzern plauderten, sprachen ihre Hände und Körper miteinander. *Klick, klick.* Ich kann euch sehen, ihr beiden. *Klick.* Guckguck! Wißt ihr, daß ich dies tue? Laßt ihr mich zusehen, ist es das, obwohl ich hier die Beweise gegen euch habe, hier drinnen, in meiner kleinen deutschen Wunderbox? Es ist euch gleichgültig, nicht wahr? Ihr wollt, daß alles rauskommt. *Klick.* Und was ist mit mir? Vina? Auch ich werde erwachsen. Er hat auf dich gewartet. Warum willst du nicht auf mich warten? *I want to be in that number!*

Mein Platz war von Anfang an in einer Ecke ihres Lebens, im Schatten ihrer Erfolge. Aber ich war stets überzeugt, daß ich etwas Besseres verdient hatte. Und es gab eine Zeit, da ich es fast bekam. Nicht nur Vinas Körper, sondern auch ihre Aufmerksamkeit. Fast.

Die Musiker luden ihre Ausrüstung in einen kleinen Bus. Eine Einladung war angeboten und angenommen worden, die mich nicht einschloß. Ormus kam herüber, um mich zu verjagen: Ormus im Angriff, erfüllt von Sex und Musik.

»Okay, Rai«, sagte er übertrieben energisch. »Du gehst jetzt mit Ardaviraf, okay? Virus wird dich nach Hause bringen.« Was glaubst du eigentlich, wer du bist? Hätte ich gern gerufen. Hältst du mich für ein Baby, das vom Dorftrottel nach Hause gebracht werden muß? Aber er ging schon wieder davon, umarmte Vina, schwang sie hoch und küßte sie, küßte sie.

Der Himmel stürzte ein. Virus Cama zeigte mir seine Zähne, zeigte mir sein idiotisches Lächeln.

Sie liebten sich in jener Nacht, in Nichols' Suite im Taj Hotel, einen Steinwurf von der Cama-Wohnung entfernt. Der große Klarinettist suchte sich ein anderes Zimmer und schickte ein Liebesmahl zu ihnen hinauf – mitsamt den Nachrichten, die für sie eintrafen und die an die Band geschickt wurden, weil niemand wußte, wo die beiden Sänger zu erreichen waren. Es gab Auftrittsangebote aus der ganzen Stadt, angefangen mit dem Hotel selbst. Aber, wie Vina voller Stolz berichtete, Speisen und Getränke wurden nicht berührt, die Briefe erst am Morgen geöffnet. Die beiden hatten Besseres zu tun.

Die Einzelheiten von Vina Apsaras Entjungferung durch Ormus Cama wurden von der Presse veröffentlicht, vor langer Zeit bekannt gemacht durch Vina selbst, also besteht kein Grund, sich mit dem genauen Maß an Unbehagen (beträchtlich) zu befassen, oder mit Ormus' kompensierender Erfahrung als Verführer von Jungfrauen (ein paar Jahre nach dem Ereignis nannte Vina stolz Namen und Anzahl von Ormus' früheren Eroberungen, womit sie ein Pandämonium von Skandalen quer durch die Gesellschaft von Bombay auslöste), mit ihren anfänglichen Problemen (er war ihr zu sanft, zu ehrfürchtig, was sie verärgerte und sie zu aggressiv und für seinen Geschmack körperlich zu unsensibel machte) oder mit ihren ebenfalls anfänglichen Erfolgen (er streichelt ihr das winzige Grübchen am unteren Ende der Wirbelsäule, erforscht mit der Zungenspitze die Ränder ihrer Nasenflügel, küßt saugend ihre geschlossenen Augen, seine Eichel bohrt sich in ihren Nabel, seine Finger streichen an ihrem Perineum entlang, sie schlingt ihm die Beine um den Hals, reibt die Hinterbacken an seinem Geschlecht, ihr üppiger Mund und vor allem die Entdeckung, daß seine Brustwarzen – selten bei einem Mann – extrem empfindlich waren: Wie Sie sehen, habe ich kein Jota, kein Tüpfelchen des die Geilheit anregenden Katalogs vergessen). Es genügt, festzustellen, daß die Tat – die Taten – geschah; daß die Liebenden in jener Nacht nicht in ihre eigenen Betten zurückkehrten; so daß die Freude in diesem Fall bei Nacht kam und daß es der Morgen war, der dunkel und voll Kummer darauf folgte.

Die Bereitschaft Vina Apsaras, öffentlich über intime Dinge zu sprechen – ihre katastrophale Kindheit, ihre Liebesgeschichten, ihre sexuellen Neigungen, ihre Abtreibungen, ihre Wechseljahre –, war für die Erschaffung der gigantischen, ja, sogar erdrückend symbolischen Gestalt, zu der sie wurde, ebenso wichtig wie ihr Talent, vielleicht sogar wichtiger. Für zwei Frauengenerationen war sie so etwas wie ein Megaphon, das ihre gemeinsamen Geheimnisse in die Welt hinausposaunte. Manche fühlten sich befreit, andere exponiert, alle begannen ihr jedes Wort vom Mund abzulesen. (Auch die Männer waren sowohl geteilter Meinung als auch fasziniert, viele begehrten sie heftig, andere behaupteten, sie hurenhaft und abstoßend zu finden; viele liebten sie für ihre Musik, andere haßten sie aus demselben Grund – denn alles, was große Liebe auslöst, wird unweigerlich auch Haß auslösen; viele fürchteten sie wegen ihres Mundwerks, manche feierten sie und behaupteten, daß sie sie ebenfalls befreit habe.) Doch da sie häufig ihre Meinung änderte, hitzig verteidigte Positionen zugunsten des Gegenteils aufgab, an dem sie dann ebenfalls mit einer flammenden Überzeugung festhielt, die keinen Widerspruch duldete, sahen viele Frauen sie zur Zeit des Erdbebens in Mexiko bereits als Verräterin an ebenjener Einstellung, mit der sie dazu beigetragen hatte, sie frei zu machen.

Wäre sie nicht gestorben, sie wäre möglicherweise zu einer verschrobenen, ignorierten Alten geworden, auf eine Art aus dem Takt geraten, die nichts weiter als stur-, dick- oder wirrköpfig war, während sie einstmals trotzig, triumphierend die einzige in der Parade gewesen war, die im Takt marschierte, bis die anderen Marschierer ihr die Führung abnahmen. Exzentrische Irrelevanz war jedoch ein Schicksal, das ihr erspart blieb. Statt dessen entfesselte ihr Tod die volle Macht des Symbols, das sie geschaffen hatte. Macht zeigt, wie Liebe, ihre Ausmaße am deutlichsten dann, wenn sie unwiderruflich verloren ist.

Immer, wenn ich an diese Ereignisse denke, beginnen mir die *Saints* durch den Kopf zu marschieren. Ich sehe Ormus und Vina zwischen blutigen Laken erwachen, einer fest in den Armen des anderen. Ich sehe, wie sie die geschlossenen Nachrichten öffnen und sich Träumen von ihrer professionellen Zukunft wie auch von der Zukunft ihrer Liebe überlassen. Ich sehe, wie sie sich ankleiden, sich von den amerikanischen Musikern verabschieden und – bereit, sich den Folgen ihres Handelns zu stellen – ein gelbschwarzes Taxi zur Cuffe Parade nehmen. Und während dieser ganzen Sequenz spielt Red Nichols die Klarinette, aber vielleicht ist es auch Louis Armstrongs Filmversion, die ich höre. *O when the band begin to play. O when the band begin to play.*

Die erste Wolke macht sich bereit, am Horizont aufzuziehen. Ormus spricht bedeutende Worte. »Heirate mich.« Er zieht ihr den Mondsteinring von der rechten Hand und versucht ihn ihr auf den Verlobungsfinger zu streifen. »Heirate mich – jetzt sofort!«

Vina erstarrt, wehrt sich gegen das Abziehen des Ringes. Nein, sie will ihn nicht heiraten. Sie weigert sich, gibt ihm einen eindeutigen Korb, braucht nicht einmal darüber nachzudenken. Aber gegen den Ring hat sie nichts, sie akzeptiert ihn, kann den Blick nicht von ihm wenden. (Der Taxifahrer, neugierig, Sikh, ist ganz Ohr.) »Warum nicht?« Ormus' Aufschrei klingt mitleiderregend, sogar ein wenig erschütternd. Vina bereitet dem Taxifahrer mehr Vergnügen, als er sich hätte erhoffen können. »Du bist der einzige Mann, den ich je lieben werde«, versichert sie Ormus. »Aber glaubst du wirklich im Ernst, daß du auch der einzige Kerl bist, den ich jemals ficken werde?«

(Eine Trompete – eindeutig Satchmo – bläst los. Armstrongs Instrument ist das goldene Horn der Erfahrung, der Trumpf weltlicher Weisheit. Sie lacht – *wuah, wuah* – über das Schlimmste, was das Leben auskotzt. Sie hat das alles schon früher gehört.)

Es muß doch irgendwo was Besseres geben als dies. So oder ähnlich haben wir alle einmal gedacht. Für Sir Darius Xerxes Cama war ›etwas Besseres‹ England, doch England wandte sich gegen ihn und ließ ihn als gestrandetes Wrack zurück. Für Lady Spenta war der schönste Ort der Ort reiner Erleuchtung, wo Ahura Mazda mit seinen Engeln und den Gesegneten wohnt; doch dieser Ort war weit, weit entfernt, und Bombay kam ihr zunehmend wie ein Labyrinth ohne Ausgang vor. Für Ormus Cama bedeutete ›besser‹ das Ausland, aber die Wahl dieses Ziels bedeutete das Durchtrennen sämtlicher Familienbande. Für Vina Apsara war der richtige Ort immer nur der, an dem sie nicht war. Immer am falschen Ort, im Zustand ständigen Verlustes, konnte sie (und tat es) unerklärlicherweise plötzlich fliehen und verschwinden; um dann zu entdecken, daß der neue Ort, den sie erreichte, genauso falsch war wie der Ort, den sie hinter sich gelassen hatte. Für Ameer Merchant, meine kosmopolitische Mutter, war der bessere Ort die Stadt, die sie bauen wollte. V. V. Merchant wurde als echter Provinzler von der Vorstellung gequält, daß der schöne Ort existiert hatte, daß wir ihn besessen und bewohnt hatten, daß er aber nun zerstört wurde und daß seine geliebte Ehefrau tief in diese Vernichtung verstrickt war.

Es war das Jahr der Teilungen, 1960. Das Jahr, in dem der Staat Bombay in zwei Teile geteilt wurde, und während das neue Gujarat sich selbst überlassen blieb, wurde uns Bombayanern mitgeteilt, daß unsere Stadt jetzt Hauptstadt von Maharashtra sei. Viele von uns fanden das schwer erträglich. Gemeinsam begannen wir in einem privaten Bombay zu leben, das ein Stückchen aufs Meer hinaustrieb und sich vom Rest des Landes entfernt hielt; während jeder von uns für sich ein eigenes Bombay wurde. Man kann nicht einfach immer weiter teilen und abschneiden – Indien-Pakistan, Maharashtra-Gujarat –, ohne daß sich die Folgen bis auf die Ebene der Familieneinheit, des Liebespaares, der verborgenen Seele auswirken. Alles bewegt sich, verändert sich, wird geteilt, durch Grenzen getrennt, aufgespalten, abermals aufgespalten, auseinandergerissen. Zentrifugalkräfte beginnen stärker zu ziehen als ihre zentripetalen Gegenkräfte. Die Schwerkraft stirbt. Die Menschen fliegen ins All hinaus.

Nach dem Konzert der Five Pennies kehrte ich, der Virus mit einiger Mühe losgeworden war, zu Fuß zur Cuffe Parade zurück, wo ich unser Heim in eine Kampfzone verwandelt vorfand: oder, genauer gesagt, in ein tiefes Loch furchtbaren Verlustes. Meine Eltern umkreisten den Wohnzimmerteppich wie zwei Ringer oder als bedecke der Isfahan selbst nicht mehr einen festen Fußboden aus Mahagonidielen, sondern sei zu einem dünnen Tuch geworden, das über einen gähnenden Abgrund gespannt war. Mit wutgeröteten Augen funkelten sie einander an, konfrontiert mit etwas weit Schlimmerem als dem Verlust der Zukunft, als dem Verlust der Vergangenheit: dem Verlust ihrer Liebe.

Während meiner Abwesenheit war Piloo Doodhwala bei ihnen aufgetaucht: nicht der aufgeblasene Piloo, der auf eine Schar von Satrapen hinabblickt und den Sie bereits kennengelernt haben, sondern ein viel ruhigerer Piloo, begleitet von einem einzigen männlichen Partner, den er als Sisodia vorstellte, ein Mann Ende Dreißig, im dunklen Anzug, erstaunlich klein, mit dicker Brille und erkahlendem Kopf. Er litt unter starkem Stottern und trug einen dicken Aktenkoffer aus Leder, aus dem er jetzt einen dicken Aktenordner mit dem Entwicklungsplan für die Cuffe Parade holte, dessen Sponsor, wie es auf dem Deckel hieß, Mrs. Ameer Merchant von Merchant & Merchant (Pvt.) Ltd. war. Wie V. V. Merchant bei näherer Durchsicht entdeckte, hatte sich Ameer mit Piloos Leuten zusammengetan, um das Projekt durchzuziehen. Auf einem Couchtisch breitete Piloos Assistent eine Kopie des offiziellen Meßtischblattes der Cuffe Parade aus. Viele Villengrundstücke waren für ›weg‹ grün koloriert. Mehrere waren mit grünweißen Streifen markiert, also ›in Verhandlung‹. Nur ganz wenige waren rot gefärbt. Eines davon war die Villa Thracia, unser Haus. »Ihre Gattin hat ihre Z-z-zustimmung zu dem V-v-verkauf b-b-bereits gegeben«, erklärte Mr. Sisodia. »Alle relevanten Do-do-dokumente sind hi-hi-hier. Da das G-g-grundstück auf Ihren N-n-namen eingetragen ist, m-m-müssen Sie hier unterzeichnen. G-g-genau hier.« Er zeigte auf den Punkt und offerierte einen Sheaffer-Füllfederhalter.

Vivvy Merchant sah seine Frau an. Ihre Augen glichen Steinen. »Der Plan ist phantastisch«, sagte sie. »Die Gelegenheit unglaublich günstig.«

Eifrig beugte sich Piloo in seinem Sessel vor. »Jede Menge *cash*«, erklärte er vertraulichen Tons. »Reichlich und genug phür alle.«

Mein sanfter Vater sprach sehr sanft, doch seine Gedanken waren alles andere als sanft.»Ich wußte, daß etwas im Busch war«, sagte er.»Aber es ist inzwischen viel weiter gegangen, als ich gedacht hatte. Wie ich sehe, haben Sie die Stadt in der Tasche. Landnutzungsvorschriften ungültig, Bauhöhenvorschriften werden ungestraft mißachtet.«

»Phixed«, bestätigte Piloo freundlich nickend.»Keine Probleme.«

Mr. Sisodia entrollte sein zweites Diagramm, den Plan der in Aussicht genommenen Entwicklung. Vorgeschlagen wurde eine nicht unbeträchtliche Landgewinnung.»Mehr Cuffe«, scherzte Piloo, »phür Ihre Parade.« Aber Vivvy sah ihn nicht an.»Die Promenade«, sagte er.»Muß geopfert verden, leider«, sagte Piloo mit bedauernd herabgezogenen Mundwinkeln.»Und der Mangrovenwald?« fragte Vivvy. Piloo gab sich leicht gereizt.»Wir bauen hier doch keine Baumhäuser, Sir – oder?«

Vivvy öffnete den Mund.»Bephor Sie nein sagen«, fuhr Piloo fort und hob Schweigen gebietend eine Hand,»bedenken Sie bitte pholgendes.«

Mr. Sisodia erhob sich, ging zur Haustür und holte einen zweiten Assistenten herein, der offensichtlich Befehl gehabt hatte, draußen auf sein Stichwort zu warten. Als er das Wohnzimmer betrat, hielt V. V. Merchant hörbar die Luft an und schien deutlich zu schrumpfen.

Der zweite Assistent war Raja Jua, König der Buchmacher. Auch er trug einen ledernen Aktenkoffer in der Hand. Daraus holte er sogleich eine Mappe mit sämtlichen Unterlagen über die Schulden meines Vaters sowie alle Papiere hervor, die zum Orpheum-Kino gehörten, und reichte sie dem ersten Assistenten.»Aus p-p-persönlicher Hochachtung f-f-für Ihre F-f-frau G-g-gemahlin«, sagte Mr. Sisodia,»und um m-m-möglichst Ag-g-gressionen zu v-v-vermeiden, ist Piloji geneigt, diese B-b-bagatellen außer acht zu lassen. Das Entwicklungs-p-p-potential beläuft sich auf v-v-viele Karoren. Diese Außenstände z-z-zählen kaum. Unterz-z-zeichnen Sie nur den V-v-verkaufsv-v-vertrag für die Villa Thracia, und sämtliche t-t-toten Schulden werden gestrichen.«

215

»Die Verträge für das Orpheum«, sagte Ameer.»Wie konntest du!«
»Und unser Heim«, entgegnete V. V.»Wie konntest *du*?«
Piloos Miene verfinsterte sich.»Venn ich ein König aus der Zeit
der großen Helden väre«, erklärte er,»vürde ich Sie zu einem ein-
zigen weiteren Glücksspiel herausphordern. Gewinnen Sie, sind Ihre
Schulden getilgt. Pherlieren Sie, gehört Ihre Phrau Gemahlin mir.«
Er lächelte. Seine Zähne glänzten im Lampenschein.»Aber ich bin
ein bescheidener Mensch«, sagte er.»Darum verde ich mich mit Ihrer
Ehre begnügen und mit Ihrem Heim. Außerdem erklärt sich Mrs.
Merchant einpherstanden, Mr. Sisodia als Ihren Kinopherwalter einzusetzen. Unsere Partnerschapht muß sich auf gute phiskalische
Praktiken stützen. Philme sind Sisodias zweite Leidenschapht, doch
seine erste ist das Geld.«
V. V. Merchant erhob sich.»Ich erkläre mich mit gar nichts einverstanden«, sagte er auf seine sanfte Art.»Und nun – raus!« Ameer erhob sich ebenfalls, doch ihr Verhalten war ganz anders.
»Was soll das heißen, raus?« rief sie empört.»Daß wir alles verlieren
müssen, alles, was ich gebaut habe, daß wir ausgelöscht werden müssen, nur weil du schwach bist? Das Kino verlieren, die Kontrolle
über die Firma verlieren, die größte Kapitalchance der letzten zwanzig Jahre verlieren und in Armut leben, bis wir das Haus doch noch
verkaufen müssen, nur um zu essen? Ist es das, was du willst?«
»Es tut mir leid«, sagte V. V. Merchant.»Ich werde nicht unterschreiben.«
Es muß doch irgendwo was Besseres geben. Oh, tödlichste aller Vorstellungen! Denn Piloo Doodhwala war der einzige von uns, der die
Umstände des Lebens als das hinnahm, was sie waren, als gegeben.
Er verzettelte seine Kräfte nicht auf verrückte utopische Phantasien.
Wie konnte er da nicht als der große Gewinner aus allem hervorgehen? Unser Leben lag in seiner Hand, zu seinen Füßen. Wie hätte es
je anders sein können?
Piloo schlachtete mehr als Ziegen. Er fuhr auf vielen Feldern blutige
Ernten ein. Mein Leben hat einen anderen Verlauf genommen,
aber nie habe ich die Lektion vergessen, die er meinen Vater gelehrt
hatte – die Lektion, die *mich* die Katastrophe meiner Eltern gelehrt

hat –, während anderswo in Bombay Vina und Ormus sich endlos in der Liebe ergingen.

Die Dinge sind so, wie sie sind.

Den ganzen Abend, die ganze Nacht hindurch stritten sich meine Eltern. Mit offenen Augen wie eine Eidechse lag ich schlaflos in meinem Zimmer und lauschte dem Duell ihrer gebrochenen Herzen. Gegen Morgen ging mein Vater zu Bett, Ameer jedoch fuhr fort, ihre Kreise im Wohnzimmer zu ziehen wie ein Löffel in der Tasse, den giftigsten aller Wutausbrüche aufzurühren, den von den Schlägen der sterbenden Liebe aufgeschäumten Zorn. Dann kamen Vina und Ormus herein, und Ameer, besessen von ihrer Wut, fiel unversehens über ihren jungen Schützling her.

Es ist mir unmöglich, mit Anstand all die Beschimpfungen wiederzugeben, mit denen meine Mutter die Liebenden, aber vor allem Vina attackierte. Drei Stunden und einundzwanzig Minuten lang schrie sie auf sie ein, scheinbar ohne Luft zu holen, überschüttete das junge Mädchen mit allem, was für Vivvy gedacht war. Als sie schwieg, wankte sie erschöpft zum Haus hinaus und warf sich in ihren geliebten alten Packard. Der sie wie ein durchgehendes Pferd davontrug. Einen Moment später stürzte mein Vater zum Buick hinaus. Auch er preschte einfach so blindlings davon – in die entgegengesetzte Richtung –, daß ich um sein Leben fürchtete. Doch keinem von beiden stieß die absolute Irrelevanz eines Verkehrsunfalls zu. Sie hatten schon eine nahezu tödliche Karambolage erlebt, bevor sie das Haus verließen.

Beleidigungen sind etwas Rätselhaftes. Das, was dem Außenstehenden der grausamste, zerstörerischste Angriff mit einem Vorschlaghammer zu sein scheint, *Hure! Schlampe! Nutte!*, kann das Ziel unversehrt lassen, während eine scheinbar geringfügigere Stichelei, *Gott sei Dank, daß du nicht mein Kind bist,* den dicksten Panzer tödlich durchstoßen, *du bist für mich noch weniger als der Dreck unter meinen Schuhsohlen,* und direkt mitten ins Herz treffen kann. Wenn ich hier keinen erschöpfenden Katalog der harten Anwürfe meiner Mutter biete, geschieht es unter anderem, weil ich nicht in der Lage bin, die unterschiedliche Wirkung einzuschätzen. Was ist dieser Ausdruck oder jener, dieser Schlag, jener Stoß? War es die reine Tatsache der Tirade oder der kumulative Effekt dieser ätzenden *tour de force*, die sowohl Ameer als auch Vina körperlich ausgelaugt zurückließ wie Ringer, die einander bis zum Patt bekämpft haben?

Vina Apsara, ein junger Mensch, der schon zu vieles gesehen hatte, dessen Vertrauen in die Welt auf furchtbare Weise ausgehöhlt war, hatte sich während der Jahre in der Villa Thracia ganz allmählich zu dem Glauben verleiten lassen, es könnte für sie die Möglichkeit geben, eines Tages auf dem festen Boden unserer Liebe zu stehen. Unserer wie auch Ormus' Liebe. Daher hatte sie ihrerseits nicht nur uns, sondern auch unsere Beschäftigungen, unsere Stadt und unser Land lieben gelernt, zu denen sie, wie sie halbwegs zu glauben begonnen hatte, eines Tages auf ihre Art gehören könne. Doch das, was meine Mutter ihr an jenem Tag antat, zog ihr den Isfahan-Teppich von Vinas Vertrauen in die Liebe selbst unter den Füßen weg und legte den Abgrund darunter frei.

Vina stand da – still, kaum noch halb bei Bewußtsein, die Hände mit den Handflächen nach vorn ausgestreckt, fragend, ohne Antworten zu erwarten, wie die Überlebende eines Massakers, die dem Tod ins Antlitz blickt. Ormus nahm ihr Gesicht zwischen beide Hände. Ganz langsam wich sie zurück, entfernte sich von seiner Berührung. In diesem Moment muß ihr seine große Liebe als eine große Falle erschienen sein. In die hineinzufallen hieße, ihre absolute Vernichtung irgendwann in der Zukunft zuzulassen, dann nämlich, wenn er sich mit höhnischem Grinsen auf dem Gesicht und Haß in der Stimme gegen sie wenden würde. Kein Risiko mehr, sagte ihre Miene. Jetzt hört es auf, sofort, hier und jetzt.

Drei Tage später lag die Villa Thracia, das wunderschöne Heim meiner Kindheit, in Schutt und Asche. Wer immer dafür verantwortlich war, sorgte dafür, keinen Mord zu begehen. Ganz zweifellos wurde das Haus beobachtet, bis der Brandstifter sicher sein konnte, daß es menschenleer war; dann wurde es bis auf die Grundmauern niedergebrannt. Einer nach dem anderen kehrten wir nach Hause zurück und standen mit gesenktem Kopf zusammen auf der Promenade, während überall um uns herum schwarzer Schnee vom Himmel fiel.

Vina Apsara jedoch kam nicht zurück.

Sie werden verzeihen, daß mir ein kleiner Kloß in der Kehle steckt, wenn ich mich von der Villa Thracia verabschiede. Sie war eine der kleineren Bungalow-Villen an der alten, edwardianischen Cuffe Parade, aber wir waren nur eine kleine Familie und durchaus damit zufrieden. Die vorderen Flügelfenster waren von Fachwerk umgeben, das hier und da mit Steinen besetzt war. Darüber ragten ebenso rotgedeckte Giebel empor wie über der Haustür, wo sie eine hübsche, kleine Veranda bildeten. Ganz oben kam dann der ein wenig pompöse – oder sagen wir lieber, *selbstbewußte* – Teil des Hauses, ein quadratischer, zentral stehender, neoklassizistischer kleiner Turm mit Pilastern und Giebeln auf allen vier Seiten. Diese stützten eine kleine Kuppel aus geschuppten grünen Keramikfliesen mit einer eher selbsterhöhenden Miniturmspitze darauf. In diesem oberen Zimmer hatten meine Eltern während ihrer langen, glücklichen Ehejahre geschlafen. »Es ist, als schlafe man in einem Glockenturm«, pflegte meine Mutter zu sagen, und mein Vater antwortete, wobei er ihre Hand drückte: »Und du, meine Liebste, bist die schönste Glocke in diesem Turm.«

Alles aufgegangen in Rauch. Unserer Habseligkeiten, unserer Erinnerungen, unseres Glücks beraubt, empfanden wir die Berührung der herabfallenden Asche auf unseren Wangen als einen liebevollen Abschiedsgruß unseres Hauses. Augenzeugen des Brandes berichteten, das Feuer habe das sterbende Haus geliebt, habe es so innig umarmt, daß die Villa Thracia ein paar Augenblicke lang aus Flammen wiedererstanden zu sein schien. Dann kam der Rauch, schwarzer, fühlloser Rauch, die Illusion war dahin, und alles war in Dunkelheit gehüllt.

Die Vernichtung einer Kindheitsheimat – einer Villa, einer Stadt – ist wie der Tod eines Elternteils: eine Verwaisung. Jetzt steht ein

Grabstein-›Kratzer‹ auf dem Grundstück dieser vergessenen Einäscherung. Steht eine Grabsteinstadt auf dem Friedhof des Verlorenen.

Dort, wo einst ›Dil Kush‹ stand, Dolly Kalamanjas luxuriöses, dreistöckiges Herrenhaus an der Ridge Road auf dem Malabar Hill, dieses Alte-Welt-Meisterstück, ganz aus Galerien, Veranden und Licht bestehend, mit seinen Marmorhallen, seiner eilig erworbenen Gemäldesammlung von Souzas, Zogoibys und Hussains und vor allem dem üppigen Garten mit den ältesten Tamarinden, Jackbäumen und Platanen der Stadt sowie ein paar der schönsten Bougainvilleen, findet man heute weder Bäume noch Kletterpflanzen, weder Anmut noch Weitläufigkeit. Wie eine gedrungene Rakete auf ihrer Abschußbasis hockt der Wolkenkratzer Everest Vilas mit seinem grauen, farblosen Beton auf dem alten Grundstück und wird es vermutlich auch nicht so bald wieder freigeben. Everest Vilas ist neunundzwanzig Stockwerke hoch, neunundzwanzig englische *stories*, die ich zum Glück nicht erzählen muß. Die Phantom-Vergangenheit steht für mich immer noch an der Ridge Road, jedesmal wenn ich hinübersehe. ›Dil Kush‹ lebt, genau wie der Tag, an dem die Villa Thracia brannte und Dolly liebenswürdig darauf bestand, uns unter ihrem geräumigen, sanft geneigten Dach Obdach zu gewähren.

Ormus traf ein, zugleich erschöpft und hektisch vor Angst. Es war spät in der Nacht, aber niemand von uns ging schlafen. Vina war noch immer verschwunden. Ormus hatte überall nach ihr gesucht, war zwischen all ihren Lieblingsplätzen hin und her gejagt, bis er sich vor Streß übergeben mußte. Schließlich kam er ausgelaugt, verwirrt ins ›Dil Kush‹ gestolpert, und seine zitternde, schwindelnde, hilflose Verzweiflung war so stark, daß Ameer Merchant – die inzwischen, das muß gesagt werden, von Reue fast zerfressen wurde – eisern den Mund hielt. Fest überzeugt, daß Vina bei dem Brand umgekommen, daß sie in Rauch aufgegangen und vom Wind verweht worden sei, sprach der trauernde Ormus davon, ihr über das Grab hinaus folgen zu wollen. Das Leben habe jeglichen Wert für ihn verloren; der Tod habe wenigstens für sich, daß er das einzige Erlebnis sei, das er und seine Geliebte jetzt noch teilen könnten. Finster sprach er von Selbstvernichtung. Es war mein Vater, der ihn, beunruhigt über den Zustand des jungen Mannes, zu trösten versuchte. »Bewahre dir einen offenen Sinn«, riet V. V. Merchant, obwohl seine Worte uns allen hohl in den Ohren klangen. »Bis jetzt gibt es noch keinen Beweis für ihr Ableben.«

Persis Kalamanja wirkte, wie ich gestehen muß, ein wenig hinterhältig, was ich zu jenem Zeitpunkt auf die offensichtliche Zwiespältigkeit ihrer Situation zurückführte; denn wir konnten uns alle ausrechnen, daß ihre Hoffnung auf eine Ehe mit Ormus unleugbar einen gewissen, wenn auch schrecklichen Auftrieb erhalten hatte. So anständig sie auch war, Persis mußte sich über die Zukunft Gedanken gemacht haben: Würde ihr eigener, glücklicher Anfang nicht aus der Asche von Vinas tragischem Ende erstehen? Und dann würde sie sich, weichherzige junge Frau, die sie war, sofort energisch darangemacht haben, diese bösen Ideen (die durch das köstliche Gefühl freudiger Erwartung, das sie in ihrer Brust auslösten, noch böser wurden) augenblicklich zu unterdrücken. Sie senkte den Blick und unterstützte behutsam die Meinung meines Vaters. Vina sei vielleicht gar nicht tot, sondern nur davongelaufen. Sie legte Ormus die Hand auf den Arm; den er ihr mit wildem Blick entzog. Mit zitternder Lippe wich sie zurück und überließ ihn seinen Ängsten.

Wer hatte den Brand gelegt?

Der Morgen brachte Neuigkeiten sowie zwei C.I.D.-Beamte, den unerträglich eingebildeten Detective Inspector Sohrab und den im Gegensatz dazu bescheidenen Detective Constable Rustam. Diese Herren teilten uns mit, Befragungen von Nachbarn und bürgerpflichtbewußten Passanten, die sich bei der Polizei meldeten, hätten ergeben, daß das Feuer eindeutig um ein Uhr mittags ausgebrochen sei. Leider, sagte D.I. Sohrab, »wurden keine Täter bei der Flucht vom Grundstück gesehen«. Eine gründliche Durchsuchung der verkohlten Ruinen der Villa Thracia sei inzwischen abgeschlossen, und zum Glück seien keine Leichen gefunden worden. (Als Ormus hörte, daß Vina nicht verbrannt war, wirkte er so glücklich, daß meine Mutter ihn streng darauf hinweisen mußte, trotz allem habe sich eine große Tragödie abgespielt.) Die drei im Haus wohnenden Domestiken, Köchin, Diener und Hammal, waren alle gefunden worden. Sie hatten sich in der nahe gelegenen Kolonie des Koli-Fischervolks versteckt, weil sie sowohl vor dem Feuer als auch vor der Möglichkeit Angst hatten, dafür verantwortlich gemacht zu werden. Die Polizei glaubte jedoch nicht, daß das Feuer auf ein Verschulden der Hausangestellten zurückzuführen sei. Ihre Erklärungen erwiesen sich als richtig, obwohl es ein wenig außergewöhnlich war, daß alle drei zur fraglichen Zeit Besorgungen für den Haushalt gemacht und die Villa unbeaufsichtigt gelassen haben sollten. Es gebe jedoch »eindeutige Beweise für eine Brandstiftung«, sagte Inspector Sohrab eifrig, »obwohl Details vorerst noch nicht bekannt gemacht werden« dürften. Allmählich wurde uns allen klar, daß man uns verdächtigte, das eigene Haus niedergebrannt zu haben. Ölig wies Sohrab nunmehr darauf hin, daß die Firma Merchant & Merchant offenbar in finanziellen Schwierigkeiten stecke; daß Shri Merchant persönlich, Berichten zufolge, hohe Spielschulden gemacht habe. Versicherungsansprüche könnten da recht hilfreich sein, nicht wahr? Mein Vater war empört über diese »widerlichen Anspielungen«.

»Befragen Sie jene, die davon profitieren«, belehrte er die C.I.D.-Wallahs in ungewohnt scharfem Ton. »Wenden Sie sich an Shri Doodhwala und seine Kumpane, und Sie werden den feurigen Übeltätern weit schneller auf die Schliche kommen.«

Die Bullen verschwanden, die Zweifel blieben. Die schreckliche Wahrheit ist, daß meine aufbrausende Mutter meinen Vater halb dieses Verbrechens verdächtigte, und selbst mein immer so sanfter Vater hatte begonnen, Argwohn gegen Ameer zu hegen. Drei Tage lang, seit ihrem Streit, hatten meine Eltern getrennt gelebt: sie in der Villa Thracia, er bei Freunden in Colaba. Der Brand hatte sie wieder zusammengeführt, und sei es auch nur um meinetwillen. Voller Verlegenheit, nur um den Schein zu wahren, teilten sie sich eins von

Dollys großen Gästezimmern. Die Atmosphäre zwischen ihnen jedoch war eisig.

Ich wohnte im Zimmer nebenan und hörte in der Nacht wieder einmal, wie sie einander anfauchten und heftig stritten. So wütend war Ameer auf ihren Mann, daß sie andeutete, er habe versucht, sie und uns alle in unseren Betten zu ermorden. Er wies sie sanftmütig darauf hin, daß das Feuer bei hellem Tageslicht ausgebrochen sei, zu einer Zeit, da sie wohl kaum geschlafen habe. Eine so kleinkrämerische Antwort quittierte sie mit einem verächtlichen Schnaufen. V. V. seinerseits fragte sich, ob sie zur Brandstifterin geworden sei, um ihn zum Handeln zu zwingen. »Wäre es möglich, daß du bereit bist, zu derart abscheulichen Mitteln zu greifen, um diese barbarischen ›Cuffe-Kratzer‹ durchzusetzen?« Woraufhin Ameer so laut schrie, daß es das ganze nachtstille Haus hören konnte: »O Gott, nun sieh dir an, was für dreckige *galis* er mir jetzt wieder liefert!«

Immerhin, die Piloo-Clique hatte diesen Tag des Kampfes gegen die Unbeugsamkeit meines Vaters gewonnen. Nun, da es die Villa Thracia nicht mehr war, gab V. V. niedergeschlagen klein bei und verkaufte Piloo das Grundstück, auf dem das ausgebrannte Skelett unserer Villa wie ein Denkmal für den Tod des Idealismus stand, für einen weitaus geringeren Preis als jenen, den er ursprünglich ausgeschlagen hatte. Das gigantische Doodhwala-Entwicklungsprojekt war seiner Verwirklichung um einen Schritt näher gerückt. Die Monsterbauten seiner Phantasie würden die Stadt beherrschen wie die Marsraumschiffe in *Krieg der Welten*. Wenn es um die Suche nach einem so großen Topf voll Gold geht, ist ein bißchen Zündeln gar nicht so ungewöhnlich.

Doch Piloo Doodhwala war ein einflußreicher Mann. Den Astrologen zufolge ist Einfluß ein ätherisches Fluidum, das von den Sternen ausgeht und das Handeln einfacher Sterblicher, wie wir es sind, beeinflußt. Sagen wir also, daß Piloo seine ätherischen Fluida entkorkt – denn er besaß Einfluß der verschiedensten Art – und ihnen freien Lauf gelassen hat, von den höchsten Ebenen des C.I.D. in

Bombay bis zu den bescheidenen Polizeibeamten, denen dieser Fall zugeteilt worden war. Innerhalb weniger Tage verkündeten diese Beamten, daß sie ihn »endgültig aus der Reihe der Verdächtigen gestrichen« hätten. Als mein Vater sein Erstaunen darüber aussprach, erklärte ihm Inspector Sohrab strengen Tons: »Sie sollten dankbar sein. Sie persönlich und Ihre Frau Gemahlin wurden großzügigerweise ebenfalls in die besagte Streichung einbezogen.« Die Untersuchung war auf »erfolgversprechendere Bahnen der Recherche umgeleitet« worden. Diese betrafen die verschwundene US-Bürgerin Miss Nissa Shetty alias Vina Apsara. Erkundigungen auf dem Santa Cruz Airport hatten ergeben, daß Miss Apsara Bombay innerhalb weniger Stunden nach dem Brand mit einer TWA-Maschine in Richtung London und New York verlassen hatte. Ihre unerklärliche Flucht wurde als höchst bedeutungsvoll eingestuft. Weitere Detektivarbeit ergab in Zusammenarbeit mit Scotland Yard via Interpol-Network, daß Miss Apsaras Flugticket im U.K. mit Pfund Sterling bezahlt worden und daß die ausstellende Firma die Zentrale von Mr. P. Kalamanjas Unternehmen gewesen war. Mr. Kalamanja persönlich hatte Miss Apsara den Flug bezahlt.

Mrs. Dolly Kalamanja war eine zierliche Frau, die schweren Schmuck trug, eine neureiche Grande Dame, die gern ›eine Show aus sich machte‹. Ihre Haare waren so blau wie Stahl, die Frisur jener der Königin von England angeglichen, mit genau den gleichen ionischen Locken über den Schläfen. Auch ihre Büste – ein einziges, festes Polster ohne auch nur die Andeutung von Kurven erstreckte sich wie ein schlafender Polizist quer über ihre Brust, eine Temposchwelle, so weit vorgebaut, daß sie geeignet war, jede leichtfertige und zu schnelle Annäherung gründlich abzubremsen – erinnerte an Elizabeth II. Sie war willensstark, konservativer als der größte Teil von Bombays liberaler Parsi-Gemeinde, und ihr Ton ließ keinen Zweifel daran zu, daß man ihr zu gehorchen habe. Viele der Gefühle ihrem eigenen Leben gegenüber waren formelhaft, was sie nicht daran hinderte, starke Emotionen zu haben. So war ihr Ehemann Patangbaz Kalamanja ihr

›Fels‹, ihre Tochter Persis ihr ›Stolz‹ und ihre ›Freude‹. Die Nachricht von Pats Verwicklung in die Flucht einer verdächtigen Brandstifterin in ›fremde Länder‹ traf sie schwer. Ihr schwindelte. Das Universum schien Form und Bedeutung zu verlieren. Die Erde bebte. Der ›Fels‹ geriet ins Wanken, zersprang. Persis half ihr zu einem Sessel, in den sie sich »mit schwirrendem Kopf« sinken ließ, während sie sich mit einem Taschentuch fächelte.

Der große, offizielle Salon im ›Dil Kush‹ war mit seinen Teakholz-Sideboards, den Spiegeln in extravaganten, geometrischen Formen, den roßhaargepolsterten Biedermeiersofas, den unbezahlbaren Déco-Lampen, den echten Tigerfellen und den schlechten Ölgemälden (und, um gerecht zu sein, einigen guten) so prächtig eingerichtet wie der Salon eines großen Ozeandampfers: der *Titanic*, beispielsweise. Auf die bestürzte Dolly mußte er jetzt wie das Deck eines schwer havarierten Schiffes wirken. In ihrem ›Zustand‹ schien sich der Raum zu neigen und langsam seitwärts auf eine furchterregende Unterwelt zuzugleiten.

»Wie ist das Mädchen an meinen Pat geraten?« jammerte sie schwach. »Ich werde sofort ein Telefongespräch mit dem U.K. anmelden und ihm was auf die verdammten Ohren geben!«

Es war wie eine Szene aus einem Poirot-Roman. Wir alle standen oder saßen im Zimmer herum und beobachteten Dollys melodramatisch-hysterischen Anfall. Persis schenkte ihr ein Glas Wasser ein, und die Männer des C.I.D. wurden, höchst zufrieden mit der Wirkung ihrer Nachricht, auf einem Tigerfell postiert. Doch weder der hochnäsige Sohrab noch der wortkarge Rustam hätten erwartet, was nun folgte, und das war nicht der angedrohte Anruf bei Patangbaz in Wembley. Denn zufällig mußte die internationale Vermittlung gar nicht mehr in Anspruch genommen werden. Persis Kalamanja, die vor den Füßen ihrer Mutter saß und sie ihr mit den Händen massierte, sah Ormus Cama offen und ohne Zögern in die Augen und gestand.

Gestand nicht nur, sondern verschaffte Vina Apsara ein unerschütterliches Alibi.

Wenn das Unmögliche zur Notwendigkeit wird, kann man es manchmal erreichen. Stunden, nachdem Ameer Merchants Tirade ihren Glauben an die Realität der Liebe zerstört hatte, rief Vina Persis an und bat sie, sich mit ihr (wo sonst?) im Rhythm Center Record Store zu treffen. Ihre ungewohnt zögernde Art bewirkte, daß Persis jeden Vorbehalt fallen ließ und ihr zusagte.

Im Store setzten sie sich in eine Musikkabine und taten, als hörten sie sich das Soundtrack-Album des großen Musicalhits der Saison an, Gordon MacRae und Shirley Jones in Rodgers & Hammersteins *South Pacific*. Und während Miss Jones davon sang, daß sie sich irgendeinen Mann aus den Haaren waschen müsse, lieferte sich Vina – Vina in einer beängstigenden, angeschlagenen Zersprungenen-Spiegel-Stimmung, die Persis noch niemals zuvor an ihr erlebt hatte – ihrer Rivalin aus demselben Grund auf Gnade und Ungnade aus. Ich muß fort, erklärte sie, und frag mich nicht nach dem Grund, weil ich ihn nicht nennen werde, und ich werd's mir auch nicht noch mal überlegen, weil ich das einfach nicht will. Und du mußt mir helfen, weil es keinen anderen gibt und weil du es kannst und weil du so gottverdammt liebenswert bist, daß du mir nicht sagen wirst, ich soll mich verpissen, und weil du es außerdem selber willst. Weil du's dir nämlich sehnlichst wünschst.

Gleich darauf sprachen sie aber doch darüber. Die verarschen mich, behauptete sie, die glauben, sie können Gefühle in mir wecken und sie dann einfach wieder aus mir rausreißen, das ist so, als wären sie Marsmenschen, oder so, ich muß unbedingt hier weg. Warum, wollte Persis wissen. Halt deinen beschissenen Mund, fuhr Vina sie an, ich hab' doch gesagt, ich will nicht reden.

Und so weiter, viel weiter, bei ›Bali Hai‹ und ›Happy Talk‹, und so fort. Kannst du das bezahlen, erkundigte sich Persis, und sie antwortete, das Geld werde ich mir beschaffen, aber du mußt mir das Ticket jetzt sofort besorgen, ich meine, *sofort*, und ich bürge dafür, ich werde es dir irgendwie zurückzahlen, *sie bettelte schamlos, warf es mir als Köder vor*, sagte Persis freimütig im Salon von ›Dil Kush‹, *Gott weiß, was sie dazu gebracht hat, aber irgend jemand mußte sie auffangen, also hab' ich die Hand ausgestreckt und ihr geholfen, das ist alles. Und außerdem hatte sie recht*, setzte sie hinzu, während sie Ormus Cama in das verwirrte Gesicht starrte und auf ihre eigene Art um Hilfe bat, genauso schamlos, genauso verzweifelt, wie Vina sie darum gebeten hatte. Um ein winziges Wort bettelte sie, das winzigste, beruhigende Zucken einer Augenbraue oder vielleicht, eine sehr vage Möglichkeit, den wunderbaren Trost eines Lächelns. Bat um die Bestätigung, jawohl, jetzt hast du eine Chance. *Sie hatte ganz recht. Ich wollte es tun. Also hab' ich's eben getan.*

Persis rief ihren Vater an, und Pat Kalamanja hatte seinem kleinen Mädchen noch nie etwas abschlagen können; es ist für eine Freundin, sagte sie, es ist zu kompliziert, behauptete sie. Okay, vergiß es, abgemacht, sagte er, ich werd's heute über die PTA abschicken, so daß du das Ticket morgen oder spätestens übermorgen im Büro der Fluglinie abholen kannst. Sie sehen also, wandte sich Persis an Inspector Sohrab, Sie dürfen ihm nicht die Schuld geben, er wußte von nichts, ich war's.

PTA heißt Passenger Ticket Advice, erklärte Persis. Man zahlt an einem Ende, das Ticket wird am anderen ausgestellt. Ich hätte niemals erwartet, daß sie das Geld hatte, ich wußte, Daddy würde sich ärgern, wenn er wüßte, warum ich das Ticket brauchte, aber am Tag des Brandes tauchte sie noch vormittags hier auf mit zwei dicken Koffern und einem Kopfkissenbezug voller Juwelen, und ich wußte, woher sie den Schmuck hatte, Tante Ameer, glauben Sie bitte nicht, daß ich jemals die Absicht hatte, ihn zu behalten, aber dann fing dies alles an, diese C.I.D.-*tamasha*, und ich kriegte es mit der Angst zu tun, ich wußte nicht, was ich sagen sollte, also hielt ich den Mund, aber jetzt mach' ich ihn auf, bitte, entschuldigen Sie die Verzögerung.

Von da an war sie den ganzen Tag bei mir. Ich brachte sie zum Flughafen und setzte sie persönlich in die Maschine, und jetzt ist sie fort, und ich hoffe, daß sie niemals wiederkommt.

Sie mag eine Diebin sein, sagte die ehrliche Persis, aber das Feuer hat sie nicht gelegt.

Die Vernehmung von Persis Kalamanja durch Messrs. Sohrab und Rustam fand hinter verschlossenen Türen in einem Privatzimmer ihrer Familienvilla statt, dauerte mehrere Stunden, wurde häufig recht heftig und konnte ihre Aussage nicht im geringsten erschüttern. Sie füllte jedoch die noch bestehenden Lücken in der Geschichte. So kam heraus, daß Pat Kalamanja nur das Ticket nach London bezahlt hatte, nicht aber in die Vereinigten Staaten. Auf Persis' Bitte hatte er Vina, gutmütig wie er war, am Flugzeug abgeholt und in sein Haus in Wembley mitgenommen, weil sie sonst nicht gewußt hätte, wohin.

Am folgenden Morgen hatte sie sich eine kleine Summe in englischer Währung von ihm geliehen, ihre Koffer zurückgelassen und war allein ins Zentrum von London gefahren. An jenem Abend kehrte sie nicht zurück, so daß der beunruhigte Pat drauf und dran war, die Polizei zu benachrichtigten, als sie am folgenden Morgen hereinmarschiert kam, keine Erklärungen über ihre Abwesenheit abgab, ihm das geliehende Geld vollständig zurückzahlte – das Geld für das Ticket ebenso wie das geliehene Bargeld –, ihm erklärte, sie sei »startbereit«, ein Taxi rief, Pats Hilfe mit ihrem Gepäck zurückwies, ein flüchtiges Dankeschön murmelte und verschwand. Ihr gegenwärtiger Aufenthalt blieb unbekannt.

Kurz nachdem Persis vernommen worden war, wurde Vina Apsara offiziell als »nicht mehr unter dem Verdacht der Brandstiftung stehend« erklärt. Und Ameer Merchant war bereit, von einer Anzeige wegen Diebstahls abzusehen, denn im Verlauf von Persis' Geschichte waren die Gewissensbisse meiner Mutter immer heftiger geworden. Sie wußte, daß sie die Schuld an Vinas Flucht trug, daß sie jegliche Lebensfreude in der Davongelaufenen abgetötet hatte, und obwohl Ameer eine Meisterin der granitharten Fassade war, vermochte ich ihre Deiche und Dämme zu durchschauen und die tiefe Flut des Kummers dahinter zu erkennen. Ameer trauerte über den Verlust eines jungen Mädchens, das sie auf ihre Art aufrichtig geliebt hatte, doch der Verlust ihrer Klunker kümmerte sie wenig. Dadurch, daß Vina den Schmuck aus der Villa Thracia mitnahm, hatte sie schließlich bewirkt, daß der Familienschatz erhalten blieb und wenigstens ein Teil davon zurückgegeben wurde. Und obwohl sie das Land mit Koffern verlassen hatte, die bis obenhin mit Ameers schönsten, raffiniertesten Kleidern, mit dem Rest der Brillantringe,

Smaragdohrringe und Perlenketten meiner Mutter gefüllt waren, die sie in London zweifellos verkauft hatte, um an Bargeld zu gelangen, winkte Ameer einfach ab, na und, sagte sie achselzuckend, die kann das arme Kind von mir aus behalten, denn wenn sie sie nicht stibitzt hätte, wären sie vom Feuer verschlungen worden. Dann zog sich meine Mutter in ihr Zimmer zurück, um lange und heftig um Vina, sich selbst und ihr verlorenes Glück zu weinen.

So half Persis Kalamanja Vina nicht nur, Bombay zu verlassen, wie sie es wünschte, sondern rettete sie auch davor, fälschlich eines Verbrechens bezichtigt zu werden, das sie nicht begangen hatte. Der Polizei gelang es nicht, Persis' Aussagen zu widerlegen, und ich werde hier nicht andeuten, das Alibi, das sie Vina gab, sei irgend etwas anderes als die ganze, die Nichts-als-die-Wahrheit gewesen. Wenn sie besorgt war, konnte sie ihren schönen Mund verziehen, bis er aussah, als werde er von einem *dhobi*, einem indischen Wäscher, ausgewrungen. Die Wirkung war fast unerträglich erotisch. In jenen Tagen gab es eine ganze Generation junger Männer, die sich erhofften, sie werde den Mund in ihre Richtung verziehen. Aber der Mann, für den sie ihn jetzt verzog, aus tiefstem Herzen verzog, als sie nach der polizeilichen Vernehmung zurückkehrte, um sich den Fragen in seinen Augen zu stellen, blieb ganz und gar unbewegt. Das war ihr Lohn dafür, daß sie Vina geholfen hatte: daß Ormus Cama in jenem Moment den Prozeß, sie von seiner persönlichen Landkarte und aus der Geschichte seines Lebens zu tilgen, endgültig abschloß. Er betrachtete sie mit offenem Haß; dann mit Verachtung; dann mit Gleichgültigkeit; und dann, als könne er sich nicht mehr erinnern, wer sie war. Er verließ ›Dil Kush‹, als ziehe er sich aus dem Haus eines Fremden zurück, in das er rein irrtümlich geraten war. So wurde aus Persis die »arme Persis«, und die »arme Persis« blieb sie bis an ihr Lebensende als alte Jungfer.

Für das Verbrechen, die Villa Thracia niedergebrannt zu haben, wurde nie jemand angeklagt. Die C.I.D.-Helden Sohrab und Rustam kamen zu dem Ergebnis, daß »eine verbrecherische Tat auszuschließen« sei, und zogen sich aus dem Fall zurück. In vielen Immobilien von Bombay gab es uralte und gefährliche Leitungssysteme, und letztlich war es einfacher, an einen Kurzschluß als vermutliche Ursache des Brandes zu glauben. Einfach war dies vor allem dann, wenn der Einfluß von ganz oben herabfloß, bis alle eventuellen Verdächtigen in den zufriedenen Worten von Piloos Assistent Sisodia »Voo-voo-voll ent-ent-entlastet« waren.

Desorientierung ist der Verlust des Ostens. Fragen Sie jeden Navigator: Beim Segeln richtet man sich stets nach dem Osten. Verliert man den Osten, verliert man die Peilung, die Gewißheiten, das Wissen um das, was ist und was sein könnte, vielleicht sogar das Leben. Wo stand der Stern, dem man bis zu dieser Krippe folgte? Ganz recht. Der Osten gibt Orientierung. Das ist die offizielle Version. Das sagt die Sprache, und mit der Sprache sollte man nie streiten.

Aber nehmen wir nur mal an. Was, wenn das Ganze – Orientierung, das Wissen, wo man ist, und so weiter –, was, wenn das Ganze Humbug ist? Was, wenn das Ganze – Heimat, Verwandtschaft, der ganze Krempel – nichts als die größte, wahrhaftig globale, jahrhundertealte Gehirnwäsche ist? Angenommen, das reale Leben beginnt erst, wenn Sie es wagen loszulassen? Wenn Sie sich vom Mutterschiff lösen, wenn Sie die Trossen durchtrennen, die Ketten abwerfen, von der Landkarte abtreten, ohne Urlaub einfach abhauen, durchbrennen, die Kurve kratzen, Reißaus nehmen, was immer: Angenommen, es geschähe erst dann, aber nur dann, daß Sie tatsächlich frei handeln könnten! Ihr Leben führen könnten, ohne daß jemand kommt und Ihnen erklärt, wie Sie zu leben haben, oder wann, oder warum. In dem keiner Ihnen befiehlt, loszugehen und für ihn zu sterben oder für Gott oder kommt und Sie holt, weil Sie eine Regel übertreten haben oder weil Sie einer jener Menschen sind, die aus Gründen, die man Ihnen leider nicht mitteilen kann, einfach nicht existieren dürfen. Angenommen, Sie müßten das Gefühl auf sich nehmen, verloren zu sein, ins Chaos und darüber hinaus; Sie müßten die Einsamkeit akzeptieren, die wilde Panik, wenn Sie den Halt verlieren, das schwindelnde Entsetzen, wenn sich der Horizont immer schneller dreht wie der Rand einer Münze, die in die Luft geworfen wird.

Sie würden es nicht tun. Die meisten von Ihnen würden es nicht tun. Die Gehirnwäsche der Welt ist ziemlich gut darin, Gehirne zu waschen: Spring nicht von jener Klippe geh nicht durch diese Tür tritt nicht durch diesen Wasserfall geh nicht dieses Risiko ein überschreite nicht diese Linie verletze nicht meine Gefühle ich warne dich mach mich nicht rasend du tust es schon du machst mich rasend. Du wirst keine Chance haben du hast keine Wahl du bist erledigt du bist Geschichte du bist weniger als nichts du bist tot für mich tot für deine ganze Familie deine Nation deine Rasse alles was du mehr lieben solltest als das Leben und hör auf die Stimme deines Herrn und folge ihr blindlings und neige dich vor und verehre und gehorche du bist tot hörst du mich vergiß es du dämlicher Hund ich kenne nicht mal deinen Namen.

Aber nehmen wir einfach mal an, Sie täten es. Sie träten über den Rand der Erde hinaus, oder durch den tödlichen Wasserfall, und da wäre es: das magische Tal am Ende der Welt, das gesegnete Reich der Lüfte. Große Musik überall. Sie atmen Musik ein und aus, sie ist jetzt Ihr Element. Das ist ein schöneres Gefühl in Ihren Lungen als ›Zugehörigkeit‹.

Vina war die erste von uns, die es tat. Ormus sprang als zweiter, und ich bildete, wie immer, den Schluß. Wir könnten die ganze Nacht hindurch darüber streiten, warum, sprangen wir, oder wurden wir gestoßen, aber man kann nicht leugnen, daß wir es alle taten. Wir drei Könige des Desorients.

Und ich bin der einzige, der überlebte, um die Geschichte zu erzählen.

Wir Merchants bezogen Räume im Apartmentblock der Camas in Apollo Bunder, je eine Wohnung für meine Mutter und meinen Vater, während ich wie ein Jo-Jo zwischen ihnen hin und her pendelte, mich in Unabhängigkeit übte, mir noch immer nicht in die Karten sehen ließ, allmählich heranwuchs. In jenen Tagen kamen Ormus

Cama und ich uns aufgrund unseres gemeinsamen Verlustes näher, als wir es jemals, vorher oder nachher, gewesen waren. Ich glaube, wir vermochten jeder des anderen Sehnsucht nach Vina zu tolerieren, weil sie für uns beide nicht mehr erreichbar war. Es gab keinen Tag, an dem wir nicht den größten Teil unserer Zeit damit verbrachten, von ihr zu sprechen, und in unseren Herzen bohrten immer dieselben Fragen. Warum hatte sie uns verlassen? Gehörte sie nicht zu uns, hatten wir sie nicht geliebt? Ormus hatte, wie immer, die größeren Besitzansprüche. Er hatte sie durch eine Wette gewonnen, aber er hatte sie sich verdient, indem er lange, selbstverleugnende Jahre auf sie wartete. Und nun war sie fortgegangen, in jene unendliche Unterwelt, die aus all den Dingen, Orten und Menschen besteht, die wir nicht kennen. »Ich werde sie finden«, schwor Ormus immer wieder. »Überallhin werde ich gehen. Bis ans Ende der Welt, Rai. Und darüber hinaus.« Ja, ja, dachte ich, aber wenn sie dich nicht will? Was, wenn du einfach nur ihr indischer Flirt warst, ihr kleines Appetithäppchen mit ein wenig Curry? Was, wenn du ihre Vergangenheit bist und du sie am Ende deiner langen Suche in einem Penthouse oder in einem Wohnwagenpark findest und sie dir die Tür vor der Nase zuschlägt?

War Ormus bereit, sich selbst in dieses Inferno, in diese Unterwelt des Zweifels zu stürzen? Ich habe ihn nicht gefragt; und weil ich jung war, habe ich sehr lange gebraucht, bis ich begriff, daß ihn die Höllenfeuer der Ungewißheit bereits zu verzehren begannen.

Wenn man nur einen indischen Paß besaß, war das Reisen damals gar nicht so einfach. Irgendein Bürokrat würde in diesen Paß mühsam die wenigen Länder eintragen, in die man tatsächlich reisen durfte, zumeist Länder, die einem als potentielles Reiseziel niemals in den Sinn gekommen wären. Alle übrigen – natürlich alle interessanten Orte – waren verboten, solange man nicht eine Sondergenehmigung besaß, und würden dann von einem anderen Bürokraten mit der gleichen Handschrift wie die erste der handschriftlichen Liste im Paß hinzugefügt. Anschließend kam das Problem der ausländischen Währung. Es gab keine: das war das Problem. Im ganzen Land herrschte Mangel an Dollars, Pfund Sterling und anderen konvertierbaren Währungen, so daß es unmöglich war, etwas davon zu ergattern, und solange man keine hatte, konnte man nicht reisen, und falls man die Möglichkeit hatte, einiges davon zu exorbitanten Preisen auf dem Schwarzmarkt zu erwerben, konnte es sein, daß man brüsk aufgefordert wurde, zu erklären, wieso man über diese Währung verfüge, und das verteuerte das Ganze durch die zusätzlichen Kosten für das Schweigegeld, die Bestechung, abermals.

Ich biete hier diese kurze Lektion in nostalgischer Ökonomie, um zu erklären, warum Ormus nicht schon im ersten Flugzeug saß, um seiner großen Liebe zu folgen. Darius Xerxes Cama – zu jener Zeit ein schlichter Mr. – war fast immer alkoholisiert und nach seiner eigenen, beschämenden Zurückweisung durch England im allgemeinen und William Methwold im besonderen im Zusammenhang mit transkontinentalen Reisen nicht ansprechbar. Mrs. Spenta Cama (der Verlust ihres Titels schmerzte noch immer) weigerte sich rigoros, ihrem am wenigsten geliebten Sohn auch nur das billigste Ticket für eine arabische Billigfluglinie oder die kleinst-akzeptable Menge (einhundert) unter dem Ladentisch erworbener ›schwarzer Pfunde‹ zu kaufen. »Nicht mal zehn Pice ist diese Göre wert«, erklärte sie rundheraus. »Sieh dir doch endlich mal die schöne Persis an, warum kannst du das nicht? Das arme Mädchen liebt dich über alles. Hör endlich auf, Scheuklappen vor den Augen zu tragen!«

Aber Ormus trug die Scheuklappen fürs Leben. Während der nun folgenden paar Jahre hatte ich reichlich Gelegenheit, seinen Charakter aus nächster Nähe zu beobachten, und entdeckte, daß unter seiner glitzernden, schillernden Oberfläche, der verwirrenden, chamäleongleichen Persönlichkeit, die in jedem Mädchen den Wunsch weckte, ihn festzunageln; unter seinem abwechselnd tarnenden und enttarnenden Wesen, jetzt offen wie eine Einladung, dann wieder geschlossen wie eine Falle, jetzt sehnsüchtig, dann wieder wegstoßend, unter all diesen improvisierten Melodien seiner selbst ein einziger, unwandelbarer, unveränderlicher Rhythmus lag. Vina, Vina. Er war der Sklave dieses Rhythmus – auf ewig.

Lassen Sie mich eines klarstellen: Er war ihr nicht treu, weder ihr, der Abwesenden, noch der Erinnerung an sie. Er zog sich nicht aus der

Gesellschaft zurück, um der Fahnenflüchtigen allnächtlich einen Schrein zu errichten. Nein, Sir. Statt dessen suchte er sie in anderen Frauen, suchte sie fieberhaft und unermüdlich, suchte in dieser Schönen eine Modulation ihrer Stimme, in den wehenden Locken einer anderen den Schwung ihrer Haarmähne. Die meisten Frauen waren für ihn eine Enttäuschung. Nach solchen Begegnungen wurden ihm selbst die rituellen Höflichkeiten dieser Situation zuviel, und er bekannte sich zur wahren Natur seiner Suche, und manchmal bewies die reale Frau, die ihn enttäuscht hatte, die Großzügigkeit, ihm zuzuhören, wenn er Stunde um Stunde und bis zum Morgengrauen von der Schattenfrau sprach, die verschwunden war; bis er verstummte und einfach davonging. Ein paar Frauen gelang es fast, ihn zu befriedigen, denn bei einem bestimmten Licht, wenn sie nur sehr wenig sagten und genau richtig lagen; oder wenn ihr – nachdem er ihnen ein Spitzentaschentuch oder eine Maske übers Gesicht gelegt hatte – nunmehr anonymer Körper irgendein Echo des ihren versprach, eine Brust, einen Linie des Schenkels, eine Bewegung des Halses; dann, o ja, dann vermochte er sich selbst für fünfzehn oder zwanzig Sekunden vorzugaukeln, daß sie zu ihm zurückgekehrt sei. Aber dann drehten sie sich um, redeten liebevoll auf ihn ein oder bogen den nackten, starken Rücken durch, änderte sich die Beleuchtung, fiel die Maske ab, wurde die Illusion zerstört, und er verließ sie dort, wo sie lagen. Trotz seiner sentimentalen Geständnisse und beiläufigen Grausamkeiten fuhren die jungen Frauen, die zu seinen Auftritten erschienen (denn er hatte begonnen, professionell zu singen), weiterhin fort, diese intimeren und fast unweigerlich verletzenden Begegnungen zu suchen.

Doch seine Suche war nicht auf diese jungen Hipsters beschränkt. Der Katalog seiner Ersatzlieben aus jenen Jahren liest sich wie ein Querschnitt der weiblichen Bevölkerung unserer Stadt: Frauen aller Altersstufen, aller Gesellschaftsschichten, dünne Frauen und dicke Frauen, große Frauen und kleine, lärmende und stille, sanfte und grobe, vereint nur in der einen Hinsicht, daß ihnen ein winziges Stückchen Vina Apsara innewohnte oder daß der verzweifelte Liebhaber, den sie zurückgelassen hatte, es in ihnen zu finden glaubte.

Hausfrauen, Sekretärinnen, Bauarbeiterinnen, Straßenmädchen, Fabrikarbeiterinnen, Dienstmädchen, Huren ... er schien fast gar keinen Schlaf zu brauchen. Bei Tag und bei Nacht durchstreifte er die Straßen und suchte nach ihr, der Frau, die nirgendwo war, versuchte sie unter den Frauen zu finden, die überall waren, und fand ein Fragment, an das er sich klammern konnte, einen kleinen Hauch von ihr, an den er sich in der Hoffnung hielt, daß diese *nuage* sie wenigstens veranlassen würde, ihm in seinen Träumen zu erscheinen. So sah seine erste Suche nach ihr aus. Auf mich wirkte sie fast nekrophil, vampirisch. Er saugte den lebenden Frauen das Blut aus den Adern, um das Phantom der Verschwundenen am Leben zu halten. Häufig vertraute er sich mir nach einer solchen Eroberung an. Dann kam ich mir wie Dunyazad vor, Scheherazades Schwester, die am Fußende des Bettes der schlaflosen Königin saß und ihr Märchen erzählte, um ihr eigenes Leben zu retten ... Er berichtete mir jedes Detail – und schaffte es dabei irgendwie, nicht wie ein Aufschneider zu wirken –, während ich, von seinen Leidenschaften und Schilderungen gleichermaßen benommen und erregt, gelegentlich murmelte: »Vielleicht solltest du sie endlich überwinden. Vielleicht kommt sie ja nicht zurück.« Dann erstarrte er, schüttelte den Kopf mit der immer länger werdenden Haarmähne und rief: »Weiche von mir, Satan! Stelle dich nicht zwischen den Liebenden und seine Liebe!« Was mich zum Lachen brachte; was eigentlich nicht beabsichtigt war. Welch eine Figur machte er in der Öffentlichkeit! Er glitzerte, er leuchtete. Jeder Raum, den er betrat, ordnete sich nach seiner Position darin. Sein Lächeln war ein Magnet, sein Stirnrunzeln eine tödliche Niederlage. Seine Tage des Müßiggangs waren vorüber. Kein Herumlungern mehr vor den Schultoren der Mädchen. Inzwischen sang er fast jeden Abend, spielte jedes Instrument in seiner Reichweite, und die Mädchen flogen ihm nur so zu. Die Hotels der Stadt und die Clubs, ja, sogar die Hindi-Synchron-Filmproduzenten wetteiferten um seine Dienste. Er spielte mit ihnen allen, unterzeichnete keinen Vertrag, band sich an niemanden exklusiv und war begehrt genug, um damit durchzukommen. Als Hauptattraktion der Sonntagvormittags-Brunches der Stadt, wo der Jazz weitgehend durch ihn vom Rock 'n' Roll verdrängt wurde, ließ er die Demoisellen der Stadt mit seinen Hüftschwüngen in Ohnmacht fallen. Deren Mütter ihn zwar heftig mißbilligten, aber den Blick auch nicht von ihm wenden konnten. Jedermann aus dem Bombay jener Zeit erinnerte sich an den jungen Ormus Cama. Sein Name, sein Gesicht wurden Bestandteil der Definition unserer Stadt in jenen längst vergangenen unbeschwerten Tagen. Mr. Ormus Cama, Leitstern all unserer Frauen.

Im Gespräch, vor allem wenn er sich nah zu einer jungen Belle mit dichtem Pony und weitem hellrotem Rock hinüberbeugte, war seine Intensität mit ihrer sexuellen Wucht beinahe beängstigend. Gelobt sei das Körperliche, zischelte er, denn wir alle sind aus Fleisch und Blut. Was dem Fleisch guttut, ist gut, was das Blut wärmt, ist fein. Der Körper, nicht der Geist. Darauf muß man sich konzentrieren. Was für ein Gefühl ist dies? Ja, für mich ist es auch ein schönes Gefühl. Und das? O ja, Baby, mein Blut ebenfalls. Siedendheiß. *Unseren Leib, nicht unsere Seele* ... Dieses erotische Evangelium verbreitete er mit einer Unschuld, mit einer messianischen Reinheit, die mich wild machten. Es war die größte Nummer der ganzen Stadt. Während meiner Teenagerjahre gab ich mir die größte Mühe, ihn zu kopieren, und selbst meine armselige Imitation brachte mir gute Ergebnisse bei den Mädchen meiner Generation, doch oft genug lachten sie mir nur ins Gesicht. Ehrlich gesagt, eigentlich meistens. Ich konnte von Glück sagen, wenn ich bei einem Mädchen von zehn ankam. Was ich, wie ich inzwischen eingesehen habe, mit dem männlichen Geschlecht im allgemeinen gemeinsam habe. Zurückweisung ist die Norm. Und da wir das wissen, sehnen wir uns um so mehr nach Akzeptanz. In diesem Spiel halten wir nicht die Karten in der Hand. Wenn wir den Trick beherrschen, lernen wir Finesse ... Ormus jedoch war ein Künstler, er hielt das Trumpf-As in der Hand: will sagen, Aufrichtigkeit. Er nahm mich zu seinen Jam Sessions mit, und sogar zu einigen seiner nächtlichen Songfeste (da meine Eltern um meine Liebe und Zuwendung wetteiferten, fiel es mir leicht, sie um den Finger zu wickeln und die Erlaubnis für Unternehmungen zu erhalten, die mir sonst verweigert worden wären), und wenn sein

Auftritt beendet war, durfte ich dem Meister bei der Arbeit zusehen, wie er mit einem jungem Mädchen, das an seinen Lippen hing, in einer Nische oder an einem Tisch saß. Ich beobachtete ihn mit nahezu fanatischer Aufmerksamkeit, fest entschlossen, mir auch nicht den kleinsten Moment der Unachtsamkeit, die winzigste Sekunde der Nachlässigkeit entgehen zu lassen, wenn seine Maske verrutschte, wenn er seinem spionierenden Jünger verriet, daß es wirklich nichts als Schauspielerei war, eine wohlberechnete Reihe von Effekten, eine Täuschung. Dieser Moment jedoch kam nie. Nur weil er es ehrlich meinte, ehrlich aus der Tiefe seines Wesens, eroberte er Anhänger, Fans, Herzen, Verliebte; gewann er das Spiel. Dieses, sein dionysisches Credo – verzichte auf den Geist und vertraue dem Fleisch –, mit dem er einst Vina umworben hatte, nahm fast der halben Stadt den Atem. Nur eine einzige Frau gab es, die er nie zu verführen versuchte, und das war Persis Kalamanja. Vielleicht war ihre Strafe dafür, daß sie Vina geholfen hatte, ihn zu verlassen, die Tatsache, daß sie sich nicht einmal einen Abend lang seiner berühmten Zuwendungen erfreuen durfte; aber vielleicht war es auch etwas anderes, ein Zeichen seiner Hochachtung vor ihr, ein Hinweis darauf, daß sie, hätte es Vina Apsara nicht gegeben, tatsächlich eine Chance gehabt hätte. Aber es gab Vina, und so wurde die »arme Persis« eliminiert.

Der private Ormus, jener, den ich in Apollo Bunder beobachten durfte, war ganz anders als dieser Gott der öffentlichen Liebe. Der Fleck auf seinem Augenlid juckte noch immer. Häufig senkte sich die alte Dunkelheit wieder auf ihn herab, so daß er stundenlang regungslos dalag und sich auf sein inneres Auge konzentrierte, das so seltsame, apokalyptische Szenen sah. Von Gayomart sprach er nicht mehr, aber ich wußte, daß sein toter Zwillingsbruder immer noch da drinnen war, unaufhörlich ein abwärts führendes Labyrinth des Geistes hinunterfloh, an dessen Ende nicht nur Musik wartete, sondern auch Gefahr, Monster, Tod. Ich wußte es, weil Ormus aus seiner

›Cama obscura‹ immer noch mit einem Schwung neuer Songs zurückkehrte. Und womöglich stieg er jetzt tiefer hinab, riskierte er
mehr, aber vielleicht kam Gayo jetzt auch zu ihm zurück und sang
ihm direkt ins Ohr, denn inzwischen brachte Ormus mehr mit als
Vokalsequenzen oder falsch verstandene, sinnlose Texte (obwohl es
manchmal, etwa als er zum erstenmal einen Titel namens *Da Doo
Ron Ron* spielte, schwierig war, den Unterschied zu erkennen). Inzwischen bekam er ganze Songs. Songs aus der Zukunft. Songs mit
Titeln, die 1962 und 1963 noch nichts bedeuteten. *Eve of Destruction. I Got You Babe. Like a Rolling Stone.*
Seine eigenen Songs komponierte Ormus gern auf dem Flachdach
des Apartmentblocks, wo er Ewigkeiten damit verbrachte, ganz in
sich selbst versunken nach den Punkten zu suchen, an denen sein inneres Leben sich mit dem Leben der größeren Welt draußen kreuzte;
diese Kreuzungspunkte nannte er ›Songs‹. Nur ein einziges Mal ließ
er sich von mir fotografieren, als er arbeitete und mit geschlossenen
Augen, völlig hingegeben, auf einer Gitarre klimperte, die quer über
seinen untergeschlagenen Beinen auf seinem Schoß lag. Meine
Voigtländer hatte den Brand der Villa Thracia überlebt, weil sie und
ich unzertrennlich geworden waren und ich sie in die Schule mitgenommen hatte. In einem Buch mit dem Titel »Fotografie für Anfänger« hatte ich gelesen, daß sich ein echter Fotograf niemals von seinem Handwerkszeug trenne, und mir diesen Rat zu Herzen genommen. Ormus gefiel meine Einstellung, er finde sie »seriös«, sagte er,
und da ich trotz meiner Eifersucht, was Vina betraf, immer auf gute
Worte von ihm lauerte, war ich stolzgeschwellt, als er mich lobte.
Sein persönlicher Spitzname für mich war zu jener Zeit ›Juicy‹.
»Mein Freund Juicy Rai«, pflegte er mich – 1963 gerade eben sechzehn – seiner verwöhnten Clique aus der Clubwelt vorzustellen. »So
einen wie den habt ihr noch nie gehört. Ständig sieht er Fotos vor
sich – drei Fremde in einer Warteschlange am Bus, die wie bei einer
Tanznummer alle gleichzeitig das Bein heben, oder Menschen, die
vom Deck eines auslaufenden Dampfers winken, wobei einer der
Arme einem Gorilla gehört –, und sofort jodelt er los: *Juicy this?
Juicy that?* (*Do you see this* ... Siehst du dies ...) Und natürlich hat

das niemand gesehen außer ihm, aber wißt ihr was? Es ist tatsächlich auf seinem Film. He, kleiner Juicy!« Damit gab er mir einen Klaps auf den Rücken, und seine weiblichen Gesprächspartner schenkten mir ihr lendenschmelzendes, strahlendes Lächeln. »Der schnellste Schütze im ganzen Osten.« Woraufhin ich peinlicherweise jugendlich-naiv errötete.

Im November 1963 ließ er also zu, daß ich ihn bei der Arbeit fotografierte. Zahlreiche Songs, die er damals schrieb, gehörten zu den Protestliedern, waren idealistisch, stark. In der Frage des Wertseins, die mich so oft in Gedanken beschäftigte, gehörte Ormus zu der Gruppe, die glaubte, daß mit der Welt im allgemeinen mehr schief lief, als die Durchschnittsbürger. Darin war er wie meine Mutter; nur daß sie, desillusioniert, entschieden hatte, die Korruption der Welt nicht besiegen zu können, und sich ihr statt dessen anschloß. Ormus Cama hatte nicht aufgehört, an die Perfektionierbarkeit des Menschen und ebenso seiner sozialen Gruppierungen zu glauben. An jenem Tag auf dem Dach hingegen, als er mit geschlossenen Augen vor sich hinsprach, klang er eher verwirrt. »So wie es ist, ist es falsch«, murmelte er alle paar Minuten. »Alles ist aus den Gleisen geraten. Manchmal nur ein bißchen, manchmal sehr viel mehr. Aber es sollte anders sein. Einfach ... anders.«

Das wurde letzten Endes zum Song: *It shouldn't Be This Way.* Doch wenn ich ihn beobachtete, mich unsichtbar machte, damit ich ihn nicht störte, auf Zehenspitzen auf dem Dach herumschlich, hatte ich das seltsame Gefühl, daß er nicht bildlich sprach. Genau wie Ormus mit seiner tiefen Aufrichtigkeit zu erstaunen vermochte, so konnte er bewirken, daß man von der Buchstäblichkeit seiner Texte überrascht wurde. Ich spürte, wie sich meine Nackenhaare zu sträuben begannen. Die Muskeln meines Magens sich zusammenzogen. »So sind die Dinge nicht«, wiederholte er immer wieder. »Es sollte nicht so sein, wie es ist.« Als hätte er Zugang zu einer anderen Ebene der Existenz, zu einem parallelen, ›richtigen‹ Universum, und hätte gespürt, daß unsere Zeit irgendwie aus dem Gleichgewicht gebracht worden war. So vehement war er in seiner Überzeugung, daß ich ihm einfach glauben mußte, zum Beispiel an die Möglichkeit dieses anderen

Lebens, in dem Vina ihn niemals verlassen hatte und wir alle drei zusammen lebten, gemeinsam zu den Sternen aufstiegen. Dann schüttelte er den Kopf, und der Bann war gebrochen. Verlegen grinsend öffnete er die Augen. Als wüßte er genau, daß er mit seinen Gedanken die meinen beeinflußt hatte. Als wisse er von seiner Macht. »Wir sollten weitermachen«, sagte er. »Uns mit dem abfinden, was da ist.«

Später, als ich in meinem Zimmer einzuschlafen begann, kehrten Ormus' Qualen auf dem Dach zu mir zurück: seine plötzliche Besessenheit von der Idee, daß die Welt wie ein führerloser Güterzug seitlich von der richtigen Spur abgekommen sei und nun, außer Kontrolle geraten, auf einem riesigen, eisernen Netz von Weichen dahindonnerte. In meiner Einschlafmüdigkeit war das eine Vorstellung, die mir niederschmetternd vorkam; denn wenn sogar die Welt unvorhersehbare Metamorphosen durchmachte, dann konnte man sich auf gar nichts mehr verlassen. Worauf konnte man noch vertrauen? Wie sollte man in einer zerbrochenen, veränderten Zeit Halt, Fundamente, Fixpunkte finden? Plötzlich und schmerzhaft wurde ich wach; mein Herz hämmerte. Es ist okay. Es ist okay. Nur ein Wachtraum.

Die Welt ist, wie sie ist.

Dann dachte ich, daß Ormus' Zweifel an der Realität eine Art Rache des Geistes sein könnten, ein Einbruch des Irrationalen, Immateriellen in das Leben, das dem Aktuellen und Sinnlichen gewidmet war. Er, der das die menschliche Erkenntnis Übersteigende zurückgewiesen hatte, wurde vom Unerkannten verfolgt.

An dem Tag, an dem der Präsident der Vereinigten Staaten in Dallas, Texas, noch mal mit dem Leben davongekommen war und wir alle mit den Namen der Möchtegernmörder vertraut gemacht wurden, Oswald, dessen Gewehr Ladehemmung hatte, und Steel, der auf einem ›grassy Knoll‹ von einem echten Helden überwältigt wurde, einem Amateurfilmer mittleren Alters namens Zapruder, der die Waffe des Killers sah und ihm eine 8-mm-Filmkamera auf den Kopf schlug ... an jenem außergewöhnlichen Tag erhielt Ormus Cama Gelegenheit, einen anderen Namen zu bezaubern, denn als er im Regal Café, Colaba, eintraf, berichtete man ihm, daß sich unter dem Publikum seiner Late-Night-Show eine Gruppe aus den Vereinigten Staaten von Amerika befinde, darunter Mr. Yul Singh persönlich.

Selbst damals hatten die meisten städtischen Musikliebhaber in Indien von Yul Singh gehört, dem blinden indischen Schallplattenproduzenten, der 1948 in New York City mit zehntausend von seinem Optiker geliehenen Dollar die Firma Colchis Records gegründet hatte. Nachdem Colchis auf Gold stieß, als er den weißen Rundfunkhörern ›Rassenmusik‹, Rhythm and Blues, vorspielte, wurde jener Optiker, Tommy Eckleburg, in Manhattan selbst vorübergehend zu einer Berühmtheit. Er trat sogar mit Yul Singh im Talk-Show-Promi-Zirkus auf.

»Und warum braucht ein Blinder einen Optiker, Yul?«

»Optimismus, Johnny. Reiner Optimismus.«

»Und warum braucht ein Optiker einen Blinden, T. J.?«

»Hüten Sie sich, meinen guten Freund zu beleidigen, Mr. C. Er ist anderssichtig, weiter nichts.«

Als Ormus ins Regal kam und von der Gruppe um Yul Singh hörte, krauste er angestrengt die Stirn und begann über schreckliche Kopfschmerzen zu klagen. Er schluckte Pillen und legte sich in seiner Garderobe mit einem Eisbeutel auf dem Kopf aufs Sofa, während ich bei ihm saß und ihm die Schläfen massierte. »Yul *Singh*«, sagte er immer wieder. »*Yul* Singh.«

»Spitzenklasse«, sagte ich, stolz auf mein erst jüngst erworbenes Wissen. »Aretha, Ray, die Beatles. Alle.« Ormus zuckte zusammen, als hätten sich die Schmerzen in seinem Kopf verstärkt.

»Was ist los?« erkundigte ich mich. »Wirken die Pillen nicht?«

»Es gibt diesen Mann nicht«, flüsterte er mir zu. »Verdammt, er existiert einfach nicht.«

Das war lächerlich. »Du halluzinierst«, erklärte ich ihm. »Gleich wirst du noch behaupten wollen, daß es keinen Jesse Garon Parker gibt.« Das sah er ein und bedeckte sein Gesicht mit beiden Händen. Ich hörte die Fetzen eines Songs.

It's not supposed to be this way
it's not supposed to be this day
it's not supposed to be this night
but you're not here to put it right
and you're not here to hold me tight
it shouldn't be this way.

Dann schien sein Kopf klarer zu werden, die Pille zeitigte endlich
Wirkung. Er richtete sich auf.
»Was ist nur mit mir los?« fragte er mich. »Dies ist nicht die richtige
Zeit, um auszuflippen.«
»Toi, toi, toi«, sagte ich, und er ging hinaus, um zu spielen.

Nach seinem Auftritt, den Ormus zu Ehren der amerikanischen Besucher Präsident Kennedys Überleben gewidmet hatte, saß ich zusammen mit drei jungen Frauen (für mehr war kein Platz) in seiner
winzigen Garderobe. Ormus trocknete sich zur Begeisterung der
Damen den nackten Oberkörper mit einem Handtuch. Dann klopfte
Yul Singh an die Tür. Ormus scheuchte die Frauen hinaus, mir aber
erklärte er, ich dürfe bleiben.
»Kleiner Bruder?« fragte Yul Singh, und Ormus grinste. »So ähnlich.«
Singh war ein Kunstwerk. Er trug den schönsten blauen Seidenan-
zug, den ich jemals gesehen hatte, auf seinem Hemd prangte sein
Monogramm, seine zweifarbigen Schuhe bewirkten, daß meine Füße
vor Neid schmerzten. Er war etwa vierzig Jahre alt, klein, dunkel,
mit Spitzbart und Glatze, und seine Sonnenbrille – ganz zweifellos
das Werk dieses *Couturiers par excellence*, Dr. T. J. Eckleburg –
schmiegte sich so eng an die Rundung seines Kopfes, daß niemand
einen Blick auf seine blinden Augen erhaschen konnte, sosehr man
sich auch den neugierigen Hals verrenkte. In seiner Hand lag ein
weißer Stock aus reinem Elfenbein mit einem schweren Silberknauf.
»Okay, hören Sie zu«, sagte er: *medias in res.* »Ich bin nicht nach
Bombay gekommen, um Acts zu finden, okay? Ich bin gekommen,

um meine Mutter zu besuchen. Die schon, Gott segne sie, über siebzig ist, aber immer noch reiten kann. Aber das brauchen Sie nicht zu wissen. Also, ich habe Ihre Musik gehört, und was soll's, was denken Sie von mir? Meinen Sie, ich hätte keine Ahnung, wen zum Teufel wollen Sie hier verarschen?«

All das durch Zähne gezischt, die in einem mehr als höflichen Lächeln strahlten. Noch nie hatte ich Ormus so fassungslos gesehen. »Ich weiß nicht, was Sie meinen, Mr. Singh«, bekannte er und klang dabei auf einmal sehr jung. »Hat Ihnen mein Auftritt nicht gefallen?«

»Wen kümmert's, was mir gefällt? Ich sagte schon, ich bin nicht im Dienst. Meine Mutter sitzt da draußen. Sie hat Sie gehört, ich habe Sie gehört, die ganze Stadt hat Sie gehört. Was soll das sein, eine Art Tribut-Auftritt? Eins muß ich Ihnen lassen, Sie haben diese Songs wirklich drauf, auch das Phrasieren – Sie könnten diese Musiker wirklich sein. Also, okay. Ich bin nicht interessiert. Sie machen das, um Weiber zu kriegen, Taschengeld, was? Sie kriegen Frauen? Ist es das, wohinter Sie her sind?«

»Nur hinter einer Frau«, sagte Ormus schwach und so schockiert, daß er ehrlich antwortete.

Das veranlaßte Singh, innezuhalten und den Kopf schiefzulegen. »Sie ist Ihnen davongelaufen, eh? Sie haben diese idiotischen Tribut-Nummern gesungen, und sie hatte die Nase voll davon.«

Ormus suchte die Reste seiner Würde zusammen. »Ich habe verstanden, Mr. Singh. Vielen Dank für Ihre Aufrichtigkeit. Ich habe heute nicht meine eigenen Songs gesungen. An einem anderen Abend werde ich's vielleicht versuchen.« Mit seinem Stock klopfte Singh auf den nackten Fußboden. »Hab' ich gesagt, daß ich fertig bin? Ich werd' Ihnen sagen, wann ich fertig bin, und ich bin nicht fertig, bevor Sie mir erklären, Boy, woher Sie die letzte Nummer haben, die Sie gesungen haben, welcher verdammte, beschissene Schmuggler sie für Sie gestohlen hat, das hab' ich gesagt, als Sie angefangen haben zu singen, und jetzt sehen Sie mal, wozu Sie mich gezwungen haben, Sie haben mich gezwungen, vor meiner alten, weißhaarigen Mutter zu fluchen, das hasse ich. Sie hatte gestrickt und ließ eine Masche fallen. Aber das brauchen Sie nicht zu wissen.«

Der letzte Song war eine zärtliche Ballade gewesen, getragen, von Sehnsucht erfüllt: ein Song für Vina, so dachte ich, eine von Ormus' Dachkompositionen, geschrieben, während er von seiner verlorenen Liebe träumte. Aber ich irrte mich. Der Titel dieses Songs war *Yesterday.*

»Ich hab' ihn gehört«, antwortete Ormus lahm, und wieder rammte Yul Singh die Spitze seines Stocks auf den Fußboden. »Unmöglich, okay?« sagte er. »Dieser Song – wir werden ihn erst im nächsten Jahr rausbringen. Noch nicht mal aufgenommen haben wir ihn. Nicht mal so 'ne verdammte Demo gibt es von ihm. Der Mann hat ihn nur aufgeschrieben, er hat ihn mir nur auf diesem verdammten Piano in London vorgespielt, und dann flieg' ich nach Bombay, um meine liebe, alte Mutter zu besuchen, die inzwischen, Gott segne sie, viel zu lange da draußen sitzt und sich fragt, warum ihr Sohn vor ihr geflucht hat, begreifen Sie eigentlich, was ich sage, so ist es nicht richtig. So sollte es nicht sein.«

Ormus schwieg, nach Worten suchend. Er konnte schließlich nicht sagen, ich habe einen toten Zwillingsbruder, ich bin ihm in meinen Träumen gefolgt, er singt, ich höre zu, und heutzutage kann ich den Text immer besser verstehen. Immer besser.

Yul Singh erhob sich. »Zwei Dinge möchte ich Ihnen noch sagen. Erstens: Wenn Sie diesen Song noch ein einziges Mal singen, werde ich Ihnen die Anwälte noch dichter auf die Fersen hetzen als eine Zwangsjacke, und Ihre Eier werde ich mir zum Frühstück zu meinen Cornflakes braten lassen. Zweitens: Ich fluche niemals. Niemals. Ich bin berühmt für meine saubere Sprache. Haben Sie daher bitte Verständnis für mein Bedauern.«

Er ging zur Tür hinaus. Ganz kurz vermochte ich zwei stämmige Helfer im Smoking zu sehen. Er wandte sich zurück, um einen letzten Abschiedstreffer zu landen.

»Ich sagte nicht, daß Sie kein Talent haben. Sagte ich das? Ich glaube nicht. Sie haben Talent. Vielleicht sogar großes Talent. Was Sie nicht haben, ist Material, nur das, was Sie gestohlen haben, keine Ahnung, wie, und Sie wollen's mir ja nicht sagen. Was Sie außerdem nicht haben, ist eine Band, weil diese Guys in den roten Jäckchen mit ihrem Big-Band-Haarschnitt eindeutig nirgendwohin gehen werden, es sei denn mit einem Bus Richtung Heimat. Außerdem, die Motivation. An der es Ihnen, wie mir scheint, ebenfalls mangelt. Wenn Sie über Material verfügen, von dem Sie meinen, es könnte genügen, wenn Sie einen Act haben, von dem Sie meinen, er könnte gut sein, dann kommen Sie bitte nicht zu mir. Wenn Sie eine Motivation haben – nun ja, das ist etwas anderes, wenn Sie die eines Tages haben, aber vielleicht kriegen Sie die ja nie, worüber Sie sich keine Gedanken machen sollten, ich werde nicht darauf warten. Vielleicht, wenn Sie dieses Mädchen finden, yeah. Suchen Sie sie, und sie wird etwas aus Ihnen machen. Ich persönlich verdanke alles meiner wunderbaren Frau, die mich auf dieser Reise leider nicht begleitet. Aber das brauchen Sie nicht zu wissen. Gute Nacht.«

»Aha, er existiert also nicht«, sagte ich zu Ormus. »Ein Glück, nicht wahr?«

Ormus sah aus, als hätte ihn der Blitz getroffen. »Alles ist falsch«, murmelte er vor sich hin. »Aber vielleicht muß es so sein.«

Mehr als Liebe

Ich muß gestehen, daß ich Ormus die Ausrede mit dem Reisepaß und der ausländischen Währung als Grund für sein Versäumnis, Vina zu folgen, niemals vorbehaltlos abgenommen habe. Wo ein Wille ist, etc., dachte ich unwillkürlich; als daher Yul Singh so geschickt die Motivierung des Sängers in Frage stellte, wurde mir klar, daß er den Finger genau auf die Wunde gelegt hatte und nur das laut aussprach, was ich selbst schon lange wußte. Nach außen hin war Ormus' Selbstsicherheit jedoch so stark – seine sexuelle Wirkung, seine Lässigkeit im Umgang mit Körper und Stimme, sein Charme –, daß ich mich zu dem Glauben verleiten ließ (oder vielmehr mir selbst vormachte), dieses private In-sich-gekehrt-Sein und sogar diese panischen Ausbrüche über Fehler in der Realität könnten seiner intensiven künstlerischen Feinfühligkeit zugeschrieben werden, die ihn unerbittlich auf das zutrieb, was Browning den gefährlichen Rand der Dinge nennt.

›Der ehrliche Dieb, der sanfte Mörder.‹ So interessant derartige Paradoxien zweifellos sein mögen – Ormus Cama suchte nach einem weitaus gefährlicheren Rand, einem Rand des Geistes, bis hinter dessen Grenze er seinem toten Bruder folgte, um mit prophetischer Musik zurückzukehren, wobei er aber jedesmal Gefahr lief, überhaupt nicht mehr zurückzukehren. Es ist nicht verwunderlich, dachte ich mit der Allwissenheit eines Teenagers, daß solche Reisen ins Unbekannte ihren Tribut fordern und den Reisenden schwermütig und exzentrisch machen. Kurz gesagt, ich fand, daß Ormus Cama ein bißchen weich im Kopf sei, aus dem Gleichgewicht gebracht, wie es bei getrennten Zwillingen (und abgewiesenen Liebenden) zuweilen der Fall ist. Den überlebenden männlichen Camas fehlten, jedem auf seine ganz persönliche Art, ein paar Annas an der Rupie; Ormus, weder mörderisch noch stumm, noch in einen Whiskystupor von Versagen und Schande versunken, war sowohl begabt als auch charismatisch, und seine Wunderlichkeit verstärkte noch seine Anziehungskraft. Es gab also zahlreiche Möglichkeiten für mich, meine anfänglichen Zweifel zu begraben, meiner eindeutigen Erkenntnis nicht mehr, nicht einmal mir selbst gegenüber, Ausdruck zu verleihen, daß Vinas unerwartetes Verschwinden unmittelbar nach ihrer lange aufgeschobenen und zutiefst befriedigenden ersten (und einzigen) Nacht der Liebe Ormus schweren Schaden zugefügt, ihm ein Loch unter der Wasserlinie gerissen habe, so daß er Schlagseite bekam, heftig Wasser ausschöpfen und verzweifelt versuchen mußte, nicht unterzugehen. Nun, da Yul Singhs klarer Blick mir die Augen geöffnet hatte, erkannte ich den dichten, lähmenden Nebel der Angst, der Ormus Cama umgab, wurde das tiefe Gefühl der Unzulänglichkeit durch sein Auftreten als Bombay-Casanova, seinen unaufhaltsamen Donjuanismus aufgedeckt. Wenn Aphrodite aus dem Olymp ausgeschieden wäre, wenn Venus verkündet hätte, ihre Arbeit lohne sich nicht mehr – es hätte Ormus nicht schwerer treffen können als Vina Apsaras Enttäuschung von der Liebe. Auch er hatte das Selbstvertrauen verloren – genauso wie den Glauben an die Idee der Vina an sich, die Idee, es gebe einen ewigen und vollkommenen Partner, den er vollkommen und ewig lieben und von dem er seinerseits vollkommen und ewig gemacht werden würde. »Bis ans Ende der Welt werde ich ihr folgen«, prahlte er, dann aber ging er nicht mal bis zum Flughafen.

Er hatte zu fürchten begonnen, was er am innigsten begehrte. Am wichtigsten Tag seines Berufslebens bekam er Migräne und schaffte es nicht, dem gefeierten Produzenten, der neben seiner strickenden Mutter im Publikum saß, einen einzigen eigenen Song vorzutragen. Statt dessen sang er seine Gayo-Liedchen, diesen Abklatsch der bekannten Hits jener Tage, die er so lange zuvor schon so unsinnig in seinen Träumen gehört hatte; und wurde von dem Produzenten darum fälschlich für einen *novelty act* gehalten, ein provinzielles Echo der Großstadt-Action, einen Hinterwäldler. Genauso war es mit Vina; er hatte den Mut verloren. Die Angst, sie könne ihn nicht mehr lieben – ja, sie könne ihm tatsächlich die Wohnwagentür vor der Nase zuschlagen –, war stärker geworden als seine Liebe und veranlaßte ihn, zu Hause zu bleiben.

In den dreizehn Monaten nach Yul Singhs Aufdeckung seiner verborgenen Ängstlichkeit verbreitete sich die Kunde von Ormus Camas fehlendem Mut in der ganzen Stadt. Bis zu jenem Tag hatten ihn die Hausmusiker der verschiedenen Clubs und Kaffeehäuser, wie etwa die Pink Flamingoes, die Backing Combo im Regal Café, wie einen Halbgott behandelt, einen jener mythologischen Helden, deren Schicksal es ist, als strahlender Stern am Himmel zu landen. Nachdem der Boß von Colchis Records ihm das Daumenabwärts gezeigt hatte, verloren die Musiker von Bombay keine Zeit, Ormus Cama merken zu lassen, daß es keinen Sinn hatte, weiterhin hochnäsig zu tun, er mochte sich ja für den Mod God halten (ein Titel – eher alliterativ als zutreffend –, den ihm ein Kritiker verliehen hatte), daß er, soweit es sie betraf, jedoch um nichts besser war als sie selbst, nichts weiter als ein Sänger mit der Band, und Sänger gab es dutzendweise, also sollte er sich lieber vorsehen. Und um seine Niederlage zu vervollständigen, verlor er auch noch das, was wir als seinen ›Trick‹ zu bezeichnen pflegten.

Die ersten Frauen, die seine Avancen zurückwiesen, die Starlets Fadia Wadia und Tipple Billimoria, wurden in der Café-Society der Stadt vorübergehend als *bubble-busters* von Ormus' Ruf als Ladykiller berühmt. Innerhalb weniger Wochen nach diesen ersten Zurückweisungen jedoch hatte ihn die gesamte *Ormie's Army* verlassen. Nur Persis Kalamanja blieb ihm treu, wartete in erhabener Größe in der heißen Einsamkeit der Villa ihrer Mutter auf dem Malabar Hill. Das aber war ein Anruf, den Ormus Cama niemals tätigte. Persis anzurufen würde bedeuten, zugeben zu müssen, daß er tatsächlich am Ende war. Es wäre, als rufe man einen Turm des Schweigens an, um sich einen Platz auf dem Dach voller Geier reservieren zu lassen. Persis Kalamanja, die unendlich geduldige Persis, die keinem Menschen etwas Böses wollte, Persis, die schöne, die ideale

Tochter für jede Mutter und der Traum einer Braut für jeden Mann, hatte sich in Ormus' qualvollen Phantasien in eine Avatara des Todesengels verwandelt.

Im Verlauf jenes Jahres wurde er immer verzweifelter, verängstigter, doch immer noch machte er keinen Versuch, sich auf die Suche nach Vina zu begeben. Selbst Mrs. Spenta Cama, der es niemals gelungen war, ihr jüngstes Kind zu lieben, und die sich mit aller Macht gegen Ormus' Besessenheit von der minderjährigen Vina gewehrt hatte, ertappte sich mit einem Anflug von Zorn dabei, daß sie sagte: »Was glaubst du denn, was sie nach dieser langen Zeit tun wird? Daß sie am Weihnachtstag durch den Schornstein runterplumpst, schön verpackt mit Schleifchen und Glückwunschkarte?«

Die Wohnung der Camas verfügte nicht über einen Schornstein, die Familie pflegte nicht Weihnachten zu feiern; Vina Apsara kam nicht zu Besuch, weder mit noch ohne Verpackung und Schleifchen. Aber jemand anders kam. Und von da an war der Weihnachtstag für die Camas zwar immer noch kein Feiertag, dafür aber auf ewig unvergeßlich.

An jenem Heiligen Abend brach Cyrus Cama, als syrischer Priester verkleidet, aus dem Gefängnis aus, nachdem er einen Wärter davon überzeugt hatte, daß er ein großer Seher sei, der seine Jahre als Mörder hinter sich gelassen hatte und seiner Nation als freier Mann von weit größerem Nutzen sein könnte, indem er seine einzigartige Botschaft im ganzen Land verkündete. Er kam in eine Nation, die dringend einer Führung bedurfte. Jawaharlal Nehru war tot. Indira Gandhi, seine Nachfolgerin, war kaum mehr als eine Schachfigur in den Händen der Königsmacher der Kongreßpartei, Shastri, Morarji Desai und Kamaraj. Eine fanatische Bande politischer Tyrannen, Mumbai's Axis, war drauf und dran, die Kontrolle über Bombay zu ergreifen, und das ganze Land wurde vom Hindu-Nationalismus erfaßt. Es herrschte das allgemeine Gefühl, daß sich die Dinge zu schnell entwickelten, daß der nationale Eisenbahnzug ohne Lokführer dahinstürmte und daß die Entscheidung, internationale Tarifbarrieren zu beseitigen und die Wirtschaft umzuordnen, viel zu hastig gefällt worden war. ›In zwanzig Jahren vielleicht, wenn wir stärker sind‹, hieß es im Leitartikel des *Indian Express*, ›aber warum jetzt? Wo brennt's?‹

In der Nacht von Cyrus' Flucht schreckte sein Zwillingsbruder Ardaviraf aus dem Schlaf auf und erschauerte, als sei ihm etwas Böses den Rücken entlanggekrochen. Zitternd blieb er im Bett sitzen, bis seine Mutter ihn so fand, ihn in warme Decken wickelte und mit Hühnersuppe fütterte, bis die Farbe in seine Wangen zurückkehrte. »Es war, als habe er ein Gespenst gesehen«, berichtete Spenta am Telefon Dolly Kalamanja, deren energisch-realistische Ablehnung jeglichen paranormalen Unsinns immer wieder bewirkte, daß sich die zur Mystik neigende Spenta insgeheim plötzlich viel besser fühlte. »Der arme Kerl«, sagte Dolly mitfühlend. »Der Teufel weiß, was diesem Kind für törichte Vorstellungen durch den Kopf gehen.«

Als dann am folgenden Morgen die Nachricht von Cyrus' Flucht eintraf, warf Spenta Virus einen langen Blick zu, aber der zeigte nur sein unschuldiges Grinsen und wandte sich ab. Spenta Cama wurde von einer unerklärlichen Angst geschüttelt. Sie wußte, daß es keinen Sinn hatte, diese alarmierende Entwicklung mit ihrem immer mehr in sich gekehrten Ehemann zu besprechen. »Was wird mein Khusro nur diesmal wieder anstellen?« jammerte sie Dolly vor. »Welche Schande wird er dieses Mal über mich bringen?« Dolly Kalamanja jedoch, die ihre Freundin nur zu gut kannte, vernahm unter Spentas Gejammer einen tiefsitzenden Terror, eine Angst, die Spenta sogar dazu getrieben hatte, über ein Thema zu sprechen, dessen schiere Existenz sie bisher immer geleugnet hatte. Inzwischen war Dolly kein außenstehender Emporkömmling mehr und hatte schon vor einiger Zeit alles über den inhaftierten Cyrus erfahren. Aber sie war Spenta so zugetan, und ihre Gutmütigkeit (die sie Persis vererbt hatte) war so groß, daß sie das Thema nie aufs Tapet brachte. »Wenn Schweigen das ist, was Spenta will«, hatte sie zu Persis gesagt, »dann wird sie von mir auch Schweigen erhalten.«

Die beiden Frauen hatten an jenem Tag ein umfangreiches Programm. Es gab einen Kalamanja-›Charitea‹ in Dollys Haus, gefolgt von einer speziellen Modenschau zum Sammeln von Spenden, die ›Xtraordinary Xmas Xtravaganza‹, im Orpheum-Kino und anschließend eine Runde von Krankenhausbesuchen. »Du solltest zeitig kommen«, riet Dolly Spenta. »Laß dich ablenken. Es gibt viel zu planen.« Geplagt von Ängsten eilte Mrs. Spenta Cama stehenden Fußes und von Dankbarkeit erfüllt zum Malabar Hill hinüber, um sich mit Energie und Erleichterung in ihre guten Werke zu stürzen.

Auch Ormus sollte später erklären, er sei nervös und reizbar gewesen, als er das Haus verließ, aber das war er in jenen schweren Zeiten oft. Also schüttelte er das Gefühl ab und ging an die Arbeit. An jenem Abend war er vom Cosmic Dancer Hotel am Marine Drive engagiert worden, dessen Restaurant mit reichlich Watte und ein paar Plastikbäumen weihnachtlich dekoriert worden war. Ormus sah sich gezwungen, sich mit einem roten Anzug und einem weißen Bart auszustaffieren und eine Auswahl von Songs darzubieten, die von *White Christmas* bis zu Eartha Kitts *Santa Baby* reichte, obwohl der letzte Song ganz eindeutig für eine Frauenstimme geschrieben worden war. Es war ein zweitklassiges Engagement, das viel über seinen schwindenden guten Ruf aussagte.

Manchmal muß man erst ganz tief nach unten fallen, um erkennen zu können, wie's wieder nach oben geht; eine lange Strecke auf dem falschen Weg zurücklegen, bevor man den richtigen Weg erkennt. Ormus Cama hatte sich, von einer schrecklichen Mattigkeit und Trägheit behindert, die eindeutig jener des Vaters glich, ziemlich weit hinabsinken lassen. Am Abend des Mordes an Darius jedoch gelang es Ormus Cama endlich, sich selbst deutlich zu sehen. Am Ende seines Auftritts im Cosmic Dancer Hotel, nach jenen läuternden zwei Stunden, die er damit verbracht hatte, durch seinen Nikolausbart uralte Songs zu singen, lauschte er dem spärlichen, desinteressierten Applaus und fing an zu lachen. Er legte Bart und Nikolausmütze ab und lachte, bis ihm die Tränen übers Gesicht liefen. Später behaupteten viele Bombayaner, bei Ormus Camas letztem Auftritt in der Stadt anwesend gewesen zu sein – so viele, daß sie mehrfach das

Wankhede Stadium gefüllt hätten, und die Berichte über seine Abschiedsbemerkungen waren zahlreich und unterschiedlich. Er habe zornig gesprochen, hieß es, oder demütig, arrogant oder französisch. Er habe das Publikum mit einer Tirade über die Zukunft der Popmusik bedacht, es wegen seiner Unaufmerksamkeit beschimpft oder es angefleht, ihm noch eine einzige Chance zu geben, woraufhin er durch Buhrufe von der Bühne verjagt worden sei. Manche sagten, er habe eine politische Ansprache gehalten und die versammelten B-Listen-Fettärsche wegen ihrer Korruption und ihrer Geldgier attackiert; oder er habe sich blasphemisch nicht nur gegen Weihnachten und die Christen vergangen, sondern sogar gegen sämtliche Götter und Riten – ›Farcen‹ – der Anbetung. Diesen Horden selbsternannter Zeugen zufolge war er grandios gewesen, mitleiderregend, ein Held oder ein Clown.

Die Wahrheit war, daß er nicht aufhören konnte zu lachen und daß das einzige, was er sagte, an keinen der Anwesenden gerichtet war. »Scheiße, Vina«, sagte er, während er sich die Seiten hielt, »es tut mir leid, daß ich so lange gebraucht habe, um zu verstehen.«

In der Apollo-Bunder-Wohnung hatte Gieve, der Butler, Darius und Ardaviraf Cama inzwischen das Abendessen serviert und sich in die Dienstbotenquartiere zurückgezogen, wo er zu seiner Verwunderung feststellte, daß alle im Haus wohnenden Bediensteten davongelaufen waren – bis auf den Koch, der jedoch ebenfalls im Begriff war zu gehen. »Und wohin willst du?« fragte Gieve den Burschen, der aber nur den Kopf schüttelte und sich so schnell wie möglich über die Außentreppe für Lieferanten verdrückte, eine klapprige Gußeisenspirale an der Hinterseite des Gebäudes. Es besteht kein Zweifel daran, daß Gieve selbst keine warnenden Stiche der Angst empfand, denn er streckte sich, wie immer, auf seiner Bettstatt aus und war schon bald fest eingeschlafen.

Mr. Darius Cama verbrachte die letzten Stunden seines Lebens, verwirrt von Alter, Mythologie und Alkohol, allein in seiner geliebten Bibliothek. Er war inzwischen besessen von der Idee, die griechischen Gestalten der beiden Titanen Prometheus, ›Voraussicht‹, und seines Bruders Epimetheus, ›Nachsicht‹, Söhne des ›Urvaters‹ Uranus, müßten von den puranischen Helden Pramanthu und Manthu abgeleitet worden, und das Hakenkreuz, dieses uralte indische Feuersymbol, müsse ebenfalls mit der symbolischen Rolle des Prometheus als Dieb des olympischen Feuers zugunsten seiner Schöpfung, der Menschheit, verbunden sein. Die Nazis hatten das Hakenkreuz gestohlen und besudelt – wie die Nazi-Connection ja dieses ganze Gebiet besudelt hatte –, und der alte Privatgelehrte hoffte auf seine verwirrte Weise, daß diese, seine letzten Forschungen wenigstens ein wenig dazu betragen würden, sowohl das Hakenkreuz als auch das Studium der arischen Mythen von der gräßlichen Verzerrung zu befreien, der sie durch die Geschichte unterworfen worden waren. Aber es wollte ihm nicht gelingen, klar genug zu denken, um seine Argumente zu Ende zu führen. Seine Notizen wanderten von einem Punkt zum anderen, schweiften von Prometheus und Epimetheus zu deren jüngstem Bruder Kronos, der eine scharfe Sichel nahm und seinem Vater die Eier abschnitt. Die letzten Worte, die Darius Xerxes Cama niederschrieb, wichen völlig von seinen Forschungen ab und enthüllten statt dessen seine tiefe Verwirrung und seinen tiefen Schmerz. *Unnötig, mir die Eier abzuschneiden,* schrieb er. *Hab' ich selber schon getan.* Dann sank sein Kopf vornüber auf die Papiere, und er schlief ein.

Spenta kam spät nach Hause und begab sich leise zu ihrem Zimmer; Ormus erschien strahlend eine Stunde vor Tagesanbruch, lauthals singend, und schaltete wie zu einem Lichterfest sämtliche Kronleuchter und Stehlampen ein. Die erschöpfte Spenta in ihrem Zimmer sah keine Lichter, hörte keinen Gesang und wurde nicht wach. Heftig blinzelnd, als tauche er, nachdem er sich jahrelang in einem finsteren Dachkämmerchen vor der Welt versteckt hatte, endlich wieder ans Tageslicht auf, zog sich Ormus zurück, nachdem er die ganze Nacht lang durch die Straßen der Stadt gezogen war, laut lachend, Vinas Namen rufend, trunken von nichts als seiner glücklichen Erregung, brennend vor Sehnsucht. Geräuschvoll betrat er sein Zimmer, sank auf sein Bett und fiel, voll angekleidet, in tiefen Schlaf. Die Wohnung ruhte, ohne etwas von der Tragödie innerhalb ihrer Mauern zu ahnen.

Der Morgen kam, schnell und unerbittlich, wie es der Morgen in den Tropen immer tut. Wie gewöhnlich war es die Stadt, die Spenta weckte, die Stadt mit ihrem achselzuckenden, rücksichtslosen Lärm von rufenden Stimmen, Motoren und Fahrradklingeln. Dick und frech hockten Krähen auf den Fensterbänken und krächzten sie aus dem Bett. Trotz dieses Lärms jedoch war es eine seltsame Stille, die Spenta aufscheuchte, eine Stille dort, wo es doch eigentlich Geräusche geben sollte. Ein Teil des Morgenkonzerts fehlte: Es gab keinen Haushaltslärm. Mit einem wehenden Chiffon-Peignoir über dem Nachthemd trat Spenta in die Wohnung hinaus, wo sie weder die Putzfrau fand, die sonst immer mit ihrer Tochter neben dem Besen hockte, noch den Hammal, der Staub wischen und die Möbel polieren sollte. Die Küche war leer. Gieve war nirgendwo zu finden. »*Arré, koi hai?*« rief sie laut. Keine Antwort. Eine derartige Faulheit war unverzeihlich. Mit grimmiger Miene stürmte Spenta durch die Küchen zu den Quartieren der Dienstboten, fest entschlossen, das nachlässige Hauspersonal ihre spitze Zunge spüren zu lassen; und kam Sekunden später im Laufschritt zurück, eine Hand vor dem Mund, als müsse sie einen Schrei ersticken. Sie stieß die Tür zu Ardaviraf Camas Schlafzimmer auf. Er schlief und schnarchte selig. Dann ging sie zu Ormus' Räumen. Er warf sich mit verquollenen Augen herum und murmelte etwas vor sich hin. Darius' Schlafzimmer war leer. Also ging Spenta zur Bibliothek, blieb vor der geschlossenen Doppeltür jedoch stehen, als übersteige es ihre Kräfte, sie zu öffnen, weil sie nicht auf den Anblick vorbereitet war, dem sie sich dann aussetzen müßte. Mit einer Hand an jedem Türknauf beugte sie sich vor, bis ihre Stirn schmerzhaft auf dem glänzenden Mahagoni lag; und weinte.

Wenn ein gesalbter König stirbt, sagt man, suche seine Seele Zuflucht im Körper einer Krähe. Es kann aber auch sein, daß der Name Kronos, der seinen Vater tötete, von dem griechischen Wort für Krähe abgeleitet wurde, statt, wie es sonst häufig heißt, von dem Wort für

Zeit. Und es ist eine Tatsache, daß Spenta, als sie die Bibliothekstür öffnete, eine einzelne Krähe auf dem Schreibtisch ihres Gatten hocken sah, unmittelbar neben seinem reglosen Kopf. Als der Vogel Spenta erblickte, krächzte er laut, schwang sich zu einem panikgetriebenen Kreisflug auf, kollidierte zweimal mit den Lederrücken alter Bücher und flüchtete durch die hohen Fenster des Zimmers, die – was ungewöhnlich war – trotz der laufenden Klimaanlage weit offenstanden. Sanft legte Spenta Cama den rechten Handrücken an die Wange ihres Mannes. Die eiskalt war.

Darius Xerxes Cama und sein Diener Gieve waren beide den Erstickungstod gestorben, der das mörderische ›Markenzeichen‹ von Cyrus, dem Pillowman, war. Als Todeszeit wurde ungefähr zehn Uhr dreißig abends ermittelt. Der Butler hatte sich heftig gegen seinen Mörder gewehrt. Unter seinen langen Fingernägeln wurden Blutspuren gefunden – möglicherweise von seinem Mörder. Darius schien sich überhaupt nicht gewehrt zu haben. Sein Antlitz war ruhig, und es gab keine Anzeichen eines Kampfes. Es war, als habe er seinen Geist frohen Mutes aufgegeben, als sei er glücklich, ihn dem eigenen Sohn anzuvertrauen.

Gute Mythologie ergibt schlechte Detektivarbeit. Die Griechen wollen uns weismachen, der Urvater sei von seinem jüngsten Sohn ermordet worden – auf Veranlassung der Urmutter Gaia, der Mutter Erde höchstpersönlich. Zum Zeitpunkt der Morde hatte Ormus jedoch vor einem Saal voll wenig beeindruckter Speisender gesungen, während Spenta im Lying-In Hospital war, um Sterbenden die Hand zu halten.

Inspector Sohrab vom Bombay C.I.D. bekundete durch mißbilligend hochgezogene Augenbrauen sein Erstaunen darüber, wieder einmal die Camas, Kalamanjas und (als nächste Nachbarn, die möglicherweise etwas Wichtiges gesehen haben könnten) Merchants vernehmen zu müssen, und das so relativ kurz nach dem mysteriösen Brand an der Cuffe Parade. Es konnte jedoch nicht bestritten werden, daß der Hauptverdächtige in diesem Fall der psychopathische, entsprungene Mörder Khusro alias Cyrus Cama war, dessen Blutgruppe dieselbe war wie die der Reste unter den Nägeln des toten Butlers. Das Motiv für die Morde war von geringer Bedeutung, in diesem Fall eines »Verrückten«, der, wie Inspector Sohrab erläuterte, »jeden Moment urplötzlich Dinge tun werde, wie man sie sich schlimmer nicht ausmalen könne«. Er vermutete, daß Gieve als erster getötet wurde, damit er nicht im Wege war. Das eigentliche Opfer war Darius Xerxes Cama gewesen, vielleicht – »nur eine Annahme, verstehen Sie?« –, weil Cyrus es haßte, erst aus seinem Zuhause fortgeschickt, dann von den Lehrern mehr oder weniger auf Verlangen der Eltern gezüchtigt und schließlich rechtsgültig enterbt worden zu sein. Sohrab und Rustam musterten Spenta Cama mit unverhohlener Feindseligkeit. »Zum Glück waren Sie nicht da«, sagte Inspector Sohrab giftig, »sonst hätten Sie möglicherweise auch noch das gekriegt, was Sie verdienen.«

Einige Nebensächlichkeiten hatten sich von selbst geklärt. Die Bediensteten waren, mißmutig und zögernd, allesamt zurückgekehrt und behaupteten, daß sie als Christen die Mitternachtsmesse im Dom besucht hätten, um anschließend ihre Verwandten in den Außenbezirken der Stadt zu besuchen. Schließlich sei Weihnachten, und sie seien fest entschlossen gewesen, den Feiertag zu heiligen, auch wenn ihre herzlose Herrschaft sich geweigert habe, ihnen die Nacht über frei zu geben. Gieve war kein Christ gewesen. Sonst mußte nichts erklärt werden.

Laut Sohrab und Rustam gab es nur zwei Dinge, die noch einer Aufklärung bedurften. Erstens war in der Nacht des Doppelmordes in Apollo Bunder eine Person, die genau der Beschreibung des erwähnten psychopathischen Killers Khusro Cama entsprach, gesehen worden, wie sie den Schauplatz eines Erstickungsmordes in der Stadt Lucknow verließ, die den halben Subkontinent von Bombay entfernt lag. Und zweitens entsprach die Zusammensetzung des Blutes unter den Fingernägeln des toten Gieve exakt dem Blut von Khusros Zwillingsbruder, dem sprachlosen Ardaviraf Cama, an dessen Unterarmen eindeutig Kratzer zu sehen waren: tief genug, um geblutet zu haben.

Virus saß in einer Ecke der Bibliothek, den Blick fest auf den Schreibtisch gerichtet, an dem sein Vater gefunden worden war. Er hatte die Füße auf den Stuhlsitz gezogen, die Arme fest um die Knie geschlungen und wiegte sich langsam vor und zurück. Sohrab befragte ihn, drang in ihn, redete ihm gut zu, drohte ihm – alles ohne Erfolg. Virus sagte nichts. »Lassen Sie den Jungen in Ruhe!« schrie Spenta Cama schließlich den C.I.D.-Inspector an. »Können Sie nicht sehen, daß er trauert? Können Sie nicht riechen, wie sehr wir alle nach Kummer stinken? Verschwinden Sie, und tun Sie Ihre Arbeit, und wenn Sie ...«, hier brach sie in Tränen aus, »wenn Sie meinen anderen Sohn finden, sorgen Sie dafür, daß er gesund bleibt und in Sicherheit gebracht wird.«

Am Neujahrstag 1965 ging Cyrus Cama zum Haupttor des Tihar-Gefängnisses und stellte sich. Im Verhör leugnete er jegliches Wissen von dem Mord in Lucknow (für den schließlich ein anderer Mann verhaftet und gehängt wurde, obwohl er bis zum letzten Atemzug seine Unschuld beteuerte). Dagegen bekannte er sich freimütig zum Vatermord und bestätigte, daß der Tod des Dieners – hier zitierte er Auden – ›ein notwendiger Mord‹ gewesen sei. Er deutete auf die Kratzer an seinen Armen, Wunden, die weit tiefer waren als die Schrammen bei Virus, bestritt kategorisch, daß er sie sich selbst beigebracht habe, und lieferte eine Schilderung des Doppelmordes, die so detailliert war und so genau den bekannten Fakten und forensischen Beweisen entsprach, daß jede Diskussion beendet war. Im psychiatrischen Sicherheitsflügel der Anstalt wurde Cyrus wieder in Einzelhaft gesteckt, und es wurde bestimmt, daß die Teams der Gefängniswärter, die ihn bewachten, ›möglichst oft‹ ausgewechselt werden sollten, damit nie wieder ein armer Tölpel in seinen leidenschaftlichen, gelehrten, fanatischen, tödlichen Bann geriet.

Nach dem Brand in der Villa Thracia hatte Persis Kalamanja Vina durch ihr Alibi vom Verdacht befreit. Diesmal war es Cyrus Cama, der seinen Bruder entlastete. All diese Alibis, all diese alternativen Erzählungsstränge, die wir aufgeben müssen! Die Story, zum Beispiel, in der unser Haus am Strand von Vina aus Rache zerstört worden war, in der das Feuer in diesem so oft mißbrauchten Kind aus ihm herausbrach und auch meine Kindheit zerstörte. Und noch befremdender die Story, wie Virus Cama, dessen geheimnisvoller Geist irgendwie mit dem seines Zwillingsbruders verbunden war, für ihn die Apollo-Bunder-Morde ausgeführt hatte; wie Cyrus an zwei Orten auf einmal sein und dank der unergründlichen Kommunikation zwischen eineiigen Zwillingen jede Einzelheit der Morde kennen konnte, die zu begehen er seinen stummen Bruder gezwungen hatte. Diese Geschichten befinden sich nun im Limbus der verpaßten Möglichkeiten. Wir haben einfach keinen Grund, zu glauben, daß sie möglicherweise wahr sein könnten.

Und doch, und doch ... Nach dem Mord an ihrem Gatten legte sich Spenta Cama niemals schlafen, ohne die Schlafzimmertür abzuschließen. Und Ormus gesellte sich nie wieder für ein gemeinsames Spiel auf dem Familienklavier zu seinem stummen Bruder, dessen Lächeln so lieb und süß war wie immer.

Unmögliche Geschichten, Storys mit dem Schild ›Betreten verboten‹, verändern unser Leben und unser Denken ebensooft wie die autorisierten Versionen, die Geschichten, auf die zu vertrauen von uns erwartet wird, auf die unser Urteil – und unser Leben – zu bauen man von uns fordert.

Mit neun Fuß Spannbreite schweben die Geier über der *dokhma*, dem Turm des Schweigens in den Gärten des *Doongerwadi* auf dem Malabar Hill. Ihr Kreisen erinnert Ormus an den Vorbeiflug der Maschinen bei Beerdigungen von Prominenten. *Zwischen den Parsi und den Geiern besteht eine starke, intime Verbundenheit der letzten Dinge. Für uns gibt es keine Eile. Wir können unser ganzes Leben lang warten, ich auf dich, du auf mich. Jeder weiß, daß der andere die Verabredung einhalten wird.*

Wir kommen durch Räume mit den Porträts unserer berühmten Toten an der Wand und gelangen in die lange Leichenhalle. Hier ist der Priester, hier ist der Sandelholzmann, und hier ist das Feuer, das Gott repräsentiert, aber nicht Gott ist. Hier sind die Leichenträger, die nassasalars. Hier ist mein Bruder, Ardaviraf, der Stumme. Jeder von uns hält ein Ende eines weißen Schals, und wir führen den Trauerzug in die Gärten an, wo die Türme stehen. Heute sind viele Vögel da, wie die dreißig in Attars großem Gedicht, welche die Reise zum Simurg machten und zu dem Gott wurden, den sie suchten. *Die drei-ßig Geier vereinen sich und werden zu Dem Geier. Das ist die Art Gedanken, die meinem Vater vielleicht durch den Kopf gegangen wären, die Art Verbindung, die er vielleicht gezogen hätte. Du mußt wissen, wer heute zu dir kommt, o Geier, ich muß ihn dir zeigen, schweigend, begleitet von meinem Bruder des Schweigens, vor den Türmen des Schweigens.*

Er war ein distanzierter Vater, aber wir hatten keinen anderen. Er war von uns enttäuscht. Wir waren nicht, was er sich erhofft hatte. Wir waren geringer als in seinen Träumen. Aber er pries dich, Geier, für deinen rationalen, wissenschaftlichen Verstand. Er pries unsere letzte Begegnung, in welcher der Zyklus des Lebens erneuert wird.

Und auf seinem Schreibtisch, mitten unter den Notizen, an denen er gearbeitet hatte, als er starb, sprach er folgendes über dich:

Prometheus, an einen Felsen im Hochkaukasus geschmiedet, während der Geier des Zeus den ganzen Tag lang an seiner Leber frißt. Bei Nacht regeneriert sich die Leber. Endlose Bestrafung durch Schmerz. Der Geier des Prometheus, gesehen als Beweis für die Rachsucht des Z. Mit jedem Biß zeigt er uns, warum wir uns von den Göttern abwenden & den Weg der Vernunft einschlagen sollten. Die Götter lügen, bringen falsche Beschuldigungen vor (s. Prometheus, irgendeine aufgebauschte Geschichte über eine heimliche Liebesaffä-re mit P. Athene). Die Götter sind launisch, irrational, göttlich. Für das Verbrechen, wir selbst zu sein, verwandeln sie uns in Steine, Spinnen, Pflanzen. Der Schmerz, den der Totenvogel G. verursacht, ist nichts weniger als der Schmerz der Vernunft. Freudiger Schmerz. Er zeigt Prometheus, wer er ist, wie er leben sollte, warum die Götter unrecht haben, warum er recht hat. Wir stehen in deiner Schuld, Gei-er. Und sind mit dir auf ewig durch die Bande unseres Lebensblutes verknüpft. Die möglicherweise stärker sind als die Liebe.

Prometheus, Schöpfer der Menschheit, der uns vor dem Zorn des Zeus bewahrte, indem er Deukalion anwies, zum Schutz vor der Flut eine

*Arche zu bauen. Prometheus, Vater von Wissenschaft & Wissen, der
uns das Feuer gab und dafür den Geier erhielt. Laßt uns suchen, was
titanisch in uns ist. Laßt uns ausmerzen, was olympisch ist. Ich bin
meines Vaters Sohn. Ich hatte gedacht, frei von ihm zu sein, selbster-
schaffen, doch das war Eitelkeit. Der Tod zeigt uns die Macht des
Blutes.
Ich bin meines Vaters Sohn. Die Strafe des Prometheus nehme ich auf
mich. O prometheischer Geier der Vernunft, hilf meinem Vater, den
Weg zu seiner verdienten Ruhe zu finden.*

Auch Lord Methwold machte Spenta Cama Mitteilung vom Tod
ihres Mannes, Darius' altem Freund, der ihr weiterhin erstaunlich
häufig geschrieben hatte. Postwendend erhielt sie einen langen Bei-
leidsbrief, in dem er in den herzlichsten Tönen von Darius sprach, den
Riß, der zwischen ihnen entstanden war, zutiefst bedauerte und Spenta mit ihren Söhnen nach England einlud. ›Obwohl hier jetzt Winter
ist, doch dieser andere Himmel, diese andere Umgebung könnten aufgrund ebendieser Andersartigkeit dazu beitragen, Ihren Schmerz,
wenn nicht zu beenden, so doch wenigstens zu lindern.‹ Als sie dieses
Schreiben erhielt, drängten sich Spenta Cama mehr oder weniger
gleichzeitig mehrere Gedanken auf: daß sie keinen so großen Schmerz
empfand, wie sie es erwartet hatte; daß Darius' Tod nach all den Jahren seines Niedergangs fast so etwas wie ein Segen war, nicht zuletzt –
worauf die fehlende Gegenwehr schließen ließ – für ihn selbst; daß
sie, nachdem sie sich ein halbes Leben lang geweigert hatte, den englischen Traum ihres Gatten zu teilen, auf einmal feststellte, wie sehr
die Aussicht auf einen englischen Winter sie mit Erregung, Erwartung, ja sogar Freude erfüllte; und wie hübsch es sein würde, William
Methwold nach all diesen Jahren wiederzusehen, o ja, sehr hübsch.
Und dann war da das Geldproblem. Darius war als armer Mann gestorben, und Ormus Camas Einkommen – auf das der Haushalt in
weit größerem Maße angewiesen gewesen war, als seine mißbilligende Mutter sich eingestehen wollte – war rapide zurückgegangen. In
den letzten Monaten hatte Spenta immer wieder ein paar ›Klunker‹

verkauft, um den Lebensstandard halten zu können. Ihre Geldsorgen hatten sich tief in ihre ehemals glatte Stirn eingegraben und erregten so die Aufmerksamkeit von Dolly Kalamanja, die jedoch nicht so taktlos gewesen war, das Thema direkt anzuschneiden. Statt dessen hatte sie sich als wahre Freundin immer wieder vorgeschobene Gründe dafür ausgedacht, Spenta ›kleine Aufmerksamkeiten‹ zu schicken – Seidenstoffe für Saris, Körbe voller Kleinigkeiten, heiße *tiffin*-Behälter mit der jüngsten internationalen Cuisine aus der gefeierten ›Dil Kush‹-Küche –, kurz gesagt, die nötigsten Dinge des normalen Lebens. Spenta ihrerseits akzeptierte die Geschenke so selbstverständlich, als seien sie triviale Beweise guter Freundschaft und ließ es sich nicht nehmen, ihrerseits Dolly gelegentlich eine Liebesgabe zu übersenden: eine kleine Elfenbeinschnitzerei aus der geheimen Schatztruhe unter ihrem Bett oder einen Roman, den sie aus Darius' Bibliothek stibitzte.

So gelang es Spenta, die Großherzigkeit ihrer Freundin zu akzeptieren, ohne dabei an Gesicht zu verlieren. Allerdings war sie in den Gebräuchen der guten Gesellschaft erfahren genug, um zu wissen, daß ihre finanzielle Situation schon bald Stadtgespräch sein würde, denn was Dolly erkennen und für sich selbst behalten konnte, würden weniger liebevolle Augen bald ebensfalls entdecken, und weniger respektvolle Zungen würden sich nicht zur Diskretion veranlaßt sehen. Die Witwenschaft hatte die Krise für Spenta Cama nur noch deutlicher gemacht, weil sie das Ausmaß von Darius' Schulden aufdeckte.

Es schien unvermeidlich zu sein, die Apollo-Bunder-Wohnung zu veräußern, so daß die Familie sich gezwungen sehen würde, in eine bescheidenere Unterkunft umzuziehen und sich in die zunehmende Masse der verarmten Parsi-Vornehmen einzureihen, deren extreme Bedürftigkeit ein Phänomen des Zeitalters und ein weiteres Zeichen für das Hinscheiden des Empire war, auf das sie gesetzt und verloren hatten.

In dieser wachsenden Krise erschien Lord Methwolds Einladungsbrief wie ein Segen ihrer zahlreichen Schutzengel. Spenta drückte ihn an den Busen und kicherte – überaus unschicklich für eine Person in

tiefer Trauer. Ein interessierter Mann mit großem Vermögen ist ein
Aufheller für die Stimmung. *Lady Methwold*, murmelte Spenta;
dann besaß sie trotzdem noch soviel Anstand, daß sie errötete und
an ihre Söhne dachte.

Natürlich war es ausgeschlossen, den hilflosen Ardaviraf zurückzulassen, aber sobald sie in England waren, würde Lord Methwold
schon wissen, was für ihn das Beste war; und was Ormus betraf, diesen Rumtreiber, diesen unmoralischen Nachtclubsänger, der sich so
negativ entwickelt hatte, so fühlte sie sich nicht in der Lage – denn
sie war eine ehrliche Frau –, abzureisen, ohne ihm mitzuteilen, daß
er ebenfalls eingeladen worden war. Als sie das tat, ließ sie zugleich
keinen Zweifel daran, daß sie erwartete, er werde Lord Methwolds
Einladung ausschlagen, und daß sie es verstehen würde, wenn er sich
entschlösse, seinem Leben eine neue, eher zur ›Boheme‹ tendierende
Richtung zu geben. (Mit welch taktvoll kaschierter Verachtung sie
das Wort ›Boheme‹ artikulierte!) Kurz gesagt, sie ging so weit, wie
ihre Natur es verantworten konnte, an die Erklärung heran, daß er
auf dieser Reise nicht willkommen sei. Zu ihrem Entsetzen jedoch
nahm Ormus Cama die Einladung an, nahm sie sogar mit etwas an,
das tatsächlich Begeisterung zu sein schien.»Ich muß raus aus dieser
Zwei-Groschen-Stadt, es wird höchste Zeit«, sagte er.»Wenn's also
okay geht, komme ich mit auf die große Reise.«

Ende Januar 1965 verließ Spenta Cama Bombay in Begleitung ihrer
Söhne. Keiner der drei kehrte je wieder nach Indien zurück. Bis zum
Ende des Jahres war Spenta Lady Methwold geworden. Auf Methwolds Drängen war Virus Cama in ein Sanatorium gebracht worden,
wo er die allerbeste Pflege bekommen würde sowie zweimal
wöchentlich Flötenunterricht von einem Berufsflötisten indischer
Herkunft. Was dagegen Ormus betraf, so verschwand er für den Rest
seines Lebens, worüber ich später noch eine Menge zu berichten
haben werde. Die Neuvermählten, Spenta und Methwold, blieben
also, wie es nur recht und billig war, sich selbst überlassen. Spentas
neuer Ehemann litt stark unter Gewissensbissen, weil er Darius
in der Sache der gefälschten Qualifikationsdokumente die kalte
Schulter gezeigt hatte.»Auf seine Art war er ein Gigant«, sagte

Methwold, »aber ein Gigant aus einer anderen Zeit. Das Zeitalter
der Giganten ist vorbei, und wir Sterblichen kümmern uns kaum
noch um jene, die uns geblieben sind. Aber wir beiden können uns
diesen ganzen Winter lang an den Händen halten und uns erinnern.«
Diese Worte wurden auf den weitläufigen, frostigen Parkanlagen
eines mehr als geräumigen Herrenhauses in den Home Counties
gesprochen, dessen neue Châtelaine Spenta war: ein weißer Palladio-
Landsitz auf einer Anhöhe über den Biegungen der Themse. Weiße
Vorhänge wehten an den Fenstertüren der Orangerie. Ein Springbrunnen war mit Göttern dekoriert.
Es war das Herrenhaus aus Darius Camas Träumen.

Tod ist mehr als Liebe, oder. Kunst ist mehr als Liebe, oder. Liebe
ist mehr als Tod und Kunst, oder nicht. Das ist das Thema. Das ist
das Thema. Das ist es.
Was uns vom Thema ablenkt, ist Verlust. Jener, die wir lieben, des
Orients, der Hoffnung, unseres Platzes im Buch. Verlust ist mehr als
Liebe, oder. Mehr als Tod, oder. Mehr als Kunst, oder nicht. Darius
Camas ›vierte Funktion‹ machte, dem dreigeteilten System der indoeuropäischen Kultur (religiöse Souveränität, körperliche Kraft,
Fruchtbarkeit) hinzugefügt, das zusätzliche Konzept des existentiel-
len Außenseiters erforderlich, den getrennt Lebenden, den verbann-
ten Geschiedenen, den geschaßten Studenten, den kassierten Offi-
zier, den legalen Ausländer, den entwurzelten Wanderer, den Außer-
Tritt-Geratenen, den Rebellen, den Missetäter, den Gesetzlosen, den
anathematisierten Denker, den gekreuzigten Revolutionär, die verlorene Seele.
*Die einzigen Menschen, die das gesamte Bild sehen, sind jene, die aus
dem Rahmen treten.* Wenn er damals recht hatte, gehört dies ebenfalls zum Thema. Wenn er unrecht hatte, sind die Verlorenen nur
verloren. Aus dem Rahmen getreten, hören sie auf zu existieren.
Ich schreibe hier über ein Ende, nicht nur das Ende eines Abschnitts
in meinem Leben, sondern das Ende meiner Verbindung mit einem
Land, meinem Herkunftsland, wie wir heutzutage sagen, meinem

Heimatland, wie zu sagen mir beigebracht wurde, Indien. Ich versuche Lebewohl zu sagen, und abermals Lebewohl, Lebewohl ein Vierteljahrhundert, nachdem ich es körperlich verlassen habe. Dieses Ende ist seltsam plaziert, so mitten in meiner Geschichte, doch ohne dieses Ende hätte die zweite Hälfte meines Lebens nicht so verlaufen können, wie sie es tat. Außerdem braucht man Zeit, sich mit der Wahrheit abzufinden: Was vorbei ist, ist vorbei. Denn zufällig bin ich nicht aus freien Stücken gegangen. Zufällig wurde ich davongejagt wie ein Hund. Mußte ich um mein Leben laufen.

Gegen Ende der 1960er Jahre und Anfang der 1970er wurden in mehreren Teilen Indiens kleine Erdbeben verzeichnet, ohne Todesopfer und mit minimalen Sachschäden, dennoch aber geeignet, uns ein bißchen weniger ruhig in den Betten schlafen zu lassen. Eines erschütterte den Goldenen Tempel in der den Sikhs heiligen Stadt Amritsar im Punjab, ein anderes ließ die Zähne in der kleinen südlichen Stadt Sriperumbudur klappern. Ein drittes erschreckte die Kinder aus Nellie in Assam. Schließlich begannen die malerischen Gewässer des Shishnagsees in Hochkaschmir, dieser eisige Spiegel am Himmel, zu wüten und zu schäumen.

Geologie als Metapher. Es gab eine Menge Rishis und Mahagurus und sogar politische Kolumnisten und Leitartikler, die bereit – begierig! – waren, diese Beben mit den großen öffentlichen Ereignissen jener Jahre in Verbindung zu bringen, mit Mrs. Gandhis Auftauchen als mächtige Staatenlenkerin, ›Mrs. Mover-and-Shaker‹, und ihren Sieg über Pakistan im großen Krieg von 1965, der genau zweiundzwanzig Tage währte und an zwei Fronten gleichzeitig geführt wurde, in Kaschmir (›Kashquake‹) und in Bangladesch (›Banglashake‹). »Die alte Ordnung zerbricht«, jammerten die Pundits und, als die ersten Andeutungen über Mrs. G.s Wahlschummeleien auftauchten, »Dumpfes Grollen erschüttert Gandhi-Administration«.

Ich dagegen brauchte keine Geologie, um die Umbrüche in meiner unmittelbaren Umgebung zu erklären. Ich, Umeed Merchant, a.b.a. Rai, wurde im Jahr des Krieges achtzehn. Ormus war fort, Vina war eine blasse Erinnerung, und ich pendelte zwischen den Wohnungen meiner getrennt lebenden Eltern hin und her – zusammen mit den Dienstboten, denn die wurden genauso geteilt wie ich –, und wenn ich wütend auf sie war, was einem in diesem Alter häufig geschieht, fühlte ich mich, würde ich sagen, als sei ich auch einer von ihren unterbezahlten Angestellten. Dann wurde bei meiner Mutter ein inoperabler Hirntumor diagnostiziert, sie starb innerhalb weniger Tage, klick, als hätte jemand das Licht ausgemacht, und hinterließ mir die Last ganzer Folianten liebevoller Sätze, die ich niemals ausgesprochen hatte. Sie war einundfünfzig Jahre alt.

Am Abend nach der Beerdigung meiner Mutter fuhren mein Vater und ich hinaus, um uns die Cuffe Parade anzusehen. Der lange Prozeß des Einebnens und Landgewinnens war fast beendet. Die Villen, die Promenade und der Mangrovenwald waren allesamt längst verschwunden, und das Meer hatte sich vor der Macht der großen Maschinen zurückgezogen. Vor uns erstreckte sich eine immense Landfläche, eine nahezu leere Tafel, auf der die Geschichte gerade eben erst zu schreiben begonnen hatte. Diese riesige, staubige Fläche wurde unterbrochen, betont, durch Metallzäune und große Schilder mit Verboten verschiedener Aktivitäten sowie die Stahl-und-Beton-Fundamente der ersten Hochhäuser; außerdem durch Rammen, Dampfwalzen, Lastwagen, Schubkarren, Kräne. Und als sei des Tages Arbeit vorüber, sahen wir im Vorder- wie auch im Mittelgrund Gruppen von Arbeitern an Betonklötzen lehnen, aus denen sich Stahlstäbe wie Zweige von Bäumen schlängelten, die von einem botanischen Frankenstein geschaffen wurden, sahen wir Frauen mit hochgerafftem Sari Metallschalen voll Erde auf ihre Hüften gestützt tragen, unter Rauchverbotsschildern *beedis* rauchen und mit heiseren Stimmen und grimmigen, zahnlückigen Gesichtern lachen, die wußten, daß es im Leben nichts zu lachen gab.

Dies ist nicht die Leere der Wüste, sondern eine Wüste des Geistes, dachte ich mir.

»Nein«, sagte mein Vater, der meine Gedanken las, »es ist eine leere Leinwand, grundiert und auf die Hand des Malers wartend. Deine Mutter war eine Visionärin. Hier, von dieser sich ausbreitenden Enklave aus – Samenbeet, dem Meeresboden entrungen –, werden sich ihre Ozymandischen Kolossi erheben, und die Mächtigen werden auf Bombay hinabblicken und verzweifeln.« Er sprach von seinem Rivalen, dem einzigen, der zwei Menschen, die sich so sehr liebten, hätte entzweien können, und in diesem Augenblick wußte ich nicht, ob ich die Stadt, die sie auseinandergerissen hatte, hassen oder mich von V. V.s verzweifelter Großherzigkeit in der Zeit seines untröstlichen Kummers, seiner mitfühlenden Ironie anstecken lassen, Bombay verzeihen sollte, wie er ihr verzieh, und sie bemitleiden sollte, wie er es im Namen dieser kostbaren, verlorenen Liebe tat. Ich dachte an Sandburgen, Eiscreme, falsche Töne und Wortspiele und dachte auch wieder an Vina, in der mehr von Ameer Merchant steckte, als jetzt noch irgendwo auf der Welt zu finden war.

Es wurde dunkel, und die Abendmücken machten mich fast verrückt. »Komm, laß uns gehen«, sagte ich, aber er hörte mich nicht. Jetzt war es an mir, seine Gedanken zu lesen. Sie wurde zynisch, dachte er, sie hatte einen Pakt mit dem Teufel geschlossen, und der Teufel schickte ein Monster in ihren Kopf und trug sie davon. »Das ist es nicht«, sagte ich. »Damit hatte es nichts zu tun. Außerdem glaubst du nicht an den Teufel. Es war nur eine dämliche Krankheit.« Er erwachte aus seinen Träumereien und war plötzlich von so großem Elend erfüllt, daß ich ihn umarmte. Da ich inzwischen sechs bis sieben Zoll größer war als er, lag sein hagerer Kopf mit den zerzausten grauen Haarsträhnen an meiner Brust. Er schluchzte. Die Lichter der Stadt – Malabar Hill in der Ferne, die Perlenkette des Marine Drive auf uns zuschwingend – hingen um uns herum wie eine Henkersschlinge.

Damals hatte ich eine Vorliebe für Science-fiction-Romane. Es gab da einen europäischen Roman, polnisch, glaube ich, von einem Planeten, der die Gedanken der Menschen Wirklichkeit werden lassen konnte. Dachte man an seine verstorbene Frau – schon lag sie neben einem im Bett. Dachte man an ein Ungeheuer – schon kroch es einem durchs Ohr ins Gehirn. Etwa so.

Lichter wie eine Henkersschlinge. Diese Worte kamen mir in den Sinn, als mein Vater an meiner Brust weinte. Ich hätte vorsichtiger

sein sollen mit meinen Gedanken. Ich hätte bei ihm bleiben sollen in
jener Nacht, aber ich wollte allein sein, wollte in Ameer Merchants
Räumen sitzen, stehen und gehen und die Vergangenheit einatmen,
bevor sie sich für immer veränderte. Ich hätte mich fragen sollen,
warum er mich bat, den Ventilator abzustellen, als ich ihn verließ
und er in seinem gestreiften Pyjama auf dem Bett saß. Kein Mond,
und stickige Luft. Ich hätte bei ihm bleiben sollen. Das Dunkel der
Stadt legte sich um ihn wie eine Henkersschlinge.

Manche Leute können unter einem eingeschalteten Ventilator schlafen, andere bringen es einfach nicht fertig. Ormus Cama konnte das
Zimmer auf den Kopf stellen und unter dem Ventilator entspannen
wie ein Mann in einer mechanischen Oase. Vina dagegen erzählte mir
einmal, daß sie nie die Vorstellung loswerden könne, das verdammte
Ding werde herunterkommen und im Schlaf auf sie fallen. In ihren
Alpträumen wurde sie von den wirbelnden Blättern enthauptet. Mir
persönlich gefiel mein Ventilator. Ich stellte den Schalter auf die un-
terste Stufe und streckte mich aus, während die vertraute, gemächliche Luftbewegung sanft über meine Haut hinstrich. Die Luftbewegung, die beruhigte. Sie brachte mir einen Traum, in dem ich lang
ausgestreckt am Strand eines äquatorialen Ozeans lag, umspült von
Wellen, wärmer als Blut. Mein Vater war genau das Gegenteil.
»Ganz egal, wie heiß es ist«, sagte Vivvy Merchant, »dieser verdammte Luftzug bringt Erkältungen und Gänsehaut. Kurz gesagt,
läßt meine Knochen klappern.«

Weil ich das wußte, schaltete ich den Ventilator widerspruchslos aus
und ließ ihn allein, ließ ihn zurück, um zwischen den Lebenden und
den Toten zu wählen, und das war, glaube ich, eine leichte Wahl, weil
Ameer zu den Reihen der Dahingegangenen zählte, während die
Kohorten der Lebenden nur durch mich vertreten waren. Liebe ist
mehr als Tod, oder. Es gibt jene, die behaupten, der Liederschmied
Orpheus sei ein Feigling, weil er sich weigerte, für die Liebe zu
sterben, weil er, statt sich im Jenseits zu Eurydike zu gesellen, lieber
versuchte, sie ins Diesseits zurückzuholen; das war gegen die Natur,
und deswegen mußte er scheitern. An diesem Standard gemessen war
mein Vater tapferer als der thrakische Lyraspieler, denn bei seiner

Suche nach Ameer erbat er von den Hütern des Jenseits keine Sonderprivilegien, von den Ungeheuern am Tor keine Rückfahrkarte. Aber Eurydike und Orpheus waren kinderlos, und meine Eltern nicht.

Ich bin derjenige, der mit der Wahl leben muß, die mein Vater getroffen hat.

Ach, Nissy Poe mit deiner hängenden Mutter im Ziegenstall in Virginia, lang, lang ist's her. Wir sind durch das verbunden, was wir gesehen haben, Vina, durch die Bürde, die wir tragen müssen. Sie wollten uns nicht heranwachsen sehen. Sie liebten uns nicht genug, um so lange zu warten. Angenommen, wir wären nicht okay geworden? Angenommen, wir hätten sie gebraucht? Angenommen tausenderlei Dinge.

Mord ist ein Verbrechen der Gewalt gegen den Ermordeten. Selbstmord ist ein Verbrechen gegen jene, die lebend zurückbleiben.

Die Dienstboten weckten mich am frühen Morgen und brachten mich in sein Schlafzimmer. Sie selbst blieben an der Zimmertür stehen, mit aufgerissenen Augen, halb wahnsinnig geworden von dem, was sie sahen, wie Goya-Gestalten bei einem Hexensabbat, dessen Teilnehmer in fasziniertem Entsetzen auf die Ziege starren. V. V. Merchant hing am Deckenventilator. Lichter wie eine Henkersschlinge. Er hatte die Schnur einer Stehlampe benutzt, um daraus das Instrument zur Beendigung seines Lebens zu formen. Langsam sich drehend, rotierte er in der Brise. Das war es, was mich umwarf, was meine Haltung durchbrach, mich daran hinderte, meine Gefühle zu unterdrücken und das Geschehene mit kaltem Blick zu mustern: daß jemand hereingekommen sein und den Ventilator eingeschaltet haben mußte. »Wer war das?« kreischte ich. »Wer hat das verdammte Ding angestellt?« »Sahib, es war heiß, Sahib«, sagten die Goya-Gestalten. »Und dann der Geruch, Sahib.«

Er hatte nie so richtig an ihre Trennung geglaubt, immer gehofft, sie zurückgewinnen zu können. Eines Tages werde sie aufwachen, stellte er sich vor, und sich fragen, warum er nicht neben ihr im Bett liege, würde einsehen, daß sie einen falschen Weg eingeschlagen hatte. Das war wichtig, diese Einsicht, denn die Ameer, die er sich zurückwünschte, war die Frau, die er geheiratet hatte, und nicht die zynische Mammon-Anbeterin, die sich mit Piloo Doodhwala zusammengetan hatte. Sein eigener schwerer Fehler verursachte ihm tagtäglich Qualen. In seiner Entschlossenheit, die Spielsucht zu besiegen, war er sogar so weit gegangen, mich dabei um Hilfe zu bitten. Er wollte, daß ich sein Buchmacher wurde, und so eröffnete ich das Buch. Wenn ihn der Karteneifer packte, spielten wir Karten. Abend für Abend Streichholzpoker. Jedesmal, wenn wir spielten, machte ich Eintragungen, führte gewissenhaft Buch über seine Streichholzverluste, die wie immer ziemlich hoch waren. Was das Pferdewetten betraf, so schaffte er es, sich von den Rennplätzen fernzuhalten – bis auf die *gymkhana*-Tage, an denen Familien willkommen waren. Dann vergewisserte ich mich, daß er kein Geld bei sich hatte, begleitete ihn, und anstatt Wetten zu plazieren, schossen wir Fotos von den Pferden, auf die er gesetzt hätte. Hatte er einen Sieger erwischt, behielten wir das Foto und klebten es mit einer Notiz über die Quoten ins Buch; wenn nicht, zerrissen wir es und warfen es in einen Papierkorb, als sei es ein nutzloser Zettel vom Totalisator. Die Einzelheiten dieser ›Verluste‹ wurden allerdings ebenfalls in das Buch seiner Entwöhnung von der Sucht eingetragen. Wenn er aufs Wetter wetten wollte, nahm ich die Wette an. Auch, wenn er zwei Fliegen an der Fensterscheibe sah und darauf wetten wollte, welche von ihnen als erste wegflog. Wenn er in die Stadt ging, geriet er häufig in Diskussionen über Kricketergebnisse, Besetzung von Filmrollen, Autoren von Songs, aber statt echtes Geld zu setzen, rief er mich an, ich trug die Wette ins Buch ein und ergänzte den Eintrag später durch eine Notiz darüber, ob er richtig oder falsch gewettet hatte. So hatte er sich langsam, aber sicher selbst kuriert. Die Phantasiewetten in meinem kleinen Notizheft – das gelb war und auf dem Deckel den Aufdruck *Globe Copy* sowie das Bild eines saturnberingten Planeten trug – entwöhnte ihn nach und nach von den echten Wetten. Jeden Monat hatte ich weniger Eintragungen zu machen, bis schließlich ein Monat kam, in dem ich überhaupt nichts einzutragen brauchte. Er nahm das Buch und zeigte es Ameer.»Es ist vorbei«, sagte er.»Warum gibst du Piloo nicht den Laufpaß, und wir fangen noch mal von vorne an?«

»In einer Hinsicht hast du recht«, antwortete sie.»Es ist vorbei, soviel steht fest.« Zwei Wochen später wurde der Tumor entdeckt. Sechs Wochen später war sie tot.

Manchmal ist es einfach vorbei, und man kann's nicht wieder in Ordnung bringen. Rechtfertigung durch Arbeit: eine weit überschätzte Vorstellung. Es gibt Wegwerfer und Weggeworfene, und wenn man zur letzteren Kategorie zählt, kann man so lange Phantasiewetten abschließen, wie man will, man ist nicht zu retten. In meinem Leben habe ich genügend Menschen (zumeist Frauen) weggeworfen und war nicht sehr oft der Weggeworfene. Nur daß mein Vater – für den Ameers letzte Zurückweisung vermutlich schmerzlicher war als ihr Tod – sich aufhängte und mich hängenließ. Und sich so zum Wegwerfenden und Weggeworfenen zugleich machte. Nur, daß Vina sich jedesmal von mir abwandte, sobald ihre Liebe zu Ormus, die Abhängigkeit von ihm, die Ormus-Gewohnheit, ihre Aufmerksamkeit erforderte.

Aber selbst Ormus Cama würde letztlich erkennen müssen, wie es war, weggeworfen zu werden, einer aus der vierten Funktion und somit eine *quantité négligeable* zu sein; über eine unüberwindbare Mauer hinaus vertrieben zu werden.

Der entscheidende Moment

Preisen wir nunmehr einige zu Unrecht vernachlässigte Männer. Die erste bleibende Fotografie wurde in Paris im Jahre 1826 von Joseph Nicéphore Niépce angefertigt, aber sein Platz in unserem kollektiven Gedächtnis ist von seinem späteren Mitarbeiter Louis Daguerre eingenommen worden, der ihre Erfindung, ihre magische Box, die ›caméra‹, nach Niépces Tod an die französische Regierung verkaufte. Es muß daher eindeutig festgestellt werden, daß die gefeierten Daguerrotypien ohne Niépces wissenschaftliche Kenntnisse, die jene seines Partners bei weitem übertrafen, niemals hätten entstehen können. Die Kunst der Fotografie war jedoch nicht Niépces einziges Kind, denn er war außerdem der Schöpfer des mächtigen Pyréolophore, der Verbrennungsmaschine. Wahrlich ein echter Vater der Novitäten.

Wie sah sie aus, diese Erste Fotografie, Vorläufer des Zeitalters der Bilder? Technisch: ein direktes Positiv auf einer behandelten Bleiplatte, die viele Stunden Belichtungszeit brauchte. Das Sujet: nichts Großartiges, nur der Blick aus Nicéphores Arbeitszimmerfenster. Mauern, Schrägdächer, ein Turm mit konischer Spitze und dahinter offenes Land. Alles langweilig, unbeweglich, unscharf. Kein Zeichen dafür, daß dies der erste leise Ton dessen ist, was zu einer donnernden Symphonie – aber vielleicht wäre es ehrlicher, zu sagen, zu einer ohrenbetäubenden Kakophonie – werden wird. Aber (in meiner Erregung wechsle ich die Metaphern) eine Schleuse wird geöffnet, ein unaufhaltsamer Sturzbach von Bildern ergießt sich, unvergeßlich und vergessenswert, gräßlich und schön, pornographisch und enthüllend, Bilder, welche die Vorstellung der Moderne an sich erschaffen werden, welche sich als mächtiger denn die Sprache erweisen und welche die Erde verzerren und definieren werden wie Wasser, wie Klatsch, wie Demokratie.

Niépce, ich neige mein Haupt vor dir. Großer Nicéphore, ich ziehe mein *béret*. Wenn Daguerre – wie der Titan Epimetheus – es war, der diese Büchse der Pandora öffnete, das endlose Klicken und Schnappen, das unaufhörliche Blitzen und Knattern der Fotografie entfesselte, warst immer noch du es, großer Anarch, der den Göttern die Gabe des dauerhaften Sehens stahl, der Übertragung des Sehens ins Gedächtnis, des Aktuellen ins Ewige – das heißt die Gabe der Unsterblichkeit – und sie den Menschen schenkte. Wo bist du, o titanischer Seher, Prometheus des Films? Wenn die Götter dich gestraft haben, wenn du hoch oben auf einer Alphöhe an einen Fels geschmiedet bist, während ein Geier sich an deinen Innereien gütlich tut, laß dich von den neuesten Nachrichten trösten. Soeben eingetroffen: Die Götter sind tot, aber die Fotografie ist quicklebendig. Olympus? Pah! Das ist jetzt nur noch eine Kamera.

Die Fotografie ist meine Art, die Welt zu verstehen.

Als meine Mutter starb, fotografierte ich sie kalt im Bett. Ihr Profil war erschreckend abgemagert, aber immer noch schön. Hell beleuchtet vor einer Dunkelheit, mit Schatten, die tiefe Löcher in ihre Wangen gruben, erinnerte sie an eine ägyptische Königin. Ich dachte an die Pharaonin Hatschepsut, die auch Vina ähnlich war, und dann traf es mich wie ein Schlag. *Meine Mutter sah aus wie Vina*; oder wie Vina ausgesehen haben könnte, wenn sie alt geworden und in ihrem Bett gestorben wäre. Als ich die 8 x 10-Abzüge des Fotos machte, schrieb ich hinten auf jenes, das mir am besten gefiel, mit dickem schwarzem Filzstift ›Hat Cheap Suit‹.

Als mein Vater starb, nahm ich ihn auf, bevor ich ihn herunterschnitt. Ich bat, mich mit ihm allein zu lassen, und verknipste eine ganze Rolle Film. Die meisten Fotos mieden sein Gesicht. Ich interessierte mich mehr für die Art, wie die Schatten über seinen baumelnden Körper fielen, und für den Schatten, den er selbst im frühen Tageslicht warf, ein langer Schatten für einen eher kleinen Mann.

Ich empfand meine Handlungsweise als respektvoll. Als sie fort waren, wanderte ich durch die Straßen der Stadt, die von beiden auf ihre unterschiedliche, unvereinbare Art geliebt worden war. Obwohl diese Liebe mich oft bedrückt und erstickt hatte, wünschte ich sie nun mir selbst, wünschte ich mir meine Eltern zurück, indem ich liebte, was sie liebten, und dadurch wurde, was sie gewesen waren. Und die Fotografie war das Mittel, mit dem ich mich in ihrer Liebe fortbilden konnte. Also fotografierte ich die Arbeiter auf der Baustelle an der Cuffe Parade, wie sie mit ihrem perfekten, nonchalanten Gleichgewichtsgefühl hundert Fuß über dem Boden auf dem Ausleger eines Krans balancierten. Ich nahm mir den Mahlstrom der Strohkörbe auf dem Crawford Market, ergriff Besitz von den reglosen Gestalten, die überall herumlagen und, das Gesicht den urinverdreckten Mauern zugekehrt, unter den grellen Filmplakaten von vollbusigen Göttinnen mit Sofakissenlippen auf dem harten Kopfkissen der Bürgersteige schliefen. Ich fotografierte politische Parolen an *art dekho*-Gebäuden und Kinder, die durch den Zeh des riesigen Old Woman's Shoe herausgrinsten. Es war einfach, in Bombay ein fauler Fotograf zu sein. Es war einfach, ein interessantes Foto zu schießen, und praktisch unmöglich, ein gutes zu machen. Die Stadt brodelte, versammelte sich, um neugierig zu starren, kehrte den Rücken und ging gleichgültig weiter. Indem sie mir alles zeigte, sagte sie mir nichts. Wohin ich auch meine Kamera richtete – *Juicy that? Juicy THAT?* –, überall schien ich etwas zu entdecken, das es wert war, festgehalten zu werden; gewöhnlich jedoch war es nur etwas Exzessives; zu farbig, zu grotesk, zu sehr ins Auge fallend. Die Stadt war expressionistisch, sie schrie mich an, aber sie trug eine Dominomaske. Es gab Huren, Drahtseilkünstler, Transsexuelle, Filmstars, Krüppel, Milliardäre, allesamt Exhibitionisten, allesamt obskur. Da gab es die aufregende, abstoßende Endlosigkeit der Menschenmenge, doch ebendiese Endlosigkeit machte die Menge unerkennbar; da waren die Fische, die auf der Pier am Sassoon-Hafen sortiert wurden, doch all diese Aktivitäten zeigten mir nichts: sie waren einfach Aktivitäten. Lunchläufer trugen die Frühstücksboxen der Stadt zu ihrem Bestimmungsort, aber die Boxen wahrten ihr Geheimnis. Da war zuviel Geld, zuviel Armut, zuviel Nacktheit, zuviel Tarnung, zuviel Zorn, zuviel Zinnoberrot, zuviel Purpur. Da waren zu viele zerschlagene Hoffnungen und beschränkte Gehirne. Da war bei weitem zuviel Licht.

Statt dessen begann ich mir die Dunkelheit anzusehen. Das brachte mich auf die Verwendung der Illusion. Ich komponierte Bilder mit scharf definierten Bereichen von Hell und Dunkel, komponierte sie mit so besessener Sorgfalt, daß der helle Bereich des einen Bildes genau dem dunklen eines anderen entsprach. In der Dunkelkammer, die ich mir in der alten Wohnung meines Vaters eingerichtet hatte, mischte ich diese Bilder. Die zusammengesetzten Bilder, die daraus entstanden, waren zuweilen verblüffend in ihrer gemischten Perspektive, häufig wirr, manchmal unbegreifbar. Ich bevorzugte die gesammelten Dunkelheiten. Eine Zeitlang begann ich bewußt in die Dunkelheit hineinzuschießen, holte menschliches Leben aus der Lichtlosigkeit heraus und stellte es mit so wenig Licht dar, wie es mir eben möglich war.

Ich beschloß, nicht aufs College zu gehen, sondern mich auf meine Fotos zu konzentrieren. Außerdem wollte ich umziehen. Ich konnte es nicht mehr ertragen, in diesen beiden getrennten Wohnungen unter demselben Dach innerhalb der schizoiden Struktur des tödlichen Elends meiner Eltern zu leben. Dann wurde die weit größere Cama-Wohnung von der Firma Cox's & King's zum Verkauf ausgeschrieben, von den einheimische Agenten der neuen Lady Methwold, die nicht mehr zurückzukehren gedachte. Ich holte mir die Schlüssel und ging hinüber, um sie mir anzusehen. Ich schloß die Tür hinter mir und machte zunächst einmal kein Licht, sondern ließ die Dunkelheit die Form annehmen, die sie wollte. Als sich meine Augen an sie gewöhnt hatten, entdeckte ich sanfte Himalayagipfel staubschutzbedeckter Möbel, ganz schwach von dem matten Licht gestreift, das sich zwischen den ungenau schließenden Läden hindurchstahl. In der Bibliothek stand ich vor den in Tücher gehüllten Leichen von Darius' Schreibtisch und Sessel und spähte zu den Regalen mit den nackten, starrenden Büchern hinüber. Es waren die Bücher, die auf den ersten Blick tot wirkten, wie verwelktes Laub. Die Möbel sahen unter dem Winter der weißen Staubschutztücher so aus, als warteten sie gelassen auf die Rückkehr des Frühlings. Fasziniert stellte ich fest, daß die Wohnung mich nicht beunruhigte. Ich hatte schon andere, ähnliche Räume gesehen. Ich zielte mit meiner Kamera und begann, als mich der Eifer überkam, sehr schnell zu arbeiten, bis ich mehrere Fotos geschossen hatte.

Nach meinem Umzug in die Wohnung jedoch waren es die Bücher, die plötzlich lebendig wurden und mit mir sprachen. Darius' lebenslange Gelehrsamkeit war trotz Ormus Camas hehrer Beerdigungsgedanken und Cyrus' hoher, wenn auch verschrobener Intelligenz auf die Dauer nicht von Interesse für seine Söhne; also adoptierte sie – die Bibliothek, der unruhige Schatten des alten Mannes – eben mich. Einer spontanen Eingebung folgend, kaufte ich sie mit der Wohnung zusammen und fing an zu lesen.

Eine Zeitlang wurde ich zum Fotografen des Abschieds. Es ist nicht leicht, bei fremden Begräbnissen Fotos zu machen. Die Leute werden ärgerlich. Aber es war interessant für mich, daß die indischen Begräbnisse so offen, so direkt mit der Körperlichkeit des Toten umgingen. Der Leichnam auf dem Holzstoß, auf der *dokhma* oder in seinem enggenähten muslimischen Leichentuch. Die Christen waren die einzigen, die ihre Toten in Kisten versteckten. Ich wußte nicht, was das bedeutete, aber ich wußte, wie es aussah. Särge verhindern intime Nähe. Auf meinen gestohlenen Fotos – denn der Fotograf muß ein Dieb sein, er muß Augenblicke der Zeit anderer Menschen stehlen, um seine eigenen kleinen Ewigkeiten zu schaffen – war es diese Intimität, die ich suchte, die Nähe der Lebenden und der Toten. Der Sekretär, der mit vor Kummer aufgerissenen Augen auf den in Flammen gehüllten Leichnam seines großen Meisters starrt. Der Sohn, der in einem offenen Grab steht und den verhüllten Kopf seines Vaters in beiden Händen hält, um ihn sanft auf die weiche Erde zu betten.

Bei all diesen Riten spielt das Sandelholz eine duftende Rolle. Sandelholzspäne auf der Muslim-Bahre, im Parsi-Feuer, auf dem Hindu-Holzstoß. Der Geruch des Todes ist eine Intimität zuviel. Doch eine Kamera kann nicht riechen. Ohne Parfümtüchlein kann sie ihre Nase so tief hineinstecken, wie man es ihr erlaubt, sie kann stören. Häufig mußte ich auf dem Absatz kehrtmachen und davonlaufen, verfolgt von Schimpfkanonaden und Steinen. Mörder! Meuchler! riefen mir die Trauernden nach, als sei ich für den Tod ihres Betrauerten verantwortlich. Doch ihre Beschimpfungen enthielten ein Körnchen Wahrheit. Ein Fotograf schießt. Wie ein Gunman vor dem Gartentor eines Premierministers, wie ein Meuchelmörder in einer Hotelhalle muß er sich ein freies Schußfeld schaffen, muß er versuchen, nicht danebenzuschießen. Er hat ein Ziel, und sein Okular hat ein Fadenkreuz. Er will Licht von seinen Sujets, er nimmt sich ihr Licht, und ihr Dunkel dazu, das heißt ihr Leben. Doch ich empfand diese Bilder, diese verbotenen Fotos auch als Geste des Respekts. Der Respekt der Kamera hat nichts mit Ernsthaftigkeit, Scheinheiligkeit, Privatsphäre oder sogar Geschmack zu tun. Er hat mit Aufmerksamkeit zu tun. Er hat mit Klarheit zu tun, Klarheit des Tatsächlichen, des Imaginären. Und dann ist da noch der Aspekt der Ehrlichkeit, eine Tugend, die jedermann so lange routinemäßig lobpreist und empfiehlt, bis sie mit all ihrer ungedämpften Wucht gegen ihn selbst gerichtet ist.

Ehrlichkeit ist nicht die beste Politik im Leben. Höchstens vielleicht in der Kunst.

Der Tod ist natürlich nicht der einzige Abschied, deshalb versuchte ich in meiner neuen Rolle als Fotograf des Abschieds alltäglichere Abschiedsszenen zu dokumentieren. Auf dem Flughafen spürte ich dem Kummer der Trennung nach, suchte mir aus einer Gruppe das einzige Mitglied mit trockenen Augen heraus. Vor den Kinos der Stadt beobachtete ich die Gesichter der Zuschauer, die noch mit Illusionen in den Augen aus einer Traumwelt in die harte Realität hinaustraten. Im Kommen und Gehen an den Türen großer Hotels versuchte ich Erzählungen, Geheimnisse zu entdecken. Nach einiger Zeit wußte ich nicht mehr, warum ich das alles tat, und das war, glaube ich, der Punkt, an dem die Bilder allmählich besser zu werden begannen, weil es bei ihnen nicht mehr um mich selbst ging. Ich hatte das Geheimnis des Unsichtbarwerdens gelernt, des Verschwindens hinter meiner Arbeit.

Die Unsichtbarkeit war etwas Sonderbares. Wenn ich mich jetzt auf die Suche nach einem Abschied machte, konnte ich direkt an den Rand des Grabes treten und einen Streit zwischen jenen aufnehmen, die Blumen auf den Leichnam streuen wollten, und jenen, die einwandten, die Religion gestatte keine so weichlichen Schwachheiten; oder ich belauschte einen Familienstreit im Hafen, um genau den Moment zu erwischen, da die frisch verheiratete junge Tochter eines alten Ehepaares, ein Mädchen, das sich einer arrangierten Eheschließung verweigert und auf einer ›Liebesheirat‹ bestanden hatte, vor seiner mißbilligenden Mutter davonstürmte und an Bord des wartenden Dampfers ging, fest an seine verlegen grinsende, schütter schnurrbärtige Katastrophe von einem Ehemann geklammert, und zu einem neuen Leben aufbrach, schwer beladen mit Gewissensbissen, die es niemals abschütteln können würde; oder ich schlich mich in einen der heimlichen Augenblicke hinein, die wir vor der Welt verbergen, ein letzter Kuß vor dem Abschied, ein letzter Piß vor dem Start, und schnapp, schnell wieder davon. Ich war viel zu freudig erregt über meine Macht, um sie mit Vorbehalten anzuwenden. Ein Fotograf mit Skrupeln sollte die Kamera aus der Hand legen, fand ich, und nie wieder arbeiten.

Als einziger Erbe meiner Eltern war ich ein bemittelter junger Gentleman geworden. Merchant & Merchant, die Familienfirma mit ihren dicken Aktenordnern voll Architektenverträgen und ihrer beträchtlichen Beteiligung an den Bauvorhaben der Cuffe Parade und des Nariman Point, verkaufte ich für eine hübsche Summe an das Baufirmenkonsortium, dessen Vorsitzender Piloo Doodhwala war. Das Orpheum-Kino, das inzwischen unter neuer Leitung florierte, veräußerte ich an den strahlenden Mr. Sisodia, der ein Grundstück in der Film City gepachtet und die Orpheum-Filmstudios gegründet hatte, die ihm Ruhm und Reichtum einbringen sollten. »S-s-stets willkommen im Or-or-orpheum«, versicherte mir Mr. Sisodia, als ich die Papiere unterzeichnete. Aber ich hatte mich des Lebenswerks meiner Eltern entledigt. Mit diesen alten Geschichten wollte ich nichts mehr zu tun haben. Ich machte ein Foto von Sisodia – dicke, schwarzumrandete Brille, Zahnlücken, Methwold-Glatze, rücksichtslos, charmant, unseriös, jeder Zoll ein Filmmogul im Embryostadium – und machte, daß ich davonkam.

Anfang der 1970er war die Luft über der Stadt so stark verschmutzt, daß die öffentlichen Kommentatoren, wie stets zu Allegorien bereit, von einem Zeichen für die Verschmutzung der nationalen Atmosphäre sprachen. Die Ärzte der Stadt vermerkten einen beunruhigenden Anstieg von Migränekranken, die Augenärzte erklärten, daß sich zahlreiche Patienten über Doppelsichtigkeit beschwerten, obwohl sie sich nicht erinnern konnten, sich den Kopf gestoßen zu haben, und es keinerlei Anzeichen für eine Gehirnerschütterung gab. Überall sah man Männer und Frauen auf der Straße stehen und sich stirnrunzelnd den Kopf kratzen. Immer stärker machte sich ein allgemeines Gefühl der Unordnung bemerkbar, von Dingen, die aus dem Gleichgewicht, aus dem Gleis gerieten. *It shouldn't be this way.* Auf Anordnung der Regierenden, das heißt der MA-Partei, zu deren Hauptwohltäter und Machtagenten, wie sich überraschend herausstellte, Shri Piloo Doodhwala gehörte, war aus Bombay inzwischen Mumbai geworden. Ich schaute bei Persis Kalamanja vorbei, um mich über den neuen Namen zu beschweren. »Und wie sollen wir dann Trombay nennen? Trumbai vielleicht? Und was ist mit der Back Bay? Backbai? Und was soll aus Bollywood werden? Vermutlich heißt das von nun an Mollywood.« Aber Persis hatte Kopfschmerzen und war nicht zum Lachen zu bringen. »Irgend etwas wird bald geschehen«, behauptete sie ernsthaft. »Ich spüre, wie sich der Boden zu verschieben beginnt.«

Persis war dreißig geworden. Ihre Schönheit, die ihre volle, weibliche Blüte erreicht hatte, war durch ein rätselhaftes, kleines Lächeln, das ich fast unerträglich frömmelnd fand, meiner Ansicht nach auch merkwürdig asexuell geworden, geschlechtslos. Von meinen sarkastischen Kritteleien abgesehen jedoch hatte sie sich durch ihre sanftmütige Persönlichkeit und den Eifer, mit dem sie sich ihrer Mutter zu einem anstrengenden Programm guter Werke angeschlossen hatte, in der ganzen Stadt großen Respekt verschafft, während ihre fortgesetzte Ehelosigkeit, anfangs Gegenstand von Gekicher und Getuschel, später ein Grund für Mitleidsgefühle, dann in den meisten von uns eine Art schockierter Ehrfurcht hervorrief. An Persis war in letzter Zeit etwas Unirdisches, und ich war nicht überrascht, als dann ihre mystische Seite, die bei uns allen wie ein Makel unter der Oberfläche liegt, sich deutlich zu zeigen begann und sie plötzlich anfing, Zukunftsvoraussagen zu machen. In schlichten Homespun gekleidet, saß sie inmitten der prunkenden Pracht von ›Dil Kush‹ und prophezeite das Verhängnis, und wenn sie unsere Kassandra war, dann stand Bombay, wie Troja, vielleicht – ganz vielleicht – ebenfalls vor dem Fall.

Unsere Intimität war etwas Besonderes, eine Freundschaft zwischen Gegensätzen, entstanden aus dem Verlust. Nachdem Vina und Ormus verschwunden waren, zogen Persis und ich uns gegenseitig an wie die Jünger nach dem Verschwinden ihres Herrn, wie der Nachhall eines verstummten Tones. Im Laufe der Jahre jedoch wurden wir einer des anderen schlechte Angewohnheit. Ich mißbilligte ihr Auftreten als sich selbstverleugnende Heilige. Schluß mit der alten Jungfer, laß dich endlich aufs Kreuz legen, riet ich ihr im oberflächlichen Plauderton der guten Gesellschaft; Schluß mit den Suppenküchen, spring doch selber mal ins heiße Wasser. Sie dagegen schalt mich für meine zahlreichen, niemals bezweifelten Unzulänglichkeiten, und auf diese recht unerwartete Art begannen wir uns gern, ja sogar außerordentlich gern zu haben. Sie gab nie auch nur den geringsten Hinweis darauf, daß sie etwas anderes von mir wollte als eine platonische Bruder-und-Schwester-Freundschaft, und zum Glück hatte sie mit ihrem Madonnenblick, diesem Lächeln wie ein heiliges Schwert, mein eigenes Begehren mit der Wurzel ausgerottet.

Es war am Tag des Drachenfestes. Die Dächer füllten sich bereits mit

Kindern und Erwachsenen, die ihre technicolorbunten Rhomben in die Luft schickten. Ich selbst war mit einer ganzen Auswahl von Drachen und *manja*-Rädern gekommen sowie mit jener ganz speziellen Kampfschnur der Drachenkämpfer, schwarzer Seidendarm, in einen Sud von winzigen, gestoßenen Glasscherben getaucht. *Kala manja.* Wie kann eine Familie, die ihren Namen doch ursprünglich dem Verkauf einer so furchtbaren Waffe verdankte, der H-Bombe der Drachenwelt, eine so sentimentale Person wie dich hervorbringen, fragte ich Persis, die an diesem Tag ungewohnt schlechter Laune war, zu griesgrämig sogar, um ihr ärgerliches Lächeln zu zeigen. »Ich glaube, ich hab' an den idiotischen Drachen vorbei und in den blauen Himmel darüber gesehen«, fuhr sie mich an und meinte es ernst. Irgend etwas beunruhigte sie, beunruhigte sie mehr, als sie mir zugeben wollte.

Dolly Kalamanja kam mit ihrem Hausgast herein, einem hochgewachsenen Franzosen in den Sechzigern, mit krummem Rücken und hängenden Schultern und mit einem lächerlichen Schlapphut auf dem Kopf, den er sich so tief ins Gesicht gezogen hatte, daß er fast seine Nase berührte. Er war bewaffnet mit einer kleinen Leica-Taschenkamera und wollte möglichst schnell aufs Dach. »Nun komm schon, Persis«, rief Dolly eifrig, »sitz nicht so da, sonst verpaßt du noch den ganzen Spaß.« Aber Persis schüttelte trotzig den Kopf. Wir ließen sie sitzen und stiegen hinauf.

Oben tobte der Luftkampf der Drachen. Ich selbst schickte meine Krieger ebenfalls ins Getümmel und schlug meine Gegner eins, zwei, drei. Am überfüllten Himmel konnte man nie sicher sein, wessen Drachen angriff, wessen Drachen abstürzte. Sie wurden zu unidentifizierten fliegenden Objekten. Man hörte auf, sich selbst als ihre Besitzer zu sehen. Sie waren selbständig, herrenlos und duellierten sich zu Tode.

Auf der Treppe zum Dach hatte mir Dolly den Franzosen nur flüchtig vorgestellt, ihn nur »unser Mr. H.« genannt und mit ihren mäßigen Französischkenntnissen geprahlt. »*Notre très cher Monsieur Ache.*« Ich bemerkte mit einiger Verärgerung, daß er kaum je zum Himmel emporblickte und meinen Siegen nicht die geringste Aufmerksamkeit schenkte. Es waren ausschließlich die Dächer – flach oder geschrägt, mit First oder Kuppel, doch alle zusammen schwarz von Menschen –, die sein Interesse beanspruchten. Er machte winzige Trippelschritte, hierhin, dorthin, bis er endlich den richtigen Platz fand. Dann wartete er, halb gebückt, Leica schußbereit gezückt, als sei er erstarrt. Seine Geduld, seine Reglosigkeit, wirkten unmenschlich, raubtierhaft. Ich begriff, daß ich einen Meister der Tarnung am Werk vor mir hatte, einen Künstler, einen Okkultisten. Während ich zusah, löste er sich in nichts auf, wurde einfach nicht-da, zu einer Abwesenheit, bis die kleine Szene, die er belauerte, seinen Wünschen entsprach; dann, klick, gab er einen einzigen Schuß ab und rematerialisierte sich. Er muß wirklich ein Meisterschütze sein, um nur einen einzigen Schuß zu brauchen, dachte ich mir. Dann folgte wieder sein Tanz der kleinen Schritte, er erstarrte wieder, verschwand wieder, klick, und so weiter. Während ich ihn beobachtete, verlor ich meinen Lieblingsdrachen. Die *kala manja* eines anderen muß mich heruntergeschnitten haben. Es war mir gleichgültig. Ich hatte genug gesehen, um den Namen des Franzosen zu erraten.

In diesem Moment setzte das Erdbeben ein. Als ich das Beben spürte, war mein erster Gedanke, daß dies etwas Unmögliches sei, ein Gaukelspiel, ein Irrtum, denn in Bombay gab es keine Erdbeben. In jenen Jahren, da in vielen Teilen des Landes das Beben begann, renommierten wir Bombayaner damit, bebenfrei zu sein. Gute kommunale Beziehungen und guter, fester Grund, prahlten wir. Keine Verwerfungen unter unserer Stadt. Aber jetzt schürten Piloo Doodhwalas MA Boys das Feuer der Zwietracht, und die Stadt begann zu beben.

Es war genau, was Persis geweissagt hatte. Man konnte nicht leugnen, daß sie eine Art sechsten Sinn entwickelt hatte, eine übernatürliche Sensibilität für die Verräterereien des Lebens. In China erkannten sie Erdbeben, indem sie das Verhalten von Rindern, Schafen und Ziegen beobachteten. In Bombay dagegen brauchte man nur Persis Kalamanja zu beobachten.

Die Wahrheit ist, daß es kein schlimmes Erdbeben war, ganz unten auf der Skala und nur von kurzer Dauer. Dennoch gab es enorme

Schäden, weil die Stadt nicht darauf vorbereitet war. Zahlreiche Hütten, Baracken, *jopadpatti*-Anbauten und Slumunterkünfte stürzten ebenso ein wie drei *chawls*, Mietskasernen, und ein paar heruntergekommene Villen auf dem Cumballa Hill. Risse wurden an großen Bauwerken festgestellt, darunter an der Fassade des Orpheum-Kinos sowie an Straßen und unterirdischen Rohrleitungen, und überall gab es zerbrochene Möbel und Glasscherben. Und Brände. Der Deich bei Hornby Vellard brach, und zum erstenmal in über einem Jahrhundert schwemmte die Flut durch die Great Breach herein, so daß die Mahalaxmi-Rennbahn und der Golfplatz des Willingdon Club, bis der Schaden repariert worden war, von einem Fuß hohem, schlammigem Wasser bedeckt waren. Als das Meer sich zurückzog, hinterließ es seine Geheimnisse: unbekannte Fische, vermißte Kinder, Piratenflaggen.

Eine unbekannte Anzahl Bauarbeiter und Drachenkämpfer stürzten in den Tod. Etwa ein Dutzend Bürger wurden von herabfallendem Mauerwerk zerquetscht. Die Tramschienen lösten sich in wilden Windungen von den Straßen und wurden anschließend endgültig herausgerissen. Drei Tage lang schien die Stadt zu keiner Bewegung fähig zu sein. Ämter blieben geschlossen, die monströsen Verkehrsstaus verschwanden, Fußgänger gab es nur noch selten. Auf den freien Plätzen jedoch sammelten sich Mengen von Menschen, welche die Nähe der Gebäude flohen, aber zugleich auch ängstlich den Boden der Maidans beobachteten, als wäre selbst er zum Gegner geworden, verschlagen, boshaft.

In den Monaten, die folgten, wurde der Würgegriff von Mrs. Gandhis diktatorischer ›Emergency‹ immer härter, die nationale Stimmung immer düsterer und ängstlicher. Die schlimmsten Exzesse der Emergency ereigneten sich jedoch anderswo; in Bombay war es das Erdbeben, an das sich die Menschen erinnerten, das Erdbeben, das unserer sicheren Gewißheit dessen, wer wir waren und wie wir zu leben entschieden hatten, einen gründlichen Stoß versetzte. Ein Op-ed-Kolumnist der örtlichen Ausgabe der *The Times of India* ging so weit, sich zu fragen, ob das ganze Land buchstäblich auseinanderzubrechen drohe. ›Vor langen Äonen‹, erinnerte er uns, ›schloß Indien einen Vertrag mit dem Schicksal, indem es von dem mächtigen Protokontinent Gondwanaland wegbrach und sich an die nördliche Landmasse Laurasia band. Der Himalaya ist der Beweis für diesen Zusammenschluß; er ist der Kuß, der uns an unser Schicksal band. Ist es ein Kuß, der versagt hat? Sind diese neuen Erdbewegungen das Präludium zu einer titanischen Scheidung? Wird der Himalaya ganz allmählich zu schrumpfen beginnen?‹ Achthundert Wörter der Fragen ohne Antwort, der traumatisierenden Voraussagen, Indien werde das ›neue Atlantis‹ werden, wenn sich der Golf von Bengalen und das Arabische Meer über dem Dekkan-Plateau schlössen. Daß die Zeitung einen so panischen Text veröffentlichte, ist ein Beweis für die tiefe Beunruhigung der Bevölkerung.

Auf dem Dach richtete der große französische Fotograf M. Henri Hulot seine Kamera während der wenigen, aber unendlich langen Sekunden des Erdbebens widersinnig gen Himmel. Überall in der Stadt hatten die verängstigten Drachensteiger ihre Lenkrollen fallen lassen. Der Himmel war voll sterbender Drachen, Drachen, die senkrecht auf die Erde zuschossen, Drachen, die in der Luft durch den Zusammenstoß mit anderen Drachen vernichtet wurden, Drachen, die in Fetzen gerissen wurden von den kochenden Winden und dem dionysischen Wahnsinn ihrer unerwarteten Freiheit, jener todbringenden Freiheit, die inmitten von Katastrophen gewonnen und dann fast sofort von der unerbittlichen Anziehungskraft der zerreißenden Erde unten wieder gestohlen wird. Klick, machte die Leica. Das Ergebnis ist das berühmte Bild *Erdbeben 1971*, auf dem die Explosion eines einzelnen Drachens mitten in der Luft uns alles über das ungesehene Chaos unten erzählt. Die Luft wird eine Metapher für die Erde.
›Dil Kush‹ war eine solide konstruierte Villa, ihre Grundmauern reichten bis tief in den gewachsenen Felsen hinein, so daß sie zwar bebte, aber nicht brach. Nur einer der Wassertanks auf dem Dach zerbarst, so daß ich Hulot schnell aus dem Weg des sich ergießenden Wassers ziehen mußte, das er nicht gesehen zu haben schien. Dolly

Kalamanja lief bereits nach unten und rief dabei laut den Namen ihrer Tochter. Der Franzose bedankte sich höflich bei mir, berührte kurz seinen Hut und tätschelte mit entschuldigendem Achselzucken seine Kamera.

Unten saß Persis schluchzend zwischen zersplittertem Glas, untröstlich wie eine Homespun-Prinzessin inmitten kostbarer Juwelen, wie eine einsame Frau in den Ruinen ihrer Erinnerungen. Das Erdbeben hatte Gefühle geweckt, die sie vor langer Zeit zu begraben versucht hatte und die jetzt aus ihr herausbrachen wie Wasser aus einem zerborstenen Tank. Dolly wedelte hilflos mit einem riesigen Taschentuch um sie herum und trocknete ihr das Gesicht. Persis wehrte die Mutter ab, als sei sie ein lästiger Nachtfalter.

»Alle gehen«, jammerte sie. »Alle gehen sie fort, und wir bleiben zurück, um vor uns hinzuwelken und einsam zu sterben. Kein Wunder, daß um uns herum alles in Scherben fällt und zusammenbricht, wenn alles vertrocknet und alt und auf sich selbst angewiesen ist.«

M. Hulot räusperte sich, streckte den Arm aus, wußte nicht, ob er sie berühren sollte oder nicht, und ließ seine Finger hilflos um ihre Schulter flattern. Ein zweiter Falter, den abzuwehren sie zu höflich war. Er versuchte es mit Galanterie. »Mademoiselle, ich versichere Ihnen, die einzige verfaulte Frucht hier ist aus Frankreich importiert.«

Sie lachte, ein wenig zu schrill. »Sie irren sich, Monsieur. Mag ja sein, daß Sie über sechzig sind, aber ich bin fünftausend Jahre alt, fünftausend Jahre der Stagnation und des Verfalls, und jetzt breche ich zusammen und alle Leute gehen fort.« Dann fuhr sie zu mir herum und funkelte mich aufgebracht an. »Du! Warum gehst du nicht auch? Seit Jahren versucht er, uns zu verlassen«, fauchte sie dem höchst beunruhigten Hulot mit plötzlicher, erschreckender Wildheit entgegen. »Ewig muß er Abschiede fotografieren. Was sollen denn all diese Abschiede sein, wenn nicht die Proben für seinen eigenen? Immer will er nur davonlaufen, zu seinem geliebten Europa, seinem Amerika, aber bis jetzt hat er noch nie den Mut dazu gehabt.«

»Sie fotografieren?« fragte mich Hulot. Ich nickte einfältig. Nie hätte ich mir träumen lassen, daß ich einmal die Chance bekäme, meine

Manie mit einem so berühmten Mann zu diskutieren. Und nun, da diese Chance gekommen war, vermochte ich sie nicht zu ergreifen, weil Persis Kalamanja in Rage geraten war.

»Lebt in dieser Wohnung der Toten, der Dummen, der Killer und Evakuierten«, höhnte Persis mit lauter, schwankender Stimme. »Und wozu? Um ihr verlorener Schatten zu sein, ihr letzter Gefolgsmann, wie einer von den Keulenschwingern und alten Trotteln, die dasitzen und darauf warten, daß die Briten zurückkehren?«

»Das ist aber eine Menge, die du in einen einfachen Wohnungswechsel hineinliest«, sagte ich in dem Versuch, ihre Feindseligkeit auf die leichte Schulter zu nehmen, diese Dinge, die aus den Tiefen ihrer Seele hervorbrachen und mich wegen des Verbrechens attackierten, nicht ein anderer Mann zu sein; in seiner Wohnung zu leben, aber nicht er zu sein.

»Mit allem wurdest du geboren«, tobte sie und ließ jedwede Haltung hinter sich, »aber du wirfst es einfach weg. Die Familienfirma, alles. Nächstens wirfst du uns auch noch weg. Natürlich! Du gehst fort, aber du bist so verwirrt, daß du es selber nicht weißt. Ziehst mit deiner dämlichen Kamera durch die Straßen der Stadt, bildest dir ein, hallo zu sagen, obwohl es in Wirklichkeit ein langes Lebewohl ist. *Arré*, du bringst alles durcheinander, Umeed, tut mir leid. Du wünschst dir so sehr, geliebt zu werden, aber du weißt nicht, wie du es anstellen sollst, daß die Menschen dich lieben. Was willst du eigentlich, eh? Viele Weiber und viel Geld? Weiße Miezen, schwarze Puppen, Sterling-Pfund, US-Greenbacks? Würde dich das befriedigen? Ist es das, was du dir wünschst?«

Noch während sie das Unaussprechliche, das Unverzeihliche aussprach, machte ich ihre Worte ungeschehen, verzieh ihr, denn ich wußte, daß ich die Prügel einsteckte, die einem anderen zugedacht waren. Ich war überrascht darüber, daß die Fragen, die sie mir entgegenschleuderte, jenen glichen, die Yul Singh Ormus Cama vor Jahren gestellt hatte. Und während sie fragte, wußte ich, daß meine Antwort die gleiche sein würde wie die seine. Es war eine Antwort, die ihr zu geben ich nicht fertigbrachte, aber sie las sie auf meinem Gesicht und schnaubte verächtlich.

»Immer und ewig der zweite«, sagte sie. »Und wenn du sie niemals kriegst? Was dann?«

Ich hatte keine Antwort. Und wie sich zum Glück herausstellte, brauchte ich auch keine.

M. Hulot bat, sich meine Arbeiten ansehen zu dürfen, und wir machten uns aus dem Staub. Ich fuhr ihn durch das Chaos der Stadt – die umgestürzten Bäume, die wie die Streifen auf der Brust von Militäruniformen schräg herabhängenden Balkons, die vor Angst wahnsinnigen Vögel, die Schreie – zu dem, was jetzt meine Wohnung war. Er sprach ungezwungen über seine eigene Technik; über die ›Präkomposition‹ eines Fotos in der Phantasie, und dann die intensive Stille, das Warten auf den entscheidenden Moment. Er erwähnte Bergsons Vorstellung des Ichs als ›reine Dauer‹, *nicht mehr unter dem Zeichen der Permanenz des* cogito, *sondern in der Intuition der Dauer.* »Wie ein japanischer Künstler«, sagte er. »Eine Stunde vor der leeren Leinwand die Leere kennenlernen, und dann drei Sekunden für Striche, *paff! paff!*, wie ein Schwertkämpfer, sehr exakt. Sie wollen in den Westen?« sagte er. »Aber ich habe das meiste im Osten gelernt.«

Ich war erstaunt, daß ein so bescheidener, so entschieden alltäglicher Mann wie er derartige Worte über Magie fand, über die »Seele des Realen«, ein Oxymoron, das mich an Darius Camas »Wunder der Vernunft« erinnerte. »Es war Balzac«, fuhr Hulot fort, »der Nadar erklärte, daß Fotografien dem Fotografierten die Persönlichkeit rauben. Die Idee Kamera war immer schon nahe verwandt mit der älteren, doch parallelen Idee Gespenster. Die Standkamera, o ja, aber die Filmkamera noch mehr.«

Es gebe einen Film, den er sehr bewundere, sagte er: *Ugetsu*, ein Werk des japanischen Meisters Mizoguchi. Ein armer Mann wird von einer vornehmen Dame aufgenommen, in Luxus gehüllt und mit unvorstellbaren Freuden verwöhnt, aber sie ist ein Phantom. »Für einen Film ist es leicht, uns von dieser so unwahrscheinlichen Geschichte zu überzeugen, denn auf der Leinwand sind alle gleichermaßen geisterhaft, gleichermaßen irreal.« Ein jüngerer Film, *Les Carabiniers* von Jean-Luc Godard, beweise Balzacs Behauptung auf andere Art. »Zwei junge Bauernburschen ziehen in den Krieg und versprechen ihren Mädchen, bei ihrer Rückkehr alle Wunder der Welt mitzubringen. Völlig mittellos kehren sie zurück und haben für ihre Abenteuer nichts vorzuweisen als einen ramponierten Koffer. Aber die Mädchen kennen kein Pardon, sie verlangen die ihnen versprochenen Wunder. Die Soldaten öffnen den Koffer und *voilà!* die Freiheitsstatue, der Taj Mahal, der Sphinx und ich weiß nicht wie viele andere unbezahlbare Dinge. Die Mädchen sind zufrieden; ihre *beaux* haben Wort gehalten. Später werden die Soldaten getötet: ein Maschinengewehr in einem Keller. Was von ihnen bleibt, ist der Schatz, den sie nach Hause gebracht haben. Die Wunder der Welt. »Ansichtskarten«, sagte er lachend. »Die Seele der Dinge.«

In der ehemaligen Bibliothek von Sir Darius Xerxes Cama breitete ich auf demselben Tisch, an dem Darius und William Methwold ihren Studien nachgegangen waren, mein Portfolio für Hulot aus. Der Kronleuchter lag in Scherben auf dem Boden, die Bücher waren aus den Regalen gefallen. Um mich zu beschäftigen, während Hulot meine Fotos begutachtete, begann ich die herumliegenden Bände aufzuheben. Die Bücher auf griechisch und in Sanskrit überstiegen mein Verständnis, das gebe ich gerne zu, doch jene, die ich lesen konnte, hatten mich gefangengenommen, mich in ihren Kosmos wilder Göttlichkeit hineingezogen, in Schicksale, die weder abgemildert noch vermieden, sondern nur heldenhaft erduldet werden konnten, weil das Schicksal des Menschen und seine Natur nicht zwei verschiedene Dinge sind, sondern nichts weiter als zwei verschiedene Wörter für ein und dasselbe Phänomen.
»Haben Sie auf die Vergangenheit zurückgeblickt?«
Anfangs, vertieft in die Betrachtung der herabgefallenen Bücher, begriff ich die Frage des Franzosen nicht. Dann begann ich mit einem Schwall von Worten von der Fotosammlung meines Vaters zu plappern, von Haseler und Dayal. Mir war klar, wie provinziell das klin-

gen mußte, deswegen ließ ich wie ein übereifriger Schuljunge die kosmopolitischeren Namen Niépce und Talbot, Daguerrotypie und Kalotypie fallen. Ich erwähnte Nadars Porträts, Muybridges Pferde, Atgets Paris, Man Rays Surrealismus; das *Life*-Magazin und die *Picture Post.*

»Sind Sie wirklich ein so ernsthafter junger Mann?« fragte er mich neckend, doch eindringlich. »Haben Sie sich nie schmutzige Ansichtskarten oder Pornozeitschriften angesehen?«

Daraufhin errötete ich; dann aber wurde er ernst und veränderte mein Leben oder vielmehr gestattete mir, zu glauben, was ich bis dahin noch nie richtig zu glauben gewagt hatte: daß ich das Leben führen konnte, das ich mir am sehnlichsten wünschte. »Sie haben etwas über Aufmerksamkeit und Überraschung kapiert«, fuhr er fort. »Etwas über das Doppel-Ich des Fotografen, den rücksichtslosen *tant-pis*-Killer und den Erschaffer der Unsterblichkeit. Immerhin aber besteht die Gefahr des Manierismus, was meinen Sie?«

Ja, natürlich, vielen Dank, Maestro. Manierismus, ja, eine große Gefahr, fürchterlich, ich werde mich in Zukunft davor hüten, Maestro, dessen können Sie sicher sein. Ich danke Ihnen. Aufmerksamkeit, Überraschung. Genau. Das werden meine Stichwörter sein. Nur keine Angst.

Er wandte sich von meinem Geplapper ab, um durch die hohen Fenster auf den Gateway hinauszusehen, und wechselte das Thema. »Ihre Freundin Persis ähnelt vielen bemerkenswerten Menschen, die ich in Asien kennengelernt habe«, sagte er. »Ihre Voraussage des Erdbebens. Außergewöhnlich, nicht wahr? Möglicherweise ist es ihr Asketentum, das sie dazu befähigt, das sie für derartige Dinge offen gemacht hat. Sie ist eine Seherin ohne Kamera, eine *Illuminée* des entscheidenden Moments. Nach einem so erstaunlichen Erlebnis ist es normal, daß ein unkontrollierbarer emotionaler Ausbruch folgt.« Er drehte sich ruckartig um, um zu sehen, ob seine Erklärung angekommen war, und erwischte mich dabei, daß ich eine Grimasse schnitt. Er brüllte vor Lachen. »Ach so, das gefällt Ihnen wohl nicht«, stellte er fest.

Offenbar wurde eine Antwort erwartet, und da ich keinerlei Erklärung für Persis' erstaunliche Vorhersage hatte, hielt ich mich an eine streng rationalistische Linie. »Entschuldigen Sie, Monsieur, aber wir haben hier eine wahre Plage von Gottheit, die sich als Gutheit tarnt. Der übernatürliche Bereich ist unser lebenslanges Internierungslager. Und immer wieder einmal veranlaßt uns unser tiefer Spiritualismus dazu, einander wie wilde Tiere abzuschlachten. Entschuldigen Sie, aber manche von uns fallen nicht darauf herein, manche von uns versuchen, in die Realität durchzubrechen.«

»Gut«, sagte er gelassen. »Gut. Suchen Sie Ihren Feind. Wenn Sie wissen, wogegen Sie stehen, haben Sie den ersten Schritt zur Erkenntnis getan, wofür Sie stehen.«

Er wandte sich zum Gehen. Ich bot ihm meine Dienste als Fahrer an, aber er lehnte ab. Er wollte für die Bilder, die er in Gedanken entwarf, zu Fuß durch die bebengeschädigte Stadt wandern. Als er ging, überreichte er mir seine Karte. »Rufen Sie mich an, wenn Sie kommen«, sagte er. »Vielleicht kann ich Ihnen ein wenig helfen.«

M. Hulot hatte mir Geistergeschichten erzählt: das Gespenst einer japanischen Frau, die Ansichtskarten der toten *carabiniers*. Bilder auf Film waren die Geister in der Maschine. Drei Tage nach dem Erdbeben sah ich selbst einen Geist; nicht auf einem Foto, sondern eine echte Erscheinung, einen Wiedergänger aus der Vergangenheit. Ich war zu Hause in Apollo Bunder und beteiligte mich am großen Aufräumen von zerbrochenem Glas und heruntergefallenen Büchern. Das Telefon funktionierte nicht, während der heißesten Stunden des Tages gab es Stromausfälle – ›Belastungsverringerung‹. Ich schwitzte und war gereizt und alles andere als bereit für ein lautes Hämmern an der Wohnungstür. Mit finsterer Miene öffnete ich und stand vor dem Phantom von Vina Apsara, die genauso erschrocken wirkte wie ich.

»Das ist nicht richtig«, sagte sie und hielt sich die Stirn, als hätte sie Kopfschmerzen. »Du solltest nicht hier sein.«

Es schien, als könnten Geister erwachsen werden. Sie war zehn Jahre älter als damals, als ich sie zuletzt gesehen hatte: hinreißende Sechsundzwanzig. Ihre Haare explodierten in einem riesigen Glorienschein von Kräusellocken um ihren Kopf (es war der erste Afro, den ich sah), und dazu trug sie die überhebliche, nicht im entferntesten unschuldige Miene, die für die ›alternativen‹ Frauen jener Zeit vorgeschrieben war, vor allem für Sängerinnen, die sich politisch engagierten. Aber Vina war schon immer gut darin gewesen, unterschiedliche Signale auszusenden. Außer dem schwarzen Handschuh der Black-American-Radikalen hatte sie sich ein scharlachrotes *Om*-Zeichen auf die rechte Wange gemalt und trug ein englisches Kleid aus einer Boutique namens The Witch Flies High, eines von diesen dunklen Fähnchen indisierter Occult-Chic-Couture, wie sie für jene Periode typisch waren, und das einen Teil ihres langgestreckten, unerhörten Körpers fast ganz bedeckte. Ihre dunkle Haut besaß einen metallischen Schimmer: eine Veredelung. Damals wußte ich es noch nicht, aber es war der Glanz, geschaffen durch die glitzernden Blicke des Auges der Öffentlichkeit, das erste, rauhe Lecken der wilden Zunge des Ruhms.

»Du kommst Jahre zu spät für ihn«, sagte ich ein wenig allzu grausam. »Niemand wartet ewig, nicht einmal auf dich.«

Sie stieß mich in die Wohnung zurück, als gehöre sie ihr. In dem Bewußtsein, daß sie aus dem Nichts kam und nichts besaß als das, was sie selbst aus sich gemacht hatte, hatte sie gelernt, die ganze Welt als ihren Besitz zu behandeln, und ich nahm es genauso demütig hin wie der gesamte übrige Planet, akzeptierte fügsam ihre Herrschaft über mich und alles, was mir gehörte.

»Was für ein Chaos«, sagte sie, während sie die verwüstete Wohnung musterte. »Ist irgend jemand lebend davongekommen?«

Sie spielte die unbeeindruckte, harte Frau, doch ihre Stimme zitterte ein wenig. Dadurch wurde mir klar, daß das Erdbeben Vina abrupt zu der Erkenntnis gebracht hatte, daß sie noch immer an Ormus gebunden war, daß er noch immer der einzige Mann für sie war, und dann hatte die Angst, er könne tot oder verletzt sein, alle Ungewißheiten weggespült, die sie davongetrieben und dazu veranlaßt hatten, diese ihre hartgesottene Persönlichkeit zu entwickeln. Das Erdbeben hatte sie zu einem Flugzeug stürzen und nach Bombay zu

Ormus' Haustür zurückkehren lassen; nur daß es nicht mehr seine Haustür war. Daß andere Eruptionen mich an seine Stelle katapultiert hatten. Ich machte ihr Kaffee, und ganz allmählich, als entdecke sie eine alte Gewohnheit, hörte sie auf, eine Rolle zu spielen, und verwandelte sich wieder in das Mädchen, das ich gekannt hatte und, jawohl, verdammt noch mal, liebte.

Sie hatte ihre Lehrzeit in den Coffee Bars und Clubs von London absolviert, von Beatnik-Kneipen wie Jumpy's zu den brodelnden Psychedelien des Middle-earth und des UFO, und war dann nach New York gegangen, wo sie im Folkville in einer Sackgasse landete und einen Starauftritt mit Joan Baez hatte, sich aber fremd und unbehaglich fühlte. Dann wurde es ihr zuwider, und sie verlor ihre Folk-Fans, indem sie sich in den ›mainstream‹ begab, eine Saison in einem straßbestickten, hautengen Kleid (zufällig eine der Roben, die sie meiner Mutter gestohlen hatte) hinter sich brachte und als Rahmennummer für die Supremes im Copacabana auftrat, weil sie die erste braune Frau sein wollte, die die ersten schwarzen Frauen bei diesem triumphalen und konservativen Auftritt unterstützte. Und auch, weil sie Diana Ross ausstechen wollte; was ihr gelang. Anschließend wechselte sie abermals die Richtung und wurde zu einem der ersten Pioniere des Weges vom Wrong End Café zum Pleasure Island und zu Amos Voight's Slaughterhouse, wo die Welten der Kunst, des Films und der Musik sich trafen und miteinander vögelten, während Voight ihnen milde, skrupellos zusah.

Sie wurde notorisch als schamlose Exhibitionistin – ein Ruf, den ihr weitgehend nicht vorhandenes Hexenkleid nicht zu widerlegen vermochte. In Bombay konnte es gefährlich sein, ein solches Kleid zu tragen, aber das war Vina gleichgültig. Außerdem war sie ein aufmüpfiges Großmaul. Sie erschien regelmäßig auf den Titeln der Underground-Zeitschriften, dieser neuen, durch das westliche Jugendbeben verursachten Risse in der Medienfassade. Indem sie in diesen Journalen narkotischer Typographie ihren Zorn und ihre Leidenschaft hinausposaunt und kurvenreich für deren porno-liberale Fotos posiert hatte, wurde sie zu einem der ersten heiligen Monstren der Gegenkultur, eine aggressive Ikonoklastin, halb genial, halb egomanisch, das keine Gelegenheit ausließ, um zu brüllen, zu saugen und zu buhen, sich zu spreizen, zu demolieren und zu johlen, zu revolutionieren und zu renovieren, zu blenden, zu prahlen und zu schimpfen. In Wahrheit warf dieses geräuschvoll-lärmende, schädlich-lästige Auftreten sie in ihrer Karriere als Sängerin zurück. Heutzutage wäre so eine Leck-mich-, Mitten-ins-Gesicht-Aggression nichts weiter als konventionell, fast unabdingbar für die Möchtegern-Rockettes; in jenen Tagen aber waren diese Schlachten noch nicht gewonnen worden. Die Menschen konnten sich – und taten es – noch beleidigt und schockiert fühlen. Ein solcher Schuß konnte nach hinten losgehen.

Während ihre wundervolle Stimme ihr also einen vollen Terminkalender bescherte, sorgte ihr Schandmaul dafür, daß sie zahlreiche Engagements wieder verlor. Das Copacabana-Engagement wurde zum Beispiel nach einer Woche beendet, weil sie ihr steifes Publikum als ›tote Kennedys‹ betitelt hatte. Die Vereinigten Staaten, noch immer im Krieg mit sich selbst und mit Indochina, waren durch den furchtbaren Doppelmord an Präsident Bobby Kennedy und seinem älteren Bruder und Vorgänger, Ex-Präsident Jack, in tiefe Trauer gestürzt worden, die beide durch eine einzige, von einem verwirrten palästinischen Killer abgeschossene Kugel getötet wurden. Das war die sogenannte ›Zauberkugel‹, die, summend wie eine wild gewordene Hornisse, in der Halle des Ambassador Hotel, L.A., umherirrte und schließlich diesen entsetzlichen Doppeltreffer landete. In der kummergeladenen Atmosphäre, während Hunderttausende von Amerikanern über schwere Migränen und heftige Schwindelanfälle klagten, während die Menschen benommen an den Straßenecken standen und ›It shouldn't be this way‹ murmelten, konnte Vina vermutlich von Glück sagen, daß ihr Witzchen sie nur den Job kostete. Man hätte sie aus der Stadt jagen können. Man hätte sie auch lynchen können.

Einmal hatte sie, ganz nebenbei, geheiratet und sich wieder scheiden lassen, und die Liste ihrer Liebhaber war lang. Interessanterweise war diese Liste, obwohl sie gern auf Bisexualität anspielte, ausschließlich männlich. Im Beruf unkonventionell, war Vina, wenigstens auf diesem Gebiet, eine Traditionalistin, obwohl ihre Promiskuität selbst für die Gepflogenheiten jener Zeit extrem war.

Als Vina vor meiner Wohnungstür stand, hatte sich ihr Ruhm als Sängerin nicht über den Rahmen eines mittelgroßen Kreises von Kennern hinaus verbreitet; ein wenig spät war sie von Yul Singh's Colchis Label unter Vertrag genommen worden, aber bisher war die Kunde von ihrem Talent noch nicht in den Osten vorgedrungen. Genausowenig wie die von ihrer notorisch großen Klappe. Verunsichert, anonym, streckte sie sich auf einem meiner Sofas aus und rauchte einen Joint. Ich schäme mich, zu gestehen, daß mir bis dahin noch niemals das angeboten worden war, was ich noch immer auf altmodische Art als ›Reefer‹ bezeichnete, und so war die Wirkung auf mich sehr schnell und stark. Ich legte mich neben sie, und sie rückte näher. So blieben wir sehr lange liegen, ließen die ferne Vergangenheit mit der Gegenwart Kontakt aufnehmen, ließen das Schweigen die dazwischenliegenden Jahre auslöschen. Es wurde dunkel. Der Strom kam wieder, aber ich machte kein Licht.

»Ich bin nicht mehr zu jung«, sagte ich schließlich.

»Nein«, antwortete sie und küßte mich auf die Brust. »Bin ich zu alt?«

Nachdem wir uns geliebt hatten – in dem Bett, in dem Ormus Cama gezeugt worden war –, weinte sie, dann schlief sie ein, dann wachte sie auf und weinte wieder. Wie viele Frauen jener Zeit hatte sie die Abtreibung als zusätzliche Geburtenkontrollmethode verwendet, und durch das vierte Mal war sie – wie sie erst kürzlich erfahren hatte – unfruchtbar geworden. Unfähig, Kinder zu bekommen, und im Einklang mit der Gewohnheit, aus ihren eigenen idiosynkratischen Erfahrungen allgemeine Schlüsse zu ziehen, hatte sie reagiert, indem sie eine ungeheure Polemik gegen die Methoden der Geburtenkontrolle im Westen entfesselte, eine Jeremiade gegen die Manipulation des weiblichen Körpers durch die Wissenschaft einzig zum Vergnügen der Männer, womit sie mehrfach ins Schwarze traf, um dann eine unsinnige Lobeshymne auf die Weisheit der ›natürlicheren‹ Gewohnheiten der Frauen des Ostens zu singen. Irgendwann während dieser Nacht, als meine Gedanken, wie ich gestehe, anderswo weilten, sagte sie leise, der Grund für ihre Rückkehr sei vor allem ihr Wunsch gewesen, auf die Dörfer hinauszugehen und von den Frauen dort die Geheimnisse der natürlichen Geburtenkontrolle zu lernen. Diese Bemerkung, tiefernst gemeint, ließ mich unwillkürlich auflachen. Zweifellos war es die Nachwirkung des Haschisch, aber ich lachte, bis mir die Tränen übers Gesicht liefen. »Und wenn du damit fertig bist, sie dafür zu rühmen, daß sie so gut mit Rhythmus, Rückzug und allem anderen umgehen können«, kicherte ich, »werden sie dich fragen, ob du ein Diaphragma entbehren kannst, und vielleicht noch ein paar Gummis.« Als ich mit dieser Bemerkung fertig war, hatte sich Vina bereits vollständig angezogen, schäumte vor Wut und stürmte hinaus.

»Deswegen bist du doch sowieso nicht gekommen«, kicherte ich lauter. »Tut mir leid, daß deine Reise vergebens war.« Von der Tür aus warf sie mit irgend etwas Zerbrechlichem nach mir, aber ich war resistent gegen zerbrochenes Porzellan und Kristall. »Du bist ein mieser, kleiner Furz, Rai«, fauchte sie. Damals ahnte ich noch nichts von ihrer Neigung zu dieser Art von Verhalten, die mühelosen Eroberungen, gefolgt von bösartiger Verachtung. Mir schien, daß ich wieder einmal Prügel einstecken mußte, die für einen anderen bestimmt waren, daß ich bestraft wurde, weil ich den Platz eines anderen eingenommen hatte.

Als sie fort war, wurde ich nüchtern. Wenn eine Frau, von der man besessen ist, ein hartes Urteil fällt, so trifft das tief. Und wenn sich plötzlich die Chance bietet, daß dieses Urteil Wahrheit wird, ergreift man sie vielleicht sogar, wird man vielleicht unwillkürlich ihrer negativen Meinung gerecht und verbringt den Rest des Lebens mit der nicht mehr zu widerlegenden Beschuldigung als Dolch im Herzen.

Nach einer Nacht mit Ormus Cama flog Vina für ein Jahrzehnt davon. Nach einer Nacht mit mir verschwand sie ebenfalls. Eine schäbige, kleine Nacht, und dann puff! Verstehen Sie, warum sie mir wie

ein Phantom vorkam, warum ihr Besuch mir wie der der gespenstischen Schwestern in *The Manuscript Found at Saragossa* vorkam, die
den Helden nur in ihren Träumen lieben können? Und dennoch war
es diese Nacht, nach der sie fast schon verschwand, bevor sie ankam,
die für mich alles veränderte. Es war die Nacht, in der Persis' Pro-
phezeiung wahr wurde, in der auch ich mich von Indien löste und
allmählich davonzutreiben begann.

Rückzug, die Verhütungsmethode der Frauen in den indischen
Dörfern, die so viel dazu beigetragen hat, die explodierende Bevöl-
kerungszahl Indiens unter Kontrolle zu bringen, wurde von Vina
Apsara ihren amerikanischen und europäischen Schwestern anschließend in einer Reihe kontroverser Interventionen empfohlen. Ich
kann wenigstens bestätigen, daß sie selbst eine Anhängerin, um nicht
zu sagen eine Meisterin, dieser Kunst war.

Die offizielle Version von Vinas One-Night-Rückkehr-Nummer in
Bombay, bei der sie weder sang noch ihrer losen Zunge die Zügel
schießen ließ, sondern lediglich eine alte Flamme neu entfachte, um
dann eiskaltes Wasser darüberzugießen und wieder auf und davon zu
gehen, während er völlig durchnäßt und zitternd zurückblieb, war
ein wenig anders. Ihr ganzes Leben lang lautete die Story, die sie jedermann, vielleicht sogar Ormus Cama, erzählte, daß sie, als sie von
dem Erdbeben in Bombay hörte, in der Tat, besessen von der plötzlichen Erkenntnis ihrer ungeminderten Liebe zu einem Mann, den
sie seit zehn langen Jahren nicht mehr gesehen hatte, stehenden
Fußes zum Flughafen geeilt sei. »Mein Pech«, sagte sie dann. »Das
Romantischste, was ich jemals getan habe, und er war nicht mal da.«
Aber der Sechsunddreißig-Stunden-Ausflug war nicht umsonst.
Durch einen Glücksfall hatte sie in ihrer Hotelsuite die Ehren-In-
derin, Mutter Teresa, treffen dürfen, eine wahre Heilige, die ihre
Ansichten voll und ganz teilte. Auch ein Treffen mit führenden in-
dischen Feministinnen war organisiert worden. Diese bemerkens-
werten Frauen berichteten ihr von den angeblichen Plänen des Mr.
Sanjay Gandhi, der widerstrebenden Bevölkerung die Sterilisation

aufzuzwingen. Vina stürzte sich in einen Präventivstreik gegen diese
drohende Ungeheuerlichkeit. »Wieder einmal gehen westliche Technologie und Medizin Hand in Hand mit Tyrannei und Unterdrückung«, behauptete sie in einer gefeierten Pressekonferenz. »Wir
können nicht dulden, daß dieser Mann den Bauch indischer Frauen
usurpiert.« Da sich in jenen Tagen die Liebesgeschichte des Westens
mit dem indischen Mystizismus auf ihrem Höhepunkt befand, gewann sie mit ihrer Erklärung weitreichende Unterstützung.

Um auf das Persönliche zurückzukommen, auf die Liebesgeschichte,
welche die ganze Welt tausendundeinmal hören wollte, die Story von
der Geburt des unsterblichen VTO: Am Ende ihres kurzen Aufenthalts (pflegte Vina zu sagen) war ihr eine Art Wunder gewährt worden. Kurz bevor sie zum neuen Sahar International Airport aufbrach
und als ein paar Minuten Zeit übrig waren, hatte sie das Radio angestellt und am Knopf gedreht, um die Wellenlänge der Voice of America zu suchen. Plötzlich hörte sie eine vertraute Stimme. »Mir blieb
das Herz stehen, aber zugleich begann es wie wild zu schlagen, wie
ein Pferd«, erklärte sie dann und widersprach sich auf reizende Weise
selbst, was sie sogleich noch einmal wiederholte. »Ich wollte, daß der
Song niemals aufhörte, zugleich aber wünschte ich, daß er sofort zu
Ende war, damit ich hören konnte, was der DJ sagt.« Der Song hieß
Beneath Her Feet, die eine Hälfte einer Doppel-A-Seiten-Ausgabe
(die Rückseite, die diese Platte auf Platz 1 sich zubewegen ließ, hieß
It Shouldn't Be This Way). Die Band hieß Rhythm Center, unter
Colchis.

»Lächerlich, nicht wahr?« sagte sie im Laufe der Jahre zu tausend-
undeinem Journalisten. »Nach so langer Zeit stellt sich heraus, daß
wir für dasselbe Label arbeiten. Ich denke, wir schulden Mr. Yul
Singh beide ein großes, dickes Dankeschön.«

Persis beschwerte sich, von Ormus aus der Liste gestrichen worden
zu sein; dasselbe konnte ich von Vina und mir sagen. In Wirklichkeit
aber war es zwischen uns anders. Gewiß, ich vermochte mich nicht
von ihr zu heilen, und das war das gleiche, was Persis für Ormus
empfand. Aber Ormus hatte Persis Kalamanja vergessen; während
Vina, was immer sie sagte oder nicht sagte, überall dorthin zurück-

kehrte, wo ich zu finden war. Ich war ihr Lieblingsdorn im Fleisch; und sie vermochte mich nicht herauszuziehen.

Vielleicht hatte sie wirklich Ormus im Radio gehört. Ich nehme ihr das ab, was soll's. Außerdem mag ich Märchen. Sie hörte, wie er für sie sein großes Liebeslied sang, hörte ihn von der anderen Seite der Welt her und hatte das Gefühl, daß sich eine Zeitschleife schloß, hatte das Gefühl, um ein Jahrzehnt zurückversetzt zu werden, wieder auf jene Wegkreuzung zuzugehen, den sie schon früher einmal erreicht hatte; oder sich, wie ein Eisenbahnzug, einer alten, vertrauten Weichenstellung zu nähern. Das letzte Mal hatte sie den einen Weg gewählt. Jetzt konnte sie die Schienen wechseln und in eine alternative Zukunft fahren, die sie sich törichterweise selbst vorenthalten hatte. Man stelle sich vor, sie im Taj, wie sie, über den Hafen von Bombay hinwegblickend, das Lied ihres Geliebten hört. Sie sieht wieder wie sechzehn aus. Sie fühlt sich im Banne der Musik. Und dieses Mal entscheidet sie sich für die Liebe.

Nun ist es an der Zeit für mich, das letzte Lied von Indien zu singen, das jemals über meine Lippen kommen wird; es ist an der Zeit, meine alten Jagdgründe endgültig zu verlassen. Es liegt eine Ironie, die ein Kopfschütteln oder ein reuiges Grinsen verdient hätte in der Tatsache, daß der Abbruch meiner Bindung an das Land meiner Geburt genau zum Zeitpunkt meiner tiefsten Verbundenheit mit ihm kam, meiner ausführlichsten Kenntnisse, meiner aufrichtigsten Zugehörigkeitsgefühle. Denn was immer Persis dachte, meine Jahre als Fotograf hatten mir die Augen für die alte Stadt geöffnet, und mein Herz ebenfalls. Begonnen hatte ich damit, nach dem zu suchen, was meine Eltern in ihr gesehen hatten, schon bald aber begann ich eigenständig zu sehen, mir mein eigenes Porträt zu schaffen, meine eigene Auswahl aus der überwältigenden Fülle dessen zu treffen, was mir allüberall geboten wurde. Nach einer Zeit, in der ich eine seltsame, distanzierte Loslösung verspürte, sie als etwas empfand, das ich nicht gewählt hatte, sondern das einfach so war, erkannte ich durch meine Kameralinse den Weg zu einem ›echten‹ Inder. Und dennoch war das, was mir die größte Freude bereitete, meine Fotokunst, auch das, was meine Verbannung auslöste. Eine Zeitlang hatte ich deshalb das Problem, Werte zu erkennen, richtiges Denken, richtiges Handeln zu definieren. Ich wußte nicht mehr, wo oben und wo unten war: was Boden, was Himmel. Beides wirkte gleichermaßen substanzlos auf mich.

Erinnern Sie sich an Piloos Ziegen? Es ist lange her, daß ich sie sich selbst überlassen hatte. Nun jedoch muß ich auf diese spektralen Tiere zurückkommen. Es ist ein Bocksgesang, den ich singen muß.

Zur Zeit des Erdbebens lagen alle möglichen seltsamen Gerüchte in der Luft. Die über Mrs. Gandhi – ihren Wahlbetrug, der durchaus dazu führen konnte, daß der High Court von Allahabad ihr untersagte, ein öffentliches Amt zu bekleiden – waren so sensationell, daß sie die volle Aufmerksamkeit der meisten Menschen beanspruchten. Würde die Premierministerin zurücktreten, oder würde sie versuchen, sich an ihre Macht zu klammern? Das Undenkbare wurde denkbar. An jedem Dinnertisch, jedem Wasserbrunnen, jeder *dhaba* und jeder Straßenecke im Land diskutierten die Menschen über die Frage von Recht oder Unrecht in dieser Sache. Jeder Tag brachte neue Gerüchte. In Bombay hatte das Erdbeben die allgemeine Hysterie zu neuen Höhen getrieben. In einem so aufgeheizten Klima vermochte sich, es muß gesagt sein, niemand so recht für Ziegen zu interessieren.

Am Tag nach Vinas verwirrendem, flüchtigem Besuch jedoch wurde ich von Anita Dharkar angerufen, einer intelligenten jungen Redakteurin beim *Illustrated Weekly*, die von Zeit zu Zeit einzelne Bilder und Fotoessays von mir veröffentlicht hatte. »He, willst du die heißesten Latrinenparolen über Piloo hören?« fragte sie mich. Sie kannte meinen Haß auf den Mann, der die Ehe meiner Eltern zerstört hatte. Suche deinen Feind, hatte Henri Hulot mir geraten. Ich wußte, wo mein Feind war. Ich wußte nur nicht, was ich tun konnte, um ihm zu schaden; nicht, bis die gerissene Anita bei mir anrief. (Ich muß gestehen, daß es zwischen Anita und mir ... na ja, etwas gab. Eine oberflächliche, unbeständige Sache zwischen Kollegen, aber immerhin doch mit so viel Substanz, daß ich vor ihr die Verwirrung verbarg, die Vinas Besuch bei mir hinterlassen hatte. Jetzt kam mir meine alte Gewohnheit gelegen, mir niemals in die Karten sehen zu lassen. Ich glaube nicht, daß sie argwöhnte, es sei etwas im Busch.) »Piloo? Hat das Erdbeben ihn verschlungen?« erkundigte ich mich hoffnungsfroh. »Oder steigt er, wie jeder billige Gauner in diesem Land, in Mrs. G.s rückwärtige Hosentasche?«

»Was weißt du über seine Ziegenfarmen?« fragte Anita, ohne meine Frage zu beantworten.

Offiziell war Piloo nicht mehr mit der Milchproduktion befaßt, sondern hatte der Konkurrenz, der Exwyzee Milk Colony, mit Anstand das Feld überlassen. Statt dessen hatte er sich in großem Stil im Hammelfleisch- und Wollgeschäft engagiert. »Warum machst du sie nicht zu Gulasch und Flicken?« hatte ihn die schnippische Vina früher einmal gefragt. Nun gut, das hatte er getan. Seine Farmen waren weit über das ländliche Gebiet von Maharashtra und Madhya Pradesh verteilt, von den heiß-trockenen Ebenen des Godavari-Flusses bis zu den Hängen der zahlreichen Bergketten Zentralindiens, von der Harishandra-Kette, dem Ajanta-Plateau und den Ellora Hills bis zu den Sirpur Hills und dem Satmala-Plateau im Osten und den Jiraj Hills bei Sangli im Süden. Furchtlos hatte er im Bereich der von Banditen verseuchten Schluchten von Madhya Pradesh und Andhra Pradesh riesige Herden zusammengestellt. Inzwischen gehörte er zu den größten Arbeitgebern der nationalen Ziegenindustrie, und sein berühmt hoher Standard an Hygiene und Qualitätskontrolle hatte ihm landesweit viele Auszeichnungen sowie das Recht nicht nur auf Futtersubventionen pro Kopf der Herden, sondern auch auf beträchtliche Steuerabschreibungen und Förderungsgelder verschafft, die für so zukunftsweisende ländliche Unternehmer wie ihn gedacht waren. »Es reicht«, antwortete ich Anita. »Aber was geht's dich an? Du bist Vegetarierin und außerdem allergisch gegen Mohair.« Ich mochte Anita. Mir gefielen ihre Figur, die üppig war, und ihre Singstimme, die beste, die ich seit Vinas gehört hatte. Ich mochte den Schimmer ihres dunklen, nackten Körpers, seine schwarzen Glanzlichter, seine

Linien, seine Klarheit. Und ich mochte es, daß sie meine Fotos zu schätzen wußte und ihnen im *Weekly*, wo es gewisse Konkurrenten gab, immer wieder bevorzugt Platz einräumte.

»Angenommen«, sagte Anita, »ich würde dir mitteilen, daß diese Ziegen gar nicht existieren?«

Die kreative Phantasie eines großen Betrugskünstlers ist von höchster Qualität; man kann nicht umhin, ihn zu bewundern. Welch eine surrealistische Kühnheit er doch beim Entwurf seiner Täuschungen beweist; welch einen Hochseilwagemut, welch eine Meisterschaft der Illusion in der Ausführung! Der Flim-Flam-Maestro ist ein Superman in unseren Zeiten, dem Normen nichts bedeuten, der Konventionen verachtet, der weit über den Gravitationszwang der Plausibilität hinausfliegt und dabei jeden puritanischen Naturalismus abschüttelt, welcher die meisten gewöhnlichen Sterblichen zurückgehalten hätte. Und wenn er am Ende auf die Nase fällt, wenn seine Listen versagen wie die dahinschmelzenden Flügel des Ikarus, dann lieben wir ihn um so mehr, weil er uns seine menschliche Zerbrechlichkeit bewiesen hat, weil er auf der Erde zu Tode gestürzt ist. In diesem Augenblick des Versagens vertieft er unsere Liebe und macht sie ewig.

Wir in Indien hatten das Privileg, einige der allerbesten – die besten der besten – Scam- oder Trickser-Ruhmeshalle aus nächster Nähe beobachten zu können. Aus diesem Grund sind wir nicht so leicht zu beeindrucken, von unseren öffentlichen Gaunern erwarten wir Arbeitsqualität höchster Güte. Wir haben viel zuviel gesehen, aber wir wollen immer noch zum Lachen oder zum ungläubigen Kopfschütteln gebracht werden; wir verlassen uns darauf, daß die Schwindler in uns ein Gefühl des Staunens wachrufen, das durch die Exzesse des Alltagslebens abgestumpft worden ist.

Seit Piloos Pionierarbeit haben wir über den Volkswagenbetrug der späten 1970er gestaunt (riesige Summen öffentlicher Gelder verschwanden aus einem von Sanjay G. geleiteten Projekt), den Schwedische-Geschütze-Betrug der 1980er (riesige Summen öffentlicher

Gelder wurden aus einem internationalen Waffenhandel abgezweigt, der Rajiv G.s Ruf ruinierte) und den Börsenbetrug in den 1990ern (größte Anstrengungen wurden gemacht, um die Bewegungen bestimmter Schlüsselaktien zu beeinflussen, natürlich mit Hilfe immenser Summen öffentlicher Gelder). Doch wenn die Kenner dieses Themas zusammenkommen – das heißt, wo oder wann immer zwei oder mehr Inder sich zum Kaffee oder einem Gespräch zusammenfinden –, werden sie sich im allgemeinen darin einig sein, daß sie ihre Stimme einzig dem Großen Ziegenbetrug als Kandidaten für die Goldmedaille geben werden. Genau wie *Citizen Kane* bei den Filmumfragen immer wieder zum Besten Film aller Zeiten gewählt wird und VTOs *Quakershaker (How the Earth Learned to Rock & Roll)* unweigerlich *Sgt. Pepper* beim Kampf um das Beste Album aller Zeiten auf den zweiten Platz verweist; genau wie Hamlet das Beste Theaterstück, Pelé der Beste Fußballspieler, Michael Jordan der Hoop Dreamboat und Joe DiMaggio für immer der Beste Amerikaner ist, auch wenn man ihm den berühmten Vers in dem berühmten Lied erklären mußte, er hatte geglaubt, daß man ihn veralberte, hatte nicht erkannt, wie sehr man ihn verehrte ..., so ist Piloo Doodhwala auf ewig und unverrückbar als Indiens Scambaba Deluxe etabliert.

Und der Kerl, der ihn dazu gemacht hat, war ich.

Tierfutterbetrug wirkt auf den ersten Blick nicht so romantisch wie Waffenschmuggel oder das Manipulieren des Investmentmarktes. Ziegen sind schließlich dafür berühmt, daß sie alles fressen, daher sind die Subventionen für die Bauern auch entsprechend klein: etwa einhundert Rupien per annum oder etwa drei Dollar pro Kopf. Ziegenfutter = kleine Fische, mögen Sie verächtlich denken. Nicht viel Möglichkeiten für eines der größten Betrugsmanöver aller Zeiten. Lassen Sie sich belehren, Zweifler. Verwechseln Sie Auffälligkeit nicht mit Genialität, glänzenden Müll nicht mit Gold. Gerade die geringen Summen, um die es ging, ermöglichten es Piloo, seinen grandiosen Plan zu entwerfen, die schiere Banalität des Projekts genügte schon, um ihn viele Jahre lang vor dem genaueren Hinsehen der Öffentlichkeit zu schützen. Denn während einhundert Chips nur eine Bagatelle sind, so sind es immerhin einhundert Chips in Ihrem Portemonnaie, solange nur Ihre Ziegen vom Typ ›Nichtexistent‹ bleiben. Und weil die nichtexistente Ziege sich schneller fortpflanzt, weniger Pflege, ja sogar weniger Platz erfordert als jede andere Rasse – was soll den tatkräftigen Ziegenzüchter davon abhalten, die Zahl seiner Herden mit Höchstgeschwindigkeit und praktisch ad infinitum zu steigern? Denn die nichtexistente Ziege wird niemals krank, läßt Sie niemals im Stich, stirbt nicht, solange es nicht vonnöten ist, und – einzigartig – vermehrt sich genau in der vom Züchter vorgeschriebenen Zahl. Eindeutig die gehorsamste und liebenswerteste aller denkbaren Ziegen; sie macht keinen Lärm, und es gibt keinen Mist zu schaufeln.

Der Umfang des Großen Ziegenbetrugs überstieg fast jedes Begriffsvermögen. Piloo Doodhwala war stolzer Besitzer von einhundert Millionen absolut fiktiver Ziegen, Ziegen der höchsten Qualität, deren weiche Wolle zur Legende geworden, deren Fleisch sprichwörtlich zart wie Butter war. Die Flexibilität der nichtexistenten Ziegen gestattete es ihm, dem jahrhundertelang überkommenen Wissen über die Ziegenzucht zu trotzen. Tief im Herzen Zentralindiens gelang das unglaubliche Unterfangen, in der Hitze der Ebenen Kaschmirziegen von höchster Qualität zu züchten – Ziegen, von denen man eigentlich überzeugt war, daß sie Hochgebirgsweiden brauchten. Auch die kommunale Politik legte ihm keine Steine in den Weg. Seine Fleischziegen konnten von Vegetariern gezüchtet werden, weil die Arbeit mit diesen magischen Wesen keinen Kastenverlust bedeutete. Es war ein Unternehmen von unendlicher Schönheit, das keinerlei Arbeit erforderte, höchstens die geringe Mühe, die Fiktion der Existenz dieser Ziegen aufrechtzuerhalten. Die finanziellen Ausgaben, die nötig waren, um das Schweigen Tausender und aber Tausender von Dörflern, Regierungsinspektoren und anderer Beamter zu garantieren sowie die Grenzbanditen zu bezahlen, waren beträchtlich, doch wenn man sie als einen Prozentsatz der Unternehmensumsätze betrachtete, lagen sie noch weit innerhalb der tolerierbaren

Grenzen und wurden schließlich (siehe oben) durch Steuervergünstigungen und Kapitalsubventionen gestützt.

Einhundert mal einhundert Millionen sind zehn Milliarden Rupien, einhunderttausend Crores. Zweihundert Millionen Pfund Sterling. Dreihundert Millionen Dollar per annum, steuerfrei. Schweige- und Schutzgeldzahlungen, alljährliche Gehälter der für die Pflege der nichtexistenten angestellten Dörfler und verschiedene andere Ausgaben summierten sich zu weniger als fünf Prozent dieser phantastischen Summe und stellten nichts Schlimmeres dar als ein winziges Muttermal, eine Art finanziellen Schönheitsfleck auf dem unsterblich schönen Antlitz dieses grandiosen Betrugs, den Piloo nahezu fünfzehn Jahre lang ungehindert, ja sogar mit der begeisterten Unterstützung zahlreicher der wichtigsten Persönlichkeiten von Maharashtra durchzuziehen vermochte.

Dreihundert Millionen mal fünfzehn sind viereinhalb Milliarden Dollar. Anderthalb Millionen Rupie-Crores. Abzüglich der Ausgaben, natürlich. Wir wollen ja nicht übertreiben. Sagen wir also vier Milliarden Dollar netto.

Ich ging ins Büro, um die Angelegenheit zu besprechen. Anita Dharkar hatte an einen satirischen Beitrag gedacht. Links Piloos verlassene ›Farmen‹; rechts eine normale Ziegenfarm in Funktion. »Piloos Unsichtbare Ziegen«, extemporierte sie und amüsierte sich königlich. »Hier sieht man sie unsichtbar. Im Gegensatz zu diesen Gemeinen Ziegen, die Sie, wie Sie sehen können, sehen können.«

Ich, der ich mich mit meiner Begabung für Unsichtbarkeit schmückte, erhielt den Auftrag, diese Phantome, Doodhwalas ›Geisterziegen‹, zu fotografieren. Anita wollte Piloos magische Herden auf Zelluloid gebannt haben. »Piloo wird nicht nur von der Korruption beschützt«, warnte sie mich und wurde ernst. »Wir haben's hier darüber hinaus mit der unendlichen Gleichgültigkeit Indiens zu tun. *Chalta-hai*, nicht wahr? So geht's eben. Wir erwarten, daß unsere Piloos Tricks benutzen, dann wenden wir uns achselzuckend ab. Nur wenn du mir Bilder bringst, die alles über jeden Zweifel hinaus beweisen, werden wir erreichen können, daß endlich etwas geschieht.«

Sie hatte sich eine vollständige Liste aller unter Piloos Namen registrierten Ziegenzuchtfarmen besorgt. »Wie hast du das gemacht?« erkundigte ich mich tief beeindruckt. Aber sie war klug genug, ihre Quelle nicht zu verraten, nicht einmal mir. »Die Wahrheit will ans Licht«, behauptete sie. »Letztlich gibt es immer irgendwo einen ehrlichen Menschen, man muß ihn nur finden. Sogar in Indien.«

»Oder«, ergänzte ist, weniger idealistisch, »jemanden, den zu bestechen Piloo vergessen hat.«

»Oder das«, nahm Anita den Faden auf. »Es liegt einfach in der Natur der Geheimnisse, daß sie herauskommen, denn die einzige Möglichkeit, ein Geheimnis zu bewahren, wäre, es niemandem anzuvertrauen, und das ist der Grund, warum ich deine taktlose Frage nach meinem Informanten nicht beantworten werde. Piloos Geheimnis wurde von zu vielen Menschen geteilt. Das Wunder ist, daß es nicht schon vor Jahren durchsickerte. Piloo muß die Leute verdammt gut bezahlt haben.«

»Aber vielleicht«, gab ich zurück, »ist deine Quelle ja auch so eine Art Patriot. Die Menschen beschweren sich doch ständig, daß Indien viel zu eifrig darauf bedacht ist, den Westen nachzuäffen, stimmt's? Hier aber haben wir unsere eigene, ganz spezielle Begabung; wir sollten sie feiern. Was Schiebung betrifft, können wir nichts mehr lernen, können wir vielmehr anderen etwas beibringen. Hör zu, irgendwie bin ich stolz auf Piloo. Ich hasse das Schwein, aber er hat etwas Wundervolles zustande gebracht.«

»Na, sicher«, antwortete Anita. »Also versuchen wir ihm das zu geben, was er verdient. Das Padmashri, sogar das Bharat Ratna. Nein; diese Ehre wäre nicht groß genug. Wie wär's mit ein paar offiziellen Porträts, von vorn, von der Seite, im gestreiften Anzug und in der Hand eine Karte mit Namen und Seriennummer, was meinst du?«

Für mich klang das gut. »Du mußt mir nur die Fotos bringen, Rai, okay?« sagte sie und verließ den Raum.

Von dem anderen Fotografen verriet sie mir nichts, von jenem, den sie vor mir losgeschickt hatte, von jenem, der nicht zurückgekommen war: nicht etwa, weil sie mich nicht beunruhigen wollte, sondern weil sie wußte, daß ich gekränkt sein würde, weil ich nur zweite Wahl gewesen war. Außerdem wollte sie mich begleiten; sie hatte alles schon geplant, wir würden als Ehepaar auf Hochzeitsreise getarnt und ohne sichtbare Kameras, nach Aurangabad fliegen. Um alles glaubhaft zu machen, aber auch aus anderen Gründen würden wir im Rambagh Palace Hotel absteigen und uns die ganze Nacht lang lieben. Um die Flitterwochenstory zu belegen – denn wir begaben uns ins Piloo-Land, wo jeder Portier, jeder *chaprassi* ein Spitzel sein konnte –, würden wir nach Ajanta fahren und uns in die dunklen Höhlen stellen, während ein Fremdenführer das Licht ein- und ausschaltete, um die buddhistischen Meisterwerke auftauchen und wieder verschwinden zu lassen. Die Bodhisattwas, die rosa Elefanten, die halbbekleideten Frauen mit ihren Eieruhrfiguren und den perfekten Kugeln der Brüste. Anitas Körper konnte mit jedem Fresko konkurrieren, das Angebot war verlockend, und doch verließ ich Bombay, ohne ihr etwas davon zu sagen, und stürzte mich mitten ins harte Herz Indiens, einzig darauf bedacht, das zu tun, was Vina auch hatte tun wollen und wofür ich sie ausgelacht hatte, das nämlich, was Stadtbewohner in Indien so gut wie niemals tun: Ich wollte ins ländliche Indien vordringen. Nicht um etwas über Rhythmus oder Rückzug zu lernen, sondern um die Ziegen des alten Piloo zu erwischen.

Nach jener seltsamen, mißtönenden, einzigen Nacht mit Vina tat es mir gut hinauszukommen. *Natürlich habe ich keinen Brand gelegt. Glaubst du, ich würde euer Haus niederbrennen? Hat das deine Mutter wirklich geglaubt? Na, vielen Dank. Ich mag ja eine Diebin gewesen sein, aber verrückt war ich sicher nicht.* Sie hatte mit meiner Mutter sprechen und Wiedergutmachung anbieten wollen. Neuen Schmuck gegen alten. Aber für derartige Dinge war es zu spät. Die Risse in unserer Welt konnten nicht repariert werden. Was verbrannt war, konnte nicht unverbrannt gemacht, was zerbrochen war, konnte nicht wieder gekittet werden. Eine tote Mutter, ein Vater, der sich

langsam drehte und nach einem bitteren Parfüm roch, während der
Schlafzimmerventilator rotierte. Seltsamer Mann. Ich versuchte mir
vorzustellen, wie Ameer Merchant auf Vinas Rückkehr reagiert hätte. Ich glaube, sie hätte einfach die Arme geöffnet und Vina sofort
wieder ans Herz gedrückt.

Wieder an jene Tage zu denken – Ameer, V.V., der Brand, die verlorene Liebe, die verpaßten Chancen – war beunruhigend. Die Weite
des freien Landes, seine kargen, unsentimentalen Linien, seine Härte – all diese Dinge taten mir gut. Mich in dieser großen, staubigen
Ausdehnung, ihrem Mangel an Interesse zu bewegen half mir, meinen Sinn für Proportionen zurückzugewinnen, verwies mich an meinen Platz. Ich fuhr mit meinem Jeep – beladen mit Vorräten an Le-
bensmitteln, getrocknet und in Konserven, Kanistern voll Benzin
und Wasser, Ersatzreifen, meinen Lieblingswanderschuhen (die mit
dem Geheimnis im Absatz) und sogar einem kleinen Zelt – tief in
den fernen Osten von Maharashtra hinein. Ich war in Piloos Imperium und suchte nach der Hintertür.

Immer wieder der Mann für die Hintertür.

Eine Reise zum Mittelpunkt der Erde. Mit jeder Meile wurde die
Luft heißer, schien mir der Wind heftiger gegen die Wangen zu blasen. Die einheimischen Insekten schienen größer und hungriger zu
sein als ihre Verwandten in der Stadt, und ich war, wie üblich, ihr
Mittagessen. Die Straße wurde niemals leer: Fahrräder, Pferdekarren,
geborstene Rohre, das Hupen von Bussen und Lastwagen. Menschen, Menschen. Am Straßenrand Heilige aus Gips. Im Morgengrauen pissende Männer im Kreis um ein antikes Monument, das
Grabmal eines toten Königs. Laufende Hunde, träge trottende Rinder, geplatzte Gummireifen, vorherrschend in dem Müll, der überall
herumlag wie die Zukunft. Gruppen von Jugendlichen mit orangefarbenen Stirnbändern und Flaggen. Auf vorüberziehenden Mauern
politische Parolen. Teestände. Affen, Kamele, Tanzbären an der
Kette. Ein Mann, der Hosen bügelte, während man wartete. Ocker-
farbener Rauch aus Fabrikschornsteinen. Unfälle. *Bett auf dem Dach
2 Rupien.* Prostituierte. Die Allgegenwart der Götter. Jungen in billigen, kunstseidenen Buschhemden. Rings um mich her pulsierendes,

beschwerliches Leben. Die Kakerlaken, die Lasttiere, die entnervten Papageien kämpften um Nahrung, Obdach, das Recht, einen weiteren Tag leben zu können. Die jungen Männer mit dem geölten Haar stolzierten und spreizten sich wie magere Gladiatoren, während die Alten ihre Kinder argwöhnisch belauerten und darauf warteten, verlassen, beiseite geschoben, irgendwo in den Straßengraben gestoßen zu werden. Dies war das Leben in seiner reinsten Form, das Leben, das nichts weiter wollte, als lebendig zu bleiben. Im Universum der Straße war das einzige Gesetz der Überlebensinstinkt, Schieben und Geschobenwerden das einzige Spiel, das Spiel, das man spielte, bis man umfiel. Hier zu sein bedeutete zu begreifen, warum Piloo Doodhwala so beliebt war. Der Große Ziegenbetrug war das Leben der Straße in Großbuchstaben übertragen. Es war eine Mega-Schieberei, die seine Leute vom alltäglichen Geschiebe befreite, das sie ins frühe Grab gebracht hätte. Er war ein Wundermann, ein Prophet. Es würde nicht leicht sein, ihn niederzuringen.

Mein Plan – eher eine Idee als eine Strategie – war es, so weit wie möglich von den ausgetretenen Pfaden abzuweichen. Anitas Liste hatte ich entnommen, daß viele von Piloos Geisterfarmen in den entferntesten Winkeln des Staates lagen, in höchst unwirtlichem Gebiet mit einer Kommunikations-Infrastruktur, die unzureichend bis nicht vorhanden war. Jeder Züchter tatsächlich existierender Ziegen hätte die größten Schwierigkeiten und darüber hinaus übermäßig hohe, lähmende Unkosten gehabt, wenn er die Herden ins Schlachthaus oder zur Schur bringen wollte. Nichtexistierende Ziegen dagegen verursachten solche Probleme natürlich nicht, und die Unzugänglichkeit der ›Ranches‹ erleichterte es, die wahre Natur von Piloos Unternehmen zu kaschieren. Ich setzte auf die überzogene Selbstsicherheit seiner Gefolgsleute in diesen entlegenen Regionen. Ein Fotograf des *Illustrated Weekly* wäre der letzte Mensch auf Erden, den sie hier erwarten würden.

Zu jener Zeit fand eine mit viel Tamtam angekündigte Trans-India-Auto-Rally statt, daher beabsichtigte ich, mich als verirrter Fahrer auszugeben, der Lebensmittel, Wasser, Schlaf und Führer brauchte. Das würde mir, wie ich hoffte, ein paar Stunden bei Piloos Phantomen einbringen. Dann kam es auf meine Kunst als unsichtbarer Fotograf an, die Gelegenheit beim Schopf zu packen. Staubbedeckt, erschöpft lenkte ich meinen Jeep von der Hauptstraße auf immer engere, schlechtere Landstraßen und nahm Richtung auf die Berge.

Nachdem ich zwei Tage lang gefahren war, kam ich an einen Fluß, ein Rinnsal in der Mitte eines ausgetrockneten, steinigen Bettes. Ein Bauer kam, wie das immer so ist, mit einem Stock über der Schulter und einem Wassertopf an jedem Ende des Stocks an mir vorüber. Ich fragte ihn nach dem Namen des Flusses, und als er antwortete: »Wainganga«, hatte ich das merkwürdige Gefühl, eine falsche Abzweigung aus der realen Welt genommen zu haben und irgendwie in eine Fiktion gerutscht zu sein. Als hätte ich unversehens die Grenze von Maharashtra nicht nach Madhya Pradesh, sondern in ein paralleles, magisches Land überquert. Im zeitgenössischen Indien wären die Berge, die vor mir lagen, eine niedrige Kette mit Dschungel in den Schluchten, die Seoni-Kette, gewesen; in dem magischen Bereich, in den ich eingedrungen war, hießen sie jedoch nach altem Brauch immer noch Seeonee. In ihrem Dschungel würde ich vielleicht auf legendäre Ungeheuer stoßen, mit Tieren sprechen, die es nie gab, erschaffen von einem Autor, der sie, ohne sie je mit eigenen Augen gesehen zu haben, in diese tiefe Wildnis gesetzt hatte: mit einem Panther, einem Bären, einem Tiger, einem Schakal, einem Elefanten, mit Affen und einer Schlange. Und auf den hohen Graten der Berge könnte ich vielleicht ganz flüchtig die mythische Gestalt eines menschlichen Jungen sehen, eines nichtexistenten Jungen, eine Erfindung, ein Menschenjunges, das mit den Wölfen tanzt.

Now Chil the Kite brings home the night
That Mang the Bat sets free.

Ich hatte mein Ziel erreicht. Ein tief zerfurchter Feldweg zweigte von der Landstraße ab und führte auf Piloo Doodhwalas Geheimnisse zu. Noch immer im Bann meines seltsamen Gefühls der Unwirklichkeit, fuhr ich meinem Schicksal entgegen.

Allein die Tatsache, daß das ländliche Indien in seiner tiefsten Tiefe von keiner Karte erfaßt worden war, löste immer wieder Erstaunen aus. Kaum bog man von einer Straße auf Feldwege ab, da fühlte man sich, wie sich die frühen Navigatoren der Erde gefühlt haben mußten; wie ein Cabot oder Magellan dieses Landes.

Hier verschwand die polyphone Realität der Straße und wurde durch ein Schweigen, eine Stummheit ersetzt, so unermeßlich weit wie das Land. Hier gab es eine wortlose Wahrheit, eine Wahrheit, die vor der Sprache kam, ein Sein, nicht ein Werden. Kein Kartograph hatte diese endlosen Räume jemals erfaßt. Tief vergraben im Hinterland gab es Dörfer, die nie etwas vom britischen Empire gehört hatten, denen die Namen der nationalen Führer und Gründerväter nichts bedeuteten, obwohl Wardha, wo der Mahatma seinen Aschram gründete, nur hundertundeinpaar Meilen weit entfernt lag. Eine Fahrt auf einigen dieser Wege bedeutete, um über tausend Jahre in der Zeit zurückgeworfen zu werden.

Stadtbewohnern wurde immer wieder erklärt, das dörfliche Indien sei das ›echte‹ Indien, ein Raum der Zeitlosigkeit und der Götter, der moralischen Gewißheiten und der Naturgesetze, der ewigen Beständigkeit von Kasten und Glauben, Geschlecht und Klasse, Landbesitzer, Pächter, Knecht und Leibeigenem. Derartige Erklärungen wurden abgegeben, als sei das Reale fest, unveränderlich, greifbar. Während die offensichtlichste Lektion des Reisens zwischen Stadt und Dorf, zwischen wimmelnden Straßen und offenem Feld darin bestand, daß die Realität sich bewegt. Wo sich die Platten der verschiedenen Realitäten trafen, entstanden Beben und Risse. Öffneten sich Abgründe. Konnte man das Leben verlieren.

Ich schreibe über eine Reise ins Herz des Landes, im Grunde aber ist es meine eigene Art, Lebewohl zu sagen. Ich mache einen Umweg zum Abschied, weil ich mich nicht damit abfinden kann, einfach loszulassen, alles hinter mir zu lassen, mich einem neuen Leben zuzuwenden, mich für diese glückliche Existenz zu entscheiden. Ich Glückspilz: Amerika.

Aber es ist auch, weil mein Leben davon abhängt, was dort draußen, an den Ufern des Wainganga-Flusses, in Sichtweite der Seeonee Hill, geschah. Das war der entscheidende Moment, der das geheime Image schuf, das ich niemandem gezeigt habe, das verborgene Selbstportät, den Geist in meiner Maschine.

Heutzutage kann ich mich zumeist verhalten, als sei es niemals geschehen. Ich bin ein glücklicher Mann, ich kann meinem Hund an einem amerikanischen Strand Stöckchen werfen und mir die Aufschläge meiner steingrauen Jeans von den Atlantikwellen durchnässen lassen; manchmal wache ich aber mitten in der Nacht auf, und da hängt sie vor mir, die Vergangenheit, dreht sich langsam, und rings um mich herum knurren die wilden Tiere des Dschungels, das Feuer verglüht, und sie kommen mir immer näher.

Vina: Ich habe versprochen, dir mein Herz zu öffnen, ich habe geschworen, nichts auszulassen. Also muß ich den Mut dazu finden, auch dies zu gestehen, diese wirklich schreckliche Sache, die ich über mich selbst weiß. Ich muß sie beichten und stehe wehrlos vor dem Gericht eines jeden, der sich die Mühe macht, mich zu richten. Falls jemand übrigbleibt. Sie kennen den alten Song. Selbst der Präsident der Vereinigten Staaten muß manchmal nackt dastehen.

Ich wusch meine Hände in schlammigem Wasser, ich wusch meine Hände, aber sie wollten nicht sauber werden.

An einem bestimmten Punkt ließ ich den Jeep am Wegrand zurück und marschierte zu Fuß weiter. Während ich mich an mein Ziel heranpirschte, verspürte ich eine Erregung – nein, es war mehr als ein einfacher Kick, es war eine Art Erfüllung –, die in mir keinen Zweifel ließ, daß ich entdeckt hatte, was ich mir am sehnlichsten wünschte. Mehr als Geld, mehr als Ruhm, vielleicht sogar mehr als Liebe.

Mit eigenen Augen der Wahrheit ins Auge zu sehen und sie niederzustarren. Zu erkennen, was *so* war, und es auch *so* zu zeigen. Die Schleier fortzuziehen und den donnernden Lärm der Enthüllung ins reine Schweigen des Bildes zu verwandeln und es so in Besitz zu nehmen, die geheimen Wunder der Welt in den Koffer zu packen und aus dem Krieg zu der Frau zurückzukehren, der man nur einmal im Leben begegnet, oder auch nur zu der Bildredakteurin, mit der man zweimal in der Woche schlief.

Doch diese Welt war nicht lärmend. Ihre Stille war unnatürlich, es war weit mehr als ländliche Ruhe. Ich hatte das Territorium der Vier-Milliarden-Dollar-Phantomziegen betreten, und die Ziege ist natürlich ein uralter Avatara des Teufels. Gestatten Sie mir, einzugestehen, daß ich in dieser okkulten Stille ein wenig Angst empfand und mich weit von jeder Hilfe entfernt fühlte.

Die Herden stehen in Kuhstall und Hütte,
Denn bis zum Dämmern entfesselt sind wir.

Vor mir lag eine Ansammlung von Gebäuden. Hütten und Ställe, aber wo waren die Herden der Dorfbewohner? Aus Piloos Gaunerschuppen drang jedoch nur noch mehr Schweigen; es war beredt wie Löwengebrüll. Ich griff in die aufgenähte Tasche an meinem rechten Hosenbein und spürte die beruhigende Gegenwart der kleinen, schlanken Leica, die ich mir zu Ehren meiner Begegnung mit dem großen Henri Hulot zugelegt hatte. Dann tauchten rings um mich her Männer mit Ackerbaugeräten auf, schienen direkt aus der Erde hervorzuschießen, und was die Fotografie betraf, so war's das nun. Sie hatten mich schon von weitem kommen sehen, was ja an sich nicht weiter schlimm war. In meinem langen und vielfältigen Berufsleben habe ich mir den Weg an den Straßensperren regionaler Kriegsherren in Angola und Jugoslawien freigeschmiert und -geredet, habe Wege in siebenundzwanzig verschiedene Revolutionen und größere Kriege hinein- und wieder herausgefunden. Vorbei an den Sicherheitskordons bei den Modeschauen in Mailand und Paris, den konzentrischen Kreisen bewaffneter und unbewaffneter Helfer, welche die Route zu dem Mann oder der Frau an der echten Macht bewachten, den Maître d's in den führenden Restaurants von Manhattan, pah! Ich lache sie direkt vor ihrer Nase aus. Selbst bei jenem frühen

Abenteuer wähnte ich, der Anfänger, mich meiner Fähigkeit sicher, diese Hinterwäldler von Komikern einzuwickeln und die Fakten über ihren kleinen Ziegenschwindel zu ergattern.

Es sei denn, natürlich, sie waren keine Komiker. Es sei denn, sie waren Mitglieder einer jener gefürchteten Killerbanden, die sich in diesen unsichtbaren Teilen des Landes aufhielten. Es sei denn, Piloo setzte zum Schutz seiner Unternehmungen tatsächlich Banditen ein. Es sei denn, sie brachten mich an Ort und Stelle um und überließen meinen Leichnam den Geiern und den Aaskrähen.

Meine Häscher und ich sprachen, wie ich feststellen mußte, nicht dieselbe Sprache. Sie redeten in einem einheimischen Dialekt, von dem ich kein einziges Wort verstand. Allerdings wurden Gespräche auch sehr schnell überflüssig. Nachdem sie mir die Kameras, die Filmrollen, die Schlüssel für den Jeep und mein gesamtes Geld geraubt hatten, führten sie mich zum Ort der imaginären Ziegen. Hier begegnete ich dem anderen Journalisten, jenem, von dessen Existenz ich nichts gewußt hatte. Er wartete in einem der Ställe auf mich, wo er an einem niedrigen Balken hing und sich im heißen Wind gemächlich drehte. Er war fast ganz genauso gekleidet wie ich. Die gleichen aufgenähten Taschen auf seiner Hose, die gleichen Wanderstiefel. Die gleiche leere Kameratasche zu seinen Füßen. Er war schon viel zu lange tot, und während ich begann, mich zu übergeben, wurde mir klar, daß meine Geschichte von der Trans-India Rallye vermutlich nicht geglaubt werden würde.

Warum sie mich nicht gleich aufhängten? Ich weiß es nicht. Langeweile, vermutlich. Da draußen in der Wildnis gibt es nicht viel zu tun, wenn man nicht einmal Ziegen zum Bumsen hat. Man muß sich den Zeitvertreib gut einteilen. Vorfreude ist die halbe Freude. Genauso machen's die Krokodile. Die halten ihre Beute zuweilen tagelang halb am Leben und sparen sie sich für später auf. Hab' ich gehört.

Langeweile und Faulheit retteten mir das Leben. Diese Züchter fiktiver Ziegen und Böcke waren Menschen, die ihr illegales Leben seit anderthalb Jahrzehnten mit Nichtstun verbracht hatten. Falls sie Banditen waren (was ich immer mehr bezweifelte), waren sie Banditen, die den Biß verloren hatten. Viele von ihnen waren untersetzt und hatten Schwabbelbäuche, was man bei echten Bauern und Räubern nur selten findet. Die Korruption hatte ihren Körper aufquellen lassen und ihren Geist erodiert. Sie fesselten mich und ließen mich dann zurück, während ich vom Gestank meines toten Kollegen immer wieder ergebnislos würgen mußte und zudem hilflos Millionen von krabbelnden Biestern ausgeliefert war, für die ein Leichnam Anlaß zu einer großen Inter-Spezies-Reunion bietet.

Am Abend betranken sich die Ziegenhirten in einer anderen Hütte, und der Lärm ihres Gelages verstummte erst, als sie allesamt bewußtlos waren. Es gelang mir, mich von den schlecht verknoteten Stricken an Armen und Beinen zu befreien, und kurz darauf war ich auf der Flucht. Der Jeep stand noch da, wo ich ihn abgestellt hatte, ausgeplündert, aber mit noch genügend Benzin im Tank, um irgendeine Ansiedlung zu erreichen. Ich schloß ihn kurz und fuhr, so schnell es der Straßenzustand erlaubte. Die Scheinwerfer schaltete ich lieber nicht ein. Zum Glück schien ein hellgelber, dickleibiger Mond, der meinen Weg beleuchtete.

»Gott sei Dank!« sagte Anita Dharkar, als ich ein Telefon erreichte, ein R-Gespräch anmeldete und sie aus dem Schlaf holte. »Gott sei Dank!« Ich war so wütend über ihre Worte, daß ich sie am Telefon anschrie und beleidigte. Angst, Gefahr, Panik, Flucht, Streß – all diese Dinge zeitigten seltsame, unangebrachte Folgen.

Gott sei Dank? Nein, nein, *nein*. Wir wollen doch nicht etwas so Grausames, Bösartiges, Rachsüchtiges, Intolerantes, Liebloses, Unmoralisches und Arrogantes wie Gott erfinden, nur um einen dummen, unverdienten Glücksfall zu erklären. Ich brauche keinen vielgliedrigen Kosmischen Tänzer oder weißbärtigen Unnennbaren, keinen Jungfrauen vergewaltigenden metamorphischen Donnerkeilwerfer, keinen weltverschlingenden, flut- und feuerspeienden Wahnsinnigen, der die Meriten dafür beansprucht, meine Haut gerettet zu haben. Niemand hat den anderen gerettet, oder? Niemand hat die Indochinesen gerettet, die Angkoraner, die Kennedys oder die Juden.

»Ich kenne die Liste«, sagte sie. Ich beruhigte mich allmählich. »Na schön. Und?« gab ich verlegen zurück. »Ich mußte mir einfach nur mal Luft machen.«

Die Fotos, die ich nach Bombay mitbrachte, wurden eine Riesensensation, obwohl sie vom rein ästhetischen Standpunkt aus eher so langweilig und geistlos waren wie das allererste Foto selbst, jener uralte, monochrome Blick auf Mauern und Dächer vom Studiofenster des Joseph Nicéphore Niépce aus. Es waren Fotos der Leere, von Hürden und Weiden, Ställen und Schuppen, in denen nirgendwo Tiere zu sehen waren; von Zäunen, Türen, Feldern, Boxen. Fotos des Nichtvorhandenseins. Die Logos der Doodhwala Industries dagegen waren überall zu sehen, an Holzwänden, Zaunpfosten und den wenigen Fahrzeugen: einem Karren, einem Lastwagen. Genau wie die Banalität des Ziegenfutters es Piloo ermöglicht hatte, diesen Riesenschwindel aufzuziehen, trug die Banalität dieser Bilder, trug das, was man als *eindeutiges Entleeren* bezeichnen könnte, dazu bei, den Schwindel auffliegen zu lassen. Innerhalb weniger Wochen nach ihrer Veröffentlichung war eine größere Betrugsuntersuchung eingeleitet, und innerhalb von drei Monaten Haftbefehle für Piloo Doodhwala, die meisten Mitglieder der ›Magnificentourage‹ sowie mehrere Dutzend weniger wichtiger Mithelfer in zwei Staaten ausgestellt worden.

Der bizarre Skandal hatte viel internationale Aufmerksamkeit erregt. Die Fotos wurden überall veröffentlicht, woraufhin ich eine kurze, handschriftliche Nachricht von M. Hulot erhielt, der mir zu meinem *coup de foudre* gratulierte und mich einlud, Mitarbeiter der weltberühmten Nebuchadnezzar-Fotografen-Agentur zu werden, die er im Jahr meiner Geburt zusammen mit dem Amerikaner Bobby Flow, ›Chip‹ Boleyn aus England und Paul Willy, einem zweiten Franzosen, gegründet hatte. Es war, als hätte mir Zeus auf die Schulter getippt und mich gebeten, mich ihm und den anderen nackten, omnipotenten Possenreißern auf ihrem sagenhaften Berg Olymp anzuschließen.

Das war der Beginn des Lebens, das ich seither geführt habe, der erste Tag, könnte man sagen, meines Lebens als Mann. Und dennoch, wird der aufmerksame Leser inzwischen erahnen, stimmte da irgend etwas nicht.

Nach all diesen Jahren wird es Zeit, gewisse Fragen zu beantworten.

Hier ist die erste Frage, Rai – wie kann man eine ganze Filmrolle verschießen, wenn man an Händen und Füßen gefesselt ist? Wie kann man eine ›Ziegenfarm‹ fotografieren, die man selbst niemals besucht hat (denn die Fotos zeigen eindeutig Szenen von mindestens zwei verschiedenen Anwesen in verschiedenen Teilen des Landes)? Und am rätselhaftesten von allem, wie kann man Fotos schießen, nachdem die Kameraausrüstung gestohlen wurde?

Ich könnte sagen, ich hätte eine weitere geladene Kamera im Jeep versteckt, unter den hinteren rechten Kotflügel geklebt, und die Mörderbande hätte sie nicht gefunden. Ich könnte sagen, durch die Erfahrung, einen ganzen Tag würgend und kotzend in der Gesellschaft eines Gehenkten zu verbringen, der die gleiche Kleidung, die gleichen Stiefel trug wie ich, dessen aufgedunsenes, geschwärztes Gesicht – so schien es mir jedenfalls in meiner Qual – mehr als eine flüchtige Ähnlichkeit mit dem meinen aufwies, hätte ich mich zu hektischer Aktivität hinreißen lassen. Ich hab's für ihn getan, könnte ich Ihnen erklären, für meinen ermordeten, stinkenden Gefährten, *mon semblable, mon frère*. Ich tat es für den toten Zwilling, von dem ich nicht wußte, daß es ihn gab.

Ich wurde vorsichtig, umsichtig. Ich fand ein Versteck für die Nacht, von dem aus ich tagsüber arbeiten konnte. Ich wurde unsichtbar, regungslos, unbesiegbar. Ich schoß die Fotos. Hier sind sie. Die Schweine wurden eingesperrt, okay? Kann ich sonst noch was für Sie tun? Wollen Sie sonst noch etwas wissen? Was ist das? Was haben Sie gesagt?

Warum haben Sie nicht mehr Filme gekauft?

Oh, verdammt, zum Teufel noch mal! Die haben mich ausgeraubt. Ich war pleite.

Und dann kam Anita und brachte Sie nach Hause.

Genau. Genau.

Wann sind Sie denn dann zu dem zweiten Standort gefahren, weit hinten, in den Miraj Hills?

Später. Dahin bin ich später gefahren. Haben Sie da ein Problem? *Wenn dem so ist, warum haben Sie nicht mehr Filme mitgenommen?* Wie bitte? Ja, glauben Sie denn, es war so einfach, diese Fotos zu schießen? Schon fünf oder sechs Bilder zu machen hätte an ein Wunder gegrenzt. Und das hier war eine ganze Rolle. *Erzählen Sie uns von den Stiefeln, Rai. Berichten Sie uns von den Wanderstiefeln.* Aufhören! Aufhören! Das kann ich nicht! *Oh, aber das müssen Sie.*

Okay: Was man mit diesen ganz speziellen, importierten Wanderstiefeln machen konnte: Wenn man am Absatz eine Schraube ganz leicht lockerte, konnte man den ganzen Absatz drehen, bis eine kleine Höhlung freilag. Gerade so groß, daß man eine Filmrolle darin verstecken konnte. Ich selbst habe den Trick ein paarmal angewandt, zum Beispiel, wenn ich Mumbai-Axis-Versammlungen fotografierte. Und ich hatte ihn auch diesmal benutzt. Als ich meinen Jeep verließ, um ›Geisterziegen‹ zu entlarven, hatte ich in jedem Absatz einen Ersatzfilm.
Der Gehenkte und ich waren eine lange Zeit allein. Seine Füße baumelten nicht weit von meiner angewiderten Nase entfernt und jawohl ich dachte über die Absätze seiner Stiefel nach jawohl als ich meine Fesseln gelöst hatte zwang ich mich mich ihm zu nähern jawohl auch wenn er stank wie das Ende der Welt und trotz der beißenden Insekten jawohl und trotz meiner rauhen Kehle und meiner Augen die wegen der Kotzerei aus den Höhlen zu fallen drohten packte ich seine Absätze einen nach dem anderen jawohl ich drehte den linken Absatz er war leer aber der rechte Absatz war ein Treffer der Film fiel mir einfach in die Hand und jawohl ich legte einen unbelichteten Film aus meinem eigenen Stiefel an seine Stelle jawohl und ich konnte seinen Körper spüren nur noch Gestank und mein Herz klopfte wie wild und ich ergriff die Flucht mit Piloos Schicksal und meiner eigenen goldenen Zukunft in der Hand jawohl und zum Teufel mit allem was ich sagte jawohl denn es hätte

genausogut ich sein können also jawohl ich werde jawohl ich tat es jawohl.

Ich habe jetzt diesen Film gesehen, *Ugetsu Monogatari*, den japanischen Film, den Hulot so hoch gelobt hatte. Ich muß ihn ein dutzendmal gesehen haben. Er ist nicht nur eine Geistergeschichte; es gibt eine Nebenhandlung. Ein armer Mann möchte ein großer Samurai werden. Eines Tages sieht er, wie ein berühmter Krieger getötet wird. Später prahlt er, daß er derjenige sei, der den Helden niedergemacht habe. Das begründet seinen Ruf. Für eine Weile.

Ich habe nie ausdrücklich behauptet, die Fotos seien von mir. Ich habe sie nur entwickelt, das Ergebnis im Büro des *Weekly* Anita übergeben und geduldet, daß man mir dafür Anerkennung zollte. Was nicht ganz dasselbe ist wie das Prahlen mit einer Sache.

Wem will ich hier was vormachen?

So. Jetzt habe ich meine Maske abgelegt, und Sie können sehen, was ich wirklich bin. In dieser bebenden, unzuverlässigen Zeit habe ich mein Haus – moralisch gesehen – auf indischen Treibsand gebaut.

Auf *Terra infirma.*

Piloo Doodhwala hatte seinen Schwindel; und wie Sie sehen, hatte ich den meinen. Er machte vier Milliarden Dollar. Ich machte gerade mal meinen Namen.

Ich veröffentlichte den Film, aber ich hatte ihn nicht geschossen. Hätte ich ihn nicht gefunden, er wäre niemals ans Tageslicht gekommen, aber er war nicht von mir. Wenn ich nicht gewesen wäre – Piloo wäre wohl niemals verhaftet, niemals ins Gefängnis gesteckt worden, hätte bis an sein Lebensende seine Ziegenmilliarden eingesackt. Aber es waren nicht meine Fotos. Das ist über ein Vierteljahrhundert her, und seitdem habe ich mir selbst die Sporen verdient, habe mir selbst einen verdammt guten Ruf geschaffen, habe für alles geschuftet, was ich besitze. Aber die Fotos, die mir einen Namen gemacht haben, welche die Aufmerksamkeit der Welt auf mich gelenkt haben? Das waren nicht meine, das waren nicht meine, das waren nicht meine.

Zu menschlich für das Wolfsrudel, zu wölfisch für die Menschen, beschloß Mowgli, allein in den Seeonee Hills zu jagen. Keine schlechte

Lösung für einen Fotografen. Nach meinen Erlebnissen an den Ufern des Wainganga hielt ich mich an den Schwur des Menschenwölflings.

Eine weitere bittere Pille: Das Piloo-Exposé brachte ihn zwar ins Gefängnis, statt ihn jedoch zu ruinieren, machte es ihn tatsächlich nur noch größer. Die Stärke der Pro-Piloo-Demonstrationen in den ländlichen Gebieten von Maharashtra und Madhya Pradesh beunruhigte und beeindruckte die Machtelite von Bombay und Delhi. Die Anklage gegen Piloo wurde mit der Zeit als ein Racheakt von der liberalen Elite der ›englischen Mitte‹ gegen einen wahren Mann der Massen, einen Sohn der Scholle, beschrieben. Im selben Moment, da er eingelocht wurde, verkündete er seine Absicht, für ein öffentliches Amt zu kandidieren, und sein Wahlkampf war nicht mehr aufzuhalten. Das *jailkhana* von Bombay wurde zu Piloos Königshof. Seine Zelle glich einem Thronsaal, und täglich wurden ihm von Golmatol und seinen Töchtern üppige Menüs ins Gefängnis gebracht. Mächtige Häupter kamen zu Besuch und boten ihm Gefolgschaft an. Mumbai-Axis-Granden unterstützten Piloos Kandidatur für den Posten des Bürgermeisters, und innerhalb von sechs Monaten nach seinem Haftantritt war er ins Amt gewählt worden. Eine Begnadigung wurde für ihn erbeten und auf dringendes Anraten des immer mächtigeren Sanjay Gandhi umgehend vom indischen Präsidenten bewilligt, eine Eintrittskarte für den nächsten indischen Premier. Allgemeine Wahlen wurden ausgerufen, und der Indira Congress, zusammen mit seinen neuen Hindu-nationalistischen Alliierten im Land, darunter Mumbais Axis in Bombay und Maharashtra, eroberte die Macht im Sturm zurück. Die ›Emergency‹-Herrschaft war beendet. Nicht länger erforderlich: Die Wählerschaft hatte sich für Tyrannei und Korruption entschieden. *Chalta hai.*
So geht es eben.

Ein großer Teil dieser Dinge, Piloos Apotheose, der totale Sieg der Piloo-Werte über alles in Indien, was ich so langsam zu lieben gelernt hatte, geschah, nachdem ich das Land verlassen hatte.

Hören Sie: Sobald ich die Einladung von Nebuchadnezzar erhalten hatte, wäre ich sowieso gegangen, aber ich hätte meine Verbindungen zum alten Land behalten, wie Hulot selbst hätte ich es zu einem meiner Sujets gemacht, weil da etwas in mir war, das sich jeder Zelle in meinem Körper bemächtigte, eine Sucht so tief, daß sie nicht ausgerottet werden konnte, ohne den Süchtigen ebenfalls zu töten; jedenfalls glaubte ich das in meiner Naivität. Statt dessen wurde Anita Dharkar am Wochenende, nachdem Piloo ins Gefängnis kam, mitten in der Nacht in ihrer eigenen Wohnung verprügelt und vergewaltigt, und ihre Angreifer, die sich nicht mal die Mühe gemacht hatten, ihre Gesichter zu verbergen, befahlen ihr, mir mitzuteilen, daß ich ihr nächster Anlaufhafen sein werde, nur daß sie mit mir nicht so sanft und rücksichtsvoll umzugehen beabsichtigten.

»Hast du irgendwas, wo du hingehen kannst?« fragte sie mich. Ich wollte zu ihr, aber sie bat mich, auf gar keinen Fall zu ihr zu kommen, ihre Familie kümmere sich um sie, es gehe ihr gut. Ich wußte, daß es ihr nicht gutgehen werde. »Du solltest das Land verlassen«, sagte sie. »Es wird noch sehr viel schlimmer kommen, bevor es wieder besser wird.«

Ich fragte sie, ob sie mich begleiten wolle. Ihre Stimme klang dicklippig, bebend, gebrochen, und ihr Körper – ich mochte nicht daran denken, was man ihrem Körper angetan hatte. »Mit mir sind sie jetzt fertig«, versicherte sie. »Also kein Problem.« Sie meinte, daß Indien noch immer der einzige Ort auf Erden sei, zu dem zu gehören sie sich vorstellen könne, so korrupt, diebisch, herzlos und gewalttätig er auch sein möge. Dort gehöre sie hin, und trotz des entsetzlichen Überfalls auf sie seien Optimismus und Hoffnung noch nicht in ihr gestorben. Nur hier vermöge sie sich zu definieren, könne sie einen Sinn im Leben finden, nur hier, wo ihre Wurzeln so tief gingen und sich so weit verzweigt hätten.

Irgend etwas verlangte, daß ich das Land verließ. Irgend etwas anderes verlangte von ihr zu bleiben. In meiner Story, die auch die

Geschichte von Ormus Cama und Vina Apsara ist, ist Anita
Dharkar, die scharfsinnige, bezaubernde, so süß singende Anita, die
für das Verbrechen geschändet wurde, daß sie Integrität besaß, Anita,
die Fotoredakteurin, Heldin und Patriotin, ein Boot, das gegen den
Strom schwimmt, das sich voller Entschlossenheit in eine Richtung
bewegt, die jener der Story entgegengesetzt ist.

Sie träumte von einem Indien, das ihrer würdig war, das ihr zeigte,
daß es richtig von ihr gewesen war zu bleiben. Es gibt edelmütige
Frauen, die aus ähnlichen Gründen mit primitiven Frauenschlägern
verheiratet bleiben. Sie sehen das Gute in ihren bösen Männern.

Und natürlich hatte ich etwas, wo ich hingehen konnte. Ich verschloß meine Wohnung, entließ die Dienstboten und begab mich zu
Persis. *Besorg mir ein Ticket, Persis. Nutz deine Airline-Kontakte
und sorg dafür, daß ich mit einem falschen Namen reisen kann. Frag
mich nicht, warum, Persis. Du willst es ganz bestimmt nicht wissen.
Ich gehe fort, Persis, genau wie du's schon immer gesagt hast. Ich
danke dir. Es tut mir leid. Leb wohl.*

Persis, die sanfte Türhüterin unseres Lebens. Die an dem Fluß stand,
der die Welten voneinander trennt, und uns bei der Überfahrt half,
ihn aber selbst nicht überqueren konnte.

Auch nach dem Überfall auf Anita kam mir, als ich meine Apollo-
Bunder-Wohnung verließ, niemals der Gedanke, daß ich endgültig
fortging, daß ich nie wieder einen Fuß in diese Räume setzen würde;
nie wieder auf die Straße, um Virus Camas Gossenkinder abzuschüt-
teln; nie wieder in die Stadt, um zu beobachten, wie sie sich zum
Himmel emporschwang; nie wieder in irgendeinen Teil von Indien,
obwohl es für immer ein Teil von mir blieb, so unentbehrlich wie die
Gliedmaßen. Indien, wo meine Eltern begraben lagen und die Gerüche die Gerüche der Heimat waren. Voller Erwartung strebte ich
einem neuen Leben zu, dem Leben, das ich mir wünschte, aber ich
hatte nicht das Gefühl, die Boote hinter mir verbrannt zu haben.
Natürlich würde ich zurückkehren. Die Lage würde sich beruhigen.
Piloo, im Aufstieg begriffen, würde bald wieder abstürzen. Ohnehin

erinnerte sich kein Mensch, und meine Rückkehr als erfolgreicher Fotograf der Nebu Agency würde mir einen Empfang mit offenen Armen und den größtmöglichen Zugang garantieren. Selbstverständlich. Das wirkliche Leben war kein Erdbeben. Risse mochten auftauchen, aber die schlossen sich auch wieder, sozusagen. Es ist ja nicht, als hätte sich ein Science-fiction-Abgrund aufgetan, so weit, daß es keine Möglichkeit gab, ihn zu überwinden. Es war nichts weiter als das Ende von Teil eins und der Anfang von Teil zwei, mehr nicht.

Aber der Pilooismus gewann den Tag, der Pilooismus und der Sanjayismus, sein Delhi-Zwilling. Früher hatten sich Delhi und Bombay gehaßt. Die Bombaywallahs lachten verächtlich darüber, wie die Delhi-Leute der Macht in den Arsch krochen, sie dann umdrehten und ihr den indifferenten Schwanz lutschten. Delhianer machten sich über Bombays geldgierigen Talmi-Materialismus lustig. Diese neue Allianz vereinte die dunklen Seiten von beiden. Die Korruption des Geldes und die Korruption der Macht, vereint in einer Superkorruption, der kein Gegner standhalten konnte. Das hatte ich nicht vorausgesehen; nur Lady Spenta Cama schien es vor langem schon geahnt zu haben.

Das Beste in uns ertrinkt im Schlimmsten.

Nichts konnte diese beiden tangieren. Das Gesetz vermochte Piloo nicht zu schaden, und auch Sanjay schien durch einen Zauber unverwundbar zu sein. Selbst als bei seiner leichten Maschine mitten in der Luft der Motor aussetzte, während er gerade idiotischerweise über dem Amtssitz seiner Mutter einen Looping drehte, gelang es ihm, die Notlandung zu überleben. Oh, diese absolute, caligulanische Barbarei in Indien während des Konsulats dieser schrecklichen Zwillinge! Die Prügel, die Einschüchterungen, die Verhaftungen, die Auspeitschungen, die Brände, die Verbannungen, die Käufe, die Verkäufe, die Schamlosigkeit, die Schamlosigkeit, die Scham.

Jetzt ist es anders, das weiß ich. Der vierfache Meuchelmord. Ich weiß. Die Leute werden sagen, daß ich zu lange fortgewesen sei, daß ich die Lage nicht begreife, sie sei nicht so, wie ich es behaupte, so sei sie nie gewesen, in mancher Hinsicht sei sie besser, in anderer Hinsicht schlechter.

Aber ich werde Ihnen sagen, was für ein Gefühl das ist, nach all diesen Jahren. Es ist ein Gefühl wie ein Ende mitten auf meinem Lebensweg. Ein notwendiges Ende, ohne das die zweite Hälfte nicht möglich gewesen wäre. Freiheit also? Nicht direkt. Nicht ganz eine Befreiung, nein. Es ist ein Gefühl wie bei einer Scheidung. Bei dieser speziellen Scheidung war ich der Teil, der nicht wollte, daß die Ehe zerbrach. War ich derjenige, der wartend herumsaß und dachte, es wird schon gutgehen, sie wird sich's überlegen, sie wird zu mir zurückkehren und alles wird wieder gut. Aber sie kehrte nicht zurück. Und nun, da wir alle älter sind, ist es zu spät, die Bande sind nicht zerrissen, sie sind schon vor Jahren zerschlissen. Am Ende einer Ehe kommt der Moment, da man sich von seiner Frau, von der unerträglich schönen Erinnerung daran, wie es einmal war, ab- und sich dem Rest des Lebens zuwendet. So geht es mir an diesem Punkt in meiner Story. Wieder einmal bin ich der Zurückgestoßene.

Also leb wohl, mein Heimatland. Keine Sorge, ich werde nicht an deine Tür klopfen. Ich werde dich nicht mitten in der Nacht anrufen und auflegen, wenn du ans Telefon gehst. Ich werde dir nicht auf der Straße folgen, wenn du mit einem anderen ausgehst. Mein Elternhaus ist verbrannt, mein Vater und meine Mutter sind tot, und die, die ich geliebt habe, sind fast alle fortgegangen. Jene, die ich immer noch liebe, muß ich endgültig zurücklassen.

Ich gehe – ich jage – allein.

Indien, ich bin in deinen warmen Wassern geschwommen und lachend über deine Hochgebirgswiesen gelaufen. Oh, warum muß alles, was ich sage, wie ein *filmi gana* klingen, ein verdammter, billiger Bollywood-Song? Nun gut, also: Ich bin durch deine schmutzigen Straßen gewandert, Indien, meine Knochen haben von den Krankheiten geschmerzt, die du mir durch deine Bakterien übertragen hast. Ich habe dein unabhängiges Salz gegessen und am Straßenrand deinen widerlich süßen Tee getrunken. Viele Jahre lang haben mich deine Malaria-Moskitos gebissen, wo ich auch hinging, und auf der ganzen Welt bin ich in Wüsten und Sommern von kühlen Kashmiri-Bienen gestochen worden. Indien, meine *terra infirma*, mein Mahlstrom, mein Füllhorn, meine Menschenmasse. Indien, meine Überfülle, mein Alles-auf-einmal, mein Hug-me, meine Fabel, meine Mutter, mein Vater und meine erste tiefe Wahrheit. Mag sein, daß ich deiner nicht würdig bin, denn ich muß gestehen, daß ich nicht perfekt war. Mag sein, daß ich nicht verstehe, was aus dir wird, was du möglicherweise bereits bist, aber ich bin alt genug, um zu sagen, daß dieses, dein neues Ich etwas ist, das ich nicht länger verstehen will oder muß.

Indien, Brunnen meiner Phantasie, Quelle meiner Barbarei, Brecherin meines Herzens.

Leb wohl.

Membrane

Ein Universum schrumpft, ein anderes expandiert. Ormus Cama verläßt Bombay Mitte der 1960er, um nach England zu gehen – wiedererstarkt, in dem Gefühl, daß nun sein wahres Wesen in seine Adern zurückfließt. Wie die Maschine von seinem Heimatboden abhebt, so hebt sich sein Herz, schüttelt er, ohne noch einmal nachzudenken, die alte Haut ab, überschreitet er diese Grenze, als gäbe es sie nicht, wie ein Formenwechsler, wie eine Schlange. Die anderen Zwischendeckspassagiere verkriechen sich in Desinteresse, sitzen eingezwängt zwischen dem Leben von Fremden, versuchen aber die Fiktion aufrechtzuerhalten, daß sie selbst nicht beobachtet werden, indem sie so tun, als nähmen sie nichts wahr. Ormus' befreite Persönlichkeit ist jedoch nicht in der Lage, sich mit derart bescheidenen Fiktionen zufriedenzugeben. Sein Ego hat sich in die Lüfte geschwungen. Es schäumt über seine Grenzen. Er blickt unverhohlen um sich und starrt die anderen Reisenden lange an, prägt sich ein, *dies sind die Menschen, die mit mir in die Neue Welt reisen*, ja, er spricht sogar mit ihnen, schenkt ihnen sein entwaffnendes Lächeln. Willkommen an Bord der *Mayflower*, begrüßt er sie und ergreift ihre Hände, wenn sie an seinem Platz vorbeikommen, die erschrockenen, verständnislosen Bauern aus entlegenen Inlanddörfern auf dem Weg zu Wüstenreichen, die schweißgesprenkelten Manager in billigen Anzügen, die stirnrunzelnden Anstandsdamen einer verschleierten jungen Frau, die in einer rosa *gharara* mit viel zuviel Goldlitzen kurz vor einer Ohnmacht steht, den nichtsahnenden jungen Schüler auf dem Weg zu vier elenden Jahren an einer englischen Boarding School und die Kinder. Überall sind Kinder, laufen, zum Mißvergnügen des Flugpersonals, Flugzeuge imitierend durch die Gänge; stehen mit ernstem Blick reglos auf ihren Sitzen und beweisen ein mehr als erwachsenes Verständnis für die Bedeutung dieses wichtigen Tages; oder brüllen wie festgeschnallte Irre in ihren geschlossenen Sitzgurten; Kinder in auffallend klumpigen wollenen Spielhosen in funktionellem Grau oder Marineblau, durch ebendiese Kleidungsstücke eine Entfremdung von ihrer neuen Heimat propagierend, die sie noch nie gesehen haben, die Schwierigkeiten hinaustrompetend, die es ihnen bereiten wird, sich an das Leben in jenem lichtlosen, nördlichen Klima zu gewöhnen.

Wir sind die Pilgerkinder, denkt Ormus. Wohin der erste Schritt fällt, das laßt uns Bombay Rock nennen. *Boom chickaboom, chickaboom boom.*

Er selbst hat sich sorgfältig für die Reise gekleidet, seinen Körper in die lässige Kluft Amerikas gesteckt, die Yankees-Baseballkappe, das weiße Beat-Generation-T-Shirt mit den bewußt zerlumpt abgeschnittenen Ärmeln, die Mickymausuhr. Auch ein Hauch Europa ist zu erkennen in den schwarzen Hipster-Jeans, die er einem italienischen Touristen am Gateway buchstäblich von den Beinen geschwatzt hat, einem leichtgläubigen Jugendlichen, einem der ersten langhaarigen Westler, die auf der Suche nach Stränden und Erleuchtung nach Indien kamen, und kein Gegner für Ormus Camas erstaunliche Überzeugungskraft, die ihn barbeinig und sprachlos mit der rechten Faust voller Geld und Ormus' geschenktem, sauber gefaltetem *lungi* über dem hilflosen linken Arm zurückließ.

England mag mein unmittelbarer Zielort sein, aber es ist nicht mein Ziel, verkündet Ormus' Kleidung. Old England kann mich nicht halten, es kann zwar so tun, als swinge es, aber ich weiß, daß es nur schlapp dahängt. Nicht *funky,* sondern Funkstille. Die Geschichte schreitet fort. Heutzutage ist England ein Ersatz-Amerika, Amerikas verzögertes Echo, Amerika, nach links driftend. Gewiß, Jesse Garon Parker gehörte zum weißen amerikanischen Abschaum und versuchte wie ein Schwarzer zu singen, aber die Beatles, du meine Güte, die Beatles gehörten zum weißen englischen Abschaum und versuchten wie amerikanische *girls* zu singen. Crystals Ronettes Shirelles Chantels Chiffons Vandellas Marvelettes, warum nicht Glitzerkleidchen tragen, Boys, warum nicht hochtoupierte Haare statt diese netten

Pilzköpfe, und außerdem Geschlechtsumwandlungsoperationen, wenn schon, denn schon, Nägel mit Köpfen.

Diese Überlegungen, bevor er in England oder Amerika oder irgendeinem Land einen Fuß auf den Boden gesetzt hat, außer dem Land, in dem er geboren war, das er ohne Bedauern, ohne einen Blick zurück endgültig verläßt: I want to be in America, Amerika, wo alle wie ich sind, weil alle von irgendwo anders kommen. All diese Geschichten, Verfolgungen, Massaker, Piratereien, Sklavereien; all diese geheimen Zeremonien, gehenkte Hexen, weinende Jungfrauen aus Holz und gehörnte, unnachsichtige Götter; all diese Sehnsucht, Hoffnung, Gier, Exzesse, das alles zusammen ergibt eine fabelhafte, lärmende, geschichtslose, selbsterfindende Bürgerschaft von Durcheinander und Verwirrungen; all diese vielgestaltigen Verstümmelungen der englischen Sprache vermischen sich zum lebendigsten Englisch von der Welt; und vor allem all diese eingeschmuggelte Musik. Die Trommeln Afrikas, die einst Botschaften verkündeten, über gigantische Landschaften hinweg, in denen selbst die Bäume Musik machten, zum Beispiel wenn sie nach einer Dürre Wasser aufnahmen – lauscht ihnen, und ihr werden sie hören, yikitaka yikitaka yikitak-. Die polnischen Tänze, die italienischen Hochzeiten, die Sorbas-zithernden Griechen. Die trunkenen Rhythmen der Salsa-Heiligen. Die coole, harte Musik, die unsere schmerzenden Seelen heilt, und die heiße demokratische Musik, die ein Loch im Beat hinterläßt und bewirkt, daß unsere Hosen aufstehen und tanzen wollen. Doch es ist dieser Junge aus Bombay, der die amerikanische Geschichte vervollständigen, der die Musik nehmen und sie in die Luft werfen wird, und die Art, wie sie fällt, wird eine Generation inspirieren, zwei Generationen, drei. Yay, Amerika. *Play it as it lays.*

Wenn er an seinem Platz bleiben muß, sitzt er auf seinem schmalen Sessel, als sei es ein Thron, gelingt es ihm irgendwie, sich auf dem engen Raum zu entspannen, den Eindruck absoluter, ja sogar majestätischer Lässigkeit zu vermitteln. In den Ländern unter ihm gehen andere Könige ihren Obliegenheiten nach. Der König von Afghanistan spielt für betuchte Reisende den Fremdenführer, während in den hohen Straßenläden seiner Hauptstadt Haschischblöcke mit dem

Qualitäts- und Gütesiegel der Regierung verkauft werden; der Schah von Persien schläft mit seiner Frau, deren Lustgestöhn sich mit den Schreien der vielen Tausenden mischt, die in den Folterkammern des SAVAK verschwunden sind; die Königin von England diniert mit dem Löwen von Juda; der König von Ägypten liegt im Sterben. (Genau wie Nat ›King‹ Cole in Amerika, einem Zauberland, das langsam aber sicher auf den Wipfel von Ormus' persönlichem Faraway Tree zuschwingt.)

Und die Erde fährt – überraschenderweise, fälschlicherweise – fort, sich zu bewegen.

Nicht jeder freut sich, gen Westen zu ziehen. Virus Cama sitzt hoch aufgerichtet zwischen Mutter und Bruder, kann spüren, wie der Abstand zwischen ihm und dem eingesperrten Cyrus wächst, und während das Band ihres Zwillingstums sich dehnt, scheint sich sein stummes Gesicht vor Kummer zu verzerren. Die rosa Braut weint, von ihren schweißfleckigen Bewacherinnen ignoriert, leise hinter ihrem Schleier. Und Spenta Cama fliegt im Zustand extremer Anspannung auf den Flügeln eines Gebets, sich selbst die Daumen drückend, ihrem Blind date mit William Methwold entgegen, dem einzigen, großen Vabanquespiel, von dem ihre Zukunft abhängt.

Ormus schließt die Augen und driftet träge aus der Bewußtheit in einen wirren Flugzeugschlaf hinein. Jagt in den Las-Vegas-Korridoren seiner Gedanken dem Drachen nach, dem Rauchwölkchen, das zugleich sein toter Zwilling Gayomart ist. Die Vergangenheit fällt von ihm ab. Vina hat sich seinem Gestern entzogen und wartet nunmehr weit vorn auf ihn, sie ist seine einzige Zukunft. Schüttel mich, bittet Ormus Cama, der sich in den Schlaf murmelt, das Schicksal. *Quake me, rock me like a baby in the bosom of music. Shake me till I rattle, shake me but don't break me, and roll me, roll me, roll me, like thunder, like a stone.*

Dies, während sie weiterfliegen über – was ist das da unten, der Bosporus, nicht wahr, oder das Goldene Horn, oder ist das dasselbe, Istanbul, Byzanz, was immer: Benommen vom Flug, losgelöst von der gleichgültigen Erde, verspürt er einen gewissen Widerstand in der Luft. Irgend etwas, das sich gegen die Vorwärtsbewegung der Maschine wehrt. Als spanne sich eine dehnbare, durchsichtige Membrane quer über den Himmel, eine ektoplasmische Barriere, eine ›Mauer‹. Und als lauerten geisterhafte, mit Donnerkeilen bewaffnete Grenzwachen, die von den hohen Wolkentürmen herab alles beobachten und möglicherweise das Feuer eröffnen. Aber da ist jetzt nichts, dies ist der einzige *high road* in den Westen, also vorwärts, treibt die Rosse an. Aber sie ist so elastisch, diese unsichtbare Schranke, immer wieder drängt sie das Flugzeug zurück, boeing!, boeing!, bis die *Mayflower* endlich durchbricht, sie ist durch! Sonnenlicht wird vom Flügel in sein schlaftrunkenes Auge reflektiert. Und als er diese unsichtbare Grenze passiert, sieht er den Riß im Himmel und erblickt für einen beängstigenden Augenblick Wunder durch diese Lücke, Visionen, für die er keine Worte zu finden weiß, die Mysterien im Herzen der Dinge, eleusinisch, unaussprechlich, strahlend hell. Er ahnt, daß jeder Knochen in seinem Körper von etwas bestrahlt wird, das durch den Himmelsriß strömt, daß auf der Ebene der Zellen, der Gene, der Partikel eine Mutation stattfindet. Die Person, die ankommt, wird nicht mehr dieselbe sein wie jene, die abreiste, jedenfalls nicht ganz. Er hat eine Zeitzone durchquert, ist von der ewigen Vergangenheit des Lebensanfangs in das beständige Jetzt des Erwachsenseins übergegangen, in das Präsens, das bei seinem Tod zu einer anderen Art von Präteritum werden wird.

Dieser visionäre Moment überrascht ihn, beunruhigt ihn. Nach einigen Sekunden verschwindet die Öffnung, und es gibt nichts mehr da draußen als die Wolkentürme, die Kondensstreifen, den anachronistischen Rest des Mondes und die Unendlichkeit, die sich verbreitet. Er spürt, wie seine Finger zittern, wie ihm ein biochemisches Beben durch den ganzen Körper fährt, es ist ganz ähnlich wie das Gefühl, das man hat, wenn einem jemand eine Ohrfeige verpaßt oder die Ehre abschneidet oder sich auch nur volltrunken vorbeugt und einen als Arschloch bezeichnet, es ist ganz ähnlich wie das Gefühl, wenn man sich beleidigt sieht. Er will dieses charismatische Erlebnis nicht, er will, daß die Welt real ist, daß sie ist, was sie ist, und nichts weiter, aber er weiß, daß er schon immer dazu neigte, über den Rand der Dinge hinauszugeraten. Und nun, da er sich im Flug befindet, hat das Wunderhafte ihn attackiert, ist durch den zerrissenen Himmel gekommen und hat ihn mit Magie gesalbt. Ein Mantel aus Sonnenschein legt sich um seine Schultern. Weiche von mir, protestiert er. Laß mich einfach meine Songs singen. Mit der rechten Hand, die Finger noch zittrig, berührt er die linke der Mutter; und umklammert sie.

Spenta, schockiert von Ormus' unerwarteten Worten, unfähig, nicht daraus zu schließen, daß sie für sie bestimmt sind, ist verwirrt von diesem scheinbar widersprüchlichen Ergreifen ihrer beringten Hand. Körperliche Demonstrationen von Zuneigung zwischen Spenta und Ormus sind uncharakteristisch, äußerst selten. Die Mutter merkt, daß ihr ein wenig schwindlig wird, und errötet wie ein kleines Mädchen. Sie wendet sich zur Seite, um ihren Sohn anzusehen, aber sofort dreht sich ihr Magen um, als sacke das Flugzeug durch ein Luftloch ein paar tausend Fuß nach unten ab. Das Sonnenlicht fällt auf Ormus, und sie spürt, daß plötzlich ein anderes Licht von ihm ausgeht, ein ganz eigenes Strahlen, das sich mit dem der Sonne vereint. Spenta, die den größten Teil ihres Lebens mit Engeln verbracht hat, sieht ihr Kind an, als sei es das erste Mal. Dies ist der Sohn, dem sie ausreden wollte, sie nach England zu begleiten, das letztgeborene Fleisch von ihrem Fleisch, dessen Blutbande sie bereit war zu durchtrennen. Reue überkommt sie. Gute Güte, denkt sie, mein Sohn ist ja schon mehr als ein Mann, der ist mehr als kurz davor, ein junger Gott zu werden, und das ist nicht mir zu verdanken. Mit ungewohnter Verlegenheit bedeckt sie die seine mit ihrer anderen Hand und erkundigt sich: Hast du was auf dem Herzen, Ormie? Kann ich irgendwas für dich tun? Zerstreut schüttelt er den Kopf, doch sie, getrieben von ihrem plötzlichen Schuldbewußtsein, bedrängt ihn: Irgend etwas, es muß doch einen Dienst geben, den ich dir leisten kann.

Als erwache er aus tiefem Schlaf, antwortet er, du mußt mich loslassen, Mutter.

Weiche von mir. Also sagt er doch noch Lebewohl, denkt sie, und törichterweise kommen ihr die Tränen: Was soll das heißen, Ormie, war ich denn nicht, sie kann den Satz nicht beenden, denn sie kennt die Antwort, und die lautet nein. Eine gute Mutter? Nein, nein. Beschämt wendet sie den Kopf. Sie sitzt zwischen ihren Söhnen. Ardaviraf Cama sitzt kerzengerade auf dem Fensterplatz, träumend, stumm, und zeigt sein ruhig-gelassenes Lächeln. Diesen leichten, leeren Blick idiotischer Freude. Wir überqueren eine Brücke in der Luft, begreift Spenta. Auch wir sind Reisende zwischen den Welten, wir, die wir für unsere alte Welt gestorben sind, um in der neuen wiedergeboren zu werden, und diese Parabel der Luft ist unsere Chinvat Bridge. Einmal an Bord gegangen, haben wir keine Wahl, sondern müssen auf dieser Reise der Seele fortschreiten, auf der uns gezeigt werden wird, was am besten und am schlechtesten ist an der menschlichen Natur. An unserer eigenen.

Energisch wendet sie sich zurück, um Ormus anzuflehen: Nimm wenigstens ein wenig Geld.

Er verspricht, fünfhundert Pfund zu akzeptieren. Fünfhundert Pfund sind eine Menge Geld, man kann sechs Monate lang davon leben oder, wenn man vorsichtig ist, auch mehr. Er nimmt das Geld, weil er weiß, daß er derjenige ist, der gibt. Es ist ihre Freiheit, die der Gegenstand dieses Handels ist, nicht die seine. Er selbst ist schon frei. Jetzt kauft sie ihm ihre Freiheit ab, und er gestattet ihr, das zu tun. Der Preis ist mehr als fair.

Er hat die Membrane durchstoßen. Ein neues Leben beginnt.

Europa entrollt sich wie ein Zauberteppich unter ihm und bringt ihm eine unerwartete Kleopatra. Eine junge Inderin materialisiert sich, eine Fremde, die sich neben ihm in den Gang kauert. Ihr langes Haar hängt offen über Longshirt und hautenger schwarzer Hose, der Uniform der kunstbeflissenen Großstadt-Beatniks. Ihre Selbstdarstellung wirkt intim, schwül. Hier bin ich, Liebling, sagt sie, überrascht, mich zu sehen? Ja, gesteht er, in der Tat sei er ein wenig konsterniert. Mach dich nicht lustig über mich, ruft sie und zieht einen Schmollmund. Im Hotelzimmer warst du nicht so zurückhaltend, als du mit meinem eingeölten und parfümierten Körper gespielt hast, während die Wellen bei Hochflut und das aufgewühlte, mondbeschienene Meer unsere lauten Schreie übertönten. Du schlugst gegen mich wie der Ozean et cetera. Ich sei das schönste Mädchen von der Welt, hast du mir gesagt, auf dem Höhepunkt deiner Leidenschaft hast du geschworen, daß ich für dich die einzige sei, et cetera et cetera, wieso also bist du überrascht, daß ich, wie verabredet, in dieser Maschine sitze, und jetzt können wir auf ewig in jolly old London Town zusammenleben et cetera et cetera et cetera.

Er hat ein gutes Gedächtnis, aber an sie erinnert er sich nicht. Sie nennt ihm den Namen des Hotels und die Nummer des Zimmers, und sofort ist er überzeugt, daß es nicht stimmt. Er hat nicht vergessen – wie könnte er auch? –, daß er im Cosmic Dancer am Marine Drive ein Nikolauskostüm getragen hat, aber ein Zimmer hat er sich dort nie genommen, weder mit noch ohne Meeresblick. Die Frau hat sich auf die Armlehne seines Sessels gehockt. Ich beobachtete deinen Schlaf, und selbst dein Atem war Musik, schwärmt sie. Ich beugte mich über deinen Körper, meine Nacktheit einen Herzschlag von der deinen entfernt und so weiter, und ich spürte, wie deine Melodie über meine Haut strich und so fort und so fort. Ich atmete deine schläfrigen Düfte und trank die Rhythmen deiner Träume. Und so weiter und so fort. Und so oft. Einmal hielt ich dir, während du schliefst, ein Messer an die Kehle. Spenta, die jedes Wort gehört hat – jeder Passagier bis zu sechs Reihen entfernt hat jedes Wort gehört –, wirkt perplex, zieht ihr mißbilligendes Bulldoggengesicht. Ormus bleibt ruhig, beginnt die Fremde sanft von sich zu schieben. Hier liegt eindeutig ein Irrtum vor.

Eine zweite Frau, älter, bebrillt, in einen Sari gekleidet, beunruhigt, kommt herbeigeeilt und spricht mit scharfer Stimme auf die erste ein: Wie kannst du diesen Gentleman nur so belästigen, Maria? Du bist doch intelligent, du solltest dich vernünftiger verhalten. Geh sofort an deinen Platz zurück! – Ja, Miss, sagt das Beatnik-Mädchen gehorsam. Dann küßt sie Ormus flüchtig auf den Mund und schiebt ihm eine flinke, lange Zunge zwischen die verwunderten Lippen. Ich werde jede Frau sein, die du jemals begehrt hast, von jeder Gestalt, von jeder Rasse, von jeder wilden Veranlagung et cetera, flüstert sie.

Ich werde die unaussprechlichen Wünsche deines geheimsten Herzens sein. Ich gehe schon, Miss, setzt sie in einem anderen, beschwichtigenden Tonfall hinzu und zieht sich zurück. Während sie den Gang entlanggeht, singt sie ungeniert über ihre Schulter hinweg: Such in deinen Träumen nach mir und so weiter. Und wenn es Zeit wird, laß mich kommen.

Die Passagiere murmeln und murren. Sie winkt mit leichter Hand und ist verschwunden.

Die ältere Frau zögert. Mr. Cama, sagt sie verlegen, aber resolut, erlauben Sie mir, Ihnen ein paar persönliche Fragen zu stellen? Entschuldigen Sie die Störung.

Dann stellt sie sich als ehemalige Lehrerin der jungen Frau am Sophia College vor: Meine brillanteste Schülerin, es ist alles so dumm. Die Ausdrucksfähigkeit, die dieses Kind besitzt, mir fehlen die Worte. Aber sie hat ein mentales Problem, eine Tragödie, es macht mich verrückt ... Sie mache mit ihrem Schützling eine Tour durch die Galerien und Shows von London, erklärt sie. Eine sehr starke Kreativität besitzt dieses Mädchen, seufzt sie, aber leider denkt sie sich immer Dinge aus.

Sie holt Luft und stellt ihre Frage. Mr. Cama, sie hat Sie singen hören, und jetzt singt sie nur noch von Ihnen. Aber ihre Liebesgeschichte. Es ist wichtig, daß das klargestellt wird. Kennen Sie sie aus unserer Heimat? Von dort, woher wir kommen?

Sie spricht, als ob ihr Bombay, ihr Indien sich irgendwie von den meinen unterscheiden, denkt Ormus, geht aber nicht darauf ein. Vielleicht ist sie ja bei einem Auftritt gewesen, aber nein, sie ist mir völlig fremd.

So etwas kommt vor, antwortet er der Lady im Sari. Er ist zwar erst ein kleiner Entertainer, eine winzige Glühbirne in der blendenden Lichtershow des Ruhms, doch selbst für ihn ist es nicht die erste Begegnung dieser Art. Es gab da eine junge Russin, Tochter eines in Bombay stationierten Beamten, die ihm siebzehn numerierte Briefe auf englisch schickte, jeder begleitet von einem Gedicht auf russisch. Einen Brief pro Tag, bis am achtzehnten Tag kein Gedicht, sondern das melancholische Erwachen kam. *Jetzt weiß ich, daß Du mich nicht*

liebst, deswegen werde ich meine jungfräulichen Sehnsüchte von nun an statt dessen auf den großen Dichter Mr. A. Wosnessenskij richten.
In der Maschine nach London nickt die saribekleidete Lehrerin: Bitte, verstehen Sie, daß ich Sie fragen mußte. Ich wußte nicht, was ich davon halten sollte. Eine solche Fixierung! So viele Einzelheiten, da dachte ich, das kann keine Phantasie sein, aber es konnte natürlich auch nicht wahr sein. Bitte, seien Sie nicht böse. Sie müssen wütend sein. Haben Sie bitte Mitleid. Wenn ein so begabtes Kind so geschädigt ist, dann ist es für uns alle ein Verlust, nicht wahr? Nun, was soll's, das hat nichts mit Ihnen zu tun. Wir gehören nicht zu Ihrer Welt. Aber ich danke Ihnen dennoch.
Ormus hält sie mit einer eigenen Frage zurück.
Die Lehrerin weicht aus. Ja, leider geht das schon eine ganze Weile so, bestätigt sie. Scheinbar haben Sie beide ein Liebesnest in Worli, aber das trifft natürlich nicht zu. Und sie behauptet, daß Sie sie heiraten wollen, sie dagegen will sich nicht binden, obwohl sie auf eine weit tiefere Art an Sie gebunden ist, als Ehepaare es verstehen können, es ist eine Ehe von mythologischem Ausmaß, und wenn Sie sterben, werden Sie bei den Sternen wohnen et cetera. Aber Sie wollen das natürlich nicht, sie hat sich in Ihre Penumbra ziehen lassen, und die ist jetzt realer als ihre eigene. Das Ganze ist nicht real. Ich meine, für Sie ist es real, aber nicht für sie.
Schon wieder diese seltsame Ausdrucksweise. Hier scheint es ein Geheimnis zu geben.
Sie hat Gedichte geschrieben, stößt die Lehrerin hervor, Bilder gemalt, den Text der Lieder gelernt, die Sie gesungen haben. Ihr Zimmer ist ein Schrein für Ihre nicht existierende Liebe. Sie müssen wissen, daß ihre Bilder gute Bilder sind, daß die Gedichte von Talent sprechen, daß ihre Singstimme kraftvoll ist und darüber hinaus sehr süß sein kann. Vielleicht haben Sie einmal nach einem Auftritt ein nettes Wort an sie gerichtet. Vielleicht haben Sie ihr eines Tages zugelächelt und ihre Hand berührt. Und als wir an Bord der Maschine gingen, haben Sie willkommen auf der *Mayflower* gesagt. Das war unklug, es wäre besser gewesen, Sie hätten es nicht gesagt. Und *Mayflower* ist auch nicht der Name dieser Maschine. Der Name die-

ser Maschine ist *Wainganga*. Ach, es ist wohl gleichgültig, wie der Name dieser Maschine lautet.

Und ihr Name ist Maria, erkundigt sich Ormus. Er dreht sich in seinem Sessel herum und versucht zu entdecken, wo sie sitzt. Die Lehrerin schüttelt den Kopf. Keine Namen, sagt sie und geht davon. Eine kranke Fremde und ihre Freundin, damit müssen Sie sich begnügen. Warum Namen? Sie werden nie wieder mit uns sprechen.

Doch während er der Lehrerin nachblickt, die den Gang entlangeilt, hört Ormus tief im Ohr Gayomart flüstern: Der Name der besessenen jungen Frau ist nicht unwichtig. Sie kommt nicht aus der Vergangenheit. Sie ist die Zukunft.

Mr. John Mullens Standish XII., den Radiopiraten, bekannt als Mull, erklärt mir Ormus Cama (Jahre später, in der Phase, die für uns beide N. V. ist, das heißt Nach Vina), würde ich als den ersten wirklich einflußreichen Mann bezeichnen, der mich unter seine Fittiche nahm, ein wahrhaft scharfsinniger Entrepreneur von außergewöhnlichen Führungsqualitäten, von einem gewissen rücksichtslosen Charme, ein nachdenklicher Mann, der erste ehrenwerte Gentleman, dem ich auf meiner Reise gen Westen begegnete, und was war er wirklich? Ein gemeiner Seeräuber, ein Desperado, ein Mann, dem ein bis zwei Stunden nach unserer Begegnung auf dem Heathrow Airport womöglich die Verhaftung drohte. Das beunruhigte mich jedoch nicht im geringsten. Ganz im Gegenteil. Seit meiner Knabenzeit hatte ich den Kopf voll von verbrecherischen Seefahrern. Captain Blood, Captain Morgan, Blackbeard, den Barbary Corsairs, Captain Kidd. Den großen Brynner mit Haaren und Schnauzbart als Jean Lafitte in DeMilles Film über die Schlacht von New Orleans. Den Romanen von Quinn und Rafael Sabatini, den Taten der elisabethanischen Kaperschiffmänner. Doch ich begnügte mich keineswegs nur mit Lesestoff. Du, Rai, mit deiner dunkleren Sichtweise, in deinem Blick wohnt zuviel vom Terror der Welt, daher kannst du einfach nicht sehen. Wie man die verbrecherischen Seefahrer der Küstenregion unserer Kinderzeit genießen kann. Und dennoch waren sie die ganze Zeit da, gingen direkt vor unserer Nase ihrem Gewerbe nach. Wenn wir – du und ich – von der Cuffe Parade oder in Apollo Bunder aufs Meer hinausspähten, sahen wir arabische Dhaus, diese schmutzigen, kleinen, motorgetriebenen Fischkutter. Silhouetten am Horizont, rote Segel im Sonnenuntergang. Beladen mit wer weiß was für Beute und auf dem Weg wer weiß wohin …

Spar dir diesen Quatsch für die Zeitschriften, fahre ich dazwischen. Rauschgiftschmuggel ist wirklich nicht so romantisch, ehrlich. Mafiaverbrechen dito.

Er ignoriert mich, in Rhetorik vertieft: Und wenn der Pirat Drake nicht die Armada geschlagen und wenn die Spanier Indien erobert hätten statt der Briten? Das hätte dir wohl gefallen, wie? (Solche Momente, in denen Sir Darius Xerxes Cama anglophile Xenophobie aus dem Mund seines Sohnes kommt, sind wahrhaft gespenstisch.)

Britisch, spanisch – wo ist der Unterschied? rufe ich, um ihn zu provozieren.

Nun ja … Er schluckt den Köder. Wenn du … Dann erkennt er mein Spiel, reißt sich zusammen und grinst entschuldigend. Jedenfalls, behauptet er achselzuckend, als Standish mich kommen ließ, war es, als ob Jason persönlich mich an Bord der Argo hole, damit ich mich der Suche nach dem Goldenen Vlies anschließe. Und dazu brauchte ich nichts weiter zu tun, als Musik zu spielen.

Als sie bereits im deutschen Luftraum sind, bittet die Stewardeß – Ormus nennt sie, angesichts des Datums und seines eigenen Bombay-Englischs, im stillen noch immer Air Hosteß – Mr. Cama in die erste Klasse hinüber. Mull Standish erhebt sich, um ihn zu begrüßen: hochgewachsen, Bostoner, noch nicht ganz fünfzig, aber schon jetzt silbern und patrizierhaft, nach altem Geld stinkend, gekleidet in Savile-Row-Seide und Lobb-Leder. Lassen Sie sich nicht täuschen, begrüßt er Ormus, indem er ihm, ohne ihn zu fragen, einen Scotch mit Soda reicht, und setzt hinzu: Das ist alles zum größten Teil Tarnung. Sie werden feststellen, daß ich im Grunde ein Gauner bin.

Ich hab' Ihren Nikolausauftritt gesehen, fährt er augenzwinkernd fort. Bei einem früheren Besuch. Welch ein beeindruckender Abgang von Ihnen!

Wenig belustigt über diesen Zufall zuckt Ormus die Achseln: wieder dieses Cosmic Dancer Hotel. Als wäre Nataraja, der alte Herr des Tanzes, irgendwo da draußen, um die Schritte seines unbedeutenden Menschenschicksals zu choreographieren. Ich hatte gerade eine schwierige Phase, fährt er auf. Jetzt bin ich besser. Er verkneift es sich, hinzuzufügen, daß ihn die Erregung des sich nähernden England durchflutet, als sei er eine abflußverstopfte Bombaystraße im Monsun. Standish, ein großer Mann, erkennt es dennoch: Ormus' erregten Zustand, seine Aufnahmebereitschaft für alles, was da kommen mag. Sozusagen seine Protagonie. Sie sind der tatkräftige Typ, stellt er fest. Gut. Das haben wir zunächst einmal gemeinsam.

Standishs eigene Tatkraft ist so stark, daß sie jeden Augenblick aus seinem Anzug und aus seinen Schuhen zu platzen droht wie Tarzan in der Großstadt, wie der Hulk. Er ist ein Mensch, der mit der Welt Geschäfte zu machen hat, der erwartet, daß die Ereignisse sich seinen Plänen einfügen. Ein Schauspieler und ein Macher. Seine perfekt manikürten Nägel, sein ebenso sorgfältig gepflegtes Haar sprechen von einer gewissen *amour propre*. Gegen Ende dieses endlosen Flugs wirkt er taufrisch. Das erfordert einiges. Das erfordert Willenskraft.

Kann ich etwas für Sie tun?

Mit seiner Frage erreicht Ormus, daß Standish ihm applaudiert. Sie haben es ja noch eiliger, als ich es mir erhofft hatte, beglückwünscht der ältere Mann den jüngeren. Und ich hatte gedacht, der Osten kennt keine Zeit, während wir transatlantischen Ratten nicht aufhören können, zur Hölle und wieder zurück zu rennen.

Nein, antwortet Ormus. In Wirklichkeit ist es der Westen, der exotisch, fabelhaft, unreal ist. Wir Unterweltler ... Er merkt, daß Standish ihm nicht mehr zuhört. Versuchen Sie nicht, mich zu ärgern, Mr. Cama, sagt der Amerikaner: distanziert, fast regungslos. Wir werden vermutlich einige Zeit zusammenarbeiten, deswegen müssen wir unsere Meinung sagen können, wie immer es uns gefällt. Selbst ein Pirat kann sich an die Rechte der Ersten Zusatzklausel halten, wie Sie hoffentlich einsehen werden. (Das Augenzwinkern ist wieder da.) Er ist ein Cambridge-Mann – Cambridge in England; zwei Jahre Graduate School. Zu seiner Zeit war er ein brillanter Student des Chinesischen, der davon träumte, sobald er mit dem Studium fertig war, eine eigene Lehranstalt zu eröffnen. Aber die Dinge haben sich nicht so entwickelt, wie er gehofft hatte. Eine frühe Ehe mit einer Frau im Bekleidungshandel ging schief, allerdings nicht, bevor zwei Söhne daraus hervorgingen, die bei seiner zornigen, rachsüchtigen Exehefrau in England blieben, während er über den Atlantik zurückkehrte. Eine Zeitlang unterrichtete er am Amherst College Chinesisch. Enttäuscht, weil er nicht so schnell befördert wurde, wie er gedacht hatte, traf er eine seltsame, elektrisierende Entscheidung. Ein paar Jahre lang wollte er Trucks über den amerikanischen Kontinent fahren, sich sozusagen den Arsch abschuften, Geld sparen und dann seine erträumte Schule für Chinesisch eröffnen. Vom Lehrer zum Teamster: eine Metamorphose, welche den ersten Abschnitt seines wirklichen Werdegangs darstellte, seine amerikanische Art. Er stieg aus – ohne Illusionen, ohne Bedauern.

Er zitiert Sal Paradise auswendig: *So begann der Teil meines Lebens, den man als mein Leben unterwegs bezeichnen könnte. Früher hatte ich oft davon geträumt, in den Westen zu gehen, um mir das Land anzusehen, immer vage geplant und bin niemals aufgebrochen.* Zwei Jahre, vielleicht drei, die Zeit dehnte sich damals, man wußte nie, wie lange die Dinge brauchten, fuhr ich kreuz und quer durch Amerika, um seine Produkte dahin zu bringen, wo sie gebraucht wurden, zu denen, die von ihnen so abhängig waren wie ein Junkie oder denen man so oft eingeredet hatte, daß sie sie brauchten, daß sie von diesem Einreden abhängig wurden. Ein übermüdeter Bleifüßler, überdreht von Entfernungen, Musik und harter, hungriger Freiheit. Geld gespart habe ich natürlich nie, alles sofort für Weiber und Stoff ausgegeben, und vor allem in Vegas ausgegeben, wo die großen Glücksräder mich immer wieder in ihren Bann zogen, die ewig kreiselnden Rouletteräder meiner Monstertrucks.

Standish ist in seine Gedanken versunken. Ormus, der Scotch trinkt, begreift, daß ihm hier eine rückhaltlose Öffnung des Ichs offeriert wird, eine absolute Aufrichtigkeit, dargeboten spontan und ohne Einschränkungen als Beweis für die Redlichkeit dessen, der diese Selbstgespräche führt. Lauschend schließt Ormus für einen Moment die Augen, und da ist sein eigenes Vegas, das Lichtermeer, durch das sich sein toter Bruder duckt und windet. Auch Las Vegas haben sie also gemeinsam.

Wie Byron, wie Talleyrand ... Ich zögere nicht, erzählt mir Ormus Cama N.V., Mull Standish mit solchen Männern zu vergleichen; denn er selbst pflegte diesen Vergleich auch oft zu ziehen, und heutzutage wird die Selbstbeschreibung eines Menschen sehr schnell von allen und jedem übernommen – Clown Prince, Comeback Kid, Sister of Mercy, Honest John –, warum also Standish seine erwählten Vorbilder verweigern? ... wie Joyce' Nausikaa, Gertie MacDowell, hat der Amerikaner einen Klumpfuß. Die Lobb-Schuhe müssen nach Maß angefertigt werden, damit sie bequem sind und den Fuß stützen. Was die sexuelle Anziehungskraft betrifft, so ist bekannt, daß weder Talleyrand noch Byron aufgrund ihrer verformten Gliedmaßen negativ beurteilt wurden. In der jüngeren Zeit jedoch, von der er Ormus erzählen will, war Mull Standish eher eine Gertie: Der Fuß verkrüppelte seinen Glauben an sich selbst. Damals, als er sein Geld in einer frühen Runde der World Championship of Poker verlor, näherte sich ihm ein junger Mann, der sich lobend über seine physische Schönheit äußerte und ihm eine beträchtliche Summe Geldes anbot, wenn er ihn zu einer Suite im Tropicana begleite. Standish, der sich pleite, absurd und geschmeichelt fühlte, stimmte zu, und die Begegnung veränderte sein Leben.

Das war der Anfang meiner Reise über eine Grenze, die ich auf immer für mich geschlossen wähnte. (Sein Ton ist jetzt sehnsüchtig, sein Körper streckt sich und wirkt verträumt vor erinnerten Wonnen.) Durch den Schlitz im eisernen Vorhang zwischen Heterosex und Homosex erspähte ich eine Vision des Erhabenen. Danach gab ich die Trucks auf und blieb für die Dauer eines Jahres als *working male* in Vegas. Die Prostitution lehrte ihn, daß er schön und begehrenswert war, sie erlaubte ihm zu träumen, den Mull Standish zu entwickeln, der es wagen würde, in den Zeitgeist einzudringen und ihn gründlich durchzuschütteln. Von Las Vegas nach New Yorks 42nd Street war der voraussehbare nächste Schritt, und dort kam er dann in den Genuß eines klassischen ›Nur-in-Amerika‹-Moments. Eine Limousine hielt neben ihm; das automatische Fenster surrte herunter; und heraus lehnte sich tatsächlich derselbe junge Mann, der Aufreißer aus dem Tropicana, sein Engel der Verwandlung. *Jesus, ich suche dich seit Monaten. Jesus Christus.* Wie sich herausstellte, hatte Mr. Tropicana a) sein Erbe angetreten und war b) zu der Erkenntnis gelangt, daß Mull Standish seine einzige wahre Liebe sei. Zum Zeichen seiner Liebe schenkte er Mull ein Brownstone-Apartmenthaus in St. Mark's. Im Nu war aus dem Mitternachts-Cowboy ein Mitglied der besitzenden Klasse geworden, ein angesehenes Mitglied der Greater Gotham Business Guild of Gay Businessmen und eine Säule der Gesellschaft. Anschließend erzählte Standish in schnellem Tempo von seinem Glückstreffer, der Tatsache, daß er dank seiner langen, immer noch bestehenden Beziehung zum Tropicana Kid – nennen wir ihn Sam – und dank der daraus resultierenden Ehrenmitgliedschaft im inneren Kreis einer von New Yorks echten First Families, einer der großen Baudynastien, der Baumeister, der Hochgrammatiker der Gegenwart dieser Stadt, schon früh in die Anfänge eines atemberaubenden Immobilien-Portefeuilles einsteigen konnte. Bürgermeister, Banker, Filmstars, Basketballstars, Abgeordnete, sagt Mull Standish, und zum erstenmal vernimmt Ormus einen Anflug von Angeberei in seinem Ton, all diese Leute haben mir, sagen wir, häufig zur Verfügung gestanden.

Letzten Endes unterscheidet sich Amerika doch nicht so sehr von Indien.

Warum sind Sie jetzt nicht dort? Ormus besitzt eine ganz eigene Art, die Dinge zu sehen. Es gibt da eine verborgene Dimension, eine Seite der Geschichte, die bisher noch nicht aufgedeckt wurde. Mull Standish zollt dem Scharfsinn der Frage Anerkennung und hebt sein Glas. Ich habe gewisse Probleme mit der Finanzbehörde, gesteht er. Abkürzungen wurden eingeschlagen. Es gab Ungeschicklichkeiten. Es kommt mir gelegen, einige Zeit in England zu verbringen. England, wo es noch immer verboten ist, schwul zu sein. Was Indien betrifft, das suche ich wegen meiner spirituellen Bedürfnisse auf. Wie ich sehe, ist dies eine Bemerkung, mit der Sie nicht einverstanden sind. Was soll ich sagen? Sie haben zeit Ihres Lebens im Wald gelebt, deswegen vermögen Sie die Bäume nicht zu sehen. Um unseren Planeten mit guter Atemluft zu versorgen, haben wir den Regenwald des Amazonas. Um für die Seele unseres Planeten zu sorgen, haben wir Indien. Dahin geht man, wie man zur Bank geht: um das Portemonnaie der Psyche aufzufüllen. Entschuldigen Sie die geldorientierte Metapher. Ich habe feingeschliffene Manieren, im Grunde aber bin ich ein ungeschliffener Typ. Shorts mit Leopardenmuster unter dem seriösen Anzug. In Zeiten des Vollmonds lykanthropische Tendenzen. Eine *loucherie*. Dessenungeachtet habe ich jedoch meinen spirituellen Hunger, die Bedürfnisse meiner Seele.

Wie die Stewardeß mir sagt, haben Sie diese Maschine *Mayflower* genannt, mich hat es gefreut, daß Sie diesen kleinen Scherz machten. Wußten Sie, daß Standish ein berühmter *Mayflower*-Name ist? Heutzutage liest, glaube ich, kein Mensch mehr Longfellow, vor allem nicht in Bombay. Immerhin ist es ein Gedicht mit über tausend Zeilen, ein langes, widerwärtiges Ding. Miles Standish, ein Berufssoldat, der an soldatischer Ausdrucksunfähigkeit leidet, wünscht eine gewisse puritanische Jungfer zu ehelichen, Priscilla Mullens oder Molines, und begeht das, was man als Cyrano-Fehler bezeichnen könnte: Er schickt seinen Freund John Alden, der seine Sache vertreten soll, weil es ihm die Sprache verschlagen hat. Der junge Alden, ein Böttcher, einer der Unterzeichner des Mayflower-Vertrags, Gründer der Plymouth Colony, ein Mann von vorteilhaftem Äußeren und angenehmen Manieren, ist leider bis über beide Ohren in dieselbe Dame verliebt, erklärt sich aus Freundschaft jedoch bereit, die Bitte zu erfüllen. Nun! Mistress Molines oder Mullens hört ihn an; dann sieht sie ihm offen in die Augen und fragt: Warum sprechen Sie nicht für sich selber, John? Hunderte von ermüdenden Zeilen später sind sie vermählt, und der wortkarge alte Soldat, mein übertölpelter – und entfernter – Vorfahr, muß sehen, wie er zurechtkommt. Ich erzähle Ihnen das, weil Mistress Priscillas Worte, obwohl ich kein Puritaner bin, heutzutage mein Motto sind. Ich erbitte nichts für andere, sondern handle schamlos und unerbittlich in meinem eigenen Interesse. Wie jetzt, in dieser Minute, da ich mich an Sie wende.

Ormus errötet, und Standish, der seine Verlegenheit erkennt, lacht. Nein, nicht Sex, beruhigt er ihn. Piraterie auf hoher See.

England kommt ihnen entgegengejagt, dann steht es still. Luftverkehrsstau, schon 1965. Da sie nicht landen dürfen, ziehen sie Kreise am Himmel. Tief unter ihnen hat sich die Piratenflotte versammelt, eine Invasion hat begonnen. Hier liegt eine alte, außer Dienst gestellte Passagierfähre mit dem Jolly Roger am Mast in der Nordsee. Die *Frederica*. Dort ankert eine andere, die *Georgia*, bei Frinton vor der Küste von Essex. Ein kurzer Blick auf die Themsemündung: Sehen Sie da, die drei winzigen Punkte? Die gehören auch zu der Banditenflotte. Ormus, müde, überreizt, befindet sich in einem Flugzeug-Geisteszustand: hohl, irreal, ein Zustand, in dem es schwerfällt, die Dinge zu erfassen. Mull Standish scheint gänzlich unbewegt zu sein und redet nunmehr von seiner Kinderzeit.

Auf der Fensterbank in meinem Schlafzimmer lag eine schwere Glaskugel. Mein Vater pflegte sie zu drehen, damit sie das Licht einfangen und brechen konnte. In der Kugel waren Blasen, wie Galaxien, wie Träume. Die kleinen Dinge unserer frühesten Tage rühren uns, und wir wissen nicht, wissen nicht, warum. Nun, da ich diese Sache mit der Piratenflotte begonnen habe, sehe ich immer wieder diese Glaskugel. Vielleicht ist es Unschuld, Freiheit, ich kann's nicht sagen. Vielleicht geht es um eine transparente Welt, durch die man das Licht sehen kann. Vielleicht ist es nur eine Glaskugel, aber irgendwie rührt sie mich, veranlaßt sie mich, dies zu tun.

Während Standish spricht, fällt Ormus auf, daß er zu viele Gründe dafür anführt, daß er tut, was er tut: Er übererklärt das, was schließlich einfach ein kommerzielles Unternehmen ist, von dem man auch schon in Indien gehört hat. In diesem glanzvollen Moment der britischen Musik ist der britische Rundfunk tödlich langweilig. Beschränkungen der ›needle time‹ bedeuten, daß man, wenn man die neuesten Hits hören will – John Lennon mit *Satisfaction*, *Pretty Woman* von den Kinks oder *My Generation* von der neuen Supergruppe High Numbers, die zuvor ›The Who‹ hießen, ihren Namen änderten und ganz groß rauskamen –, kriegt man höchstens Joe Loss oder Victor Sylvester, Musik für Grufties. Weil aber der kommerzielle Rundfunk nicht illegal ist, solange er sich nicht an Land befindet, sind die Piratensender aufgetaucht, um den Kids zu geben, was die Kids wollen. Needle time und Werbung. Hallo, Nasenpopler, hier spricht Radio Freddie. Wir senden auf 199 … Hier ist Radio Gaga … Hier ist Big M. Die Piraten zielen mit ihrer Musik auf Britannien, und das Land streicht die Flagge. Und Mull Standish ist der Lord High Desperadio: der König der Musikbriganten.

Die Gründe strömen nur so aus ihm heraus. Vielleicht ist er in England, weil es, um ganz ehrlich zu sein, mit Sam Tropicana, seinem Geliebten, nicht mehr so besonders gut steht, der Reiz ist verblaßt. Aber vielleicht fühlt er sich einfach auch von der Bauindustrie gelangweilt, all diese Zylinder und Dachbalken, all diese leeren Räume, die mit fremdem Leben gefüllt werden. Aber vielleicht ist es die Schuld des CIA, weil der, jawohl, bei mehreren Gelegenheiten an ihn herangetreten ist, ein Chinesischexperte gilt als hochgradiges Spionenmaterial, also versuchen sie ihn anzuwerben, bevor die Gelbe Gefahr an ihn herankommt und ihn auf die dunkle Seite hinüberzieht, und als er sich ihnen zum zweitenmal verweigerte – ein Mann, der sich Michael Baxter oder Baxter Michals nannte, hat ihn direkt im Foyer des Sherry Netherland angesprochen –, warf man ihm vor, er spiele ja nur mit ihnen herum, und drohte ihm mit der Beschlagnahme seines Reisepasses. *Als das geschah, war das für mich ein Wendepunkt, es hat Amerika für mich verändert, und es wurde mir möglich, es zu verlassen.* Und dann, erstaunlich, daß er so lange gebraucht hat, um es zu erwähnen, ist da natürlich auch der Krieg, Amerika ist im Krieg. Die Wahlurnen, hölzerne Kisten, wurden vollgestopft mit Stimmen für Präsident Kennedy, Krieg ist immer gut für amtierende Präsidenten, seine Ergebnisse sind seit der knappen Entscheidung gegen Nixon im Jahre 1960 enorm gestiegen, er hat vier weitere Jahre der Macht und des Priapismus in der Pennsylvania Avenue vor sich, und nun sind es die Wähler, die junge Generation der wählenden Soldaten da draußen im Dschungel und in den Sümpfen des unbegreiflichen Indochina, die in erschreckender Vielzahl in Holzkisten gestopft und an weniger illustre Adressen als JFKs nach Hause geschickt werden. Auch ihre Zahlen gehen in die Höhe.

Mull Standish ist gegen den Krieg, aber das ist es eigentlich nicht, was er sagen will. Er will sagen – jetzt glänzen seine Augen, und die Energie entströmt ihm mit verdoppelter, beängstigender Macht –, daß der Krieg ihn zu seiner folgerichtigen Musik bekehrt hat, denn in diesen dunklen Zeiten ist es die Rockmusik, die das profundeste künstlerische Engagement des Landes für den Tod seiner Kinder repräsentiert, nicht einfach die Musik des Friedens und der psychotropischen Drogen, sondern die Musik der Wut, des Entsetzens und der Verzweiflung. Aber auch der Jugend, der Jugend, die trotz allem überlebt, trotz des Kinderkreuzzugs, der sie vernichtet. (Eine Mine, ein Scharfschütze, ein Messer in der Nacht: das bittere Ende der Kinderzeit.)

Damals habe ich mich wirklich in den Rock verliebt, rock'n'rollt Standish, weil ich so sehr bewunderte, was sie bewirkte, diese menschlich-demokratische Geistesnahrungsfülle der Reaktionen darauf. Er sagte nicht nur, scheiß auf dich, Uncle Sam, oder gib dem Frieden eine Chance, oder eins, zwei, drei, wofür kämpfen wir oder zap zap zappen den Cong. Nein, vielmehr hieß es, sich in einer Kampfzone lieben, zu einer Zeit des Todes und der Schuld die Erinnerung an Schönheit und Unschuld nicht vergessen; er stellte das Leben über den Tod und forderte das Leben auf, seine Chance zu ergreifen, let's dance, honey honey, auf der Straße, am Telefon und *we'll have fun, fun, fun on the eve of destruction.*

Sein Verhalten hat sich grundlegend verändert, vom patrizierhaften Bostoner zum übereifrigen Muso-Peacenik, und Ormus, der die Verwandlung beobachtet, begreift allmählich, wer er wirklich ist. Zum Teufel mit all den Erklärungen, in Wahrheit ist er einer von uns Chamäleons, ein weiterer Spiegel-Formwechsler. Nicht nur eine Inkarnation von Jason, dem Argonauten, sondern vielleicht auch von

Proteus, dem metamorphischen Alten Mann vom Meer. Und wenn wir gelernt haben, die Haut zu wechseln, wir Proteaner, können wir manchmal nicht mehr aufhören, hetzen wir zwischen den Ichs herum, wechseln wie wild die Fahrbahn, immer bemüht, nicht von der Straße abzukommen und zu verunglücken. Mull Standish ist ebenfalls ein Schlenkerer, wird Ormus klar: ein Formwechsler, ein Mann, der weiß, was es heißt, als Riesenkäfer zu erwachen. Deswegen hat er mich ausgewählt, er erkennt, daß wir zum selben Stamm gehören, zur selben Subspezies der menschlichen Rasse. Wie Aliens auf einem fremden Planeten erkennen wir einander in jeder Menschenmenge. Gegenwärtig haben wir die menschliche Gestalt angenommen, hier, auf dem dritten Rock, dem dritten Stern von der Sonne.

Standish, dieser neue, begeisterte, himmelhochjauchzende Standish, behauptet: Ich bin nach England gekommen, um einem Land zu entfliehen, das sich im Krieg befand. Einen Monat nach meiner Ankunft beschloß die neue Labourregierung, sich den Amerikanern anzuschließen und ebenfalls Kinder zum Sterben hinauszuschicken. Hier hörten die Dinge auf, theoretisch zu sein. Auch britische Jungen und Mädchen begannen in kleinen Päckchen nach Hause geschickt zu werden. Ich vermochte es nicht zu glauben, als Amerikaner fühlte ich mich *verantwortlich;* als hätte ich die Quarantänevorschriften umgangen und eine tödliche Epidemie eingeschleppt, kam ich mir wie ein Flohträger vor. Ein Seuchenhund. Diese Entwicklung war nicht eingeplant. Kurz entschlossen flog ich nach Indien, wie ich es immer mache, wenn ich das Gleichgewicht wiedererlangen will. Damals durfte ich übrigens Zeuge Ihres großen Augenblicks im Cosmic Dancer werden.

Von Bombay aus war Standish weitergezogen, um sich zu Füßen eines Teenager-Mahaguru in Bangalore niederzulassen und anschließend in Dharmsala einige Zeit im buddhistischen Shugden-Tempel zu verbringen. *Schon wieder* – denke ich unwillkürlich, während Ormus mir die Geschichte erzählt –, *schon wieder diese seltsame, besessene Faszination des hedonistischen Westens für den asketischen Osten. Die Erzjünger der Linearität, des Mythos des Fortschritts, wollen vom Orient nur seine berühmte Unveränderlichkeit, seinen Mythos der Ewigkeit.* Es war der Gott-Knabe, der etwas bewirkte. Er ist eine alte Seele in einem jungen Körper, erklärt Mull ehrfürchtig, ein tantrischer Meister in seiner letzten Inkarnation. Ich habe dem weisen Knaben alles gebeichtet, meine Entfremdung, meine Schuld, meine Verzweiflung, und er lächelte sein reines Lächeln und sagte: Die Musik ist das Glas ist die Glaskugel. Laß sie schimmern. Da begriff ich, daß die eingeschränkte Needle time der Feind, der Zensor war. Die Einschränkung war General Waste-More-Lands Sende-Kumpel, General Haigs Hure. Schluß mit den Big Bands und den Männern im weißen Frack mit Schleife, die ständig tun, als sei nichts geschehen. Ich meine, also *wirklich*. Eine Nation, die sich im Krieg befindet, verdient es, die Musik zu hören, die *mano a mano* mit der Kriegsmaschine marschiert, die Blumen in die Gewehrläufe steckt und den Raketen die nackte Brust bietet. Die Soldaten singen diese Songs, wenn sie sterben. Aber dies ist nicht das, was die Soldaten früher gesungen haben, wenn sie mit Kirchenliedern auf den Lippen in die Schlacht zogen und sich vormachten, sie hätten Gott auf ihrer Seite, dies ist kein patriotischer Scheißdreck, für den ihr aufstehen müßt. Diese Kids benutzen das Singen vielmehr als eine Bestätigung dessen, was natürlich und wahr ist, sie singen gegen die unnatürliche Lüge des Krieges. Benutzen den Song als Feldzeichen ihrer dem Untergang geweihten Jugend. Nicht *morituri te salutant*, sondern *morituri* scheiß drauf, Jack, die Todgeweihten zeigen dir den Stinkefinger. Deswegen habe ich mir die Schiffe zugelegt.

Erschöpft vom Reden, sinkt er in seinem Sessel zusammen. Er hat einen Teil seiner amerikanischen Immobilien-Holdings verkauft, um diese kaum seetüchtigen kleinen Pötte auszurüsten und zu bemannen. Eine komplette Umzingelung Englands und Schottlands wird ins Auge gefaßt, solange das Wetter mitspielt. Jetzt senden wir das Material auf ihnen rund um die Uhr, sagt er, Hendrix, Joplin und Zappa, führen wir Krieg gegen den Krieg. Gewiß, die liebenswerten Pilzköpfe auch. Und Lovin' Spoonful, the Love, Mr. James Brown *feelin' like a sex machine*, Carly Simon und Guinevere Garfunkel *feelin' groovy* et cetera. Bedauerlich ist nur, daß wir kein Schiff auf der Themse ankern lassen können, direkt vor den Houses of Parliament, um riesige Lautsprecher an Deck zu montieren und diese selbstgefälligen Schweine direkt aus ihren mörderischen Sesseln zu pusten. Aber die sollen sich nicht zu früh freuen; auch dieses Projekt ist in der Entwicklung. Also, was sagen Sie? Machen Sie mit, oder sind Sie raus? Ja oder nein?

Er hatte mich ziemlich aus dem Gleichgewicht gebracht, genau wie er es geplant hatte, erzählt Ormus mir N.V., ich war reif für ein Abenteuer, und er hatte mich im Sturm erobert.

Der Pilot verkündet, daß die Landeerlaubnis erteilt wurde. Die Air Hostess erscheint, bittet Ormus, an seinen eigenen Platz zurückzukehren. Während sich Ormus erhebt, fragte er Mull Standish: Warum ich?

Nennen Sie's Intuition, antwortet er. Nein, sagen wir lieber Inspiration. Ich schmeichle mir, ein Menschenkenner zu sein. Irgend etwas an der Art, wie Sie sich an jenem Abend den Nikolausbart abrissen. Irgend etwas an Ihnen kam mir, kommt mir äh, äh …

Piratenhaft vor? ergänzt Ormus fragend.

Emblematisch, berichtigt Mull Standish, als er das Wort gefunden hat, mit einer Andeutung von etwas, das verdächtig wie die Anfänge eines Errötens aussieht, das über dem halbsteifen Kragen seines ›Turnbull & Asser‹-Hemdes emporsteigt. Ich habe ein bißchen herumgefragt, wissen Sie. Wie es scheint, besitzen Sie die Fähigkeit, Anhänger anzulocken. Die Menschen schauen zu Ihnen hin. Vielleicht werden Sie erreichen, daß sie uns zuhören.

Aber ich möchte Sänger werden, und nicht DJ auf einem kalten, nassen Schiff, versucht sich Ormus zum letzten Mal ein wenig unsicher zu wehren. Seine Phantasie ist geweckt, und Standish weiß das.

Das werden Sie auch, versichert Standish. Im Grunde sind Sie das ja schon, und zwar ein guter, möchte ich hinzufügen. Jawohl, Sir. Ich könnte schwören – hören Sie gut zu –, daß Sie jetzt, hier, in diesem Moment singen. Jawohl. Ich höre Ihren Song.

Als die Maschine landet, beginnt Ormus Cama der Kopf zu dröhnen. Es ist irgend etwas an diesem England, in dem er soeben eingetroffen ist. Es gibt Dinge, denen er nicht trauen kann. Wieder einmal gibt es einen Riß in der Oberfläche der Wirklichkeit. Unsicherheit fällt über ihn her, ihr dunkles Strahlen öffnet ihm die Augen. Als sein Fuß den Boden von Heathrow berührt, überläßt er sich der Illusion, daß nichts fest und sicher ist, daß nichts existiert außer diesem Stück Beton, auf dem sein Fuß ruht. Die heimkehrenden Passagiere bemerken nichts davon, sie schreiten durch das Vertraute, das Alltägliche voran, aber die Neuangekommenen betrachten dieses verschwimmende Land mit angstvollen Blicken. Sie scheinen durch etwas zu waten, das fester Boden sein sollte. Als sich seine eigenen Füße behutsam vorwärtstasten, spürt er, wie sich winzige Partikel von England unter ihnen verfestigen. Er sieht zu Virus hinüber: der unbekümmert, gelassen ist. Und was Spenta Cama betrifft, so ist ihr Blick auf die Menge der winkenden Abholer hoch oben fixiert. Eifrig bemüht, ein vertrautes Gesicht zu erblicken, hat sie keine Zeit, nach unten zu sehen. Niemals nach unten sehen, denkt Ormus. Dann kann man die Gefahr nicht sehen, dann wird man auch nicht durch die trügerisch weiche Oberfläche des Scheinbaren in den brennenden Abgrund darunter stürzen.

Alles muß real gemacht werden, Schritt um Schritt, ermahnt er sich. Dies ist eine Fata Morgana, eine Geisterwelt, die erst durch unsere magische Berührung, unseren liebevollen Schritt, unseren Kuß real wird. Wir müssen sie von Grund auf ins Dasein imaginieren.

Aber er wird seine ersten Tage auf dem Meer verbringen, mit Blick auf das Land, das unmittelbar außerhalb seiner Reichweite bleibt, doch wie gebannt auf seine verführerische, phantasierende Stimme lauschen wird.

Hinter der Absperrung warten William Methwold und Mull Standish, zwei große, rosige Daumen, die aus einer lärmenden indischen Menschenmenge herausragen, Landkindern, die im Eiltempo herbeigelaufen kommen, um ihre Verwandten aus der Luft noch früher zu erreichen als die überlauten Rufe der älteren Frauen mit ihren dicken Brillengestellen und den weindunklen Mänteln über den leuchtendbunten Saris und die gebrüllten Zurechtweisungen der älteren Männer mit vorgeschobener Unterlippe und klimpernden Wagenschlüsseln. Die jüngeren Frauen, in Wirklichkeit keineswegs zurückhaltend, finden sich zu Gruppen zusammen, um gemeinsam Zurückhaltung zu üben; sie schlagen die Augen nieder, flüstern, lächeln affektiert. Die jüngeren Männer, in Wirklichkeit nicht halb so schulterklopfend jugendlich, wie sie scheinen, rücken ebenfalls zusammen, legen einander die Arme um die Schultern, um zu rufen und Witze zu reißen, zu kichern und sich in die Rippen zu stoßen. Ormus, der doch nach England gekommen ist, findet sich vorübergehend, schwindelnd, wieder in Indien, vernimmt ein Echo von zu Hause. Sekundenlang zupft das Heimweh an ihm. Er reißt sich los. Es liegt eine neue Musik in der Luft.

Aus dem Gedränge der Migranten, dieser neuen Art, britisch zu sein, ragen die beiden weißen Männer wie Alpengipfel heraus. Methwold ist eine wandelnde Antiquität, mit fleckiger Haut über dem haarlosen, von keiner Perücke bedeckten Schädel, so daß seine Kahlheit wie eine Mondkarte wirkt, mit den ausgetrockneten Meeren des Schattens und der Ruhe, seinen Aderlinien, seinen Pocken. Schlaffe Fleischfalten lappen über den Kragen, der für seinen Hals zu weit geworden ist. Er geht am Stock und scheint sich, wie Spenta glücklich feststellt, genauso zu freuen, sie zu sehen, wie sie, ihn zu sehen (oder vielmehr, wiederzuerkennen). Was Mull Standish betrifft, so ist es ihm offenbar gelungen, einer Verhaftung zu entgehen. Vielleicht ist ihm der IRS ja gar nicht so eifrig auf den Fersen, wie er es fürchtet, und was seine Piratenschiffe angeht, so brechen sie, technisch gesehen, kein Gesetz, obwohl die Staatsanwälte Überstunden machen, um einen Vorwand zu finden, unter dem es ihnen gelingen könnte, sie dichtzumachen.

Die Camas bleiben stehen. Sie sind an einem Scheideweg angelangt. Die Zukunft führt sie auseinander.

Also okay, sagt Ormus zu seiner Mutter.

Also okay, antwortet sie mit gedämpfter Stimme.

Also okay, Ormus knufft Virus in die Schulter.

Virus macht eine winzige Seitwärtsbewegung mit dem Kopf.

Okay, bis dann also, wiederholt Ormus. Niemand berührt ihn, und dennoch fühlt er sich festgehalten. Er wehrt sich gegen dieses Kraftfeld, stemmt eine Schulter dagegen und drückt kräftig zu.

Okay, bis dann also. Spenta scheint nicht in der Lage zu sein, etwas anderes zu äußern als Echos, wird selbst immer mehr ein Mitglied jener Menge von Echos, die um sie herumtönen, schwächer und schwächer.

Ormus geht auf Standish zu, trennt sich ohne einen Blick zurück von der Mutter. Das letzte, was er von ihr sieht, ist eine zitternde Lippe und ein Spitzentaschentuch an einem Augenwinkel, und dennoch sieht er im Rückspiegel seines Geistes, daß sie dankbar dreinblickt. Er sieht ihre Zukunft wie einen Brillanten auf ihrer Stirn funkeln, das große Herrenhaus, das Silberband des Flusses, die grüne, wunderschöne Umgebung. Obwohl er das Land gräßlich findet, freut er sich für sie. Obwohl sie ihn nie lieben konnte, hat sie ihm gegeben, was sie ihm geben konnte. Nach normalen Maßstäben war es weniger als genug, er aber ist bereit, es ausreichend zu nennen. In gewissem Sinne ist es dieser Mangel an emotionaler Begeisterung, dieses Fehlen bedingungsloser Liebe, was ihn auf seine große Zukunft vorbereitet, ihn sozusagen auf die Rollbahn bugsiert hat wie einen startbereiten Jet. Während sie selbst jetzt auf Ehemannjagd gehen wird. Sie ist eine Einmann-Fischereiflotte. Da ist es am besten, wenn sie so frei von Problemen wie möglich kommt. Virus, an ihrer Seite, grinst den sich nähernden englischen Mylord wortlos an, Ormus dagegen macht sich rar. Spenta, die ihr Lächeln für Methwold vorbereitet, hat keine Zeit für ein sentimentales Lebewohl. Mutter und Sohn gehen jeder seinen Weg: sie in die Arme eines alten England, er in ein neues Land, das sich noch in den Geburtswehen befindet. Das Schicksal ruft beide und zerreißt ihre Familienbande.

Musik in der Luft, aus einem knatternden Transistorradio. Weiche Besen entlocken einer Trommel flüsternde Rhythmen, eine Blechlinie wird angelegt, ein hoher Riff schreit aus einer unsichtbaren Klarinette hervor. Alles, was jetzt noch fehlt, ist eine Sängerin, die etwas von der Musik aufgreift und voll loslegt. Und da ist sie, ihre Blues-Koloratur windet sich über und rund um den Jazzrhythmus der Melodie. Vina! Es klingt wie ihre Stimme, wenn auch überlagert von Knattern und Ankunftsgetöse, aber hoch, stark, wer könnte es denn sonst sein. Genau wie sie ihn eines Tages in einem Bombay-Radio hören wird, so glaubt er sie heute, am Beginn seiner Rückreise in ihr Herz, zu hören, und als sie ihm nach der Wiedervereinigung versichert, sie habe es nicht sein können, sie habe damals, '65, noch keinen Plattenvertrag gehabt, weigert er sich, seinen Irrtum einzusehen. Der Fernflugterminal war an jenem Tag ein Saal der Echos, und so hat er ihre Stimme gehört: als Echo, das aus der Zukunft zurückkehrt, um seine Liebe hervorzulocken.

Jetzt weiß er genau, was er will: sich durch seine Arbeit ihrer wieder würdig erweisen. Und wenn er bereit ist, wird er sie suchen, wird er sie real machen, indem er sie küßt, sie streichelt, und sie wird das gleiche für ihn tun. Vina, ich werde der Boden unter deinen Füßen sein, und bei diesem Happy-End wirst du alles an Boden sein, was ich brauche.

Er geht ihr entgegen, fort von seiner Mutter, in die Musik hinein.

Die schnelle Desillusionierung des Ormus Cama mit seinen Phantasien über den Westen, die einen Künstler aus ihm macht und ihn als Mann beinah vernichtet, beginnt mit dem Moment, da sein Blick auf Radio Freddie fällt, den siebenhundert Tonnen großen Rosteimer, der schwankend wie ein überalterter Rodeoreiter im Sattel des Meeres umhergeworfen wird. Das Herz wird ihm schwer. In seiner Vorstellung hat die Reise von der Peripherie zum Mittelpunkt weder so etwas beinhaltet wie das ebene, naßkalte nördliche Flachland von Lincolnshire noch diese von einem schneidenden Südwestwind begleitete Fahrt von der Küste aufs Meer. Er fühlt sich ›auf dem Nassen‹, die Landrattenversion eines Fischs auf dem Trockenen. Flüchtig möchte er umkehren, aber er weiß nicht, wohin, kennt keinen anderen Kurs als jenen, den er eingeschlagen hat. Die indischen Vertragsarbeiter, die auf Mauritius eintrafen und Wörter wie

›Heimkehr‹ und ›Hoffnung‹ aus ihrem Bhojpuri-Vokabular strichen, hätten sich an Ormus' Stelle nicht weniger versklavt gefühlt.

Standish dagegen, hoch aufgerichtet im Bug der Motorbarkasse, die ihn zu seinem Königreich bringt, mit Adlerprofil, wehendem Silberhaar, wirkt erhaben, von einem Glorienschein gekrönt. Ein Mann mit einer Mission ist ein gefährlicher Mann, sagt sich Ormus und fühlt zum erstenmal in ihrer zugegebenermaßen kurzen Bekanntschaft einen Stich von etwas, das an Angst grenzt. Dann wendet Standish, strahlend vor freudiger Erwartung, den Kopf und zeigt nach vorn. Da sind sie, ruft er, sehen Sie nur, Hook und Smee. Die beiden Tweedles. Sie hassen mich natürlich; wie Sie sehr schnell entdecken werden. (Dies in einem seltsamen Ton, halbwegs zwischen Tragödie und Stolz.) Mr. Nathaniel Hawthorne Crossley und Mr. Waldo Emerson Crossley, fährt er fort und hebt grüßend den Arm. Ihre neuen Kollegen. Meine Söhne. Die Männer, die an der Reling der *Frederica* stehen, erwidern seine Begrüßung nicht.

Hawthorne Crossley – in Mantel, langem Seidenschal, Cordjeans und flappender Sohle an einem Schuh – hat das Aussehen und die Redegewandtheit des Vaters geerbt. Er benutzt den Nachnamen seiner Mutter, ist aber ›Standish‹ ins Englische übersetzt, bis obenhin voll Alkohol und Gehässigkeit und etwa vier- oder fünfundzwanzig Jahre alt. Heil Standish, spöttelt er, als Ormus Mull an Bord von Radio Freddie folgt, Heil dem heldenhaften Pionier, Macher der Charts, Eroberer der Nationen. So müssen die Baumeister der Empire in ihrer besten Zeit ausgesehen haben, eh Waldorf. Mein kleiner Bruder, erklärt er Ormus, nicht, wie Mr. Standish es dich gern glauben machen würde, nach einem großen Philosophen genannt, sondern nach einem beschissenen Salat, den seine gegenwärtig geschiedenen Eltern in der Nacht gegessen haben, in der er gezeugt wurde. Waldo mit den verquollenen Augen, kleiner, mit Stoppelkopf, Lederjacke, Lennonbrille, Sohn seiner Mutter, strahlt, nickt, niest. In seinem persönlichen Universum ist Hawthorne ein funkelnder Stern. Heil Standish, stimmt Waldo ihm eifrig zu.

Denk an den wackeren Cortez in dem Gedicht von Keats, dabei war
es in Wirklichkeit Balboa, der auf den Pazifik hinausblickte, erläutert
Hawthorne, denk an Clive von Indien auf dem Schlachtfeld von
Plassey, an Captain Cook, der in den Hafen von Sydney einläuft. An
die islamischen Eroberer, die aus Arabien hervorbrechen und sich
der Macht Persiens stellen, nur um die einstmals starke Supermacht
verrottet und degeneriert vorzufinden. Wie Sand wurden sie davon-
geblasen. Das ist es, was Standish mit dem BBC Light Programme
zu tun sich erhofft.
Warum ist nicht wenigstens einer von euch im Studio? wirft Mull
Standish sanftmütig ein.
Weil wir beschlossen haben, das ganze beschissene Floyd-Album zu
spielen, antwortete Hawthorne, jedes letzte Blubbern und Kreischen. Also haben wir stundenlang Zeit. Wir glaubten, Eno soweit
vertrauen zu können, daß er die Platte umdreht, während wir den
alternden Erzeuger begrüßen. Er zieht eine entkorkte Flasche Bourbon aus der Manteltasche. Mull Standish nimmt sie entgegen, wischt
den Hals ab und macht Miene, daraus zu trinken.
Robert Johnson wurde von einem Theaterbesitzer vergiftet, der
Johnson verdächtigte, sein Mädchen zu bumsen, sinniert Hawthorne
nachdenklich, Sonny Boy Williamson wollte ihn retten und schlug
die Flasche weg, aus der er trinken wollte. Trink niemals aus einer
offenen Flasche, sagte er. Man kann nie wissen, was drin ist. Johnson
ignorierte den guten Rat. Schlag mir nie wieder eine Whiskeyflasche
aus der Hand, sagte er; dann trank er aus einer anderen offenen Flasche und bingo! Ende der Geschichte.
Mull Standish trinkt, reicht die Flasche zurück und stellt Ormus vor.
Aha, die indische Nachtigall! sagt Hawthorne. (Jetzt regnet es, ein
feines, eisiges Nieseln, das zwischen die Männer und ihre Kleider
eindringt, zwischen Ormus und seine Freude, zwischen den Vater
und seine Söhne.) Die *bulbul* von Bombay! Er hat dich also gefunden. Wurd' ja auch Zeit. Und nun sind Sie sein Kohinoor, das beschissene Juwel in seinem Arsch. Ein bißchen alt für diesen Job, würde ich meinen. Ich kann nur sagen, hoffentlich wäschst du dir den
Mund, bevor du ihn meinem beschissenen Mikrofon näherst.

Hawthorne, *heiliger Himmel!* Standishs Ton ist so leise und gefährlich, daß die Zunge des Jüngeren stolpert, versagt. Aber es ist zu spät, die Katze ist aus dem Sack. Warum ich? hatte Ormus gefragt, und Standish hatte erwidert: Nennen Sie's Inspiration. Aber natürlich hat es nichts mit Inspiration zu tun. Es ist Liebe.

Barhäuptig im Regen bekennt sich Mull Standish, entlarvt, beschämt, schuldig und bittet Ormus Cama um Verzeihung: Ich war nicht ganz ehrlich zu Ihnen. Ich habe mich nach Ihnen erkundigt, das habe ich Ihnen erklärt. Ich hätte zugeben müssen, daß meine persönlichen Gefühle im Spiel waren. Der Eifer. Der Eifer meiner Erkundigungen. Diese Information habe ich Ihnen vorenthalten, was schuldhaft und falsch von mir war. Aber Sie haben meine tausendprozentige Garantie, daß das niemals zu einem Problem zwischen uns werden wird ... Hawthorne schnauft verächtlich mit einem höhnischen Auflachen. Der triefnasige Waldo, der mithalten will, schnauft ebenfalls. Schnodder explodiert aus seiner Nase wie ein zähschleimiges Banner. Mit dem Rücken seiner frostbeuligen Hand wischt er ihn weg.

Wieder einmal hört Ormus Echos. In Hawthorne Crossley sieht er die wiedergeborene Vina, Vina in ihrer Kindheitsinkarnation der Nissy Poe, in deren Familiengeschichte es auffällige Parallelen zur Geschichte dieses rotzfrechen, bitteren Sprößlings einer zerbrochenen Ehe gibt. Außerdem erkennt er, daß Mull Standishs lange, autobiographische Reminiszenzen über seinen Liebhaber ›Sam Tropicana‹, der ihn monatelang verfolgte, bis er ihn fand und sein Leben veränderte, eine Parabel war, eine verschlüsselte Geschichte, mit der er eigentlich sagen wollte: *Folgendes kann ich für dich tun. Es stimmt: Ich habe dich verfolgt, du warst der Gegenstand meiner eigenen obsessiven Liebe. Aber nun kann ich dein Leben verändern, nun ist es an mir, zu geben, wie mir einst gegeben wurde, der Geber guter Dinge zu sein, wie sie mir einstmals gegeben wurden. Ich will nichts von dir, nur, daß du mich dein Nikolaus sein läßt.*

Ich will nichts von Ihnen, sagt Mull Standish niedergedrückt. Aber *für* Sie will ich allerdings sehr viel.

Ich will hier raus, verlangt Ormus Cama, und Mull Standish, dem es plötzlich die Sprache verschlagen hat, kann nichts tun als tropfnaß im Regen stehen und mit einer gefühlsstarken, unwillkürlichen Geste beide zitternden, flehenden Arme ausstrecken. Mit Handflächen, die nach oben gekehrt sind, und leer.

Hawthorne Crossley lenkt ein. Na, schön, bleib hier. Verdammt noch mal, so bleib doch hier! Bleib aus demselben Grund wie wir. Weil es hier Schnaps und Musik gibt, leider kein Dope, denn wir werden immer wieder von Polizisten geentert, die sehen wollen, ob sie nicht doch eine winzige Chance finden, uns kaputtzumachen, aber das einzige, wovor man wirklich Angst haben muß, ist, daß der Meeresgott eines schönen Tages beschließt, sein riesiges Maul zu öffnen und uns zu verschlingen. Während da draußen – mit einer vagen Geste der immer leerer werdenden Flasche Beam zum Land –, da draußen ist es ganz einfach so beschissen erschreckend, daß man keine Worte dafür findet.

Da draußen, da gibt es überspannte Bischöfe, erläutert Waldo, und verschlagene schottische Eier und Chop Suey zum Mitnehmen und Kühe und Anti-Personal-Streiks nördlich der DMZ. Und Bideford Parva und Piddletrenthide und Ashby-de-la-Zouch und Landbewohner in Wellies und das Mekong-Delta, wo Wellies nicht viel nützen, und Tet, was kein Ort, sondern ein Datum ist, wie Weihnachten, das ist auch da draußen. Da gibt es Arsenal F.C., und Ringo heiratet seinen Friseur, und Harold Wilson und Russen, die im Weltraum spazierengehen. Und Mörder mit einer Axt und Muttervergewaltiger und Vatervergewaltiger.

Der Kriegsdienst, ja, den auch, räumt Hawthorne ein und stößt auf. In *das* Horn stoßen wir alle. Wenn wir das lange genug tun, und noch ein bißchen Straßenverunreinigung und noch ein paar Ordnungswidrigkeiten hinzufügen, hoffen wir, daß man uns für zu unmoralisch hält, um in der Army zu dienen. Wenn wir Glück haben, sind wir nicht moralisch genug, um Frauen und Kinder und so in die Luft zu jagen. Vielleicht sind wir ja sogar nicht moralisch genug, um zu sterben.

Wie Arlo Guthrie, erklärt Waldo schwankend. (Sie haben die Flasche Beam geleert.) Mittlerweile entgehen da draußen die falschen Leute den Kugeln. King Jigme Wangchuk von Bhutan entkommt einem Attentatsversuch. Ein Maschinengewehranschlag auf den Schah von Persien schlägt fehl. Präsident Sukarno überlebt einen Coup der Kommunisten.

Rassenunruhen in Watts, nimmt Hawthorne den Faden wieder auf, Edward Heath zum Tory-Führer ernannt. Zwei wegen der Moors-Morde angeklagt. Churchill tot. Albert Schweitzer tot. T.S. Eliot tot. Stan Laurel tot. Umfragen beweisen: Die Briten glauben an Gott, bevorzugen aber TV. China hat die A-Bombe. Indien und Pakistan kurz vor einem Krieg. Und England schwingt wie ein beschissenes Pendel. Das macht mir eine Scheiß-Todesangst.

Bleib hier, wiederholt Waldo, bleckt die Zähne und zeigt ihm eine Flasche Sherry, Harveys Bristol Cream. Das Beste, was wir im Augenblick noch haben. Willkommen beim wundervollen 199.

Ormus nimmt die Flasche. Und wer ist Eno? Will er wissen, der dritte Stooge?

Um Eno brauchst du dich nicht zu kümmern. Hawthorne zuckt die Achseln. Eno ist ein Prinz. Ein Mann unter Männern. Eine Nadel im Heuhaufen. Eno ist das Busineß. Er ist OK.

Es regnet stärker. Mull Standish macht Miene aufzubrechen. Seine Söhne ignorieren ihn.

Sein richtiger Name ist Enoch, sagt Hawthorne und dreht dem Vater den durchnäßten Rücken zu, das ›ch‹ hat er weggelassen, weil er verständlicherweise keine rassistische Handhabe bieten will, nachdem er doch mit einem Makel behaftet ist. Das ist, als wärst du ein jüdischer Mensch, der zufällig Hitler heißt, und würdest beschließen, statt dessen ein Hit zu sein. Oder wenn dein Name unglücklicherweise Stalin lautet, würdest du ihn zu Star verkürzen.

Mao ist schwierig, sagt Waldo. Aber da könnte man jederzeit auf Dong hören.

Eigentlich heißt er Eno, weil er weiß (*e knows*), wie all diese beschissenen Apparate funktionieren, und wir keine blasse Ahnung haben.

Oder, wirft Waldo ein, weil er nicht viel sagt. (*e no say very much*).

Oder, fährt Hawthorne fort, weil er eine Menge Fruchtsalz schluckt, der Ärmste. Das ist seine Dritte-Welt-Verdauung. Wie dem auch sei, wenn du ihn länger kennst, wirst du ihn ohnehin nur Ali nennen. Eno Barber, Ali Barber. Vermutlich ein Witz, den du vielleicht zum Lachen findest. Vermutlich ein Witz mit kultureller Pointe, der nicht allzu beschissen schwer für dich zu kapieren ist.

Er kapiert nicht, schmollt Waldo. Er hat noch lange nicht genug zu trinken gehabt.

Hawthorne beugt sich zu Ormus hinüber und bläst ihm eine Wolke von Whiskey-Atem ins Gesicht. Hör zu, Mowgli, sagt er leicht aggressiv, du bist ein beschissener Gast hier, kapiert? Wie willst du unsere beschissene Gastgeberkultur kapieren, wenn du darauf bestehst, Antialkoholiker zu sein, wenn du dich auf diese hartnäckige beschissene Paki-Bastard-Manier hartnäckig weigerst, dich zu integrieren?

Vielleicht ist er zu gut für uns, sinniert Waldo. Zu gut für Harveys Bristol Cream. Zu gut für den feinsten britischen Sherry, den uns das Geld unseres Herrn Vaters zu kaufen vermag.

Mit Hilfe des Kapitäns der Motorbarkasse geht Mull Standish von Bord der *Frederica*. Nun, da ihr Jungens euch so prächtig versteht, bin ich sicher, daß diese Station immer besser und besser werden wird.

God save the Queen, grüßt Hawthorne Crossley den Vater mit übertriebener Höflichkeit. Und die Elizabeth Windsor sollte er vermutlich auch im Auge behalten.

In Ormus Camas klassischem Rock 'n' Roll-Hit *Ooh Tar Baby* – eine verschlüsselte Erinnerung an seine englischen Jahre, dargeboten mit dem bitteren, dreckigen Cool-Cat-Raspelton, der sein Antrittsgeschenk für die männlichen Sänger des New Yorker Undergrounds wurde – ist England selbst das Tar Baby. England kidnappt Menschen, erklärt er in Interviews, als er auf seiner Comeback-Tournee gegen Ende seiner Karriere von sich aus mit seiner lebenslangen Gewohnheit bricht und sich zu ein paar Begegnungen mit Journalisten herbeiläßt. England packt zu, sagt er, und läßt nicht wieder los. Es ist unheimlich. Man trifft aus irgendeinem Grund dort ein, auf der Durchreise zum Rest seines Lebens, dann aber aufgepaßt, denn sonst bleibt man dort auf Jahre hinaus hängen. Dieses alte Tar Baby, man kann sie höflich grüßen, sie aber wird nicht mal guten Tag sagen, man kann bei ihr so viel Süßholz raspeln, wie man nur will, aber sie wird niemals höflich sein, bis man schließlich so sauer ist, daß man ihr eins auf die Schnauze gibt, und dann, zu spät!, wird man gepackt. Sobald man sie angreift, gerät man in ihren Bann. Es ist eine seltsame Art von Liebe, das, was ich Klebe-Liebe nenne, aber man kommt nicht los. Man ist ja ohnehin nur irgend so ein dämliches Karnickel, so geschickt man es auch immer anstellt, dieser klebrigen alten Schwester eins zu verpassen, wenn Sie wissen, was ich meine. Also bleibt man da hängen, und man kann gar nicht anders, irgendwann fängt man an zu denken, daß sie doch irgendwie niedlich ist, aber dann argwöhnt man allmählich, daß im Gebüsch irgendwo vielleicht ein hungriger Fuchs lauert, der keinen Laut von sich gibt und nur auf sein Abendessen wartet.

Ooh Tar Baby yeah you got me stuck on you. Ooh Tar Baby and I can't get loose it's true. Come on Tar Baby won't you hold me tight, we can stick together all through the night. Ooh Tar Baby and maybe I'm in love with you.

Zeit der Hexe

Anfangs ist die Musik das einzige, das er in den Griff kriegt. Mull Standish XII., der für all seine Schiffe die Musikliste auswählt, hat ein feines Ohr und einen sicheren Instinkt. Während ihm diese Listen allmählich vertraut werden, gesteht sich Ormus heimlich ein, daß er mit seiner vorschnellen Verurteilung der cisatlantischen Rockmusik völlig danebenlag. Dies ist das Goldene Zeitalter des britischen Rock 'n' Roll. Nach Sinatra und Parker ist dies die dritte Revolution.

Mull besucht jedes Boot alle vierzehn Tage einmal. (Die Arbeitszeiten für die DJs an Bord von Radio Freddie basieren ebenfalls auf einer vierzehntägigen Rotation, zwei Wochen Arbeit, zwei Wochen Pause.) Jedesmal kommt er mit einem klappernden, mit den neuesten Scheiben gefüllten Leinwandbeutel und verkündet die musikalische Marschordnung für die folgenden vierzehn Tage: dies fördern, das betonen, jenes gelegentlich mal spielen, aber nur, weil wir es nicht nicht spielen können, hört euch das hier an, Boys, dieser Bursche wird es noch weit bringen. Man hat das Gefühl, daß sich ein Publikum bildet und daß die terrestrischen Bosse eindeutig nervös werden. Das merkt man daran, daß die Frequenz der Drogenrazzien ständig erhöht wird. Während Ormus' erster Schicht werden sie zweimal geentert, das Boot wird auf den Kopf gestellt, die menschliche Fracht wird bis auf die Haut durchsucht, und es gibt jede Menge höhnisches Lachen und Herumgeschubse, bis sie endlich in Ruhe gelassen werden.

Mein beschissenes Rektum gewöhnt sich allmählich so sehr daran, von den gummibehandschuhten Fingern dieser Polypen erforscht zu werden, daß ihm das fast schon wieder gefällt, verkündet Hawthorne. Waldo pflichtet ihm tiefernst bei. Vermutlich liegt es an den Genen. Ormus dagegen fällt es schwer, die komische Seite des Ganzen zu sehen. Nackt und unschuldig erduldet er die groben Jolly-Roger-Scherze der Gesetzeshüter, während er vor Scham und Wut zittert. Dies ist ein England, das seinem Vater unbekannt war, ja, dessen Existenz er sich nie hätte vorstellen können.

Von der Zeit während der Polizeirazzien abgesehen, haben Cap'n Pugwash (nicht sein richtiger Name) und die Besatzung der *Frederica* nur wenig Zeit für die Radiocrew. Sie bewohnen separate Quartiere, und so werden nur wenige Worte gewechselt. Die Razzien schlagen jedoch ein seltsames Band zwischen den beiden Lagern. Die Bisse der Schmeißfliegen wirken verbindend. Die Invasionen, die Stiche überbrücken den Abgrund, der zwischen den Weltanschauungen und Klassen der Seeleute und der Radioemporkömmlinge klafft. Nach einer Razzia entspannt sich Pugwash – ein bartstoppeliger, bierbäuchiger Griesgram mit einem passend piratenhaften Schnauzbart – tatsächlich so weit, daß er zu Hawthorne Crossley sagt: »*Ihr laßt nicht nach, Maat, yeah? Ihr gebt ihnen so richtig was drauf.*« Dann kehrt allmählich wieder die grimmige Zurückhaltung ein.

Das sind die Schocktruppen von Mull Standishs siegreicher Marine, einer Marine des Friedens und der Musik, vor der – so sieht es die Strategie des Oberpiraten vor – ganz England unweigerlich kapitulieren muß und wird. Trotz seiner neu erworbenen Bewunderung für die Musik fällt es Ormus schwer, sich in England einzugewöhnen. Unter seinen Füßen schwappt Wasser. Alles ist in Bewegung. Man versichert ihm, die Kids seien ganz verrückt nach Freddie, aber das England, das er am Horizont sieht, ist ein flacher, dunkler Strich unter einem schweren grauen Himmel, der absolut desinteressiert in der Ferne liegt.

Alkoholisiert, schwerfällig schleppt sich der Sender durch die Tage und Nächte. Das Wetter ist ohne Unterlaß gräßlich: Regen, Wind, noch mehr Wind, noch mehr Regen. Die *Frederica* schlingert und rollt. Waldo Crossley ist häufig seekrank und erbricht sich nicht immer nach außenbords. Irgendwie wird ein Minimum an Hygiene gewahrt, so daß die Gesundheitsinspektoren bei ihren Razzien keinen Grund finden, den Sender zu schließen, und voller Zorn und Enttäuschung abziehen müssen. Ormus, der die Kunst des Gonzo-

Sendens lernt, erkennt, daß Eno, der farbige Mann, die Schlüsselfigur ist. Eno, der sich in makelloses Weiß kleidet und einen cremefarbenen Borsalino trägt, ist eine Welt für sich und will weder mit den DJs noch mit der Besatzung etwas zu tun haben. Er scheint weder zu essen noch zu trinken oder zu schlafen, ja (trotz Crossleys Fruchtsalzen) nicht einmal zu scheißen oder zu pissen. Im Studio des Schiffes hält er von seinem Platz hinter einem Pult, das aussieht wie ein elektrischer Igel, dessen Stacheln die Schalter sind, alles in Gang. Dort bleibt er sitzen, auf der anderen Seite seiner Glasscheibe, Ali Barber in Aladins Höhle, und an der Wand hinter ihm steht auf einem großen Schild *Kenne deinen Platz*. Eno ist für die Apartheid, erklärt Hawthorne, und das schließt dich ein. Wie du weißt, werden die Inder in Südafrika noch mehr von den Schwarzen gehaßt als die Weißen.

Er kommt also aus Südafrika, erkundigt sich Omus erstaunt.

Waldo schüttelt ernsthaft den Kopf. Nein, aus Stockwell.

Die Musik ist außergewöhnlich. Klagendes, getragenes Gitarrenspiel, die alten, weisen Stimmen lächerlich junger Blues-Rocker, die scharfkantigen Raunch 'n' Roll-Frauen sowie die sanften Mädchen mit den ätherischen Kristallstimmen, die kreischenden, psychedelischen Feedback-Wirbel, die Balladen von Krieg und Liebe, die halluzinierten Visionen großer Troubadours. Indem Ormus sich an die Musik klammert, kann er das festhalten, was wirklich ist. Die Musik erzählt ihm Wahrheiten, die er, wie er feststellt, bereits kennt. Die Musik ist ein großer, wilder Vogel, der nach jenem Vogel derselben Spezies ruft, der in seiner eigenen Kehle verborgen liegt, im Ei seines Adamsapfels, kurz vor dem Ausschlüpfen, und nur noch auf den richtigen Zeitpunkt wartet.

Ormus, Hawthorne und Waldo legen einen Schlafturnus fest. Jeweils zu zweit quetschen sie sich in den engen Studioraum, Ormus und Hawthorne, Hawthorne und Waldo, Waldo und Ormus. Die Zeit erstreckt sich endlos vor ihnen, das Land driftet davon wie eine Phantasie, und so von Regen und Alkohol durchtränkt, fällt es ihnen leicht, sich vorzustellen, daß sie Selbstgespräche führen. Das, was zwischen den Songs über den Äther geht: ihre inneren Monologe, die müdigkeits- und whiskyverschmutzten Ströme ihres zerstörten Bewußtseins.

Einmal, während der Nachtschicht, in den frühen Morgenstunden, in denen die Ungeheuer gekrochen kommen, merkt Ormus, daß sein Cojockey Waldo eingeschlafen ist. Flüsternd, als spräche er ganz allein mit seiner Geliebten, ruft er quer durch den Himmel nach Vina. Eno, gleichgültig in seiner Kabine, gibt keinerlei Bemerkungen von sich. Er ist in die Elektrizität vertieft, auf den Fortgang des Sendens konzentriert, der Reinheit des Klangs hingegeben. Vielleicht lauscht er gar nicht Ormus' Aufschrei, sondern ausschließlich der Höhe und dem Timbre seiner Worte, bewegt seine Regler, beobachtet seine Anzeigen, immer das Flackern beleuchteter Zeiger in den Augen.

Bist du da, meine Liebste, murmelt Ormus. O du meine längst verlorene Liebste. Du hattest kein Vertrauen zu mir, und ich war verletzt, stolz, ich ließ dich gehen. Nun muß ich mich deiner würdig erweisen, muß Aufgaben lösen, auf die Suche gehen, die schwere Last der Welt tragen.

Mull Standish schickt über den Schiffsfunk eine dringende Nachricht. Der erste Maat, der zugleich Funker ist, überträgt den Text, und Cap'n Pugwash – der sich in Ormus' Selbstgespräch eingeschaltet hat – ist so bewegt (im Grunde ist er ein großer Kloß-im-Hals-Softy), daß er Standishs Nachricht persönlich zu Eno bringt, der den Zettel flach an die Glasscheibe drückt. Gute Idee, liest Ormus. Wer ist sie? Gibt es sie wirklich? Oder haben Sie sie erfunden? Sie dürfen sie nicht allzuschnell finden. Machen Sie möglichst lange weiter. Jede Nacht eine weitere Folge. Das wird uns mehr Zuhörer bringen als alles andere. Der schmachtende, schwimmende Romeo singt für seine nichtsahnende Liebste. Sie wünschen sich eine Sängerkarriere? Sie haben gerade den Einstieg gefunden. Dies wird Ihnen Profil verleihen, Nachdruck, Anteilnahme. Dies wird Ihnen einen Namen machen.

Vina Apsara hat Ormus' Flehen nicht gehört. Sie ist in Amerika und weiß nicht, daß er naß, sehnsuchtsvoll vor der englischen Küste schwimmt und ihren Namen ruft.

Niemand sagt es ihr. Es ist noch nicht an der Zeit.

Die Migräneanfälle kommen. Sie werden schlimmer. Manchmal kann er während der ihm zugeteilten Stunden keine Minute schlafen. Er greift zu einem der Taschenbücher, die in seiner Kabine herumliegen – Mull Standish muß sie an Bord gebracht haben, weil er hoffte, seinen Söhnen ein bißchen Kultur einzutrichtern, die aber haben sie sofort in die unbewohnte Kabine geworfen, welche sie niemals betreten, jene, die jetzt Ormus' kleines Privatversteck ist. Bücher von berühmten amerikanischen Autoren, Sal Paradises Oden an die Wanderlust, Nathan Zuckermans *Carnovsky*, Science-fiction von Kilgore Trout, ein Theaterskript – *Von der Trenck* – von Charlie Citrine, der später den Erfolgsfilm *Caldofreddo* schreiben wird. Lyrik von John Shade. Außerdem Europäer: Dedalus, Matzerath. Der einzigartige *Don Quichote* des unsterblichen Pierre Menard. F. Alexanders *Uhrwerk Orange*.

Auch der Fantasy-Thriller-Hit des Jahres ist da, *The Watergate Affair*, in dem der zukünftige Präsident Nixon (Präsident Nixon! So wild kann Fantasy geraten) nach dem Versuch, die Büros der Demokraten zu verwanzen, von seinem Amt zurücktreten muß, eine Anschuldigung, die sich durch einen absolut unlogischen Dreh letztlich als zutreffend erweist, weil sich herausstellt, daß Nixon auch sich selbst verwanzt hat, ha ha ha, über die Sachen, die sich diese Burschen ausdenken, kann man wirklich herzlich lachen.

Doch jedesmal, wenn er zu einem der Bücher greift, beginnt es in seinem Hirn zu wirbeln und zu pochen, bis er sich gezwungen sieht, sie ungelesen aus der Hand zu legen. Sein Kopf platzt vor Verwirrungen, und wenn er die Augen schließt, sieht er, daß sein toter Zwilling Gayo hinter den Lidern sein Verhalten geändert hat. Gayomart läuft nicht mehr davon, sondern kommt auf ihn zu, stellt sich vor Ormus und starrt ihn an wie ein Mann, der in einen Spiegel blickt. Du bist ein anderer Mensch geworden, sagt Gayomart Cama grinsend. Viel-

leicht ist das da draußen Gayomart, und du bist hier drinnen, gefangen in der Irrealität. Vielleicht bin ich es jetzt, der dich träumt. Ormus ist entsetzt über die Feindseligkeit in Gayomarts glitzerndem Grinsen. Warum haßt du mich, will er wissen. Was meinst du wohl, warum, gibt sein Bruder zurück. Ich bin es, der gestorben ist.
Um Gayo fernzuhalten, muß er die Augen offenlassen. Er ist so müde, daß er die bleischweren Lider mit den Fingern aufhalten muß. Er schaltet den Monitor in seiner winzigen Kabine an und versucht sich auf die Gebrüder Crossley zu konzentrieren, die ihre Schicht herunterreißen.

Wenn du zuhörst, Antoinette Corinth, du schlaflose Hexe, und ich weiß, daß du zuhörst, denn das tust du immer, dann ist das hier jetzt für dich. Es kommt von Hawthorne, mit Liebe. Auch Waldo würde seine persönlichen Grüße hinzufügen, aber leider liegt er gegenwärtig ein wenig indisponiert in der Kiste. Das Folgende bringen wir zu Ehren deiner Genialität, o Königin der schwarzen Kunst, Prinzessin des Pentagramms, Baroneß Samedi, Priesterin der Wicca, Adeptin der Geheimnisse der Großen Pyramide, Spenderin aller guten Dinge, außerordentliche Schneiderin, o Mutter, die uns zu saugen gab. Wir nahmen deinen Namen an, und du ließest ihn sofort fallen, um statt dessen der edlen korinthischen Tradition zu folgen. Mutter vergib uns, denn wir sind wunderbar arschgelöchert. Vergib uns Mutter, denn wir haben uns von dem anwerben lassen, der dir Unrecht getan hat. Wie du die Bitterkeit gegen ihn überwunden hast, wie du es in deiner mächtigen Seele gefunden hast, deinen höchst gerechtfertigten Zorn zu bewältigen, so laß uns nicht in deine schwarzen Bücher geraten, falls das überhaupt möglich ist, denn wir haben diese Moneten das Bare die Penunze die Kohle die Kohle wirklich dringend gebraucht. Vergib uns Mutter, denn wir sind Soldaten von dieser Queen unserem Vater und dies ist das wundervolle 199, Radio Freddie, und für euch alle, ihr Nachteulen, und unsere eigene liebe Mutter kommt nun Manfred Mann, um uns zu versichern, daß Gott auf unserer Seite steht.

Während er sich Hawthornes Tirade anhört, muß Ormus Cama an Sanjay Gandhis legendären Haß auf seine Mutter Indira denken, weil sie seinen Vater Feroze verlassen hat. Mull Standish ist Indira in Metamorphose, denkt er, Indira, die machtlos war gegenüber ihrem rücksichtslosen Sohn, die Sanjay mit einem lebenslangen Vorrat an Haß versorgte.

Gibt es einen Gott? fragt sich Waldo Crossley zwischen Manfred Mann und The Searchers. Große Frage. Laß dir Zeit.

Wenn es keinen Gott gibt, warum haben Menschen dann Brustwarzen, entgegnet Hawthorne zwischen The Searchers und The Temptations.

Andererseits, wenn es keinen Gott gibt, so würde das erklären, warum wir Peter, Paul and Mary ertragen müssen, folgert Waldo logisch zwischen The Temptations und The Righteous Brothers.

Wenn es keinen Gott gibt, wer hat dann da oben vergessen, den Wasserhahn zuzudrehen? ruft Waldo nach der *Unchained Melody* und schlägt mit der Faust auf den Studiotisch, Schach*matt*, *glaube ich*.

Die Miracles stimmen ihren Song an. Es regnet weiter.

Am Ende der ersten vierzehn Tage nehmen die Gebrüder Crossley Ormus Cama mit nach Hause zu ihrer Mutter, wo er in einem Gästezimmer wohnen soll. Zu Hause, das ist eine Maisonettewohnung über dem Modegeschäft ihrer Mutter in einem alten roten Backsteinreihenhaus am falschen Ende von Chelsea, an zu vielen *kinks* in der King's Road vorbei, versteckt zwischen dem Gaswerk und der Wandsworth Bridge Road; und dennoch scheint die Zeit um diesen Ort zu wirbeln und zu kreisen, kennt den Unterschied zwischen Masse und Größe. Nur das wahrhaft Massive kann hier etwas bewegen. Hier, im Limbus, hat die Zeit eine starke Gravitationskraft entdeckt, ein alles verschlingendes Schwarzes Loch.

Vina ist hier gewesen. Sie hat sich ein Fähnchen von Kleid gekauft. Die Boutique – ein neues Wort, das sich nicht halten wird – nennt sich The Witch Flies High und ist schon jetzt eine Legende; das heißt, die Richter auf diesem Gebiet sind sich einig darin, daß dies

eine der Enklaven ist, durch die der Zeitgeist – ein weiteres Mode-
wort, das in Ungnade fallen wird – eines Tages definiert werden
wird. Wie man sagt, ist die Witch schon jetzt mit dem Kuß der
Nachwelt gesegnet worden. Sie zieht die Stadt in ihr Gravitationsfeld
herein und formt den Augenblick nach ihrem Willen. Innerhalb ihres
Event-Horizonts haben die Gesetze des Universums keine Geltung.
Die Dunkelheit regiert. Das einzige Gesetz ist Antoinette Corinth.
Mick Jagger soll die Kleider tragen, diese flüchtigen Kompositionen
aus Samt und Spitze. John Lennons weiße Limousine hält einmal pro
Woche vor der Tür, und ein Chauffeur schleppt ganze Ständer voll
Kleider für den großen Mann und seine Frau zur Anprobe hinaus.
Deutsche Fotografen mit starrgesichtigen Models kommen, um die
Schaufenster der Witch als Hintergrund für ihre Modefotos zu nut-
zen. Die Boutique hat berühmte Schaufenster, die mit der Wicked
Witch of the West aus dem Land Oz bemalt sind. Kichernd fliegt sie
über Emerald City dahin. Ihr qualmender Besen schreibt etwas an
den Himmel. *Surrender, Dorothy* – Gib auf. (Die Unwissenden und
Modemuffel halten dies irrtümlich für den Namen des Shops. Solchen Menschen wird unweigerlich der Eintritt verwehrt. Antoinette
Corinth verabscheut Dorothy Gale, ihren Hund und sämtliche Einwohner von Kansas, Kansas-als-Metapher, flach, leer, uncool. Antoinette Corinth ist Miss Gulch.)
Antoinette lehnt träge im Eingang der Boutique, beleuchtet von einer gelblichen Wolframstraßenlaterne, eine stattliche Frau in einem
polangen schwarzen Spitzenminikleid mit passendem Schal, und un-
terhält sich mit einem westentragenden Dandy, der, wie sich herausstellt, ein gefeierter Gesellschaftscouturier und außerdem ihr erster
Geldgeber ist: Tommy Gin. Sie gestattet ihren Söhnen ein Küßchen
auf die Wange, während sie Ormus' höflichen Gruß ignoriert. Auch
Gin schneidet ihn. Ormus folgt Hawthorne und Waldo in die Witch.
Drinnen herrscht pechschwarze Finsternis. Man tritt durch einen
schweren Perlenvorhang und ist sofort geblendet. Die Luft ist
schwer von Räucherduft, Patschuliöl und den Aromen von Substanzen, die an Bord von Radio Freddie verboten sind. Psychedelische
Musik terrorisiert die Trommelfelle. Nach einiger Zeit nimmt man

ein mattes, purpurnes Glühen wahr, in dem man einige reglose Gestalten ausmachen kann. Das dürften Kleider sein, die vermutlich zum Verkauf stehen. Man fragt nicht gern. Die Witch ist ein einschüchternder Ort.

In den Tiefen der Boutique gibt es eine schwach erkennbare Präsenz. Das ist SIE. SIE führt den Laden und läßt Twiggy wie einen Teenager mit Babyspeckproblemen aussehen. SIE ist sehr bleich, vermutlich, weil SIE ihr Leben damit verbringt, im Dunkeln zu sitzen. Ihre Lippen sind glänzend schwarz. Außerdem trägt SIE ein schwarzes Minikleid, aber aus Samt, nicht aus Spitze. Das ist ihr städtischer Vampirlook. (Ihr anderer Look, schwarze Kittel zu schwarz geschminkten Augen, wird von Antoinette Corinth als ›dead baby‹ beschrieben.) SIE steht, der Mode dieser Zeit entsprechend, mit eingeknickten Knien und einwärts gekehrten großen Zehen, so daß ihre Füße ein winziges, verkrampftes T bilden. SIE trägt riesige Schlagring-Ringe aus Silber und im Haar eine schwarze Blume. Halb Love Child, halb Zombie, ist SIE ein Zeichen der Zeit.

Ormus versucht es mit Charme, stellt sich vor, erwähnt seine kürzliche Ankunft in England, läßt ein paar Worte über seine erste Arbeit an Bord von Radio Freddie fallen, findet angesichts des Funkelns der Basiliskenaugen im purpurnen Dämmerlicht keine weiteren Worte und kommt stotternd zum Schweigen.

Dampfradio ist out, sagt sie, Dialoge sind tot.

Das ist eine verblüffende Information. Mit sechs Wörtern wird die neukantianische, bakhtinische Definition der menschlichen Natur – daß wir uns durch den Dialog, durch die Intersubjektivität, das kreative Interplay unserer unterschiedlichen Unvollkommenheiten ständig verändern – zur Ruhe gebettet. Das im wesentlichen apollinische Universum der Kommunikation schrumpft unter der verächtlichen Wucht von SIEs dionysischem Postverbalismus. Aber bevor Ormus eine so revolutionäre Veränderung verdauen kann, kommt Tommy Gin in den Laden gestürmt, unmittelbar gefolgt von einer johlenden Antoinette Corinth. Hören Sie zu, Mann, tut mir leid, Mann, erklärt Gin und packt Ormus Cama bei beiden Händen, es ist die Witch, Mann, sie macht gern Scherze. Ich meine, Sie sind Inder, ich liebe Indien. Den Maharishi, Mann. Und den Buddha, und Lord Krishna. Wundervoll.

Und Ravi Shankar, hilft Ormus, der freundlich sein will, ihm weiter. Aber Tommy Gin sind die Inder ausgegangen, deswegen kann er nur noch nachdrücklich nicken. Genau, genau, nickt er strahlend.

Genau, pflichtet ihm Ormus Cama bei.

Aber was ich sagen will, kehrt Gin zu seiner verlegenen Entschuldigung zurück, da draußen, Mann, hab' ich Sie ziemlich schlecht behandelt, aber das kommt nur davon, daß sie sich ständig über die Leute lustig macht, ich meine, ob Sie's glauben oder nicht, sie hat mir weisgemacht, Sie seien ein *Jude*. Ist das zu glauben, Mann, Sie wissen schon, yeah. Aber das sind Sie nicht, Mann, Sie sind's einfach nicht. Oh, wow!

He, Inderboy, ruft Antoinette Corinth und winkt mit einem Joint in der langen Zigarettenspitze. Vielleicht solltest du mir ein paar von euren Wieheißtdasdoch-Seiltricks beibringen. Wenn ich mich nicht *allzusehr* irre, scheinst du die Queen jedenfalls gefesselt zu haben.

Ormus Cama, mit Gin und Antoinette konfrontiert, hat das Gefühl, im Angesicht der reinen Boshaftigkeit zu stehen. Gin zählt nicht: Der ist ein ärgerlicher Nadelstich, ein erbärmlicher Kerl. Aber von Antoinette Corinth geht eine kaum verhohlene, rachsüchtige Boshaftigkeit aus. Dies ist nicht die kluge Frau ohne jede Bitterkeit, deren Loblied von ihren Söhnen über den Piratensender gesungen wurde. Dies ist eine Frau mit einer so spürbaren Rachsucht, daß sich Ormus, obwohl er keinen Grund hat, sich als Zielscheibe des verspritzten Giftes zu sehen, körperlich von ihr bedroht fühlt. Unwillkürlich beginnt er zurückzuweichen und stößt im Dunkeln gegen etwas Hartes. Mit klappernden Bügeln kippt ein voller Kleiderständer zu Boden.

Ha! Ha! (Antoinettes Corinths Lachen ist der rauhe Würgehusten eines schweren Rauchers.) Der liebe Kleine. Richtig Angst hat er. Ormus, Baby. Willkommen in der Unfold Road.

An diesem Abend ruft Mull Standish an: Alles in Ordnung? Benimmt sie sich gut? Und bevor Ormus antworten kann: Ihre musikalische Zukunft. Ich arbeite daran. Meine Pläne sind fast fertig. Wußten Sie, daß BBC die Georgie-Fame-Platte nicht spielen wollte und daß sie dank uns jetzt ein Top-drei-Hit ist? Das ist ein großer Schritt vorwärts. Ein Beweis für die Macht der Piraten. Und der nächste Beweis, der werden Sie sein. Denn wenn wir das bei einem Unbekannten fertigbringen, sind wir es, die das Sagen haben. Wir müssen über Material sprechen. Wir müssen über Musiker sprechen. Wir müssen sprechen, Punkt. Fragen Sie mich nicht, wann. Ich bin dicht dran. Ich bin Ihnen weit voraus. Ich bin schon da. Halten Sie sich bereit.

Rückblickend besteht kein Zweifel daran, daß Mull Standish in Ormus Cama verliebt war; wie ein Teenager bis über beide Ohren mondkalbverliebt.

Aber er war außerdem ein vornehmer Mensch, ein Mann von Charakter, und hielt sein Wort. In all den Jahren ihrer Partnerschaft geschah es kein einziges Mal, daß er den Künstler, den zu einem Weltsuperstar zu machen er geholfen hatte, sexuell belästigte. Ohne Mull Standish – der die Band zusammenstellte, die Instrumente besorgte, auf eigene Kosten die Aufnahmestudios anmietete und als sein eigener Promoter fungierte – hätte es mit Sicherheit kein Rhythm Center gegeben. Und ohne Rhythm Center hätte es kein VTO gegeben.

In jener Nacht am Telefon, seiner ersten Nacht in der Maisonette über der Witch, bleibt Ormus skeptisch: Was wollen Sie von mir? verlangt er zu wissen.

Mull Standishs Stimme schwankt ein wenig, verliert viel von ihrem vollen Timbre. Meine Söhne, sagt er unsicher. Legen Sie bei meinen Söhnen ein gutes Wort für mich ein.

Was nicht leicht ist. Erlöst aus der Gefangenschaft von Radio Freddie, sind Hawthorne und Waldo Crossley eifrig damit beschäftigt, sich neue Türen der Wahrnehmung zu öffnen. Im Zimmer ihrer Mutter – Tierkreis an der Decke, Astrolabien, Ghing-Stäbe, Flugzettel mit Werbung für tibetanisches Obertonsingen, Katze, Besenstiel, alles – liegen sie halb bewußtlos herum, mit Mummys Hilfe ins Reich der Wonnen entrückt.

Sie mögen eben ihr Zuckerstückchen, strahlt Antoinette Corinth. Nach zwei Wochen hängt ihnen die arme Zunge aus dem Hals. Und du, mein orientalischer Prinz? Ein Stückchen, oder zwei?

Trotz seines Lebens, das er im angeblich exotischen Osten verbracht hat, ist Ormus nicht daran gewöhnt, Hexen zu begegnen. Unbeholfen hockt er mit untergeschlagenen Beinen auf einem afghanischen Teppich, verlegt sein Gewicht von einem Schenkel auf den anderen und lehnt die angebotene Droge ab. Blinzelnd versucht er Antoinettes selbstgewählte Dunkelheit zu durchdringen und erkennt mühsam einen Papagei im Käfig, den mexikanischen Chacmool, die brasilianischen Sambatrommeln. Bücher über die alten Religionen von Menschenopfern und Blut. Eine Zauberin mit lateinamerikanischem Akzent. Allmählich fällt es Ormus schwer, sie ernst zu nehmen. Das Ganze ist doch nur Theater, nicht wahr, eine Pose, ein Spiel. In dieser ›Kultur‹ haben die Menschen Zeit für Spielchen. Kommen vielleicht nie über die Spielchen hinaus. Eine ›Kultur‹ der erwachsenen Kinder.

Mikroben auf der Rutschbahn.

Antoinette bemerkt Ormus' Interesse für ihr Sammelsurium, spürt seine Skepsis, stürzt sich in eine lange Verteidigungsrede. »Die Menschen sehnen sich nach etwas Besserem. Einer Alternative. Und hier ist diese einfach unendliche Menge verbotenen Wissens, absolut kohärent, phantastisch gelehrt, die geheimen Erkenntnisse der gesamten menschlichen Rasse, und alles unmittelbar außerhalb ihrer Reichweite. Warum? Nun, das liegt auf der Hand. Weil sie uns keinen Zugang zur Macht gewähren wollen. Zur *Nuklear*macht der geheimen Künste.«

Das ist nur einiges davon. Jetzt beginnt Ormus sie deutlicher zu sehen und zu hören. Sie klingt demagogisch: selbstgerecht, eine Wahre Gläubige. Sie klingt wie jemand, der etwas verbirgt, der die halb verdaute Rhetorik der verrückten Randgruppen des Zeitalters benutzt, um einem Lebenslauf Farbe zu verleihen, vor dessen schmerzlicher Banalität sie möglicherweise Angst hat. Was ist sie denn eigentlich?

Eine Schneiderin, die Glück im Beruf, aber Unglück in der Liebe hatte. Zwei erwachsene Söhne und ein leeres Bett. Ormus hat den Eindruck, daß sie ihre Kinder infantilisiert, daß sie ihnen Halluzinogene verabreicht, um sie kindlich, hilflos, abhängig zu halten; um sie an sich zu binden. Von einer plötzlichen Woge übelkeiterregenden Abscheus gegen den Zeitgeist überfallen, findet Ormus, daß es schwerfällt, Antoinette Corinth zu mögen, eine schrille Selbstdramatisiererin.

Er fragt, ob er die Trommeln benutzen darf. Sie verschwindet hinter den Rauchringen ihres Geistes und winkt vage mit der Hand. Sanfte, eindringliche, seidig gewundene Rhythmen entströmen seinen Fingerspitzen. Es ist, als hätten sich die Trommeln danach gesehnt, mit ihm zu sprechen, und er mit ihnen. Schließlich denkt er: endlich, endlich sind hier Freunde.

Beschissenes Paradies, knurrt Antoinette Corinth und schläft ein. Ormus kümmert es nicht; er ist in die Samba vertieft, den Karneval unter seinen fliegenden, schlagenden Händen.

Lange nachdem er im Stockwerk unter ihr schlafen gegangen ist, hört er sie aufwachen und oben geräuschvoll herumwerkeln. Er hört seltsamen Gesang, das Klingen von Fingerzymbeln, eine Frauenstimme, die den Mond anheult.

Dieses England, verdorben von Mystizismus, fasziniert vom Wunderbaren, vom Psychotropischen, verliebt in fremde Gottheiten, beginnt ihn zu erschrecken. Dieses England ist ein Katastrophengebiet, die Alten vernichten die Jungen, indem sie sie zum Sterben auf ferne Schlachtfelder schicken, und als Reaktion darauf vernichten sich die Jungen selbst. Er zeigt eine im wesentlichen konservative Reaktion nicht nur auf den Krieg, sondern auch auf das ebenso starke Laissezfaire der Zeit, eine Reaktion, die sich verstärken wird, je mehr er über das Land erfährt. Eine Revolte gegen den Schaden, die Verschwendung, die Selbstverstümmelungen, die Bettdeckenjacken, das Schlucken verschiedenster Formen von dummem Geschwätz, das die Verbreitung von Intelligenz verdrängt hat, die Anfälligkeit für Gurus und andere falsche Propheten, die Flucht vor der Vernunft, den Abstieg in ein Inferno von Privilegien.

Mit der Zeit wird er Songs über dieses Katastrophengebiet schreiben, Songs, die eine im Weltraum verlorene Generation brandmarken, Songs von einer wilden Empörung, die sie alle durch eine der ironischen Umkehrungen der Kultur zu Hymnen ebenjener Menschen macht, die er angreift. Die sterbende, driftende, zerbrochene Generation, die sich selbst eine große Lüge eingeredet hat – daß sie Hoffnung und Schönheit repräsentiert –, wird in Ormus Camas Erdbebenliedern die Wahrheit vernehmen; wird in diesen grausamen Spiegel blicken und sich selbst sehen. Ormus Cama wird seine westliche Stimme finden, indem er, mit den Worten von M. Henri Hulot, begreift, wogegen er ist. Und, in der Gestalt Vinas, seiner einzigen Liebe, für wen er ist.

Als Sir Darius Xerxes Cama von der seinen Geist zerstörenden Englandreise zurückkehrte, wurde er lange von seinem Butler Gieve ausgefragt, der gewisse Lügen über dieses Land gehört hatte, von denen er wußte, daß sie viel zu absurd waren, um wahr zu sein; aber er brauchte Sir Darius' Bestätigung dafür, daß es Lügen waren:

Es heißt, Sir, daß ein Mann, der im UK keinen Job hat, von der Regierung Geld bekommt. Daß ein Mann, der keine Wohnung hat, von der Regierung ein *pukka*-Haus bekommt, nicht etwa eine *jopadpatti*-Hütte auf dem Bürgersteig, sondern ein solides Gebäude. Daß die Regierung, wenn ein Mann selbst oder seine Familie krank wird, das Krankenhaus bezahlt. Daß die Regierung einem Mann, der seine Kinder nicht zur Schule schicken kann, es möglich macht, daß er sie gratis hinschicken kann. Und daß die Regierung, wenn ein Mann alt und nutzlos geworden ist, dem Taugenichts sein Leben lang jede Woche Bargeld auszahlt.

Die Vorstellung, daß sich eine Regierung so verhalten könnte, schien sein Gefühl für die natürliche Ordnung zu beleidigen. Als Darius ihm bestätigte, daß seine Auslassungen in etwa zuträfen, konnte Gieve das nicht verkraften. Er schlug sich vor die Stirn, schüttelte den Kopf und war vorübergehend sprachlos. Dann sagte er: »Wenn dem so ist, Sir, *warum kann im UK überhaupt jemand unglücklich sein?*«

Warum kann überhaupt jemand in diesem privilegierten Winkel des Globus unglücklich sein? Ja, OK, der Krieg, räumt Ormus ein. Aber ist das eine Entschuldigung? Bedeutet das, daß ganze Völker sich zugrunde richten und das dann Frieden nennen können? Bedeutet das, daß man die Fäden, an denen die Welt hängt, einfach durchschneiden – *horch, welch eine Disharmonie daraus entsteht* – und das dann Freiheit nennen kann?

Sein Horror, sein Gefühl nahenden Unheils, Unrechts, dräuenden Schicksals – Risse in der Welt, Abgründe, die vier Reiter, der ganze anachronistische Apparat millenarischer Eschatologie – wird verstärkt von dem Bewußtsein der eigenen, nicht gewollten Gabe der Visionen, der Löcher in der Realität, die sich manifestieren, um ihm eine andere Realität zu zeigen, der er widersteht, obwohl sie ihn auffordert einzutreten; denn ein Betreten würde – das weiß er – fast so etwas wie Wahnsinn bedeuten. Könnte es sein, daß sich dieser visionäre Wahn, dieses Ding in ihm selbst, das er am meisten fürchtet, daß sich dieser Wahn am ehesten im Gleichklang mit seiner neuen Welt befindet?

Gegen Ende der Nacht kommt SIE zu ihm, legt sich gelassen zu ihm auf die Matratze, ohne Emotionen, unter dem Einfluß irgendeines Narkotikums. Ihr Sex, in den rotgeränderten, atemfauligen Stunden nach der kalten Morgendämmerung, ist wenig überzeugend, knochig, kurz; trockenes Aneinanderreiben, wie eine Pflichtübung. Wie das Ende des Sexes: das letzte, ausgedörrte Zueinanderfinden eines alten Ehepaars. Erschöpfung überfällt sie, und sie schlafen. In zwei Wochen muß er aufs Schiff zurückkehren, und wenn jemand anders hier schläft, wird SIE vermutlich genauso zu ihm kommen, schlafwandelnd.

Am Himmel über ihnen macht Major Ed White einen Weltraumspaziergang. Er ist aus dem Rahmen getreten. Vierzehn Minuten lang ist er der extremste Außenseiter, das einzige fühlende Lebewesen hoch über der Erde, draußen vor dem Gemini-4-Raumschiff. Ekstatisch, muß er von seinem Co-Astronauten, seinem Raumzwilling, überredet werden, wieder einzusteigen.

Im TV gibt es ein Pferd namens Mister Ed, und während Ormus Cama in den Schlaf hinüberdriftet, gestattet er sich, die beiden miteinander zu verschmelzen. Der erste Centaurus im Weltraum. Oder Pegasus, das letzte der geflügelten Rösser, der in unsere korrupte, postklassische Zeit zurückkehrt.

SIE nimmt ihn mit in einen Club, der sich, um dem Bedürfnis der Menschen nach dem Glauben an außerirdische Wesen gerecht zu werden, UFO nennt. Gefärbte Öle, eingeklemmt zwischen Glasscheiben, pulsieren im Rhythmus der Musik. Haarige Köpfe nicken im Takt wie Windschutzscheibenpudel. Überall hängt scharfer Rauch. Was sucht er hier, in dieser sinnlosen Finsternis, während Vina irgendwo da draußen wartet. Oder nicht wartet. Während SIE, neben ihm, in Artikulationsunfähigkeit gehüllt, auf einer Serviette kritzelt und das Wort *unfold* verziert. Mit ihrer Kalligraphie entdeckt sie im Namen der Straße den Namen des Clubs. *UnFOld Road.*

Selbst hier, im Untergrund, fühlt er sich wie der Gemini-Astronaut, über allem schwebend, draußen, beobachtend. Platzend vor Ekstase. Voller Erwartung, werden zu können.

Tagsüber wandert er durch die Straßen der Stadt und sucht nach den anderen Englands, den älteren Englands, damit sie real werden. Narkotische Hilfe vermeidet er. Die Stadt selbst macht ihn *high*, ihre strahlende, vertraute Fremdheit. Sich ganz und gar inmitten all der Gebäude zu verlieren, die man wiedererkennt, nichts von der Cityscape zu wissen, die man jahrelang mit sich herumgeschleppt hat, das, was man für einen reichhaltigen und ausreichenden Vorrat an Bildern gehalten hat, ist eine an sich schon schwindelnde Erfahrung. Kein Bedarf an komischen Zigaretten. Beim Bummeln, angeregt durch den breiten, schmutzigen Fluß, die verschmutzten Sonnenuntergänge, verliert Ormus Cama ohne Vorwarnung sein Herz an den Duft frischen, gesäuerten Weißbrots.

Auch in Bombay gab es gesäuertes Brot, aber das war ein trauriges Zeug: trocken, krümelig, geschmacklos, hellerer, unglückseliger

Verwandter des ungesäuerten Brotes. Es war nicht ›echt‹. ›Echtes‹ Brot, das war *chapati*, oder *phulka*, dampfend heiß serviert; das *tandoori nan* und seine süßere Grenzvariante, das *Peshawari nan*; und für den Luxus, das *reshmi roti*, das *shirmal*, das *paratha*. Verglichen mit diesen Aristokraten schienen die gesäuerten Weißbrote aus Ormus' Kindheit tatsächlich die Beschreibung zu verdienen, die Shaws unsterblicher Müllmann, Alfred Doolittle, sich für Menschen wie er selbst ausgedacht hatte: Sie waren wahrhaftig die unschuldigen Armen. Sie waren nichts gegen die üppigen Laibe, die rund und verlockend in den Fenstern der zahlreichen Bäckereien der Hauptstadt zum Verkauf auslagen – bei MacFisheries, ABC und der Chelsea Bakery selbst. Kopfüber stürzt sich Ormus Cama in diese neue Welt und verrät, ohne einen Blick zurückzuwerfen, die berühmten Brote seiner Heimat.

Jedesmal, wenn er an einer Bäckerei vorbeikommt, muß er sie zwanghaft betreten. Der tägliche Kauf und Verbrauch großer Mengen Brot ist irgendwie seine erste, aus vollem Herzen genossene erotische Begegnung mit dem Londoner Leben. Ah, diese kissenweiche Matratzenkonsistenz! Die gut gefederte Elastizität zwischen seinen Zähnen. Knusprige Kruste und weicher Kern: die Sinnlichkeit dieses perfekten texturalen Kontrastes. Oh, ihr weißen, knusprigen Brotlaibe von 1965, geschnitten und ungeschnitten! Oh, ihr großen und kleinen Tins, Danish Bloomers, mehlbestäubten Baps! Oh, Himmelsbrot, gesäuertes Brot, sättige mich, bis ich nicht mehr kann! In den Hurenhäusern von Bäckereien bezahlt Ormus ohne Murren für diese Begegnungen mit der Amoralität des Brotlaibes. Er gehört jedem, aber sobald die Münze des Reichs den Besitzer gewechselt hat, gehören diese verschluckten Bröckchen, diese Liebesbisse ihm und nur ihm allein. *East is East*, denkt Ormus Cama; o ja, aber *Yeast is West*. (Yeast – Hefe)

Standish hat ihm eine Gitarre mitgebracht. Die Taschen vollgestopft mit frischen Brötchen, sitzt Ormus in den Parks herum und macht technische Experimente, sucht nach der neuen Stimme, die zu seinem neuen Ich, zu dieser neuen Welt passen kann. Was sich daraus entwickelt, unterscheidet sich zunächst von der drängenden Hard-

Rock-Musik, die er ursprünglich bevorzugte und zu der er immer, wenn es ihn ankommt, zurückkehren wird. Doch diese neue Stimme ist süßer, höher, und die Songs, die sie singt, haben längere Texte und komplexere Melodien, die sich unter- und übereinander verschlingen, die steigen und sich umkreisen wie Tänzer. Mull Standish wird sich entscheiden, einen dieser Songs aufzunehmen: *SIE. Oder der Tod der Konversation.*

(Tabla-Trommeln, rakataka takatak. Eine kräftige Gitarre. Bläser. Waa whup-whup waa. Waa whup-whup waa, waa whup-whup waa. Ein voller, üppiger Klang, ganz anders als die kreischenden, donnernden Charakteristika der Periode. Es klingt neu. Genau wie seine Stimme, die in unerklärten persönlichen Anspielungen spricht und den Zuhörer dennoch irgendwie in seine private Welt hineinzieht. Ein junges Mädchen legt sich im Dunkeln nieder, sie fragt, warum liege ich direkt auf dem Boden, warum liege ich hier direkt auf dem Boden, wo doch in meinem übrigen Leben alles so falsch ist. Ich brauche ein Karnevalskostüm, ich will meinen Tag an der Sonne haben, will keine schwarze Katze in einem schwarzen Katalog sein.)

Ormus hat ihn ganz und gar wiedergefunden – seinen Schlag bei den Damen. Fasziniert von seiner Schönheit, der Grazie seiner langen Schritte, holen sie ihn von den Straßen der Stadt. Die Türen der einsamen City öffnen sich weit. Manchmal gesteht er, der neue Boy von Radio Freddie zu sein, und bekommt die ersten verwunderlichen Kostproben, die süchtigmachenden Streicheleinheiten westlichen Ruhms zu spüren.

Schon bald kommt es ihm vor, als sei es eine sehr lange Zeit her, daß er ein Inder war, mit Familienbanden, mit Wurzeln. In der weißen Hitze der Gegenwart sind diese Dinge geschrumpft und gestorben. Die Rasse selbst scheint weniger ein Fixpunkt zu sein als zuvor. Er stellt fest, daß er in diesen neuen Augen unbestimmt wirkt. Er ist schon für einen Juden gehalten worden, und wenn er nun an diesen Mädchen mit ihren Motorrollern und Motorrädern vorbeikommt, den Mädchen in ihren Kleinstwagen und Minis, den Mädchen mit ihren falschen Wimpern und hohen Stiefeln, die mit kreischenden Bremsen anhalten und ihn mitnehmen wollen, wird er für einen Ita-

liener, einen Spanier, einen Romani, einen Franzosen, einen Latein-
amerikaner, eine ›Rothaut‹, sprich Indianer, einen Griechen gehalten.
Er ist keines davon, verneint aber nichts, bei diesen kurzen, beiläufigen Begegnungen benutzt er jeweils die Tarnfarbe, was die anderen
in ihm sehen. Auf direkte Fragen sagt er immer die Wahrheit, aber es
bringt ihn immer mehr in Verlegenheit, daß die Leute, vor allem die
jungen Frauen, seine wahre Identität aus so falschen Ginschen Gründen für sexuell attraktiv halten. *Oh, wie spirituell*, sagen sie, während
sie aus ihren Kleidern schlüpfen. *Wie spirituell*, während sie auf ihm
galoppieren wie auf einem Pferd. *Spirituell*, ihn anwedeln wie ein
Hund. Tief gekränkt, ist es ihm dennoch unmöglich, diese Einladun-
gen abzulehnen. Emporsteigend erobert der spirituelle Inder flei-
scheslustig den Westen.

Hier ist er an der Grenze der Haut. Mull Standish trifft sich mit ihm
auf einen Kaffee im Café Braque in Chelsea. Wir werden nichts mehr
verstecken, verkündet Standish. Wir werden bloß kein großes Theater darum machen, sonst bleiben Sie ewig im ethnischen Getto
stecken. Außerdem werden wir lügen, was Ihr Alter betrifft. An die
Dreißig ist in diesem Geschäft nicht der richtige Zeitpunkt für den
Beginn einer Karriere. Das ist hier ein elektrisches Babyland.

Während er sich durch einen watteweichen Teller nach dem anderen
voll Wonderloaf und Butter ißt – von den ewig mürrischen Kellnern
des Braque mit zunehmender Verärgerung und Verachtung an ihren
Tisch gebracht –, sinniert Ormus über die Verbindung von Entras-
sung und Erfolg nach und redet sich ein, daß es nicht unehrenhaft
sei, einen Künstlernamen anzunehmen. Wer hat denn jemals von Is-
sur Danielovitch gehört, ganz zu schweigen von Marian Montgo-
mery, Archibald Leach, Bernie Schwartz, Stanley Jefferson, Allen
Konigsberg, Betty Joan Perske, Camille Javal, Greta Gustafsson,
Diana Fluck, Frances Gumm oder der armen, lieben Julia Jean Mild-
red Frances Turner, bevor sie ihre Namen änderten? Erté, Hergé,
Ellery Queen, Weegee … die ganze lange Geschichte der Pseudonyme rechtfertigt ihn. Doch schließlich stellt er fest, daß er es nicht tun
kann. Er wird Ormus Cama bleiben. Folgendes ist sein Kompromiß:
daß die Band nicht seinen Namen trägt, obwohl die Musiker, die

Standish zusammengesucht hat, ein Sammelsurium von Gelegen-
heitskünstlern sind. Diese seine erste Band nennt er nach dem Ort
seiner ersten Begegnung mit Vina. Rhythm Center. *SHE,* von
Rhythm Center. Gefällt mir gefällt mir, sagt Mull Standish, der Kaffee trinkt und mit seinem Stock aufklopft. Ja das ja das groovt.
Gott sei Dank, setzt Standish hinzu. Ich dachte schon, Sie würden sie
White Bread nennen.
Erst als es zu spät ist, wird Ormus entdecken, daß Standish seinem
neuen Star eine falsche Biographie verpaßt und veröffentlicht, eine
Mischung erfunden hat, eine Patchworkdecke, eine Regenbogen-
Koalition von gemischten Genen, in der von jahrelangen Mühen in
obskuren Spelunken europäischer Städte die Rede ist, überall, nur
nicht in Hamburg (um einen Vergleich mit den Beatles zu vermeiden). Die Armut, die Verzweiflung, das Überleben, das Entstehen
des fertigen Produkts. Als er davon erfährt, stellt er einen reuelosen
Standish zur Rede. Die Wahrheit würde nichts bringen, erklärt Standish die Gesetze der Branche. Dies jedoch ist ein Resümee mit Beinen. Langen Beinen. *Fabelhaften* Beinen. Sing du die Songs, Sonny,
und überlaß Onkel Mull die Geschäfte.
Später in seiner Karriere wird Ormus Cama oft und heftig dafür gescholten, daß er seine Ursprünge verleugnet hat. Zu der Zeit wird
Mull Standish jedoch schon tot sein.

Als er sich nach den Boys erkundigt, ändert sich Standishs Verhalten.
Der überlegene Mann von Welt weicht einem eher verletzlichen und
unsicheren Menschen. Was sagen sie, will er wissen, ein wenig in sich
zusammensinkend, während er die gekreuzten Arme ein Stück vom
Tisch hebt, als müsse er einen Schlag abwehren. Was sagen sie über
mich. Seit zwanzig Jahren hat sie sie vergiftet und gegen mich eingenommen. Sind sie ungefährdet bei ihr? Wer weiß. Sie ist verrückt,
wissen Sie, das wird Ihnen sicher schon aufgefallen sein. Was bei ihnen keineswegs das Eis bricht. Sie ist der Elternteil, der da ist, während ich mich nicht verteidigen kann. Ich bin weggegangen, ich habe
sie verlassen, ich habe meine, wie heißt der neue Ausdruck, Orien-

tierung geändert. Meine Ausrichtung nach Osten. Das kann ich nicht ändern. Aber jetzt bin ich hier, ich möchte ein, ein guter sein, ein richtiger, aber vielleicht ist es ja zu spät, vielleicht kann ich es nicht. Vater, wirft Ormus ein. Das Wort, das Sie ständig vermeiden.

Sie hassen mich, nicht wahr. Sie können's mir sagen, ich kann's verkraften. Nein, lügen Sie lieber.

Ormus berichtet von einem Gespräch mit Antoinette Corinth. Es wird Sie überraschen, aber ich möchte, daß sie ihn mögen, hat sie gesagt. Es liegt an ihm, ob er ihnen Brücken bauen will, Gott weiß, daß er spät beginnt, aber ja, ich erkenne, daß er es endlich versuchen will. OK. Ich möchte, daß sie ihrem Vater nahestehen. Ich möchte sogar, daß sie ihn lieben, ich möchte, daß er die Freude erlebt, die ihm die Liebe seiner Söhne schenkt, ich möchte, daß er ihre Liebe so sehr liebt, daß er nicht ohne sie leben kann, ich möchte das, sogar für ihn, warum sollte ich es nicht wünschen.

Er schüttelt den Kopf, das kann ich nicht glauben. Das soll sie gesagt haben?

Das ist es, worauf ich warte, hat sie gesagt, erinnert sich Ormus.

Was soll das heißen?

Im Sinne von ›ich hoffe es‹, vermutlich. (Ormus versucht neutral zu bleiben, nicht Partei zu ergreifen.) Vielleicht sehen Sie Phantome, wo es keine gibt. Vielleicht ist sie ja großmütiger, als Sie es zugeben wollen.

Yeah. Und vielleicht ist der Mond aus Käse. Standish sucht Zuflucht zum Sarkasmus. He, sehen Sie, da oben am Himmel, über der Fasanerie. War das nicht ein fliegendes Schwein?

Land, Wasser, Wasser, Land. Die Zeit tropft, fließt, dehnt sich, schrumpft, geht vorbei. Die Geschichte der ersten Aufnahme des Rhythm Center, ihre Piratenherkunft, Standish, wie er im ganzen Land von einem Laden zum anderen zieht, bettelt, überredet, droht und wieder bettelt: all das ist bekannt. Der Song läuft gut, aber nicht hervorragend. Ormus' nächtliche Reden an seine verlorene Liebe schlagen besser ein als seine Musik. Aber Vina ist nicht da. Sie ist überm Meer, sie singt mit Diana Ross im Rainbow Room, treibt sich mit Amos Voight herum und so weiter und hört nichts von ihrem liebeskranken Verehrer.

Da ist der Krieg, und der Protest gegen den Krieg. Eine Generation lernt, wie man marschiert, wie man aufbegehrt, erfindet die Sprüche, mit denen Gruppen von Kids in Armeen verwandelt werden, welche die Macht haben, den Staat einzuschüchtern. Was wollen wir, wenn wir es wollen. Eins zwei drei vier, zwei vier sechs acht. Ho ho ho.

Auch die nicht den Krieg betreffenden Nachrichten wirken verrückt, überspannt, ausgefallen. In Spanien war es einer Gruppe von Aristokraten unmöglich, den großen Salon der Stadtvilla zu verlassen, in dem sie kurz zuvor an einem üppigen Bankett teilgenommen hatten. Nichts hindert sie, und dennoch gehen sie nicht hinaus. Am Eingangstor des Grundstücks, auf dem die Villa steht, hindert eine ähnliche unsichtbare Barriere einen jeden daran, es zu betreten. Gaffer, das Personal der Villa, die Notdienste drängen sich vor dem offenen Tor, treten aber nicht hindurch. Man spricht von einem göttlichen Fluch. Manche behaupten, über sich das Schlagen der Schwingen des Engels Azraël gehört zu haben. Sein dunkler Schatten schwebt wie eine Wolke vorüber.

Zbigniew Cybulski, ein polnischer Patriot, wurde in einem Hinterhof inmitten von Wäschestücken ermordet, die auf den Leinen hingen. Sein Blut ergoß sich über das weiße Laken, das er an seinen Körper drückte. Ein ramponierter Blechbecher, der ihm aus der Hand fiel, wurde zum Symbol des Widerstands. Nein: zur heiligen Reliquie, anbetungswürdig. Neigt euch.

In Paris wird eine junge Amerikanerin Gegenstand der Verehrung. Es gibt Menschen, die in ihr die Reinkarnation der Jungfrau in der Rüstung, der heiligen Johanna, sehen. Allmählich entsteht ein Kult daraus.

Dies ist keine säkulare Zeit. In der Sphäre des Säkularen gibt es nur Bomben und Tod. Wogegen Sex und Musik, wie es scheint, als Bollwerke nicht genügen.

Ein großer Filmstar starb eines tragischen Todes. Sie liebte zwei Freunde, die ihr beide erklärten, ihr Gesicht, ihr Lächeln erinnerten sie an eine antike Schnitzerei. Sie stritten sich ihretwegen. Schließlich nahm sie einen der Freunde nach dem Lunch in einem kleinen Café in ihrem Wagen mit und fuhr absichtlich vom Ende einer brüchigen Brücke ins Wasser. Beide starben. Der andere Mann, der noch am Cafétisch saß, sah zu, wie seine Geliebte und sein Freund auf immer von ihm gingen.

Nicht lange vor ihrem Tod hatte die Schauspielerin einen Plattenhit gelandet, eine Aufnahme, auf der sie sich selbst auf einer Verstärkergitarre begleitete. Inzwischen wird diese Platte immer wieder gespielt, der erste französische Song, der auf den britischen Charts nach oben stürmt und so den Weg für Françoise Hardy und andere bereitet. Ormus, der nur wenig Französisch kann, muß sich anstrengen, um den Text zu verstehen.

Jeder nach seinem Geschmack, immer im Kreis, immer im Kreis im Whirlpool des Lebens?

Ist es das?

An Bord der *Frederica* entdeckt Ormus Cama, daß sich das Schild an der Wand von Enos Kabine verändert hat. *Halt dich zurück.* Von da an sieht er häufiger hin, und die Veränderungen gehen weiter. In einer Woche lautet das Schild: *Komm nicht zu nahe.* In einer anderen: *Flickt keine Zäune.* Dann wieder: *Liebet nicht, auf daß ihr nicht geliebt werdet.* Oder: *Bekämpft den süßen Zahn. Rettet mehr als eure Zähne.* Eine Botschaft ist lang und nicht gereimt:

Mögen die Götter mich davor bewahren,
ein staatenloser Flüchtling zu werden!
Ein unerträgliches Leben in
verzweifelter Hilflosigkeit zu führen!
Das ist der schlimmste aller Schmerzen;
der Tod ist besser.

Ali dreht durch, sagt Hawthorne Crossley. Muß wohl dieser Schlafmangel sein.

Muß wohl der Hut sein, meint Waldo. Oder ist er vielleicht zufällig illegal?

Wenn er illegal wäre, hätten die unseren Laden längst dicht gemacht, gibt Hawthorne logisch zurück.

Ormus sagt nichts, als er den langen Text liest. Er begreift, daß Eno ihm gezielt eine Nachricht sendet. Er spürt den heißen Stich seiner Kritik und versucht, den Blick des Technikers einzufangen. Doch Eno scheint in weiter Ferne zu sein.

Viele Jahre sollen vergehen, bis Ormus Cama erfährt, daß der Autor des langen Textes nicht Eno Barber ist, sondern Euripides. Die kürzeren Texte dagegen sind von Eno.

Achtet auf euren Rücken. Achtet auf euren Kopf. Und diese Botschaften? Wem gelten die?

Auch in der Witch erhält Ormus Botschaften. Wenn SIE Lust hat, kommt SIE noch immer zu ihm ins Bett. Da der Dialog vorüber ist, sprechen sie kein Wort. Sie begrüßen sich, bumsen, trennen sich schweigend: eine Kopulation der Geister. Manchmal aber hinterläßt auch SIE ihm Nachrichten. Manche sind melancholisch, undurchsichtig. *Wenn die Musik das Leid heilen könnte, wäre sie kostbar. Doch niemand ist auf die Idee gekommen, Songs und Saiteninstrumente zu benutzen, um die Bitterkeit und den Schmerz des Lebens zu verbannen.*

Die meisten dieser Nachrichten handeln jedoch von Antoinette, deren dominante Persönlichkeit jene der SIE völlig unterdrückt zu haben scheint. Antoinettes schweres Leben und schwere Zeit. Enterbt von ihrer wohlhabenden Familie, weil sie den klumpfüßigen Standish geheiratet hat und dann von diesem Bastard mit zwei kleinen Kindern und keinerlei Einkommen im Stich gelassen wurde, hat sie sich mit eigener Kraft und Arbeit rund um die Uhr aus der Gosse gezogen. *Sie ist eine einschüchternde Frau; niemand, der sie sich zum Feind macht, wird mit einem leichten Sieg davonkommen.*

Die Nachrichten sind wirr. Manchmal beweisen sie Angst vor Antoinettes Wut, dann wieder preisen sie ihre großzügige Liebe. Über Tommy Gin, mit seinem eitlen Schopf sorgfältig verstrubbelter

Haare, mit seinen geblümten Westen, seiner Angeberei, seine Bigotterie, schreibt SIE rückhaltlos feindselig. *Er denkt, er hätte sie erfunden, er denkt, er hätte alles erfunden, die Kleider, die Musik, die Attitüde, die Protestmärsche, das Friedenszeichen, die Frauenbewegung, Black is Beautiful, die Drogen, die Bücher, die Zeitschriften, die ganze Generation. Ich glaube, keiner von uns hätte wohl irgendwas im Kopf, wenn es nicht ihn gäbe, in Wirklichkeit aber ist er überhaupt nicht wichtig, nur ein böser, kleiner Furz, der weiß, wie man sich bemerkbar macht, sie aber ist eine richtige Künstlerin, sie fällt auf diesen ganzen Scheiß nicht rein, sie kreiert Schönheit aus den Tiefen ihrer verletzten Seele, und warte nur ab, eines Tages wird sie mit ihm brechen, wird ihn endgültig rausschmeißen, die Witch braucht keinen Wizard, und wenn sie ihn fallengelassen hat, wird er einfach schrumpfen und krepieren wie ein Vampir in der Sonne.* Wie es scheint, hat die stumme SIE doch eine Menge Wörter in sich verschlossen. Da drin ist Apollo. Hinter den schwarzen dionysischen Wolken, in die sich diese junge Frau hüllt, versucht der Sonnengott sein Licht zu verströmen. Ormus braucht nicht lange, um zu begreifen, daß SIE bis über beide Ohren in ihren Boß verliebt ist. Männer mögen kommen, und Männer mögen gehen, aber die beiden dunklen Ladys, die große, grelle im oberen Stock und die kleine, schwächliche, die unten in der purpurnen Finsternis sitzt, sind unauflöslich aneinandergebunden.

Abgelenkt von dieser Erkenntnis scheint Ormus nicht zu begreifen, was ihm an Land von SIE und auf dem Wasser von Eno Barber gesagt wird. Daß eine Gefahr droht, die immer näher kommt. Daß die Erde zu beben beginnt. Wie die meisten Protagonisten ist er taub für die Warnungen des Chors. Selbst wenn er einen Alptraum hat – die Boys, wie sie mit explodierendem Schädel zerplatzten Bohnenkonserven gleich die Treppe der Maisonette hinabstürzen –, mißt er der Vorahnung keine Bedeutung bei. Er versucht seine Neigung zu Visionen zu unterdrücken, ist in diesem Milieu kabbalistischen Unsinns bemüht, Omina zu mißachten und sich statt dessen ans Reale zu halten, sich auf die Musik zu konzentrieren und im Alltäglichen des englischen Lebens einen festen Stand zu finden.

Um sich die Begeisterung zu bewahren, die Freude, die er mitgebracht hat, die Idee einer Erneuerung.

Seine Gedanken wenden sich immer mehr Vina zu. Die Vina, die nur in seiner Phantasie existiert, die er intimer kennt als jedes andere Lebewesen, wird auf der Bühne dieser seltsamen Imagination mit einer anderen Vina konfrontiert, ihrem erwachsenen Ich, ihrem unbekannten Zwilling. Das Leben ist ihr zugestoßen und hat sie zu einer Fremden gemacht. Neues Leben und die ewige Verfolgung durch die Vergangenheit. Die tote Familie, die abgeschlachteten Ziegen, die mörderische Mutter, im offenen Ziegenstall erhängt. Piloo, Chickaboom, die auch, vor allem aber die tote, hängende Mutter, und Nissy sitzt neben ihr, ruft niemanden, fürchtet, daß diese Gegenwart die Zukunft voraussagt. Die baumelnden Knöchel, die langen, nackten Unterschenkel sind ein Abbild ihrer selbst.

Ormus' alte Ängste kommen zurückgekrochen; er stellt sich vor, daß Vina ihn verständnislos ansieht, sagt: *Nein, das ist die Vergangenheit* und in einen außerirdischen Sonnenuntergang hinein davongeht, sein Leben sinnentleert zurückläßt. Solch dunkle Vorstellungen können ihm jedoch nichts anhaben. Er ist mit Licht erfüllt, strahlt vor Verheißung. Den tiefsten Punkt hatte er im Cosmic Dancer erreicht, und der hatte ihm den Weg nach oben gezeigt. Jetzt steigt er unaufhaltsam den Himmeln entgegen, keins seiner Schiffe kann versagen, und im gegebenen Moment wird er sie finden, sie bei der Hand nehmen, und dann werden sie gemeinsam bei Nacht über das helle Leuchten der Metropolis hinwegfliegen. Wie Feen, wie langschwänzige Kometen. Wie Sterne. Das ist seine Story, die er für sich allein geschrieben hat und an die sich die Wirklichkeit ganz einfach anpassen muß.

Gegenwärtig ist er jedoch in eine andere Story verwickelt. Es heißt, daß gegenwärtig eine andere Galaxie in die Milchstraße eindringt, mit ihrem Anderssein unsere vertraute Umgebung durcheinanderwirbelt, ihre Story in die unsere einbringt. Sie ist klein, wir sind (relativ) groß, wir werden sie auseinanderzerren, ihre Sonnen zerstören, ihre Atome zersprengen. Leb wohl, kleine Galaxie, bye, bye, Baby und Amen.

Gegenwärtig sind Ormus' Story und die Story von The Witch Flies High ineinander verwirbelt. Welche wird die andere zerreißen? Noch schlimmer: Wird sich herausstellen, daß es sich doch um ein und dieselbe Story handelt?

Ich habe über etwas nachgedacht, was man vielleicht als Medea-Problem bezeichnen könnte. Eine hexenhafte Lady, Miss Corinth, zweifellos; mit Söhnen und auch einem Deserteur-Vater. Ähnlichkeiten lassen sich nicht leugnen, vor allem, da es Antoinette gefällt, sie hochzuspielen, ›Crossley‹ gegen ›Corinth‹ einzutauschen. Was will sie eigentlich, Menschen einschüchtern? Oder nur Mull Standish? Ist sie wahrhaft fähig zur Tragödie, fähig, die Grenzen der Mutterschaft und Vernunft so weit zu überschreiten, daß ihre Taten den Status der Schicksalhaftigkeit annehmen? Ist sie *dem Untergang geweiht*? Ormus, der sie erst bösartig fand, sieht sie inzwischen halb als posierende Schwindlerin, halb als randständige Verrückte, eher substanzlos als zwielichtig, eine Designer-Hexe, die ihre Liebhaber mit Hilfe der Numerologie aussucht, die okkulte Zeichen benutzt, nicht um Teufel heraufzubeschwören, sondern um das Leibchen ihrer alptraumschwarzen Babydollkleider zu verzieren. Im Gegensatz zu den Nachrichtenschreibern – SIE, Eno – nimmt er ihr das nicht ab. Und die beiden stummen Schreiberlinge sind schließlich Individuen, deren Glaubwürdigkeit als Analytiker durch die eigenen Funktionsstörungen zerstört wird. Ormus Cama schließlich kann nicht glauben, daß er auf die Bühne eines furchteinflößenden, zeitgenössischen Bocksgesangs geraten ist. Antoinette Corinth kann und wird nicht für sein Schicksal verantwortlich sein.

Wir unterschätzen unsere Mitmenschen, weil wir uns selbst unterschätzen. Sie – wir – sind zu weitaus mehr fähig, als es scheint. Viele von uns sind in der Lage, die dunkelsten Fragen des Lebens zu beantworten. Wir wissen nur nicht, ob wir die Rätsel lösen können – bis man uns darum bittet.

Es wird zu einer Tragödie kommen. Antoinette Corinth wird nicht dafür verantwortlich gemacht werden.

Mull Standish fährt fort, um seine Kinder zu werben, und langsam beginnen Hawthorne und Waldo zu reagieren. Während die Zyklen ihrer Piratenwelt sich zu einem, dann zwei Jahren summieren, weicht das spöttelnde Verhalten seiner Söhne ihm gegenüber nach und nach einer aufrichtigen Zuneigung. Es kommt zu liebevollen Gesten: ein Arm um die Schultern, ein spielerischer, kindlicher Knuff an die Wange, der sich im letzten Moment zu einer leichten Streichelberührung der Fingerspitzen öffnet. Die Forderungen des Blutes treiben sie aufeinander zu. Es kommt der Tag, an dem einer von ihnen – Waldo natürlich, der weniger abwehrende der beiden – unbeabsichtigt »Dad« zu Standish sagt, und obwohl Hawthorne ihn für diesen Schnitzer noch lange bestraft, ist Standish zu Tränen gerührt. Aber Hawthorne ist nicht wirklich verärgert. »Dad« klingt sogar für ihn wie das richtige Wort. Nach all diesen Jahren.

Mißgeschicke helfen natürlich dabei. Gesetze werden erlassen, nach denen die Piratensender geschlossen werden sollen. Das Wetter, das einst bewirkt hatte, daß die spanische Armada auseinandergerissen wurde und unterging, ist nicht freundlich mit Standishs Piratenflotte umgegangen. Die Schiffe sind alte Rosteimer, und sie lecken. Werden sie Stürmen ausgesetzt, drohen sie zu zerbrechen. Die Versicherungsprobleme nehmen zu, und die Schiffe sind ganz eindeutig gefährlich.

Es gibt einen neuen terrestrischen Sender, Radio 1, der Standish zahlreiche hochbegabte Sprecher stiehlt. Seine Schiffe beginnen eins nach dem anderen dichtzumachen. Bald gibt es nur noch Radio Freddie, die erste Station, die mit dem Senden begonnen hatte, und die letzte, die nun noch bleibt.

Die *Frederica* rostet und weiß, daß ihre Zeit der Ruhe nicht mehr weit entfernt ist.

Rhythm Center, Ormus' erste Band, verzeichnet eine Reihe kleinerer Erfolge und schafft Platz fünfzig, scheint aber nicht den bescheidenen Wohlstand der Vierzig erreichen zu können. Zum Teil liegt das Ausbleiben eines echten Durchbruchs daran, daß die Band keine

Live-Gigs spielt, denn Standish ist der Ansicht, das Clubpublikum würde sie nicht ›kaufen‹. Seine Strategie ist es, geheimnisvoll zu bleiben, einen Kult, einen anschwellenden Untergrund aufzubauen. Außerdem ist das Aufzeichnen unter einem kleinen, unabhängigen Label, Standishs eigene Mayflower-Firma, mit Problemen verbunden: dem Vertriebsproblem, dem Problem der begrenzten Promotionsbudgets. Die Nachricht vom Tod des amerikanischen DJ Alan Freed wird verbreitet, der sich schließlich ins frühe Grab getrunken hat, nachdem er der Sprache ein neues Wort schenkte: Payola, das heißt Pay plus Victrola. Freed ist tot, aber die Praxis, Schmiergelder anzunehmen, um bestimmte Schallplatten zu spielen, ist quicklebendig, und Mull Standish mag zwar reich sein, muß sich in diesem Konkurrenzkrieg aber gegen die Big Boys behaupten. Seine Piraten spielen die 45er der Rhythm Center, die anderen Piraten dagegen nicht. Und die BBC, nun ja, bisher hat niemand einen Korruptionsvorwurf gegen die BBC erheben können, aber Ormus hat es auch auf deren Playliste nicht geschafft. Trotz seines relativ guten Erfolgs. Die BBC trifft ihre eigenen Entscheidungen und läßt sich nicht von der großen Masse beeinflussen. Was? Wir sollen diese Kids entscheiden lassen, was wir über den Äther schicken? *Ich bitte Sie!*

Außerhalb von England – kann man vergessen, nichts zu machen. *No pay, no play.* Vina ist in Amerika, doch Ormus' Stimme ist auf der anderen Seite des Atlantiks gefangen. Sie kann sein Flehen nicht hören.

Das eigentliche Problem sind die Songs selbst. Etwas Unvereinbares im Stil. Es wohnen zu viele Menschen in Ormus, eine ganze Band ist innerhalb seiner Grenzen versammelt, sie spielen verschiedene Instrumente, erschaffen unterschiedliche Musik, und er selbst hat noch nicht entdeckt, wie er sie alle unter Kontrolle bringen soll: den Liebenden, der sich nach seiner verschwundenen Liebsten sehnt und seine Sehnsucht nach Vina der Nacht der Nordsee anvertraut; den träumenden Lauscher, der seinem toten Zwillingsbruder folgt, weil dieser ihm die Songs der Zukunft vorsingt; den schlicht verliebten Rock 'n' Roller mit dem Herzklopfen-Rhythmus; den schelmischen Komiker, der ironische Pseudo-Country-Oden an die Kohle schreibt;

den zornigen Moralisten, der gegen diese hohlköpfige Zeit, ihre *Fakeola*, ihren wirren Todeswunsch wettert; und schließlich den zögernden Visionär, dem kurze Blicke auf ein anderes, mögliches Universum gewährt werden, Blicke, auf die er lieber verzichtet hätte.

Er hat noch nicht richtig gelernt, wie man aus Vielfalt eine akkumulierende Kraft schmiedet statt eine zerfledderte Schwäche. Wie diese vielen Ichs im Song zu einer einzigen Vielzahl werden können. Keine Kakophonie, sondern ein Orchester, ein Chor, eine überwältigende Pluralstimme. Genau wie Standish ist er besorgt, er könnte zu alt sein; er hat nicht begriffen, daß er dieses Problem vergessen kann, weil es irrelevant ist. Kurz gesagt, er versucht immer noch, sich für eine einzige Linie zu entscheiden, der er dann folgen will. Er sucht noch immer nach Boden, auf dem er stehen kann, nach dem festen Zentrum seiner Kunst.

Die entscheidende Wende kommt, wie alle echten Ormus-Fans bereits wissen, Mitte 1967 in einem Aufnahmestudio in einem Bayswater-Kaff hinter dem Whiteley-Kaufhaus. Die Geschichte der Aufnahme von Ormus Camas Song *It Shouldn't Be This Way* und der folgenden dreijährigen Verzögerung der kommerziellen Vermarktung ist so oft erzählt worden, daß man sie kaum noch einmal berichten muß. Die populärste Version ist weitgehend wahr, aber selbst wenn dem nicht so wäre, sollte man den Rat des Chefredakteurs einer Wildwestzeitung nicht in den Wind schlagen.

Wenn Fakten und Legende nicht zusammenpassen, druck die Legende.

Als Ormus eintrifft, erwartet ihn Mull Standish mit finsterer Miene beim Mischpult. Okay, ich bin soweit, sagt Ormus. Schicken Sie die Musiker weg.

Standish erstarrt, wird sofort ganz still. Alle? fragt er.

Jeden einzelnen, bestätigt Ormus, wirft sich auf ein schwammiges Ecksofa und schließt die Augen. Wecken Sie mich, sobald sie weg sind, ergänzt er.

Nun ist Rhythm Center Ormus und einzig Ormus. Ganz allein ist er im Studio, mit den Gitarren, Keyboards, Drums, Blasinstrumenten, Holzinstrumenten, einem dicken Baß, einem frühen Moog-Synthesizer. Er setzt sich an die Drums und beginnt zu spielen.

Was, du willst sie alle spielen? Erkundigt sich der Soundmixer. Wie soll ich das machen, ich hab' nur vier Spuren.

(Wer ist der Knabe, meint er. Hier sind wir in der Wirklichkeit, mein Freund; 16-Spur-, 32-Spur-, 48-Spur-Bänder, das ist Fantasyland, das ist die Zukunft, und das hier vor mir ist einfach ein Mischpult und keine verdammte Zeitmaschine.)

Dann müssen wir die Spuren eben beim Aufnehmen zusammenlegen, faucht Ormus. Irgendwas ist heute in ihn gefahren. Kein guter Zeitpunkt, ihm zu widersprechen.

Zusammenlegen, sagte der Techniker. Na klar, warum nicht.

Mit Zusammenlegen arbeitet man, wenn man sich die Spuren freihalten muß. Man mischt zwei Spuren und überträgt den gemixten Sound auf eine dritte Spur. Dann kann man die ersten beiden Spuren wieder benutzen, um zwei weitere Teile der Musik aufzuzeichnen, und die werden dann auf die freie vierte Spur verlegt. Jetzt muß man die beiden Spuren, die jeweils schon zwei Spuren enthalten, zusammenmixen. Wenn man immer noch Teile aufnehmen muß, kann man diese beiden Spuren auf eine zusammenlegen, womit man eine einzige Spur mit vier Teilen und dazu drei freie Spuren erhält.

Und so weiter.

Das Problem dabei ist, daß man, wenn man das tut, die Spuren nie wieder auseinandernehmen kann. Man muß mit der Mischung, die man erzielt hat, endgültig leben. Man kann die Musik nicht wieder auseinandernehmen und von neuem damit herumspielen. Man trifft eine endgültige, unwiderrufliche Entscheidung. Es ist eine Fahrkarte in die Katastrophe, es sei denn, derjenige, der es macht, ist ein Genie.

Ormus Cama ist ein Genie.

Jedesmal, wenn er eine Spur aufnimmt – er kann jedes Instrument im Studio besser spielen als die Männer, die er gerade gefeuert hat –, kommt er in die Kabine, legt sich auf das Ecksofa und schließt die Augen. Der Soundmixer schiebt die Regler, dreht an den Knöpfen, und Ormus gibt ihm Anweisungen, bis die Musik, die aus den Lautsprechern kommt, genau die Musik ist, die er im Kopf hat. Hier höher, da tiefer, sagt er. Heb das hier hervor, laß das verklingen. Okay, okay. Das ist es. Nichts mehr verändern. Und los.

Bist du ganz sicher, erkundigt sich der Mixer. Denn das ist endgültig. Keine Umkehr mehr möglich.

Zusammenlegen, immer zusammenlegen, sagt Ormus grinsend, während der Mixer lacht und seinen Singsang zurückgibt.

Wie ein Gummiball geht's zwischen ihnen hin und her.

Der Sound wächst, wird voll, erregend. Der Mixer ist ein unbeirrbarer Mensch, er wird bezahlt, also warum nervös werden. Er ist gut in seinem Beruf, er hat mit allen gearbeitet, ihn kann so leicht nichts beeindrucken. Aber seht ihn euch an, seine Schultern zucken, boom, im Rhythmus, dip, im Takt der Musik. Dieser Bursche aus Indien, der in seinem Studio hin und her rennt, in ein Blasinstrument stößt, es einmischt, es zusammenlegt, dann die Streichinstrumente, dann ein erregender Elektro-Beat, er hat das Ohr, er hat das Gefühl. Zusammenlegen, zusammenlegen!

Es wird Zeit für den Gesang. *But you're not here to put it right, And you're not here to hold me tight. It shouldn't be this way.*

Als sie fertig sind, steht der Mixer auf und hält Ormus seine riesige Pranke hin. Ich wünsche dir alles Gute mit deinem Song, sagt er. Das war heute ein schöner Tag für mich.

Ormus steht Schuhspitze an Schuhspitze vor Mull Standish. Der Zorn tobt immer noch in ihm.

Also, fragt er leise, wütend. Bin ich soweit oder nicht?

Standish nickt. Sie sind soweit.

Doch diese berühmte Szene ist die Nachwirkung einer Szene, von der die Leute nicht reden:

Am letzten Abend von Radio Freddie, bei der höchst bewegenden Abschiedsfeier an Bord des ehemaligen Fährschiffs, sind Cap'n Pugwash und seine Piratenbrüder wegen ihres geliebten Rosteimers zu Tränen gerührt. Hören Sie, klagt Pugwash, als säße er am Bett einer sterbenden Geliebten, Sie alle verabschieden sich nur aus dem Äther, sie aber verabschiedet sich vom Meer, das arme, alte Mädchen. Jawohl, sie wird abgewrackt, die *Frederica*, und wir können nichts dagegen tun als trinken.

Es wird eine Menge getrunken. Eno Barber sitzt mit einer Flasche Rum hinter seiner Glasscheibe. Auf dem Schild an der Wand hinter ihm steht *Geh weg*. Hawthorne und Waldo singen Rugbysongs aus der Schule. Dieser erstaunliche Verlust des *cool* geht im allgemeinen Besäufnis unter und gewinnt ihnen bei der Pugwash-Bande, die munter in ihre Lieder einstimmt, sogar Punkte. *Dinah Dinah show us your leg, a yard above your knee. If I were the marrying kind which thank the Lord I'm not Sir.* Häßliche, prahlerische, letztlich unschuldige Männergesänge.

Ormus stellt Mull an Deck zur Rede. Sie sind beide betrunken. Mull stützt sich gegen die Schiffsbewegungen ab, indem er Ormus die Hand auf die Schulter legt. Der Sänger stößt sie fort; Mull schwankt ein wenig, dann reißt er sich zusammen. Sie Schwein, beschimpft Ormus seinen Freund, Sie haben mich zurückgehalten. Zwei beschissene Jahre lang. Was soll das? Wie lange soll ich noch warten? Optimismus ist die Triebkraft der Kunst, und Ekstase, und Begeisterung, und der Vorrat dieser Eigenschaften ist nicht unerschöpflich. Vielleicht wollen Sie ja gar nicht, daß ich es schaffe. Vielleicht wollen Sie ja, daß ich ein kleines Licht bleibe, nicht mal ein Ehemaliger, sondern ein Niemaliger, Ihnen verpflichtet, ein Kleber, eine Fliege in Ihrem gottverdammten Netz.

Mull Standish zügelt sein Temperament. Es stimmt, sagt er sanftmütig. Ich habe Sie nicht so gefördert, wie ich es hätte tun sollen. Mein kleines indisches Label et cetera. Wenn Sie das zurückhalten nennen wollen, dann, okay, habe ich Sie zurückgehalten. Ich halte Sie zurück, weil Sie, wenn ich Sie jetzt loslegen lasse, versagen werden, auf die Erde zurückfallen werden. Sie haben noch nicht Mut genug zum Fliegen. Vielleicht werden Sie ihn niemals bekommen. Das Problem ist nicht technischer Natur. Sie machen sich Sorgen wegen der Flügel? Betrachten Sie Ihre Schultern. Da sind sie. Das Problem, mein Freund, sind nicht die Flügel, sondern die Eier. Vielleicht sind

Sie ja ein eierloser Eunuch und werden für den Rest Ihres Eunuchen-
lebens auf der Matratze in der Witch schlafen.

Das Schiff schwankt und sie ebenfalls. Ormus Cama erhält ein
großes Geschenk. Es fallen Worte, die ihn zwingen, sich dem Problem der eigenen Person zu stellen.

Was immer Sie über sich selbst sagen wollen – mir soll's recht sein,
sagt Standish. Wenn Sie behaupten, daß Sie einen toten Zwilling im
Kopf haben, der die Chart-Toppers von morgen hört – von mir aus.
Wenn Sie von Visionen reden, Baby, sage ich, folgen Sie dem Stern
bis ganz nach Bethlehem, und suchen Sie das Kind in der Krippe.
Das Problem ist, daß Sie vor allem davonlaufen, daß Ihre Musik viel
zu vieles von Ihnen selbst vermissen läßt. Sie schwindeln es hinein.
Das merken die Leute. Ich sag Ihnen was, verschwinden Sie einfach,
warum nicht? Was ich sehe, ist ein Potential, das nicht umgesetzt
wird. Als Investor mag ich das nicht. Ich weiß nur, daß Musik aus
dem eigenen Ich kommen muß, aus dem Ich, so, wie es gegeben ist,
aus dem Ich an sich. *Le soi en soi.* Die Seide in Seide, wie wir in meiner witzigen frankophonen Jugend zu sagen pflegten.

Standish atmet jetzt schwer. Sein inneres Wesen stemmt sich kni-
sternd gegen den Rand seines Körpers. St.-Elms-Feuer; etwa so.
Aber er liebt diesen Mann, er strapaziert seine körperlichen Grenzen,
um ihm den Weg zu zeigen. Wenn es Vina ist, die Sie brauchen,
brüllt er. Gehen Sie sie suchen. Statt ins Mikro zu wimmern wie ein
havariertes Schiff. Suchen Sie sie, und singen Sie ihr Ihre Songs vor.
Was ist das Gefährlichste, das Sie tun können? Tun Sie's. Wo ist der
nächste Abgrund? Springen Sie hinein. Genug, genug. Ich habe meine Meinung gesagt. Wenn Sie soweit sind, falls Sie jemals soweit sein
werden, rufen Sie mich an.

Lautes Singen dringt explodierend aus der Kajüte. *I'll come again,
you'll come again, we'll both come again together. We'll be all right
in the middle of the night, coming again together.*

Eine Woche vergeht, dann ruft Ormus an.
Bereiten Sie alles vor. Ich bin soweit. Bereiten Sie alles vor.

Und später, am Ende der Aufnahmen, als sie das kostbare Tape haben, stehen sie Zehenspitze an Zehenspitze voreinander und wissen nicht, ob sie sich streiten oder küssen sollen.

Was ich mit meiner Musik sagen will, ist, daß ich nicht wählen muß, sagt Ormus schließlich. Ich muß mit ihr zeigen, daß ich nicht dieser Kerl oder jener Kerl sein muß, der Bursche von da drüben oder der Bursche von hier, die Person in mir, die ich meinen Zwilling nenne, oder wer immer da draußen in was weiß ich ist, von dem ich Zeichen von hinter dem Himmel bekomme; oder einfach der Mann, der jetzt gerade vor Ihnen steht. Ich werde sie alle sein, ich kann das wirklich. Hier kommt jedermann, nicht wahr? Das ist es, woher sie kam, die Idee, alle Instrumente zu spielen. Das wollte ich damit beweisen. Sie hatten unrecht, als Sie sagten, das Problem sei nicht technischer Natur. Die Lösungen für die Probleme der Kunst sind immer technischer Natur. Bedeutung ist technischer Natur. Genau wie das Herz. Dann sollte ich Sie, technisch gesehen, sagt Mull Standish, nicht berühren, denn das habe ich versprochen, aber da Sie nun einen glücklichen Menschen aus mir gemacht haben – würden Sie mir erlauben, Sie zu umarmen?

Die Veröffentlichung dieses Songs wird Vina Apsara endlich wieder zu ihm zurückbringen. Sie wird den Beginn einer fast beängstigend totemähnlichen Berühmtheit markieren. Und sie wird noch drei Jahre lang nicht geschehen.

Die Tatsache, daß Mull Standish glücklich ist (mit Ormus, mit seinen Söhnen), ist das, worauf Antoinette gewartet hat. Was sie damit meint und ob sie die Schuld an dem trägt, was bald darauf folgt, muß der Leser alsbald entscheiden.

Ein paar Wochen vergehen. Dann, in der Maisonette über der Witch: Es muß ein Sonnabend sein, und es ist erst gegen zwölf Uhr mittags, daher ist natürlich noch niemand auf, und der Laden ist noch geschlossen. Die Klingel – die der Maisonette, nicht die des Ladens – schrillt so lange, daß Ormus sich, nachdem er SIE auf der Matratze zurückgelassen hat, halb bewußtlos und das Gesicht leicht mit Asche bestäubt, in eine rote Pannesamtschlaghose zwängt und benommen zur Haustür hinuntersteigt.

Auf der Schwelle steht ein Fremder: ein Mann im dunklen Straßenanzug und passendem Schnurrbart, mit einem Aktenkoffer in der einen Hand und in der anderen eine Hochglanzzeitschrift, die auf einer Seite aufgeschlagen ist und auf der ein Model eines der jüngsten Angebote der Witch trägt.

Guten Tag, sagt der Fremde in ausgezeichnetem Englisch. Ich besitze eine Ladenkette in Yorkshire und Lancashire …

SIE, nackt unter einem hoffnungslos ungenügenden Morgenmantel, eine Zigarette hängt am Mund, windet sich, eine Hand ans Haar gehoben, die Treppe herab. Der Fremde läuft dunkelrot an, und seine Augen beginnen zu rollen. Ormus zieht sich zurück.

Yeah? fragt SIE.

Guten Tag, versucht es der Fremde von neuem, obwohl die englische Sprache ihm plötzlich Schwierigkeiten zu bereiten scheint. Ich besitze eine Ladenkette in Yorkshire und Lancashire, Damenbekleidung, und interessiere mich für dieses spezielle Modell, wie es hier dargestellt ist. Mit wem muß ich sprechen, um eine Order für sechs Dutzend Stück zu plazieren, mit einer Option für Nachbestellungen?

Das ist der größte Auftrag, den die Witch jemals bekommen hat. Nun tritt auf halber Treppe die beeindruckende Gestalt von Antoinette Corinth in einem schwarzgoldenen Kaftan in Erscheinung. Unmöglich, ihre Gedanken zu erraten. Ormus glaubt ein gewisses Knistern in der Luft zu spüren, hat das Gefühl, daß er an einen Wendepunkt gelangt. Der Fremde wartet geduldig, während SIE die Angelegenheit erwägt. Dann schüttelt die Managerin mit großem Nachdruck, langsam, bedächtig, ein paarmal den Kopf. Elegant.

Wir haben geschlossen, Mann, sagt sie und macht die Tür zu.

Antoinette Corinth kommt herunter und küßt SIE auf den Mund. Woraufhin SIE sich, noch immer in Antoinettes Armen, zu Ormus umdreht und – höchst ungewöhnlich – noch ein paar Worte spricht.

Eine verdammte Künstlerin, sagt sie. Diese wunderschöne Frau.

In diesem Moment klingelt es abermals. SIE macht kehrt und steigt die Treppe wieder hinauf, dieses Mal mit Antoinette. Sie hat eindeu-

tig nicht die Absicht, auf Ormus' bescheidene Matratze zurückzukehren. Die Kissen und Seiden, die exotischen Dekorationen und
Wandbehänge in Antoinettes Zimmer erwarten sie. Ormus steht da
und starrt auf die geschlossene Tür.

Noch einmal die Klingel. Er öffnet die Tür.

Auf der Schwelle steht, mit einem Picknickkorb, der eine Auswahl
der feinsten Sauerteigbrote enthält, die man mit Geld kaufen kann,
der oberste Chef des Colchis Label, der blinde Recording-Engel
höchstpersönlich, Yul Singh; und hinter ihm wartet eine Limousine,
halb so lang wie die ganze Straße.

Sie sehen, Mr. Cama. Sie sehen vor Ihnen. Nun, da Sie soweit sind,
wozu ich Ihnen, das muß ich sagen, gratuliere, ich hatte es nicht erwartet, aber ich habe Ihr Band von Ihrem Mr. Standish gehört, in
dem Sie, gestatten Sie mir das zu sagen, einen ausgezeichneten Mann
gefunden haben, und da ich Ohren habe zu hören, habe ich gehört,
was ich gehört habe, und wie sich herausstellt, mußte ich Sie nicht
erst bitten, mich aufzusuchen, wovon ich, wie ich mich erinnere,
abgeraten habe. Wie sich die Dinge entwickeln, worüber ich wirklich sagen muß, es geht komisch zu auf dieser alten Welt, und so,
Mr. Cama, bin mit Ihrer Erlaubnis ich es, der zu Ihnen kommt.

›Lorelei‹, aus dem ersten VTO-Album, mit dem Titel *VTO* (Colchis,
1971):

Certain shapes pursue me, I cannot shake them from my heel. Cer-
tain people haunt me, in their faces I will find the things I feel. Un-
certain fate it daunts me, but I'm gonna have to live with that raw
deal. No authority's vested in me, on what's good or bad or make-
believe or even real. But I'm just saying what I see, because the truth
can set you free, and even if it hasn't done too much for me, well, I
still hope it will.
And I can feel your love, Lorelei. Yes, I can feel your love pour on
me. Oh I can feel your love, Lorelei.

Im Sommer 1967 macht Ormus an einem Wochenendnachmittag mit seinen guten Freunden Hawthorne und Waldo Crossley in Hawthornes Mini Cooper S (mit Radford Conversion) zur Feier seines Vertrags mit Colchis Records einen Ausflug. Antoinette Corinth hat in einem ungewohnten Anfall mütterlicher Liebe darauf bestanden, ihnen einen Picknicklunch einzupacken. Eine Thermosflasche Tee und Sandwiches.

Ich freue mich ja so sehr für Sie, sagt sie großmütig zu Ormus. Und wegen Ihres Erfolgs und weil die Boys endlich nett zu ihm sind, freue ich mich auch für Mull. Ich kann mir nicht vorstellen, daß er jemals so glücklich war. Kein Wölkchen an seinem Horizont. So weit das Auge reicht, blauer Himmel. Bye, ihr Lieblinge, ihr Lieblinge. Macht euch einen schönen Tag.

Anfangs läuft alles wie geschmiert. Sie kommen an einer Truppe weißgeschminkter Pantomimen vorbei, die in einem Park Zeitlupentennis ohne Ball spielen, und halten eine Weile an, um diesem intensiv geführten Wettstreit zuzusehen, während sie aus der Thermosflasche heißen Tee trinken. Ihre Gesprächsthemen sind breit gestreut. Sie streifen Brian Epsteins Selbstmord, der Manager der Beatles war; die amerikanischen Rassenunruhen; Cassius Clays Weigerung, in Indochina zu kämpfen, die Tatsache, daß man ihm den Titel aberkannt hat, und seine Verwandlung in Muhammad Ali; und sogar die *musique concrète* von Stockhausen. Zumeist aber reden sie davon, zu dem Antikriegsfestival zu fahren, das trotz der verbreiteten Furcht vor Gewalttätigkeiten bei der Woburn Abbey stattfindet. An den Grenzen des Woburn-Grundstücks sind sowohl Truppen als auch bewaffnete und berittene Polizisten stationiert, und Regierungssprecher ermahnen Musiker und Zuhörer, auf jegliches aufhetzende oder aufrührerische Verhalten zu verzichten. Daraufhin haben sich viele Musiker geschworen, so aufrührerisch wie nur möglich zu sein. Gerüchte über eventuelle Gasangriffe machen die Runde, ja sogar über den Einsatz automatischer Waffen.

(Die Stimmung im Land ist so häßlich, daß der Bericht, mit dem eine Tageszeitung auf das zunehmende Hippie-Phänomen reagiert, es aber unterläßt, dessen Friedensbotschaft mit der überwältigenden

Tatsache des Krieges in Verbindung zu bringen, sondern die Jahreszeit als ›Sommer der Liebe‹ bezeichnet, als lächerliche Propaganda der Regierung empfunden wird.)

Doch als die Katastrophe eintritt, hat sie weder etwas mit der Protestbewegung noch mit den dagegen aufmarschierten Streitkräften zu tun. Ormus Cama ist zwar als Gegner der Entscheidung der Wilson-Regierung bekannt, britische Truppen nach Indochina zu schicken – *warum müssen Labour-Führer immer wieder beweisen, daß sie den Mut zum Krieg haben?* –, wird aber weder an einer Army-Barrikade angehalten noch von den Mounties angegriffen.

Was geschieht, ist völlig apolitisch: ein Verkehrsunfall.

Hawthorne Crossley sitzt am Lenkrad, fährt möglicherweise zu schnell, verliert mit Sicherheit an Konzentration und wirkt übermüdet und zerstreut; und so kollidiert der Mini Cooper in einem verschlafenen englischen Dorf abseits der M1 mit einem großen Schwertransporter und seiner gewichtigen, geruchsintensiven Ladung landwirtschaftlichen Düngers. Hawthorne Crossley ist sofort tot, Waldo erleidet Kopfverletzungen, die seinem Gehirn irreparablen Schaden zufügen, während Ormus, im Fond des Wagens, ebenfalls schwere Verletzungen erleidet. Alles ist mit Jauche bedeckt. Die Notdienste müssen sich durch einen kleinen Berg von Exkrementen graben. Die Begegnung mit einem Lastwagen voll Scheiße: Es wäre komisch – wenn es nicht so absolut unkomisch wäre.

Ormus sitzt im Fond des Wagens. Er schließt einen Moment die Augen, weil alternative Universen begonnen haben, in regenbogenfarbenen Korkenziehern des Andersseins, die ihn mit Angst erfüllen, von seinen Augäpfeln auszugehen, und weil er nichts von den Verunreinigungen in der Thermosflasche voll Tee weiß, glaubt er, daß er diese Halluzinationen selbst produziert. Also kneift er die Lider zu vor diesen sich entfaltenden Zwillings-Bohnenranken des Sehens, und als er sie wieder öffnet, besteht die ganze Welt aus Lastwagen. Das unerträglich laute Kreischen von Metall auf Metall. Das Ticken der Sekunden, verlangsamt, bis sie wie das düster gedämpfe Dröhnen einer Trauermarschtrommel klingen. Wenn man in einem kleinen Fahrzeug mit einem schweren Laster zusammenstößt, erinnert er sich von irgendwoher, besteht die größte Gefahr darin, daß man unter den großen Wagen gezogen und enthauptet oder zumindest zerquetscht wird. Das schwere Metall mit seiner Mauer aus Geräuschen gleitet immer weiter vorbei. Sie prallen vom hinteren Kotflügel des Lastwagens ab, wirbeln herum, schleudern gegen etwas anderes, ein Haus oder einen Baum, und kommen zum Stehen. Keiner trägt einen Sicherheitsgurt. Ormus, der in dem engen Innenraum des Wagens wie wild herumgeschleudert wird, sieht Waldo wie eine Lumpenpuppe mit offenem Mund auf dem Beifahrersitz hängen; gleich darauf kommt Hawthorne Crossley, der Fahrer, ins Blickfeld und mit weit aufgerissenen Augen auf die Windschutzscheibe zugeflogen. Hawthorne atmet heftig aus, *hahaaa*, wie das Lachen eines Wahnsinnigen, und Ormus sieht, wie ein weißes Wölkchen aus seinem Mund kommt, einen Augenblick wie eine Sprechblase in der Luft hängenbleibt und sich dann auflöst. Dann bricht Hawthornes Kopf wie ein Unterwasserschwimmer, der an die Oberfläche kommt, durch die Windschutzscheibe, fliegt hindurch, und das war's dann. Als Ormus sich wieder an etwas erinnern kann, wird er an diesen Moment als jenen denken, da er sah, wie Hawthornes Leben den Körper verließ, und was bedeutet das, es bedeutet, daß es doch einen Geist gibt, eine Seele, die im Fleisch, aber nicht vom Fleische ist, einen Geist in der weichen Maschine. Das ist eine Frage, mit der er sich zu einem anderen Zeitpunkt beschäftigen wird, vorerst einmal muß er mit jeder Beschäftigung aufhören, weil ihn etwas sehr Festes, wie eine Faust, aufs linke Auge trifft.

Die Zeit beschleunigt sich, während sie sich verlangsamen. Dünger bricht über sie herein. Er weiß nichts.

Folgendes wird berichtet. Die Opfer werden in ein nahes Cottage-Krankenhaus gebracht. Ormus' amerikanischer Manager, eine »hinkende, Svengali-ähnliche Gestalt«, Mr. Mull Standish, trifft kurz darauf ein, begleitet von Yul Singh, dem Chef der Schallplattenfirma, kostbar angetan mit einem marineblauen Anzug, Ray-Charles-Sonnenbrille und schwarzen Lederhandschuhen und wie Piloo Doodhwala von einer Entourage aus Assistenten und Bodyguards begleitet. Standish, völlig niedergeschmettert vom Schicksal seiner Söhne, steht hilflos schluchzend an ihren Krankenhausbetten; wie es heißt, ist es Yul Singhs Team von Sikhs, die den Sänger trotz seiner ernsten Verletzungen und Brüche durch den Hinterausgang hinausschaffen und ihn an einen geheimen Ort bringen, wo er private Pflege erhält. Es wird berichtet, daß sich Ormus in einem Dorf an der Waliser Grenze aufhält, oder im schottischen Hochland oder im kleinstädtischen Essex. Er wird in Paris und in der Schweiz gesehen; in Venedig (der Karneval mit den Masken) und Rio de Janeiro (wo er wiederum im Karneval tanzt – mitten unter den Frauen mit den kleinen Brüsten und den üppigen Hintern, wie es die brasilianischen Männer lieben); in Flagstaff, Arizona, nicht zu vergessen in Winona – er holt sich die Kicks auf Route 66. Wie es heißt, soll er furchtbar entstellt sein; seine Stimmbänder seien durchtrennt worden, wird behauptet; eine ›definitive‹ Recherche durch eine Sonntagszeitung findet heraus, daß er das Leben als Musiker endgültig aufgegeben hat, zum Islam übergetreten ist und sich einer obskuren Sekte – den ›Cats of Allah‹ – angeschlossen hat, die ihr Hauptquartier, höchst unwahrscheinlich, mitten in der jüdischen Gemeinde von Hampstead Garden Suburb hat. Das hartnäckigste Gerücht jedoch ist, daß er in einer streng geheimen Pflegestation im tiefen Koma liegt, unter Glas isoliert wie Schneewittchen in ihrem Sarg.

Dreieinviertel Jahre lang wird Ormus, den Augen der Öffentlichkeit entzogen, in Quarantäne bleiben. Weder sein Plattenlabel Colchis noch seine persönlichen Repräsentanten in Mull Standishs Mayflower Management Offices werden Erklärungen abgeben.

Geschichten machen die Runde, und es ist sinnlos, ihnen zu widersprechen. Teilweise sind sie durchaus zutreffend, bis auf die merkwürdigen, weltweiten Berichte über das Auftauchen des plötzlich unsichtbaren Mannes, dessen Verschwinden – es gibt kein Entkommen von diesen bitteren Ironien – ihn vom drittklassigen Popster-Status zu einem Status beträchtlichen Bekanntheitsgrades befördert.

Je länger er unsichtbar bleibt, desto größer wird sein Ruhm. Ein Kult entwickelt sich, dessen Anhänger glauben, daß Ormus Cama erwachen wird, um sie aus diesen unruhigen Zeiten, aus diesem Jammertal hinaus und in die Erlösung zu führen. Neuauflagen seiner Mayflower-Platten sowie Schwarzpressungen seiner frühen Bombay-Auftritte beginnen zu zirkulieren und verkaufen sich gut; eine Legende entsteht. Da die Menschen nun mal Menschen sind, beginnen sie zynisch von einem Publicitycoup zu sprechen. Von Yul Singh weiß man, daß er ein gerissener Vogel ist, während Standish zwar weniger bekannt, aber keineswegs weniger gerissen ist.

Die Koma-Story trifft jedoch zu. Ormus ist nicht tot, sondern er schläft.

Die Spekulationen werden so hitzig, daß die menschliche Dimension der Tragödie fast gänzlich überlagert wird. Die betroffenen Personen werden nicht mehr als lebende, fühlende Wesen gesehen, sondern werden abstrakt, Teile eines Rätsels, eines herzlosen Spiels. Sie werden leere Gefäße, die man mit öffentlichen Spekulationen füllen kann.

Gewisse Fakten kommen nicht ans Licht. Yul Singh und sein innerer Kreis bei Colchis arbeiten hart daran, sie zu unterdrücken, und ironischerweise ist ihnen die Wolke der diffusen Vermutungen dabei eine Hilfe.

Im Blut der Gebrüder Crossley genau wie in Ormus Camas Blut haben die Ärzte einen gefährlich hohen Anteil des Halluzinogens Lysergsäurediethylamid 25 gefunden. Die medizinischen Berichte dringen jedoch nicht an die Öffentlichkeit. Auch haben sie keine polizeilichen Aktivitäten zur Folge.

Im Wrack des Mini Coopers wurde eine Thermosflasche gefunden. Irgendwie ist diese Flasche weder im Besitz der Polizei verblieben noch durch die Behörden irgendeiner Untersuchung unterzogen worden. Aus irgendeinem Grund gelangt sie in die Hände eines »Freundes der Familie« zurück. Dieser Freund taucht nie wieder auf. Genausowenig wie die Flasche.

Daher gibt es keinen Beweis dafür, daß der Tee Zucker enthielt.

Der Wert eines Mannes erweist sich in der Stunde größter Not. Wie groß ist unser Wert, wenn es zum Schlimmsten kommt? Schmeicheln wir nur, um zu täuschen, oder sind wir der wahre Mensch, der Stoff, aus dem die Träume der Alchimisten sind? Auch das sind Fragen, auf welche die meisten von uns zum Glück nie eine Antwort geben müssen.

Daß sich Mull Standish der Situation dieser Tragödie gewachsen zeigte, war für jene, die ihn kannten, kaum überraschend, ist aber dennoch beispielhaft für alle. Tränenlos taucht er aus seinem Cottage-Krankenhaus-Kummer auf und widmet sich von nun an dem Wohlergehen der Lebenden. In den darauffolgenden Wochen sieht man voll Staunen die fieberhafte Energie, mit der er die allerbeste Pflege für Waldo sucht und besorgt. Von seinen körperlichen Verletzungen wird Waldo sich erholen. Noch mehrere Jahre danach wird er sich der Behandlung eines Teams von Spezialisten erfreuen, dank deren Bemühungen es ihm möglich wird, ein zwar begrenztes, doch überraschend zufriedenes Dasein auf dieser Welt zu führen.

Yul Singhs Männer befolgen Standishs Befehle. Ormus Cama ist in ein weißes Haus auf einem Hügel über der Themse zu bringen, ein Haus, an dessen offenen Fenstertüren weiße Vorhänge in der Brise wehen und wo er von seiner Mutter gepflegt werden wird. So kann wenigstens ein Riß in der Welt allmählich geheilt werden. Spenta empfängt ihr zerschlagenes Kind mit lauten Rufen der Selbstvorwürfe, bezahlt ein Vermögen, um in der sonnigen und geräumigen alten Orangerie ein Sanatorium nach neuestem Stand einzurichten, und entschließt sich, Ormus eigenhändig so lange zu pflegen, bis er wieder gesund ist. Um das zu erreichen, bezieht sie unermüdlich Posten an seinem Bett, obwohl die Erschöpfung sie von Zeit zu Zeit zwingt, ein paar Stunden Schlafpause einzulegen. Lord Methwold ist vor kurzem gestorben, friedlich, im Schlaf und ohne Zweifel, und seine Ehefrau ist nach seinem eindrucksvollen Testament die einzige – und unangefochtene – Erbberechtigte. Das Herrenhaus auf dem Land gehört nun ihr; genau wie die Stadtvilla am Campden Hill Square, die höchst gesunden Bankkonten, die beträchtlichen Holdings an absolut sicheren Wertpapieren. Alles in allem eine Goldgrube. Die ehemalige Lady Spenta Cama betrachtet die Nachricht von ihrem großen Glück als Mahnung von Gott. Unversehens reich an irdischen Gütern zu sein bedeutet, die Natur ihrer tiefer sitzenden Armut zu begreifen. Von ihren drei Söhnen sitzt einer wegen Mordes im Gefängnis, ist ein zweiter (o hartherzige Mutter!) in ein Pflegeheim abgeschoben worden, damit er ihren alternden Ehemann nicht stört. Der Jüngste war ihr lange entfremdet und fühlte sich ungeliebt; jetzt ist er schwer verletzt. Sie, die sich selbst für fromm hält, hat in ihrer Seelenpflicht versagt.

Insgeheim hat sie, ohne es den kränkelnden Methwold merken zu lassen, Radio Freddie eingeschaltet, um durch die Arbeit mit ihrem Sohn Verbindung zu halten. Daß der Sender geschlossen wurde, war für sie schwer zu ertragen: Es ist eine zweite Trennung, ein zweiter Riß. Ihr Schreiben an Ormus, sentimental und voller Entschuldigungen, ihm per Adresse des Piratensenders zugesandt, gelangt am Tag des unglückseligen Autoausflugs des Sängers in Standishs Hände. Daher ist es Standish, dessen Eingreifen Ormus an den Busen seiner Familie zurückbringt. (Auch Virus Cama ist wieder zu Hause, durch das Hinscheiden seines Stiefvaters von seiner Gefangenschaft erlöst.)

Nachdem er diesen edlen Dienst geleistet hat, kehrt Mull Standish nach London zurück, ins Wandsworth Crematorium, denn es ist Zeit, seinen Sohn den Flammen zu übergeben.

Im Krematorium stützt er sich auf seinen Stock, schließt die Augen und sieht sofort die großen Feuerjets um den Leichnam des jungen Mannes fackeln, die ihn von sich selbst reinigen. Obwohl er Amerikaner ist und ein äußerst amerikanisches Leben geführt hat, bricht Mull nicht in Tränen aus. Er öffnet die Augen. Antoinette Corinth und SIE, die Arme umeinandergelegt, betupfen unter den schwarzen Spitzenschleiern ihre Khol-verschmierten Gesichter. Jetzt ist mehr tot als der Dialog. Standish schließt die Augen wieder und sieht Waldo Crossleys Zukunft vor sich. Waldo, durch den Unfall blöde geworden, lächelt süß den herbstlichen Blättern zu, die er in einem windigen Garten aufspießt. Über dem, von den Fenstern eines großen weißen Hauses auf ihn herabblickend, Ormus' Mutter steht. Die sich nichts sehnlicher wünscht als eine ewigwährende Wiedergutmachung für ein ganzes Leben als schlechte Mutter. Die für Waldo sorgen wird, als sei auch er ihr geliebtes Kind.

Es ist vorüber. Keine Tränen mehr. Standish durchquert den Gang und spricht leise mit seiner Exehefrau. Ich bin überzeugt, daß dies dein Werk ist, sagt er sanft. Ich hätte nicht gedacht, daß du dazu fähig wärst, nun aber bin ich sicher, daß du es getan hast. Ich kann mir keine Vorstellung davon machen, wie schwer die Bürde deines Hasses sein muß. Ich kann mir nicht vorstellen, wie du so viel Gift eine so lange Zeit im Herzen tragen konntest. Die Kinder zu töten, um den Vater zu treffen. Das klingt wie etwas aus einem Roman.

Du hast sie geliebt, und sie haben dich lieben gelernt. Ihre Stimme ist Eis. Ihre Zähne glitzern bösartig. Das ist es, was mir den größten Trost und die tiefste Freude gibt.

Mörderin, sagt er. Kindesmord. Mögen die Götter dein Leben verfluchen, sagt er.

Sie fährt zu ihm herum. Die beiden waren gestört, seit du sie verlassen hast. Seit Jahren haben sie alles getan, um der Wahrheit aus dem Weg zu gehen. Nämlich, daß ihr schwuler Vater sich möglichst schnell verdrückt hat. Als Kinder hätten sie eine Dose Stiefelwichse gefressen, wenn sie gedacht hätten, das würde ihnen eine Stunde Erleichterung bringen. Hustensaft haben sie literweise getrunken. Klebstoff, Pillen, blutige Plastiktütenerektionen – das alles war angesagt, also versuch ja nicht, mich anzumachen. Dann bist du wie Gott der Allmächtige aufgetaucht, hast ihnen einen Job gegeben und dich schließlich entschlossen, diese kleinen Widerlinge zu lieben. Das hat sie *wirklich* zum Saufen und zu allem anderen gebracht. Nadeln. Oder hast du das nicht bemerkt? Aber dann hast du den Sender geschlossen, hast ihn ihnen weggenommen und die armen Schweine sogar merken lassen, daß du irgendeinen anderen Scheißkerl mehr liebst als sie. Du willst es einfach nicht kapieren. Das hast du nie getan. Sie hatten Angst vor dir, Angst, daß du drauf und dran sein könntest, wieder einfach abzuhauen. Verrückt vor Angst waren sie.

Daß du, nachdem sie gerade angefangen hatten, dich zu lieben, mit deinem indischen Prinzen durchbrennen würdest.

Er will sie nicht merken lassen, daß er zittert; er nimmt sich zusammen; macht ihr abermals Vorwürfe.

Du hast das Picknick vorbereitet, sagt er. Du hast geplant, sie alle drei umzubringen.

Oder, gibt sie zurück, sie haben das Zeug selbst hineingetan. Um zu sterben und deinen Liebesjungen mitzunehmen. Die armen Lieblinge. Nicht einmal das konnten sie richtig machen.

Mull Standish wartet allein auf die Asche. Hawthornes Asche ist sein Leben. Entscheidungen müssen getroffen werden: *to be or not to be.* Man stellt sich dem Leben, bemüht sich, so gut man kann, packt es mit all der Offenheit und Menschlichkeit an, über die man verfügt, und bekommt dies. Ein Sohn in einer imitierten griechischen Urne, der andere eine hohle Hülle ohne Ich. Dies ist es nicht, dies ist nicht, wie es hätte sein sollen.

Er nimmt die Urne in die Arme und küßt sie, küßt sie. Dies ist mein geliebter Sohn, an dem ich meine Freude habe.

Die kleinere Galaxie, die sich durch die größere Galaxie meiner Story zieht, wird zerrissen, vernichtet. Antoinette Corinth und SIE schließen die Witch und fliegen zur Pazifikküste Mexikos, um, gekleidet in leuchtende Tropenfarben, die dunkle Stille gegen grelles Licht und Lärm einzutauschen. Anklage wird nicht gegen sie erhoben. Es bleibt einem jeden von uns überlassen, zu entscheiden, welcher Wahrheit wir folgen wollen: der Wahrheit der Tragödie, der Story, Standishs medeanischer Wahrheit, Antoinettes anklagender Version oder der nüchterneren Wahrheit des Gesetzes. Unschuldig, bis die Schuld bewiesen ist, und so weiter.

Wie dem auch sei, Hawthorne und Waldo wird es nicht mehr helfen. Kurz nach der Abreise der Frauen gibt es ein Feuer in der Unfold Road, und der Laden brennt nieder. Brandstiftung wird vermutet, aber nicht bewiesen, und nach einer Weile bezahlt die Versicherung. Mr. Tommy Gin, der Hauptförderer, erhält den Löwenanteil der

Versicherungssumme, ein Scheck in ansehnlicher Höhe wird aber auch in das wunderschöne Seebad Zopilote in der mexikanischen Provinz Oaxaca am Golfo de Tehuantepec gesandt. Der Scheck wird eingelöst, doch weitere Nachrichten von Antoinette Corinth und ihrer Begleiterin SIE gibt es nicht. Sie sind, vorläufig jedenfalls, in ein undurchdringliches Anderswo verschwunden, in das diese Story nicht eindringen kann.

Gewisse Muster wiederholen sich, scheinen unausweichlich zu sein. Feuer, Tod, Ungewißheit. Der Teppich wird uns unter den Füßen weggezogen, um einen Abgrund bloßzulegen, wo eigentlich fester Boden hätte sein müssen.

Desorientierung. Verlust des Ostens.

Während der späteren Abschnitte der sogenannten ›verlorenen Jahre‹ nach seinem Erwachen aus dem Koma wird Ormus Cama eine Zeitlang gelegentlich Tagebuch führen, ein willkürliches Journal, durchsetzt von automatischem Schreiben, verrücktem Fabulieren, ›Poesie‹, Visionen, Gesprächen mit Toten und zahlreichen Einfällen für Songs.

In einem sehr frühen Eintrag wird er eine Halluzination schildern, die er auf dem Rücksitz des todgeweihten Mini Coopers gehabt hat, höchstwahrscheinlich unmittelbar vor dem Zusammenstoß mit dem Düngertruck:

Meine Schädeldecke war offen, weggeblasen wie von einer Explosion und er ist hinausgeklettert und weggelaufen. Jetzt kommt er mich nicht mehr besuchen, denn warum sollte er auch, er ist frei, er läuft nicht mehr auf der Suche nach einem Ausgang durch die Korridore und Treppenhäuser des Casinos er ist entkommen, er ist irgendwo da draußen. Wenn ihr ihm begegnet, vergeßt nicht, daß ich das nicht bin. Er sieht genauso aus. Er ist nicht ich.

Und hier ein anderer früher Eintrag:

Vina, ich kenne dich jetzt besser. Mein Liebling, ich habe deine tödliche Mutter kennengelernt. Ich bin ihrem anderen Ich gegenübergetreten und habe überlebt.

Höhere Liebe

Während der ersten Tage, bevor das Orangerie-Sanatorium fertig ist, liegt Ormus, an Schläuche und Monitore angeschlossen, in Spentas Bett. Dieser Teil des Hauses ist alt und schuppig wie das England, aus dem er entstanden ist. Ein feiner Regen von Kalkstaub legt sich langsam auf Ormus' Wangen. Spenta, die an seinem Bett steht, tupft die hellen Flocken mit einem Paisley-gemusterten Seidentuch ab. Virus Cama, wieder zu Hause, sitzt mit den Händen locker auf den Knien in einer Ecke des großen Schlafzimmers auf einem geschnitzten Klappstuhl aus schwarzem Teakholz, einem Stuhl, der früher von einem reisenden Steuereinnehmer in dem Landesteil, der heute Maharashtra und Madhye Pradesh ist, auf seinen Reisen am Wainganga entlang bis in die Seeonee Hills hinauf benutzt wurde. Spenta betrachtet ihre körperlich und seelisch gebrochenen Söhne, Schlaf und Schweigen, neigt den Kopf und beschließt zum hundertundersten Mal, alles an diesen verlorenen Knaben gutzumachen, sie mit verspäteter Liebe zu heilen. Es ist nicht, es darf nicht zu spät sein für Wiedergutmachung: ihre und ihre eigene. Sie betet zu ihren Engeln, die aber antworten ihr nicht mehr. Ihre einzigen Engel sind jetzt ihre Söhne.

Nur Cyrus betrauert sie stumm. Für Cyrus ist es zu spät.

Sie ist rings von Erinnerungsstücken an Britisch Indien umgeben. Über einem Ruhesessel mit langen Armlehnen hängt ein Spiegel-*Chhatri*. Company-School-Bilder, handkolorierte Daniell-Stiche. Ein silbernes Teeservice, der Kopf eines Gottes aus Stein, Fotos aus großen Tagen, die man mit der Jagd auf Vögel und wilde Tiere verbrachte, ein Tigerfellvorleger, Steindosen mit *bidri*-Intarsien aus Silber, die Parfümtruhe eines *itr*-Verkäufers, ein Harmonium, Teppiche, Tücher. Ein gerahmter Brief von Morgan Forster, in dem er seltsame Echohöhlen in den Flanken eines kümmerlichen Hügels beschreibt.

Die indische Krankenschwester erscheint.

Erst einige Zeit später, nachdem Spenta sich erinnert, wer sie ist und wo sie sie schon einmal gesehen hat, wird ihnen klar, daß sich niemand erinnern kann, sie eingelassen zu haben. Sie scheint sich aus dem Nichts zu materialisieren, hält sich fürsorglich hinter Spenta und Standish und trägt eine frische, gestärkte Tracht in Hellblau und Weiß mit einer kleinen Uhr, die sie an ihre Brust geheftet hat. Die Agentur hat mich geschickt, erklärt sie unbestimmt, während sie mit Laken und Handtüchern hantiert und das Krankenblatt studiert, das am Fußende des Bettes mit dem komatösen Sänger hängt. Spenta und Standish sind am Ende ihrer Kräfte. Erschöpfung und Schock haben ihren Tribut gefordert, so daß Spenta selbst, als Virus Cama sich von seinem Steuereinnehmerstuhl erhebt, um seine Mutter ängstlich am Ärmel zu zupfen, ihn einfach abschüttelt und mit dem Kopf in beiden Händen in sich zusammensinkt. Auch Standish, der seit der Katastrophe kaum einen Moment geschlafen hat, steht kurz vor dem Zusammenbruch. Die indische Krankenschwester dämpft das Licht im großen Schlafzimmer und übernimmt die Wache mit einer Kompetenz, die keine Widerrede zuläßt. Sie ist ein hübsches Mädchen, redegewandt, gut unterrichtet über die führenden Familien der Bombayaner Gesellschaft. Sie erzählt Spenta von ihrer Zeit bei den Sisters of Maria Gratiaplena, obwohl sie selbst, wie sie hastig hinzufügt, keine Nonne ist. Diese Bemerkung ist möglicherweise der Grund, warum Spenta, die ihre Gedanken kaum beisammen hat, sie Schwester Maria zu nennen beginnt, ein Name, auf den sie ohne Zögern hört. Ruhen Sie sich aus, sagt Maria, und Standish und Spenta gehen gehorsam hinaus – gefolgt von Virus Cama, der sich über die Schulter zu der Krankenschwester umsieht und den ergrauenden Kopf schüttelt.

Sobald sie mit dem schlafenden Ormus allein ist, beginnt die Krankenschwester mit einer Stimme voll Rauch und Sehnsucht auf ihn einzureden. Endlich, mein Liebster. Obwohl es nicht unser schönes Nestchen in Worli ist, aber es geht, denn jeder Ort, wo du bist, ist für mich ein Palast und so weiter, das Bett, in dem dein Körper liegt, ist der Ruheplatz meiner Wünsche et cetera, und selbst wenn du stirbst, mein Liebster, werde ich dir ins Grab folgen, ins Grab hinein und darüber hinaus et cetera et cetera et cetera.

Dann erinnert sie den Bewußtlosen an vergangene Zeiten der Liebe, die vielen wundervollen Dinge, die sie gemeinsam getrieben haben, jene höchsten Beweise ihrer Leidenschaft, ihrer Beweglichkeit und Flexibilität, ganz zu schweigen von der sinnlichen Macht gewisser natürlicher Öle. Ihre lange Rede ist ein erotisches Meisterwerk, das für die Nachwelt verloren wäre, gäbe es nicht den Grundig-Kassettenrekorder, den Mull Standish unter Ormus' Bett installiert hat, nur für den Fall, daß er vorübergehend zu Bewußtsein käme und etwas sagen würde, irgend etwas, solange Manager und Mutter gleichzeitig aus dem Zimmer gegangen wären. Ormus bleibt stumm, aber das dünne braune Band zeichnet phlegmatisch alles auf, was Maria zu sagen hat, belauscht ihre Intimitäten genauso, wie jene anderen, fiktiven Bänder den imaginären ›Präsidenten Nixon‹ in dem Roman *The Watergate Affair* belauscht haben. An einem bestimmten Punkt schreitet sie dann von den Reminiszenzen zur Tat, beschreibt dem bewußtlosen Ormus in allen Einzelheiten, wie sie ihn aus seinem Schlummer erlösen wird, indem sie seine fleischlichen Gelüste weckt, man hört das Klirren eines Glasgefäßes und gleich darauf die glitschigen Geräusche eingeölter Hände, wie sie zunächst einander reiben und sich sodann über die schlafende Gestalt hermachen.

Die Tonqualität des Bandes ist gut. Jeder, der es sich anhört, kann sich mühelos vorstellen, wie Maria aufs Bett klettert (Matratzengeräusche), und weil die menschliche Phantasie nur allzuleicht mit ihren Vorstellungen durchgeht, muß ich nunmehr schnell weitergehen zu dem deutlich aufgezeichneten Geräusch einer Tür, die aufgestoßen wird, und den entsetzten Stimmen von Spenta und Standish, als sie hereinplatzen, nachdem sich Spenta endlich an die Nymphomanin in der Maschine nach London erinnert.

Sie befehlen der indischen Krankenschwester, sofort herunterzukommen, sich anzuziehen und zu verschwinden, denn wie kann sie es wagen, mangelt es ihr denn auch am kleinsten Quentchen Anstand, sie werden dafür sorgen, daß ihr die Pflegelizenz entzogen wird, sie soll sofort ihre Brüste bedecken, jawohl, und ihr Pudendum auch, und vor allem soll sie aufhören zu lachen, sofort aufhören, das hier ist nicht zum Lachen, in fünf Sekunden werden sie die Polizei rufen.

Während sie das Zimmer verläßt, füllt ihr Lachen das Band.

Ormus schläft weiter; reglos und trotz Marias Manipulationen – so heißt es – noch immer schlaff.

Immer wieder taucht sie auf. Ormus wird in die neue Einrichtung in der Orangerie verlegt, und schon in der Nacht darauf erscheint sie dort. Spenta geht für eine Minute zur Toilette und sieht, als sie zurückkehrt, Maria, die sich, bis auf einen schwarzen Schleier nackt, so über Ormus entblößtes Geschlecht beugt, daß die Bewegungen ihres üppigen Mundes halb von ihrem Schleier verdeckt werden. Sie ist wirklich sehr schön, sehr geil und sehr verrückt, denkt Spenta, doch das erklärt nicht, wie das Mädchen hereingekommen ist. Spenta ordnet an, daß ständig jemand Wache hält, ein Posten wird aufgestellt, auf dem nächtlichen Grundstück werden Hunde freigelassen. Dennoch findet Maria den Weg herein. Als Standish eines Nachts Wache hat, im jüngsten Yossarian liest, um durch die lange Nacht zu kommen, und trotz der genialen Komik des Autors für, wie er meint, höchstens ein paar Minuten einnickt, entdeckt er beim Aufwachen voller Entsetzen, daß sie sich trotz der Hunde, trotz der fest verschlossenen Gitter und des Bewegungsmelderalarmsystems im Zimmer materialisiert hat, geölt, verschleiert und nackt: und diesmal sitzt sie tatsächlich rittlings auf Ormus und reitet auf seinem schlaffen Schwanzpferd heftig auf und nieder. Ihr werdet mich niemals von ihm fernhalten können, frohlockt sie. Ich bin seine Bestimmung, sein intimstes Bedürfnis und so weiter. Diese Frau (sie meint Vina) kann ihm niemals geben, was er sich wünscht, ich aber kenne seine Wünsche besser als er selbst, ich erfülle sie ihm, bevor er noch weiß, daß er sie äußern wird, et cetera. Ich komme aus seiner geheimen Welt.

Wer bist du, erkundigt sich Standish zwinkernd. Er ist noch schwer vom Schlaf, und außerdem trägt er seine Lesebrille, so daß alles, was mehr als neun Zoll entfernt von ihm ist, verschwommen und unwirklich aussieht.

Als er versucht, sie zu fixieren, verschwindet sie. Ein Riß scheint sich mitten in der Luft aufzutun, sie tritt hindurch und ist verschwunden. Die Fähigkeit des Menschen, zu rationalisieren, ist etwas Wunderbares. Sie ermöglicht es uns, auch dem eigenen Augenschein nicht zu glauben. Und da das, was Standish undeutlich gesehen hat, unmöglich ist, schließt er daraus, daß er es nicht gesehen hat. Sie muß zur Tür hinausgeschlüpft sein, während ich noch schlaftrunken war, folgert er. Dann steht er auf und sieht nach, aber sie ist fort. Standish verzeichnet ein weiteres Versagen des Sicherheitssystems und argwöhnt Komplizenschaft von innen. Diese Verrückte hat sich vermutlich die Zuneigung eines Angestellten erkauft, eines Gärtners, eines Handlangers. Irgend jemand schmuggelt sie hinein und wird ganz zweifellos mit einer Kostprobe jener sexuellen Aktivität belohnt, mit der sie so freizügig umgeht. Man sollte das ergründen. Vorerst ist jedenfalls kein Schaden entstanden. Standish kehrt zu seinem Buch zurück.

Ormus schläft friedlich weiter.

Mull Standish, ein Mann der Zeit, sucht seine Antworten im Alltäglichen. Während sich Spenta ebenso selbstverständlich dem Paranormalen zuwendet, Gespenstisches vermutet und sowohl Parsi-Priester aus London als auch den örtlichen anglikanischen Vikar zu Hilfe ruft. Feierlich werden Feuerzeremonien und Exorzismen veranstaltet. Auf diese Riten folgen Perioden, häufig sehr lange, in denen die Inderin sich nicht manifestiert. Weder für dieses Nichterscheinen noch für ihr Erscheinen gibt es eine Erklärung; Spenta jedoch schreibt den Kredit dafür den Dienern Ahura Mazdas und des Christengottes zu.

Dann erscheint Maria wieder, und das ganze Austreibungsritual wird wiederholt.

Es gibt Tage, da ist Spenta tödlich verängstigt. Verlassen von den Engeln, fürchtet sie, daß sie und ihre Familie zur Beute von Dämonen geworden sind. In solchen Stunden sucht sie bei Mull Standish Trost. Stets makellos gepflegt, kostbar in einen Kamelhaarmantel mit Seidenkragen oder verwegen und zigarrenschmauchend in Nerz gewandet, steht Standish in diesen schmerzlichen Zeiten mit beiden Beinen auf der unsicheren Erde, ein gut verwurzelter Mann, ein Baum, der nicht gedenkt, in nächster Zeit zu fallen. Seine ruhige Stimme, seine steife Würde, sein glattes Haar: All diese Dinge dienen dazu, Spenta zu beschwichtigen, und obwohl sie sieben Jahre älter ist als er und sich keinen unrealistischen Hoffnungen hingeben sollte, tritt ein gewisser Glanz in ihre Augen. Sie achtet mehr auf ihre äußere Erscheinung, sie senkt die Lider, sie flirtet. Standish, der eine unmöglich zu erwidernde Liebe aufkeimen sieht, hat Spenta immerhin so sehr ins Herz geschlossen, daß er sie schweigend weiterträumen läßt.

Trotz all seiner scheinbaren Solidität sind dies für Mull Standish jedoch unglückselige Jahre. Dem plötzlichen Zusammenbruch eines Büroblocks in Newark, für den eine seiner US-Tochtergesellschaften die Kühlsysteme geliefert hat, folgte eine weitgehendere Erosion des Vertrauens in seine Baufirmen. Durch das Ende seiner Liaison mit ›Sam Tropicana‹ macht ihn die Familie seines einstmaligen Liebhabers gezielt überall so schlecht, daß man im Rathaus von New York seine Projekte und Angebote mit Stirnrunzeln betrachtet. Die Steuerunregelmäßigkeiten wurden beigelegt, doch nur nach Bezahlung der Rückstände plus einer gewissen Strafsumme. In Britannien hat ihm das Ende der Piratensender mehr als nur finanziellen Schaden eingetragen: Es hat sein Leben einer wesentlichen Erregung beraubt. Sein Plattenlabel hat er aufgegeben und verdient sich Brot und Butter heutzutage durch Investitionen in Mietimmobilien, die er klugerweise während der Jahre des Piratenbooms getätigt hat.

Wie jeder dynamische Unternehmer, und es kann kein Zweifel an der Berechtigung dieser Bezeichnung bestehen, hat er natürlich auch weiterhin Pläne und Träume. Die Hippies auf dem Sloane Square verkaufen Jo-Jos, die beim Steigen und Fallen aufleuchten. Er ist an diesem Handel ebenso beteiligt wie an fast jeder anderen Spielerei, die mit dem Union Jack versehen zu überhöhten Preisen in der Carnaby Street feilgeboten wird. Seine Begabung für das, was Marketingmanager Marktlückenanalyse nennen, hat ihn veranlaßt, einen Listenservice namens *Where It's At* zu gründen, der als einfaches Faltblatt begann, das junge Menschen zu den Freuden sowohl des Mainstreams als auch der ›Alternative‹ führt und sich sehr schnell zu einem geldbringenden Wochenmagazin entwickelt. Für gewöhnliche Sterbliche wäre diese Palette der Aktivitäten Beweis einer robusten Gesundheit, und Robustheit ist die Eigenschaft, die zu propagieren Standish – auch Anfang Fünfzig noch ein unermüdliches Energiebündel von Mann – am stärksten betreibt. Dennoch ist er ein Mann mit gebrochenem Herzen. Wenn er mit einem großen Baum verglichen werden soll, dann ist er im innersten Kern verfault. Eines Tages wird er ohne Vorwarnung einfach umkippen. Erst dann werden jene, die ihm begegnen, seine Krankheit erkennen und ihn verstehen können.

Wenn er mit Waldo Crossley auf dem Grundstück von Methwolds Flußuferbesitzung spazierengeht, wenn er seinen Sohn zu der Gewandtheit beglückwünscht, mit der er Laub und anderen Abfall aufzuspießen gelernt hat, wenn er ihm schmeichelt, wie gut er in der Methwold-Livree aussieht, und wenn er dann mit Waldos zu Tränen rührendem breitem, glücklichem, hirnlosem Lächeln belohnt wird – oder wenn er an Ormus Camas Bett Wache hält und in dem komatösen Sänger den Schatten seines eigenen toten Hawthorne sieht –, dann ist Standishs Rücken kerzengerader denn je, sein Kinn energischer, sein Auge trockener. Aber er ist tödlich getroffen, daran besteht kein Zweifel. Wenn Ormus nicht mehr aufwacht, besteht die Gefahr, daß Standish ebenfalls in einen endgültigen Schlaf sinkt. Die Lebenswege der beiden Männer sind miteinander verknüpft. Während die Monate und Jahre vergehen und Standish die Hoffnung auf ein Erwachen verliert, beginnen kleine Fäden seines Mantels der Disziplin auszufransen. Zuweilen hat er einen Tic im Augenwinkel. Es gibt Tage, da ein paar Haarsträhnen seiner früher so omnipotenten Bürste entkommen. Wenn er steht, entdeckt Spenta die ersten Anzeichen für ein Nachlassen der Spannkraft.

Wenn ich ein bißchen jünger wäre, sagt sie und ergreift seinen Arm, als sie eines Spätnachmittags im Garten spazierengehen, würde ich Ihnen vielleicht Avancen machen.

Er hört die Einsamkeit, das Echo einer Frau, die im leeren Raum ihrer Zukunft steht, und erkennt, daß er keine andere Wahl hat, als ehrlich zu sein.

Ich, sagt er, zum erstenmal um Worte verlegen, gehöre zu jenen Männern, für welche die Liebe der Frauen nicht wichtig ist.

Wundervoll! Sie klatscht in die Hände. Auch ich sehe in unserem Alter keinen Sinn mehr in derartigen Aktivitäten. Aber Freundschaft, nicht wahr? Die können wir uns doch gegenseitig bieten, während wir auf das Alter zugehen.

Worauf Mull Standish keine Antwort weiß.

Unvermittelt hört Maria auf, in Erscheinung zu treten – vielleicht, weil sie an Ormus' Genesung zweifelt. Weder Spenta noch Standish sprechen es aus, aber beide halten ihr Fernbleiben für ein böses Omen.

Sie beginnen von dem zu sprechen, was bisher unaussprechlich war: von lebenserhaltenden Maßnahmen. Mehr als drei Jahre lang hat Ormus Cama Monitore, Tropfe, Plasma gebraucht. Es hat Momente gegeben, da auch Beatmung nötig wurde. Seine Muskeln sind atrophiert, er ist schwächer als ein Baby, und ohne die Maschinen, die Krankenschwestern, die Pfleger könnte er unmöglich überleben.

Spenta fragt Standish das Unfragbare.

Was meinen Sie, ehrlich, wird er aufwachen.

Und Standish ist es nicht mehr möglich, mit einem überzeugenden Ja zu antworten.

Man könnte einen Unfall arrangieren, sagt er. Einen Stromausfall plus ein Versagen des Hilfsgenerators. Dem Schlafenden könnte zufällig ein Schlauch aus der Nase rutschen oder eine lebenspendende Nadel aus der Vene. Es könnte, wie sagt man doch, stottert Standish, eine Gnade sein.

Ich glaube immer noch, klagt Spenta widerspenstig. Ich weiß nicht, an was, an ein Wunder. An einen Segen von oben. An, wie soll man es nennen, höhere Liebe.

Als Colchis Records eine Doppel-A-Seite 45 – *Beneath Her Feet b/w It Shouldn't Be This Way* – der dahingegangenen Band Rhythm Center herausgeben, ist das als Abschiedsgeste gedacht, als Sichfügen in das Unvermeidliche. Standish war seit dem Unfall eisern: Ormus wird gesund werden, dann wird er mit seiner Karriere weitermachen, und bis dahin wäre es sowohl makaber als auch schlecht fürs Geschäft, irgendwelche Platten zu veröffentlichen.

Yul Singh hat sich ihm auf seine unergründliche Art und Weise gefügt.

Wenn Sie das wünschen, Mr. Standish, wozu ich mich nicht äußern möchte, dann soll es so sein, es ist Ihre Entscheidung. Ändern Sie Ihre Absicht, kommen Sie zu mir, die Industrie arbeitet mit Höchstgeschwindigkeit, das muß ich Ihnen nicht sagen, warten wir ab, und kümmern wir uns darum, wenn's soweit ist. So Gott will, sitze ich dann immer noch in diesem Sessel, vielleicht kann ich Ihnen dann helfen.

Es kommt die Zeit, da Standish und Spenta sich einig darin sind, daß sie Ormus wieder singen hören wollen, ein letztes Mal, bevor die Maschinerie aufhört, ihn am Leben zu halten, und er endgültig einschläft. Standish bittet Yul Singh, die Musik freizugeben; eine Bitte, die der grimmige Colchis Overlord – der begreift, daß sie eine Art Todesurteil darstellt – trotz seiner harten Worte und Einwände nicht abschlagen kann. Woraufhin die Platte zu jedermanns Verblüffung ein Hit wird. Vina Apsara hört Ormus in einem Hotelzimmer in Bombay singen, fliegt sofort in sein Leben zurück: und rettet es.

Da sitzt sie, an seinem Bett, und flüstert ihm etwas ins Ohr. Da ist Spenta, die nicht weiß, ob sie sie als einen weiteren wiedergängerischen Dämon fürchten, mit ihr um ihren gemeinsamen Verlust trauern oder einfach hoffen soll. Da ist Mull Standish, der den Atem

anhält. Da lauern im Hintergrund wie Aasgeier ein Arzt, eine Krankenschwester, ein Pfleger.

An der Tür steht, den Hut in der Hand, der blinde Yul Singh.

Ormus, flüstert sie. Ich bin's, Ormus.

Woraufhin er die Augen aufschlägt; ganz einfach so. Seine Lippen
beben. Sie beugt sich hinab, um ihn verstehen zu können.

Der Arzt stürzt herbei, drängt sie beiseite. Entschuldigung, bitte.
Wir müssen den Grad der Schädigung bestimmen. Und mit einem
Glitzern der Arztzähne an Ormus gewandt, fragt er: Wer bin ich?
Ein Drogendealer.

Die Stimme überrascht alle Anwesenden mit ihrer Kraft, ihrem ironischen Ton. Der Arzt zeigt auf Yul Singh an der Tür. Und er, wer
ist er?

Ein Kommissar.

Dann der Pfleger mit frischen Laken und Handtüchern in der Hand.
Der ist unwichtig.

Und was ist mit Ihnen, erkundigt sich der Arzt. Wissen Sie, wer sie
sind? Wissen Sie, was Sie wollen?

Vina, ruft er. Sie kommt näher, ergreift seine Hand. *Ja*, antwortet er.
Jetzt weiß ich es.

Wie sollen wir singen vom Wiedersehen zweier lange getrennter Liebender, durch törichtes Mißtrauen ein ganzes, trauriges Jahrzehnt
voneinander getrennt, wiedervereint endlich durch die Musik? Sollen
wir sagen (denn im Lied sind wir frei von griesgrämiger Pedanterie
und dürfen den himmelstürmenden Geist der Wahrheit preisen statt
den zerknitterten Brief): daß sie singend durch Wiesen voller Narzis-
sen liefen und den Nektar der Götter tranken, daß ihre Küsse so
wunderschön waren wie der abendliche Horizont dort, wo die Erde
den Himmel erst berührt und dann in ihn übergeht? Sollen wir seine
leidenschaftlichen Liebkosungen mit den Bewegungen des Windes
über das Meer vergleichen, jetzt tobend, dann wieder zärtlich, und
ihre sich wölbenden Reaktionen, so gierig, so kraftvoll, so dahinstür-
mend über die Wogen des Ozeans? Sollen wir so weit gehen und von

göttlicher Liebe sprechen, die jede andere Liebe übertrifft, und daraus schließen, daß es einen Großen Liebhaber gibt, der von oben auf uns herabblickt und dessen bedingungsloser Leidenschaft und Öffenheit des Herzens dieses irdische Paar seinen blanken Spiegel entgegenhebt?

Nein, dies ist die Geschichte von einer tiefen, doch instabilen Liebe, von Brüchen und Wiederbegegnungen; einer Liebe des endlosen Überwindens, definiert von den Hindernissen, die sie nehmen muß und hinter denen größere Aufgaben warten. Die Liebe eines Hürdenläufers. Die verzweigten, verästelten Wege der Ungewißheit, die gewundenen Labyrinthe von Argwohn und Verrat, der steil abfallende Weg in den Tod selbst: Auf diesen Wegen wandelt sie. Es ist eine menschliche Liebe.

Lassen wir Vina sprechen. Er ist an jenem Tag tatsächlich gestorben, wußtest du das, erklärt sie mir an einem dampfend heißen Sommertag Mitte der 1980er Jahre in New York, als sie unbekleidet und überwältigend quer über meinem breiten Messingbett liegt. Ganz recht, sagt sie, den Mund verziehend, er hatte immer ein phantastisches Timing. Ich komme von der anderen Seite der Welt zu ihm, und genau das ist der Moment, an dem dieser Bastard beschließt, den Löffel abzugeben. Einhundertundfünfzig Sekunden lang war er richtiggehend hinüber, hat den Geist aufgegeben, ins Gras gebissen. Ormus, der Flatliner. Er ist durch diesen Tunnel auf das Licht zugegangen. Dann hat er auf dem Absatz kehrtgemacht und ist wieder zurückgekommen. Später hat er mir erklärt, es sei meinetwegen geschehen?, er habe hinter sich meine Stimme rufen hören?, er hat zurückgeblickt, und das hat ihm das Leben gerettet. Blip blippety blip kein Aus auf dem Monitor, die gerade Linie beginnt zu tanzen, o Doktor, Doktor, er lebt, ein Wunder, er ist zu uns zurückgekehrt, dem Himmel sei Dank, gelobt sei der Herr. Zwei Minuten tot, und in der dritten Minute von den Toten auferstanden.

Er ist nicht zu uns zurückgekommen, prahlt Vina, er ist zu *mir* zurückgekehrt. Ist erst aufgewacht, als ich aufgetaucht bin, und das war der springende Punkt, nicht wahr, weil ich nicht da war. Sie haben immer gesagt, daß alles in Ordnung sei mit ihm, die elektrische

Aktivität in seinem Gehirn sei normal, es sei sehr gut möglich, daß es keinen dauernden Schaden gebe, er sei heil und gesund?, nur daß er nicht wach war. Nein, Lady Methwold, es gibt keine Erklärung dafür, in solchen Fällen wachen sie entweder auf oder nicht, und damit Schluß. Er hätte jahrelang schlafen können, bis an sein Lebensende, oder er hätte morgen die Augen aufschlagen können. Oder in zwanzig Jahren, ohne zu wissen, daß er einen einzigen Tag verpaßt hat, dieses Erwachen ist höchst problematisch, sie betrachten ihre Hände und schreien auf, was ist das für eine Krankheit, die meine Haut schrumpfen läßt, man muß den richtigen Moment abwarten, bevor man ihnen den Spiegel vorhält?, und das ist schwierig zu beurteilen, glauben Sie mir, es besteht durchaus Selbstmordgefahr.

Er hat auf mich gewartet, im Schlaf, all diese langen Jahre hindurch, wiederholt Vina voller Stolz. Nichts in seinem Leben war für ihn noch interessant, solange ich nicht an seiner Seite war. Dann bin ich gekommen, und plötzlich gehen diese Guckerchen wie auf Kommando auf. Wenn das nicht Liebe ist, dann weiß ich nicht. Was nicht bedeutet, daß ich ihm später nicht das Leben schwergemacht hätte. Aber das nur, weil er ein Mann ist.

Ein Loch hat sich aufgetan, mitten in Mexico City, ein dreißig Meter breiter Abgrund. Er hat Busse, Kioske, Kinder verschluckt. Seit Jahren wurde dem sumpfigen Untergrund Wasser entzogen, um den Durst der Stadt zu stillen, und das ist die Rache der Unterwelt. Das Geflecht der Oberfläche wird von unten her entflochten. Sogar hier in Manhattan beginnen die Gebäude zu schwanken. Nur ein paar Blocks nördlich von meinem Messingbett steht ein Brownstone-Haus, das mit Steinen zu werfen beginnt. Zum Schutz der Passanten hat man ein Netz gespannt. In New York sind schon immer Leute von Hausdächern gesprungen, das hier aber ist völlig neu. Das Gebäude springt von sich selbst herunter.

Die Zeitungen sind voll von derartigen Katastrophen, aber Vina möchte über die alten sprechen. In diesen Jahren ihres Halbruhestands hat sie es sich angewöhnt, immer öfter zu mir zu kommen, und während sie ihre Kleider ablegt, zeigt sie unwillkürlich einen gewissen Groll gegen den großen Ormus Cama, gegen den herausragenden Platz, der seinem Talent in den überall auftauchenden Geschichten über das Phänomen VTO eingeräumt wird. Das ist der Preis, den ich dafür bezahlen muß, daß ich ihre Gunst genießen darf: diese unaufhörliche Ormusik, ihre ganz persönliche, obsessive Camamanie. Sie kommt zu mir, um den Sommerdampf abzulassen. Würde ich Einwände erheben, sie würde nicht mehr kommen. Sex ist nie ein Motiv für Vina. Sex ist trivial, als schneuze man sich die Nase. Sie kommt zu mir, weil ich ihre Geschichte kenne. Und sie kommt, um neue Kapitel hinzuzufügen: sich zu beschweren. Das ist für Vina Intimität. Das vermag sie zu belustigen und zu erregen. Vina auf dem Bett räkelt sich, dreht und wendet sich, quält mich, weiß, daß es mich glücklich – oder wenigstens willig – macht, so von ihr gequält zu werden. Sie ist vierzig Jahre alt und einfach fabelhaft.

Also vergessen wir nicht, daß ich diejenige war, die ihn aus der Unterwelt geholt hat, renommiert sie, wie diese Hindu-Göttin?, wie hieß sie noch, Mausi.

Rati, korrigiere ich sie.

Ja, ja, genau. Rati, die Kama rettete, den Gott der Liebe. Als der Gott der Liebe die Augen öffnete, war übrigens sein linkes Auge nahezu farblos. Die Ärzte führten das auf einen Schlag zurück, den er bei dem Autounfall erhalten hat, und äußerten ihr Bedauern darüber, daß die Pupille in voll erweitertem Zustand ›steckengeblieben‹ war und sich nicht mehr zusammenziehen konnte?, das Auge werde nur sehr wenig sehen, und das verschwommen. Ich aber erklärte den Ärzten, daß es nicht der Unfall war. Er hat in den Tunnel geblickt, und das Licht hat sich in sein Auge ergossen. Einäugiger Tod am Ende des Tunnels, der Ormus Cama angestarrt hat. Er kann von Glück sagen, daß sein anderes Auge heil geblieben ist.

(Aber das linke Auge hat eine Menge gesehen. Es sah zu tief, zu weit, zu viel.)

Ich unterbreche sie nicht. Wenn Vina mit ihren phantasievollen Geheimnissen beginnt, kann man sich nur zurücklegen und warten, bis sie das Interesse verliert, und das dauert nie allzulange. Und schon ist sie wieder bei der Story von Kama und Rati. Jedenfalls wäre er ohne mich jetzt Rührei, Baby, sagt sie, eine Anspielung auf die negative Wirkung von Lord Shivas Donnerkeil auf den irregeleiteten Liebesgott des Hinduismus. Ohne mich wäre er gar nichts, wäre er Asche.

So weit Vina über die große Liebe ihres Lebens. Als er aufwachte, war ich sein Spiegel, sagt sie. Er sah sich selbst in meinen Augen, und ihm gefiel, was er sah. Und er überlebte.

Wenn ich sie provozieren will, wenn der Monolog über Ormus mir schließlich auf die Nerven geht, bringe ich Maria, die Phantomnymphomanin aufs Tapet. Und zwar, indem ich den alten Show-Song aus der *West Side Story* heraufbeschwöre. Maria, summe ich, und sofort wird Vina stocksteif; ihre Haut heizt sich tatsächlich auf – ich spüre, wie ihre Temperatur steigt –, und ihre Augen beginnen zu kochen. Dann verbirgt sie ihre Eifersucht, indem sie sie mit anstößigem Verhalten kaschiert. Willst du, daß ich's dir zeige, fragt sie wütend. Soll ich an dir diese unnatürlichen Handlungen vornehmen. Ihre, die von diesem sogenannten Geist. Du bist jetzt Ormus, leg dich zurück und schließ die Augen, genau wie du es immer gewollt hast, und ich werde sie sein, der sabbernde Sukkubus. Möchtest du das, Rai, hey. Liebend gern würdest du's haben, hab' ich nicht recht? Ihre schrecklich aufsteigende Stimme, halbwegs zwischen einem Reißen und einem Kreischen, läßt mein Ohr klingeln.

Beruhige dich, sage ich, ein wenig eingeschüchtert von dieser entkleideten, unfeinen Wildheit. Nun komm schon, Vina. Ich brauche so was nicht, und du ebensowenig.

Aber vielleicht braucht sie es doch, fühlte sie sich verletzt durch die reine Existenz dieser anderen, kränkt es sie. Der Haß auf die andere ist für Vina das Spiegelbild der Eigenliebe.

Die junge Inderin, die nicht mehr als Krankenschwester verkleidet ist, aber immer noch auf den Namen Maria hört, beginnt Ormus wieder zu besuchen, zum erstenmal wenige Tage nachdem Vina ihn aus seinem tiefen Schlaf geweckt hat. Aber sie ist diskret, Vinas Anwesenheit garantiert Marias Abwesenheit, als sei dies eine Bedingung für ihr Erscheinen, ein Gesetz ihres Phantasiereichs. Wegen dieser heimlichen Besuche beginnt Ormus das Alleinsein sowohl zu fürchten als auch herbeizusehnen.

Aus Furcht vor schneller Abweisung hat Maria eine neue Strategie des Redeflusses entwickelt. Statt sich die Kleider vom Leib zu reißen und auf ihn zu springen, verführt sie ihn mit Geplapper, interessantem Geplapper, und er hört zu, denn seit er sein bleiches linkes Auge wieder geöffnet hat, sieht er Dinge, die er nicht verstehen kann, Dinge, die er verstehen muß. Es ist, als blickten seine beiden Augen in zwei ganz leicht verschiedene Welten, oder vielmehr zwei Variationen derselben Welt, fast genau dieselbe und dennoch eindeutig getrennt. Doppelsehen: Er leidet sehr unter Kopfschmerzen.

Deine Augen sind jetzt offen, murmelt Maria, während sie ihm die Schläfen massiert. Er läßt es zu. Jetzt kann ich so zu dir kommen, so ist es viel einfacher, wann immer ich will. Dein Auge weiß es, es erinnert sich. Worli, das Cosmic Dancer, unser Leben in der Anderwelt. Diese Orte kommen dir vor wie Träume et cetera, aber es sind Orte, an denen du gewesen bist, und so weiter. Ich weiß, es ist schwer für dich. Du mußt vorläufig hier leben. Ich verstehe. Um funktionieren zu können, mußt du gewisse Dinge verdrängen und so fort. Was sie betrifft, so ist sie nicht gut genug für dich, aber sogar das kann ich ertragen. Ich werde dich niemals verlassen. Dies ist es, was zu tun du ausgesandt wurdest. Du bist hinter deinen toten Bruder in den Leib deiner Mutter geschlüpft, und sie haben geglaubt, daß du zu ihnen gehörst. Deine Songs werden diese Welt verändern. Das ist deine Bestimmung. Du wirst ihnen die Augen öffnen, und sie werden dir zum Licht folgen et cetera et cetera. Deine Zeit, zu leuchten, ist gekommen. All deine Träume sind auf dem Weg. Sieh, wie sie leuchten.

Wäre es möglich, daß eine solche Anderwelt existiert, fragt er sich. Und wenn sie existiert, fragt er sich insgeheim, wäre es nicht vielleicht auch möglich, daß dieses seltsame Mädchen in jener Anderwelt ebenfalls für verrückt gehalten wird?

Ihre Besuche in seinem Schlafzimmer sind notwendigerweise kurz. Er ist schwach, ein Genesender, wird kaum je allein gelassen. Sie spricht schnell, hält ihre Leidenschaften immer noch zurück, versucht sich als intelligente, gebildete Person darzustellen, eine Person, die seiner Liebe würdig ist.

Die Realitäten stehen im Konflikt, erklärt sie ihm. Dein rechtes Auge, dein linkes Auge blicken in verschiedene Versionen und so weiter. In einem derartigen Moment lösen sich auch die Grenzen zwischen richtigem und falschem Tun auf. Ich selbst enthalte mich jedes moralischen Urteils und lebe den profunderen Geboten meiner Begierden entsprechend et cetera.

Versuchsweise schließt er das linke Auge. Maria verschwindet, als hätte jemand einen Schalter umgelegt.

Bei ihrem nächsten Besuch beschwert sie sich über ihre abrupte Entfernung, besteht darauf, mit Respekt behandelt zu werden. Ich bin für dich auf jede Art und Weise da, die du zu wünschen beliebst, sagt sie, aber ich mag es nicht, schlecht behandelt zu werden und so fort. Sei bitte ein bißchen höflicher.

Am liebsten redet sie über Erdbeben. Es wird noch mehr davon geben, sagt sie voraus. Es gibt immer Erdbeben, antwortet Ormus. Ja, sagt sie, doch diese sind anders. Zwei Welten kollidieren. Nur eine kann überleben und so weiter. Schließlich wird diese Welt zugrunde gehen und fallen et cetera, und wir werden endgültig zusammen zu Hause sein, und ich werde dich verrückt vor Freude machen et cetera et cetera et cetera, wie du ja schon wissen wirst.

Wenn sie nicht bei ihm ist, sagt sie, besucht sie vergangene und gegenwärtige Erdbebengebiete, in China, im nördlichen Kalifornien, Japan, Tadschikistan und anderswo; all die Orte, an denen das Gefüge der Erde sich selbst in Frage gestellt hat. Für Ormus ist etwas Leichenfledderisches an diesem Hobby und an den lyrischen Worten, mit denen sie diese schweren Katastrophen beschreibt. Sie spricht davon, daß die Erde zu singen beginnt und die Häuser der Menschen wiegt, als seien sie Kinderwiegen. Das donnernde Wiegenlied der Erde, nicht einschläfernd, sondern turbulent, die Menschen und das, was sie geschaffen haben, werden nicht in den Schlaf, sondern in den Tod gesungen. Sie hat längere Zeit in der Türkei verbracht, mit Reisen in entlegene Regionen – Tochangri, Van –, und auch Indien liefert ihr reichlich Gesprächsstoff: die Zerstörung von Dharmsala und Palampur in den Anfangsjahren des Jahrhunderts und das knappe Entkommen von Lady Curzon, der Gattin des Vizekönigs, die in Simla fast einem Schornstein zum Opfer gefallen wäre, der in ihr Schlafzimmer herabstürzte; außerdem das Monghyr-Erdbeben von 1934, als schwefliger Schlamm und Wasser aus tiefen Erdspalten heraufstiegen, als seien sie der Beweis für die Existenz der Hölle, und Captain Barnards Flying Circus von den örtlichen Behörden angefordert wurde, um das Gebiet zu überfliegen und den Schaden zu begutachten.

Die breiten Spalten in den Straßen von Orléansville, Algerien, die Flutwelle, die Agadir verschlang, die Flutwelle, die Messina ertränkte, der Zusammenbruch von Managua und die Flucht von Howard Hughes, die Tokio-Yokohama-Katastrophe von 1933, die endemische Instabilität des Iran und das seltsame Verhalten von Sir J. A. Sweetenham, dem britischen Gouverneur von Jamaika, der sich weigerte, die Hilfe der amerikanischen Navy anzunehmen, nachdem im Jahre 1907 ein großer Teil von Kingston in Schutt und Asche gelegt worden war: Von all dem informiert sie ihren verwirrten Geliebten gewissenhaft in viel zu grausig genießerischen Einzelheiten.

All diesen Erdbeben liegt die Idee des fault zugrunde, sagt sie. Die Erde hat natürlich viele Fehler oder Verwerfungen. Buchstäblich Millionen wurden kartographiert. Aber menschliche Fehler können auch Erdbeben verursachen. Was bevorsteht, ist ein Jüngstes Gericht. Jetzt weiß ich, daß sie wahnsinnig ist, denkt Ormus, hält aber den Mund.

Erdbeben, erklärt Maria eifrig, sind etwas, wodurch die Erde sich selbst und ihre Bevölkerung für ihre Fehlerhaftigkeit bestraft. Trotz ihres Leugnens einer universellen Moralität wird sie, wenn sie sich hinreißen läßt, zu einem richtigen kanzeldonnernden, Feuer-und-Schwefel-drohenden Verdammnisprediger, der Ormus sein hitziges Evangelium einbleut. Sie blickt zurück auf ein utopisches Goldenes Zeitalter, in dem es keine Erdbeben gab, weil die Welt in Frieden lebte, es keine im Konflikt stehenden Versionen gab, und der Erde ihre gegenwärtige tragische Eigenschaft der Unversöhnlichkeit fehlte. Die Lithosphäre selbst, doziert sie, war ursprünglich intakt, wurde durch Bewegungen im langsam konvektierenden Innern des Planeten allmählich deformiert und so weiter. Dieses heiße, hexenkesselähnliche Innere könnte man als die Ursünde der Erde bezeichnen, den Ersten Fehler oder fault, und die Folge davon sind die Erdbeben. Zu spät jetzt, an eine Rückkehr zu jenem ursprünglichen Zustand des Gleichgewichts, der Gnade, zurückzukehren. Zu spät, die Erde mit sich selbst zu versöhnen. Wir müssen uns auf die tektonischen Bewegungen gefaßt machen, die Lawinen, die Tsunamis, die Erdrutsche, die rock-und-rollenden Städte et cetera et cetera, die Vernichtung des Realen. Wir müssen uns auf Schocks vorbereiten, auf die Fragmentierung des Planeten, wenn er in den Krieg gegen sich selber zieht, auf die Endspiele der sich selbst widersprechenden Erde.

Auch menschliche Fehler können Erdbeben auslösen. Bei weiteren Besuchen kehrt Maria zu ihrer wildesten Vorstellung zurück. Nach ihrer Meinung gibt es bestimmte Individuen, in denen die Unversöhnlichkeit sichtbar gemacht wird, in denen die Widersprüchlichkeit des Realen tobt wie ein thermonuklearer Krieg; und so stark ist die Gravitationskraft dieser Individuen, daß Raum und Zeit von ihnen angezogen und verformt werden. Es kommt zu Sprüngen, Rissen, Erdrutschen, Unvereinbarkeiten. Nicht, daß diese für die Deformierung des Universums verantwortlich sind, aber sie sind die Instrumente, durch deren Wirken die zunehmende Deformierung deutlich und erschreckend enthüllt wird.

Ein solches Individuum ist ihrer Meinung nach Ormus.

In diesem Zusammenhang sagt sie kein Wort von Vina.

Sie hat genug geredet. Jetzt hat sie andere Pläne und nähert sich ihm. Er liegt im Bett, zu schwach, um sich gegen sie zu wehren, und sie weiß, daß sie sein Interesse geweckt hat. Dieses Mal wird er sich nicht verweigern.

Ormus schließt sein Auge.

Fast vierzehn Jahre sind seit unserer ersten Liebesnacht im alten Bombay vergangen, und immer noch liegt Vina unbekleidet auf unserem heißen Bett, mit nicht mehr als einem Laken bedeckt. Wieder ein schlafendes Dornröschen, das auf einen Prinzen wartet (nicht auf mich, nicht auf mich).

Mitte der 1970er Jahre fotografierte ich einen großen russischen Ballettänzer, der sich in Frankreich vom Kirow absetzte, auf eine Gruppe Soldaten zulief und, während er von KGB-Totschlägern verfolgt wurde, in gebrochenem Englisch rief: *Helft für mich, helft mit mir.* Kurz nach seiner Flucht landete er, wie wir alle, in Manhattan und fand den Weg zu mir ins Studio, in Pelze gehüllt wie ein eingebildeter, großmäuliger Bär. Ich stellte ihn auf ein weißes Laken vor eine alte 8 x 10-Plattenkamera. Er war eindeutig das schönste Wesen, das ich jemals gesehen hatte, und bei weitem das hinreißendste, und so überredete ich ihn mit Hilfe von (nicht sehr viel) Weißwein, zunächst seine Pelze und dann immer mehr von seiner Kleidung abzulegen, bis er schließlich strahlend nackt und sehr glücklich darüber war. Ich bat ihn, den Kopf und seine beiden Arme locker hängen zu lassen. Dann sollte er den Kopf ganz langsam heben und dabei die Arme ebenfalls heben und vom Körper wegstrecken, das war die Pose, die ich wollte, so sollte er bleiben, die Belichtung dauerte eine ganze Sekunde, und auch die Tiefenschärfe der Plattenkamera war ein Problem. Er tat alles, was ich wollte, und als sich sein starker, animalischer Kopf hob, sah ich, daß seine Augen geschlossen waren, er war in eine Rhapsodie der Eigenliebe versunken, die so tief war, daß sich zugleich mit dem Heben der Arme zum unverhofften Glück meiner Kamera eine lange und feucht-glänzende Erektion erhob.

Liebe durch mich. Liebe mit mir, Liebe zu mir, für mich. Liebe mich.

Vinas Eigenliebe steht der seinen um nichts nach.

Hier nun einige Dinge, die sie mir aus Rache dafür vorsingt, daß ich diese spöttische Bernstein-Melodie gesummt und das verbotene Thema von Maria, ihrer Alternativ-Realitäts-Rivalin, angeschnitten habe. Rai – dieser Teil ist die gesprochene Einleitung –, du hältst dich für so einen beschissenen Star. Ich werde dir sagen, wer du wirklich bist. (Jetzt kommt der Song.) Du bist ein Arsch, aber ich mag Klasse. Ich mag Brillanten, aber du bist Glas. Du braune Maus, ich mag schwarze Ratten. Du Katzenboy, aber ich mag Kater. Glaub ja nicht, daß du eine beschissene Chance bekommst, nur weil du diesen Tanz gekriegt hast.

(Ende vom Lied.)

Rai, du bist ein Hamburger, aber ich habe ein Steak zu Hause. Du bist nicht, was ich will, warst es nie, wirst es nie sein. Aber ich bin eine hungrige Frau. *Ich will mehr als das, was ich will.*

Weißt du, was du willst, haben sie Ormus gefragt, zweimal: einmal, als er aus dem tiefen Schlaf erwacht war, und einmal später. Mich haben sie nie gefragt, doch wenn sie es getan hätten, ich hätte die Antwort parat gehabt. Ich habe sie von einer guten Lehrerin gelernt, der strengsten von der ganzen Welt.

Es weht ein Wind in den Weiden, aber vielleicht ist es eine Wasserratte, die zu ihrem Loch huscht. Es ist ein lauer Tag mit sanfter Brise, und auf dem Wasser sind Ruderer in trägen Skiffs und keuchenden Achtern zu sehen. Flaggen wehen an vorüberfahrenden Vergnügungsdampfern. Unter geblähten Segeln ziehen kräftige junge Männer *en matelot*. An Bord der Motorboote herrscht Entspannung. Messingknopfblazer, weiße Hosen, die langen, nackten Beine hübscher Mädchen. Das Knallen von Korken. Wachteleier und Räucherlachs auf braunem Brot. Die Flußleute winken im Fahren einander zu, und wenn es wirklich Jesus Christus ist, der da in dem Punt eine Kreissäge trägt, dann soll auch er willkommen sein, verdient auch er diesen Augenblick gesegneter Schönheit, diesen englischen Märchenbuchfrieden.

Der Krieg scheint sehr weit entfernt zu sein.

Spenta schlendert einen Pfad zum Fluß hinunter, vorbei an einem Hang voller Glockenblumen, an Waldo Crossley, der Laub aufspießt, und an einer Eiche, unter der sich der alte Bastard Castlereagh einstmals gern ausgeruht hat. Er hat sich während eines Aufenthalts hier umgebracht, sich die Kehle von einem Ohr zum anderen aufgeschlitzt, heißt es, und ist, aus diesem zweiten, tödlichen Lächeln blutend, aus seiner Toilette herausgekommen. Dieser Spaziergang ist – obwohl der tote Mann hier herumgeistert – Spentas Lieblingsweg, auf ihrem eigenen, anderthalb Meilen langen Uferpfad entlang, und sie hat es sich angewöhnt, beim Frische-Luft-Schnappen mit ihrem ersten Ehemann zu reden.

Wie sehr es dir doch gefallen hätte, Darius, über diese historischen Momente, dieses Flußufer zu herrschen und, o Darius, diese Wonne zu empfinden. Das Leben hat den Tod besiegt, und selbst die Möbel feiern. Die dunklen, alten Ledersofas glänzen, und die backenbärtigen Ahnen mit ihren Gehröcken und allem möglichen haben es aufgegeben, grimmig dreinzublicken, und grinsen fröhlich.

Unser Sohn ist zu uns zurückgekehrt, und die ganze Welt blüht.

Hierher, an diesen Ort, Darius, kamen die Granden des Landes, um sich auszutoben, weil sie sich hier vor Inspektion und Kritik sicher fühlten. Lord Methwold war ein offenherziger Gastgeber und bot den Großen hier in seiner Glanzzeit ausgesuchte Vergnügungen. Aber der alte Roué Lord Methwold wurde einsam und müde und nahm sich eine Parsi-Witwe zur Frau. Von da an empfanden die Granden das Haus nicht mehr als angemessen für ihren bevorzugten Sport, und der Zirkus zog weiter. Nicht unter meinem Dach, so seltsame Dinge, Darius, das versichere ich dir.

Aber sag mal: Ist eine dritte Ehe Beweis für eine laxe Moral? Vor allem zum Beispiel mit einem jüngeren Mann? Selbst wenn der betreffende Gentleman keinerlei Interesse zeigt an hm?

Indem sie Darius mit sich herumführt, seinem Schatten um den Bart geht und seine Billigung sucht, besänftigt sie ein gewisses Schuldgefühl. Sie besitzt jetzt alles, was er sich vor allem anderen gewünscht hat: ein Haus in England, vielleicht sogar ein gewisses Britischsein. Weil ich mich dein Leben lang dagegen gewehrt habe, Darius, hast du es nie bekommen, und nun habe ich es an deiner Statt. Wenn ich mit dir über diese Wiesen wandere, wenn ich dir die Geschichten dieses Hauses erzähle und sie so zu den deinen wie zu den meinen mache, wirst du mir verzeihen, mein wahrer Ehemann, mein Liebster? Du siehst, was für eine arme Frau ich gewesen bin. Alle müssen mir verzeihen. Du und meine Söhne.

Gott sei gelobt. Unser Sohn Ormus ist zurückgekehrt.

Er ist wieder wach, Darius, aber wir werden ihn bald verlieren. Er ist nicht unseretwegen zurückgekehrt. Mein kleiner Ormie. Mein kleines Zwergelchen.

Komm, sieh dir diese Scheiße an, höhnt Vina im Garten, wo sie auf Spenta und die schimmernde Themse hinunterblickt. Ormus kann wieder gehen, ganz langsam, mit einem Arm auf ihrer Schulter. Er, der einen so wundervoll beschwingten Schritt hatte, schwankt wie eine betrunkene Marionette. Es ist ein Museum, sagt Vina. Die alte Welt. Für einen jungen Mann wie dich ist ein Ort wie dieser der lebende Tod. Kein Wunder, daß du im Koma lagst?, aber jetzt bist du wieder wach?, und in deinem Alter wird's langsam Zeit, daß du dich endlich aus dem britischen Empire davonmachst.

Es gibt Schmetterlinge, Singvögel, Wiesenblumen. Es gibt zwiebeltürmige Pavillons im Wald. Vina, wortreich, ungeduldig, läßt diesen gut gehaltenen, sorgsam gepflegten oder ordentlich-verwilderten Landsitz erscheinen wie einen Dschungel, wie eine Grashütte in Afrika. Ich meine, verschwinden wir, Ormus. Ich möchte hier raus. *Sail away with me.*

Das ist ein Song darüber, wie man trickreich in die Sklaverei entführt wird, wendet er ein. Er handelt von Hinterlist und Lügen. Er ist ironisch gemeint.

England ist der Trick, sagt sie. Du bist Amerikaner, sagt sie. Warst du schon immer.

Er fängt an, über die Unterschiede zwischen Amerika und Afrika zu singen. Amerika, wo es glücklicherweise keine Löwen, Tiger und mörderische schwarze Mambas gibt.

Zum erstenmal seit seinem Koma erhebt er die Stimme im Gesang.

Das waren Sonny Terry und Brownie McGhee, sagt sie und wendet sich ab, damit er die Tränen nicht sieht, die ihr in die Augen steigen. Du mußt sie hören. Newman mag es geschrieben haben, aber diese beiden haben erreicht, daß es weh tut.

Sie entledigt sich des Kloßes in ihrer Kehle und geht hektisch wieder zum Angriff über: Du bist hier hängengeblieben, Ormus, aber es war ein Unfall, und, Mann, jetzt brauchst du nicht mehr hierzubleiben.

Du kannst entweder bleiben und, ich weiß nicht, den Rest deines Leben immigrunzend verbringen, und vergessen wir nicht die Immidankbarkeit, das wird ebenfalls erwartet, genau wie das Immistaubkriechen?, oder du kannst den mächtigen Ozean überqueren und mitten in den alten Hot Pot reinspringen. Du kannst einfach Amerikaner werden, indem du dir das wünschst, und indem du Amerikaner wirst, gesellst du dich zu den vielen Arten von Amerikanern, die man sein kann, das heißt, ich spreche vom Allgemeinen?, okay?, und von New York im ganz speziellen. Wie immer du deinen Tag in New York City verbringst, es ist ein Tag auf New Yorker Art, und wenn du ein Bombay-Sänger bist, der den Bombay-Bop singt, ein Voodoo-Taxifahrer mit Zombies im Hirn, ein Bomber aus Montana oder ein islamistischer Bärtiger aus Queens, dann ist alles, was dir durch den Kopf geht?, also, ist das ein New York-Geisteszustand.

Es gibt natürlich Amerikaner, die du nie werden kannst, fährt sie fort. Bostoner Brahmanen, Söhne von Sklavenbesitzern aus Yoknapatawpha oder diese traurigen Säcke in den Beichtshows am Tage, dicke Männer in karierten Hemden neben dicken Frauen, die viel zuviel Oberschenkel zeigen, ihre nackten Untertitel tragen und ihre linkischen Seelen entblößen. Nur weil sie sich nicht an ihre Geschichte erinnern?, heißt das nicht, daß die Amerikaner keine haben oder daß sie nicht dazu verurteilt sind, sie zu wiederholen. Du wirst so was niemals haben, soviel steht fest. Aber du brauchst es auch nicht. Du wirst lauter Sachen sagen, die falsch sind, aber sie werden sofort zur amerikanischen Art werden, wie man diese Dinge sagt. Keine Ahnung wirst du haben, aber das wird sofort zur amerikanischen Art von Ignoranz werden. Nicht dazugehören ist eine alte amerikanische Tradition, verstehst du?, das ist die amerikanische Art. Du wirst nie ein Kind in einem verwunschenen Tal von Virginia sein, Ormus, oder sehen, wie deine Mama in einem Stall baumelt, aber das ist cool, du hast deine eigenen Horrorstorys. Und du brauchst es nicht zu tun?, aber wenn du willst, dann kannst du heucheln, kannst in Bars über die Pitching-Rotation der Yankees diskutieren, oder über die Mets, du kannst Weißt-du-noch? spielen, wie in weißt du noch, die Brooklyn Dodgers oder Runyon's Broadway oder das Village in den

Fünfzigern oder die Geburt des Blues. Es ist, als hätte man dir ein Bein abgesägt und du spürst immer noch, wie es juckt?, nur eben das Gegenteil?, du kannst das Jucken in Beinen spüren, die du nie gehabt hast, und rate mal, wenn du das lange genug heuchelst, dann, Baby, wird das zur guten alten amerikanischen Heuchelei, dann kannst du auf diesen geheuchelten Beinen sogar ohne Krücken gehen und sie werden dich tragen, wohin du willst, denn weißt du was, das halbe Land heuchelt genauso wie du, und die andere Hälfte tut das nicht, aber man kann nie sagen, wer zu welcher Hälfte gehört. Also sieh zu, daß du wieder zu Kräften kommst, Ormus, hörst du, was ich dir sage, und dann nimmst du dein Bett und gehst nicht einfach, nein, verdammt noch mal, du fliegst auf und davon. Mit mir. Amerika beginnt heute.

Whoo-ee, denkt sie erschöpft und verblüfft über die Vehemenz ihrer Propagandarede. *Whoo.* Nun schlagt die Trommel, wickelt mich in die Stars and Stripes und nennt mich Martha. Aber wenn ich ihn nicht pronto hier raushole, bin ich es, denn wer kann in dieser Luft atmen, die jeden zu Tode ersticken muß.

Vina liegt seit dem Moment, als sie ankam, mit Spenta im Streit. Mutter und Geliebte umkreisen Ormus in seinem Bett, als seien sie Boxer und er der Ringrichter.

All diese Technologie, schimpft Vina über die Reihe der medizinischen Apparate. Das mag gut sein, um Zähne zu reparieren, aber diese Maschinen verstehen nichts, sie erklären nichts, und deswegen haben sie auch nichts erreicht.

Das Beste, was mit Geld zu kaufen ist. Sie haben ihn am Leben erhalten, gibt Spenta vorwurfsvoll zurück, ohne zu wissen, warum ihr Ton entschuldigend klingt, unfähig, aus der Defensive herauszukommen.

Unausgeglichenheit in den *doshas*, diagnostiziert Vina. Sie haben den Fluß seiner *prana*-Lebensenergie unterbrochen?, und das Feuer des Körpers behindert. Behindertes *agni* führt zur Produktion von *ama*. Toxine. Wir müssen uns auf *panchakarma* konzentrieren: ihn entleeren. Das Hauptaugenmerk auf seinen Kot, seinen Urin, seinen Schweiß richten. Die drei *malas* sind der Schlüssel.

Was sagen Sie da, empört sich Spenta. Diese Wörter.

Es ist Ihre Kultur, spöttelt Vina. Das größte und älteste holistische System der Welt. Das wissen Sie nicht? Die fünf Grundelemente, Erde, Wasser, Luft, Feuer, Äther?

Ach so, Ayurveda, Spenta klingt erleichtert. O doch, Tochter, ich weiß, daß viele von euch jungen Leuten sich wieder für diese alten Ideen interessieren, aber das hat niemals zu unserem zoroastrischen Weg gehört. Ich persönlich habe mich, genau wie Ormus' dahingegangener Vater, immer auf die beste westliche Pflege verlassen. Entwickelt, genau wie Sie, meine Liebe, ausschließlich hier drüben, im Westen.

Ich werde alles genau planen, erklärt Vina, ohne sie zu beachten. Er braucht Masseure, Heilkräuter. Sobald er kräftiger wird, werde ich ihn Yoga lehren. Und Atemübungen. Und eine strenge vegetarische Diät, okay.

Fleisch ist gut für die Muskeln, protestiert Spenta. Und Fisch fürs Gehirn. Aber wäre es nicht am besten, derartige Dinge der Behandlung durch professionelle Ärzte zu überlassen? Die Methoden der Experten bieten immer noch die besten Heilchancen.

Haben die Ärzte ihn aufgeweckt, okay? fährt Vina sie an. Haben die Experten das mit ihrem Expertentum geschafft? Okay. Zeit, daß jemand sich auf das konzentriert, was hilft.

Vielleicht, Tochter – ich weiß nicht – vielleicht haben Sie ja recht.

Rasayana, entscheidet Vina energisch. Das wird einen jüngeren Mann aus ihm machen.

Und das heißt, mein Kind?

Sonnenbäder, erklärt Vina. Und Kräuter Yoga Meditation. Und singen.

Singen, wiederholt Spenta hilflos. Warum nicht. Er hat immer gern gesungen.

Dies ist kein Kampf um medizinische Behandlungsmethoden, sondern ein Inter-Generationen-Kampf um Besitz, und Spenta, die überzeugt ist, bereits verloren zu haben, hat keine Waffen mehr, mit denen sie kämpfen könnte. Unerwarteterweise jedoch kommt schwere Artillerie zu Hilfe. Der voluminöse, watschelnde, ausgebeulte Patangbaz Kalamanja kommt in einem weiten dunklen Anzug mit schlechten Nachrichten zu Besuch. Dolly ist tot: Ein Thrombus hat sich den Weg in ihr großzügiges, argloses Herz gesucht.

Das Erdbeben hat etwas in ihr losgerüttelt, meint Pat, dessen sonst immer gutmütiges Lächeln durch den Kummer zu einer Art Zähnefletschen verzerrt wird. Das eigene Blut hat sich gegen sie gewandt und ist zu ihrem Killer geworden, nicht wahr.

Er machte den Eindruck, als schildere er einen Mord in der Familie, und genauso empfand er es offenbar. Er gab sich natürlich selbst die Schuld. All diese Jahre habe ich die Geschäftsinteressen in den Vordergrund gestellt und die kleine Lady vernachlässigt, jammerte er und sah dabei aus wie ein unglücklich verliebter Panda. Sie hatte Persis, aber ihr törichter Ehemann blieb in Wembley und zog es vor, den Boß zu spielen. Jetzt ist sie dahin! Was soll ich jetzt noch mit Dollytone, ohne die süßen Töne meiner geliebten Dolly?

Der Wembley-Besitz ist zum Verkauf ausgeschrieben. Charakteristisch für Pat, daß er nur gute Worte für das Land hat, das er verläßt. Britannien ist das Beste, erklärt er energisch. Aber Persis, sie ist jetzt meine einzige Heimat.

Sie sitzen auf der Steinterrasse über dem Ziergarten, und Vina kommt zu ihnen heraus. Pat Kalamanja macht das Auftreten der Frau, deren Charme jenen der eigenen geliebten Tochter besiegt hat, nervös. Als sie einander vorgestellt werden, erstarrt er. Vina kondoliert ihm mit Routineworten, fragt dann, weil sie ihre Impulse nicht zügeln kann, ob die verblichene Dolly nach den Prinzipien des Vegetarismus und der traditionellen Medizin gelebt habe; und setzt dann, in jedes Fettnäpfchen tretend, auch noch hinzu, wenn sie das mit der entsprechenden Energie und Aufmerksamkeit getan hätte, so hätte sie möglicherweise nicht an dem Blutpfropfen sterben müssen, der ihr Herz zum Stillstand brachte.

Der cholerische Patangbaz Kalamanja, puterrot im Gesicht, mit wedelnden Armen, ist wirklich ein sehr seltener Anblick; dennoch ist es überraschenderweise Pat, der Vina angreift und wütend loslegt. Wer sind denn Sie, daß Sie es wagen, von alter Heilkunst zu sprechen? ruft er. Irgendeine billige Sängerin, nicht wahr? Aber dieses Ayurveda, das Sie so lobpreisen, ist das genaue Gegenteil – diametral und unveräußerlich entgegengesetzt – Ihrer Art von verderbten Aktivitäten. Musik, Drogen, Fernsehen, sexuelle Aggression, erregende Filme, Pornographie, persönliche Stereos, Schnaps, Zigaretten, die physische Erregung zweier reibender Körper, die in den Nightclubs und Diskotheken geübt wird. Dieses entwürdigende Material ist Ihre persönliche Umgebung, nicht wahr? Aber was sind denn solche Stimuli anders als eben jene Dinge, die unsere Lehre als überflüssig und schädlich bezeichnet? Sie haben die Unverschämtheit, von Gemüse zu sprechen, während Ihr ganzes Leben eine einzige Schändlichkeit ist?

Ebenso selten wie ein zorniger Pat ist der Anblick einer errötenden, nahezu sprachlosen Vina. Ich bin Entertainerin, ja, sagt sie und schüttelt den Kopf, als hätte sie einen Boxhieb erhalten. Aber Sie?, als Hersteller von Radios et cetera?, wollen doch wohl nicht...

Ihr Ego braucht Aufregung, um eine Leere zu füllen, die auf Unsicherheit beruht, tobt Pat Kalamanja. Nur eine zur Sucht neigende Persönlichkeit umgibt sich mit so primitivem Material. Vermutlich haben Sie noch unerfüllte Wünsche aus einem vergangenen Leben. Pat, beruhige dich. (Spenta fühlt sich verpflichtet, Partei für ihre Rivalin zu ergreifen.)

Es sind die schlechten Zeiten, brüllt der Dollytone-Tycoon. Kalyug, das Zeitalter der Zerstörung! Jetzt sehen wir die negative Mutation der Spezies und ebenso des Wissens. Das Universum setzt sich durch Spiegelbilder fort, und jede Imitation und Replik ist weniger als das, was sie kopiert. Selbst in meiner geliebten Persis sehe ich nur ein Echo meiner Dolly. Charles Darwin! Evolution! Nichts als fauler Zauber, oder? Fauler Zauber und eine Schande.

Wie können Sie so etwas über Ihre Tochter sagen, begehrt Vina auf, die sich allmählich erholt.

Halten Sie den Mund! brüllt Pat Kalamanja. Lassen Sie Indiens heiliges Wissen innerhalb von Indiens Landesgrenzen! Was ist Wissen? Der Geist von Vishwaroop, der kosmischen Entität. Die

Software des universalen Bewußtseins. Halten Sie sich da raus, Sie, Sie *Virus*.

Komm mit, drängt Spenta, die den Ellbogen ihres Freundes ergreift. Vina ist nicht das richtige Ziel für deinen Zorn. Das Schicksal hat dir einen grausamen Schlag versetzt, und nun mußt du dich bemühen, ihn zu begreifen. Dies ist wahrhaftig nicht der richtige Zeitpunkt, sich gehen zu lassen.

Keuchend gibt Patangbaz nach. Jetzt ist er nicht mehr der Gott des Zorns, sondern wieder ein gramgebeugter Witwer, der die Beherrschung verliert. Du solltest auch nach Hause kommen, rät er Spenta, während sie sich von der verblüfften Vina entfernen. Was könnte dich denn jetzt noch hier halten?

Darius ist hier, antwortet sie. Ich lebe in diesem Garten Eden, und er ist glücklich an meiner Seite. Wir gehen spazieren und reden miteinander. So ist das.

Überall sitzen Frauen allein herum, weil Männer nicht nach Hause zurückkehren, sagt Pat Kalamanja und denkt dabei an Persis. Aber auch Männer, die sich nach Frauen sehnen, weil sie von ihnen verlassen wurden, setzt er hinzu. Das Leben ist ein kaputtes Radio, und es gibt keine guten Songs.

Geh zu Persis, sagt Spenta und küßt ihn auf die Wange. Halt dich an die Liebe, solange du kannst. Wenigstens hat er seine Tochter, denkt sie dabei. Was sie dagegen betrifft, so will eine vegetarische Immoralistin, deren Entschlossenheit zum Erfolg jetzt doppelt stark ist, mit ihrem Sohn auf und davon gehen.

Es ist zehn Jahre her, mehr als zehn. Red Nichols ist tot, und die Five Pennies sind keinen Nickel mehr wert. Wenn Ormus und Vina von Liebe sprechen, mögen sie Phantomen nachjagen, doch wie sich der Körper verändert, so erinnert er sich auch. Sie erinnern sich einer an die Bewegungen des anderen, einer an die Bedürfnisse des anderen und riechen und berühren einer des anderen Extreme.

Es gibt aber auch Vergessen. Ihre Rückkehr, sein Erwachen: Sie haben das Gefühl, in eine Stadt gereist zu sein, die sie beide zuvor im

Traum besucht haben. Alles ist vertraut, es gibt vieles, das ans Herz rührt, aber sie kennen sich nicht richtig aus. Und es gibt ganze Stadtviertel, die sie noch nie gesehen haben.

Also machen sie sich daran, einander wieder kennenzulernen.

Ich war allein, sagt sie. Selbst wenn ein Mann in meinem Bett lag; vor allem dann. Du weißt ja nicht, sagt sie. Du hast wirklich keine Ahnung. Eine Frau allein in diesem Mördergeschäft, diesem Diebes-, Mörder-, Vergewaltigergeschäft. Manchmal wirst du nicht bezahlt. Und nachdem sie dir dein Geld gestohlen haben, verramschen sie deine Arbeit, beschmutzen sie deinen Ruf, nennen sie dich eine Hure. Besser, du weißt nicht, was ich getan habe. Ich habe im G-String in verkommenen Midwestern-Kaschemmen getanzt. Säufer in den Bars von Atlantic City haben mich befingert, aber ich wußte immer, daß ich eine Königin im Exil war, ich hatte es in mir?, das Warten?, das Wissen darum, daß mein Reich kommen würde. Eines Tages, das wußte ich, würden die Armen mich um Geld anbetteln, und ich würde sagen, nichts zu machen, Jack, ich hab' mein Geld verdient, verdien' du deins. Leute. Ewig treiben sie einen an, ewig wollen sie trittbrettfahren.

Du klingst, als hättest du hundert Jahre gelebt, sagt er ein wenig matt. Zweihundert, entgegnet sie. Mein Herz brach auf, und die Geschichte fiel hinein. Sie und auch die Zukunft. Mein Leben geht ein Jahrhundert zurück, bis zur häßlichen Ma Rainey, die *Trust No Man* predigte, und ein Jahrhundert voraus bis zu einem Weltraumkätzchen, das schwerelos um den Mond fliegt und vor einem Stadion am Himmel singt. Ich hab' zu Füßen von Memphis Minnie gesessen, die gerade noch knapp am Leben ist?, inzwischen ein fetter Ballon im Rollstuhl, und sie hat eben lange genug mit dem Weinen aufgehört, um damit zu prahlen, wie sie Broonzy mit der Gitarre übertroffen hat und mir die Minnie-itis beizubringen. Und was Holiday über sich selber sagte, trifft auch auf mich zu, das weißt du ja. Ich war eine Frau, als ich sechzehn war. Jetzt bin ich so alt wie das Geld, so alt wie Gold. Jetzt bin ich so alt wie die Liebe.

Er stolpert im Garten, kämpft um seine verlorene Kraft, seine legendäre Grazie.

433

I want my man, singt sie leise. *I want my man. I don't want a skinny man, and I don't want a fat, and I don't want a man who cares about such things as that. And I don't want him angry, and I don't want him mean, and I don't want him sugar sweet or cute or peachy keen. And I found my man.*

The blues is just another name for not having any place, singt sie. *The blues is looking down at planet earth when you're stuck in outer space. Now that I've found you baby I can leave the blues behind. I can put my arms around you and ease my troubled mind. Rock and roll*, legt sie mit der vollen Kraft ihrer Stimme los. *My baby thaught me how to rock and roll. I was half, he made me whole, if he's the bridge I'll pay his toll. Rock and roll. My baby taught me how to rock and roll.*

Um seine Energie zu erneuern, gibt sie ihm Aloë-Vera-Saft zu trinken und zeigt ihm das Yoga-Atmen. Die meisten Sorgen bereiten ihr seine Vibrationen. Sie läßt ihn die Hand flach auf ein Brett legen und hält ein Kristallpendel darüber. Sofort beginnt der Kristall wild zu schwingen, verschlungene Muster in die Luft zu zeichnen, als sei er im Griff eines Kraftfeldes von unvorstellbarer Stärke gefangen. Aufkeuchend fängt sie ihn ein, obwohl sie das eigentlich gar nicht tun soll. Aber ich mußte, erklärt sie, er war kurz vor dem Zerspringen. Er konnte die Heftigkeit nicht verkraften, die du ausstrahlst. Ich weiß wirklich nicht, was in dich gefahren ist?, aber es ist stärker als eine Atombombe.

Drei von uns zogen von Bombay aus gen Westen. Von den dreien war es Vina, für die es eine Rückkehr war, die sich als erste von der zermürbenden, zermalmenden Gier der westlichen Welt einfangen ließ, ihren Abgründen von Ungewißheit, und zur Schildkröte wurde: harte Schale, weicher Kern. Vina, die radikale, der Welt-Hooligan, die Gesetzlose, die Frau am Abgrund: Knackte man sie, fand man Kristalle und Äther, fand man einen Menschen, der gern Schüler sein und sich den rechten Weg zeigen lassen wollte. Worauf zum Teil Ormus' Macht über sie beruhte, und die Indiens ebenfalls. Was mich betrifft, so fand sie mich anomal, oxymoron, ein Vorwurf, den sie mit Gewinn sich selbst hätte machen können (aber nie machte). Rai, der unindische Inder, der Orientale ohne spirituelle Seite: Sie mußte mich erobern, um mir die Wahrheit über mich selbst zu zeigen, die ich nach ihrer wortgewaltig ausgedrückten Meinung ständig zu unterdrücken suchte. So kehrte sie zu mir zurück, hin und her springend zwischen Ormus' Bett und dem meinen.

Und sie liebte natürlich verbotene Liebe. *I want more than what I want.*

Als er kräftig genug zur Liebe war, waren wir es, er und ich, welche die Runde um sein Bett machten, erinnert sich Vina. (Inzwischen bin ich selbst im Bett und habe Vinas Ormusongs gründlich satt, aber ich kann sie nicht zum Schweigen bringen, das konnte ich nie.) Wie auf Fäden gezogene Magnete, sagt sie. Wie Tänzer auf einem Maskenball, nur unbekleidet.

Vina, um Himmels willen. Es ist spät.

Okay, aber so war es. In diesem Moment, der uns hätte glücklich machen müssen, weißt du?, nach all dem?, kamen wir beide, könnte man sagen, urplötzlich zum springenden Punkt, a. b. a. unser kleiner Fehlbetrag in der Sparte Vertrauen.

Also, warum sollte das ein Problem für euch sein, frage ich und schließe meine Lippen um ihre eher desinteressierte Brustwarze. Warum solltet ihr beiden mmff auf diesem Gebiet ffwp irgend etwas zu diskutieren haben. Ist das mmhm mmhm schön.

Und entfesselte mit diesen gemurmelten Sarkasmen, wie ich es hätte wissen müssen, eine von Vinas Tiraden. Der ihnen unterliegende, unausgesprochene Text – du warst das gebrochene Versprechen, Lady, du warst es, die ihn verlassen hat, und wie deine Anwesenheit in den Mauern meines Schlafzimmers schlagend beweist, bist du die Untreue in Person – läßt sie senkrecht im Bett hochfahren und sich wütend mit beiden Händen tief in die Haare greifen, als suche sie nach einer Waffe. Vina kann sich fünf Minuten – *zwanzig* Minuten – lang über nahezu jedes Thema unter der Sonne auslassen, und so erhalte ich nun, angereichert mit zahlreichen Beschimpfungen, die ich hier auslassen möchte, ihren – eindrucksvoll ausgefeilten – Stegreifvortrag über das Vertrauen, begonnen, wie es ihre Gewohnheit ist, beim Allgemeinen – Vertrauen als Aspekt der Modernität, seine Möglichkeit und Notwendigkeit, bedingt durch unsere Entlassung aus dem Stamm in die Selbständigkeit –, bis zum Speziellen, nämlich dem Vertrauen, das zwischen ihr und Ormus existierte oder nicht existierte; und, ganz am Rande, zwischen ihr und mir.

Der angeblich permanente Bruch des Vertrauens zwischen Männern und Frauen: Es ist lange her, daß sie unoriginell zu klingen begann, obwohl man zugeben muß, daß sie ein Recht auf dieses Thema hat – als erste Frau, die es sich vornahm und so lange laut schrie, bis ihr Schrei von allen anderen aufgenommen wurde. Kaum interessanter ist ihr Argument, daß die Frauen die Männer nicht mehr rein als Individuen sehen, sondern als Behältnisse und Produkte der wenig noblen Geschichte ihres Geschlechts. Dann aber kommt ein geschickter Dreh. Wenn die Männer nicht ausschließlich Individuen sind (das sind Frauen auch nicht), dann können sie für ihre Handlungen nicht voll verantwortlich gemacht werden, denn Verantwortlichkeit ist ein Begriff, der nur im Zusammenhang mit der modernen Idee des selbstbestimmten Ichs existieren kann. Als Produkte der Geschichte, als nichts weiter denn kulturell hervorgebrachte Automaten, sind wir ausgeschlossen davon, anderen zu vertrauen und Vertrauen zu erzeugen, denn Vertrauen kann nur dort existieren, wo Verantwortung übernommen werden kann – wird.

Professor Vina. Ich scheine mich zu erinnern, daß sie schließlich irgendeinen Ehrenlehrstuhl in einem der neueren Lehrfächer an einem kleinen, schicken Artes-liberales-College in Annandale-on-Hudson erhielt. Mit Sicherheit erinnere ich mich an ihre verblüffenden Jahre als Vortragsreisende. (Das war, nachdem VTO nicht mehr öffentlich auftrat und bevor sie dieses letzte, tödliche Solocomeback versuchte.) Sie machte die Collegerunde mit ihren *chautauquas*, ein Wort, das sie aus Robert Pirsigs Zen-Bestseller gestohlen und recycelt hatte, um ihre ansonsten unmöglich einzuordnenden Stehabende zu beschreiben, bei denen sich ideologische Tiraden, komische Kabarettstückchen, autobiographische Selbstdarstellungen und überwältigende Songs abwechselten. Das ursprüngliche, authentische Chautauqua war eine Gesprächsrunde der amerikanischen Ureinwohner, aber Vina war nie besonders gut, was Diskussionen oder auch Authentizität betrifft, was sie für einen verderblichen Begriff hielt, der ›abgebaut‹ werden müsse. Ihre Chautauquas waren im Grunde improvisierte Monologe, deren nächste Verwandte die Versammlungen der großen indischen Geschichtenerzähler waren, tatsächlich existierender Inder aus dem tatsächlich existierenden Indien, wie sie gern sagte, um die rothäutige Rasse zu übertrumpfen, und meinte es ernst, obwohl es zu ihrer Anziehungskraft gehörte, zu dem, was sie zu der übermenschlich großen Gestalt machte, zu der sie wurde, daß kein amerikanischer Eingeborener – jedenfalls öffentlich – jemals Anstoß daran nahm.

Ich erinnere mich, daß ich die hingerissen emporgewandten Gesichter der bewundernden Collegestudenten fotografierte, wie sie dieser grandiosen Überlebenden des heroischen Zeitalters zuhören, die in wilden, eklektisch-ethnischen Aufmachungen die Bühne beherrschte, Mojos, Kaftans, Quetzalfedern, klassischen Brustpanzern, Tika-Marken, und in erschreckend ausführlichen Einzelheiten über ihr eigenes Leben dozierte, über ihre Höhen und Tiefen, ihre sexuellen Abenteuer und politischen Begegnungen (manchmal verknüpften sich diese Stränge auf köstliche Weise, wie zum Beispiel in ihrem Bericht über ein langes Wochenende in der Privatlodge eines karibischen Diktators mit zuviel Bart und nicht genug Kinn). Ohne Vorwarnung elektrisierte sie ihre jungen Zuhörer, indem sie aus den Anekdoten heraus einen herzergreifenden *A-cappella*-Gospelsong, Blues-Hit, Jazz-Scat-Ella-Musik, sanften Bossa-Nova und Rockhymnen anstimmte, alles mit dieser Stimme, Our Mistress' Voice, ihr wahres Geschenk an uns alle, ein Instrument, das buchstäblich zu gut für diese Welt war, buchstäblich zum Sterben schön.

Auf der Bühne oder in meinem Bett, Professor Vina war ein besonders furchteinflößendes Alter ego Vinas, war eine beeindruckende Vorstellung, aber selbst während ich stumm dem Schlachtendonner ihrer Argumente lauschte, merkte ich, daß ich die Risse und Sprünge entdeckte, die sie zu kaschieren trachtete, die Spaltungen in ihrer Seele, und mir dachte, daß Maria, die immer wieder verschwindende Nymphomanin, ganz recht hatte, wenn sie von unserer inneren Unversöhnlichkeit, der tektonischen Widersprüchlichkeit sprach, die in uns alle gefahren ist und begonnen hat, uns genauso in Stücke zu reißen wie die instabile Erde selbst.

Professor Vina und Kristall-Vina, Heilige Vina und Profane Vina, Junkie Vina und Veggie Vina, Frauen-Vina und Vina, die Sexmaschine, Unfruchtbar-Kinderlos-Tragische Vina und Traumatisierte-Kindheit-Tragödie-Vina, Führer-Vina, die den Weg für eine Generation von Frauen ebnete, und Schüler-Vina, die in Ormus den Einen sah, den sie immer gesucht hatte. All diese war sie, und noch mehr, und alles, was sie war, hängte sie kompromißlos himmelhoch. Es gab nie eine Selbstlose Vina, um sie gegen die Vina der Kreischenden, auf die Höhe getriebenen Extreme antreten zu lassen.

Das war es, warum die Menschen sie liebten, erinnern Sie sich: daß sie sich selbst zur übertriebenen Avatara ihrer eigenen, verwirrten Ichs machte, aber bis an den Rand oder, besser, auf höchste Höhen getrieben: von Talent und Ausdrucksfähigkeit und Unverschämtheit und Promiskuität und Selbstzerstörung und Intellekt und Leidenschaft und Leben. Die Höhere Vina, die in der Masse der Menschen eine gegenseitig höhere, wenn auch ganz und gar irdische Liebe hervorruft.

Was das Spezielle betrifft, die Frage des Vertrauens zwischen Ormus Cama und ihr, ein Problem, in dem ich selbst ein wichtiger, wenn auch letztlich peripherer Faktor gewesen bin, so benutzt Vina ihre schrägen Theorien vom außenbestimmten Ich dazu, einen Freispruch für ihre zahlreichen Treubrüche und Desertionen zu erreichen. Das Mädchen kann nicht anders, darauf läuft ihre Position hinaus, wenn man all die langen Wörter wegstreicht. Was in ihrer Natur liegt, ist eben vorhanden, hervorgebracht von der Geschichte, den Genen oder der Sexualpolitik, wovon genau, ist letztlich gleichgültig. Es ist, als benutze Olive Oyl das Motto von Popeye, dem Sailor

Man. *I yam what I yam an' that's what I yam.* Es ist das gleiche wie
all die Rechtfertigungen von Treulosigkeiten, die Männer von Anbe-
ginn der Zeit benutzt haben.

Nimm's hin oder hau ab, sagte sie; und Ormus nahm es hin – der
unwiderstehliche Ormus, nach dessen Liebe sich so viele Frauen ver-
zehrten, für dessen göttliche Schönheit Persis Kalamanja all ihre
Hoffnungen auf Glück begraben hatte.

Kann es eine große Liebe ohne Vertrauen geben?

Aber klar doch, Rai, mein Schatz, sagt sie mit ihrer gedehnten Get-
tosprache und streckt sich wie ein Panther, klar kann es das. Und
Ormus und ich, wir sind der ewig lebende Beweis dafür.

(*Ewig lebend*, denke ich unwillkürlich. *Fordere nicht das Schicksal
heraus, Vina.*)

Laut sage ich: Weißt du, Vina, ich verstehe das nicht. Ich habe das
noch nie verstanden. Wie ihr beiden zueinander steht. Wie funktioniert das eigentlich?

Sie lacht. Höhere Liebe, antwortet sie. Liebe auf einer höheren Ebene. So mußt du es dir vorstellen. Wie – Erhöhung.

Nachdem sie sich wieder in gute Laune geredet hat, entspannt sie
sich jetzt. Wenn sie nicht spinnt oder auf die Palme geht, kann sie
einen Scherz vertragen. Wo war ich, sagt sie und legt sich, den Kopf
auf meinem Bauch, wieder zurück. Ach ja, richtig. Wir umkreisten
das Bett. Er war inzwischen aus der Orangerie heraus?, das sollte ich
wohl erwähnen. *Adiós* für diesen gottverdammten Glaskasten. Statt
dessen hier, dieses verstaubte Schlafzimmer voll mißbilligender
Clubherren, die grimmig von den Wänden herunterblicken, und darüber, ob du's glaubst oder nicht, Gipskopien von klassischen Frie-
sen. Und auf korinthischen Piedestalen Marmorbüsten. Personen in
Toga mit Lorbeerkranz auf den Ohren. Wir leben in den Siebzigern
und die Welt fällt in Scherben?, aber wir müssen in dem beschissenen
Parthenon schlafen. Die Vorhänge würde man übrigens sonst nur in
alten Filmtheatern finden, dieses Meer aus dunklem Stoff, ich erwartete ständig, daß sie sich heben?, und daß ich dann ich weiß nicht

Trailer zu sehen kriege, Commercials, unsere zukünftige Präsentation. Aber okay, rate mal?, die Hauptattraktion, das waren wir.

Wenn Vina sich in einen dieser ganznächtigen Marathons stürzt, ist es am besten, wenn man, sobald sie auf ihrer persönlichen Filmleinwand mit der Vorführung einer Auswahl aus ihrer Bibliothek persönlicher Lebenslaufklassiker beginnt – und es könnte sich als Doppel- oder sogar als Dreifachvorstellung entpuppen –, Popcorn und Diätcola weiterreicht und sich, da es keine andere Wahl gibt, in den Schlaf flüchtet. Der Schlaf ist für mich viele Jahre lang etwas gewesen, auf das ich mich nicht freuen konnte. Auch in meinem Kopf wohnen Bilder, und die meisten von ihnen möchte ich mir möglichst kein zweites Mal ansehen.

Ich habe viel über mich selbst zu berichten, ich habe meine eigenen Geschichten zu erzählen. Zumeist müssen sie warten. (Während die Götter die Mitte der Bühne einnehmen, müssen wir Sterblichen in den Kulissen warten. Doch wenn die Stars mit all ihrem tragischen Sterben fertig sind, kommen die Statisten auf die Bühne – am Ende der großen Bankettszene –, und dann essen wir all die beschissenen Speisen auf.) Aber jetzt sind die Bilder da. Ich kann sie nicht in die Kiste zurückstecken.

Jeder Fotograf hat ein zweites Portfolio, das er nicht vorzeigen kann, weil die Bilder nie auf Film gebannt wurden. Wenn er ein Fotojournalist ist, suchen ihn viele dieser Bilder in seinen Träumen heim und ruinieren seine unruhigen Nächte. Bobby Flow, der geniale Selbstbeherrschungsfreak der Agentur Nebuchadnezzar, hatte drei Wörter, die, wie er uns lehrte, alles ausdrückten, was man brauchte, um gut in diesem Job zu sein. *Geh dicht ran.* Was er auf seine brillante Art und Weise tat, bis ihm im Sumpf von Indochina jemand den Kopf von den Schultern pustete, aber das war ein Berufsrisiko. Ein weiteres ist es, daß einem *nicht* der Kopf weggeblasen wird, denn dann füllt er sich mit der aktuell existierenden Welt, dem großen Bild der Welt, wie sie ist, wenn ihr irgend jemand das Fell über die Ohren zieht. Geschunden. Rot an Zahn und Kralle. Erdkugel, neu geschossen als beschissener zerborstener Schädel, frei schwebend in einem explodierenden Raum.

Ich bin oft genug dicht rangegangen, allzuoft, und ich habe, wie jeder, meine Schlachtengesänge, meine Heldengeschichten. Fotos, geschossen aus der Deckung hinter den Leichen anderer Fotografen heraus. Schieläugige, zahnlose Verrückte mit Uzis, die mir ihre Waffenmündungen in den Bauch und einmal sogar in den Mund schoben. Der Tag, an dem ich gegen eine ockergelbe Wand gestellt und zum Opfer einer Scheinhinrichtung gemacht wurde, kleiner Scherz eines slawischen Kriegsherrn. Hört zu: Es ist nichts. Ich will hier weder renommieren noch mich beklagen. Ich bin da rausgegangen, weil es mein Ding war, mein Bedürfnis. Manche gehen, weil sie sterben wollen, manche, um dem Tod zu begegnen, manche, um damit zu prahlen, wenn sie lebend zurückkehren. (Jeder ist ein Philosoph.) Ich könnte behaupten, eine Art Schuldbewußtsein habe nichts damit zu tun, dieser Film aus dem Stiefel des Toten sei eine uralte Geschichte, aber dann müßte ich lügen. Das heißt, bis zu einem gewissen Punkt würde ich lügen, denn, während ich zugebe, okay, natürlich, jedesmal, wenn ich mit einer Bazooka vor einem schreienden Kind stehe, versuche ich zu beweisen, daß ich es verdiene, dort zu sein, daß ich das Recht habe, diese Kamera zu tragen, diese Akkreditierung, wenn Sie eine Zehn-Cent-Lucy-Brown-Psychoanalyse wollen, da haben Sie sie. Was mich wirklich interessiert und ängstigt, ist, daß der Zwang viel tiefer geht als das, tiefer selbst als das Bild von einem Mann, der an einem langsam rotierenden Ventilator hängt.

Irgend etwas in mir wünscht sich das Furchtbare, wünscht sich, den schlimmstmöglichen Szenarien der menschlichen Rasse offen ins Gesicht zu sehen.

Ich muß wissen, daß das Böse existiert und wie ich es erkennen kann, wenn ich ihm auf der Straße begegne. Ich muß sehen, daß es kein Abstraktum ist; ich muß es begreifen, indem ich seine Wirkung auf mich spüre, die Korrosion, die Verbrennungen. Einmal in einer Chemieprüfung tropfte mir konzentrierte Säure auf die Hand, und das Tempo, mit dem sich der braune Fleck auf meiner Haut ausbreitete, war noch erschreckender als die Säure selbst. Science-fiction-Tempo. Der springende Punkt aber ist, daß ich mich davon erholte, daß es mir gutgeht, daß meine Hand funktioniert. Klingt das vielleicht nach

Selbstrechtfertigung? Daß es jedesmal, wenn ich von meinem Klein-
krieg gegen das Böse zurückkehre, wenigstens für mich wie ein Beweis ist, daß die Bad Guys immer noch ein paar verlieren, daß sie
wirklich eine sehr lange Verlierersträhne haben können?
Es klingt danach?
Okay, dann bin ich eben ein Gewalttätigkeitsjunkie, und eines Tages
werde ich abkratzen. Wie Bobby Flow. Hulot hat's richtig gemacht.
Er hat das Fotografieren aufgegeben und malt statt dessen jetzt
Aquarelle. Seine Werke sind wahrhaft fürchterlich, das Schlimmste
an Petit-Maître-Banalität, was ich jemals gesehen habe. Im Alter hat
er die Sentimentalität und den guten Geschmack entdeckt, und diese
beiden ältlichen Altenpflegerinnen werden ihn am Leben erhalten.
Ich brauche Ihnen nicht zu sagen, wo ich gewesen bin. Das wissen
Sie schon. Dieser südostasiatische Sumpf, der mit unheimlichem
Napalmfeuer brannte, jener beiläufig aufgehäufte Hügel von Men-
schenköpfen am Rand einer staubigen Straße in Afrika, dieser Terro-
ristenüberfall auf einen Marktplatz im Mittleren Osten, jenes latein-
amerikanische Dorf, das eine Busladung voll landminengetöteter
Kinder betrauert. Natürlich kennen Sie das. Sie haben meine Arbeit
gesehen. Wir alle verrichten diese Arbeit. Sie ist das, was gewünscht
wird.

Und wenn ich diese Hölle nicht mehr aushalte, ziehe ich mich um,
lege die beste Freizeitkleidung an, welche die Seventh Avenue zu bieten hat, gehe ins Studio und genieße den Pussy-Himmel. Die Mode-
fotografie, wo man schönen Frauen in kostbaren Kleidern befehlen
kann, sich zu verhalten, als seien sie in einem Kriegsgebiet. Sie starren, springen, wirbeln, keuchen, kauern, erstarren, zucken. Ich habe
gesehen, wie sich Maschinengewehrfeuer so auf menschliche Körper
auswirkt.
Das ist nicht alles, was ich mit ihnen mache. Es kommt auf das Mädchen an. Einige von ihnen sind gelassen, und ich passe mich an, er-
schaffe Meere von Ruhe um sie herum, Ozeane von Licht und Schatten. Ich ertränke sie in Frieden, bis es sie ängstigt, und dann werden

sie auf einmal lebendig. Andere kennen einiges von meiner brutaleren Arbeit und wollen mir zeigen, wie realistisch sie sind, wie gut sie sich mit der Härte der Straße auskennen. Der Kontrast zwischen Härte und Couture funktioniert gewöhnlich, bis er zum Klischee wird. Dann arbeite ich eine Zeitlang mit Schönheit, türme Schönheit auf Schönheit, bis sie überwältigend, fast unanständig wirkt, fast wie eine Vergewaltigung.

So daß auch dies letztlich zur Attacke wird.

Und dann gibt es die *portraiture*, obwohl ich nicht immer soviel Glück damit hatte, wie bei dem Erektionsknaben. Und die Werbung. Und privatere, essayistische Arbeiten, aber das verschiebe ich lieber auf einen anderen Tag. Ich bin müde. Die Bilder kommen. Die Bilder, die Sie noch nicht gesehen haben, die Bilder, die in der Nacht kommen.

Anfangs gab es den Stamm, der ums Feuer saß, ein einziges, kollektives Ganzes, das Rücken an Rücken dem Feind trotzte, der alles war, was es damals sonst noch gab. Dann brachen wir eine kurze Zeitlang aus, nahmen Namen, Individualität, Intimität und große Ideen an, und damit wiederum begann ein weiteres Aufsplittern, denn wenn wir das konnten – wir, die Könige des Planeten, die gierigen Fresser mit dem Schloß an der Nahrungskette, die Kerls auf dem Spottdrosselstuhl –, wenn wir uns davon befreien konnten, dann konnte das alles andere auch, Ereignis, Raum, Zeit, Beschreibung und Fakt, ja sogar die Realität selbst. Nun, wir erwarteten nicht, daß man uns folgte, uns war nicht klar, daß wir etwas in Gang setzten, und es sieht aus, als hätte uns das so tief geängstigt, dieses Zersplittern, dieses Einstürzen der Mauern, diese gottverlorene Freiheit, daß wir mit Höchstgeschwindigkeit in unsere Haut und Kriegsbemalung zurückschlüpften, postmodern in prämodern, zurück in die Zukunft. Das ist es, was ich sehe, wenn ich eine Kamera bin: die Kampflinien, die Corrals, die Palisaden, die Schranken, die geheimen Handgriffe, die Insignien, die Uniformen, die Jargons, das Einengen, die flachen Gräber, die Hohenpriester, die nichtkonvertiblen Währungen, den Junk, den Schnaps, die fünfzigjährigen Zehnjährigen, die blutgetränkte Flut, das Kriechen nach Bethlehem, den Argwohn, den

Abscheu, die geschlossenen Fensterläden, die Vorurteile, die Verachtung, den Hunger, den Durst, das billige Leben, die billigen Schüsse, die Anathemata, die Minenfelder, die Dämonen, die Dämonisierten, die Führer, die Krieger, die Schleier, die Verstümmelungen, das Niemandsland, die Paranoia, die Toten, die Toten.

Professor Vinas Rhetorik: Dies ist es, wohin sie führt.

Hören Sie meiner Stimme an, daß ich zornig bin? Gut. Ich habe ein Buch über den Zorn gelesen. Darin heißt es, Zorn sei der Beweis für unseren Idealismus. Irgend etwas ist schiefgelaufen, aber in unserem Zorn ›wissen‹ wir, daß es anders sein müßte. *It shouldn't be this way.* Zorn ist eine unartikulierte Theorie der Gerechtigkeit, die, wenn man sie ausübt, Rache genannt wird. (Andererseits bin ich natürlich nichts als ein weiterer cholerischer *Snappeur*, vom Leben durch endloses Spielen der zweiten Geige beim großen Ereignis, verkrüppelt. Dies ist die unentbehrliche und dennoch irgendwie niedrige Arbeit der *Clickistas*: die zweite Geige spielen, während Rom in Flammen steht … Und hier im Bett, bei Vina? Kein Unterschied. Ormus Cama sitzt auf dem Platz, der dem Konzertmeister vorbehalten ist.)

Wenn Vina zornig auf mich ist, erinnert sie mich an die Wut meiner Mutter, Ameer Merchant, die sie aus unserem Haus, aus unserer Liebe vertrieben hat. Das ist der Grund, warum ich ihr die rachsüchtigen Bemerkungen verzeihe. Ich weiß, daß ich für Ameer stehe, wenn Vina loslegt, während ich unwillkürlich denke, daß sie ein Recht darauf hat.

Auch wenn ich zornig bin, muß ich an meine Mutter denken. Ich erinnere mich, wie Ameer Vina unter ihre Fittiche nahm, sie alles mögliche gelehrt hat, sie eingeölt und gebürstet, sie gekholt und gehennat, ihr ganzes Ich in dieses brillante, geschädigte junge Mädchen eingebracht hat. Ich erinnere mich an meinen eigenen, nie beigelegten Streit mit meiner Mutter, meinen Zorn über die zerbrochene Familie, meine Vorwürfe, den Schmerz, den ich auf ihre eigene, bittere Unglückseligkeit häufte. Ich blicke Vina an und sehe Ameer in ihr. Einmal zeigte ich ihr die Bilder, die ich von meiner Mutter an ihrem Todestag gemacht habe. Ich wollte sehen, ob Vina sie erkannte: die Ähnlichkeit.

Sie erkannte sie sofort. Hat Cheap Suit, sagte sie. Aber weder sie dachte an den weiblichen Pharao, noch ich selbst. Sie dachte, *Das bin ich. Das ist ein Foto meiner Zukunft, die Abbildung meines eigenen Todes.*

Und wie sich herausstellen sollte, hatte sie fast völlig recht; denn als sie starb, gab es keine Totenbettfotos. Es gab kein Totenbett, es gab keinen Leichnam, den man fotografieren konnte.

Das Foto meiner Mutter war nahezu alles, was wir hatten.

Vina redet immer noch, aber nun, da sie an dem Punkt der Geschichte angelangt ist, für den sie meine volle Aufmerksamkeit verlangt, wird sie unsicher, denn mein Bewußtsein gleitet davon, ich bin fertig, erledigt, kaputt.

Rai?

Mmhm?

Es ist, als lauerten wir beide – auf irgend etwas, weißt du – das heißt jeder im anderen – beinah wie das, was man tut?, wenn man ein Foto schießt?, und manchmal wartet und wartet man, und es kommt nicht, doch wenn es kommt, hast du's?, klick?, ein Schuß und es gehört dir? Wie nennt man das? Rai? Wie nennt man das?

Uhmhm.

So ist das also. Alle Prätentionen einfach weggefegt?, alle Verletzungen?, die ganze Vergangenheit?, und wir einfach nur, nur. Haben geklickt. Der entscheidende Moment. Das ist es. *Klick.*

Hynhnyhnm.

Übrigens, sein Fleck ist verschwunden, sagt sie, doch ihre Stimme wird schwächer. Das Muttermal auf seinem Augenlid. Wußtest du das? Er hat es nicht mehr.

Mir ist es egal. Ich bin eingeschlafen.

Transformer

In einem Lichtteich in der Nachtmaschine nach New York kämpft ein schlafloser Latinojunge finsteren Blickes grimmig mit einer neuen Art von Science-fiction-Spielzeug. Es ist eine Art Automobil, aber er interessiert sich nicht für das übliche Vroom-Vroom-Spiel, sondern nimmt das Auto auseinander. Die Heckflossen drehen sich, die Räder stellen sich quer, bis sie im rechten Winkel zum Klapptisch stehen, die Karosserie verfügt über Scharniere und öffnet sich wie ein Anatomiemodell. Verblüffenderweise, und das verwirrt den Verstand, entfaltet es sich, entblättert sich, dekonstruiert sich und setzt sich sodann zu neuen, unvorhersehbaren Konfigurationen zusammen. Dem Jungen fällt es schwer, die letzten Geheimnisse dieses metamorphischen Rätsels zu entdecken. Mehr als einmal schlägt er es auf den Tisch, wo es unbeendet liegenbleibt, gefangen in einer undefinierbaren Übergangsphase. Der Lärm weckt die maskierten Schläfer rings um ihn herum und überträgt den Zorn des Jungen auf die Erwachsenen. Schließlich schiebt der schlummernde Mann auf dem Gangplatz seine Schlafmaske hoch, zeigt dem Jungen mit einer schnellen, ärgerlichen Geste seiner behaarten Hände den Trick des Spielzeugs, und plötzlich ist das Auto verschwunden, und statt dessen steht hoch aufragend ein kleines, großes Metallmonster auf den Hinterbeinen, ein groteskes Technowesen, ein bedrohlicher Roboter, der in seinen überdimensionalen, behandschuhten Fäusten gefährliche, mit Flossen besetzte Strahlenwaffen schwenkt. Das zwanzigste Jahrhundert – das Auto – wurde durch diesen Besucher aus einer dystopischen Zukunft ersetzt.

Das Kind beginnt zu spielen. Bumm! Bumm! Der Roboter vernichtet den Sitz vor ihm, die Armstützen, viele Passagiere. Nach einiger Zeit schläft der Junge ein, das Monster in den Armen, alles andere als beunruhigt von der Vorstellung, daß die normale Maschinerie der Gegenwart die Geheimnisse eines so apokalyptischen Morgen birgt, daß wir unsere alltäglichen Roadster, unsere unauffälligen Station Wagons, unsere bourgeoisen Limousinen in beängstigende Kriegsmaschinen verwandeln können – wenn wir nur den Trick wüßten. Bumm! Bumm! Der Junge träumt davon, die Welt zu zerstören.

Ormus Cama, der von der anderen Seite des Mittelgangs her zusieht, ist selbst in einer phantastischen Fiktion gefangen, nur daß es keine Fiktion ist. Außer der unseren gibt es eine andere Welt, und die bricht durch die schwachen Verteidigungsanlagen der unseren. Wenn es zum Schlimmsten kommt, könnte das gesamte Netzwerk der Realität zusammenbrechen. Dieser Art sind die außergewöhnlichen Gedanken, die er hat, zitternde Vorzeichen für das Ende aller Dinge, und dazu ein Puzzle: Wie kommt es, daß er der einzige ist, der diese Vision sehen kann? Ein Ereignis von solch kosmischem Ausmaß? Sind denn alle anderen Schlafwandler? Ist es ihnen denn völlig egal?

Das Nordlicht umfängt die Maschine, weht im Sonnenwind wie gigantische goldene Vorhänge – wie Antworten –, aber Ormus interessiert sich nicht dafür, er ist in seine Fragen versunken. Was? fragt Vina, erschreckt von dem gehetzten Ausdruck auf seinem Gesicht. Was? Sie ist verwirrt von dem, was er mit seinen Augen macht, daß er erst das eine, dann das andere schließt, in den Nachthimmel über Grönland zwinkert wie ein alter Bonvivant, der einen Annäherungsversuch wagt.

Hör auf, Ormus, du machst mir angst.

Du würdest mir ja doch nicht glauben.

Ich habe dir immer geglaubt – oder? Gayomart, erinnerst du dich? Die Songs in deinem Kopf.

Das stimmt. Das stimmt, damals, du warst die einzige, die mir geglaubt hat.

Na also. *Was?*

Also gesteht er ihr die Wahrheit, die ihm doch selbst unglaubwürdig erscheint: daß er, seit sie ihn aus seinem langen Schönheitsschlaf geweckt hat, in – oder vielmehr mit – zwei Welten´ zugleich lebt. Er versucht ihr zu beschreiben, was er zum erstenmal auf dem Flug nach London gesehen hat, den Riß in der Realität. Ist das wie ein Loch?, wie ein schwarzes oder andersfarbiges Loch?, im Himmel?, sie ist bemüht, es sich vorzustellen. Nein, sagt er und klammert sich hilfesuchend an das wabernde Nordlicht. Stell dir vor, dies, sagt er und schwenkt einen Arm, dies, wir, wo wir sind, das Ganze, wäre alles ein Film auf einer Leinwand, und wir wären da drin, auf einer riesigen Leinwand wie in einem Autokino oder einfach im Raum hängend wie ein Vorhang, und dann stell dir vor, es gäbe Schnitte in der Leinwand, ein wahnsinniger Messerstecher sei ins Kino gelaufen und habe auf diesen Vorhang eingestochen, so daß es jetzt große Risse gibt, die alles durchziehen, dich, das Fenster, die Tragfläche da draußen, die Sterne, und du kannst sehen, daß sich hinter der Leinwand eine ganz andere Szene abspielt, vielleicht auf einer ganz anderen ich weiß nicht Ebene, aber vielleicht auch auf einer anderen Filmleinwand in einem anderen Film, und in diesem Film gibt es Leute, die von der anderen Seite her durch die Risse blicken und möglicherweise uns sehen. Und hinter dem Film gibt es noch einen Film und noch einen und noch einen bis wer weiß wie weit weg.

Es gibt Dinge, die er ihr diesmal nicht sagt. Er sagt nicht, daß manche Leute eine Art Schlupflochmethode für den Wechsel zwischen den Welten gefunden haben. Er sagt nicht, da gibt es diese Frau, ich habe nicht die Möglichkeit, sie aufzuhalten, sie taucht auf, sobald sie Lust hat. Er spricht nicht den Namen Maria aus.

Im nächsten Abteil des Flugzeugs, wo die Schlaflosen sitzen, läuft ein Film. Vina kann die kleine Leinwand sehen, die in einiger Entfernung hängt. Ein schottischer Arzt verwandelt sich in ein gräßliches Ungeheuer und wieder zurück. Wie sie erkennt, ist es das Remake des alten Horrorfilms Dr. was immer und Mr. Right. Sieht aus wie ein Langweiler. Selbst die Schlaflosen haben nicht durchgehalten. Die Bilder des Films ziehen lautlos über die Luftfracht aus Schläfern dahin, die Amerika entgegenträumen. Vina hockt auf ihrer Sitzkante. Sie fühlt sich hochgestimmt, von panischer Angst erfüllt, verwirrt, alles auf einmal, und sucht hilflos nach der richtigen Antwort. Wo ist dein Fleck, erkundigt sie sich schließlich und berührt sanft sein linkes Augenlid. Was ist aus deinem Zauberfleck geworden? Du hattest einen Unfall und hast einen Bluterguß verloren?, das ist was?, unlogisch.

Er ist weg, sagt Ormus. Seine Miene ist schrecklich anzusehen. Gayomart. Er ist aus meinem Kopf herausgebrochen und verschwunden. Ich bin jetzt ganz allein hier. Er ist frei.

Kein Fleck, aber seine Augen haben unterschiedliche Farben.

Das ist noch nicht alles, sagt er. Der Fleck ist weg, aber jetzt ist es das blinde Auge, das gewisse Dinge sieht. Wenn ich es schließe, verschwindet die Manifestation. Das heißt, sie verschwindet meistens. Manchmal ist sie so ausgeprägt, daß ich sie selbst dann sehen kann, wenn ich beide Augen geschlossen habe. Aber das Schließen des Auges ist etwa zu fünfundneunzig Prozent wirkungsvoll. Wenn ich dann mein rechtes Auge schließe und nur das linke offenhalte, ist das wie Sterben. Alles verschwindet, und nur das Anderssein bleibt. Als stünde ich in einem Schneesturm und spähte durch Fenster in einen anderen Ort, und an diesem Ort, ich weiß nicht, wie ich es erklären soll, bin ich nicht einmal sicher, daß ich existiere.

Was er nicht hinzusetzt: Aber dann ist da Maria.

Seine Stimme klingt angespannt, fast kreischend. Er sagt Dinge, die nicht sein können. Ich habe nachgedacht, fährt er unsicher fort. Vielleicht eine Augenklappe, hab' ich mir überlegt.

Stimmen, fragt sie, hörst du auch Stimmen? Was sagen sie zu dir, gibt es eine Botschaft? Vielleicht solltest du darauf lauschen, eine Mitteilung, etwas Wichtiges, das du weitergeben kannst.

Dies wäre nun der richtige Moment, die nächtliche Besucherin zu erwähnen, aber Ormus weicht ihm aus. Du gehst nicht hoch, stellt er bewundernd fest. Es gibt andere, die würden laut schreiend rumrennen. Ich sei verrückt, ich würde durchdrehen, meinst du nicht auch, die meisten tun das. Ich habe mehr als tausendundeine Nacht im Koma gelegen, vielleicht bin ich *doolally* wieder aufgewacht, was, falls dir das nicht bekannt sein sollte, Wahnsinn aus Indien ist. Hausgemacht, einheimisches Gewächs. *Deolali.* Die Hitze hat die britischen Soldaten verrückt gemacht. Aber was, du hältst mich nicht für total verrückt, du hältst es für möglich.

Ich wußte immer schon, daß es etwas dahinter gibt, antwortet sie und läßt zu, daß er in der dunklen Druckluft der Kabine den Kopf an ihren Busen legt. Ich habe das schon immer gewußt, sogar wenn du oder Rai euch darüber lustig gemacht habt. Was, dieses miese Loch ist alles, was wir haben? Keine teuren Behausungen, die man erstreben könnte?, unmöglich. Aber ich weiß nicht. Du hast ein paar ziemlich schwere Verletzungen bei diesem Unfall davongetragen, also könnte es sein – ich bin kein Arzt, okay – ein Doppelsehen, irgendeine neurale Halluzination, daß das von deinem Gehirn kommt?, aber vielleicht ist es ja wahr, daß du in etwas ganz anderes hinübersiehst. Ich war immer offen für alles. Ich bin darauf gefaßt, daß ich jeden Tag von Außerirdischen heraufgesaugt werden kann. Aber wiederum, yeah, vielleicht bist du ja doch verrückt. Was aber auch keinen Unterschied macht. Hast du gemerkt, wie viele Menschen verrückt sind? Ich glaube allmählich, das sind alle, aber die meisten haben's noch nicht gemerkt. In welchem Fall geistige Gesundheit nicht der springende Punkt ist. Der springende Punkt ist, was denke ich über dich, und diese Frage habe ich bereits beantwortet, indem ich eine frühere Maschine genommen habe, die von Bombay. Du hast gerufen, ich habe geantwortet. Und dann habe ich dich gerufen, und du hast die Augen aufgemacht. Gegenseitiger Funkkontakt, Sender und Empfänger. Was willst du noch, ein Neonschild? Ich spüre, wie sich die Erde unter meinen Füßen bewegt. Liebe kann das nicht sein, mir wird nicht schwindlig. Lies es mir von den Lippen ab. Ich habe meine Wahl bereits getroffen.

Es gibt keine Botschaft, antwortet er.

Es ist nicht das Paradies, sagt er. Es ist gar nicht so anders als hier. Ich erhasche Blicke durch die Risse – und ich sehe mit jedem Tag deutlicher … Ich würde sie Variationen nennen, Bewegungen wie Schatten hinter den Geschichten, die wir kennen. Es muß nichts Übernatürliches sein, es muß nicht Gott sein. Es könnte einfach – frag mich nicht – Physik sein, okay? Es könnte Physik sein, die über unser gegenwärtiges Begriffsvermögen hinausgeht. Es könnte sein, daß ich ganz einfach eine Möglichkeit gefunden habe, aus dem Bild herauszutreten. Es gibt da ein Bild, eine Pop-art-Tanzvorlage von

Amos Voight, sagt er. Eine Arthur-Murray-School-Hilfe mit Linien und Pfeilen, linker Fuß, rechter Fuß, man tritt hinein und folgt den Schritten. Nur daß in diesem Fall an einem bestimmten Punkt unser ganzes Gewicht auf dem Fuß ruht, den man bewegen müßte. Also funktioniert die Vorlage nicht, sie ist ein Scherz, eine Falle. Es sei denn, man tritt von ihr herunter, wechselt das Gewicht und macht dann weiter. Man muß die Regeln übertreten, die Rahmengeschichte mißachten, den Rahmen zerbrechen. Es gibt da so ein russisches Wort, sagt er, *Vnenakhodimost*. Außensein. Es könnte sein, daß ich die Außenseite von dem gefunden habe, worin wir sind. Den Ausgang aus dem Jahrmarktgelände, das geheime Drehkreuz. Den Weg durch den Spiegel. Die Methode, wie man Punkte überspringt, von einer Spur auf die andere. Universen wie Barrenholme, oder TV-Kanäle. Vielleicht gibt es ja Menschen, die sich von einem Holm zum anderen schwingen können, Menschen, die, wenn du verstehst, was ich meine, so etwas wie Senderhüpfen machen. Zapper. Vielleicht bin ich ja selbst ein Zapper, sagt er. So eine Art Fernbedienung.
Fernbedienungen für Fernseher waren damals noch neu. Sie fingen gerade erst an, für Vergleiche und Metaphern benutzt zu werden.
Wie ist sie so, möchte sie wissen. Die andere Welt.
Wie ich schon sagte, antwortet er und spürt das Einsetzen der Depression. Dasselbe, nur anders. John Kennedy wurde vor acht Jahren erschossen. Lach nicht, Nixon ist Präsident. Ostpakistan hat sich kürzlich von der Union getrennt. Flüchtlinge, Guerilleros, Genozid, der ganze Kram. Und stell dir vor, die Briten sind nicht in Indochina; aber den Krieg gibt's trotzdem, auch wenn die Orte andere Namen tragen. Ich weiß nicht, wie viele Universen es gibt, aber diesen verdammten Krieg gibt's vermutlich in jedem einzelnen. Und Dow Chemical, und Napalmbomben. *Two, four, six, eight, no more naphthene palmitate* – auch dafür haben sie einen anderen Namen, der aber die Haut von kleinen Mädchen genauso furchtbar verbrennt. Naptate.
Es gibt jede Menge von Sängern in Pailletten und mit Eyeliner, sagt er, aber keine Spur von Zoo Harrison, Jerry Apple, Icon oder The Clouds, und Lou Reed ist ein *Mann*. Es gibt Hollywood, aber sie

haben noch nie was von Elrond Hubbard oder Norma Desmond gehört, und Charles Manson ist ein Massenmörder, und Allen Konigsberg hat nie als Filmregisseur gearbeitet, und Guido Anselmi existiert einfach nicht. Übrigens auch weder Dedalus noch Caulfield oder Jim Dixon, sie haben niemals Bücher geschrieben, und die Klassiker sind auch andere.

Vinas Augen sind immer größer geworden. Immer wieder stößt sie ein kleines, ungläubiges Kichern aus, sie kann nicht anders.

The Garden of Forking Paths, sagt er und meint damit ihren Lieblingsroman aus dem neunzehnten Jahrhundert, das endlose Meisterwerk des chinesischen Genies, des ehemaligen Gouverneurs der Provinz Yünnan, Ts'ui Pên.

Was ist damit? Sag mir nicht, daß sie nicht ...

(Sie ist tatsächlich zornig: Das ist der Tropfen, der das Faß zum Überlaufen bringt, sagt ihre Miene.)

Gibt es nicht, sagt er, und sie schlägt sich mit der Faust in die Hand. Verdammt, Ormus, aber dann reißt sie sich zusammen und spricht nicht aus, was sie denkt: *Das ist doch ein Witz, nicht wahr. Oder du bist wirklich verrückt.*

Er kann ihre Gedanken trotzdem lesen. Mein Leben lang, sagt er – und die Verzweiflung zerrt so an seiner Stimme, daß sie ihren Klang verfälscht –, war es das Reich der Sinne für mich. Was man berühren und schmecken und riechen und hören und sehen kann. All meine Lobesreden über das Tatsächliche, über das, was ist und Bestand hat, und keine Zeit für Märchenfeen. Und nun kommen trotzdem Feen aus dem verdammten Äther. Alles, was fest ist, zerfließt zu beschissener Luft. Was soll ich tun?

Laß es singen, sagt sie. Schreib es nieder mit deinem ganzen Herzen und deiner Begabung, und halt dich an die Stützen, die packenden Texte, die Melodien. Flieg mit mir zu diesem Mond.

Er singt die sanften, gedämpften Oden anderer Männer an ihrer tröstenden Brust. *You are my sunshine. I'm a king bee. Hold me tight.*

Die Musik wird uns retten, tröstet sie ihn. Sie, und, und.

Liebe, sagt er. Das Wort, das du suchst, ist Liebe.

Yeah, das war's, sagt sie grinsend und streichelt seine Wange. Ich wußte es.

Willst du mich heiraten?

Nein.

Warum zum Teufel nicht?

Weil du ein völlig Verrückter bist, du Arschloch. Und jetzt schlaf!

Die Welt ist unversöhnlich, das macht keinen Sinn, aber wenn wir uns nicht darin einig sind, daß sie es ist, vermögen wir weder zu urteilen noch zu wählen. Vermögen wir nicht zu leben.

Als Ormus Cama seine Vision hatte, erwies er sich als echter Prophet, und das behaupte ich als eingefleischter Ungläubiger. Ich meine: Er war seiner Zeit eindeutig voraus. Inzwischen haben wir alle aufgeholt. Er kann sie nicht mehr erleben, aber die Widersprüche in der Realität sind so auffallend, so unübersehbar geworden, daß wir alle lernen, sie hinzunehmen. Wir gehen mit der Überzeugung zu Bett – nur ein rein zufälliges Beispiel –, daß Mr. N... M... oder Mr. G... A... ein notorischer Terrorist ist, und wachen auf, um ihm als Retter seines Volkes zuzujubeln. An einem Tag sind die Inselbewohner eines besonders kalten, nassen gottverlassenen Felsbrockens bösartige Teufelsanbeter, die Blut saufen und Säuglinge opfern, am Tag darauf ist es, als hätte es so etwas niemals gegeben. Die Führer ganzer Länder verschwinden, als wären sie niemals dagewesen, sie werden wunderbarerweise aus den Annalen gestrichen, und dann kehren sie plötzlich als Talkmaster oder Pizzabäcker zurück, und siehe da!, sie erscheinen wieder in den Geschichtsbüchern.

Bestimmte Krankheiten wüten in großen Gemeinwesen, doch dann erfahren wir, daß es solche Krankheiten niemals gegeben hat. Männer und Frauen erinnern sich plötzlich, als Kind sexuell mißbraucht worden zu sein. Wusch, ist nicht wahr, die Eltern werden wieder als die liebevollsten, lobenswertesten Menschen gepriesen, die man sich vorstellen kann. Völkermord geschieht; nein, ist gar nicht wahr. Atommüll verseucht weite Gebiete des ganzen Kontinents, und wir lernen Wörter wie *Halbwertszeit*. Einen Augenblick später ist die

Verseuchung weg, die Schafe ticken nicht, man kann unbesorgt seine Lammkoteletts genießen.

Die Landkarten sind falsch. Grenzen schlängeln sich über umstrittene Gebiete, biegen und zerbrechen. Eine Straße führt nicht mehr dort entlang, wo sie gestern verlaufen ist. Ein See verschwindet. Berge steigen und fallen. Bekannte Bücher haben auf einmal unterschiedliche Schlüsse. Schwarzweißfilme leuchten plötzlich vor Farben. Kunst ist ein Schwindel. Stil ist Substanz. Die Toten sind peinlich. Es gibt keine Toten.

Sie sind ein Freund des Sports, aber jedesmal, wenn Sie zusehen, ändern sich die Regeln. Sie haben einen Job! Sie haben keinen. Diese Frau hat den Johnny des Präsidenten gepudert! Nur im Traum – sie ist eine berühmte Lügnerin! Sie sind ein Sexgott! Sie sind eine Sexpest! Für Sie könnte man sterben! Sie ist eine Schlampe! Sie haben keinen Krebs! April, April, Sie haben ihn doch! Der gute Mensch in Nigeria ist ein Mörder! Der Mörder in Algerien ist ein guter Mensch! Dieser Psychokiller ist ein amerikanischer Patriot! (Ätsche-bätsch.) Dieser amerikanische Psychopath ist ein Patriotenkiller! Und liegt dieser Pol Pot im Dschungel von Angkor im Sterben, oder ist das Nol Not?

Folgende Dinge sind schlecht für Sie: Sex, Hochhäuser, Schokolade, Bewegungsmangel, Diktatur, Rassismus! Nein, *au contraire!* Sexuelle Enthaltsamkeit schädigt das Gehirn, Hochhäuser bringen uns näher zu Gott, Tests haben ergeben, daß ein Schokoriegel pro Tag die schulischen Leistungen der Kinder deutlich erhöht, Sport ist Mord, Tyrannei ist nur ein Teil unserer Kultur, also bleiben Sie mit Ihren kulturimperialistischen Ideen aus meinem verdammten Herrschaftsgebiet, und was den Rassismus betrifft, über den wollen wir doch nicht diskutieren, man sollte sich lieber offen dazu bekennen, als ihn unter irgendeinen dreckigen Teppich zu kehren. Dieser Extremist ist gemäßigt! Dieses Menschenrecht ist kulturspezifisch! Diese beschnittene Frau ist kulturell glücklich! Jene Bumsfidelei der Aborigines ist kulturell barbarisch! Bilder lügen nicht! Dieses Bild wurde gefälscht! Freiheit für die Presse! Weg mit den neugierigen Journalisten! Der Roman ist tot! Die Ehre ist tot! Gott ist tot! Ach nein, sie leben alle noch, und sie sind hinter uns her! Dieser Stern steigt auf! Nein, er fällt! Wir haben um neun Uhr zu Abend gegessen! Nein, um acht! Sie waren pünktlich! Nein, Sie kamen zu spät! Osten ist Westen! Auf ist nieder! Ja ist nein! Innen ist außen. Lügen sind Wahrheit! Haß ist Liebe! Zwei und zwei ist fünf! Und alles steht zum besten in dieser besten aller Welten.

Die Musik wird uns retten, und die Liebe. Wenn die Realität schmerzt, und sie schmerzt nahezu jeden Tag, brauche ich Ormus' Musik, sein *take*. Hier ist es, in meiner Hand, glänzend wie eine National-Gitarre: Ich wähle »Song of Everything«, den ersten Song, den er in Amerika schrieb, in Tempe Harbor, innerhalb weniger Tage nach seiner Ankunft. Ich sitze hier am Ende der Zeit mit meiner lieben Freundin Mira Celano – und über *sie* werde ich später im Programm noch eine Menge zu berichten haben –, also, Mira, dies ist für dich.

Alles, was du zu wissen glaubtest: Es ist nicht wahr. Und alles, was du, wie du wußtest, gesagt hast, war nur in deinem Kopf. Und alles, was du tatest und wohin du auch gingst, du hast es nie getan, und du wurdest nicht hingeschickt. Ich glaube, du wirst erkennen, daß wir im Geist eines anderen gefangen sind. Und es ist nur Schein, aber wir können es nicht hinter uns lassen.

Alles, was du zu sehen glaubst: Es kann nicht sein. Es gibt nur mich. Liebling, es gibt nur mich, nur mich.

In einer Zeit ständiger Transformation ist *beatitude*, Glückseligkeit, die Freude, die durch den Glauben, durch Gewißheit entsteht. Die *beatific*, die Glückseligen, sonnen sich in der Liebe des Allmächtigen, zeigen ein selbstgefälliges Grinsen und spielen auf ihren Harfen und akustischen Gitarren. In ihrem schützenden Kokon vor den Stürmen der Metamorphose sicher, danken die Glückseligen für ihre Unwandelbarkeit und ignorieren die Fußeisen, die in ihre Knöchel beißen. Es ist die ewige Seligkeit, aber nix, nix, ich schenke euch diese Gefängniszelle. Die Beats und ihre Generation lagen falsch. *Beatitude* ist die Kapitulation des Gefangenen vor seinen Ketten.

Glücklichsein dagegen ist etwas ganz anderes. Glücklichsein ist menschlich, nicht göttlich, und das Streben nach dem Glück ist das, was wir als Liebe bezeichnen könnten. Diese Liebe, die irdische Liebe, ist ein Waffenstillstand zwischen den Metamorphen, eine vorübergehende Übereinkunft, nicht die Form zu wechseln, solange man küßt oder Händchen hält. Die Liebe ist ein über wandernden Sand gebreitetes Badetuch. Die Liebe ist eine intime Demokratie, ein Pakt, der auf Verlängerungen pocht, und so stark auch die eigene Mehrheit ist – man kann über Nacht hinausgewählt werden. Sie ist zerbrechlich, instabil, und sie ist alles, was wir kriegen, ohne unsere Seele an die eine oder die andere Partei zu verkaufen. Sie ist das, was wir haben können, ohne unsere Freiheit aufzugeben. Das ist es, was Vina Apsara meinte, als sie von einer Liebe ohne Vertrauen sprach. Verträge können gebrochen werden, Versprechungen entpuppen sich als Lügen. Nur nichts unterschreiben, nur keine Versprechungen machen. Lieber eine provisorische Versöhnung herbeiführen, einen fragilen Frieden schließen. Wenn man Glück hat, dauert er vielleicht fünf Tage; oder fünfzig Jahre.

Ich erwähne all dies – die Flugangst und die Zweifel, meine eigenen Post-facto-Erwägungen, seine Texte (die ein britischer Professor als Poesie bezeichnet, doch einen Professor gibt es immer; auf mich wirken sie, ohne Musik auf Papier geschrieben, irgendwie lahm, sogar verstümmelt) –, damit Sie ein Gefühl für die erstaunlichen Erkenntnisse bekommen, zu denen Ormus Cama sehr schnell gelangte. Ihm war eine zweite Chance im Leben gewährt worden, ein zweiter Akt in einem Land, wo das Leben der Bewohner keinen zweiten Akt kennt, und er hatte daraus geschlossen, daß man ihn aus einem bestimmten Grund hatte zurückkehren lassen. Auserwählt. Er bemühte sich um eine andere Sprache, eine Sprache, die nicht auf einen Gewährer, einen Erwähler hinwies, doch dem Beharrungsvermögen der Sprache ist schwer zu widerstehen, dem unausweichlich vorrückenden Gewicht seiner akkumulierenden Geschichte. All das hatte ihn mit neuer Musik erfüllt. Er platzte von dieser Fülle aus allen Nähten, und nun, da wir wissen, wovon er fast platzte, erscheint das Bild seiner Ankunft in Amerika – ein blasser Mann Mitte Dreißig mit

schmerzerfüllten Augen, immer noch hager im Gesicht und mit
schäbigen Jeans bekleidet – als ein Angelpunkt, um den sich unendlich vieles von dem drehte, was unsere gemeinsame Erfahrung
werden sollte, ein Teil dessen, wie wir uns selber sahen und konstru-
ierten.

Ormus Cama sieht, wie das gewaltige Nadelkissen von Manhattan
den Dunst der hohen Dämmerung durchbohrt, und das Lächeln
eines Menschen auf sein Gesicht tritt, der soeben entdeckt, daß seine Lieblingsfiktion sich als die Wahrheit herausstellt. Während die
Maschine in Schräglage zur Landung kurvt, erinnert er sich an die
Liebe meines Vaters Vivvy Merchant zu Königin Catharina von
Braganza, durch die Bombay und New York auf ewig zusammenge-
schirrt wurden. Doch diese Erinnerung verblaßt sofort: Denn von
Anfang an waren es die Wolkenkratzer der Insel der Manhattoes, die
Ormus' Herz aufstachelten, er teilte den Traum meiner Mutter von
der Eroberung des Himmels und sehnte sich niemals nach dem Ge-
wimmel in den Straßen von Queens, seinen Basaren voll polyglottem
Handel aus aller Welt. Vina dagegen, Vina, die Ameer Merchant lieb-
te, hörte nie auf, im tiefsten Herzen ein Straßenkind zu sein, selbst
als ihre ungeheure Berühmtheit sie in einen glitzernden Käfig zwang.
Aber für Ormus war New York von Anfang an ein Doorman, ein
Expreßlift und ein weiter Blick. Man könnte sagen, es war Malabar
Hill.

Die Stadt wird ihm jedoch erst einmal vorenthalten: mit den Worten
von Langston Hughes, ein aufgeschobener Traum. Yul Singh hat
alles arrangiert – Papiere, Genehmigungen, Limousine – und den
»Turteltauben« zum Zwecke der »Dekompression«, zum Erzielen
einer »sanften Landung«, einen seiner Landsitze zur Verfügung gestellt. Das ist ein verdammt schönes Fleckchen, wenn ich das selbst
sagen darf, das Weingut macht einen kräftigen Pinot Noir, Sie sollten
beide ein bißchen blau machen, ein bißchen Wein trinken, über die

Zukunft nachdenken, die, okay, Sie sind nicht so jung, Ormus, aber die alten Kerls sind schon okay, Sie verstehen, was ich sagen will, es gibt ein Potential, und mit Vina an Ihrer Seite, sie ist ein Prachtstück, das muß ich Ihnen nicht erst sagen, und ihre Stimme wie ein verfluchtes Nebelhorn, entschuldigen Sie mein Französisch, es könnte klappen, keine Versprechungen, es kommt aufs Material an, an dem, wie ich Ihnen nicht sagen muß, Sie sofort arbeiten sollten, aber was zum Teufel, nehmen Sie sich sechsunddreißig Stunden, nehmen Sie sich zwei Tage, Sie würden nicht glauben wie lang die Schlange von Talenten vor meiner Tür ist, jeden Tag länger, Sie wissen was ich sagen will, ach was, vergessen Sie's.

Ormus empfängt diesen Willkommensmonolog (wobei sich zeigt, daß Yul Singhs Akzent nicht so rein ist, wie er behauptet hatte) über das Autotelefon im Fond einer Stretch-Limousine mit schwarzen Fenstern, gelenkt von einem aus dem legendären Stamm der Colchis-Faktoten, jener amerikanisierten Dragoner punjabischer Abstammung, die als Yuls Bodyguards fungieren, als seine Chauffeure, Rausschmeißer und Kammerdiener, Buchhalter und Anwälte, Strategen und Eintreiber, Publizisten und A&R-Männer; die sich alle gleich in schwarze Valentino-Anzüge und Designersonnenbrillen kleiden; und die allgemein – wenn auch nie in ihrer imposanten, leicht aufbrausenden Form – bekannt sind als Yuls Singh Jokes. Will Singh, Kant Singh, Gota Singh, Beta Singh, Day Singh, Wee Singh, Singh Singh und so weiter. Wenn das auch nicht ihre richtigen Namen sind, so hat doch jedermann längst vergessen, was für prosaische Kennzeichnungen das gewesen sein mögen. Ihr gegenwärtiger Begleiter ist der zuvor erwähnte Will. Ich werde Sie bis zum Heliport bringen, sagt er, fast ohne den Kopf zu wenden. Mr. Yuls Privat-Sikorsky wird sich sodann für heute um Ihre Weiterreise kümmern. Widerspruch zwecklos. Mit Anstand kapitulieren. Ormus und Vina lehnen sich in die tiefen Lederpolster zurück. Wo ist denn diese Flitterwochen-Lodge, erkundigt sich Ormus beiläufig.

Sir, bei den Finger Lakes, Sir. Sagt Ihnen das was?

Vina richtet sich auf. Mir schon. Was liegt in der Nähe?

Jawohl Ma'am, es liegt an der Südspitze des Lake Chickasauga. Im

Herzen der Weinbauregion. Ma'am, es liegt in der Nähe einer klei-
nen Stadt, vielleicht ist sie Ihnen bekannt, mit Namen Chickaboom.
Gefangenschaft in Ägypten, stöhnte Vina auf und schließt die Au-
gen. Selbst die Israeliten brauchten nicht dorthin zurückzukehren,
nachdem sie entkommen waren.
Wie bitte? Ma'am? Ich kann Ihnen nicht folgen.
Ach, nichts. Vielen Dank.
Jawohl, Ma'am.

Das Haus in Tempe Harbor, in blaßgrau gestrichenem Holz mit
weißen Verzierungen und der Art verschlungener Holzschnitzerei,
wie sie eher typisch für den Blick durch die tropischen Palmwedel
und Bougainvilleen von Key West sind, ist tatsächlich das Produkt
eines perversen Florida-Millionärs deutsch-schweizerischer Herkunft, Manny Raabe, der im Alter der verweichlichenden Wärme des
Südens (und den gelegentlichen Hurrikans) in diese frisch-nostal-
gischen nördlichen Breiten entflohen ist und prompt an einer Er-
kältung starb. Yul Singh ließ eine Fußbodenheizung einbauen und
installierte zahlreiche zusätzliche Schornsteine und Kamine. Es ist
ein mächtiges Haus, zwei Schieferdachmansarden in großem Stil, wie
Schweizer Alpen. Singh läßt gut einheizen und hält überall Wellen-
sittiche und tropische Pflanzen: als werfe er dem seligen Raabe seine
Marotten vor. Es gibt eine Sauna. Der Küchenchef – Kitchen Singh –
hat Anweisung, sich auf eine stark gewürzte indische Cuisine zu
konzentrieren. Der neue Besitzer hat Tempe Harbor in einen Schrein
der Hitze verwandelt. Wofür ich mich, wenn es Sie stört, entschul-
dige, Yul Singh ist im selben Moment, als der Chopper aufsetzt, am
Telefon, aber wenn man ein Geisterhaus kauft, sollte man es dem
Geist meiner Meinung nach möglichst unbehaglich machen.
Von einem Geist ist nichts zu sehen, aber sie sind nicht die einzigen
Gäste. Ein weiteres Paar »Turteltauben« hat sich hier eingenistet, der
Arthouse-Movie-Direktor Otto Wing und seine frisch angetraute
Ehefrau, eine lange, gummilächelnde nordische Schönheit namens
Ifredis, die es liebt, splitternackt über den mitternächtlichen Rasen

zu hüpfen, um im Evakostüm im kalten schwarzen Wasser des Lake Chickasauga zu baden, verfolgt von der gelehrtenhaften, bebrillten Gestalt ihres ebenfalls nackten Gatten, den man laut die *Ode an die Freude* singen hören kann, wenn das Wasser seine Genitalien berührt. Freude, kreischt Wing auf deutsch. Freude, schöner Götterfunken, Tochter aus Elysium.

Überhaupt gibt es eine Menge Gekreisch. Wing und Ifredis können nicht genug voneinander bekommen und bumsen hemmungslos, wann immer und wo immer der Geist sie beseelt, und er beseelt sie ständig und überall. Immer und immer wieder werden Ormus und Vina Zeugen der Leidenschaft dieser Liebenden, in all den vielen Räumen des Herrenhauses, im Pavillon am Seeufer, auf dem Pooltisch, dem Tennisplatz, der Terrasse.

Diese Leute, sagt Vina, ein wenig fassungslos. Neben denen sind wir die reinsten Jungfrauen.

Wenn sie nicht bumsen und kreischen, schlafen Wing und Ifredis oder verdrücken große Mengen von Käse und trinken literweise Orangensaft. (Sie scheinen ihren eigenen Proviant mitgebracht zu haben und verzichten fast immer auf Kitchen Singhs üppige Banketts. Sie erzielen soviel Hitze, wie sie nur wollen, auch ohne seine kulinarische Hilfe.)

Ihre Gespräche, so sie denn stattfinden, drehen sich meist um Jesus Christus. Ifredis ist eine Hundertundfünfzigprozentige, eine Frau, die nichts zurückhält. Sie begeistert sich für die Religion mit demselben nackten Kaltwassereifer, mit dem sie ihre kreischenden Sexspielchen betreibt. Nachdem sie sehr schnell seinen Schwachpunkt entdeckt hat, den glaubensschwankenden Heiden, verfolgt sie Ormus bis in den heißen Zuber im Badeflügel und verhört ihn mit mitleidigem Staunen im Blick ihrer großen, blauen Augen. Dann ist es also wirklich wahr, daß Sie überhaupt keinen Gott haben? Ich glaube schon, antwortet Ormus, keineswegs bereit, seine neue Vision zu diskutieren. Es folgt eine lange, vorwurfsvolle Pause, bis Ormus begreift, daß Gleiches von ihm erwartet wird. Ach ja, murmelt er. Äh, und wie ist das bei Ihnen?

Ifredis jubelt, ein langer, orgiastischer Ton. Ahh, schnurrt sie. Ich liebe Jesus Christus. Wing kommt herein, beugt sich über den Rand des Zubers und küßt sie so tief, als trinke er aus einer Quelle, bis er aus ihrem Mund auftaucht, um folgende Meinung zu äußern. Ich bewundere die Direktheit dieser Frau, sagt er. Ihren Mangel an Ironie. An dem Punkt, den wir in diesem Jahrhundert erreicht haben, ist es wichtig, auf jede ironische Kommunikation zu verzichten. Denn jetzt wird es Zeit, jede Möglichkeit zu Mißverständnissen zu vermeiden und offen und direkt zu sprechen. Unter allen Umständen dem Versuch, dies zu vermeiden, Priorität zu geben.

Seine Gattin zupft ihn am Ärmel. Otto, bittet sie ihn und macht einen Gummischmollmund. Otto, ich möchte auf deinem Arm sitzen. Wie eine dampfende Venus erhebt sie sich aus dem Zuber, und die beiden eilen davon. Ihr Englisch ist nicht besonders gut, ruft Otto Ormus beim Hinauslaufen über die Schulter zu. Um Mißverständnissen vorzubeugen, sollte ich Ihnen erklären, daß sie bei ihrem gegenwärtigen Vokabelschatz gelegentlich die Glieder verwechselt.

Würde man zur Paranoia neigen (und dies sind paranoide Zeiten), könnte man vermuten, daß Yul Singh dieses lange Wochenende mit großer Bedachtsamkeit vorgeplant hat: daß Yul Singh, der blinde Puppenspieler, sogar von der fernen Park Avenue aus seine Gäste an Fäden führt, ganz genauso wie George Bernard Shaw auf dem Cover der ursprünglichen *My-Fair-Lady*-Platte da oben von seiner gottgleichen Wolke aus die Higgins- und Eliza-Marionetten manipuliert. Schließlich spricht jede Einzelheit des Lebens in Tempe Harbor vom langen Arm des Moguls, von seinem Einfluß. Selbst *in absentia* ist Cool Yul ein alles bestimmender Gastgeber. Da sind die unberechenbaren, doch häufigen Anrufe sowohl für die Gäste als auch für das Personal, da ist die gewissenhafte Aufmerksamkeit, die den Details gewidmet wird: das vegetarische Menü für Vina, der Arzt im Haus für den Fall, daß es mit Ormus' Gesundheit plötzlich wieder bergab gehen sollte. Das Dekor ist eine merkwürdige Mischung aus europäischem gutem Geschmack und indo-amerikanischer Vorzeige-Unverfrorenheit: antike Louis-quinze-Stühle, aus Frankreich importiert und frisch bezogen mit dunkelblauer Seide samt Monogramm. YSL. Das Monogramm (für Yul Singh Lahori, sein selten gebrauchter voller Name) ist allgegenwärtig: auf den silbernen Manschettenknöpfen, die allen männlichen Gästen von der Haushälterin Clea Singh als kleines Präsent überreicht werden, ja selbst auf jedem dicken Blatt der speziell gefertigten Rollen Toilettenpapier und der Auswahl an TH-Kondomen, Damenbinden und Tampons, je nach Geschlecht diskret deponiert in ihrem oder seinem Bad, das zu jeder Gästesuite gehört. Gerahmte goldene oder Platinschallplatten schmücken die Wände; außerdem Porträts des großen Mannes – der mehr als nur eine flüchtige Ähnlichkeit mit dem Schauspieler Vincent Price aufweist, diesem glatten nächtlichen Fürsten der reißzahnbewehrten Klassen – und seiner aristokratisch bleichsüchtigen und dahinsiechenden französischen Gattin Marie-Pierre d'Illiers. Die, wie ich persönlich zugeben muß, mein symbolisches Ideal ist, mein unsterblicher Teekuchen, die, wenn ich ihre Lippen schmecke, mich an alles Wichtige im Leben erinnert, vertraut Yul Singh Ormus am Telefon an. Okay, jetzt wollen Sie sich nach meinen, tun Sie nicht, als wüßten Sie das nicht, oberflächlich gesehen widersprüchlichen und außerdem extrem öffentlichen Liaisons mit, wie es heißt, einer ganzen Reihe junger Schönheiten erkundigen, also, es ist so. Das berühmte entwaffnende Grinsen, das hilflose Ausbreiten der Arme sind Ormus sogar durchs Telefon gegenwärtig. Nun ja, gesteht Singh ohne jede Scham – seine indische Zurückhaltung wurde durch seinen angenommenen amerikanischen Vertraulichkeitsstil verdrängt –, Erinnerung ist eine großartige Eigenschaft, die auch beträchtliche erotische Macht besitzt, was Sie übrigens, genaugenommen, nicht zu wissen brauchen, das ist eine Privatangelegenheit zwischen mir und der Lady, dennoch, wie ich eben sagte, Erinnerung ist Spitze, aber wegen des Kontrastes ist es manchmal noch besser zu vergessen.

Yul ist ein rücksichtsloser Visionär, ein amoralischer Ränkeschmied. Könnte es nicht zu seinem großen Entwurf gehören, kaltes Wasser über Ormus und Vinas große, neu erwachte Leidenschaft zu gießen, indem er ihnen in Gestalt von Wing und Ifredis ein warnendes Paar von Vargas-Karikaturen ihrer selbst vor die Nase setzt? Glücklichsein schreibt weiß, hat Montherlant gesagt, und Yul Singh, trotz seiner gespielten Primitivität ein gebildeter Mann, ist in der Lage, einen klugen Tip zu befolgen. Turteltauben schnäbeln und gurren und haben nicht viel Zeit für Arbeit. Ein bißchen Ärger im Paradies könnte sich durchaus lohnen.

Und das Jesus-Freak-Material? Verleiht der Sauce ein bißchen extra-pikante Schärfe.

Sind das Drehbuchdialoge und -aktionen? Sind das *Schauspieler*? Beginnt man in der Tempe-Harbor-Episode ein bißchen gründlicher zu sondieren, stößt man auf weitere Resonanzen. YSL ist ein lebenslanger Schwerenöter, der seine absolut bewundernswerte und offensichtlich *complaisante* Ehefrau dennoch liebt und ehrt und sich niemals von ihr trennen kann. In Vina hat er vielleicht bereits eine sexuelle Abenteurerin entdeckt, die ebenso wagemutig ist wie er, eine Frau auf der Suche nach einem Anker, nach festem Grund, von dem aus sie ihre nächtlichen Ausflüge ins Unbekannte machen kann. Ormus – hat Yul Singh erraten – muß früher einmal dieser Anker gewesen sein, der ruhige Mittelpunkt ihres wirbelnden Rades. Wenn er der Felsen ist, der *rock*, dann kann sie der *roll* werden. Das wird ihrer Musik und ihrem Gesang förderlich sein; denn Kunst muß heimlich entstehen, an einem stillen Ort, während die Singstimme in offenen Weiten emporsteigen muß und den Beifall der Menge braucht. Yul Singh hat seine eigenen visionären blinden Augen, die in mögliche Zukunftswelten zu sehen vermögen und es ihm ermöglichen, hoch auf sie zu wetten, sie sogar manchmal ins Leben zu rufen. Folgendes hat er gesehen: daß Ormus und Vinas Genie, ihre Zukunft, ihre Fähigkeit, zu werden, was zu werden in ihnen steckt, von der Erzeugung und Fortdauer bestimmter Formen des Schmerzes abhängt. Dem geräuschvollen Schmerz der zwanghaften Wanderin und dem dumpfen Schmerz dessen, der zurückgelassen wird.

Wing und Ifredis schlafen nicht und essen nichts außer ihrem heimlichen Käse. Sie werden bumsend auf dem Küchentisch und unter dem Teppich im Wohnzimmer gefunden. Das Jubeln und Kreischen wird stündlich lauter, länger, irgendwie weniger menschlich. Vina und Ormus fühlen sich von dieser pornographischen Operette überflutet, gehemmt, werden vorübergehend unfähig, nicht zum Begehren selbst, sondern dazu, es physisch (und vokal) auszudrücken. Wie zwei altjüngferliche Tanten sitzen sie bei ihren Drinks auf den entferntesten Terrassen von Tempe Harbor und mißbilligen das Ganze.

Als Vina am dritten Morgen zeitig aufsteht, findet sie im Schilf am Seeufer einen toten Hirsch: nicht erschossen, einfach verendet. Der Kopf liegt halb unter Wasser; die Geweihspitzen durchbrechen die Wasserfläche wie knochiges Unkraut. Insekten summen ihr Requiem. Die Beine sind so steif wie die eines gigantischen Spielzeugs. Genauer gesagt, fällt ihr ein, wie die Beine eines Holzpferds. Aus irgendeinem Grund, den sie nicht sofort zu erkennen vermag, bricht sie bei diesem unverhofften Gedanken in Tränen aus. Tiefe Schluchzer dringen aus ihrer Kehle; dann folgt eine Erinnerung. Draußen vor dem längst vergangenen ägyptischen Tabakladen, ein Wagenlenker und sein Pferd. *Eine Einpferdestadt, und das einzige Pferd war auch noch aus Holz.* Vina bestellt eine Privatlimousine – gelenkt von Limo Singh, wie der beturbante und uniformierte Chauffeur sie ohne den kleinsten Anflug der vom Avantgardisten Otto Wing verbotenen Ironie informiert – und läßt sich, Ormus den kreischenden Liebenden von Tempe Harbor überlassend, *a tempo* nach Chickaboom fahren.

Später, als er das Grundstück nach ihr absucht, trägt Ormus seine neue Augenklappe aus burgunderrotem Samt (besorgt von Clea, der fürsorglichen Haushälterin) und erspäht mit seinem einzig verfügbaren Auge den Hirsch, der von Lawn Singh, dem Obergärtner, mit Stricken an einen kleinen Traktor gehängt und aus dem Wasser gezogen wird. Sekundenlang glaubt er, es sei Vina. Dann spottet sein gesundes Auge dem hämmernden Herzen. Vier Beine, nicht zwei, Hufe, nicht Füße. Nur Vina nicht sagen, daß du *diesen* Irrtum begangen hast.

Immer noch vom Nachhall seiner Angst bedrückt, schrillende Biochemiestoffe in den Adern, geht er ins Haus. Er nimmt Kurs auf das Musikzimmer – es ist schalldicht, deswegen kann man Otto und Ifredis da drinnen nicht hören – und setzt sich an den Yamaha-Stutzflügel. Du siehst ein totes Tier, du denkst, es ist die Frau, die du liebst. Du kannst deinen Augen nicht trauen. Du kannst *ihr* nicht trauen. Plötzlich strömt Musik aus seinen Fingerspitzen. *Everything you think you see*, singt er. *It can't be.*

Und falls Yul Singh – Machiavelli, Rasputin, es ist ihm egal, wie die Leute ihn nennen, solange die Künstler nur weitersingen und die Kunden weiterkaufen – seinem verstörten Gast tatsächlich mit blinden Augen von seiner Shawschen Wolke da oben am wolkenlosen Himmel aus zusieht, wird er an diesem Punkt mit Sicherheit in sein breitestes selbstzufriedenes Lächeln ausbrechen.

Den Tabakladen gibt es nicht mehr, aber es ist eine kleine Stadt, und Egiptus ist ein außergewöhnlicher Name. Sie brauchen nicht mehr als eine Stunde, um zu erfahren, daß der alte Mann vor Jahren an einem Knochen erstickt ist, daß die Frau aber gerade so eben noch lebt, obwohl ein Emphysem mit Sicherheit dafür sorgen wird, daß dem nicht mehr sehr lange so ist. Mrs. Pharaoh, nannte ein Alter sie in einer Bar. Jetzt fährt Limo Singh eine lange, gerade Landstraße zwischen Reben und Mais entlang. Ein roter Silo steht da und eine von diesen neumodischen Windmühlen. Wenn der Wind nachläßt, ist es heiß, aber der Wind läßt heute nicht nach, er beißt und denkt nicht daran, sich zu legen.

Die Straße beginnt sich zu winden und zu verengen, verliert ihre Zuversicht, wird unsicher, verzettelt sich in Abzweigungen, während der Wind eine Staubwolke aufwirbelt, um den Blick noch weiter zu behindern, und dann finden sie, abseits der Straße auf einem Maschinenfriedhof, einem Platz, der seine Grenzen verloren hat und schwammig geworden ist wie die Kinnlinie eines einfachen, alternden Mannes, den rostenden Winnebago neben einem Haufen abgewrackter und ausgeweideter Autos und Traktoren, so dicht von hohem Gras umgeben, daß es aussieht, als verstecke er sich darin.

Sie lebt in einem Trailer, denkt Vina, auf den jedoch kein Spielfilm folgt. Die Limousine hält, aber sie bleibt noch einen Augenblick sitzen, spürt, wie sich der Kreis der Zeit schließt, und spürt dann, hinter dem Zorn und der Rachsucht, ein unerwartetes, sentimentales Gefühl heraufziehen.

Mitleid.

Sie steigt aus dem Wagen und überquert den Schrottplatz. Die Wohnwagentür öffnet sich. Ein kleiner grauer Kopf blickt heraus und beginnt mit Pausen für lungenkrankes Aufkeuchen wütend zu keifen.

Was gaffen Sie da, Lady, ich bin keine verdammte Sehenswürdigkeit. Ich bin keine Kuriosität, die man besichtigen muß, nur weil Sie in einem beschissenen Fremdenführer davon gelesen haben. Ich sollte Eintrittsgeld fordern. Was soll das. Sind Sie von jemandem hergeschickt worden? Haben Sie mir was zu sagen, oder sind Sie mit Ihrem piekfeinen Automobil nur gekommen, um sich über Leute lustig zu machen, die nicht soviel Glück hatten wie Sie?

Ein Erstickungsanfall. Vina steht einfach da.

Kenne ich Sie?

Vina nimmt die Sonnenbrille ab. Die Alte sieht aus, als hätte sie der Schlag getroffen.

O nein, sagt Mrs. Pharaoh. Nein, *danke*. Das ist längst Vergangenheit.

Sie knallt Vina die Wohnwagentür vor der Nase zu.

Vina steht einfach da.

Die Tür wird eine Handbreit geöffnet.

Hörst du, ich habe nichts dazu zu sagen. Du hast nicht das Recht, hierherzukommen und mein Recht auf Ungestörtheit zu verletzen. Hierherzukommen, um mir etwas vorzuwerfen. Ich stehe nicht vor deinem Gericht, Missy, ich befinde mich in meiner ganz persönlichen beschissenen Wohnung auf meinem ganz persönlichen Stück beschissenen schäbigen Rasen und nicht vor deinem Gerichtshof. Du und dein Lakai da drüben, ihr begeht Hausfriedensbruch, und vielleicht ruf' ich sogar gleich die Cops. Du glaubst, weil ich nicht mehr richtig Luft holen kann.

Die Tür schwingt nach außen. Die Witwe Egiptus hält sich am Griff fest und greift sich mit der anderen Hand an die Brust. Sie klingt wie: ein Muli. Wie: der Tod.

Vina wartet.

Ich war nicht gut zu dir, keucht die Frau. Das denkst du doch. Für dich bin ich nur Dreck. Ein Monster. Ich hab' ein junges Leben genommen, das schon geschädigt war, und habe es wie Scheiße behandelt. Na schön, dann sieh her, wie alles gekommen ist. Du bist ganz oben, und ich ende in dem beschissenen langen Gras. Du glaubst nicht, daß du mir dafür vielleicht doch was schuldig bist. Du glaubst nicht, daß ich dir vielleicht den Tritt in den Hintern gegeben habe, der dich auf deinen Weg gebracht hat, und dazu das Überlebenspäckchen, das dich auf dieser Reise am Leben erhalten hat. Sieh dich doch an, du siehst aus wie so 'n verdammtes eiskaltes Miststück. Und zwar durch mich. Also komm mir nicht her und steh da wie das leibhaftige Jüngste Gericht, um dein Urteil über mich zu fällen. Du hast mir meine Kraft genommen und mich verdammt noch mal einfach dem Tod überlassen. Kannst du nicht sehen, daß ich vor deiner Nase sterbe? Was kümmert's dich. Du gehst weg, und ich werde hinter deinem beschissenen Rücken weitersterben. Vielleicht werden sie meine Leiche wochenlang nicht finden, bis sie so aufgedunsen ist wie 'n Zeppelin und die ganze County wie ein schlechtes Gewissen vollstinkt. Es ist nicht dein Urteil, vor dem ich mich fürchten muß, es ist ein ganz und gar anderes Gericht. Ein ganz anderes Urteil. Jesus.

Wieder schlägt Mrs. Egiptus die Winnebago-Tür zu, und Vina lauscht auf die Geräusche eines Emphysems im fortgeschrittenen Zustand. Sie wendet sich zu Limo Singh um. Ich hab' genug für heute, sagt sie. Geben Sie ihr meine Adresse. Laden Sie sie um acht Uhr zum Dinner ein, und sagen Sie ihr, daß es eine zwanglose Einladung ist, sie braucht weder Glaspantoffeln noch Seidenrobe anzulegen. Ich werde in dem verdammten Wagen warten.

So lädt Aschenputtel die böse Stiefmutter zu ihrem Ball.

Aperitifs und Drogen – Champagner, Kokain – auf dem Rasen von Tempe Harbor. Die ich Sie übrigens bitte, auf konventionelle Art und Weise zu sich zu nehmen, durch die Nase, erklärt Yul Singh mit einer Reihe energischer Telefonate seinen Gästen. Augenblicklich ist rückwärtige Insertion en vogue, entschuldigen Sie meine Offenheit, es gibt da einen Burschen, der sich Rock Bottom nennt, einer von Voights gefeierten Superstars, vielleicht kennen Sie ihn, aber nach meiner Meinung ist er offen gesagt derjenige, dem das zu verdanken ist. Dies ist ein freies Land, und er kann tun, was er will, aber ich bin ein bißchen altmodisch, ich halte nichts davon, daß meine Gäste vor dem Personal ihre Arschlöcher bedienen.

Mrs. Pharaoh – Marion, die Witwe Egiptus – kommt herein wie ein Partybuster, versteckt ihre beträchtliche Unsicherheit hinter einem Hagel von Obszönitäten; holt sich zuallererst ihre Vergeltung. Ihr sauberes Blümchenkleid hängt lose an ihrem ausgetrockneten Vogelkörper. Otto Wing, völlig hingerissen, hebt die Nase von einem kleinen Spiegel und mustert diese uralt anmutende Erscheinung mit übertriebenem Interesse.

Wow, Vina hat eine Bag Lady eingeladen, verkündet er laut.

Jetzt bist du also reich, sagt Marion Egiptus zu Vina gleich draußen im Vestibül. Du sitzt hier mit deinen reichen Kumpels und läßt es dir so richtig gutgehen. Na klar, ich weiß, was das bedeutet. Eine Veränderung des beschissenen Gleichgewichts der Macht. Ich bin erledigt, und du hast's geschafft. Dies ist Amerika, das Geld verleiht dir Rechte. Du hast das Recht, mich hierher zu schleppen und mich zu beschämen, und dein Freund Mr. Arschwisch darf mich ungestraft ins beschissene Gesicht beleidigen. Das ist okay. Ich kenne das. Wie wär's mit einem kleinen Deal? Gib mir zwanzig Mäuse, und ich werde mich sofort dafür entschuldigen, daß ich dich damals so schlecht behandelt habe, und für weitere zwanzig Mäuse werd' ich vergessen, was für ein verdrehtes kleines Biest du immer warst. Für fünfzig Mäuse werd' ich vor dir niederknien und dir den reichen Fuß küssen, und für glatte hundert werd' ich dir sogar die schwarze Muschi küssen, warum denn nicht. Dein vieräugiger Freund da, den werd' ich auch noch mit reinnehmen. Bag Lady, ha! 'n paar saubere Sachen könnt' ich dem zeigen. Stülp mir 'ne Tüte übern Kopf, Professor, schneid' mir 'n Loch für den Mund rein, und für zweihundert Mäuse geb' ich dir, wovon sich nicht mal Maria Magdalena was träumen ließ, geschweige denn eine nackichte, unmündige ausländische Hure. Aber mich mit deinem stinkenden Abschaum an einen Tisch setzen? Soviel Geld hast du gar nicht, daß du mich zu so was bringen könntest.

Mir gefällt diese Frau, begeistert sich der bebrillte Otto Wing. Ein solcher Mangel an Umschreibungen, und auch ihr Angebot ist recht verlockend. Mit einer Person intim werden, die direkt am Tor zur Ewigkeit steht. Das bietet Möglichkeiten.

Aber diese Blasphemie, Otto, protestiert Ifredis. Wir müssen uns deutlich von dieser Ausdrucksweise distanzieren. Ihr Abendkleid überläßt nur wenig der Phantasie, und sie schiebt es sogar noch weiter über die Schultern herunter; um seine Aufmerksamkeit zu wecken und zu halten; was auch gelingt. Fromme, schamlose Jugend triumphiert über zotiges, blasphemisches Alter.

Und bald schon wird sich unter Ihren Füßen der Abgrund des ewigen Feuers öffnen, weissagt Ifredis siegessicher. Außerdem, Lady, bin ich nicht unmündig, und wenn Sie es wissen wollen, verdammt gut im *bag*.

Sack, korrigiert Otto sie liebevoll und streicht mit der Hand ihren nackten Rücken herunter. Verdammt gut im *sack*.

Was immer, Liebling. Ich verwechsle die Wörter, weil hier im Augenblick so viel von *bags* gesprochen wird.

Vina ergreift die keuchende Marion Egiptus beim Arm und schleift die widerstrebende Alte praktisch zum See hinunter, genau zu der Stelle, wo der tote Hirsch gelegen hat. Okay, Marion, sagt sie, du hast recht und du hast unrecht. Du hast recht, ich bin zu deinem Trailer rausgefahren, um dich runterzumachen, ich wollte so eine Art Schlußstrich?, nach all diesen Jahren, in denen ich nicht mal deinen Namen aussprechen wollte, ich wollte dir zeigen, daß ich's auch ohne dich geschafft habe, verdammt noch mal, ich wollte, daß du neidisch wirst. Aber wenn du behauptest, ich hätte deinen verdammten Arsch hier raufgeholt, um dich vorzuführen, dann hast du unrecht. Du bist so gottverdammt runtergekommen, daß ich, als ich dich sah, dir auf einmal helfen wollte, also werde ich tun, was ich kann, Ärzte, Arztrechnungen, was immer.

Du bietest mir Geld?

Yeah. Yeah, ich biete dir Cash. Und du brauchst nicht mal meinen Hintern zu fächeln.

Okay, das nehm' ich, erwidert die Alte hastig. Wieviel?

Nicht so viel, wie du denkst, gibt Vina achselzuckend zu. Das alles hier gehört nicht mir. Ich bin hier nur die Sängerin, und dies gehört dem Label.

Marion Egiptus lacht meckernd, was einen Hustenanfall auslöst. Das Wasser strömt ihr nur so aus den Augen. Als sie sich, an Vina gelehnt, erholt hat, sagt sie, Scheiße, Liebchen, *das* war mir klar. Wenn du mal wirklich reich bist, nicht nur so tust, was eher dein Niveau sein dürfte, ist es dir gleichgültig, ob du mit der Vergangenheit Krieg führst oder Frieden schließt. Du läßt sie einfach hinter dir, Baby. Du bist *weg*.

Einen Augenblick noch lehnt sich die Witwe Egiptus an Vinas Seite. Ich bin froh, daß ich dich nicht hinter mir gelassen habe, sagt Vina. Ihre Hände berühren sich.

Marion weicht zurück. Yeah, faucht sie. Aber sobald du mit dem Geld rübergekommen bist, wirst du mich nicht mehr auf deinem beschissenen Rücken tragen. Glaub ja nicht, daß du damit was für *mich* tust. Du kaufst dir deine persönliche Freiheit von mir, mehr nicht.

Na schön, okay, räumt Vina ein, mag ja sein. Niemand will gern ein Sklave sein.

Auch Maria ist in Tempe Harbor. Verschlossene Türen können sie nicht aufhalten. Sie löst keinen Alarm aus. Sie kommt jedesmal, wenn Vina Ormus vorübergehend allein läßt, und sie hat keine Lust zum Reden mehr, sie wird wieder körperlich drängend, ja zudringlich, eine Phantom-Seelenschwester der erotomanischen Ifredis Wing. Ihr Körper fühlt sich ziemlich real an, und sie ist stark. Sie packt seine Handgelenke und zwingt ihn rücklings auf sein Bett. Immerhin leistet Ormus Widerstand. Er denkt an Vina, und Marias Kraft läßt nach. Ihr Griff lockert sich. Sie verliert ihre Macht.

Du kannst nicht anders, sagt sie bedrückt und tritt zurück. Du sitzt hier an diesem dämlichen Ort, dieser schmutzigen Abzweigung vom rechten Weg. Dieser unsicheren Erde, mit ihrem trüben Wasser, ihrem rülpsenden Feuer, ihrer vergifteten Luft et cetera. Ihrer Falschheit. Kein Wunder, daß sie diese perniziösen Nebenwirkungen auslöst. Du bist vergiftet, mein armer Liebling, du leidest an einer psychotropischen Krankheit und so fort, und denkst, daß das, was du empfindest, Liebe sei.

Seltsamerweise scheint Marias Kommen und Gehen nicht mehr unbegrenzt zu sein. Es ist, als habe sie dadurch, daß sie durch sein blasses, blindes, anderssichtiges Auge zu ihm kommen muß, ihre alten Möglichkeiten des Erscheinens und Verschwindens verloren. Jetzt scheint es, als sei sie Teil seiner Vision geworden, Teil seines Sehens, er kann ihr Auftauchen kontrollieren. Sie kann sich nicht mehr materialisieren und dann gehen, indem sie sich einfach zur Seite dreht, als gäbe es mitten im Nichts einen Schlitz. Sie kann sich nicht mehr herein- und hinausbefördern wie einen Brief; jetzt nicht mehr.

Also hat Cleas Augenklappe möglich gemacht, was keinem Sicherheitssystem gelingen konnte. Ormus beschließt, die Klappe ständig auf dem linken Auge zu tragen, sogar wenn es dunkel ist.

Vina ist alles, was er sieht, und alles, was er sehen will.

Selbst mit der Klappe auf dem Auge entdeckt Ormus Cama, daß Amerika jeglicher Glaubwürdigkeit trotzt. Im Flur vor seiner und Vinas Suite gibt es eine Maschine, die Papiergeld verschluckt. Das wundert ihn. Papier ist unfähig zu den einfachen mechanischen Reaktionen, welche die Grenzen seiner naturwissenschaftlichen Phantasie bilden. Elektronik – Scanner, gedruckte Schaltkreise, Ja/Nein-Auswahl –, all diese Geheimnisse übersteigen seinen Horizont, sind so unergründlich wie die Mysterien der alten Griechen. Der papiergelenkte Automat ist der Torhüter einer neuen Welt der Wunder und Verwirrungen, einer Welt, in der sich die Türknäufe verkehrt herumdrehen und die Lichtschalter auf den Kopf gestellt sind.

Aus den Tageszeitungen ist zu ersehen, daß die Welt hinter den Grenzen der Vereinigten Staaten (bis auf Indochina) praktisch aufgehört hat, zu existieren. Der Rest des Planeten wird hier im wesentlichen als Fiktion betrachtet, und am beklagenswertesten am Krieg in Indochina ist, daß dieses im Grunde imaginäre Land Amerikas junge Männer ihres sehr realen Lebens beraubt, auf das sie ein von der Verfassung garantiertes Recht haben. Das ist eine Störung der natürlichen Ordnung, und die Proteste werden heftiger. Im Fernsehen sieht man behelmte und beschildete Gestalten mit Waffen über den Campus von Colleges marschieren und sich auf das von Gott gegebene Recht der Amerikaner berufen, die eigene Jugend zu töten oder zu verstümmeln, bevor die Indochinesen Gelegenheit dazu haben.

Das Fernsehen ist neu für Ormus Cama und hält noch weitere Wunder für ihn bereit.

Es gibt viel Reklame für personenschädigende Waren, die geschickt und unterschiedlich als eßbare Lebensmittel getarnt sind, um dann den Magen und den Verdauungstrakt des amerikanischen Volkes in ein grimmiges, tobendes Schlachtfeld zu verwandeln. Diese wechseln sich mit Werbefilmen für ein breitgefächertes Angebot von chemischen Heilmitteln ab, von denen ein jedes behauptet, die einzig zuverlässige Hilfe zur Wiederherstellung des intestinalen Friedens zu sein. Zwischen den Commercials hört er vom Tod des Louis Armstrong, den er früher in dem Film *Fünf Pennies* und anderen Filmen geliebt hat. Er entdeckt zahlreiche Familien – unter anderem eine Familie völlig untalentierter Musiker –, die in ihrem eigenen Heim von unsichtbaren Fremden ausgelacht werden, die sich sehr leicht erheitern lassen. Es ist von Foo-Fightern die Rede – fliegenden Untertassen –, die in den offenen Weiten des Mittleren Westens landen. Ein alter Mann, ein Schauspieler, dessen größte Begabung in seiner Unfähigkeit besteht, nichts, was man ihm sagt, mehr als fünfzehn Minuten lang im Kopf behalten zu können, kandidiert bei der Wahl zum Gouverneur von Kalifornien und wird automatisch als beispielhafter Amerikaner dargestellt.

Die Musik dagegen gibt ihm ein gewisses Heimatgefühl. Im schalldichten Musikzimmer lauscht er freudig erregt dem *200 Motels*-Album von Uncle Meat, ein Live-Tape der jetzt schon legendären Tournee-Aufführungen von Zoo Harrison's Caledonia Soul Orchestra, auf dem Eddie Kendricks *Just My Imagination* singt, und dem

472

Imagine der Plastic Ono Band. Doch wenn er irgendein Kid über das Ende des Rock 'n' Roll jammern hört, wird Ormus zornig. Tot? Die Musik wird gerade erst geboren. Vina ist ihre Mutter, und er ist der Vater, und jeder, der etwas anderes denkt, sollte sich von seinem hohen Roß herabbemühen.

Im tiefsten Herzen weiß er, warum er wirklich zornig ist. Er kommt fünfzehn Jahre zu spät zur Party. Das hätten seine Jahre sein sollen, statt dessen gehören sie anderen. Die Zeit läuft ihm davon. Jeder Tag ist ein Tag mehr, um genutzt zu werden.

Er ist jetzt oben im Haus und beobachtet, wie Vina unten am See mit Mrs. Pharaoh redet und der Sterbenden Dollarscheine in die schäbige Handtasche stopft. Er schüttelt den miasmatischen Zustand ab, in den ihn Marias Besuche versetzt haben, und wird von einer plötzlichen Woge großer Liebe zu der Frau überfallen, die sein Leben erneuert hat. Wie außergewöhnlich ist sie doch, mit wieviel Hindernissen hat sie gekämpft, wie viele mußte sie überwinden. Er muß sie auf der Stelle heiraten. Sie muß aufhören mit ihren scherzhaften Weigerungen und sich bereit erklären, ihn ohne weitere Verzögerung zu ehelichen, vielleicht sogar hier, in Tempe Harbor. O ja, das wäre wirklich perfekt! Indem sie die Frau zur Rede gestellt hat, die in ihrer Jugend nicht gut zu ihr war, hat sie ein Gespenst zur Ruhe gebettet. Yul Singh hat den Geist des alten Manny Raabe mit Hitze ausgetrieben. Vina hat ihre Phantome verjagt, indem sie ihnen tapfer ins Auge blickte und ihre Rachegedanken aufgab. Ihre Beschäftigung mit der Vergangenheit ist aus und vorbei. In diesem Augenblick zu heiraten hieße, eine ganz neue Seite aufschlagen.

Sein Verlangen nach Vina wächst und fließt über. Ihre Liebe ist das einzige, das seine Doppelsicht vereinen kann, ihn selbst zu einer Einheit machen kann – ja, wird. So wie seine Arme die einzigen sind, die sie zusammenhalten können nach all den Kämpfen, nach all ihrem Leid. Am See ist ein Feld mit Wiesenblumen. Es ist der perfekte Platz. Er glüht vor Liebe. Bald kommt sein Hochzeitstag.

Hätte sie diese endgültige Abrechnung mit Mrs. Marion Egiptus aus

Chickaboom, N.Y., nicht in die Wege geleitet, wären die Leiden ihrer Kindheit nicht durch eine finanzielle Transaktion als Erwachsene gelindert worden, dann wäre Vina Apsara möglicherweise verletzt und empfänglich genug gewesen, um Ormus' erneuten Heiratsantrag in Erwägung zu ziehen. Wären Otto und Ifredis Wing nicht an der davongehenden Mrs. Egiptus vorbei über den Rasen auf sie zugelaufen gekommen, um ihr eine kleine *ménage à trois* vorzuschlagen, oder, falls sie darauf bestehe, mit ihrem so ernsten und zerstreuten Gentleman-Freund *à quatre*, dann wäre Vina vielleicht nicht ganz so sehr von Abscheu erfüllt gewesen und hätte ihre Verachtung für die ehelichen Kapriolen der Wings nicht auf die Institution der Ehe selbst übertragen.

Doch diese Dinge geschahen eben und können nicht ungeschehen gemacht werden. So kam es, daß Ormus sie, als er sich mit einem Strauß Wiesenblumen in der Hand und einem Herzen voller Liebe im letzten Licht des Tages dem Seeufer näherte, in einer ziemlich giftigen Stimmung vorfand.

Wir müssen hier raus aus diesem Haus, und zwar jetzt gleich, zischelt Vina ihrem einfältig lächelnden Beau zu, der als Werbender gekommen ist, um statt seiner Geliebten eine giftige Harpyie vorzufinden. Der Zorn ihrer ehemaligen Pflegemutter hat in ihr eine fürchterliche Wut entfacht. Ormus, Jesus *Christus*. Was tun wir hier?, wir müssen verrückt sein?, wir sollten diesen ganzen Alptraum-Palazzo in Brand stecken, statt uns aufzuführen wie Cool Yuls Privatharem. Seine Eunuchen und, wie heißen sie noch, Konkubinen. Bis auf die beschissenen Grundmauern sollten wir ihn niederbrennen. Haben wir dafür England verlassen? Wenn dies das zwanzigste Jahrhundert ist, Baby, sollten wir dringend Pläne machen, um endgültig in eine andere Epoche umzusiedeln. Lauf, Kamerad, die alte Welt steht hinter dir, riefen die Studenten 1968 in Paris. Nieder mit einer Welt, in der die Garantie, daß wir nicht verhungern werden, von der Garantie verdrängt wurde, daß wir uns nicht zu Tode langweilen! Der Sieg geht an jene, die wissen, wie man Unordnung auslöst, ohne sie zu lieben! Hör *zu*, Ormus. Was liegt an, ja? Wollen wir das Irrenhaus abreißen oder uns einfach in einer Gummizelle niederlassen und ich weiß nicht anfangen zu *babbeln*?

Ich bin nur hier herausgekommen, sagt er – obwohl er weiß, daß es der falsche Zeitpunkt ist, kann er nicht anders, auch wenn er spürt, daß ihm die Dinge wieder mal aus der Hand gleiten, daß ihm die Wiesenblumenhochzeit entlang eines Seitenpfads der Realität entgleitet, dem zu folgen er nicht in der Lage ist –, ich bin nur gekommen, um dich zu bitten, mich zu heiraten.

Ich hab's dir doch schon gesagt, mein Schatz, antwortet sie, und der Cornpone-Akzent, den sie benutzt, kann der Zurückweisung nicht die Härte nehmen. Ich bin nicht die Art Mädchen, die heiratet. Ich bin nur ein Mädchen, das einfach nicht ja sagen kann.

Sie will nicht. Bringt es nicht über sich. Sie liebt ihn, sie liebt ihn bis zur Hölle und zurück, aber sie wird es nicht schwarz auf weiß niederschreiben und mit ihrem Namen unterzeichnen. Befreit vom nagenden Schmerz ihrer Kindheitserinnerungen, verweigert sie sich dieser neuen Gefangenschaft. Dafür bietet sie ihm den konventionellen antiehelichen Radikalismus jener Zeit. Monogamie ist eine Fessel, Treue ist eine Fessel. Eine Revolutionärin will sie sein, keine Ehefrau. Die Welt will sie verändern, nicht aber Windeln wechseln.

Er hört nicht zu. Ein hohes Vorhaben ist auf ihn herabgekommen. Wenn du mich jetzt nicht heiraten willst, dann möchte ich wissen, wann, verlangt er mit einer so großen Hartnäckigkeit, daß sie sich in etwas anderes verwandelt, möglicherweise in Bestimmung. Und die Macht seines Verlangens ist so greifbar, daß Vina – Vina, die ihn mit ihrem Leben liebt, die weiß, daß seine Liebe der ihren gleichkommt, Vina, die weder seiner Liebe noch ihrer eigenen nur fünf Minuten lang trauen kann – dieses Verlangen ernstnimmt. Nenn mir den Tag, fordert er. So weit in der Zukunft, wie du nur willst. Wenn's sein muß, deinen einhundertundersten Geburtstag. Aber nenn ihn mir und halt dich daran, und ich werde nie wieder danach fragen – bis der Tag kommt. Gib mir dein unveränderbares Wort, und es wird mich mein Leben lang über Wasser halten. Aber verdammt noch mal, nenn mir den Tag!

Sie ist siebenundzwanzig Jahre alt, und wenn sie eines gelernt hat, dann dies: daß nichts auch nur für fünf Minuten dasselbe bleibt, nicht einmal ihr gottverdammter Name. Also ist dieses Verlangen nach einem unwiderruflichen Tag ein Märchenbuchtrick, ein altmodischer Ritter-der-Tafelrunde-Camelot-und-Ritterlichkeit-Deal. Eine höfische Wiederbelebung der Liebe. Er verlangt von ihr eine Hypothek auf die Zukunft, doch in der Zukunft wird sie längst wieder eine andere sein, wird sich ein dutzendmal verändert haben, und niemand kann erwarten, daß dieses unbekannte zukünftige Ich sich an die Fehler und Versprechungen der Jugend hält. Es ist, als wolle man den Mond verkaufen. Man kann ihn verkaufen, wenn man einen Käufer findet, doch nur ein Tor würde erwarten, daß man die Ware wirklich liefert. Gib ihm das verdammte Versprechen, denkt sie, und dann heißt es *caveat emptor*. Soll sich der Käufer vorsehen.

Okay, sagt sie, okay. Okay, schon gut, bleib auf dem Teppich. Also, heute in zehn Jahren, wie wäre das. (Und denkt, zehn Jahre sind eine unmögliche Ewigkeit. In zehn Jahren könnte sie, nachdem das Musikgeschäft so ist, wie es ist, und unter Berücksichtigung ihres eigenen wechselhaften Temperaments und ihrer stürmischen Lebensgeschichte verrückt sein oder tot. Oder siebenunddreißig, was ihr eigentlich noch schlimmer erscheint. In zehn Jahren wird das Licht, das sie an diesem Abend umgibt, achtundfünfzigtausendsechshundertundsiebenundfünfzig Milliarden Meilen von hier entfernt sein, und sie selbst kann ebenfalls sehr weit entfernt sein. Zehn Jahre im Never-Never-Land, bei einem Stern gleich rechts und dann geradeaus bis zum Morgen. Es gibt keine Regeln. Außerdem, hinter ihrem Rücken, Karnickel, Karnickel, kreuzt sie die betrügerischen Finger.) Zehn Jahre von heute? Genau von jetzt an?

(Er meint es ernst. Jesus. Na, macht nichts, er wird's überwinden, alles wird gut.)

Na sicher, Ormie. Zehn Jahre, und die Uhr beginnt sofort zu ticken, drei, zwei, eins, los.

Dann erklärt er ihr seinen Teil der Abmachung.

Auf sie warten, sie kurz besitzen, dann verlieren: Das war sein Los. Er hat gewartet, bis sie großjährig war, es gab eine einzige Nacht der Liebe, und dann war sie plötzlich verschwunden. Er fiel, stand wieder auf, versuchte ihrer würdig zu sein, schwere Aufgaben zu bewältigen, das Rätsel ihres Verschwindens zu lösen, setzte sich nach vielen Widrigkeiten wieder auf ihren wahren Kurs und wurde dann durch einen rein zufälligen Unfall, der seine Wiederbelebung aufschob, abermals gefällt. Sie kehrte zurück und wirkte ein Wunder, welches ganz zweifellos ein Wunder der Liebe war, und dann waren sie, während seiner Genesung, ein paar Momente zusammen. Obwohl sie ihn ständig ihrer beider Liebe, ihrer Liebe versichert, verweigert sie ihm die Beständigkeit, die nur natürlich ist und die er, in seinem seltsamen zweiäugigen Zustand, braucht. Er findet, daß das Warten – weitere zehn Jahre, wie sie verlangt – ihren tagtäglichen Kapricen, ihren Launen vorzuziehen ist. Das Warten ist wenigstens greifbar, es hat einen Anfang, eine Mitte und ein Ende. Da er weiß, es wird nicht im letzten Moment beiseite treten und ihn fallenlassen, kann er sich mit seinem vollen Gewicht dagegenlehnen. Aber beim Warten gibt es kein Dazwischen, keine akzeptable nuancierte Position, keine halbe Relativitätstheorie oder Maßnahme. Die es auch in der Liebe nicht gibt. Entweder man liebt, oder man wartet auf die Liebe, oder man verzichtet völlig auf die Liebe. Das ist das ganze Ausmaß an Wahlmöglichkeiten. Da sie sich für das Warten entschieden hat, entscheidet er sich nun dafür, detailliert auszuführen, was Warten bedeutet.

Zehn Jahre lang, bis sie siebenunddreißig Jahre alt und er vierundvierzig geworden ist, wird er weder sie berühren noch sich von ihr berühren lassen. Nicht einmal einen Händedruck oder ein Streicheln der Wange wird er ihr anbieten oder gestatten. Was er für die Liebe erlitten hat, als sie unmündig war, wird er jetzt abermals erleiden, da sie beide in der Blüte ihrer Jahre stehen. Sie hat ihm ein Versprechen gegeben, und er bezweifelt nicht, daß sie es halten wird. Sie sollte sich auch darüber im klaren sein, daß er das seine halten wird. Diese Versprechungen sollen ihrer beider Ersatz für das Eheversprechen sein. Diese Nichtaktivität, dieses leere Gefäß – diese verlängerte Abwesenheit, die wie eine Hängematte zwischen den beiden Pfosten ihrer kargen Wahlmöglichkeiten schwingt – soll das Bett ihrer *grand amour* werden.

Um es anders auszudrücken: Zehn Jahre lang wird es nur eine strikt geschäftliche Verbindung zwischen ihnen geben. Nein, strikter als eine strikt geschäftliche Verbindung; denn dies ist keine Trennung, keine Scheidungsvereinbarung, sondern der Pakt zwischen zwei Liebenden, der mit einem lang aufgeschobenen, aber sehnsüchtig erwarteten Zusammenfinden endet. Im Immer-und-Ewigen endet. Deswegen unterwirft er sich den Regeln der Liebe. Weil er während des von ihr geforderten Jahrzehnts *keinen Finger an sie legen* wird, tritt er freiwillig und ohne Druck in den Stand des Zölibats. Er wird mit keiner anderen Frau das teilen, was er mit seiner Geliebten nicht teilen kann.

All das schwört er.

Heute in zehn Jahren wird die Zeit des Verzichts enden, und sie werden in die Freude eingehen.

Wie Otto und Ifredis Wing, die glückselig schlagenden Flügel des Begehrens, mehr als reichlich bewiesen haben, muß die Liebe zu Gott nicht das Sexualverlangen behindern. Die sterbliche Liebe bekommt aber allzu mühelos ihren eigenen Willen.

Ein Russe betritt einen Ausstellungsraum für Autos und wird von einem Verkäufer angesprochen. Im ganzen Raum steht kein einziges Auto, denn leider haben sie momentan keine Ausstellungsmodelle vorrätig, aber, wie der Verkäufer erklärt, wir haben Fotos, und es wird mir eine Freude sein, Sir, Ihren Auftrag entgegenzunehmen. Der Kunde unterzeichnet sofort den Kaufvertrag und fragt: Wann kann ich den Wagen haben? Heute in zwei Jahren, antwortet der Verkäufer. – Okay, aber wird er am Vormittag oder am Nachmittag geliefert? – Tut mir leid, Sir, ich glaube, Sie haben mich nicht ganz richtig verstanden, *zwei Jahre* habe ich gesagt. – Ganz recht, aber wird er in zwei Jahren am Nachmittag oder, was mir lieber wäre, am Vormittag geliefert? – Das ist doch lächerlich, Sir, was kann das denn schon für eine Rolle spielen? – Nun ja, wissen Sie, am Nachmittag wird nämlich der Klempner kommen.

Das ist ein postkommunistischer Witz. Den ich hier anachronistisch, etwa achtzehn Jahre vor seiner Zeit, wiedergebe, weil er eine Parabel über Menschen darstellt, die wie Ormus Cama und Vina Apsara durch die Umstände gezwungen sind, auf lange Sicht zu planen. Ob diese beiden, jeder die große Liebe des anderen, deren Gabe, zu lieben, nur von ihrer Begabung übertroffen wird, dieser Liebe mächtige Hindernisse in den Weg zu legen, die Erzeuger ihrer Umstände oder die Genarrten des Schicksals sind, überlasse ich anderen zu entscheiden.

Vina kann es nicht ertragen. *Nicht schon wieder deine beschissenen, heldenmütigen Schwüre.* Sie schimpft, sie fleht. Im Namen einer archaischen Konvention wirft er das weg, was so wundervoll zwischen ihnen ist. Er muß seinen Entschluß revidieren. Er muß sofort zu ihr ins Bett kommen.

Du hättest zehn Tage sagen können, weist er sie zurecht. Du hättest zehn Minuten sagen können. Die Dauer unserer Verlobung war deine Wahl, ihre Form aber ist die meine.

Vina bleibt wie angewurzelt stehen, keucht fast vor Verzweiflung und stellt sich der Krise ihres Lebens. Und wie immer, wenn diese Zärtlichkeit sie im Stich läßt, wie diese sie ihrer Meinung nach immer im Stich gelassen hat, sucht sie Zuflucht in der Grausamkeit.

Na schön, sagt sie. Wie du willst. Strikt geschäftlich. Abgemacht.

Zehn Jahre, erinnert er sie. Du hast dein Wort gegeben.

Und du kannst leben wie ein Mönch, wenn du willst? speit sie ihre Schlußzeile hinaus, aber erwarte nicht, daß diese kleine Lady deinem Beispiel folgt.

Als sie verschwunden ist, nimmt Ormus Cama die Augenklappe ab, und das Anderssein strömt herein. Ihm schwindelt, dann beherrscht er sich. Nach und nach muß er lernen, doppelt zu sehen, ohne schwindlig zu werden und das Gleichgewicht zu verlieren. Wenn er schon keine Liebe haben wird, dann will er wenigstens die ganze Sicht haben. Das, und die Musik.

Von dem Augenblick an, da dieser Pakt besiegelt wird, dieser Teufelspakt, der keinen von beiden glücklich machen wird, gibt es für beide kein Halten mehr. Im Epizentrum des amerikanischen Erdbebens, das VTO ist, liegt diese sehr orientalische Desorientierung. Abstinenz: Sie wird ihr Raketentreibstoff und läßt sie ganz bis zu den Sternen fliegen.

Pleasure Island

Eine Reise zum Mittelpunkt der Erde. (Taxikosten von Vinas Wohnung, vier Dollar plus Trinkgeld.)

Erster Stop, gleich um die Ecke vom Mittelpunkt der Erde liegt das Studio des Künstlers Amos Voight, alias Slaughterhouse-22. Amos ist ein geborener Wojtyla, und als Jahre später der polnische Papst auftaucht, wird Amos im hohen Alter ernsthaft verkünden, er werde Johannes Paul II. verklagen. Wegen nomenklatorischen Plagiats.

Im Slaughterhouse hängen inmitten von Utensilien zur Herstellung von Drucken und Fotografien kleine Milliardäre in den Ecken herum wie Wasserspeier, die mit hängender Zunge auf Regen warten, und sehen zu, wie die kurvenreichen Dämchen mit den *thick dicks* im Fotostudio aus und ein gehen. Amos vergißt keinen einzigen Milliardär, ignoriert sie niemals länger, als es für sie erträglich ist. Im Augenblick erzählt Amos Vina von seinem toten Freund Eric, der in einer schäbigen Wohnung auf der Upper West Side nackt in einer leeren Badewanne gefunden wurde. Wie Davids Marat, tragisch vom Heroin getötet, sagt Voight mit dieser unverwechselbaren Stimme, die wie der klagende Seufzer einer Frau klingt. Furchtbar, sagt er. Als der Lizard King ging, war die Wanne wenigstens voll. Vina nimmt ihn in die Arme, drückt ihn an sich. Ich hab' mich da oben hinfahren lassen, sagt er. Es war gräßlich. Elf Dollar mit Trinkgeld.

Um ihn aufzumuntern, geht Vina mit Voight auf ein Glas Champagner, Orangensaft und ein Steaksandwich um die Ecke zum Mittelpunkt der Erde (36,93 Dollar, Steuer inkl.). Es sind nur ein paar Häuserblocks bis dahin. Sam's Pleasure Island heißt es, und es gibt zwar keinen Sam, hat nie einen gegeben, aber wenn Sie Spaß am Vergnügen haben, dann sind Sie dort am richtigen Platz.

(Selbst jene, die derartige Orte niemals aufsuchen, ziehen eine Art perverse Befriedigung – stellvertretend, möglicherweise auch bösartig – aus dem Bewußtsein, daß sie existieren, daß durch sie ein wesentlicher Teil von Amerikas Vertrag mit seinen Bürgern erfüllt wird. Das Streben nach Glücklichsein; und nach dem Tod.)

O Mann, sagt Amos, als sie eintreten. Ich liebe New York. Überall gibt es Leute, die genau das tun, was sie vor Jahren aufgegeben haben.

Lou singt. *Won't you be my wagon wheel.* Mann, ist die heiß. Sieh doch, da sind Rémy Auxerre und Marco Sangria, kein Mensch versteht mehr von Musik als Marco und Rémy. Was meint ihr, Boys, sagt Amos, gefällt euch das, was sie da tut.

Rémy antwortet. Wir müssen unsere Seele vom Alltäglichen befreien und sie dem *influxus mentium superiorum,* dem Einfluß höherer Geister, öffnen. Um dieses Ziel zu erreichen, brauchen wir Leere und Distanz. Wenn der Einfluß unseren Geist untätig findet, zeigt er ihm ein wenig vom universellen Wissen.

O gut, das heißt, es gefällt ihm, sagt Amos zu Vina.

Woran merkst du das, fragt sie ihn.

Ganz einfach, weißt du. Er ist aus Martinique, sagt Amos. Und das ist dieser phantastische französische Bockmist, er kann es fast so gut wie die Franzosen. In jeder Stadt tanzen die Leute anders, die meisten von uns passen sich an, aber nicht unser Rémy. Ich liebe das, es ist so großartig, so selbstsicher und leer, meinst du nicht auch.

Ich möchte dir Ormus vorstellen, sagt Vina. Wir sind jetzt eine Band.

Bittet mich bloß nicht, euer Album zu produzieren, entgegnet Amos. (Er ist wirklich deprimiert heute abend.) Sucht euch bitte einen anderen Dummen, okay.

Niemand bittet dich um irgendwas. Vina tätschelt ihm spielerisch den Kopf, und seine Haare fliegen empor wie eine sanfte Explosion. Sei lieb, Amos. Du bist hier auf der Insel.

Da steht Ormus mit seiner Augenklappe und wirkt noch deprimierter als Voight.

Ich sag' dir, was wir gemeinsam haben, abgesehen von fast demselben Namen, vertraut Amos ihm an und hakt Ormus unter. Wir sind beide von den Toten zurückgekommen. Du hattest diesen Unfall, und mich hat jemand angeschossen, eine Frau, stell dir das vor. Es hieß, daß ich nicht durchkomme, aber ich dachte mir einfach, daß ich's doch schaffe.

Du alter Schwindler, schilt Vina ihn. Du weißt über jeden alles. Du tust nur so, als wärst du 'n Maulwurf, der gerade aus seinem Loch hervorkommt.

Wie ein Maulwurf in der Erde werde ich diesen Berg umgraben, sagt Ormus.

Mann, ein Negro Spiritual, fährt Voight auf und benutzt dabei bewußt den archaischen Terminus aus den Zeiten von Black is Beautiful. Unvermittelt sieht er Ormus direkt ins Gesicht. Farbige Lichter tauchen ihre Köpfe in rotes und purpurnes Glühen. Welche Farbe hast du eigentlich, heutzutage ist das schwer zu erkennen, sagt er so scharf, als sei es ein Vorwurf. Du weißt, was sie von Vina sagen. Daß sie ein braunes Mädchen ist, das gern schwarz sein möchte, was einfach unverschämt ist bei einem Mädchen mit krausen Haaren, das eine Vorliebe für Ärger hat. Nun weiß ich zwar, welche Farbe *sie* hat, aber ich hab' keine Ahnung von der Zusammensetzung der Pigmente des männlichen Parsen, also werd' ich dich wohl direkt fragen müssen.

Muß ich denn eine Farbe haben, murmelt Ormus errötend. Können wir das nicht beiseite lassen, ich meine, können wir nicht unter die Haut gehen.

Aha, ein Spielverderber. Könntest du nicht wenigstens limettengrün sein, oder so?, grün ist hübsch. (Hier wendet sich Voight an die nächstbeste *femme* aus einer Gruppe von Geschlechtsillusionisten.) Und du, meine Liebe, welche Farbe hast du?

Samt, glaube ich, Liebchen, ist das eine Farbe?

Aber sicher, Samt, das zählt, und deine Freundin.

Die? Die ist Zwilling.

Voight wendet sich wieder an Ormus. Siehst du, hier im Sam's gibt es jede erdenkliche Art und Schattierung von Farbe. Kennst du übrigens Anatole Broyard? Der hat den größten Trick drauf. Jeden Tag, wenn er in Brooklyn die Subway besteigt, ist er schwarz, doch wenn er beim *New Yorker* zur Arbeit erscheint, ist er schneeweiß. Und hast du je von Jean Toomer gehört? Der wichtigste Autor der Negro Renaissance. Sein Buch *Cane*, weißt du, damals, 1923, wurde von Waldo Frank als Vorbote des Reifens der Literatur des Südens bezeichnet, ihres Auftauchens aus der Obsession, die ihr von der endlosen Rassenkrise aufgedrückt wurde. Das Erwachen eines direkten und furchtlosen Schaffens hat er es, glaube ich, genannt. Ich glaube, das alte Buch würde dir gefallen.

Ormus wird zur Unachtsamkeit verleitet. Ich habe eine Idee für einen Song, verrät er. *At the frontier of the skin wild dogs patrol.*

Toomer würde dir bestimmt gefallen, wiederholt Voight sanftmütig. Ein hellhäutiger Mann wie du. Er ist verschwunden, weißt du. Wie es heißt, hat er die Farbgrenze überschritten. Arna Bontemps pflegte zu sagen, daß ihn das nicht vor dem Rassenproblem rettete. Daß ihn die Tarnkappe nicht aus der Klemme rettete, in der auch alle anderen steckten.

Entschuldigen Sie, sagt Ormus, ich möchte Ihnen den Abend nicht verderben, aber ich bin müde, ich habe Kopfschmerzen, gute Nacht. Autsch, sagt Amos, der zusieht, wie Ormus' Rücken sich entfernt. O Mann, das tat weh.

Er ist jetzt vergnügt. Er drückt Vinas Arm. Das war eine wahnsinnig gute Idee, Liebchen. Hier macht es Spaß.

Im Zentrum von Sam's Pleasure Island pflegt Yul King hofzuhalten. Sitzen Sie, wenn Sie Glück haben, neben Yul Singh in seiner ganz persönlichen Loge – dem blinden Yul mit seinem Markenzeichen Manhattan on the rocks und seiner dicken Cohiba-Zigarre –, wird früher oder später die ganze Welt vorbeikommen und ihm die Ehre erweisen. Niemand kann Yul übertreffen, was Kleidung, Drinks, Rauchen oder Coolsein betrifft. Vina läßt sich neben den Mann in die Loge gleiten. Amos hält sich links von ihr.

Heute abend ist alles da. Yul grinst. Ihr könnt das gern checken.

Da sind die Vampire Lesbians of Sodom. Darling, sagen sie, wir werden alle nackt geboren; der Rest ist nichts als Fummel.

Da ist ein gigantisch fetter Mann, nackt bis auf eine Reißverschluß-sklavenhaube auf dem Kopf. Seht mal, der trägt seinen Schwanz hinten; er lugt zwischen den schwabbelnden Arschbacken hervor.

Da sind Angel Dust und Nutcracker Sweet, zwei von Voights ganz persönlichen, fabelhaften Pornodarstellerinnen, ich nenne sie alle Pferdchen, sagt er, denn alle paar Wochen müssen sie in die Leimfabrik gebracht werden und enden auf einem braunen Umschlag oder einer Zehncentmarke oder so. Na ja, da werden sie wenigstens ein letztes Mal geleckt.

Da ist Lou, sie hat gerade Schluß gemacht. Ist sie nicht hinreißend? Das da ist ihre neue Beute, Laurie. Wahnsinniger Brocken.

Da ist der Kerl, den man fragen muß, wenn man gerade erst in die Stadt gekommen ist und wissen will, wo die Party läuft und wen man später ficken kann.

Da ist die Frau, die der letzte Mensch von der Welt ist, der den Kerl gesehen hat, der sich selbst mit einer Schlinge aufgehängt hat, weil er versuchen wollte, für sie eine Erektion zu bekommen, stellt euch mal vor, wie tief ihr Selbstrespekt gesunken sein muß, arme Kleine.

Da sind die Guys, die Geldscheine verbrennen.

Da sind die Penisbügler, Testikelkocher, Scheißefresser, Peniskocher, Testikelfresser. Da drüben ist die Spermathon Queen der Welt, die es mit einhundertundein Männern, jeweils vieren, in einem siebeneinhalbstündigen Non-Stop-Mega-Fick getrieben hat. Sie steht noch mit allen einhundertundein Partnern in Verbindung und bezeichnet sie als ihre Dalmatiner. Ihr persönliches Idol ist natürlich die pelzgeile Cruella de Vil.

Da ist die Erdmutter, die neunzehn Babys aus verschiedenen internationalen Krisengebieten adoptiert hat. Aber sobald die Krise abflaut, tauscht sie die Babys gegen bedürftigere Kinder aus neuen Gefahrenzonen ein. (Jedesmal, wenn ich in einem Krieg fotografiere, frage ich mich, welches verwaiste Kerlchen bei ihr landen wird und wer dafür auf die Straße gesetzt wird.)

Da ist Ifredis Wing. Ihr ganzes Leben besteht aus Anbetung, und sie gibt Jesus alles zurück. Da ist ein Bruder mit einer Dornenkrone auf dem Haupt; er sollte sich mit dem Mädchen zusammentun. Otto hat sich bereits verdünnisiert, er macht jetzt in Buddhismus und ist mit einem kahlrasierten Dämchen nach Dharmsala geflogen, das er für eine gerade aktuelle Heilige hält, aber sie ist auch in der Kampfkunst bewandert, darum Vorsicht, Mr. Wing.

Da sind weitere Gläubige. Sie glauben an die Divine Mother Goddess-Ma in ihrem Betonwolkenkratzer in Düsseldorf. Sie glauben daran, daß man sich ausnehmen lassen sollte. Sie glauben an den Namen Gottes, geschrieben mit den Samen einer Wassermelone. Sie glauben an die Weisen, die im Schweif eines Kometen zu ihnen geflogen kommen. Sie glauben an Rock 'n' Roll. Sie glauben, Vernunft und Psychologie seien Krücken, die man benutzt, bis man zur Weisheit gelangt. Und wenn man sie dann gefunden hat, wirft man die Krücken weg und tanzt. Sie glauben, daß sie die geistig Gesunden und daß alle anderen verrückt sind. Sie glauben an das Vergnügen – Pleasure – und an seine Insel – Island. Sie glauben nicht an die Gerüchte über diese Insel: daß man, wenn man nur lange genug bleibt, von ihr zum Esel gemacht wird.

He, heute sind die Weltraumgötter hier. Da ist der Gitarrenheld, der auf einem Asteroiden in der Umgebung des Mars geboren wurde. Da ist Sun Ra, ein weiterer Alien. Da ist der dünne Limey, der als UFO-Beobachter arbeitete, bis er auf die Erde stürzte.

Und da ist Neil. Neil von den Silver Spaceships. Neil, der lebende Beweis dafür, daß es auf anderen Planeten ebenfalls Rock 'n' Roll gibt.

Alle. Die gesamte westliche Welt.

Voight ist unbarmherzig heute abend. Ist Ormus Cama nicht der Knabe, der von Grenzen singt, fragt er Yul, und davon, daß man bis zur Grenze und darüber hinausgehen soll? Nun ja, mein Lieber. Heute abend ist er kaum über die Türschwelle gekommen.

Es gibt nichts, das gleichzeitig Grenze und Zentrum sein kann, sagt Vina, die sich nicht provozieren lassen will.

Aber natürlich gibt es das, meine Hübsche, sagt Yul Singh. Sieh dich doch um. Natürlich gibt es das.

Kriegsmüde, entzweit, im Glauben an den globalen Aufstieg des mächtigen Adlers durch den demütigenden Rückzug des US-Personals aus Indochina erschüttert, finden die Amerikaner das, was sie sich wünschen, in dem, was Ormus Cama zu sagen hat. Wie die Engel des Jüngsten Gerichts kreisen die Hubschrauber über der Botschaft in Saigon; die Überlebenden klammern sich an sie und flehen um Rettung. Die Toten sind bereits gerichtet und durch ihre Niederlage für schuldig befunden worden. Ihrer Glieder beraubte Veteranen ziehen sich psychotisch in Wälder und Bergfestungen zurück, um von Reisfeldern und King Kong zu träumen, der sich unmittelbar vor ihren schreienden Gesichtern aus dem Wasser erhebt, da kommt ein Chopper, um dir den Kopf abzurasieren. Man kann die Boys aus dem Krieg holen, aber man kann den Krieg nicht aus den Boys holen. In diesem Augenblick des Verlustes ist das steuerlose Amerika außergewöhnlich offen für die Paradoxien in Ormus' Songs; ja, in der Tat für das Paradoxon selbst genauso offen wie für seinen nichteineiigen Zwillingsbruder, die Zweideutigkeit. Die US Army zog (mit ihren Rocksongs) in den einen Osten und kam mit blutiger Nase heraus. Nun ist Ormus' Musik wie eine Bestätigung aus einem anderen Osten gekommen, um das musikalische Herz des Amerikanischen zu erobern, in den Strom der Träume einzufließen; aber sie wird getrieben von der demokratischen Überzeugung – von Ormus seit jener Zeit gehegt, da Gayomart ihm die Zukunft ins Ohr sang –, daß die Musik auch die seine ist, geboren nicht nur in den USA, sondern in seinem eigenen Herzen, vor langer Zeit und in weiter Ferne. Genau wie England die englische Sprache nicht mehr ausschließlich für sich beanspruchen kann, so ist Amerika nicht mehr der einzige Eigentümer des Rock 'n' Roll: Das ist Ormus' unausgesprochener Untertext (Vina, das Großmaul, die Werferin des Fehdehandschuhs, wird dies bald herausposaunen und einige patriotische Nasen krumm schlagen).

Die Geschichte von der zehnjährigen Verlobung und Ormus' sich daraus ergebendem Schwur der Enthaltsamkeit verbreitet sich wie ein Lauffeuer; und auch das macht Ormus und Vina unwiderstehlich. Die neue Band geht sofort wie eine Rakete los, und die Wucht ihres

Aufstiegs erschüttert das Land. Gestartet als Außenseiter, wachsen sie schnell zu Giganten heran. Ormus, Eroberer und Gefeierter zugleich, erstürmt die Zitadellen des Rock, und Vinas Stimme ist, wie Yul Singh vorausgesagt hatte, seine unwiderstehliche Waffe. Ihre Stimme ist die Dienerin seiner Melodien; sein Gesang der Diener ihrer Stimme. Während Vina das außergewöhnliche Instrument ist, bei dessen Höhenflügen und Abschwüngen sich jedem die Nackenhaare sträuben, gleichen Ormus' tiefere, sanftere Harmonien ihre pyrotechnischen Ausbrüche perfekt aus, und wenn diese beiden Stimmen miteinander verschmelzen, erschaffen sie eine magische dritte, mehr righteous als die Righteous Brothers, mehr everly als die Everlys, supremer als die Supremes. Es ist eine perfekte Ehe. Ormus und Vina, von Schwüren getrennt, vereinigen sich im Gesang. *V-T-Ohh!* Amerika, ohne Orientierung, nach einer neuen Stimme suchend, erliegt der ihren. Auf der Suche nach neuen Grenzen besteigen die jungen Amerikaner den VTO-Orientexpreß.

Der Teil der amerikanischen Seele, der sich gegenwärtig zurückgezogen hat, findet Trost in der Wiedereinsetzung der großen amerikanischen Musikwahrheiten durch die neuen Stars: den Fußwipper-Tempi, die beim Gehen beginnen und dann im Gehen zum Tanz finden; dem Einimpfen des Beat, der an unserem Körper zerrt; dem Sprich-mit-mir-Rhythm-and-Blues. Und das Amerika, das sich, als es die Selbstsicherheit verlor, wieder der externen Welt geöffnet hatte, reagiert auf die unamerikanischen Klänge, die Ormus seinen Tracks hinzufügt, die Sexyneß der kubanischen Blechbläser, die faszinierenden Rhythmen der brasilianischen Trommeln, die chilenischen Holzbläser, die klagen wie der Sturm der Oppression, die afrikanischen Männerchöre, die sich wie Bäume im Wind der Freiheit wiegen, die großen alten Damen der algerischen Musik mit ihren jammernden Krächzern und ihrem Wehklagen, die fromme Leidenschaft der pakistanischen *qawwals*. Zu vieles der Volksmusik gibt zuwenig von sich selbst, sagt Ormus bei der Vorstellung seines ersten Albums mit dem eigenen Abbild auf dem Cover (dem mit der burgunderroten Augenklappe), sie wirft dem Volk Brosamen vor, während es doch Banketts verdient hätte.

Er möchte mit dem arbeiten, was er großes Orchester nennt, und meint damit nicht etwa steife Herren im Frack, sondern die ganze Bandbreite der musikalischen, emotionalen, intellektuellen und, jawohl, moralischen Möglichkeiten, er will, daß seine Musik jedem alles zu sagen vermag, vor allem aber jemandem etwas bedeutet. Er hat mit seiner großen, neuen Stimme zu sprechen begonnen, und die Menschen draußen hören ihm zu.

Auch das zornige Amerika hört aufmerksam zu; das Amerika des Verlusts, das Amerika, das Prügel einstecken mußte und nicht genau weiß, wieso und was es getan hat, um diesen Schmerz zu verdienen (dieses Amerika sieht nicht die Toten Indochinas, sondern ausschließlich die eigenen). Dieses wütende Amerika reagiert auf Ormus' Zorn, weil er ein äußerst zorniger Mann ist, zornig auf Vina, auf sich selbst und auf das grausame Schicksal, durch welches das Jahrzehnt seines größten Triumphs aufgrund der Leere in seinem Bett sinnlos geworden ist.

Es reagiert auf zweierlei Art. Nur eine davon ist zustimmend. Unter dem Amerika, das sich der VTO geöffnet hat, gibt es ein anderes Land, das sich gegen ihn wendet, die Zähne zusammenbeißt und den Verstand verschließt.

Ormus und Vina versammeln allmählich mächtige Feinde um sich.

Man sollte diesen hochnäsigen Großsprechern ein für allemal das Maul stopfen.

Dem Florentiner Marsilio Ficino zufolge ermöglichen Melancholie und Enthaltsamkeit Sublimierung, und Sublimierung löst den *furor divinus* aus. Zuerst in den Peace Ballads von Ormus Cama, dann in seinem legendären Erdbeben-Album *Quakershaker* lebt der Zorn in jedem Akkord, jedem Takt, jeder Zeile, abgrundtiefer Zorn wie Schwarzwasser aus einem vergifteten Brunnen. Ob es göttlicher oder irdischer *furor* ist, stünde zu einer heftigen Diskussion.

Während Ficino glaubte, daß unsere Musik durch unser Leben entstehe, meint der Tscheche Milan Kundera im Gegensatz dazu, daß unser Leben wie Musik entstehet, denn ohne es zu merken, komponiert der einzelne sein Leben selbst in den Zeiten tiefsten Kummers nach den Gesetzen der Schönheit. Um ein altes Prinzip für gutes Design auf den eleganten Kopf zu stellen: Mit unserem Funktionieren folgen wir dem Diktat unseres Bedürfnisses, etwas zu formen.

Bravo, Ormus. Hut ab, Junge. Eine Tasche voll hart erkämpfter Bilder vom Fall Saigons schleppend, kam ich mit einem lebenslangen Vorrat an Alpträumen zu den Nadelarbeits-Traumverhökerern und den Pulver-Glück-Paschas zurückgetrottet, die auf den Vortreppen der Brownstone-Häuser von St. Mark's hocken, und siehe da!, am Zeitungsstand an der Ecke prangt unser Ormie, schon damals berüchtigt für seine Publikumsscheu, in einem Dreifach-Homerun auf den Titelseiten von *Rolling Stone* (mit Vina), *Newsweek* (Vina zum Inset reduziert) und *Time* (keine Spur mehr von Vina), allesamt in derselben Woche. Er hat nicht nur die Kriegsnachrichten auf die Innenseiten verwiesen, sondern auch eine der größten Schönheiten, die im Eiltempo zu einer der berühmtesten Frauen der Welt aufsteigt, zur bloßen Randbemerkung herabgewürdigt. Schöner Einsiedler! Schöne Publicity! Er muß wirklich einen Nerv getroffen haben. Zwei Schnellschußalben, *VTO* und *Peace Ballads* – zu jener Zeit vor der Omnipotenz von Videos und Marketing gaben die Musiker viel häufiger Schallplatten heraus –, eins, zwei! und schon ist er ganz oben angelangt.
They made peace in the other world, too. (Baby I've got one of my own.) Ain't no better than it is for you. (Good to know we're not alone.) Well the war is over and the battle's through. (But I can't reach you on the phone.)
I call your number but you ain't home. I call your number but you ain't home. Seems I made this long journey just to wait on my own. It's been a long journey home. A long journey home.
VTOs *Peace Ballads* trotzte den Geboten des postironischen Cineasten Otto Wing. *Picking up the Pieces, (You Brought Me) Peace Without Love, Long Journey Home, Might As Well Live:* Es ist nicht schwer, die bittere, befreite Ironie in vielen Ormus-Songs zu verneh-

men. Doch die Musik, mit der er herauskommt, ist frisch, fast pervers up-tempo. Die generelle Wirkung ist seltsam positiv, sogar hymnisch, und für viele junge Menschen werden diese galligen, dystopischen Tracks unglaubliche, reife Hymnen der Erleichterung, ein neuer Anfang, Erlösung. In meinem eigenen Häuserblock kann ich die jungen Dope-Dealer hören – Nicely-Nicely Johnson, Harry the Horse, Sky Masterson, Big Julie, Nathan Detroit –, wie sie Ormus Camas Songs pfeifen. Frieden ohne Liebe: Genau dieses Produkt verkaufen sie, die garantiert erstklassige, echte Ware, per Unze. Dies ist das einzige Geschäft; war es immer. Und wenn einem der Peace Juice ausgeht, die Bliss Pills oder die Sweet Treats für die Venen, kann man immer gern in dieses Happy Valley zurückkehren und sich eine weitere leckere Portion besorgen, solange man im Besitz des nötigen Zasters ist. Was, wie wenigstens die Dealer erklären würden, mehr ist, als man von der Liebe behaupten kann.

Die Amerikaner kaufen die *Ballads* in ganzen Wagenladungen, aber die Antikriegsbotschaft löst einiges unterirdische Gegrummel aus. Agenturen, die es für ihre Aufgabe halten, das Land vor der fünften Kolonne zu schützen, vor der Gefahr, *destabilisiert* zu werden, beginnen diskretes Interesse zu zeigen. Yul Singh erhält auf seiner Geheimnummer den höflichen Anruf einer Stimme, die sich Michael Baxter nennt, als sie ihn begrüßt, und Baxter Michaels, als sie sich verabschiedet. Ein Warnschuß vor den Bug. Ein guter Rat. Wir machen uns Sorgen wegen gewisser Textstellen. Es ist natürlich keine Rede von einer Einschränkung der persönlichen Rechte aus dem First Amendment, doch wenn wir es richtig verstanden haben, ist der Songautor kein US-Bürger. Ein Gast, der willkommen bleiben will, ist nicht gut beraten, wenn er auf den kostbarsten Teppich des Gastgebers pißt.

Yul Singh bestellt Ormus und Vina in seine Bürosuite beim Columbus Circle und macht dann den Vorschlag, ein wenig im Park spazierenzugehen. Normalerweise brüsten sich die New Yorker damit, den Ruhm der Berühmten zu ignorieren, der außergewöhnliche Erfolg der *Peace Ballads* erfordert jedoch außergewöhnliche Maßnahmen. Für Ormus eine alte Hippie-Afghanenjacke, eine große, runde, violette Sonnenbrille und eine wilde Perücke. Vina ist weit schwerer zu verkleiden. Ihre Größe, ihre Afrofrisur widerstehen jedem Tarnungsversuch. Nach einigem Hin und Her erklärt sie sich bereit, einen weichen, breitrandigen scharlachroten Filzhut zu tragen, weil er zu ihrem langen italienischen Ledermantel paßt. Yul Singh weigert sich, wie gewöhnlich einen weißen Blindenstock zu benutzen, sondern stützt sich statt dessen auf Will Singhs stahlharten Unterarm. In diskretem Abstand folgen für den Fall, daß es Probleme mit der Menschenmenge gibt, ein halbes Dutzend weitere Singhs. Im Park, ermutigt durch das dichte Laub, gibt Cool Yul den Inhalt des FBI-Anrufs weiter. Vina schnauft verächtlich, weigert sich, die Drohung ernst zu nehmen – *Jeder hat heutzutage einen Fed an den Fersen, von Dr. Nina bis zu Winston O'Boogie, das ist so was wie 'n Modesymbol? –*, und schweift sofort zu einer ihrer spöttischen Randbemerkungen ab. Was wissen die denn schon, außerdem kriegt keiner jemals die Rocktexte in den richtigen Hals. Jahrelang hab' ich Jimi Hendrix für schwul gehalten. Ihr wißt schon, 'tschuldige, ich muß erst diesen Kerl hier küssen. Und was *war* das von meinen Füßen, die zu zerfallen beginnen. Ich hab' den Surrealismus der Rocktexte immer bewundert?, diese wilden Non-sequiturs. Dann ist mir aufgegangen, daß es bloß an meinen beschissenen Ohren lag.

Ormus, sagt Yul Singh leise, wir leben, was soll ich Ihnen sagen, in heiklen Zeiten, die Menschen sind empfindlich, dünnhäutig, vielleicht verabreichen Sie ihnen zuviel Wahrheit. Ich will nur sagen, das ist Ihre Sache, okay, aber Sie sollten Ihre ausgefalleneren Gefühle unter Kontrolle halten und, wenn ich das sagen darf, auch ihre vielen spontanen Bemerkungen.

So weit kommt es noch, fährt Vina auf, schleudert Hut und Sonnenbrille zu Boden und stelzt mit langen Schritten durch das gefleckte Sonnenlicht davon, eine Riesin auf dem Weg in den Kampf. Köpfe drehen sich nach ihr um, aber die Donnerwolken um ihren Kopf wirken allzu einschüchternd; die Menschen lassen sie in Ruhe.

Weitere Folgen hat es nicht. Irgend jemand hat entschieden, dieses eine Mal durchgehen zu lassen. Der Angriff auf Ormus erfolgt fünfzehn Monate später, nach seinen Erdbeben-Songs.

Die Kultur braucht ein Vakuum, in das sie fließen kann, sie ist etwas Amorphes auf der Suche nach einer Form. Ormus und Vinas aufgeschobene Liebe, diese göttliche Abwesenheit, die wir mit eigenen Phantasien füllen können, wird zum Mittelpunkt unseres Lebens. Die City scheint sich um sie herum zu ordnen, als seien sie das Prinzip, die pure platonische Essenz, das allem anderen den Sinn verleiht. Wenn ich hier das Wörtchen *wir* benutze, um ein Kollektiv zu beschreiben, an dem ich keinen Anteil habe, schmeichle ich mir damit. Die beiden leben getrennt. Sie wohnt *downtown*, ganz im Westen an der Canal Street im zweiten Stock eines Lofts, eines weitläufigen, vor postindustriellem Verfall geretteten Domizils in einem Gebäude mit brutalen Gemeinschaftsräumen, die ihren Instinkt für Primitivität ansprechen, obwohl der Loft selbst unendlich animalisch-anheimelnd ist. Sie füllt ihn mit Aquarien voller Fische als stumme Gesellschaft und ganzen Wänden von Hi-Fi-Geräten, um den Lärm vom West Side Highway und zweifellos den noch lauteren Donner von Ormus' Abwesenheit auszusperren, der ihr ständig in den Ohren rauscht wie das Meer in einer Muschel. Er lebt in einer riesigen leeren Wohnung *uptown* im alten Rhodopé Building, einem klassischen Denkmal der Art-déco-Periode; eingesponnen im leeren Raum, mit Blick gen Osten auf das Reservoir. Ganze Zimmer enthalten nichts als ein Klavier, eine Gitarre, ein paar Kissen. Ein Vermögen wurde in die Schalldämm- und Luftreinigungssysteme investiert. Wenn er ausgeht, trägt Ormus noch immer die Augenklappe, ebenso – um seine Konzentration zu fördern – bei jedem Auftritt; hier aber, in seiner Luxusgummizelle, läßt er seiner Verrücktheit, seinem Doppelsehen freien Lauf: Er nimmt es scharf ran, reitet es ein wie einen Bronco. Er schließt die Welt aus und hört Sphärenmusik. Obwohl er Abstinenz geschworen hat, läßt er Maria zu sich kommen.

Ihr Publikum, ihre Arenen wachsen. Ihre Musik wird lauter. Er geht mit Ohrstöpseln auf die Bühne, doch sein Gehör hat bereits Schaden gelitten. Vina hat ihr Meeresrauschen; in seinem Fall ist es ein Schrillen wie ferner Alarm. Das ist das letzte Geräusch, das er am Abend hört, und das erste, das des Morgens in sein Bewußtsein dringt. Manchmal hält er es fälschlich für Luft, die in den Unterbodenrohren rumort, oder den Wind, der durch eine zersprungene Fensterscheibe pfeift. *Das Schrillen ist mein Leben*, notiert er in seinem Tagebuch. *Es ist eins von den Dingen, denen ich nicht entkommen kann.*

Nach einer nervengespannten Anfangszeit, in der sie sich gelegentlich am Abend sehen – mit schmerzlich-peinlichem Ergebnis –, verabreden sie, sich nur noch bei den Proben mit den anderen Bandmitgliedern, zu Diskussionen über die Finanzen und bei den Auftritten zu sehen. Von nun an sind sie nie mehr allein zusammen, nehmen keine einzige Mahlzeit mehr gemeinsam ein, gehen nicht zusammen ins Kino, rufen einander nicht an, gehen nicht tanzen, füttern keine Tiere im Zoo, berühren einander nicht. Genau wie geschiedene Paare meiden sie einer des anderen Blick. Dennoch behaupten sie seltsamerweise immer wieder, daß sie einander aus tiefstem Herzen, unwiderruflich auf immer und ewig lieben.

Was kann das bedeuten?

Es bedeutet, daß sie ständig zusammen sind, auch wenn sie getrennt sind. Wenn sie unter der Dusche ist, stellt sie sich vor, daß er hinter der Glastür steht, zusieht, wie ihr das Wasser am Körper herabrinnt, die Lippen an das beschlagene Glas preßt. Sie preßt die eigenen Lippen an die Innenseite der Tür, schließt die Augen, stellt sich vor, daß er auf sie wartet. Das Wasser wird zu seinen Händen, während die eigenen Hände an ihrem Körper herabstreichen, nach seiner Berührung suchen und oft genug auch zu dieser werden. Und wenn er im Bett liegt, redet er sich ein, daß neben ihm eine warme Mulde in der Matratze ist, als hätte sie gerade das Zimmer verlassen; er schließt die Augen, und sie kehrt zurück, kommt ganz nah zu ihm. Ihre beiden ineinandergerollten Körper sind wie zwei Fragezeichen am Ende des rätselvollen Satzes eines Tages.

Wenn er eine Zeile schreibt, fragt er sich stets, was sie davon halten wird, hört er, wie ihre göttliche Stimme seine Musik aufnimmt und hoch in den Himmel wirft, wo sie wie ein schimmernder Stern hängenbleibt. Und wenn sie ißt, allein oder in Gesellschaft anderer, denkt sie unwillkürlich jedesmal an seine Eßgewohnheiten, seinen hohen, täglichen Genuß von rotem, medium rare gebratenem

Fleisch, und ein Ausdruck der Verzweiflung huscht über ihr Gesicht, ein Ausdruck, den zu erklären sie sich (falls sie nicht allein ist) völlig uncharakteristischerweise weigert.

Der Entschluß, ihr Privatleben in der Öffentlichkeit auszubreiten, bringt einen Mann, der so aufs Private fixiert ist, wie Ormus es sich angewöhnt hat, in Verlegenheit, ja, demütigt ihn; dennoch staunt er täglich neu über die wilde Courage ihres Engagements für die Welt, ihre Bereitschaft, im Dienste dessen, was sie für die Wahrheit hält, splitternackt durch ihre Straßen zu ziehen. Als Reaktion auf ihr Plappermaul wächst seine eigene Reserviertheit um ihn herum wie eine Mauer. Gegen die sie genauso mit den Fäusten hämmert wie gegen seinen berühmten Schwur; doch wenn sie an ihn denkt, denkt sie auch mit einem Respekt, den sie keinem anderen gewähren mag, an seine Entscheidung.

Betreten sie denselben Raum, knistern sie von der Elektrizität ihrer einsamen Liebe. Sie streiten sich, natürlich. Was er als sein Bekenntnis zur Monogamie betrachtet, nennt sie seinen zunehmenden Absolutismus. Sie beschuldigt ihn der Tyrannei, während er es Treue nennt. Es sei ihre Natur, die sie beiden trenne, gibt er zurück. Ihre entschlossene Untreue, ihre Weigerung, das wertzuhalten, was Wert besitzt, nämlich die Liebe eines guten Mannes, die seine. Was er Untreue nennt, nennt sie Freiheit. Was auf ihn wie Promiskuität wirkt, bezeichnet sie herausfordernd als Demokratie. Diese Diskussionen führen zu nichts; genauso, vielleicht, wie alle Streitereien unter Liebenden, obwohl diese nicht wie beim Streit anderer Liebender beendet werden können: durch den Kuß des Vergessens.

Alles wird im Gedächtnis behalten.

Und küssen können sie sich nur im Schlaf. Nur in ihren Träumen.

Vina fährt fort, allen ständig alles zu offenbaren. Je intimer die Details, desto sicherer werden sie ans Licht des Tages gelangen. Wenn sie auf der Bühne sind, steht Ormus wie ein Dirigent mit dem Rücken zum Publikum und dem Gesicht zu seinen Mitmusikern, Karajan mit Stratocaster, während sie dem Publikum eine Zahl zu-

ruft, die, wie inzwischen alle wissen, die Zahl der Tage ist, die vergangen sind, seit sie zum letzten Mal mit Ormus geschlafen hat. Sie
verkündet die Namen ihrer jüngsten Lückenbüßer-Liebhaber, ihren
Reichschen Glauben an die Heilkraft von Orgon-Energie und mul-
tiplen Orgasmen und die Art ihrer sexuellen Präferenzen.
(Dominierung, Sklaventum, Aggression wechseln mit Gehorsam,
Bestrafung, Unterwerfung; lange vor ihren Imitatoren in den Achtzigern brachte sie die lockeren, sich wiederholenden Geheimnisse
unserer verbotenen Herzen ans Licht, stellte unter dem intensiven
Gesicht der Bühnenbeleuchtung zur Schau, was bis dahin im
Dunkeln herumgekrochen war, zerbrach – durch Inbesitznahme –
Tabus. Dafür wurde sie vorhersehbar als Pornographin der Pornographie, als Stereotypistin des Stereos bezeichnet – von jenen, die
nicht sehen wollten, was allen anderen deutlich ins Gesicht sprang:
nämlich ihr unendliches und ständig wachsendes Verlangen nach
ihm, jenes Verlangen, das sie dem ganzen Planeten entgegenschrie,
um es kleiner zu machen und so zu überleben, und das sie jeden
Morgen ihres Lebens mit verdoppelter Wucht überfiel – der Seismo-
graph ihres Herzens schritt wie die Richter-Skala durch Verdoppe-
lung fort – und sie zu immer größeren Extremen kompensatorischen
Verhaltens zwang, zu Lautstärke, Promiskuität, Drogen. Nämlich,
daß es auf der Welt nur einen Menschen gab, den sie zu kränken versuchte: ganz gleich, wie groß das Publikum, wie empörend provozie-
rend ihr Auftritt war – ihr wahres Ziel war zutiefst persönlich, und
ihr wahres Publikum war ein Mann.
Oder vielleicht, wenn ich mir einen Anflug von Eitelkeit gestatten
darf, zwei Männer.
Ich sage dies, weil sie, die Königin der Überbelichtung, der Über-
bloßstellung, mich selbst niemals bloßstellte.)
Die Erzfeindin des Verborgenen hält mich bis zum Ende streng ge-
heim. Von unseren langen Nachmittagen in meinem übergroßen
Messingbett wird Ormus, solange sie lebt, kein Wort erfahren. Warum? Weil ich ihr nicht nichts bedeute, darum. Wir haben *Beständigkeit*, eine Gegenwart und eine Zukunft, darum. Weil ein Kater vielleicht eine Königin ansehen kann, und weil die Königin vielleicht,

ganz vielleicht, zuweilen einmal den Blick dieses hungrigen, jungen Katers erwidert.

Ihre beiläufigen Liebesabenteuer, die sie öffentlich verkündet, werden, indem sie sie benennt, unbedeutend. Keines von ihnen währt übrigens sehr lange: ein paar Wochen, ein paar Monate im Höchstfall. Meine Liebesaffäre mit ihr – oder nennen wir sie eine Halbaffäre, denn nur die Hälfte von uns beiden liebte wirklich – wird fast achtzehn Jahre lang dauern.

Gayomart Cama sprang aus Ormus' Kopf hervor und verschwand. Der große Mann verlor einen Zwillingsbruder und gewann (ohne es zu wissen) statt dessen mich. Ich bin sein wahres Anderes Ich, sein lebendes Schatten-Ich. Sie sagt ihm das nicht, weil ihm dies etwas mitteilen würde. Es würde ihn vernichten. Die Menschen, mit denen man eine Vergangenheit teilt: das sind die Menschen, die einen als Wrack, dem Untergang geweiht, zurückzulassen vermögen.

So wird Vina uns eines Tages beide verlassen.

Wenn das Andere Ich nicht genannt werden kann, muß per definitionem auch das Schatten-Ich ichlos sein. Sie gewährt mir keine Rechte über sie, kommt und geht, wie's ihr gefällt, ruft und verstößt mich nach ihrer Pharao-Laune. Es steht mir nicht zu, mir den Kopf über ihre Kavalkade von Playmates zu zerbrechen; und bestimmt nicht, auf Ormus selbst eifersüchtig zu sein. Dennoch trifft mich jede neue sexuelle Enthüllung wie das, was ich als *zetz* in die *kischkes* bezeichnen gelernt habe. Und die Tatsache Ormus, die Tatsache der Liebe, die weder sein noch aufhören kann zu sein, ist ein Messer, das langsam in meinem Herzen gedreht wird. Sie macht einen öffentlichen Sport aus seiner Enthaltsamkeit; ich zähle anders. Jeder Tag, der vorbeigeht, ist ein Tag näher zu seinem Ziel, dem Tag, an dem er sie bitten wird, ihr Versprechen einzulösen.

Es gibt nur einen einzigen Mann für mich, und den kann ich nicht haben, ruft sie der Menge zu. Hört mich an, ich werde euch statt dessen seine wunderschönen Songs vorsingen.

Er bleibt mit dem Rücken zum Publikum stehen. Er kann den Menschen seinen Schmerz nicht zeigen.

Das Niederreißen von Grenzen, Erwin Panofsky nannte es Dekompartmentalisierung, löste während der Renaissance das Heraufdämmern der modernen Idee des Genies aus. Im fünfzehnten Jahrhundert lassen die Manifeste und Abhandlungen von Alberti, Leonardo und Cennini keinen Zweifel daran, daß diese Dekompartmentalisierung unmittelbar mit der Urbanisierung der künstlerischen Sensibilität oder vielmehr mit der Eroberung der Städte durch die Künstler verbunden ist. Der Renaissancekünstler ist nicht länger eine Arbeitsbiene, ein Handwerker, der nach der Pfeife seines Gönners tanzt, sondern vielseitig, ein Meister der Anatomie, der Philosophie, ein Mythograph der Gesetze des Sehens und der Wahrnehmung; ein Adept der Arkana der tiefen Einsicht, der in der Lage ist, bis zum Kern der Dinge vorzudringen. Die Errungenschaften moderner Künstler, verkündete Alberti, beweisen, daß die moderne Welt noch nicht erschöpft ist. Indem er Grenzen überschreitet, viele Sparten des Wissens, technische und intellektuelle, höhere und niedrigere, miteinander vereint, legitimiert der moderne Künstler das gesamte Projekt der Gesellschaft.

Das ist Genie! Leonardo, Michelangelo: Sie beanspruchen Verwandtschaft, ja Ebenbürtigkeit mit den Göttern. Ihnen ist das entgegengesetzte Schicksal von Unsterblichkeit und Untergang bestimmt. Was Ormus betrifft, so tritt er bei seiner Ankunft im Hubschrauber in Manhattan in eine Phase der Verehrung ein, betrachtet dieses neue Rom staunend und atemlos mit offenem Mund genau wie Alberti um 1430 Florenz. Jeder Ton, den ich spiele, soll eine Hymne an die himmelhohe Stadt werden, nimmt er sich vor. Wenn diese die Höhen erobern kann, dann kann ich das auch.

Er hätte der Sohn meiner Mutter sein sollen. Und ich der Sohn seines Dads.

Man könnte einfach behaupten, daß Ormus Camas Verehrung für die Stadt umgehend erwidert, zur Verehrung der Stadt für ihn wurde. Und wohin diese Stadt führt, dieses Rom, dahin werden ihr schon bald sämtliche anderen Städte der Welt folgen.

Das jedoch wäre eine grobe Vereinfachung. Falls Ormus als Provinzler mit leuchtenden Augen in Manhattan gelandet sein sollte, so wird ihm die Freude durch die tatsächlichen Umstände sehr schnell verdorben. Die rostende Dekadenz der Stadt zu ebener Erde, ihre schulterrempelnde Vulgarität, ihre Dritte-Welt-Atmosphäre (die Armut, der Verkehr, die Verwahrlosung der Winos im Zeitlupentempo und die fensterscheibenzerschlagende Verwahrlosung viel zu vieler Gebäude, die ungeplanten Durchblicke auf städtischen Müll, die häßlichen Straßenmöbel) und die Bizarrerien, denen Vina ihn anfänglich absichtlich aussetzt, etwa solchen Boho-Mekkas wie Sam's Pleasure Island und dem Slaughterhouse, all diese Dinge befeuern seinen berühmten moralischen Abscheu. Groovy Manhattan ist eindeutig um nichts besser als Swinging London. Er zieht sich in den Hochhaushimmel zurück und sieht zu, wie die Stadt im Weltraum treibt. Dieses himmlische Manhattan ist es, das er so liebt. Vor diesem Hintergrund nobler Ruhe wird er seine Lieblingsklänge ertönen lassen. Auch er schreit innerlich. Doch seine Qual wird in Form von Musik erklingen.

Gebt mir eine Kupfermünze, und ich erzähle euch eine goldene Geschichte. So begannen, laut Plinius, die mündlichen Geschichtenerzähler des Altertums ihre phantastischen Märchen von Menschen, die in Tiere und wieder zurückverwandelt werden, von Visionen und von Magie: Märchen, nicht in schlichter Sprache erzählt, sondern mit allen nur möglichen extravaganten Ausschmückungen und Verzierungen versehen, schillernd, von Liebe zur Pyrotechnik und Zurschaustellung erfüllt. Als die Dichter sich der Manierismen dieser Geschichtenerzähler bemächtigten, geschah das, wie Robert Graves sagt, weil sie fanden, daß die populäre Erzählung ihnen mehr Raum für ihre Schilderungen zeitgenössischer Moralbegriffe und Manieren, durchsetzt mit philosophischen Nebenbemerkungen, lasse als jede respektablere literarische Form.

Was kann ich, nichts weiter als ein reisender Fotofreak, Sammler aktueller Bilder aus der Vielfalt dessen, was ist, mir an literarischer Respektabilität erhoffen? Wie Lucius Apuleius von Madaura, ein marokkanischer Kolonist griechischer Herkunft, der zu den Reihen der lateinischen Colossi von Rom strebt, sollte ich mich (verspätet) für meine (post)koloniale Schwerfälligkeit entschuldigen und hoffen, daß Sie sich von der ausgefallenen Art meiner Erzählung nicht abschrecken lassen. Genau wie Apuleius seine Sprache und seinen Stil nicht ganz und gar ›romanisierte‹, weil er es für besser hielt, einen Idiolekt zu finden, der es ihm ermöglichte, sich nach der Art seiner griechischen Vorfahren auszudrücken, so denke auch ich ... Aber sehen Sie, es gibt einen wichtigen Unterschied zwischen mir und dem Autor von *Verwandlungen*, besser bekannt als *Der goldene Esel*. O ja, werden Sie sagen, es gibt da das kleine Problem des Talents, und darauf werden Sie von mir keinen Widerspruch hören; aber ich will auf etwas anderes hinaus. Nämlich daß ich, während Apuleius fröhlich zugibt, die Fiktion fiktionalisiert zu haben, weiterhin darauf bestehe, daß alles, was ich Ihnen erzähle, die Wahrheit ist. In seinem Werk macht er mühelos einen Unterschied zwischen den Reichen der Phantasie und der Fakten; ich mache den armseligen Versuch, hier den wahren Bericht über das Leben eines Mannes niederzuschreiben, der lange vor uns anderen erkannte, wie künstlich ein solcher Unterschied ist; der die Zerstörung dieses eisernen Vorhangs mit eigenen Augen sah und mutig vorwärtsging, um auf seinen Trümmern zu tanzen.

Folgendermaßen:

Wenn er in seiner riesigen, leeren Wohnung allein ist, legt Ormus die Augenklappe ab, und das Doppelsehen kehrt zurück. Er blickt mitten ins Herz des Andersseins hinein, des Strömens. Die Grenzen zwischen der Welt der Träume und der Welt des Wachens, zwischen den Sphären des Tatsächlichen und des Imaginären brechen nieder. Es gibt ein Fortschreiten. Irgend etwas verändert sich. Statt klar definierte Schlitze zu sein, durch die er zuvor seine Visionen sah, haben die Fenster zum Anderen jetzt verwaschene Ränder. Manchmal werden sie sehr groß, und es ist schwer zu sagen, wo diese Welt endet und jene beginnt. Seine Wohnung hier sieht genauso aus wie sein Apartment dort.

Die Grenzen verschwimmen. Die Zeit ist möglicherweise nicht mehr sehr weit, da sie ganz und gar verschwinden. Diese Vorstellung, die ihn freudig erregen sollte, erfüllt ihn statt dessen mit schrecklicher Angst. Wenn die Parallelpfade zusammentreffen, wenn vor ihm ein Punkt des Zusammenfließens liegt – was bedeutet das für das Leben auf der Erde, die er kennt? Wenn eine solche Dekompartmentalisierung eintreffen sollte, wenn alle Wahrheiten plötzlich versagen würden – könnten wir die Wucht dieses Geschehens überleben? Sollten wir vielleicht Bunker bauen, uns bewaffnen, Plaketten anstecken, die uns als Mitglieder dieser Realität und nicht der gefürchteten (bald vielleicht sogar verhaßten) anderen kennzeichnen?

Wenn jeder von uns im anderen Kontinuum eine alternative Existenz hat – welche der beiden Möglichkeiten wird weiterleben und welche verschwinden?

Wenn wir alle Zwillinge sind, welcher Zwilling wird sterben müssen?

Nachdem sie von der Unabänderlichkeit seines selbstkasteienden Schwurs überzeugt ist, besucht ihn die elfenhafte Maria nicht mehr so oft. Wenn sie tatsächlich kommt, ist sie gewöhnlich mürrisch und protestiert gegen Ormus' Trick, sie durch Benutzung der Augenklappe auszuschließen, ganz zu schweigen von dem Schwur selbst. Sie bleibt nicht lange, versäumt aber nie, ihn zu erinnern, wieviel er verpaßt.

Es fällt ihm auf, daß sie bei ihrer Ankunft jetzt oft außer Atem ist und schwitzt. Sie scheint müde zu sein. Wäre es möglich, daß es, je näher sich die beiden Wasauchimmers kommen und miteinander verschmelzen, um so schwieriger für sie wird, auf ihre verwirrend übernatürliche Art hin- und herzuschlüpfen? Könnte es sein, daß die beiden Welten, sobald sie miteinander verschmolzen sind, denselben Naturgesetzen gehorchen und Maria genauso wie alle anderen durch die Tür wird kommen und gehen müssen?

Wenn ja, wird ihn in Bombay eine Wohnung – ihre Wohnung – erwarten? Wird das Cosmic-Dancer-Hotel in seinen Büchern über die

Belege dafür verfügen, daß sie vor langer Zeit eine Suite für ihre angebliche Nacht der Leidenschaft gebucht haben?

Wie wird er je wieder Fakten von Fiktionen unterscheiden können? Die Kopfschmerzen setzen ein. Er zieht die Augenklappe an und legt sich aufs Bett.

Für heute hat er genug.

It's not up to you no more, you can't choose if it's peace or war, just can't make choices any more, your nightmare has come true; and when the day becomes the night, and when you don't know wrong from right, or blind from sight or who to fight, don't tell me you feel blue.

For Jack and Jill will tumble down, the king will lose his hollow crown, the jesters all are leaving town, the queen has lost her shoe; the cat has lost his fiddling stick, so Jack be nimble, Jack be quick, as all the clocks refuse to tick, the end of history is in view.

The earth begins to rock and roll, it's music dooms your mortal soul, and there's nothing baby nothing you can do. 'Cause it's not up to it's not up to it's not up to you.

Die Erdbebensongs von Ormus Cama sind Lobgesänge auf das Herannahen des Chaos, paradoxerweise von einem Künstler geschrieben, der auf der höchsten Ebene der Differenziertheit arbeitet. Die Songs handeln vom Niederbrechen aller Mauern, Grenzen, Beschränkungen. Sie beschreiben den Zusammenstoß zweier Welten, zweier Universen, die sich ineinander verbeißen, eins werden wollen und sich dabei gegenseitig vernichten. Träume dringen in den Tag ein, während die Langeweile des Wachens in unseren Träumen pulsiert.

Einige Songs sind verschlungene Tapisserien aus antreibenden, ineinander verflochtenen Tönen. Bei anderen Nummern dagegen verzichtet Ormus sehr bewußt auf die jonglierenden Phantasien, die ihm ganz natürlich zufallen, und nimmt einen knappen, mißtönenden Stil an, der Vina eine rauhe Aggression abfordert, die sie durch eine eigene, erschreckende Intensität ergänzt. Das ist etwas ganz Neues bei Ormus: diese bewußte Disharmonie. Daraus spricht das Elend der Enthaltsamkeit, der Miltonsche Schmerz unerfüllter Liebe: *Untwisting all the chains that tie / the hidden soul of harmony.*

Viele dieser harten Songs sind Jeremiaden, die unmittelbar an Vina gerichtet sind, so daß es unheimlich und verwirrend zugleich ist, wenn sie sie singt, denn er legt ihr die Worte, die er sagen müßte, in den Mund, sie speit sie heraus. Er ist keineswegs zurückhaltend in seiner Kunst. Die Musik ist seine Nacktheit.

Das erregt uns. Beobachten wir sie auf der Bühne, lauschen wir ihren Schallplatten und Bändern, sehen und hören wir die Spannung in ihrer so seltsam verhinderten Liebe. Dieser überdimensionalen, morbiden Liebe, die sie sich selbst so lange, so lange bewußt versagen. Das macht aus ihnen das einzige Liebespaar, von dem wir Neues zu hören kaum erwarten können.

Von Vinas mitreißender, hämmernder Stimme gesungen, lösen bestimmte Songs etwas Ursprüngliches, fast sogar Animalisches bei den Zuhörern aus. Obwohl ihre Message nihilistisch genannt werden könnte, ist ihre musikalische Umkleidung stark genug, um die entrechtete, götzendienerische Jugend zu fesseln. Ormus, der die eigenen jugendlichen Exzesse vergessen hat, Ormus, ein sinnesfroher Mensch, durch einen mächtigen Enthaltsamkeitsschwur Simon-rein gewaschen, ein Anbeter des Fleisches, durch sein Entsetzen über die Zügellosigkeit, mit der die Neue Welt ihre Privilegien vergeudet, zum Prediger des Geistes geworden, beschimpft seine Bewunderer nun wegen ihrer Liederlichkeit, wegen der unmäßigen Ausschweifungen ihres Lebenswandels; und obwohl er von den tugendhaften Höhen seiner Enthaltsamkeit über eine im Sumpf des Hedonismus steckende, in den Archipelen von Wohlleben und Gier verlorene Generation donnert, wird er von den Opfern seines Wütens geliebt. Er, der den Untergang prophezeit, wird von den angeblich dem Untergang Geweihten am meisten geliebt. Vina singt mit ihrer magischen Stimme Ormus' musikalische Anathemata, und die anathematisierte Jugend der westlichen Welt ist verzaubert. Sie rennen in ihre Rhythm Centers und kaufen.

Immer wenn die *Quakershaker*-Songs ertönen, bricht eine ungezügelte Raserei im Publikum aus. Die Menschen heulen wie die Wölfe. Die Flutlichter, die über die Menge streichen, holen dionysische Szenen aus dem Dunkel. Die Fans, von der Musik besessen, zerren an ihren Kleidungsstücken, aneinander, an der Luft. Die Arme junger Frauen schlängeln sich empor, winden sich umeinander, die Hände bewegen sich wie Flügel. Sie sitzen rittlings auf den Schultern ihrer Liebhaber. Die Gesichter der Männer sind nach innen gewandt, dem gespreizten, nackten Schoß ihrer Partnerinnen zu, und es gibt jede Menge Geschnuppere und Gesabbere und schweinisches Gegrunze. Wenn die Menge aufbrüllt, klingt sie wie ein Löwe, und manchmal ist unter dem Brüllen ein Zischeln wie von Schlangen zu hören.

Es gibt Vermißte. Junge Leute kehren nicht nach Hause zurück und werden letztlich als Ausreißer abgeschrieben. Gelegentlich ist von tierischen Metamorphosen die Rede: Schlangen in den Abflüssen der Stadt, wilde Schweine in den Stadtparks, seltsame Vögel mit märchenhaftem Gefieder, die wie Wasserspeier oder Engel auf dem Dach von Wolkenkratzern hocken.

Mag sein, daß sich die Gesetze des Universums ändern. Mag sein, daß derartige Transformationen – unglaublich, schreckenerregend – zur Normalität werden.

Mag sein, daß wir den Kontakt mit unserer Menschlichkeit verlieren. Wenn wir uns schließlich ganz gehen lassen, was sollte uns hindern, uns in Dinosaurier, Säbelzahntiger, Schakale, Hyänen, Wölfe zu verwandeln?

Was sollte uns hindern, abzurutschen, wenn die Dunkelheit hereinbricht und (wie in der Orpheus-Hymne an die Nacht) *schreckliche Notwendigkeit uns alle beherrscht?*

Von konservativer Seite kommt es allenthalben zu einer Verdammung der neuen Supergruppe und ihrer Anhänger, die abwechselnd als Neurotiker, Parasiten, Plünderer, Libertins und Betrüger verschrien werden. Bei einem Konzert in Toronto warnt ein leicht transpirierender Polizeichef mit einer Brille so groß und stark wie

Seitenspiegel Vina vor bestimmten eindeutigen Gesten, die sie im Verlauf ihrer Auftritte gemacht hat. *Bleiben Sie sauber. Keine Ausfälligkeiten. Sie werden sich nicht selbst berühren, okay?* Als Vina sieht, daß eine TV-Kamera aufgebaut ist, hält sie dem unglückseligen Polizeichef fünf Minuten lang einen Vortrag über das First Amendment und künstlerische Freiheit und berührt sich dann so heftig und häufig selbst, daß die Gefahr besteht, sie könne in ihre eigenen Hände kommen. Da ein Aufstand wahrscheinlich ist, verzichtet der Polizeichef darauf einzuschreiten.

Der Kult der VTO – die Anhänger nennen sich inzwischen New Quakers, das heißt, die Wilden stehlen den Sanften einen Namen – wächst mit jedem Tag: angeheizt von den rhapsodischen Auslegungen von Ormus' Texten und Vinas Gesang, wie sie in einer Reihe von zeichensetzenden Kritiken von den Bewahrern der Flamme der Rockmusik geliefert werden, dem Italoamerikaner Marco Sangria und dem Frankophon-Martiniquer Rémy Auxerre.

Es ist typisch für die Rockmusik, daß sie sonst eher vernünftige Menschen zu Exzessen hinreißt. Selbst nach den schwärmerischen Maßstäben des Musikjournalismus sind Marco und Rémy jedoch Extreme. Sie haben Zugang zu Höhen des Überschwangs, die ihnen den Neid ihrer Kollegen eintragen.

Buchstäblich, ruft Sangria, Vina Apsaras Stimme ist buchstäblich Musik; Musik in ihrem profundesten Wesen. Das Verhältnis zwischen Vina und Ormus drückt die Spannung zwischen Weisheit und Eloquenz aus. Und die Intervalle der Ormusschen Gitarre könnten, *mathematisch gesehen*, sogar die strukturelle Basis nicht nur des gesamten Universums sein, sondern auch die der menschlichen Seele. Wenn wir unseren inneren Raum erkunden, finden wir, darin sind sich Buddhisten und Subatomphysiker einig, finden wir dort einen Mikrokosmos, der mit dem Makrokosmos identisch ist: Ormus' Musik zeigt unseren Herzen die Identität von Klein und Groß auf. Da sie die Musik der Seele bis in die anderen Glieder verbreitet, tanzen wir den Tanz nicht des Körpers, sondern der Seele.

René erweitert diese Erklärung auf seine ganz persönliche, esoterische Art und Weise.

Dies ist der Kampf des großen Musikers, schreibt Rémy: daß er nicht nur versucht, Apollos reinen, sauberen Gesang in Töne zu setzen, sondern zugleich sich zum unreinen Rhythmus des Dionysos zu bewegen. Die Versöhnung des Konflikts zwischen dem Apollonischen und dem Dionysischen könnte man *harmonia* nennen. Wo Vernunft und Licht dem Wahnsinn und der Dunkelheit begegnen, wo die Wissenschaft der Kunst begegnet und der Frieden dem Krieg; wo der Erwachsene dem Kind begegnet, wo das Leben sich dem Tod stellt und ihn verachtet, dort machet eure Musik.

Der Sänger benutzt das Rasen der Götter, behauptet Rémy. Unter dem Druck dieses göttlichen Zorns bricht die Grenze zwischen den Imperien des Apollon und des Dionysos zusammen. Es gibt vier Ebenen des *furor divinus*. Poetischer *furor* beruhigt die Seele, priesterlicher *furor* bereitet den Geist auf die Verzückung vor, prophetischer *furor* erhebt uns auf die Ebene der Engel, erotischer *furor* vereint unsere Seele mit Gott. Ormus' Musik besitzt sie alle vier in höchstem Maße.

Es gibt zwei große Geisteshaltungen, schreibt Rémy: den *spiritus humanus*, der den Körper mit der Seele verbindet, und den *spiritus mundi*, der die sublunare und die translunare Welt verbindet. Diese *lunatischen* Ausdrücke sind Auxerres Version von Ormus' Doktrin von den zwei Realitäten, Welt und Anderwelt. *In VTOs Musik werden diese beiden Geisteshaltungen vereint.* Dies, räumt Rémy bescheiden ein, ist vielleicht eine grandiose, vereinigte Theorie der Seele: Auf gewissen unvorstellbar hohen Ebenen von Hitze und Kompression – will sagen, Genie – sind wir und der Kosmos eins. Ormus Cama ist der personifizierte Beweis für diese Theorie.

Nach Soul food hungernd, schlucken die das Stadion füllenden Legionen dicke Brocken oben erwähnter Ergüsse. Was sie jedoch wirklich erregt, ist die Katastrophe: Marco Sangrias Zeile um Zeile, Bild um Bild beschriebene Exposition von Ormus' eschatologischem Weltbild. *Das Beben kommt, The Big One wird uns alle verschlingen. Tanzt zur Musik, denn morgen, ihr Toren, werden wir sterben.* Eschatologie und Klatsch: das Uranium und Plutonium des späten zwanzigsten Jahrhunderts. Vina hat die Geschichte ihres Lebens und

Ormus' Lebens zur Seifenoper der Welt gemacht. So stark ist der Schauder, der durch den berühmten Enthaltsamkeitsschwur ausgelöst wird, daß die Frauen der ganzen Welt Schlange stehen, um Ormus das anzubieten, was für ihn, wie sie hoffen, eine unwiderstehliche Versuchung darstellt. Diese apfelbewehrten Evas gleichen den männlichen Barthekenrenommierern, die ihren unwahrscheinlichen Charme gegen den Widerstand aller verbotenen Frauen aufbieten – Filmstars, Lesbierinnen, die Ehefrauen ihrer besten Freunde. Ormus, der sich von allen Verlockungen fernhält, löst sogar Gewalttätigkeit aus – bei manchen Frauen, die es von ihm für unvernünftig halten, sich zu versagen, die in der Zurückweisung, die sie bei ihm erfahren, eine Beleidigung aller lebenssprühenden Frauen sehen. Drohungen gehen ein, und der Polizeischutz bei den VTO-Konzerten wird daraufhin ebenso verstärkt wie die Sicherheitskontrolle im Rhodopé Building. Ein derart bacchantischer *furor* gehört zu der in diesen Zeiten herrschenden Stimmung.

Inzwischen hat Vina im Sam's ihre eigene Loge. Dort, umgeben von Liebhabern und Anhängern – Marco, Rémy, wer immer gerade in der Stadt ist –, schwingt sie ihre Reden. Sie hat eine ganz eigene Weisheit kundzutun und will, daß die Welt ihre Ansicht zum Beispiel über die letzten Quasiwissenschaften erfährt. Biofeedback und kognitive Verhaltenstherapie, Orthomolekularismus und Makrobiotik. Sie preist die wohltuende Wirkung von jamaikanischem Dogwood, von Kohl, auf der Haut gerieben, der therapeutischen Anwendung von Schallwellen. Während ihr Kreuzzug für den Vegetarismus sie hindert, das Blut von Eidechsen und Fledermäusen zu trinken, räumt sie großmütig ein, daß die wohltuende Wirkung derartiger Getränke über jeden vernünftigen Zweifel hinaus bewiesen wurde. Ihr Diätbuch sowie ihr Gesundheits- und Fitneß-Programm werden weltweite Bestseller werden. Später wird sie erfolgreich das Gymnastikvideo Prominenter lancieren und unter dem Namen Vina's VegeTable™ eine ganze Palette organisch-vegetarischer Rezepte veröffentlichen, die ebenfalls erfolgreich sein werden. (In den Werbespots machen junge, gesunde Verbraucher die dreiteilige Geste ihrer Rockfans, das Zweifinger-V-Friedenszeichen, das Time-out-T mit seinem Beiklang sportlicher Entspannung und das zustimmende O aus Daumen und Zeigefinger. *VegeTable Organics* sollen wir aus dieser Zeichensprache herauslesen, doch das ist ganz einfach Adland-Doppelsprech.)

Sie ist die Frau, die weltweit von jungen Frauen als Rollenvorbild genannt wird.

Sie ballt die Faust gegen rassische Ungerechtigkeit und singt nach den Rassenunruhen im amerikanischen Süden und Westen auf politischen Plattformen oder inmitten verkohlter Gebäude. Aufgrund ihrer majestätischen Haltung, ihrer goldenen Stimme und vor allem ihres Renommees bestreitet niemand ihr das Recht, für Amerikas Schwarze zu singen. Auch sie hat nämlich die Grenze der Hautfarbe überschritten; nicht weg von, sondern zu auf.

Sie ist eine hitzige, geistreiche Fürsprecherin der Frauenrechte und gegen das schlampige Imperium der Männer. Das macht sie zur Zielscheibe von Attacken seitens eines Teils der Frauenbewegung. Wie kommt es, wünschen diese Schwestern zu wissen, daß diese überdimensionale, freigeistige Frau so von dem eindeutig obsoleten männlichen Glied besessen, so anachronistisch wild auf Penetration ist, daß sie sich in der Öffentlichkeit doch tatsächlich mit ihren »Eroberungen« brüstet? Ist sie vielleicht, nicht weniger total als der sich selbst so bezeichnende Chauvinist Norman Mailer, eine Gefangene des Sex? Warum singt sie ausschließlich Ormus' Songs?

Warum leiht sie ihre Stimme nicht der künstlerischen Vision moderner Frauen? Warum schreibt sie nicht ihre eigenen Texte?

Kann sie frei sein, da sie doch nichts als das Instrument der Kunst eines einzigen Mannes ist?

Diese Debatten – leidenschaftlich, informiert, ideologisch – gehören ebenfalls zum turbulenten Geist dieses Zeitalters. Vina ignoriert ihre Kritiker und segelt, eine prächtige Galeone, auf der Suche nach ihrem Märchenschatz weiter. Sie ist die *Argo*, und Ormus segelt mit ihr. Die Musik selbst ist das Goldene Vlies, das sie suchen.

Obwohl sie geschworen haben, einander außerhalb der Arbeit nicht zu sehen, fahren sie, beide zugleich von der Sehnsucht getrieben, aus einer Laune heraus in die Wüste von Nevada und benutzen den Vierradantrieb, um ihre Namen in den Sand zu schreiben – so groß, erklärt Vina Ormus, daß man sie vom Mond aus genauso gut erkennen kann wie die chinesische Mauer. Von da an nennen sie sich The Chinese Wall. Als Vina einem Journalisten in New York die Bedeutung dieses Scherzes erklärt, geht der Schuß nach hinten los, und sie werden der Arroganz beschuldigt, sogar der Verunglimpfung der Religion, weil sie, da sie nun mal Vina ist, hinzusetzt, sie hätten ihre Namen auf einem Areal geschrieben, das größer sei als jede Kirche. *Kirchen kann man vom Mond aus nicht erkennen.* Diese Bemerkung sowie der Black-Power-Gruß, den sie in letzter Zeit praktiziert, und die angeblichen Antiestablishmentinhalte von Ormus' Texten machen das Maß voll. Der lange aufgeschobene Angriff gegen sie beginnt. Da Vina amerikanische Bürgerin ist, geboren in den USA, bekommt sie unprovozierte Polizeibesuche mitten in der Nacht, wobei sie auf die Wache »gebeten« wird, um dort über ihre politischen Verbindungen mit Yippies, Panthern, verschiedenen Unionisten und Linken und Amos Voights Gefolge von unerwünschten Verrückten Auskunft zu geben. Sie wird mit Drogenrazzien überzogen (allesamt erfolglos, denn so dumm ist sie nicht), und der IRS, das Finanzamt, dreht ihre Vermögensverhältnisse um, als seien sie Steine, unter denen alle möglichen Giftschlangen lauern.

Ormus, ein Ausländer, kriegt die Einwanderungsbehörde und den Naturalization Service auf den Hals. Im März 1973 erteilt ihm ein Einwanderungsrichter den Befehl, das Land binnen sechzig Tagen zu verlassen. Der angebliche Grund dafür ist, daß er früher einmal in einen tödlichen Autounfall verwickelt war und daß man, obwohl er nicht der Fahrer war, in den Blutproben, die ihm damals abgenommen wurden, Spuren einer verbotenen narkotischen Substanz gefunden hat. Als dies vor Gericht verkündet wird, begreift Ormus, daß er es mit einer Macht von einem Gewicht zu tun hat, wie sie ihm noch niemals begegnet ist, einer so großen Macht, daß sie die ganze gute Arbeit von Mull Standish und Yul Singh zunichte machen und ans Licht bringen kann, was sechs lange Jahre verborgen geblieben ist.

(Ich wiederhole: Damals waren gewisse Schlachten noch nicht gewonnen. Es war immer noch möglich, daß die Zukunft gegen die Vergangenheit verlor, daß Vergnügen und Schönheit von Pietät und Eisen besiegt wurden. Ein Krieg endet, der nächste beginnt. Die menschliche Rasse lebt niemals ganz und gar im Frieden.)

Dennoch, als er das erste Rinnsal dessen entdeckt, was sich später als breiter, hartnäckiger Strom herausstellen wird, geht Ormus vor das Appellationsgericht. *Amerika ist ein Land, in dem man leben kann,* erklärt er der Presse anläßlich einer seiner seltenen Pressekonferenzen auf der Vortreppe des Gerichtsgebäudes. *Ich will nicht einfach reingeschossen kommen, nur um mich dann mit der Beute wieder davonzumachen.*

Ehrlich gesagt besteht keine große Chance für ihn, sich irgendwohin davonzumachen. Er wird von drei voluminösen, glitzerzahnigen Anwälten sowie von Mull Standish begleitet, der auf die Sechzig zugeht, aber immer noch geschniegelt ist, immer noch wie ein Kämpfer aussieht, und von Vina, die diesen Tag ausgewählt hat, um einen modellierten goldenen Brustpanzer über schwarzem T-Shirt und schwarzen Leggings anzulegen, worin sie Ormus, den Sohn des Klassizisten, an die für die Schlacht gerüstete Pallas Athene erinnert, eine Pallas Athene mit Schlagring-Ringen und Filmstarsonnenbrille. Sie sind umringt von sieben identisch sonnenbebrillten Singhs und einem zweiten Kreis aus NYPDs Besten, die mit untergehakten Armen und vielen Drohungen nicht nur das Pressecorps, sondern auch die prügelnden, johlenden New Quakers zurückhalten, an deren äußerstem Rand haarige Charismatiker mit etwa dem gleichen psychiatrischen Profil wie die Selbstpfähler im Zentrum der schiitischen Muharram-Prozessionen lungern: Besiedler der Psychotropen des Steinbocks, dem Land der geopferten Ziegen.

Warum heiraten Sie ihn nicht, fragt ein Reporter Vina dreist – mitten ins Gesicht, frei heraus. (Dies ist New York.) Wenn Sie ihn heiraten, ist es erledigt. Dann hat er sofort das Bleiberecht.

Das müßte er auch so bekommen, antwortet Vina, wegen der großen

Gabe, die er mitbringt. Er hat diese Stadt verbessert, nur indem er hier auftauchte.

Warum heiraten *Sie sie* nicht, fragt derselbe Reporter dann Ormus, als hätte Vina kein Wort gesagt. He, warum einen Umweg machen, wenn's auch eine Abkürzung gibt, nicht wahr.

Wir haben eine Übereinkunft, antwortet Ormus und meint den zehnjährigen Schwur. Als er es ihnen genau erklärt, kommt es zu ungläubigem Kichern aus den Reihen des Pressecorps. Ormus zieht ein finsteres Gesicht und schweigt. *Ich habe ihr mein Wort gegeben.*

Standish reagiert umgehend auf die sinkende Stimmung; stößt mit seinem Stock auf die Stufen. (Die britische Förmlichkeit seines Anzugs macht Eindruck auf die Menge – welche Chance haben Jeans und Sneakers gegen einen dreiteiligen Savile-Row-Anzug, das Jermyn-Street-Hemd, die Perlmuttknöpfe, die Maßschuhe, den Aquascutum-Lodenmantel?) Okay, das wär's, Ladies und Gents. Schluß für heute. Danke für Ihr Interesse und Ihre Aufmerksamkeit. Officer, können wir hier mal ein bißchen Hilfe bekommen, gehn wir doch jetzt zur Limo hinüber.

Standish als Manager wieder in Amt und Würden zu setzen war Vinas Idee. Ihre ursprüngliche Strategie hatte es zuvor gelautet, einige Entfernung – den ganzen Atlantischen Ozean – zwischen ihn und die Band zu legen. Wie viele selbstsichere, begabte Menschen sah sie keinen Grund, einem Nichtkreativen ein Stück vom Kuchen abzugeben, solange es nicht unbedingt nötig war; sie konnte allein mit Colchis Records fertig werden. Natürlich konnte sie das. Sie hatte bereits ihren Solovertrag, hatte sich gut behauptet (zahlreiche Schallplattenoptionen, großzügiges Recording-Kapital), deswegen glaubte sie sich in den unappetitlicheren Teilen von Contract City genauso gut auszukennen wie auf den glitzernden, hellerleuchteten Boulevards – in den banditenverseuchten Hintergassen des Kleingedruckten genauso wie unter den glänzenden Tantiemenmarkisen –, darum wollte sie nun, da Boß Yul VTO übernahm, über diesen Vertrag ebenfalls selbständig verhandeln.

Nach der Unterzeichnung waren ihr allmählich Zweifel gekommen. Die Plattenverkäufe waren enorm, stiegen bis in den Superstarbereich hinauf, Multimillionen von Einheiten wurden umgesetzt, doch die Beträge, die auf ihre Bankkonten eingezahlt wurden, waren erschreckend gering. Auf ihren Rat hin hatte Ormus diesen weißen Elefanten von einer Wohnung auf der Upper West Side gekauft, und all seine Bankkonten leuchteten grellrot. Ormus – immer noch vertrauensselig – überließ alles Geschäftliche Vina mitsamt den Anwälten und Buchhaltern, die sie beschäftigte. Bei Finanzbesprechungen schlief er nicht selten fest ein, bis Vina ihn wachrüttelte und ihm einen Stift in die Hand drückte, woraufhin er auf jeder gestrichelten Linie unterschrieb, die man ihm zeigte. Inzwischen fürchtete sie, es wäre besser gewesen, wäre er wach geblieben. Von ihren Zweifeln teilte sie ihm nichts mit, gab aber zu, daß sie sich, und sei es nur, um eine objektive zweite Meinung zu hören, Mull Standish ins Team zurückwünschte.

Anfangs war ich, ehrlich gesagt, ein bißchen eifersüchtig?, gestand sie Ormus; weil er so verliebt in dich ist?, ziemlich traurig, eh. Von mir, meine ich. Aber wir brauchen jemanden zwischen uns und Mr. Yul Singh. Wir brauchen eine Art Prellbock, Distanz. Das wird unsere Verhandlungsposition stärken.

Das war nach den *Peace Ballads*, etwa zu der Zeit, als YSL wegen ihrer politischen Äußerungen et cetera die Peitsche zu schwingen begann. Als daher Vina so weit ging, sich zu fragen, ob sie von Cool Yul vielleicht geschoren wurden – wie das Goldene Vlies, pflegte sie zu sagen –, argwöhnte Ormus ein persönliches und nicht geschäftliches Problem. Bis jetzt war Yul ziemlich gut zu uns, wollte er protestieren, aber dann sah er den Ausdruck in Vinas Augen und erhob keine weiteren Einwände. Außerdem hatte Mull Standish ihm ebenfalls gefehlt.

Unfähig, sich von dem armen, geistig behinderten Waldo zu trennen, der in Spenta Methwolds Gärten Laub aufspießte, war Standish in England zurückgeblieben. Seine fortgesetzte Anwesenheit wurde von Spenta jedoch als Zeichen langjährigen Interesses an ihrem verzweifelten Angebot der Freundschaft mißverstanden, und darauf folgte eine getragene, melancholische Komödie der Mißverständnisse, ausgeführt im Stil des No-Theaters oder wie eine stilisierte Pantomimenshow: Spenta vermochte ihre Hoffnungen nicht auszusprechen, Mull Standish fand nicht die richtigen Worte, um sie zu zerstören; und Virus Cama beobachtete zwar alles, sagte aber nichts, während Waldo inzwischen nur noch zu den schlichtesten, unschuldigsten Erkenntnissen über die Vögel und die Bienen, die Blumen und die Bäume und den Himmel darüber in der Lage war. Standish fühlte sich gefangen zwischen seiner Dankbarkeit für Spenta, die Waldo so etwas Ähnliches wie einen Platz im Leben gegeben hatte, und seiner Besorgnis um sie; man hatte die Dinge zu weit treiben lassen, und die Wahrheit – daß sie ihr alterndes Herz einem Mann geschenkt hatte, der es niemals akzeptieren konnte – würde sie jetzt höchstens noch demütigen. In dieser erstickenden Umgebung spürte er, wie ihn die Energie verließ. Und er begann das Undenkbare zu denken: daß das Leben letztlich wohl doch nichts weiter sein könnte als eine einzige Niederlage.

Vinas Anruf kam wie eine Bluttransfusion. Sofort setzte er seinen längst vorbereiteten Schnellspurplan zur Veräußerung all seiner britischen Unternehmungen in Aktion, sogar seines vielbewunderten Listing-Magazins, das einen Emporkömmling von Rivalen geschlagen und sich den Vorrang auf dem Markt gesichert hatte, mit Ablegern in Manchester, Liverpool, Birmingham und Glasgow. Was Spenta betraf, so hatte er nun eine Möglichkeit, sie zu verlassen, ohne das Gesicht zu verlieren. Als er sie von seiner unmittelbar bevorstehenden Abreise unterrichtete, zitterte ihr Kinn nur den Bruchteil einer Sekunde lang. Dann ergab sie sich innerhalb eines Augenblicks in ihr Schicksal und sagte, aber natürlich müssen Sie gehen. Ich werde mich um unsere beiden verletzten Kinder kümmern. Wir sind schließlich so eine Art Unfallsfamilie geworden, nicht wahr; eine Familie des Schadens und des Verlustes.

Mull Standish verbeugte sich und verschwand.

In New York wurde er angesichts des ganzen Horrors der von Vina ausgehandelten Verträge sofort wieder der weitsichtige, kompetente Manager. Er verlangte absolute Kontrolle, ohne Widerrede, und feuerte fünf Minuten, nachdem er sich in die Aktenlage eingelesen hatte, sämtliche Berater der Band. Dann rief er Ormus und Vina zu einer Krisensitzung in seiner wiedereröffneten Bürosuite in Midtown Manhattan zusammen. Dort gab es vorerst nur eine Sekretärin und einen Kopierer, doch Expansionspläne befanden sich bereits im fortgeschrittenen Stadium. Es ist natürlich eine Katastrophe, sagte er und trommelte dabei mit den Fingern auf der Tischplatte. Nur noch ein Album unter festem Vertrag, acht weitere unter Option. Das heißt, die können euch fallenlassen, wann immer sie wollen, während ihr weder davongehen noch etwas an dem Vertrag ändern könnt. Magere elf Prozent des empfohlenen Einzelhandelslistenpreises, ja Wahnsinn, weniger als drei Punkte für den Produzenten, und seht euch bitte diese Zahlen für freie Ware und Promotion an! Ich werd's euch erklären. Eine Kassette der *Peace Ballads* trägt ein SRLP von rund sieben Dollar. Vergessen wir, wieviel Discount in den Läden gegeben wird – dies ist es, worauf alle Zahlen beruhen. Dann minus zwanzig Prozent für die Verpackung, bleibt für euch eine Tantieme von fünf Komma sechzig. Bei elf Prozent ist das eine Tantieme von zweiundsechzig Cent pro verkaufter Kassette. Nun werden einundzwanzig Cent für Mr. Producer abgezogen, der, wie ich annehme, kein anderer ist als unser guter Freund Mr. Singh, und dann, hallo, haben wir diese absolut idiotischen zwanzig Prozent für verschiedene Freiexemplare, also könnt ihr euch noch mal von einem Fünftel dessen verabschieden, was übrig ist. Bleiben gerade mal zweiunddreißig Komma acht Cent, wovon ihr die übrigen Bandmitglieder, LaBeef and the Baths, bezahlen müßt, ein Prozent für jeden, großzügig bis zum Gehtnichtmehr, so daß euch das weitere einundzwanzig Cent kostet. Euch beiden bleiben dann genau elf Komma acht Cent pro Kassette, geteilt durch zwei, aber zuvor müßt ihr eine Viertelmillion an Recording-Kosten und die vollen einhundertfünfzigtausend für die unabhängige Promotion abrechnen – *einhundert Prozent der Gesamtsumme*, und das habt ihr *unterschrieben*? –, und wißt ihr was, hier gibt es eine fünfunddreißigprozentige Rücklage eventuelle Rücksendungen betreffend. Wieviel ist also verkauft worden, sechs Millionen Einheiten zu, sagen wir einhunderttausend Dollar für jeden, maximal, und nachdem ihr die Steuern bezahlt habt, werdet ihr davon vielleicht fünfundfünfzig Prozent sehen, aber das auch nur, wenn ihr einen guten Steuerberater habt, und das ist nicht der Fall. Ich schätze mal, fünfzigtausend nach Steuern, unterm Strich, und das gilt für einen Mega-mega-Hit. Ihr *Kinder.* Inzwischen werft ihr das Geld zum Fenster raus, als käme es aus der Mode, Millionen-Dollar-Wohnungen, teures elektronisches Spielzeug, ich wette, daß ihr sogar bei euren Gigs Geld verliert. Dabei habe ich Ormus' traurigen Autorenvertrag noch gar nicht in Betracht gezogen, und ihr wundert euch, daß ihr rote Zahlen schreibt. Himmel noch mal!

Also, was tun wir, erkundigte sich Vina in einem völlig ungewohnten, unterwürfigen Ton. Ich meine, haben wir endgültig verschissen? Was sollen wir tun?

Standish lehnte sich im Sessel zurück und grinste. Jetzt spielen wir Bäumchen, wechsle dich, sagte er. Wir tricksen.

Yul Singhs trans- und interkontinentale Aktionen machen es schwer, ihn festzunageln. Er besitzt ein Weingut im Napa Valley, ein geheimes Versteck, das heißt eine Ranch in Arizona, eine karibische Insel und große Mengen klassische Skulpturen in Banktresoren, angeblich in Toronto, Boston und Savannah. Wie es heißt, besucht er diese Tresore allein, bei Nacht, um seine geflügelten Marmorniken und vollbusigen Aphroditen in unterirdischen Kammern mit zwei Fuß dicken Stahlwänden zu streicheln. Er hat Mätressen und Protegés, Pläne und Befehle und läßt sich niemals in die Karten sehen. Und er hat Kühe. Holsteiner Milchkühe im Wert von sechsundsechzig Millionen Dollar, einen beträchtlichen Teil der gesamten Herde von Massachusetts. Kühe sind heilig, mystisch, erklärt er den Leuten, die ihn fragen, warum. Und das Geschäft ist doppelplusgut.

Aus Gründen, die niemand versteht, hat er das Thema maximaler Sicherheit studiert und hält sich nunmehr akribisch daran, bucht jeweils mehrere Flüge, die zur selben Zeit mit verschiedenen Zielen starten, benutzt Decknamen, meidet Berechenbarkeit. Verdammt, Sie sind doch nichts weiter als ein hochstapelnder Schallplattenindustrie-Honcho, sagt Standish ihm bei ihrem ersten Treffen bei Colchis in einem Raum voll Schallplatten-Platin und -Gold ins Gesicht. Was soll das, wollen Sie jetzt vielleicht Carlos oder Arafat imitieren?

Worauf Yul erwidert: Hören Sie, Standish, nehmen Sie's mir nicht übel, aber Sie sind nicht auf dem laufenden, denn dieser Vertrag ist verbrieft und besiegelt, Ihre Künstler liegen gebunden und geknebelt als Opfer auf meinem Altar, drücke ich mich klar genug aus, sie gehören mir, Faust gehörte dem Teufel nicht so sicher wie diese beiden Babys mir. Sie sind mein.

Standish hat gute Ohren, dicht am Boden, Kontakte aus den alten Zeiten als einer der großen Bauherren der Stadt, und als Yul Singh ihm wenig überraschend die kalte Schulter zeigt, setzt er diese Lauscher wieder auf seine Gehaltsliste. Ich werde ihm beibringen, daß er auch keine kleinen Brötchen mehr backen kann, erklärt er Ormus und Vina, daß die Verhandlungen jetzt auf höherer Ebene stattfinden. Dafür brauche ich Insidermaterial. Dabei verschweigt er, daß die erste Nachricht, die er von seinen bezahlten Lauschern erhalten hat, darin bestand, daß er möglicherweise selbst Schutz brauche, denn sein alter, abgewiesener Liebhaber Sam Tropicana habe erfahren, daß er wieder in New York ist, und es seien gewisse Flüche ausgestoßen worden, gewisse wutentbrannte Drohungen sowohl in der vornehm abgedunkelten Umgebung des exklusiven Knickerbocker-Clubs als auch in der eher hemdsärmeligen Atmosphäre der Gehsteige vor dem Catania's Pizza Palace in Belmont in der Bronx, in der Nähe des D'Auria Brothers' Pork Store und des Our Lady of Mount Carmel an der 187th Street vernommen worden. Es besteht kein Zweifel daran, daß Sam Tropicana inzwischen ein wirklich großes Tier geworden ist, aber Standish weigert sich, Panik zu zeigen.

Das könnt ihr vergessen, das ist Vergangenheit, erklärt er seinen Lauschern. Die Zeit fließt nur in eine Richtung, und ich glaube nicht an Gestern.

Endlich kommt das Team mit den Fakten an, und als Yul Singh an Wills Arm die Auktionsräume in San Naraciso, Calif., – das älteste Gebäude der Stadt, erbaut noch vor dem Zweiten Weltkrieg – betritt, wird er in einer kalten Lobby mit glänzenden Redwood-Bodendielen und dem Geruch nach Wachs und Papier von Mull Standish begrüßt, der mit seinem Stock aufklopft. Sie, Scheiße noch mal, erkundigt sich Yul höchst unelegant und tatsächlich aus der Fassung gebracht. Ich glaube, Ihre Vernebelung war nicht ganz so wirksam, wie sie es hätte sein sollen, YSL, antwortet Standish grinsend, vermutlich werden Köpfe rollen müssen.

Dann sind Sie also weswegen hier, verlangt Yul zu wissen, der sich sehr schnell erholt hat.

Zunächst werde ich Ihnen mal sagen, warum *Sie* hier sind, sagt Mull. Wie sich herausstellt, interessieren Sie sich für Verschwörungen, Untergrundorganisationen, Milizen, die ganze rechtsradikale, paranoid-amerikanische Palette. Wer weiß, warum. Sie sind hier, um für die Erinnerungsstücke eines untergegangenen Immigrantengeheimbunds zu bieten, der rumzulaufen und den Leuten DEATH an die Hauswand zu pinseln pflegte. *Don't Ever Antagonize The Horn.* Ihr Logo war eine Trompete. Hübsch.

Sie verstehen überhaupt nichts, okay, erwidert Yul, der das Gleichgewicht wiedergefunden hat. Ich werd' Ihnen das Gesetz des Universums erklären. Das Gesetz nach Disney: Niemand verarscht die Maus. Was in meiner Version, die Laus, ich selber bin. Das Gesetz nach Sir Isaac Newton: Auf jede Aktion folgt eine gleiche und entgegengesetzte Reaktion. Aber das war damals, vor dem Fernsehen, und außerdem in Britannien. Ich sage, nein, Sir, wenn's nach mir geht, wird diese Reaktion ungleich sein. Sie verarschen mich, ich verarsche Sie zweimal und Ihre kleine Schwester obendrein. *Don't antagonize the horn*, machen Sie sich nicht das Horn zum Feind, das haben Sie richtig zitiert, wußten Sie, daß ich früher Klarinette gespielt habe? So sieht es also aus. Das Gesetz der Gesetze. Kopf, Yul gewinnt, Zahl, Sie verlieren.

War nett, mit Ihnen zu reden, sagt Standish und geht: langsam, gemächlich, wie ein Matador, der dem Stier den Rücken kehrt. Verachtung gewinnt viele Stierkämpfe. Manchmal wird man jedoch am Rücken verletzt.

Der legale Krieg zwischen den beiden bestgekleideten Männern des Musikuniversums, dem legendären Kopf von Colchis Records und dem Manager der allmächtigen VTO-Band, erschüttert die Branche. Er wird mit Waffen ausgetragen, die man auf englisch nicht beschreiben kann, auf einem esoterisch legalen Schlachtfeld, das auch aus Mondkäse bestehen könnte. Standish engagiert ein Team indischer Anwälte und attackiert Colchis mit ganzen Armadas von Klagen, ganzen Arsenalen von Vorladungen. Die Plattenfirma zahlt mit gleicher Münze heim. Die beiden sind wie kämpfende Spinnen, wobei VTOs Musik die Fliege ist, die in ihren Netzen aus klebrigen Fäden hängenbleibt.

Könnten wir uns nicht irgendwie ich weiß nicht einigen? fragt Vina Standish.

Nein, antwortet er.

Dies wird niemals zu Ende sein, nicht wahr, sagt Ormus.

Doch, antwortet er.

Hört zu, sagt er. Hier geschieht folgendes: Wir versuchen einen Krieg zu gewinnen, den wir bereits verloren haben. Er hat eure Unterschrift, alles, was wir haben, ist: Wir können lästig werden. Und wenn wir lange genug und spürbar genug lästig werden, wenn wir genug Kapital binden, weil wir sie in einen Rechtsstreit verwickeln, dann werden sie letzten Endes an unseren Tisch kommen und verhandeln.

Ist das alles? fragt Vina enttäuscht. Mehr haben Sie nicht in der Hand? Das und die indischen Anwälte, sagt Standish ausdruckslos. Die Meister der juristischen Verzögerungen. *Jarndyce gegen Jarndyce* ist ein Spaziergang im Park für diese Leute. Das sind Marathonläufer, und Yul weiß das. Sie sind die Goldmedaillengewinner des Hinhaltens.

Aber was, wenn, beginnt Ormus, doch Standish läßt ihn nicht weiterreden.

Dies ist die breite Straße, der Weg durch die Vordertür, sagt er. Vielleicht gibt es aber auch eine enge Gasse, einen Hintereingang. Danach fragen Sie mich lieber nicht. Vielleicht niemals, aber auf jeden Fall nicht jetzt.

Das *Quakershaker*-Album – selbst produziert bei Muscle Shoals und Montserrat von Ormus; Yul Singh setzt keinen Fuß ins Studio – verkauft sich über zwanzig millionenmal, und jeder Penny von diesem Geld wird vom Gericht eingefroren. Yul Singh bittet Standish (der Vina und Ormus die Lebenshaltungskosten aus der eigenen Tasche vorstreckt), in sein New Yorker Büro zu kommen, sobald er von einer Europareise zurückgekehrt ist, und *einfach mit ihm zu reden*. Eine Woche vor dem Termin der Zusammenkunft beginnt der Angriff der Behörden auf Ormus und Vina.

Mull Standish gehört zu jenen, die behaupten, so etwas wie Zufall gebe es nicht. Er engagiert noch mehr Anwälte, sowohl indische als auch andere, hinter der Szene ist jedoch er es, der die Verteidigung orchestriert. Je größer die Schwierigkeiten, desto mehr Energie legt er an den Tag, desto präziser ist sein Fokus. Er arrangiert Solidaritätskonzerte in den Filmores, East und West. Dylan, Lennon, Joplin, Joni, Country Joe and the Fish kommen und singen für Ormus. Als Charakterzeugen äußern sich Bürgermeister Lindsay, Dick Cavett und Leonard Woodcock, Präsident der United Auto Workers' Union, über Ormus' Integrität und Wert für das Land. Eine Klage auf Herausgabe der Fallakten der Regierung wird eingereicht und gefordert, daß die Entscheidung der Einwanderungsbehörde annulliert wird. Außerdem wird bei der Einwanderungsbehörde selbst Berufung eingelegt.

Im Juli 1974 wird die Berufung abgewiesen. Wieder einmal gibt man Ormus sechzig Tage Zeit, das Land zu verlassen, oder er wird gewaltsam ausgewiesen.

Während dieser Kriegsjahre gibt es keine neuen VTO-Schallplatten. Ormus zieht sich ins Rhodopé Building zurück, und falls er schreibt, sagt er jedenfalls keinem etwas davon, nicht einmal Standish, nicht einmal Vina. Zwischen Vina und Standish, beide in Ormus Cama verliebt, entsteht eine überraschende Intimität, eine Freundschaft, die zum Teil darauf basiert, daß Ormus ihnen beiden seinen Körper verweigert, zum Teil aber auf ihrer gemeinsamen Freude am Kampf. Sie begleitet Standish zu den Versammlungen der Greater Gotham Business League schwuler Geschäftsleute, beteiligt sich an ihrem Lobbying von Politikern im Hinblick auf die in letzter Zeit zunehmenden Angriffe auf die schwule Bevölkerung und erringt die Unterstützung der League für den Fall Ormus. Standish und Vina werden zu einem erfolgreichen Paar von Lobbyisten. Sie klären Jack Anderson auf, dessen ›Report‹ sodann erstens richtigstellt, daß Ormus die Drogen, die zum Zeitpunkt des Crossley-Unfalls in seinem Blut gefunden wurden, ohne sein Wissen beigebracht wurden, und zweitens, daß über einhundert Ausländern mit weit schlimmeren Drogenproblemen als Ormus der Aufenthalt in den USA gestattet wurde. Dies wiederum veranlaßt einen New Yorker Kongreßmann namens Koch, einen Gesetzesantrag einzubringen, der es dem US-Justizminister erlaubt, Ormus Cama die Aufenthaltserlaubnis zu erteilen. Das Blättchen wendet sich – ganz langsam.

Im Oktober 1975 wird der Ausweisungsbefehl vom US-Appellationsgericht aufgehoben, und ein Jahr später erhält Ormus die unbegrenzte Aufenthaltserlaubnis. Wieder einmal hat er so etwas wie festen Boden unter den Füßen.

Die Freude ist jedoch recht kurz, wie eine Premierenfeier, die schal wird, wenn ein Spielverderber dazukommt, der die *Times* mit dem tödlichen Verriß der Show in der Hand schwenkt. Wie das Lachen auf Macbeth' Lippen beim Anblick dessen erstirbt, was Yul Singh einst denkwürdig als Banquet's Ghost bezeichnete. Jetzt ist Singh selbst das Gespenst beim Festmahl. Unverhohlen geschockt von Ormus' Sieg, wird er nur um so entschlossener. Er trifft sich mit Standish und sagt schlicht, nichts zu machen. Dann gräbt er sich für einen Zermürbungskrieg ein, weil er sich ausrechnet, daß er Vina und Ormus aushungern kann. Es ist schließlich ihr Geld, das eingefroren wurde. Er selbst hat Zugriff zu reichlich Kapital anderswo.

Als es klar wird, daß sich die Geldeiszeitjahre hinziehen werden, beginnt Standish, Colchis' Vertrieb WEC zu bearbeiten, mit dem Argument, durch das Patt sei die beste Band der Welt aus dem Verkehr genommen, und sie, der Vertrieb, seien von Yul Singhs Unnachgiebigkeit, seine zarenähnliche Weigerung, sich wie ein vernünftiger Mensch an den Verhandlungstisch zu setzen, im Portemonnaie getroffen worden.

Ormus Cama ist ein harter Bursche, behauptet er. Der wird, wenn's sein muß, für einen Vierteldollar an der Straßenecke singen, aber er läßt sich nicht versklaven. Ob sie übrigens das *Rolling-Stone*-Cover gesehen haben, das, auf dem Ormus und Vina nackt in Ketten liegen? War es das wert?

Man hört ihm teilnahmsvoll zu, aber Yul Singh ist ein mächtiger Mann und kann eine Menge Druck verkraften. Fünf lange Jahre wird es dauern, bis die Schlacht beendet ist. Bis 1980 hat Mull Standish den größten Teil seines Privatvermögens verbraucht, und man muß eine Niederlage ins Auge fassen. Bis 1980 hat er alle seine Trümpfe verspielt.

Dann öffnet sich die Hintertür, und die schmale Gasse zum Erfolg liegt frei.

Auf dem Tiefpunkt des Kampfes gegen Colchis hat sich Ormus einen Brotbackofen in der Wohnung einbauen lassen und verbringt die Tage damit, seine geliebten Laibe zu backen – knusprig-weiße, kornbraune, mehlbestäubte Brote –, während er alle Besucher abwimmelt. Das ist seine Art, sich zurückzuziehen. Spontan beschließen Standish und Vina, sich ihrerseits zurückzuziehen: nach Dharmsala im Pir-Panjal-Gebirge, dem Exilort von Tenzin Gyatso, dem vierzehnten Dalai Lama und nach Standishs Meinung ehrlichsten Mann von der Welt. Vina ruft Ormus an, um ihn über ihre unmittelbar bevorstehende Abreise zu informieren. Er spricht nur von Brot.

Indien ist immer noch da. Indien harrt aus und ist der dritte Faktor, der Vina und Standish verbindet. Delhi ist heiß und flammt nach dem Überfall auf die Sikh-Extremisten, die im Goldenen Tempel von Amritsar in die Enge getrieben worden waren und dort ihren letzten Kampf lieferten, vor Empörung. (Das war die sogenannte Wagahwalé-Terroristenbande, benannt nach dem kahlköpfigen Man Singh

Wagahwalé, einem kleinen, bärtigen Mann, verkrüppelt von der Erinnerung an das Abschlachten seiner Familie während der Partitionmassaker, der nun, wie so viele kleine, glatzköpfige, bärtige Männer auf der ganzen Welt, in die Vorstellung eines Mikrostaates ganz für sich allein verliebt ist, einer kleinen Festung, in die er sich zurückziehen und das Ganze Freiheit nennen kann.) Die Terroristen sind längst tot, aber das Sakrileg des Angriffs der indischen Armee auf das Allerheiligste der Sikhs wirkt noch nach. Man fürchtet sich vor Repressalien und anschließenden Gegenrepressalien und so weiter, die bekannte traurige Spirale. Dies ist nicht das Indien, nach dem sich Vina und Standish sehnen. Sie machen kehrt und begeben sich eilends in die Vorberge des Himalaya.

Inder – oder sagen wir lieber, Inder aus der Ebene – verhalten sich wie Kinder, wenn sie Schnee sehen, weil er wie eine Substanz aus einer anderen Welt auf sie wirkt. Die hoch aufragenden Berge, die schlichten Holzbauten, die Menschen, die frei von allem anderen als den schlichtesten weltlichen Ambitionen zu sein scheinen, die dünne Luft, so klar wie der hochaufsteigende Diskant eines Chorknaben, die Kälte und vor allem der Schnee: All diese Dinge machen auch die welterfahrensten Städter offen für das, was sie normalerweise nicht zu schätzen wüßten: den Klang der Glöckchen, den Duft von Safran, Gemächlichkeit, Kontemplation, Frieden.

(Zu jener Zeit gab es auch noch Kaschmir. Der Friede in Kaschmir ist inzwischen zerschmettert worden, vielleicht für immer – ach nein, nichts ist für immer –, aber Dharmsala bleibt.)

Vina merkt wieder einmal, daß sie in Begleitung von Mull Standish die zweite Geige spielt, seltsamerweise jedoch stört sie das nicht. Die Ursprünge des tibetanischen Buddhismus in den Lehren der indischen Mahayana-Meister, die Entstehung der verschiedenen Sekten, das Heraufdämmern der Yellow Hats, die Doktrin der vier edlen Wahrheiten: In diesen und anderen Fragen ist Standish eine unerschöpfliche Quelle der Information. Vina trinkt. Jahre zuvor hat Standish den Dalai Lama persönlich kennengelernt und damals eine besondere Affinität zu der Gottheit Dorje Shugden entwickelt, die zu Gyatso, wie es heißt, durch einen Mönch in Trance sprach und

ihm den geheimen Weg verriet, über den er den chinesischen Erobe-
rern Tibets entkommen und sich nach Indien durchschlagen konnte.
Dorje Shugden hat drei rote Augen, sein Atem haucht Blitze. Aber
so furchteinflößend er auch aussieht – er ist einer der Beschützer.
Auf dieser Reise ist eine Audienz beim Dalai Lama leider ausgeschlossen, weil er auf Reisen ist, aber Standish möchte Shugden seine
rituelle Ergebenheit demonstrieren. Auch er ist ein Mensch, der nach
einem Weg sucht.
Er fragt Vina Apsara, ob sie vielleicht daran teilnehmen möchte.
Okay, sagt Vina. Warum nicht. Jetzt bin ich schon so weit herge-
kommen.
Dann werden wir *vajra*-Bruder und *vajra*-Schwester sein, erklärt ihr
Standish. *Vajra* ist etwas Unzerstörbares, ein Blitzschlag, ein Dia-
mant. Es ist die stärkste aller Bindungen, so stark wie Blutbande.
Am Tor des heruntergekommenen Shugden-Tempels werden sie jedoch von Otto Wing mit einer schlechten Nachricht erwartet. Kahl-
rasiert, in Mönchskutte, jeder Zoll ein wahrer Gläubiger, Gläubigster
der Gläubigen, nur noch die schwarzgerandete Brille ein Rest des
Ottos, der in Tempe Harbor mit Ifredis Wing vor ewigen Zeiten her-
umkapriolt war, erklärt er Standish durch geschürzte, mißbilligende
Lippen, daß der Dalai Lama mit Dorje Shugden gebrochen hat. In
letzter Zeit predigt er gegen die Göttlichkeit, verurteilt seine Anbetung. Der Shugden-Kult lenke von Buddha selbst ab, sagt er. Bei derartigen Geistern Hilfe von außen suchen bedeutet sich von Buddha
abwenden, und das ist schändlich. Sie dürfen hier nicht beten, belehrt
er den erschütterten Standish. Der Weg zu den vier edlen Wahrheiten führt nicht mehr durch diesen Ort.
Nervöse, kampfbereite Shugden-Mönche geben zu, daß er die Wahrheit sagt. Es hat eine Teilung gegeben im Paradies. Der tibetanische
Buddhismus hat immer etwas Sektiererisches gehabt; nun hat eine
dieser Abspaltungen begonnen, sich zu erweitern. Standish ist so aufgeregt, daß er sich weigert, länger zu bleiben. Otto Wing flattert umher, besteht darauf, daß alle zusammen meditieren, aber Standish
weist ihn ab. *Wir gehen.* Was bedeutet: Ich gehöre nicht mehr dazu.
Selbst in dieser Zuflucht finde ich keinen Frieden mehr.

Kaum haben sie sich in die Berge hinaufgequält, da müssen sie schon wieder langsame Busse und Züge nehmen, um in die Hitze der Stadt zurückzukehren. Vina macht auch dabei mit, denn in Standishs Miene sieht sie eine Niedergeschlagenheit, die sie um ihn fürchten läßt. Dieser Mann hat so hart gekämpft und so vieles verloren: Kinder, Illusionen, Geld. Sie ist besorgt, er könnte diesen letzten Schlag nicht überleben.

Als sie in Delhi eintreffen, finden sie die Stadt im Aufruhr. Ein Vierfachmord durch Sikh-Bodyguards hat zum Tod Indira Gandhis, ihrer beider Söhne und des immer mächtigeren Politikers Shri Piloo Doodhwala geführt. Die Sikh-Bevölkerung wird von schrecklichen Repressalien heimgesucht. Schwere Greueltaten liegen in der Luft. Vina und Mull steigen im alten Ashoka ab und sitzen dort verstört zusammen, wissen nicht, was nun am besten zu tun sei. Dann klopft es an die Tür. Ein Hotelangestellter mit Kokarde überreicht Standish eine dicke, mit Eselsohren ausgestattete Akte, die mit viel dünnem, haarigem Bindfaden verschnürt ist. Die Akte war am Empfang von einem Mann abgegeben worden, der seinen Namen nicht hinterlassen hat. Eine Beschreibung des Mannes ist anfangs nicht erhältlich. Nach vielem guten Zureden räumt der Empfangschef schließlich die Möglichkeit ein, der Kurier könne die safrangelbe und burgunderrote Kutte eines tibetanischen Mönchs getragen haben. Ebenfalls kurz in der Hotelhalle gesehen wurden an jenem Tag Angehörige der aufgelösten ›Magnificentourage‹ Piloo Doodhwalas, vielleicht sogar – obwohl das unbestätigt ist – die trauernde Witwe des großen Mannes, Golmatol Doodhwala persönlich.

In dieser überhitzten Atmosphäre fällt es Vina und vielleicht sogar auch Standish leicht, so gut wie an jedes Gerücht, jegliche Möglichkeit zu glauben; sogar, daß das Päckchen von keinem sterblichen Absender kommt, sondern von einer Gottheit, die in dieser Stunde, da sie selbst in Ungnade gefallen ist, eine gewisse Verwandtschaft mit den Problemen von VTO empfindet; daß Shugden, der Beschützer, ihnen in seiner Weisheit diese kostbare Gabe geschickt haben könnte.

Das Päckchen enthält unwiderlegbare dokumentarische Beweise – Faksimiles unterzeichneter Dokumente, Schecks etc., allesamt von einem Notar als echte Kopien beglaubigt – dafür, daß der gefeierte Non-Resident-Inder, derselbe Yul Singh, der ein so großes Interesse an amerikanischen Untergrundkulten und -zellen bekundet hat, Yul Singh, der vollendete Rock 'n' Roller, der sich der ganzen Welt stets als absoluter Kosmopolit präsentiert hat, der ganz und gar säkularisierte und verwestlichte Boß Yul, Coolest of the Cool, YSL höchstpersönlich, seit vielen Jahren insgeheim ein Zelot gewesen ist, Einkäufer von Schußwaffen und Bomben, kurz gesagt, einer der finanziellen Hauptstützen der randständigen Terroristen der nationalistischen Sikh-Bewegung – jawohl, des Wagahwalé-Kults, dessen Führer vor kurzem erst in Amritsar ermordet wurden und die für diesen Überfall aus dem Grab heraus eine schreckliche Rache gewirkt haben.

Gehört diese neue Wendung zu Piloos postumer Rache an *seinen* Mördern?

Vina und Standish sitzen in klimatisierter Kühle und versuchen dieses Geschenk, das Indien, größter aller Götter aus der Maschine, ihnen soeben in den Schoß geworfen hat, einzuschätzen. Draußen, etwa ein paar Meilen weiter die Straße entlang, geht das von Rache bestimmte Abschlachten unschuldiger Sikhs durch einen blutrünstigen Mob, angeführt von Beamten der regierenden Partei, unaufhaltsam weiter.

Mull Standish, normalerweise ein höchst gewissenhafter, höchst rücksichtsvoller Mann, ist so hingerissen von dem, was ihnen gegeben wurde, daß er eine Bemerkung macht, die man unter den gegebenen Umständen als äußerst geschmacklos bezeichnen könnte.

Je mehr ich vom Westen sehe, sagt er, desto klarer wird mir, daß die besten Dinge im Leben aus dem Osten kommen.

Wenn ein großer Baum im Wald stürzt, kann man mit dem Verkauf von Feuerholz Geld verdienen. Nachdem Standish, zurück in New York, Yul Singh ausgewählte Fotokopien des Materials in seinem Besitz – aus Gründen der Diskretion an seine Privatadresse – übersandt hat, bittet ihn der Boß der Schallplattenfirma auf einen Drink in die Park Avenue und erwartet ihn ohne eine Spur von Erbitterung am Lift. Sie haben mich voll erwischt, räumt er anstandslos ein. Das nenne ich gute Arbeit. Ich habe diesen Kids immer gesagt, daß sie in Ihnen einen guten Mann haben. Ein Mann trägt viele Masken, nur wenige Menschen vermögen ihn bis auf die Knochen zu entblößen. Der Verbrecher und der Detektiv, der Erpresser und sein Opfer, das sind die wirklich engen Verbindungen – so intim, wie viele Ehen es nicht sein können. Das sind Fesseln aus Stahl.

Vajra-Fesseln, denkt Standish. Donnerkeile und Felsblöcke.

Zu Hause liest meine Frau mir immer die Post vor, setzt Yul Singh hinzu, was, wie ich Ihnen nicht erklären muß, bedeutet, daß ich reinen Tisch gemacht habe, sie ist also voll und ganz im Bilde. Er führt Standish in einen weiten Raum, dessen Wände mit vielen Dingen behängt sind, die für diesen Indienliebhaber von Interesse sind: die Silberschabracke eines Elefanten, ausgebreitet und gerahmt; kleine Bronze-Natarajas; Gandhara-Köpfe. Marie-Pierre d'Illiers steht am anderen Ende des Raumes mit einer langen Champagnerflöte in der Hand sehr still da. Das dunkle Haar straff zurückgenommen und im Nacken ihres langen, inzwischen ein wenig faltigen Halses zu einem Chignon aufgesteckt. Sie ist hochgewachsen, mager, absolut selbstbeherrscht, absolut unversöhnlich. Standish kommt sich vor wie das, was er vermutlich ist: ein Erpresser und, was schlimmer ist, ein Dieb all ihrer Freuden. Ich habe nur noch eine Frage an Sie, Monsieur Standish, sagt sie mit einem leichten Akzent in ihrem Englisch. Ihnen und Ihren Schützlingen schulden wir nun eine immense Summe Geldes, aber wirklich, ehrlich immens; Reichtum, wie man ihn sich nicht erträumen kann. (Einige Wörter wie *question* und *immense* werden von ihr französisch ausgesprochen.) Also frage ich Sie folgendes: Wenn wir einen guten Preis aushandeln können, würden Sie dann meine Kühe kaufen? Ich habe es immer gräßlich gefunden, daß wir im Molkereigeschäft waren, zuletzt habe ich meine Holsteiner aber tatsächlich ins Herz geschlossen. Ich bin sicher, daß Ihnen dieses Geschäft zupaß kommen würde. Das Melken und so.

Ganz kurz berühren sich die Hände des blinden Ehemanns und der nichts übersehenden Ehefrau. In diesem Moment, da ihm ihr Ge-

526

brauch der Vergangenheitsform noch in den Ohren klingt, als sei es eine Totenglocke, begreift Standish, was Yul Singh seiner Frau im Hinblick auf seine Zukunftspläne mitgeteilt und was sie ihm dafür versprochen hat.

Hier entlang, bitte. Yul Singh führt ihn zu einem Tisch, der mit Papieren bedeckt ist. Die Dokumente sind retrospektiv, die Bedingungen sind heute am äußersten Rand dessen, was von irgendeinem Künstler auf der ganzen Welt verdient wird, und es gibt einen Status bevorzugter Nationen. Bitte, lassen Sie sich Zeit, und bringen Sie alle Änderungen an, die Ihnen richtig erscheinen.

Als alles gelesen ist, zieht Standish seinen Füller heraus und unterzeichnet sehr viele Seiten. Yul Singhs Unterschrift steht bereits da. Er erhebt sich, will gehen.

Es gibt keine Möglichkeit, sagt Marie-Pierre d'Illiers leise, zu einem Übereinkommen hinsichtlich dieser Dokumente zu gelangen.

Der Stier liegt auf den Knien und wartet auf den *coup de grâce*.

Nein, gibt Mull Standish zurück. Tut mir leid. Sie müssen verstehen, daß ich in dieser Angelegenheit lediglich beauftragt bin – von einem Auftraggeber, dessen Identität mir unbekannt ist. Wenn ich nichts unternehme, wird der Auftraggeber diese Papiere mit Sicherheit auf anderem Wege veröffentlichen. Ich kann Ihnen also nicht helfen. Aber was diese Kuhherde betrifft, nun ja, solange der Preis in Ordnung ist, sind wir natürlich daran interessiert.

So läßt er sie zurück, ganz hinten, am anderen Ende des weiten Raumes ihres Lebens, Cristal-Champagner trinkend, als sei es Gift. Schierling, denkt Standish; dann schließen sich die Fahrstuhltüren, und er fährt langsam nach unten.

Der Tod der beiden (eine Überdosis Schlaftabletten) wird am folgenden Tag verkündet. Die Nachrufe sind so lang und übertrieben wie die auf einen großen Star. Die Nachricht vom Kampf zwischen VTO und dem Colchis-Label wird aus Respekt vor dem Genie des Musikmannes, der dahingegangen ist, zwei Wochen lang zurückgehalten.

Die Sikh-Dokumente werden interessanterweise nicht an die Öffentlichkeit gebracht, obwohl Yul Singh sie dem Colchis-Aufsichtsrat sozusagen in einem Abschiedsgruß als Erklärung seiner Handlungsweise in Kurzfassung übersandt hat. Es dient nicht den Interessen des Labels, diese letzte Botschaft öffentlich bekannt zu machen. Standish entscheidet sich dafür, nicht zu sagen, was er weiß, und niemand tritt an seiner Stelle vor. Der Tod hat den Auftraggeber anscheinend zufriedengestellt. Yul Singh wird nicht über das Grab hinaus verfolgt.

In Sam's Pleasure Island bleibt Cool Yuls Loge einen ganzen Monat lang unbesetzt, vor dem Eindringen grober Ignoranten durch eine Phalanx von Singhs geschützt. Während dieses Monats sorgt das Personal des Pleasure Island dafür, daß stets ein Manhattan on the rocks sowie eine dicke Cohiba-Zigarre neben Yuls nicht vorhandenem Ellbogen warten.

Danach jedoch geht das Leben in der Stadt weiter.

Die ganze Katastrophe

Vor der Freude noch mehr Trauer. Mull Standish kann sich seines großen Sieges nicht lange erfreuen. Am Abend vor seinem Verschwinden im Jahre 1981 arbeitet er lange im Büro und führt sowohl mit Ormus als auch mit Vina mitternächtliche Telefongespräche, um ihnen die Leviten zu lesen. Standish, der noch nie für sich selbst gesprochen hat, belehrt sie beide über ihre Liebe, diese aufgeschobene Standbildliebe, durch die seine eigene ausgelöscht wird. Die zehn Jahre sind fast um, sagt er, und es wird Zeit, daß ihr beiden aufhört, euch wie die Narren zu benehmen. Zu Ormus sagt er, daß Sie meine Gefühle für Sie nicht zu erwidern vermochten, ist für niemanden von Bedeutung als für mich, und ich kann damit fertig werden, danke. (Nein, konnte er im Grunde nicht, aber er ertrug seinen Kummer stoisch wie ein englischer Gentleman, der er nicht war; er hatte sich, passend zu den Savile-Row-Anzügen, die er so liebte, eine unbewegte Gelassenheit angeeignet.) Doch daß ihr beiden das, was euch von dem immensen Reichtum eurer Liebe übrigbleibt, einfach verschleudert, schilt er, nachdem ihr ohnehin schon soviel Zeit verschwendet habt, das wäre etwas, das ich euch nicht verzeihen könnte. An Vinas Adresse setzt er hinzu: Die Nervenspannung bringt mich um. Werdet ihr, werdet ihr nicht, werdet ihr, werdet ihr nicht. Macht mit bei dem verdammten Tanz. Und gestattet mir zu sagen, wenn ihr das nicht tut, wird mich die Enttäuschung ebenfalls umbringen, und wenn sie das nicht tut und wenn es ein Licht am Ende dieses berühmten Tunnels gibt, werde ich vielleicht zurückkommen und es vor euren Augen leuchten lassen. Wenn ich euch als Geist erscheinen muß, damit ihr endlich das Richtige tut, werde ich mir ein weißes Bettlaken suchen und geisterhaft heulen.

Am folgenden Tag wird die Fülle seines Lebens auf die magere Endgültigkeit der Szene eines Verbrechens reduziert: ein verwüstetes Büro, zerbrochene Fenster, eine Abwesenheit. Ein wenig, nicht viel, Blut auf dem Teppich: vielleicht Nasenbluten. Ein zerbrochener Spazierstock. Seltsamerweise gibt es in einem aufgeschlagenen Notizbuch auf seinem Schreibtisch so etwas wie eine Abschiedsbotschaft. *Die meisten Selbstmorde werden im Frühling begangen. Wenn sich die ganze Welt verliebt, spürt man die eigene Liebelosigkeit am schmerzlichsten.* Warum sollte ein Mann eine solche Nachricht schreiben, dann sein Büro verwüsten, sich selbst eins auf die Nase geben, den eigenen Spazierstock zerbrechen und spurlos verschwinden? Das ist keine Abschiedsbotschaft, erklärt Vina der Polizei, das ist ein Tagebucheintrag. Er hatte am Telefon mit uns über die Liebe gesprochen, und das hat ihn, glaube ich, traurig gemacht. Aber er war nicht der Mann, der sich das Leben nimmt. Er war ein großartiger Kämpfer, ein Mensch, der alles bewältigte.

Diese Version wird nach anfänglichem Zögern als die wahrscheinlichste akzeptiert. Das Ereignis wird als Entführung eingestuft, Mord wird vermutet. Der Verdacht konzentriert sich auf einen gewissen abgewiesenen Liebhaber, doch keine stichhaltigen Beweise kommen ans Licht, niemand schickt jemandem einen in die Morgenzeitung eingewickelten Fisch, Anklage wird nicht erhoben. Aber Standishs Leichnam wird auch nicht gefunden. Es muß einige Zeit vergehen, bis er rechtskräftig für tot erklärt und Waldo Crossley, Spentas einfältiger Gärtner, ein wahrhaft wohlhabender Mann werden kann.

(Als Spenta Methwold in einem weißen Herrenhaus hoch über der ländlichen Themse die Nachricht von Standishs Verschwinden erhält, packt sie Ardaviraf und Waldo in den Fond ihres Mercedes und fährt drei Stunden über die Landstraßen der Umgebung. Da Spenta inzwischen eine alte Frau ist, mit grauem Star auf beiden Augen, ist es, als fahre sie mit Scheuklappen, halbblind von den aufgestauten Tränen eines Menschenlebens, Stalaktiten des Kummers. In dem kleinen Dorf Fawcett, Buckinghamshire, übersieht sie das Vorfahrtsschild und wird gleichzeitig auf beiden Seiten von überraschten Farmersfrauen in zwei Mitsubishi 4WDs angefahren. Es ist ein Zeitlupenunfall, niemand kommt tatsächlich zu Schaden, aber Spentas

Wagentür läßt sich nicht öffnen. Ohne sich zu entschuldigen oder zu beschweren, fährt sie zur nächst gelegenen Autowerkstatt, wo sie alle drei geduldig warten, bis sie von Mechanikern freigeschnitten werden. Mit Waldo und Virus fährt sie in einem Minicab nach Hause, und als sie die Haustür erreichen, erklärt sie Virus und Waldo, daß dies ihre letzte Reise gewesen sei, daß sie sich für die Welt vor ihrer Haustür nicht mehr interessiere. *Ich werde einfach dasitzen und an die Dahingegangenen denken, und ihr, unsere Söhne, werdet für mich sorgen.* Dann ruft sie den Arzt an und sagt die geplante Operation zur Entfernung ihres grauen Stars ab. Scheuklappen, Tunnelblick – mehr braucht sie jetzt nicht. Das große Gesamtbild gehört nicht mehr zu dem, was sie zu sehen wünscht.)

Standish ist tatsächlich gegangen. Ormus und Vina beobachten an einem hohen Fenster, wie der Frühling über den Park dahintanzt. Hier sind wir nun, ohne Familie oder Stamm, und haben unseren stärksten Verbündeten verloren, sagt er. Jetzt heißt es nur noch du und ich und der Dschungel. Können wir gemeinsam dem standhalten, was immer auf uns zukommen mag, dem Schlimmsten wie auch dem Besten. Wirst du, fragt er sie. Wirst du dein Wort halten.

Ja, antwortet sie. Ich werde dich heiraten. Ich werde den Rest meines Lebens mit dir verbringen, und ich werde dich lieben, das weißt du. Aber bitte mich nicht um *High-Fidelity*, absolute Treue. Ich bin ein *Lo-Fi*-Mädchen.

Stille tritt ein. Ormus Cama läßt vor liebeskranker, dumpfer Schicksalsergebenheit die Schultern hängen. Aber bitte erzähl mir nichts, sagt er. Ich will einfach nichts davon wissen.

Ich möchte mich an Vina Apsara so erinnern, wie sie in jenen letzten Jahren war, den Jahren ihrer Ehe und ihres größten Glücks, als sie zu der Frau wurde, von der auf der Welt am meisten geträumt wurde, sie war nicht nur Amerikas Sweetheart wie Mary Pickford vor langer Zeit, sondern die Geliebte des ganzen, schmerzgeplagten Planeten. Vina, in ihrer über dreißigjährigen Pracht, wie sie die Second Avenue entlangschreitet, an den Düften der Thai-, der indochinesischen und der indischen Küche vorbei, den gebatikten Kleidern, den afrikanischen Schmuck- und Korbwaren. Ihr Afro war längst verschwunden, obwohl ihr langes Haar die Krause nie ganz verlieren würde, und die Tage ihrer geballten Faust waren vorbei: Ihre alten Freunde der geballten Faust waren inzwischen Republikaner, erfolgreiche Lokalgrößen oder angeberische Entrepreneurs, deren Designs für erotische Bluejeans – mit eingebauten Penistaschen, die idiotisch neben dem Reißverschluß baumeln – wie eine Bombe einzuschlagen begannen, sobald sie das Zeichenbrett verlassen hatten. Was vorbei ist, ist vorbei, würde Vina von den alten Zeiten ohne ein Zeichen von Bedauern sagen und wie eine halbe Beschwerde anschließend zugeben, daß sie trotz aller Anstrengungen und selbst in Anrechnung ihrer Probleme in ihrer Jugend mit Marion Egiptus, ja selbst in Anrechnung ihrer Belästigungen durch Steuer- und Polizeibeamte, niemals wirklich ein Hundertstel des Rassenhasses und der Schwierigkeiten habe erdulden müssen, denen ihre afroamerikanischen Freunde ausgesetzt waren. *Sieh's ein, Rai, wir sind hier einfach keine Zielscheibe.* Das stimmt, bestätigte ich und brauchte nicht hinzuzusetzen, daß auch Berühmtheit eine Möglichkeit ist, weißer gewaschen zu werden.

Kein Mensch hatte ein besseres Gefühl dafür, wie der Ruhm funktioniert, rauf und runter, als Vina. Das waren die Tage, als die ersten Crossover-Stars ihren Weg übers Firmament machten: OJ, Magic, Leute, deren Talent die Menschen farbenblind, rassenblind, geschichtsblind werden ließen. VTO war ein wichtiges Mitglied dieser Elite, die Ormus mühelos eroberte, als sei es das Natürlichste und Selbstverständlichste von der Welt. Er hatte es sich angewöhnt, Biologen, Genetiker zu zitieren. Im Grunde sind die Menschen alle gleich, pflegte er zu sagen. Der Rassenunterschied, ja sogar der Geschlechtsunterschied ist in den Augen der Wissenschaft nichts als ein winziges Teilchen von dem, was wir sind. Prozentual gesehen ist er wirklich nicht von Bedeutung. Aber das Leben an der Grenze ihrer Haut hatte Vina schon immer nervös gemacht. Sie hatte immer noch Alpträume von ihrer Mutter und ihrem Stiefvater, wie sie in Virginia einen Schulleiter überzeugten, daß ihre Tochter keine Negerin sei, sondern eine Halbinderin, und auch keine Rothaut Pocahontas, sondern eine Inderin aus dem fernen Indien selbst, dem Indien der Elefanten und Maharadschas und des berühmten Taj Mahal, welchselbe Abstammung sie natürlich vor der lokalen Bigotterie schützte und berechtigte, mit den weißen Kindern im gelben Schulbus zu fahren. Auch von Lynchmobs träumte Vina, dem Verbrennen von Kreuzen. Wenn ein so entsetzlicher Horror irgend jemandem irgendwo angetan wurde, könnte er eines Tages auch sie treffen.

Ich erinnere mich an Vina in der dunklen Flamme ihrer erwachsenen Schönheit, am Ringfinger den Brillanten im Platinring eines anderen Mannes, doch an der Rechten auch einen geliebten Mondstein. Ich glaube ehrlich, daß sie nicht wußte, wie sehr es mich quälte, wenn sie mich als ihren Beichtvater benutzte und mir haarklein alles, aber auch alles über sich und Ormus erzählte, während sie in meinen Armen lag. Nun, da die beiden verheiratet waren, hatte sie ihre Zunge in der Öffentlichkeit ein wenig gezügelt und der unersättlichen Welt wenigstens ein paar der Intimitäten aus ihrem Ehebett vorenthalten, aber sie brauchte jemanden, mit dem sie reden konnte, und war trotz all ihrer Befreiungstheologie eine Frau ohne Freundinnen. Ich war ihr Geheimnis, dem sie ihre Geheimnisse anvertraute. Ich war, was sie hatte.

Anfang der achtziger Jahre war ich ein paar Häuserblocks weiter nach Norden gezogen, hatte mich mit drei anderen Fotografen, Mack Schnabel, Aimé-Césaire Basquiat und Johnny Chow, zusammengetan – allesamt ehemalige Nebuchadnezzar-Leute, die gekündigt hatten, weil sie gegen die immer schlimmer werdende Gewohnheit der Agentur rebellierten, die Ritter des Objektivs wie Hunde an der kurzen Leine zu führen –, um in der begrünten East Fifth Street zwischen Second Avenue und Bowery, unmittelbar gegenüber der Voice-Büros am Cooper Square, ein riesiges altes Gebäude zu kaufen. Es handelte sich um ein weitläufiges, zum Sterben verurteiltes Tanz- und Musiketablissement namens Orpheum, ein Name, bei dem mir in Erinnerung an das Kino meiner Eltern in Bombay ein Kloß in der Kehle steckte und der mir keine andere Wahl ließ, als einen Anteil an dem zu erwerben, was damals wenig mehr als eine zerfallende Hülle war. Der Kauf und die Renovierung kosteten mich mehr, als ich jemals für eine simple Unterkunft auszugeben bereit gewesen wäre, doch da wir ganz unten in den Immobilienboom eingestiegen waren, wurde auf dem Papier sehr schnell ein dicker Profit erzielt, obwohl zu jenem Zeitpunkt keiner von uns an einen Verkauf dachte. Wir Vagabunden, alle vier von uns lebenslange Globetrotter, hatten das seltsame, doch sichere Gefühl, im Bauch dieses NoHo-Wals unser wahres Zuhause gefunden zu haben. Ich landete schließlich im weitläufigen Dachgeschoß samt Atelier mit Dachterrasse darüber. Außerdem gab es einen riesigen ehemaligen Zuschauersaal, an dem wir zu gleichen Teilen beteiligt waren und der uns als gigantisches Studio, als Sound Stage oder Ausstellungsgalerie dienen konnte.

In der vorderen Eingangshalle stand ein lateinisches Motto in die Wand gemeißelt. *Venus significat humanitatem.* Die Liebe ist das Merkmal unserer Menschlichkeit. Das war ein Leitspruch, nach dem wir alle zu leben bereit waren.

Es war perfekt. So ist es also, wenn man sie spürt, dachte ich: Wurzeln. Nicht jene, mit denen wir geboren sind, für die wir nichts können, sondern jene, die wir in den von uns selbst gewählten Boden absenken, die, wie man sagen könnte, radikale Selektion, die wir für uns selber treffen. Nicht schlecht. Ganz und gar nicht schlecht. Ich begann zu erwägen, ob ich nicht öfter zu Hause bleiben sollte, andererseits hatte ich jedoch einen Grund zum Reisen, den die drei anderen Rebellen nicht hatten. Ich reiste zum Teil, um Distanz zu Vinas Abwesenheiten zu bekommen. Um Abstand von dem Messingbett zu bekommen, in dem sie nicht lag, dem leeren Bett, das mich mit der Erinnerung an die Zeiten quälte, in denen sie plötzlich auftauchte, meist unangemeldet, um mich daran zu erinnern, warum ich niemals geheiratet hatte, und um unsere elende Liaison (fast) der Qualen wert zu machen.

Vina war nach *uptown* gezogen, in Ormus' Superwohnung im Rhodopé Building, eine Wohnung, die dank ihres inzwischen unbegrenzten und uneingefrorenen Kapitals zu einem Komplex von vier Wohnungen angewachsen war, »damit wir mehr Platz haben«. Da sie ihre alten Canal-Street-Tränken vermißte, stürzte sie sich zum Ausgleich dafür auf den Immobilienmarkt. Sie begann an der ganzen Ostküste historische Häuser zu kaufen, zuweilen sogar unbesehen. Ich hab' einfach die Landkarte studiert und das richtige Gefühl gekriegt?, erklärte sie mir. Außerdem habe ich gelegentlich Numerologen konsultiert. So war sie bis zuletzt eine seltsame Mischung aus hoher Intelligenz und allem abergläubischen Nonsens ihrer Zeit. Sie liebte das Orpheum, liebte es, unter der zwinkernden Turmspitze des Chrysler Building und den gigantischen Türmen des World Trade Center in der anderen Himmelsrichtung splitternackt sonnenzubaden. Näher bei uns stand ein dunkler Wasserturm auf Marsbeinen, der über sie wachte. Oder wie eine Rakete, phantasierte sie. Sieh doch über die Dächer der Stadt. Eine ganze Flotte von Raketen steht da auf den Hausdächern. Sie machen sich bereit zum Abflug, stehlen sich unser Wasser, legen die Stadt in Trümmer und fliegen auf und davon, während sie uns in unserer Ruinenwüste dem Verdursten überlassen. Vina interessierte sich für Armageddon. Velikovskys mutiger Bestseller *Worlds in Collision* sowie der Nachfolgefilm *Ages in Chaos* mit seiner Theorie vom ›kosmischen Katastrophismus‹, die eschatologische Fiktion von John Wilson, *Fail Safe*, der schwerfällige Film aus der Zeit des kalten Krieges – sie alle waren ihre Lieblingsstreifen. Warum sie den *Der Herr der Ringe* liebte, war einzusehen. Denn der bot ihr ebenfalls ein Ende der Welt, zur Abwechslung jedoch als eine Art Happy-End.

Gegenüber dem Orpheum lag auf der anderen Straßenseite ein kleines, von New Yorker Buddhisten geführtes Kaffee- und Vegetariergeschäft. Der Kaffee war gut, der Vegetarismus löblich, doch seit ihrer Rückkehr aus Dharmsala war Vina das ständige *downtown*-Gebimmel des Buddhismus ein Dorn im Auge. Sie war durchaus für die hehren Wahrheiten, doch ihr gefiel die Art nicht, wie der Buddha, ein reicher, mächtiger Fürst, der auf Macht und Reichtum verzichtet hatte, um als Bettelweiser zur Erleuchtung zu gelangen, jetzt aus den Reihen der reichsten und mächtigsten Klasse der reichsten und mächtigsten Stadt in der reichsten und mächtigsten Nation auf Erden Anhänger gewann. Die jungen Leute in dem Laden waren lieb und alles andere als Millionäre, aber sie trugen auch keine Bettelschale oder schliefen auf hartem Grund, und ihre Mitbuddhisten in den Reihen von Amerikas Kunstelite schienen eine sehr originelle Definition des einfachen Lebens oder ›des Weges‹ zu haben. Vina war nicht sicher, wieviel Verzicht dabei geübt wurde, doch wenn der Dalai Lama es will, sagte sie, und wenn die Verfassung es gestattet?, hätte er bei dieser Unterstützung Chancen als Präsident oder wenigstens Bürgermeister von New York. Seine Wahlkampfmusik hatte sie schon bereit. *Hello Dalai. Lama-Lama-Ding-Dong.* Wenn man seinen Sinn für Humor verlor und sie in die Enge trieb, räumte sie ein, daß sie in seinem Kampf gegen die Chinesen auf der Seite des Dalai Lamas stand, wer täte das nicht, aber sie wäre wütend darüber gewesen, zu diesem Bekenntnis gezwungen worden zu sein. Zumeist zog sie es vor, ironisch aus dem Rahmen, aus dem Schritt zu fallen. Härter zu klingen, als sie es war. Womit sie seltsamerweise niemanden zu täuschen vermochte. Die Menschen durchschauten ihre Harte-Burschen-Rolle, liebten sie sogar dafür, und je taktloser ihre Formulierungen, je mehr sie sich bemühte, dieses radikal-außergewöhnliche Individuum zu sein, desto inniger wurde sie geliebt.

Indien ließ sie immer noch nicht los, daher konnte sie auch meinen Entschluß nicht verstehen, nie mehr dorthin zurückzukehren. Du und Ormus, sie schüttelte den Kopf, typisch für mich, genau die zwei Männer auf der Welt zu haben, die ihrer alten Heimat den Rücken kehren. Was?, ich soll alleine reisen? Nur ich und eine Horde von Bodyguards?

Hör zu, sagte ich zu ihr (ihre Offenheit verlieh meinem eigenen Antrieb zum Beichten Nachdruck), es vergeht kein Tag, an dem ich nicht an Indien denke, an dem ich mich nicht an Kindheitsszenen erinnere: den in einem offenen Stadion ringenden Dara Singh, den singenden Tony Brent, den winkenden Sherpa Tensing im Fond eines offenen Autos draußen vor dem Kamala-Nehru-Park. Den Film *Mughal-e-Azam*, der bei der großen Tanznummer plötzlich in Farbe ausbricht. Die legendäre Tänzerin Anarkali, wie sie stolz einherschreitet. Den unaufhörlichen Angriff dieses Landes ohne Mittelweg auf die Sinne, dieses ganz und gar aus Extremen zusammengesetzte

Kontinuum. Natürlich erinnere ich mich daran. Es ist die Vergangenheit, meine Vergangenheit.

Aber das Band ist zerrissen. In Indien gibt es jeden Tag Diskussionen, Diskussionen, in die wir hineingezogen werden, an denen wir nicht mehr teilzunehmen wünschen, weil uns schon übel wird, wenn wir daran denken, sie auch nur ein einziges Mal zu wiederholen, müde Gespräche über Authentizität, Religion, Empfindlichkeiten, kulturelle Reinheit und die korrumpierende Wirkung von Auslandsreisen.

Wir, sinnierte sie. Vermutlich sprichst du auch in Ormus' Namen.

Aber sicher, antwortete ich. Was glaubst du denn, wovon *Tongue Twistin'* sonst handelt?

Tongue Twistin' ist, oberflächlich gesehen, eine von Ormus' leichteren Arbeiten, konzipiert als einfacher Song über die Enttäuschung von Teenagern, ein Vers des Sehnens, gefolgt von einem Vers der Desillusionierung. *I like the way she walk and I even like the way she smell. Yeah and I like the way she talk and I really want to ring her bell. Now I know she's kind a crazy and a little too much, but I'm hopin' for the strokin' of her lovin' touch. An' I'm really not insistin', but if we were tongue twistin', what a twistin' gut time it's be.* Die Love Story nimmt leider kein gutes Ende: *She don't like where I'm livin' so she don't care 'bout the way I feel. You know I had a lot of givin' but she told me that I was unreal. I tried to paint her picture but I had no luck, I tried to write her story but she said it sucked. Now I'm tired of her resistin', gonna go tongue twistin', with someone who wants to twist with me.*

In unserer Müdigkeit, Vina, waren wir uns, glaube ich, immer einig; genau wie in unserer Liebe zu dir, das heißt unserer Liebe zur Lebensfreude an sich, die du verkörperst. *Vina significat humanitatem.* Das ist die Wahrheit. Das bist du.

Nun, diese Ansprache verdient eine Belohnung, murmelte sie, legte eine Hand um meinen Kopf und zog mich dorthin herab, wo sie lag, nackt und herrlich, unter den blinden Wolkenkratzern und dem allessehenden Himmel. Nimm mich in deine Arme, befahl sie mir, und ich gehorchte.

Irgendeine Art Indien geschieht überall, auch das ist die Wahrheit; überall herrscht Schrecken und Staunen und Überwältigung, wenn man nur seine Sinne dem aktuellen Pulsschlag öffnet. Auf den Straßen von London gibt es jetzt Bettler. Wenn Bombay von Amputierten wimmelt, was ist dann hier in New York mit den zahllosen Verstümmelungen der Seele, die man an jeder Straßenecke sieht, in der Subway, in der City Hall? Kriegsversehrte gibt es hier auch, aber ich spreche jetzt von den Verlierern des Krieges in der Stadt selbst, den Verletzten der Metropole mit Bombenkratern in den Augen. Also führe uns nicht in die Exotika und erlöse uns von der Nostalgie. Statt Dara Singh lies Hulk Hogan, statt Tony Brent sag Tony Bennett, und der *Zauberer von Oz* sorgt für einen beeindruckenderen Übergang zur Farbe als irgend etwas aus dem Bollywood-Kanon. Lebt wohl, Indiens Tänzerinnen, Vijayantimala, Madhuri Dickshit, lebt wohl. Ich nehme Kelly. Ich nehme Michael Jackson, Paula Abdul, Rogers und Astaire.

Doch wenn ich ehrlich bin, rieche ich allnächtlich noch immer den jasminduftenden Ozon des Arabischen Meeres, denke ich noch immer an die Liebe meiner Eltern zu ihrer *art dekho*-City und zueinander. Wenn sie glaubten, daß ich nicht hinsah, hielten sie sich an den Händen. Aber natürlich sah ich immer hin. Tue es noch.

Das Partygirl und der Einsiedler, das Großmaul und der Stumme, der Heiratswillige und die Promiske: Ich hätte nie gedacht, daß sie den Bund schließen würden, aber das taten sie, und zwar absolut pünktlich. Vinas Freund Amos Voight pflegte den Leuten zu erklären, die berühmte Verlobung über zehn Jahre hinweg sei nur ein verrücktes Spiel dieser Kids, ein Flirt, der ihre gegenseitige Zuneigung bestätigte, sich aber auch mit der Tatsache abfand, daß es zwischen ihnen kein Vertrauen und somit kein Fundament gab, auf dem sie eine Art von Ehe aufbauen konnten. Außerdem, sagte er, ist es ja *soo* gut fürs Geschäft. Diese Publicity, Darlings, ist nicht mit Geld zu bezahlen. Voights Lebensphilosophie lautete, daß man seine Zeitungskritiken nicht las, sondern wog, und solange die Publicity genug Gewicht brachte, war alles ganz einfach prachtvoll. Und es traf zu, daß die aufgeschobene Liebesaffäre als Publicitygag einiges Aufsehen erregte. Selbst während der langen Schweigepause der Band sorgte Ormus' und Vinas außergewöhnliche Verbindung dafür, daß sie im Bewußtsein der Öffentlichkeit ständig ganz oder fast ganz oben blieben.

Die zeitgenössische Öffentlichkeit ist schon lange an Voights Zynismen gewöhnt; sie glaubt nicht mehr, was ihr erzählt wird. Sie ist überzeugt, daß unter jedem Text ein Subtext existiert, eine verborgene Agenda hinter der offenliegenden, eine Anderwelt parallel zur Welt. Weil Vina den Leuten ihre Promiskuität unter die Nase rieb, sie zelebrierte und ironisierte, gab es viele, die ihr nicht glaubten, daß sie »real« sei. Dieselben guten Bürger stellten auch Ormus' treue Zurückhaltung in Frage. Die skrupelloseren Zeitungen und Zeitschriften setzten ihre besten Dreckwühler an den Fall und schickten sogar Profischnüffler hinter Ormus her, um herauszufinden, mit wem er sich insgeheim herumtrieb, aber alle kamen mit leeren Händen zurück. Der Wunsch, das Außergewöhnliche zu entlarven, das Verlangen, ihm die Füße abzuschlagen, bis es in den engen Rahmen des Akzeptablen paßt, entsteht aus Neid plus Unzulänglichkeit. Die meisten von uns würden, wenn sie das berüchtigte Gasthaus des Polypemon Prokrustes in Korydallus, Attika, erreichten, feststellen, daß das Bett, das uns angeboten würde, für uns viel zu groß wäre. Mitten in der Nacht würde er uns sodann ergreifen und schreiend auf dem Streckbett strecken, bis wir hineinpaßten. Viele von uns, die vom Bewußtsein ihrer Kleinheit zerrissen werden, mißgönnen den wenigen wahren Helden ihre Größe.

Ormus, Vina und ich: Wir drei kamen in den Westen und passierten die transformierende Membrane am Himmel. Ormus, der jugendliche Proselytenmacher des Hier und Jetzt, der Sensualist, der große Liebhaber, der Materialbeschaffer, der Poet des Aktuellen, hatte Visionen der Anderwelt und wurde in ein Orakel, einen Mönch für zehn Jahre und einen Art-déco-versessenen Einsiedler verwandelt. Was mich betrifft, so muß ich sagen, daß ich wenigstens auch eine Membrane passierte. Ich wurde zum Ausländer. Trotz all der Vorteile und Privilegien meiner Geburt, trotz meiner beruflichen Fähigkeiten wurde ich durch die Tatsache, daß ich meinen Geburtsort verließ, zum Ehrenmitglied der zahlreichen Enterbten dieser Erde. Indochina half da natürlich, das unvergeßliche Indochina mit den vergessenen Toten, klick, und dem Feuersturm der Bombardierung des benachbarten Angkor, das ein lebenverschlingendes Ungeheuer gebar, den Khmer, klick, der wie ein teuflischer Phönix aus den Flammen erstand, um Krieg zu erklären – den Brillen, den Zahnfüllungen, den Worten, den Zahlen und der Zeit. (Und auch den Kameras. Damals bin ich mit allerknappster Not entkommen, wozu nicht nur immenses Glück erforderlich, sondern auch mein alter Trick der Unsichtbarkeit hilfreich war. Khmer-Sympathisanten in Insektengestalt entdeckten mich trotz meiner Tarnkappe und griffen mich sofort an, so daß ich anschließend noch wochenlang sowohl mit Malaria als auch krank an der Seele auf der Insel Cheung Chau im Hafen von Hongkong lag, aber ich war so ungeheuer erleichtert, daß ich mich damit abfand – und mit einer langsamen Rekonvaleszenz bei einer Diät von Hafenfisch und Nudeln.)

Im Laufe der Jahre sah ich zu, wie die Hand von Mighty America hart auf die Hinterhöfe der Welt herabfiel, klick, nicht die helfende Hand-über-dem-Meer, die Freunden gereicht wurde, sondern die Faust, mit der He-that-is-Mighty auf den grünen Tisch Ihres Landes hämmert, um Ihnen zu sagen, was er will und wann er es will, d. h. sofort, mein Freund, nimm Haltung an, du bist gemeint. Ich kam vom, klick, angkoranischen Schlachthof Tuol Sleng zurück, und danach fand ich den Namen von Amos Voights Studio nicht mehr besonders lustig; vom, klick, übelkeiterregenden Timor nur, um der Erklärung von Might Central in Foggy Bottom zu entnehmen, daß es einen solchen Ort auf dem Angesicht der Erde nicht gebe; aus dem Iran 79, wo, klick, der Marionettenkönig seine Untertanen in die Arme einer Revolution zwang, klick, die sie alle bei lebendigem Leib fraß; klick, aus dem zerbombten Beirut; klick, aus dem revolutionsgespickten Bananarama Mittelamerika. Ich kam heim wie Godards Soldaten mit den Fotos der dunklen Weltwunder, mit all meinen geklickten Leichenhaufen und Schädelbergen, von Landminen zerrissenen Schulbussen und rachenehmenden Mördern und Hungersnöten und reinblütigen Genoziden, und als ich meinen billigen Koffer öffnete, um zu beweisen, daß ich mein Versprechen gehalten hatte, war mein Liebchen nicht da; statt dessen kamen Fotoredakteure und fragten mich, Mr. Merchant, lieben Sie Amerika? Ray – ist das eine Art Alias, Ray? – Ray, wie weit sind Sie ein Handlanger der Kommunisten?

Unser Leben zerreißt uns. Ormus Cama, der unwillige Mystiker, der überlebende Zwilling, verlor das Double in seinem Kopf und entdeckte statt dessen eine Verdopplung seiner Existenz. Seine beiden Augen, die verschiedene Welten sahen, verursachten ihm Kopf- und Herzschmerzen. Etwas ganz Ähnliches widerfuhr mir im Hinblick auf dieses Ding, Amerika. Denn das Amerika, in dem ich mein gutsituiertes Green-Card-Leben führte, das Orpheum-Amerika, in dem die Liebe das Zeichen unserer Menschlichkeit ist, das Amerika unterhalb der 14th Street, locker und frei wie die Luft, vermittelte mir ein größeres Zugehörigkeitsgefühl als alles, was ich zu Hause empfunden hatte. Und auch in das Traum-Amerika das jeder im Kopf mit sich herumträgt, America the Beautiful, Langston Hughes' Land, das nie existierte und dennoch existieren mußte, hatte ich mich, wie alle anderen, bis über beide Ohren verliebt. Fragt man jedoch den Rest der Welt, was Amerika bedeutet, so hört man die einstimmige Antwort, Macht, es bedeutet Macht. Eine Macht, so groß, daß sie unser Alltagsleben formt, obwohl sie sich kaum dessen bewußt ist, daß wir existieren; sie könnte uns nicht mal auf einer Landkarte finden. Amerika ist kein fingerschnalzender Beboper. Es ist eine Faust.

Auch das war, als sähe man doppelt. Das war der Punkt, an dem meine Kopfschmerzen einsetzten.

In Kampfzonen gibt es keine feste Struktur, die Form der Dinge ändert sich ständig. Sicherheit, Gefahr, Kontrolle, Panik, diese und andere Bezeichnungen hängen sich an Orte und Menschen und lösen sich wieder von ihnen. Taucht man aus einer derartigen Zone auf, bleibt sie bei einem, legt sich ihr Anderssein willkürlich über die scheinbare Stabilität der friedlichen Straßen in der Heimatstadt. Waswenn wird zur Wahrheit, im Gramercy Park glaubt man explodierende Gebäude zu sehen, mitten auf dem Washington Square sieht man Krater, die sich öffnen, und Frauen mit Einkaufstaschen fallen, von Scharfschützen wie mit Bienenstichen getötet, mitten auf der Delancey Street tot um. Man schießt Fotos vom eigenen kleinen Stück Manhattan, und sofort beginnen Geisterbilder darauf zu erscheinen, Negativphantome der fernen Toten. Doppelbelichtung: Wie Kirlian-Fotografien werden sie zu einer Art von Wahrheit.

Ich hatte angefangen, mich auf Streit einzulassen, sogar auf Schlägereien. Jawohl, in Bars, mit Fremden, auch das, Streit um nichts. Ich. Ich hörte mich selbst mit undeutlicher Saufboldstimme Leute belästigen und einschüchtern, aber ich konnte einfach nicht anders. Als hätte die Gewalt, deren Zeuge ich gewesen war, tief in mir ein Echo von Gewalt ausgelöst. Das Feuer in meiner Mitte stieg durch die Verwerfungen meiner Persönlichkeit empor, um sich durch die Vulkane meiner Augen, meiner Lippen zu ergießen. Eines Abends, nicht lange nach Standishs Verschwinden, begleitete ich Vina ins Xenon, anschließend ins 54. Ormus haßte solche Lokale, daher konnte ich Vinas Begleiter spielen, ohne seinen Argwohn zu erregen. Sie andererseits konnte ohne die Clubs nicht leben, es war eine Sucht, und außerdem kümmerte es Vina kein bißchen, was die Leute denken könnten. Sie trug Schwarz, aber es wirkte nicht wie Trauerkleidung; dafür gab es nicht genug davon. Nun gut, jedenfalls war da im 54 ein pomadenhaariger Kerl, der eine ironische Bemerkung darüber machte, daß es wohl ein bißchen zu früh nach Mulls letztem Abgang sei ... ach, irgendwas. Vina zog mich gerade noch rechtzeitig beiseite. Was ich empfinde, sei männlicher Zorn, sagte sie, geschlechtsbedingt, *weil du die Kontrolle verlierst*. Was heißen sollte, die Männer. Das war in meinen Augen ein Schuß, der so weit danebengegangen war, daß ich nicht wußte, wie ich den Pfeil wiederfinden sollte, also begann ich statt dessen auf Ormus herumzuhacken. Diese Anderwelt-Songs von ihm, sagte ich laut, um die Musik zu übertönen, was glaubt er eigentlich, was er da tut, den Menschen ein verheißenes Land offerieren oder was. Das macht mich wütend, sagte ich, denn selbst wenn man auf das Nebensächliche hört, sagt er höchstens, es ist anders, nicht besser, das ist es nicht, was die Kids da raushören. Wer hört denn schon genau auf den Text, das hast du selbst gesagt. Diese beschissenen New-Quaker-Irren, glaubst du vielleicht, daß die richtig zuhören? Die sehnen sich nach dem Jüngsten Tag, beten um das Ende, bringen den *dies irae*, den Tag des Zorns, herbei, weil dann das beschissene Reich kommen wird. Ich kann das verdammt nicht ertragen. Könnt ihr nicht endlich aufhören – bitte.

Da hat sie es mir gesagt. Wir werden's tun, rief sie mir zu. Wir werden heiraten. Ich hoffe nur, daß du genug Zeit hast, dich zu beruhigen, damit du kommen kannst.

Die Musik war verstummt, so daß sie in die plötzliche Stille hineintrompetete. Was für eine Ankündigung. Alle Anwesenden begannen zu applaudieren, während Vina grinste und sich immer wieder verneigte. Zum Schluß blieb mir nichts anderes übrig, und ich klatschte auch.

Irgend etwas Unerwartetes geschah in der Musikwelt, die jüngeren Bands ließen nach, das glitzernde Kinderzimmer hatte den Glanz verloren, und die Kids richteten den Blick auf die Älteren. Als wende sich die menschliche Rasse vom gegenwärtigen Zeitpunkt der Evolution ab und beginne, die Dinosaurier zu hofieren, die vor ihr da waren. Irgendwie war das eine Schande, aber älter zu sein wurde allmählich zu einem Vorteil. Ormus Cama war vierundvierzig Jahre alt, und das war ihm von Nutzen. Genauso alt wie die Musik, wiederholten die Leute immer wieder, genauso alt wie die Musik, wie ein Mantra, als habe das eine Bedeutung, als überschreite die Musik nicht die Grenzen der Zeit genauso wie die des Raums. Genauso alt zu sein wie die Musik bedeutete plötzlich, alles zu wissen, genau wie die uralten Delta Blues Brothers, wie Old Adam persönlich. Jetzt war Weisheit die heiße Ware, und die hatte Ormus, die Weisheit des Einsiedlers, des Delphischen Orakels, die Weisheit, sagen wir, Brian Wilsons von den Beach Boys. Und überdies besaß er in den Augen der Schallplatten kaufenden Öffentlichkeit etwas, das weder in Delphi noch in der Brandung von Kalifornien zu finden war: die Weisheit des Ostens.

VTO hatte wieder ein Hitalbum, und was war das für eine Platte, ein vollgestopfter Jahrmarkt von einem Doppelalbum, *Doctor Love and the Whole Catastrophe*. Das war ein Ausdruck, den Ormus liebte, er hatte ihn irgendwo gelesen oder gehört, und er war ihm in Erinnerung geblieben. Die Musik könne entweder von gar nichts handeln, pflegte er zu sagen, ein winziger Strang aus Klang, wie ein silbernes Haar vom Haupt der Muse gepflückt, oder sie könne von allem handeln, was es gab, von allem, *tutti tutti*, Leben, Ehe, Anderwelten, Erdbeben, Ungewißheiten, Warnungen, Vorwürfe, Reisen, Träume, Liebe, die ganze Palette, der ganze Klumpatsch, die ganze Katastrophe. Das neue Album war ein üppiges Mosaik aus all dem: Liebesliedern und Jeremiade, herzzerreißenden Oden und Schicksalsvisionen. Es konnte nicht fehlschlagen.

Auf der Hülle posierte er mit Vina in feigenbeblätterter Nacktheit, wie klassische Statuen mit Sonnenbrille. Wie ein mythisches Liebespaar, Amor und Psyche, Orpheus und Eurydike, Venus und Adonis. Oder wie ein modernes Paar. Er war Doctor Love und sie, wie er es sah, The Whole Catastrophe. Diese Hülle wurde später als Todesprophezeiung bezeichnet – von denselben Leuten, die glaubten, daß Paul McCartney tot sei, weil er der einzige war, der auf *Abbey Road* barfuß über den Zebrastreifen ging, den Leuten, die steif und fest behaupteten, wenn man die Stereonadel in die Rillen der Auslaufzone von *Sgt. Pepper* setze und die Platte dann mit dem Finger gegen den Uhrzeigersinn drehe, höre man John Lennon sagen *I will fuck you like a superman*. Die Welt der populären Musik – Fans genauso wie Künstler – schien zuweilen ausschließlich von Menschen mit gestörtem Verstand bevölkert zu sein.

Vina und Ormus gestatteten es sich endlich, einfach verliebt ineinander zu sein, und ihr aufblühendes Glück war ein gottverdammtes Ding. Kurz nach ihrer Eheschließung schalteten sie ganzseitige Anzeigen in der Weltpresse, um zu sagen, was sie fühlten: eine Idee, die von Vina stammen mußte. Auch ein großer Teil des Textes klang nach ihr. Und folgendes hatte sie der Welt zu sagen: daß sie gelernt hätten, einander rückhaltlos zu lieben, einander ganz und gar zu vertrauen – durch ihre Träume. Sie hätten entdeckt, daß einer vom anderen geträumt habe, jede einzelne Nacht, *und es waren die gleichen Träume. Wir verließen tatsächlich, wirklich, doch ohne es zu wissen, unseren Körper, um in den Traum des anderen einzudringen. Unsere Geister liebten sich und lehrten unsere Wachkörper das Vertrauen.*

So hatten ihnen feuchte Träume durch zehn lange Jahre geholfen, so sah jedenfalls ich es. Sie dagegen hegten erhabenere Vorstellungen von der Macht der Liebe und der Musik, *die der Klang der Liebe ist.*

Liebe ist das Verhältnis zwischen den Ebenen der Realität.

Liebe erzeugt Harmonie und regiert die Künste. Als Künstler versuchen wir in unserer Kunst einen Zustand der Liebe zu erreichen.

Liebe ist der Versuch, Ordnung ins Chaos, das heißt in die Absurdität, zu bringen.

Sie ist erfinderisch, zwienatürlich, hält die Schlüssel für alles.

Es liegt Liebe im Kosmos.

Die Liebe wurde vor den Gesetzen der Natur geboren und ist stärker als sie.

Die Liebe erhebt uns über die Beschränkungen des Körpers und schenkt uns freien Willen.

Wir verteidigen die Liebe des Menschen zu seinen Mitmenschen.

Wir verteidigen die Liebe als eine kosmische Kraft, welche die Schöpfung hervorgebracht hat.

Wir verändern uns ständig, und wir bleiben beständig. Die Musik ist die Brücke zwischen unseren Welten. Die Musik befreit und vereint.

Wir sind vom Wahn der Liebe erfüllt, der den Geist über das Verstehen hinaus zu einer Vision von Schönheit und Freude führt.

Lieder sind die Verzauberung der Liebe. Sie sind Alltagsmagie. Der Gesang der Sirenen riß Männer in den Tod. Kalypsos Gesang bewirkte, daß Odysseus verzaubert an ihrer Seite blieb. Niemand kann dem Gesang der Aphrodite oder der Verführung, ihrer singenden Hexe, widerstehen.

Lieder zaubern unseren Schmerz hinweg.

Mögen wir, die wir von Verlangen erfüllt sind, immer Gesang haben, süßen Gesang, süßer denn jedwede Droge.

Liebe ist Harmonie. Harmonie ist Liebe.
(Wir widmen diese Schallplatte dem Gedenken an unseren Freund
und Retter, Mullens Standish, dem liebenden Piraten. Möge dein
Totenkopf mitsamt den gekreuzten Knochen stets lustig im Winde
flattern.)

Die Musik war ihr eigentlicher Liebesakt. So vieles ist über Vinas
großmäuliges Verhalten gesagt und geschrieben worden, doch was
ich hören möchte, ist mehr über die Art, wie sie ihr Großmaul beim
Singen benutzte, zusammen mit diesen Lungen, mit diesem Verstand. Ich möchte von dieser Stimme hören, dieser Stimme des Jahrhunderts. Wie sie ihre Phrasierung verbessert hat, indem sie Filme
über Violinisten studierte – Heifetz, Menuhin, Grappelli –, und wie
sie, beeindruckt von der Bogenführung, die einen scheinbar kontinuierlichen Klang erzeugte – nur Zähne und keine Lücken, lautete ihre
Formulierung –, versuchte, genauso zu singen. Zu singen wie eine
Geige. Um den berühmten langanhaltenden Fluß ihrer Töne zu erreichen, studierte sie außerdem die Art, wie Bläser atmeten, und verbrachte Stunden damit, ihre Lungen zu trainieren, indem sie in ihrem
Health Club lange Strecken unter Wasser schwamm. Dann stand sie
unvermittelt auf und legte (in den schlechten alten Zeiten) mit einer
Flasche Bourbon in der Hand so richtig los, und es war, als wäre sie
so geboren worden. Die Kunst, die Kunst kaschiert: Der auffallendste Rockstar der Welt war eine Anhängerin der Philosophie künstlerischer Diskretion. Laß sie niemals sehen, wie du es machst, lautete
ihr Credo. Einmal sagte sie zu mir: Was wollen die wissen – wie?
Das zu wissen steht ihnen nicht zu. Es ist mein Job, es zu tun, und
ihrer, mir zu applaudieren.
Oppenheim, der Atomspalter, zitierte, als er die Kraft der Bombe,
seines geistigen Kindes, entdeckte, die Bhagavad Gita. *Ich bin Tod*
geworden, der Vernichter von Welten. Der magische Pilz des Todes,
geboren aus der Vereinigung spaltbarer Materialien. In den acht Jahren zwischen Ormus' und Vinas Eheschließung und ihrem viel zu
frühen Ende gab es einige harte, krittelsüchtige Stimmen – notabene

jene ihrer einstmaligen Bewunderer Rémy Auxerre und Marco Sangria, die andeuteten, daß die führenden Mitglieder der VTO beide äußerst instabile Persönlichkeiten seien, ständig kurz vor dem Zusammenbruch, und daß sie, wären sie nicht superreiche Rockstars, längst schon in der Klapsmühle säßen. Ich sage nur, wenn sie spaltbar wären, dann wäre die durch ihre Vereinigung entfesselte Energie – das Manhattan-Projekt der Liebe – eher Helligkeit statt Dunkelheit, eine Quelle der Freude, nicht der Schmerzen, ein Aspekt von Leben-als-Schöpfer statt Vernichter Tod.

Sie können sich vorstellen, wie meine Zähne knirschen, während ich dies niederschreibe.

Die Liebe machte sie unwiderstehlich, unvergeßlich. Als Entertainer, als Menschen wurden sie durch das Ende des Wartens und die Erleichterung und den Vollzug ihrer Ehe, wenn ich so sagen darf, vollendet. Wenn sie einen Raum betraten, Hand in Hand, strahlend, verstummten die Anwesenden in Ehrfurcht. Die lange aufgestaute Sturzflut ihres Glücks überschwemmte alle, die in Reichweite waren, ertränkte Fremde in unvorhergesehener Freude. Die Szenerie ihrer Auftritte war von Grund auf erneuert worden. Ormus wandte sich dem Publikum zu. Breitbeinig, die funkelnde goldene Gitarre in der Hand, hochgewachsen, schlank, das Gesicht wie ein Monument für seine lange Wartezeit und den verspäteten Triumph, mit der goldenen Augenklappe, die seiner Persönlichkeit noch mehr Macht, den leichten Touch eines Piraten verlieh, verkörperte er die Gefahr und den Realismus der Musik wie auch die unterschwellige Hoffnung. Als Folge seiner geschädigten, pfeifenden Trommelfelle brauchte er jedoch leider Schutz vor den Dezibels, die von der Band hinausgedröhnt wurden, deswegen mußte für ihn ein schalldichter Glaskasten konstruiert werden, mit Klimaanlage und Bodenpedalen, mit denen er den Klang seiner weinenden Gitarre kontrollierte und variierte. Im Mittelpunkt der Bühne, hell ausgeleuchtet, war dies ein Objekt aus einer Raumoper oder einem Märchen, und Ormus Cama, der im Glassarg einer umgebauten Orangerie im Koma gelegen hatte, sang und spielte jetzt bei vollem Bewußtsein wieder in einem Glaskasten.

Während er, von Glas umschlossen, still dastand, lief und sprang Vina, stolzierte und wirbelte eine superfitte, supergeladene Vina, eine Vina, die das Geschäft führte und für sich selbst sorgte. Wenn er das Sein war, so war sie das Werden, und hinter ihnen legte die Rhythmusgruppe eine Folge moralischer Gesetze fest; die Drums trommelten ihre Botschaft zum Himmel empor.

Um sie herum – vielleicht um die Aufmerksamkeit von der ihm aufgezwungenen statischen Rolle abzulenken – begann Ormus grandiose Spektakel zu inszenieren, hyperbolische Glanzstücke von Showmanship, die zeigten, daß er im tiefsten Herzen ein Junge aus Bombay war, der ganz natürlich zur mythischen Vulgarität des Bollywood-Musicals zurückkehrte. Jawohl, Showtime; Science-fiction-Dystopias, fabulierte Drachenwelten, Serail-Visionen mit Regimentern von harembehosten, rheinkieselbenabelten Bauchtänzerinnen, Feuerkreise der Schwarzen Magie, überragt von Luftballons in Gestalt von Baron Samedi und das ganze vielfältige Videorama, das heutzutage zur Grundausstattung des Stadion-Rock gehört, der Leuten in jenen Tagen aber genauso einen Schock versetzte wie Bob Dylan, als er auf einmal zur elektrischen Gitarre griff. (Was früher einmal erreicht wurde, indem man einfach eine Gitarre in die Wand steckte, erfordert heute ein militärisches Unternehmen. Wir sind nicht mehr so leicht zu schockieren, nicht mehr so naiv, wie wir mal waren.)

Durch die Ergänzung mit Showmanship, durch das Spektakel gewann VTO neue Legionen von Bewunderern. Sie gelangten in jenen Bereich der Berühmtheit, in dem außer der Berühmtheit nichts mehr von Bedeutung ist.

Camamania, Vinamania waren noch in vollem, schwärmerischem, kreischendem Schwung, doch ein paar frühe Exegeten sprangen bereits ab. Sangria und Auxerre beschimpften VTO, sie hätten ihre alten Fans betrogen, hätten sich verkauft. Transpiration statt Inspiration, Light-Shows statt Erleuchtung, Gier statt Bedürfnis, schrieb Marco Sangria, welcher der Band vorwarf, kaum mehr zu sein als das größte Stück Bubble-gum auf Erden. Ormus, die goldene Augenklappe, der gigantische Glasohrenschützer, höhnte Sangria:

Warum nicht gleich den ganzen Kopf in einen beschissenen Sack stecken?

Später, als Vina und Ormus »politisch wurden«, die Rock-the-World-Wohltätigkeitskonzerte organisierten, die Führer der Welt trafen, um von ihnen Maßnahmen gegen den weltweiten Hunger zu verlangen, gegen den Zynismus der internationalen Ölgesellschaften in Afrika protestierten, sich dem Feldzug für den Schuldenerlaß der dritten Welt anschlossen, gegen das Gesundheitsrisiko der gentechnisch manipulierten Pflanzen demonstrierten, das zunehmende Eindringen in die Privatsphäre durch die sich immer mehr ausbreitenden Fühler des Geheimstaates in Amerika dokumentierten, auf den Mißbrauch der Menschenrechte in China hinwiesen, für die Botschaft des Vegetarismus warben, wurden sie von denselben Kommentatoren, die sie für ihre Oberflächlichkeit verurteilt hatten, jetzt für zuviel Pathos gescholten, dafür, daß sie aus ihrem Kinderställchen herausgekommen waren, um mit den Erwachsenen zu diskutieren.

Ormus Camas zweite ganzseitige Zeitungsannonce, *Was ist die ganze Katastrophe?*, in der er öffentlich seiner Angst Ausdruck verlieh, daß irgendeine Apokalypse bevorstehen könne, irgendein Sciencefiction-Kampf zwischen unterschiedlichen und inkompatiblen Versionen der Welt, war der Tropfen, der das Faß zum Überlaufen brachte.

Die Welt zum Spielen geschenkt zu bekommen muß doch sehr angenehm sein, schrieb Rémy Auxerre. Aber dann sollte man auch eine gewisse Begabung für die großen Spiele der Welt besitzen. Doch auf der Bühne der Welt gibt es nur wenige Helden, dafür aber viele plappernde Idioten.

In gewissem Sinne hatten sie aufgehört, real zu sein. Für Auxerre und Sangria waren sie kaum mehr Zeichen als der Zeit geworden, fehlte ihnen wirkliche Autonomie, so daß man sie den eigenen Neigungen und Bedürfnissen entsprechend dekodieren konnte. Marco Sangria, dessen tiefste Überzeugung es war, daß die Wahrheit des zwanzigsten Jahrhunderts eine geheime Wahrheit ist, die Geschichte des Jahrhunderts eine geheime Geschichte von Antichristen und Ausgestoßenen, verkündete, daß das VTO-Super-Phänomen inzwischen viel zu eindimensional *offen*, viel zu vulgär *eindeutig* sei. Daher sei ihr Erfolg eine Metapher der Flachheit, der Eindimensionalität der Kultur. Ihr Erfolg sei ein Vorwurf für die eigenen Fans. Der Martiniquer Auxerre, Champion der rassischen und kulturellen Mischung, der *Kreolisation der Seele*, machte es sich zur Aufgabe, Ormus und Vina – Vina, die Ehren-Pantherin! – als entraßt, sogar als Thomisten zu entlarven. Nach langen Recherchen veröffentlichte er einen tausendseitigen Verriß, in dem er Ormus' sämtliche Familienleichen aus dem Keller holte, die kolonialistische Anglophilie und den Examensbetrug von Sir Darius Xerxes Cama, Ardavirafs Hirnschaden, Cyrus den Serienkiller, Spenta, wie sie die britische Mylady am Ufer der Themse spielte; aber auch die von Vina: ihre mörderisch-selbstmörderische Mutter, ihre ›Bereitwilligkeit‹, mit Schulbussen zu fahren, aus denen schwarze Kinder verbannt waren, und so weiter. Aus diesem ›Werk‹ erfuhren wir daß Marion Egiptus ›in Armut gestorben‹ war, ohne auch nur einen einzigen Anruf von dem kleinen Mädchen erhalten zu haben, das sie großgezogen hatte, erfuhren aber weder etwas von Vinas elenden Jugendjahren in Chickaboom, N.Y., noch davon, daß sie jahrelang Marions Arztrechnungen bezahlt hatte. Außerdem erfuhren wir, daß Vinas Vater, der in Ungnade gefallene indische Anwalt und Exschlachter Shetty, der vor vielen Jahren Bankrott angemeldet hatte, inzwischen ein Stadtstreicher war, ein Bettler, der elendiglich in einem übel beleumdeten Viertel von Miami vegetierte. ›Wie schlecht müssen diese Menschen sein‹, fragte Auxerre, ›diese großen Liebenden, die nur sich selbst lieben können, die eigene Familie, die eigenen Leute jedoch vergessen?‹

Nur eine einzige Leiche wurde nicht aus dem finsteren Keller geholt, um ihren gräßlichen knochenklappernden Tanz vor den Augen der Öffentlichkeit aufzuführen.

Ein Jahr und einen Tag nach ihrer Hochzeit war Vina in mein Bett zurückgekehrt. Nicht oft, nicht für lange, aber sie kam zurück. Sie kam zu mir zurück.

Ich werde dir sagen, warum diese Attacken mit der Giftfeder fehlschlugen, murmelte Vina in meinen Armen. Weil nämlich alle Menschen die Liebenden lieben. Ich bin eine Liebende; alle Menschen lieben mich.

Was tust du dann hier, fragte ich sie.

Es ist wie bei dieser Tanzvorlage von Amos, sagte sie. Wenn du das Rätsel lösen willst, mußt du aus dem Rahmen heraustreten.

Aber das war nur *eine* geschickte Antwort. Es gab andere. Eine davon war, daß Vina mich retten wollte. Sieh dir dein Leben an, Rai, wohin du gehst, was du tust. Du begibst dich mit deiner Kamera in die Jauchegrube der menschlichen Rasse, darum glaubst du, daß wir alle aus Scheiße bestehen. Zu Hause dann bei den flachbrüstigen, schlüpferlosen Kleiderständern, ist es auch nicht viel besser, oder. Diese Mädchen machen den Mund doch nur aus einem einzigen Grund auf, aber nicht etwa, um zu essen oder zu sprechen. Sieh dir dein trauriges Leben doch an. Da war dieses Mädchen, das dich geliebt hat, du hast sie zurückgelassen, wie hieß sie noch. (Sie kannte den Namen. Diese Predigt war ein Ritual. Sie wollte, daß ich ihn aussprach.) Anita, sagte ich. Anita Dharkar. Sie zog es vor, zu Hause zu bleiben.

Hast du sie gefragt, wollte Vina wissen. Selbst wenn du sie gefragt hast, dann hast du's nicht richtig gemacht, nicht mit dem Herzen. Jetzt werde ich dir etwas über dein Leben erzählen. Dein Leben ist Dreck. Du bist Ormus viel ähnlicher, als du es weißt, nur daß er ganz aus Reinheit und Licht besteht, während du Dreck und Dunkelheit bist. Wenn du das beste Angebot bist, sollten wir alle sofort aufgeben.

Danke, Vina, ich liebe dich auch, murmelte ich, tiefer erschüttert, als ich es mir anmerken lassen wollte.

Aber wenn ich bei dir bin, spüre ich, daß du ein Teil von etwas bist, von einem Lebensstrom?, fuhr sie fort. Ich glaube, so ist es bei jedem von uns, jeder ist Teil eines größeren Flusses, und ganz egal, wie schmutzig und vergiftet und individuell ein bestimmter Strang dieses Flusses sein mag, man kann immer noch den größeren Strom darin spüren, dieses große, weite Gewässer. Das ist die Sache von Leben und Tod, von der ich spreche, Rai. Du bist ein Heide, du tust so, als gäbe es kein Leben nach dem Tod, aber ich sage dir, du bist hier und jetzt ein Teil von etwas, und das ist, was immer es sein mag, es ist gut, es ist besser als du ganz allein?, nur daß du dich einfach treiben läßt, du kennst ja nicht mal den Namen des Flusses, der du bist.

Hör auf, sagte ich, heute ist Mittwoch, mittwochs trage ich den Müll runter.

In meinen Augen störte es sie, daß ich mich für ihre mystische Seite nicht interessierte, sie wollte diesen Widerstand überwinden, und das gehörte zu den Gründen, die sie bewogen, zu mir zurückzukehren. Letztlich jedoch sind es die ganz gewöhnlichen körperlichen Dinge, die Mann-Frau-Dinge, die am wichtigsten sind. Wir taten einander gut, Ende der Geschichte. Obwohl sie eine alte Ehefrau war, ließ ich sie spüren, daß das nicht sein mußte. Ich verlangte nichts, aber ich gab ihr, was sie brauchte. Bei mir war sie wieder ein Single. War sie frei.

Ach ja, noch etwas: Ormus, ihre einzige wahre Liebe, begann ihr Furcht einzuflößen.

Was den Sieg der VTO über die Sangria-Auxerre-Bande betraf, so hatte sie völlig recht. Zu jener Zeit gab es mehr Frauen, die Frontmen für Bands waren oder Solokarrieren machten. Einige von ihnen waren zornig, weil die Männer und die Liebe nicht nett zu ihnen gewesen waren, viele von ihnen hatten Eßstörungen, andere waren wegen der Dinge, die ihnen in der Kindheit angetan worden waren, gestört, *touch me daddy don't touch me, hug me mama don't hug me, love me daddy won't you leave me alone, love me mama wanna be on my own. You know that I remember too much. So I don't know what to do with your, Tender Touch.* Wieder andere waren supercoole *smooth operators* mit einer gewissen Leere in den Augen. Marco Sangrias zornige Schwester Madonna, inzwischen ebenfalls eine einflußreiche Kritikerin, behauptete bereits, Geschlecht, Körper seien jetzt das einzige Thema. Es gab einmal eine Zeit, da sangen die Crystals *he hit me and I'm glad.* Jetzt hieß es *hit me and I'll break your fucking jaw.* (Das war offenbar ein Fortschritt.)

Im Zentrum dieses ganzen Elends wirkte Vina ganz allein, als singe sie aus reinster Freude – nein, sie wirkte nicht so, sie tat es. Diese

Tatsache allein schon ließ unsere Herzen höher schlagen, selbst wenn sie Ormus' bitterste Texte sang. Die Freude in ihrem Gesang bewies uns, daß es nichts gab, was wir nicht bewältigen konnten, kein Fluß zu tief, kein Berg zu hoch. Das machte sie zum meistgeliebten Menschen der Welt.

(Bei dieser Gelegenheit: Ich benutze die Wörter ›wir‹ und ›unser‹, um ein Kollektiv zu bezeichnen, zu dem ich eindeutig gehörte, nicht weniger hingerissen und verliebt wie jeder andere Fan in der ersten Reihe.)

Allmählich wurde die Band als die ihre angesehen. Ormus produzierte die Schallplatten, ersann die Shows mit seinem Designteam, schrieb die Songs und wirkte auf der Bühne wie ein kleiner, steifer Gott aus dem Rockolymp, aber er war von Glas umschlossen, was ihn von der Menge distanzierte, abstrakt machte. Er wurde eher zu einer Art Konzept, zu einem animatronischen Spezialeffekt als zu einem Objekt unserer Wünsche und Träume. Außerdem war zu erkennen, daß er ein Kontrollfreak war. Dieses zehnjährige Warten war einfach nicht natürlich gewesen. Diese seine mythische Monogamie, dieses Übermaß an Entschlossenheit – irgendwie war etwas Dominierendes daran, etwas Verhärtetes, das sich nicht verleugnen ließ. Wir konnten voraussehen, wie sie auf eine so besitzergreifende Liebe reagieren würde. Daß sie, obwohl sie ihn liebte, ja sogar anbetete, davonlaufen würde, um Raum für sich selbst zu finden.

So war es vor allem Vina für uns, Vina the Voice, Vina, deren Nonstopmotion auf der Bühne wie eine Botschaft wirkte, die sagte, Ormie, Baby, Ormie, mein einziger Ormie, ich liebe dich, mein Liebling, aber du kannst mich nicht festbinden. Du kannst mich heiraten, aber du kannst mich nicht einfangen; wenn ich der lebenslustige Geist bin, bist du der Geist in der Flasche. Du kannst die Show zum Laufen bringen, aber ich kann laufen. Ja, es war Vina, die wir wollten, Vina mit der gräßlich verletzenden Kindheit, die, statt sich in einer Million Interviews darüber zu beklagen, einfach nur die Achseln zuckte und nicht viel davon hermachte, Vina, die uns, ohne an unser Mitgefühl zu appellieren oder es zu erwarten, von ihren Abtreibungen, von ihrer Unfruchtbarkeit und dem daraus resultierenden Kummer erzählte und dadurch unsere Liebe errang; Vina, die

Bücher sowohl von Mary Daly als auch von Enid Blyton mitnahm, wenn sie auf Tournee ging, Vina mit den tausend Marotten und Kulten, die dem zukünftigen Präsidenten offen ins Gesicht sehen und ihn fragen konnte, was für ein Gefühl es sei, einen Namen wie das weibliche Schamhaar zu tragen.

Ich werde Ihnen jetzt etwas gestehen, das ich im Laufe dieser langen Saga nicht genügend betont habe: Die Sache mit Vina, daß ich ihr Ersatzschwanz war, pro Spiel nur einige Minuten von der Bank gerufen wurde – das war sehr schwer für mich. Es gab zuviel Zeit und Raum für meine Phantasie. Ich stellte mir die beiden so oft bei der Liebe und in so großer Kamasutra-Vielfalt vor, daß ich einen Ausschlag bekam. Ich bekam ihn tatsächlich; ob von der Hitze oder der Wut, das kann ich nicht sagen. Nur irgendein Krieg im Ausland, eine neue Ladung Fotomodels frisch von der Maschine aus Texas oder eine kalte Dusche vermochten meine Temperatur zu senken, den klopfenden Rhythmus meines Herzens zu normalisieren.

Ich versuchte mir einzureden, daß die Ehe mit Ormus nicht halten würde. Als sie mir erzählte, daß sie eine Übereinkunft mit ihm geschlossen habe, daß er, was ihre *amours* betraf, auf einem Auge blind sein oder es wenigstens bedecken werde, solange sie sie nicht grob oder auffällig herausstelle, empfand ich anfangs eine heiße Freude, weil sie ein so großes Risiko eingegangen war, um in ihrem Leben Platz für mich zu schaffen. Später, unter der Dusche, wo ihre Abwesenheit manchmal allzu schmerzhaft wurde, befahl ich meinen seifigen Händen, ihre Rolle zu übernehmen, genau wie ihre Hände Ormus während des langen Jahrzehnts seiner Zurückhaltung vertreten hatten. Ich spürte, wie meine Reaktionen komplexer wurden. Es war, fand ich, als sei ich eine Klausel in ihrem Ehevertrag. Ein stiller Teilhaber in ihrem Zusammenschluß. Das verurteilte mich dazu, auf ewig die zweite Geige zu spielen; es stand im Vertrag. Mein wachsender Zorn ließ mich eine Wahrheit erkennen, die ich gründlich unterdrückt hatte: daß ich immer noch die Hoffnung hegte, sie ganz für mich allein haben zu können.

Oft merkte ich, daß ich Verachtung für den Glaskasteneinsiedler Ormus empfand. Welcher Mann würde sich einverstanden erklären, der *mari complaisant* einer so großen Schönheit, einer so großen Persönlichkeit wie Vina Apsara zu sein? Worauf mir mein Spiegel antwortete: Und welcher Mann würde sich einverstanden erklären, die Brosamen vom Tisch eines anderen Mannes zu nehmen, die Reste aus seinem Bett? Es gab da eine boshafte und vermutlich unwahre Geschichte über den Romancier Graham Greene, nach der der Ehemann seiner Geliebten sich auf dem Bürgersteig vor dem Apartmentblock aufbaute, in dem der Autor von *Der stille Amerikaner* wohnte, und aus vollem Hals Beleidigungen in die warme Nachtluft hinausschrie: *Salaud! Crapaud!* Woraufhin Greene, nach dieser Geschichte gefragt, angeblich nur geantwortet habe, da seine Wohnung in einem der oberen Stockwerke liege, habe er die Rufe nicht hören können und er könne die Geschichte daher weder leugnen noch bestätigen. *Salaud! Crapaud!* In meinem Fall war ich es, Vinas kleine Zwischenmahlzeit, der das Bedürfnis verspürte, Beschimpfungen hinauszuschreien. Ich, der sich, den Khakihut der Fotojournalisten auf dem Kopf, mit der Fähigkeit brüstete, mit dem Hintergrund zu verschmelzen, zu verschwinden, gelangte schnell so weit, daß ich meine Unsichtbarkeit in Vinas Geschichte verfluchte, dieses Hinausretuschieren meiner großen Herzensangelegenheit aus den Berichten für die Öffentlichkeit. Je mehr Vina und ich jedoch gemeinsam in der Öffentlichkeit gesehen wurden, je weniger wir uns vor aller Augen versteckten, desto weniger Menschen neigten zum Klatsch. Die Unverhohlenheit unserer Verbindung bewies ihre Unschuld, jawohl, sogar für Ormus. Jedenfalls behauptete er das immer wieder.

Eines Tages im Orwellschen Jahr 1984 – eine Zeit, um mit dem doppelzüngigen Gerede aufzuhören, die furchtbaren Ministerien für Wahrheit und Liebe niederzureißen – konnte ich die Situation nicht länger ertragen und jagte, gierig nach Gewißheit, zum Rhodopé Building hinüber. In der Hand trug ich ein Kuvert mit einer Reihe Fotos von Vina, Nacktfotos, von mir unmittelbar nach Abklingen der Leidenschaft geschossen. Sie, der es so schwer fiel, zu vertrauen und vertrauenswürdig zu sein, hatte mir soweit vertraut, daß sie mir gestattete, so explosive Bilder zu machen und für mich allein zu behalten; aber es war die Ehe ohne Vertrauen, die sie den gestohlenen Stunden mit mir vorzog. Und, wie mein Verhalten eindeutig belegte, hätte sie besser daran getan, auch mir nicht zu vertrauen.

Der Punkt war, daß selbst Ormus Cama nicht verkennen konnte, was diese Fotos bedeuteten: daß ich mich seit vielen Jahren der Gunst seiner geliebten Gemahlin erfreute. Natürlich würde er die Waffen wählen müssen. Preußische Säbel, Baseballschläger, Pistolen bei Morgengrauen am Bethesda-Brunnen, ich war auf alles vorbereitet. Präklusion, wie Vina sagen würde. Rotglühend stürzte ich in die Lobby des Rhodopé, wo ich von einem uniformierten Doorman aufgehalten wurde.

Es war Vinas Vater, der Exanwalt, Exschlachter Shetty, der jetzt über siebzig war, aber zehn Jahre jünger wirkte. Sein schreckliches Leben hatte ihn nicht gezeichnet. Gutmütig, sogar jovial nahm er hin, was es austeilte, und blieb aufrecht. Nach dem Zeitungsartikel über sein Elend hatte Vina eine kleine Armee auf die Suche nach ihm geschickt. Nachdem sie ihn gefunden hatten, war sie zur großen Versöhnungsszene nach Florida geflogen, um ihm anzubieten, was immer er sich wünschte: Ruhestand, ein eigenes Haus in den Keys vielleicht, ein beträchtliches Taschengeld natürlich, er aber hatte alles rundweg abgelehnt. Ich bin ein Mensch, der lieber in den Sielen bleibt, erklärte er ihr. Gib mir etwas, wo ich in den Stiefeln sterben kann. Also wurde er mit diesem neuen Job betraut, freute sich über die Uniform und strahlte in die Welt hinein. Kühl im Sommer, warm im Winter, auf Grüßfuß mit den Prominenten der Stadt, sagte er. In meinem Alter und bei meiner Vergangenheit ist es besser, als ich es mir hätte träumen lassen. Indien – vergiß es. (Seine indische Sprachausbildung, welche die Bedeutung der präzisen Artikulation betont hatte, bildete eine seltsame Paarung mit dem locker gehandhabten US-Idiom.) Indien ist für uns alle dahin. Ich will Manhattan. In meiner konfrontationsentschlossenen Wut hatte ich nicht daran gedacht, daß Doorman Shetty Dienst haben könnte, aber da war er, fit und bereit und freundlich zuvorkommend. Hey, Mr. Rai, Sir, wie hängt's denn heute, was meinen Sie, kann ich Ihnen behilflich sein?

Ich stand einfach da mit meinem Kuvert, und meine Entschlossenheit verließ mich. Soll ich oben anrufen, Mr. Rai? Möchten Sie mit dem Lift hinauffahren? Oder wollen Sie den Brief für Mr. Ormus oder meine Tochter nur abgeben, ich kann das für Sie erledigen, null Problemo? Aber sicher, überlassen Sie das nur mir, das ist mein Job. Nein danke, sagte ich und ging hinaus. Es war ein Irrtum.

Fröhlich die Hand zum Gruß erhoben, rief er mir nach. Sie fehlen mir schon jetzt, Mr. Rai, also kommen Sie bald wieder, hören Sie?

Von der Straße draußen drang gräßlicher Lärm herein; eine Katzenmusik war aufgetaucht. Shettys Laune verschlechterte sich. An mir vorbeistürmend, baute er sich vor einer Gruppe von jungen Leuten auf, die auf einem Küchenspülstein Musik machten, einem Einkaufswagen, einem Mülleimer, einer Schubkarre, Eimer und, möglicherweise VTO zu Ehren, einer seltsamen, chimärischen Mischung von Lärmerzeuger, die sie Guisitar nannten, zusammengesetzt aus den Resten von zwei zertrümmerten Instrumenten.

Was soll das heißen, verlangte Shetty zu wissen. Wo biegt ihr ab.

Wir sind The Mall, erklärte ein spitzbärtiger junger Mann mit geröteten Augen, seine Herrschaft über diesen langhaarigen, zittrigen Stamm geltend machend. (Nicht nur eine *junk band*, eine Katzenmusik, sondern eine Band auf der Suche nach Junk, stellte ich insgeheim fest.) Wir bringen, proklamierte er, diese Serenade den Rockgöttern, die im Himmel wohnen. Angesichts der radikalen Ungewißheit dieses Zeitalters bringen wir Oden an den Materialismus, indem wir paradoxerweise Gegenstände benutzen, die für die Gesellschaft keinen Wert darstellen. Wir feiern die Doughnut-Kultur, sie ist süß, und sie schmeckt gut, in ihrem Kern ist sie jedoch leer und hohl?

Verschwindet von meiner Markise, befahl Shetty. Auf der Stelle.

Mit einem New Yorker Doorman kann man nicht streiten. Gehorsam packten The Mall ein und machten sich davon. Dann aber wandte sich der Anführer wie eine Avatara des Zeitalters der Gier ein wenig zittrig zu uns um und funkelte Mr. Shetty böse an. Wenn wir ganz groß sind, Mister, ich meine, wenn wir monstergroß sind, werd' ich wieder hierherkommen und dieses beschissene Gebäude kaufen, und dann geht's dir an den Arsch, Baby, du bist gewarnt.

Genauso leer war meine Drohung, war das Kuvert in meiner Hand, das begriff ich jetzt. Vina hatte also doch recht, mir zu vertrauen. Ich brachte es nicht fertig. Ich konnte nicht riskieren, daß sie sich aus meinem Leben zurückzog. Auch ich war süchtig, über jede Hoffnung auf Heilung hinaus, und sie war mein *candy girl*.

Mir fiel auf, daß Vina sich auf dem Gebiet der Liebe und des Begehrens genauso verhielt wie ein Mann; sie zeigte sich, wie die meisten Männer, fähig, von ganzem Herzen zu lieben und diese Liebe gleichzeitig – halbherzig – ohne Schuldbewußtsein, ohne Gefühl für diesen Widerspruch, zu verraten. Sie war fähig nicht so sehr dazu, ihre Aufmerksamkeit zu teilen, sondern sich selbst zu vervielfältigen, bis es genug Vina gab, um die Runde zu machen. Wir, Ormus und ich, waren ihre Frauen: er die getreue Ehefrau, die zu ihrem Schürzenjäger von Ehemann hielt, sich trotz seiner ständig wandernden Blicke, seiner ›Wanderlust‹ mit ihm abfand; und ich, die leichtfertige und zugleich ewig leidende Geliebte, die nimmt, was sie kriegen kann. So gesehen wurde es logisch.

Ich erinnere mich an ihre Hände, wie sie mit langen Fingern flink ihr geliebtes Gemüse hackten, als sei sie die Hohepriesterin eines heidnischen Kultes, die den Göttern leidenschaftslos die tägliche Quote an Opfergaben bereitet. Ich erinnere mich an ihren Hunger nach Informationen, wie sie sich mit ihrem klaren, halb gebildeten Verstand in die zahlreichen, informationsgeladenen Intelligenzler einklinkte, mit denen ihr Ruhm und ihre Schönheit sie in Kontakt brachten (Zeitungs- und Fernsehbosse, Studioleiter in Hollywood, Raketenwissenschaftler, Schwergewichtler von der Morgan Guaranty und D.C.), und wie sie aus diesen Quellen mit ihren Waffen alles herausholte, was sie hergaben, als könnten Fakten ihr das Leben retten. Ich erinnere mich an ihre Angst vor Krankheit und einem frühen Tod.

Vina lernte schnell, und als Mull Standish verschwand, war sie schon längst nicht mehr das arrogante Leichtgewicht, das sich selbst und Ormus in die Vertragshölle gebracht hatte. Unter seiner Führung war sie zur gewieften Geschäftsfrau geworden, nicht weniger tüchtig als viele der großen Tiere, für deren Verstand sie einen übertriebenen Respekt bewies, den sie normalerweise nicht verdienten. Sie managte die Aktien und Wertpapiere, die Immobilien, die wachsende Kunstsammlung, die Bäckereien, das Weingut in Santa Barbara, die Kühe. Ormus' berühmte Vorliebe für Brot hatte Standish auch auf diesen Markt gebracht; nun sorgte Vina dafür, daß der hohe Standard der Camaloaf-Franchisefirmen von Küste zu Küste aufrechterhalten wurde. Das Brot war bereits eine etablierte Marke; aber nur wenige Menschen wußten, daß Vina Apsara und Ormus Cama zu den besten Winzern in Kalifornien gehörten, ganz zu schweigen von den größten Milchfarmern im Nordosten der Vereinigten Staaten, aber genau das waren sie geworden. Das Weingut gedieh, und die ohnehin schon großen Herden von Holstein-Kühen, die Standish aus dem Singh-Nachlaß übernommen hatte, wurden noch größer, ihre Milch und ihr Käse gehörten überall zum Angebot. Von Ziegen zu Kühen, sagte Vina zu mir. Anscheinend bin und bleibe ich bei den Eutern.

Und das trotz der Tatsache, daß sie während dieser Zeit von einer Vegetarierin zur hundertprozentigen Makrobiotikerin geworden war. Kein Wein und ganz bestimmt keine Molkereiprodukte. Gelegentlich, als Ausnahme, gönnte sie sich eine Handvoll von diesen kleinen japanischen Dörrfischen. Ich fand es immer hochinteressant, daß sie eine solche Trennung machte: Das Geschäft blieb trotz allem anderen immer noch das Geschäft. Mull Standish war ein einflußreicher Lehrer gewesen.

Vina war jetzt die der Welt Zugewandte, während Ormus' Besessenheit von der drohenden Katastrophe ihn nachdenklich, in sich gekehrt und zum Sonderling gemacht hatte. So war es zum Beispiel Vina, die sich aus klugen, fiskalischen wie auch aus stark sentimentalen Gründen entschloß, Yul Singhs alten Besitz Tempe Harbor zu kaufen, als er, genau wie das Milchvieh, der Band von den Nachlaßverwaltern preiswert angeboten wurde, nachdem diese Vina davon in Kenntnis gesetzt hatten, es sei der Wunsch des Verstorbenen gewesen, daß sie das erste Angebot zu den günstigsten Bedingungen erhielt. (Das war Yuls Art, postum Frieden mit ihr zu schließen. Er beleidigte sie nicht, indem er ihnen den Besitz einfach schenkte. Damit hätte er eine Freundschaft vorgegeben, die seit Jahren nicht mehr bestand. Es war eine gut durchdachte Entscheidung. Sie bewies Respekt.)

Vina war es auch, die beschloß, die Singhs zu behalten. Das neue Management bei Colchis verzichtete ohne weitere Erklärung auf ihre Dienste, und so erschien eine Abordnung, bestehend aus Ormus' und Vinas erstem Chauffeur Will sowie der Chatelaine von Tempe Harbor, Clea, Näherin von Ormus' erster Augenklappe, in den Büros der VTO, um für die anderen Mitglieder des Hofstaats zu bitten. Ohne seinen schwarzen Valentino-Anzug und die Sonnenbrille, nicht mehr verpflichtet, das Schwergewicht zu spielen, entpuppte sich Will in Jeans und weißem Hemd als zögernd artikulierender junger Mann. Clea war noch immer die winzige, dezente alte Lady wie in Tempe, nur mit mehr Sorgen. Sie alle waren normale Menschen, die in den Sog des Außergewöhnlichen geraten waren und sich dagegen wehrten; indem sie ihre eine, einzige Karte ausspielten. Sie hätten Gerüchte über Yuls geheime Aktivitäten vernommen, erklärten sie, und zu Recht daraus geschlossen, daß sie für die Missetaten ihres ehemaligen Chefs bestraft werden sollten. Genau wie unschuldige Sikhs in Indien nach dem Vierfachmord abgeschlachtet wurden – die vielen, die für die Taten einiger weniger leiden mußten –, so waren die Colchis-Singhs zu Opfern der amerikanischen Nervosität geworden. Wenn Yul Singh ein Geldgeber von Terroristen gewesen war, dann waren sämtliche Mit-Sikhs in den Augen der Firma keinen Deut besser. Aber wir sind nicht so wie diese Leute, Madam, sagte Clea mit schlichter Würde. Wir sind tüchtige Menschen, fähig und willens zu dienen, und wir bitten Sie, uns diesen Wunsch zu gewähren.

Vina nahm die gesamte Entourage – auf der Stelle.

Als 1987 Amos Voight starb und Sam's Pleasure Island endgültig die Pforten schloß, schien eine Ära zu Ende zu gehen, und Ormus Cama vollendete sein fünfzigstes Jahr auf Erden. Fünfzig Jahre alt zu werden schien Ormus hart zu treffen. Seine Ausflüge vom Rhodopé-

Komplex aus waren immer seltener geworden, obwohl Vina ihn gelegentlich in Begleitung einer ganzen Traube von Sikhs nach *downtown* zu einem Konzert schleppte, um einen heißen neuen Act anzuhören. Dies waren mehr oder weniger Enttäuschungen, obwohl erst jüngst Vox Pop, ein junges irisches Quartett, sie als möglicher Start-up-Act beeindruckt hatte. Zumeist jedoch schienen ihre Ausflüge in die Musikwelt nur ihre Überzeugung zu bestätigen, daß die alten Kader sich, so unwahrscheinlich das auch klang, einfach weigerten abzutreten. Die Zeiten änderten sich nicht. Lennon, Dylan, Phil Ramone, Richards, die alten Männer waren, zusammen mit VTO selbst, noch immer Giganten, während Leute wie Trex, Sigue Spangell, Karmadogma und The Glam kaum mehr als Sternschnuppen gewesen waren.

Sogar Runt, der neue Rejektionismus, nichts als Fauchen und Speien, hatte Ormus nicht interessieren und sich nach kurz aufflackerndem Skandal und Interesse nicht halten können. Wie denn auch, sagte Ormus achselzuckend, im Kleiderladen kann man keine Revolution anzetteln. Runt war das Geistesprodukt der wiederaufgetauchten Antoinette Corinth samt Tommy Gin und SIE gewesen, der drei Hexen, wie Ormus Cama sie nannte. Nach London zurückgekehrt, hatten sie in ihrem neuen Laden in der Fulham Road tatsächlich den zornigen neuen Sci-fi-Look – Gummi, zerschlitzte Stoffe, Sadomasoriemen, Body-Piercing, die Maquillage und Attitüde von Androiden-Replikanten auf der Flucht vor exterminierenden Bladerunners – ausgeheckt und anschließend eine Rockgruppe erfunden, um ihn zu verkaufen. Unweigerlich waren sie dann auch in New York aufgetaucht und taten, als seien sie die obersten Trendsetter der Londoner Gesellschaft und nach Manhattan gekommen, um dort auf britische Art ein bißchen was aufzumischen. Auf Antoinettes Geheiß legte SIE in einem knallengen Lederminirock die ganze Theke der Bar des 44 entlang eine Reihe von Backflips à la Daryl Hannah hin. Natürlich ohne Höschen, ihr Lieben, erklärte Antoinette wiederholt mit lauter Stimme. Wir nennen es Runt 'n' Cunt. New York gewährte ihnen ihre fünfzehn Minuten und vergaß sie. Die Swindlers, ihre Band, die angebliche Schocktruppe der New Wave, kapitulierte angesichts der amerikanischen *pudeur* und endete damit, daß sie sich – sowie Corinth und Gin – in einer Suite des Chelsea Hotel gegenseitig erschossen. Nur SIE überlebte, weil SIE das sinkende Schiff fünf Minuten vor dem Kampf, der die Revolution beendete, verlassen hatte. In Gummi und schwarzer Spitze rannte SIE kreischend durch die Lobby, verschwand in der Citynacht und machte sich nicht mal die Mühe, später ihre übrige Kleidung zu holen.

Ich erinnerte mich daran, wie sehr SIE Tommy Gin gehaßt hatte, und fragte mich, ob das bei der Schießerei eine Rolle gespielt hatte. Da SIE aber endgültig verschwunden war, blieb diese Frage unbeantwortet. Die gewalttätige Dummheit der Swindlers schien als Erklärung auszureichen.

Ormus reagierte kaum auf die Nachricht von Antoinette Corinths Tod. Diese Frau hatte ihn höchstwahrscheinlich einmal zu töten versucht, hatte einen Autounfall verursacht, der ihn Jahre seines Lebens kostete, aber er schien über jeden Groll erhaben zu sein. Er dachte an den bevorstehenden Kataklysmus.

Sie waren im Rhodopé Building mit Blick auf die ganze Pracht des Parks getraut worden. Die Flitterwochen verlebten sie im selben ganz persönlichen Universum und brauchten auch nichts weiter, weder Venedig noch den Hatschepsut-Tempel oder eine Insel in der Sonne. Und als Ormus Cama am Morgen nach der Hochzeitsnacht erwachte und sein bleiches Auge öffnete, war die Anderwelt nicht da. Das dunkle Auge sah die Welt, wie sie war, diese neue, von Freude erfüllte Welt, in der Vina neben ihm in seinem Bett lag, aber das andere, unfallgeschädigte (unfall*geöffnete*) Auge sah nichts oder nur wenig mehr als verwischte Lichtklecke. Das Doppelsehen war verschwunden und konnte nicht zurückgerufen werden.

Die Jahre vergingen, und die Anderwelt kehrte nicht wieder, Maria kam ihn nicht mehr besuchen, und im Laufe der Zeit begann er an ihrer Existenz zu zweifeln; begann sie ihm wie ein Trick seiner Sinne vorzukommen, ein Irrtum. Es war wie das Erwachen aus einem Traum; ins Glück.

Eine Zeitlang war er versucht, es hinzunehmen, ins Reich der Phantasie zu verweisen. Sich mit der Freude zu begnügen, dem lang ersehnten Erreichen der Vollkommenheit, der Perfektion: welch eine Versuchung! *I once was lost but now I'm found, was blind but now I see.* Aber die Wahrheit nagte an ihm, wollte ihn nicht freigeben. Sie ist real, sagte er sich. Sie hat sich von mir abgewandt und ihr Antlitz verborgen, aber was so ist, das ist eben so.

Wenn man die verlorene Anderwelt mit einem Wal vergleicht, dann war Ormus Cama ihr Ahab geworden. Er jagte ihr nach wie ein Wahnsinniger seiner Vernichtung. Während der Flüge starrte er zum Fenster hinaus und suchte nach den Rissen in der Realität. Er fuhr fort, Augenklappen in verschiedenen Farben und Stoffen zu tragen, denn wenn er zugab, daß sie überflüssig waren, würde er sich auch in die Phantasie ergeben, daß die Anderwelt nicht existierte.

Seine Musik veränderte sich. In den Achtzigern wie auch bei seiner VTO-Arbeit schrieb er lange, abstrakte Stücke, die er *Sounds of the Otherworld* nannte und die nicht im geringsten an Rock 'n' Roll erinnerten. Er mietete die Carnegie Hall sowie eine Gruppe klassisch ausgebildeter Musiker und wurde für seine Mühe mit Hohn überschüttet, aber er ließ nicht nach, und einige wenige begannen diese neuen Werke mit Respekt zu kommentieren.

Je länger die Anderwelt verborgen blieb, desto ängstlicher wurde er. Wie Ahab wußte er, daß der Wal *weggetaucht* war, aber er war entschlossen, bei seinem nächsten Auftauchen in der Nähe des riesigen Säugers zu sein. Während des Tauchens kann ein Wal tief unten durchs Wasser pflügen, tiefer und immer tiefer, und das mit einem erstaunlichen Tempo. Dort unten, im pechschwarzen Wasser, wartet er möglicherweise ab, um sodann emporzuschießen und durch die Wasseroberfläche zu brechen, ins Reich der Luft hineinzuexplodieren, als sei es das Ende der Welt.

Dies war Ormus' größte Sorge. Im Jahre 1984 veröffentlichte er seine Gedanken in der internationalen Presse und wurde sofort als ein weiterer Rock 'n' Roll-Freak abqualifiziert.

Meine größte Sorge ist, daß ich spüre, wie verletzlich die Struktur unseres Raums und unserer Zeit ist, schrieb er. *Ich spüre, wie sie*

immer dünner wird. Vielleicht verliert sie Dampf, kommt sie zu ih-
rem vorbestimmten Ende. Vielleicht fällt sie auch ab wie eine Schale,
und an ihrer Stelle erscheint die große, granitfeste Wahrheit der An-
derwelt.

Vielleicht ist die Anderwelt die nächste Welt, nicht im übernatürli-
chen Sinn, nicht im Sinne eines Lebens nach dem Tode, sondern ein-
fach die Welt, die nach der unseren kommt. (Ich bin immer noch
überzeugt, daß wir, sobald unsere wissenschaftlichen Kenntnisse
größer geworden sind, in der Lage sein werden, derartige Phänomene
zu erklären, ohne Zuflucht zum Aberglauben nehmen zu müssen. Sie
sind einfach ein neuer Aspekt der Realität.)

Vielleicht ist unsere Welt ja nichts weiter als die Vision in einem un-
fallgeschädigten Auge eines anderen Individuums.

Ich weiß nicht, was ich sage. Ich weiß nur, daß die Gefahr eines En-
des, einer Beendigung des Daseins besteht. Ich weiß, daß wir unserer
beschädigten Erde nicht vertrauen können. Vor uns verborgen, un-
tergetaucht, gibt es einen anderen Kosmos. Wenn er in unser Dasein
hervorbricht, könnte es sein, daß er uns davonbläst, als hätte es uns
niemals gegeben.

Wir sind an Bord der Walfangboote der Pequod *und warten auf das*
letzte Auftauchen des Wals. Als Mann des Friedens rufe ich nicht »An
die Harpunen!«, sondern sage, wir müssen uns auf den Schock vor-
bereiten.

In der Tat war ein Parse an Bord des Schiffes in Melvilles Roman,
und seine Rolle war die der Zauberschwestern in *Macbeth*: Ahabs
Untergang vorauszusagen. »Nicht Bahre noch Sarg wird jemals dir
sein«, sagte er. In der Geschichte, die ich erzählen muß, paßt diese
Voraussage nicht auf Ormus. Aber auf Vina paßte sie wie angegos-
sen.

Nennt mich Ishmael.

Trotz ihrer geradezu beängstigenden Kompetenz hatte Vina keine Ahnung, wie sie mit Ormus' immer schwereren Obsessionen umgehen sollte. Ich war ihr Sicherheitsventil, ihre Entspannung. Ist das zu glauben, sagte sie verzweifelt, er will, daß ich zum Bürgermeister gehe, damit er uns einen Morgen vom Park abgibt, auf dem dann Kühe weiden sollen. So werden wir rechtzeitig gewarnt, wenn ein Erdbeben bevorsteht, behauptet er. Jedermann müßte non-stop Musik machen, und in allen großen Stadtzentren sollen täglich Love-Festivals stattfinden, denn alles, was uns noch bleibt, sei die Harmonie, und alles, was uns noch schützen könne, sei die Macht der Musik und der Liebe.

Das, und Ermintrude, die Kuh, warf ich ein.

Ich weiß nicht, was ich machen soll, klagte sie. Ich weiß verdammt nicht mal, was ich denken soll.

Ich erinnere mich an ihre Verzweiflung. Ich erinnere mich, daß ich mir in jenem Augenblick vorgenommen habe, diese verrückte Ehe zu zerbrechen, und wenn es das Letzte wäre, was ich tue. Wenn es das verdammt Letzte ist, was ich tue – ich werde diese bezaubernde Frau befreien.

Sie führte immer noch ihren alltäglichen Kampf gegen die Selbstzweifel und die Existenzangst, die allgemeinen Schreckgespenster des Alters. Einmal, als sie noch klein war, erzählte sie mir, sei ihre Mutter mit ihr auf den Jahrmarkt gegangen. Da gab es eine spezielle Art von Riesenrad mit Käfigen um die Sitze und einem Hebel, den man umlegen konnte, wenn man wollte, damit sich diese kleine Kapsel um sich selbst drehte, so daß man kopfüber darin hing, während das Rad sich weiterdrehte. Natürlich konnte man das auch abschalten, wenn man wollte, und ganz einfach die normale Runde drehen, doch dieses kleine, rattenzahnige Miststück von Gehilfen machte sich nicht die Mühe, ihnen das zu erklären, und so hatten sie, als das Umhergeschleudere begann, beide das Gefühl, etwas Fürchterliches sei geschehen und sie würden alsbald sterben. Diese fünf angstschreienden Minuten in dem sich drehenden Käfig kehrten noch immer in Vinas Träumen zurück. Jetzt weiß ich, was es heißt, in einer Waschmaschine zu stecken, witzelte sie, aber das, wovon sie sprach, war nicht sehr lustig. Sie sprach davon, wie es ist, wenn man keine Kontrolle mehr über die eigene kleine Welt hat, wie es ist, wenn man von dem verraten wird, worauf man sich verlassen hat. Sie sprach von Panik und der Zerbrechlichkeit des Daseins, von dem Totenschädel unter der Haut. Sie sagte, daß sie mit einem Wahnsinnigen verheiratet sei, daß sie ihn liebe und nicht damit fertig werde und nicht wisse, was demnächst geschehen, wie das alles enden werde. Sie hatte Angst vor dem Tod: seinem, ihrem eigenen. Er ist immer da, der Tod, in einem Riesenrad, in einem offenen Ziegenstall. In einem Schlafzimmer, wo etwas Schweres an einem langsam rotierenden Deckenventilator hängt. Er ist wie ein Paparazzo, der in den Schatten wartet. Lächeln, Liebling. Lächle für den Schnitter. Sag *stirb*.

Ebenfalls im Jahre 1987: Wie Sie sich vielleicht erinnern, zog der demokratische Präsidentschaftskandidat Gary Stanton seine Kandidatur zurück, nachdem ein alter Girlieskandal mit Sex und Tod am Wasque Beach auf Martha's Vineyard wieder ans Licht gezerrt wurde. Mehrere kleine Länder Westeuropas – Illyrien, Arkadien, Midgard, Gramarye – stimmten gegen eine wirtschaftliche und politische Union, weil sie fürchteten, sie würde eine Verminderung der Partikularität, der Idiosynkrasie, des nationalen Charakters zur Folge haben. Der 100-m-Sprint bei den Olympischen Spielen wurde von einem Kanadier gewonnen, der anschließend disqualifiziert und aus der Geschichte gestrichen wurde. Alle offiziellen Fotos des Ereignisses wurden retuschiert, und Videotapes wurden computerbehandelt, damit nur jene Läufer zu sehen waren, die als Zweiter, Dritter und Vierter einliefen. Es gab Einbrüche außergewöhnlich schlechten Wetters – von den meteorologisch mehr leidenden Kaliforniern einem hispanischen Handlanger namens Elvis Niño zugeschrieben, der von wütenden Einwohnern der Orange County zusammengeschlagen wurde –, und außerdem gab es Riesenprobleme auf den Geldmärkten der ganzen Welt, wo die großen Fiktionisten hinter der endlosen *Currency*-Sitcom Mühe mit ihrer Kreativität hatten.
Den Millionen von Musikliebhabern sollte 1987 jedoch als das letzte

große Jahr der VTO in Erinnerung bleiben. (Selbst der neue Leiter von Angkor, Komponist von über achtzig Songs, die alle gehorsamst die lokalen Charts eroberten, bezeichnete Ormus und Vina als seine »Number One Inspirational Lights« und lud sie ein, in Phnom Penh aufzutreten, eine Einladung, die sie wegen Terminschwierigkeiten nicht anzunehmen vermochten.) Gekrönt wurde das Jahr von einem riesigen Gratiskonzert im Park gegen Ende des Sommers. Danach beschlossen sie, nicht mehr in der Öffentlichkeit aufzutreten – das heißt, Ormus zog sich unauffällig zurück und ging nach Hause, um Brot zu backen, so daß den anderen nichts anderes übrigblieb, als seine Entscheidung zu akzeptieren.

Goodbye, VTO, schrieb Madonna Sangria. Einst habt ihr die Lichter der City heller scheinen, die Autos schneller fahren, die Liebe süßer schmecken lassen. Einst habt ihr die Gewalt in unseren finsteren Gassen aufleuchten lassen wie ein Vermeer und die Metropolis in unseren lyrischen Traum verwandelt. Dann, Leute, seid ihr zu einem Müllhaufen geworden, den ich nicht mal meiner verfickten Katze vorsetzen würde.

Vina war verärgert über Ormus' unilaterales *fiat* – mit dreiundvierzig war sie noch längst nicht bereit aufzuhören –, um den äußeren Schein zu wahren, bewies sie jedoch uneingeschränkte Solidarität mit ihrem Gatten. Obwohl ich sie ständig drängte, mit mir durchzubrennen, hielt sie zu ihrem Mann und erklärte jedem, der ihr zuhören wollte, daß ihre Liebe so stark sei wie eh und je und daß sie sich auf diese erregende neue Phase ihrer Karriere freue, die schon sehr bald beginnen werde.

Die drei anderen Bandmitglieder brachen die Verbindung mit den Camas ab und verkündeten die Formierung einer Breakaway-Shadow-Band namens OTV, die bei dem plattenkaufenden Publikum keinerlei Wirkung hinterließ, vor allem, nachdem Vina grausamerweise enthüllt hatte, daß auf *Doctor Love and the Whole Catastrophe* und anderen Alben, darunter auch ›Live‹-Alben, der gesamte Part der Rhythmusguitarren, gespielt von der neuen Frontfrau der Breakaway-Band namens Simone Bath, im Studio durch jobbende Holzhacker ersetzt worden war, weil die Leistung der armen Simone einfach nicht genügte.

Inzwischen erwies sich Vierzig für mich als eine ebenso schwierige Hürde wie Fünfzig für Ormus. Ohne Erfolg tat ich alles, was mir einfallen wollte, um Vina von ihrem zunehmend rätselhaften Partner loszueisen. Laß mich in Ruhe, Rai, sagte sie. Ich komme nicht zu dir, um mir das Leben schwer zu machen. Davon kann ich genügend haben, ohne das Haus zu verlassen. Soviel also zu dem perfekten Liebespaar, dachte ich, hielt jedoch meinen Mund und wandte mich leichteren Vergnügungen zu. Denen es zu jener Zeit nicht gelang, mich in die alte, jubilierende Freude zu versetzen. Ich hatte den Kardinalfehler des Hintertürenmannes begangen, mir mehr zu erhoffen, als mir zustand oder zukam. Ich wollte den Schlüssel zur Vordertür. Um mich zu trösten und natürlich auch um Vina zu provozieren, wandte ich mich anderen Frauen zu. Sogar zu Anita Dharkar in Bombay nahm ich Verbindung auf, weil ich dachte, ich könnte Vina provozieren, wenn ich ihren Tip aufgriff und diese alte Flamme wieder entzündete; aber das Fernsehen hatte Anita in einem Maße gefangen, wie ich selbst es nie hatte tun können. Die indischen Videokassetten-Informations- und Musikdienste, Vorläufer der bald darauf folgenden Satelliteninvasion, hatten sie zum Star gemacht. Sie hatte eine wöchentliche »Lite-News«-Stunde sowie eine Musikshow und war, wiedergeboren als »Neata Darker«, zur Ikone der verwestlichten – und rapide verwestlichenden – indischen Stadtjugend geworden. Sie schickte mir Promofotos von ihr, à la Rock Chick aufgemacht, und ich merkte, daß ich der seriösen, patriotischen Journalistin nachtrauerte, die ich damals gekannt hatte.

Es gibt keine Kontinuität mehr im Leben der Menschen, dachte ich. 1987 war das Jahr des *Letzten Kaisers*, des Bertolucci-Films, der behauptete, ein menschliches Wesen – Pu Yi, der eponyme Kaiser – könne sich ehrlich und aufrichtig so stark ändern, daß er, als Gottkönig von China geboren, tatsächlich als bescheidener Gehilfe eines Gärtners glücklich sein und dadurch ein besserer Mensch werden könne. Ein Fall kommunistischer Gehirnwäsche, möglicherweise, räumte Pauline Kael ironisch ein, aber vielleicht war es das ja gar nicht. Vielleicht wechseln wir weitaus müheloser die Spur, als wir glauben. Und (ich bin jetzt wieder bei Anita) vielleicht hilft der Rock 'n' Roll dabei, es besser zu machen.

In jenem Jahr ging ich, um Distanz zwischen mich und Vina zu legen, wieder nach Indochina, wo ich die Fotos schoß, die später in meinem Buch *The Trojan Horse* veröffentlicht wurden. Meine Idee dabei war, daß der Krieg in Indochina nicht mit dem unrühmlichen Rückzug der USA geendet hatte. Sie hatten ein hölzernes Pferd vor den Toren stehenlassen, und als die Indochinesen das Geschenk akzeptierten, kamen die eigentlichen Krieger Amerikas – die großen Konzerne, die Sportarten Basketball und Baseball sowie natürlich der Rock 'n' Roll – aus seinem Bauch hervorgequollen und stürmten das Land. Nun stand Amerika in Ho-Chi-Minh-Stadt wie auch in Hanoi als der wirkliche Sieger da. Aus Indochina war ein weiterer Konsumentenleibeigener der (und Lieferant billiger Arbeit für) Americana International geworden. Fast jeder junge Indochinese wollte auf die gute alte amerikanische Art essen, sich kleiden, boppen und profitieren. MTV, Nike, McWorld. Wo die Soldaten versagt hatten, da hatten die US-Werte – das heißt Dollarscheine in Musik gesetzt – triumphiert. Das fotografierte ich. Ich brauche nicht zu betonen, daß die Fotos ganz groß herauskamen. Dies waren (mit Ausnahme des Sweatshop-Materials) Nachrichten, die viele Amerikaner hören wollten. Selbst die alten Antikriegsdemonstranten waren erfreut. In meinen Augen enthielten die Fotos jede Menge Vieldeutigkeiten, Spannungen. Sie waren wohl ironisch. Aber die Ironie war auf viele, die die Fotos lobten, vergeudet. Was ist Ironie, wenn man diese neue Kulturrevolution feiern kann? Laßt die Musik spielen. Laßt Freiheit läuten. Heil, heil, Rock 'n' Roll.

Timeo Danaos et dona ferentes. Diskontinuität, Vergessen der Vergangenheit: Das ist das hölzerne Pferd vor Trojas Toren. Dessen Bewohner die spitzenlosen Türme von Ilion verbrannten, verbrennen, mit Sicherheit verbrennen werden. Aber auch ich bin ein unstetes Wesen: nicht das, was ich hätte werden sollen, nicht das, was ich gewesen bin. Also muß ich daran glauben – und darin bin ich ein echter

Amerikaner geworden, habe ich mich selbst neu erfunden, um in Gesellschaft von anderen veränderten Wesen eine neue Welt zu erschaffen –, daß nicht nur aufregender Gewinn in diesem metamorphischen Schicksal liegt, sondern auch schmerzlicher Verlust.

Über das Thema des Vergessens: Nach meiner Rückkehr hatte ich flüchtig das Vergnügen mit Ifredis Wing, die inzwischen selbst Fotografin werden wollte und als Johnny Chows Assistentin ins Orpheum kam. Chow wohnte im Erdgeschoß, und Ifredis arbeitete sich allmählich weiter nach oben, über Schnabel und Basquiat bis zum Penthouse und mir hinauf. Sie hatte immer noch den sexuellen Appetit eines nymphomanischen Karnickels – Vina, wer sonst, hatte mir in allen Einzelheiten von den Spielchen in Tempe Harbor erzählt –, und ihr Aussehen hatte sich, wenn das möglich war, noch verbessert. Die blonden Haare trug sie jetzt jungenhaft, stiftenkopfähnlich kurz, ihr Körper war noch immer feminin und lang. Als Fotoassistentin dagegen war sie ein totaler Flop – wegen ihres katastrophalen Gedächtnisses, das zu einer Reihe von Filmentwicklungspannen führte, die keiner von uns komisch fand. Es ist eines, darüber zu lachen, daß man in einer an Amnesie leidenden Kultur lebt, aber etwas ganz anderes, wenn ein Amnesist die Etiketten auf den Rollen belichteter Filme beschriftet.

Tut mir leid, nicht habe erinnert, entschuldigte sie sich, als ich ihr in der Dunkelkammer ein infrarotes Mordio zuschrie. Aber das bedeutet auch, ergänzte sie strahlend, daß ich deine unhöflichen Worte nicht morgen früh erinnere, nachdem ich auf deinem Arm geschlafen habe.

Otto war übrigens vom Buddhismus zum Superkapitalismus übergelaufen, hatte eine fünfzehn Jahre ältere Milliardärin geheiratet und war inzwischen eine prominente Figur sowohl in Hollywood als auch bei den Eurotrash-Partys geworden. Er machte keine Kunstfilme mehr, sondern hatte seine Aufmerksamkeit auf Siebzig-Millionen-Dollar-Actionstreifen gerichtet. Er war der unangefochtene Meister dessen geworden, was im Showbusineß Whammies genannt wurde: die sich ständig steigernden, sorgfältig geplanten Szenen voll Explosionen und kühnen Stunts, von denen solche Filme zehrten.

(Ich habe ihn einmal im Fernsehen gesehen, wie er auf dem Festival von Cannes interviewt wurde und Kritiken achselzuckend abtat, um sodann seine neue cinematische Philosophie zu verkünden: *Erster Akt, jede Menge Whammies. Zweiter Akt, bessere Whammies. Dritter Akt, nichts – als – Whammies!*)

Eine Zeitlang fühlte ich mich auf seltsame Weise von der erinnerungslosen Ifredis Wing angezogen, die keinem Sterblichen etwas Böses wollte und ihren Zorn ausschließlich für Gott aufsparte. Nachdem sie von Otto verlassen wurde, hatte sie ihren Glauben ganz und gar verloren. Früher ein Gottesfan sondergleichen, war sie nun vom Eifer des Apostaten besessen und ging los wie ein atheistischer SS-Mann. Anhänger indischer Mahagurus, den Scientologen angehörende Filmstars, japanische Kultisten, britische Sportreporter, umgepolt auf Risen Christ, amerikanische Schußwaffenlobby-Verrückte, eingebunkert in der Wüste mit charismatischen Propheten-Führern, die ihnen vorschrieben, mit wem und wie oft sie Babys zu machen hatten: Ifredis verbrachte einen großen Teil ihrer Nicht-Fick-Zeit mit Selbstgesprächen über diese und ähnliche Abartigkeiten. Auch die großen Weltreligionen wurden geprügelt, und ich muß sagen, daß ich das alles ziemlich erfreulich fand. Ich traf nicht oft einen Menschen, der noch weit mehr von der Leichtgläubigkeit der Welt enttäuscht war als ich. Außerdem war sie im Bett wahrhaft großartig. Manchmal spielte sie träge pubertären Sex, nichts als Fingerficks und Blow-Jobs; öfter jedoch ging sie wie Octopussy auf mich los, schien nur aus Armen, Beinen und Hopsala zu bestehen. Wie sie es auch machte, ich fand es gut.

Es erlosch; sie driftete davon, wie ich es von Anfang an gewußt hatte. Es gab nichts, das zwischen uns wirklich falsch gelaufen wäre, aber es gab ja eigentlich auch nichts zwischen uns, das falsch laufen konnte. Wir hatten uns nur beide die Zeit vertrieben, und eines Tages erwachte sie, sah mich an und hatte vergessen, wer ich war. Ich stellte mich unter die Dusche und hörte nicht, wie sie hinausging.

Nach meiner Rückkehr aus Indochina machte ich mich daran, meine Arbeit neu zu überdenken. Irgendwie beneidete ich Ormus Cama um seinen Wahnsinn. Diese Vorstellung einer buchstäblich in Auflösung begriffenen Welt, von den Zwillingskräften Musik und Liebe zusammengehalten, gerettet und erlöst, war vielleicht gar nicht so von der Hand zu weisen. Ich beneidete sie um ihre Kohärenz, ihren beherrschenden Überblick. Außerdem muß ich gestehen, daß ich selbst ebenfalls Bedarf an Erlösung hatte. Irgend etwas mußte mich daran hindern, ständig vom Stiefel eines Toten zu träumen, von einem Absatz, den man zur Seite drehen konnte, bis er eine Filmrolle freigab, die das Leben dessen, der sie fand, verändern sollte. Ich hatte so vieles hinter mir gelassen, doch diese Erinnerung schien sich niemals ausrangieren zu lassen. Ganz gleich, mit wie kleinem Gepäck ich reiste, sie war dabei, immer und ewig in den Taschen meiner Träume.

Es waren Tage voll schuldbewußter Ungewißheit. Ormus hatte seine persönliche Art gefunden, mit dem Zeitgeist umzugehen. Selbst diese Leute von der grauenvollen Junk Band, wie nannte sie sich doch, The Mall, hatten einen Plan. Mein Weg schien sich dagegen in einer Sackgasse zu verlieren. Ich kam nicht weiter: nicht mit Vina, nicht mit mir selbst.

Meine Mit-›Orphisten‹ in der East Fifth Street hatten den Fotojournalismus allesamt endgültig an den Nagel gehängt, und der Eifer, mit dem sie ihre neuen Interessen verfolgten, weckte meinen Neid – ein Gefühl, das stets einen zuverlässigen Hinweis auf das geheimste Herz darstellt, *le secret-cœur*, wie Hulots Nebuchadnezzar-Partner Bobby Flow es in seinem breiten Yankee-Franglais zu nennen pflegte: das heißt unser innigstes Bedürfnis, in einem Klima der Gottlosigkeit Ersatz für das blutende Herz Christi zu finden. Aimé-Césaire Basquiat, unser schöner, junger, ganzkörperrasierter Frankophone, benutzte eine alte 8 x 10-Plattenkamera, lange Belichtungszeiten und herrliche Hi-Fi-Beleuchtung, um einer Sequenz formaler Porträts und, das war etwas strittiger, klassisch komponierte Szenen dessen, was für mich absolut verblüffende Sexualpraktiken waren, einen Klassik-Renaissance-Look zu verleihen. Das Sujet dieser ausgefalle-

nen Fotos bewirkte, daß ich mir wie ein unschuldiger Junge vom
Land vorkam, der keine Ahnung von der wahren Vielfalt der Welt
hatte und der zwar in den Schlund des Horrors starrte, dennoch aber
nie zu erraten vermochte, welch uralte Impulse wirklich in unseren
dunklen, verborgenen Tiefen schwimmen. Basquiats einfache Idee
war es, diese Dinge aus dem Dunkel ans glänzend helle Licht zu holen und dadurch unsere Vorstellung von dem, was schön ist, zu verändern.

Sein drittes Projekt war eine Art fotografische Antwort auf die gefeierte poetische Bekräftigung der *négritude*, das *Cahier d'un retour
au pays natal*. Basquiat, der Martinique schon als Baby verlassen hatte und ihm seither trotzig ferngeblieben war, kreierte nach und nach
einen Fotoessay – *Cahier d'un exit* – über das Exil, über wurzellose
Vaganten wie ihn selbst, und fotografierte sie, als seien sie wunderschöne Aliens, die einen Zoll breit über dem Boden schwebten, als
seien sie sowohl gesegnet als auch verflucht. Manchmal verschmolz
er die drei Projekte zu einem, und es schockierte mich, als ich eines
Tages ein gewaltiges Porträt von Basquiats Landsmann Rémy
Auxerre sah, wie er, in gleißendem Licht gebadet und in extremer
Nahaufnahme, etwas zu verschlingen schien, das nur allzu eindeutig
Basquiats Schwanz war, ein Organ, das uns allen wegen der Vorliebe
seines Eigners für die Nacktheit nur allzugut bekannt war.

Es ist leicht, zu sagen – und nach seinem frühen Tod, nur noch aus-
gemergelter Körper, verschrumpelte Haut und verängstigte Augen,
gab es viele, die das sehr schnell behaupteten –, daß sich Basquiat auf
der Schnellstraße ins Nichts befand. Aber woran ich mich erinnere,
das war die Begeisterung auf seinem Gesicht, jeden Tag aufs neue.
Das war ein Raum, zu dem auch ich unbedingt und verzweifelt den
Schlüssel finden wollte.

Johnny Chow und Mack Schnabel hatten sich für weniger schwierige, aber ebenso lohnende Karrieren entschieden: Mode und Werbung, um das große Gesellschaftsleben von Manhattan zu unterstüt-
zen, das sie beide bewunderten, und um mehr persönliche Fotoessays zum Wohl der Seele zu machen. Schnabel – ein kleiner Mann
mit einem riesigen Habichtskopf und mehr als genügend nächtlichen

Dämonen – ging zweimal im Jahr zu den Mailänder Kollektionen nach Italien. Anschließend machte er sich auf nach Rom und schoß atemberaubende Bilder von den halb mumifizierten, mordenden, skelettartigen Leichen in den Katakomben. Dann ging er dazu über, regelmäßig Bilder von gewöhnlichen Leichnamen zu machen, weil ihn die Demokratie des Todes faszinierte. Gewaltsamer Tod interessierte ihn nicht mehr; nur die Tatsache selbst, unser gemeinsames Erbe, James' *distinguished thing.* Wenn sie tot sind, sind die Jungen und die Alten gleich alt, behauptete er. Sie sind *so alt, wie es geht.* Auch andere Unterschiede verschwanden. Klansman und Bluesman, Hamas-Fundamentalist und jüdischer Siedler, Afrikaander und Soweto-Bewohner, Inder und Pakistani, Stadtmaus und Landmaus, Farmer und Kuhhirt, Mr. Tomayto und Miss Tomahto, da lagen sie nebeneinander auf den Steinplatten seiner Fotos, ihrer Grenzen beraubt, auf ewig gleichgemacht. Diesem fortgesetzten Portfolio verlieh er den großartigen Shakespearschen Titel *Golden Lads and Girls,* die, wie Sie sich erinnern werden (*Cymbeline,* IV. Akt, 2. Szene) »goldbehaart, zu Essenkehrers Staub geschart«.

Was den von Action faszinierten Chow betraf, diesen besessenen, glücksspielsüchtigen Roadrunner, der sich selbst als den idealen New Yorker bezeichnete, *weil ich wie diese Stadt bin,* man, *ich schlafe verdammt noch mal nie:* der war mit seiner fünfzehnjährigen Studie *Queens* beschäftigt, einem Porträt dieses polyglotten Viertels. Aber mindestens ebenso stolz war er auf die Werbefotos, die er für Heinz machte. Multikulturelles Straßenleben, *man,* das ist vielleicht reich, erklärte er mir. Es hat Struktur, Tiefe, erledigt die halbe Arbeit selbst. Hast du eine Ahnung, was es bedeutet, die Oberfläche einer Pilzcremesuppe interessant zu machen? Also, das ist eine Herausforderung.

Eines Tages kam Basquiat (angekleidet) zu mir herauf, um ein bißchen herumzuhängen und Musik zu machen. Als er meine Schellacks durchsah, stieß er auf einen Oldie, *Exile on Main Street,* und legte die Platte auf. Rai, 'ast du jemals dieses Tour-Movie gesehen, *Cocksuckair Blues,* sie 'abän Robair Fronk geholt, um den Film zu machän, und dieses Covär, wollte er wissen. Wenn nischt, kann isch ihn besorgän, isch kenne da einän Mann, wir könnten ihn einmal abänds ansehen, *que penses-tu*.

Während wir *Sweet Virginia* hörten, die narkotische Musik eines anderen Zeitalters, eine seltsame, schwülstige Mischung aus South London und dem amerikanischen Süden, ertappte ich mich dabei, wie ich fasziniert auf das collageartige Bild auf der Hülle des Albums starrte, diese Filmstreifen von einer Beerdigung (Zivilisten und Soldaten salutieren vor einem Leichenwagen), diese Schnappschüsse von Gesichtern, berühmt und unbekannt, von der Titelseite einer Zeitung, einem Zettel mit handgeschriebenen Versen, die wiederholte Abbildung der Straße. Die flüchtig hingekritzelten Namen. *Amyl Nitrate: Marimbas. Clydie King, Vanetta, plus friend: background vocal. Bill Plummer: uprite bass.* Die Musik löste nur Nostalgie aus, aber die Fotos hatten eine Menge zu sagen. Jawohl, Robert Frank, dachte ich. Dies war das Zeichen, auf das ich gewartet hatte.

Cocksucker Blues war okay, schmierig und mit unappetitlichen Momenten, aber ich war vor allem immer noch ein Mann des Standfotos, und was mich tatsächlich ansprach, war Mabou. Im Jahre 1970, nachdem er sich von Mary Frank getrennt hatte, hatte Robert Frank sich mit der Malerin June Leaf zusammen ein Haus in Mabou, Nova Scotia, gekauft. Die kraftvollen, schlichten Arbeiten, die er dort schuf, waren, sind eine Demonstration davon, wie weit eine Fotografie reichen kann, wieviel sie beinhalten kann, sobald sie die Idee aufgibt, unbedingt alles einfangen zu müssen, sobald sie akzeptiert, daß sie zu keiner universellen Wahrheit durchbrechen wird. Ein menschliches Auge treibt körperlos vor einem kontrastreichen Meereshintergrund. Wörter und Bilder hängen, mit Klammern befestigt, zum Trocknen an einer windumwehten Wäscheleine. Viele Fotos sind durch Glasscheiben hindurch aufgenommen, auf die Wörter gekritzelt sind, oder die Wörter stehen direkt quer über das ganze Bild geschrieben. *Keine Angst* quer über einer Schreibmaschine mit, wieder einmal, dem allgegenwärtigen Meer. *Steh still, bleib in Bewegung.* Vor einer kargen, flachen, traurigen Landschaft, akzentuiert durch Pfähle, und Bildern von dem verblassenden Namen seiner verstorbenen Tochter. *Für Andrea, die gestorben ist. Ich denke jeden Tag an Andrea. Achte auf Hoffnung.* Schweinekadaver. Krankenhäuser. Kalt. Eis. Pack-kisten. Nichts zurechtgestutzt, nichts ausgerichtet. Fotos wie zerrissene Bilder unter zerbrochenem Glas. Eine Frau, ich glaube, es ist June Leaf, liegt auf Sand, von Freude erfüllt. Ich hatte diese Bilder zuvor schon betrachtet, sie aber nie richtig gesehen. Nun veranlaßten sie mich dazu, vieles von dem aufzugeben, was ich gedacht hatte, und gaben mir, was ich mir wünschte: eine Möglichkeit, noch einmal von vorn zu beginnen.

Wenn ich diese Mabou-Bilder betrachtete, fielen mir folgende Zeilen von Virginia Woolf ein: Ein Meisterwerk ist nicht das Ergebnis einer plötzlichen Inspiration, sondern das Produkt lebenslangen Nachdenkens. Henri Hulot, mein erster Meister, der das Fotografieren längst aufgegeben hatte und unweigerlich darauf bestand, daß jedermann seine schwächlichen Aquarelle ernst nehme, hatte fest an die plötzliche Inspiration geglaubt, diesen entscheidenden Moment, der eine untergründige Harmonie ans Licht holt. Frank glaubte nicht daran und hatte sein *Black White and Things* vermutlich als Antwort auf Hulots These zusammengestellt, so wie *Catch-18* weitgehend eine Antwort auf *Die Nackten und die Toten* ist. Ich begriff, daß ich dem Unerreichbaren hinterhergejagt war, mir auf der Suche nach dem absoluten Greuel Greueltaten angesehen, in den vielen Toden *den* Tod gesucht hatte. Nunmehr beschloß ich, Universelles und Harmonie den Absolutisten wie Hulot und Ormus zu überlassen und mich auf die unerschöpflichen Zufälligkeiten des Lebens zu konzentrieren.

Ich entschied, daß es nichts Verbotenes gab. Da ich das Abc der Phantasie ganz neu zu sehen lernte, war es okay, mit sämtlichen Spielsachen zu spielen.

Aus irgendeinem Grund (ich glaube wirklich nicht, daß ich ihn deutlich nennen muß) begann ich mich für Doppelbelichtungen zu interessieren. Ich konstruierte Sequenzen von Geschichten, in denen schöne, oft nackte junge Männer und Frauen – Basquiats ewige Nacktheit hatte sich auch auf mich ausgewirkt – von durchsichtigen Elfen bedient wurden: Eine Mutter stand wie der Christus der Anden mit ausgebreiteten Armen auf einem Wolkenkratzer, ein Vater hing an einem Deckenventilator, ein Traum-Liebhaber, ein zweites Ich. Als ich mich der Sprache der Träume öffnete, wurden mir Bilder gezeigt, deren Bedeutung dunkel war, deren Dunkelheit mich erregte, und ich versuchte sie wiederzuerschaffen. Ein Mann am Schreibtisch wurde von einem Phantompferd heimgesucht, das ihm die Hufe über die Augen legte. Ein nackter Mann in einem leeren Raum sprach mit einer weißmaskierten Version seiner selbst. (Sie wurden vervollständigt durch Textzeilen, von mir selbst an die Unterkante eines jeden Bildes der Sequenz gesetzt: *Weißt du, wer du bist? Weißt du, was du willst?*) Zu meiner Überraschung stellte ich fest, daß viele der Phantasiebilder, die mir einfielen, religiöse Übertöne hatten: eine Doppelbelichtungssequenz, die das Außerhalb-des-Körpers-Erlebnis einer Sterbenden schildert, eine andere Sequenz, auf der ein Mann plötzlich zu reinem Licht explodiert: zuerst sein Kopf, dann sein Körper und seine Kleidung. Ich gestattete mir das Übernatürliche, das Transzendente, weil unsere Liebe zur Metapher, wie ich mir sagte, präreligiös ist, geboren aus dem Bedürfnis, auszudrücken, was unausdrückbar ist, unsere Träume von der Anderheit, von mehr. Die Religion kam und fing die Engel in Aspik ein, fesselte unsere beschwingte Schönheit an einen Baum, nagelte unsere Freiheit an den Boden. In diesen Sequenzen versuchte ich das Gefühl für das Wunderbare zurückzuholen, ohne das Knie vor irgendeinem Gott beugen zu müssen. Der Gott der Imagination ist die Imagination. Das Gesetz der Imagination ist, was immer funktioniert. Das Gesetz der Imagination ist nicht die universelle Wahrheit, sondern die Wahrheit der Arbeit, umkämpft und erobert.

Ich erfand ein Alter ego für mich, einen rätselhaften mitteleuropäischen Fotografen, nach dem Mörder bei Musil Moosbrugger genannt, der durch die Straßen von New York streift, um in dieser Neuen Welt nach Echos von Wien, von Budapest, von Prag zu suchen. Dieser Pseudofotograf fotografierte die Liebesaffären der Gargoyles – der unheimlichen Wasserspeier –, die an Arthur erinnernden Abenteuer der immensen Bevölkerung von Statuen, die hoch über den Straßen der City lebt. Die Statuen erwachten zum Leben, liebten, kämpften, lebten nach ihren persönlichen Codes. Sie waren sowohl die Ritter von Karl dem Großen als auch die amerikanischen Pioniere. Moosbruggers Statuenarbeiten gehörten zu meinen Lieblingswerken.

Ich arbeitete mit Reflexionen, Glas, Schatten. Mit Hilfe von Spiegeln wurde ich zum Experten von Größenverzerrungen. Ich lernte, die Galaxis in die Hand eines Menschen zu legen und was passiert, wenn man Spiegelbilder in andere Spiegelbilder stellt und Fotografien in andere Fotografien, die den Blick verschwommen werden lassen, bis das letzte Bild schließlich von der Faust zerdrückt wird. Erst eine Illusion kreieren, dann zeigen, daß es eine Illusion ist, und schließlich die Illusion zerstören: Das, begann ich allmählich zu begreifen, ist Ehrlichkeit.

Als ich eines Tages eine Rolle Film entwickelte, entdeckte ich die Geistererscheinung einer Frau, die ich nicht kannte, auf mehreren meiner Bilder. Das konnte ich mir nicht erklären. In diesem Fall war ich überzeugt, den Film nicht zweimal durch die Kamera gejagt zu haben, und außerdem war mir die Silhouette der Frau unbekannt. Gewiß, sie glich irgendwie Vinas Körper, aber es war nicht Vinas Körper. Sie war eine Fremde, die sich durch einen Raum bewegte, der mein war, und doch nicht mein.

Als hätte ich eine Membrane durchstoßen und eine Anderwelt berührt.

In jener Nacht tauchte die Frau, während ich schlief, in meinen Träumen auf und nannte mir ihren Namen. Ein wenig zu verächtlich für meinen Geschmack erklärte sie mir, daß sie in mir lesen könne wie in einem Buch. Wenn sie wolle, könne sie mich schließen und in ihr Regal zurückstellen, behauptete sie, dann werde meine Story niemals beendet werden, sondern mitten im Satz auf einmal abbrechen. Während sie diese Drohungen murmelte, lag ich splitternackt im Bett, und sie beugte sich über mich. Ich versuchte es mit Gegenargumenten, erklärte ihr, daß der Inhalt eines Buches da ist, ob man es liest oder nicht. Selbst wenn kein Mensch es jemals liest, ist der Inhalt da und tut seine Wirkung. Das genügt, erklärte ich. Dasein, das allein ist es, was zählt.

Erinnerst du dich an die Zeit, als wir uns liebten? zischelte sie. Erin-

nerst du dich an unsere erste wundervolle Liebesnacht? Nein, sagte
sie, du erinnerst dich nicht einmal an mich, nicht wahr, du Bastard?
Scheiß auf dich. Ich gehe jetzt. Und vielleicht werde ich niemals wiederkommen.

Schwitzend wachte ich auf und war allein. Maria, dachte ich. *I just
met a girl called Maria.*

Ich begann, Fotos der Untreue zu machen: meine Wohnung, unmittelbar bevor Vina ins Bild kam, oder kurz nachdem sie es verlassen
hatte. Das zerwühlte Bett schuldbewußter Leidenschaft. Das Wasser
auf dem Fliesenboden vor der Dusche. Benutzte Gläser. Halb aufge-
gessene Speisen. Nach einiger Zeit erklärte sich Vina bereit, an der
Bildfolge teilzunehmen. Ihr maskiertes Gesicht. Ihr anonymer, nackter Körper, wie er sich hastig aus dem Bild hinausbewegt. Ihre ausgestreckten Arme, die sich dem Verbotenen entgegenrecken. Diese
Fotos brachten uns eine neue Art von Nähe, und genau wie sie immer mehr von sich in die Arbeit einfließen ließ, immer mehr Mitar-
beiterin wurde denn Sujet, so begann ich abergläubisch die Macht
des schamanischen Auges zu fürchten, des Auges des verrückten Ormus mit der Augenklappe. An manchen Tagen hätte ich schwören
mögen, daß ich spürte, wie es einem Suchscheinwerfer gleich durch
den Kosmos streifte, wie Robert Franks Auge in Mabou, wie der
wolkenzerschnittene Mond in *Un Chien Andalou.* Wie das Auge des
Dark Lord Sauron, das nach dem Ring suchte.

So wurde ich denn ein Autobiograph und benutzte alles, was mir in
die Finger kam, Zeichnungen, Geschichten, Crayons, Surrealismus,
Vina, Texte. Realismus ist nicht ein Bündel von Gesetzen, er ist eine
Intention, erklärte ich der belustigten, ungewöhnlich toleranten Vina
feierlich. Die Welt ist nicht mehr realistisch, was wollen wir dagegen
machen? Denk dir eine Fotografie von Menschen, die sich niemals
verändern, die ihr eingefahrenes Leben führen, mit – wenn sie Glück
haben – einem bißchen Schlafzimmerpsychodrama: *Das* ist die Phantasie. Ein Schlachtfeld, auf dem man nicht die Unterströmungen der
Geschichte sieht, zeigt nicht genug von der Wahrheit. Ein Schlacht-

feld, auf dem man nicht sogenannte Engel und Teufel sieht, die sogenannten Götter mit ihren Superwaffen und die, sagen wir, Geister. Irgendwie das Metaphorische unter dem Tatsächlichen zeigen, das das Geschehen antreibt, die Dinge geschehen läßt.

Und wie willst du eine Unterströmung fotografieren, fragte sie mich.

Keine Ahnung. Ich grinste. Ich glaube, indem ich zunächst mal an den richtigen Stellen suche.

Du veränderst dich, sagte sie. Hör nicht damit auf?, es gefällt mir. Es gefällt mir wirklich sehr.

Wir veränderten uns alle. Die Veränderungen an Ormus, sein tagelanger schlafmaskierter Rückzug in die verschlossenen, verdunkelten Zimmer, seine Migräne, die immer schlimmer wurde, seine Weinkrämpfe, seine Schreie – all diese Dinge lösten bei Vina tiefste Beunruhigung aus, zerrissen sie, gaben ihr das Gefühl, hilflos zu sein, entfremdeten sie, veranlaßten sie, vor seiner verschlossenen Tür zu sitzen und ihn anzuflehen, sie einzulassen. Wenn sie dann eingelassen wurde, saß sie tagelang im Dunkeln an seinem Bett, hielt ihm die Hand und pflegte ihn, während er sich wie ein großer Fisch auf dem Trockenen herumwarf und etwas von der unmittelbar bevorstehenden Katastrophe kreischte. Ärzte wurden geholt, Sedativa verschrieben. Sein Geisteszustand war nicht gut. Vina kam nun häufiger zu mir, um dem Melodrama im Rhodopé Building zu entfliehen, und überließ Ormus der Pflege der unendlich geduldigen Clea mitsamt den Singhs. Sein Zusammenbruch hinterläßt eine Lücke dort, wo früher unsere Beziehung war, sagte sie. Ich liebe ihn immer noch, weißt du, die Liebe ist ein Geheimnis, gut, aber es gibt nichts mehr zwischen uns. Er ist weit weg im tiefen Weltraum oder der fünften Dimension und sieht das Ende der Welt nahen. Manchmal glaube ich, er kommt nicht mehr zurück.

Sie wußte, daß sie ein unabhängiges Leben wiederaufnehmen, einen eigenen neuen Weg finden mußte. Allmählich wurde sie zu einem begeisterten Mitglied der alternativen Kunstszene, arbeitete mit indischen Filmemachern, Performance-Künstlern, Tänzern. Inzwischen schrieb sie zum erstenmal auch eigene Songs, probierte sie an mir aus, jamte mit ihren zahlreichen A-Listen-Freunden aus der Musikszene. Sie absolvierte Überraschungsauftritte mit einer Scratch-Band in kleinen *Downtown*-Musikkneipen und freute sich über die Akzeptanz, die sie erzielte. Im Herbst 1988 hatte sie ein Album fertig, *Vina*, und hatte vor, auf Tournee zu gehen. Zunächst noch nicht Amerika oder Europa, erklärte sie mir. Dafür bin ich, glaube ich, noch nicht bereit. Erst einmal nur eine kleine Tour durch Lateinamerika?, die Musik wird doch ohnehin recht stark von diesen Boys da unten beeinflußt. Brasilien, Mexiko, nur mit einem Zeh ins Wasser.

So möchte ich sie in Erinnerung behalten, so wie sie damals war, der Mitte ihrer Vierziger in voller Schönheit und voll Mut entgegengehend, allein und ängstlich, aber tapfer hinaustretend, um nach ihrem Leben zu suchen. Ich möchte mich daran erinnern, daß sie in jenen Tagen vor der Tournee endlich das eingestand, was ich mein ganzes Leben lang hatte hören wollen, nämlich daß ich ein Faktor geworden war, ein Problem. Ich war nicht mehr ein gelegentliches Appetithäppchen, eine Zwischenmahlzeit. Nicht mehr beherrschbar. Zu lange war es so gewesen, daß Ormus und Vina fröhlich dahinsegelten, während Rai sich an die Seite ihrer Rennjacht klammerte. Es war immer ihre Story gewesen; jetzt – endlich – war es auch die meine. Endlich die meine.

Sie sei desorientiert, sagte sie, verwirrt, brauche Zeit zum Nachdenken, alles zusammen. Ja, sie dachte sogar daran, ihn zu verlassen. Sie konnte es nicht mehr ertragen, bei ihm zu sein. Sie konnte es nicht ertragen, ihn zu verlassen. Sie konnte nicht bleiben.

Du weißt nicht, wie sehr ihr euch ähnelt, sagte sie, ihr beiden, nur daß er zum drittenmal untergeht, während du nach oben kommst und Luft schnappst.

Ich muß fort, sagte sie. Ich gehe jetzt auf diese Tournee. Ich muß nachdenken.

Ich werde mitkommen, warum nicht, gab ich zurück. Ich könnte dein offizieller Tourfotograf sein. Alles, was ich verlange, ist ungehinderter Zugang. Weißt du? Total.

Nein, komm nicht mit.

Ich kann dich nicht gehen lassen. Vina, nach all dem hier. Wir sind uns so nahe. Ich muß mitkommen.

Jesus, Jesus. Ich weiß es nicht. Okay, komm. Nein, komm nicht. Komm. Komm nicht. Komm. Komm nicht. Komm nicht. Komm nicht. Komm.

Dann komme ich also mit.

Nein. *Komm nicht.*

Wir hätten auf Ormus hören sollen. Es war nicht nur das große Erdbeben von San Francisco im Jahre 1984: Die 1980er waren eine schlimme Zeit für die ganze fehlerhafte Erde gewesen. Im Oktober 1980 gab es bei einem 7,3-Richter-Beben in El Asnam, Algerien, zwanzigtausend Tote, einem so schweren Beben, daß viele der dort befindlichen seismologischen Meßgeräte zersprangen. Einen Monat später starben dreitausend Menschen in Süditalien. Im Oktober 1983 traf es das Dorf Hasankale in der Osttürkei (zweitausend Tote); im September 1985 sahen sich die Behörden von Mexico City gezwungen, das Baseballstadion als Leichenhaus zu benutzen (über zweitausend Tote). Ein mittelstarkes Beben legte im August 1986 San Salvador in Trümmer, und zwei Jahre später kam es zu einer seltsamen Häufung von Erdbeben entlang verschiedener internationaler Grenzen. Im August 1988 erschütterte ein 6,7-Richter-Whopper die indisch-nepalesische Grenze (über fünfhundert Tote), und nur drei Monate später starben eintausend Menschen, dieses Mal an der China-Burma-Linie. Einen Monat danach verheerte ein 6,9-Richter-Beben die armenisch-türkische Grenze. Die Stadt Spitak mit einer Einwohnerzahl von fünfzigtausend wurde total zerstört; achtzig Prozent der Gebäude in Leninakan (einer Stadt mit einer Einwohnerzahl von dreihunderttausend) fielen in Trümmer; einhunderttausend Menschen starben, und Gorbatschow stattete der Szene des Unglücks einen Besuch ab. Als im Januar 1989 zwei Dörfer im Grenzgebiet von Tadschikistan unter Erdrutschen und Schlammlawinen begraben wurden (eintausend Tote und außerdem viele tausend Stück Vieh), begann dieses sogenannte *borderline-fault*-Phänomen weltweite Aufmerksamkeit zu erregen. *Platzt die Welt aus ihren Nähten?*, lautete die Frage der Titelstory in *Time*, und obwohl die offizielle seismologische Antwort nein lautete, fragte ich mich zum erstenmal, was Ormus Cama in seinem Delirium sah. Wenn Hunde, Schweine und Rinder Erdbeben noch vor unseren Meßinstrumenten spürten, wäre es da vielleicht nicht auch möglich, daß ein menschliches Wesen sie Monate, Jahre im voraus anzukündigen vermochte?

Yeah, aber wenn wir auf Ormus gehört hätten – was dann? Wie bei allen Kassandren herrschte auch bei ihm Mangel an Gegenmaßnahmen. Letzten Endes sind derartige Prophezeihungen sinnlos. Man muß einfach sein Leben leben, seine Entscheidungen treffen und vorwärtsmarschieren, bis man nicht mehr weiterkann.

Im Februar 1989 flog Vina Apsara mit ihrer neuen Band zu einer Reihe von Stadionkonzerten nach Mexiko. Ohne ihr etwas davon zu sagen, bestieg auch ich eine Maschine nach Mexico City. Ich hatte ihren Terminplan, die Liste ihrer Hotels, und so weiter. Dieses Mal sollte sie mir nicht entkommen.

Unter ihren Füßen

Als ich im Cattlemen's Club in *downtown* Mexico City auftauche, erschreckt sie mich, übertrumpft mein As, indem sie sofort und heftig in Tränen ausbricht. Zusammengesunken sitzt sie in einem tiefen Armsessel, und der Flüssigkeitspegel in der Flasche neben ihr bestätigt mir, was ich schon aus den Zeitungen weiß, d. h., daß der erste Gig nicht allzu großartig gelaufen ist. Ihre Band hat noch nicht richtig gelernt zusammenzuspielen, sagen die Zeitungen, und sie wirke seltsam unruhig da auf der Bühne, ohne Ormus als Rückendeckung, Ormus Cama in seinem Glaskasten. Sie finden Dinge, die sie loben können, ihre Schönheit und so weiter, aber sie weiß, wann sie verrissen wird. Sie schnieft und schnaubt; die Tränen machen es mir unmöglich, den genauen Zustand ihrer Nase festzustellen. Wie weit muß ich noch laufen, um dich loszuwerden, Rai, schluchzt sie unfair, scheiß auf dich, ein wie tiefes Loch muß ich mir noch graben. Kräftige Männer bewegen sich drohend in meine Richtung, aber sie winkt sie gereizt zurück.

Ich nenne es Cattlemen's Club, weil seine Großkotz-Überheblichkeit ein lateinamerikanisches Echo jenes Establishments in *Dallas* ist, der Seifenoper, nicht der Stadt, in der Männer in großen Hüten Bourbon-and-branch in der Hand hielten und über den Ölpreis schimpften. Neben diesem Club wirkt *Dallas* jedoch wie tiefste Provinz, wie irgendein Kaff, in dem sich zwei Straßen kreuzen, um sodann möglichst schnell dem Horizont entgegenzueilen. Er ist eine mächtige, steinverkleidete Pyramide auf den oberen Stockwerken eines glänzenden Hochhauses in der Nähe des Zócalo, und es sieht aus, als seien sämtliche untergegangenen Völker der Region exhumiert worden, um sie zu konstruieren: Olmeken, Zapoteken, Mayas, Tolteken, Mixteken, Purépechas, Azteken. Sie ist ein Tempel, auf ihre vermögende Art: ein Ort der Macht mit Sofas und livrierten Kellnern. Man argwöhnt die verborgene Präsenz von Altären, von messerschwingenden Priestern. Vina, das *sacrifice du jour*, bewohnt eine Suite, in der Publizisten, Journalisten, Fotografen, Schmarotzer und Muskelmänner kommen und gehen. Um an den Sicherheitsleuten vorbeizukommen, muß ich ihr meine Karte hineinschicken. Sie läßt mich gerade lange genug warten, um mich eine demütigende Zurückweisung befürchten zu lassen. Dann werde ich zu ihr geführt und von ihr mit diesem Wasserwerk empfangen *und* mit schockierend roten Haaren, und das Seltsame ist, daß mein Mund trocken ist, mein Herz hämmert und ich tatsächlich Angst habe. Nackt und bloß bin ich in diesen Konferenzraum gekommen, und nur, um James Caan in *Der Pate* zu zitieren, mit meinem Schwanz in der Hand. Ich habe ihr nichts als meine törichte Liebe zu bieten, diese Liebe, die nach all diesen Jahrzehnten als zweite Geige darauf besteht, das ganze Orchester zu übernehmen. Nimm mich oder verlaß mich, ihr das zu sagen, bin ich gekommen – in dem Bewußtsein, daß ich, wenn sie mich nicht will, absolut hilflos bin, ein Schuljunge mit der Mütze in der Hand und nicht mal einem Apfel als Bestechung.

Inzwischen bin ich, da dies eine der insektenreicheren Zonen ist, am ganzen Körper zerstochen und kratze mir den Hals wie Toshiro Mifunes schäbiger Samurai (doch ohne dessen Geschicklichkeit im Umgang mit einem Schwert). Ich bin in einem Alptraum. Es ist der Beginn des letzten Aktes in unserem Stück, ich bin auf die Bühne gegangen, aber ich habe keinen Text im Kopf, kein Souffleur zischelt mir aus seiner Box vor den Rampenlichtern die Worte zu. Vina, sagte ich. Sie legt sich den Finger auf die Lippen, trocknet sich die Augen und winkt mich in einen Sessel. Nicht das, verlangt sie. Sprechen wir von etwas anderem. In diesen letzten mexikanischen Tagen ist das ein Befehl, den sie häufig erteilt.

Sie will mir von dem aktuellen politischen Skandal erzählen, der gerade entflammt ist, vom Bruder des Präsidenten, der sich auf der Flucht befindet, nachdem er den Gegenwert von vierundachtzig Millionen US-Dollar veruntreut hat, kein einziges Land will ihm Asyl gewähren, nicht einmal Kuba, also kreist er um den Globus wie ein

Schiff mit einer Ladung Atommüll, ohne einen Hafen zu finden. *Und das soll das neue, saubere Regime sein!* (Uns beiden liegt der Name Piloo Doodhwala auf der Zunge, deswegen braucht er nicht ausgesprochen zu werden.) Außerdem will sie über den argentinischen Fußballer Achilles Hector sprechen, der von den Revolutionären im Süden gekidnappt wurde. Ein außergewöhnlicher Name, griechisch und trojanisch?, Sieger und Verlierer?, ein doppelter Held, sagt sie. Seine Entführer haben ein Zeitlimit gesetzt. Sie haben gedroht, ihm die Zehen eine nach der anderen abzuschneiden, wenn ihre Forderungen nicht erfüllt werden. Aber der Termin ist verstrichen, und bis jetzt war noch kein Zeh in der Post. Die Revolutionäre sind auch Fußballfans. Die Frage ist nur, welche von ihren Leidenschaften die Oberhand gewinnt.

Sie will von der Villa an der Pazifikküste sprechen, von jener, in der sie die ersten drei Tage ihres Aufenthalts in Mexiko verbracht hat und in die sie bald zurückkehren wird. Die Villa Huracán bei Aparajitos, gefangen zwischen Dschungel und Meer. Aus dem Dschungel kommt der Gesang des häßlichen Nachtvogels, möglicherweise Lowrys *strogon ambiguus ambiguus*, sein so wundervoll zweideutiger Vogel. Tief im Ozean echot das Brüllen des Huracán, Gott der Stürme. Im Grunde ist die Villa gar keine Villa, sondern eine Reihe rosa getünchter Gebäude – »Zimmer« –, gekrönt von *palapas*, hohen, kegelförmigen Strohdächern. Gemeinsame Eigentümer sind der schockierend junge neue Colchis-Boß Mo Mallick und ein großer Schläger aus Hollywood namens Kahn. Der Tod von Yul Singh und der Rückzug von VTO, seiner erfolgreichsten Band, hat Colchis schwer geschadet, aber Mallick hat sein leckgeschlagenes Boot für Vina auf dieser Tour zu Wasser gelassen und darauf gesetzt, daß sie es auch ohne Ormus schafft. Daher das Angebot der Villa Huracán. Daher auch ein Grund für Vinas augenblickliche Depression. Sie hat bei ihrem Comeback sehr viel Unterstützung erhalten, und nun sieht es aus, als werde sie vielleicht nicht in der Lage sein, den Erwartungen zu entsprechen. Mallick, mit achtundzwanzig bereits ein High Roller, ein ganz großer Glücksspieler, in Vegas, kann, wenn es sein muß, durchaus einen Schlag einstecken, wie jeder Spieler an den großen Tischen weiß er, daß Geld nicht der springende Punkt, daß es nur eine Möglichkeit ist, Punkte zu zählen. Aber die Punkte kümmern ihn. Die ganz großen zu machen wird zu einer Frage des Stolzes. Verlieren? Wechseln wir lieber das Thema.

Die anderen Gäste an jenem Tag, will sie mir erzählen, waren ein berühmter chilenischer Romancier und seine weit jüngere, auffallend attraktive irisch-amerikanische Ehefrau. Auf halbem Weg die Klippe hinab gab es eine Frühstücksterrasse, auf der Obst, Tortillas und Champagner in einem Picknickkorb eintrafen, der an Seilen und Rollen durch die Luft rumpelte. *El desayunismo magical*, nannte es der Romancier. Die irisch-amerikanische Ehefrau sprach von ihrer engen Verbindung mit der republikanischen Bewegung ›zu Hause‹, das heißt in Ulster, auf dessen bittere Erde sie nie einen Fuß gesetzt hatte, erzählte von ihren Bemühungen als Spendensammlerin und von dem engagierten Einsatz, mit dem die republikanische Führung für den Frieden arbeite. Inzwischen aß und trank der Romancier herzhaft, verweigerte jeden Kommentar zur irischen Frage und erklärte sich für zu schwach, um noch weiter hinunterzusteigen. *Die Meereshöhe wird ohne mich auskommen müssen.* In einem alten Polohemd und Khakishorts saß er auf der Terrasse. Vina leistete ihm Gesellschaft, während die Entertainmentmanager unten am Meeresrand herumtobten und um die Aufmerksamkeit der jungen bostonirischen aristokratisch-revolutionären Ehefrau wetteiferten, wobei sie wie riesige, tapsige Hunde, eifrig und mit hängender Zunge, im flachen Wasser planschten. Übrigens, hängend: Auf der Frühstücksterrasse bemerkte Vina, daß der Autor mit breit gespreizten Beinen dasaß und keine Unterwäsche trug. Seine Eier waren groß, glatt und rosig, vom selben Rosa wie die Wände der Villa, während sein Schwanz groß und grau war, vom stumpfen Grau des Steinblocks, auf dem er mit dem Ozean im Rücken saß. Ich konnte nicht aufhören hinzusehen, berichtet Vina mir, nicht schlecht für fünfundsiebzig, dachte ich. Später fragte ich Mallick, ob der alte Knabe versucht habe, Eindruck bei mir zu schinden, ich meine, wollte er flirten?, oder was?, aber Mallick sagte, nein, das macht er immer, das ist einfach unschuldige Zurschaustellung. So sehe ich die Huracán jetzt, scherzt sie fröhlich. Als einen heiligen Ort, den Ort, an dem Unschuld zur Schau gestellt wird.

Sie weiß nicht, wie sie die Wahl treffen soll, vor die ich sie gestellt habe.

Sie ist spröde, überdreht, gestreßt.

Sie will über alles mögliche reden, nur nicht über die Liebe.

Vina, sage ich abermals. Sie funkelt mich auf einmal wütend an. Dies ist eine wahnsinnig durstige Stadt, sagt sie. Der unterirdische Wasserspiegel sinkt alarmierend, und jeden Tag kann das Ganze jetzt nachgeben und absacken, bis nichts mehr zu sehen ist. Also das nenne ich einen besoffenen Absturz. Und dann ist da noch der Papst, man mutet mir zu, *seinen* Auftritten zu folgen, was hältst du von einem so lausigen Timing?

Der Papst ist gerade in Mexico City aufgetreten und hat sogar über Rock 'n' Roll gesprochen. *Jawohl, meine Kinder, the answer is blowing in the wind, die Antwort wird wahrhaftig vom Winde verweht, nicht vom Wind der gottlosen Verlassenheit, sondern von der harmonischen Brise, welche die Segel des Glaubensschiffes füllt und die Passagiere geradewegs in den Himmel bläst.* Vina, die seine Zuschauerzahlen bei weitem nicht erreicht, aber weiß, daß VTO ihm vermutlich schwer zu schaffen gemacht hätte, muß sich damit begnügen, über die arg strapazierte Metapher zu spötteln und den letzten päpstlichen Klatsch zu verbreiten. Sein unerbittlicher Zorn über die Arbeiterpriester, die Befreiungstheologie, all dieses Zeug. Und dann macht die Geschichte von seinem Fahrer die Runde, sagt sie. Nein, nicht dem Chauffeur des Papamobils. Ich meine seinen Fahrer damals, in der alten Zeit, als er noch einfach Kardinal Wojtyla war. Anscheinend hatte sein Fahrer jahrelang für ihn gearbeitet, und als es Zeit wurde, den neuen Papst zu wählen, fuhren sie zu zweit in einer kleinen, ramponierten polnischen Luftverschmutzerkiste von Krakau nach Rom. Was für ein Roadmovie, nicht wahr?, der zukünftige Papst und sein Arbeiter-Begleiter auf dem Weg zum Ruhm. Wie dem auch sei, sie kommen zum Vatikan, der Fahrer wartet und wartet, der Rauch steigt auf, *habemus Papam*, und schließlich erreicht ihn die Nachricht, es ist sein guter Kumpel, sein Autofreund, sein Boß.

Dann kommt ein Bote zu ihm. Fahren Sie den Wagen nach Krakau zurück, und suchen Sie sich einen anderen Job, sagt der Bote. Sie sind gefeuert.

Ich habe sie in allen möglichen Stimmungen erlebt, aber noch nie so verzweifelt. Am nächsten Morgen wird sie nach Guadalajara fliegen – Guadalajara, wo Pancho Villa auf die Uhr schoß und damit die Zeit anhielt, sagt sie –, dabei weiß sie, daß die Show so nicht richtig ist, daß ihr Leben so nicht richtig ist, aber sie weiß nicht, wie sie beides ändern soll. Sie sieht mir ins Gesicht, und alles, was sie dort sieht, ist *verlaß ihn, Vina, komm mit mir und sei meine Liebe*, aber sie kann im Moment nicht damit umgehen, *laß uns von etwas anderem reden*, und sie fängt an, Orpheus-Witze zu erzählen. Das ist eine alte Angewohnheit von ihr, eine, mit der sie begann, als sie hörte, daß ich in ein Orpheum umziehe; ich, Rai, Erbe des Clans mit den gräßlichsten Stimmen der indischen Musikgeschichte. Du solltest den Namen ändern, schlug sie vor, aus Respekt solltest du das Ding nach einem anderen beschissenen Gott nennen. Vielleicht Morpheus, Gott des Schlafes. Ich spielte mit: Wie wär's mit Metamorpheus, Gott der Veränderung. Von da an ging's bergab. Wir kamen auf Endomorpheus und Ektomorpheus, die Zwillingsgötter der Körpertypen. Waldorpheus, Astorpheus, Gott der Hotels. Motorpheus, der Radfahrergott. Hans Castorpheus, der Zauberbergler. Shortpheus, Gott des Zorns. Conpheus, der kopfkratzende, ratlose Gott.

Sie will von diesen Göttern sprechen, weil das den Tod anbetende Mexiko sie erschreckt. Verglichen mit den Gottheiten, die sie hier haben, meint sie, ist Apollo nur ein Theater, Poseidon ein Abenteuer und Hermes ein beschissenes Seidentuch.

Sie hält inne, sieht mich an. Vina bittet nicht oft um etwas, aber im Augenblick braucht sie mich, um den Plapperstab zu übernehmen und damit loszurennen. Sie braucht mich nicht, um sie zu zwingen, sich dem zu stellen, dem sie sich stellen muß. Stumm fleht sie um Mitgefühl; sogar um Gnade.

Da zum Wesen der Götter unglaubliche Gewalttätigkeit gehört, beginne ich gehorsam zu improvisieren. Vergewaltigung, Mord, gräßliche Rache. Man geht mit offenen Armen auf sie zu, aber es sind tödliche Umarmungen. Die alten Götter, Hindu, altnordische, griechische, legten die Moralgesetze fest und forderten nichts von uns als Anbetung. Ehrfurcht, erklärt der vergöttlichte Herakles dem Philoktetes in Sophokles' Theaterstück, Ehrfurcht ist es, was dem Olympus vor allem gefällt. Im ersten Moment klingt das besser als bei den neueren Göttern, keine Predigten auf dem Berg, keine islamischen Handbücher, aber aufgepaßt, es ist eine Elefantenfalle. Die Götter verehren bedeutet ihren Zorn fürchten und daher ständig versuchen müssen, sie zu beschwichtigen. Naturkatastrophen sind der Beweis für das Mißvergnügen der Götter, denn die Welt ist unser Fehler. Daher die unaufhörliche Buße. Daher die menschlichen Sühneopfer et cetera.

Das ist es, was ich so an dir liebe, sagt Vina und verbirgt Erleichterung und Dankbarkeit hinter ihren ironischen Worten. Zieht man dich auf, läuft dein Mundwerk mindestens eine halbe Stunde; und als Mädchen kann man sich dabei abregen und ausruhen.

Dies ist der Punkt, an dem ich von Erdbeben spreche.

Was, von VTOs größtem Hitalbum und Ormus Camas jüngsten Warnungen vor dem Heraufziehen der Apokalypse abgesehen, angesichts unseres Aufenthalts im notorisch erdbebengefährdeten Mexiko nicht allzu überraschend ist. Ich bin kein abergläubischer Mensch und auch, wie ich hoffentlich klargemacht habe, kein religiöser. Ich glaube nicht, daß ich, indem ich von Erdbeben sprach, den Zorn der Götter auf unsere Häupter herabbeschworen habe. Doch für die Unterlagen stellte ich fest, daß ich davon gesprochen habe.

·Außerdem, um genau zu sein: nicht auf mein Haupt. Auf Vinas.

Erdbeben, erläutere ich ihr, haben immer bewirkt, daß die Menschen die Götter beschwichtigen wollten. Nach dem großen Erdbeben von Lissabon am 1. November 1755 – jener Katastrophe, in der Voltaire ein unwiderlegbares Argument für das tragische Weltbild und gegen den Leibnizschen Optimismus sah – beschlossen die örtlichen Behörden als Sühne ein Autodafé. Der gefeierte Philosoph Pangloss wurde gehängt (der herkömmlichere erprobte Scheiterhaufen wollte nicht brennen). Sein Partner, Herr Candide of Thunder-ten-tronckh, ein Name wie eine okkulte Zauberformel, der vermutlich Erdbeben hervorrufen konnte, wo bisher noch keine entstanden waren, wurde rhythmisch und sehr lange auf seine blutigen Hinterbacken gepeitscht. Unmittelbar nach diesem Autodafé gab es ein noch stärkeres Erdbeben, bei dem der Teil der Stadt, der noch stand, sofort in sich zusammenfiel. Das ist das Problem mit Menschenopfern, dem Heroin der Götter. Sie machen stark süchtig. Und wer wird uns vor Gottheiten mit Suchtproblemen bewahren? Also ist Gott jetzt auch noch ein Junkie, sagt Vina. Die Götter, berichtige ich sie. Monotheismus ist Scheiße, wie jeder Despotismus. Die Spezies ist von Natur aus demokratisch polytheistisch – abgesehen von dieser evolutionären Elite, die ganz und gar mit den göttlichen Forderungen gebrochen hat. Man wünscht sich instinktiv, daß der Götter viele sind, weil man selbst nur ein einzelner ist.

Und die Storys, sagt sie, deren Stimmung sich aufhellt. Sie witzelt jetzt nur noch herum, plaudert müßig, läßt sich von ihren Sorgen ablenken. Es ist mir gelungen, ein schwaches Lächeln auf ihr Gesicht zurückzuzaubern. Was ist mit den Storys, wiederholt sie. Kann ein verdammter Heide wie du nicht einmal daran Freude finden?

Wenn wir aufhören, an die Götter zu glauben, beginnen wir, an ihre Storys zu glauben, gebe ich ihr zurück. Solche Dinge wie Wunder gibt es natürlich nicht, doch wenn es sie gäbe und wenn wir morgen aufwachten, um keinen Gläubigen mehr auf der Erde zu finden, keine frommen Christen, Muslime, Hindus, Juden, ja, dann würden so schöne Geschichten natürlich etwas sein, worauf wir uns konzentrieren könnten, denn dann könnten sie nicht mehr gefährlich werden, dann könnten sie dazu dienen, den einzigen Glauben herbeizuzwingen, der zur Wahrheit führt, das heißt den bereitwilligen, ungläubigen Glauben der Leser an eine gut erzählte Geschichte.

Die Mythen erfordern es, wie du vielleicht bemerkt hast, daß ihre Protagonisten dumm sind. Um sich munteren Sinnes in Lebensgefahr zu begeben, blind auch für die augenfälligsten Fallen.

(All das und vermutlich mehr gestatte ich mir zu sagen. So habe ich schon lange nicht mehr gesprochen, so ausführlich, so rückhaltlos. Und ich wiederhole, ich halte nichts von Hybris, von dem Verbrechen, den Göttern eine Nase zu drehen, deswegen glaube ich auch nicht an das Kommen der Nemesis. Aber ich habe geschworen, alles zu erzählen, und deshalb muß ich außerdem sagen, daß ich, bevor geschah, was geschehen ist, diese in den Augen der Gläubigen zweifellos unüberlegten Bemerkungen gemacht habe.) Gehen wir zu dir aufs Hotelzimmer und ziehen wir uns was rein, schlägt Vina energisch vor. Einen Snief *soma*, einen Schluck *ambrosia*. Aber sicher, ich bin dabei. Geh du voran, meine Königin. Nicht zum erstenmal fällt mir auf, daß ich in der Lage eines Sterblichen bin, der sozusagen eine Göttin um Liebe anfleht. Vina und Adonis: wie diese. Mir ist klar, daß Menschen gemeinhin nicht sehr gut aus derartigen Begegnungen hervorgehen.

Doch auch die nicht existierenden Götter können fallen.

Ihr Stil ist in dieser Zeit Spätachtziger-Ultraglamour; nicht mehr Hippie- (oder radikaler) Chic. Très Filmstar mit einem extra Shock 'n' Roll-Twist von Lasterhaftigkeit. Tyler, Gaultier, Alaia, Léger, Wang, aber vor allem Santo Medusa: seine Ganzkörper-Technicolor-Glasperlen-Bodys, seine Smokings in shocking Pink, zweireihig über dem nackten Oberkörper getragen, seine Kettenhemd-Minikleider, bis zur Taille empor geschlitzt. Vina und Tina, sagen die Leute, wetteifern um die Krone als alterslose Diva.

Dies ist das Hotelzimmer. Dies ist die Frau, die ich liebe. Dies sind einige der letzten Augenblicke ihres Lebens auf der Erde, ihres Lebens über der Erde. Jedes dumme Wort, das sie sagt, jeder Witz, den sie reißt, jedes Herz, das sie bricht – das alles sind Dinge, die ich auf ewig fest bei mir behalte, um sie vor dem *barranco*, dem Abgrund, zu bewahren. Dies ist die CD, die sie spielt: *Raindogs*, der Honkytonk-Blues, neu erfunden und herausgeknurrt von Lee Baby Simms. Sie beginnt mit Simms zusammen zu singen, leise und langsam, und mir sträuben sich die Nackenhaare. *Will I see you again / on a downtown train.* Die Wände scheinen sich im Takt der Musik zu wiegen. Klingt wie Valéry, stelle ich fest. *Le roc marche, et trébuche; et chaque pierre fée / se sent un poids nouveau qui vers l'azur délire!*

Valerie wer? Desinteressiert, vertieft in Musik und Rauch, zuckt sie die Achseln.

Sie ist auf dem Weg nach Guadalajara, der Stadt, wo die Zeit stehenbleibt. Nach Guadalajara und darüber hinaus.

Dies sind wir, bei der Liebe. Sie hat schon immer geliebt, als sei es das letzte Mal, so hat sie alles getan, so hat sie ihr Leben gelebt; aber für uns ist dies, obwohl keiner von uns davon weiß, tatsächlich das letzte Mal. Das letzte Mal für diese Brüste. Die Brüste der Helena von Troja waren so überwältigend, daß Menelaos, als sie sie für ihren Gatten beim Fall von Troja entblößte, unfähig war, ihr etwas anzutun. Das Schwert fiel ihm aus der kraftlosen Hand. Dies ist die Frau, die ich liebe, und dies sind ihre Brüste. Immer und immer wieder lasse ich dieses Band in meinem Kopf ablaufen. Hast du dem Erdbeben deine Brüste gezeigt, Vina, hast sie für den Gott der Stürme entblößt, warum denn nicht, wenn du das getan hättest, wärst du vielleicht, wärst du mit Sicherheit am Leben geblieben.

Dies sind die Brüste der Frau, die ich liebe. Ich stecke meine Nase zwischen sie und atme ihren stechenden Geruch, ihre Reife ein. Ich lege meinen Schwanz zwischen sie und fühle ihre anschwellende Zärtlichkeit.

Dies ist Vina, geschwätzig, wie immer nach dem Sex. Sie will sich über das Altersproblem von Sängerinnen auslassen. Diana, Joni, Tina, Nina, sie selbst. Sieh dir Sinatra an, sagt sie. Kaum noch stehen kann der, es gibt Töne, von denen er nicht mal mehr träumen kann, und irgend jemand sollte endlich mal diesen Fifi umbringen, der da auf seinem Kopf sitzt, aber er ist ein Mann, daher gibt es keine Karriereprobleme. (O ja, sie vergleicht sich mit The Voice. Sie ist selbst eine ›Voice‹. Sie hält nichts von falscher Bescheidenheit. Sie kennt ihren künstlerischen Wert. Tina und ich, sagt sie, wir werden das Buch umschreiben. »Not Fade Away«, das ist der neue Titel, Honey. Wir werden erzählen, wie es ablaufen wird.)

Jetzt ist sie bei der jüngeren Generation, ihren Unzulänglichkeiten, ihren Beschwerden. Hier kommt Madonna Sangria wieder, die sich im *Rolling Stone* immer noch mit dem weiblichen Körper befaßt. Nicht mit seinem Gebrauch, sondern mit seinem Mißbrauch. Nicht

Sex, sondern Geschlecht. Hör dir diese miese Reizbarkeit bei diesem griesgrämigen Kid an, knurrt Vina, die eigentlich ein Selbstgespräch führt. Mann, hatten wir Hochspannung. Hatten wir *Wut*. Jammern, über Männer?, sich beklagen, über Mom 'n' Pop?, war einfach nicht drin. Wir mußten gegen die Generäle und das Universum kämpfen. *»Mein Freund hat mich verlassen, Männer sind Schweine?«* Ich bitte dich. Ich halt's lieber mit den fröhlichen Mädchen. *Bop she bop. She bop shewaddywaddy.* (Jetzt singt sie.) *She's so fine …*

Scheiße, faucht sie auf einmal. Sie ist kaputt und mehr als nur halb im Schlaf, aber sie diskutiert mit sich selbst. Immer war da ein Mann, der an unseren Fäden zog. Ike Turner Berry Gordy Phil Spector Ormus Cama. Ike Spector Berry Turner. Der Mann ist für die Macht da, die Frau für die Schmerzen. Ich sage es abermals. Orpheus lebt, Eurydike stirbt, oder?

Ja, aber du bist auch Orpheus, wende ich ein. Es ist deine Stimme, die bewirkt, daß sich die verzauberten Steine der Stadt jubelnd ins Blaue erheben, die bewirkt, daß die Reihen der elektrischen Bilder in der Stadt zu tanzen beginnen. *Oraia phone*, die beste Stimme, wir alle wissen, daß es die deine ist, nicht die seine. Außerdem ist inzwischen er es, der in seine Anderwelt-Unterwelt hinabsinkt, und wer wird ihn retten, ich beiße mir auf die Zunge, denn dies ist genau das Gegenteil der Richtung, die zu halten ich gen Süden geflogen bin. *Wer, wenn nicht du.* Statt dessen sage ich, es wird Zeit, daß Männer wie er anfangen, sich selbst zu retten.

Und außerdem, fahre ich fort, stirbt Orpheus auch. Und kaum habe ich es gesagt, da möchte ich mir die Zunge herausreißen. Falsch, falsch! Doch was gesagt wurde, ist gesagt.

Vina hat sich, stocknüchtern, im Bett aufgesetzt und bricht plötzlich, völlig unlogisch, in einen Wutanfall aus.

Du glaubst, du kannst in seine Fußstapfen treten, sagt sie. Du glaubst, du kannst in seiner Mulde schlafen. Du träumst, Rai Baby. Nicht in einer Million Jahren. Bist du den ganzen Weg hierhergekommen, um mir zu sagen, daß du ihm den Tod wünschst?, vielleicht wünschst du mir ja auch den Tod, wenn ich mich nicht deinem Willen, deinem beschissenen *Schwanz* beuge. Du bist hierhergekommen, um die Liebe zu töten und den Mord Liebe zu nennen.

Das ist nicht wahr, protestiere ich vergebens. Die dionysische Vina hat sich im Zorn erhoben, Göttin der Freude und der Vernichtung. Verschwinde, befiehlt sie, und kleinlaut gehorche ich.

Am folgenden Tag in Guadalajara – ich bin ihr auch dorthin gefolgt, aber ich bin allein, darf nicht hinter die Bühne, kann sie weder auf Biegen noch auf Brechen, noch per Brieftaube erreichen – wandere ich unglücklich umher, während meine Gedanken *überallhin eilen*, wie Moses Herzog sagt. Es gibt jetzt eine Bischöfin in den USA, vielleicht könnte ich sie anrufen, der könnte es möglicherweise gelingen, zu Vina durchzudringen, und auf, ich weiß nicht, irgendwie auf schwesterlicher Basis vermitteln. Stroessner ist draußen, in Paraguay, ein Coup, aber der Tag, an dem sie auf der Welt einen Mangel an Diktatoren verkünden, müßte ein ziemlich kalter Tag in der Hölle sein. Ich sehe vor mir, wie sie die Sikhs hinrichten, die den Vierfachmord verübt haben. Schönen Gruß von mir an Cool Yul, Freunde, vielleicht ist er jetzt nicht mehr ganz so cool, nicht dort, wo er sich nun befindet.

Du hast dich verändert, hat sie zu mir gesagt. Hör nicht damit auf.

Metamorphose, das ist es, was ich ihr erklären muß, Metamorphose ist es, was unsere Sehnsucht nach dem Göttlichen ersetzt. Das ist es, was wir bewerkstelligen können, unsere menschliche Magie. Ich rede nicht von den gewöhnlichen, alltäglichen Veränderungen, die die Substanz des modernen Lebens sind (in dem, wie jemand gesagt hat, nur das Temporäre kontemporär ist); nicht einmal von den anpassungsfähigen Chamäleonnaturen, die in unserem Migrantenjahrhundert so gewöhnlich geworden sind; sondern von einer tieferen, erschreckenderen Fähigkeit, die nur unter extremem Druck in Erscheinung tritt. Wenn wir mit dem Unermeßlichen konfrontiert werden. An so einem Angelpunkt vermögen wir uns gelegentlich in eine andere, endgültige Form zu verwandeln, *eine Form, die über die Metamorphose hinausgeht.* Zu etwas Neuem, Endgültigem.

Drei von uns sind durch eine Membran am Himmel gegangen und wurden dadurch verändert. Das trifft zu. Aber es trifft ebenfalls zu, daß diese Veränderungen zu jenem Zeitpunkt nicht vollendet wurden. Es wäre vielleicht richtiger zu sagen, daß wir eine Übergangszone betreten haben: den Zustand der Transformation. Eine Übergangsphase, in der wir nicht auf ewig gefangen bleiben würden, die nur die imperative Macht des Unermeßlichen der Vollendung entgegentreiben kann.

Das Unermeßliche hat Ormus Cama sein Antlitz gezeigt. Er wurde zum Vermittler dieser Offenbarung. Für ihn kann es, ohne Rücksicht auf die Konsequenzen, kein Zurück mehr geben.

Für Vina und mich hat das Unermeßliche – und das ist es, was ich ihr zu verstehen geben muß – die Form unserer lebenslangen, intermittierenden, doch unentrinnbaren Liebe angenommen. Ergo: Wenn sie nur Ormus verlassen und zu mir kommen würde, würde sich unser Leben völlig verändern, würden wir beiden uns auf ganz erstaunliche Art und Weise verändern, aber die neue Form, die daraus entsteht – sie und ich vereint in der Liebe – wird ewig währen. Ewig und einen beschissenen Tag.

Ob ich ihr Daumenschrauben anlege? Darauf können Sie wetten. Ich wiederhole: Nur unter extremem Druck können wir uns in das verwandeln, was zu werden in unserem tiefsten Wesen angelegt ist. Lichas, von Herakles ins Wasser geworfen, verwandelte sich, von der Angst des Lebens beraubt, in einen Felsen. Verwandelte sich *auf ewig* in einen Felsen, man kann jetzt sofort hingehen und auf ihm – auf Lichas – sitzen, im Golf von Euboa, nicht weit von den Thermopylen.

Das ist es, was die Menschen an der Transformation nicht verstehen. Wir sind keine oberflächlichen Proteaner, die immer wieder die Form wechseln. Wir kommen nicht aus der Science-fiction. Es ist eher wie Kohle, die zu Diamanten wird. Danach gibt es keine Möglichkeit zu weiterer Veränderung mehr. Man kann sie drücken, so fest man will, sie werden sich nicht in einen Gummiball verwandeln, oder in eine Pizza Quattro Stagione, oder ein Selbstporträt von Rembrandt. Es ist *aus.*

Naturwissenschaftler werden ärgerlich, wenn Laien zum Beispiel das Prinzip der Unschärfe, der Unsicherheit mißverstehen. In einem Zeitalter größter Ungewißheiten ist es leicht, Wissenschaft mit Banalität zu verwechseln, zu glauben, daß Heisenberg nichts weiter sagt als he, Jungs, wir können überhaupt nichts mehr mit Sicherheit wissen, es ist alles so *unsicher*, aber ist das nicht, na ja, *einfach schön?* Während er uns in Wirklichkeit genau das Gegenteil sagt: daß man, wenn man genau weiß, was man tut, das exakte Quantum der Unsicherheit in einem Experiment, einem Prozeß feststellen kann. Also können wir dem Wissen und dem Mysterium jetzt genaue Prozentpunkte zuordnen. Ein Prinzip der Unsicherheit ist ebenso ein Maß für Sicherheit. Es ist keine Klage über verwehenden Sand, sondern ein Maß für die Festigkeit des Bodens.

Aus dem gleichen Grunde, wie wir auf Hug-me sagen, ärgere ich mich, wenn andere Leute die Veränderung mißverstehen. Wir sprechen hier nicht von dem gottverdammten *I Ging*. Wir sprechen von den tiefsten Regungen unserer eigentlichen Natur, von unserem geheimen Herzen. Metamorphose ist nicht launisch. Sie ist Offenbarung.

In den verschiedenen Bars rund um die Plaza de Armas, die Calzada Independencia Sur, die Calle de Mariachis lerne ich den Unterschied zwischen den Tequila-Sorten kennen. Sauza, Ángel, Cuervo, die drei großen Brennereien. Für mich geht es um die Wahl zwischen Sauza und Ángel, aber vielleicht hab' ich noch nicht genug von den Produkten der anderen probiert, also he, *camarero*, noch mal dasselbe, *hombre, muy pronto.* Der weiße Tequila ist der billige Schnaps; dann gibt es noch *reposado*, der ist drei Monate alt; wenn man aber was Gutes will, sollte man sich an den *Tres generaciones* halten, der Name ist natürlich übertrieben, aber sechs bis zwölf Jahre Lagerung sollten das Warten schon lohnen. Irgendwann einmal teste ich die *Man in Flames*-Reklame von Orozco. Der ist inzwischen eine nationale Institution, ein großer Markenname, doch damals, in den Dreißigern, mußte er nach Amerika fliehen, wo er sich einen guten Ruf erwarb, die alte Familiengeschichte, du mußt die Heimat verlassen und dafür sorgen, daß dich die Gringos lieben, bevor du in deinem alten Wohnviertel auch nur gegrüßt wirst. Fünf Minuten später wirst du dann als Verräter beschimpft, Orozco aber ist noch immer beliebt, der Glückliche.

Sie hat ihre Wahl getroffen, und die fiel nicht auf mich. Sie hat sich entschlossen, sich nicht zu verändern.

Mit Unterstützung der Drei Generationen von der Ángel-Brennerei frage ich mich, wie ich den Rest meines Lebens hinter mich bringen soll. Ich bin erst zweiundvierzig Jahre alt. Scheiße, sie ist älter als ich, was soll das, haben mich alle Weiber unter Vierzig abgeschrieben? Ich weiß nicht. Ich glaube, wenn man all diese Generationen intus hat, wird man unglaublich alt. Bitte noch drei Generationen, *camarero*. Hier kommen sie, gezeugt, gezeugt, gezeugt. Das ist schon besser. Die Weiber sehen immer jünger aus. Den Kellnern wachsen Flügel.

Hätte ich eine Seele, jetzt würde ich sie verkaufen, um meinen Herzenswunsch erfüllt zu bekommen. Und nochmal drei Generationen, Herr Kellner, wenn Sie so nett wären.

Señor, ich glaube, es reicht für Sie. Wo ist Ihr Hotel. Wenn Sie wollen, rufe ich Ihnen ein Taxi.

Am 13. Februar 1989, der vorletzten Nacht ihres Lebens (wir sind schon einmal hier gewesen), wählt sich die legendäre Popsängerin Vina Apsara den Tunichtgut, Pomadenjüngling und Playboy Raúl Páramo, einen Mann, der zum Tragen von Körperschmuck neigt, zum Agenten meiner sexuellen Demütigung. Ich warte in der Hotelhalle auf sie, als sie plötzlich hereinrauscht kommt: halbnackt, schon vorgefickt, am Arm dieser erbärmlichen Null von einem Mann, der so dämlich wie ein Dorftrottel grinst, der in der Lotterie gewonnen hat und dessen Untergang, wie sich herausstellen wird, noch näher ist als ihrer. Unmittelbar vor mir bleibt sie stehen, verdreht die Zunge und packt ihn höchsten drei Fuß von mir entfernt. Dann sagt sie, was sie zu sagen hat. *Du bist nichts in meinem Leben, Rai, du bedeutest mir weniger als dieser Trottel, also tu mir den Gefallen, verpiß dich und stirb.*

Ich aber bin von der Lady mein Leben lang in der Kunst des Wartens gedrillt worden, des Wartens wie ein Hund auf die kleinen Happen, die sie mir möglicherweise zuwerfen wird. Ich gebe die beschädigten

Reste meines Stolzes frei, besteche den Sicherheitsbeamten der Etage und darf daher die Nacht im Korridor vor ihrer Suite verbringen, auf einem kleinen Klapphocker – jeder Fotograf besitzt einen solchen, zusammen mit einem Riecher für Ärger und einer leichten Trittleiter –, auf dem ich mich darauf vorbereite, mich ihr zu Füßen zu werfen und sie zu bitten, mich wieder in irgendein dreckiges Hinterzimmer ihres Lebens aufzunehmen.

Wie Vina einmal vor Ormus' verschlossener Tür saß und darauf wartete, daß er sie einließ, um ihn zu pflegen, warte ich nunmehr auf sie. Wir sind einer das Echo des anderen. Wir hallen einer in des anderen Ohren wider.

Es ist jetzt zwölf Uhr mittags am Valentinstag. Wir sind schon einmal hier gewesen. Hier ist Vina im Hotelkorridor, in Panik und unsicher, ausgesperrt aus ihrer Suite, auf der Flucht vor ihrem sterbenden Liebhaber; und hier ist Rai, treu wie ein Hund, wie eh und je bereit, ihr seine untertänigsten, hechelnden Dienste anzubieten.

Wir sind schon einmal hier gewesen. Es ist zwei Stunden später, und ein Hubschrauber fliegt über blaue Agaven dahin. Mein kurzes Exil hat ein Ende gefunden; Vina, deren Gefühle von ihren Bedürfnissen diktiert werden, sieht in mir wieder einen wichtigen Verbündeten, im Augenblick ihre einzige Hilfe und Stütze. Ich bin ein Fels, wie Lichas in die Brandung geworfen. Und ein Fels verspürt keinen Schmerz.

Wir überholen ihr Gefolge unten auf der Straße. *Von euch Bastarden ist er der einzige, dem ich vertrauen kann.* Vina, für die Vertrauen Gefängnis bedeutet, hat ihr Vertrauen zu mir erklärt.

Die Sache mit Raúl Páramo hat sie schwer erschüttert. In meinen Kopfhörern höre ich den nostalgischen Klang von Hug-me, dem Argot unserer Jugend. Es ist lange her. Wenn ich mich später daran erinnere, werde ich tief bewegt von dem Gedanken sein, daß Vina, ihrem Ende nahe, den Kreis zu unseren Anfängen zurück geschlossen hat. Natürlich war unsere Privatsprache sehr nützlich, um unser Gespräch vor den Kopfhörerrohren des Piloten und des Kopiloten abzuschirmen, doch dafür hätte vermutlich auch schon Englisch genügt. Sie ging weiter als unbedingt notwendig, ließ in der heißen, trockenen mexikanischen Luft das alte Bombay wiedererstehen. In der Erinnerung sehe ich ihren Entschluß unwillkürlich als eine ernsthafte Rückkehr zu unserer Intimität; als ein Versprechen von Dingen, die da kommen sollen.

Wir sind schon einmal hier gewesen. Wir wissen, daß dieses Versprechen nicht eingehalten werden wird, werden kann.

Sie ist eine Frau mit vielen Problemen: die Polizei, Páramo, die Drogen. Sie macht sich sogar – höchst erstaunlich – Sorgen um mich. Kann ich ihr je ihr Verhalten verzeihen, et cetera, zuweilen schlage sie einfach um sich und verletze die Menschen, die ihr die liebsten sind, und wie stark ich sein müsse, um noch immer für sie da zu sein?, nicht einfach fortzugehen?, ihr noch eine Chance zu geben. Aber kann sie in Sachen Liebe bitte, bitte noch ein wenig Zeit haben, denn im Moment kann sie nicht richtig denken?, die Tournee, und alles?, sie ist es mir schuldig, zu warten, bis ihr Kopf wieder klar ist. Du hast schon so lange gewartet, Rai, Liebling, jetzt kannst du auch noch *do-teen* Tage länger warten.

In der Sprache der Kindheit unserer Liebe höre ich die Worte, die mir das noch immer betörte Erwachsenenherz hämmern lassen. Okay, ich werde warten, sage ich. Ich werde dranbleiben, Vina, aber nicht mehr lange.

Hug me honey honey hug me. Halt fest, Sloopy, nun komm schon, komm schon.

Die glühende Hitze des Tages, die jubelnde Menge auf dem Footballplatz, die beiden Silber-Bentleys von Don Angel Cruz, die schreckerfüllten Tiere, die Mariachis, und Vina singt: *Trionfi Amore*, den letzten Song, den jemand sie hat singen hören.

... il cor tormenta
Al fin diventa
Felicità.

Dann das Erdbeben. Ich greife mir meine Kameras und schieße, für mich gibt es keine Geräusche mehr, nur noch die Stille des Ereignisses, die Stille der fotografischen Aufnahme.

Tequila! Wir sind schon einmal dort gewesen.

Zu den Zeiten von Voltaire glaubte man, daß die Erdbebengebiete durch unterirdische Schwefelschichten miteinander verbunden seien. Schwefel, der Gestank der Hölle.

Angesichts der flammenden Großartigkeit des Alltags fühlt sich der Künstler sowohl gedemütigt als auch herausgefordert. Es gibt inzwischen unvorstellbar viele Fotos von Ereignissen: dem Tod von Stars, der Geburt von Galaxien, dem Suppengequirle bei Anbruch der Zeiten. Strahlende Säulen voller Sonnen stehen wie alttestamentarische Visionen in der Wildnis des Himmels. Magellanische Wolken des Glanzes, himmlische pisanische Träume in einem astralen Campo di Miracoli neigen sich quer über das Foto. Wenn wir diese Bilder betrachten, dann sind wir, jawohl, von berechtigtem Staunen über die immer weiter reichende Länge und Kraft unseres Zugriffs erfüllt. Aber es wäre in der Tat eitel, unser bedeutungsloses Handwerk zu loben – die Meisterschaft der Hubble-Lenker, die Computer-Verbesserer, die Koloristen, all diese lebensecht-fantastischen Gegenparts von Hollywoods Technozauberern und Imagineuren –, während das Universum eine so absolut unvergleichliche Show bietet. Vor der Majestät des Seins – was kann man tun als demütig den Kopf neigen?

Das ist ärgerlich. Das nervt uns.

Es ist da etwas in uns, das überzeugt ist, wir seien der Sterne würdig. Dreh dich an dieser Abzweigung nach rechts, und du findest Gott; dreh dich nach links, und da ist die Kunst mit ihrem unverhohlenen Ehrgeiz, ihrer herrlich respektlosen Überreichweite. Tief in unserem Herzen glauben wir – *wissen* wir –, daß unsere Bilder ihren Sujets angemessen sein können. Unsere Schöpfungen können sich mit der Schöpfung messen; nein, mehr als das, unsere Phantasie – unser Bildermachen – ist ein unentbehrlicher Teil der großen Arbeit des *Real-Machens*. Jawohl, sogar das möchte ich behaupten. (Gewöhnlich stelle ich derartige Behauptungen nur auf, wenn ich allein in der abgeschlossenen Privatsphäre meines Badezimmers bin, aber heute müssen sämtliche Badezimmerwahrheiten an den Tag kommen und mitspielen.)

Zum Beispiel: Noch nie hat jemand erfolgreich die Risse im Kosmos fotografiert, die, wenn man Ormus Cama glauben kann, für die gegenwärtige Häufung von Katastrophen verantwortlich sind. Ein solches Foto machen würde bedeuten, eine profunde Realitätsverschiebung bewirken, eine erste Größenveränderung in unserem Verständnis dessen, was ist.

Aber es gibt ein neues Foto von einem Erdbeben auf der Sonne. Es ist auf den Titelseiten der ganzen Welt in voller, retuschierter Farbe erschienen. Das Erdbeben wirkt wie eine Hitzeblase, die durch die Oberfläche eines heißen, dicken goldenen Porridgebreis bricht. Aber die seismisch-solaren Porridgeriffel, die wir sehen, sind offenbar mehr als sieben Everests hoch – über vierzig Meilen.

Hätten wir das Foto nicht, hätte der Nachricht von dem Erdbeben die Realität gefehlt. So jedoch stellt sich jeder Zeitungsleser unseres Planeten auf einmal angstbebend dieselbe Frage.

Hat die Sonne ebenfalls Probleme?

So kann ein Foto die Bedeutung eines Ereignisses erschaffen.

Manchmal sogar, wenn es sich um eine Fälschung handelt.

Auf meinem letzten Foto von Vina ist der Boden unter ihren Füßen von Rissen durchzogen wie ein verrückt spielendes Straßenpflaster, und ringsumher ist alles flüssig. Sie steht auf einer Straßenscholle, die sich nach rechts neigt; um das auszugleichen, beugt sie sich nach links. Sie hat die Arme ausgebreitet, ihre Haare wehen, der Ausdruck auf ihrem Gesicht liegt etwa zwischen Angst und Zorn. Hinter ihr ist die Welt unscharf geworden. Um ihre schwankende Gestalt herum scheint es überall Eruptionen zu geben: riesige Wasserergüsse, Terror, Feuer, Tequila, Staub. Diese letzte Vina ist die personifizierte Bedrängnis, eine Frau *in extremis,* die zufällig zugleich eine der berühmtesten Frauen der ganzen Welt ist.

Nachdem Vina Apsara in der Villa Huracán verschwunden ist, wird mein Erdbebenfoto jener kleinen Zahl von Fotoaufnahmen – Monroes fliegender Rock, das brennende Mädchen in Indochina, der Erdaufgang – zugerechnet werden, die tatsächlich zu *Erfahrungen werden*, Teil der Kollektiverinnerung der menschlichen Rasse. Genau wie jeder Fotograf hatte ich gehofft, daß mein Name am Ende meiner Tage mit ein paar aussagekräftigen Bildern in Verbindung gebracht werden würde, aber das Vina-Foto wird selbst meine ehrgeizigsten, selbstglorifizierenden Bestrebungen übertreffen. *Die Lady verschwindet* – unter diesem Titel wird es bekannt werden – wird mit Sicherheit mein bitterer Nachlaß sein. Wenn man sich überhaupt an mich erinnert, dann nur deswegen. Also werden Vina und ich in einer Hinsicht jedenfalls trotz allem auf ewig miteinander vereint sein, eine Verbindung, die ich mir mein Leben lang noch inniger gewünscht habe als beruflichen Erfolg. O ja, wir sind für alle Zeiten verbunden, über die Hoffnung, über das Leben hinaus: verwandelt durch das Unermeßliche ins Ewige. Doch was die Natur der metamorphischen Kraft betrifft, die ihre Wunder an uns bewirkt, so habe ich mich geirrt. In unserem Fall war es nicht die Liebe, sondern der Tod.

Also Vorsicht bei dem, was man sich wünscht.

Zu Beginn meines Lebens für die Fotografie habe ich mich eines unrühmlichen Betrugs schuldig gemacht: Die Fotos eines Toten wurden als die meinen ausgegeben. Seit jener Zeit habe ich – wie ich mir manchmal selbst eingestehen mußte, obwohl es mir zu anderen Zeiten gelungen ist, die Erinnerung an diesen seitwärts gedrehten Stiefelabsatz, an den zweiten hängenden Mann in meinem Leben zu unterdrücken – immer wieder so etwas wie das gottlose Äquivalent der Erlösung gebraucht; man könnte es Selbstachtung nennen. Und hier ist eine Ironie: Nun, da ich eine der heiligenbildhaften Aufnahmen des Zeitalters gemacht habe, kann ich nur wünschen, ich hätte es nicht getan, räume ich ein für allemal ein, daß sie, das Sujet, eines viel besseren Fotos würdig gewesen wäre, als ich es von ihr machen konnte; ich kann es nicht ertragen, mit dieser einzigen, stummen Wiedergabe ihrer unendlichen Vielfältigkeit zurückzubleiben.

Ihr könnt das beschissene Foto behalten. Ich will sie wiederhaben!

Außerdem: Weil das Foto zum erstenmal zusammen mit den Berichten über das, was ich als ihr Verschwinden bezeichne, weil es mir schwerfällt, das andere Wort zu benutzen, veröffentlicht wird, wird es im Gedächtnis der Öffentlichkeit endgültig mit jenem letzten Augenblick des Entsetzens verbunden bleiben. So sind die Menschen. Obwohl wir alle wissen, daß bei Vinas Ende kein Fotograf hätte anwesend sein können, akzeptieren wir problemlos die Authentizität der Aufnahme. Mein Bild von Vina auf einer aufbrechenden Tequila-Straße mutiert unter dem Druck der Gier der Welt nach letzten Dingen, unter dem Druck dieser globalen Manifestation des Unermeßlichen zu einem Porträt des Stars im Augenblick seines, nun sag's schon, Todes.

Darum ist es eine Art unbeabsichtigter Fälschung. Wieder einmal ein Betrug. Und obwohl ich versuchen werde, die Dinge zu berichtigen, die Story des Fotos immer wieder zu erzählen, wird niemand mir wirklich zuhören. Sie werden schon alles wissen, was sie zu wissen brauchen. *Die Lady verschwindet.* Die Welt hat sich ihre Meinung gebildet.

Wir sind schon einmal hier gewesen.

Dies ist ein Hubschrauber, der unmittelbar über dem aufgebrochenen Boden schwebt. Dies ist die Frau, die ich liebe, die mir durch die offene Tür etwas zuruft. *Ich haue dann ab.* Und ich rufe zurück, ich kann nicht mitkommen. *Was? Geh! Scheiß auf dich!* Was? *Goodbye, Hope.*

Das sagen Menschen, wenn sie nicht sagen, was sie meinen.

Ich haue dann ab. (Komm doch bitte mit, ich brauche dich, ich kann nicht glauben, daß du nicht mitkommen willst.) Ich kann nicht mitkommen. (Mein Liebling, ich möchte dich nie wieder aus den Augen lassen, aber verdammt noch mal, du stößt mich herum, weißt du das?, willst du die Blutergüsse sehen?, und nur dies eine Mal kommst du bei mir nicht an erster Stelle. Ich werde schon bald nachkommen, dieses Mal mußt du auf mich warten. Wenn du mich willst, wirst du warten. Ganz recht, ein Test. Yeah. Vielleicht ist es wirklich einer.) *Was? (Du Bastard?, glaubst du, du kannst mich hängenlassen? O Je-*

sus, Rai, spiel nicht mit mir, nicht jetzt, nicht heute.) Geh! (Okay, keine Spielchen, ich liebe dich auf ewig und länger. Aber dies ist meine Arbeit. Ich werde im Handumdrehen dort sein. Geh nur. Ich werde direkt nachkommen. Ich liebe dich. Geh.)
Scheiß auf dich! (Ich wollte nie, daß du überhaupt nach Mexiko kommst, Scheiße, aber du bist trotzdem gekommen, Scheiße, ich glaube, das beweist etwas, yeah, aber ich hab' dir trotzdem weh getan, ich war verrückt, ich habe einen Fehler gemacht, Scheiße, und dann hast du mir geholfen, Scheiße, das hat mich wirklich kaputtgemacht, Scheiße, also hab' ich dir getraut, ich habe dir wirklich getraut, Scheiße, dann hat sich die Erde bewegt, und du hast mich verlassen, Scheiße, du hast deine Fotos gemacht, ich hätte sterben können, ich hätte schwerverletzt sein und sterben können, aber du mußtest ja deine Arbeit tun, Scheiße, und jetzt willst du nicht mitkommen, Scheiße, wo ich endlich erkannt habe, daß ich dich brauche, Scheiße, ich will dich, Scheiße, vielleicht liebe ich dich, ich liebe dich, Scheiße, Rai, ich liebe dich, Scheiße. Wirklich.)
Was? (Was?)
Goodbye, Hope. (Leb wohl für den Moment, du Bastard, aber danach werde ich dich nie wieder aus den Augen lassen. Wenn ich dich das nächste Mal sehe, wirst du der Anfang vom Rest unseres Lebens sein.)
Jahrelang habe ich diesen geschrienen Dialog Nacht für Nacht in meinem Kopf ablaufen lassen, und nun glaube ich, daß dies vielleicht seine wirkliche Bedeutung ist. Vielleicht war das *Lebwohl* der niemals vollendete Beginn eines *Hallo*. Ich hoffe es, ich hoffe es. Obwohl das eine Bedeutung ist, die bewirkt, daß der Verlust noch schwerer lastet und der Schmerz noch schwerer zu ertragen ist.

Was der Pilot im Televisa sagt: Wir haben sie über die Berge zur Küste gebracht, Señora, und überall unter uns gab es Zerstörungen, die uns das Herz brachen. Unsere Gedanken drängten zu unseren eigenen Familien, das stimmt, aber wir haben bis zuletzt unsere Pflicht getan. Unsere Meldungen zur Villa Huracán wurden nicht angenommen, das Telefon war außer Funktion, aber die berühmte Person, sie bestand darauf, daß wir weiterfliegen wie geplant, immer wieder sagte sie schneller, können Sie nicht zusehen, daß wir schneller hinkommen. Für sie, welcher Mann könnte da nein sagen, haben wir unser Möglichstes getan, und als wir nach El Huracán kommen, sieht es aus, als sei sie vom Glück gesegnet, alles intakt, in unserem ganzen zerstörten Heimatland ist dieser einzige Winkel heil geblieben, um sie aufzunehmen. Genau wie es geplant war, landen wir auf dem Strand am Fuß der Klippen, und sie will zur Huracán hinaufklettern. Aber am Strand ist niemand, der ihr Gepäck tragen könnte, das, wie Sie sich sicher vorstellen können, für eine so elegante Berühmtheit zahlreich ist. Gewiß, wir könnten die Koffer tragen, kein Problem, aber, meine Herren, haben Sie bitte Verständnis dafür, daß wir uns um die Maschine sorgten, und außerdem, das muß ich gestehen, wollte ich unbedingt meine Frau und meine Söhne in Acatlán wiedersehen. Außerdem besteht die Person darauf, und da sie eine Person von großer Ausdrucksfähigkeit ist, verstehen Sie, stellen wir ihr Gepäck auf ihren eigenen Wunsch auf der untersten Stufe der *escalatinata* nach oben ab, verabschieden uns, und damit fertig. – Wie bitte, entschuldigen? – Aber natürlich waren wir um ihre Sicherheit besorgt. Darum sind wir noch zweimal über der Anlage gekreist und erst weggeflogen, als wir ihn sahen, diese andere Person, die dort war. – Nein, leider, außer der berühmten Lady am Strand konnten wir keine andere Person identifizieren. Aber wir haben sie nicht schutzlos zurückgelassen. Das ist eine skurrile Beschuldigung. Zu jenem Zeitpunkt war die Lage bei El Huracán noch völlig normal. Als wir abflogen, haben wir keinerlei Mißgeschick ausmachen können. Der Colchis-Boß Mo Mallick spricht mit Larry King auf CNN. Sein schulterlanges blondes Haar, seine seriöse Brille, sein fabelhaftes Profil. Auszüge: Aber sicher, Larry, natürlich hatten wir Angst, das kann ich zugeben, wer hätte keine gehabt ... Das Haus hat, oder man sollte vielleicht sagen, hatte, das fällt eigentlich immer noch schwer, es *hatte* einen eigenen Generator, also hatten wir immer noch ein wenig Strom, aber die Telefone, das Wasser, das alles gab es nicht mehr, an der gesamten Küste, wie sich herausstellte, ich kann Ihnen sagen, es gab da ziemlich starke Bewegungen … Und ich hatte Gäste, Larry, Chiles vermutlich größten lebenden Schriftsteller mit seiner bezaubernden amerikanischen Gattin, für die war ich ja auch verantwortlich, und was soll ich sagen, es ist mir einfach nie in den Sinn gekommen, daß sie den Flug wirklich unternehmen würde, verstehen Sie, was ich meine?, es war einfach nicht der Zeitpunkt für ein paar Supertage an der alten Pazifikküste. Hören Sie, das Personal war längst verschwunden, ich meine, wie die Ratten vom, nicht böse gemeint, ich habe volles Verständnis dafür, ich hätte vermutlich dasselbe getan, aber sie waren eben *weg*. Ich bin, wie schnell kann ich mich selbst und meine Gäste in Sicherheit bringen, wo immer das sein mag, verstehen Sie? Na ja, bis dahin hatten wir Glück gehabt, aber man soll es nicht strapazieren … Nicht eine Minute ist es mir in den Sinn gekommen, daß sie sich einfach absetzen lassen würde, ohne Plan für eine Flucht, ohne eine Möglichkeit Richtung Heimat, verstehen Sie?, auf diesem beschissenen, entschuldigen Sie, Strand. – Wie bitte? – Ach, der Pilot hat gesagt, er hätte gesehen, wie …? Nein, Larry, keine Ahnung, wer das hätte sein können. Der Aufenthalt meiner Angestellten ist verbürgt, und meiner sowie meiner Gäste ebenfalls. Falls sich noch jemand da unten herumgetrieben hat, das arme Schwein, wäre das neu für mich. Vielleicht ein Plünderer, ich möchte niemandem etwas vorwerfen, in Kalifornien wäre es fraglos genauso, aber unsichere Zeiten machen Diebe. Ich vermute, er hat einen ziemlich hohen Preis bezahlt, meinen Sie nicht?

Das seismische Moment eines Erdbebens wird gemessen, indem man sein Gebiet (Länge der Verwerfung mal Breite), seine Sprunghöhe und die Festigkeit des lokalen Gesteins multipliziert. Die Stärke eines Erdbebens wird gewöhnlich ausgedrückt, indem man eher den Logarithmus des Moments – bekannt als *Größe* – als das Moment selbst benutzt. Daher rangieren alle Erdbeben, vom kleinsten bis zum größten, auf einer Skala von eins bis neun, wobei jede Stufe eine Zunahme der Stärke um das Zehnfache darstellt. Ein Beben der Stärke neun ist also einemilliardenmal so groß wie ein Beben der Stärke eins. Dieses Meßsystem wurde nach dem amerikanischen Seismologen Charles Richter benannt. Darüber hinaus wird die Intensität eines Erdbebens, definiert als Index seiner Zerstörungskraft, auf der sogenannten Modified-Mercalli-Skala von I bis XII eingestuft. Das Monsterbeben, das am frühen Abend des 14. Februar an der pazifischen Küste von Mexiko zuschlägt und die Villa Huracán, den nahen Weiler Aparajitos, die Städte Puerto Vallarta im Süden und Mazatlán im Norden und vieles andere mehr zerstört, erzielt eine volle Neun auf der Richter-Skala, will heißen: schlimmer geht's nicht. Außerdem eine XII auf der Modified-Mercalli-Skala, was totale Zerstörung bedeutet. Seismologen berichten von der Entstehung einer gigantischen neuen Verwerfung, schätzungsweise eintausend Kilometer lang und einhundert Kilometer breit, die sich mehr oder weniger genau an der Küstenlinie entlangzieht. Die schlimmsten Erdbeben entstehen in Substraktionszonen, wo die tektonischen Platten zusammenstoßen und eine Platte unter die andere geschoben wird. Im Jahre 1960 zerstörte ein Beben der Größe acht Komma fünf einen großen Teil von Chile. Für die internationale seismologische Gemeinde signalisiert das Aparajitos-Beben von 1989 eine plötzliche, verheerende Ausdehnung jenes mächtigen unterirdischen Krieges, dieses vernichtenden Aufeinandertreffens der großen Platten nach Norden. Dies ist ein großes Ereignis in der geologischen Geschichte der Erde. Ein Riß entlang der ewigen Grenze zwischen Festland und Meer.

Eine andere Möglichkeit wäre natürlich, daß es die erste große Katastrophe ist, die vom Zusammenstoß der Welten verursacht wurde, wie Ormus Cama ihn in seinem vielverlachten weltweiten Bulletin beschrieben hat; der Anfang eines unvorstellbaren Endes.

Sie ist allein, als es geschieht. Vielleicht steht sie auf der Frühstücksterrasse unter einer riesigen Fresno-Esche, trinkt eine Margarita aus ›tres generaciones‹-Tequila und denkt an die entblößten Genitalien eines alten Romanciers oder an Ormus Cama mit seiner Augenklappe, seinen Kopfschmerzen, seinen Prophezeiungen. Oder an die Zukunft; an mich. Wenn ich sie mir vorstelle, habe ich sie wieder in fotografisches Schweigen gehüllt. Falls die Vögel kreischen, falls der

Wind plötzlich in den Bäumen heult, falls der Dschungel – wie auf Prosperos Insel – hinter El Huracán von Lärm erfüllt ist, so weiß ich nichts davon. Ein Ungewitter zieht herauf, ich aber bin nicht interessiert an Zaubersprüchen oder Usurpationen. Oder sie ist nicht allein. Irgendein Halunke taucht aus dem Dschungel auf, um sein Geburtsrecht zu beanspruchen. Sie wird bedroht. Oder sie wird nicht bedroht. Sie kämpft. Nein, es gibt keinen Kampf. Es gibt keinen Anderen. Der Pilot hat gelogen, um als verantwortungsbewußter dazustehen, als er war, um sein Gesicht zu wahren; das ist alles. Der Andere ist ein Phantom, ein Produkt der Einbildung. Sie ist allein, mit einer Margarita in der Hand, es gibt einen wunderschönen Sonnenuntergang. In ihren letzten Minuten ist sie in der Schönheit der Welt gebadet. Vielleicht singt sie. Ich möchte sie mir singend vorstellen, vor einem orange- und purpurfarbenen Himmel.

Obwohl ich nichts anderes höre, kann ich doch hören, wie sie ihre heroische Stimme im Gesang erhebt.

Dann öffnet sich einfach der Boden und verschlingt sie wie ein Mund.

Ganz ähnlich und gleichzeitig wird ein großes Stück der pazifischen Küste verschlungen. Die Sprunghöhe des Erdbebens ist elf Meter groß: riesig. Das Meer kocht herein und füllt den Bruch in der Erde, den Riß in der Realität. Wasser, Erde, Feuer rülpsen hoch in den Himmel hinauf. Die Toten, die *Verschwundenen* werden nach Zehnern, nach Hunderttausenden gezählt.

Die Erde schließt sich über ihrem Leichnam, schnappt, kaut, schluckt, und schon ist sie fort.

Ich vermag meine Gedanken nicht zu ordnen. – Ich *fürchte, ich bin nicht ganz bei Verstand.* – Ach, sie ist Schutt, und auf dem Boden des Abgrunds! – Vina, die Freude des Lebens, das Wahrzeichen unserer Menschlichkeit – verschwunden!, in diesem Jahrhundert der Verschwundenen, des Verschwindens – so viele Menschen, die vermißt werden – bietet die menschliche Rasse dem Erdgott ihr kostbarstes

Opfer dar, Vina!!, und die Gottheit, statt zufrieden zu sein, verspürt nur noch größeren Appetit, über jede Erträglichkeit und Kontrolle hinaus, und verschluckt einfach noch einmal einhunderttausend – sie ist für uns beide verloren, Ormus, zerquetscht in dieser schlammigen Umarmung – du hast es gesagt, Ormus, das waren deine Worte, die Erde lernt den Rock 'n' Roll – du Wahnsinniger, soll ich dich beschuldigen oder umarmen? – indem du es besangst, hast du es damit heraufbeschworen? – kannst du sie dann auch ins Leben zurücksingen, für dich, für mich?

This was the woman for the love of whom
more lamentation burst out from one lyre
than from the throats of all lamenting women
since the world began. Whose mourning
made a world – brought all things back again,
the forest, valleys, roads and villages:
their cattle, fields and streams; a world like ours
circled by sun and spanned by stars like ours –
but set quite differently within
those other heavens. So beloved was she.

Der Umfang der Katastrophe läßt individuelle Tragödien gering erscheinen. So viele Tote, so großer Schaden sowohl strukturell als auch infrastrukturell, ein solcher Hammerschlag für die Seele des ganzen Landes, und mehr: für das Gefühl der ganzen Menschheit, auf dieser Erde sicher zu sein. Straßen, Brücken, Flugplätze, ganze Berge liegen in Trümmern oder unter dem herandrängenden Meer. Eine gargantueske Hilfsoperation wird in Gang gesetzt, und der Zugang zu dem zerstörten Gebiet ist für alle außer dem Militär und dem Personal der Hilfsorganisation gesperrt. Ein paar Fernsehnachrichtenteams und Standfotografen erhalten die Erlaubnis und werden von Militärhubschraubern hinein- und herumgeflogen. Die internationale Hilfe fordert Fotos. Wir können von Nutzen sein. Meine Karte von der Agentur Nebuchadnezzar – ich war nicht dazu gekommen, offiziell auszutreten – verschafft mir einen Flug.

Daher befinde ich mich tief im Herzen der Zerstörung, als das Vina-Foto auf allen Titelseiten des Planeten Erfolge feiert; als sie zum Abbild der Katastrophe wird. Ich blicke auf Szenen von Bosch hinab – abgerissene Köpfe von Kindern hängen in den geknickten Zweigen zerborstener Bäume, nackte Frauenbeine ragen wie Zwillingsschwerter aus ›festem‹ Felsgestein senkrecht nach oben –, Szenen, die sogar den Magen eines Kriegsfotografen strapazieren. Ich habe keine Ahnung, daß ich geholfen habe, einen Mythos zu schaffen. Selbst als der Colonel, der für die Presseoperationen verantwortlich ist, eine Ausnahme macht und einen Flug über das Grundstück der verschwundenen Villa Huracán arrangiert, begreife ich nichts. Er bedient den Prominentenkult der westlichen Welt, denke ich. Vermutlich hat er recht: Es bringt ein paar Zoll mehr für die Extrakolumne, was diesen Teil des Terminplans, in Dollar übersetzt, zu einem echten Goldesel macht. Was dagegen die Fotos betrifft, so unterscheidet sich dieses in nichts von den anderen: zerrissenes Land, einschießendes Meerwasser, entwurzelte Bäume. Standardbilder von Katastrophen, nirgendwo eine *palapa*, ein Swimmingpool oder ein totes Starlet zu sehen. Während mir diese bitteren Gedanken kommen, breche ich unvermittelt zusammen. Ich weine auf meinem Bucketseat, bis mir der dicke gelbe Schnodder aus der Nase kommt. Ich weine wie ein heulender Köter auf dem Grab seiner toten Herrin. Schließlich bittet mich einer der Tonmänner aus der Fernsehcrew, verdammt noch mal die Schnauze zu halten, ich sei lauter als die Rotorblätter, mein Kummer verderbe eine verdammt gute Aufnahme. Diese herabgestürzten Felsbrocken sind ihr Grabstein, diese Zerstörtheit ist ihr Grab. Laut schreie ich ihren Namen hinaus. Vina, Vina.

Als wir wieder auf dem Militärflugplatz von Guadalajara landen, kommt der Colonel, ein Mann in ungefähr meinem Alter, auf mich zu. Sie haben sie gekannt, nicht wahr? – Ja, sage ich. – Dann ist das hier Ihr Foto? Er holt seine Brieftasche heraus, und da, sauber gefaltet, ist die schwankende Vina auf der tequilaüberfluteten Straße. Während der Wind mir den Ausschnitt aus den Händen zu reißen sucht, starre ich auf das schlecht reproduzierte Bild inmitten des abgenutzten, verwischten Zeitungsdrucks. Dies ist eine schwere Zeit für Sie, Señor, sagt der Colonel, und ich habe großen Respekt vor Ihrer persönlichen Trauer, aber könnten Sie mir bitte gütigst Ihr Autogramm auf diesem Bild geben?

Benommen schreibe ich meinen Namen.

Ormus Cama kommt in einem schwarzen Leinenanzug mit passender Samtaugenklappe nach Guadalajara; er stützt sich auf den großen Will Singh und die winzige, ältliche Clea, gefolgt von einer Phalanx anderer Singhs, um ihn vor der feindlichen Welt zu schützen. Er hat in der modernen Yanquì-nachempfundenen Zona Rosa zwei Stockwerke im riesigen Hyatt an der Plaza del Sol belegt: ein ganzes Stockwerk für ihn allein, das andere für die Singhs. Clea besucht mich in meiner bescheidenen Unterkunft in der Altstadt. Bitte kommen Sie, sagt sie. Auf der ganzen Welt sind Sie der einzige, den er sehen will.

Cleas ernstes, schmales Gesicht scheint übermäßig belastet von seiner Bürde zu sein: einer überdimensionalen Brille mit durchsichtigem Plastikgestell und so dicken Gläsern, daß sie ohne die Brille so gut wie blind sein muß. Ihr Alter kann ich nicht erraten; sie kann alles zwischen sechzig und hundert sein. An ihrer Tüchtigkeit, ihrer eisernen Treue zu Ormus, ihrer Unermüdlichkeit in der Sorge um ihn kann nicht der geringste Zweifel bestehen.

Es ist lange her, sage ich. (Will heißen, was soll ich diesem verwaisten, verwundeten Herzen sagen? Ausgerechnet ich? Soll ich ihm die Wahrheit sagen? Wo endet die Ehrlichkeit, beginnt die Grausamkeit? Was ist wichtiger: mein Bedürfnis, als ihr Liebhaber bekannt zu werden, oder sein Bedürfnis, es nicht zu wissen? Soll er in Unwissenheit weiterleben. Er hat ohnehin schon genug Probleme, mit dem bevorstehenden Ende der Welt und so.)

Clea schürzt die Lippen, streicht ihren langen, gegürteten Rock glatt und schüttelt ganz leicht den Kopf. Meine Antwort hat sie nicht zufriedengestellt.

Früher einmal waren Sie Freunde, sagt sie, als sei das ein Grund. Kleinlaut folge ich ihr zu der wartenden Limousine.

Ormus' Etage im Hyatt gleicht der *Marie Celeste*: Alles ist unheimlich still. Eine Fünf-Sterne-Geisterstadt hoch über der Stadt. Er hat sie nach seinem minimalistischen Geschmack umdekorieren lassen. Fast alle Möbel sind entfernt worden, alle Bilder und schmückendes Beiwerk, außerdem zahlreiche Türen. Weiße Tücher bedecken Wände und Teppiche. Neben dem Lift hängt ein kleines Schild, auf dem gebeten wird, die Schuhe auszuziehen. Es ist eine unbeschuhte, abgeschottete Welt.

Auf Socken tapse ich durch diese Mondlandschaft und suche nach dem großen Mann. Endlich höre ich aus einem der Zimmer, das sich noch einer Tür erfreut, die Klänge einer akustischen Gitarre. Es ist ein alter Song, doch ich erkenne ihn sofort, obwohl der Text mir völlig neu ist.

All my life, I worshipped her. Her golden voice, her beauty's beat. How she made us feel, how she made me real, and the ground beneath her feet.

And now I can't be sure of anything, black is white, and cold is heat; for what I worshipped stole my love away, it was the ground beneath her feet.

She was my ground, my favourite sound, my country road, my city street, my sky above, my only love, an the ground beneath my feet.

Go lightly down your darkened way, go lightly underground, I'll be down there another day, I won't rest until you're found.

Let me love you true, let me rescue you, let me lead you to where two roads meet. O come back above, where there's only love, and the ground's beneath your feet.

Vielleicht ist sie nicht tot, in der Anderwelt, ich werde dort nach ihr suchen müssen, sagt er, als er mich fassungslos und zitternd an der Tür stehen sieht. Nun ist also seine angebliche alternative Realität inzwischen zu einer Version von Rilkes in Trauer erschaffenen Welt geworden, ein Lamento-Kosmos *wie der unsere, aber ganz anders plaziert in diesem anderen Himmel.* Ein Wort der Trauer, durch ein Lied, durch die Kunst zur Wirklichkeit geworden. Was immer. Ich schüttle den Bann der Musik ab. Sie ist tot, und diese Phantastereien nützen mir nichts.

Sie hatte recht, auf nichts zu vertrauen, sage ich laut. Selbst der Boden hat sie betrogen. Jawohl, da sie auf nichts vertraute, war sie bereit, auf die Liebe zu setzen, und das war heldenhaft, nicht weniger. Hier halte ich inne, ohne genauer zu werden: Liebe zu wem oder zu wie vielen. Lassen wir das.

Er sitzt mit untergeschlagenen Beinen auf dem Boden des leeren Zimmers; auf den Knien hält er eine zwölfsaitige Country-Gitarre. Er sieht furchtbar aus; seine Haare sind nahezu weiß und dünn geworden. Seine Haut ist grau und wirkt kränklich. Er hat noch nie ein Gramm zuviel am Körper gehabt, aber jetzt hat er sehr viel Gewicht verloren. Er sieht alt aus. Er ist gerade erst zweiundfünfzig.

Warst du es, fragt er mich, ohne mich anzusehen. Bei der Villa, die andere Person, warst du das. Das Foto et cetera. Ich muß es wissen.

Nein, antworte ich. Das Foto war vorher. Ich war erst später dort, mit dem Pressecorps.

Schweigen. Er nickt, langsam, zweimal. Okay. Das akzeptiert er.

Ich wußte immer, daß es andere gab, einen anderen, sagt er mit dumpfer Stimme, den Blick immer noch auf seine Gitarrensaiten gerichtet. Auf meine Fragen gab sie mir keine detaillierten Antworten. Sie sagte immer nur, er sei ganz anders als ich.

(Ich erinnere mich an etwas anderes, das sie sagte. *Ihr beiden seid euch ähnlicher, als ihr wißt. Nur mit ihm geht es bergab... und du bist auf dem Weg nach oben ...*)

Sie sagte nur, fährt Ormus fort, daß es nichts als körperliche Anziehung sei, während wir das Ganze hätten, die Liebe. (Sein Mund verzieht sich voll Bitterkeit. Genau wie zufällig auch der meine.)

Dies war für uns beide schmerzhaft, weil ich ihre Bedürfnisse offenbar nicht erfüllen konnte, und zugleich tröstlich, weil es mir sagte, daß sie bleiben wollte. Inzwischen aber heißt es in der Presse, daß der andere Mann, wer immer er war, genauso aussah wie ich. Tatsächlich riefen sie in dem Moment, da sie glaubten, daß ich es gewesen sei, sofort an, um sich zu erkundigen, ob ich in Mexiko gewesen sei. Damit mußten sich Clea und das Büro herumschlagen. Eigentlich ist es wirklich komisch. Zum erstenmal hörte ich von ihrem Tod, weil die Leute wissen wollten, ob ich selbst ebenfalls zu den Toten zählte.

Reine Spekulation, sage ich. Soweit ich weiß, gibt es keine Spur von einer anderen Person, geschweige denn eine Beschreibung des Mannes. Oder der Frau. Das ist doch nur der übliche Pressemüll. Als sie noch lebte, habe ich es geschafft, mir seinetwegen keine Sorgen zu machen, sagt er. Jetzt aber muß ich unbedingt wissen, wer er war. Er ist mein Tor zu ihr, das mußt du verstehen. Zu ihrer Unterwelt, ihrer anderen Realität. Er, wer immer er ist, kann mir helfen, sie zu finden. Er kann sie zurückholen. Soll ich dir sagen, wer das meiner Meinung nach ist?

Mein Herz hämmert. Wer, frage ich ihn.

Gayo, antwortet er. Gayomart, mein Zwillingsbruder, der meinem Kopf entsprungen ist. Das ist doch absolut logisch, versteht du nicht? Sie hat uns immer beide gefickt, sie mußte immer beide Seiten der Geschichte hören. Vielleicht ist er ja mit ihr gestorben, aber vielleicht ist er auch noch da draußen. Ich muß wissen, woran ich bin.

Jetzt wird mir klar, daß er wirklich geisteskrank ist. Er hat ein Bewußtsein, das zwischen langen, schädlichen Überwinterungen intermittierend an die Oberfläche kommt, und ist nicht mehr in der Lage, die Dinge zu sehen, wie sie außerhalb seiner tücherverhängten Wände sind. Du irrst dich, erkläre ich ihm. Dies ist doch sinnlos, dumm. Sing du deinen Song, Ormus, sing ihn und sag Lebewohl.

Aber du verstehst nicht, sagt er und sieht mir zum erstenmal in die Augen. Das Geheimnis ihres Lebens ist jetzt genauso gräßlich wie die Tatsache ihres Todes. Du warst ihr Freund, Rai. Ich weiß, wir haben uns auseinandergelebt, aber sie hat dich immer gern gehabt. Bitte, hilf mir.

Ich muß jetzt gehen. Achselzuckend schüttele ich den Kopf. *Nein.*

Als ich gehe, ruft er mir etwas nach. *Das Erdbeben,* will er wissen. *War es dünn?* Das veranlaßt mich, stehenzubleiben und mich umzudrehen. Es war ein Trümmerhaufen, wenn du das meinst, antworte ich. Als hättest du ein Bild von der Schönheit aufgenommen und dann alles darin systematisch zerstört. So war es.

Er schüttelt den Kopf. Alles wird immer dünner, sagt er. Ich glaube nicht, daß es überleben kann, es ist nicht stark genug. Also müssen die Stellen, an denen es nachgibt, an denen es aufreißt, müssen diese

Stellen nahezu durchsichtig sein. Du hast es gesehen, hast du es nicht gesehen? Diese Durchsichtigkeit? Diese Dünnhäutigkeit des Ganzen.

Ich habe eine Katastrophe gesehen, antworte ich. Ich habe den Ort gesehen, an dem sie starb.

Ormus wird all seine beträchtlichen Ressourcen nutzen, um Vinas Phantomliebhaber zu verfolgen. Er wird Detektivbüros beauftragen und Belohnungen aussetzen. Als dies in New York bekannt wird, das heißt also überall, beginnen die Leute hinter der vorgehaltenen Hand zu lachen. Er macht sich lächerlich, und es kümmert ihn nicht. Mehr als einmal zeigen die Detektive, die er engagiert hat (wie ich später von Clea Singh erfahre), in meine Richtung. Wenn das geschieht, lacht Ormus nur, feuert sie und engagiert neue Detektive. Er glaubt, durch die Oberfläche der Dinge zu einer anderen Wahrheit dahinter sehen zu können, vermag aber immer noch nicht das zu erkennen, was direkt vor seiner Nase liegt.

Ormus und ich haben eines gemeinsam. Wir versuchen uns beide an die Realität der Frau zu klammern, die wir geliebt haben, um ihre Erinnerung wachzuhalten und zu vertiefen. Und ja, wir sehnen uns beide nach Wiederauferstehung, nach ihrer unmöglichen Rückkehr von den Toten: unsere Vina, genau wie sie war. Unsere Wünsche aber werden unwichtig. Vina wird im Tod von einer zweiten seismischen Macht angegriffen, welche sie wieder ganz und gar verschlingt. Sie verschlingt und in tausend und aber tausend gräßlichen Stücken wieder ausspeit.

Und auch diese Macht läuft unter dem Namen Liebe.

Vina Divina

Daß sie geliebt wurde, wußte ich natürlich schon immer. An den
Fakten über sie als Person des öffentlichen Interesses konnte keinerlei
Zweifel bestehen: daß die Menschen in Ländern, die sie niemals
besucht hatte, sie wegen der Schönheit ihrer Stimme liebten; daß
Millionen Männer ihren Körper begehrten und nachts von ihm
träumten; daß Frauen aller Altersklassen sie für ihre Freimütigkeit,
ihre Furchtlosigkeit, ihre Musikalität bewunderten und ihr dankbar waren; daß, wenn sie gegen den Hunger zu Felde zog oder für
die Erleichterung der Schuldenlast der dritten Welt oder im Namen
verschiedener Umwelt- und Vegetarierorganisationen, die Führer
der Welt erwarteten, sie gönnerhaft behandeln, ihr einen Klaps auf
den Po geben und ihre Forderungen mißachten zu können; daß sie
von ihrem Intellekt, ihrer Entschlossenheit, ihrer Auffassungsgabe
zunächst beeindruckt waren, dann überzeugt und schließlich zu
beträchtlichen Konzessionen verleitet wurden; daß sie unendlich
berühmt, ungeheuer fotogen, überwältigend sexy und wunderbar
fröhlich war; und daß sie im Zeitalter der Bekenntnisse der erste
Superstar war, der, weil sie bereit war, ihre Narben zu zeigen, ihr
Privatleben in aller Öffentlichkeit zu führen, von ihren Wunden zu
sprechen, von ihren Fehlern und ihren Irrtümern, einen direkten
Draht zum beschämten, unsicheren Herzen der Welt fand, so daß sie,
außerordentlich und mächtig und erfolgreich, wie sie war, als ganz
normale Frau gesehen werden konnte, sprich groß, nicht ganz ohne
Makel, aber ehrenwert, stark und schwach, selbständig und bedürf-
tig. Sie war eine Rock-Göttin des Goldenen Zeitalters, aber sie war,
so unwahrscheinlich es klingt, auch eine von uns.
Obwohl ich dies alles wußte, so war ich dennoch vollkommen unvor-
bereitet auf das Ausmaß der weltweiten Reaktion auf ihren Tod.

Schließlich war sie »nur eine Sängerin« und überdies nicht einmal eine Callas oder Sutherland, sondern eine populäre Entertainerin der U-Musik, deren Rockgruppe VTO seit nahezu zwei Jahren nicht mehr existierte. Ihr Versuch eines Comebacks war kaum als Triumph zu bezeichnen, ihre Soloschallplatte hatte sich akzeptabel, aber nicht gut verkauft. Das waren die Merkmale eines sinkenden Sterns. In Anbetracht ihrer Berühmtheit war es vorauszusehen, daß in Presse, Rundfunk und Fernsehen ausgiebig über ihren Tod berichtet werden würde; daß es kleinere Versammlungen trauernder Fans geben würde; daß Tränen, zum großen Teil Krokodilstränen, reichlich oder opportunistisch vergossen werden würden; daß es eine Anzahl entschlossen neidischer, von Berufs wegen gegen den Strom schwimmender Stimmen geben würde, die ihr Andenken trüben und verunglimpfen würden; ja selbst daß bisher verborgene Skandale ans Licht kommen würden. Doch jede darüber hinausgehende Reaktion würde absolut beispiellos sein. Retrospektiven, Huldigungsalben, wohltätige Spenden, eine Welle von Back-Catalog-Plattenverkäufen, ein oder zwei Erinnerungskonzerte, und dann zur Tagesordnung zurück: Das waren die charakteristischen Stadien, die vorbestimmten Riten eines derartigen Hinscheidens.

Die tote Vina hatte für uns alle jedoch eine Überraschung parat.

Diese postume Göttin, diese Underground-post-Vina, Königin der Unterwelt, welche der schrecklichen Persephone auf den Thron folgte, wuchs zu etwas schlechthin Überwältigendem heran. Im Leben und auf dem Höhepunkt ihrer Karriere war sie eine geliebte Persönlichkeit, ja sogar eine Ikone gewesen, eine elektrisierende Künstlerin und ein charismatisches Großmaul, aber damit hatte sich's eigentlich, wir wollen uns schließlich nicht hinreißen lassen. Indem sie starb, als die Welt erschüttert wurde, erschütterte sie die Welt und wurde sofort, wie ein gefallener Cäsar, in die Reihen der Göttlichen emporgehoben.

Nach dem großen Erdbeben von 89 wird Achilles Hector von seinen Entführern auf der Stelle freigelassen und dadurch vermutlich der einzige Mensch, der von der schrecklichen Tragödie profitiert. Auf einer Pressekonferenz erklärt er, daß er das Gefühl hat, ein neues Leben zu beginnen, daß es, nachdem er dem Tod so nahe gekommen war, so ist, als sei diese wiedererlangte Freiheit sein Leben nach dem Tod und unsere Erde der Sterblichen das Paradies. Für diese unbedachten Worte wird er – wie vorauszusehen war – von den Kirchenoberen verurteilt und schmählich gezwungen, seine glücklichen, übermütigen Bemerkungen zurückzunehmen.

Mittlerweile schraubt sich das erstaunliche Nachtodesleben der Vina Apsara in Windeseile über die Macht jeder Autorität zu Zensur oder Kontrolle hinaus, sei sie nun geistig oder zeitlich.

Als die Nachricht von ihrem Tod verbreitet wird, kommen auf der ganzen Welt ohne Rücksicht auf die lokale Zeit die Menschen aus ihren Häusern geströmt, getrieben von einer Macht, die sie nicht benennen können. Es ist nicht die Nachricht von dem Erdbeben, die sie elektrisiert, es sind nicht die Myriaden mexikanischer Toter, die sie betrauern, es ist nur sie. Es ist schwer, völlig Fremde anders als konventionell, routinemäßig zu betrauern; die echten Trauernden über die Hunderttausende von Opfern zählen selbst zu den Toten. Aber Vina ist keine Fremde. Die Menschen kennen sie, und immer wieder hört man, wie die Menschen auf den Straßen von Yokohama, Darwin, Montevideo, Kalkutta, Stockholm, Newcastle, Los Angeles ihren Tod als persönlichen Verlust, als einen Tod in der Familie bezeichnen. Durch ihr Sterben hat sie vorübergehend das Gefühl einer größeren Familie wiedererschaffen, das Gefühl, zur Familie der ganzen Menschheit zu gehören.

An den Fronten der bewaffneten Konflikte der Welt, inmitten der giftigen Gase uralten Hasses, versammeln sich Männer und Frauen auf von Granattrichtern durchpflügten Straßen und Scharfschützengassen, um einander zu umarmen. Es war immer Ormus Camas Hoffnung, daß die Menschen – daß er selbst – die Grenze der Haut überwinden lernten, die Hautfarbengrenze nicht überschreiten, sondern sie ganz auslöschen lernten; Vina war skeptisch gewesen, hatte seine universalistischen Prämissen in Frage gestellt, im Tod aber hatte sie tatsächlich alle Grenzen überwunden – die Grenzen von Rasse, Haut, Religion, Sprache, Geschichte, Nation, Klasse. In manchen Ländern gibt es Generäle und Kleriker, denen dieses Vina-Phänomen durch seine Andersartigkeit und Globalität Unbehagen bereitet und die es daher durch Befehle und Drohungen zu beenden versuchen. Diese Versuche erweisen sich als sinnlos. Unterdrückte Frauen in geschlechtergetrennten Gesellschaften werfen ihre Schleier ab, die Soldaten der Unterdrückung legen die Waffen nieder, die Mitglieder rassisch benachteiligter Völker brechen aus ihren Gettos hervor, ihren Townships, ihren Slums, der rostige eiserne Vorhang wird zerrissen. Vina hat die Mauern gesprengt, und das hat sie zur Gefahr gemacht. Die Liebe zu ihrem trübe gewordenen Glanz hat sich bis tief ins Territorium der Unterdrückten verbreitet. Den Autoritäten trotzend, vor ihren Panzern tanzend, die Arme vor ihren unsicher gewordenen Gewehren untergehakt, bewegen sich die Trauernden zu Vinas Phantomtakt, wirken immer mehr wie Feiernde und scheinen in ihrem Namen sogar zum Märtyrertum bereit. Die tote Vina verändert die Welt. Die Menge der Liebenden gerät in Bewegung.

Das Standardmodell des Universums zeigt uns, daß sich die Materie nach dem Urknall nicht gleichmäßig durch den neuen Kosmos verteilte. Sie bildete Klumpen, aus deren Materieansammlungen die Galaxien und Sterne geboren wurden. Genauso bildet die menschliche Rasse, als sie aus den Häusern herausexplodiert, Klumpen. Die bevorzugten Versammlungszentren sind nicht etwa die hohen Orte der Welt; nicht die Paläste, Parlamente, Bethäuser oder weiten Plätze. Anfangs suchen die Menschen die niederen Orte der Musik auf, die Tanzsäle, die Schallplattenläden, die Clubs. Doch diese Adressen erweisen sich als unzulänglich: nicht genug Platz. Statt dessen beginnen die Menschen zu den Stadien, Arenen, Parks und Marktplätzen zu ziehen, den geräumigeren Treffpunkten: Shea Stadium, Candlestick Park, Soldier Field, San Siro, Bernabeu, Wembley, Münchner Olympiastadion, Rios berühmter Maracanà. Selbst auf dem alten Altamont Speedway drängt sich die Menge. In Bombay, wo sie niemals professionell aufgetreten ist – nur einmal hat sie sich ganz kurz auf der

Bühne gezeigt, vor über einem Vierteljahrhundert mit den Five Pennies zusammen –, ist das Wankhede voll. In Tokio, Sydney, Johannesburg, Peking, Teheran versammeln sich zahllose Menschen, um nichts weiter zu tun, als einfach zu warten.

Nach einem langsamen, ja sogar feindseligen Start sehen sich die Behörden der Welt zähneknirschend zum Nachgeben gezwungen. Öffentliche Trauertage werden angekündigt, Gedenkgottesdienste vorgeschlagen. Die versammelte Menge interessiert sich nicht für diese verspätete Reaktion der Großen und Mächtigen. Die Menschen verlangen von ihren Regierungen nichts weiter als Lebensmittel, Wasser und Toiletten, und allmählich werden all diese Dinge zur Verfügung gestellt.

In den überfüllten Stadien versorgen die Lautsprechersysteme die Menge mit ihrer Musik. Dieses Geschenk wird akzeptiert. Wo immer möglich, werden Videobänder von ihren Auftritten auf den Leinwänden der Stadien abgespielt. In vielen Ländern werden Sportprogramme verschoben, Kinos und Theater geschlossen, bleiben Restaurants leer. Auf der ganzen Welt gibt es anscheinend nur noch dieses eine, alle vereinigende Ereignis: das Wunder der Stadien, die Menschen, die sich versammeln, um gemeinsam ihren Verlust zu betrauern. Wäre ihr Tod der Tod der Freude auf der ganzen Welt, so ist dieses Leben nach dem Tod, als wäre die Freude wiedergeboren und vervielfältigt.

In vielen Stadien fordern die Menschen, daß Bühnen errichtet werden, und so geschieht es. Einzelne Männer und Frauen steigen auf diese Bühnen und beginnen zu sprechen. Sie berichten einfach, persönlich, aber bescheiden, davon, wo sie waren, als sie ihre Musik zum erstenmal hörten, und was sie für ihr Leben bedeutet hat, bei ihren Hochzeiten, den Geburten ihrer Kinder, dem Tod ihrer Geliebten; in der Einsamkeit und der Zweisamkeit, an besonderen Tagen und im Alltag, im Alter und in ihrer Jugend.

Wie zum allerersten Mal manifestiert sich die Bedeutung dieser Musik – ihrer Musik und der Musik, an der sie teilhatte –, als die Menschen, motiviert von ihrer lebendig-toten Erinnerung, ihre eigene Stimme finden und stockend oder flüssig Worte der Liebe sprechen.

Musik – Vinas Stimme, die Ormus' Melodien singt – rauscht rund um die Welt, überwindet alle Grenzen, gehört allen und keinem, und ihr Rhythmus ist der Rhythmus des Lebens. Und Ormus antwortet ihr, indem er seinen *Song for Vina* singt. Entkörperlicht, oder vielmehr im Song verkörpert, liegt ihre Liebe in der Luft, ist ihre Story nicht mehr von körperlichen oder zeitlichen Zwängen behindert. Ihre Liebe ist zu Musik geworden. Unsterblich, finde ich. Ihre unsterbliche Story, in der die sterbliche Story meiner eigenen Liebe nirgendwo zu hören ist.

Es gibt eine Gary-Larson-Karikatur von Vina und Jesse Garon Parker, dem grotesken, Vegas-straßbehängten Fat Jesse aus seiner späteren, pillenpoppenden, burgerverschlingenden Zeit. Sie sind allein in einem Motelzimmer und spähen durch die Schlitze einer Jalousette auf die Außenwelt hinaus. Was soll das sein, die Garderobe der Untoten? Eine Transitzone der Zombies zur Anderen Seite? Ha ha ha. Die Lords der Information wurden von dem unerwarteten Gigantismus des Todes und Nach-Todes der Vina Apsara im Schlaf überrascht, doch innerhalb weniger Stunden ist das größte Medienereignis des Jahrhunderts angelaufen, das die Olympischen Spiele in den Schatten stellt, das Filmfestival von Cannes, die Oscar-Verleihung, die Royal Wedding, den World Cup. Videopakete werden geschnürt, Platten geprägt. Ein globaler Wettkampf beginnt, dessen Ehrenpreis etwas ist, das außerhalb jeglicher Einschaltquoten und Werbeeinkünfte liegt. Dieser Preis ist die Bedeutung. Über Nacht ist die Bedeutung von Vinas Tod zum wichtigsten Thema auf Erden geworden.

Vina significat humanitatem.

Da ist Madonna Sangria; sie spricht von den Schmerzen der Frauen als einzigem Zugang der Männer zum Verständnis des Transzendenten – *sie starb, damit die Männer lernen, wie man fühlt* – und läßt sich außerdem über Sublimierung aus. *Nun, da sie tot, also ungefährlich ist, können sie davon sprechen, wie sehr sie sie begehrt haben, ohne ihre Ehefrauen zu erzürnen.* (Madonna Sangria, die Vina und ihre Musik in letzter Zeit verunglimpft hatte, geriert sich jetzt wieder als Hüterin der Flamme.)

Da ist ein weiblicher Musikfan aus Japan, eine futuristisch-moderne junge Schönheit in einem Planet-der-Affen-Designer-Outfit, die Vina Apsara als die große Liebe ihres Lebens bezeichnet; kein Mann oder Affe könnte ihr jemals so nahe kommen wie diese Frau, die ihr niemals begegnet ist.

Da ist eine schnellsprechende Italienerin, die Vina ins Pantheon der Heldinnen des Jahrhunderts aufnehmen will und sie als wahren Genius der VTO sieht, mit einer Stimme, die Wunder wirken konnte. Ormus Cama? Pah! Ein Parasit. Ein Blutsauger.

Da ist eine dicke Engländerin, die letzte der Runts, steckengeblieben in ihrer Zungenpiercing-und-Leder-Zeitfalte und verlogen mit den Zeiten prahlend, in denen sie Vina erklärt habe, sie sei zu alt für den Rock. Zieh Leine, Grandma, und überbring Grandpa Cama die frohe Botschaft.

Da ist der Essay einer großen amerikanischen Intellektuellen, *Tod als Metapher*, in dem sie behauptet, daß Vinas Leben, nicht ihr Tod, die befreiende Kraft gewesen, daß der Tod nichts weiter sei als der Tod und als solcher gesehen werden solle: als Rache des Unvermeidlichen am Neuen.

Da ist eine jüngst geweihte Priesterin, die folgert, das Vina-Phänomen zeige den spirituellen Hunger der Welt, ihr Bedürfnis nach Soul food. Sie fordert die Menge in den Stadien auf, sich jeden Sonntag in ihrer Nachbarschaftskirche zu versammeln, *wie Vina es sich wahrscheinlich gewünscht hätte.*

Da sind islamische Frauen in ihren Vogelkäfigschleiern. Nach ihrer leidenschaftlich zum Ausdruck gebrachten Meinung ist dieser Wahnsinn um eine einzige, unmoralische Frau bezeichnend für den moralischen Bankrott und die bevorstehende Vernichtung der dekadenten und gottlosen westlichen Welt.

Vina, die so oft von einem Ort zum anderen geschoben wurde, wird von ebenden Orten für sich beansprucht, die sie vertrieben haben: dem ländlichen Virginia, *upstate* New York. Indien beansprucht sie wegen ihrer väterlichen Abstammung; England, weil sie dort ihre

Sängerinkarriere begonnen hat; Manhattan, weil alles, was heutzutage auf Erden mythisch ist, ein Einwohner von New York ist.

Da ist Primo Uomo, ein Guru für kulturelle Studien, der zum millionstenmal die immer von neuem geäußerte Idee wiederholt, daß Vina zur göttlichen Patronin des Zeitalters der Ungewißheit geworden ist, die Göttin mit den Füßen aus Lehm.

Da sind zwei britische Psychoanalytiker. Der eine, der junge, adrette mit den Schlafzimmeraugen, Autor von *Winking, Nibbling and Licking* und *Sex: The Morning After*, spricht voll Ehrfurcht von einer gigantischen, spontanen Gruppentherapie. Der andere, ein griesgrämiger Kauz der alten Schule, gibt sich arrogant-verächtlich und kritisiert, daß das Vina-Ereignis der primitiven Sentimentalität vor der Vernunft den Vorzug gibt, so daß wir inzwischen nicht mehr denken, sondern nur noch fühlen können. Der eine nennt das Phänomen populistisch-demokratisch. Der andere fürchtet, es könnte kryptofaschistisch sein, Ursprung einer neuen Art von intolerantem Mob.

Da sind Literatur- und Theaterkritiker. Die Literaturkritiker sind geteilter Meinung; Alfred Fiedler Malcolm, das lispelnde alte Schlachtroß, zitiert Marlowes Faustus – *Then will I headlong run into the earth: Earth, gape! O, no, it will not harbor me!* – und versucht, eine komplexe Theorie darüber zu konstruieren, daß große Berühmtheit einen prometheischen Diebstahl des göttlichen Feuers darstellt, dessen Preis diese postume Hölle auf Erden ist, in der es der Toten unmöglich ist zu sterben, weil sie, wie die Leber des Prometheus, immer wieder erneuert wird, um von den unersättlichen Geiern verschlungen zu werden, die sich selbst als Fans bezeichnen. Das ist ewige Qual, die sich als ewige Liebe tarnt, behauptet er. Laßt die Lady in Frieden ruhen. Er wird rüde von Nick Carraway und Jay Gatsby verhöhnt, den beiden jungen Wilden in der Jury, die sich über sein notorisches Elitedenken mokieren und hitzig den Platz der Rockmusik in der Gesellschaft verteidigen, obwohl sie der Mode entsprechend verächtlich die primitive Ausdrucksweise kritisieren, die von den Sprechern in den Stadien benutzt wird, ihre ständigen Wiederholungen, ihre Knittelverse und Klischees aus der Regenbogenpresse, das besorgte Vorherrschen übernommener Ideen über das Leben nach dem Tod (Vina, die ewig leben wird – in den Sternen, in unseren Herzen, in jeder Blume, in jedem neugeborenen Kind). Diese Ideen, erklärt Gatsby scharf, sind nicht sehr *cutting-edge*; sind nicht sehr rock'n'roll.

Auch die Theaterjury ist geteilter Meinung. Es gibt Lob für die spontane, improvisierte Straßentheater-Ursprünglichkeit des Phänomens, aber die britischen Teilnehmer beklagen die unangebrachte Dauer der globalen Trauer, die französischen bedauern das Fehlen einer energisch leitenden Hand, die Amerikaner machen sich Sorgen über den Mangel an Hauptakteuren und einem entwicklungsfähigen zweiten Akt. Sämtliche Theaterleute sind sich jedoch in der Klage darüber einig, daß ihren Meinungen zuwenig Aufmerksamkeit gewidmet wird, daß sie, wie immer, wie arme Verwandte behandelt werden, wie Bettler am Tische der Reichen.

Da sind Biopic-TV-Filmproduzenten, die per Anzeige nach Doppelgängerinnen suchen. Da sind die offenen Casting-Angebote. Da sind die Reihen der Hoffnungsfrohen, die sich um mehrere Häuserblocks erstrecken.

Da ist Rémy Auxerre, der das Ausmaß des Phänomens als Ergebnis der Feedback-Schleife bezeichnet. In der Zeit vor der globalisierten Massenkommunikation, behauptet er, konnte ein Ereignis geschehen, einen Kulminationspunkt erreichen und wieder dahinschwinden, bevor die meisten Menschen auf der Erde überhaupt Kenntnis davon bekamen. Nun jedoch wird die anfängliche Ursprünglichkeit des Geschehens fast sofort durch seine Fernsehvermarktung verdrängt. Sobald etwas im Fernsehen erscheint, handeln die Menschen nicht mehr, sondern *schauspielern*. Sie trauern nicht einfach, sondern *spielen die Trauernden*. Erschaffen ein Phänomen nicht aus ihren eigenen, unverfälschten Bedürfnissen, sondern wollen so schnell wie möglich Teil eines Phänomens werden, das sie im Fernsehen gesehen haben. Diese Schleife ist inzwischen so eng, daß es nahezu unmöglich ist, den Ton vom Echo zu unterscheiden, das Geschehen von der Reaktion der Medien darauf. Von dem, was Rémy als die *Immediatisierung der Geschichte* bezeichnet.

Da sind die beiden New Quakers mit der wilden Haarmähne, ein Paranoiker und ein Mystiker, vermutlich beide Gary-Larson-Fans, die ihren Tod leugnen ... Wo ist der Leichnam? Zeigt mir einfach den Leichnam, okay? Sie ist nicht tot, irgend jemand wollte sie nur aus dem Weg räumen, wir sollten das Pentagon stürmen, die Vereinten Nationen, verstehen Sie? ... Nein, sie ist frei, *man*, aber wir sind ihrer nicht würdig, wir müssen rein werden, und wenn wir rein sind, wird sie wiederkommen, kapiert, vielleicht mit einem Raumschiff, vielleicht mit einem Streitwagen der Götter?, um uns zu befreien. Wie Buddha Jesus, *man*, sie lebt.

Television.

Zu Hause im Orpheum, in der Winterkälte, allein und trauernd, umfasse ich meinen Oberkörper mit den Armen und zittere, während mein Atem weiß in der Luft steht. In Hut und Mantel sitze ich draußen auf dem Dach, die Hände über die vor Kälte stechenden Ohren gelegt, und versuche mir Vina vorzustellen, wie sie im Hochsommer splitternackt sonnenbadet, wie sie sich reckt und streckt und sich mir mit einem trägen, treulosen Lächeln zuwendet. Aber es ist zu kalt, und außerdem ist der Lärm überall ringsum, es gibt kein Entkommen vor dem Krieg der Meinungen, die weiße Luft ist voller Worte. *Diachronisch gesehen ist dies ein Ereignis in der Geschichte, innerhalb der Zeit als Phänomen mit bestimmten, linearen Prämissen sozialer, kultureller und politischer Natur zu sehen. Synchronisch jedoch existieren sämtliche Versionen davon simultan und bilden kollektiv eine kontemporäre Aussage über Kunst und Leben ... seine Bedeutung liegt in der zufälligen Bedeutungslosigkeit des Todes ... ihre radikale Abwesenheit ist eine Leere oder ein Abgrund, in den sich die Flut der Bedeutungen ergießen kann ... sie ist zu einem leeren Gefäß geworden, zu einer Arena des Diskurses, und wir können sie nach unserem eigenen Bild neu erschaffen, wie wir einstmals Gott erschaffen haben ... unmöglich, daß das Phänomen in absehbarer Zeit nachläßt, denn jetzt hat die Phase der Ausbeutung eingesetzt, die Shirts mit ihrem letzten Foto, die Gedenkmünzen, die Becher, das*

Anklammern, ihre alten Schulkamerad/innen, die ihre Storys ver-
kaufen, das Heer ihrer beiläufigen Liebhaber, ihre Entourage, ihre
Freunde … sie alle sind Multiplikatoren, sie ist in einer Echokammer
gefangen, und der Lärm prallt von allen Wänden ab, wird dröhnen-
der, verschwommener, weniger klar umgrenzt … er ist jetzt nur noch
Lärm … und man stelle sich vor, wenn sie weitergelebt hätte, das
langsame Erlöschen ihrer Flamme, ihr allmählicher Abstieg zur
Ruhmlosigkeit, ins Nichts … das wäre wirklich das Ende gewesen,
ein Absturz in die Unterwelt, und das Schlimmste daran wäre gewe-
sen, daß sie noch am Leben gewesen wäre. Vielleicht ist es besser so.
Auf ewig jung, nicht wahr? Nun, jedenfalls jung aussehend. Ver-
dammt phantastisch für eine Frau in ihren Jahren.

Ich merke, daß ich mich aufrappele, einfach losbrülle und dem blinden Himmel beide Arme entgegenschwenke, während die kalten
Tränen auf meinem Gesicht zu Eis gefrieren. Als sei mein Hausdach
ein Turm des Schweigens, und hier liege Vinas lebendige Erinnerung,
nackt, unter den kreisenden Aasgeiern, hilflos und ohne einen Beschützer, bis auf mich.

Nach vierzig Tagen verlassen die Menschen auf Ormus Camas dringenden Appell die Stadien, und allmählich nimmt das Alltagsleben
auf dem Planeten wieder seine oberflächliche Regelmäßigkeit an. Die
Singhs gehen in Ormus' Namen häufig vor Gericht, um das ›Vina-
Eigentum‹ vor krasser Ausbeutung zu schützen. Die neue Vina-ähn-
liche Quakette, eine Puppe, die dämliche Songs von sich gibt, bis ihr
Ständer zunächst zu vibrieren beginnt, um sodann aufzureißen und
sie zu verschlingen, wird besonders aufs Korn genommen. Wie es
scheint, enden sämtliche hochschäumenden Emotionen des Vina-
Phänomens auf dem Sklavenmarkt des Kapitals. In der einen Minute
ist sie eine Göttin, in der nächsten ist sie *Eigentum.*

Wieder einmal habe ich sie unterschätzt. Es trifft zu, daß kommerzielle Interessen ihr Bestes tun, um sie in Besitz zu nehmen und zu
benutzen, daß ihr Gesicht weiterhin auf den Titelblättern der Zeitschriften erscheinen wird, daß es Videospiele, CD-ROMs, Instant-

Biographien, Schwarzkopien ihrer Bänder, zynische Spekulationen über ihr eventuelles Überleben und jede nur mögliche Art von Internet-Chat-Room-Mist geben wird. Es trifft ebenfalls zu, daß ihre eigene ›Seite‹ – ihr Plattenlabel und, in der Rolle ihres Manager- und Geschäftsteams, Ormus und die Singhs – den Vina-Effekt ebenfalls kapitalisieren, ihr Gesicht auf der Milch, dem Brot, dem Wein sowohl als auf den vegetarischen Gerichten und den Schallplatten verwenden wird.

(Ich habe einmal die Geschichte von einer Frau gelesen, die ihren faulen Fettwanst von Ehemann haßte. Als er starb, ließ sie ihn verbrennen und tat die Asche in ein Stundenglas, das sie mit den Worten auf ihren Kaminsims stellte: *Endlich, du Bastard, wirst du jetzt auch ein bißchen arbeiten müssen.* An Ormus' Liebe zu Vina gibt es keinen Zweifel, aber auch er läßt ihren Geist Geschäfte für den Familienbetrieb machen.)

Dies alles trifft zu. Doch was im Laufe des Jahres deutlich wird, ist, daß auch in den Menschen so etwas wie ein Erdbeben stattfindet, daß Vinas bewundernde Anhängerschaft in Ländern auf der ganzen Welt Geschmack an gemeinsamen Aktionen und radikalen Veränderungen gefunden hat. Instabilität, der moderne Zustand, kann sie nicht mehr schrecken; sie empfinden sie jetzt als Chance. Das ist Vinas wahres Vermächtnis – nicht die abgeschmackten Berge von Kommentaren oder widerlich geschmacklose Puppen.

Und auch die bebende Erde hat noch Veränderungen in petto.

Ich erinnere mich.

Das ganze erste Jahr nach ihrem Tod war ich ziemlich aus dem Gleichgewicht, wußte nicht, was ich tun sollte, wohin mit meinem Kummer, wie weiterleben. Immer wieder rief ich mir einen Tag am Juhu Beach in Erinnerung, und ein junges Mädchen im Stars-and-Stripes-Badeanzug, das über alles schimpfte, was ihr vor die Augen kam. Das war der Tag, an dem ich mir ein Bild von der Welt machte, so, wie ich sie mir wünschte, das Bild, das ich von jenem Tag an in mir trug, bis zu dem Tag, an dem sie starb. Jetzt fühlte ich mich, als hätte mir jemand das Bild aus den Händen gerissen und zerfetzt. Wenn man kein Bild von der Welt hat, kann man keine Entscheidungen treffen – materiell, inkonsequent oder moralisch. Man weiß nicht, wo oben ist und wo unten, ob man kommt oder geht, wie viele Pfennige fünfe sind.

(1989 war auch das Jahr, in dem das Bild aller anderen Menschen zerbrach, das Jahr, in dem wir alle in einen unbegrenzten Limbus gestürzt wurden: die gestaltlose Zukunft. Ich bin mir dieser Tatsachen bewußt. Aber das ist Politik und Seismologie; zu denen komme ich später. Jetzt spreche ich über das, was mit mir geschah.)

Wenn ich erwachte, dachte ich, sie sei im Zimmer; dann blieb ich zitternd im Dunkeln liegen. Aus den Augenwinkeln sah ich, wie sich in den Zimmerecken Schatten bewegten, und auch das war sie. Als ich einmal ihre Privatnummer im Rhodopé anrief, meldete sie sich nach dem ersten Klingeln. *Hallo. Ich bin im Augenblick nicht zu sprechen. Wenn Sie mir eine Nachricht hinterlassen, werde ich mich so bald wie möglich bei Ihnen melden.*

Ich begriff, daß Ormus es nicht übers Herz gebracht hatte, ihre Stimme vom Band zu löschen. Von da an rief ich die Nummer ein dutzendmal und öfter am Tag an. Oft war die Leitung besetzt, wenn ich anrief. Ich fragte mich, wie viele andere verlorene Seelen die Tasten auf ihrem Telefon drückten, um diese wenigen Wörter zu hören. Dann dachte ich, daß es vielleicht nur einen einzigen weiteren Anrufer gab. Ormus Cama verlangte es, genau wie mich, immer wieder, die aufgezeichnete Stimme seiner verstorbenen Frau zu hören.

Ich werde mich so bald wie möglich bei Ihnen melden, ein Versprechen, nach dessen Einlösung ich mich so sehr sehnte. Doch welche Nachricht sollte ich hinterlassen? Wie lautete der Spruch, der sie von den Toten zurückbringen würde?

Flüchtig verspürte ich Mitleid mit Ormus Cama, meinem Rivalen in der Liebe. Nunmehr mein Rivale um niemandes Hand. Inmitten dieses Meeres von ›Liebe‹ saßen hier Ormus und Rai, die beiden schiffbrüchigen Liebenden, unfähig, sich gegenseitig das Herz auszuschütten, unfähig, sich gegenseitig zu helfen, und machten von ihren sinkenden Flößen aus törichte Anrufe bei den Toten.

Ein Jahr nach ihrem Tod löschte irgend jemand das Band – ich glaube, es war Clea Singh, die versuchte, Ormus aus seinem Jammertal zu holen; an jenem Tag weinte ich noch einmal, als wäre Vina erst vor einem Moment von der hungrigen Erde verschlungen worden. Von allem, was über sie gesagt und geschrieben wurde, waren es die Kommentare des Inhalts, daß der Tod ganz einfach der Tod sei, die Argumente gegen jegliche Interpretation, die mir am vernünftigsten erschienen. Macht sie nicht zur Metapher. Laßt sie einfach in Frieden ruhen. Ich wollte gegen den lodernden Feuersturm der Auslegungen ankämpfen, wollte meinen Feuerwehrhelm aufsetzen und mit dem Schlauch gegen die Flammen angehen. Auslegungen wurden vom satellitenwimmelnden Himmel herabgestrahlt, Auslegungen wie amorphe Aliens, die Pseudopoden wie Saugnäpfe ausfuhren und ihren Leichnam zu vereinnahmen suchten. Einmal versuchte ich selbst einen Text zu schreiben, irgendeinen Nonsens über das Heroische in der Zurückweisung jeglicher Interpretation, das verletzende, aber wünschenswerte Akzeptieren des Absurden. Aber ich blieb im Sumpf der Ethik stecken. Wie man in einem absurden Universum ein moralisches Leben führt, und so weiter. Ich wollte mich nicht für den Quietismus aussprechen und sagen, es sei besser, einfach weiterhin seinen Garten zu kultivieren. Irgend etwas in mir bewahrte sich den Wunsch nach Engagement für die Welt. Ich zerriß den Erguß und verbrachte meine Tage damit, meine Alben mit Vina-Bildern durchzusehen und sie, bis das Band gelöscht wurde, immer wieder anzurufen.

Als es meinen Mitbewohnern im Orpheum auffiel, daß ich in diesem ersten Jahr weitgehend aufgehört hatte, aus dem Haus zu gehen, daß ich mir, wenn ich Hunger hatte, das Essen ins Haus bestellte, daß ich die meisten meiner Lebensmittel jedoch in flüssiger Form zu mir nahm und daß meine langzeitige Putzfrau gekündigt hatte, weil die Wohnung allmählich zum Slum verkam, übernahmen sie die Aufgabe,»mich zu retten«. Johnny Chow kam, um mir tiefernst zu erklären, daß ich dem Tod viel zuviel Aufmerksamkeit widme. Das war lachhaft. Sugar Ray Robinson, Lucille Ball, Ayatollah Khomeini, Laurence Olivier, R.D. Laing, Irving Berlin, Ferdinand Marcos, Bette Davis, Vladimir Horowitz, ›La Pasionaria‹, Sacharow, Beckett *und* Vina, in einem Jahr, hielt ich ihm mit erstickter Stimme vor: Das ist Armageddon, da draußen. Chow, ohnehin nicht gut im Debattieren, schüttelte den eleganten Kopf und zog sich zurück. Mack Schnabel schlug vor, meine Vina-Bilder durchzusehen und im Galeriesaal des Hauses eine Ausstellung zu veranstalten. Das war schwierig. Würde eine solche Ausstellung wie ein würdiger persönlicher Tribut wirken oder nur wie eine weitere Möglichkeit für Opportunisten, auf den nicht aufzuhaltenden Vina-Wagen aufzuspringen? Ich vermochte mich nicht zu entscheiden. Außerdem dauerte es ohnehin eine Weile, bis ich dazu kam, die Auswahl zu treffen. An den meisten Tagen litt ich unter verschwommenem, ja sogar doppeltem Sehen. Klarheit war nicht meine Stärke in jenen unglücklichen Monaten.

Basquiat kam herauf, um mit mir über Mädchen zu reden, was angesichts seiner eigenen absonderlichen Präferenzen liebenswert konventionell von ihm war. Fantastique Frauän überall, versuchte er mir klarzumachen. Nach so langär Zeit es ist nischt gut für disch, mit deinän Fantômes allein zu sein.

Fantômes trifft zu, antwortete ich ihm. Es gibt da eine schöne Frau, die immer wieder in meine Bilder gerät, keine Ahnung, wie. Ich fotografiere ein leeres Zimmer, etwa mein Badezimmer, ich verbringe viel Zeit in meinem Badezimmer, und wenn ich den Film entwickle, sieht sie mich aus dem Spiegel an. Nein, es ist nicht Vina, es ist eine ganz andere. Eine gespenstische Fremde. Du siehst also, daß es inzwischen zwei von ihnen gibt.

Diese Doppelbelischtungsidee von dir, sagte er, die geht zu weit, findä isch.

Schließlich tauchten sie als Gruppe bei mir auf, um mir eine liebevolle Version des Aufruhrgesetzes zu predigen. Sag ja zum Leben, räum deine Wohnung auf, nimm dir Zeit, den Duft der Rosen zu genießen, die üblichen Phrasen. Ich muß zugeben, daß sie sich große Mühe gaben. Sie brachten die Wohnung weitgehend in Ordnung, räumten den Schnaps- und den Badezimmerschrank aus, schleppten mich die Straße entlang zum Rasieren und Haareschneiden und schmissen in meinen Räumen eine Party, zu der sie die begehrenswertesten, nicht gebundenen Frauen einluden, die sie kannten (von denen es, unseren Berufen entsprechend, eine ganze Menge gab). Ich begriff, was da für mich getan wurde und warum. Hauptsächlich aus Freundschaft, ja, und dafür war und bin ich zutiefst dankbar. Aber es gab auch eine Kehrseite der Medaille. Die Menschen mögen die Nähe der Verzweiflung nicht, unsere Toleranz für die wahrhaft Hoffnungslosen, für jene, die unwiderruflich vom Leben gebrochen wurden, ist sehr begrenzt. Die rührseligen Geschichten, die wir mögen, sind jene, die enden, bevor wir uns langweilen. Ich begriff, daß ich in diesen drei Männern wahre und treue Freunde hatte, daß dies alle für einen und einer für alle war und daß sie meine Musketiere waren. Ich sah aber auch, daß ich mein Verhalten um ihretwillen ändern mußte. Ich war zu ihrem bohrenden Zahnschmerz geworden, ihrem Quantum von Rachenputzer, ihrem Magengeschwür. Ich mußte mich bessern, bevor sie beschlossen, sich von mir, der Krankheit, heilen zu lassen.

Wenn Freundschaft ein Kraftstoff ist, so ist der Vorrat daran nicht unerschöpflich.

Mitten auf meiner sogenannten Coming-out-Party blickte ich zu Aimé-Césaire hinüber und sah das Mal des Todes an ihm, und plötzlich wirkte die Party wie ein Leichenschmaus für diesen schönen Mann, der sich, wie Finnegan in dem Song, munter aufrichtete und seinen eigenen Abschied genoß. Über Schnabel wußte ich, daß er sich seit seiner schmerzlichen Scheidung weiterhin mit seiner Exehefrau Molly im Kriegszustand befand, der es gelungen war, einen richterlichen Beschluß zu erwirken, durch den es ihm verboten wurde, sich seinen beiden Kindern auf weniger als eine Meile zu nähern, und die Macks Vater auf dem Sterbebett besucht hatte, um ihm – fälschlich – mitzuteilen, daß Mack heroinsüchtig sei und seine Söhne außerdem nicht nur mißbraucht habe, sondern auch noch gewalttätig gegen sie geworden sei. Auch Johnny Chow hatte seine persönliche

Katastrophengeschichte, in der es vor allem ums Glücksspiel ging. Waren das die Menschen, deren Rat ich einzuholen bereit war? Ja, sagte ich mir. Lieber eine Hure als eine Nonne, lieber ein verwundeter Soldat als jemand, der nie im Leben Kanonendonner vernommen hat.

In diesem Moment sah ich Johnny Chow, der sich mit dämonischem Grinsen einen Weg durch die Partygäste bahnte. An seinem Arm hing Vina Apsara.

Ich hatte von diesem Nachahmungsirrsinn gehört, den Vina-Supperclub-Cabaret-Lookalikes, den Underground-, Heavy-Metal- und Reggae-Vinas, den Rap-Vinas, den Vina-Drag-Queens, den Vina-Transsexuellen, den Vina-Nutten am Vegas Strip, den Vina-Stripperinnen, die den Marilyns und Long Tall Texans an den Amateurabenden in diesen so unendlich unterschiedlichen Vereinigten Staaten an Zahl überlegen waren, den Porno-Vinas in den Kabel-Adult-Kanälen und den Closed-Circuit-Hotel-TVs, den Hardcore-unterm-Tisch-Blue-Videos und den zahmen, zweimal im Jahr stattfindenden Zusammenkünften von Dweeby-Karaoke-Vinas, deren Zahlen selbst mit den unermüdlichen *Star Trek*-Anhängern konkurrieren konnten. Vina war sogar einmal Gaststar in der Fernsehserie *Next Generation* gewesen, auf dem Holodeck ins Leben gerufen, um für den verliebten Worf zu singen. Er lehrte sie Klingonisch, und sie lehrte ihn Hug-me oder ein ähnlich klingendes Spiel. Als die Trekkies daran dachten, luden sie die Vina-Anhänger ein, sich ihnen anzuschließen, doch Vina war jetzt größer als die *Enterprise*, war ein eigenes Kontinuum geworden, vielleicht sogar der sagenhafte Q.

Es gab eine berühmte Produktion des Hamlet mit Jonathan Pryce; der Schauspieler, der den Prinzen von Dänemark spielte, ›produzierte‹ den Geist durch eine außerordentliche Körper- und Stimmkontrolle aus sich selbst heraus wie ein Channeler oder ein Geist-Medium. Die Vina-Darsteller machten es sich leichter, indem sie Kostüme und Tonbänder benutzten, die Idee aber war dieselbe. Mit ihrem eigenen Körper holten sie ihre Phantasiegeliebte von den Toten zurück.

Und das geht auch ein paar Schritte über Mizoguchi hinaus, dachte ich. In *Ugetsu* hatte sich der arme Tor, der von der geheimnisvollen aristokratischen Schönheit so hingerissen war, nur in einen Geist verliebt, war sozusagen in dessen Bann geraten. Doch diese Menschen stehen nicht nur unter dem Bann einer Toten, sie trachten tatsächlich danach, sie zu sein, tragen ihre Kimonos, pudern sich das Gesicht, gehen wie sie. Das ist eine neue Form des Autoerotizismus. Als Vina verkleidet verlieben sich diese Miminnen lediglich in sich selbst.

Es wurde darüber gestritten, welche Vina es am ehesten verdiente, gefeiert zu werden, die Aufwieglerin, die Afro-Vina aus früheren Zeiten, mit Großfrisur, Großstimme, Großmaul und sexueller Unersättlichkeit, oder die rothaarige Mexi-Vina, älter, aber immer noch heiß, mit noch besserer Stimme und ein bißchen weiser. Die Toten-Vina, die traurig blickende Lady des zerbrochenen Landes. Letztlich siegte der Pragmatismus. Die jüngeren Nachahmer hielten sich an die frühe Vina, die älteren Männer (jawohl, und auch Frauen) bemächtigten sich der späten Vina.

Diese Vina, an Chows Arm, war unverkennbar ein älterer Kerl. Und ein Chinese, wodurch die Ähnlichkeit notwendigerweise unvollkommen wurde, aber er hatte ein paar anstrengende Stunden vor dem Schminkspiegel verbracht, seine Haut nachgedunkelt und sich um die Form seiner Augen bemüht. Er hatte ihren schwungvollen Gang studiert, die Bewegungen ihres Mundes, ihre Haltung. Und die rote Perücke war sehr gut. Sag's mir jetzt, wenn du's für eine schlechte Idee hältst, bat Johnny, als sie mich erreichten, aber wir dachten, es könnte, ach Scheiße, irgend etwas auslösen, wenn sie in gewissem Sinne hier anwesend wäre. Wie Adult Children of Alcoholics, du weißt schon, diese Gruppe, könnte es dir helfen, zu wissen, daß du nicht allein bist.

Ich wünsche sehr, Sie nicht traurig zu machen, erklärte diese China-Vina entwaffnend mit einer schönen Baritonstimme und verneigte sich doch tatsächlich. Das ist nicht so gewollt. Ich habe sie sehr verehrt, schon lange her, dies ist meine Art, ihr Respekt zu zeigen.

Schon gut, sagte ich zu Johnny. Ehrlich. Cool. Großartig gemacht, setzte ich an die Adresse des Crossdressers hinzu. Möchten Sie nachher singen oder was?

Ich mime, sagte er mit einem breiten, stolzen Lächeln. Ich habe mein Kassettendeck mitgebracht, wenn's Ihnen nichts ausmacht. Nur zu, sagte ich und zwang mich dazu, sein strahlendes Lächeln zu erwidern. Der Ausdruck der Erleichterung auf Chows Gesicht sagte mir, daß ich das Richtige getan hatte. Meine Freunde würden sich jetzt, was mich betraf, wohler fühlen und es – mit einer gewissen Erleichterung für beide Seiten – weniger beunruhigend finden, mich allein zu lassen.

Im Jahre zwei nach Vina lebte ich immer wieder einmal längere Zeit allein am Meer in Amerika. *Was liebst du?* hatte ich sie am Juhu Beach gefragt, und sie hatte geantwortet: *Ich liebe das Meer.* Das wenigstens hatte ich zurückgeholt, obwohl sie verschwunden war: die Meeresbrisen, in denen ich ihr kräftiges, verlorenes Parfüm riechen konnte; den Strand. Dieser lange goldene Strand konnte sich bei weitem nicht mit der urbanen Grazie der Cuffe Parade messen, dem Gewimmel des Apollo Bunder, doch er erfüllte mich mit mehr als nur *einer* Art Nostalgie. Wenn ich zum Meer fuhr, vorbei an den Kartoffeläckern, den Maisfeldern, den sich wendenden Reihen der Sonnenblumen, den glänzenden Polopferden, der süßen Vogeljugend und den zeckenverseuchten Hirschen; vorbei an den exotischzwanglosen amerikanischen Reichen in ihren Cut-offs, den Spaghettiträgerleibchen, den Chinos, den Polohemden, den klassischen Cabrios, den Range Rovers, dem vergeldeten Alter, der vergoldeten Kindheit und ihrer potenten Blütezeit; vorbei an den Shonnecock-Indianern, welche die Hecken stutzten, die Pools reinigten, die Tennisplätze pflegten, den Rasen mähten und sich ganz allgemein um das teure, gestohlene Land kümmerten; vorbei am Pfeifen der Eisenbahn, dem Schrei der Gänse und dem Rascheln des Sommerrasens, wurden meine Gedanken nach einem ganzen Zeitalter wieder in Richtung Heimat gelenkt. Heimat als eine weitere verlorene Kostbarkeit, als etwas, das ebenfalls von der Zeit, von den Entscheidungen verschluckt worden war. Als etwas, das nun ebenfalls unerreichbar war und durch das Wasser wie versunkenes Gold emporglänzte, mühsam unter der umgepflügten Erde atmete wie ein Liebender, der zur Hölle hinabgefahren ist.

Ich riß mich so weit zusammen, daß ich die Foto-Show *Nach Vina* zusammenzustellen vermochte, die gut und seriös aufgenommen wurde. Ich leugne nicht, daß mich das freute. Die Wahrheit ist, daß ich wohl doch noch nicht immun war gegen die Krankheit, Vina eine Bedeutung zuzumessen, und für mich war diese Bedeutung Liebe, gewiß, aber auch Mysterium, eine Frau, die letztlich nicht quantifizierbar, die unfaßbar war, mein Fenster ins Unerklärliche.

Das Mysterium im Herzen der Bedeutung. Das war sie.

Zur Vernissage lud ich Ormus ein, aber er tauchte nicht auf. Das hatte ich eigentlich auch nicht erwartet. Es kam zu einer geringen Störung: Eine Gruppe von New Quakers kam in die Orpheum-Galerie gestürmt, um mich lauthals zu beschimpfen, ich hätte angedeutet, daß Vina tot sei, und es dauerte ein wenig, bis diese ungepflegten, radfahrerischen Gestalten hinausbefördert worden waren. Als sie fort waren, stand ich neben einem schlanken, alten indischen Gentleman in einem karierten J.-Crew-Hemd und Jeans, den ich in dieser Freizeitkleidung nicht gleich erkannte.

Ich möchte Ihnen danken, sagte er auf seine seltsame, kaum akzentuierte Art, daß Sie meine Tochter mit mir teilen. Es ist ein wahrhaft positives, heilsames Erlebnis, hier zu sein. O ja, Sirree, das ist es wirklich.

Es war Shetty, der Doorman vom Rhodopé. In meinem eigenen tiefen Schmerz hatte ich sträflich vergessen, daß Vinas Vater noch am Leben war.

Die Begegnung mit Doorman Shetty wirkt auf mich wie ein Guß kalten Wassers mitten ins Gesicht. Sie rüttelt mich aus meiner langen, ungesunden Träumerei auf, meiner verzweifelten Weltabgekehrtheit, und erneuert mein Bewußtsein – das Wesentliche an der Kunst des Fotografen – für die Unmittelbarkeit, die Präsenz der Dinge. Am folgenden Tag treffe ich mich nach Beendigung seiner Schicht mit

Shetty, der wieder in der Uniform steckt, und wir gehen auf einen Kaffee in das buddhistisch-organische Café gegenüber dem Orpheum, diesen Raum voll orientalischer Gerüche mit seiner sonderbar tröstlichen Kombination von dickem, starkem Kaffee, nacktem, dunklem Holz und blassen, barfüßigen Kellnerinnen in weißen Kleidern, die sie auf dem Boden nachschleppen und bis unters Kinn zugeknöpft sind. Shetty wirkt ruhig, die Jovialität, an die ich mich erinnere, nicht zum Vorschein kommt. Wie er sagt, ist er froh, daß Vina ihn in seinem hohen Alter gefunden hat und daß die Distanz zwischen ihnen dadurch ein wenig verringert wurde. Dies erklärt er mir mit einem neuen Wortschatz der Selbstachtung. *Wir haben einige Punkte geklärt. Wir haben uns dem Zorn gestellt, dem wir uns stellen mußten, und haben gute Heilarbeit geleistet. Wir haben uns umarmt. Wir haben gelernt, uns miteinander wohl zu fühlen. Wir haben gute Zeiten erlebt.*

Sogar zur Therapie sind sie gemeinsam gegangen, vertraut er mir an. Die Therapeutin, eine ehemals radikale Indochinesin, mit neuem Namen Honey und mit einem erfolgreichen Wall-Street-Arbitrageur konservativ-nicaraguanischer Abstammung verheiratet, hängte eines Tages eine riesige rosa Piñata in Gestalt eines Kaninchens an den Deckenventilator in ihrem Büro und drückte Vina einen Holzstock in die Hand. Als Vina nach der Piñata schlug, wurde sie aufgefordert, auszusprechen, wen sie da in Wirklichkeit schlage und warum. Ungestüm prügelte sie weiter, und Shetty vernahm dabei zahlreiche schmerzliche Klagen über sich selbst, aber der Anblick seiner berühmten Tochter, die wie eine retardierte S&M-Queen den Gottseibeiuns aus einem riesigen lachsfarbenen Papiermaché-Bunny drosch, war so absurd, daß er lachen mußte. Er lachte, bis er weinte, vor allem, als die Piñata unter Vinas hitziger Attacke platzte und die üblichen Süßigkeiten und Stofftiere für Kinder herausregneten, all die Geschenke, die er seiner Tochter, als sie ein Kind war, nicht gemacht hatte.

Was haben Sie dabei empfunden, fragte ihn Honey, die Therapeutin. Er wischte sich die Augen, aber das Kichern wollte nicht aufhören. Ich werde Ihnen sagen, was ich denke, begann er und lachte schallend.

Vergessen Sie, was Sie denken, unterbrach sie ihn. Bleiben wir bei dem, was Sie empfinden. Shetty, unfähig, die lächerliche Idiotie dieser Bemerkung hinzunehmen, stand auf und ging, immer noch lachend, hinaus.

Das Dumme war, erzählt er mir reumütig, daß Vina die Piñata für eine großartige Idee hielt; deswegen hatte sie das Gefühl, ich lache sie aus. Danach kehrten wir zu unserer früheren negativen, problembeladenen Beziehung zurück. Wir blieben freundlich zueinander, aber wir engagierten uns nicht mehr. Es war das klassische Vermeidungsverhalten. Wir stellten uns nicht mehr. Wir umgingen alles. Wir sprachen nicht von Herz zu Herz.

Es gibt noch viele Dinge, die er mir beichten möchte: wie sein langer Abstieg vom erfolgreichen Metzger zum letzten Penner an dem Tag begann, nachdem er die junge Vina zum Dinner in den Rainbow Room eingeladen und sie dann zu den Doodhwalas nach Bombay abgeschoben hatte. Er möchte vom Schicksal sprechen, von einem selbstauferlegten Fluch, davon, daß er die Folgen seines Versagens als Vater lange und tief genug erlitten habe. Er ist drauf und dran, mich um die Absolution zu bitten, die er von seiner toten Tochter niemals erhalten hat. Auch Doorman Shetty verfolgt eine tote Vina, genau wie wir anderen muß er sie von den Toten auferstehen lassen, damit sie ihm Frieden schenkt.

Immer noch zu schwach, um seine zusätzliche Last zu tragen, unterbreche ich ihn mitten im Satz. Um nicht allzu unhöflich zu wirken, erkundige ich mich nach seinem Schwiegersohn Ormus. Wie wird die Rocklegende mit dem Verlust fertig? Zu meiner Überraschung löst meine Pro-forma-Erkundigung eine aufgebrachte Tirade aus. Hören Sie, das war alles im *National Enquirer*! Es war im *People*-Magazin! Was ist, haben Sie nichts davon gehört, waren Sie vielleicht verreist?, möglicherweise auf den Mond?

So gut wie, antworte ich und denke an das Meer des Vergessens, das Meer der Stürme, den weißen, weißen Sand und das Meer.

Shetty schnauft verächtlich und packt aus.

Ormus Cama, der notorische Einsiedler, hat seiner Liste bizarrer Obsessionen die wachsende Vina-Imitationen-Industrie hinzugefügt, eine Sammlung aller erhältlichen Pornofilme und des gesamten Videomaterials, und taucht unangemeldet, von seinen bulligen Sikh-Leibwächtern umringt, in Nightclubs und Striplokalen auf, um die Qualität der Imitationen zu kontrollieren. Man glaubt, daß er Besitzer gewisser Bordelle und Elite->Home Delivery<-Dienste ist, die sich auf Imitationen berühmter Persönlichkeiten spezialisiert haben. Einmal wurde er sogar im Fond einer Super-Stretch-Limousine mit einer falschen Vina in flagranti entdeckt, doch als der aufmerksame Cop, der sah, wie die Prostituierte auf ein Signal reagierte und in den Wagen stieg, begriff, was da vorging, wessen Double da was mit wem trieb, brachte er es nicht fertig, die Sache weiter zu verfolgen, und ließ die Beteiligten ohne Aufsehen davonkommen. (Celeste Blue, die Hure, versuchte den Zwischenfall anschließend zu einem kleinen, finanziell ergiebigen Skandal hochzureden, scheiterte jedoch am Fehlen einer handfesten Anklage. Clea Singh, um einen Kommentar zu Blues Interview im *Enquirer* gebeten, sagte nur: Die Lady hat anscheinend ein großes Maul.)

Viele Jahre lang ist Ormus, der zurückhaltendste Mann, den man sich vorstellen kann – sagt der Doorman –, mitsamt Augenklappe und Ohrenschützern ein regelmäßiger Besucher bei den sich schnell verbreitenden Vina-Kongressen und häufig bereit, bei Schönheitswettbewerben der Imitatorinnen als Schiedsrichter zu fungieren, wobei er nur darauf besteht, der einzige Richter zu sein. Falls die siegreiche Vina einem entsprechend hohen Standard entspricht, wird sie nach dem Wettbewerb in seine Suite hinaufgeschickt, später von Clea Singh mit hochgerecktem Kinn hinausbegleitet und so reichlich entlohnt, daß es bisher noch keine Klagen gegeben hat.

Außerdem hat Ormus – die Gewohnheiten eines ganzen Lebens umkehrend – einen Guru aufgesucht. Der Name der Frau ist Goddess-Ma, und je zahlreicher und dramatischer die Unruhen dieses Zeitalters werden, desto größer wurde mit Riesenschritten ihre Popularität bei der Elite der New Yorker Gesellschaft, deren Angehörige sich sehr schnell von globaler Instabilität und lauten Geräuschen aus dem Gleichgewicht bringen lassen. Goddess-Ma kommt aus Indien, ist angeblich Analphabetin, hat sich in Düsseldorf einen Namen gemacht und ist »durch ein Wunder« in die Vereinigten Staaten gekommen. Es wird gemunkelt, daß ihre Reise nach New York weder in den Unterlagen einer Fluggesellschaft noch in denen einer Schifffahrtslinie zu finden ist. Dennoch wurde ihr Einwandererstatus niemals in Frage gestellt, was für den skeptischen Beobachter wohl der Beweis dafür ist, daß die Wahrheit weniger unkonventionell ist, als man es gern hätte, von den Goddess-Ma-Anhängern jedoch als weiterer Beweis für ihre Existenz innerhalb einer Aura von Segnung und Sicherheit gewertet wird.

Goddess-Ma ist winzig klein, aber jung und schön genug, um Filmstar zu sein, und sie hat mächtige – und anonyme – Förderer, die sie drei Stockwerke unter Ormus im Rhodopé Building untergebracht haben. Von dieser luxuriösen Residenz aus hat sie eine Anzahl von ›Goddess-Sayings‹ herausgegeben, die einen starken Widerhall in der dünnen Luft der besseren Örtlichkeiten in der City ausgelöst haben. Indien-Bla, Bharat-Sprechblasen, die sogenannte Weisheit des Ostens ist eindeutig wieder in Mode gekommen. Tatsächlich ist Indien überhaupt ein heißeres Thema denn je: seine Speisen, seine Stoffe, seine rehäugigen Mädchen, seine direkte Leitung zum Spirit Central, seine Trommeln, seine Strände, seine Heiligen. (Als Indien eine Atombombe hochgehen läßt, bekommt die Vorstellung der Heiligen Mutter Indien zwar ein paar Sprünge, doch *tout* Manhattan ist sich sehr schnell einig darin, daß in diesem Fall Indiens unkluge politische Führung den wahren Geist des Landes verraten hat. Das wertvolle Konzept der östlichen Weisheit erleidet nur kurz andauernden Schaden – im Gegensatz zu unserem stark erschütterten Planeten.)

Wenig überraschend hat sich auch Goddess-Ma über das Vina-Phänomen ausgelassen. Unter der instabilen Erde, sagt sie, hat es seit jeher Frauen gegeben, die alles zusammenhalten, in allen Kulturen. Unsere indische Erdmutter öffnete die Lippen, um die reine Sita zu empfangen, fälschlich beschuldigt, von Ravana geschändet worden zu sein, nachdem Lord Ram sie auf den Rat seiner ›Spin-Doctors‹

zurückgewiesen hatte. Unsere griechische Mutter Persephone sitzt neben Hades in dessen unterirdischem Königreich.

Nun hat sich Vina, unsere geliebte Vina, zu diesen Frauen gesellt, die großartigste von allen Frauen, welche die Erde aus der Tiefe zusammenhalten, so wie der mächtige Atlas den Himmel trägt. O tanzende Erde, sagt Goddess-Ma. In unseren indischen Puranas lernen wir, daß Lord Shiva Dich ins Leben getanzt hat, Er, der Herr des Tanzes. Während die Griechen von Eurynome erzählen, der Göttin aller, die den Tanz lieben, die Land und Meer erschaffen hat, damit sie Platz zum Grooven hat. Ich sage euch, daß auch Wir!, Männer und Frauen!, unsere Welt ins Leben tanzen. Tanzt, sage ich! Und wenn die Erde bebt, stellt euch vor, daß auch Vina tanzt, und seht, welch neue Wunder Sie euch enthüllt.

Während Goddess-Mas Beliebtheit wächst, während ihr schönes Gesicht und ihre Feel-good-Sprüche ihr unwiderstehliches Werk in dieser Stadt verrichten, in der Schönheit und Gratulationen der sicherste Weg zum Erfolg sind, gibt es abweichende Stimmen, die von den Befürwortern älterer spiritueller Wege und von großen Teilen der indischen Gemeinde New Yorks kommen. Fragt man Goddess-Ma nach ihren Kritikern, antwortet sie scharf. Allein der meine ist der wahre indische Weg, sagt sie mit großer Bestimmtheit. Diese Konvertiten und Langzeitexilanten sind glücklicher, wenn sie ihre gepriesenen Exotika verhökern und schlucken können. (Goddess-Ma hat schon die Gesetze des ›Spin‹ gelernt. Man nimmt das Schlimmste, das über einen selbst gesagt wird, beschuldigt die eigenen Beschuldiger desselben Vergehens, ist schöner und medienfreundlicher als sie, und man wird sie alle vor sich hertreiben wie ein Sturm.)

Indem ich dies schreibe, denke ich an Darius Cama. Denke ich an William Methwold. Ich erinnere mich an ihre Bemühungen, Brücken zwischen den Mythologien des Ostens und des Westens zu schlagen. Ich erinnere mich an die Stunden, die ich in Darius' Bibliothek verbracht habe, an meine Verführung durch seine Fundgrube an uralten Geschichten. Ich frage mich, was die alten Gents mit ihrer Liebe zur Gelehrsamkeit und ihrem Desinteresse an Hokuspokus mit Goddess-Ma und ihrem dreisten Anspruch auf transkulturelle Göttlichkeit angefangen hätten, zu dem ein schamloser Versuch gehört, die tote Vina zu okkupieren und ihre populäre Tragödie zu rauben. New York, wohin man geht, um König der Welt zu sein, um groß rauszukommen, hat kein Problem mit Goddess-Mas harten Verkaufsmethoden, die sogar bewundert werden und ihre Anhängerschaft vermehren. Auch die Tanzveranstaltungen der Stadt vermelden eine beträchtliche Zunahme der Teilnehmerzahlen. Die Jugend von Manhattan folgt dem terpsichorischen Rat der Däumling-Seherin. Shetty hegt die gleiche Verachtung für die hübsche, ehrgeizige Goddess-Ma wie für ihre Anhänger. Daß Ormus Cama mehrmals pro Woche die drei Etagen hinabfährt, um sie zu besuchen, beweist in des Doormans kraftvoller Ausdrucksweise nur, daß er völlig hinüber ist.

Aber es kommt noch schlimmer. Ormus jagt der toten Vina anscheinend in jedes Rattenloch nach, das er finden kann. Shetty behauptet, der Rockgott sei inzwischen zum regelmäßigen User starker Narkotika herabgesunken und suche seine tote Frau in Straßen von weißem Pulver, lese ihre Rauchsignale, spüre ihre Nadel in seinen Venen. Die Singhs kümmern sich um alles, sie managen die Geschäfte, die Tantiemen, die Frauen, die Drogen, haben ihn ganz in ihre intensive Loyalität eingeschlossen, es ist jetzt schwerer, auch nur in seine Nähe zu kommen, als jemals zuvor. Es ist zu vermuten, daß sein ergebenes Gefolge – dessen Mitglieder fest entschlossen sind, einer jeden seiner Launen nachzugeben, ihm jeden Wunsch zu erfüllen, ihm jede Teilkompensation zu liefern, die den unstillbaren Schmerz über seinen Verlust lindern könnte – ihn mit seiner Liebe umbringt.

So verhält sich ein Feigling, erklärt mir Shetty, und ich wundere mich über die plötzliche Brutalität seiner Worte. Wenn er unbedingt mit meinem armen Mädchen vereint sein will, warum ist er dann nicht Manns genug, sich den Revolverlauf in den Mund zu stecken. Yeah. Warum bläst er sich nicht einfach das Hirn aus dem Kopf, und zum Teufel mit allem anderen. Dann sind sie bis in alle Ewigkeit vereint. Ich mag Sie lieber, wenn Sie positiv gestimmt sind, erkläre ich ihm.

Als Sie noch alle Schläge ausfedern konnten, haben Sie mir sehr gut gefallen.

Sie mir auch, sagt er und geht. Glauben Sie ja nicht, daß Sie der einzige Mistkerl sind, der sich noch an damals erinnert.

Doorman Shetty weiß es nicht, aber er spricht wie Platon. Folgendes hat der große Philosoph den Phaidros in der ersten Rede des Symposions über die Liebe sagen lassen: *So ehren auch die Götter am meisten den Eifer und die Tugend aus Liebe. Aber Orpheus ... entließen sie ohne Erfolg aus dem Hades und zeigten ihm einen Schatten des Weibes, um das er gekommen war, sie selbst aber gaben sie nicht, weil er sich weichlich benahm ... und nicht das Herz hatte, für die Liebe zu sterben wie Alkestis, sondern mit List lebendig in den Hades einging.* Orpheus, der verhaßte *kitharode* – der Sänger mit der Lyra oder, sagen wir, der Gitarrist –, der Trickser, der seine Musik und seine Listen benutzte, um Grenzen zu überschreiten, zwischen Apollo und Dionysos, Mensch und Natur, Wahrheit und Illusion, Realität und Imagination, ja sogar zwischen Leben und Tod, war offenbar kein Mensch nach dem Geschmack des strengen Platon. Des Platon, der das Märtyrertum der Trauer vorzog, Platon, Ayatollah der Liebe. Das Streben nach Liebe über den Tod hinaus ist eine schwere und freudlose Jagd. Ich selbst beurteile Ormus weniger streng, als es der platonische Phaidros getan hätte, oder dieser andere, weniger eminente Denker, sein persönlicher Torhüter und Vater seiner verstorbenen Frau. Ich weiß, was er durchmacht, denn auch ich war unten, in diesem Tunnel. Ich *bin* dort.

Da ist er, Ormus: Unfähig zu arbeiten, fällt er Vinas Schwächen zum Opfer – dem Alkohol, den Drogen –, weil er hofft, sie in ihren Fehlern zu finden, indem er die ihren zu den seinen macht. Und dies sind seine chemisch bewirkten Visionen von ihr, von Vina, in vielen Verkleidungen. Hier trägt sie die tausend Gesichter der Frauen, in denen er sie gesucht hat, nachdem sie aus Bombay geflohen ist, und die tausend Gesichter all der Frauen, die er während der zehn zölibatären Jahre für sie aufgab. Sie alle sind jetzt Vina geworden.

Hier ist sie als sie selbst. Er sieht sie an und spürt, wie er zu Stein wird.

Während das Vina-Phänomen anschwillt und wächst, spürt er, daß ihm die Wahrheit über sie aus den Händen gleitet; seine Vina entzieht sich ihm für immer und stirbt zum zweiten Mal. Das Erdbeben hat sie bereits einmal verschlungen, doch nach dem Erdbeben kommt die Flutwelle, in der Vina unter dem Tsunami ihrer Ichs ertrinkt.

Während sie für alle Menschen alles mögliche wird, wird sie für ihn ein Nichts, nichts von dem, was er kennt oder liebt. Aber es gibt einen noch viel schlimmeren Gedanken: Während er immer tiefer in den Abgrund sinkt, begraben unter einer Lawine von Versionen, während sie die Hallen der Unterwelt betritt, um ihren Platz auf dem dunklen Thron einzunehmen – wäre es möglich, daß sie ihn dabei vergißt?

Nachdem Rilkes Eurydike das Schattenreich betreten hat, vergißt sie immer mehr das Licht. Die Dunkelheit ergreift von ihren Augen Besitz, von ihrem Herzen. Als Hermes von Orpheus spricht, gibt Eurydike erschreckenderweise zurück: *Wer?*

Der Name Euridice/Eurydike bedeutet ›Großherrscherin‹. Der erste verzeichnete Gebrauch dieses Namens in den Erzählungen der Orpheus-Sage fällt in das erste Jahrhundert v. Chr. Er könnte daher eine relativ junge Ergänzung der Geschichte sein. Im dritten Jahrhundert v. Chr. hieß sie noch Agriope, ›wilde Wächterin‹. Das ist aber auch einer der Namen der Hexen-Göttin Hekate; und der Großherrscherin Königin Persephone selbst.

Was eine Lawine von Fragen auslöst: Ist Eurydike – von deren Herkunft wir wenig wissen, obwohl die offizielle Version lautet, daß sie eine Waldnymphe war, eine Dryade – tatsächlich aus der Unterwelt hervorgestiegen, um Orpheus' Herz zu stehlen? War sie eine Avatara der Königin der Dunkelheit selbst und suchte in der lichten Welt oben nach Liebe? Und kehrte sie daher, indem sie von der Erde verschluckt wurde, im Grunde nur nach Hause zurück?

Ist Orpheus' Unvermögen, sie zu retten, ein Zeichen für das unausweichliche Schicksal der Liebe (sie stirbt); oder für die Schwäche der

Kunst (sie kann die Toten nicht auferwecken); für platonische Feigheit (Orpheus will nicht sterben, um mit ihr vereint zu werden; also kein Romeo); oder die Verstocktheit der Götter (sie verschließen ihr Herz vor den Liebenden)?

Oder – am beunruhigendsten – ist es eine Folge der Rückkehr der Eurydike zu ihrer wahren Identität, ihrer dunklen Seite, ihrer Zugehörigkeit zur Nacht? Und Gayomart, Ormus' toter Zwilling, sein eigenes Nacht-Ich, sein Anderer: Ist er der eigentliche Gatte, der neben ihr auf dem Obsidianthron sitzt?

Hier meine Antwort. Bei der obsessiven Betrachtung des Todes kann es sein, daß wir von den Toten ein Geflüster darüber vernehmen, wie sie gelebt haben. Hades, Persephone, das alles gehört für mich ins Reich des Sozusagen. Aber Vinas verborgenes Ich war *zu ihren Lebzeiten* keine Metapher. Der Mensch, bei dem sie sich versteckte, war ich, mir offenbarte sie das Ich, das sie vor ihrem Gatten verbarg. Vergessen Sie Gayomart; ich war der Andere aus Fleisch und Blut neben ihr. Ich war ihre andere Liebe.

Vielleicht ist es dies, was Ormus sich nicht eingestehen kann: daß die Vina, die er nicht kennt, kein Konstrukt ihres Todes oder Lebens nach dem Tode ist. Was er nicht ertragen kann, ist das Geheimnis ihrer irdischen Stunden. Ihrer Nächte über der Erde.

Dies ist ein Rätsel, das ich lösen könnte, aber ich werde es nicht tun. *Jawohl, ich war es,* könnte ich sagen, *sie wollte dich verlassen, du verrückter Bastard, sie war drauf und dran, dich sitzenzulassen, dich und deine Augenklappenvisionen, deine pfeifenden Ohren, deine Zehnjahresgesten und deine berühmte große Leidenschaft, und auf schnellstem Wege in mein breites Messingbett zu kommen.* Ich bin der König ihrer Unterwelt, könnte ich ihm sagen. *Sie gehört mir.*

Aber ich kann es ihm nicht sagen, weil auch ich sie verloren habe, und nun brennen wir beide im selben Feuer. Ach Ormus, mein Bruder, mein Ich. Wenn du schreist, dringt der Ton aus meiner Kehle. Wenn ich weine, quellen die Tränen aus deinen Augen. Ich werde dich nicht noch mehr verletzen.

Und weil ich es nicht kann, nicht will, gleitet er immer tiefer in den bodenlosen Abgrund hinab: nicht in Vinas Abgrund, sondern in den eigenen. Er kann nicht glauben, daß sie beschmutzt ist, obwohl sie tief in der schmutzigen Erde liegt. Er sieht sie durch den Nebel aus Erde und Stein heraufschimmern. Er stellt sich ihren Leichnam als brennende Kerze vor, phosphoreszierend, hell auflodernd. Seine Liebe läßt sie leuchten. Er sucht sie durch die Nacht.

Jede Nacht hofft er aufzuwachen und eine vertraute Gestalt am Fenster stehen zu sehen, die auf den dunklen Park hinausblickt, den Park vor der Morgendämmerung. Wie oft stellt er sich vor, daß er aus dem Bett schlüpft und sich schweigend zu ihrem süßen Schatten gesellt, um zu sehen, wie die ersten Lichtfinger über die hohen Gebäude und Bäume tasten.

Ich kenne all seine Ängste, all seine Hoffnungen, all seine Träume, weil sie auch die meinen sind.

Erdbeben, sagen die Wissenschaftler, sind ein alltägliches Phänomen. Global gesehen gibt es ungefähr fünfzehntausend Beben in einem Jahrzehnt. Die Stabilität ist es, die selten ist. Das Abnormale, das Extreme, das Opernhafte, das Unnatürliche: diese herrschen. So etwas wie ein normales Leben gibt es nicht. Und doch ist der Alltag das, was wir brauchen, ist er das Haus, das wir uns bauen, um uns vor dem großen, bösen Wolf der Veränderung zu schützen. Wenn der Wolf letztlich die Realität ist, so ist das Haus unsere beste Verteidigung gegen den Sturm: nennen wir es Zivilisation. Wir bauen unsere Mauern aus Stroh oder Backstein nicht nur gegen die hinterlistige Instabilität der Zeiten, sondern genauso gegen unsere eigene räuberische Natur; gegen den Wolf in uns.

Das ist eine Sicht. Ein Haus kann auch ein Gefängnis sein. Große Wölfe (fragen Sie Mowgli, fragen Sie Romulus und Remus, fragen Sie Kevin Costner, wir brauchen uns nicht auf die Drei kleinen Schweinchen zu beschränken) müssen nicht unbedingt böse sein. Und außerdem liegt diese neue Zeit der Schocks und Risse außerhalb des Normalen, wie sogar die Seismologen einstimmig erklären. Die Zahl der Beben ist auf über fünfzehntausend *pro Jahr* gestiegen.

Alle Leute lesen Zeitung, nicht wahr, deswegen muß ich nicht allzu detailliert ausführen, wie sich die Welt in diesen letzten Jahren verändert hat, die plötzliche Abnahme der Berghöhen des Himalaya, der Riß in der Grenze Hongkong–China, der die New Territories zur Insel machte, das Absinken der Robbeninsel, das Aufsteigen von Atlantis bei Santorini-Thera im Südzipfel der Kykladen, die Verwandlung des Rock 'n' Roll in eine Waffe, die Panamas flüchtigen Diktator aus seinem Versteck aufscheuchte, und so weiter. Jeder empfängt die neuen Rolling-News-Sender, also haben wir diese Erdbeben alle zusammen verfolgt, den Zusammenbruch der alten Ordnung, zufällig *live*, haben gesehen, wie die Gefängnisse aufsprangen, das Brechen des sogenannten Siebten Siegels war eine große Nachrichtenstory, und wir alle fragen uns, wer diese vier Reiter sind. Wie Butch Cassidy zum Sundance Kid sagte, als die Pinkerton-Männer ihnen immer wieder auf den Fersen waren, wir sehen einander an und fragen erstaunt: *Wer sind diese Männer?*

Sozusagen.

Diese Grenzerdbeben sind das große Wunder unseres Zeitalters, nicht wahr? Haben Sie die Verwerfung gesehen, die den gesamten eisernen Vorhang aufriß? »Unvergeßlich« ist bei weitem nicht ausreichend.

Und als die Chinesen auf dem Tiananmen das Feuer eröffneten, haben Sie da den Riß *entlang der ganzen* Chinesischen Mauer gesehen?

Daher gibt es in China jetzt nichts mehr (aber es gibt einen großen neuen Flughafen in Japan), was man vom Mond aus sehen kann, das wird ihnen eine Lehre sein, nicht wahr? Aber sicher.

O Mann, die Dinge, die diese Beben ans Licht bringen. Dichter als Präsidenten, das Ende der Apartheid, das Nazi-Gold, das fünfzig Jahre lang auf Schweizer Bankkonten vergraben war, Arnold Schwarzenegger, die *Titanic*, und der Kommunismus ist wohl irgendwo unter all diesen Trümmern begraben. Und die Ceausescus? Werden *so* nicht vermißt.

Wenn die Veränderungen so groß sind, kann man sicher sein, daß die Politiker Schlange stehen, um die Lorbeeren dafür zu kassieren. Anscheinend waren die Eisener-Vorhang-Beben das Ergebnis jahrelangen geheimen Untergrundwirkens des Westens. Anscheinend haben wir entdeckt, wo die Druckpunkte lagen, und haben unser möglichstes getan, um diesen Druck zu verstärken, bis das ganze Kartenhaus zusammenbrach. Anscheinend stehen uns Erdbeben, diese äußerste Waffe zur Massenvernichtung, neuerdings auf Abruf zur Verfügung. Macht uns irgend jemand Probleme, ziehen wir ihm buchstäblich den Teppich unter den Füßen weg. So erging es vor kurzem Saddam Hussein bei dem, was sehr schnell als das Beben von Arabien bekannt wurde. Nein, ganz recht, wenn man's genau nimmt, war es nicht hundertprozentig erfolgreich, er hat überlebt, et cetera, aber *haben Sie das gesehen?* Das muß man unseren Jungens lassen, die haben 'ne Super-Show hingelegt. Wow! Ganz schön gebebt hat da alles. Und, wie Sie hoffentlich bemerkt haben, keinerlei Schaden an den Superstrukturen und Infrastrukturen des lebenswichtigen Saudi-Öls. *Nada.* Zero. Null.

Was, jetzt will Mexiko wissen, ob die Agenten der Vereinigten Staaten oder der Europäischen Union etwas mit ihrem großen Erdbeben zu tun hatten? War das vielleicht ein Probelauf, eine Little-Boy-Fat-Man-Demonstration extremer Macht? Verdammt, es gibt doch immer einen Spaßverderber. Hören Sie gut zu: *Natürlich nicht!* Würden wir Vina Apsara in einer militärisch-industriellen Megaverschwörung umkommen lassen? Das ist doch verrückt. Wir haben diese Frau geliebt. Was gäben wir nicht darum, sie hier bei uns zu haben, lebendig, und singend, sofort. Das mexikanische Erdbeben war ein Naturphänomen, das zu verstehen wir uns unendlich bemühen. Darauf haben wir unsere besten Leute angesetzt. Mutter Natur hat nun mal auch ihre Launen, und wir müssen uns damit abfinden, wenn wir mit unserer Heimat, der Erde, gut auskommen wollen. Wir müssen unser Wissen vergrößern und daran arbeiten, Systeme und Technologien zu entwickeln, die das Risiko einer weiteren Katastrophe dieser Größenordnung minimieren werden. Dem unglücklichen mexikanischen Volk gilt unser aufrichtiges Mitgefühl für seine tragischen Verluste.

Okay? Ist das okay? Also okay. *Okay.*

Das Ende der Sowjetunion war etwas Gutes. Der Sieg der freien

Welt ist etwas Gutes. Wir sind die Guten. Die Schwarzhüte haben verloren. Das neue *business* der Welt ist das *business*. Freuet euch. Frieden.

Ich? Fragen Sie nicht. Wie ich Ihnen schon erklärt habe, schwirrt mir der Kopf seit Vinas Tod. Wenn Sie mich fragen (fragen Sie mich nicht), dann hat das Vina-Phänomen die Menschen befeuert, so daß sie aufgestanden sind und ihr Leben geändert haben. Wenn Sie mich fragen: *All you need is love.* Die bebende Erde, fragen Sie mich nicht. Vielleicht liegt es an Mutter Natur oder der NATO oder dem Pentagon. Ich persönlich, ich sehe Geister, nachdem ich mich mein Leben lang geweigert habe, das Irrationale zu akzeptieren, ist es jetzt hier, in meiner Arbeit. Das Wunder der Unvernunft: das Geisterbild einer Frau auf meinen Fotos. Welten auf Kollisionskurs. Ich ertappe mich bei wilden Gedanken; ich stelle die Hypothese auf, daß der gegenwärtige Zyklus der Katastrophen – trotz aller Prahlerei und Brusttrommelei, trotz aller Endzeitrhetorik – nur wenig mit Sieg oder Niederlage zu tun hat, die Erdbeben nicht von uns kontrolliert werden, sie sind vielmehr kleine Warnsignale für das Heraufdämmern des Ganz Großen Ereignisses: womit natürlich das Ende der Welt gemeint ist. Oder das Ende einer Welt. Der unseren, einer anderen, fragen Sie mich nicht.

Ich wiederhole: Darius Camas Bibliothek der Mythen – näher als das wollte ich der Fantasy nie kommen. Das Vermächtnis der alten Religionen an lebendigen Geschichten – die Weltesche Yggdrasil, der Cow Audumla, Ouranos-Varuna, Dionysos' indischer Ausflug, die eitlen Olympier, die sagenhaften Ungeheuer, die Legionen zugrunde gerichteter, geopferter Frauen, die Metamorphosen – fasziniert mich noch immer; während das Judentum, das Christentum, der Islam, der Marxismus, der Markt mich alle völlig kalt lassen. Das sind Religionen für die Titelseiten, für CNN, aber nicht für mich. Sollen sie sich doch über ihre alten und neuen Jerusalems streiten! Es sind Prometheus und die Nibelungen, Indra und Kadmos, die mir meine Art von Nachrichten bringen. Außerdem haben Ormus und Vina schon seit meiner Jugend meiner Palette zwei dicke Kleckse lebender Mythen hinzugefügt. Diese waren mehr als genug für mich. Als ich mich in Vina verliebte, war mir klar, daß ich über meine Möglichkeiten hinausging. Dennoch wagte ich den Schritt und fiel keineswegs sofort auf die Nase. Das ist menschliches Heldentum. Darauf, wenn auch auf wenig mehr, bin ich stolz. Die männliche Liebe ist eine Art Selbstwertschätzung. Wir gestatten uns nur jene Frauen zu lieben, die zu umwerben wir das Recht zu haben glauben, die wir zu begehren wagen. Der junge Ormus, ein hübscher Teufel, durfte rechtmäßig von Göttinnen träumen. Er konnte es sich erlauben, von ihnen zu träumen, sie zu verfolgen und (in seinem Fall) seine Träume gewöhnlich wahrzumachen. Dann kam Vina, seine wahre Göttin, und verließ ihn. Als sie ihn das erste Mal verließ, suchte er sie im Körper anderer Frauen, suchte er ihre Küsse auf anderen Lippen. Jetzt aber hilft ihm das nicht mehr. Jetzt heißt es Vina selbst oder keine. – Nur ist sie nicht mehr von dieser Welt. – Dann geh sie suchen, wo immer sie ist.

Und das ist, wie ich gestehen muß, gegenwärtig auch meine Meinung. Denn auch ich wagte es, unbegründeter als Ormus Cama, Vina zu begehren; und auch mir lächelte sie zu; und ließ mich mit leerem Herzen zurück.

Noch ein Wort zu Ormus: Seine Gabe der Präkognition, die Fähigkeit, zukünftige Musik im Kopf zu hören, stellte meine Anti-Fantasy-Instinkte auf eine erste schwere Probe. In jenem Fall suchte ich Zuflucht in der Verteidigung aller vernünftig denkenden Menschen, dem Teilwissen: Zugeben, daß wir ein Phänomen nicht verstehen, bedeutet nicht, die Existenz des Wunderbaren anzuerkennen, sondern logischerweise nur, die Grenzen menschlichen Wissens zu akzeptieren. Gott wurde erfunden, um das zu erklären, was unsere Vorfahren nicht begreifen konnten: das strahlende Geheimnis des Seins. Die Tatsache, daß etwas Unbegreifliches existiert, ist jedoch nicht ein Beweis für Gott ... Hören Sie, wenn ich die kalte Suppe von gestern aufwärme, dann nur, weil ich jetzt Dinge zur Sprache bringen will, die mir seltsam vorkommen; seltsam deswegen, weil sie ins Reich des ›Magischen‹, des Unerklärlichen gehören. Ich muß von ›Maria‹ sprechen, und ihrer ›Lehrerin‹, und im Erwachsenenalter einräumen, was einem erwachsenen Mann einzugestehen sehr schwer fällt, die gleiche Wahrheit, die Hamlet, als er ebenfalls einen Geist sieht, seinem gelehrten Horatio anzuerkennen abverlangt: daß es vermutlich mehr Dinge zwischen Himmel und Erde gibt, als unsere – meine – Schulweisheit sich träumen läßt.

Nach einer langen Pause zu meiner Arbeit zurückgekehrt – es ist der Herbst 1991, einige Zeit nach der Vina-Show im Orpheum –, beschließe ich, eine Bildsequenz über die erinnerte Vina zusammenzustellen, über die Erinnerung und die mit Fehlern gespickte, parteiische Art des Besitzergreifens von der Vergangenheit. Ich bin wieder am Meer, in Mack Schnabels Haus beim Montauk Point, einem weitläufigen Grundstück am Klippenrand, dem die krachenden Wellenbrecher selbst dann die Atmosphäre eines ständigen Sturms verleihen, wenn der Himmel wolkenlos ist. Zur Konstruktion dieser Sequenz besorge ich mir zwei einfache Stühle, zwei Spiegel, zwei lebensgroße Puppen und ein paar weitere Requisiten. Das Ganze stelle ich mir folgendermaßen vor. Ein maskierter Mann – die Maske besteht eigentlich aus zwei Augenklappen, deren Bänder sich auf der Stirn so kreuzen, daß ein X entsteht – sitzt auf dem einen Stuhl an einer Wand, an der ovale Rahmen mit undeutlichen Abbildungen von Frauen aus den frühen Tagen der Fotografie hängen; Niépces, Daguerres. Auf dem Schoß hält der Mann einen kreisrunden Spiegel. Auf dem ersten Bild der Sequenz ist in dem kreisrunden Spiegel ein rechteckiger Spiegel mit dem Spiegelbild des nackten Körpers einer Frau zu sehen, dessen Umrisse das Weibliche verraten, während der Körper selbst von Licht erfüllt ist. Auf den folgenden Bildern der Sequenz füllt der kreisrunde Spiegel mit dem gespiegelten Rechteck immer mehr das Bild, und der Frauenkopf wird allmählich deutlicher, während er auf dem rechteckigen

Spiegel mehr Platz einnimmt. Bis es eindeutig Vinas Kopf ist. Anschließend verändert er sich und wird zum Kopf einer Frau, die Vina ähnlich sieht, aber nicht Vina ist. (Irgendwie muß ich diese Frau finden.) Während die Sequenz fortschreitet, werden die umrahmenden Spiegel einer nach dem anderen ›verlorengehen‹, und die Nicht-Vina wird allmählich ins Medium zurückgedrängt – bis zur Totale. Man sieht sie auf einem einfachen Stuhl sitzen wie jenem, auf dem der Augenklappenmann auf dem ersten Bild sitzt – er ist ähnlich, aber es ist nicht derselbe Stuhl; sie hält einen rechteckigen Spiegel, in dem das Spiegelbild eines kreisrunden Spiegels zu sehen ist, der wiederum das Bild eines nackten Mannes spiegelt, dessen Umrisse von Licht erfüllt sind. Die Nicht-Vina trägt Augenklappen. Der Mann bin anfangs ich, dann ein anderer, mir weniger ähnlich als das Vina-Double; eben einfach nicht ich. Diese Sequenz ist eindeutig unendlich weiterzuführen, aber ich werde sie beenden, indem ich die Bilder immer blasser werden lasse, bis sie weiß sind. Wir verändern unsere Erinnerungen, dann verändern sie uns, und so weiter, bis wir ineinander verschmelzen, unsere Erinnerungen und wir. Oder so ähnlich.

Um die Aufnahme zu montieren, setze ich eine Puppe auf einen Stuhl. Dann setze ich das Zickzack der Spiegelbilder zusammen, Puppe eins in den rechteckigen Spiegel, rechteckiger Spiegel in den kreisrunden Spiegel auf dem Schoß der zweiten sitzenden Puppe, Puppe zwei in meine eigene Kamera.

Ich bin allein im Haus. Nachdem ich die Aufnahme arrangiert habe, schenke ich mir ein Glas Wein ein, setze mich und betrachte das Arrangement. Ich muß müde sein, denn der Wein zeigt Wirkung, und ich schlafe ein. Zufrieden döse ich vor mich hin.

Das unverkennbare Geräusch des klickenden Kameraverschlusses läßt mich aufschrecken. Er klickt zweimal. Benommen von Schlaf und Wein fahre ich hoch und rufe laut, doch niemand antwortet. Das Arrangement ist nicht berührt worden. Ich kontrolliere die Leica auf ihrem Stativ. Die ersten beiden Bilder des Films wurden belichtet. *Vina*, flüstere ich, jede Vernunft in den Wind schlagend. *Vina, bist du das?*

Aber als ich den Film entwickle, ist Vina nicht auf den Bildern. Sondern jemand anders. Es ist die junge Frau, die mir zuvor schon von Zeit zu Zeit erschienen ist: als Geisterbild auf verschiedenen Filmen. Das Foto-Phantom. Diesmal sitzt sie jedoch dort, wo die Sujet-Puppe hätte sitzen sollen – wo die Sujet-Puppe *noch immer sitzt* –, und hält eine Karte hoch, auf der etwas geschrieben steht:
Auf dem ersten Bild lese ich: *HILF*
Auf dem zweiten Bild wirkt die Frau erschöpft, mehr als erschöpft, als habe diese Aktion sie überanstrengt. Sie hängt in sich zusammengesunken auf dem Stuhl wie eine Marionette. Die Karte baumelt in ihrer Hand.
HILF ODER
Wer bist du? frage ich die Fotos, während ich sie zum Trocknen aufhänge. Was meinst du? Hilf – wie? Hilf oder was?
Aber die Fotos haben gesagt, was sie zu sagen hatten.
Ich brauche einen ganzen Tag, um auf die Idee mit der Videokamera zu kommen, und einen weiteren Tag, um in die Stadt zu fahren, die notwendigen Geräte zu besorgen und den weiten Weg zum Haus des ewigen Sturms zurückzufahren. Bis ich alles arrangiert habe, ist es mitten in der Nacht, und außerdem habe ich das Gefühl, daß nichts geschehen wird, während ich zusehe. Also lasse ich die Kamera laufen und gehe zu Bett.
Am Morgen komme ich, zitternd vor Aufregung, frühzeitig in das Zimmer, aber der Videobandzähler steht auf oooo, scheint sich überhaupt nicht bewegt zu haben. Die Enttäuschung trifft mich schwer. Ich setze mich auf den Boden und ergehe mich so sehr in Selbstmitleid, daß es fünf Minuten dauert, bis mir einfällt, daß das Band, sobald es vollständig belichtet ist, automatisch bis an den Anfang zurückgespult wird. Sofort springe ich auf und gehe in eine geduckte Angriffsstellung über. So muß man sich fühlen, wenn man in einem dieser Science-fiction-Filme über Begegnungen der dritten Art agiert. Es sind Aliens auf dem Band. Außerirdische, die auf die Erde gefallen sind. Wir kommen in Frieden, und so weiter. Ergebt euch, Erdlinge, euer Planet ist umstellt. Nur keine Panik. Aus einem unerfindlichen Grund beginne ich zu lachen.

Die Videokamera hat eine eingebaute Playback-Funktion. Ich presse das Auge ans Okular und drücke die Play-Taste. Das Band beginnt zu laufen.

Die Frau auf dem Stuhl, auf dem die Sujet-Puppe sitzen sollte, ist nicht das junge Phantom vom Tag zuvor. Diese Frau ist älter, Mitte Fünfzig, besorgt, mit freundlichem Gesicht und grauen Haaren, die zu einem Knoten aufgesteckt sind. Sie wirkt und klingt indisch, aber ich weiß genau, daß ich ihr noch nie im Leben begegnet bin. Sie hustet, ein verlegenes, kleines Hüsteln, und beginnt zu sprechen. Wissen Sie, einer unserer alten Philosophen sagt, denkt an die bescheidene Fledermaus. Sie wissen, was ich sagen will, nicht wahr? Daß wir versuchen sollten, die Realität zu sehen, wie eine Fledermaus sie sehen würde. Zweck dieser Übung ist, die Idee des Andersseins zu erforschen, einer radikalen Fremdartigkeit, mit der wir keinen echten Kontakt herstellen können, geschweige denn eine persönliche Beziehung. Verstehen Sie? Ist das klar?

Fledermäuse leben im selben Raum und in derselben Zeit wie wir, doch ist ihre Welt völlig anders geartet als die unsere: Unsere Welt ist der euren so unähnlich wie die der Fledermäuse. Und davon gibt es viele, glauben Sie mir. All diese Fledermäuse, wir alle, flattern einander um den Kopf herum. Ich kann's nicht so richtig erklären.

Nun gut, wir alle sind für die anderen die Fledermäuse, das trifft's.

Es tut mir leid, wegen Maria. Das Kind ist brillant, doch wie Sie sehen, geht es ihr nicht gut. Außerdem ist sie kapriziös, eitel, mischt sich in alles ein und ist auch ein bißchen nympho, okay?, die Familie vermag sie nicht unter Kontrolle zu halten. Ich glaube, sie ist in Ihren, wie nennt man das, *Träumen*? gewesen. In Ihren Träumen, ja. Verzeihen Sie ihr. Sie ist, damit ich es richtig ausdrücke, hauchdünn, nein, zart. Ich fürchte, sie wird das, was kommen wird, nicht überstehen. Sie hat nicht die Charakterstärke. Ich vielleicht auch nicht. Keiner von uns weiß, wie er die Frage beantworten soll, bis sie ihm gestellt wird. Ich spreche von der großen Frage, okay? Leben oder Tod.

Sie können mir nicht folgen. Natürlich nicht. Ich bin so dumm.

(Pause.)

Ich weiß nicht, wie ich es Ihnen erklären soll, damit Sie es verstehen. Angenommen, Sie gehen eines Tages um eine Ecke, und da ist eine Videothek, von der Sie nicht wußten, daß es sie gibt, und drinnen gibt es ganze Wände voller Videos, von denen Sie niemals zuvor gehört haben. Okay? Angenommen, ein paar von Ihnen finden diesen Laden, aber nur sehr wenige, nicht alle, denn viele Menschen, die Sie in die Straße geschickt haben, kommen zurück und sagen, er ist nicht da. Dieser ... Laden. Die Tür zu diesem Laden. Es ist zwar nicht ganz genauso, aber ich gebe mir die größte Mühe.

Sie haben es nicht bemerkt, wie hätten Sie auch, aber wenn wir Besuche machen, altern wir nicht, okay? Wie wenn Sie ein Video ansehen, in der Story können hundert Jahre vergehen, aber für Sie sind das höchstens hundert Minuten, und außerdem können Sie herumspringen. Schnell vorwärts, stop, zurück, was immer Sie wollen. Ihre Zeit deckt sich nicht mit der Zeit der Menschen auf dem Band.

Aber das stimmt nicht, denn wie wir festgestellt haben – die wenigen von uns – oder nicht so wenige, aber auch nicht so viele –, können wir, o Gott, wenn wir durch die Tür gegangen sind, können wir in diesem Video sein, verstehen Sie? Offensichtlich hält diese Metapher nicht stand, weil ich gesagt habe, die Tür sei die Tür des Ladens, und das Video sei in dem Laden, in Wirklichkeit gibt es jedoch weder den Laden noch das Video, nur diese Türen, ja, diese Blenden, Sie sind ein Fotograf, deswegen verstehen Sie, was ich meine, die Blende öffnet sich, und Licht dringt herein, Licht wie ein Wunder wirkt auf eine andere Wirklichkeit ein und hinterläßt ein Bild.

Besser kann ich es nicht erklären. Wir sind das Licht von anderswo. Ich glaube, einiges vom Rest haben Sie erraten. Die zufällig verschlungenen Zeitlinien, wie die Leinen von Spielzeugdrachen. Die Welten sind auf Kollisionskurs, der Zusammenstoß hat schon begonnen, die Erdbeben, ich glaube, Sie haben ihre Bedeutung verstanden. Ihr Freund Ormus hat schon vor langem das Schlimmste befürchtet, das hat ihm geschadet, es tut mir leid. Er hat das Ende Ihrer Leine vorausgesehen. In Wirklichkeit aber ist Ihre Leine stärker, als wir glaubten, und der Schaden an unserer Leine ist schrecklich, einfach schrecklich. Ganze Areale werden verwüstet, zerrissen und vernichtet, sind ganz einfach nicht mehr da. Wo sie waren, ist jetzt ein Nicht-Sein, das die Menschen wahnsinnig macht. Ein unbegreifliches Nichts. Bedenken Sie doch.

Können Sie sich eine solche Beschädigung der Realität vorstellen? Alles, was gestern noch Wahrheit war – ein Anthrax-Anschlag von Terroristen auf die New Yorker Subway – ist heute nicht mehr wahr – offensichtlich gab es keinen Anthrax-Anschlag. Was gestern *sicher* war, ist heute *gefährlich*. Es gibt nichts, woran man sich halten könnte. Nichts ist mehr mit Sicherheit *so*.

Verstehen Sie? Ihre Leine ist stark wie *kala manja*-Drachenschnur. Wie es scheint, können Sie uns abschneiden, wir aber nicht Sie. Sie werden weiterleben, und wir werden zum Ende kommen, zum Abgrund, zur Trauer. Wir werden Ihr verblassender, wie heißt das noch, Traum sein.

Jetzt schon ist der Schaden zu groß; wir können nicht mehr entkommen. Die Tür, verstehen Sie, die Blende klemmt. Eine kleine Weile können wir noch durch das Glas blicken, Botschaften wie diese hinausschreien, aber wir können nicht mehr hindurchschlüpfen und dort drüben bei Ihnen sein. Wie verrückt von uns, zu glauben, die Zeit unserer freien Forschungen, des fröhlichen Reisens zwischen den Universen, würde nie und nimmer enden! Vielleicht hätten wir als Flüchtlinge zu Ihnen kommen können, einige von uns sagen das jetzt, doch andere sagen, wenn das Ende der Leine erreicht ist, enden auch alle Momente darin. Alles wird verloren sein. Wir sind verloren.

Das ist alles, was von uns bleiben wird: unser Licht in Ihren Augen. Unsere Schatten in Ihren Bildern. Unsere fließenden Gestalten, die durch das Nichts stürzen, nachdem der Boden verschwunden ist, der feste Boden unter unseren Füßen.

(Das Videobild wird immer schwächer. Ton und Bild werden verschwommener. Das Bild springt und verzerrt sich, der Ton knistert und piept. Die Frau hebt die Stimme.)

Vor langer Zeit – in einem Flugzeug – habe ich mit Ihrem Freund gesprochen – ich meine Mr. Cama! – Ormus! – Als sie, Maria, ihn ansprach, dachte ich anfangs, er sei vielleicht einer von uns. – Hören Sie

mich? Ich dachte, er komme von unserer Seite! – Aber das war nicht
so – *das war nicht so* – es war nur eine verrückte Laune von ihr – ich
will sagen, daß sie in einer Welt der Täuschungen lebt – Phantasie!
Vortäuschung! – die arme Kleine.
Knack. Knister. Pop.
O Gott! – O du lieber Gott! – Es zerreißt, es geht in Fetzen! – So
dünn, so zart! – Es ist nicht fest genug. – Schon bald werden wir alle
nur noch Ihre Phantasiewelt sein.
(Es wird immer schwieriger, die Frau durch den »Schneesturm« des
Videos zu erkennen, durch das immer lauter werdende Hinter-
grundrauschen zu hören. Sie ruft; schwächer und stärker werdend,
ruft sie, so laut sie kann. Ihre Stimme verstummt, kommt wieder,
verstummt abermals, erinnert mich an den schlechten Empfang auf
einem Handy.)
Hören Sie! – sie hat sich in ihn verliebt! – ehrlich – sie ist kein
schlechtes Mädchen, okay? – wir sind keine schlechten Menschen –
unsere Welt ist ebenso schön wie die Ihre – doch diese Liebe –
Ormus' Liebe – *zu der Frau, meine ich!* – das war sehr schwer für
Maria. – Hören Sie mich? – Das wollte Maria Ihnen sagen. – Das ist
ihre letzte Bitte. – Und die meine. – Sorgen Sie für ihn. – Wir sind
am Ende. – Hören Sie mich? – Lassen Sie ihn nicht sterben.
… HILF ORMUS …
Hier versiegt die Übertragung zum letztenmal. Der Schneesturm läßt
ihr Bild verschwinden. Ich bilde mir ein, daß ich das Ende einer Welt
beobachte. In den tanzenden Video-Flocken scheine ich Türme zu
sehen, die in sich zusammenstürzen, Meere, die anschwellen, um das
außerirdische Land zu verschlingen. Im Zischen und Brüllen des
weißen Rauschens vernimmt man unschwer die Todesschreie einer
ganzen Spezies, das Todesröcheln einer anderen Erde.
Es verändert sich etwas auf dem Band. Der Video-Schneesturm verschwindet. An seiner Stelle erscheint das Bild einer Puppe auf einem
Stuhl, die einen kreisrunden Spiegel hält, von dem ein rechteckiger
Spiegel gespiegelt wird, der wiederum die Spiegelung einer anderen
Puppe zeigt.

Fast den ganzen Tag bleibe ich dort: allein mit meinen Puppen und ihren Videobildern; ich denke an Maria und ihre Lehrerin, an ihrer beider Geschichte und alles, was in Luft aufgegangen ist. Woran ich seltsamerweise, oder auch nicht so seltsamerweise, denken muß, ist die Szene aus einem Film: Superman in seinem ganz privaten Eispalast, wie er Kristalle miteinander verbindet und seine längst verstorbenen Eltern herabbeschwört, ein freundliches, zum Tode verurteiltes Paar, das aus einer verschwundenen Welt hinter dem Torbogen der Zeit Weisheit verkündet. Die unstete, verwirrte Maria mit ihren hingekritzelten Botschaften und meine andere Besucherin, namenlos, gefaßt, dem Ende voller Würde entgegensehend: Ich kannte sie beide kaum – schließlich waren sie Außerirdische, Besucher aus einem vertraut klingenden Anderswo, die über einen unvorstellbaren Weg in unser Bewußtsein drangen –, und dennoch fühle ich mich durch ihren Verlust seltsam berührt. Ich versuche zu ergründen, warum das so ist. Am Ende entscheide ich, daß es so ist, daß sie, obwohl ich, wir, sie nicht wirklich kannten, uns kannte, und jedesmal, wenn jemand verschwindet, den man kennt, verliert man eine Version des eigenen Ichs. Des eigenen Ichs, wie es gesehen wurde, wie es beurteilt wurde. Liebender oder Feind, Mutter oder Freund – all jene, die uns kennen, erschaffen uns, und ihr unterschiedliches Wissen schleift die verschiedenen Facetten unseres Charakters wie das Werkzeug eines Diamantenschleifers. Jeder Verlust ist ein Schritt ins Grab hinab, in dem alle Versionen verschmelzen und enden.

Ein Gedanke, der mich auf Vina zurückbringt, zu der mich all meine geistigen Pfade immer noch führen. Ihr Wissen über mich war so tief, ihre Version so zwingend, daß sie meine verschiedenen Identitäten zusammenhielt. Um nicht den Verstand zu verlieren, wählten wir unter den diversen widerstreitenden Darstellungen unserer Ichs; ich wählte die ihren. Ich akzeptierte den Namen, den sie mir gab, und die Kritik, und die Liebe, und nannte diese Auslegung *Ich*.

Seit Vinas Tod und dem Verlust ihrer entschiedenen Version, ihres Rai, habe ich bei vielen unterschiedlichen Gelegenheiten gefühlt, daß ich mich mehr und mehr in Augenblicke, einzelne und konträre Augenblicke aufspaltete: sozusagen aufhörte, zusammenhängend zu sein. Das »Wunder des Videobandes« hat mir gezeigt, was ich schon längst selbst hätte merken müssen: daß es zwei von uns gibt, die den Verlust ihrer erlösenden Richtersprüche betrauern; und daß es Zeit ist, den Riß zu kitten, der sich im Laufe der Jahre zwischen uns aufgetan und ganz allmählich erweitert hat. Nun, da sie fort ist, wäre es möglich, daß wir einer des anderen Rettung in der Hand halten. Hilf Ormus. Ja. Und vielleicht wird er mir helfen.

Ich belade den Jeep für die Rückkehr in die Stadt und denke an die alten Tage in Bombay, mit Ormus in seiner Garderobe oder auf dem Dach in Apollo Bunder. Ehrlich gesagt, bin ich recht fröhlich, ich spüre, wie die alte Zuneigung aus glücklicheren Kindertagen zurückkehrt. Doch da kommt Molly Schnabel in weißer Bluse und Khakis, Macks streitbare Ex und ein Weltklasse-Allround-Schandmaul, mit beiden Händen in den Hosentaschen den Gartenweg heraufgeschlendert und zeigt ihr unverschämtes, schiefes Grinsen.

Nanu, wenn das nicht unser untröstlicher indischer Boyo ist, der das Hinscheiden der Ehefrau eines anderen beweint! Du bist großes Mädchen, Rai, sieh dich doch an. Wie Niobe, ganz in Tränen aufgelöst.

Ich bleibe sachlich. He, Molly, *quelle surprise.*

Sofort wechselt sie vom irischen Tonfall zu Hug-me über.

O baba, was sagen? Automobil gebrochen ganz nah. Ich denken, kann Telefon benutzen und Mechanik anklingeln? Sorry, wenn stören.

Sie hat einige Zeit in Indien verbracht – sie ist ein multinationales Konglomerat-Babe, ihr Vater war ganz groß in Union Carbide – bis zu dem Giftgasunfall, bei dem die Methylisocyanatwolken die Augen und Lungen von Bhopal zerfraßen; der alte Molony gehörte zu jenen Managern, welche die Prügel für diese PR-Katastrophe einstecken mußten – und *sie* prahlt mit ihrer Nachahmung eines indischen Idiolekts. Einmal, bei einer Colchis-Veranstaltung, trieb sie Yul Singh mit dieser Art Pipifax fast in den Wahnsinn, bis er sie voller Verzweiflung schließlich anfuhr: Um Himmels willen, Molly, wir sind in Amerika. Sprich Amerikanisch.

Wenn sie auftaucht, laß sie unter gar keinen Umständen ins Haus, hatte Mack mich gewarnt. *Selbst wenn sie angeschossen ist und blutet. Verbarrikadier dich und richte dich, falls nötig, auf eine Belagerung ein. Ich meine es ernst. Einmal, als Chow da draußen war, ist sie mit einem U-Haul-Kastenwagen aufgetaucht und hat versucht, das ganze Haus leer zu räumen.*

Jetzt kommt sie mir hier, den Kopf schräg gelegt, so daß das goldene, an Veronica Lake erinnernde Haar ihr in Wellen über ein riesiges Auge fällt, mit ihrem frei erfundenen Vorwand und ihrem anbiedernden Hug-me-Dialog. Hör zu, Molly, antworte ich ihr, du weißt, daß ich das nicht zulassen kann. Wenn du jemanden anrufen willst – herzlich gern, hier ist mein Handy.

Handy-Shandy, so ein Ding habe ich auch, sagt sie mit erhobener Stimme und läßt ihre vorgeschobene Story achselzuckend fallen. Bildest du dir ein, du könntest mich aus meinem eigenen Haus aussperren? Wie bitte? Nur weil dieser Mensch, der seinen Penis in die Faust seines eigenen Sohnes steckt, es so will?

Hör auf, Molly, sage ich. Hör sofort auf.

Wie bitte? Nur weil dir dieser Mensch, der seinen eigenen Kinderchen narkotische Gifte in die Nase stopft, das so befohlen hat? Dieser Mensch, der im Ehebett und anderswo sexuelle Perversionen sowohl bestialischer als auch koprophiler Art hat? Dieser Wolf im Schafspelz, in dem sich, wie nur ich es gesehen habe, die Würmer der Fäulnis winden?

So wie es eine Version gibt, die dem Zusammenhalt dient, gibt es auch eine, die zur Trennung führt. Dies war sie, für meinen Kumpel Mack, diese dreiunddreißigjährige Frau, die auf dem Rasen ihrer eigenen Vergangenheit in gefälschten Akzenten keifte, die herabsetzte, was sie einmal geliebt hatte, Beschuldigungen ausstieß, die im Kopf vieler Menschen automatisch einen Schuldspruch bewirken, und die Autorität ihrer Schönheit sowie die Wörter *Ehefrau* und *Mutter* benutzte, um für ihre Lügen die Unterstützung des Gesetzes zu sichern. Diese brillante Gegnerin, die Schnabel bereits den guten Namen gestohlen hatte, nun aber alles will, was er besitzt. Was Mack für den Rest seines Lebens tut, spielt keine Rolle. Diese Version ist ihm auf die Stirn gebrannt. Sie ist ein Buchstabe, in Scharlachrot auf seinen Mantel gestickt.

Ich werde dich zu deinem Wagen fahren, biete ich an. Oder wir können, falls er wirklich eine Panne hat, einen Mechaniker holen.

Du wärst der perfekte Müllbeseitigungslakai für einen mörderischen Despoten der dritten Welt, Rai, sagt sie, auf ihre indische Stimme verzichtend. Oder des Chairmans liebster Speichelleckerlakai und Schickedanz. Oder der kleine Rattensoldat, den die großen Dons für ihre schmutzige Arbeit benutzen. Da ist eine Frau, die mißhandelt, die, wie heißt das auf argot, injuriert, von ihrem eigenen Grund und Boden verjagt werden soll? Laßt das diesen neunmalklugen Rai machen. Ihr braucht ihn bloß über sein beschissenes Handy anzurufen. Steig ein, Molly, fordere ich sie auf. Sie gehorcht; und legt sofort die Hand auf meinen Schoß. Ach, sagt sie, das ist alles, der alte Adam, nicht wahr, als sie die Bewegung spürt, die ich nicht zu beherrschen vermag. Ist es das, wo du jetzt die Schlüssel verwahrst, warum hast du das nicht gleich gesagt, mein Lieber, warte nur, bis ich dich richtig sehe, die gute Molly besitzt die Kombination für dein Schloß.

Ich schiebe ihre Hand beiseite und starte den Motor.

Ein andermal, okay? sage ich ein wenig allzu hitzig und fahre los.

Als ich das Orpheum erreiche, wartet Clea Singh in der Lobby, direkt unter dem lateinischen Spruch über die Liebe; sie hält ein Kuvert in der Hand, das in Ormus Camas eigener – ziemlich unsicherer – Handschrift an mich adressiert ist. Er braucht Sie wieder einmal, Sir, sagt Clea. Sie müssen mitkommen.

Die Notiz in dem Kuvert ist nur sechs Wörter lang.

Ich habe sie gefunden. Sie lebt.

Mira an der Wand

Als wir das Rhodopé Building erreichen, scheint Doorman Shetty gerade keinen Dienst zu haben. Mit verkniffenen Lippen teilt mir die winzige Clea mit, daß er endlich in den Ruhestand geschickt wurde. Alterslos antik, wie sie ist, erklärt sie mit einiger Verachtung und ohne jede Ironie, daß er, Shetty, längst über seine Altersgrenze hinaus sei. *Sie haben ihn nur Madam zuliebe behalten,* sagt sie, *nun aber ist es besser, daß er sich ausruht.* Er ist draußen, in Mineola, N.Y., da gibt es ein ganz ausgezeichnetes Altersheim, günstig gelegen zum Krematorium, und außerdem hat er das, was Clea als *großzügiges Taschengeld* bezeichnet, *wir waren nicht dazu verpflichtet, aber schließlich war er doch ihr Daddy.* Es hatte nie große Liebe zwischen Shetty und den Singhs geherrscht, daher war sein Schicksal, sobald er Vinas Schutz verlor, endgültig besiegelt. Nachdem eine angemessene Gnadenzeit verstrichen war, hatte Clea ihren letzten Spielzug gemacht. Er hatte nichts, womit er sich wehren konnte. Schachmatt in einem Zug.

Ich spreche einen stummen Abschiedsgruß. Du wolltest in deinen Stiefeln sterben, alter Mann, aber im Alter haben wir nicht mehr die Macht, unsere eigenen Szenarien zu schreiben, und die Art und Weise unseres letzten Aktes wird von den Medienhändlern geschrieben. Leb wohl, Doorman. Genieße die Sonnenuntergänge, solange du kannst.

In der Sache Doorman Shetty hat Clea mit ihrer gewohnten Härte und Klarheit gehandelt, und das läßt es um so bemerkenswerter erscheinen, daß diese sonst so eiserne Lady auf der Fahrt nach *uptown* in der Limo erstaunlich aufgeregt ist. Mir wird klar, daß außer dem kleinen Kreis der Singhs nur sehr wenige Menschen dort gewesen sind, wohin ich jetzt fahre: im Herzen des Schweigens und der Schatten, von denen Ormus Cama inzwischen vollständig umgeben ist. Seit ich zuletzt im Guadalajara Hyatt zu ihm gebracht wurde, ist Ormus ganz und gar unsichtbar geworden. Ich habe zwar Shettys Bericht über seine Aktivitäten – die Besuche bei Goddess-Ma etc. –, doch es ist durchaus möglich, daß ihn während der ganzen Zeit kein einziger Außenstehender in seiner schwer bewachten Zuflucht aufgesucht hat. Cleas tiefe Besorgnis ist ein Zeichen für die außergewöhnliche Natur dieses Besuchs. Keine Kameras, verlangt sie, bevor wir aufbrechen. Ich hatte nicht vorgehabt, Kameras mitzunehmen, dieses Verbot jedoch interessiert mich. Wie schlimm mag Ormus heutzutage wohl aussehen? Was ist es, das er oder seine Helfer unbedingt vor der Welt verbergen wollen?

So denken Leute, die in meinem Beruf arbeiten, immer, ermahne ich mich selbst. Es gibt kein Gesetz, das vorschreibt, ein Mensch müsse sich fotografieren lassen, nur weil er mit einem Fotografen sprechen will. Gebt dem Jungen doch eine Chance.

Auf der ganzen Fahrt vom Orpheum bis zum Rhodopé redet Clea wie ein Wasserfall. Wie Sie wissen, haben die Menschen böse Zungen, Mr. Rai, und vielleicht haben Sie ja nichts davon gehört, aber man sagt, daß wir uns nicht um Sir gekümmert haben. Vermutlich haben sie bösartige Bemerkungen über seine körperliche und geistige Gesundheit gelesen, und außerdem Anspielungen, die unseren Umgang mit seinem Vermögen betreffen. Ich bitte Sie, Mr. Rai, ich bitte Sie nur, unvoreingenommen zu sein. Wenn Sie wollen, lege ich Ihnen alle Bücher vor, alle Konten, Sie werden sehen, daß jeder Cent belegt ist und daß sämtliche Unternehmen in Topform sind. Wenn Sie es wünschen, werde ich Ihnen seinen persönlichen Arzt vorstellen, der Ihnen bestätigen wird, daß wir uns streng an seine Vorschriften gehalten haben. Falls es Ihr Wunsch ist, können wir alles offenlegen.

Er liegt im Sterben, erkenne ich plötzlich. Dies sind seine letzten Stunden, und Clea samt ihren Leuten haben eine Heidenangst.

Ich weiß nicht, warum Sie mir das alles sagen, entgegne ich.

Wissen Sie, Mr. Rai, Sir ist ein so einsamer Mann. Vierundzwanzig Stunden am Tag, sieben Tage in der Woche denkt er ausschließlich an die liebe Madam. Für ihn ... Daß Sie Madams guter alter Freund waren, macht Sie für ihn zu einer Art Bruder. Es macht ihn traurig, daß Sie seit so langer Zeit nicht mehr bei ihm gewesen sind. Ich beschließe, diese bemerkenswerte Aussage nicht in Frage zu stellen. *Hilf Ormus.* Das ist mein Entschluß, und für Kleinlichkeiten, alte Ressentiments oder Feindseligkeiten ist keine Zeit mehr.

Aber Clea, in der Limousine, hat mehr zu beichten. Sir, Mr. Rai, ist in großen Schwierigkeiten. Er hat sich zu sehr auf die falschen Dinge verlassen, wenn es galt, seinen Verlust zu ertragen. Ich habe Angst um ihn, Mr. Rai.

Die falschen Dinge, wiederhole ich. Sie wirkt gequält und wringt tatsächlich die Hände. Dann spricht sie ganz leise die Namen der illegalen Drogen aus. Chauffeur ist heute Will Singh. Er blickt stur geradeaus und fährt mit steinerner Miene, unergründlich.

Wieviel Stoff kommt durch, will ich wissen, und als sie antwortet, ist mir klar, daß das Desaster nicht mehr sehr weit sein kann. Wie sind diese Substanzen in seine Hände gelangt? will ich wissen.

Clea zieht eine trotzige Miene. Ich kann alles beschaffen, was Sir verlangt, antwortet sie schlicht. Das ist meine Pflicht, wie sie es früher Mr. Yul und Madame gegenüber war.

Ich stellte mir die winzige Clea vor, wie sie in ihrem Sari in den Hinterzimmern von Dopeland mit Leuten wie Harry the Horse und Candymaster C verhandelt, durch ihre Gelassenheit, ihr Beachten aller Details, ihr Bestehen auf dem höchsten Standard ihren Respekt gewinnt. Wissen Sie, Clea, sage ich, bemüht, einen freundlichen Ton anzuschlagen. Viele Menschen würden kein Verständnis dafür aufbringen, daß Sie, als Sie Ormus' Sucht nachgegeben und geduldet haben, daß sie so stark wird, gehandelt haben, wie es wahre Freunde tun. Viele Menschen würden Ihre Beweggründe in Frage stellen.

Clea Singh, in der Limousine, richtet sich voll Stolz kerzengerade auf; mit durchgedrücktem Rücken, fast geschockt. Aber, Mr. Rai, ich bin nicht seine Freundin, wie können Sie so etwas denken. Ich bin seine Dienerin. Seit Madam und Sir uns damals gerettet haben, sind wir alle seine eingeschworenen Untertanen. Ich stelle seine Bedürfnisse weder in Frage, noch diskutiere ich mit ihm darüber, Mr. Rai. Ich führe aus. Ich gehorche.

Und dieser Arzt, wende ich ein. Hat er ein schlechtes Gewissen wegen dem, was da vor sich geht? Er ist mit dem Musikgeschäft vertraut, gibt Clea Singh zurück, und das alte Eisen ist in ihre Stimme zurückgekehrt. Sie sind bestimmt ein Mann von Welt, Mr. Rai. Wieso dann also diese naive Fragerei? Die Welt ist, was sie ist.

Sogar nach all diesen Vorwarnungen ist der Anblick von Ormus, der mich an der Lifttür erwartet, ein Schock. Er hält sich aufrecht, aber nur mühsam. Ich habe das Gefühl, daß selbst diese wenig überzeugende Zurschaustellung des Wohlbefindens ausschließlich für mich inszeniert worden ist. Ohne mich würde er sich jetzt auf einen der Singhs stützen. Starke junge Männer in weißen Kung-Fu-Anzügen warten fürsorglich in meinen Augenwinkeln und wirken besorgt.

In Guadalajara war er mager; jetzt ist er eindeutig abgezehrt. Vermutlich könnte ich ihn mit einer Hand bis in Schulterhöhe heben. Seine Haare sind fast gänzlich verschwunden, und obwohl er das, was noch da ist, bis auf den Schädel abrasiert hat, erkenne ich, daß die Stoppeln schneeweiß sind. Seine Nase wirkt gefährlich schmal, und obwohl er einen feinen *pashmina*-Schal um die Schultern trägt, zittert er an diesem warmen Abend vor Kälte. Er geht am Stock, vierundfünfzig, auf neunzig zugehend. Es könnte für jede Hilfe zu spät sein.

Er trägt keine Augenklappe. Dabei fällt mir auf, daß auch er vom Ende der Anderwelt wissen muß. Ein Thema, mit dem er sowohl recht hatte – weil es tatsächlich zwei Welten auf Kollisionskurs gab, das weiß ich jetzt – als auch unrecht, weil die Anderwelt der unseren im Grunde auf keinerlei Art überlegen war. Letztlich war es jene Version, die versagte. Während die unsere erfolgreich war – oder sagen wir lieber einfach, überlebte.

Ormus' Wahnsinn bestand in folgendem: daß er in seiner Vorstellung eine andere Version der Welt für besser hielt als seine eigene. Vielleicht hat er jetzt, wenn er nur am Leben bleibt, eine Chance, sein mentales Gleichgewicht zurückzugewinnen, endlich wieder in die tatsächlich existierende Welt zurückzukehren. Die unsere. Danke, daß du gekommen bist, flüstert er. Es gibt da nur eines, das du dir ansehen mußt; um es, äh, zu bestätigen. Womit er kehrtmacht und durch sein leeres weißes Universum davonschlurft.

Die Größe der Wohnung ist erstaunlich, daneben wirkt selbst seine Suite im Mexican Hyatt klein: endlose Albino-Zimmer, offene Durchgänge, Leere, *Raum*. Weit hinten in einem weitläufigen, unmöblierten Bereich erspähe ich eine weiße Futonmatratze sowie eine weiße Leselampe auf einem niedrigen weißen Tisch, in einem anderen gigantischen Bereich gibt es nur einen weißen Konzertflügel mit Klavierhocker. Kein Stäubchen, kein benutztes Glas, kein gebrauchtes Wäschestück in Sicht. Ich weiß nicht, wie viele Singhs nötig sind, um hinter Ormus aufzuräumen, um diese unberührte Weltfremdheit zu schaffen.

Während er dahinschlurft, flüstert er vor sich hin. Ich muß mich dicht bei ihm halten, um zu verstehen, was er sagt.

Curtis Mayfield ist gelähmt, Rai. Ein Scheinwerfer ist auf ihn gefallen. Und *dann* ist sein Haus abgebrannt. Yeah. Steve Marriott ist verbrannt, hörst du? Ein anderer Brand. Richtig. Und Doc Pomus ist gestorben. David Ruffin ist OD. Zuviel Temptation, glaube ich, was? Will Sinott von den Shamen? Ertrunken. Leo Fender, Uncle Meat, Johnny Thunders, Professor Longhair, Stan Getz, RIP, Baby. Und das kleine Kind, das aus dem Penthousefenster gefallen ist. Einfach furchtbar. Und wie es heißt, soll Mercury nicht mehr lange zu leben haben, und Brian Jones wurde ermordet, *Brian Jones*, dafür haben sie Beweise. Was geht hier vor, Rai, ich weiß nicht, was hier eigentlich vorgeht. Sie löschen uns alle aus.

Dies ist, wie mir klar wird, sein seltsamer, einsamer, frei assoziierender Small talk. Ich verurteile ihn nicht. Ich habe meine eigene Totenliste nicht vergessen, die ich Johnny Chow vor nicht allzu langer Zeit aufgezählt habe. Andere Namen, selbe Obsession. Das sind Vinas neue Begleiter, der erste gesellschaftliche Zirkel in ihrem Himmel oder in ihrer Hölle.

Ich folge Ormus durch die weißen Weiten, bis wir um eine Ecke biegen, eine weiße, gepolsterte Tür aufgeht und sich wieder schließt und ich völlig unerwartet in einem Raum stehe, der wie eine minimalistische Version der Mission Control in Houston aussieht: vom Boden bis zur Decke Fernsehmonitore an allen vier Wänden eines Studios, das über eintausend Quadratfuß einnimmt, und in der Mitte ein Weltall-Odyssee-Befehlskomplex: Computerreihen, Audio- und Video-Misch-und-Magie-Pulte, Yamaha, Korg, Hammond, MIDI-B und Kurzweil-Keyboard-Geräte sowie zwei weiße Drehsessel. Auf jedem der Bildschirme – es müssen über dreihundert sein – schmollt und wirbelt eine andere falsche Vina. Der Ton ist gedämpft; dreihundert stumme Nicht-Vinas artikulieren und stolzieren, daß einem schwindlig wird. Wenn ich ein Modell suche, das in meiner unfertigen Fotosequenz die Fast-Vina spielen kann – und ich glaube, das tue ich –, bin ich hier am richtigen Platz.

Selbst nach all diesen Jahren versetzt mich das durch Rockmusik erworbene Geld noch immer in Erstaunen. Die Ressourcen, deren es bedarf, um soviel Raum zu besitzen und im Zentrum von allem diese scharfe Audio-Video-Anlage einzubauen, mit allerallerneuester PixelPixie-Morphotech-Capability und Massed-Floating-Point-Musicomputern, welche, umprogrammiert, mühelos ein Lenksystem für Mittelstreckenraketen kontrollieren könnten; und dann eine kleine Armee von Videocrews zu engagieren, um Hunderte und aber Hunderte von Ersatz-Vinas aufzutreiben und aufzunehmen. Unvorstellbar auch der Luxus, in der Lage zu sein, alles zu verlangen, was man sich wünscht, und zu wissen, daß die Leute es beschaffen werden, und man die Kosten nicht einmal spürt.

Die Welt als Spielzeug geschenkt zu bekommen.

Als mein Kopf aufhört zu schwirren, beginnt mir das Herz weh zu tun – nicht nur für mich, sondern auch für Ormus. Obsession ist das Ausleben eines geheimen Schmerzes. Mir wird klar, daß ich seine Notiz bis jetzt nicht ernst genommen habe. Allzu leichtfertig habe ich sie als Hilferuf eines Ertrinkenden ausgelegt; nie wäre es mir in den Sinn gekommen, sie wörtlich zu nehmen. Nun, da mir die Augen von den falschen Vinas tränen, erkenne ich, daß er tatsächlich daran glaubt, einer dieser traurigen Abklatsche könnte die echte, die arme zerquetschte Vina sein, die wir so liebten und die aus ihrem Abgrundgrab heraufgestiegen ist, um ihre alten Hits zu singen – vor Cowboys, Milizionären, eventuellen Unabombern und Betrunkenen in Grand Island, Nebraska, oder irgendeinem anderen brausenden Zentrum der Musikwelt.

Dann nimmt Ormus am Steuerpult Platz, sagt *sieh dir das an*, legt ein paar Schalter um, und da ist sie, dreihundertmal und mehr, auf allen schimmernden Monitoren. Er schiebt einige Audioregler, und ihre wundervolle – ihre unnachahmliche – Stimme klingt auf und läßt mich ertrinken.

Vina. Es ist Vina, von den Toten zurückgekehrt.

It's not up to you, singt sie. Und wieder und wieder, während der alte Song zu seinem Höhepunkt hin immer schneller wird, *no, it's not up to it's not up to it's not up to you.* Ihre Stimme macht ganz außerordentliche Dinge – neue und vertraute – mit der Melodie des Songs, dehnt und biegt den Ton, bringt ein jazziges Gefühl hinein, wie Vina es zu tun pflegte, wenn sie in Feiertagsstimmung war. Auf einem Höhepunkt fügt sie sogar einen Scat à la Ella ein.

Be-bop! Re-bop! Rreee!
Skeedley-ooh
Oh, Mam'! Rama-lam'!
There's nothin' you can do …
Wo, pop! De-dop!
Pop! A-lop-a-doo!
Oh it's not, no no not, whoo whoo
Not up to you.
… Oh, yeah …

Die unsichtbare Menge bricht in Wahnsinn aus. Sie lächelt: Vinas Lächeln, das den dunkelsten Raum aufhellen kann. O Vina, Vina, denke ich. Woher kommst du, dies ist unmöglich, du bist tot. Dreihundert Vinas umringen mich, lachen und verneigen sich.

Ich hab' den Auftritt nicht erkannt, stammele ich. Was ist das, eine alte Schwarzpressung, irgendeine Gonzo-Aufnahme von irgendwoher? Aber ich sehe selbst, daß das Band ein Datum trägt. Es wurde vor weniger als einer Woche aufgenommen. Und ich sehe ebenfalls, daß dies zwar Vina ist, in Lebensgröße, aber eine seltsame Composite-Vina, eine Vina, die nie existiert hat. Sie hat sich das rotgefärbte Haar auf dem Kopf zu jener federnden Kaskade aufgetürmt, an die ich mich so gut erinnere, diesem Woody-Woodpecker-Kamm, und trägt sowohl das paillettenglitzernde Goldbustier als auch die Lederhose von Vinas letztem Auftritt, doch dies ist keinesfalls eine Frau Mitte Vierzig, dies ist nicht die gereifte Solokünstlerin bei einem Comeback. Diese Vina ist höchstens zwanzig Jahre alt. Aber sie trägt einen Mondsteinring.

Als ich mich zu Ormus umdrehe, stehen ihm Tränen in den milchigen Augen.

Das habe ich mir gedacht, flüstert er. Ich wußte, daß es nicht nur meine Einbildung war.

Wie heißt sie, frage ich ihn. Und merke, daß ich selbst auch flüstere.

Er reicht mir einen weißen Aktendeckel.

Mira, sagt er hustend. Diesen Namen trägt sie jetzt.

Mira Celano, direkt hier aus Manhattan, verrät mir die Akte. Geboren im Januar 1971, also hatte ich recht mit ihrem Alter. 1971, das Jahr von Ormus' Zölibatsschwur, *so* jung ist sie. Sie ist ein Einzelkind. Bei ihrer Geburt war ihr Vater Tommaso einundsechzig. Sie erinnert sich an ihn (hier schmücke ich den Bericht der Detektei mit Einzelheiten aus, die aus meinem späteren Wissen über sie stammen) als einen gedrungenen, löwenmähnigen Mann mit kräftigem Brustkorb, dem die Existenz des ihn anhimmelnden Kindes seiner späten Jahre peinlich war, der sie immer nur kurz umarmte und sie so schnell wie möglich dem weiblichen Mitglied der Familie übergab, das gerade zur Hand war. Er war ein Mann von Ehre, ein bekannter Anwalt für Gesellschaftsrecht mit einer Upper-East-Side-Adresse, der dennoch direkten Kontakt mit seiner italienischen Gemeinde hielt und seine Familienwurzeln in Assisi, Italien, wertschätzte. Darüber hinaus war er ein dekorierter Kriegsheld des Zweiten Weltkriegs mit einer Distinguished Service Medal für seine Erfolge als ältester der amerikanischen Sturzkampfbomberasse, die den japanischen Flugzeugträger *Hiryu* in der Schlacht um Midway versenkten. Außerdem ist er vor kurzem im Alter von einundachtzig Jahren verstorben.

Miras Mutter war keine Italienerin. Überraschend für einen so konservativen Mann verliebte sich Celano, der lange genug ein Single blieb, um mehr als eine Generation junger italoamerikanischer Frauen zu enttäuschen, am Ende seines sechsten Lebensjahrzehnts in eine indische Ärztin, die er zufällig kennenlernte, als der Ibo-Fahrer ihres Taxis auf dem Central Park South absichtlich die Droschke seines Hausa-Taxijockeys rammte. Die beiden Taxifahrer, leidenschaftliche Vertreter der gegnerischen Seiten in dem blutigen, eskalierenden Konflikt über die versuchte Annexion Biafras durch Nigeria, hatten einander an ihren deutlich sichtbar an Rück- und Seitenfenstern angebrachten Flaggenaufklebern und aggressiven Stoßstangenabziehbildern als Feinde erkannt. Sie kurbelten die Fenster herunter und begannen, während ihre Taxis durch den dichten Berufsverkehr vorwärtskrochen, einen Stop-and-go-Austausch von Beleidigungen – *Baumaffe! Ölschleimer! Lahmer Arsch! Ojukwu-Flegel!* – miteinander; bis der junge Ibo schließlich, hitzig für die Sezession kämpfend, das Lenkrad herumriß und unter einem Regen von Glasscherben in das Fahrzeug des provozierenden Hausa krachte. Die beiden Fahrer blieben unverletzt, die Passagiere im Fond jedoch wurden in dem engen Raum so umhergeschleudert, daß sie einige Beulen davontrugen.

Tommaso Celano, immer der galante Kavalier, bestand darauf, sich zu vergewissern, daß die Lady im anderen Taxi unversehrt war, räumte dann jedoch selbst Doppelsichtigkeit ein und setzte sich aufgrund eines schweren Anfalls von, wie er es nannte, Tweet-tweet-tweets auf den Bordstein an der Parkseite. Zum Glück war die Lady eine approbierte Ärztin. Mehra Umrigar Celano war in Bombay geboren (es gibt kein Entkommen vor diesen Bombay-Parsen!), war in den Westen gekommen, um Medizin zu studieren, blieb anschließend dort und heiratete Tommy nur neun Wochen nach dem biafrischen Taxikrieg; sie nannte ihre Tochter Mira, weil das sowohl in Indien als auch in Italien ein Name und außerdem leicht auszusprechen ist, und starb, obwohl sie im New York Hospital beratende Onkologin wurde, vor ihrem vierzigsten Geburtstag, als ihre Tochter erst vier Jahre alt war, an einem perniziösen, aggressiven Brustkrebs. Der alte Celano behauptete, zu alt zu sein, um sich um ein so kleines Kind zu kümmern, und schickte Mira auf die Runde zu einer Reihe von Verwandten, in denen die Kleine sehr schnell höchst untypische Italiener kennenlernte: das heißt, verärgert über ihre weitläufigen Familienverpflichtungen ihr gegenüber, unzulänglich, was das Verströmen von Liebe betraf, und höchst unwillig, sie für längere Zeit zu behalten. Trotz dieser ungewissen, peripatetischen Heimsituationen und der ständigen, schwierigen Unterbrechungen ihres Schulbesuchs, der sich über die High-Schools von drei Boroughs erstreckte, wurde Mira eine Einserschülerin, ein Vorbild an Fleiß, wurde in die School of Journalism der Columbia University aufgenommen und begann sofort Amok zu laufen, als seien ihre bisherige gute Arbeit und ihr vorbildliches Verhalten die List eines Häftlings gewesen, die Möglichkeit, den Tag der Befreiung schneller zu erreichen. Ihr Leben lang hatte sie ihre Flügel verborgen; jetzt beabsichtigte sie zu fliegen.

In ihrem Freshman-Jahr entwickelte sie eine Singstimme, die sie sofort zum Star des Campus machte, geriet in schlechte Gesellschaft und ließ sich schwängern, alles in einem einzigen Semester. Sie beschloß, das Baby zu behalten, brach das Collegestudium ab und wurde prompt von ihrem Vater enterbt, der rücksichtsloserweise beim Tennis in Cape Porpoise, Maine, tot umfiel und so eine Versöhnung unmöglich machte. Er hatte sich geduckt, um einen Aufschlag zu kontern, als er von einem heftigen Herzanfall ermordet – besiegt – wurde und, das Racket immer noch in der Hand, das Spiel aber leider dadurch verlierend, mit dem Gesicht voran auf dem harten Betonboden aufschlug. Er starb, bevor er Zeit hatte, die Arme hochzureißen und sein Gesicht zu schützen, woraufhin er sich die Nase brach, was seine *gravitas* nachhaltig beeinträchtigte, indem es ihn im Tod weit gröber wirken ließ, als er im Leben jemals gewirkt hatte. Mit dieser zur Seite gequetschten großen Nase war er kein großes Tier mehr, sondern nur noch ein grundhäßlicher Boxer, der den letzten in einer Reihe verlorener Kämpfe verloren hatte. Es war ein schneller Tod, aber er kam nicht schnell genug, um Mira in seinem Testament zu bedenken. *Kein roter Heller für meine Tochter Mira, die die große Enttäuschung meines Alters war.*

Das Geld wurde verteilt. Einiges ging an Wohltätigkeitsprojekte der italienischen Gemeinde in Manhattan, Brooklyn und der Bronx, der Rest an ebenjene Verwandten, die Mira in ihren jungen Jahren das Leben so schwer gemacht hatten. Die glücklichen Erben machten keinerlei Anstalten, ihrer enterbten Verwandten zu helfen, und schnitten sie sogar bei der Beerdigung ihres Vaters, als wollten sie sagen, vergiß es, Liebchen, ruf uns nicht an, schreib uns nicht, du bist jetzt auf dich selbst gestellt. Mira nahm ihre Herausforderung an. Nachdem es ihr nicht gelungen war, in den Journalismus einzusteigen, nicht mal in den der niedrigsten Sorte, begann sie für ein Abendessen in schäbigen Pianobars zu singen, nahm ihre kleine Tochter in einer Tragetasche mit und versteckte sie hinter den Vorhängen des Bühnenbereichs, unter dem Klavier, in der Damengarderobe oder einfach irgendwo, während sie inständig darum betete, daß sie während des Auftritts durchschlief, bestach Laufjungen und Kellnerinnen, damit sie sich für den Fall, daß sie dennoch aufwachte, um sie kümmerten.

Die Kleine ist jetzt knapp über ein Jahr alt. Ihr Name ist Tara, und das bedeutet – in Hug-me – *Stern.*

Während ich die Akte lese, humpelt Ormus ins Badezimmer und läßt sich dort viel Zeit. Ich sollte eingreifen, aber ich weiß nicht recht, wie, noch nicht, jedenfalls. Außerdem lese ich. Außerdem weiß ich nicht so genau, wo sich das Badezimmer befindet.

Nicht schwer zu verstehen, woher das Interesse dieser Mira Celano an Vina kommt, denke ich mir. Trotz aller Unterschiede von Umgebung, Chancen und Gesellschaftsklasse hat sie mit ihrem Idol vieles gemeinsam: die gemischtrassige Familie, den frühen Verlust der Eltern, die Kinderjahre ohne Liebe, das tiefverwurzelte Gefühl der Ausgestoßenen für Ablehnung und Exil. Dieses Gefühl, draußen an der Peripherie zu stehen und von einer starken Zentripetalkraft vorwärts und mitten ins Spiel hineingestoßen zu werden. Außerdem ist sie jetzt mittellos, genau wie Vina damals in ihren Anfängen. Und da ist natürlich ihre Stimme, diese Stimme, die sie so lange unter Verschluß gehalten hat. Vielleicht hatte sie, genau wie Vina, geheime Plätze, die sie aufsuchte, wenn sie singen wollte. Ihr eigenes Jefferson Lick irgendwo im Park.

Ich kann mir gut vorstellen, daß sie, als sie während ihres einzigen Semesters an der Columbia University zu singen begann, sofort von Bewunderern umringt war, die sie die neue Vina Apsara nannten oder sogar noch besser fanden und ihr rieten, ein Demoband zu produzieren, den Journalismus zu vergessen und nach den Sternen zu greifen. Dann jedoch war sie plötzlich pleite, die Gutwetter-Collegefreunde waren verschwunden, und Demos wie Produzenten und Starruhm schienen in unerreichbarer Ferne zu liegen. Das Geschäft mit der Repro-Vina dagegen blühte. *Wenn ich denn nicht die neue Vina sein konnte,* erzählte sie mir später, *dann würde ich eben die alte sein. So sah ich das damals. Ich hab' mir das Foto, das du von ihr gemacht hast – du weißt schon, Vina im Erdbeben –, an die Zimmerwand geklebt und beschlossen, okay, von nun an bin ich sie.*

Ormus kommt vom Klo zurück; er sieht besser aus, und schlechter. Ich habe noch andere Bänder, sagt er, und drückt auf Tasten. Sofort erscheint auf dreihundert Bildschirmen Mira Celano mit ihrem schlafenden Baby, beobachtet von einer spionierenden Kamera hoch oben in einer Zimmerecke. Sie ist in einer winzigen, trostlosen Garderobe, bekleidet mit einem dünnen Kimono, und will gerade ihr Bühnen-Make-up entfernen. Als sie die rote Perücke und das Haarnetz darunter vom Kopf zieht, stoße ich einen kleinen Schrei aus.

Hüftlange dunkle Haare fallen ihr über den Rücken. Sie schüttelt sie, greift zum Kamm, beugt sich vor, bis ihr die Haare übers Gesicht und ganz bis auf den Boden fallen, und kämmt sie aus. Dann vor dem Spiegel beginnt sie mit dem Gesicht. Wieder einmal bin ich verblüfft. Ein großer Teil der dunklen Hautfarbe verschwindet beim Abwischen. Dieses Mädchen hat sich tatsächlich dunkler geschminkt, um die dunkelbraune Vina zu spielen, und hat damit, auf ihre Art, die schwer verminte Farbgrenze überschritten. Ihre eigene Hautfarbe scheint – obwohl die Bandqualität es nur schwer erkennen läßt – ein helles Oliv zu sein.

Sie ist fertig. Jetzt sieht man im Spiegel ein schönes, wenn auch ein wenig schlampiges junges Mädchen, das eher wie eine Latina als wie eine Inderin aussieht, eine junge, alleinerziehende Mutter, die in der harten Stadt ums Überleben kämpft und ihrer Ernährerin Vina, Mr. Ormus Cama, meiner toten Liebsten, fast gar nicht mehr ähnlich sieht. Diese Erkenntnis ist wie das Erwachen aus einem Traum.

Das hättest du nicht tun dürfen, werfe ich Ormus vor und versuche mir vorzustellen, wie viele Leute *downtown* er wohl hatte bestechen müssen, um ihm diesen *uptown*-Voyeurismus zu ermöglichen. Es ist unrecht, sage ich.

Sieh nur, flüstert er, meine Gewissensbisse ignorierend. Auf den Monitoren legt Mira Celano den Kimono ab. Darunter steckt Vinas nackter Körper. Vina mit etwas hellerer Haut, aber dennoch Vina, bis ins letzte Detail, Gewicht und Neigung der Brüste, der flotte Schwung ihrer Hüften, der volle, unvergleichliche Vina-Hintern, das dichte, unrasierte Schamhaar. Ich stehe hinter Ormus, stecke mir die Faust in den Mund und beiße fest zu. Würde ich aufkeuchen, würde ich dadurch mein Geheimnis verraten, und gerade jetzt will ich es mehr denn je für mich behalten.

Nun, da sie zurück ist, höre ich mich idiotischerweise denken. Nun, da sie aus dem Grab zurückgekehrt ist.

Ormus drückt auf weitere Tasten. Da ist Mira Celano, wie sie mit der kleinen Tara im Buggy allein nach Hause geht. Mit einem weiteren wilden Sprung meines Herzens erkenne ich die Bowery, Cooper Union, St. Mark's. Das Mädchen ist praktisch meine Nachbarin. Sie winkt den herumlungernden Dope-Dealern zu, wuchtet den Buggy ein halbes Dutzend Stufen empor und schließt eine Tür auf. Als sie das Haus betritt, ruft sie etwas, aber der Ton ist so schlecht, daß ich nicht verstehen kann, was sie sagt.

Okay, warte einen Moment, murmelt Ormus, und da erst merke ich, daß ich laut gesprochen habe. Innerhalb der folgenden dreißig Sekunden vollbringt er ein Wunder an Audio-Manipulation, isoliert ihre Stimme, beseitigt die Hintergrundgeräusche, gleicht die verzerrende Wirkung des Hervorhebens ihrer Worte aus. Okay, das wär's, flüstert er. Oh, das tut so gut.

Yo, hallo, ich bin zu Hause! Yo ho ho, ich bin wieder da!

Wenn da ein Mann im Haus ist, denke ich, wenn sie das einem Liebhaber zuruft statt ein paar Freundinnen, besteht die Gefahr, daß ich ihn umbringen muß.

Du verstehst, was sie uns sagen will, sagt Ormus und stoppt das Band, läßt Mira Celano mitten im *yo* vor ihrer Haustür erstarren. Sie sagt, daß sie zu uns zurückkehrt. Sie sagt, hallo, Liebling, ich bin zurück.

Das ist doch Wahnsinn, sage ich, wieder einmal aus diesem Traum auffahrend. Du mußt damit aufhören, Ormus. Das ist ja, als würdest du dich an sie heranpirschen. Du schleichst dich tatsächlich an sie heran.

Mary Virgin hat einen Pirscher, der das tatsächlich sagt, murmelt er zerstreut. Ist das zu glauben? Der Kerl kommt jede Nacht zu ihrem Haus, spricht in den Hauslautsprecher und tut so, als sei er ihr Ehemann, der vom alten Neun-bis-fünf-Trott nach Hause kommt. *Hallo, Liebling, ich bin wieder da.*

Yeah, sage ich, während ich mir den kalten Schweiß von der Stirn wische, ich glaube es dir, und diesmal bist du dieser Verrückte.

Weiter mit dem besessenen Tastendrücken. Hier ist Mira Celano, mit Teleobjektiv aufgenommen, in ihrem Zimmer, einer Wohnung nach vorn hinaus, im zweiten Stock ohne Lift, sie hat das Licht angemacht, die Jalousie aber nicht heruntergelassen. In einem cremefarbenen Unterrock über dem Stillbüstenhalter läuft sie herum, macht Anrufe, steckt sich Sachen in den Mund, die weder Schokolade noch Nachos sind, spült sie mit ein paar Schlucken aus einer Flasche her-

unter, die weder Evian noch Pellegrino enthält. Wirft sich aufs Bett –
sie hat ein Messingbett! –, zappt am Fernseher herum, sieht sich Basketball an oder träumt auch vielleicht nur, blickt zu den Sternen empor, während Tara, der kleine Stern in ihren Armen, zufrieden vor
sich hinnuckelt. Wenn Mira immer noch eine Milchbrust hat, sinnie-
re ich, wird ihr Busen weniger voll sein als Vinas. Um den richtigen
Effekt zu erzielen, müßte sie sich den BH auspolstern. Andererseits
sah Vina sich ebenfalls gern Sportsendungen an, vor allem Basketball,
also haben sie das gemeinsam. Vina kannte ihren Magic und ihren
Kareem, ihren Bird, und als das neue Kid in den Block kam, sagte
sie zu mir halb im Ernst: Komm, ziehen wir alle nach Chicago um,
damit wir Mike sehen können.

In diesem Zimmer ist kein Mann, sage ich mir. Und es beruhigt mich
ungeheuer.

Und ich denke: Ich denke an diese junge Frau, als wäre sie meine Geliebte.

Unvermittelt schaltet Ormus die Geräte ab. Mira Celano verschwindet, und sie fehlt mir, so helfe mir Gott, sie fehlt mir tatsächlich. Diese wildfremde Person, in deren Privatsphäre ich mich eingeschlichen
habe. Diese Null mit – und sei es auch nur vorübergehend – dem
einzigen Körper, den ich je wahrhaft geliebt habe. Ich bin armselig,
sage ich mir, aber Ormus ist darüber hinaus. Ormus Cama ist ein
graubärtiger Irrer.

Ormus, du brauchst Hilfe, zwinge ich mich zu sagen. Da du mich
selbst hierhergebeten hast, muß ich dir das sagen. Wenn du nicht
Hilfe bekommst, wirst du innerhalb eines Jahres tot sein, spätestens.
Er starrt immer noch auf die dunklen Bildschirme. Wenn sie es ist,
flüstert er, dann ist alles möglich. Wenn sie es ist, gibt es noch Hoffnung.

Sie ist es nicht, entgegne ich. Die Ähnlichkeit ist unglaublich, aber es
ist eine andere. Es ist Mira Celano, wer immer das sein mag. Ein
Mensch, den du nicht kennst, in dessen Privatsphäre du eingedrungen bist. Eine Frau, die halb so alt ist wie Vina und die überdies Kinder bekommen kann. Außerdem hast du das Make-up-Band gesehen.
Also *hör* mal.

Wenn sie diese Möglichkeit gewählt hat, um zu mir zurückzukehren, sagt er leise, unbemerkt, inkognito, Schritt um Schritt, dann kann ich das verstehen, sag ihr das. Sag ihr, daß ich gern warte. Meine eigene unerwartete Erregung macht mich bissig. Du verlangst, daß ich mich in das Leben dieser Frau einmische und ihr – *was* sage? frage ich ihn. Daß ein sterbender Junkie im Rockstarhimmel jede ihrer Bewegungen beobachtet hat, daß er verlangt, sie soll seine tote Frau nicht nur für Geld auf der Bühne spielen, sondern für den Rest ihres Lebens in seinem Bett?, oder sollte ich lieber sagen, *seines* Lebens?, das ist doch krank, Ormus, verschone mich bitte mit solchen Zumutungen.

Du mußt zu ihr gehen, flüstert er und fleht jetzt unverhohlen. Und es mußt du sein. Ich kann nicht gehen. Sieh mich doch an. Ich kann es nicht.

Skeedley-ooh, erinnere ich mich. *Mop! A-loa-doo!*

Selbst wenn ich gehen würde, wende ich ein, und wir beide wissen, daß ich kapituliere, wir beide wissen, daß Mira Celano – man sagt übrigens *Selayno,* aus dem Italienischen amerikanisiert – eine Frau ist, die auch ich jetzt unbedingt kennenlernen muß, nur einmal angenommen, ich würde da hingehen und diese verrückte Begegnung arrangieren, wozu, zum Teufel, wäre das gut? Sag mir, warum ich das tun sollte, was ich ihr in deinem Namen anbieten soll. Klär mich auf über den Deal.

Nur nach Hause kommen, wispert er jetzt so leise, daß ich mich bis an seine trockenen, rissigen Junkie-Lippen hinabbeugen muß. Vina, mein Liebling, komm nur nach Hause.

Die neuen In-Treffpunkte sind das Izvestia an der Bowery, zwei Blocks vom Orpheum entfernt, wo zumeist Trancemusik gespielt wird, Ambientetechno für die neuen Acidheads (LSD ist wieder da), der grungy Soundgarten im Meat Packing District und das post-CBGB Voodoo Dollhouse, East 10th Street und Avenue A, wo Inderbands vor einem Publikum schnittiger Branchenbluthunde auf der Suche nach dem nächsten großen Kick spielen. Normalerweise würde keine dieser Veranstaltungen einen Tribute-Act wie Miras Vina engagieren, doch die Spiralen der postmodernen Ironie drehen sich immer enger und schneller, und für fünf Minuten drehen sie sich in jenem Jahr zu Miras Vorteil. Irgend jemand im Dolls entscheidet, daß eine ›Nekro‹-Nacht – bei der das Publikum wie auch die Künstler als ihr bevorzugtes totes Idol verkleidet erscheinen – eine großartige Kitsch-Camp-Veranstaltung sein würde und vielleicht sogar ein Fest des Lebens der Musik in dem, was die Branchenleute als Jahr des Todes bezeichnen. Daher ist es das Voodoo Dollhouse, für dieses Ereignis in eine Art Neonfriedhof, eine Nekropolis mit Rhythmus verwandelt, wo ich in der Nacht der größten Chance ihres Musiklebens Mira zum erstenmal persönlich begegne.

Während ich darauf warte, daß sie auf die Bühne kommt, muß ich eine Reihe – wenigstens für mich – absolut unerwähnenswerter Acts aussitzen, eine Elektronika-Erinnerung an die Beach Boys mit Monster Mash, eine Gruppe synchronisierter, aber seelenloser Temptations-Klone, eine kompetente Mama Cass Elliott im Zeltgewand und Tee trinkend, ja, sogar einen hemmungslosen, durch und durch gegen Ironie resistenten Liberace. Dann kommt Mira, und kaum hat sie den Mund geöffnet, da ändert sich die Atmosphäre. Jetzt ist es nicht mehr einfach eine Kostümparty. Die Menschen hören zu. Sie ist *gut*. Ich habe mich nicht kostümiert, aber ein Wort von Ormus' Leuten – von Clea – hat mir ungehinderten Eintritt verschafft. Ich entscheide mich, von der Bar aus zuzuhören, doch als ich meine dritte Margarita trinke – der Tequila ist mein persönlicher Tribut an Vinas Andenken –, staune ich selbst darüber, wie mühelos ich in die alte Routine zurückfalle. Wieder einmal bin ich Ormus' »kleiner Bruder«. Wieder einmal spiele ich den Joe Cotton zu seinem Citizen Welles und übernehme die Dreckarbeit. *Hilf Ormus.* Ich bin gekommen, um seinen Fall vor dieser Unbekannten zu vertreten, weil ich glaube, ihm damit das Leben retten zu können.

Da oben, auf der Dollhouse-Bühne, stößt mir Mira Celanos Vina einen Dolch nach dem anderen ins Herz. Mit Hilfe der Margaritas versuche ich den Schmerz zu lindern.

Erfolg gebiert Exzeß. Nach der Show dauert es eine Weile, bis ich zu Mira vordringen kann. Der Weg ist von einer Menge von Gratulanten, A&R-Männern und Möchtegernverführern blockiert. In einem schmalen Gang vor der Tür zur Damengarderobe lehne ich mich an die Wand und warte darauf, daß der Fanclub und die anderen Künstler verschwinden: die Lady Day, die Bessie, die Judy, die Janis, die Patsy Cline, die Tammi Terrell, die Mamas Cass und Thornton, die ärgerlich hagere Karen Carpenter, die Pseudoikone, deren *I'll be your mirror* die einzige Darbietung war, die auch nur von weitem an Mira heranreichte. Bis ich an der Reihe bin, brennt Mira Celano darauf, endlich zu gehen. Perücke und Farbe sind entfernt, sie ist erschöpft und nervös – wirkt zerstreut, benommen –, und die kleine Tara ist übermüdet und nörgelig. Also, was ist Ihr Label, Abel, leiert Mira, zu kaputt, um noch höflich zu sein. Ich habe nichts mit der Branche zu tun, antworte ich, aber Sie waren wundervoll, ganz wundervoll. (Die Margaritas haben mich gefühlsduselig gemacht.) Sagen Sie nichts, entgegnet sie achselzuckend, Sie waren ein großer Vina-Fan, sie war das Schönste in Ihrem Leben und hat ein furchtbares, herzförmiges Loch hinterlassen, bis ich Ihre Seele berührt habe. Sie dreht sich wieder zu mir um und zündet sich mit geübtem, aber verschwendetem Zynismus eine Zigarette an, läßt das quengelnde Kind unbeachtet, das begonnen hat, alles mögliche auf den Boden zu werfen, darunter einen überquellenden Glasaschenbecher. Er zerbricht, überall sind Glasscherben und Zigarettenreste. Mira Celano zuckt nicht zusammen. Geht's dir jetzt besser?, dann entspann dich, sagt sie, und interessiert stelle ich fest, daß die Kleine gehorcht, sich in einer Ecke auf einem Kissen zusammenkuschelt, resignierend seufzt und sich beruhigt. Die Mutter fährt zu mir herum. Was?, fragt sie, sollten Sie wirklich eine Meinung haben? Keine Meinung, antworte ich. Ohne erkennbares Interesse nickt sie; dann kraust sie die Stirn. Sie wollen ein Autogramm, nicht wahr? Nein, antworte ich, kein Autogramm. Es ist wichtig. Sie müssen unbedingt von allem runterkommen, auf dem Sie drauf sind, und mir aufmerksam zuhören.

Ich bin heftig, habe sie ein bißchen eingeschüchtert. Sie stellt sich zwischen mich und ihre Tochter. Zwei Minuten, sagt sie, dann sind Sie draußen. Ich deute über ihre Schulter, dorthin, wo die in Tequila schwankende Vina an die Wand geklebt ist. Ich bin Rai, sage ich, ein Fotograf. Sie ist eine abgebrochene Journalistin und Vina-Forscherin, daher ist ihr mein Name nicht unbekannt. Ihre Augen weiten sich, und plötzlich zerbricht ihr harter Panzer, und sie ist wieder das junge Mädchen, das sprachlos starrt und sich noch beeindrucken läßt. *Sie sind Rai? Sie sind Rai?* Großer Gott, das stimmt. Sie sind tatsächlich Rai.

Was Sie heute abend auf die Bühne gebracht haben, erkläre ich ihr überflüssigerweise, war mein Leben, die Liebe meines, ich habe sie geliebt, ich habe sie in den Armen gehalten, sie wollte, sie hätte, wir hätten, egal, sie ist in einen Hubschrauber gestiegen, und ich habe sie nie, kein Mensch hat sie nie. Ich habe mich umgedreht, und sie war verschwunden.

Gogohone. In diesem Moment beginne ich zu meinem eigenen Entsetzen zu weinen. Schon wieder diese Tränen! Was muß sie von mir denken, von diesem Mann, doppelt so alt wie sie, der Das Foto gemacht hat und der jetzt vor ihren Augen die Hände vors Gesicht schlägt und weint wie ein Baby. Ich versuche mich zu beherrschen. Das kleine Mädchen und seine Mutter starren mich aufrichtig verwundert an. Ich möchte Sie sehen, stoße ich hervor, ich muß Sie wirklich wiedersehen, und sogar ich selbst höre, wie lächerlich das klingt, wie nackt und unreif. Wenige Sekunden später lachen wir alle, das Eis ist gebrochen, und das kleine Mädchen lacht am lautesten von allen.

Okay, ich hab' versucht, rauszufinden, ob Sie ein Serienmörder oder einfach nur ein Vergewaltiger sind, aber ich habe gemerkt, daß Sie wirklich cool sind, sagt Mira Celano und wischt sich die Augen. Jetzt können wir gehen, bringen Sie mich nach Hause?, das Kind muß schlafen.

Eines Tages hat mich ein alter Kerl verfolgt, erzählt sie mir, während wir gehen (ich schiebe die schlafende Tara in ihrem orangefarbenen Buggy), er sei Ormus Cama, sagte er, ich bitte Sie. Unglaublich, daß sogar so eine wie ich verfolgt wird. Was für eine Stadt, nicht wahr. Richtig, sage ich. Und denke: falsch, falsch, das Ganze gerät aus den Fugen, ich soll doch dem großen O helfen und für ihn sprechen. Aber ich spüre die Wiedergeburt von Dingen, von denen ich gedacht hatte, sie seien mit Vina gestorben: Anziehungskraft, Begehren. Interessant ist, daß es nicht mehr um die Ähnlichkeit geht, die Imitation. Es ist Mira Celano selbst, Mira *qua* Mira, die für diese Regungen verantwortlich ist. Ihr langes Haar, so weich, wie Vinas Haar drahtig war, die Elastizität in ihrem Schritt, die Freude, die von ihrem Lächeln ausgeht und die Rolle von der harten Person Lügen straft. Dies hier ist ein Mädchen, das ständig vor Hoffnung high ist und noch eine Menge von diesem seltenen Artikel abzugeben hat.

Ich spüre mein Alter und bin gehemmt. Wenn ich sage, was ich denke, wird sie mich vermutlich auslachen. Yeah, Klasse, Granddad, vielleicht im Traum.

Sie spricht von sich selbst, ich habe nicht aufgepaßt, sie redet so schnell, daß man zuweilen nicht mitkommt, doch als ich sie einhole, wird mir klar, daß ich einen Bericht über das falsche Ich erhalte, in das zu schlüpfen sie bei ihrer Enterbung beschlossen hat: Dieser Gig heute abend, sagt sie, die Hälfte der Künstler waren wie Typen aus den Privatschulen der oberen Mittelklasse, wissen Sie?, mal kurz durch die Slums ziehen, ich meine, ich begreife diese Leute nicht, nachdem ich vom Planet White Trash komme und so, ich habe Tattoos, ich gehöre zur Subkultur. So 'ne Art Post-Teenager-Bag-Lady, das bin ich. Eine richtige Pennerin.

Es wird Zeit, ihr klarzumachen, daß ich mich davon nicht täuschen lasse. Mira, sage ich, das ist Mist. Dann erzähle ich ihr die Kurzfassung dessen, was ich in Ormus Camas Akte gelesen habe. Und die ganze Zeit denke ich, daß unter dieser ganzen Rüstung eine sehr verletzliche Person steckt. Spiel nicht mit ihr herum, Rai. Ziel nicht auf ihr Herz, solange du's nicht wirklich ernst meinst. Sie ist schon viel zu oft verletzt worden.

Wir biegen in ihre Straße ein. Unvermittelt bleibt sie stehen, reißt mir die Griffe des Buggys aus der Hand und fängt an zu schreien. Was soll das, was wollen Sie von mir, Sie beschissener Spanner, Sie beschissener Spion, schreit sie und langt in ihre Schultertasche. Okay, okay, Sie sollten sich darüber klar sein, daß ich mit Waffen umgehen kann, mit *guns*.

Sie unterstreicht diese Warnung mit einem harten kleinen Zischen am Ende: mit *gunss*.

Die Leute starren. Ich halte stand.

Ich wurde geschickt, um mit Ihnen zu sprechen, erkläre ich. Von Ormus Cama, dem echten. Ihr Act gefällt ihm, er hat sich Informationen über Sie besorgt, was soll ich sagen, er möchte Sie kennenlernen, das ist alles. Mehr nicht.

Sie beruhigt sich allmählich, aber sie ist immer noch zornig. Das ist verständlich. Es ist wirklich ärgerlich, als das Ich manipuliert zu werden, das man abzuwerfen bemüht ist. Mit Zwanzig zu erkennen, daß die Vergangenheit weiterhin an einem hängenbleibt, daß sie aus dem Grab emporbricht, wenn man es am wenigsten erwartet, um einen mit einer stinkenden, faulenden Klaue am Knöchel zu packen. Sie ist vor mir zurückgewichen und hat eine stark gespannte Haltung angenommen, Beine gespreizt, rechte Hand in der Umhängetasche, von der Taille aus leicht vorwärtsgebeugt, linken Arm gegen mich ausgestreckt, Handfläche emporgereckt, Finger gespreizt. *Komm ja nicht näher, du beschissener Irrer,* sagt ihr Körper. Und sie ist eindeutig bemüht, mich davon zu überzeugen, daß sie eine Pistole in der Tasche hat.

Wie ein kapitulierender Cowboy hebe ich die Arme. Schießen Sie nicht auf den Boten, sage ich wenig originell, grinsend.

Ormus Cama? fragt sie, immer noch schreiend. Was hat denn der fürn Problem? Ich meine, ist er heutzutage damit beschäftigt, läßt er sich von der Imitationsindustrie anturnen? Schickt er jetzt Leute nach Doppelgängern aus? Eine Pizza, ein bißchen rote Vina, vielleicht dazu ein paar *jalapeños*, und wie bezeichnet man Ihre Rolle dabei, Mister, Dominos Heimservice? Oder sein Zuhälter.

Dies ist New York, spät in der Nacht. Niemand macht Anstalten einzugreifen; Mira Celanos Ausbruch hat die Straße leergefegt. Es gibt nur noch uns und das schlafende Kind und die Zuschauer hinter den dunklen Fenstern. Dicht dran, aber keine Zigarre, entgegne ich gelassen. Beruhigen Sie sich, Mira. Hier geht es nicht um Sex. Es ist vielmehr so, daß er im Sterben liegt, seit jenem Tag, als Vina starb, bringt er sich mit seinem Junk um, und ich bin der Meinung, daß er dringend einen Grund zum Weiterleben braucht.

Und was verlangen Sie von mir? fragt sie, ruhiger werdend; ihr Körper entspannt sich, ihre Stimmung schwingt schnell von der Wut zurück. Ich kapier das nicht. Was soll ich dabei tun? Er glaubt, Sie sind sie. Er denkt wahrhaftig, daß sie zurückgekommen ist. Oder vielmehr, unwahrhaftig. Es ist, als denke er es halb, glaube es ganz, während er es halb denkt, und dann auch wiederum nicht. Tatsache ist, daß er sich selbst täuschen muß und daß wir anderen bei dieser Selbsttäuschung mitmachen müssen, und wenn wir das tun – wenn Sie das tun –, dann könnte ihn das möglicherweise dazu bewegen, clean zu werden, zu überleben. Tun Sie's für ihn. Gehen Sie zu ihm, im Kostüm. Schenken Sie ihm Hoffnung.

Klingt ziemlich nach Sex, behauptet sie, wieder vollkommen selbstbeherrscht, fasziniert.

Sie ist eine Frau, deren inneres Wetter außergewöhnlich schnell umschlägt.

Im Augenblick ist er sogar zu schwach, sich selbst zu befriedigen, sage ich. Wissen Sie, wir haben uns eine lange Zeit nicht besonders nahegestanden, Ormus und ich. Dies ist eine Mitleidsmission. Eine Gefälligkeit, die ich einer gemeinsamen, verstorbenen Bekannten versprochen habe. Ormus' Blick vom Tor des Todes abzuwenden.

Sie geht weiter, bis wir die Treppe zu ihrer Haustür erreichen.

Dann muß dies eine Tat unglaublicher Selbstlosigkeit sein, sagt sie mit einer ganz neuen Stimme: verspielt, fast liebevoll. Sie sind zu dieser gräßlichen Show gekommen, Sie haben im Gang gewartet, und dann haben Sie die ganze Zeit mit mir verbracht, nur um für einen anderen Mann zu werben.

O nein, ich bin kein Heiliger, widerspreche ich, so ist es nicht. Ich meine, Ormus zu helfen gehörte dazu, aber ich wäre niemals gekommen, wenn, wenn.

Wenn was, erkundigt sie sich und beginnt zu lächeln, aber es ist kein Lächeln über, dazu ist es zu glücklich, es will mir sagen, was ich beinah zu ängstlich bin laut auszusprechen.

Wenn ich es nicht gewollt hätte, bringe ich ein wenig lahm heraus.

Und was ist es, das Sie wirklich gewollt haben, fragt sie, indem sie näher an mich herantritt. Gehört das auch zum Nekro-Thema? Sie wollen Vina, aber nicht die alte Lady von Fünfundvierzig: Sie wollen die zwanzigjährige Vina, nicht wahr? Sie wollen sie aus dem Grab zurückholen, aber jünger?

Anfangs vielleicht, gebe ich mit hängendem Kopf zu. Aber im Grunde sind Sie es, nur Sie.

Haben Sie Longfellow gelesen? fragt sie plötzlich und läßt die Ignoranter-weißer-Abschaum-Rolle ganz und gar fallen, bleibt so dicht vor mir, daß ihr Atem mir die Nase füllt. Nein, ich glaube nicht. Aber es gibt ein Gedicht, das er über einen maulfaulen Soldaten geschrieben hat, Miles Standish, der seinen Freund John Alden bittet, an seiner Stelle zu Miss Priscilla zu gehen und sie für ihn um ihre Hand zu bitten – ohne zu wissen, daß John Alden sie ebenfalls liebt. Und der gute John Alden tut ihm aus Freundschaft den Gefallen, doch Miss Priscilla nimmt ihm das nicht ab. Erinnern Sie sich jetzt? … An diesem Punkt steht plötzlich, beschworen von dieser wundervollen jungen Frau, der Geist von John Mullens Standish XII. neben mir und macht mir Mut. Doch ich bewege mich auf unerforschtem Gelände, ich weiß nicht, wo ich vorwärts gehen, wohin ich meinen Fuß setzen soll. Der Bürgersteig ist unzuverlässig geworden, nachgiebig. Ich kann mich nicht bewegen …

Warum sprechen Sie nicht für sich selbst, John, zitiert Mira Celano leise. Das hat die Lady ihm geantwortet.

Doch, ich erinnere mich, gebe ich zurück. (Woran ich mich wirklich erinnere, ist Vina in meinem Bett, Vina mitten in einem ihrer endlosen Monologe, ihrer Ormusiaden, wie sie mir von Ormus' allererster Begegnung mit Mull Standish in der Londoner Maschine erzählt.)

Dann kommen Sie morgen wieder, Rai, sagt Mira Celano und gibt mir einen Kuß. Kommen Sie aber nicht als Bote, sondern sprechen Sie für sich selbst.

Als ich sie dann schließlich zu Ormus bringe, kenne ich einige ihrer Geheimnisse, und sie kennt meine sämtlichen. Sie liegt in meinen Armen, oder ich in ihren, und ich rede endlos lange Zeiten hindurch (ihre tatsächliche Länge wird von Taras ständig wechselndem Schlafrhythmus bestimmt). Ich erzähle Mira alles über Vina, genau wie Vina mir damals alles über Ormus erzählte. So wiederholen wir die Fehler derjenigen, die wir geliebt haben. Außerdem fotografiere ich Mira auf hunderterlei Art, lerne sie durch das Zyklopenauge kennen, und sie gibt sich der Kamera mit einer Rückhaltlosigkeit und Unbekümmertheit hin, die mich schockiert. Im Gespräch dagegen drückt sie sich präzise und vorsichtig aus. Schnell wird deutlich, daß ich ihr aufmerksam zuhören muß, denn sie sagt die Dinge nur ein einziges Mal und weigert sich, sie zu wiederholen. Wenn ich ein Detail ihrer Biographie vergesse, straft sie mich mit einem großäugigen, verwunderten Blick. *Es ist dir nicht wichtig genug, um zuzuhören.* Ganz am Anfang erklärt sie mir, daß sie sich ausschließlich für den seltensten aller emotionalen Kontakte zwischen Männern und Frauen interessiert: absolutes Engagement, absolute Treue, sofort. Alles oder nichts, von Anfang an, das ganze Herz, oder du kannst es vergessen. Das zu bieten ist sie bereit, und wenn ich das nicht erwidern kann, wenn ich nicht für die Langzeitverbindung bin, dann leb wohl, war nett, dich kennenzulernen, sei mir nicht böse, aber leb wohl! Ihre Tochter, sagt sie, verdient ein bißchen Beständigkeit im Leben, nicht eine Folge inadäquater Männer, die durchs Schlafzimmer ihrer Mutter ziehen; und sie, ergänzt sie, verdient das ebenfalls.

Darin erweist sie sich als Vinas extremes Gegenteil.

Je mehr ich über sie erfahre, desto mehr empfinde ich ihren Absolutismus als heldenhaft. Die furchtlose Courage der Unschuldigen – das Kind, das die Hand vertrauensvoll dem Feuer entgegenstreckt, der Studenten-Witzbold, welcher der Statue eines Tyrannen eine Clownsnase aufsetzt, der junge Mann in seiner neuen Uniform, der strahlende Träume von Heldentaten träumt, die Schönheit in dem Augenblick, da sie sich zum erstenmal in den Abgrund der Liebe stürzt –, das alles hat mich nie sehr beeindruckt. Die unbedarften Rekruten des Lebens gehen wegen der blinden Immensität dessen, was sie nicht wissen, bis an den Rand und darüber hinaus. Mira hingegen besitzt den Mut der Erfahrenen, offenen Auges, verletzt und furchtsam. Zurückgestoßen von Vater und Familie, verlassen vom Vater ihres Kindes, an unverheilten Wunden ihrer zerbrochenen Lieben leidend, ist sie dennoch bereit, ihr Herz ein weiteres Mal in die Waagschale zu werfen. Obwohl man das Schlimmste befürchtet, dennoch auf das Beste zu hoffen. *Das* nenne ich Tapferkeit.

Auch Mira hat einen Geliebten verloren. Auch sie hat einen Geist im Kopf, obwohl sie sich angestrengt bemüht, nicht die Hinterbliebene zu spielen, und vorgibt, nicht zu trauern. Taras Vater Luis Heinrich hat sich umgebracht, hat sich eine Kugel durch den Kopf gejagt und drei Tage gebraucht, um endlich zu sterben, sogar das hat er nicht hingekriegt, faucht Mira wieder mit ihrem Gifthexenakzent. Luis war ebenfalls Musiker, ein unruhiger Geist, Frontman einer Ostküsten-Grounge-Gruppe namens Wallstreet. New York, von Seattle beeinflußt: Wie sich die Zeiten ändern. Die alte Vorstellung von Peripherie und Zentrum, von der Musik als Fahrkarte aus dem Hinterwald ins Rampenlicht scheint nicht mehr zu greifen. Luis war jahrelang Straßen- und Subway-Musiker in Manhattan, er war ein Spätstarter, aber es war der Anfang des Erfolgs, der ihn fertigmachte, der Beifall im Soundgarten, die erste Schallplatte und so weiter. Je näher die Veröffentlichung des Albums kam, desto öfter sprach er davon, sich umzubringen. Ich hab' dir erzählt, daß wir Waffen liebten, sagt sie, fünf bis sechs Faustfeuerwaffen hatten wir, Gewehre, er hat sie alle gut gepflegt. Als das Gerede vom Tod begann, hab' ich jemanden beauftragt, sie alle wegzubringen, doch dann hat ihm einer von seinen alten Straßen-Compadres wieder eine besorgt, stell dir das vor, okay?, und ein paar Tage später hat er's dann getan, mitten in der Lobby der Plattenfirma, also vermute ich, er hat seine Botschaft rübergebracht, wie immer die aussah.

Handgunss. Rifless. Compadress.

Ich erinnere mich dunkel an den Zwischenfall. Er war damals an wenig prominenter Stelle in die Presse gelangt. Als sie mir dann sein Foto zeigt, wird mir klar, daß ich ihm begegnet bin. Zur damaligen Zeit nannte die Straßenband sich The Mall, ich kann verstehen, warum sie den Namen geändert, warum sie das M auf den Kopf gestellt haben. Ich erinnere mich an Luis, mit geröteten Augen und einem schäbigen Zickenbart, wie er die hybride Guisitar spielte und Doorman Shetty beschimpfte, als der ihn von der Tür des Rhodopé scheuchte. *Eines Tages, wenn wir ganz groß sind, ich meine, wenn wir monstergroß sind, werde ich hierher zurückkommen und dieses ganze beschissene Gebäude kaufen.* Was? fragt Mira. Ach, nichts, gebe ich zurück, ich hab' damals nur von seinem Tod gehört, aber ich wußte nichts von dir und ihm und daß er Taras, nun ja, dann heißt sie also Tara Heinrich, oder?

Nein, fährt sie auf, und ihre Lippen sind vor Zorn ganz schmal und weiß. Tara Celano, und wage es nicht, das zu vergessen, ich meine, scheiß auf diese Schlange Luis, okay?, diesen Feigling und seinen beschissenen Latino-Teutonen-Namen. Er ist jetzt im selben Club wie Del Shannon, Gram Parsons, Johnny Ace und die Singende Nonne. Ich bin der Elternteil, der bei ihr geblieben ist.

Nach seinem Tod war sie eine Zeitlang völlig daneben, probierte jede Droge, die erfunden wurde, mußte sich einmal den Magen auspumpen lassen, also weiß ich, wie sich dein Ormus fühlt, erklärt sie mir, ich war ebenfalls dort; und wäre fast dort geblieben. Im Krankenwagen haben die beiden Sanitäter böser Mann, guter Mann gespielt, der eine mit *komm Mädchen bleib wach du kannst es schaffen schau dich an du bist phantastisch große wunderschöne Puppe also bleib wach du kannst es schaffen Baby Baby wir brauchen dich lebend tu's für mich Baby o yeah yeah* wie bei so 'nem beschissenen dreckigen Telefonsex, sagt sie, und der andere schimpft auf sie ein *scheiß auf dich du dreckige Nutte wenn du unsere beschissene Aufmerksamkeit willst hast du sie jetzt es gibt Leute in dieser Stadt die wirklich erschossen werden und krank sind aber wir müssen hierherfahren und uns um dich beschissene egoistische Nutte kümmern einfach auf die Straße sollten wir dich setzen und dich verdammt noch mal ver-*

recken lassen. Der letztere war es, der mich gerettet hat, der böse Mann, gesteht sie. Ich dachte die ganze Zeit, *Mann, dem Schwein werd' ich die Faust zwischen die Zähne rammen, und wenn es das letzte ist, was ich tue.* Nach dem Magenauspumpen entdeckte sie, daß sie schwanger war, und dann kam die Enterbung et cetera, der dreifache Hammer, doch diesmal stand sie auf und ging an die Arbeit, statt einfach wieder zusammenzubrechen. Du hast mich nicht gesehen, als ich die Schwangere Vina war, sagt sie mit einem wilden, gackernden Auflachen. Mann, *das* war vielleicht ätzend.

Über ihre Familie spricht sie kaum. Ich bekomme die Basisinformationen, dann ist das Thema ein für allemal verboten. Ich denke an Vinas langes Schweigen über die schlimmen Kinderjahre in Chickaboom und möchte zu Mira sagen, Liebling, du weißt nicht, wie sehr du Vina gleichst, aber ich ahne, daß das nicht besonders gut ankommen würde. Seit wir begonnen haben, miteinander zu schlafen, ist es sehr wichtig für sie geworden, sich von ihrer Vorgängerin zu distanzieren. Eines Tages zählt sie alle Dinge auf, die Vina mochte, die sie aber nicht ausstehen kann. *Ich hasse Tolkien, weißt du?, und den beschissenen Faraway Tree, man sollte ihn umhauen, und Vegetarier, die hasse ich wirklich, ich bin ein Fleischfresser, ich brauche Fleisch.* Und während ich ihr zuhöre, muß ich mir Mühe geben, das Lächeln von meinem Gesicht zu verbannen, denn sie klingt genau wie Vina damals am Strand von Juhu in den Tagen, als sie ganz Indien haßte wie die Pest, bis sie dann seine guten Seiten entdeckte, zu denen Ormus Cama und ich gehörten.

Eines Tages beginnt Mira von sakraler Musik zu reden. Wie es scheint, waren ihre Verwandten, obwohl die Familie ihres Vaters ursprünglich aus Assisi stammte, nicht absolut friedliebende Franziskus-Typen. Der ursprüngliche Tommaso di Celano (gestorben circa 1255) war, wie Mira sagt, vermutlich der erste Biograph des heiligen Franziskus, schrieb aber auch eine der großen Blut-und-Donner-Hymnen der Apokalypse, das *Dies irae.* Nicht unbedingt Liebe,

Frieden, Tiere und Vögel, denke ich mir. Wo es Disharmonie gibt, wollen wir Harmonie bringen, das war das Motto des heiligen Franz, wenn ich mich recht erinnere, doch dieser Tommaso di Celano interessierte sich offenbar mehr für göttlichen Zorn als für göttliche Liebe.

Sie ignoriert meine Spöttelei. Ich kann das Ganze auf lateinisch, erklärt sie stolz, und ich lasse sie es singen. So ist die junge Liebe.

Rex tremendae maiestatis,
qui salvandos salvas gratis,
salva me, fons pietatis.

Es endet mit diesem erstaunlichen Ausbruch, dem Lobgesang für den König von unendlicher Majestät, der jene gratis rettet, welche Rettung verdienen. Jetzt glänzen Miras Augen. Es herrscht ein neues, weltweites Verlangen nach einem spirituellen Weg, predigt sie, ich glaube, das kommt von all den Erdbeben und Katastrophen, das Gefühl des bevorstehenden Endes, die Menschen suchen nach einer Bedeutung, verstehst du, was ich sagen will?

Denk doch mal nach, sage ich ironisch, es muß eine höhere Liebe geben. (Ich denke, ich hoffe nur, sie wird sich nicht gleich die Maske abreißen und sich in die frühe Ifredis Wing verwandeln.)

Das ist es, sagt sie, den Sinn meiner Worte total mißverstehend – die Ironie entgeht den Menschen immer –, und plötzlich ist sie wie jede intelligente, superintensive Zwanzigjährige, das trifft es ja *so*, sagt sie erneut, und hast du die Sachen *gehört*? Zum Beispiel Sufi-Musik, es könnte Aserbeidschanisch sein, oder Usbekisch oder Marokkanisch, ich meine, ich bin nicht *au courant* mit dem Glaubenssystem, okay?, aber es gibt da dieses unglaubliche Trommeln und erstaunlich vielschichtige Synkopen, und Trompeten, und Tanzen, als sei man besessen. Aber es ist nicht nur Sufi, es gibt soviel von dieser Musik, was jetzt die Grenzen überschreitet, überall Musik, Yoruba-Trommeln, die alten Lieder der aus Spanien vertriebenen Juden, persisch-irakische Maqam-Konzerte mit mystischen Gedichten, Shinto-Trommeln, Gospel, buddhistische Gesänge, und kennst du das Werk von

Arvo Pärt, so etwa Minimalist trifft auf New Age? Hast du Fatty Ahmed gehört, er hat mit den Ruby Goo gespielt?

Yeah, hab' ich, antworte ich und lache nun laut heraus. Als er dreihundertundachtzig Pfund wog, ist er einfach gestorben, und das ist schlecht für seine betrügerische Gefolgschaft, die haben sich jeden Dollar geschnappt, den sie erwischen konnten, während der Ärmste, weltfremd, ahnungslos, in der Hollywood Bowl saß und, wie eine Spinne, die im eigenen Netz gefangen ist, seine devotionalen Lieder sang. Das ist tatsächlich sakrale Musik.

Was ist so komisch, will sie wissen. Die Leute wollen so was wirklich, sie wollen die Magie und die Gewißheit, die Vorstellung, daß es auf der anderen Seite etwas gibt, mehr gibt, etwas Größeres. Meditation, Zelebrieren, Supplikation, das ist ... Scheiße, Rai, wieso lachst du darüber?

Nein, nein, ist schon okay, antworte ich. Tut mir leid, es ist nur eine Art Nostalgie. Ich kannte mal jemanden, der auch so geredet hat.

Ach du Scheiße, sagt sie. Meine Leute haben das seit dem beschissenen dreizehnten Jahrhundert gemacht, aber ich hätte wissen müssen, daß sie trotzdem die erste war.

Da ist die siebzehn Monate alte Tara Celano auf meiner Dachterrasse, bekleidet mit einer pelzigen Bomberjacke sowie einer limonengrünen Strumpfhose und beglückt das zuschauende Chrysler Building sowie die Türme des World Trade Center mit einer textfreien Version von, na ja, ich rate mal, *Da Doo Ron Ron*. Während Mira auf einer Decke liegt, raucht und ihre Tochter scheinbar total ignoriert. Tara, sich selbst überlassen, wächst zu einer seltsamen Mischung aus altkluger Erwachsenen und glücklicher Überlebenden heran. Einerseits kann sie während der Auftritte ihrer Mutter in den Kulissen warten, ohne zu stören; sie kann den Twist, den Stomp und den Mashed Potatoe, den Wah-Watusi, den Hitchhiker und die Locomotion, und wenn Sie das nicht können, wird sie Ihnen zeigen, wie *walk the dog* funktioniert; und sie kennt sich hinter den Bühnen und in den Damengarderoben Dutzender von Clubs und Bars in

Manhattan aus, ob sie nun sauber sind oder schmutzig. Andererseits pflückt sie Steinchen von der Oberfläche kiesbelegter Kaktustöpfe und versucht sie zu verschlucken. Die elektrischen Steckdosen in meiner Wohnung üben eine ungeheure Anziehungskraft auf sie aus. Ich habe das Gefühl, ihr ungefähr ein dutzendmal pro Tag das Leben zu retten, doch da sie bisher auch ohne mich überlebt hat, muß Mira sie doch wohl im Auge behalten, während sie tut, als lasse sie ihr freien Lauf. Ich entscheide mich jedenfalls für diese Annahme, während ich fortfahre, dafür zu sorgen, daß es Tara nicht gelingt, die Mauer am Rand der Dachterrasse zu erklimmen und mit einem Sturzflug einen frühzeitigen Tod tief unten in der East Fifth Street zu finden.

Interessanterweise taucht das spirituelle Thema nie wieder auf. Mira, immer schnell von Begriff, hat in dieser Hinsicht zwei Dinge erkannt: erstens, daß ich auf derartige Bemerkungen nicht positiv reagiere, und zweitens, daß es ein Weg ist, der zu Vina zurückführt, deren Geist sie zum erstenmal in ihrem kurzen Leben als eine Art Konkurrenz zu empfinden beginnt. So bleibt es unklar, ob sie aufrichtig religiös ist oder ob das ein katholischer Überrest ist, untermischt mit den letzten Spuren von Teenager-Mystizismus. Aber vielleicht sieht sie die sakrale Musik auch einfach als etwas an, das man benutzt, es ist überflüssig, wie hat sie es ausgedrückt, *au courant* zu sein, es ist einfach eine Möglichkeit, Menschen zum Zuhören zu zwingen, ein Speicher, den man für eigene Zwecke plündern kann, wie Picasso einst Afrikas visuellen Reichtum plünderte, wie die Imperien des Westens einst die ganze Welt plünderten.

So spürt man den Generationsunterschied, wird mir klar. In mancher Hinsicht kann ich einfach nicht begreifen, wie ein so junger und frischer Verstand funktioniert.

Betreffs der *gunss* habe ich eine persönliche Theorie entwickelt. Ich glaube, die Waffen haben etwas mit den *tattooss* zu tun (ein Schmetterling am Knöchel, ein kleiner Drache unterhalb des linken Schulterblatts), der nuttigen Kleidung, dem Exhibitionismus (trotz meiner wiederholten Bitten läßt sie nicht die Jalousien herunter, wenn sie zu Hause halbnackt herumläuft) – kurz gesagt mit ihrem ganzen Trash

Act. Das alles ist eine Rebellion gegen eine Klasse, eine Möglichkeit, sich konträr zu jenen Menschen zu definieren, die sie verstoßen haben. Die Waffen sind Pantomime. Als ich Miras Tasche kontrolliere, finde ich eine kleine Giuliani & Koch .35mm Persuader, aber sie ist nicht geladen, und sie hat auch keine Patronenclips. Die ganze Stadt ist Miras Theater, und die Waffe ist einfach ein Requisit.

Am Morgen unseres Termins bei Ormus ist sie nervös wie ein Teenager vor seiner ersten Verabredung. Tara dagegen ist absolut cool – bis auf das Bedürfnis, jedem, der sich in Rufweite befindet, zuzuschreien: *Gehen alten Mann besuchen!* Auch Johnny Chow, der zum Frühstück heraufgekommen ist, kreischt sie die große Neuigkeit entgegen. Vorlaut, eh, sagt Chow grinsend und beißt in einen Blaubeermuffin. Vorsicht, Kleine, so 'n großer Mund kann dir ganz schnell Probleme einhandeln. Dann kommt Mira in ihrer Vina-Aufmachung aus dem Schlafzimmer, und er verschluckt sich. Ich muß ihn mehrmals auf den Rücken schlagen, und als er sich endlich wieder erholt hat, wischt er sich die Augen und dreht sich, nach Luft ringend, zu Tara um: Siehst du?
Zu Mira sagt er bewundernd, Rai hat mir gesagt, daß du gut bist, aber das hätte ich niemals gedacht, nicht mal im Traum hätte ich mir so was vorgestellt. Verdammt! Und singen tust du auch wie sie. Gottverdammt. Ich muß dir sagen, das kommt mir ehrlich unheimlich vor.
Kopfschüttelnd, sich immer noch räuspernd, geht er hinaus. O Mann, es gibt doch nichts, was das Selbstvertrauen so sehr aufbaut wie eine gute Nachricht, stellt Mira mit unsicherem Lächeln fest.
Im Taxi nach *uptown* – Ormus hat mir angeboten, Will Singh mit einem Wagen zu schicken, aber ich hielt es für besser, unabhängig zu bleiben – sieht Mira ihre Ormus-Kontrolliste durch. Lebensgeschichte, Discographie, Einflüsse, wunde Punkte, zum Beispiel der Tinnitus, der ihn dazu verdammt hat, in einem Glassarg aufzutreten. Im täglichen Leben scheint er ihn nicht allzusehr zu stören, erkläre ich ihr. Ich muß daran denken, wie er den Ton auf seinem Spionage-

band so geregelt hat, daß ich ihre Stimme zu hören vermochte. Selbst mit seinem inneren Knistern und Zirpen hört er immer noch gut genug, um ein Mischpult zu bedienen. Großer Gott, denke ich plötzlich, er ist doch hoffentlich nicht so verrückt, ihr die Überwachungsbänder vorzuspielen, oder? Wenn sie sich auf diesen dreihundert Monitoren sieht, wird sie aus unserem Leben verschwinden und nie wieder zurückkehren. Und ich kann ihr das nicht mal übelnehmen. Also werde ich jetzt auch nervös.

Seine heterotopischen Tendenzen, seine Ausflüge in alternative Realitäten faszinieren und beunruhigen sie zugleich. Sie ist mit Ormus' Songs und Behauptungen über die Anderwelt aufgewachsen, aber die Vorstellung, daß die kein besserer Ort ist, sondern einfach ein anderer, nicht mehr als eine Variation, die nicht ganz so funktioniert hat, gefällt ihr nicht, und die Vorstellung, daß sie verschwunden ist, daß Ormus die Augenklappe nicht mehr braucht, gefällt ihr ganz und gar nicht. Außerdem habe ich sie über Gayomart und die Songs aus der Zukunft informiert. Über Gayomarts Flucht aus Ormus' Kopf damals, bei jenem Autounfall, vor langer Zeit. Daß Ormus so halb glaubt, es sei Gayo, mit dem Vina ihre letzten Stunden auf Erden verbracht hat, es sei Gayo, mit dem sie ihre Zeit unten verbracht hat. Es fällt mir immer noch schwer, diese Informationen wertfrei zu vermitteln, ohne zu urteilen, aber Mira ist fasziniert. Ich liebe eine gute Zwillingsstory, sagt sie. Es geht vor allem um die verschiedenen Gehirnhälften, ich meine, wir haben doch wirklich keine Ahnung von dem unangezapften Potential, von unseren eigenen Möglichkeiten, okay? Dieser Mann ist wirklich in seine dunkle Seite vorgedrungen. Es ist erstaunlich. Rai?

Ich glaube, ihr beiden werdet gut miteinander auskommen, sage ich. (Allmählich werde ich nicht nur gereizt, sondern auch mehr als ein bißchen sauer und klinge deswegen auch danach.)

Bist du eifersüchtig? fragt sie mich voller Genugtuung, ich dachte, er sei alt und abgefuckt und habe furchtbar dröhnende Ohren. Keine Konkurrenz, ja? Du bist eifersüchtig, behauptet sie, knufft mich in den Arm und grinst von einem Ohr zum anderen. *Jetzt* ist sie total entspannt.

Dröhnende Ohren, sagt Tara in ihrer Ecke des Taxis. Dröhnende Ohren, abgefuckt.

Clea wartet in der Halle des Rhodopé; sie trägt ihre dicke Brille und wirkt mehr denn je wie eine winzige, alte Mrs. Mole im Sari. Als sie Mira sieht, bleibt ihr die Luft weg: O Madam, Gott sei gedankt! Dann erschauert sie ein wenig, als müsse sie sich sehr anstrengen, ihre Gefühle zu zügeln, wendet sich an Tara und begrüßt sie wie einen alten Kumpel, umschmeichelt sie nach Strich und Faden und erobert auf der Stelle das kleine, jung-alte Herz. Im Lift legen Tara und Clea den Swim hin (über das Lautsprechersystem kommt VTO), während ich mich im Spiegel betrachte. Ich bin in keineswegs schlechter Verfassung, neben Mira wirke ich jedoch wie die Inkarnation eines Spießers. Ich benutze sogar Wörter wie Spießer. Ormus ist, wie ich vermute, selbst in seinem gegenwärtigen, heruntergekommenen Zustand immer noch cool. Ich persönlich würde ihn eher als hüftlahm bezeichnen denn als *hip*, aber ich bin eben keine Zwanzigjährige, der Zutritt zum Allerheiligsten eines der heiligen Monstren des Rock gewährt wird.

Er erwartet uns an der Fahrstuhltür, wirkt in seinem weißen japanischen Kampfanzug, auf Will Singh gestützt, gebrechlich, aber erwartungsfroh. Als er sie sieht, krampfen sich seine Finger um Wills Unterarm, graben sich schmerzhaft in ihn ein. Will bleibt reglos; Reglosigkeit ist die Stärke des großen Mannes.

Ja, sagt Ormus Cama. Nur dieses eine Wort. Er und Mira starren einander eine lautlose Ewigkeit an: fünfzehn Sekunden, zehn Jahre, oder so ähnlich. Mit einiger Genugtuung stelle ich fest, daß der Ausdruck auf ihrem Gesicht von kaschiertem Unglauben spricht. Sie verhält sich, als hätte sie einen Geist gesehen, als sei Ormus, dieses ausgezehrte Wesen, das einmal Ormus Cama war, der Wiedergänger, der von den Toten auferstanden ist. Was im Grunde natürlich ihre Rolle in dem heutigen kleinen Drama sein müßte.

Bitte, sagt Ormus und geht, immer noch auf Will gestützt, zu dem weißen Yamaha-Konzertflügel voraus. Nach ein paar Schritten tippt Mira Will Singh auf die Schulter. Lassen Sie mich das tun, sagt sie und bietet Ormus ihren eigenen jungen Arm. Er nickt, zweimal, den

Blick voller Emotionen, dann gehen sie beide gemeinsam weiter. Will hält sich am Ende der kleinen Gruppe. Tara hat Clea Singhs Hand ergriffen. Im Augenblick ist jeder still.

Als wir den Flügel erreichen, nimmt Ormus Platz und beginnt eine getragene, eindringliche Gospelweise zu spielen. Mira steht ein wenig hinter ihm. Wir anderen warten verlegen, fühlen uns wie Eindringlinge. Sie läßt ihn einige Minuten spielen, nimmt die Musik mit ihrem Körper auf, schließt die Augen, wiegt sich. Eine ihrer Hände ruht ganz leicht auf Ormus' Schulter, und sie läßt sie dort liegen, bewegt sie sogar um ein paar Zoll zur Seite, bis ihre Fingerspitzen in seinem Nacken liegen. Ich spüre, wie mein Gesicht heiß wird, aber ich greife nicht ein.

Dann singt Mira, und der Raum ist erfüllt von ihrer unbegreiflich kraftvollen Stimme mit ihrer ungeheuren, klaftertiefen-himmelhohen Bandbreite. Vinas Stimme. Als Ormus Cama sie hört, muß er aufhören zu spielen, weil seine Finger plötzlich zittern, aber sie singt allein weiter, singt wie ein Sonnenstrahl in der Ruine einer Kirche.

Lead me to your light, singt sie, *oh sweetheart lead me to your day, I'm down at the bottom in the endless night, won't you please show me the way. If you don't lead me baby then I guess I'm down here to stay.*

Der Song ist ein goldenes Oldie von VTO, das Flehen einer verlorenen Seele an ihren Geliebten, aber jetzt ist es Mira, die Ormus aus der Dunkelheit führt, die ihn vor dem Abgrund rettet. Jetzt ist er in der Tiefe unten, und ihre Stimme ist es, die ihn befreit.

Seine Hände kehren auf die Klaviatur zurück, das Tempo nimmt zu, und ihre Stimme schwingt sich voll antwortender Freude empor. Clea und Tara klatschen im Takt in die Hände. Sogar Will Singh, das junge Steingesicht, macht mit. Ich? Ich klatsche nicht. Ich bin nicht musikalisch.

Später, beim Abendessen zu Hause, während Tara friedlich in meinem Bett schläft, betrachte ich Mira über die Fettucine und den Chianti hinweg, die ich ihr serviert habe, und sehe eine Fremde: eine harte junge Frau ohne Illusionen, die aber auch klug genug ist, ihre große Chance wahrzunehmen und vor den Augen ihres Liebhabers mit einem anderen Mann zu flirten. Eine Frau, die immer noch nicht genau weiß, ob sie soeben die wichtigste Begegnung ihres Musiklebens gehabt hat oder nicht. Vielleicht öffnet sich ja eine Zukunft für sie, aber vielleicht ist es auch einfach nur eine wilde Phantasie, die mit dem Morgengrauen wieder verschwindet. Ich sehe, daß sie sich diese Zukunft vorstellt, sie kann gar nicht anders, als die Wiedergeburt der legendären Band vor sich zu sehen, wobei sie selbst in Vinas Fußstapfen tritt.

Laß nicht die Pferde mit dir durchgehen, warne ich sie ein wenig zu barsch. Du hast gesehen, in welchem Zustand er ist. Vielleicht kann er sich von der Sucht befreien, vielleicht aber auch nicht. Die Chancen stehen nicht sehr gut, das weißt du, du kennst die Macht der Sucht, in der er gefangen ist, sie könnte stärker sein als du. Wie dem auch sei, es ist ein langer Weg von heute bis zu einem Auftritt in einem Stadion.

Verdammt, wenn du dich hören könntest, sagt sie mit trotzig vorgerecktem Kinn. Ich dachte, das Ganze ist ohnehin deine Idee gewesen. Du warst es doch sogar, der verlangt hat, daß wir ihm nichts über uns sagen. *Hilf Ormus*, o yeah, genau, aber Mira wird nicht geholfen, man sollte des Guten ja nicht zuviel tun.

Darauf fällt mir keine Antwort ein. Ich sitze einfach da und esse.

Du hast kein Vertrauen zu mir, ist es das? fragt sie mich. Du glaubst nicht, was ich dir geschworen habe. Du hältst mich für eine Hure.

Nein, widerspreche ich nach einer allzu langen Pause, es ist schon okay, ich habe Vertrauen zu dir, wirklich und ehrlich.

Ich bin mir tatsächlich ihrer Liebe relativ sicher, die unerwartete Überraschung daran ist, daß ich ihr blind vertrauen möchte, aber mir ist auch klar, daß ich die Macht dessen, was Ormus Cama noch immer zu bieten hat, gründlich unterschätzt habe. Seine Musik, seinen legendären Status und, jawohl, auch seine Schönheit. Mira läßt mir keinen Zweifel daran. Du bist so blind, belehrt sie mich, er ist ein wunderschöner Mann. Diese Augen, diese sanfte, so sanfte Stimme, er ist verdammt unwiderstehlich. Sicher, er hat einiges einstecken müssen, aber du kannst doch nicht so sehr ein *Mann* sein, daß du tatsächlich meinst, das mache ihn weniger attraktiv.

Was ist mit seinem Alter, wende ich ein und versuche, unbeschwert zu klingen. Er ist ein Mann mit Kindheitserinnerungen aus den Vierzigern, an den Zweiten Weltkrieg, *White Christmas*, die Partition Riots, den New Look, *Oklahoma*. Ist es das, was der Jugend von heute gefällt?

Das ist nur seine äußere Hülle, ist nur die Laterne, die seine Flamme beschützt, okay?, sie winkt ab. Sein Geist ist noch jung, die Flamme brennt noch kraftvoll, und allein das ist es, was zählt. Wie dein Geist, setzt sie tröstend hinzu, kommt auf meine Seite des Tisches herüber, und PS deine äußere Hülle liebe ich auch.

Als ich Tara in der Nacht ins Nebenzimmer getragen habe und sie wie auch Mira beide schlafen, starre ich an die Decke und denke über die kleinen Blattwendetricks des Schicksals nach. Bei Vina war ich immer der heimliche Geliebte, der Hintertürmann. Dieses Mal sind es Mira und ich, die zusammen sind, eine Einheit, verliebt, was immer, und nun bin ich es, der über ihr heimliches Leben mit Ormus grübelt. Also sind wir wieder einmal Rivalen, Ormus und ich, in dieser Hinsicht ist Mira bereits in Vinas Fußstapfen getreten. Und obwohl der Energiefluß dieses neuen Dreiecks umgekehrt wurde, bleibt so einiges doch dasselbe: Wieder einmal geht es um Vertrauen; und Ormus Cama hat noch immer keine Ahnung von meiner wirklichen Rolle in der Geschichte seines Lebens.

Die Existenz der Voyeur-Videobänder ist ein Geheimnis, das Ormus und ich vor Mira verborgen halten und für immer verborgen halten müssen. Daß wir ein Liebespaar geworden sind, ist ein Geheimnis, das Mira und ich vor Ormus verborgen halten wollen. Es ist ein Geheimnis, das ich jetzt lieber verraten möchte, aber die Frau, die ich liebe, verweigert mir unter Androhung schrecklicher Strafen die Erlaubnis, das zu tun. Was Mira und Ormus betrifft, so ist die Musik ihre Geheimsprache, in der sie auf eine Art kommunizieren können, die sie mir nicht zu erklären bereit sind.

Dies ist das letzte Bild meiner Fotosequenz über Vina. Ich sitze auf einem Stuhl mit einem kreisrunden Spiegel auf dem Schoß. In dem kreisrunden Spiegel spiegelt sich ein rechteckiger Spiegel mit einem Bild von Vina Apsara. Nein, nicht Vina, sondern der großartigsten aller Nicht-Vinas. Mira Celano, meine neue Qual, meine Liebe. Mira, Mira, wer ist die Schönste hier?

Am vierten Jahrestag von Vinas Tod ruft Mo Mallick mit einem Lächeln wie der hochgestimmte erste Akkord eines todsicheren Hits die Musikpresse bei Colchis zusammen, um die unmittelbar bevorstehende Rückkehr von Ormus Cama aus dem Ruhestand und das Wiederaufleben der VTO-Supergruppe in einer Phase-zwei-Aufstellung zu verkünden. Der Platz der Rhythmusgitarristin Simone Bath wird von der aufsteigenden lesbischen Ikone lil dagover eingenommen werden, die auf Kleinschreibung ihrer Initialen besteht, Herrenkleidung, Monokel und einen Louise-Brooks-Haarschnitt trägt und spielt wie ein expressionistischer Traum. (Bath selbst, verbittert über Vinas damalige Attacke gegen ihre Kompetenz, droht Ormus, ihn wegen der Rechte auf den Namen VTO zu verklagen, ein Vorhaben, das niemanden beunruhigt und ins Leere läuft.) Frontman der Band wird, wie schon zuvor, Ormus Cama als Sänger und Leadgitarrist sein, schließt Mallick, als Leadsängerin werden wir die neue Gesangssensation Mira Celano vorstellen, die unserer geliebten Vina so ähnlich ist, daß keiner von Ihnen es glauben wird.

Es ist, als sei die Wiedervereinigung der Beatles angekündigt worden, nur größer. Die VTO Backlist verkauft noch immer mehr als die meisten funktionierenden Bands, und der *Quakershaker*-CD-Klassiker, mit einer revidierten Version von *Beneath Her Feet* als Zugabe neu herausgebracht, ist seit dem Tag von Vinas Tod nicht mehr aus den Top three des Billboard verschwunden. Das Engagement von dagover wird weithin als Ausdruck der Notwendigkeit für die Band, mit der Zeit zu gehen, begrüßt. Diamond lil bringt ein formidables Resümee mit sich; im Alter von siebzehn Jahren trieb sie sich mit den Mystery Men von Kraftwerk herum und entwarf Musik für die weibliche japanisch-westliche Crossover Takarazuka Dance Company, von der die Hälfte der Frauen sich als Männer verkleiden und von Legionen weiblicher Fans angebetet werden, und hat niemals zurückgeschaut. Die Produktionsgurus schätzen sie als so vielseitig wie die Glimmer Twins, Mutt Lange und DJ Jellybean's Sidekick, Whitney und Debbie H.s Produzenten, Toni C. Ein Jahr oder zwei bei VTO müßte dagover in die Oberliga hinaufkatapultieren, deswegen ist es nicht nur für die Band, sondern auch für sie selbst ein kluger Schachzug.

Mira Celano dagegen wird unter Verschluß gehalten – keine Interviews, keine Fotos, keine Bänder –, und das ist keine sehr populäre Strategie. Früher hieß es immer, daß VTO Ormus und Vina und irgend jemand sei, aber die Umstände von Ormus' Abstieg sind wohlbekannt, seine Gesundung ist ungewiß, und ohne unwiderlegbare Beweise für das Gegenteil wird es für höchst unwahrscheinlich gehalten, daß Mira es verdient, in den Schuhen der großen Vina Apsara zu stehen. Sie ist das Objekt intensiver Spekulationen und einer recht großen Skepsis, und als verlautet, daß sie als primitive Imitatorin begonnen hat, wird die Stimmung sogar häßlich. Wie immer, führen die Sangrias die Attacke und beschuldigen Ormus, seine eigene Legende zu zerstören und den Namen VTO lächerlich, eine Jahrmarktsversion daraus zu machen. (Von Rémy Auxerre werden keine hochgestochenen Frankophonien mehr zu hören sein. Er ist an *der Krankheit* gestorben, nur noch ein Karo in einem Quilt. Rémy ist verschwunden, und mein Freund Aimé-Césare Basquiat, sein zeitweiliger Liebhaber, ist *krank*.)

Was nun das VTO-Unternehmen betrifft, so sind wir bei den Proben, zurückgezogen in einem unbenutzten Flugzeughangar in Nassau County und umgeben von einem militärähnlichen Sicherheitsgürtel. Auch das ist ein Aspekt der zeitgenössischen Rockmusik: die Hinwendung zu militärischen Maßstäben und militärischer Präzision aus keinem wichtigeren Grund als *shake, rattle'n'roll*. Früher einmal konnte Jerry Apple mit seiner Gitarre fünf Minuten vor der Showtime vor dem Bühneneingang eintreffen, beim Manager seine zehntausend Bucks in *cash* kassieren und auf die Bühne gehen, ohne die Hausband, die ihn begleiten sollte, so richtig wahrzunehmen. Falls jemand aus der Band es gewagt hätte, ihn nach der Playlist zu fragen, hätte er geantwortet, *Sonny, heut' abend werden wir 'n paar Jerry Apple Songs spielen.* Heute ist das alles anders. Diese alten Entengänger waren wandernde Kesselflicker. Die Musiker heute sind Industrielle.

Hier sind die Sequencer, die Synthesizer, die Sampling Devices – Fairlights, Synclaviers. Hier sind die Musiker, die überlegen, wie sie ihr eigenes Spiel über die Wirbel und Modulationen, die technologischen Soundmatratzen legen können, auf denen sie während der Show herumspringen. Vor allem Ormus und lil dagover stecken im Augenblick tief in einer musikalischen Begegnung, tauschen Unverständliches mit dem Techno-Gandalf Eno Barber aus. (Jawohl, Eno von Radio Freddie; in diesen Tagen ist er der unbestrittene King of the Loop, Zar of the Texture, King Ear. Unsere Lebenswege trennen sich und finden sich wieder, wir ziehen weiter, und später kommen wir möglicherweise wieder zusammen, um dann abermals auseinanderzugehen. Das ist der Verlauf eines Menschenlebens, weder genau geradlinig noch absolut trennend oder endlos sich verzweigend, sondern vielmehr eine sprungmatratzenähnliche Sequenz von Hineinspringen und Auseinanderfallen.) Es war Ormus, der Eno für die Arbeit an der neuen Show und dem begleitenden Album engagiert hat, und im Augenblick stecken die drei ständig zusammen. Mira haßt das. Als Sängerin ist sie aus dem privaten Club der Instrumentalisten weitgehend ausgeschlossen. Dieser Teil von Ormus gehört ihr nicht; wenn er mit dagover zusammen ist, fühlt sie sich, wie ich mich fühle, wenn er bei ihr ist.

Heute ist Mira gereizt, unsicher, versteckt die Augen hinter einer aufreizend nachtschwarzen, runden Wraparound-Brille und muß sich ständig bewegen, ein paar Schritte hierhin, ein paar Schritte dorthin, klatscht in die Hände, schnalzt mit den Fingern, redet wie ein Maschinengewehr. Tara steckt irgendwo in Miras Wohnwagen-Privatsphäre und wird von Clea Singh betreut. Sie ist schon jetzt klug genug, um zu wissen, daß man Mommy, wenn sie in dieser Laune ist, am besten aus dem Weg geht. Ich selbst bin noch nicht bereit, so klug zu sein. Ich bin dort, um zu versuchen, einen beruhigenden Einfluß auszuüben, kassiere aber meist nur die Flak, wenn sie jemanden braucht, den sie anschreien kann. Ich bin die Ehefrau. Sie hält Monologe, und wenn Mira so ist, muß man einfach mitziehen. Die negativen Spekulationen in den Medien haben sie nervös gemacht, der Beschluß, sie vor einer verfrühten Enttarnung zu schützen, hat sich als stressiger erwiesen als erwartet. Es ist nicht leicht, sich tief zu ducken, wenn einem das halbe Pressecorps des Landes auf den Fersen ist, den Mund zu halten, wenn das, was die anderen sagen, grausam ist und man sich gern verteidigen möchte. Aber Mallick hat gesagt, wenn wir dich jetzt herausstellen, zeigen wir ihnen nur die Zielscheibe, bevor wir bereit sind, ihr Feuer abzuwehren. Auf der Bühne wirst du ihnen die beschissenen Mäuler stopfen, also warte ab, bitte, bitte, warte ab. Ormus unterstützte Mallick, die beiden waren Profis, also stimmte sie zu, aber die Zweifel machen ihr zu schaffen, sie findet, daß sie nicht mehr als Vina verkleidet vor ihr Publikum treten soll, fühlt sich in ihrer Imitation gefangen und will endlich sie selbst sein.

Na, hör mal, es war nicht Vina, die ihn dieses Mal aus dem Koma geweckt hat, murrt sie, ich war es, Mira, ich habe ihn von den Toten zurückgeholt, ich habe diesen Quacksalber von Arzt mit dem Zwiebelatem gefeuert, der auf mich losging, als ich ihn rausschmeißen wollte, ich hab' ihn in die Reha gebracht, zusammen mit all den anderen Kerlen mit spitzen Zähnen und verdrehten Augen, und ich hab' dafür gesorgt, daß er das Programm vollständig absolviert und summa cum beschissenem laude abgeschlossen hat. Wenn er mitten in der Nacht jemanden brauchte, hat er nach mir gerufen, und, Baby, ich bin aufgestanden und jedes einzelne Mal zu ihm gegangen, nun ja, okay, wenigstens bis ein Uhr morgens, sechs Nächte in der Woche, ich meine, nicht wirklich mitten in der Nacht, wenn wir, wenn, hör zu, du weißt schon, was ich sagen will, ich hab' mein eigenes Kind in deiner Obhut gelassen, okay, deiner und irgendeines Babysitters, okay, und manchmal auch Clea Singhs, wenn er sie rübergeschickt hat, aber, verdammt noch mal, keiner ist öfter zu ihm gegangen als ich, all seine verrückten Spielchen hab' ich mitgespielt, ich hab' zugelassen, daß er durch mich an Vina festhielt, bis er stark genug war, um auf eigenen Füßen zu stehen, und sieh ihn dir jetzt an, wie neugeboren ist er, okay, bravo, *kudos* für ihn, was ich sagen will, er schuldet mir was, ich hab' seinen Schuldschein, es wird Zeit, daß er mich freiläßt. Ich hab' ihn aus der Hölle zurückgeholt, aber das muß nicht heißen, daß ich für ihn im Feuer schmoren muß. Dieser Vina-Mist, ich weiß, der ist falsch, aber ich kann mich nicht durchsetzen, und wenn ich da draußen bin, unter den grellen Scheinwerfern, bin ich es, die die Prügel einstecken muß.

Es ist dies, was ich bei dieser Krise nicht aufs Tapet bringe: daß auch ich in die Hölle abrutsche. Je tiefer wir in die Proben hineinkommen, desto weiter entfernt sie sich von mir, je mehr sie lil dagover verabscheut, desto wütender geht sie auf Ormus los. Immer wieder entdecke ich, daß es für Miras Pragmatismus nur wenige Grenzen gibt. Alles, was geht, ist ihr Motto. Ich denke an Ormus' Schlafzimmertür. Ist sie eine unverletzbare Grenze? Oder wird sie auch diese überschreiten, um herauszufinden, was geht?

(Vertraue mir. Vertraust du mir nicht?)

(Doch, Liebling, ich vertraue dir, Baby, ehrlich. Aber vielleicht ist es idiotisch von mir, das zu tun, wieder einer, der sich vor Liebe zum Narren machen läßt. Wieder eine von diesen Rock 'n' Roll-Ehefrauen.)

In die Welt außerhalb des Flugzeughangars dringen Gerüchte über Meinungsverschiedenheiten drinnen. Mira argwöhnt, daß dagover die undichte Stelle ist. Die beiden Frauen liegen sich immer öfter in den Haaren; sie sind beide durchsetzungsfähige Frauen, die ihren Standpunkt willensstark vertreten und um Ormus Camas Respekt wetteifern. Mira erklärt Ormus, er lasse sich von der Technologie den Kopf verdrehen, spanne den Karren vor das Pferd, du bist wie die Generäle mit ihren ausgeklügelten Bomben, sagt sie, kleine Jungens mit ihrem beschissenen Spielzeug. Ich bin es, die sich in den Clubs auskennt, setzt sie hinzu, ich habe mehr Zeit in der Szene verbracht als ihr anderen alle zusammen, ihr redet bloß klug daher, um cool dazustehen, aber ihr wißt einen Scheiß. In den Clubs ist dieses Zeug doch längst passé, es war nicht genug. Die Menschen sind hungrig, okay?, die Maschinen machen sie nicht satt, ich meine, es liegt an uns, ihnen etwas zu beißen zu geben, ihrem Geist Nahrung zuzuführen.

Ormus hört zu.

Doch lil dagover schlägt mit der gut entwickelten Theorie zurück, daß die Technologie die Musik zu ihren Wurzeln zurückgeführt habe, ihren Ursprüngen in den nordafrikanischen atonalen Ruf-und-Antwort-Rhythmen. Als die Sklaven übers Meer kamen und ihre Trommeln nicht mehr benutzen durften, ihre sprechenden Trommeln, lauschten sie der Musik der irischen Sklaventreiber, den keltischen Dreisaiten-Volksliedern, und verwandelten sie in den Blues. Nach dem Ende der Sklaverei erhielten sie ihre Drums zurück, und das war R&B, und weiße Kids übernahmen das von ihnen und *fügten Verstärkung* hinzu, und das war die Geburt des Rock 'n' Roll. Der wieder übers Meer nach England und Europa zurückkehrte und von den Beatles umgewandelt wurde, der ersten großen Rockgruppe, die Stereotechnologie benutzte, und diese Stereomutation kehrte nach Amerika zurück, wo sie zu VTO wurde, et cetera. Aber die Technologie fährt fort, sich zu verändern, und mit der Erfindung des Sampling kann man die älteste Musik auf den neuesten Klang übertragen und dann, klabums!, sind wir mit dem Hip-hop, dem Scratching wieder bei Ruf und Antwort zurück, zurück in die Zukunft. Die Technologie ist nicht der Feind, behauptet lil, sie ist das Mittel zum Zweck.

Was ist das hier, wendet sich Mira an Ormus, ein Geschichtsseminar oder eine Rock 'n' Roll-Band? Wenn sie recht hat, dann ist die Musik ein geschlossener Kreis, ist sie tot, gehn wir nach Hause. Um vorwärts zu gehen, um aus dem Kreis auszubrechen, müssen wir weiterführen, was VTO begonnen hat und wofür Vina in meinen Augen immer das Symbol war. Grenzen überschreiten. Den Rest der Scheißwelt reinholen.

Es ist eine Sackgasse, und interessanterweise scheint Ormus nicht bereit oder nicht in der Lage zu sein, Führung anzubieten, einen Weg vorwärts aufzuzeigen. Die Lösung liefert Eno Barker, der das Ganze überraschend einfach erscheinen läßt. Eno gibt sich immer noch als Bruder vom anderen Planeten, zu jeder Tages- und Nachtzeit makellos gepflegt, niemand sieht ihn je essen oder trinken oder pinkeln, Emotionslosigkeit in Inkarnation. Er ruft Mira und lil zu sich ans Mischpult und sagt ruhig, ich habe nachgedacht, wir könnten beides haben. Und während sie seinen Kreisen zuhören, den Tablarhythmen, der Sitar und, jawohl, den Vina-Riffs zuhören, die mit reinem Synthesizersound durch seine Sequenser gejagt werden, zuhören, wie er sein sprudelndes Hörgebräu ausblendet, ausbalanciert und mischt, beginnt sich plötzlich etwas zu regen, greift lil nach ihrer Gitarre und spielt mit, findet die Rhythmen oder läßt sich von ihnen finden, reitet die Wogen, und Mira singt Scat, untermischt mit Ormus' Texten und indischen *bóls*, und Ormus Cama fängt tatsächlich an zu lächeln. Überall in der weiten Flugzeughalle halten die Elektriker, die Grips, Roadies und Plattenfirmafiguren in ihrer jeweiligen Tätigkeit inne und hören zu. Es ist der Sound eines Babys, das geboren wird. Es ist der Rhythmus neuen Lebens.

Wir haben eine Band.

Es gibt Haßbriefe. Nun gut, wenn sich auf irgendwas die Aufmerksamkeit konzentriert, gibt es immer Drohbriefe, immer die gleichen perversen *Kommies*-Beschimpfungen der Rednecks, von den Religiomanen die Drohungen wie etwa *vor mir könnt ihr fliehen, aber vor Gott könnt ihr nicht fliehen*, die wie Glückskeksbotschaften klingen, die enttäuschten Sexualphantasten, die Fans von Konkurrenzkulten, die heimlichen Verrückten, die irdische Jobs innehaben, an den Sonntagen Grillpartys veranstalten und ihre Schlafzimmerschränke mit Zeitungsausschnitten vollstopfen, die sie mit ihren Flüchen existieller Abscheu beschmieren. Und wenn die Menge der niedergeschriebenen Giftspritzereien größer als gewöhnlich ist, kommt das zum Teil daher, daß die Band so lange weg war und sich das Dreckwasser hinter dem Damm aufgestaut hat. Es gibt natürlich auch eine Menge positiver Fanpost, aber die hat keine so starke Wirkung, wird nicht zum Bestandteil dessen, was einen beschäftigt, wenn man seiner alltäglichen Arbeit nachgeht. Und diesmal wirkt sich die Feindseligkeit schwerer als sonst auf die Bandmitglieder aus, weil sie, jawohl, sehr lange geschwiegen haben, und es gibt eine neue Formation, deswegen entstehen Unsicherheiten. Außerdem sind die Drohbriefe nicht einfach die üblichen Bösartigkeiten. In vielen Fällen werden sie zum großen Teil von einer ganz neuen Schärfe beherrscht, einem extra Schuß Bitterkeit in der Galle.

Vina-Möchtegerns schreiben, um gegen die Wahl von Mira statt einer der ihren zu protestieren, Puristen verleihen ihrem Abscheu über die Exhumierung der Band Ausdruck, die man in der goldenen Vergangenheit hätte ruhen lassen sollen, wohin sie gehört, statt sie dieser zombihaften Wiederkehr auszusetzen, Lesbenhasser übermitteln ihre Four-Letter-Ansichten über lil dagover und ihre sapphischen Schwestern, und damit erwähne ich nur die höflichsten Ergüsse. Viele Korrespondenten schicken nahezu unentzifferbar gekritzelte Warnungen, VTOs Quake Songs könnten tatsächlich für die gegenwärtige Welle seismischer Katastrophen verantwortlich sein, und drängen die Band, sich von gefährlichem Material fernzuhalten. *Hört endlich auf, den üblichen Ärger zu machen, sonst ... ihr habt auch so schon genügend Gelt mit dem Elent der Menschen gemacht.*
Eine weitere Gruppe gibt Ormus die Schuld am langen Schweigen der Band und nennt es Verrat. Die Mitglieder meinen, sein Neid auf Vinas Genialität sei wohl der eigentliche Grund für die Auflösung der Band gewesen und man müsse ihn für das, was darauf folgte, zur Rechenschaft ziehen. Hätte die VTO nicht aufgehört, hätte Vina sich keine Solokarriere aufbauen müssen und wäre daher aller Wahrscheinlichkeit nach an jenem schicksalhaften Valentinstag nicht in Mexiko gewesen, sondern wäre noch am Leben, Ormus Cama, du beschissener Mörder, glaub ja nicht, daß wir jemals vergeben und vergessen werden.
Andere Schreiber wiederum sehen das Ganze positiver, loben die prophetische Präzision von Ormus' alten Songs, geben ihrer Überzeugung Ausdruck, daß seine Musik buchstäblich die Welt verändern könne, und bitten Ormus, seine magischen Kräfte zum Guten

zu verwenden. *Heilen Sie den zerbrechenden Planeten. Singen Sie für uns, und beruhigen Sie die gequälte Erde.* Auf jeden, der sich auf Miras Debüt freut, gibt es fünf Personen, die sie aus den unterschiedlichsten Gründen abstürzen sehen wollen.

Einmal, während der Monate des Heranreifens – bevor wir in den Flugzeughangar umziehen –, lasse ich mich ein wenig hinreißen. Mira berichtet mir, daß Ormus plane, die neue Show als eine Erforschung der Unserwelt/Anderwelt-Dualität zu gestalten, mit der er sich für den größten Teil seines Lebens herumgeschlagen hat. Das Thema, für das er sich vor allem interessiert, ist die Aufhebung der Grenzen zwischen den Welten, deswegen wird es einen Erzählstrang über eine Oberwelt/Unterwelt-Liebesgeschichte geben, die er entwickelt, vielleicht eine Rettung ... Als mir klar wird, daß er nichts von jener Musik weiß, die vor ihm kam – wie sehr muß er unbewußt noch immer seinen gelehrten Vater verabscheuen, wie vieles muß er unterdrücken! –, gerate ich übermäßig in Erregung und Besorgnis, mache mich auf und kaufe einen Stapel früher Opern, Jacopo Peris *Euridice* (1600) mit Ottavio Rinuccini als Librettisten, Monteverdis *Orfeo* von 1607, Libretto von Alessandro Striggio, und natürlich Gluck, aus dem Vina in Tequila ihr letztes Lied sang. Giulio Caccinis konkurrierende Umsetzung des Rinuccini-Librettos kann ich nicht finden, aber das kümmert mich nicht weiter, weil sie wirklich nicht besonders gut ist.

Als Mira das nächstemal zum Rhodopé rübergeht, begleite ich sie und bringe Ormus die CDs. Er akzeptiert mein Geschenk, legt den Peri auf und hört sich sogar geduldig an, was ich zu sagen habe, daß mit diesen Werken nicht nur die gesamte Geschichte der Oper beginnt, sondern daß es um einen Mythos geht, der alle kulturellen Grenzen überschreitet, daß man Echos davon in der Odin-Sage hört, der keltischen Traditionsgeschichte, ja sogar in gewissen Märchen der Uramerikaner und daß all diese Versionen auch ihre eigenen Songs haben, daß er wirklich jemanden haben sollte, der sie auftreibt. Ich erzähle ihm von der Geburt einer neuen Art von begleitetem Sologesang – seine eigene Kunstform! – im Florenz des sechzehnten Jahrhunderts am Hof des Conte Giovanni Bardi gegen Ende der 1560er: ein Lied, das die Bedeutung des Textes ausdrücken sollte. Diese radikale Abkehr vom madrigalen Prinzip der Ornamentierung durch Trennung der Teile ermöglichte die Entstehung der Oper, der Arie, die ganze moderne Liedtradition bis hinunter zum Drei-Minuten-Gassenhauer mit einem Ohrwurm von Melodie. Auch das ist Teil dieser Geschichte, erkläre ich ihm, und er müsse das wissen. Ich rufe ihm die Uraufführung von Peris Oper im Palazzo Pitti anläßlich der Vermählung Maria de’ Medicis mit Henri IV. von Frankreich vor Augen und die spätere Premiere des Monteverdi in der Accademia degli Invaghiti zur Karnevalszeit in Mantua, dessen Gonzaga-Herzog Mäzen sowohl von Monteverdi als auch von Striggio war ... Aber bevor ich mit den technischen Einzelheiten beginnen kann, strophischen Variationen, *stile concertato* etc., unterbricht er mich behutsam. Ich hab’s verstanden, es ist eine alte Legende, sie ist zuvor schon gesungen worden, vor allem auf italienisch, flüstert er nicht unfreundlich. Ich glaube, das ist immer so, mit allen Geschichten. Doch was ich hier zu machen versuche, ist immer noch ganz und gar mein, und ich werde diesen beschwerlichen Weg, den ich eingeschlagen habe, weitergehen. Wenn es dir nichts ausmacht.

Okay, entschuldige, murmele ich verlegen, ich wollte nur erwähnen, daß jeder ein Problem damit hat, und das ist der Schluß, denn sie soll nicht gerettet werden, weißt du. Jeder verleiht der Story ein glückliches Ende, so oder so, aber das ist falsch, und das wollte ich dir erklären. Schließlich war Vina nicht, aber hier halte ich inne und beiße mich auf die Zunge.

Gut, sagt Ormus und läßt sich nicht anmerken, ob er die letzten Worte verstanden hat. Unglückliches Ende. Kapiert. Danke fürs Vorbeikommen.

Vina wußte das alles, murmele ich töricht und möglicherweise ein winziges bißchen aufrührerisch und gehe nach Hause.

(Während wir bei den Klassikern sind, sollte ich anmerken, daß Ormus das *Dies irae* in Musik gesetzt hat. Mira muß es ihm vorgetragen haben, aber *ihr* hat er nicht einen liebevollen Klaps gegeben und sie nach Hause geschickt. *O Angry Day* ist vermutlich der allererste Rocktext, der aus einem lateinischen, von einem italienischen Mönch des *duecento* geschriebenen Original ins Englische übersetzt wurde.)

Um fortzufahren: zunächst eine erste, kurze angloamerikanische Tournee in kleineren Orten, Roseland, dem United Center, der Cambridge Corn Exchange, dem Labatt's Apollo, höchstens ein halbes Dutzend Gigs insgesamt, damit sich die Band einspielen kann, bevor sie sich sechs Monate später auf eine große, achtzehn Monate lange Sechs-Kontinenten-Stadion-Programm-Reise begibt. Der berühmte Stadion-Rock-Bühnen-Designer Mark McWilliam entwirft für diese grandiose Tour eine grandiose Fantasia von Umrahmung. Diese ersten Abende werden dagegen eher reduziert, ursprünglich, auf das Wesentliche konzentriert sein. Bevor wir uns mit der Show befassen, muß die Musik sitzen, murmelt Ormus.

Seine eigene Singstimme funktioniert wieder hervorragend, obgleich sie kleiner ist als früher und mehr Verstärkung braucht. Laut Eno, dessen Gehör ich nicht in Frage zu stellen wage, ist sein Gitarrenspiel jedoch vielleicht sogar noch besser, gefühlsbetonter geworden als zuvor. Er ist tatsächlich wieder da, und der Sound der Band ist voll und heiß. An unserem letzten Tag im Flugzeughangar gibt es eine Generalprobe vor geladenem Publikum, bei der alles gegeben wird, außer den Bühnenkostümen. Aber sogar in Jeans und T-Shirts klingt alles goldrichtig. Der Beifall ist lang und aufrichtig. VTO lebt.

Wir sind in Roseland, September 1993, nur eine Woche nach dem Konzert im Hangar, und etwa zweitausend Fans befinden sich im Zustand höchster Erregung, während die wandernden Spotlights über die Masse hinstreichen und sie in eine immer größere Erwartungsfreude treiben, und dann setzt der VTO-Maschinenraum ein. *One-two-three-four!* Patti LaBeef, die Drummerin, eine hochgewachsene Texanerin und eine der ersten Frauen, die es als Drummerin bis in die Oberliga geschafft haben, ist auf ihre eigene einsilbige Art eine ebenso gute Anwärterin für die Hall of Fame wie Ormus und Vina als Frontmen. In den Anfangstagen riefen ihr die jungen Männer im Publikum zu, *Gott, bist du geil*, sie aber ignorierte das, spie aus und machte weiter. Bobby Bath, der VTO-Bassist, kommt von Montserrat, der Insel der Erdbeben und Soundstudios, und spielt, als sei sein Lebensziel die Stabilität, nichts weiter. *Viele Spieler haben mehr Tricks auf Lager*, sagt er, *ich aber habe immer die Grundlagen geliebt*, rock-solid, *yeah?, mit dem Baß die Grundlinie setzen und die da vorne drübertanzen lassen.* Bobby Bath war kurz mit der ausgestoßenen Simone verheiratet, hat aber kein Problem damit, sich wieder in die Gruppe einzufügen. *Wo sie dagegen ist, bin ich dafür, Baby,* ist seine Einstellung. *Das ist ein Schluck Rum, der widerlich schmeckt, und ich habe die Nase voll davon.*

Und hier ist dagover, es gibt großen Jubel für Diamond lil, ihr persönlicher Fanclub ist in voller Stärke aufmarschiert, aber dann löst sich das Trockeneis auf, und Ormus Cama ist in seiner Glaskabine zu sehen, wie er sich mit seiner Pedal-Stahlgitarre in die erste Nummer stürzt, eine modernisierte Version des antreibenden Oldies *Ooh Tar Baby*. Er singt die erste Strophe selbst, und es ist ganz wie in alten Zeiten, nur besser, weil lil dagover gut hineinpaßt und die alte Bath-Lücke der Band ausfüllt, aber dann kommt Mira heraus, und alles fängt an, ganz fürchterlich schiefzulaufen.

Ich sitze neben Mo Mallick, und wir erkennen das Problem sofort, wir sehen, daß Mira hundertprozentig recht hatte, und Ormus, geblendet von seinem Bedürfnis, an Vina Apsaras Wiederkehr von den Toten zu glauben, hundertprozentig unrecht. Das Publikum ist nicht erfreut. *Was, ihr schickt wirklich ein Mädchen im Vina-Kostüm da raus, und wir sollen das schlucken?* Im selben Moment, als wir diese Reaktion erkennen, wissen wir, daß der Abend ein Flop ist und VTO heute von neuem sterben könnte. Hier in diesem alten Ballsaal hat es den Anschein, als könnte es Ormus Camas letzter Tanz werden.

Oder Nicht-Tanz, denn die Kids ganz vorn regen sich nicht, sie stehen mit steinernen Mienen da und starren auf die Bühne, überschütten Mira mit ihrer Feindseligkeit. Wie lange noch, bevor sie zu buhen beginnen? Wie lange noch, bevor sie den Saal verlassen? In diesem Moment tut Mira Celano etwas Bemerkenswertes. Sie hebt die Hand, und die Band hört auf zu spielen. Dann wendet sie sich an die zornige Zuschauermenge.

Okay, ich scheiße auch auf euch, sagt sie. Ihr mögt meine Aufmachung nicht, und ehrlich gesagt, ich mag sie auch nicht, aber wir müssen uns beide jetzt damit abfinden, also warum warten wir nicht mal ab, ob die Musik nicht möglicherweise doch gut ist, okay?, ich meine, wenn die Musik nicht gut ist, könnt ihr mich erschießen, von mir aus, das ist euer gutes Recht, doch wenn es die Musik ist, die ihr hören wollt, dann haben wir euch einiges zu bieten, und wenn euch meine Aufmachung nicht gefällt, gebe ich euch einen Tip, ja?, öffnet die Ohren und schließt eure beschissenen Augen.

Hier macht sich Patti LaBeef bemerkbar: ein Donnergrollen auf den Drums, ein Beckenschlag. Patti ist auf der Seite der jungen Frau, und Patti hat eine Menge Einfluß auf das zahlende Publikum, Patti ist glaubwürdig. Die Leute beruhigen sich, grollend, nur halb überzeugt. Dann kommt lil, kommt dagover, die auf dem langen Weg bis heute abend fast ständig gegen Mira opponiert hat, und dröhnt den berühmten *Tar Baby*-Riff hinaus. Das genügt. *Five-six-seven-eight. Ooh tar baby won't you hold me tight. We can stick together all thru the nite.*

Ormus und Vina haben über den Sprung von der Bühne diskutiert. Er kann ihn nicht wagen – er ist sechsundfünfzig Jahre alt und in einer schalldichten Kabine gefangen –, aber sie glaubt, daß sie ihn machen sollte. Wenn wir schon vom Auflösen der Grenzen reden, argumentiert sie, dann müssen wir die Grenze zwischen uns und ihnen verschwinden lassen.

Ich bin dagegen, doch meine Beschützerhaltung treibt Mira noch weiter in die Gefahr hinein, also ist es beschlossen, sie wird es tun, ungefähr nach der Hälfte des Gigs in der Mitte der Sequenz der *Quakeshaker*-Songs. Doch nun, da die Show einen so schlechten Start gehabt hat und obwohl die Band großartig spielt, geht die Menge nur zu etwa achtzig Prozent mit, also wird sie hoffentlich davon absehen, denke ich, wird sie doch wohl so klug sein, sich um Gottes willen zurückzuhalten.

Sie springt.

Sekundenlang denke ich, *sie werden sie nicht auffangen,* sehe ich ihren Körper zerbrochen und von den grausamen, tödlichen Füßen der Menge zertrampelt. Ich denke an Tara. Aber die Arme werden hochgerissen, halten sie empor, sie schwebt über einem Meer von Händen, sie ist in Sicherheit.

Denke ich. Aber ich kann nicht sehen, was sie sieht – den Zorn in vielen Gesichtern unter ihrem hilflosen Körper –, ich kann die Hände nicht spüren, die an ihrem Körper zu zerren beginnen. Erst als irgend jemand ihr die rote Vina-Perücke vom Kopf reißt, wird es deutlich. Ich bin aufgesprungen, Mallick schreit in sein Walkie-talkie, wir haben einen Aufruhr, holt sie da raus, aber bevor die Sicherheitswachen in die Menge hineinwaten können, hat sie es irgendwie geschafft, auf die Bühne zurückzugelangen, und als sie sich aufrichtet, sehen wir alle die Schnitte an ihrem freien Bauch, ihrem Rücken, ja sogar ihrem Gesicht, ihr langes dunkles Haar weht wild und zerzaust auf dem Rücken, das Bustier ist verschwunden, aber sie hört nicht auf zu singen, läßt keinen Takt aus, in ihrer zerrissenen Lederhose steht sie vorn in der Bühnenmitte, singt blutend und barbusig in ihre gottverdammten, mörderischen, undankbaren Gesichter hinein, und das ist der Moment, in dem ich weiß, in dem jeder von uns in der Roseland-Konzerthalle mit Sicherheit weiß, daß Mira Celano ein großer, ein ganz großer Star werden wird.

Später, hinter der Bühne, will ich sie in den Arm nehmen und trösten, und zum Teufel mit Ormus und seinen Einbildungen. Aber sie ist befeuert und braucht die kraftvolle Umarmung eines Mannes nicht. Sie ist von der Bühne gekommen, um ihr Gesetz darzulegen. Der Aufenthaltsraum ist nicht sehr groß, und wir stehen sehr eng gedrängt da, aber wir alle wissen, was gesagt werden muß und daß eine Frau mit der Courage, in eine Zuschauermenge zu springen, der sie nicht trauen kann, auch Mut genug hat, vor Ormus Cama hinzutreten und ihm den Schorf von seiner tiefsten Wunde zu reißen.

Nichts mehr von Vina, sagt sie scharf. Schuhspitze an Schuhspitze steht sie vor ihm, sie ist die Größere und Stärkere von beiden und denkt nicht daran, ihn davonkommen zu lassen. Okay, Ormus? Wir machen es auf meine Art, oder wir vergessen das Ganze hier, auf der Stelle. Hörst du zu? Wirst du damit fertig werden? Niemand kommt aus der Unterwelt zurück. Niemand ist zurückgekommen. Vina Apsara ist weg.

Aber Ormus Cama ist wieder in Bombay, in einem Schallplattenladen, und spricht mit einer hochgeschossenen, minderjährigen Schönheit über *Heartbreak Hotel.*

Ormus? ruft Mira laut. Hast du gehört, was ich gesagt habe?

Yeah, flüstert Ormus. Und summt tatsächlich den Song vor sich hin.

Werd mir jetzt nur ja nicht verrückt, Ormus. Im Augenblick bist du nämlich nicht sehr verrückt. Ich muß deine Antwort auf meine Frage hören – sofort.

Was willst du? erkundigt sich Ormus Cama ruhig. Vina Apsara? Oh, tut mir leid, sie ist gestorben.

Dies irae

O *angry day, O angry day, When Time, like ash, will blow away. Das sagten König David und die Sibylle.* Im Westen haben die Erdbeben aufgehört, und die Bautrupps sind angerückt. Banken und Versicherungsgesellschaften lassen ihre neuen Paläste über den Verwerfungen errichten, als wollten sie die Herrschaft ihrer Autorität betonen, sogar über die unbotmäßige Erde selbst. Die Narben, welche die Erdbeben hinterlassen haben, werden in Erholungsbereiche vewandelt, Gärten, Büroblocks, Kinokomplexe, Flughäfen, Malls. Unter anderen werden auch Ormus Cama und VTO der Schwarzmalerei und des Bangemachens beschuldigt, weil sie auch weiterhin die *Quakershaker*-Songs und ihr neues, von Gospels beeinflußtes Arrangement von Thomas von Celanos alten, mahnenden Versen spielen.

Im Süden jedoch gehen die Verwüstungen weiter. Als diskriminiere die Erde ihre am stärksten benachteiligten Kinder. In Indien, wo die Häuser aus Lehm und Träumen erbaut sind, wo die Strukturen des Lebens unsicher, ihre Fundamente von Korruption, Armut, Fanatismus und Vernachlässigung geschwächt sind, ist der Schaden immens. Das ist nicht angenehm für jene, die behaupten, daß sich Indien nicht von anderen Ländern unterscheidet, und die Besonderheit der Umstände leugnen, die einen Ort ausmachen. Tatsache ist, daß die Erde in Amerika nicht bebt, während der eine oder andere Fleck indischen Bodens, die eine oder andere Straße in indischen Städten nahezu täglich von unterirdischen Beben heimgesucht wird.

Für viele Beobachter der dritten Welt scheint es auf der Hand zu liegen, daß Erdbeben die neue hegemonische Geopolitik ist, das Werkzeug, mit dessen Hilfe die bebenauslösenden Supermächte die allmählich entstehenden Ökonomien des Südens, des Südostens, des

Rima aufmischen und zerbrechen wollen. Die überheblich triumphierende Haltung des Westens während der revolutionären Unruhen von 1989/90 ist zurückgekehrt, um sie heimzusuchen. Jetzt werden alle Erdbeben als euro-amerikanische Waffen betrachtet, das, was früher von den Versicherungsagenten als höhere Gewalt eingestuft wurde, wird jetzt von ganzen Staaten als Kriegshandlung gesehen, und der Altruismus, mit dem normale Westbürger für die Katastrophenhilfsfonds spenden, ja, selbst die unermüdlichen Bemühungen der internationalen Hilfsorganisationen wirken wie Post-facto-Versuche, das schlechte Gewissen der Mächtigen zu beruhigen, nachdem der Schaden angerichtet wurde. Indien, Pakistan, Israel, Syrien, Iran, Irak und China – sie alle verkünden die Erstellung gigantischer ›Plattenkrieg‹-Budgets. Eine ganz neue Art von Waffenhandel hat eingesetzt.

Erschöpfende Bemühungen skeptischer Westjournalisten und -politiker, die Behauptung ihres eigenen militärisch-industriellen Komplexes zu untersuchen und in Frage zu stellen, sie seien für das transglobale Quakeathon 1989/90 verantwortlich, werden von den Teilnehmern an dem neuen Quake-Race als Desinformation behandelt, und Interventionen internationaler Friedensbewegungen werden weitgehend ignoriert. Appelle von Weltführern an die Quake-Racers, ihre gefährlich destabilisierenden neuen ›Rift Bomb‹-Bauprogramme einzufrieren, werden als arrogant und heuchlerisch abgetan. Die Shuttle-Diplomatie-Initiative des UN-Generalsekretärs, alle relevanten Parteien zu bewegen, an einem dringlich zusammengerufenen HARF (Hands Across the Rifts and Faults) Symposion teilzunehmen, auf dem sie sich zu konstruktiven, konfliktlösenden Gesprächen zusammenfinden können, bleibt wirkungslos. Es gibt öffentliche Massendemonstrationen zur Unterstützung der von den Führern der Seismischen Sieben getroffenen Entscheidungen. Selbstachtung und Nationalstolz werden beschworen, und die Menschen erklären sich bereit, ihre Kinder hungern zu lassen, um dafür die Möglichkeit zu erwerben, die Welt zu erschüttern, was sie einem Sieg bei so prestigeträchtigen Wettbewerben wie der Miss-World-Wahl und dem Fußball-Weltcup gleichstellen. Ja, selbst von

den Mauern von Delhi, Islamabad und den anderen seismohaw-
kischen Kapitalen werden Pro-Beben-Technologie-Slogans herab-
geschrieen. *Keine HARF-Maßnahmen. Wenn wir das Land zum
Beben bringen können, werden wir Zeit haben, uns die Hände zu
reichen.* Während die indischen Erdbeben weitergehen, fahren die einheimischen Politiker fort, außer dem Westen auch die traditionellen Feinde des Landes im Norden und Nordwesten zu beschuldigen, und
schaffen dadurch in der Öffentlichkeit ein aufgeheiztes Klima, in
dem der Krieg eine ständige Bedrohung ist. Besonders profitiert von
diesem haßerfüllten Fäusteschütteln Golmatol Doodhwala, Witwe
des ermordeten Piloo. In einem Jahrhundert, das von dem zunehmenden Aufstieg der Witwen von Attentatsopfern an die Macht gekennzeichnet ist, stellt die kugelrunde, ungebildete Golmatol mit
ihren ständigen Rufen nach Rache das jüngste Glied in der Kette
dar – und vielleicht das letzte, falls sie mit ihrer Kriegshetze Erfolg
hat und das Ende der Welt eintritt. Nicht mit einem Knall, sondern
mit einem Schauder.

Jetzt ist jedermann ein New Quaker.

Vieles, das jahrelang im Verborgenen lag, wird jetzt von den unaufhörlichen Beben wieder ans Licht gerülpst. Als die Öffentlichkeit erfährt, daß die wiedergeborene Super-Rockgruppe VTO das Programm ihrer Marathontour um Konzerte in Bombay und Delhi zu
erweitern gedenkt und daß bei diesen Konzerten als Beitrag der Band
zur Unterstützung westlicher Friedensinitiativen *O Angry Day* und
die *Quakershaker*-Songs gespielt werden sollen, wird die Opposition gegen Ormus Camas Heimkehr von einer völlig unerwarteten
Seite gelenkt: Vom Tihar-Gefängnis aus veröffentlicht sein älterer
Bruder Cyrus Cama eine Erklärung, die weithin von der Öffentlichkeit unterstützt wird.

Mit seinen zweiundsechzig Jahren wird Cyrus immer noch als gefährlicher Irrer eingestuft und hat niemals eine Begnadigung erbeten.
Es ist seine energisch verkündete Überzeugung, daß er bis zum Tage
seines Todes in »meinem geliebten Tihar« bleiben sollte, denn nur im
Gefängnis weiß er sich vor der Gefahr sicher, daß der Pillowboy, der

möglicherweise immer noch in ihm schlummert, wieder hervorkommt, um weitere gräßliche Verbrechen zu begehen. Er ist ein Serienmörder, das gilt natürlich auch weiterhin; innerhalb der Anstalt jedoch gewinnt ihm sein sanftes Wesen immer wieder zahlreiche Freunde. Sooft seine Wärter auch ausgetauscht werden – wenn sie gehen, sind sie seine Anhänger, denn Cyrus ist ein weiser Mann geworden, nachdem er die Jahre, ganz in der Tradition des Darius Cama, ruhig und fleißig mit dem Studium der alten Sprachen und dem Lesen der alten Bücher verbracht hat. Seine *Meditationen über Kalki* – Kalki, die letzte Manifestation von Wischnu, der nur kommen wird, um das Ende der Welt zu verkünden – wurden in wissenschaftlichen Journalen veröffentlicht und von verschiedenen kleinen, philosophischen Verlagen als *feuilletons* und Notizbücher abgedruckt, und außerdem gibt es zahlreiche Universitätsprofessoren und begeisterte Studenten, die ihn für einen der fundiertesten Denker des Landes halten, eine Stimme für unsere verwirrenden und möglicherweise tödlichen Zeiten. Als veröffentlichter Autor von geschliffener Sprache und großem Bekanntheitsgrad und als ein Mann, dessen entschlossen (wenn auch ziemlich unvermeidlich) einfaches Leben und prinzipielle Selbstverleugnung Eindruck machen, ist Cyrus ein Beispiel dafür geworden, was ein Mann mit seiner Zeit auf Erden machen kann, sobald er das ihm zugewiesene Los akzeptiert. Sein Körper mag sich im Gefängnis befinden, sein Geist aber, formulieren seine Fans bewundernd, sein Geist ist das fröhliche Lied eines Vogels, das am weiten, offenen Himmel erklingt.

An Ormus Cama schreibt Cyrus einen offenen Brief, eher in Sorge als im Zorn: Mein Bruder, ich bedaure sehr, dies sagen zu müssen, aber du bist zu einem Menschen geworden, der seine eigenen Artgenossen haßt. Dieser Einleitungssatz sichert Cyrus eine breite Veröffentlichung seines wehmütig polemischen Textes in den indischen und anschließend in den weltweiten Nachrichtenmedien. Selbst Ormus' jüngste Erklärung gegen die Quake Wars wird gegen ihn selbst gekehrt. Ormus begann mit den ironischen Worten: *Was mich betrifft, ich verfüge über keine Massenvernichtungswaffen, daher hoffe ich, dem Vorwurf der Heuchelei zu entgehen, wenn ich sage ... ah,* lautete Cyrus' bedauernde Erwiderung, mein lieber Bruder ist allzu bescheiden; denn war nicht er es, der die bedauerlichen Verschen geschrieben hat, die zu den Totenhymnen des neuen Quake Age wurden? Wir dürfen Ormus Camas eigene Einschätzung als reiner Troubadour oder Popster nicht übernehmen; denn seine von Selbsthaß erfüllte, entwurzelte Musik hat lange im Dienst, ich würde sogar sagen, im Herzen des arroganten Westens gestanden, wo die Tragödie der Welt als Entertainment für die Jugend verpackt und ihr ein ansteckender, rhythmischer Beat verliehen wird. Was von Cyrus begonnen wurde, greifen andere begierig auf. Die im Augenblick beliebtesten Gottmänner der Regierung, Ulurishi und der Aurhum Baba, verkünden, der ehemalige Inder und abgefallene Zarathustra-Anhänger, der »Seismopropagandist« Ormus Cama scheine in der Tat eine sehr große Verantwortung für das bebenauslösende »Weltende-Szenario« des Westens zu tragen; seine Songs und Auftritte seien unverhohlene Angriffe auf die interkulturelle sowohl als auch die intrakulturelle Stabilität; darum solle es ihm und seinen Kollaborateuren unter gar keinen Umständen gestattet werden, auf indischem Boden aufzutreten. Innerhalb weniger Tage nach Rishis und Babas beispiellosem gemeinsamem Kommuniqué bestätigt Innenministerin Golmatol Doodhwala (deren Pilooisten-Fraktion soeben beschlossen hat, die unsichere Regierungskoalition zu stützen, wobei das Innenministerium der Preis für Golmatols Unterstützung war), daß allen Mitarbeitern der VTO-Tour, auch den Bandmitgliedern selbst, im Interesse der Öffentlichkeit und auch in ihrem eigenen die Einreisevisa versagt wurden, weil ihre persönliche Sicherheit im augenblicklich herrschenden erhitzten Klima nicht garantiert werden könne.

So greift also die Vergangenheit von unten nach Ormus, packt seinen Knöchel und versucht ihn herabzuziehen. Und nachdem der Cyrus-Brief veröffentlich wurde, vervielfachen sich die Haßbriefe aus Indien. Gewalt wird angedroht, aber das ist schließlich nichts Neues. Seit Jahren haben pro Woche mindestens ein Dutzend Vina-Möchtegerns gedroht, Ormus und/oder sich selbst zu töten, weil er sie nicht liebt, weil er sich auf das beschränkt, was sie für eine ungesunde Hungerdiät im Gedenken an seine verstorbene Ehefrau halten, wodurch er sich selbst um die Chance bringt, an den Liebesorgien teilzunehmen, die allüberall geboten werden. Ormus hat derartige Drohungen nie ernst genommen, und trotz Clea Singhs Sorge ist dieser neue Ormus, Ormus in seinem Kokon, Ormus in der seltsam geistesabwesenden Stimmung, in der er sich befindet, seit Mira ihn zur Erkenntnis der Tatsachen um Vina gezwungen hat, ist dieser vage, distanzierte Ormus auch gegen die neuen Pfeile seiner zornigen Korrespondenten vom Subkontinent immun. Dennoch sind die Singhs auf Cleas Drängen jederzeit auf Ärger vorbereitet.

Als die Nachricht der Verbannung aus Indien die Sangrias in New York erreicht, entscheiden sie, daß Cyrus Cama die heiße, ungeschriebene Story des VTO-Phänomens ist, und treffen Vorbereitungen, mit der nächsten Maschine nach Delhi zu fliegen.

O angry days, O angry nights. So sehe ich die zwei langen Jahre des Endens, die auf die drei Tode der Vina Apsara folgten: als Nächte und Tage des Zorns. O letzte, verschwundene Zeiten!

Zum erstenmal ist Vina, glaube ich, in jenem Abgrund von El Huracán gestorben, zum zweitenmal, ganz langsam, als die Welt sie zur Ikone Vina Divina machte und ihre verschrobene Menschlichkeit immer mehr aus den Augen verlor, bis Clea Singh schließlich ihre Stimme von ihrem eigenen Anrufbeantworter löschte; ihr dritter und endgültiger Tod erfolgte dann, als meine geliebte Mira Celano Ormus Cama zwang – ihn, den Mann, der Vina am tiefsten liebte –, die Worte auszusprechen, die sie für alle Zeiten töteten. Nachdem Ormus diese Worte gesprochen hatte, wußte er, daß er das letzte Band durchschnitten hatte, das ihn noch auf der Erde hielt, und da er nun alle Lebensfreude verloren hatte, begann er nach dem Tod zu suchen, starrte jedem, dem er begegnete, ins Gesicht, als wolle er fragen, bist du es? Bitte, Freund, Fremder, sei du es, der mir das Geschenk bringt, auf das ich warte.

Die *Into the Underworld*-Tour war als gigantisches reisendes Memorial für Vina konzipiert, deren Mira-Abklatsch zwar nicht mehr auf der Bühne erschien, mit deren stummem Bild, das in Zeitlupe über die überdimensionale Vidiwall hinter der Bühne tanzte, die Show jedoch eingeleitet und abgeschlossen wurde. Auch dieser Einfall wurde von mehreren Seiten kritisiert, weil er das Andenken einer Heiligen der letzten Tage überkommerzialisiere, und sogar als krasser Versuch bezeichnet, aus einer tödlich schwankenden Ehe Geld zu schlagen, aber Ormus blieb weiterhin jeglicher Kritik gegenüber unzugänglich, zeigte sein gelassenes Lächeln und folgte dem von ihm gewählten Weg. Jeder Mensch muß zu irgend etwas gehören, und sei es auch nur ein Golfclub oder ein Schoßhund, und Ormus gehörte jetzt zu einer Erinnerung. Nur daß das, was er verloren hatte, ihm weh tun konnte; er gehörte zu ihr und zur Musik.

Während des größten Teils der Jahre 1994 und 1995 lebte er ausschließlich in der Welt der Tour, einer Ersatzunterwelt, gestaffelt wie die Kreise der Hölle und in einem weiten Bogen umschlossen von der größten Vidiwall, die es jemals gegeben hatte, von der aus das Publikum allabendlich unablässig mit Bildern von Himmel und Hölle bombardiert wurde, beide konzipiert als Örtlichkeiten der Erde, Flitterwochenhotels und Bars für gegrillte Burger, Videohallen und Ballettschulen, Fußballmassen und Kriegszonen, Eiswüsten und politische Versammlungen, Surfstrände und Bibliotheken, und es blieb jedem einzelnen überlassen, zu entscheiden, welche Abbildungen himmlisch und welche höllisch waren. Dieses Technoinferno war vom McWilliam-Designteam in die Realität umgesetzt worden, das eigentliche Konzept aber stammte von Ormus. Nachdem er seine Fiktion realisiert hatte, stürzte er sich hinein und kam zwei Jahre lang nicht wieder heraus. Das fiktive Universum der Show vermittelte ihm den Eindruck, von der realen Welt befreit dahinzuschweben, eine separate Realität zu sein, die hin und wieder für ein oder zwei Nächte mit der Erde Kontakt aufnahm, damit die Menschen sie besuchen und ihre hübschen Sächelchen schütteln konnten. Indem er sich freiwillig in das persönliche Kontinuum des Rock 'n' Roll einschloß, wurde Ormus Cama ebenfalls zu einer dahinschwebenden Entität, eher außerirdischer Alien als menschliches Wesen, mehr Show als O.

Von Hoteletagen aus, die von allem Überflüssigen befreit, in weiße Räume verwandelt und mit weißen Konzertflügeln, Audiovideo-Editing-Suiten und alten toskanischen Brotbacköfen ausgestattet waren, fuhr er in Limousinen mit geschwärzten Fenstern, deren Zweck es nicht so sehr war, zu verhindern, daß die Leute hineinsehen konnten, als jeden Blick nach draußen unmöglich zu machen, jeden Blick in das jeweilige Stadion, eine Umgebung, die ständig die gleiche war, wo immer er sich in der Welt aufhielt, und diese Illusion der Kontinuität ermöglichte es ihm für den Moment weiterzuleben. Wenn es Zeit wurde, mit der speziell für die Band umgebauten 727 weiterzufliegen, schluckte er Schlaftabletten und wachte nicht auf, bevor es wieder einmal Zeit war, die geschlossene Welt der Limousinen, der weißen Hotels und der Unterweltkulissen zu betreten, die inzwischen der einzige Ort auf Erden waren, an dem er sich aufhalten und den er sehen mußte.

Es war, als bleibe die Show immer an einem Platz, während die Welt draußen vor dem Stadion vorbeijagte, als sei die Show die Permanenz, das menschliche Leben dagegen etwas Flüchtiges, als sei das Stadion immer dasselbe Stadion, die Limousine immer derselbe Wagen, immer von Will Singh chauffiert, während Clea Singh an Ormus' Seite saß, und als sei die Hoteletage, wo er seine gesamte Zeit außerhalb der Bühne mit Brotbacken und -essen verbrachte, immer dieselbe Hoteletage, und nur die Städte draußen vor den Fenstern kämen und gingen wie die Länder im Wipfel des Faraway Tree.

Rio, Sydney, London, Hongkong, Los Angeles, Peking: all diese Orte waren nicht real. Die indische Verbannung war unwichtig, denn Indien war nicht real, es war nur noch eine Transitzone. Die wechselnden Farben und Rassen der Gesichter in der Menge, die Parade der Prominenten, die hinter die Bühne kamen, um etwas mit ihm zu trinken und das hausgebackene Brot zu essen, das er ihnen aufdrängte, die Lokalhelden, die Toursponsoren und die Covergirl-Schönheiten, die höflich auf seinen Brotscheiben herumkauten und ihm Lügen darüber erzählten, wie gut er aussehe – keiner von ihnen war von Bedeutung, weil auch sie nur Illusionen waren. Real war immer nur die Show. Die Show, die Musik, das war sein Zuhause. Draußen war die Fiktion, der Kosmos war eine Fälschung. Er stand fest auf seiner Phantasie, auf dem, was er aus dem Nichts hervorgezaubert hatte, das ohne ihn nicht existieren konnte, nicht existieren wollte. Nun, da es kreiert worden war, existierte er nur noch darinnen. Nachdem er dieses Territorium erschaffen hatte, traute er keinem anderen Boden mehr.

Während der Show lastete das Gewicht des Lichts, das auf die Bühne geworfen wurde, so schwer auf ihm, daß er das Publikum wirklich kaum zu sehen vermochte, höchstens die ersten paar Reihen und dahinter ein riesiges, brüllendes Untier, das er zähmen mußte, auf dem er spielen mußte, als sei es ein Instrument. Doch das war etwas, worauf er sich verstand, das war sein reales Leben. Dem Löwenbändiger im Löwenkäfig, der seinen Kopf zwischen die Kiefer der Bestie steckt, ist bewußt, daß das seine wahre Realität ist, der Jubel, die grellbunten Ballons und die Popcornwelt hinter den Gitterstangen dagegen nur eine triviale, gemalte Kulisse, ein Bühnenbild. Genauso fühlte sich Ormus in der Seifenblase der Show absolut wohl, absolut heimisch, und alle waren sich einig darin, daß seine Auftritte außergewöhnlich waren, seine Gitarre noch nie so schmerzhaft klar geklungen hatte, wie der Traum eines Wüstenwanderers von Wasser in einem kühlen, reinen Brunnen, sein Gesang niemals so einfühlsam und so stark. Die schwache Stimme früherer Zeiten war verschwunden, an ihre Stelle war dieses mächtige Instrument getreten, kraftvoller als in den alten Tagen, als Vina selbst die Welt mit ihrer Koloraturmusik überschüttete.

Am Ende jeder Show flüsterten die übrigen Bandmitglieder voller Bewunderung miteinander, nahezu furchtsam vor dem, was aus ihm herausströmte. Sogar LaBeef und Bath mußten zugeben, daß sie ihn seit langem nicht mehr so unglaublich erlebt hatten. *Es ist, als wäre er ein Jet auf Nachbrennern*, sagte Patti LaBeef eines Abends, *er kann die doppelte Menge Treibstoff verbrennen, weil er weiß, daß er für den Rückflug keinen mehr braucht.* Sobald sie das gesagt hatte, begriffen alle Bandmitglieder, daß er mit dem Sterben begonnen hatte, daß der Treibstoff, den er auf der Bühne benutzte, das Leben selbst war. Er verbrannte sich im Feuer seiner Kunst, an jedem Abend war die Show nicht nur ein Tribut an Vina, sondern ein weiterer Schritt auf das Vergessen zu, das Nicht-Sein, wo sie mit seiner Freude in ihren Händen wartete; sobald die Show vorüber war, würde er nicht mehr singen oder sprechen, sich regen, atmen oder sein müssen, das war ihm klar.

Von da an begannen die Musiker in ihm ein Wesen aus einer anderen Welt zu sehen, weil sie spürten, wie fieberhaft er sich bemühte, dorthin zu gelangen, vielleicht durch einen Riß in der Luft, in eine andere Dimensionsvariante, in der Vina noch am Leben war. Aber es waren keine solchen Risse mehr zu sehen, weder für ihn noch für andere.

Solange ich denken kann, war ich ein Fan von ihnen, sagte lil dagover zu Mira, es ist so schmerzhaft, dem zuzusehen, aber weißt du, wenigstens flackert und erstickt er nicht wie eine billige Kerze, sondern es ist ein beschissener Flammenausbruch, eine Supernova, der Abgang eines wahren Stars.

(In Wirklichkeit wurde die Kontinuität der Show sichergestellt, indem alles dreifach erledigt wurde. Weil es eine Woche dauerte, die Bühne aufzubauen, jagten drei verschiedene Stahl-Crews rund um die Welt, die sie auf- und wieder abbauten. Jeweils eine Bühne wurde am letzten Auftrittsort demontiert, während eine zweite im gegenwärtigen Stadion fertig zum Gebrauch war und eine dritte am nächsten Tourstop aufgebaut wurde.

Dann gab es das Problem der Energieversorgung. Into the Underworld *verbrauchte vier Millionen Watt, produziert von Sechstausend-PS-Generatoren. Die dreihundertfünfzig »cabinets« des Soundsystems brachten dabei anderthalb Millionen des Wattbedarfs. Außerdem gab es zweitausend Scheinwerfer, so daß man die Show vom Mond aus hätte sehen können.*

Sechs Millionen Zuschauer bezahlten Eintritt, um sich die Show anzusehen. Zwanzig Millionen CDs und Kassetten wurden verkauft. Hunderte von Millionen Dollar wurden eingenommen. Wenn Ormus Cama sich vorstellte, daß er stillstehe, während sich die Welt um

*ihn drehte, hatte er damit nicht ganz unrecht. So stark ist die Macht
der Phantasie.)*

Draußen an der Spitze eines langen ›Fingers‹, der in einer großen
Höhlenöffnung endete – die das Höllentor darstellen sollte und von
einem dreiköpfigen animatronischen Zerberus bewacht wurde –, gab
es eine kleinere zweite Bühne, auf der Ormus anfangs entdeckt wurde, wie er allein, wie Orpheus bei Aornum in Thesprotis, seinen
furchtbaren Abstieg beklagt. Auf dieser Bühne spielte Ormus sein
Eröffnungssolo, eine akustische Version von *Beneath Her Feet*, während Vinas Bild auf der Vidiwall das Stadion beherrschte. (Da es ein
akustisches Solo war, konnte er außerhalb seines Glaskastens auftreten, auf der freien Bühne stehen, ohne seine Ohren weiter zu schädi-
gen.) Am Schluß des Songs legte sich der mechanische Hund nieder
und schlief, während Ormus in eine durchsichtige Glaskugel trat, die
sich auf einer Schiene fortbewegte und von der Höhlenöffnung ›verschluckt‹ wurde. Nun wurde er unterhalb des Beleuchtergangs, der
die Bühnen miteinander verband, vom schnellsten Laufband, das es
gab, im Eiltempo zur Hauptbühne befördert und landete in McWil-
liams Fantasy-Hades, wo ihn sowohl die anderen Bandmitglieder als
auch ein Zoo von feuerspeienden Eisendämonen, gigantischen Luft-
ballonfiguren und Bewohner des Pandämoniums erwarteten, die entweder kostümierte Schauspieler oder Maschinen waren. Im Bühnen-
boden war ein kompliziertes System von Schienen und Weichen verlegt worden, so daß sich Ormus innerhalb der Kulissen bewegen
konnte, ohne seine Glaskugel zu verlassen; einmal wurde sie mit einem ungeheuren *coup de théâtre* von einem Metallarm gepackt und
verwandelte sich in einen Glaslift, der Ormus über die kreischende
Menge hinaus bis hoch in den Himmel emporhob. So schien der von
der Glaskugel umschlossene Ormus nicht mehr ganz so sehr vom
Geschehen getrennt zu sein; die Kugel wurde zur Metapher des Lebens, seiner immerwährenden Zugehörigkeit zur Welt der Lebenden,
selbst während seines Abenteuers im Reich der Toten.
Und Mira war natürlich dort, sie war die Frau, die er vor dem Für-

sten der Finsternis retten mußte. Mira, jetzt als sie selbst kostümiert, sang sich das Herz aus der Brust und wuchs von Tag zu Tag in den Starruhm hinein, der ihr Schicksal war; sie trat aus Vinas Schatten heraus und spielte die Rolle der in der Hölle gefangenen Liebe, die sich nach der Befreiung sehnt.

Hören Sie, es spielt keine Rolle mehr, es ist nicht wichtig, wie sie sich auf der Bühne verhalten haben, das ist mir inzwischen klar. Ich war eifersüchtig, ja?, laßt mich einräumen, daß ich von Anfang an vor Eifersucht halb verrückt wurde und daß ich unrecht hatte. Aber o Mann, sie entwickelte sich zu einer so guten Schauspielerin, meine Mira, man sah es an der Art, wie sie sich an Ormus' runde Glaskugel schmiegte, ihren Körper an das Glas preßte, zuerst Brüste und Hüften, dann den durchgebogenen Rücken und ihren Hintern, wie sie sich an der Außenwand herumwälzte, als wolle sie sich mit dem verdammten Ding paaren, ich konnte einfach nicht mehr zusehen. Zuletzt, als sie hineinging, als sie mit Ormus eingeschlossen wurde und die Kugel von Licht erfüllt aufblitzte und verschwand, während nur noch Mira und Ormus, von der Kugel befreit, außerhalb der Hölle auf der zweiten Bühne standen und Ormus auf seiner Gitarre spielte, als sei sie der Sex persönlich, und Mira sich über ihn ergoß wie ein Gratisdrink, nun ja, hah!, da konnte ich's nicht mehr aushalten!, ich mußte mich einfach abwenden. Ich mußte einfach hinausgehen.

Ich hörte auf, die Auftritte zu besuchen. Ich verließ die Tour, kehrte nach New York zurück und machte mit meiner Arbeit weiter, zum erstenmal seit Jahren kehrte ich sogar zum Fotojournalismus zurück, bis ich mich schließlich an Orten vor Kugeln in Sicherheit bringen mußte, deren Namen ich nicht aussprechen konnte, Urgenc-Turtkul auf dem Amudarja, Tâgul-Sacuesc in Transsylvanien, den neuen postsowjetischen Krisenzentren Altyanï-Asylmuratova und dem weit entfernten Nadeshda-Mandelstán; doch immer noch träumte ich pornographische Träume von Mira und Ormus. Manchmal fügte mein Unterbewußtsein, um dem Ganzen Würze zu verleihen, darüber hinaus noch lil dagover und ein paar Singhs hinzu, so daß ich erigiert und schwitzend in irgendeiner dreckigen, mörderischen, kyrillisch beschrifteten Flohbude aufwachte und entdeckte, daß alle menschlichen Wesen zu Gewalttätigkeiten fähig sind, wenn man sie ausreichend provoziert, durch die Wegnahme ihres Heimatlandes, zum Beispiel, oder auch durch die wirkliche oder imaginierte Verführung ihres Mädchens.

Das ist nicht dasselbe, verdammt noch mal, das ist mir klar, ich kenne den beschissenen Unterschied zwischen Untreue und Genozid, doch wenn man da draußen ist, in Tschitschibutsky, in einem kakerlakenverseuchten Schlafsack auf dem Rücksitz des Jeeps eines völlig Fremden von slawischen und asiatischen Insekten gebissen wird, von römisch-katholischen, russisch-orthodoxen, zionistischen und islamischen Viechern, während ringsherum ein Universum von sich auflösenden Grenzen und zerfallenden Realitäten explodiert, wenn man mitten in dieser Art von Anarchie und Unbeständigkeit steckt und nur noch hofft, die Rückkehr zur East Fifth Street, New York, zu schaffen, um noch einmal die Seite sechs der *Post* zu lesen, während man dazu Blaubeermuffins ißt und eine Tasse dampfenden organischen Kaffee trinkt, der von einer kleinen, lächelnden, barfüßigen Buddhisten-Blondine serviert wird, o ja, nur noch ein einziges Mal, bitte, und man schwört, *nie, niemals wieder einen Witz über Designer-Buddhismus zu reißen, sich sofort diesen friedensliebenden Buddha wünscht, her mit ihm, O Rinpoche Ginsberg, O Richard Lama, O Steven Seagal, nehmt mich auf, ich gehöre euch,* und dann wacht man auf mit einem Kopf voll imaginärem Sex, an dem man persönlich nicht teilgenommen hat, in dem unaussprechliche Dinge mit und von dem Körper getan werden, in dem man die geliebte Frau erkennt ... ich kann Ihnen versichern, in einem solchen Augenblick denkt man nicht *così fan tutte*, pfeift sich ein fröhliches Liedchen, dreht sich um und kehrt ins Traumland zurück, sondern fährt hoch, um nicht nur den kleinen *Fiordiligi*, die geliebte Dorabella zu ermorden, sondern auch das grunzende Schwein, das die beiden vom schmalen, geraden Pfad fortgelockt hat, bringt mir den Bastard her, ich werde ihm das lüsterne Herz rausreißen.

Aber ich hatte unrecht, okay? Unrecht, unrecht!

Wieder einmal hatte ich Ormus Cama mißverstanden. Hatte vergessen, daß es etwas sozusagen Übermenschliches an seiner Liebe zu

Vina gab, das über die menschliche Fähigkeit zu lieben hinausging. Es war eine Liebe bis ans Ende der Zeiten, und als es ihm nicht gelang, sie von den Toten zurückzuholen, nachdem Mira ihn zu der Einsicht gezwungen hatte, daß er Vina nicht wieder zum Leben erwecken konnte, war das Thema Frauen für ihn endgültig erledigt. Nun, da Mira nur noch Mira war, wollte er nicht mehr, daß sie Vinas Platz einnahm; selbst wenn sie nackt, parfümiert und dampfend vor Begehren zu ihm gekommen wäre, hätte er ihr einfach zerstreut den Kopf getätschelt und ihr geraten, sich etwas anzuziehen, bevor sie sich erkältete.

Ich gebe also auch zu, daß Ormus' Liebe zu Vina Apsara größer als die meine war, denn während ich Vina betrauerte, wie ich noch nie einen Verlust betrauert hatte, war ich inzwischen schließlich schon wieder verliebt. Die seine war jedoch eine Liebe, die durch keine andere ersetzt werden konnte, und so war er nach Vinas drei Toden am Ende in sein letztes Zölibat eingetreten, aus dem ihn nur die körperliche Umarmung des Todes befreien konnte. Jetzt war der Tod die einzige Liebe, die er noch akzeptieren würde, die einzige Liebe, die er mit Vina zu teilen vermochte, weil diese Liebe sie im Wermutswald der ewig Toten für immer vereinen würde.

Und letztlich gebe ich zu und entschuldige mich jetzt bei ihr vor den Augen der Welt, daß ich Mira hätte vertrauen müssen. Ich hatte mehr Glück, als mir bewußt war: Aus der Asche der alten war eine neue Liebe geboren worden. Mira interessierte sich nicht für Ormus, nur beruflich, und vielleicht ein winziges bißchen, nur als Möglichkeit, um mich anständig bleiben zu lassen. Ich war zu dumm, um an sie zu glauben, aber am Ende dieser langen Unglücksgeschichte war ich derjenige, der den Jackpot bekam.

Vor vierhundert Jahren glaubte Francis Bacon, daß Orpheus mit seinem Unterweltabenteuer keinen Erfolg haben durfte, daß Eurydike nicht gerettet werden konnte und daß Orpheus selbst ebenfalls in Stücke zerrissen werden mußte, weil die Orpheus-Sage für ihn die Geschichte des Versagens nicht nur der Kunst, sondern der Zivilisation selbst war. Orpheus mußte sterben, weil die Kultur sterben mußte. Die Barbaren stehen vor den Toren, und jeder Widerstand ist zwecklos. Griechenland zerfällt; Rom brennt; das Licht fällt aus der Luft.

Bei ihrer Ankunft in Delhi fühlten sich Marco und Madonna Sangria, die sich wohl vorgestellt hatten, von Queens nur ein bis zwei Stufen hinabsteigen zu müssen, von Indiens lautstarker, aufdringlicher Realität abgestoßen. Indien kann ein hartes Land für Amerikaner sein, die als wandelnde Dollarzeichen und, noch schlimmer, als *Innocents Abroad* betrachtet werden: legitime Zielscheiben, leichte Opfer. Innerhalb weniger Stunden nach dem Einchecken in ihrem erstklassigen South Delhi Hotel waren sie, ohne das Grundstück zu verlassen, von Geldwechslern belästigt worden, die ihnen die besten Schwarzhandelsquoten der Stadt für ihre Dollarscheine boten, von Händlern mit Halbedelsteinen, die ebensogut polierte Kiesel sein konnten, von Taxifahrern, deren Cousins ganz in der Nähe eine Marmorfabrik betrieben, von Handlesern in der Hotelhalle, von eleganten jungen Männern und Frauen, die seriöse verkehrsfähige Währung für ihre Kameras und Kleider boten, von älteren Männern, die sich bei Marco erkundigten, ob Madonna erstens gebildet und zweitens verfügbar sei, und wenn ja, für welches Honorar; und von einem Taschendieb im Fahrstuhl, der sowohl inkompetent als auch nicht aus der Ruhe zu bringen war, denn als Marco ihn darauf hinwies, daß seine Hand in der falschen Tasche stecke, zog der Bursche einfach die inkriminierte Hand heraus, grinste breit und sagte mit entwaffnendem Achselzucken: Dies ist ein überfülltes Land, was soll man machen, wir sind es gewöhnt, die Tasche eines Nachbarn als unsere eigene zu betrachten.

Das Tihar Jail war, kaum überraschend, weitaus schlimmer. Allein der Boden, ganz zu schweigen von den Räumen, dem Gefängnispersonal und vor allem den Insassen, allein der Boden war ein einziger Horrorfilm, *Scream Goes East* etwa, oder *A Nightmare On Delhi Street*, der Dreck, meine Liebe, und wenn ich sage *bugs*, Ungeziefer, dann meine ich nicht ein berühmtes Cartoon-Bunny. Kein Ort jedenfalls, an dem ein höchst gepflegter Dandy in Narciso-Hose seine Jimmy-Schuhe tragen oder ein Klassefohlen mit Madonnas Stammbaum ihren langen Schlepprock aus feinstem Tüll von Isaac oder ihre neuen Manolo-*slingbacks* riskieren sollte. Und mein Gott, stellte Madonna fest, die Leute scheinen alle ständig aus vollem Halse zu schreien, und das noch nicht mal auf englisch, was *soll* das?

Als jedoch Cyrus, in Handschellen und Fußeisen, den Besucherraum betrat, begann Madonna sich urplötzlich sehr viel wohler zu fühlen. Wie sie später ihrem Freundeskreis erklärte, ich hatte das Gefühl, er strahle *Weisheit* aus, er hatte diese, na ja, *Aura*, und ich war, ich weiß nicht recht. Ganz einfach hin und *weg*.

Zu ihm sagte sie: Also, *Sie* sind der netteste Knastbruder, dem ich jemals begegnet bin.

Als sie das Tihar-Gefängnis verließen, hatten die Sangrias geschworen, eine internationale Kampagne – prominente Spendenwerber, Demonstrationen vor Botschaften, Lobbyisten in Washington, einfach alles – für die vorzeitige Entlassung eines außergewöhnlichen Menschen zu starten. Marco kehrte auf der Stelle nach Amerika zurück, um das HQ des Interessenverbandes einzurichten. Madonna blieb in Indien, trug Homespun und Bindfadensandalen, wischte sich das Make-up vom Gesicht, zog sich die Verlängerungen aus den Haaren, ließ sich Hennamuster auf die Handkanten und Fußsohlen malen, als sei sie eine Braut, und besuchte Cyrus zweimal pro Woche, weil dies das Maximum der erlaubten Besuche war. Sie entschuldigte sich bei ihm für ihre Aufmachung bei ihrer ersten Begegnung – o Mann, ich muß wohl wie 'n leichtes Mädchen ausgesehen haben, eh, aber das kommt von meinem *Kulturkreis*, dabei wünsche ich mir so sehr, nicht an diesem *Irrtum* hängenzubleiben, ich möchte Ihren, wie heißt das noch, okay, okay, mir fällt's wieder ein, Ihren *Weg* kennenlernen.

Wir haben auf den falschen Cama gehört, schrieb sie in der ersten ihrer in mehreren Zeitungen gleichzeitig erscheinenden Musikkolumnen nach ihrer Ankunft in Indien, um die ›Free Cyrus‹-Initiative in Gang zu bringen. Wenden wir uns nunmehr von den ephemeren

Vereinfachungen von Ormus' abgewirtschaftetem Rock 'n' Roll ab und den profunden Kontemplationen der immerwährenden Philosophie seines älteren Bruders zu. Wenn wir nicht zu alt sind zu lernen – Cyrus Cama hat uns vieles zu lehren. PS Er ist süß, nicht daß wir Männer wegen ihrer Stahlklinker lieben, richtig? O ja, richtig.

Während der langen VTO-Welttour gewann die Cyrus-Kampagne an Stoßkraft. In New York zog Goddess-Ma, die schon immer die Trends vorausahnen konnte, aus dem Rhodopé Building aus und rügte Ormus Cama mit eindeutigen Cyrus-Ausdrücken. *Seine Unterdrückung von Rassen- und Hautunterschieden im Interesse des unhaltbaren westlichen Dogmas der Universalien ist in Wirklichkeit eine Flucht vor sich selbst in die Arme der begehrten, bewunderten Anderen.* Prominente Anwälte sowohl in New York wie auch in Indien nahmen sich des Falles Cyrus an; die indischen Behörden, peinlich berührt von dieser Aufmerksamkeit, signalisierten ihre Bereitschaft, flexibel zu sein; und schließlich schlug Madonna Sangria einen reizvollen Ausweg vor. Hören Sie mir erst zu, okay, sagte sie zu Cyrus, alles mit einer an ihr völlig ungewohnten Nervosität. Ich weiß, dies klingt ein wenig allzu *aufdringlich*, und die Frauen in Ihrer Kultur verhalten sich nicht so, aber ich glaube, ich bin einfach, nein, nein, das ist alles ganz falsch formuliert, ich will sagen, daß Sie, wenn Sie mich heiraten, *okay, Cyrus?*, daß Sie dann einen *US-Paß* bekommen könnten, großartig!, wir könnten Sie dann in ein Flugzeug setzen und uns zu Hause um Sie kümmern.

Es war Ende 1995, und die VTO-Tour war in Südamerika, wo sie ihre letzte Etappe beendete, als Cyrus Cama nach fünf Monaten des Nachdenkens seine Antwort auf dieses Angebot gab.

Miss Madonna, als Sie und Ihr Bruder mir anfangs Hilfe anboten, akzeptierte ich sie aus einer Haltung heraus, die, wie ich jetzt erkenne, Schwäche war. Sie waren so schön und überzeugend, und ich dachte, nun gut, wenn sie an mich glauben, dann bin ich bereit, ich werde mich in ihre Obhut begeben und aus meinem geliebten Tihar herauskommen. Dabei wußte ich die ganze Zeit, daß ich mich, wenn ich mit Ihnen gehe, bald genug gezwungen sehen würde, Sie zu töten, ja, und

Ihren Bruder ebenfalls und vielleicht auch noch meine Mutter, die mich enterbt hat, und meinen Zwillingsbruder Ardaviraf und unterwegs noch viele andere Menschen, und am Ende meiner Reise, an ihrem einzig wirklichen Ziel und Zweck, würde der wundervolle Mord an meinem jüngeren Bruder Ormus stehen, den ich so haßte, daß ich mein Leben dafür ruiniert habe.

Verstehen Sie bitte, daß das überaus verlockend war. Nach gründlicher Überlegung jedoch habe ich es über mich gebracht, Ihr Angebot abzulehnen. Ich danke Ihnen nochmals für Ihr Interesse, Ihre Liebeserklärung, Ihr überaus großzügiges Angebot einer Eheschließung, Ihre Geschenke. Vor allem danke ich Ihnen für die erbetene Videoausrüstung und das Band vom Konzert meines Bruders sowie dafür, daß Sie die Gefängnisbehörde überredet haben, daß ich das alles entgegen den Vorschriften in meiner bescheidenen Zelle behalten darf. Auf dem Video habe ich meinen Bruder eingehend beobachtet und erkannt, daß er bereits aus diesem Leben geschieden ist. Sehen Sie ihm in die Augen. Er ist tot und in der Hölle. Sie sehen also, ich habe es nicht mehr nötig, ihn zu töten, ich bin endlich frei vom Zwang eines ganzen Lebens. Unter diesen veränderten Umständen weitere Morde zu begehen wäre für mich der Höhepunkt des schlechten Geschmacks, deswegen werde ich glücklich und zufrieden hier im Gefängnis verweilen. Ich danke Ihnen, Miss Madonna, und leben Sie wohl.

Jetzt denke ich an die letzten Dinge.

Der Winter nach dem Ende der *Underworld*-Tour war der grausamste, an den wir uns alle erinnern konnten. Von Ormus sahen Mira und ich nicht viel; er hatte sich, wie gewohnt, im Rhodopé eingeigelt und zeigte keinerlei Neigung, mit uns Verbindung aufzunehmen. Wenn ich überhaupt mal an ihn dachte, sah ich ihn als einen Indianerhäuptling, der beschließt, daß es ein guter Tag zum Sterben sei, zu der Stelle hinausgeht, die er sich ausgesucht hat, und sich dann dort hinsetzt, um auf den Engel zu warten. Zumeist war meine Aufmerksamkeit jedoch auf ein anderes Ziel gerichtet. Ich mußte eine

Beziehung reparieren. Schon in den besten Zeiten ist die Heimkehr von einer Tour für die Musiker schwer. Sie sind an die Gesellschaft der Kollegen gewöhnt, an tödliche Termine, Nächte ohne Schlaf, verbracht damit, den Fußboden von Hot Clubs rings um die Welt aufzureißen, im reisenden Mittelpunkt der Aufmerksamkeit der ganzen Welt zu stehen, an die Nervenspannung vor der Show, den Streß des Auftritts, die Entspannung und Erschöpfung hinterher, die Langeweile mit der Musik, die Wiederentdeckung der Musik, die Hochs und Tiefs mit den anderen Bandmitgliedern, das omnipräsente sexuelle Aufgeladensein, die Bordromanzen, das Gefühl, Schule zu schwänzen, Gesetzlose auf der Flucht zu sein, denen die Regentropfen auf den Kopf fallen.

Noch schwerer ist es für Musiker, die ihre Kleinkinder auf die Tour mitnehmen. Tara Celano war inzwischen alt genug für die Schule und hatte einen Platz in Little Red, doch während andere kleine Mädchen in ihrem Alter nicht mal die genaue Form von Manhattan kannten, hatte Tara den Globus mehr als einmal umrundet, mehr Action gesehen, als sie verdauen konnte, und befürchtete, die idealistischen, liberalen Empfindlichkeiten ihrer Lehrerin zu verletzen.

Am schwersten ist jedoch die Rückkehr in eine feste Beziehung, denn nach den wurzellosen Jahren wirkt allein schon die Vorstellung von Beständigkeit wie eine Phantasie, und in diesem speziellen Fall hatte ich mich ziemlich schlecht benommen, das wußte Mira. Ich hatte ihr nicht vertraut (ha!), nicht mit einem anderen Mann. Ich hatte nicht geglaubt, daß sie in diesem allgemeinen Mahlstrom der Treulosigkeit die Treue bewahren konnte. Das bedeutete Ärger, war ein Problem, dem wir uns stellen mußten.

Ich erinnere mich an einen Sonntag im Park. Um Weihnachten herum hatte es angefangen zu schneien und nicht wieder aufgehört. Tara liebte die weiße Landschaft, nach zwei Jahren grellbunter Umgebungen, Backstage-Trailern und ständiger Bewegung, Raum und Stille. An jenem Sonntag bei der Schneeballschlacht war sie glücklich, zu Hause zu sein, glücklich mit uns, und ihre Freude half uns beiden, wieder aufeinander zuzugehen, weil uns bewußt wurde, daß wir beide in ihrem Leben wichtig waren, weil wir ihre überwältigende

731

Sehnsucht erkannten. So sind die Familien der modernen Zeit: Wahl-verwandtschaften gegen Angst und Verzweiflung. Dieses Mädchen, dieses Kind eines toten Fremden, war für mich das, was einer Zukunft in dieser Welt am nächsten kam.

Mira nahm meine Hand im Fausthandschuh in die ihre, und von da an stand es besser um uns beide. Wir gingen ins Kino, wo irgendwelche Monster oder Aliens wie üblich New York zerstörten (das ist L. A.s Versuch, Manhattan zu zeigen, daß es ihm nicht gleichgültig ist), und als wir nach Hause kamen, war eine Nachricht von Clea auf dem Anrufbeantworter.

Spenta war tot. Auch in England war es kalt, und in dem weißen Haus auf einem Hügel über der Themse hatte sich die achtzigjährige Lady mit ihren ›Boys‹ um einen antiquierten Gasofen gehockt. (Virus war dreiundsechzig, Waldo Mitte Vierzig, und obwohl sie beide längst vergessen hatten, daß sie keine echten Brüder waren, hatte sich hier tatsächlich aufgrund der Umstände eine andere Familienbeziehung gebildet als die des Blutes.) Das Heizungssystem funktionierte seit Jahren nicht mehr, und dann hatte in jener Nacht ein Leck, das sich langsam unter den freiliegenden und lückenhaften alten Bodendielen entwickelt hatte, einen Strom von Gas herausgelassen, der zuerst die drei Bewohner in einen friedvollen Schlaf versetzte und sich sodann entzündete, wodurch das große Herrenhaus bis auf die Grundmauern niederbrannte und sogar die wunderschönen Eichen, die seit über zweihundert Jahren auf dem Grundstück standen, wie Fackeln loderten. Seit dem Tag, da sie sich zurückgezogen und die Einzelheiten des täglichen Lebens Waldo und Virus überlassen hatte, war das Haus immer stärker verfallen, so daß die Menschen in den nahen Dörfern nach dem Brand den Kopf schüttelten und mißbilligend die Mundwinkel herabzogen. *Es war ein Unfall, der kommen mußte, in diesem Haus,* lautete die allgemeine Meinung. *Die beiden Söhne waren dem nie gewachsen. Sie hätte es besser wissen müssen.* Der Verlust der Bäume dagegen war, wie jedermann bestätigte, eine echte Naturkatastrophe.

Cleas Nachricht ließ nichts darüber verlauten, wie man zusammenkommen könne, um die Toten zu betrauern, nichts über ein Famili-

732

entreffen irgendeiner Art. Er dachte nur, daß Sie es gern gewußt hätten, schloß sie, wegen der alten Zeiten. Das war die letzte Nachricht, die ich jemals von Ormus erhalten habe.

Ormus fuhr nicht zur Beerdigung nach England. Er schickte ein paar Juristen-Singhs hinüber, die Spentas Testament verlesen sollten. Als man feststellte, daß Spentas einzig genannte Erben mit ihr zusammen gestorben waren, rüsteten sich die versammelten Methwold-Verwandten zur Schlacht. Das Haus war nicht mehr vorhanden, aber das Grundstück und die finanziellen Holdings waren wohl einen Krieg wert. Die Methwolds beäugten die amerikanischen Singh-Anwälte mit unverhohlener Besorgnis, ja mit Abscheu: noch mehr Inder! Wird das denn kein Ende nehmen? Dann verkündeten die Singhs feierlich, daß Ormus Cama auf sämtliche Rechte am Methwold-Nachlaß verzichte, erhoben sich, verbeugten sich höflich und ließen die verblüfften übrigen Erben offenen Mundes zurück, damit sie ihre provinzlerischen, irrelevanten, blutigen, blindwütigen Kriege untereinander austragen konnten.

Obwohl er Abstand vom Grab seiner Mutter wahrte, hatte ihr Tod Ormus erschüttert. Am Tag nach der Testamentsverlesung teilte er Clea mit, daß er allein im tiefverschneiten, eiskalten Park spazierenzugehen gedenke. Als sie merkte, daß er sich nicht davon abbringen lassen würde, zwang sie ihn, ein Paar dicke Snowboots anzuziehen, kleidete ihn in seinen wärmsten Mantel, einen marineblauen Kaschmir, knotete ihm den flauschig-weichen Pashmina-Schal um den Hals, streifte Glacéhandschuhe über die zögernd ausgestreckten Hände des alten Mannes und stülpte ihm seinen liebsten Kaltwetterhut auf den Kopf, eine mit Ohrenklappen bestückte Pelzkappe aus Kaninchenfell, die Vina ihm vor langer Zeit für sechzehn Dollar in der Canal Street gekauft hatte. Die Ohrenklappen verknotete Clea unter seinem Kinn, stellte sich auf die Zehenspitzen und küßte ihn auf beide Wangen. Sie sind ein guter Mann, sagte sie zu ihm. Ihre Mutter würde stolz auf Sie sein. Was bedeutete, daß sie selbst sich als seine Mutter sah, seit Jahren schon, aber solange Spenta lebte, hatte sie das niemals auszusprechen gewagt. Was bedeutete, daß sie ihn liebte und so stolz auf ihn war, wie eine Mutter nur stolz sein konnte.

Er lächelte schwach, fuhr mit dem Lift hinunter, überquerte die Straße und ging in den Park.

Natürlich schickte sie Will hinter ihm her, aber in gebotenem Abstand, laß dich ja nicht von ihm sehen, ermahnte sie Will. Was an diesem Tag von allen Tagen am schwersten war, dem Tag, an dem Eis und Schnee sämtliche Fahrzeuge von den Straßen verbannt hatten und die Menschen die leeren Avenues entlang auf Skiern zur Arbeit fuhren. An jenem Tag war New York eine wunderschöne Geisterstadt, und wir waren die kältebibbernden Geister. Es war ein Filmset, und wir waren die Schauspieler. Die Wirklichkeit schien anderswo zu sein, an irgendeinem Ort, der nicht von diesem feenhaften Schneefall gesegnet worden war.

Er ging nicht sehr lange spazieren. Es war zu kalt, man spürte, wie die Luft in den Lungen gefror. Nach ungefähr zwanzig Minuten kehrte er um, schritt kräftig aus, und fünfunddreißig Minuten nachdem er aufgebrochen war, hatte er den hohen, bogenförmigen Eingang des Rhodopé Building wieder erreicht. Es war so kalt, daß kein Doorman unter der Markise stand. Alle suchten Schutz im Haus.

Als er den Eingang erreichte, rutschte Will Singh, der gerade auf dem Bürgersteig der Parkseite gegenüber vom Rhodopé angekommen war, auf dem Eis aus, stürzte und verstauchte sich den rechten Fuß. Im selben Moment kam eine hochgewachsene, dunkelhäutige Frau mit roten Haaren, die sie wie eine Fontäne oben auf dem Kopf zusammengefaßt hatte, aus dem Nichts und näherte sich Ormus. Unter den gegebenen Wetterverhältnissen war sie verwunderlicherweise nur mit einem paillettenbestickten goldenen Bustier, einer engen Lederhose und Stöckelschuhen bekleidet. An Schultern und Bauch war sie nackt.

Ormus Cama drehte sich zu ihr um und blieb stehen. Ich bin sicher, daß seine Augen groß wurden, als er entdeckte, wie sie aussah, deswegen muß er auch die kleine Pistole gesehen haben, mit der sie auf ihn zielte und die sie mitten auf seine Brust richtete. Nachdem sie die Waffe leer geschossen hatte, ließ sie sie fallen, eine .35 mm Giuliani & Koch Automatic, ließ sie an Ort und Stelle unmittelbar neben seinem zusammengebrochenen Körper in den Schnee fallen und ging dann schnellen Schrittes davon, in einem angesichts der Stöckelschuhe überraschenden Tempo, bog rechts in eine Nebenstraße ein und verschwand aus dem Gesichtsfeld. Als Will Singh endlich mühsam und unter Schmerzen um die Ecke hinkte, war sie nirgendwo mehr zu sehen. Es gab nur eine Reihe weiblicher Fußabdrücke im Schnee. Dort, wo die Fußstapfen aufhörten, lagen eine rote Perücke, eine Lederhose, ein paillettenbesticktes Bustier und ein Paar hochhackige Schuhe. Sonst nichts. Keine Reifenspuren. Nichts, nicht einmal Zeugen, weder zu jenem Zeitpunkt noch zu irgendeinem späteren. Es war, als wäre eine nackte Frau durch die Luft der Upper West Side von Manhattan geflogen und verschwunden, ohne daß jemand etwas gesehen hatte.

Auf der Waffe wurden auch keine Fingerabdrücke gefunden, obwohl Will Singh sich erinnerte (aber nicht beschwören konnte), daß die Mörderin keine Handschuhe trug.

Es war das perfekte Verbrechen.

Ormus starb nur wenige Minuten später dort draußen im Schnee mit dem Kopf auf Cleas Schoß. Clea war in der Halle unruhig auf und ab gegangen, und als sie die Schüsse hörte, brauchte sie nicht erst zu fragen, wer das Opfer war. Sie lief hinaus und sah gerade noch den Rücken der Frau um die Ecke verschwinden; sie schrie Will zu, er solle ihr folgen, während sie selbst bei ihrem Ormus blieb – in dem Bewußtsein, daß die Ambulanzfahrzeuge ihn an einem so brutal kalten Tag niemals rechtzeitig erreichen würden, weil sie trotz der Schneeketten auf den vereisten Straßen ins Rutschen kommen würden, sobald sie versuchten, schnell zu fahren, und außerdem sagten die Löcher in Ormus' wunderschönem Mantel ihr alles, was sie wissen mußte. Sie lagen so dicht zusammen, daß man eindeutig nichts mehr für ihn tun konnte.

Ormus, sagte sie schluchzend; er öffnete die Augen und sah sie an. O mein Ormie, klagte sie, mein kleines Zwergelchen, was kann ich nur für dich tun? Weißt du denn, was du willst? Was du brauchst?

Sein Blick war unbestimmt, und er antwortete nicht. Dann fragte sie

ihn verzweifelt, weißt du, wer du bist, Ormus? Das weißt du doch
noch, nicht wahr? Weißt du, wer du bist?
Ja, antwortete er. Ja, Mutter, das weiß ich.

Weil die Mordwaffe vom selben Fabrikat war wie diejenige, die Mira
bekanntermaßen besaß, wurde sie von zwei verlegenen Detectives
kurz befragt. Da außerdem überall Gerüchte umherschwirrten, daß
ich während der *Into the Underworld*-Tour bis zum Wahnsinn eifersüchtig auf Ormus' enge Zusammenarbeit mit Mira gewesen war,
wurde auch ich befragt, und zwar wesentlich weniger verlegen. Aber
wir waren einer des anderen Alibi, und Tara konnte für uns beide
bürgen, und als Miras Waffe untersucht wurde, stellte man fest, daß
sie seit Jahren nicht mehr abgefeuert worden war. Letzten Endes befand die Polizei, die Mörderin müsse irgendeine Verrückte gewesen
sein, eine wilde Schützin, vielleicht eine von den vielen enttäuschten
Vina-Möchtegerns, die uns Haßbriefe geschickt hatten, in welchem
Fall die Verwendung der Waffe entweder ein Zufall oder ein be-
wußter Versuch gewesen sei, die Detectives auf eine falsche Fährte
zu locken. Als diese Theorie veröffentlicht wurde, bekannten sich
mehrere Vinas beiderlei Geschlechts sofort zu diesem Verbrechen,
doch ihre Geständnisse hielten nicht stand.
Die Untersuchungen brachten keine Lösung für das Rätsel des Verschwindens der Mörderin. Die schlüssigste Vermutung war, daß sie
in einem der Gebäude entlang der Straße, in der sie verschwand,
einen Komplizen gehabt und das Haus irgendwie betreten habe,
ohne Fußspuren zu hinterlassen, andere Kleider angezogen habe und
später wieder gegangen sei. Vielleicht hatte der Komplize ja auch mit
einem Besen gewartet, um die Spuren zu verwischen. Das alles war
ziemlich spekulativ, darin waren sich selbst die Detectives einig.
Aber he, zuletzt erklärten sie, daß viele Morde begangen würden, die
niemals aufgeklärt werden. Und dies sei einer dieser Fälle.
Wenn Sie mich fragen, ich glaube, daß es Vina war, die wirkliche
Vina, Vina Apsara höchstpersönlich. Meine Vina. Nein: Auch das
muß ich akzeptieren, daß sie immer noch Ormus' Vina war, auf im-

mer und ewig die seine. Ich glaube, sie kam und hat ihn geholt, weil
sie wußte, wie sehr er sich wünschte, endlich zu sterben. Weil er sie
nicht von den Toten zurückholen konnte, nahm sie ihn mit sich hinunter, damit er bei ihr sein konnte, dort unten, wohin er eigentlich
gehörte.

Das ist meine Meinung. Ach ja, fast hätte ich vergessen hinzuzufügen: sozusagen.

So kam es, daß wir an einem eiskalten Januartag, Mira Celano, ihre
Tochter Tara, Clea Singh und ich, vom West Side Heliport aus in Mo
Mallicks Privathubschrauber, mit Ormus Camas Asche in einer
Urne auf Cleas Schoß, aufstiegen, um die letzten Riten eines Lebens
zu feiern, das auf der anderen Seite der Welt begonnen, das aber niemals an dem einen oder anderen bestimmten Ort stattgefunden hatte,
sondern ausschließlich in der Musik.

(Clea und die Singhs waren im Testament übrigens großzügig bedacht worden; sie würden nie wieder hungern müssen. Von diesen
Pauschalsummen jedoch abgesehen sollten Ormus' gesamtes Geld
sowie die enormen zukünftigen Einkünfte aus seine Backlist-Tantie-
men und den Notenrechten wie auch die Bäckereien, das Weingut,
die Grundstücke, die Kühe, kurz gesagt das ganze Multi-Millionen-
Dollar-Cama-Erbe dazu benutzt werden, um einen Ormus-und-
Vina-Gedächtnis-Fonds zur Hilfe für unterprivilegierte Kinder der
ganzen Welt einzurichten. Diese Verfügung war der einzige Hinweis, den Ormus je auf die Tatsache gab, daß er es bedauerte, aufgrund von Vinas Unfruchtbarkeit keine eigenen Kinder gehabt zu
haben. Die ungeheure Höhe dieses Vermächtnisses war ein Zeichen
für die Tiefe seines unausgesprochenen Kummers.)

Tara hatte einen Blaster mitgebracht, den sie wegen des Lärms der
Rotorblätter auf volle Lautstärke stellte, und spielte die letzte VTO-
CD, die mit dem stellaren Auftritt ihrer Mutter, und ich mochte ihr
nicht sagen, daß ich das für die falsche Wahl hielt, weil es bei einem
solchen Ereignis Vina hätte sein müssen, die bei uns war. Unter uns
ragte die City empor, vereist, zerklüftet und majestätisch wie die Hi-

malayagipfel. Der Park war leer bis auf zwei Skiläufer und ein paar einsame Spaziergänger, die sich wie Bären in warme Felle gehüllt hatten. Die Springbrunnen und das Reservoir waren erstarrt, und als ich vom Himmel aus auf Manhattan hinabblickte, schien es mir immer noch in Winter verpackt zu sein wie ein Geschenk.

Der Pilot bestand darauf, die Asche zu verstreuen. Widerwillig überließ ihm Clea die Urne, und dann flog Ormus auf und davon und verteilte sich über die Stadt, die er geliebt hatte, war er eine kleine dunkle Wolke, die sich über die große weiße Metropolis verbreitete, sich in all der Weiße verlor, mit ihr verschmolz und verschwunden war. Möge seine Asche wie Küsse auf die City fallen, dachte ich. Mögen dort, wo er liegt, Songs und Büsche aus dem Pflaster sprießen. Möge Musik herrschen. Aus Taras Musikmaschine kam Miras Stimme mit dem Schluß des *Dies irae*, und Mira neben mir begann laut mitzusingen.

O King of tremendous majesty
who saves the saveable for free
O fount of piety, please save me.

Aus einem unerfindlichen Grund mußte ich plötzlich an Persis Kalamanja denken, Persis, das schönste Mädchen von der Welt, die sich für Ormus bewahrt und dadurch sich selbst ganz und gar verloren hatte. Wieder sah ich sie, noch immer jung und bezaubernd, wie sie noch immer auf dem Dach ihres längst abgerissenen Elternhauses ›Dil Kush‹ auf dem Malabar Hill in Bombay stand, während über ihr die polychromatischen Drachen Indiens stiegen und fielen, zugleich im Spiel wie auch im Krieg. Bleib, wo du bist, Persis, dachte ich, reg keinen Muskel. Altere nicht, verändere dich nicht. Sollen wir alle zu Asche und vom Wind davongetragen werden, nur bleibe du auf deinem alten Dach, Persis, bleib auf ewig stumm in der Abendbrise dort stehen und beobachte die Tänzer am Himmel. So möchte ich immer an dich denken: ewig, unveränderlich, unsterblich. Tu mir den Gefallen, Persis. Beobachte diese festlichen Drachen.

Heute habe ich in der Zeitung gelesen, daß ein weiterer *rai*-Sänger erschossen wurde. Die Länder auf der Welt, in denen man versucht, das Singen ganz und gar zu verbieten, in denen man dafür, daß man eine Melodie singt, ermordet werden kann, werden allmählich immer mehr. Dieser spezielle *rai*-Sänger war sogar so vorsichtig gewesen, ins Exil zu gehen, hatte sein heimatliches Nordafrika gegen eine lichtlose Kammer in Marseille eingetauscht. Die Mörder folgten ihm dorthin und erschossen ihn trotzdem. *Peng! Peng!* Jetzt lese ich seinen Nachruf in der *Times* und denke mir, welch eine wundervolle Welt.

Rai ist Musik. Rai ist der als gottlos verbotene Ausdruck der Freude. Vor nicht allzu langer Zeit gab es in Italien ein starkes Erdbeben, und Assisi, die Stadt von Miras Vorfahren, wurde schwer geschädigt. Als ich die Nachricht hörte, dachte ich nicht an Quake Wars und Rift Bombs. Ich dachte an Maria aus der Anderwelt und ihre Lehrerin, die so gelassen in meine Videokamera sprach, während die Welt um sie herum zusammenbrach. Vielleicht fängt es ja wieder an, dachte ich. Eine weitere Variante ist auf Kollisionskurs mit der unseren, und wir beginnen die ersten Zitterbewegungen, die vor dem Impakt erfolgenden Vibrationen zu spüren. Vielleicht ist es diesmal die Große Zerstörung, und wir sind es, die es nicht schaffen, so zäh wir uns auch bisher erwiesen, so lange wir überlebt haben. Aber vielleicht ist es nicht nötig, die Hypothese einer anderen Realität aufzustellen, die mit der unseren zusammenstößt. Angenommen, die Erde hatte es einfach satt, sich abzufinden mit unserer Gier, unserer Grausamkeit, Eitelkeit, Bigotterie, Inkompetenz und unserem Haß, unseren Morden an Sängern und anderen Unschuldigen. Angenommen, die Erde war sich unser nicht mehr sicher oder beschloß ganz einfach, den Rachen zu öffnen und uns zu verschlingen, unsere ganze traurige Masse. Wie Zeus einst die menschliche Rasse durch eine Flut vernichtete und nur Deukalion überlebte, um die Erdoberfläche mit neuen Wesen zu bevölkern, die nicht besser und nicht schlechter waren als die Toten.

Heute bin ich früh aufgestanden. Der Kaffee steht warm, ich habe Orangensaft gepreßt, und die Muffins werden so richtig schön heiß. Es ist ein Wochenende. Weiter hinten höre ich Mira und Tara diskutieren, lachen, mit Taras Mischlingshund Cerberus spielen, einem dankbaren alten Streuner, den wir adoptiert zu haben scheinen. Gleich werden sie herauskommen. Wir bewohnen das Orpheum jetzt gemeinsam, nach Basquiats Tod hat Mira seine Etage übernommen, so daß wir unheimlich viel Platz haben, und alles steht gut, wirklich gut. Ich sage nicht, daß wir keine Probleme haben, denn die gibt es, vor allem in der traditionellen Frage eines neuen Babys, aber in einer neuen Variante. Hier bin ich es nämlich, der ein Kind will. Mira hat ja schon eins, außerdem hat sie eine Karriere, die aus allen Nähten platzt, ihr erstes Soloalbum *After* erreichte in wenigen Wochen Platin, sie hat gerade die Arbeit an einem neuen Film beendet, die Angebote strömen nur so herein. Dies ist also kein guter Zeitpunkt für eine Schwangerschaft – behauptet sie jedenfalls. Aber wir reden darüber. Die Frage ist vom Gericht noch nicht abgelehnt worden. Sie ist noch immer auf der Agenda.

Außerdem ist da meine Vergangenheit. Nach Miras Meinung hab' ich mir Vina noch immer nicht ganz aus dem Kopf geschlagen. Ich ziehe heimlich immer noch Vergleiche, glaubt sie, körperlich, psychologisch, stimmlich. Wenn ich das tue, dann nicht mit Absicht, erkläre ich ihr, und gebe mir die größte Mühe, endlich damit aufzuhören. Sie ist eine geduldige Frau, also wartet sie auf den Tag.

Und Tara: Tara liebe ich. Wie es kommt, daß sie Vinas drahtige, krause Haare geerbt hat, bei einer Haut, die nur um wenige Schattierungen dunkler ist als die ihrer Mutter, ist mir ein Rätsel. Vielleicht hatte Luis Heinrich eine Großmutter, von der wir nichts wissen. Wie dem auch sei, Tara und ich, wir haben eine sehr wichtige Eigenschaft gemeinsam: Obwohl wir rings von Sängern umgeben waren, sind und immer sein werden, bringen wir keinen richtigen Ton heraus. Das macht uns zu Verbündeten, Musketieren bis zum Tod in einer Welt der ewigen Spötteleien von seiten der selbstzufriedenen Schmachtschaller-Elite.

After, der Titelsong des Albums, ist Miras Elegie für Ormus. *You were the stranger that I needed*, singt sie, *the wanderer who came to call. You were the changer that I heeded. Now you're just a picture on my wall. And everything ist stranger after you.* In den alten Sagen wird auf verschiedene Art und Weise immer der Punkt erreicht, an dem die Götter das Leben nicht mehr mit den sterblichen Männern und Frauen teilen, sondern sterben, dahinsiechen oder in den Ruhestand gehen. Sie verlassen die Bühne und lassen uns allein im Rampenlicht über unsere Zeilen stolpern. Das, deuten die Mythen an, ist es, was eine gereifte Zivilisation ausmacht: ein Ort, an dem die Götter aufhören, uns zu schieben und zu stoßen, unsere Frauen zu verführen und unsere Heere zu benutzen, um ihre Stellvertreterkämpfe mit dem Blut unserer Kinder auszufechten; eine Zeit, da sie sich, immer noch grinsend, immer noch priapisch, immer noch launisch, aus dem Reich des Tatsächlichen ins Land des Sozusagen zurückziehen – Olympus, Walhalla, damit wir die Freiheit haben, ohne ihre autokratische Einmischung unser Bestes oder unser Schlimmstes zu tun.

Zeit meines Lebens ist die Liebe zwischen Ormus und Vina das, was meinem Wissen über das Mythische, das Erhoffte, das Göttliche am nächsten kommt. Nun, da sie nicht mehr unter uns sind, ist das große Drama beendet. Was bleibt, ist das normale menschliche Leben. Ich sehe mir Mira und Tara an, meine Inseln im Sturm, und möchte mich gegen die zornige Entscheidung der Erde wehren, uns auszulöschen. Falls es denn eine solche Entscheidung gegeben hat. Hier gibt es gute Menschen, okay? Der Wahnsinn geht weiter, das leugne ich nicht, aber zu diesem Guten sind wir ebenfalls fähig. Die Guten trinken Orangensaft und kauen Muffins. Hier gibt es ganz normale menschliche Liebe unter meinen Füßen. Stürze ein, wenn du mußt, verächtliche Erde; schmelzt, ihr Felsen, bebt, ihr Steine. Ich halte meinen Stand, genau hier. Dies ist es, was ich entdeckt, wofür ich gearbeitet und was ich verdient habe. Dies gehört mir.

Tara hat sich den Zapper geschnappt. Ich habe mich nie ans Fernsehen beim Frühstück gewöhnt, sie aber ist ein amerikanisches Kind und läßt sich nicht aufhalten. Heute stößt sie durch einen seltsamen Zufall, wann immer sie im Multiversum der Kabel umherreist, immer wieder auf Ormus und Vina. Vielleicht ist es eine Art VTO-Weekend, und wir wußten nichts davon. Das ist nicht zu glauben, sagt Tara, die immer wieder weiterzappt. Ich glaaaube es einfach nicht. Oh, wirklich! Soll das so weitergehn, immer und *immer wieder*? Ich dachte, die beiden sind tot, aber in Wirklichkeit hören sie einfach nicht auf mit dem Singen.

Quellennachweis

»Jailhouse Rock«: Words and Music by Jerry Leiber and Mike Stoller. © 1957 by Elvis Presley Music, Inc., administered by Williamson Music, New York, USA.

»What A Wonderful World«: Words and Music by George David Weiss and George Douglas. © 1967 by Range Road Music, Inc., Quartet Music, Inc., and Aollene Music, Inc.

Lyric from »Rubber Ball« (Writers: Aaron Schroeder and Anne Orlowski) reproduced by kind permission of Minder Music Ltd., London.

»The Great Pretender«: Words and Music by Buck Ram. © 1955 Panther Music Corp., USA. Lyric reproduction by kind permission of Peermusic (UK) Ltd., London.

Inhalt

Der Bienenhalter
9

Melodien und Stille
34

Legenden von Thrakien
76

Die Erfindung der Musik
114

Bocksgesänge
150

Desorientierungen
195

Mehr als Liebe
246

Der entscheidende Moment
271

Membrane
324

Zeit der Hexe
358

Höhere Liebe
405

Transformer
446

Pleasure Island
481

Die ganze Katastrophe
529

Unter ihren Füßen
584

Vina Divina
617

Mira an der Wand
662

Dies irae
713

Quellennachweis
744

Salman Rushdie
Des Mauren letzter Seufzer

Roman. 584 Seiten

Aus dem Englischen von
Gisela Stege

Von pfeffriger Liebe auf Gewürzsäcken handelt dieses Buch, von
magischen blauen Fliesen, die den Betrachter in ferne Welten blicken
lassen, von den Tränen in den Augen eines maurischen Sultans, von
einem Kind, das doppelt so schnell altert wie andere – und von vielem mehr. Es ist die aberwitzige Geschichte des Moraes Zogoiby,
genannt Moor, des letzten Sprosses einer alten indischen Gewürz-
händlerdynastie.

verlegt bei Kindler

Salman Rushdie
Mitternachtskinder

Roman. 640 Seiten

Aus dem Englischen von
Karin Graf

»Ein Buch der Bücher. Das indische Pendant zu Gabriel Garcia Marquez' *Hundert Jahre Einsamkeit* und zur *Blechtrommel* von Günter Grass.«

Frankfurter Rundschau

»Rushdies Buch ist ein Trauerspiel und ein Schelmenroman, ein Kompendium des schwarzen und des hellen Humors.«

Frankfurter Allgemeine Zeitung

verlegt bei Kindler